轻舟

明药 著

中国青年出版社

目录

1

2

第一章

初次相见

冬月初八，是顾轻舟的生日，她今天十六岁整了。

她乘坐火车，出发去岳城。

岳城是省会，她父亲在岳城做官，任海关总署衙门的次长。

她两岁的时候，母亲去世，父亲另娶，她在家中成了多余。

母亲忠心耿耿的仆人，将顾轻舟带回了乡下老家，一住就是十四年。

这十四年里，她父亲从未过问，现在却要接她回岳城，只有一个原因。

司家要她退亲！

岳城督军姓司，权势显赫。

"是这样的，轻舟小姐，当初太太和司督军的夫人是闺中密友，您从小和督军府的二少帅定下娃娃亲。"来接顾轻舟的管事王振华，将此事原委告诉了她。岳城司督军有两个少帅，二少帅是现任夫人所生。王管事一点也不怕顾轻舟接受不了，直言不讳。

"……他今年二十岁了，要成家立业。您在乡下多年，别说老爷，就是您自己，也不好意思嫁到显赫的督军府去吧？"王管事又说。

处处替她考虑。

"可督军夫人重信守诺，当年和太太交换过信物，就是您贴身带着的玉佩。督军夫人希望您亲自送还玉佩，退了这门亲事。"王管事再说。

所谓的钱权交易，说得极其漂亮，办得也要敞亮，掩耳盗铃。

顾轻舟唇角微挑。

她又不傻，督军夫人如果真的那么守诺，就应该接她回去成亲，而不是退亲。

当然，顾轻舟并不介意退亲。

她未见过少帅。

比起受到督军夫人的轻视，顾轻舟更不愿意把自己的爱情填入娃娃亲的坑里。

"既然这门亲事让顾家和我阿爸为难，那我去退了就是了。"顾轻舟顺从道。

就这样，顾轻舟跟着王管事，乘坐火车去岳城。

看着王管事满意的模样，顾轻舟唇角不经意掠过一抹冷笑。

"真是歪打正着！我原本打算过了年进城的，还在想用什么借口，没想到督军夫人给了我一个现成的，真是雪中送炭了。"顾轻舟心想。

去退亲，给了她一个进城的契机，她还真应该感谢司家。

顾轻舟长大了，不能一直躲在乡下，她母亲留给她的东西都在城里，她要进城拿回来！

她和顾家的恩怨，也该有个了断了！

退亲是小事，回城里的顾家，才是顾轻舟的目的。

顾轻舟脖子上有条暗红色的绳子，挂着半块青螭玉佩，是当年定娃娃亲时，司夫人找匠人切割的。裂口处，已经细细打磨过，圆润清晰，可以贴身佩戴。

"玉器最有灵气了，将其一分为二，注定这桩婚事难以圆满。"顾轻舟轻笑。

她复又将半块玉佩放入怀中。

她的火车包厢，只有她自己，管事王振华在外头睡通铺。

关好门之后，顾轻舟在车厢的摇晃中，慢慢添了睡意。

她迷迷糊糊睡着了。

倏然，轻微的寒风涌入，顾轻舟猛然睁开眼。

她闻到了血的味道。

下一瞬，带着寒意和血腥气息的人，迅速进入了她的车厢，关上了门。

"躲一躲！"他声音清冽，带着威严，不容顾轻舟置喙。

没等顾轻舟答应，他迅速脱下了自己的上衣，钻入了她的被窝里。

火车上的床铺很窄小，挤不下两个人，他就压在她身上。

"你……"顾轻舟还没有反应过来是怎么事，男人压住了她。

速度很快。

男人浑身带着煞气，血腥味经久不散，回荡在车厢里。

他的手，迅速撕开了她的上衣，露出她雪白的肌肤。

"叫！"他命令道，声音嘶哑。

顾轻舟就懂了。

"我……我不会……"她咬牙。

脖子上一把削铁如泥的刀，她不敢轻举妄动，她惜命。

"……你多大？"黑暗中，男人也微愣，没想到是少女稚嫩的声音。

"十六。"顾轻舟回答，被他压得肺里窒闷，透不过来气。

"也不小了，别装蒜！"男人说。

这时候，火车停了。

整齐划一的脚步声，吵醒了沉睡的旅客，车厢里嘈杂起来。

有军队来查车。

"叫！"男人声音急促，他模仿着床上的表演，"再不叫，我就来真的……"

他双臂壮实有力，声音狠戾。更何况，他的刀架在顾轻舟的脖子上。

遇到了亡命之徒，顾轻舟失去了先机。

她没有把握能制服这个人，当机立断，轻轻地哼了起来。

顾轻舟车厢的门被粗鲁地拉开时，她哼得很有节奏的声音突然被惊得停了下来，男人的刀移到了她的后背处。

手电的光束照在他们身上，她尖叫一声，搂住了她身上的男人。

军官拿着电筒照，见屋子里的香艳，年轻的军官很不好意思，而顾轻舟又紧张地盯着他，让他六神无主，尴尬地退了出去，心乱跳，都忘记要去看清楚她"丈夫"的脸。

而后，那个巡查的军官在门口说："没有发现。"

脚步声就远了。

整列火车都遭到了排查，闹了半个时辰，才重新发车。

顾轻舟身上的男人，也挪开了她脖子上的刀。

"多谢。"黑暗中，他爬起来穿衣。

顾轻舟扣拢自己斜襟衫的纽扣，不发一语。

火车轻轻地晃动着，匀速前进。

车厢里静默无声。

男人觉得很奇怪，十六岁的少女，经历这么惊心动魄的一幕，很镇定地扣好衣衫，不哭不问，颇有点不同寻常。

他点燃了一根火柴。

微弱昏黄的光中，他看清了少女的脸，少女也看清了他的脸。

"叫什么名字？"他伸手捏住了她的纤柔下颌，巴掌大的一张脸，落在他宽大粗粝的掌心。

她的眼睛，似墨色宝石般熠熠生辉，带着警惕，也或许有点委屈，却独独没有害怕。

"李娟。"顾轻舟编了个谎言。

李娟是抚养她长大的乳娘的名字。

没人会傻到把名字告诉一个亡命之徒。

她没有挣扎，眼睛却盯着男人放在脚边那把削铁如泥的匕首。

她眼睛微动，在思量那匕首下一瞬是否落在她的颈项。

微淡灯火中，她的眼波清湛，泛出潋滟的光，格外妩媚。

男人冷冽道："好，李娟，你今天救了我的命，我会给你一笔报酬。"

车厢外传来了哨声。

这是暗号。

男人把带血的外套扔出车窗外，顾轻舟这才发现，他浑身的血迹，都不是他自己的。

他很疲倦，却没有受伤。

接应他的人已经到了。

他手里的火柴也灭了。

"你是哪里人，我要去哪里找你？"男人不能久留，又道。

顾轻舟咬唇不答。

男人以为她害羞，又没空再逼问了，上前想拿点信物，就瞧见了脖子上的半块玉佩。

他一把扯下来，揣在怀里，对她道："这辆火车三天后到岳城，我会派人在火车站接你！我现在还有事，不方便带着你，你自己当心！"

说罢，他揣好顾轻舟的玉佩，火速消失在走廊的尽头。

等男人走后，顾轻舟从被褥里伸出了手。

她掌心多了把枪，最新式的勃朗宁。

看着这把枪，她眼神泛出嗜血的精光，唇角微翘，带有得意的笑。

被男人抢走的那个玉佩，她根本不在意，她没想过要那玉佩带来的婚姻，更没想过用这块玉佩保住婚姻。

玉佩不是她的筹码。

而她偷过来的枪，可值钱了！

划算！

"这种新式勃朗宁，黑市都买不到，他是军政府的人。"顾轻舟判断。

男人爬到她床上时，反应很快，还带着一把很锋利的匕首，顾轻舟失去了制服他的先机，却同时摸到了他裤子口袋里的手枪。

顾轻舟一直想要有一把属于自己的枪。

她怕男人想起枪丢了，故意不出声，成功转移了男人的注意力，直到离开，男人都没留意这茬儿。

她不知男人是谁，对方看上去不过二十四五岁，浑身带着傲气。

他说在火车站接她，大概是在岳城有点势力的。

顾轻舟不会自投罗网。

顾轻舟说服来接她的小管事，放弃火车，改乘船去岳城。

她不想被那个男人找到，要回这支勃朗宁手枪。

岳城那么大，不从火车站进城，不信他能轻易寻到她；哪怕寻到了，顾轻舟也会把枪藏好或者拿去黑市卖个高价，死不承认。

"火车三两时遇到管制，停车检查，我害怕，不如改乘船，从码头进城。"顾轻舟轻咬着唇。

她唇瓣饱满樱红，雪白牙齿陷入其中，一双大眼睛水灵灵地望着，叫人不由心中发软。

王管事虽然是个粗人，也懂怜香惜玉："轻舟小姐别怕，咱们下一站下车，改乘船就是了。"

到了下一站，他们果然乘船。

乘船之后，顾轻舟对王管事也和颜悦色了些。

"我从记事起，就跟着李妈在乡下，家里都有谁，我不知道……"顾轻舟跟王管事打听消息。

王管事善谈，就把顾家之事，说了一遍。

顾轻舟额首，和她了解到的差不多。

船比火车慢，他们迟到了五天，才到岳城。

顾轻舟自己拎着棕色藤皮箱，站在顾公馆门口，细细打量这栋法式小楼。

"这是我外祖父的产业。"顾轻舟心想。

顾轻舟的外祖父曾是岳城富商，祖上是开布匹行的。

她的母亲难产之后，她唯一的舅舅吸食鸦片膏，在烟馆里被人捅死。

外祖父白发人连送一双儿女，承受不住就去世了，所有的家业都落入了顾轻舟父亲的掌中。

"轻舟小姐，到家了。"王管事笑，上前敲缠枝大铁门。

"是啊，到家了。"顾轻舟轻叹。

这是她外祖父的产业，应该是她一个人的，当然是她的家。

自己的东西，她要慢慢找回来。

她眯起眼睛，露出一个淡淡的弧度，笑得很腼腆纯良。

"我长大了，家业该回到我手中了。"顾轻舟心想，唇角露出淡淡笑意。

王管事就在心中叹气："这轻舟小姐太乖了，像只兔子。家里其他人可是比狐狸还要奸诈，他们肯定会害死她的。"

想到这里，王管事就觉得可惜。

一路相处，他还是挺喜欢顾轻舟的，不想她死得那么可怜。

进了大门，一个穿着云锦旗袍的高挑儿女子，站在丹墀上，看着顾轻舟，眼角带笑。

她保养得当，约莫三十五六，腰身曼妙，风姿绰约。

"轻舟?"她轻轻地喊了声，声音温婉慈祥。

这就是顾轻舟的继母秦筝筝。

秦筝筝是顾轻舟生母的表姐，却和顾轻舟的父亲顾圭璋暗通款曲，做了顾圭璋的外室。

那时候，顾圭璋和顾轻舟的母亲刚成亲。

秦筝筝比顾轻舟的母亲早三年生孩子，所以顾轻舟现在有一个姐姐，一个兄长，都是她父亲的血脉。

说来格外讽刺!

扶正之后，秦筝筝又生了一对双胞胎女儿。

顾圭璋和秦筝筝，带着他们的四个儿女，住在顾轻舟外祖父的洋房里，光明正大将这栋楼改名叫"顾公馆"。

顾轻舟唇角微扬，笑容腼腆又羞涩，修长的羽睫轻覆，遮住了眼睛里的寒意，不说话。

秦筝筝和王管事都当她害羞。

"这是太太啊，轻舟小姐，叫姆妈。"王管事提醒顾轻舟。

顾轻舟低垂着眉眼，笑得更加腼腆，"姆妈"是绝对不会叫的。

秦筝筝也配吗?

"别为难孩子。"秦筝筝和善温柔，接过顾轻舟手里的藤皮箱，"快进来。"

"是。"顾轻舟声若蚊蚋，踏入了高高的门槛。

顾家的大厅装饰得很奢华，成套的意大利家具，一盏意式吊灯繁复绚丽。

秦筝筝问了她很多话，很热络。

顾轻舟坐在客厅喝茶，将一个乡下少女的羞涩、笨拙、寡言和拘谨，表演得不着痕迹。

她伪装成一只人畜无害的小白兔。

秦筝筝"侦查"了半天，也得出一个"小白兔"的结论。

这孩子很好拿捏，不如她生母的万分之一，就放松了对她的警惕。

乖巧胆小就行，秦筝筝能暂时容纳她几天。

晚上，顾圭璋下班回来了。

顾圭璋乘坐一辆黑皮道奇，有专门的司机。他下车时，秦筝筝和顾轻舟在大门口迎接他。

他穿着一件玄色大风氅，里面是咖啡色竖条纹的西装，同色马甲，黑色领带，马甲口袋上的金表链子泛出金光。

"你阿爸回来了。"秦筝筝笑着对顾轻舟道。

顾圭璋看到顾轻舟，脚步一顿，脸上浮动几分惊讶。

"哦，是轻舟啊。"顾圭璋打量着顾轻舟，"你都这么大了……"

顾轻舟穿着月白色碎樱斜襟衫、深绿色长裙，衣裳特别土气，可她生得清秀，两条辫子垂在脸侧，格外雅致，比城里那些剪短头发的女孩子都体面、好看。

顾圭璋很满意。

晚饭的时候，顾轻舟见到了家里所有人。

顾家的四个孩子、两个姨太太，顾轻舟都见到了。

她低垂着眉眼，不动声色地打量他们。

"你这辫子真可笑，现在谁还留辫子啊？"晚膳之后，顾家的四小姐顾缨，剪着齐耳短发，指着顾轻舟的长辫子。

顾缨见父亲对顾轻舟颇有好感，心生嫉妒。

顾轻舟眼风掠过，含笑不语。

"姑娘家就应该是长辫子！"顾圭璋不悦。

顾四被父亲骂了，委屈嘟嘴。她和三小姐顾维是双胞胎，今年都十三岁了，特别喜欢恶作剧。

"等她睡着了，去把她的辫子给剪了！"顾四气不过，出主意道。

父亲不是喜欢顾轻舟的辫子吗？那就剪了，看她如何得父亲欢心！

"好啊好啊。"顾三兴奋应和。

这对双胞胎姊妹，商量着趁夜入顾轻舟的卧房。

孩子们都在三楼。顾轻舟的卧房，也是如此。顾轻舟的隔壁，是她异母兄长顾绍的房间，两人共用一个阳台。

"没办法了，三楼只剩下这间房。"用人解释道，"轻舟小姐您先凑合。"

顾轻舟试了试阳台的门，可以锁上，就放心住下了。

她的房间，全是老家具，花梨木的柜子、桌子，以及一张雕花木床。

淡紫色锦缎被子，倒也舒服。

三楼只有一个洗澡间。

顾轻舟去洗澡的时候，先被她异母姐姐占了，后来又是异母兄长，拖到了晚上九点半，才轮到她。

洗澡之后，她坐在床上擦头发，直到十一点才睡。

刚躺下，顾轻舟就听到有人开门的声音。

她在黑暗中蛰伏着，绷紧了后背，像只戒备的豹。

"快点快点。"

顾轻舟听到了老三顾维的声音。

老三和老四要剪掉顾轻舟的头发。

"我不想剪她的头发，我想划破她的脸，她长了张妖精一样的脸，将来不知道祸害谁！"老四倏然恶狠狠道。

老三隐约也有点兴奋："阿爸会不会骂？"

"阿爸疼我们，还是疼她？"老四反问。

自然是疼她们了。

两个小姑娘，其实更嫉妒顾轻舟无辜纯净的面容。

嫉妒让她们变得恶毒。

她们声音很轻，顾轻舟听得一清二楚，她唇角微动，有了个讥讽的淡笑。

想划破她的脸？

那这两只货要再去练个十年八年才行。

剪刀靠近，冰凉的铁几乎凑在顾轻舟脸颊时，顾轻舟倏然坐起来，一把抓过了老四拿着剪刀的手。

顾轻舟动作极快，反手就把老四手里的剪刀，就着老四的手，狠狠扎进了旁边老三的胳膊里。

"啊！"

老三顾维的惨叫声，响彻整个房子。

睡梦中的所有人都惊醒了。

顾轻舟回到顾公馆的第一个晚上，顾公馆鸡飞狗跳。

最先听到顾三惨叫声的，是顾轻舟的异母兄长顾绍。

他匆忙进来开灯，就见老三老四倒地，老四手里还拿着剪刀，刺入老三的胳膊，鲜血流了满地。

血色暗红，似一幅诡异又华丽的锦图，在地上缓缓铺陈开。

老三的叫声惨绝人寰。

顾轻舟则拥被坐在床上，吓得脸色雪白，无辜地睁大了眼睛。

她那双纯净的眸子，有种随时要落泪的柔婉。

然后，顾圭璋、秦筝筝、顾绌、两位姨太太，全部挤到了顾轻舟的房间。

"是她！"老四大哭着，指着顾轻舟，"她抓住我的手，把剪刀插入三姐的胳膊里！"

这是实情。

黑暗中老三可能还不明白怎么回事，拿着剪刀的老四却是一清二楚。

只是太快了，老四还来不及反应，剪刀就插入了老三的肉里，而老四拿着剪刀的手全软了，不敢抽出来。

众人看到的，则是老四保持捅老三的姿势。

老四对顾轻舟的指责，没有任何可信度。

顾轻舟则披散着一头浓密长发，刘海轻覆着，瑟瑟发抖地坐在床上，咬唇不语。

她多可怜啊！

所有人都觉得顾轻舟好可怜，吓坏了。

"来人啊，送去医院！"顾圭璋不相信老四的话，愤怒地喊了下人。

先去医院要紧。

去医院的路上，老四还在大哭大骂，说："就是那个狐狸精，她用剪刀捅三姐的。"

没人答话。

顾圭璋紧抿了唇。

"阿爸，您要信我！"老四撒娇着哭，"不是我捅三姐的！"

"轻舟半夜把你们俩拉到她房间里，还带着剪刀，用你的手捅伤老三？"顾圭璋愤怒。

他觉得老四把他当白痴。

"不是这样的，阿爸，是我和三姐想捉弄顾轻舟，剪掉她的头发，没想到……"

"闭嘴，你阿爸有眼睛，自己会看！"顾圭璋忍无可忍，狠狠掴了老四一巴掌。

老四被打得眼冒金星，想哭不敢哭，缩着肩膀。

父亲从未打过她，这么大还是第一次。

顾圭璋真的动怒了，秦筝筝也不敢说话，心疼地抱着老三，身上全是血。

老三已经疼得昏死过去。

秦筝筝也怪老四。

老四一向顽皮，秦筝筝和顾圭璋都认为，肯定是老四想去捅伤新来的顾轻舟，结果黑暗中挥手过度，反而捅伤了老三。

两个蠢货！

顾家的车子，连夜去了德国教会医院，顾轻舟的房间却没有熄灯。

她重新脱掉了睡衣，换了件正常的衣裳，坐在桌子旁等待着。

顾轻舟唇角有一抹淡笑。

初战告捷！

顾家的人，并不是那么难对付，他们人多心不齐，可以逐个利用。

有人敲房门。顾轻舟收敛狡狯的微笑，换上一副纯良的模样，打开了房门。

是她的异母兄长顾绍。

顾绍今年十七岁，比顾轻舟大一岁，穿着绸缎睡衣，纤瘦高挑儿，手里端了杯热腾腾的牛乳，递给了顾轻舟。

"吓坏了吧？"他言语温柔，"喝点牛乳安神。"

顾轻舟接过来，捧在掌心。

"老三和老四从小就爱恶作剧，大家都看见了是怎么回事，没人会怪你的。"顾绍安慰顾轻舟。

顾轻舟垂眸不语，她修长的羽睫，遮盖了眼睛，看不出情绪。

"早些睡吧。"顾绍拍了一下她的肩膀，很快就缩回了手。

从小没见过面的妹妹，很难产生亲情，顾绍倒觉得顾轻舟很纯美，像保存得很完好的古董，不染世俗气。

他心头微动，转过视线。

"阿哥，陪我说说话吧。"顾轻舟倏然轻轻地拉住了顾绍的袖子。

顾绍一张脸红透了。

顾轻舟只是看出，顾绍眼神微闪，似乎对她有点动心，于是她试探了一下，果然如此。

这一家人，没有伦常！

顾绍却不知顾轻舟的用意，坐下来陪着她闲聊。

顾绍问顾轻舟："你在乡下读书吗？"

"不读，只认识几个字。"顾轻舟低声道。

"那你整日做什么？"顾绍好奇。

顾轻舟细皮嫩肉，唇红齿白，不像是田地里劳作的，应该也是养尊处优。

"我跟着一位师父学医术。"顾轻舟道。

顾绍错愕："医术？"

"嗯，中医。"顾轻舟道。

"可中医都是骗人的，现在学者都在讨伐中医。"顾绍眉头蹙得更深，"你学中医有什么用？"

"中医并不是骗人的，那是老祖宗的智慧。"顾轻舟道，"比如阿哥你，生气的时候会头疼欲裂，甚至倒地昏迷、口吐清水。吃了很多西药都不见效，若是我给你开方子，三剂药就能吃好。"

"你……你怎知我的顽疾？"顾绍大为意外。

"中医便是可以相面而诊断。"顾轻舟道，"阿哥不是说中医无用吗？"

顾绍哑口无言。

他自然是不敢让顾轻舟治疗的，只当顾轻舟是从旁处打听到的，讪讪笑了笑。

他们兄妹俩说了一会儿话，就听到了汽车的声音。

顾圭璋带着女儿从医院回来了。

顾轻舟和顾绍下楼。

顾圭璋带着妻女刚进门，老四顾缨就瞧见楼梯蜿蜒处的顾轻舟。

老四恨极了，冲上来要撕打顾轻舟。

"都是你，你刺伤我三姐！"老四恨恨道。

顾绍挡在顾轻舟面前，拽住了老四的胳膊，低喝道："你还疯，还没有闹够吗？"

老四拳打脚踢。

顾圭璋呵斥一句："都滚回去睡觉！谁再惹事，我的鞭子不客气！"

顾轻舟只得先回房了。

这一夜，顾轻舟睡得很安稳。

她来了，她母亲和外祖父留给她的遗产，该拿回来了！

哪怕没有司家的退亲，顾轻舟也准备十六岁回城。

十六岁是个契机。

她在乡下遇到了一些能人。

她遇到一个神医慕宗河，因政事之祸无奈躲到了江南，四岁就跟着他学医。

她也遇到一个杀手齐老四，同样在他们村子里隐居，他教顾轻舟枪法、简单的拳脚功夫等。

另外，顾轻舟前年还认识一个沪上名媛张楚楚，她过世的丈夫结仇不少，就带着私产躲到了偏僻的乡下。她教顾轻舟跳舞、画油画、弹钢琴、品酒，以及衣着礼仪。

十六岁了，顾轻舟学会了高深的医术、简单的枪法、防身的武术和城里名媛们吃喝玩乐的把戏。

她回来了。

顾公馆只当她是个乡下的小白兔，顾轻舟微笑：她喜欢他们这样天真！

顾轻舟美美地睡了一觉。

翌日清晨，晨曦熹微，顾轻舟就醒了。她坐在老式的花梨木梳妆台前，推开玻璃窗户，就可以看见庭院高大的梧桐树。

寒冬的梧桐树落光了叶子，虬枝光秃着，被晨曦的薄雾萦绕，似披了件轻纱罗裳，宛如婀娜旖旎的仙子。

顾轻舟对镜理发，西洋镜子里的她，双颊红润细嫩，眼眸纯净湛清，十六岁的年纪天真无邪，这是最好的伪装。

她唇角微翘，梳好了辫子下楼。

用人已准备了米粥、生煎馒头、花卷和鸡汤面。

还没有人起床，她是第一个。

顾轻舟坐在餐桌，慢慢吃面，快要吃完了，她的继母秦筝筝就下楼了。

秦筝筝顶着一脸的疲倦，一夜未睡。

"昨晚吓坏了吧？"秦筝筝安抚顾轻舟，这是顾圭璋的意思。

顾圭璋昨晚发脾气了，骂老三老四不懂事，说是秦筝筝没有教好她们，吓坏了顾轻舟。

秦筝筝气极，她的女儿可是受了伤的，怎么吓坏了顾轻舟？可她不敢违逆丈夫，耐着性子听丈夫的教导。

然后，顾圭璋还让秦筝筝安抚好顾轻舟，免得她多心，秦筝筝依言道是。

"是啊。"顾轻舟放下了筷子回答道，"好多血，三小姐肯定很疼……"

还算她懂事！

秦筝筝喜欢顾轻舟这种态度，道："那是你三妹妹，别叫得这样客气啊。"

话虽如此，秦筝筝还是很受用，她就是喜欢原配的女儿这般伏低做小。

秦筝筝吃完早餐之后，送了两套洋装上楼。

这天，秦筝筝要带着顾轻舟去督军府，去退那门亲事。

"这么迫不及待，是督军府的少帅看上了顾绵吗?"顾轻舟一边试衣，一边想着。

要不然，继母何必这么热心帮她退亲?

不退亲的话，顾家就是督军府的亲戚，好处更多。

无利不起早的父亲和继母，急迫地把顾轻舟接来，自然不是为了顾轻舟。

这个家里，老三老四太娇纵，而且未成年，只有老大顾绵美丽娴雅，可能攀得上少帅。

顾轻舟心里想着，面上不露半分。

"粉色这套好看!"秦筝筝道。

秦筝筝拿了两套洋装，一套是浅粉色直筒的，一套是天蓝色收腰的。

两套布料的质量都是中等偏下。

浅粉色这套，穿在身上跟睡袍无异，臃肿呆板;而天蓝色那套则显得顾轻舟很轻盈俏丽。

秦筝筝不想顾轻舟好看，选了浅粉色的。

顾轻舟微笑，顺从了秦筝筝的意思，穿了那套难看的浅粉色。

她穿上之后，两条辫子斜垂在脸侧，映衬得肌肤赛雪，明眸如墨，样子老气却灵动，不算特别丑。

"乡下丫头都是晒得黝黑，这丫头怎么养得白白嫩嫩，像豆腐做的。"秦筝筝腹诽，有点嫉妒。

顾轻舟年纪轻，皮肤嫩得能掐出水，又有一双大而无辜的眼睛，特别招人疼，秦筝筝气结!

秦筝筝多希望顾轻舟是个丑丫头，或者性格顽劣，那样好对付多了。

到了九点，秦筝筝带着顾轻舟出门，去督军府。

下车时，顾轻舟突然从口袋里掏出一条浅粉色的丝带，在自己的腰上打了个精致的蝴蝶结。

普通洋装看不出身段，这么束上半寸，平添了几分婀娜，给她年轻窈窕的身段增了几分婉约。

秦筝筝一愣，立马要拽下来，冷脸道："胡闹什么，这样不伦不类，丢顾家的脸!"

自然不是怕丢脸，而是顾轻舟这么一束腰，洋装显出了她玲珑的身段，精致得像个雪娃娃，很是可爱，秦筝筝怕司家真看上了她。

真没想到，这乡下丫头居然懂得时髦的穿着，秦筝筝很意外。

顾轻舟则斜眸打量她，慈母的面容已经装不下去了吗?

"我喜欢这样。"顾轻舟软糯糯的，好似秦筝筝再说一句，她就要哭出来。

秦筝筝不想顾轻舟哭，她一哭督军夫人可能会可怜她，退亲便横生波折。

"……随你吧!"秦筝筝堵心，上前去敲门。已经到了督军府，总不能在督军府的大门口教训孩子，秦筝筝只得忍了。

她感觉自己被顾轻舟摆了一道。

督军府坐落在城西，门口有哨楼，三步一岗五步一哨，守卫森严。

缠枝大铁门很高，敲了半晌才有副官跑过来开门。

顾轻舟顺利进入了督军府。

她在大厅见到了督军夫人。

督军夫人穿着棕色短身皮草，里面是月白色繁绣旗袍，玻璃丝袜包裹着纤细圆润的小腿，小巧的脸，凝脂若雪，岁月在她脸上没什么痕迹。

"……你长得真像你姆妈。"督军夫人微愣，继而眼角湿热了。

这是故人的女儿，督军夫人做出了慈悲的模样。

"夫人。"顾轻舟脆生生叫她，声音纯净清脆。

督军夫人颔首。

秦筝筝在旁帮衬，说："轻舟昨日才到，今天就来拜见夫人了，这孩子孝顺知礼!"

"是啊。"督军夫人满意。

说了几句，秦筝筝就把话题转到了退亲上。

顾轻舟看了眼雍容华贵的督军夫人，轻声道："夫人，我能和您私聊几句吗？"

督军夫人和秦筝筝都一愣。

"好，你跟我上楼。"督军夫人回神轻笑，答应了。

秦筝筝吃惊，想要阻止。

可督军夫人的眼神温柔却透出高高在上的威严，秦筝筝不敢失了分寸。

顾轻舟跟着督军夫人，上了二楼。

二楼的小客厅，一套真皮沙发，两张镂空雕花椅子，挂着一副印度挂毯，整个房间是巴洛克的奢华风格。

督军夫人请顾轻舟坐。

顾轻舟就坐到了督军夫人身边的沙发上。

她小手纤薄白皙，似春笋般细嫩，双手叠交，随意放在膝盖上，仪态端庄又妖媚。

督军夫人看得有点吃惊：这孩子不太像乡下来的，姿态这么优雅，竟像是世家小姐。

"我不同意退亲。"顾轻舟声音轻柔，似林间的薄雾，旖旎而出。

督军夫人没防备她会这样说，一时间微愣。

"你……不同意？"督军夫人轻愕，"你知道你在跟谁说话？"

这小姑娘不似初见时的羞赧，澄澈的眼眸似有狡猾的光芒闪过。

督军夫人冷了脸。

这就有点给脸不要脸了！

一个从小养在乡下的土丫头，凭什么配得上她的宝贝儿子？

顾轻舟说，她不同意退亲，让和颜悦色的督军夫人一瞬间变了脸。

督军夫人觉得可笑，一个乡下小丫头，以为她自己是谁？

督军夫人现在过问她，无非是督军那边需要一个合理的交代，难不成这小丫头真以为督军夫人是敬重她？

可笑！

"你以为你在跟谁说话？"督军夫人绝艳的面容瞬间冷若冰

霜，眼眸似利刃投射在顾轻舟身上。

退亲不退亲，轮得到她顾轻舟说话吗？

整个岳城，甚至整个长江以南，谁不是挣破了脑袋要跟司家结亲？

当年司督军还只是警备厅一个小警员，是顾轻舟的外祖父孙老先生帮衬了他，孙家对司家有点恩情。

而且，督军夫人能给司督军做继室，也是顾轻舟的外祖父保媒的。

那时候大家身份地位相当，督军夫人又跟顾轻舟的生母是闺密，就结下娃娃亲。

哪里知道，十几年过去了，局势早已大改，督军以一个小警员的身份从军，做到了一方权贵，手握兵权。

司家权势滔天，顾家无法望其项背，早已不是门当户对了。

督军夫人无时无刻不在后悔这门亲事。

顾轻舟配不上，太委屈宝贝儿子了！

督军夫人不想认账，可司督军认死理、重义气，非要她履行旧诺。

督军夫人无法，只得给顾家使计，让秦筝筝带着长女顾缃来督军府做客，然后使劲夸顾缃，给秦筝筝母女盼头，让他们误会督军夫人是喜欢顾缃，想让顾缃做自己儿媳的。

顾家会想方设法逼迫顾轻舟退亲，无须督军夫人亲自出手。

顾轻舟一个无依无靠的乡下丫头，还不是任由继母摆布？

督军夫人维持了她的雍容大度，在督军面前也有话搪塞，同时顺利解决了自己的肉中刺，一箭几雕，正得意着。

一切都照督军夫人筹划的进行，除了顾轻舟！

顾轻舟居然说不同意！

她凭什么不同意？

她有什么资格不同意？

一个次长的女儿，还敢妄想督军府这样的豪门？

真是太不要脸了。

督军夫人冷笑，笑得不可思议：好单纯可笑的孩子啊！

"我当然知晓我在跟谁说话。"顾轻舟面对突然变脸的督军夫人，神色依旧平和娴静，好似没有看到她的变化。

顾轻舟说："抚养我的乳娘李妈身体不好，我打算过些日子把她接到城里，享享清福，乡下实在太苦。所以，我不回乡下了。

"我们家什么光景，夫人肯定知晓，若是没了督军府未来少夫人的名头，他们会吃了我不吐骨头，我可活不下去。您和少帅是我唯一的靠山啊！"

"哈？"督军夫人无语到了极点，也愤怒到了极点，怒极反笑，"这么直言不讳想要攀高枝，你还真的一点脸皮也不要！"

"过奖啦。"顾轻舟淡笑，笑容纯净如初绽的荷，清纯甜美。

督军夫人恨不能撕烂她的脸。

自己一辈子跟狡猾的狐狸斗智斗勇，今天怎么好似输给了一只小白兔？

真是阴沟里翻船。

"……你有什么资格阻止退亲？"督军夫人面容抽搐，所有的雍容一败涂地，"我们凭什么做你的靠山？你知道踩死蚂蚁有多容易吗？"

顾轻舟在督军夫人眼里，还不如蚂蚁！

"踩死蚂蚁是容易，但是消灭证据可就不容易了。"顾轻舟笑道。

她起身，从自己的手袋里，掏出一个香囊。

香囊是墨绿色杭绸，上面绣了很精致的折枝海棠，花瓣配色用心，层层叠叠次第盛绽，华美艳丽。

打开香囊之后，顾轻舟取出一张泛黄的纸，递给了督军夫人。

"您瞧瞧。"顾轻舟笑道。

督军夫人不解，蹙眉不耐烦接过去。

打开之后，督军夫人差点双腿发软，她震惊地看着顾轻舟："你……你……"

她双唇哆嗦，说不出一句话。

"这些信我全部保留了，都是当年我母亲留给我的，说将来好给婆婆做见面礼。"顾轻舟道。

督军夫人脸色惨白。

这些信……

这些信太可怕了！

绝不能让督军知道，更不能让世人知晓！

督军夫人以为这些信早已毁灭了，不承想居然在顾轻舟手里。

"不怕我杀你灭口？"督军夫人从牙缝里挤出几个字，狠戾地盯着顾轻舟。

这么小的年纪，就如此会伪装，而且狠毒，将来绝对是个狠角色，应该杀了她，永绝后患。

"……我们在乡下，也认识了一些人。"顾轻舟笑道，"您可以杀我，杀了之后那些信也许送交给报纸，也许传入茶馆书局，到那时候整个岳城都会知晓信中的内容，您觉得划算吗？"

督军夫人哆嗦着，她终于明白：自己被敲诈了。

顾轻舟明白一个道理：玉不敢跟瓦碰，玉怕碰碎，低贱的瓦则无所顾忌。

督军夫人是玉，顾轻舟是瓦。

光脚不怕穿鞋的，顾轻舟现在就是光脚，她无所顾忌，督军夫人却不能行差踏错！

督军夫人堂堂一方权贵政要的夫人，被一个乡下十六岁的丫头敲诈，简直是丢脸无能！

她恨得面色铁青。

"夫人，我顾轻舟不是不知深浅的人，我今天拿出这些信，就知您永远不可能容得下我，那么我再嫁入督军府，岂不是羊入虎口。"顾轻舟道。

督军夫人微微松了几分神色，错愕地看着顾轻舟。

"所以您要相信我，这绝不是什么缓兵之计，我没打算嫁入督军府！我要的，是少帅未婚妻的身份，让我一个乡下人能在薄情寡恩的父亲家中立足。"顾轻舟继续笑道，"只要两年的时间，我保证，两年之后的今天，我一定会来退亲！"

督军夫人心思千回百转。

她实在拿顾轻舟没法子了。

顾轻舟手里拿住了督军夫人的把柄，想要杀了她，也要等她把那些把柄都拿出来！

"可以，不过信你要全部给我！"督军夫人道，"否则我凭什么相信你？"

"给了您之后，我还有什么资格？"顾轻舟笑道，"夫人，您一直处于高位，我才是处于劣势，战战兢兢谋生。"

"除非您把我惹急了，否则拿出那些信，就是和您同归于尽。我还不想死，您大可放心，那是我的防身之物，我轻易不敢泄露。"

督军夫人再次沉默。

不得不说，顾轻舟是个擅长攻心计的女子，她的话，句句点在督军夫人的顾虑上。

"……我跟您保证，这两年不会给少帅抹黑。"顾轻舟道，"规规矩矩做人做事！"

"我怎么相信你？"督军夫人冷冷道。

"除了相信我，您还有别的法子吗？"

督军夫人哽住。

顾轻舟的敲诈，成功了。

秦筝筝坐在楼下，眼睛时不时盯着楼梯口，心中焦虑："她们俩在楼上谈什么呢？"

她生怕事情有变故。

同时，秦筝筝也觉得自己的担心是多余的。

督军夫人多次表明，顾缃这等才女，才有资格做督军府未来的女主人。

顾轻舟一个乡下丫头，单凭十几年的旧约，谁会把她放在眼里？

督军府也丢不起这个人！

"缃缃高挑儿美丽，十三岁留学英国，四年后归来，真正的英伦淑女，那个乡下丫头有什么资格和缃缃比？"想到这里，秦筝筝又底气十足，舒服地倚靠着柔软的沙发，等待消息。

一个小时之后，顾轻舟和督军夫人下了楼。

她们两人脸上都有笑。

督军夫人眉眼深邃，笑容里带着几分意味深长；而顾轻舟笑容轻盈俏丽，宛如得了一块糖的天真少女。

秦筝筝站起来，想看看她们谈得如何，却没看出端倪。

若是谈拢了，顾轻舟应该失落伤心；若是没谈拢，督军夫人应该愤怒生气。

结果呢，她们两个都带着娴静笑容，让秦筝筝摸不着头脑。

怎么回事？

"先回去吧，我后天办舞会，你一定要来。"督军夫人轻轻地拉着顾轻舟的手，将她送到了门口。

"是。"顾轻舟笑着，看似无辜又单纯。

督军夫人轻轻地咬了咬嘴唇，眼角微微抽搐。

秦筝筝看得满头雾水。

离开督军府，秦筝筝迫不及待地问顾轻舟："怎样，和督军夫人说了什么？"

顾轻舟想了想，道："就是说些家常话……"

"那退亲的事呢？"秦筝筝问，语气装作漫不经心，眼睛却死死盯住顾轻舟。

"夫人说，她后天办舞会，到时候亲戚朋友都来了，她会宣布一件很重要的事。"顾轻舟道。

秦筝筝倏然松了口气，大喜。

她坐正了身姿。

秦筝筝和督军夫人也算旧相识了。

顾轻舟的生母叫孙绮罗，秦筝筝是孙家的表亲，父母双亡之后，她投奔了孙家。

督军夫人叫蔡景纾，小时候住在孙家隔壁，孙绮罗常照顾她，她跟孙绮罗感情很好。

后来，还是孙家的老爷子保媒，将蔡景纾嫁给了当时是个小警员的司督军。

那时候，司督军乡下原配死了，还有个三岁的儿子，蔡景纾不太愿意，是孙老爷子说，司督军前途不可限量。

正是因为如此，司督军至今感激孙老爷子，不肯退掉孙老爷子的外孙女顾轻舟。

督军夫人和孙绮罗从小感情还不错，孙绮罗是个很大方的人，总是给督军夫人买衣裳、买首饰。

秦筝筝做了孙绮罗丈夫的外室，督军夫人也是恼怒。

可到底十几年过去了，督军夫人也不再是当年的蔡景纾，她甚至记恨定亲这事，毁了她儿子的婚姻，从而记恨去世多年的孙绮罗。

督军夫人嫁给司督军的第二年，就生了个儿子。

那个儿子，便是司二少帅，顾轻舟的未婚夫。

不过，很快司二少帅就不是顾轻舟的未婚夫，而是顾绁的未婚夫，秦筝筝的女婿了。

秦筝筝得意地笑了笑，心想："外头已经有些流言蜚语，说二少帅定过亲，遮掩不掉。督军夫人开舞会，肯定是要当着众人的面，让他们见识见识乡下姑娘的丑态，从而宣布退亲！"

想到这里，秦筝筝就幻想着后天顾轻舟第一次去舞会，笨得手忙脚乱的模样；以及督军夫人宣布退亲时，众人的嘲讽，顾轻舟的狼狈，秦筝筝几乎笑出声。

"也许，督军夫人会趁机再次宣布，绁绁是二少帅新的未婚妻呢-"秦筝筝美美地想。

她要去给顾绁再添几套衣裳和首饰，让顾绁光彩照人。

秦筝筝瞥了眼顾轻舟。

顾轻舟安静坐着，眉眼低垂。她的面容藏在阴影里，看不出喜悲。

"乡下人嘛，就应该嫁个庄稼汉，想嫁权贵高门，着实太痴心妄想了。人应该清楚自己的分量。"秦筝筝想着。

这些话，她不会告诉顾轻舟，现在秦筝筝还是在扮演慈母。

回到顾公馆时，顾轻舟在楼下轻声说了句："太太，我先上楼了。"

她叫太太，秦筝筝也懒得反驳。

在秦筝筝心里，顾轻舟还真不如她家的用人，地位太低下了！

顾轻舟上楼，秦筝筝的长女顾绁则急促下楼了。

'姆妈，谈得怎样？"顾绁紧张地问她母亲，"退了吗?"

秦筝筝抿唇一笑。

顾绱会意，立马大喜，一颗心落地了。

秦筝筝心情也很好，昨晚老三受伤的郁结都一扫而空。

"……那，督军府什么时候和我定亲？"顾绱又问。

秦筝筝喜欢在女儿面前摆威严，她很笃定地将自己的猜测，认定为事实，对顾绱道："后天！"

自信满满。

顾绱捂住唇，惊喜若狂的尖叫声还是压抑不住。

她很快就是人上人了。

"姆妈，我要去买衣裳，去新新百货买一身皮草！"顾绱激动道，"我还要去做头发。"

新新百货是中等百货，国货比较多。

"去什么新新百货！"秦筝筝道，"大新百货的俄国皮草，那才是极品的。"

大新百货的皮草价格，至少是新新的十倍。

顾绱从来没幻想过，去买那么贵的衣裳。她父亲虽然是海关衙门的次长，油水极其丰厚，可他有一大家子要养活，太贵的奢侈品，想也不要想。

"姆妈，你真是太好了！"顾绱激动得抱住了秦筝筝。

母女俩都有点激动。

晚夕，秦筝筝还把这事告诉了顾圭璋。

顾圭璋没说什么。

一个女儿倒了，另一个女儿站起来，他地位不变，反正他女儿多，不在乎。

晚饭的时候，顾轻舟安静吃饭，不说话，模样乖巧，倒也很惹人喜欢。

第二天，顾绱一大清早就起来，准备和秦筝筝去逛大新百货。

顾圭璋、顾绍、顾缨、顾轻舟和两位姨太太，坐在饭厅吃饭，听到顾绱说去大新百货买皮草，几个女人都不太自然，除了顾轻舟。

她们也想添一身皮草，闻言很嫉妒。

特别是二姨太白慕，哀怨地看了眼顾圭璋。

"姆妈，我也要去!"老四顾缨记吃不记打，已经忘记她捅伤老三的事，撒娇着拉秦筝筝的手。

"你去做什么?"秦筝筝甩开了老四的手，"还嫌给我惹的事不够多! 你大姐将来要做督军府的少夫人，你做什么要那么贵的衣裳?"

众人都停下筷子，看着秦筝筝，特别是顾圭璋的两个姨太太，嫉妒得眼睛冒火。

哼，把原配女儿的婚事夺了，还这么得意，不知耻!

顾轻舟则垂首慢慢喝粥，面无表情。

二姨太看了眼顾轻舟，心想："可怜，乡下这孩子没见过世面，还不知道督军府的地位，要不然那么好的婚事被抢，怎么也要哭死的!"

众人各有心思时，督军府的人来了。

来的是督军府的副官。

"夫人让我给顾小姐送一套礼服，明天晚上的舞会要穿的，不用劳烦顾太太费事去置办。"督军府的副官道。

秦筝筝眉开眼笑。

顾缃大喜，心想未来婆婆真够疼她的，于是伸手去接："有劳副官。"

那副官却撇开了她。

"不是给您的，大小姐，是给轻舟小姐的。"副官道。

不知是谁，手里的筷子啪嗒掉在桌面上，清脆作响。

所有人都震惊，目光全凝聚在顾轻舟身上。

不是退亲了吗，怎么督军夫人要给她送衣裳?

顾轻舟闻言抬眸，她扫了眼众人，眼底平静似水波，宠辱不惊地站起身来，接过了副官手里的衣裳，道："多谢啦，您辛苦!"

督军府办舞会，是顾轻舟的主意。

她要督军夫人当着全城权贵的面，承认她是督军府二少的未婚妻。

至于将来退亲，顾轻舟保证让二少主动提出，二少抛弃她。

督军夫人一开始觉得匪夷所思，她是不会公开承认的。

可顾轻舟说了一番话。

"您依诺承认二少养在乡下的未婚妻，世人该如何褒奖您的高风亮节？"顾轻舟鼓励督军夫人，"两年之后，让少帅寻个借口退亲，到时候世人只会说，'到底是乡下丫头，没见识，怎么配得上少帅？督军府已经仁至义尽了。'您看，您和少帅重情重义，名声只会增加，不能减少，您能获得百姓的敬重，少帅能获得将士们的敬重！这两年里，我保证低调不惹事，不借用督军府的名义给您脸上抹黑，您可以信任我。您公开承认我的身份，我们互赢。少帅娶十个八个姨太太，都是男人的风雅，您承认我的身份，不耽误少帅风流快活，他也是愿意的。"

顾轻舟果然擅攻心计，一番话就打消了督军夫人的全部顾虑。

督军夫人考虑了一下，竟然觉得顾轻舟所言非常有道理，就同意了。

为了让顾轻舟看上去更体面些，督军夫人甚至主动送了套洋装礼服给顾轻舟。这是意大利定制的，原本是要给督军府的二小姐做生辰礼。

督军夫人估量了一下顾轻舟的身段，尺寸和二小姐差不多，就叫人送来了顾家。

顾家则炸开了锅。

所有人都震惊地看着顾轻舟，包括顾圭璋。

不是说退亲了吗？

退亲，还用打扮顾轻舟吗？

秦筝筝和顾绁也深感不妙，脸色灰白，特别是顾绁，急促地望着秦筝筝，希望从母亲脸上寻到安慰。

可秦筝筝自己脸色更难看。

二姨太和三姨太嗤笑，幸灾乐祸，凑到顾轻舟身边："瞧瞧这礼服，是意大利空运过来的，督军府果然财大气粗！轻舟小姐，以后富贵了，可别忘了娘家啊。"

顾轻舟微笑了一下，没有因为两位姨太太的话而忐忑，她说："你们误会了。"

秦筝筝也把礼服接过去。

可惜，尺寸不太适合高挑儿的顾绸，只能顾轻舟穿。

秦筝筝恨得咬牙："不是说退亲了吗，怎么督军夫人还给你送衣裳？"

她当着所有人逼问。

"我也不知道啊。"顾轻舟一脸茫然。

顾轻舟的单纯与茫然，反衬出了秦筝筝和顾绸的贪婪和市侩。而秦筝筝这般逼问，更是毫无遮掩。

顾圭璋忍无可忍，看着妻子女儿的丑态，怒道："都回屋！"

顾轻舟就抱着她的礼服，回屋去了。

今天海关衙门休息。顾圭璋一整天都在家，屋子里静悄悄的，就连麻药过后疼得哭的顾三，也只是咬着唇掉眼泪，不敢喧哗。

快到午膳时候，顾轻舟下楼，对坐在客厅看报纸的顾圭璋道："阿爸，我……我第一次进城，不知城里什么模样，我能出去看看吗？"

顾圭璋心烦。

抬头，触及一双水灵灵的眸子，清澈莹然，甚至能倒映出他自己的影子。

在那倒影里，他看到一个伟岸的父亲，那是女儿眼中的他。

顾圭璋还记得轻舟小时候，眼睛就很机灵，照顾她的乳娘李妈说，轻舟很早慧。

往事一桩桩浮上心头，铁石心肠的顾圭璋竟觉得对不住她，难得心软："让你姐姐陪你去……"

说罢，又觉得不妥。

她姐姐顾绸正在担心抢夺她的婚姻无望，岂能善待她？

她两个妹妹，半夜拿剪刀杀她。

总之，这个家对她而言，应该是虎狼之窝。

"……陈嫂！"顾圭璋喊了用人。

一个三十来岁的女人，穿着深蓝色粗布斜襟衫，进了客厅。

陈嫂慈眉善目，是顾家厨房里管饭的。

顾轻舟起得早，跟她闲聊过，她挺喜欢顾轻舟的。

"陈嫂，你带着轻舟小姐上街，就咱们附近这几条街上，去吃吃咖啡，看看电影，买两套衣裳鞋袜。"顾圭璋道。

说罢，顾圭璋从钱夹子里，掏出三张粉红色的现钞，递给了陈嫂。

三十块！

三十块钱，足够顾家半个月的生活费，老爷今天好大方！

陈嫂赶紧擦干净手，接过了钞票，欢喜地说了句"是"。

她稍微换了套干净衣裳，就带着顾轻舟出门。

顾轻舟道："谢谢阿爸，那我走了！"

她声音柔柔软软的，更像顾圭璋想象中的女儿——女儿就应该温柔似水，可他家中那三位呢？

有了对比，轻舟更合顾圭璋的心意。

顾轻舟跟着陈嫂出门。

她们先在门口叫了黄包车。

"去圣母院路。"陈嫂对车夫道，扭头又对顾轻舟说，"轻舟小姐，圣母院路有家电影院，对面就是咖啡店，不仅可以吃咖啡，还能跳舞呢。"

"我不会……"顾轻舟低笑。

"学学就会啦。"陈嫂鼓励她。

两辆黄包车，一前一后。

陈嫂的黄包车在前头，顾轻舟的在后头。约莫跑了十几分钟，街上倏然有点乱，汽车全挤在一块儿，顾轻舟的黄包车落在后面了。

这时候，一辆奥斯汀轿车倏然靠近她的黄包车。

车上下来两个高大壮实的男人，拦住了黄包车。

车夫停下，顾轻舟微讶。

轿车上伸出一只穿短靴的大长腿，稳稳落地，一个高大轩昂的男人，下了汽车。

他穿着青蓝色的大风氅，深色西装和马甲，身子微倾，双手撑在黄包车上，俯身看着顾轻舟："小贼，找你可不容易！"

那个男人——在火车上的那个男人！

顾轻舟心中猛然乱跳：他知道她偷走了那支勃朗宁，所以叫她小贼。

"你是谁?"顾轻舟很快镇定下来,假装不承认,"我没见过你!"

男人失笑,一把抓住了她的胳膊:"走,带你认识认识我!"

他不由分说,就把顾轻舟从黄包车上扯下来,送入了自己的汽车里。

男人手臂强壮有力,几乎把顾轻舟提起来,顾轻舟挣脱不开。

汽车很快开走。

车厢里都是男人清冽的气息,还有烟的香醇。男人上车就点燃了雪茄,青烟缭绕中,他深邃的眸子什么也看不真切。

顾轻舟拳头攥得紧紧的。

她正要说点什么,男人随手丢了雪茄,就把她抱到了自己腿上。

他揽住她纤柔的后背,摩挲着她的腰,脸凑在她的脸侧:"小贼,我的勃朗宁呢?你胆子长毛啊,那玩意儿你也敢偷?"

"我不知道你在说什么!"顾轻舟咬牙,挣扎着要下来,却被他箍得更紧。

他唇齿间透出雪茄的清冽香醇,唇若有若无地撩过她的唇,干燥冷冽。

顾轻舟使劲躲。

"不承认?"男人低声笑,"没事,先去吃饭,这时候都饭点了,吃完饭慢慢聊!"

"我要回家!"

"吃完饭,我送你回家,你阿爸姆妈不会怪你的。"男人铁了心道。

她说不行,他就凑得更紧,几乎就要吻上她。

顾轻舟躲闪不及,先应承着他。

只是,陈嫂要急死了。

男人带着顾轻舟去吃饭。

最地道的岳城馆子,一间僻静的雅间,他点了几样岳城名菜,要了一坛花雕。

顾轻舟的乳娘李妈妈就是岳城本地人,她的岳城菜比这馆子里的更地道。

吃了几口，顾轻舟兴致阑珊，吃不下去了。

"喝酒吗？"男人自己不怎么吃菜，酒倒是喝个不停，见顾轻舟也不吃了，端起酒盏问她。

顾轻舟摇头："我不会喝酒，我要回去了……"

男人轻笑，好似听了个玩笑话。

他用力拽过她，将她抱着坐在他腿上，她身子轻柔，雪肤明眸，年纪又小，像只软萌的兔儿。

他声音难得地温柔，酒香溢出："知不知道我在火车站找了你三天？"

为了那支勃朗宁手枪……

顾轻舟更想要那支勃朗宁，装傻又太刻意了，抿唇不答。

"叫什么名字？"他又问。

顾轻舟道："李娟。"

"真叫李娟？"

"是！"

"嗯，娟儿，好听！"男人接受了，轻声笑着，粗粝的手指按压她的唇，想吻上去。

他的手长期握枪，磨出一圈粗粝的老茧，压在她柔嫩的唇上，酥酥麻麻的触觉，顾轻舟想躲。

"为何要抱我？"顾轻舟迎上了他的眸子，问道。

"怎么，不喜欢？"男人挑眉反问。

"我又不是妓女。"顾轻舟蹙眉，"对好人家的姑娘，这样搂搂抱抱？你们岳城人都这样？"

男人听了这话，并没有恼羞成怒，而是笑，搂得她更紧了，轻轻地咬她的耳垂："做我的妓女，不委屈你！"

顾轻舟咬牙。

她正要推他，甚至要恼怒扇他耳光的时候，雅间门被推开了。

男人的随从兴奋道："人抓到了！"

"好，太好了！"男人很高兴，丢了手里的酒盏，拽起顾轻舟，"走，带着你去看审犯人！"

顾轻舟听到审犯人，就以为是去警备厅。

可男人的汽车一路出城。

城外有一处守卫森严的监牢，牢中宽大复杂，场地上沁出暗红，似无数人的鲜血浸染。

顾轻舟有点冷，她缩了肩膀。他们不是去警备厅的大牢，而是去军政府的大牢。

她身后跟着男人的随从，一步落下就要撞到人身上，只得拼命小跑，跟着男人的脚步。

他们进了监牢。

监牢的一隅，关着八个高大精壮的犯人，个个被打得皮开肉绽。

"审了一个小时了，屁也没问出来！"下属禀告道。

男人坐在椅子上，拍了拍他旁边的位置，让顾轻舟坐下。

"拿烙铁烫。"男人云淡风轻道。

"烫了，他们嘴巴紧！"

"嘴巴紧？"男人摩挲着自己的下巴，玩味般想了想，"换种方法试试！"

顾轻舟头皮一紧。

男人的语气，意味着"另一种方法"，更加残酷。

"去准备。"男人随意对手下人道。

顾轻舟手指头发僵，用力才能蜷缩起来。

那边，果然很快就架起了刑架，男人吩咐将囚犯架上去，实施酷刑。而其他囚犯，都被男人派人押在旁边观看，震慑他们。

"我要回家！"顾轻舟后背一层薄汗，声音都在发抖。

"别跑！"男人一把将顾轻舟圈在怀里，抱着她看。

顾轻舟被男人捏住下颌，逼迫她看着场地里动用酷刑，耳边全是犯人凄厉的叫声，顾轻舟整个人都在发抖，她死死咬住唇，才没有跟着尖叫起来。

"我说，我说！"剩下的犯人全吓疯了，个个争先恐后交代。

"是程副将的意思，程副将想要除了您……"

这男人是当兵的。

他果然是岳城军政府的人。

轻舟哇的一声，吐了一地，后面的审讯再也听不见。

回去的时候，男人很亢奋，上车就紧紧搂住了轻舟。

"放开我！"顾轻舟嘶叫，使劲挣扎捶打，再也没有了之前假意迎合的耐性，"你这个变态，你这个变态！"

她声音尖锐刺耳，男人微微蹙眉，吻住了她的唇。

他堵住她的嘴巴，顾轻舟愣住。

她的初吻！

男人还把舌头顶进来，温热的舌撩拨着，让她无处可退。

顾轻舟回神，压抑心头乱跳的悸动，又踢又打，从喉咙间骂变态！

他真的太变态了！

那惨叫声，顾轻舟这辈子也忘不了。

他最变态的是，他压住她的脑袋，逼迫她跟着看。

顾轻舟不想看，她吓得手脚全软了。

十分惨烈，可谓人间炼狱！

顾轻舟想吐，已经吐了三四次，胃里什么也没有了。

她又恶心又害怕，眼泪簌簌地滚，又被这变态吻住，脑子里逐渐模糊，她晕眩了。

最变态的是，这么可怕的事，他居然看得血脉偾张！

简直是魔鬼！

男人却越吻越深。

每次杀人，他浑身亢奋，精神特别足。

他粗粝的手掌在她的周身游走，顾轻舟哭了，浑身没了半分力气，任由男人捏扁捏圆。

她回城是有目的的，她必须得完成，而不是来做某个男人的妓女！

顾轻舟恨极，在火车上的那个晚上，应该顶住被他割喉的恐惧，大声嘶喊暴露他！

"是处吗？"男人声音嘶哑，压抑着粗重的呼吸。

顾轻舟一脸的泪，精神处于崩溃的边缘。

她耳边嗡嗡的。

"这么小，应该还是处。"男人的呼吸更加急促，"你承受不住的。"

他重重拍了司机的后座："去堂子！"堂子算是比较高级点的妓馆。

司机道"是"，加快了车速。

到了堂子门口，他居然将顾轻舟扛在肩上，一起带入。

"不，不！"顾轻舟回神，看到是妓院，又闹腾起来。

她不是妓女，她不要进这种地方！

男人却重重拍她的屁股："乖！"

顾轻舟原本就头晕目眩，被他扛在肩头，脑袋回血，彻底失去了方向感，整个人似飘在云端上，再也没力气挣扎。

他不顾四周投过来的目光，将她带进了一间奢华的包房。

他放下她就吻她，将她抵在床头旁边的墙壁上，吻得疯狂，吞噬着她柔软的唇，几乎要将她撕裂入腹。

顾轻舟一点力气也没有。

"少爷……"旋即，一个身材火爆的女子，进了包房。

这变态就放开了顾轻舟。

他的呼吸更重了，似只发情的猛兽。

他离开顾轻舟的唇，顾轻舟以为自己终于解脱时，男人从身后掏出一副手铐，将顾轻舟铐在床脚上。

顾轻舟挣扎着，弄得手铐一阵乱响，却无法脱开，她厉叫："你做什么，你这个变态，你放开我！"

她不想看他杀人，更不想看他行房。

他却把她锁在他床边的柱子上。

顾轻舟厉哭："你这个变态，变态，神经病，变态！"眼泪禁不住又滚落。

顾轻舟就被锁在床边，他做了什么，她全知道，然后她彻底崩溃了。

活了十六岁，她好似把人生最黑暗的都见识过了。

一个小时之后，这变态终于从女人身上起来。

他洗了澡，解开了顾轻舟的手铐，要带着她离开。

上了车，男人拍顾轻舟的脸："回神，吓到了？"

顾轻舟想骂又想笑，她似乎经历了地狱般的一个下午，他却轻描淡写地问她是不是吓到了……

顾轻舟更想哭，可是眼睛里已经流不出半滴眼泪，她的魂魄像离体了，她一点力气也没有。

"去顾公馆！"男人道。

中午绑架顾轻舟的时候，男人让下属拦住了那个黄包车司机，问他是从哪里出发的。

故而，他知道顾轻舟是顾公馆的小姐。

顾轻舟骗他说她姓李，男人也没反驳。

下车时，已是黄昏。

男人将她放在顾公馆门口，就开车离开了，并没有送她到屋子里。

回到车上，他有点疲倦了。

司机是他的老下属，轻声问："是回督军府，还是去别馆？"

"去别馆。"男人揉了揉额头，道。

奥斯汀轿车转头，回到了男人自己的别馆，是一处很精致小巧的法式小楼。

回到别馆，负责打扫和煮饭的孙妈告诉男人："夫人今天打电话来了，明晚督军府有个很重要的舞会，让您回去一趟。"

男人摆摆手，不理会。

第二天早起，他就把这事忘得精光。今天还有集训，他吃过早饭就赶去营地了。

第二章

订婚舞会

顾轻舟似在地狱中走了一遭，回到家后精神恍惚。

顾公馆众人神色各异。

她父亲阴沉着脸，分外不满。

和她走散的陈嫂，已然是吓得半死。

顾轻舟回房关上了门，眼前全是那个可怕的场景……

她捂住嘴，哭到抽搐，又呕吐。

她遇到了魔鬼。

"都是那支勃朗宁手枪惹的祸！"顾轻舟后悔不迭。

她当时也是顺手，就拿了他的枪，哪里想得到后患无穷？

"他知道我家在哪里，我却不知他是谁！他既然是军政府的人，对付我父亲还不是易如反掌？"

这世道，扛枪的总是强硬过从政的，所以军政府碾压市政府，很多地方市政府不过是军政府的傀儡。

顾轻舟想把枪还给他，却不知去哪里还，更不知他下次还来不来找她！

为了那支枪，他可以在火车站寻她三天；大概是因为她拿了他的枪，所以一见面他就搂搂抱抱，将她视为己有，像对待风尘女子那样，他用一支枪买了她。

偏他又是魔鬼！

他对付敌人的方式，他对付女人的手段，顾轻舟不寒而栗。

她怕，她害怕他对人行刑之后还亢奋的变态！

任何手段和道德，在魔鬼眼前都不值一提！

顾轻舟不知哭了多久，有人轻轻地敲阳台的门。

她异母兄长顾绍，站在阳台上，已经听闻她哭了多时。

阳台的门没有锁，见她抬眸，看到了他，顾绍就走进来。

"迷路没什么可怕的。以后你想去哪里，我陪你去。"顾绍站在她床边，轻声道。

一缕缕的温暖，沁入她的心田。

他们都以为顾轻舟矫情，不过是迷路，就吓得这样！

"阿哥！"顾轻舟虚弱拥被，眼泪流了满脸，眼皮都浮肿了。

顾绍就坐到了她的床边，轻轻地握住了她的手。

他的手掌纤薄却干燥温暖，给了她友善和力量。

顾轻舟抱住了他的腰："阿哥，我怕！"

"不怕！"顾绍一愣，精神有点紧绷，同时也轻轻地拍着妹妹的后背，"不怕的，舟舟……"

约莫过了半个小时，顾轻舟让顾绍回房去休息。

顾绍亦担心母亲和姐姐骂他，只得先走了。

这一夜，顾轻舟没怎么睡着，合眼都是那血淋淋的画面，还有堂子里那个女人凄厉的惨叫。

顾轻舟从小早熟，她的乳娘李妈教她复仇，教她怎么应对继母和姊妹，教她如何网罗人脉，却独独没告诉她怎么对付一个魔鬼一样的男人！

第二天早上，顾轻舟萎靡不振地起了床。

吃过早饭之后，父亲去衙门了，老二顾绍和老四顾缨去学校，老三顾维伤口化脓发烧，住到德国教会医院去了，秦筝筝带着长女顾缃出去买衣裳做头发，准备今晚督军府的舞会。

独顾轻舟留在家中。

她又睡着了。

等她醒过来，已经是黄昏，眼睛的浮肿已经消失了，她精神也好了很多。

她换了衣裳，穿着督军府送过来的那件淡粉色收腰洋装，满头齐腰的直发，用一根白玉簪绾起。

古典的绾发，配上新式的洋装，老旧和新派在她身上融合得很完美，一点也不违和，似从古画里走出来的美人。

顾轻舟下楼的时候，正巧父亲和二哥顾绍回家。

他们父子推门进来，就见楼梯蜿蜒处，娉婷少女款款而行，粉色洋装泛出温润的光，映衬着她雪白细腻的小脸。

纤长的颈脖上，垂落了几缕黑色散发，黑发红颜，周身似披着绚丽的光，妩媚灼目。

顾绍呼吸一顿，脸不由自主红了。

顾圭璋很骄傲，他终于有了个像样的女儿。昨日顾轻舟迷路给他的不快，顿时消弭。

"阿爸，阿哥，你们回来啦。"顾轻舟淡笑，声音低婉。

柔软澄澈的眸子，泛出细碎的光，顾轻舟很温柔。

"晚上去督军府，要处处听你母亲的话。"顾圭璋交代几句。

顾轻舟一一应下，十分乖巧听话。

秦筝筝随后也带着顾绁下楼了。

顾绁穿了件银色绣折枝海棠的旗袍，包裹着曼妙丰腴的身材，曲线玲珑，脸上画了精致的妆容，烫了卷发。

若顾绁是外头的女人，顾圭璋就觉得她很美，美得叫人骨头里发酥，可她是他女儿，顾圭璋就觉得她像出去卖笑的，丢尽了顾家的脸！

父亲都不喜欢女儿性感，只喜欢女儿单纯可爱，像顾轻舟这样。

"穿的什么东西，小小年纪不学好！"有了对比，顾圭璋愤怒了。

秦筝筝看了眼顾绁，再看了眼顾轻舟清纯俏丽的装扮，顿时明白丈夫的火气。

安抚了几句，督军府的车就来了。

顾轻舟、顾绁和秦筝筝上了车。

顾绁被她父亲几句话气得呼吸沉重。她太生气了，她父亲在顾轻舟面前，把她贬得一无是处。

正巧顾轻舟就挨着顾绁坐。

顾绁忍不住，伸手使劲掐顾轻舟的腰，恨不能掐死这个小贱人！

她掐得很用力，想把顾轻舟的一块肉拧下来。

顾轻舟的洋裙被她掐皱了一块。

应该很疼的。

可顾轻舟面无表情。

顾绡越发气了，悄悄拔下自己的耳钉，用耳钉扎到顾轻舟肉里。

这下应该疼了吧？

顾轻舟依旧没反应，只是见顾绡越来越过分了，顾轻舟反转过手，就听到咔嚓一声，她把顾绡的手腕扭脱臼了。

"啊！"顾绡惨叫。

"怎么了？"秦筝筝坐在最右边，被女儿的哭喊吓了一跳。

"姆妈！"顾绡大叫大哭，"我的手！"

她的手腕已经掉了，用不上半分力气！

"姆妈，她扭断了我的手！"顾绡哭道，"姆妈！"

秦筝筝不可思议地看着顾轻舟。

顾轻舟茫然地说："我不知道怎么回事啊……"

她装得好无辜。

秦筝筝心中惊涛骇浪。

顾绡哭得满脸是泪，妆容全花了。

"真的使不上力气？"秦筝筝错愕地问。

顾绡含泪点头。

这可怎么办？

今晚是有大事的啊，顾绡难道带着断手去督军府？

"你能忍吗？"秦筝筝问女儿，"反正是左手，忍到结束再去医院？"

"嗯！"督军府的权势太诱人了，顾绡咬牙，疼死也要坚持到司夫人宣布她是少帅新的未婚妻再离开。

顾绡回手，想要用另一只手打顾轻舟一耳光。

顾轻舟稳稳接住了她的手，稍微用力。

顾绡吓得大叫。

她不想两只手都被顾轻舟扭断。

"轻舟！"秦筝筝厉喝，"你做什么？"

"是大小姐伸手要打我的。"顾轻舟道，同时丢开了顾绡的手，"我没有折断她的手，太太还不知道吧，折断一个人的手，需得极

048

大的力气，我可没有……"

折断一个人的手腕，若是用蛮力，当然需要很大。

若是中医，就大不一样了。

中医知晓人体所有的关节，随便折个手腕，还不是跟玩一样？

顾轻舟擅长中医，顾家的人不知道，她唇角轻微挑了一下。

秦筝筝则真的被顾轻舟糊弄得糊涂了。

是啊，顾轻舟那么柔软纤细的一个姑娘家，怎可能在一瞬间折断顾绲的手？

可顾绲不像是装的啊。

秦筝筝头疼了，她第一次觉得自己的脑子不够用，总觉得哪里不对劲，好似她们母女被人耍得团团转。

夜幕已降，督军府门口的路灯次第亮起，橘黄色的光芒如薄纱，流转萦绕，很是缠绵妩媚。

顾轻舟下了汽车。

灯光笼罩下，每个人的眉眼都柔婉和善。

督军府开舞会，岳城世家名流悉数到场。大门前的场地，早已停满了各色豪华座驾，香车宝马，华衣锦服。

"轻舟小姐，顾太太，这边请。"随行的副官亦下车，步履沉稳地领路，将顾轻舟视若上宾。

顾轻舟略微领首，纤细下颌优雅，姿态婀娜跟着副官进门。

督军夫人蔡景纾立在二楼，身姿随意斜倚在窗帘后面，把玩着浅绿色的浓郁流苏，眼睛时刻盯着进出大门的车辆，双眸冷冽又柔媚，带着蚀骨的光芒。

她瞧见了自家派去接顾轻舟的车回来了，这才微微笑了一下。

顾轻舟来了！

"你还真敢来！"督军夫人自言自语，"既然来了，自然有你的好果子吃！一个乡下丫头，你竟敢威胁我？"

她安静微笑，早已有了妙计对付顾轻舟，让顾轻舟既不敢拿出她的证据，同时又能丢尽颜面。

督军夫人缓步下楼。她今天穿了件深紫色洋裙，裙袂曳地，行走间顾盼生姿，完美地融合了她端庄又艳冶的风情。

"这就是督军夫人？一点也看不出，她替督军生了五个孩子。"一个四旬男人端着水晶高脚杯，杯中的红葡萄酒泛着艳色涟漪，染透了他的眸子，他目不转睛盯着督军夫人。

真是美人，整个岳城的名媛贵妇，容貌仪态远远不及督军夫人的万一。

只可惜，这样尊贵的女人，无法沾染，否则死也要献个殷勤的。

男人身边的同伴也惊艳，道："她就是督军夫人！不过，她只生了两个孩子，二少帅和三小姐，其他都不是她生的。大少帅是原配生的，其他两位小姐是姨太太生的。"

"哦，怪不得……"

随着督军夫人下楼，议论声缓缓停止。

男人惊艳，女人羡慕，所有人的目光都在督军夫人身上。

督军府的舞厅很大，可以容纳三百人，数盏水晶吊灯在光滑如镜的地面上落下点点碎芒。

奢华的大厅里，乐队已经准备就绪，先是钢琴缥缈的乐音旖旎盘旋。

督军夫人风韵犹存，足以逼退这世间的繁华，只剩下她的婀娜风情。

顾轻舟踏入督军府的大舞厅时，亦被富丽堂皇、香鬓华服映花了眼睛，恍惚步入云端仙境。

"姆妈，这比伦敦最大的舞厅都要讲究，还请了白俄人弹钢琴!"顾缃兴奋，双颊微微发红。

只要她嫁入司家，这奢华的排场以后就是她的了，顾缃心头发热。

"是啊，我第一次来……"秦筝筝也惊呆了。

顾家在岳城只能算中等人家，这样的顶级豪门她们攀不上。督军府的盛筵，秦筝筝无缘一见，今天还是沾了顾轻舟的光。

她们惊诧着看着这舞厅的时候，顾轻舟已娉婷地走进去了。

副官领着她们三个人，到了西南边的座位坐下之后，穿着制服的侍者端了红葡萄酒过来。

顾缃率先拿了一杯。

秦筝筝也接过一杯。

见顾轻舟亦伸手时，顾缃轻蔑地笑道："你会喝葡萄酒吗？没见过世面，就别糟蹋东西了。"

顾轻舟笑笑，莹白如玉的小手接过了水晶酒杯，轻轻地晃了晃，喝了一口。

顾缃一哽：看她的模样，倒也像会品酒的，没出丑！

"阿姐，你的手不疼了吗？居然还有心思关心我有没有见过世面，你对我真好。"顾轻舟微笑。

顾缃语塞，手腕被忽略的疼痛经过顾轻舟的提醒，再次传来，她吸了口凉气，对顾轻舟的讽刺又不知如何回应，气得不轻。

而后，陆陆续续有客人来了，舞厅里衣香鬓影，男人都穿着燕尾服，女人皆是长款洋装礼服。

督军夫人跟众人寒暄见礼，却始终没走到顾轻舟这边，对顾轻舟视而不见。

"姆妈，督军夫人怎么不过来打声招呼啊？"顾缃也看出了督军夫人对她们的冷落。

而四周也有人打量她们。

"是谁啊？"督军府的贵宾，九成都是彼此熟悉的，只有顾家母女是陌生的面孔，众人纷纷揣测她们的身份。

"没见过呢。"

"认识她们吗？"

众人摇头。

有位名媛低低笑道："皇帝还有三门穷亲戚呢。"

这就是说，顾家母女是督军府不知名的穷亲戚。

高傲的女眷们投过来鄙夷的目光，挑剔着上下打量她们。

顾缃有点急了，她不想被人瞧不起。

秦筝筝不回答女儿，却也频频看向督军夫人，希望督军夫人能过来，给她们撑撑面子。

唯独顾轻舟，慢腾腾喝酒，神色悠闲，不带半分焦虑，好似完全跟她无关。

而后，顾轻舟听到她身后三四个女孩子闲聊。

"你知道今天为何开舞会吗？"有个女孩子声音俏丽柔嫩，问道。

"不是说了吗，今天是二小姐的生辰。"

"二小姐只是庶女，凭什么给她开这么大的舞会啊？我很久没见过二小姐了，听说她还在英国留学，至今还没回来呢。"

"那为何开舞会？"

"我姆妈说，今天二少帅的未婚妻要来，这是督军夫人给她接风洗尘的。"

这席话，顾轻舟听到了，顾缃也听到了。

顾缃倏然一阵兴奋，粉嫩双颊泛红，她自然以为二少帅的未婚妻是她了。

"二少帅的未婚妻？"有个少女声音尖锐，不愿意相信，"二少帅何时定亲了？"

"是娃娃亲！"

"说起来，我已经很多年没见过二少帅了，他不是早从英国念书回来了吗，怎么从来不见他露面？"

顾轻舟听到这里，竖起了耳朵。

顾缃和秦筝筝亦然，她们母女对督军府也知之甚少。

"回来五年了吧。"有个人接话，"别说你们，就是司家的亲戚朋友，也说多年不见二少帅呢。"

"他这么神秘，是不是在督军的军中任职啊？"

"在军中任职很平常，为何要神秘不见人呢？"

这时候，有一个声音插进去："我阿姐跟司家的小姐是闺密，她说二少帅其实是生病了，病了很久……"

"什么病啊？"

顾轻舟听到生病，就有点走神。

她想起了昨天那个男人。

审讯的时候使用极刑，再将那人钉在木桩上，然后精神亢奋地发泄自己的情欲，他算不算病人？

顾轻舟觉得他肯定是患了某种精神病！

也许，司家的少帅也是得了精神病，不能被外人瞧出端倪，招惹是非，所以避之不见人吧？

督军府的舞厅，金碧辉煌，水晶吊灯随着钢琴的曲子摇曳生辉，早有俊男美人随着舞曲，蹁跹滑向了舞池。

仍是无人招待顾轻舟母女。

"督军夫人怎么不理咱们，今天不是给咱们开的舞会吗？"顾绢按捺不住。

秦筝筝脸上挂不住了，被顾绢问得也烦躁，道："许是夫人忙碌吧，你瞧她身边都不得空。"

顾绢的左手疼痛难忍，一连喝了好几口的酒，看督军夫人在远处与人谈笑风生，一点也不忙，顾绢心里慌慌的。

督军夫人故意冷落她们，这是为何？

只有顾轻舟，眼眸安静，打量着这场舞会，一副置身事外的模样。

旁人的轻视，顾轻舟完全不放在眼里，她冷静观察四周。

督军夫人忙了半晌，终于抽出空闲，往这边瞥了几眼。顾轻舟看到了，冲她微微一笑，却没有得到回应。

顾轻舟唇角微挑，不以为意。

片刻之后，督军夫人去了旁边小偏厅。

一个高大结实的男人，五十来岁，气度雍容威严，坐在小沙发里抽烟，烟雾缭绕中，他眼神深沉睿智。

他就是司督军。

"怎样？"司督军问进门的司夫人。

司夫人笑容柔婉："轻舟已经来了。督军，您不必亲自去见她，等事后家宴上，再同她说几句话即可。她是乡下姑娘，没见过世面，您别吓着她！"

司督军一笑，按灭了雪茄："我那么吓人？"

"不是您长得吓人，是您的身份吓人。轻舟长这么大，何时见过您这样身份尊贵的大人物？"督军夫人笑着，白皙柔软的小手，轻轻地拂过司督军胸前的勋章。

勋章锃亮，能映出人影来，显示出司督军的显赫。

司督军捉住了她的手，轻轻地吻了一下："你说得也是，那就等舞会结束之后，再见她也不迟。"

司夫人微笑，轻轻地在丈夫的面颊上吻了一下。

司夫人不会让司督军提前见到顾轻舟的，她还给顾轻舟准备了一份"大礼"呢。

这份"大礼"，一定会让司督军对顾轻舟刮目相看的。

司夫人唇角有了得意的微笑，一切都安排妥当了。

"督军，新派的舞会有个规矩，就是舞会的主人要跳一支舞。今天的舞会是替轻舟开的，她需得和慕儿共舞一支，可惜慕儿不在家。"司夫人轻声解释，"照规矩，需得找个人代替慕儿，给轻舟领舞。"

司督军蹙眉："你不是要我去领舞吧？"

司督军是粗人，他最讨厌跳舞了。

司夫人失笑："怎么会呢？我已经安排好了。"

督军很满意，露出一个淡笑，说夫人周到。

"慕儿那边最近有信来吗？"司督军问道。

慕儿——司慕，就是督军府的二少帅，和顾轻舟定亲的那位。

"有啊，昨日早上才接到电报，说慕儿病情稳定。"司夫人道。

说到这里，司夫人容光焕发的面容上，染上了几分阴霾。

"他那个病，治了五年了，还是没半点成效。"司督军也烦躁，"要不回国来，试试中医。"

"那怎么行？"司夫人反对，"中医都是骗人的，您没看报纸上说，最近最时髦的事，就是看电影、喝洋酒、骂中医，我是不相信中医的。"

"混账话，中医上千年了，老祖宗的智慧，怎么就成了糟粕！"司督军蹙眉不悦。

司夫人立马安抚他："督军，德国有全世界最先进的医疗技术，还有最先进的军校。慕儿一边治病，一边读军校，等他毕业之后归来，说不定病也好了，岂不是两全其美？"

司督军这才点点头，不再说什么了。

"我先去歇会儿，你回头叫我。"司督军脑壳儿疼。

偏厅是个套间，里面还有卧房，平素是待客之用。

司督军进去休息，司夫人妩媚的眸子变得阴冷起来。

儿子的病让她头疼，顾轻舟亦让她头疼。

顾轻舟威胁她，让她被迫承认顾轻舟是二少帅的未婚妻，司夫人很不爽。她被顾轻舟压了一头，须得扳回一局。

一切，她都计划好了，只等顾轻舟入瓮。

司夫人起身，穿过角门，来到了另一个房间。

房间里有两名副官，还有一名穿着燕尾服的男子，纤柔高挑儿，给司夫人行礼。

"你叫什么名字？"司夫人居高临下地问。

这男子有点紧张，结巴道："小人叫叶江，见过夫人。"

"叶江，你舞技真的很好吗？"司夫人下巴微扬，态度倨傲。她这样风华绝代的人物，哪怕是倨傲，也带着灼目的冷艳，不会叫人反感，反而很心动。

"是，小人是在百乐门教小姐们跳舞的。"叶江道。

"知道怎么做吗？"司夫人又问。

"小人知晓，副官全部交代过了，小人句句记在心上。"叶江回答道，"夫人放心，小人绝不敢有闪失。"

"很好，你很通透，去大厅吧。"司夫人冷冷道。

叶江道是，转身去了。他是舞者，步履轻盈，穿着裁剪合度的燕尾服，却没有半分雍容华贵之感，总觉得他很轻浮。

司夫人摇头，一个人的气质，靠衣裳是撑不起来的，那是从小培养的。

想到这里，司夫人心头又闪过几分不耐：顾轻舟的仪态倒是很好，比她那个留学过英伦的姐姐都要优雅，没有半分乡下女子的拘谨。

难道我看错了她？

司夫人正在沉吟，一名副官急匆匆进来。

地面光滑，在灯火的映照下似繁星点点的夜空，绚丽辉煌，副官走得急，差点跌倒了。

"什么事，这样匆忙！"司夫人蹙眉不悦。

副官递上一封电报，悄声对司夫人道："夫人，少帅半年前就离开了德国，不知去向……"

司夫人脸色骤变。

"这怎么可能？"司夫人大怒，又怕偏厅里小憩的司督军听到，她压抑着嗓音，怒意从齿缝间迸出来。

她每隔半个月就收到一封德国的电报，从未延误过。她派了很多人在德国照顾司慕，如今却告诉她，她儿子不见了！

简直混账！

那些陪读的副官，全部该枪毙了事！

"千真万确，夫人。"副官道。

司夫人脸色灰白，雪白的牙齿紧紧咬在一起。

"给我查！找不到他，你们都得死！"司夫人压抑着盛怒，声音却如冰凉的利刃，滑过寂空，带着嗜血的铿鸣声。

副官道是，又急匆匆跑出去了，再次差点滑倒。

司夫人修长匀停的手指，在袖子里紧紧收拢，仍是无法抑制内心的焦灼。

她的儿子不见了。

她派了十几名副官在德国陪同，医院、学校，全部都有她的人，可是她儿子跑了。

不仅如此，她每隔半个月都能收到来自德国的电报，从未延误。她儿子不仅跑了，还敷衍她！

她心急如焚！

"姆妈，您怎么还不出去，您该致祝酒词了。"一个宛如天籁的声音，从门口传进来。

穿着淡紫色裸肩长裙的少女，裙摆蜿蜒逶迤，缓步走进屋。

她叫司琼枝，是督军府的三小姐，司夫人亲生的女儿，今年十五岁，身材修长纤瘦。

司家孩子的排行，男女分开。司琼枝被称为三小姐，是因为她还有两个姐姐。大小姐早早过世，二小姐司芳菲一直在英国留学。顾轻舟刚来岳城就听人说过。

司琼枝有双大而明媚的眼睛，目光熠熠；小巧的脸，与司夫人如出一辙；饱满的额头，挺翘的鼻，柔嫩的唇，无一处不是精心雕琢，美得惊心动魄。

如此美艳的佳人，又身份尊贵，司琼枝年纪虽小，却是岳城第一名媛，任何人都要臣服于她。

她知晓今天是她亲哥哥的未婚妻要来，却也明白那个乡下女人，不可能真的嫁入督军府，她母亲接纳她、承认她，肯定是另有所图，所以司琼枝没有上前打招呼。

"这就来。"司夫人面对爱女，换上一副慈祥温婉的面容，牵了爱女的手，道，"走，今晚华尔兹曲要开始了。"

舞会都有一曲华尔兹，是专门给最重要的人演奏的。

今天是给顾轻舟准备的。

等顾轻舟跳完之后，司夫人再行祝酒词。

她叫上了小憩片刻的司督军，三个人站在二楼走廊的乳白色栏杆处，俯瞰整个大舞厅。

西南角的巴洛克椅子上，坐着几个人，其中有个少女穿着粉色洋装，就是顾轻舟。

"那就是她了。"司夫人指给司督军看。

司督军鸟瞰一楼的舞厅，看不清顾轻舟的面容，只能瞧见她身段窈窕，青丝浓密，坐姿优雅。

"还不错。"司督军道，"她看上去老实本分，规规矩矩的。"

司夫人心里闪过一丝冷笑：再过一会儿，你就不觉得她"还不错"了。

司夫人想要替儿子退掉这门亲事，目前有两个难题：第一，司督军重信用，非要履行旧诺，不肯退；第二，顾轻舟手里拿着司夫人的把柄，她也不肯退。

顾轻舟的把柄，司夫人要徐徐图之，不能操之过急，触怒顾轻舟；而司夫人能解决的难题之一，就是司督军对这门婚事的赞同。

若是顾轻舟丢尽了脸，那么司督军无法再接纳这门婚事，有了司督军的不满，退亲就指日可待了。

司夫人费尽心机，用意在此。

她要让顾轻舟在众人面前丢脸，让司督军对她的第一印象不好。

"阿爸，下面就是华尔兹，专门给嫂子准备的。"司琼枝在旁边道。她不承认顾轻舟，却顺从她父亲的意思，喊了句"嫂子"，喊完心中恶寒。

司督军满意。

专门给顾轻舟的舞曲，足以让顾轻舟成为众人的焦点，妻子这样安排，司督军觉得她很大度。

"她是养在乡下的，只怕跳得不好。"司督军笑盈盈道。

居然有点维护她！

司琼枝眉目闪过几分涟漪。

这时候，穿着黑色燕尾服的年轻人，在司夫人副官的陪同下，走向了顾轻舟，邀请她跳今天的第一支舞。

"要开始了。"司夫人冷漠地看着舞池，见顾轻舟站起来的时候，脚步差点滑了一下，微微冷笑。

乡下人，只怕穿着高跟鞋都站不稳，还想跳舞？

司督军和司琼枝也看着。

乐声响起，调子缠绵，大厅里的水晶灯渐渐暗淡了下去，灯火只剩下一束，集中在顾轻舟身上。

其他人会意，都知道舞会的规矩，纷纷退出了舞池。

而后，舒缓的曲子变成了急促靡丽的乐章，带着顾轻舟跳舞的年轻公子，舞步越发快了。

顾轻舟没有防备，差点跌倒。

"呵。"司夫人冷笑，果然很快顾轻舟就要出丑了。

现在，整个舞池只有顾轻舟那一对，所有人都在旁观，他们都知晓今晚顾轻舟才是宴会的重要人物，却又不知道她是谁，故而目不转睛地看着她。

带着这些好奇，所有人都在注视顾轻舟。

"她很快就要丢尽脸了，成为整个岳城的笑话。督军最爱面子了，他未来的儿媳妇成了笑话，他估计是不会再多看顾轻舟一眼了。"司夫人心想。

一切都照着司夫人的计划，司夫人的心稍微安了几分。

司琼枝看着舞池中央，顾轻舟错了一步，她就对她父亲道："阿爸，您看她跳得还不错……"

司督军蹙眉。

他对舞步没什么独特的品鉴，但是顾轻舟差点跌倒，他还是看见了的。

司督军心想："既然知晓今晚的宴会，难道不能去学几个舞步吗？一下午就能学会的。看来，这个孩子不够努力。"

心中一瞬间就有了几分不悦。

司夫人看到了，更是满意。顾轻舟错了一步，督军就蹙眉了；等会儿她跌倒出丑，估计督军今晚是不想见她的。

司夫人又舒了口气。

待她回神，却见舞池中央的顾轻舟，已经调整好了舞步，在舞者逐渐加快的节奏中，她居然没继续出错。

乐声的节奏越发急了。

舞者的脚步也更快了。

可顾轻舟跟上了他，居然半步都没有错，似行云流水般，紧紧相伴着舞者，她粉色长裙在舞池中翩飞，似一只粉蝶。

司夫人错愕，心里震惊："这怎么可能！"

一个乡下姑娘，华尔兹怎么可能跳得那么优美？

这样快的华尔兹，就是学舞数年的司琼枝，只怕也跟不上的，而顾轻舟居然没有半分拖拉。

乐章更急促，似雨滴嘈嘈切切打在琉璃瓦上，动听又急切。

舞者的脚步更快了，顾轻舟也亦步亦趋地跟上，她用玉簪绾住的鸦青色长发，在跳舞的过程中散开，似流瀑般倾泻，铺陈开来。

华衣黑发的女子，在灯火绚丽的舞池中，踩着优美急促的舞点，随着她的舞伴翩翩起舞，恰如一朵月夜下盛绽的玫瑰。

顾轻舟整个人的舞姿，有种勾魂夺魄的魅力，吸引着每个人的眼睛。

所有人都看痴了，包括司督军。

等乐章一停，万籁俱寂。

"好！"司督军最先回神，鼓掌欢喜，心中不免有了七八分的满意。

这女孩子跳舞很美，美到极致，今晚所有人的风头都要被她夺去，司督军脸上也有光。

掌声一起，所有人跟着鼓掌，整个舞厅全是震耳欲聋的掌声，不管是男人还是女人。

"真不错，慕儿有福气！"司督军笑道。

他一回头，却见她夫人和她女儿，仍震惊地看着舞池，至今没法子相信。

"这不可能！"司夫人震惊。

她准备得那么充分，怎么顾轻舟没有出丑，居然还出彩了？

一曲结束，顾轻舟听到了四周的掌声，她微微笑了一下。

舞曲开始之前，司夫人的副官告诉顾轻舟："少帅有事不能出席，但是作为舞会的贵宾，今天的宴席就是为顾小姐您办的，有一首华尔兹是舞会的主曲，您要跳一支舞。"

新派的舞会有这个规矩，顾轻舟知晓。

只是，如此出风头的事，为何司夫人会安排给顾轻舟？

司夫人恨死顾轻舟的啊，她恨不能其他人都看不见顾轻舟。

顾轻舟顿时明白有阴谋。

她轻笑了一下，不动声色，点头答应了："好，我明白的。"

同时，副官领了一个叫叶江的年轻公子，说他是督军夫人的远房亲戚，他给顾轻舟领舞。

顾轻舟乌黑浓郁的眸子微转，静静笑道："有劳副官了，有劳叶少。"

而后，她戴着黑色蕾丝手套的胳膊，搭在叶江的臂弯。

两个人滑入舞池时，领舞的叶江神态有异，顾轻舟当时没明白，只是觉得这位叶少很拘谨，没什么少爷的自信，身份可疑。

当乐声渐促，叶江倏然加快了脚步，顾轻舟就懂了。

这并非常见的华尔兹，而是一支维也纳华尔兹。

华尔兹分快慢两种，快的华尔兹称为"维也纳华尔兹"，慢的则直接叫"华尔兹"。

"原来阴谋在这里。"顾轻舟立马明白了司夫人的用意。

司夫人虽然安排了独舞给顾轻舟，却用了一支最快的舞曲，又派了个舞步矫健的舞者给顾轻舟伴舞。

乡下的女孩子，肯定没有学过跳舞。哪怕学过，也是皮毛，慢舞勉强蒙混过关，快舞一定会露怯。

到时候，舞伴跳得很好，就顾轻舟跟不上节奏，在众目睽睽之下，成为今晚的笑话。

这是司夫人的如意算盘。

当然是很好的计策，绝大多数的女孩子都会中招，因为快舞太难了。

可偏偏司夫人失策了。

维也纳华尔兹舞步很快，虽然难跳，但是舞步延绵起伏，舞姿更加优美华丽，从视觉上很享受，只是跳舞的人很累，平常的舞会不会用的。

好在顾轻舟学过。

她在乡下遇到避难的沪上名媛张楚楚，算是她的另一个师父。

论起时髦优雅，沪上帮派前龙头的夫人张楚楚，只怕是比岳城任何一名贵妇都要富贵矜贵。张楚楚是被迫藏到乡下去的，她那个人最喜欢舞会和热闹，到了乡下不免寂寞。

只有顾轻舟投了她的眼缘，她最喜欢在顾轻舟面前喋喋不休。

顾轻舟在张楚楚那里耳濡目染，什么都见过。

张楚楚最喜欢维也纳华尔兹，男女舞步都会跳，常拉着顾轻舟跳，顾轻舟驾轻就熟。

"若我跳慢的华尔兹，只怕远远没有维也纳华尔兹出彩了。"舞曲结束之后，顾轻舟的舞伴微微喘息，顾轻舟则气息平稳，抬眸扫了眼二楼上的司夫人，露出恬静的笑容。

舞伴叶江意想不到，这少女舞姿如此好，气息这般稳，心生敬佩看了她一眼，这才默默领着她退场。

顾轻舟那微抬的眼神，映入司夫人眼底，她震惊了。

司夫人精心安排的难题，就这样被顾轻舟四两拨千斤地解了。

司夫人以为顾轻舟是乡下丫头，没见过世面，肯定会丑态毕现，让督军嫌弃这个准儿媳妇，所以她出了个刁钻的题目。

维也纳华尔兹也是华尔兹，事后督军问起来，司夫人也有话搪塞。

不承想，结果竟然是她给顾轻舟搭台，让顾轻舟借助东风，唱了个满堂彩！

没有司夫人的安排，顾轻舟绝不能这么出风头！

若是给她安排慢华尔兹，只怕顾轻舟也不至于给人留下这么深刻的印象。

司夫人搬起石头砸自己的脚，疼得紧，偏偏还要咬紧牙关，半个苦也不能叫，她笑了一下，笑容比以往更加阴冷。

司琼枝同样震惊。

和她母亲一样，司琼枝兴致勃勃看顾轻舟的笑话，却意外被顾轻舟惊艳的舞姿震慑了。

顾轻舟跳得比她好。

从小拔尖要强的司琼枝，心里酸溜溜的，莫名不是滋味，看顾轻舟亦觉得刺眼，沉默不说话。

司督军则很满意。

优雅、美丽，青绸般的长发妩媚，传统又不失时髦的女孩子，最有世家名媛的气度，配得上督军府的少帅。

"好，好！"督军一边下楼，一边拍掌笑道，"轻舟啊，跳得不错。"

所有宾客的目光望过来，司夫人和司琼枝被迫换上了温婉的笑容，跟着司督军下楼。

司督军很高兴。

顾轻舟就走到了他跟前，客气叫了声："督军。"

"你这个孩子，怎如此客气？"司督军哈哈笑，声音洪亮威武，"以后就是一家人了，你若是不介意，就叫阿爸吧！"

宾客们全部倒吸一口凉气。

阿爸？

那这位就是传说中的少帅未婚妻吗？

不是说乡下来的土女子，没见过世面吗？他们之前还准备看热闹、看笑话的，怎么一转眼，少帅的未婚妻是如此美丽又摩登的名媛？

众宾客傻眼。

那些想取而代之嫁给少帅的名媛，眼睛都瞪出了血，看着顾轻舟，同时暗暗在心中想：假如今天让我去跳那首维也纳华尔兹，我能跳好吗？

当然不行，绝大多数的人都不行。

哪怕步伐流畅，也无法跳得像顾轻舟那么美丽娴雅。

顾轻舟今天真是太出彩了！

"督军又说笑了，你们老古董定了亲才叫阿爸，轻舟是时髦派的，她们年轻人啊，定了亲都叫伯父。"司夫人恢复了八面玲珑，笑着调侃道。

这一调侃，就断了顾轻舟的念头。

司夫人自然不愿听顾轻舟喊她"姆妈"，喊督军"阿爸"的。

司夫人的话，引起宾客们的阵阵笑声，欢声笑语，其乐融融。

司督军也笑了。司督军亲自赋了祝酒词，高高兴兴告诉众人，督军府把少帅的未婚妻接回来了。

"从小定的娃娃亲，这是缘分天定。"司督军还说。

众人赔笑。

只有两个人，怎么也笑不出来，那就是顾轻舟的长姐顾绡和继母秦筝筝。

秦筝筝和顾绡呆若木鸡。

她们信心满满地以为，督军夫人是为了宣布顾绡是少帅未婚妻，才办的宴会。虽然后来舞会开始，督军夫人一直忽视她们，也无法阻止她们的盲目自信。

副官带了个人，说是夫人钦点的舞伴，让顾轻舟去跳舞的时候，顾缃差点笑死了。

顾缃当时跟她母亲说："姆妈，这个土包子要去跳舞，她知道什么是跳舞吗？"

秦筝筝也觉得好笑，说："督军夫人太高看这丫头了，还以为乡下是什么地方呢！乡下吃都吃不饱，哪里去学跳舞？"

她们母女俩笑得不行，眼睛盯着顾轻舟，等着看顾轻舟出丑时，却被顾轻舟的舞姿惊艳得丢失了魂魄！

"不可能，这不可能！"顾缃难以置信，跟见了鬼一样。

这是顾缃最头痛的维也纳华尔兹，顾缃跳两步就跟不上，而顾轻舟居然跳得这么美！

不可能！

秦筝筝则差点掉了眼珠子。

这个乡下丫头不简单！

舞会尚未结束，司督军将顾轻舟请到了偏厅。

偏厅很大，铺了厚厚的羊绒地毯，落足无声；一整套的意式家具，墙上有两张地图：一张华夏的堪舆图，一张世界航海图。

西南墙是一整排的书架，琳琅满目摆满了各色书籍，整整齐齐的；书架的尾端，摆满了各种各样的刀具。

顾轻舟的目光落在那些刀上，有点向往。

"轻舟，坐啊。"司督军慈祥道。他看上去有点严肃，估计是照顾顾轻舟的感受，刻意多了几分热情。

顾轻舟道谢。

司夫人和司琼枝也进来，几个人坐下。用人端了杯英式红茶给顾轻舟，馥香的茶里，添加了牛乳，更是醇美。

顾轻舟轻轻地喝了一口，眼睛微微眯起，像只小猫咪。

司夫人喝清水，司琼枝喝热可可，司督军则是一杯明前龙井。

"这些年在乡下如何？"司督军问。

"我两岁就被乳娘带到乡下去了，非要说来，乡下才是我的桑梓之地。故乡哪怕再破烂贫穷，在游子心中都是最美好的。"顾轻舟道。

司督军听了这席话，不免眼眸一亮："说得对，你这孩子颇有点见识，真不错。"

他已经说了顾轻舟很多个"不错"，司夫人脸色更难看了。

司夫人安排维也纳华尔兹，是为了让顾轻舟出丑，结果顾轻舟出彩了，司督军对她更满意。

偷鸡不成蚀把米。

司督军不知顾轻舟进城的缘由，又问她："为何最近才回城来？"

司夫人神色紧张。

顾轻舟瞥了眼顾夫人，继而轻垂了眼帘，沉默含笑却不答话。

为何进城来？司夫人接她来退亲呗。

可顾轻舟不会主动说。

于是，司夫人帮顾轻舟答了："是她父亲想念她了，所以接回来。"

"是啊。"顾轻舟附和了一句。

司督军又说了些家常，叮嘱她常到督军府来玩等，就说："今天不早了，舞会也要散了，改日再来吃饭。"

顾轻舟道是。

司夫人和司琼枝送顾轻舟。

司琼枝热络地挽住了顾轻舟的胳膊，问道："顾姐姐，你的舞步是在哪里学的啊？跳得真好。"

"昨日在家里，我阿姐教我的，她跳得更好。"顾轻舟道。

司琼枝心头一紧，道："真的吗？"

"真的啊。"顾轻舟说。

司琼枝就记住了顾轻舟还有个姐姐，也是非常厉害的。

从偏厅出来，司夫人见到了秦筝筝和顾缃，司琼枝就使劲打量顾缃，弄得顾缃莫名其妙。

"我派人送你们回去吧。"司夫人笑道，"这也散场了，今晚多有轻待，请见谅。"

"不必麻烦了，夫人。"秦筝筝笑容勉强，"方才打了电话，老爷一会儿来接我们的。"

顾缃面色憔悴，坐了一晚上的冷板凳，而司督军又当着岳城众人的面，告诉他们，今晚最出风头的女子顾轻舟，才是少帅的未婚妻。

顾缃嫁入豪门的理想暂时破灭，她一脸灰败。

大概是失落过重，心里有点疯狂了，顾缃问司夫人："这么盛大的舞会，怎么不见少帅呢？他为何不亲自来见见他的未婚妻？"

若是平日，司夫人听到这话没什么感觉，可司夫人刚刚收到少帅失踪的消息，正心急如焚，顾缃这话打在七寸，司夫人差点就发作了。

是司琼枝，紧紧握住了母亲的手，让司夫人回神，阻止了失态。

司琼枝笑着对顾缃道："我二哥这些日子忙得很。顾小姐可能不知道，我们司家是老派门第，婚姻讲究父母之命媒妁之言，只要我父母在场即可了，我哥哥来不来，又有什么关系？"

这话是说，大户人家有尊卑，顾缃小门小户的，才不知轻重。

顾缃似被打了一耳光，脸色更难看了。

秦筝筝也觉得顾缃丢脸。

顾轻舟安静站在旁边，似看戏般瞧着她们，始终未发一语。

正说着，门口的副官进来通禀，说顾圭璋的汽车到了，要不要放行。

秦筝筝松了口气。

司夫人待说什么，秦筝筝就道："不必了夫人，我们正要告辞呢。"

顾轻舟给司夫人和司琼枝道了别，随着她的继母和姐姐，离开了督军府奢华的大厅。

司夫人站在屋檐下，半寸阴影遮住了她，她笑容有点阴刻。

刚刚出了督军府的大门，尚未走到停车的场地，顾轻舟突然抓住了顾缃的左手——就是那只被顾轻舟扭断的手。

顾轻舟抓住顾缃的左手之后，用力一托。

她的动作很快。

汽车的鸣笛声，遮掩了动静，顾缃只感觉手腕又一痛，愤怒道："你做什么，为何要抓我的手？"

她声音很大，传到了司夫人和司琼枝的耳朵里。

顾轻舟的姐姐不喜欢她呢。

司夫人和司琼枝笑了笑，想要对付顾轻舟，其实很容易啊。

借刀杀人，顾轻舟的姐姐和继母就是现成的刀，很好用的。

"我不做什么。"顾轻舟被顾绡一吼，放开了她的手，"我就是看看，你的手还疼不疼。"

顾绡大怒，转而想搧顾轻舟一巴掌。

眼瞧着父亲的车停到了跟前，顾绡又不敢。

顾绡知晓她父亲，最是吃软不吃硬，而且父亲对顾轻舟能有多少感情？无非是可怜她罢了。

顾绡坚信，她父亲是更疼爱她的，于是她收起了凶悍，柔柔软软走到了父亲跟前，双目噙泪。

几个儿女当中，顾圭璋是最疼顾绡的，虽然今天出门的时候骂了顾绡一句，事后挺后悔的。

见顾绡委屈噙泪，顾圭璋忙关切地问："绡绡怎么了？"

"阿爸，轻舟她怕我抢了她的风头，就扭断了我的手。"顾绡眼泪夺眶而出。

说着，她将左手伸到了顾圭璋面前。

那只手，一点力气也没有。

顾绡哭得可怜，顾圭璋心疼极了，愤怒回视顾轻舟："你扭断了你姐姐的手？"

这么心狠手辣，果然像她生母孙绮罗！

她的天真单纯都是伪装的吗？

秦筝筝忙道："老爷，您别动怒，轻舟她还是个孩子，顽皮了些，以后我们好好教导她就是了。"

她这席话，看似帮顾轻舟，其实是捧杀，让顾圭璋认定了顾轻舟的罪。

顾圭璋更怒了。

"阿爸，我没有扭伤阿姐的手，是她掐我的时候，自己把手弄疼了。"顾轻舟懦软解释。

"阿爸，我的手真的断了，她扭断的时候，我都听到了咔嚓声。"顾缃哭得更狠。

秦筝筝道："老爷，先送缃缃去医院接骨吧，别耽误了孩子。"

秦筝筝不想浪费口舌，到了医院，等顾缃接好了手，看顾轻舟还怎么狡辩！

证据确凿的时候，再收拾她。

顾轻舟坐到了副驾驶的位置上。

后座有顾圭璋在，太拥挤不像话，顾轻舟就被排挤出来。

一辆汽车最下等的座位，就是副驾驶，顾轻舟的地位可窥一斑。

"这辆道奇汽车有了些年头，也许曾经是我外公坐过的。"顾轻舟摸了一下微微起皮的车窗，默然想着。

这辆汽车，肯定也是她外公的。

他们将顾轻舟赶到乡下，十几年来对她不管不问，却用顾轻舟外公的财产过着奢靡的日子。

夜深了，汽车快速开往城里的德国教会医院，车厢里一片漆黑，偶尔传来顾缃啜泣的声音，以及他们父女的谈话。

"阿爸，我方才是疼极了才乱说话，你不要怪轻舟。"顾缃道。

顾轻舟闻言垂眸，坐在前座，似一尊无喜无悲的雕像。

顾缃的求情，也是捧杀，只会让顾圭璋更觉得大女儿通情达理，从而更加记恨顾轻舟。

顾圭璋不是什么君子，气急了动手打顾轻舟也是可能的。

"是啊，老爷。"秦筝筝亦帮腔，"轻舟是乡下来的，乡下孩子都胡闹惯了，不知道轻重，轻舟她不是有意的。"

她们这么一求情，顾圭璋更加偏袒她们，同时越发憎恨顾轻舟。

这时候，顾圭璋已经毫无情绪去问秦筝筝，今天的退亲怎么样了。

他满心都在怜惜他的爱女。

他的几个女儿中，独属顾缃最漂亮、聪明、好学。顾圭璋从小送她去私人声乐老师那里学钢琴，等她长大了又送她去英国念书，费尽心血地栽培她，就盼着她有出息。

女子不似男人可以出去打天下。出去工作的，都是下贱人，真正的名媛都是养尊处优的，这样才有身价。

所以，名媛唯一的出路，就是嫁个豪门。

这双弹钢琴的手，是花费了多少钱培养出来的，居然被顾轻舟折断了！

顾圭璋满腔的愤怒。

他一定要收拾顾轻舟。

顾轻舟等于毁了顾圭璋辛苦培养起来的珍品，他还等着这珍品"卖"个好价格，嫁入高门，为顾圭璋带来利益。

女儿嘛，家家户户都这样，要不然那么疼女儿做什么？

在幽暗的车厢里，秦筝筝又难过又舒心。

难过的是，顾轻舟在督军府的舞会上出了风头，需要费点心思，才能逼迫司家抛弃她；舒心的是，她丈夫还是疼长女的。

顾缃也高兴，她阿爸要收拾顾轻舟，给她出气了。

等顾轻舟挨了打，失去了阿爸的欢心，再慢慢收拾她，将她挫骨扬灰。

这么想着，顾缃的手腕就没那么疼了。她只当是自己兴奋过头，忘记了疼，却不知深有原因。

顾缃不敢动，生怕磨损了骨头。

车子开了一个钟头，终于到了城里最大的一家德国教会医院。

医院有急诊，挂了骨科的急诊之后，坐诊的大夫是金发碧眼的德国人。

"医生，你一定要救救我女儿，她这双手可是弹钢琴的！"秦筝筝心疼道。

顾圭璋脸色阴沉，也是很心疼长女。

德国教会医院，专门接待城中的富商名流，医生见惯了有钱有势人的矫情，所以不动声色，先给顾缃摸骨。

那厢，顾缃眼泪汪汪，看着顾圭璋。

顾圭璋心疼得发紧，眼眸狠戾落在顾轻舟身上。

顾轻舟则眉眼低垂，没什么表情，乖乖站在旁边。

她居然一点负罪感也没有！

顾圭璋越发觉得她心狠手辣，心中已经慢慢生出不喜来。

"没有断。"德国医生用德语，跟护士道。

护士翻译给顾圭璋一家人听。

"什么?"秦筝筝愕然。

护士再说了一遍："小姐的手没有骨折!"

"可是……可是她疼得这么厉害!"秦筝筝唇色微白，往顾圭璋身上靠，"你确定吗，这么摸一下就知道吗?"

护士态度冷了下来，说："太太若是不信，换家医院就是了。"

顾绡也难以置信，试着动了一下手腕，好似的确没有之前那么疼了。

这怎么可能!

秦筝筝看顾圭璋的脸色。

顾圭璋微愣，继而眼眸一沉，脸色比刚才更难看了，阴沉着似暴雨来临。

秦筝筝心虚，在心中大骂顾绡："这个死丫头，想诬陷顾轻舟就不能找个好点的借口吗? 现在当众被戳穿，怎么下台?"

顾绡哭道："不可能，我的手明明是断了，就是被我妹妹折断的。"

医生和护士看了看这一家人的表情，顿时就全明白了。

"那我的手为什么这么疼?"顾绡不死心，几乎要拽住护士，"是不是折得将断未断，回家就要断了?"

"不是。"护士静静道。

"确定没事了吧?"顾圭璋忍着滔天盛怒，问护士。

护士保证道："骨头是没断的，为什么疼，只有小姐自己明白了。"这是在说，顾绡是伪装的。

顾圭璋见孩子没事，他却像个傻子，半夜横跨了半个岳城来到医院，他愤怒极了，阔步走了出去。

"老爷……"秦筝筝心虚气短，忙追了出去。

顾绡愕然。

这时候顾绡才想起来，出督军府的时候，顾轻舟突然抓住了她的手，轻轻地推送了一下。

顾轻舟是不是在那个时候，悄悄替她接好了手腕，所以让她在父亲面前如此丢脸？

"是你，都是你！"顾缃奔上来，想要撕打顾轻舟。

当然是顾轻舟。

出督军府的时候，顾轻舟就那么一托，早已将顾缃的手接好了。

顾轻舟淡然微笑，说了句："阿姐，阿爸今天心情不好，你确定你要再次做出丢脸的事，让他心情更糟糕，或者更同情我吗？"

顾缃呆住，那只扬在半空的手，生生缩了回去。

是啊，不能再惹恼阿爸，也不能再给顾轻舟博同情的借口。

之前阿爸多恨顾轻舟折断顾缃的手，那么现在就多恨顾缃和秦筝筝愚弄他。

阿爸现在的怒气，比刚才增添了数倍，顾缃有点害怕。

顾缃急匆匆追了出去。

顾轻舟不紧不慢，跟在身后。

顾圭璋立在车子旁边，没有说话，呼吸却粗重，拳头捏得紧紧的。

"老爷，您听我细说，我也不知道缃缃她……"秦筝筝想把自己择出去。

顾圭璋却从牙缝里蹦出两个字："闭嘴！"他声音透出蚀骨寒意，比狂吼几句更叫人胆战。

秦筝筝眼泪流下来。

顾缃追过来，见父亲如此恼怒，站在旁边不敢说话。

"轻舟，你先上车。"顾圭璋声音阴沉。

顾轻舟不敢不从。

她上了汽车，旋即顾圭璋也上来，关紧了车门。

顾圭璋咬牙对司机道："回家！"

他深更半夜的，把顾缃母女俩丢在医院了。

"阿爸……"

"老爷……"

后头隐约传来哭声，还有匆匆追上来的脚步声，顾圭璋却没有回头，他气得青筋暴突。

顾轻舟坐在车里，双手交叠着，气息都是细弱的，不发出任何声音。

顾圭璋则是呼吸粗重，极其愤怒。

他男人的权威、父亲的威望都受到了挑衅。

他的妻女，把他当傻子一样哄骗着。

接顾轻舟回来退亲，是他妻子的意思，当时他们夫妻亦说好过，绝不为难顾轻舟，等退了亲还要给顾轻舟一笔陪嫁。

没想到，顾轻舟回家第一天，老三和老四就拿剪刀去捅她，结果反而自捅；紧接着，温柔娴静的长女顾绲，居然用这种小把戏诬陷顾轻舟。

就这么容不下一个乡下丫头吗？

顾圭璋深感自家教育失败！

她们不仅欺负顾轻舟，还拿顾圭璋当傻子，简直可恶。

"绲绲是我从小疼到大的，如今看来，她的前途仅限于此，枉费我那么辛苦栽培她！"顾圭璋咬牙。

那对母女，顾圭璋恨不能立刻从顾家赶走。

他再也不想看到秦筝筝和顾绲。

快到家门口时，顾圭璋怒意稍定，问顾轻舟："今晚的宴会如何？"

这是在问，退亲的过程如何，督军府的人可为难她了。

当然，哪怕是为难了，顾圭璋也不在乎。顾轻舟是乡下长大的孩子，就好似顽石没有开化，对顾圭璋没有任何价值。

顾轻舟声音轻柔，似拂面而过的杨柳风，和煦温暖："还好，我们一直坐着，谁也不认识，后来督军夫人派人请我跳舞……"

顾圭璋不应声，等顾轻舟继续说。

见顾轻舟停顿，他"嗯"了一下，顾轻舟才继续。

"督军很喜欢我跳舞，让我叫他阿爸，夫人说新派的人都叫伯父，不时兴叫阿爸……"

"什么！"顾圭璋一愣。

顾轻舟重复："督军夫人说，新派的人……"

"我没问督军夫人，我问督军，他说了什么？"顾圭璋声音急促，带着几分隐隐的难以置信。

难道，天上掉馅饼，他从未投入过的女儿，要给他钓回来一只金龟婿？

这太意外了！

顾圭璋突然想起来，顾缃那么哭哭啼啼给顾轻舟下绊子，是因为顾轻舟得到了顾缃最想要的地位吗？

顾圭璋心头的阴霾一扫而空。

司家那等豪门，顾家可望而不可即，若不是早年有了缘分，给少帅做姨太太都轮不到顾轻舟的。

"督军说，让我叫他阿爸。"顾轻舟重复。她唇角有个讥诮的弧度，故意轻轻柔柔地说着这句话。

顾圭璋在幽暗的车厢里，忍不住露出了笑容，说话的声音里亦带着无法压抑的笑意："督军很喜欢你啊。"

真是惊喜！

顾圭璋对攀结司家没把握，虽然顾缃漂亮有才学，可在整个岳城不算最出众的。而督军府那等一方诸侯门第，岂是顾缃随意能攀上的？

同时，顾圭璋又不敢不退亲，怕司督军给他小鞋穿，弄得他美梦不成，反而丢了差事。

如今，顾轻舟居然得到了司督军的喜爱，还公然承认她的身份，顾圭璋舒了口气。

果然，他顾某人的好运气来了！

"轻舟啊，以后想要什么，直接跟阿爸说，别委屈自己。"顾圭璋大喜，早已将顾缃和秦筝筝母女忘到了脑后。

回到顾公馆，顾圭璋脸上带着笑，直接去了他的三姨太苏苏房里。

苏苏煮了热腾腾的消夜，顾圭璋吃了一碗海鲜粥，和苏苏翻云覆雨，折腾了半个小时，疲倦中沉沉睡去，早已忘了被他丢在德国教会医院的妻女。

顾轻舟躺在床上，长长青丝铺满了她亚麻色的枕席，落在她的小臂弯处，凉滑柔软。

她望着高高的屋顶，雪白墙壁没有任何东西，她的唇角却微微翘动。

"李妈，我在岳城一切顺利。"顾轻舟喃喃自语，"我得到了督军的承认，自此就站稳了脚跟。一切都是照我们计划好的，我很好——除了我昨天遇到一个变态……"

李妈叫李娟，是她的乳娘，从小抚养她，是顾轻舟最亲的人了。她这几年身体不好，乡下的饮食简陋，也没什么滋补品，顾轻舟很心疼她。

那是顾轻舟唯一的亲人，顾轻舟绝不能离开她。

"李妈，等我外公的产业都回到我手里时，我会接您来城里的，您一定要健康等着我。"顾轻舟喃喃。

伴随着喃喃低语，她进入了梦乡，这一晚睡得格外香甜。

远在德国教会医院的秦筝筝和顾缃则没法子睡，她们狼狈万分。

腊月的岳城，夜风呼啸，刺骨寒风肆虐。教会医院的门外，深夜并没有黄包车。

到了夜里，黄包车都去各处的舞厅守候着，等待午夜散场的客人，教会医院远离舞场，鬼影子都没有。

幸而有急诊室开着。

秦筝筝和顾缃在护士的白眼之下，守在冰凉如水的急诊等候室，又冷又倦。

"姆妈，我饶不了顾轻舟。"顾缃哭了，"咱们怎如此倒霉？"

秦筝筝不说话。

到了这一步，秦筝筝亦有点惊诧。老四说顾轻舟捅伤了老三，顾缃说顾轻舟折断了她的手。

最后被揭穿，都是谎言。

可有如此凑巧的谎言吗？

抑或，全部都是事实，只是他们看轻了顾轻舟，反而忽略了。

"要提防她。"秦筝筝冷冷道，"她一回来，既伤了你，又伤了你妹妹，我们都被她骗了！"

"您相信我？"顾缃感激落泪。

"当然，你是姆妈的宝贝，姆妈不信你信谁？"秦筝筝道。

顾缃抱紧了秦筝筝。

"姆妈，把她赶出去。"顾缃哭道，"她太可恨了，若不是她，督军府少帅的未婚妻就是我了。"

秦筝筝心里也针扎一样地疼，到嘴边的鸭子飞了。

"把她赶出去太难了，你阿爸现在相信她，督军府也承认她的身份。"秦筝筝眼眸阴沉，"让你阿爸不再信她，才是最要紧的。"

"姆妈，你有主意？"

"你姆妈是吃素的吗？"秦筝筝冷哼，"小妖精，当年她姆妈都败在我手下，何况乳臭未干的她？"

母女俩抱成一团，瑟瑟发抖。

第三章

神医弟子

翌日早上，有了黄包车拉客来，顾缃和秦筝筝这才坐车回家。

家里都知晓，太太和大小姐被老爷半夜丢在德国教会医院，只带了轻舟小姐回来；而司督军公开承认，轻舟小姐是司少帅的未婚妻。

家里的风向全变了。

"轻舟小姐，少帅生得如何？"三姨太好奇问，"风度翩翩吗？"

顾轻舟微笑："我还没有见到他，昨晚少帅没露面。"

昨晚的宴席，对顾轻舟而言是一场大考，她通过了，在岳城站稳了脚跟，以后谁想赶她回乡下都难了。

督军夫人想害她出丑，精心给她安排了一出好戏，结果她唱得精彩，赢得了督军的好感，因祸得福。

想来，造化真真神奇。

"我运气还不错。"顾轻舟微笑。

只是，她彻底和督军夫人交恶了。

吃过早膳，顾圭璋去海关衙门，临走的时候瞧见了顾缃和秦筝筝，却看也没看一眼，径直走了。

两位姨太太少不得幸灾乐祸。

顾轻舟冷眼旁观，上楼换了套月白色斜襟老式衫，银红色绣折枝海棠的百褶裙，复又缓慢下了楼梯。

她将浓黑的头发斜梳，半垂在胸前，编制了精致的辫子，像个美丽的牧羊女；裙子很保守，覆盖至脚面，行走间才露出双梁鞋微翘的鞋尖。

"太太，我出去一趟。"顾轻舟上前，对秦筝筝道。

秦筝筝愤怒抬眸，瞪着她。她满心郁结，昨晚在教会医院熬了一夜，没什么精神，偏又不肯示弱，没回房去睡觉。

"你要去哪里，又像上次一样丢了?"秦筝筝不客气，"回房去，姑娘家到处跑，成何体统!"

顾轻舟却不动。

她垂眸，纤浓羽睫在眼睛投下一片薄薄的阴影，将她情绪遮掩。

"我想去看看李妈的表妹，李妈告诉过我地址，说她表妹身体不好，常挂念李妈，只怕此生见不着了。"顾轻舟慢吞吞，温文尔雅地解释着。

秦筝筝很烦躁，觉得顾轻舟像只苍蝇，不把她打发了，她会喋喋不休，秦筝筝又不能拍死她，只得先赶走她，就挥挥手道："你想去就去吧!"

她不给顾轻舟钱，也不派用人跟着。

三姨太苏苏精明睿智，知晓顾轻舟得到了督军府的器重，以后的前途胜过这顾公馆所有人，她有意巴结顾轻舟，就拿出两块钱给顾轻舟："这是给你坐车的，再买点补品去看看人家。是你乳娘的表妹，应该探望的，毕竟你乳娘养大了你。"

然后，三姨太又喊了陈妈，让陈妈陪同着顾轻舟出门。

顾轻舟笑道："我见三小姐和四小姐去上学，也没有用人跟着，大抵现在不流行出门带用人的。"

时代变了，现在名媛出门是不流行带用人丫鬟的，她们流行带着男伴。

顾轻舟没有男伴。

她再三说，自己无须旁人陪同，会早去早回，三姨太才不再说什么。

秦筝筝也不怕顾轻舟丢了。

丢了才好，最好永远不要回来!

等顾轻舟走后，秦筝筝冷冷看了眼三姨太："你倒是会做人。"

"太太过奖啦。"三姨太软软笑道。

秦筝筝知晓，昨晚顾圭璋是歇在三姨太房里，肯定将自己的丑事告诉了三姨太，秦筝筝脸上的冷意更甚："你少轻狂，别不知自己几两重!"

"是，太太教训得是。"三姨太笑呵呵的，丝毫不动怒。

秦筝筝反而气了个倒仰，实在撑不住，回屋睡觉去了。

顾轻舟出门，直接往老城的平安西街去。

她问了个路人："平安西街的十二号，有户姓何的中医药铺，请问怎么走?"

对方很认真给顾轻舟指路："您从这里拐进去，第三家就是了，咱们这条街只有那一家药铺。"

顺着路人的指引，顾轻舟踏入一条老式的街道。

平安西街仍是木板门面店铺，矮矮的屋檐下，木制雕花窗棂也装上了玻璃，新旧早已没了明确的界限。

"何氏药铺。"顾轻舟抬头念着这块汉白玉做成的牌匾，就知道自己到了地方。

这是一家中药铺子，如今生意惨淡，门面破旧。

"小姐抓药呀?"一个四旬年纪的男人，短短的头发，却仍穿着前朝的长衫马甲，布料半新不旧。

他是这家药铺的掌柜，叫何梦德，敦厚斯文。

"不，我找人。"顾轻舟眼眸平静如水，给她稚嫩的脸庞添了几分成熟，更容易取信于人。

掌柜的细细打量顾轻舟，道："小姐找谁呀?"

"我找慕三娘。"顾轻舟道。

何掌柜神色一变，倏然冷漠道："小姐来错地方了，此处没有慕三娘。"

顾轻舟依旧是平静的神态，眼睛大大的，透过厚厚的浓刘海，打量了几眼何掌柜，目光滢滢。

"你把这个给慕三娘，她就知晓我是谁了。"顾轻舟道。说罢，她从怀里掏出一只玉镯，放在柜台上。

柜台陈旧脱漆，多年未修缮。

中医、中药，真的到了末路吗?顾轻舟有点难过。

何掌柜却吃惊地看着这只玉镯，质地纯粹，流转着温润的光泽，一看就很值钱。

他沉吟片刻，拿起了玉镯，回到了后院。

顾轻舟略微等待，就见一个穿着粗布长袄的妇人，梳了低髻，一副前朝妇女的装扮，出来见顾轻舟。

"你是……是我二哥的女儿吗?"妇人看着顾轻舟，嘴唇微微哆嗦，激动问道。

这妇人就是慕三娘。

顾轻舟在乡下，遇到一个躲避政敌的国医圣手，他叫慕宗河。慕家是北平望族，得罪权贵之后家财散尽，慕宗河有个胞妹，嫁到了岳城，如今和丈夫开了家中医药铺。

慕宗河见顾轻舟从小聪慧，故而她四岁起，就给顾轻舟启蒙，教授她中医的脉案和针法。

顾轻舟是慕宗河的亲传子弟，算是慕家医术的继承人。

慕宗河让顾轻舟到了岳城，先去拜访他妹妹，看望他们。以后若是从医，可以从何氏药铺取药，更加方便。

"三娘性格温柔，她丈夫何梦德更是厚道人。我曾救过何梦德的命，又养大了三娘，你去了岳城之后，可以信任他们夫妻俩。"顾轻舟离开村子时，她的中医师父慕宗河如此交代。

心念回转，顾轻舟已经找到了师父的亲人，她心头微热。

"慕宗河是我恩师，不是我父亲，他尚未娶亲。"顾轻舟解释。

慕三娘就紧紧拉住了顾轻舟的手，道："好孩子，快告诉我，我二哥最近如何，我已经十年没有他的消息了。"

哪怕不是父女，能拿到这个镯子，说明顾轻舟是慕宗河很重要的人，慕三娘迫不及待地向她打听。

说着，慕三娘就把顾轻舟领到了后院。

刚踏入后院，就见一个身材高大的男子，穿着极其不合身的短袄，正在搬药材。他起身间，顾轻舟看到了他的脸，微微愣了一下。

何氏药铺做粗活的伙计，身材高大轩昂，气度不凡，让顾轻舟吃惊，她多看了几眼。

"他是新来帮忙的，是个哑巴。"慕三娘解释。

　　顾轻舟微笑，稚嫩白皙的面容一派天真，跟着慕三娘往里走。

　　彼此坐下，顾轻舟将她师父的近况告诉了慕三娘："他老人家身体健朗，只是内疚连累了家人，害得你们东奔西走，无处安身。"

　　"什么话!"慕三娘难过，"家人就是荣辱一体的，他避世多年，我们找也找不到他。"

　　"师父不想你们去找他。"顾轻舟道，"您是我师父的胞妹，以后就是我的姑姑了?"

　　倏然有个漂亮可爱的小丫头，喊自己姑姑，好似兄长后继有人，慕三娘眼泪涟涟，当即摘下自己手腕上的玉镯，套在顾轻舟手上："这么好的侄女，姑姑有福了!"

　　这就算认下了。

　　上午的骄阳从雕花窗棂的缝隙处透进来，落在顾轻舟的脸上，青绸发丝映衬脸侧，越发显得肌肤赛雪，樱唇含丹，双眸深邃。

　　这姑娘真好看，慕三娘越瞧越喜欢。

　　慕三娘以为顾轻舟是从乡下来投奔她的，当即要收拾屋子给她住，顾轻舟忙拉住她："我不住在这里，姑姑，我住在我自家。"

　　"你自家?"慕三娘又是一惊。

　　顾轻舟就自报家门，把她家里的情况说了一遍。

　　"你是海关次长的女儿?"慕三娘大惊。

　　海关次长，岳城的富商名流中不算什么，在普通人眼里却是极大的官。

　　慕三娘没想到，顾轻舟居然是官家小姐!

　　她待高兴，顾轻舟就把自家的处境，以及她进城的目的，全告诉了慕三娘。

　　"……当年我母亲生了我之后，身体一直不太好。她刚去世没两个月，我继母就怀了双胞胎;我舅舅在烟馆被人捅死，警备厅结案的时候不了了之。这些背后到底发生了什么，我都想弄明白。"顾轻舟道。

　　这是她进城的目的。

　　她要夺回她外公的产业，她也要弄清楚她母亲去世的原因，找出她舅舅被杀的凶手。

同时，顾轻舟告诉慕三娘："我刚到家的那个晚上，我两个妹妹就拿剪刀要划破我的脸，幸好我发现了。"

两人说了将近一个钟头。

慕三娘胸口那团兴奋渐渐散了，变成了冷气，她吸气冰凉，道："他们这样对你，会遭报应的！"

顾轻舟笑："天道圣明，报应时候未到而已。"

她很乐观，慕三娘欣慰。

晌午，顾轻舟留在慕三娘这里用午膳，慕三娘也简单介绍了她家里的近况。

"老人都走了，如今五个孩子，三个在学校念书，两个在家里呢。"慕三娘道。

慕三娘最大的女儿今年十三岁了，在公办的女子学校读书，脱盲罢了，学不到什么本事，将来可以去找个报馆做小编译，抑或去书局做秘书；次女十一岁，和她姐姐同校；第三个是儿子，今年八岁，刚刚入学；剩下的两个也是儿子，一个六岁，一个四岁，早不知跑到哪里去玩了。

庞大的家庭，望子成龙的何先生和慕三娘用微薄的收入养着，早已不堪重负。

"……姑姑，我可以到您的药铺坐诊。"顾轻舟道，"生意一日日好起来，咱们可以开个中医院，比西医还要吃香！"

慕三娘笑，只当是个玩笑话。

她虽然是慕宗河的徒弟，到底一个小孩子，哪有病家会相信她？

"那好，你常来玩。"慕三娘宠溺顾轻舟，哪怕顾轻舟不会看病，也让她常到药铺里，彼此亲近。

"是。"顾轻舟笑道。

慕三娘见她是一个人来的，留她吃了午饭之后，喊了自家的小伙计，让他送顾轻舟回家。

这新来的伙计剪了短短的头发，不合身的短袄，身材高大结实。

他看顾轻舟时，双眸冰凉。

顾轻舟细看他，但见他宽额高鼻，深眸薄唇，哪怕是衣着朴素，仍有几分无法遮掩的矜贵，气度雍容。

他是天生的贵胄。

一个人气质如此上佳，定是生活在极好的家庭，他为何会做了小伙计？

顾轻舟眼睛微转，她隐约猜到了此人的身份。

伙计陪同顾轻舟往外走，顾轻舟扬起脸问他："你是天生的哑巴吗？"

高大的槐树虬枝，透过冬日温暖稀薄的阳光，落在少女微扬的脸上，她目光似墨色宝石般灼目，定定瞧着他。

男子神色不变，懒得答话，继续往外走。

顾轻舟也没指望他会摇头或者点头，跟紧了他的脚步。

出了平安西街，远处有黄包车，男子利落打了个响指，像叫自家汽车那样，叫了黄包车过来。

他冲顾轻舟做了个手势，意思是让顾轻舟自己上车，他则快速转身回药铺，半分没有多留的意思。

很有个性的伙计！

顾轻舟看着他的背影，没见过达官贵人的何掌柜和慕三娘不知他的深浅，顾轻舟却略懂一二。

她唇角挑起一抹淡笑："看来，我寻到了一位贵人！"

今天收获还不错。

人的运气来了，挡都挡不住。

顾轻舟含笑，搞定了此事之后，乘车回到了顾公馆。

等她到家时，已是黄昏。耀目金灿的晚霞染上了顾公馆的三层小洋楼，乳白色的栏杆之外，半墙爬山虎随风摇曳，沐浴在晚霞中，璀璨绚丽。

这栋小楼格外精致。

顾轻舟眼眸透出与她年纪不符的犀利沉稳，立在缠枝大铁门外，细细打量着顾公馆，久久没有敲门。

多好的房子啊，这是她外公的。

"当年，我母亲和舅舅是不是在这屋子里长大的？他们的童年是什么样子？"顾轻舟站在门口，静静伫立，妄图寻觅到往事。

她想起这小楼现在归顾家，唇角有了淡淡的冷笑，笑声寒凉。

半晌之后，她才敲开顾公馆的门。

"太太。"顾轻舟进门，见顾圭璋尚未归来，只有秦筝筝坐在客厅的沙发上，眼神阴恻恻的，顾轻舟上前，轻轻地喊了句。

秦筝筝微扬下巴，倨傲颔首。

顾轻舟就上楼去了。

而后，她听到了电话铃声。

秦筝筝去接了电话。

顾轻舟伏在乳白色的栏杆上，假装欣赏远处的金灿夕阳，耳朵却在听楼下打电话的声音。

具体说什么，顾轻舟没有听到，但秦筝筝的嗓音格外谄媚、激动。

不用说，是司督军府打来的。

顾轻舟冷冷笑了一下，回房休息了。这通电话，秦筝筝应该会截下来，绝不会告诉顾轻舟的。

翌日下起了寒雨，雨丝在玻璃窗外的栏杆处缱绻飘洒，温柔细腻，只是太冷了。一只灰雀躲避凄风苦雨，落在顾轻舟的窗台上，用红嫩的喙轻啄羽翼。

看到顾轻舟对镜梳理青丝，雀儿并不害怕，反而兴致勃勃打量她。

顾轻舟微笑。

"以后闲来无事，我养只雀儿玩，倒也不错。"顾轻舟想。

只是这么想，真让她养，她也未必养得好。雀儿是很娇贵的，需得养得富贵，才有趣好玩。

细小的事，让顾轻舟心情还不错，她将自己的长发绾起，梳了个低髻，鬓角一支翡翠玉簪，又换了件青色斜襟五彩连波的夹棉短袄，收拾妥当下楼了。

顾轻舟今天下楼有点晚，全家都坐在餐厅独缺顾轻舟。

"阿爸，我来晚了。"顾轻舟笑道。

众人都看着她。

她一袭老式衣衫，青丝低垂，露出一段修长嫩白的颈，流水肩纤薄，柔媚又清纯，将老式宽大的斜襟衫，穿出了玲珑美感。

"没想到老式的斜襟衫这么好看，我也要去做一身。"二姨太和三姨太都在心里偷偷想。

这几年城里早已不流行老式的斜襟衫了，名门大户人家女眷们的衣橱里，都是洋装、旗袍和皮草。

倏然见顾轻舟这么打扮，两位姨太太看到了顾圭璋眼底的满意。她们以色侍人，为了争宠，什么手段都要用上的。

秦筝筝母女几个，则眼眸阴冷。

"阿姐，你瞧顾轻舟，她又穿这种老式的衣裳。"老四顾缨低声，跟老大顾缃耳语。

"她就是上不得台面。"顾缃咬牙切齿。就是这么个上不得台面的东西，居然可以做督军府的少夫人。

顾缃太不甘心了，想起来就银牙碎咬，恨到了极致，骨头缝里都恨。

老四顾缨则想要当场讽刺顾轻舟，秦筝筝的一个眼神递过去，话就堵在喉咙里，不敢说出来。

"轻舟小姐，你今天要跟着太太去司家看望老太太吗?"三姨太苏苏突然问。

众人又是一愣。

顾圭璋抬眸，问顾轻舟："督军府打电话给你了?"

他都不问秦筝筝。

顾轻舟摇摇头："没有。"

顾圭璋不解，看着三姨太。

秦筝筝脸色顿时阴沉了下去，十分难堪。

而顾缃也紧张攥住了手，将头低低埋了下去。

昨晚是司夫人打电话来了，说司督军的母亲，也就是司少帅的祖母，想要见见顾轻舟这个未来的孙儿媳妇。

秦筝筝不情不愿地在电话里应下，结果司夫人又说："老太太喜欢热闹，你带着顾缃一块儿去看望她老人家，人多喜庆。"

这是在暗示秦筝筝，顾轻舟未必就是少帅的未婚妻。若是老太太看中了顾缃，督军喜欢顾轻舟也没用。

顾缃也许可以取而代之，要不然为何让顾缃也去？

秦筝筝大喜！

督军夫人暗示到了这个份儿上，她自然不会再带顾轻舟去的。

于是，她打算带着顾缃，以"少帅未婚妻"娘家人的身份，去看望司老太。

司老太年老昏聩，万一真喜欢顾缃，拉着顾缃的手说孙儿媳妇，先认下了顾缃，司夫人再里应外合，司督军为了孝道，也要放弃顾轻舟的。

多好的如意算盘，却被三姨太偷听到了电话，还当着全家人的面说了出来。

秦筝筝怒极，她之前能容得下三姨太，是为了防止二姨太独宠，让她们俩相互制衡和争斗，秦筝筝坐收渔人之利。

如今看来，这个三姨太是留不得了。等她先处理完顾轻舟，就要取了三姨太的命！

"我打算吃完饭再跟轻舟说，没想到三姨太这么心急。"秦筝筝收敛心绪，笑容温婉慈祥，对顾圭璋道，"昨晚督军夫人的确来了电话，让今天上午送轻舟去看望司家的老太太。"

言语之中，点明三姨太邀功，甚至诬陷太太。

二姨太不喜欢太太，更不喜欢比她年轻的三姨太，当即落井下石："苏苏最擅长听墙根了，太太跟督军夫人打电话，她都知晓。"

三姨太腹背受敌，一时间脸色微白，手里的填白瓷小碗捏得有点紧。

顾轻舟知晓三姨太在刻意帮她——当然也是为了利益，希望将来得到顾轻舟的提携，有个终身的依靠。

在此前，顾轻舟需要盟友。

"原来是要去督军府啊，我说太太和大小姐怎么都换了如此好看的衣裳。"顾轻舟声音温软道。

她眼眸幽静，墨色眸子映衬在蔚蓝的眼波中，像月夜下的古潭，静谧、深不见底，却偶尔闪过几缕粼粼波光。

这柔色眸子里，闪过几分锋芒时，顾圭璋就懂了。

秦筝筝和顾绢打扮妥当，而顾轻舟是没打算出门的，她们根本不打算带顾轻舟去。

顾圭璋瞥了眼秦筝筝，眼神冷锐，什么都明白了。他重重放下碗筷，道："以后督军府的电话，你就不要替轻舟接了。若是轻舟不在家，让三姨太接就是了。"

三姨太和顾轻舟扳回一局，秦筝筝脸色难看，二姨太更是尴尬。

饭桌是女人的战场，没有硝烟，却斗得血淋淋的。

"老爷，我怎能接呢？"三姨太妩媚一挑眉，"轻舟小姐还小，需得太太帮衬着她出门，我只是小妾，我陪轻舟小姐去督军府，咱们顾家就太不知规矩了。"

顾圭璋听了这话，很满意点点头。

看看，这才是识大体！

秦筝筝到底出身低微，平日里还好，一旦有事就泄了老底，上不得台面，顾圭璋很恼火。

"还是你知道规矩！"顾圭璋道，他把"规矩"两个字，咬得特别重。

秦筝筝顿时面红耳赤。

早膳之后，顾圭璋去了衙门，秦筝筝气得冷嘲热讽，骂了三姨太几句，然后对顾轻舟道："回房换衣裳啊，我们要走了。"

顾轻舟还需要少帅未婚妻的身份给自己撑腰，也不说什么，回房换了套绯红色杏林春燕的短袄，月白色挑线裙子，外面套着银红色大风氅，下了楼梯。

仍是老式的装扮，穿在她身上，却格外雅致。

想起自己还没有给顾轻舟做洋装和旗袍，秦筝筝也不说什么，免得老爷想起来又出一笔钱给顾轻舟添衣。

"好老土！"顾绢在心里冷笑，"顾轻舟是白痴吗，去这么重大的场合，穿得这样俗气，还嫌不够丢督军府的脸？"

顾缃腹诽顾轻舟的装扮，顾轻舟老土的模样，实在可笑。

而顾缃自己，穿了件苏绣海棠的淡红色低开衩旗袍，玻璃丝袜，配上一双鹿皮镶白狐毛的短靴，外面是一件皮草大外套，黄澄澄的貂皮，俄国货，面上的黑圈能荡漾出涟漪，时髦尊贵。

这样的皮草，适合各种年纪的女人，老些有老些的雍容，少女有少女的狂野，总之衬托得身份高贵。

和顾缃这一身富丽堂皇相比，顾轻舟那套羽缎老式的大风氅，就显得很俗气廉价。

顾缃不屑冷笑："想和我比，你先弄身皮草穿了，才够资格！"

想到这身皮草的价格，顾缃无端又生出优越感。

是的，她永远高压顾轻舟一头，是顾轻舟望尘莫及的。

秦筝筝也觉得顾缃把顾轻舟比得一无是处，微微笑了笑。

皮草真好看，秦筝筝小时候最盼望一身尊贵的皮草，可惜那时候穷，寄人篱下，只能看着顾轻舟的母亲孙绮罗穿。

现在，是顾轻舟看秦筝筝的女儿穿，果然是报应不爽，秦筝筝胸口那团恶气，终于透出来几分。

"三十年河东，三十年河西！"秦筝筝冷冷出气，"想当初我在孙家寄养，孙绮罗那贱人整日衣着华贵在我面前晃眼。如今，轮到她女儿眼馋，果然是老天爷开眼啊。"

秦筝筝稚嫩可笑的虚荣心，得到了极大的满足。

秦筝筝和顾缃心情不错，顾轻舟低垂眼眸，一起上了汽车。

三姨太苏苏站在二楼自己的房间，斜倚着墨绿色绒布窗帘，慢慢把玩窗帘的浓流苏，一根根将平，再弄乱，如此反复。

亲眼看着秦筝筝带孩子们出门，三姨太摇头笑。

顾家有个十六七岁的女佣，是三姨太苏苏带过来的，叫妙儿。

妙儿问三姨太："姨太太笑什么？"

三姨太抿唇，指了指汽车远去的方向，道："笑她们傻！"

"谁傻啊？"

"自然是某两位自以为是的。"三姨太道，"老人家的眼光，多半都是老式的，若是两位小姐都穿皮草去，老太太不会说什么。

可轻舟穿了斜襟衫，缃缃还穿一身皮草，肯定要被司老太嫌弃。"

"也是呢，老人家都看不惯现在年轻女孩子烫头发、穿皮草。"妙儿笑道。

三姨太笑容更甚。

"姐姐，新来的轻舟小姐不言不语，可看上去很厉害，是不是？她才回来几天，太太、大小姐、三小姐和四小姐都吃过亏。"妙儿悄声道。

私下里，妙儿依旧叫三姨太为"姐姐"。

妙儿是个孤女，五岁的时候在路边讨饭，差点被其他乞丐打死，当时十四岁的乞丐护住了她，从此两个人相依为命。

那个大乞丐，就是苏苏。

苏苏后来长大了，乞讨不是长久之计，就进了舞厅做舞女。只可惜她常年流浪，小麦色的肌肤让她看上去不显山水，生意平平常常的。

而后遇到了顾圭璋，得到了顾圭璋的宠幸，被金屋藏娇，做了顾家的姨太太。

苏苏进顾家，依旧带着妙儿，她们姊妹俩从不分开。

"是啊。"苏苏眸色深敛，静静道，"轻舟不简单，我真喜欢她！"

第四章

治好祖母

顾轻舟跟着她的继母和姐姐出门，汽车驶入越来越厚的雨幕中，雨刮掀起阵阵雨浪，车窗外的雨滴滴答答落在地上，似一朵朵盛绽的透明花。

司督军的父母兄弟不住在督军府，而是住在法租界的司公馆。

司公馆是个偌大的高级法式花园洋房，高高的红墙爬满了蔷薇藤，腊月里光秃秃的；缠枝铁门高大沉重，气度威严。

用人开了门。

顾轻舟自己撑伞，秦筝筝和顾绌共撑一把伞，下车进了司公馆。

"顾太太，顾小姐，您这边请。"用人出来迎接，特意给她们母女三人带路。

大理石铺陈的小径，下雨天有点湿滑，顾轻舟走得很慢。小径两旁是矮矮的冬青树，被雨水冲刷得格外干净，树叶浓绿，在这寒冬腊月展露生机，令人赏心悦目。

绕过两处小楼，才到了司老太的院子。

司老太太的院子在后面，是一处精致的老式院落，三间正房，带着四间小小的耳房。雕花窗棂虽然用玻璃代替了纱窗，屋子里老式明角灯里面其实装了电灯泡，一切仍保持着它的古朴。

"怎么这么多人？"一进门，顾绌就瞧见正堂里人影绰绰，不免蹙眉。

很多人在场，有点不好施展手脚啊。

"怎么每次督军夫人叫咱们来，又不给咱们单独的机会？"顾绌心里恼火。

她察觉到了督军夫人耍她们玩，偏偏顾绌和秦筝筝有所图，也只能被督军夫人耍得团团转。

领路的女佣解释道："老太太昨晚凌晨的时候又发病了，这不医生请了一屋子，顾太太顾小姐这边。"

说着，就把她们三个人领到了待客的小耳房里。

"老太太何时见我们啊？"顾绡拉着女佣问。

女佣微微笑，说："放心，一会儿就能见您。"

"老太太没事吧？"顾轻舟问。

"有医生呢，顾小姐有心了。"女佣笑道。

女佣吩咐上茶之后，自己进去正堂，跟督军夫人打声招呼，就说顾家的人来了。

屋外的雨势未减，屋内烧了暖炉，炉火烈焰温暖，顾轻舟捧着茶，慢慢喝了几口，目光越过窗棂，投在外头的正堂里。

秦筝筝和顾绡嘀嘀咕咕咬耳朵，顾轻舟也毫无兴趣。

约莫两盏茶的工夫，督军府的三小姐司琼枝进来，笑盈盈对秦筝筝道："顾太太，我祖母说要见见你们，快随我来。"

司琼枝娴静温柔，看似一派和睦，实则不喜顾轻舟和顾绡，看也没看她们，就领着路，穿过回廊到了正屋。

顾绡上前几步，将顾轻舟挤到了身后。

"我如此漂亮体面，老太太看了我第一眼之后，只怕再也无法喜欢顾轻舟了。"顾绡很自信。

秦筝筝也略有略无挡住顾轻舟。

于是，顾轻舟被挤到了最后面，她唇角微动，并没有介意，而是默默跟在后面。

老太太在里卧，司夫人正在床前侍疾，司督军立在旁边说话，司家的其他人都在正堂招待医生。

司老太依靠着引枕，半坐着。

司琼枝带着顾家的人进来，顾绡挤在了最前面，迫不及待喊了句："老夫人！"

顾绡知晓"先入为主"的道理，只想司老太先对她有了好感，以后怎么看顾轻舟都会不顺眼。

故而，顾绡抢在前头，急切又热络，叫了声"老夫人"。

顾绡高挑儿美艳，五官精致，浓刘海后面，是蓬松时髦的卷发，貂皮大衣合身，故而前凸后翘，身段婀娜玲珑，十分招人喜欢。

顾绱也知道自己端庄妖媚，娴雅时髦，最配得上督军府的地位，她得意扬扬的，想获得老太太的第一印象，误以为她才是少帅的未婚妻。

不承想，老太太看到她，平静雍容的眸子却微微蹙起。

顾绱心里咯噔："难道她不喜欢我？这怎么可能？"

老太太的蹙眉很快松开，又眼眸微亮，眼中有了笑意。

顾绱看在眼里，大喜，果然她太患得患失了。

"过来，好孩子。"老太太招手，眼眸满意的喜色。

顾绱惊喜若狂，她就知道司老太有眼光，会很喜欢她的。只是，刚刚的蹙眉是什么意思？

顾绱也来不及多想了，她疾步上前，想要拉住老太太的手，口吻更加亲热，只差叫祖母了，柔声道："老太太……"

司老太却微愣，将手往旁边一偏，不让顾绱拉住，神态漠然说："不是你。"目光越过顾绱的肩膀，落在身后的顾轻舟身上。

顾绱大窘，整个人僵在那里，下不来台，一张俏脸霎时通红。

老太太却完全没看见，眼里只瞧见了顾轻舟。

顾轻舟这才挤到了她姐姐前头，上前行礼："老太太，给您请安了！"

听到这句话，秦筝筝、司夫人和司琼枝只差笑出声。

这是一句多么老气的话，还是在前朝吗？

司夫人和司琼枝无奈摇头，顾轻舟这做派，太上不得台面了。

不承想，司老太却眼眸透亮，惊喜携住了顾轻舟的手，笑道："好孩子，难为你这么懂礼。现在的年轻人啊，没几个知规矩。"

司琼枝哽住，她祖母居然吃这套。

司夫人则在心里微哼：老太太念旧，她这做儿媳妇的为难死了。太守旧吧，被城里的名媛贵妇们嘲笑；太时髦吧，又不得老太太的眼。

真是进退维谷。

"多大了？"老太太没理会其他人，只拉住顾轻舟，问东问西的。

顾轻舟一一回答。

老太太还问顾轻舟："在乡下住什么地方，谁服侍你的？"

顾轻舟也认真作答。

一老一少相谈甚欢，在场的女人们脸色都不太好，只有司督军很满意。

司督军最是孝顺的，见老太太聊得开心，司督军就越发欣慰。

"老太太，我听说您生病了，我能给您把把脉吗？"顾轻舟问。

众人一愣，包括老太太。

"你还会把脉？"老太太问出了众人的疑虑。

顾轻舟腼腆而笑："我学了点皮毛，您这么疼我，我才敢班门弄斧。若是您不介意，我一边听您说话，一边给您把脉？"

老太太并不相信顾轻舟的医术。不是老太太轻狂，而是老太太有见识，知晓中医难学，没有几十年是学不成的。

所以，现在的世道都在骂中医，无非是人心浮躁，中医的继承人没几个静得下心去研读，各个半桶水，毁了祖宗的名声。

和西医相比，老太太其实更相信中医。

"那你试试。"老太太捧着顾轻舟，对这个孙儿媳妇颇为喜欢，刻意给顾轻舟做脸，就伸出手给顾轻舟把脉。

顾轻舟道是，轻轻地将手指搭在老太太的手腕脉搏上。

她把脉的时候，司夫人、司琼枝、秦筝筝和顾绌都目不转睛看着她，只有司督军觉得有趣。

顾轻舟把脉的样子，很是认真。

人的感情很奇怪，司督军中意这个儿媳妇，就不觉得顾轻舟做作，反而觉得她孝顺，越看越喜欢，将来能撑起司家的门庭，会是贤内助。

司夫人和司琼枝等人则觉得顾轻舟装模作样。

两分钟之后，顾轻舟收回了手，冲司老太微笑，露出一口细糯洁白的牙齿。

"看得如何？"司督军问。

顾轻舟笑道："我就是随便看看，没看出端倪。"

顾绱"扑哧"一声，忍不住笑了。

看看，装不下去了吧？

司老太抬眸，瞥了顾绱一眼，顾绱心下震惊，收敛了她的嘲讽。

"好啦，孩子有这份心就好。"司老太给了顾轻舟一个台阶。

司督军正要说什么，副官进来，有事通禀。

"说。"司督军一挥手。

副官道："督军，医生们商议好了医案，想请您和夫人借一步说话。"

中医一般不当着病家的面说病情，怕影响病家的心情。

督军府的西医，都是军医，从国外留学回来，也保持着这份传统，所以请督军和夫人借一步说话。

司老太对自己的病已然豁达，对副官道："不必背着我，你去把军医们都请进来，我老太婆这么大的年纪，什么受不住？从前大夫们问诊，都是当我的面说。"

副官为难地看了眼司督军。

司督军不敢违逆母亲半分，对副官道："去请医生们进来。"

四名军医，依次进了里卧。

里卧就拥挤不堪。

司夫人给女眷们使眼色，顾轻舟等人就退到了西南墙角的椅子旁边，静默坐下，不敢打扰医生的会诊。

"……老太太，您的病症是中风无疑了。这半年来，中医、西医都试过了，我们想请您远渡德国，德国的医疗设备更先进，医生的医术更好。"一名军医道。

"是啊，老太太。"另一个接口，"中风不能耽误，再耽误下去，只怕……"

司督军也劝："姆妈，您还要四代同堂，看曾孙出世呢。去德国一趟，治好了再回来，后面享福的日子多的是。"

"我不去什么狗屁德国！"老太太怒了，"让你们想法子，就想了这么个法子？我老太婆生在岳城，死也要死在岳城，想让我死在外头，门儿也没有！"

"姆妈，您别说不吉利的话，现在的邮轮很大很稳，跟平地一样，就当出门散散心，慕儿也在德国呢。"司夫人也劝。

老太太更怒了，就是不同意去。

司督军、司夫人和军医们轮流劝，大家七嘴八舌，将老太太说得越发火冒三丈。

老人家气个半死。

"其实不必去德国，老太太患的根本就不是中风。"众人苦口婆心的时候，身后突然传来清脆稚嫩的声音。

顾轻舟站了起来，柔婉的眸子锋芒乍现，自信地说道。

所有人都吃了一惊，回眸看着她。

满屋子的人，目光都落在顾轻舟身上。

顾缃和秦筝筝先是一愣，继而冷嘲顾轻舟：为了表现，居然敢打断医生的话！

也不看看时机，这个蠢货！

秦筝筝先回神，尴尬地给司督军和司老太赔礼："老夫人勿怪，督军勿怪，轻舟她不懂事。"

而后，秦筝筝捏了一下顾轻舟的手："医生会诊呢，你别不懂事，耽误了老夫人的病！"

"你让轻舟说！"司老太发话了。

司老太不是信任顾轻舟，只是这满屋子人都劝她去德国治疗，以为她讳疾忌医，没人帮她说话，她气死了。

现在，只有顾轻舟是站在她这边的，不管对不对，先拉个人站队要紧。

司老太觉得自己太势单力薄了。

"轻舟，你来。"司老太用缓兵之计，先让顾轻舟搅和一通，打发走了医生，再跟她儿子细谈。

让她远渡重洋去治病，这是万万不可能的。

"是，老太太。"顾轻舟穿着挑线裙子，行走间步伐优雅，裙袂摇曳，露出银红色双梁鞋的精致绣活。

顾轻舟全身上下，从衣裳的配色到做工，以及她的言行举止，都格外雅致。

她走到了司老太床边。

"你方才也把脉了，你来说说你的诊断。"司老太道。

司夫人蹙眉："姆妈，您这太儿戏了，轻舟她还是个孩子，读过几个医案？只怕她连取脉都取不准！"

万一这老太太被顾轻舟治死了，倒也是好事，以后再也没有婆婆为难自己了，只是督军在场，司夫人的体面话还是要说，别露出端倪才好。

"听她说说也无妨。"司老太不顾儿媳妇的阻挠，执意道。

顾轻舟看了眼司老太，见老太太冲她颔首，目光里满是鼓励，顾轻舟就微微抬了一下眼帘，正色道："老太太不是中风。"

"小姐误会了，老太太的确是轻微中风，已经发了小半年。"一位姓胡的军医，五十来岁，是司老太的主治大夫，在司督军的军医院任院长。

胡军医出生中医世家，二十岁远赴德国学了西医，再回国为政府效力，中西结合，医术了得。

他不仅擅长西医，更擅长中医。论起中医把脉，胡军医更有经验。

专业上的事，胡军医坚持己见，不给顾轻舟捣乱的机会。

"不是中风，是饮邪！"顾轻舟很笃定道，"老太太发病，都是卧床而发，抽搐、手足震颤，却从未半身不遂，口歪眼斜。"

司老太微讶，抬眸看着顾轻舟。

还真让顾轻舟说中了。

司督军和司夫人也吃惊：老太太的病，对外严格保密，别说顾轻舟刚从乡下来，就是太太的孙女司琼枝，也未必清楚症状。

"这孩子真的会中医吗？"司夫人腹诽，难以置信。

就在司夫人吃惊的时候，胡军医反驳了顾轻舟："此乃中风早期的症状，再挨些日子，就会出现后面的症状了。"

"这完全不同。"顾轻舟道。

顾轻舟坚持她的说法。她眉眼温顺，此刻才露出峥嵘，非常固执不肯妥协。

胡军医有点头疼。

其他几位军医，更加信任胡军医，见顾轻舟固执己见，和年长且经验丰富的军医争执，纷纷劝说她："小姐，您别耽误了老太太的病。"

"是啊，您才看过几个病例，若是老太太有什么长短，我们担不是，小姐无事一身轻，才说得这么轻巧！"

"中风和饮邪原本有点相似，治法却完全不同，小姐不要南辕北辙，害了老太太。"

"小姐想要立功，也不能挑这个时候！"

"中医没有仪器，诊脉常常会南辕北辙，小姐年纪轻，替老太太着想是好事，只是治病的事交给医生，这才是真孝顺。"

"我看这位小姐未必就是真孝顺，倒像是彰显自己！"

他们不知道顾轻舟的身份，只当是亲戚朋友的女眷，以为顾轻舟是为了在司老太和司督军面前表现，刻意拔高自己的。

故而，这些军医怕耽误老太太的病，说话越来越刻薄。

要是老太太被治死了，顾轻舟下场如何未可知，这些军医都要陪葬。

生命攸关的时候，他们就不客气了，一个个带着奚落反驳顾轻舟。

听着他们的奚落，秦筝筝和顾细想笑，心里快意极了。

只有顾轻舟，静静听着，好似没有听懂，脸上居然无半分的焦虑和异色。

司夫人和司琼枝这时候也明白过来了。

"轻舟，你是个孝顺孩子，老太太已经知道了，治病不可儿戏，你不要多言，随我出来吧。"司夫人道。

说罢，就要拉顾轻舟走。

司琼枝则冷冷说了句："顾小姐有点贪心呢，我祖母已经夸你好了，你还非要博取神医的名头，害我祖母吗？"

秦筝筝和顾细幸灾乐祸。她们母女之前还以为顾轻舟真有本事，现在被军医们一说，顿时明白，顾轻舟只是个轻狂又不知天高地厚的东西。

　　秦筝筝自然要落井下石了："轻舟，别不懂事，耽误了治病，你赔得起吗？"

　　顾缃也嘲弄了轻舟一番。

　　只有司督军和司老太没说话。

　　司老太盯着顾轻舟。

　　所有人的嘲讽，一开始还隐晦，后来越说越露骨，一般女孩子要么恼羞成怒，要么委屈落泪，顾轻舟却宠辱不惊地站在那里。

　　顾轻舟神色悠闲，安静听着众人的话，眼底波澜不惊。

　　"这孩子有度量，不是一般人！"司老太心想，一般人承受不住这等群嘲，顾轻舟却视若无睹，司老太对她很有兴趣。

　　"轻舟，你再说说我的病。"司老太帮腔。

　　顾轻舟颔首："老太太，我给您把脉，见您的脉象细、弦滑。脉象细，说明气血两虚；脉象弦滑，说明病在肝脏。

　　"老太太，若是我说得不错，您这一年多以来，肠胃都不太好？"

　　司老太一愣："正是。"

　　"这跟肠胃没关系。"胡军医忍不住插嘴，觉得顾轻舟避重就轻，胡说八道。

　　"有关系，有很大的关系！"顾轻舟倏然转头看着胡军医，柔婉眸子锋芒毕露，"你们用祛瘀通络等疏导的方法治疗中风，只会加重老太太的病情！"

　　"老太太的病，病因不在气血瘀滞，而是心肺气虚，导致的脾阳虚弱。脾气不升，胃气不降，难以生化气血，从而导致气血亏损、肝血不足，这才是病因！"

　　胡军医听了顾轻舟的话，脸色猛然间凝重起来，没有立刻反驳。

　　而顾轻舟一整段的辩驳，老太太没听懂，她问顾轻舟："轻舟，我到底是什么病？"

　　顾轻舟没学过西医。

　　广袤的华夏，又有几个人学过西医？

　　虽然骂中医成了时髦事，对于平常百姓而言，却没有可以替代中医的治疗方法，西医、西药依旧是上等人才消费得起的。

顾轻舟不知西医如何解释司老太的病，中医的名词，老太太又费解，只知晓"中风"，于是顾轻舟用了个通俗易懂的例子。

"老太太，我跟您打个比喻：您的身体像一条河，气与血都是水。水动，河流才有生机。

"您生病了，您这条河里的水逐渐干涸，可是军医们却说，您这条河里的水是淤积堵住了，成了死水，才缺乏生机的。

"于是，他们给您补充水的同时，极力给您疏通河道，让水动起来，流得更快。

"您想想看，这河里原本就缺少水，再动起来的话，水越来越少，所以您的病越来越重，军医们不反省自身，反而将您推到德国去。"顾轻舟柔声解释。

她这么一解释，老太太懂了，司督军懂了，就连旁边的顾绌和秦筝筝也明白了。

"说得头头是道，就是不知道对不对。"司夫人心想，"她不会真的会中医吧？"

司琼枝则道："肯定是胡扯的，人家军医救死扶伤，还不如她吗？她这张嘴，倒是能说会道，我就不信她真能治病。"

秦筝筝和顾绌的想法，跟司琼枝差不多。

"顾轻舟胆子太大了，连治病这种生死攸关的事，她都敢插手，简直是不知死活！"秦筝筝也冷哼。

同时，秦筝筝希望顾轻舟插手成功，这样等顾轻舟失败的时候，她就会被督军府扫地出门。

不管顾绌能否取而代之，秦筝筝都希望顾轻舟被退亲，否则秦筝筝如何平息内心的嫉妒？

只有司督军不说话。

司督军沉吟良久，目光深邃，表情不露半分。

军医们脸色都不太好看。

顾轻舟这是怪他们治坏了老太太？

这么大的罪过，他们如何当得起？他们肯定不会同意的。

"老太太，自古中医讲究辨证，谁的医案更高明，谁就可以治疗病家。我们既学过中医，也学过西医，又痴长这位小姐几岁，欲跟她辨证一回，不知老太太可同意？"胡军医道。

"好，你们辨。"司老太觉得有趣。

司老太生病小半年了，第一次听到另一种声音，司老太心中起了期盼：若是真的治好了她这病，就是她的恩人。

只有生病的人，才知道病痛的折磨，才明白健朗的幸福。

最想痊愈的，是司老太自己。她不同意去德国，不是不想治好，只是担心自己死在路上，无法落叶归根，找不到投胎的路。

她害怕啊！

如今，顾轻舟提出来新的想法，还说中了老太太的心坎，老太太一定要试试。

能不离开故土，最好不离开。

"不用辨证，你们用了什么西药，我闹不明白。但你们用的中药，肯定是用了补阳还五汤，加重了黄芪。"顾轻舟笃定道。

补阳还五汤，出自《医林改错》，是治疗中风最常见的方子，由黄芪、当归尾、赤芍、地龙、川芎、红花、桃仁组成，补气活血，祛瘀通络。

为了效果显著，技高人胆大的医生，就加重黄芪的用量，让补阳还五汤效果更有效。

顾轻舟跟着她师父学医，这样的医案少说也读了几百篇，而且十里八乡的病家也治好了七八个。

"这……"胡军医突然哑口无言。

顾轻舟居然猜对了。

胡军医仍不承认顾轻舟的本事，转念一想，治疗中风就那么几道名方，她知晓不足为奇。

"老太太，医者讲究对症下药，诊断在前，下药在后，若是诊断不准确，用错了药，就适得其反。"顾轻舟不看胡军医，只对司老太道，"您是相信我的诊断，还是军医们的诊断？"

这话说得很轻狂！

她还真把自己当名医了，将自己摆在众军医相等的地位。

这位顾小姐，不知该说她自信，还是该说她不知天高地厚。

军医头一回见这么逞能的孩子，心里很反感。

"老太太，用药需谨慎！"胡军医急切，生怕司老太听了顾轻舟的蛊惑，"这不是儿戏，稍有偏差，追悔莫及啊，老太太！"

司督军仍在沉默。

司老太犹豫了一下。

听军医们的？他们已经束手无策了，治疗了半年不见效果，再也拿不出有效的方子，要把她送到德国去！

老太太绝不去德国，宁愿死在故土上。

听顾轻舟的？顾轻舟年纪太小了，中医那么难学，听一个孩子的话，简直是拿自己的性命开玩笑。

左右为难之际，老太太触及顾轻舟那平静如水的眸子，不起半分涟漪，倏然心头一动。

轻舟太过于沉稳，稳得异常，让老太太不由自主地相信她。

也许，顾轻舟真的有能耐吧？

死马当活马医吧！

"轻舟，你开个方子吧。"司老太道。

这句话，似一滴冰水，掉入了沸腾的热油里，顿时炸开了锅。

所有人都震惊了！

督军的母亲，全岳城最尊贵的老太太，放着经验丰富的军医不用，相信一个小丫头的话，简直耸人听闻！

"老太太，您三思啊，这太胡闹了！"胡军医更急了。

"是啊，我们再想法子，您可不能轻信小孩子啊，老太太！"

"老太太，是药三分毒，任何的药都不能胡乱吃。别说治病的，就是滋补的药，都会害人，您不能……"

"老太太……"

军医们心惊胆战，都担心吃枪子。要是老太太被顾轻舟治死了，督军盛怒之下，哪里还顾得上那么多？

这几位军医，都是死路一条了。哪怕不死，也不可能留在军医院，前途全毁了。

他们几乎要给司老太跪下。

司夫人同样震惊："姆妈，咱们还是听军医的吧。治病不是小事，它关乎性命，您不能听一个乡下孩子胡说八道！"

众军医一听，再次要晕死过去：怪不得这么大胆没眼色，原来是不知天高地厚的乡下孩子！

司琼枝亦劝。

秦筝筝和顾绁也拉顾轻舟，让顾轻舟给老太太赔罪："你快收回你的话。"

顾轻舟不为所动。

最后，沉默良久的司督军终于开口了。

司督军轻轻地咳了咳。

众人立马沉默。

"姆妈，您真想试试轻舟的方子？"司督军问。

老太太点头，眼底没了半分犹豫。

"那就试试吧。"司督军道。

司督军力排众议，用顾轻舟的方子。

于是，顾轻舟开了"理饮汤"。

理饮汤不是治疗中风的，而是治疗心肺阳虚的。

顾轻舟认定，司老太抽搐发病的症状虽然像中风，病因却是心肺阳虚导致的气血两虚，而非中风的气血虚弱。

军医们非要从"中风"的思路去治疗老太太，才真是南辕北辙，把老太太的气血治疗得更虚弱了。

长久下去，真的要中风不可！

治病不能耽误，病情瞬间万变，顾轻舟不能看着他们折腾老太太。

老太太这身子骨，能不能到德国的土地还两说呢。

"桂枝两钱，干姜五钱，白术四钱，茯苓两钱，炙甘草两钱，厚朴一钱，橘红一钱半，白芍两钱。"

顾轻舟开好了方子，交给司督军。

司督军给胡军医过目。

胡军医拿在手里仔细看过，心中明白：这的确是一服很成熟的药方，用药一分不多，一分不少。

方子里的桂枝和干姜，可以助心肺之阳；白术、茯苓、炙甘草健脾利湿；厚朴可以使得胃气通降。

顾轻舟说老夫人是心肺阳虚导致的脾胃虚弱，所以生化气血无能。她这服药方，就是对症下药的。

"督军，这服药方的确是治疗心肺阳虚的。至于对老夫人是否有效，属下不敢苟同。"胡军医道。

"用药的剂量如何？"司督军问。

"剂量刚刚好。"胡军医道，"督军，您三思啊，别叫老夫人吃苦头，她都这么大的年纪了。"

司督军却是下定了决心。

"这药吃十天，老夫人的病即可痊愈。"顾轻舟保证道。

这话说得有点外行。

哪怕是名医，也绝不说笃定的话。若是十天没有好，岂不是砸了招牌？

胡军医看着这个小姑娘，心惊胆战，不知道督军和老夫人为何非要用她的药。

从司公馆离开时，寒雨已停，空气里流转着冰凉，秦筝筝和顾缃的手冻得通红，都缩在袖子里。

秦筝筝脸色特别难看。

在车上，秦筝筝一句话也没说。

顾缃则抱怨了很多："轻舟，你太爱出风头了！万一治死了司老太，咱们全家都别活了！哪怕督军不杀咱们，阿爸的差事也要丢了，谁来养活我们？"

秦筝筝的脸色越发铁青。

回到家中，秦筝筝直接去见了顾圭璋，情绪激动又愤怒，把事情说了一遍："……她要把咱们推入万丈深渊！"

在秦筝筝看来，一个乡下小丫头，连字都认不全，凭什么会医术？

司督军和司老太相信她，那是病急乱投医，没看到那几位经验丰富的军医都急红了眼吗？

可见，顾轻舟的药方，一定会害死司老太的！

顾家所有人都要跟着陪葬！

"真的吗？"顾圭璋也吓住了，"她真的给司老太开了药方？"

"可不是嘛！"秦筝筝道，又把司家军医的话，复述了一遍。

"她疯了吗？"顾圭璋也大怒，"她是要害死老子吗？"

"老爷，她这次真是太愚蠢了，军医一遍遍地提醒她，我们一次次地阻拦她，她还是往前冲！老爷，您相信一个十来岁的孩子会医术吗？"秦筝筝痛心疾首，"方子开了，这会儿说不定药都喝了，咱们没救了，老爷。"

说罢，秦筝筝眼泪簌簌滚落，伤心极了。

顾圭璋愤然，上楼冲到了顾轻舟的房间里。

他指着顾轻舟的鼻子大骂："混账东西，你可知道轻重？老子的身家性命，都要被你败光了！"

全家人都听见了。

顾圭璋想打顾轻舟，可理智又使他克制住了自己，只是把顾轻舟的梳妆台给砸了。

"关到地下室去！"顾圭璋喊了用人，"不许给她饭吃，等督军府来要人的时候，希望别牵连我们！"

顾轻舟不哭不闹，也不解释，任由用人把她关到阴暗潮湿的地下室。

她用手指，慢慢地在地下室落满灰尘的地上画圈，一个又一个，黑暗中她的微笑一闪而过。

顾公馆其他人也听闻顾轻舟闯祸了，可能会给他们带来灭顶之灾，都有点紧张。

"……是轻舟啊，她非要给司老太治病，司老太估计撑不了几天了。"顾细告诉弟弟妹妹。

"看把她能的，这回翻天了吧！"顾四冷笑。

"把她打死交给督军府，督军府会不会饶过阿爸和咱们家？"顾三问。

顾三的胳膊还没有好，挂着绑带。

"谁知道呢，要看督军的心情了。"顾缃叹气。

一时间，全家都恨顾轻舟。

只有三姨太苏苏不相信。

"轻舟不是那么沉不住气的孩子。"三姨太对妙儿道，"你回头悄悄塞几个包子给她，这么冷的天，又饿又冻的，别真冻死了她。"

"她已经不成气候了，姐姐。"妙儿道，"要是被老爷发现咱们接济她，咱们也活不成，值得吗？"

"值得！"三姨太道，"轻舟非池中之物，咱们以后都要靠她的提携。"

妙儿对三姨太深信不疑，半夜的时候，偷偷给顾轻舟送了四个肉包子。

肉包子还是温热的。

顾轻舟接过去，大口大口咽下，实在饿极了，浑身冻得冰凉。

"替我谢谢三姨太。"顾轻舟口齿含混不清地说道。

顾绍也偷偷给顾轻舟送，结果他手脚慢，被用人发现了。

用人告诉了秦筝筝。

秦筝筝气得要打顾绍："吃里爬外的东西，她是你什么血亲的妹子？"

顾圭璋也呵斥顾绍。

到了第四天，督军府有两辆汽车，停靠在顾公馆门口。

顾圭璋正好在家，当即吓得腿脚全软了。

完了，督军府来抄家抓人了！

顾缃有点兴奋："顾轻舟是彻底完了！那个碍眼的丫头，终于要被除掉了！"

下车的，是督军身边最亲近的副官，他一进门顾圭璋就神色紧张，副官先笑了一下，缓和气氛，然后给顾圭璋敬礼："顾先生，我是奉了督军之命，来接轻舟小姐的。"

顾公馆的所有人，都下楼来了，神色各异。

顾圭璋道："是是，长官稍等，我已经处罚她了，饿了她三天。您带了她去，告诉督军，怎么解气怎么打，顾家绝不追究！"

"什么?"副官愣怔,"你……你饿了轻舟小姐三天?"

"是啊,她闯了这么大的祸!"顾圭璋神色哀痛,"老夫人她……"

"老夫人的病情好转了,轻舟小姐立了大功,督军盛情邀请轻舟小姐去复诊,你却把轻舟小姐饿坏了?"副官声色俱厉。

顾圭璋腿脚一软,差点跌倒。

老夫人的病情好转了?

顾轻舟的方子有用了?

这怎么可能!

不仅是顾圭璋,楼梯处的秦筝筝和顾绌,一时间也面无人色!

顾轻舟从地下室出来的时候,肤色雪白,摇摇欲坠。

"轻舟小姐!"女佣妙儿夸张地惊呼,牢牢扶住了顾轻舟。

顾圭璋回神,满怀愧疚,同时也有点担心。

自己将司督军府的功臣当成了罪人,回头轻舟会不会说他的坏话?他这官是不是做到头了?

可谁能想到,顾轻舟居然真的治好了司老太?

对于一个少女而言,这是不可能的事,顾轻舟却做到了。

"轻舟啊,司家的老太太好转了,请你去复诊,你真是太厉害了,阿爸一直知晓你非平常人。"顾圭璋刻意说几句话。

他这几句话里的谄媚显露无遗。

众人听了,都很尴尬。

"我……我上楼去洗个热水澡,换身衣裳,再去给老夫人复诊。"顾轻舟虚弱不堪,对督军府的副官说话,却不看顾圭璋。

这副官道是,十分恭敬,眼底却闪过几分怜悯,看顾圭璋的眼神更冷了。

顾圭璋心中又是一紧,头皮发麻,后背僵直。

三姨太和妙儿搀扶顾轻舟上楼。

到了三楼的房间,妙儿去放热水,三姨太帮顾轻舟准备衣裳。

顾轻舟一改之前的虚弱,脚步轻盈。她在楼下的摇摇晃晃,是故意吓顾圭璋的。

"……没饿着吧?"三姨太悄声问。

"你每顿派妙儿给我送四个大肉包子，我都长胖了。"顾轻舟微笑。

彼此心领神会，顾轻舟问三姨太："为何帮我？"

"我没本事，将来你得势了，指望你帮衬我。"三姨太道。

有目的是好事。

顾轻舟微笑，道："三姨太，我喜欢你，以后我们可以结盟。"

三姨太伸出了手。

顾轻舟紧紧握住了。

这就算结盟成功。

顾轻舟去了趟浴室，洗了个热水澡之后，精神抖擞。

关在地下室，虽然有点冷，但是三姨太每天都给她送吃的，她身体充盈，完好无损。

洗澡之后，顾轻舟对镜，看着镜中自己雪白红润的面颊，眼睛里有阴霾覆盖，她唇角的浅笑，变成了讥诮。

顾轻舟在脸上和唇上抹了层细细的粉，让自己看上去更加苍白，跟着督军府的副官，给老太太复诊去了。

顾圭璋还没有从震惊里回过神来。

"轻舟她会医术？"顾圭璋半晌无法消化这个消息。

他多年不管不问的女儿，居然这般有能耐？

"看来，我要派人去乡下，查查轻舟的底细，她好似不简单！"顾圭璋心想。

顾圭璋脸色阴沉得难看。

之前还担心督军府的老太太死了，会报复他；如今顾轻舟肯定要说他的坏话，他的前途到头了。

顾圭璋无力坐在沙发里。

这一切的源头，都是他的妻子秦筝筝。

是秦筝筝怀疑顾轻舟，顾圭璋轻信了她。

而秦筝筝，此刻三魂六魄吓掉了一半。她以为顾轻舟完了，却万万没想到顾轻舟的药起效了。

匪夷所思！

"不可能！"顾缃暗地里咬牙切齿，"她怎么可能……"

顾轻舟居然真的治好了。

军医们治了半年不见成效，顾轻舟却治好了。

顾绌银牙碎咬，她离督军府少帅未婚妻的位置，好似越来越远了。

这个该死的顾轻舟！

顾轻舟乘坐督军府的奥斯汀汽车，到了司公馆。

老太太已经能下床走动了。

喝了三天的药，老太太每日发作两次的抽搐，竟然一次也没有再犯。

"轻舟！"司老太拉紧了顾轻舟的手，万分感激她，"原来我们家娶了位神医！"

然后，她问顾轻舟师从何人，顾轻舟搪塞，说是乡下野郎中。

她师父在政坛有仇家，顾轻舟不能泄露他的行踪。

今天司夫人没来，只有司督军放下公务，过来陪同复诊。

"轻舟，你比我的军医厉害，要不到军医院去任个医师？"司督军也高兴，浓眉舒展，眼角眉梢全是笑意。

司老太笑了："糊涂话，咱们家的少奶奶，抛头露面去给人看病？"

"是，姆妈教训得对，儿子糊涂了。"司督军奉承老太太，很是孝顺。

几个人欢声笑语。

顾轻舟给老太太复诊，重新把脉，看了舌苔，见老太太已经在恢复了，叮嘱老太太："还是吃之前的药方，吃完这十天，就差不多可以痊愈。"

司老太欣慰叹气，赏了顾轻舟一对沉甸甸的金手镯。

复诊出来，司督军单独找了顾轻舟，道："我听副官们说了，你父亲怕你失手连累他们，将你关起来饿了三天，你受苦了。"

顾轻舟低垂了眉眼，不说话。

"轻舟啊，伯父明白你的委屈，我改日会会你阿爸，跟他谈谈。"司督军道，"他到底是你阿爸，心里还是疼你的。"

顾轻舟从这个话风里，就听得出来，司督军没打算处罚顾圭璋。

处罚自己的亲家，传出去对督军府的名声不好，顾轻舟也要受人非议。

孝顺还是一个人很重要的美德，子女不得妄议父母的不是。

顾轻舟目前还需要顾公馆次长千金的身份，还需要司督军的认可，牢牢保住少帅未婚妻的地位，所以，她既不能让司督军觉得她不孝，也不能真正处理掉顾圭璋。

"我明白的，伯父。"顾轻舟低声道，"阿爸很疼我，他只是吓坏了。"

"你也吓坏了吧?"司督军慈祥笑道，"来，这个给你，压压惊!"

他递给顾轻舟一个小匣子。

顾轻舟还以为是首饰，放在自己的手袋里，坐车回家了。

回去之后，顾轻舟打开小匣子，一道黄澄澄的光，灼目耀眼：是一根金条。

一两重!

这种一两重的金条，岳城叫"小黄鱼"，能换到七百到八百块大洋。而整个岳城的物价，三千块钱就可以买一栋像顾公馆这样的小洋房。

七八百块，是一笔巨款!

顾轻舟露出一个淡淡的笑容："这不仅是诊金，更是安抚我被关在地下室三天的钱。如此说来，我还真应该感谢顾圭璋，他让司督军又感激我，又同情我。"

如此，顾轻舟的地位就更稳了。

若是顾轻舟没有被关，司督军绝不会打赏这么贵重的小黄鱼。

顾轻舟将这条小黄鱼，和其他贵重东西一起，藏在花梨木柜子抽屉的夹层里，这才踏踏实实睡了一觉。

司老太的病情好转，出乎所有人的意料。

开方子那天，司夫人着实生气，她丈夫和婆婆不知所谓，居然相信顾轻舟。

"一个乡下孩子，这样看重她，也不知图什么!"司夫人恼怒，"十几年前还有皇帝呢，如今皇帝都没了，咱们还要守住旧婚约，简直愚蠢!"

顾轻舟威胁司夫人，同时得到了督军的喜爱，她已然是司夫人的眼中钉肉中刺，迟早要收拾她的。

器重顾轻舟，就是和司夫人作对，司夫人如何不恼？

司琼枝则柔声安慰她母亲："姆妈，当初是您亲自和顾家定下的婚约。阿爸和祖母认同这门婚事，也是尊重您啊。"

这种话，没有任何实质性的安慰，对司夫人是隔靴搔痒。

她根本不需要这种尊重！

她是司夫人，不是新媳妇，她的地位无须老太太再次肯定。

司琼枝见母亲仍是一筹莫展，微笑着，说出更大胆的话："姆妈，这不是好事吗？"

司夫人蹙眉，女儿也疯了吗？

司琼枝声音更低了："姆妈，老太太生病这些日子，您忙里忙外地去服侍她，也没见她多高兴，老太太还是不喜欢您。

"她不仅不喜欢您，就连我和二哥，她也不太喜欢，总念着那些旧事呢。让顾轻舟治疗她，若是不好了，也是喜丧，老太太解脱了，咱们不也省了麻烦？"

司夫人真是气糊涂了，这么好的事，居然不高兴！

司老太一直不喜欢司夫人，这中间牵扯一些往事，让老太太对这个儿媳妇芥蒂很深。

连带着司夫人生的两个孩子，老太太也不太中意。不过，二少爷是男丁，司老太重男轻女，就对孙儿没那么多厌恶，只是不太喜欢司夫人，对司琼枝也很平淡。

十几年了，司夫人小心翼翼地奉承，还是得不到老太太的欢心，司琼枝也不受宠。

真是个顽固不化的老太婆！

偏督军孝顺，什么都听老太太的，司夫人也是媳妇难做。

等老太太死了，司夫人这个媳妇就彻底熬到头了。

这么好的事，她为何要生气呢？

她应该高兴啊！

若是顾轻舟治死了老太太，哪怕督军饶了顾轻舟，司夫人也要下狠手，趁机逼迫她交出那些信，然后杀了她灭口。

一箭双雕，处理掉两个心烦的人，难道不是美事吗？

"琼枝，你越发懂事了。"司夫人果然大喜起来。

顾轻舟一定会治死老太太的，她一个爱出风头的小丫头，能会医术吗？司夫人信心满满的，憧憬着老太太去世后的美好。

老太太当天喝药之后，晚夕还抽搐了一回，司夫人和司琼枝不动声色，心里早已乐开了花。

"顾轻舟真是会作死，自寻死路！"司琼枝和司夫人皆如此想道。

不承想，到了第三天，老太太却突然好转了。

司夫人和司琼枝有点傻眼：这怎么可能呢！

居然好转了？

司督军大喜，老太太也高兴，司夫人和司琼枝则勉强挤出了笑容。

晚夕，司督军留下来侍疾，司夫人和司琼枝一回到督军府，两人就关紧了房门，露出震惊的表情。

"这怎么可能？"司夫人大怒，"顾轻舟居然有这等本事？"

若是顾轻舟不救，老太太再拖几年，肯定要病死了。到了那时候，司夫人再也无须伏低做小了。

没想到，顾轻舟把老太太救活了，从此这老太婆又要多压司夫人几年。

更叫司夫人愤怒的是，这次顾轻舟不再只是得到督军的喜爱，她还得到了督军的感激、器重，以及老太太死心塌地的支持！

可恶！

想要处理这孩子，就更难了！

"如果顾轻舟翅膀硬了，不再害怕我，会不会把那些信交给老太太？"司夫人最担心这点。

若是这样，司夫人就万劫不复，那些信绝不能让司督军和司老太知晓。

顾轻舟又说，如果司夫人杀了她灭口，她就会把那些信送给报馆，到底是不是真的？

司夫人心急如焚。

"姆妈，顾轻舟治好了祖母，老太太喜欢她，她不会真的要做我嫂子吧?"司琼枝秀眉轻蹙，"她一个乡下人，真嫁给了我哥哥，岂不是丢我们全家的脸?"

司夫人脸沉如水。

司琼枝也默默不语。

"我们都小瞧了顾轻舟，要打起精神才能对付这个丫头!"

司家一半欢喜，一半忧愁。

顾家则是气氛高度紧张。

顾轻舟从督军府复诊回来，以"太累"为借口，直接回房睡觉了，顾圭璋愣是没敢去打扰她。

顾圭璋把顾轻舟丢在地下室关了三天，他正担心顾轻舟在司督军面前抱怨，司督军以后会给他小鞋穿。

顾轻舟在房里睡得踏实，顾圭璋却是独坐书房，雪茄一根接着一根地抽，满书房烟雾缭绕，似布满了白纱。

秦筝筝躲得远远的，不敢去书房触霉头。她不敢，其他人更不敢，所有人都噤若寒蝉，用人们做事也是敛声屏气。

第二天，晨曦从窗棂透进来，冬日温暖的骄阳落在顾圭璋身上，他才惊觉自己坐了一夜。

刚吃过早膳，拖着疲倦的身子准备去衙门的时候，司督军府来人，请顾圭璋去了趟督军府。

从督军府回来，顾圭璋满面红光，精神焕发。

司督军告诉顾圭璋，说:"轻舟是个懂事孝顺的孩子，她再三跟我说，她阿爸只是关心老太太，不是不疼她……"

司督军叫顾圭璋去，只是说了些顾轻舟的好话，顺便感谢顾圭璋把女儿养得这么优秀，就让顾圭璋回家了。

顾圭璋关押了顾轻舟，顾轻舟居然在司督军面前说他的好话，顾圭璋简直感动得不行。

"轻舟是兴家旺族之女，以后我的前途，都要靠轻舟了。"顾圭璋哈哈大笑。

顾轻舟听了，唇角含着笑，始终没说话。

司督军帮顾轻舟做了人情，真正疼顾轻舟的，也许是司督军。

过了十天，司老太的病情彻底痊愈，她躺下之后再也不抽搐，能睡个好觉，司督军高兴极了。

顾轻舟的医术，也得到了众人的认可。

同时，顾轻舟找到了司督军，柔婉说道："伯父，那些军医尽心尽责，求您不要处罚他们。"

顾轻舟摸准了司督军的脉，经此一事，她知晓司督军喜欢大度、善良、孝顺的女孩子。于是，顾轻舟在他面前，努力做个善良至极的人，做一朵不染尘埃的白莲花。

她可以伪装得很像。

司督军微笑，果然很满意，笑道："好，就听轻舟的。"

顾轻舟的药方起效之后，军医院那边的几名军医，包括司老太的主治医师胡军医，各个坐立难安。

他们难逃其罪。

司老太肯定气死了，司督军只怕也没好气。

到了第十天，司老太彻底痊愈，顾轻舟的医术了得，衬托得军医们十分无能，他们知晓，自己的前途到头了。

"督军会把咱们关到监牢里去吗?"苏军医问。

苏军医也是负责给司老太看病的军医之一，他太太刚给他生了个大胖小子，所以他最惜命了。

提起军政府的监牢，军医们各个色变。

前不久，督军府的大少帅司行霈出行，遇到了刺客，而刺客居然能动用当地军政府的势力，让司少帅觉得猫腻很深。

捉到刺客之后，司行霈当场杀鸡儆猴，动用了酷刑，得到了口供。

此事在军中传开，督军则大怒，说大少爷太过于残暴。

饶是如此，人人都知晓，军政府的监牢是有进无出的，堪比人间炼狱。

进了监牢，不死也要脱一层皮，它比警备厅的监牢可厉害百倍。

"别自己吓唬自己!"胡军医蹙眉提醒。

黄昏的时候，督军派人来请诸位军医，去督军府谈话。

"诸位，你们到时候把责任都推给胡某。"胡军医站起来，临时开了个小会议。

"这怎么行，是咱们五个人一起诊断的。"苏军医首先表示不同意。

"是啊，院长，不是您一个人的错。"

胡军医却摆摆手，对他们道："我跟督军有点交情，哪怕把我关起来，也能饶我一命。况且，你们都是军医院的栋梁，医院不能少了你们。督军到时候罚不罚你们，他也为难。还是让我一个人承担。"

众人还要劝，胡军医摆摆手，去往督军府。

到了督军府，司督军却是和颜悦色，对众人道："顾小姐给你们求情了……"

这些军医现在已经知晓了，原来顾轻舟是二少帅的未婚妻，怪不得司督军和老太太相信她。

司督军有两个儿子，老大常在军中混，威望很高；老二在德国念书，听说念的是军校，本事如何众人还不知。

"……你们照料老太太也尽心，没有治好不是你们的罪过。顾小姐也说了，正是因为你们没有治好，她才敢确定不是中风，你们也给她铺路了，功过相抵吧。"司督军继续道。

诸位军医听了，心里一阵感动，同时又惭愧：看看，人家顾小姐这份心胸，他们真比不了！

"多谢督军！"胡军医领头，给司督军道谢，然后又夸赞顾轻舟，"顾小姐大度宽容，将来定是一代名医！"

司督军听了很舒坦，与有荣焉。

十几年前随随便便定下娃娃亲，没想到给老二找了个宝贝媳妇，司督军挺得意的，他太有眼光了。

他们正说着，副官进来，在司督军耳边一阵嘀咕。

司督军神色收敛。

"都回去吧，军医院还仰仗诸位，此次之失误既往不咎，切不可再有下次。"司督军道。

众人一扣靴跟，行了标准的军礼之后，退了出去。

他们下楼，在大厅里遇到了司家的大少帅司行霈。

司行霈是督军的长子，也是督军原配生的儿子，今年二十五岁。他从小就在军中混，有勇有谋，也心狠手辣。

只是，他生了副俊朗不凡的外表，哪怕随意坐在沙发上，也是身姿优雅，气度倜傥，远胜过其他公子哥。

不知情的，还当他是个草包纨绔子弟。

"少帅！"军医们一一行礼，心里很尊敬这位少帅。

司行霈虽然倨傲混账，却很敬重军人。面对军医，他收起了傲慢，起身还礼，态度谦和道："诸位都来了，是谁病了？"

上次司行霈在军政府的监牢动用极刑，司督军大怒，把他也关到了监牢，关了半个月，今天才放出来。

他在牢中多时，身上的军装脏兮兮的，仍是气度不凡，没有半分落魄之感。

司行霈这种人，天生的军神，浑身上下散发出魄力，跟他父亲司督军不相上下，他才是最像司督军的人。

"是老太太。"胡军医道。

司行霈神色一紧："老太太病了？"

他跟他祖母感情最深，超过了任何人。他之前出行遇刺，后来找凶手，又被他父亲关到监牢，很久没去司公馆看他祖母，竟不知祖母又病倒了。

司行霈冲众人略微颔首，转身就要走，去司公馆看他祖母。

"逆子，你站住！"司督军立在二楼乳白色栏杆后面，厉声呵斥正要出门的司行霈。

司行霈置若罔闻，阔步走了出去，军靴沉重的脚步声回荡在整个大厅里。

门口停了辆奥斯汀汽车，司行霈跳上车，疯狂踩了油门，一路横冲直撞，到了司公馆。

今天晴朗，碧穹万里无云。

暖暖的骄阳铺陈，像给大地穿上了件华丽的锦衣，照在身上和煦温暖。

顾轻舟最后一次给老太太复诊，见老太太恢复得很好，她就陪着老太太在庭院散步。

阳光落在她青绸般的发丝上，泛出清润的光泽，她年轻稚嫩的脸，似初绽的桃蕊，嫩红轻柔。

"老太太，您以后每天都要多散步。"顾轻舟道。

"你天天来陪着我，我就乐意散步。"老太太轻笑。

她们说笑着，就听到一阵急促的脚步声，有人匆匆忙忙喊："祖母，祖母！"

老太太认得出声音，顿时大喜："哎哟，是霈儿来了！"

顾轻舟不知是谁，好奇循声望过去，就瞧见一个高大英武的男人，穿着一件脏乱的军装，短短头发凌乱，阳光照耀下，他军服的勋章泛出灼目的光。

顾轻舟脚步一顿，腿差点就软了。

她身子一瞬间僵硬，动弹不得：是他，那个变态！

"霈儿！"老太太高兴。

司行霈先给老太太见礼，上下打量老太太，笑道："祖母，他们说您病了，我瞧着您挺好，健朗矍铄！"

老太太哈哈笑，心情十分愉悦，可见是多么喜欢司行霈。

"都是轻舟的功劳。没有轻舟啊，他们就要把你祖母送到德国去。我不去，我还没有见到我的宝贝孙子娶媳妇呢！"老太太笑道，转头去看顾轻舟。

司行霈的目光，也顺势落在了顾轻舟身上。之前顾轻舟逆光，司行霈没看清她的面容，如今瞧见了。

他薄唇微掀，呼吸顿了一下："轻舟是谁啊？"

司公馆的花园洋房，住着司督军的两位弟弟，以及他们的家人，儿孙满堂。

老太太留顾轻舟用膳，怕顾轻舟拘谨，没叫其他人作陪，只有老太太自己。

后来司行霈来了，老太太临时叫女佣添了副碗筷给司行霈。

阳光透过远处的槐树虬枝，在地上落下树影斑驳。

顾轻舟却感受不到骄阳的温暖，她慢慢扒拉饭，每一粒都如鲠在喉。

老太太病愈之后，心情向来很好，见到了最疼爱的孙儿，心情更佳，也没细看顾轻舟的神态，只当是司行霈在场，让少女磨不开颜面。

老太太吃饭的时候也和司行霈有说有笑，完全不顾"寝不言食不语"的古训。

司行霈陪着老太太，余光却不时瞥向对坐的顾轻舟，意味深长。

他在桌子底下碰顾轻舟的脚。

顾轻舟吓一跳，猛然站起来，一碗汤泼了满手都是。

"怎么了？"老太太也被她吓了一跳。

顾轻舟唇色微白，眼神飘忽道："这汤好烫……"

她手里还捧着碗，尴尬放下，有点狼狈。

"是有点烫，小心些。"老太太笑，"没烫着吧？"

"没有。"顾轻舟摇摇头。

她一手的汤汁，油污滑腻，就跟着女佣下去洗手。

顾轻舟接过女佣递过来的香胰子，慢腾腾地搓手挨时辰，就是不想出去。

司行霈居然在桌子底下用脚勾她，真是……太肆无忌惮！

顾轻舟欲哭无泪。

回到饭厅时，司行霈看着她，眼角有狡狯的光流转，像只玩弄自己猎物的饿狼。

顾轻舟的心全提起来了。

十六岁的少女，哪怕再伪装镇定，在真正血淋淋的酷刑面前，也会难以遏制内心的恐惧。这种恐惧，不是饿一顿、打一顿、骂一顿能带来的，那是灵魂的震荡。

顾轻舟第一次知晓害怕，她实在害怕此人。

司行霈生得俊朗不凡，一身脏乱也难遮掩其华采。

可他在顾轻舟心里，是个魔鬼。顾轻舟不能想，那些画面，像是一场噩梦。

　　每个人都有自己恐惧的东西，顾轻舟原本就害怕血，司行霈给她的阴影，足够让她浑身战栗。

　　"……轻舟是个好孩子，慕儿的婚事就算定下了，等他后年回国就完婚。"饭后，老太太和司行霈拉家常，"你到底何时娶妻，给我添个大胖曾孙？"

　　老太太又说："这次若不是轻舟，你祖母只怕命也没了。我是过一日算一日，半截身子埋在土里的人了，就盼着你成家。"

　　司行霈只是笑。

　　老太太话题起来了，也是真担心司行霈，又问道："你没有一个中意的？"

　　"我不是说过了吗，我要娶一个真正的世家名媛，总统的女儿最好不过了。"司行霈笑道，"其他人，谁配得上我？"

　　好大的口气。

　　顾轻舟把头埋得更低。

　　"可总统没女儿啊！"老太太蹙眉，轻轻地打他的手，"你太胡闹。"

　　"那就副总统的女儿吧。"司行霈轻笑，"一定要是出身高贵的，容貌倾城的！"

　　老太太被他逗笑。

　　"你啊，心太野了，就是不想成家而已，祖母也管不了你。"老太太笑呵呵的。

　　快到下午四点，顾轻舟如坐针毡，终于可以起身告辞了。

　　"老太太，我先回去了，改日再来看您。"顾轻舟道。

　　老太太也没留她，喊了女佣去备车，送顾轻舟回去。

　　"祖母，我送送顾小姐吧。"司行霈站起来，"祖母的病情我还不知道，正好路上问问，以后有什么忌口的。"

　　老太太没有多想，道："也好，你送送轻舟，以后是一家人了。"

　　出了老太太的屋子，顾轻舟几乎是一路小跑，想要赶紧摆脱此人，去司公馆的门口叫黄包车回去。

　　司行霈双腿修长，步伐随意，也能跟得上顾轻舟的小跑。

他不说话，薄唇微微抿着，眼角有淡淡笑意。

到了大门口，顾轻舟张望，发现没有黄包车，正在着急时，司行霈已经拽住了她的胳膊。

"你做什么！"顾轻舟挣扎，"松开我！"

她力气不及司行霈，已经被他推上了他的奥斯汀汽车的副驾驶座位。

司行霈自己开车，一路上沉默不语，开出了司公馆约莫十分钟，在一处僻静的马路边上，他停了车。

这条路上种满了法国梧桐树，延绵不绝，腊月的树梢没有叶子的点缀，孤零零地沐浴着阳光。

顾轻舟后背绷得紧紧的，双手攥紧。

司行霈却一把将她抱过来，让她坐到了自己腿上。

他呼吸清冽，凑在她的脸侧问："我的小贼，几天不见你就成了我弟弟的未婚妻？之前不是还说，要做我的妓女吗？"

顾轻舟往后躲，不小心压到了方向盘的喇叭，汽车刺耳地嘶鸣了起来。

零星的行人纷纷往车里看，顾轻舟一瞬间脸色惨白。

这要是被人看到……

顾轻舟收敛心神，吸了口气，尽量让自己镇定下来："我从小就是你弟弟的未婚妻，你若还有人伦，就松开我！"

司行霈凑在她的颈项，轻轻地嗅了一下，笑道："我吻过你，你就是我的女人！我的女人不会嫁给任何人，也不会是任何人的未婚妻！"

顾轻舟倒吸一口凉气。

他是亲吻过她的，不仅吻过，还摸遍了她的全身。

可那时候顾轻舟吓得魂不附体，亲吻是什么滋味，她事后一点也想不起来。

他摸过她，而且不止一次。在火车上，他扒光了她的上衣，让她和他肌肤紧贴，她至今都记得他身上的湿热。

顾轻舟沉下心，声音冷锐："你不是要娶个身份尊贵、容貌倾城的女人吗？我可不尊贵，也不倾城。"

司行需哈哈大笑。

他的唇，几乎要贴在她唇上，轻轻地掠过："我说的那是正妻。怎么，你想做我的正妻？"

顾轻舟大窘，尴尬且难堪，恨不能挖个地洞钻进去。

她太抬举自己了，司少帅说他的女人，而不是他的妻子。

他的女人何其多！

"正妻有什么好的，那只是摆设！没听说过妻不如妾，妾不如偷吗？"司行需低笑，"你要是真嫁给我弟弟，我照样偷你！"

他说罢，一双手捧住了她的脑袋，深深吻住了她的唇。

亲吻是什么滋味，顾轻舟现在懂了。

司行需的气息炙热温醇，紧紧包裹着顾轻舟。他强悍撬开了她的唇齿，温热的舌在她口腔里游荡，似个八面威风的将军，一寸寸巡查自己的领地。

顾轻舟浑身发颤。

她挣扎着推他，又使劲躲，然后再次撞上了汽车方向盘上的喇叭，鸣笛声尖锐刺耳，顾轻舟的心被那一阵阵刺耳声悬得老高。

"别这样，别这样……"无计可施的她，软软地求饶，像只无助的猫儿，从唇齿间呢喃，眼泪顺着白皙面颊滑落。

司行需尝到了眼泪的咸苦，听到了她呢喃的哽咽，心头起了怜悯，松开了她。

顾轻舟哭了。她一哭就停不下来。

"为何要欺负我？"顾轻舟哭道，"我虽然偷了你的手枪，也救了你一命，我把枪还给你就是了。"

司行需气息微喘，额头抵住她，轻笑道："傻孩子，就是你救了我一命，我才要报答你啊！"

"你这是让我万劫不复。司督军和老太太要是知晓，会将我扫地出门，我需要司家的帮助。"顾轻舟眼泪止不住，"没有你这样的报答。"

"我自然要报答，我肉偿给你。"司行需低喃，猛地撕开了自己军装，扣子脱落，露出精壮的胸膛。

寒冬腊月，他却只穿了件单薄的军衣，军衣里空空荡荡。

他那强壮有力的胸膛呈现在顾轻舟的面前。

顾轻舟使劲转过头去。

司行霈握住了她的手，纤细嫩白的小手，指甲修剪得整齐干净，指端粉润，贴在他的胸口。

他让顾轻舟抚摸他的强壮。

"轻舟，你会喜欢我的，没有女人不喜欢我！"他笑声放肆，又在顾轻舟耳边吹气。

顾轻舟的眼泪渐渐流干了，再也挤不出来。

她茫然地望着车窗外。

街景凄凉，干净的柏油大马路上，此刻没有半个行人。

"我不喜欢，我永远不会喜欢你这种变态！你若是真心报答我，就装作不认识我，离我远远的！"

司行霈沉默，神色安静，顾轻舟骂他变态，他似听到了句喁喁情话，毫无恼怒，只觉得有趣。

"我既不是妓女，也不是名媛，普普通通一个人，不合你的口味，你能否饶过我？"顾轻舟扭过头，双眸被眼泪洗过，似月夜下纯净温柔的海水，泛出幽蓝的光。

"我疼你都来不及呢！"司行霈笑。

他的目光落在她的唇上，她的唇很嫩，一颤一颤地说话，像玫瑰豆腐，软甜细滑。

司行霈在她唇上轻啄了几下，这才将她抱回副驾驶座，开车送顾轻舟回到顾公馆。

回到顾公馆，顾轻舟将自己反锁在房里。

她没有经过情事，却也不傻，她知晓司行霈要她。喜欢不喜欢另说，想睡她是不言而喻的。什么时候睡了她，看他的心情，顾轻舟没有半点自主权。

像司少帅这种人，看上了自然一定要弄到手；到手之后，大概是不会珍惜的。

他挑挑选选还没有成亲，听他的话风，他是要一个家族权势滔天的女人帮衬他，顾轻舟没资格做正妻，她身份地位不够。

预料到自己的未来，要么是给司少帅做小妾，要么是被玩厌了抛弃，顾轻舟用被子蒙住了头。

她想回乡下了！

她虽然是二少帅名义上的未婚妻，却至今没见过二少帅，和司夫人势同水火，嫁给二少帅希望渺茫。

哪怕走了狗屎运，真的成功嫁到司家，就像司行需所言，妻不如妾、妾不如偷，他那么变态残忍，又在一个屋檐下，他一定会想方设法偷顾轻舟的，到时候顾轻舟的下场更惨。

这条路是个死胡同。

顾轻舟连连吸气，总感觉屋子里沉闷，她有口气透不过来。

腊月的夜风寒冷，摇曳着窗外梧桐树的虬枝，似鬼魅舒展枝丫。

顾轻舟走到阳台上吹风。

隔壁阳台的门轻微一响，她的异母兄长顾绍走了出来，手里拿了件他的大风衣，披在顾轻舟的肩头：“别冻了。”

他的衣裳很宽大，顾轻舟被紧紧包裹着，暖流徜徉周身。

“谢谢阿哥。”顾轻舟低声道。

顾绍腼腆微笑，不善言辞的他，此刻不知该说什么，就和顾轻舟一样，伏在栏杆上，望着远处迷茫的夜景。

华灯初上的岳城，处处都是灯火的海洋，远远还能听到靡靡乐声，那是舞厅的梵婀玲。

“舟舟，欢迎回家。”顾绍看着远处的夜景，声音温柔。

顾轻舟垂眸，良久才说了一个“谢”字。

而后几天，司老太打电话给她，让她去司公馆做客。

顾轻舟胆战心惊地去了。

好在，她再也没碰到司行需，松了口气。

转眼就到了年关。

旧历年的岳城很热闹，顾轻舟跟着顾绍，去街上玩了两次。

有一次隐约瞧见了军政府的汽车，顾轻舟慌忙去躲，似惊弓之鸟。

"你躲谁啊？"顾绍问。

顾轻舟摇摇头，笑容轻盈道："不躲谁。"

腊月二十五，顾轻舟借口去司公馆，再次去了趟平安西街的何氏药铺，看望慕三娘夫妻。

"姑姑，我有些东西，放在家里我不安心，怕家里那些人不忿我，偷偷搜了过。我想放在你这里，你帮我藏起来。"顾轻舟道。

慕三娘自然说好。

顾轻舟就拿了个小匣子，交给慕三娘。

同时，顾轻舟看得出，慕三娘这里过年的费用欠缺。

上次司督军送了她一根小黄鱼，顾轻舟拿去换了八百块大洋，连同司老太给的金镯子、那支勃朗宁手枪，一齐放在小匣子里。

她拿出五十块，交给慕三娘："姑姑，现在世道难，这点钱您拿着过年，以及来年药铺的本钱，弟弟妹妹们的学费。"

慕三娘再次推辞。

顾轻舟态度坚决。

慕三娘确实无米下锅了，再推辞显得虚伪，她面皮涨得通红，道："应该姑姑资助你的，反而要你的钱过年，这脸皮都不要了。"

"自家姑侄，不说这些了。"顾轻舟笑道。

慕三娘有两个女儿、三个儿子，他们都很喜欢顾轻舟，特别是慕三娘的长女何微，姐姐长、姐姐短，让顾轻舟感受到了家庭的温暖。

何微十三岁，稚嫩的小脸上有种早熟的内敛，她对顾轻舟道："从小我是长姐，都要疼弟弟妹妹，现在有姐姐疼我。"

她依靠着顾轻舟。

顾轻舟心中踏实。

每次到何家，心情都非常好，只可惜不能跟何家一起过年。

从何家离开时，瞧见何家新招的伙计在大堂里修桌子，顾轻舟脚步停了一下。

何微悄悄对顾轻舟道："阿木生得真好看，个子高大，肩膀又宽，去做什么都吃得开，但他居然做伙计，又累又苦。"

转念又遗憾地摇摇头，一副小大人的口吻说："可惜他是个哑巴……"

阿木，是何家给这个伙计取的名字，小伙计真名叫什么，也问不出来。

阿木很勤快，埋头做事不怨劳苦，何掌柜很喜欢他，慕三娘和孩子们都觉得他不错，只可惜是个哑巴，要不然养几年，做个上门女婿都行。

"他不是天生的哑巴。"顾轻舟笑道，"也许是生病了吧？"

阿木能听到，但是他恍若未闻，继续敲他的桌子腿，态度冷漠。

"我阿爸说，是有失音症的，只是阿木不愿意让我阿爸把脉，不知他到底什么病。"何微道。

顾轻舟颔首，回眸又看了眼阿木，心里有数了。

第五章

入学风波

家里的气氛挺怪异的。

顾圭璋之前很恼怒秦筝筝和他的女儿们，可他后来见到了司督军，和司督军相谈甚欢，隐约真的要做亲家，他又得意起来。

一得意，秦筝筝和顾细给他招惹的祸事，他全忘记了。

他们到底是一家人，顾圭璋仍是很疼顾细，也对秦筝筝有感情。

秦筝筝重新压倒西风，顾圭璋从三姨太的房间，搬回了秦筝筝的房里。

顾细和顾维、顾缨去做旗袍，秦筝筝也给顾轻舟做了两套夹棉的旗袍，买了件中等的貂皮外套，两件坎肩，预备旧历年春节的时候穿。

"太太着实小气。"三姨太冷笑，"她们都置办得满箱满柜，就买这几件衣裳打发你。"

"我无所谓的，我从乡下带了衣裳过来。"顾轻舟微笑。

三姨太却不忿。

于是，三姨太给顾圭璋吹枕边风，让顾圭璋拿出一笔钱，给顾轻舟添衣裳。

"轻舟是司少帅的未婚妻，她穿得寒酸，司督军听说了只怕不高兴。过年的时候走亲访友，多少眼睛看着啊。"三姨太坐在顾圭璋怀里道。

顾圭璋道："还是你懂事，我给你一百块，你去给轻舟置办一些。"

三姨太道是。

除夕夜，大家吃过了团圆饭，顾圭璋单独找了顾轻舟，让顾轻舟去书房。

"我和督军谈过了，少帅还在国外，计划后年回国，这两年你平白待着也甚是无聊，不如去学校读书。"顾圭璋道。

顾轻舟轻垂了眼帘。

她还打算等过了年再开口——她自然要去学校，最好是女子贵族学校，这样她就可以认识同学，网罗人脉。

李妈反复说，人脉才是最宝贵的财富。

没想到，司督军替她考虑好了。

顾轻舟心里有几分难过：司督军还不知实情，真把她当女儿一般疼着。顾轻舟长这么大，第一次感受到父爱，居然是来自司督军。

她眼神平静，情绪不露，默默听着，然后应了声："好。"

"圣玛利亚教会中学就很不错，你姐姐是那里毕业的，你两个妹妹如今在那里就读，那里的修女教导我们都相熟，可以给你插班到高年级。"顾圭璋道。

圣玛利亚是岳城最好的女子贵族学校，是基督教教会经营的，顾轻舟早已打听过，课目有英文、国文、圣经、算数、家政、钢琴和舞蹈。

有些课目，顾轻舟在乡下的时候，张楚楚都教过她，她也是从类似的教会女子贵族学校毕业的。

顾轻舟有点基础，插班到高年级也不会怯场。

顾家是没资本插班到高年级的，顾圭璋卖弄的，无非是司督军的人情。

"……是。"顾轻舟再次应下。

她听话乖巧，顾圭璋很满意。

"圣玛利亚学校二月初二才开学，还有一个月的时间，让你姐姐给你补补课。"顾圭璋道。

顾轻舟微笑："正月里应酬多，姐姐如今毕业了，一年到头也只有盼着正月热闹热闹，我觉得不如请个家庭教师。"

家庭教师花费不少，顾圭璋犹豫了一下。

而后，他想到这个女儿将来要助他飞黄腾达，这些投入是必不可少的。

顾细和顾轻舟有过节，让顾细教顾轻舟，顾细肯定不尽心，最好是请家庭教师。

顾圭璋点点头："等过了年再说。"

旋即，顾圭璋将此事告诉了秦筝筝。

"……春节就不要再添新衣了，宴会也只能办两场，轻舟念书的学费、请家教都是一笔大钱，我们需得节俭些。"顾圭璋通知秦筝筝。

秦筝筝愣住。

水晶灯柔软冷媚的光线里，秦筝筝的神色凝重而阴鸷。

"是，老爷。"她应下了，心里却是滔天盛怒。

春节各家大百货都要上新，亲戚朋友家的诸位太太，邀请牌友逛街，必然是要攀比，买皮草、做旗袍是少不了的。

不添新衣裳的话，秦筝筝以后还有什么面子在她那个贵族圈子里立足？旁人不当她穷，只当她在家里没地位。

而正月里的宴会，秦筝筝已经定下了五场，这还是省得不能再省的。如今却要裁去三场，叫她那些贵妇牌友们如何议论她？

秦筝筝吸取了前不久的教训，不敢顶撞顾圭璋，心里却是恨极了。

恨的源头，就是那个需要钱念书和请家教的顾轻舟了。

"想念书？我看你还是省省吧，家里可没有闲钱养你！"秦筝筝冷冷想着。

她们母女要钱办宴会、买新衣，这是她们名媛贵妇的排场。

这些排场，就是尊严。

没钱就没尊严，而顾轻舟要挪用这些钱去上学，就是践踏了秦筝筝母女的尊严。

秦筝筝绝不能答应，她已经有了个主意，让顾轻舟这书读不成。

只是，秦筝筝面上不露半分，欢欢喜喜地宣布了顾圭璋的决定。

不添新衣、只办两场宴会，这个消息似晴天霹雳，把顾绵姊妹三个人都打蒙了。

秦筝筝把顾圭璋的决定，告诉了她的三个女儿。

回神后，三个人厮闹起来。

"不添新衣？"老四顾缨先嚷嚷，差点跳脚，"姆妈，我腊月一件皮草也没买，一套洋裙也没做，正月也不给买，你让我去学校被同学笑死吗？"

老三顾维的胳膊已经差不多痊愈，她和老四也冰释前嫌，同时知晓当晚刺伤她的是顾轻舟。

老三和老四恨顾轻舟恨得牙痒痒，岂能让顾轻舟如意？

"姆妈，我衣裳不做无所谓，但是家里的宴请怎能减？一个正月只办五场宴请，已经抬不起头了，还能减少三场？姆妈，您打算被陈太太笑一整年吗？"老三顾维痛心疾首。

陈家是顾圭璋的同事，两家来往比较多，陈太太和秦筝筝一样，都是由外室扶正的。

可能是同类相斥，秦筝筝和陈太太不和睦，而陈太太牙尖嘴利，最喜欢拿住秦筝筝的错儿嘲讽她。

秦筝筝嘴角一阵抽搐。

"姆妈，春节各处百货都要上新的，您还缺一条好的貂皮坎肩。难道您明年出去打牌，还穿今年的坎肩吗？"顾缃也道。

秦筝筝的眼眸全冷了。

"看到了吧，轻舟可是让我们活得不伦不类！"秦筝筝冷哼。

她的三个女儿就围住她："姆妈，您足智多谋，还没有办法对付顾轻舟吗？"

秦筝筝心中早已有了主意。

一个乡下贱丫头，有什么资格花费巨资去读贵族学校？

督军府承认她是少帅未婚妻的身份，但真的会娶她吗？

秦筝筝不傻，看司夫人的态度，就能瞧出端倪，顾轻舟别妄想麻雀变凤凰！

"她想读书，白日做梦！别说圣玛利亚，就是整个岳城的贵族学校，都叫她读不成！"秦筝筝冷哼。

顾缃姊妹三人大喜，围绕在秦筝筝身边。

秦筝筝跟她们嘀咕，把自己的计划说了一遍。

说完之后，顾缃先拊掌大赞："姆妈，您果然有智慧，真是妙计，顾轻舟要死无葬身之地了，以后任何好的学校都不敢收她！"

秦筝筝温婉而笑，端庄又宁静，一副运筹帷幄、稳操胜券的自信。

顾轻舟，你会死得很难看的。

岳城的腊月天气还不错，正月则阴雨连绵，淅淅沥沥不间断，到处潮湿阴冷，叫人不想出门。

家中的大堂有壁炉，燃烧着无烟的银炭，暖流徜徉。

大家除了出去拜年，就是围着炉火取暖。

顾轻舟知家里没人喜欢她，几乎不露面，躲在自己的房间里温习圣经和英文，等待圣玛利亚教会中学的开学。

正月初一，顾轻舟去了趟司督军府拜年，而后去了司公馆。

没有遇到司行霈，她颇为幸运，而后才知道，司行霈在腊月二十八就去了驻地，要过完元宵节才能回来。

"霈儿在军中任团长，督军有三个师，就霈儿那个团最大，人数四千多，远远超过编制，他是最有出息的。"老太太与有荣焉，跟顾轻舟说起司行霈。

司行霈常年在军中厮混，威望很高，将来子承父业，司督军这副家当，多半是要给他了。

二少帅司慕，也就是顾轻舟的未婚夫，只怕什么也捞不到。司夫人未必愿意，等司慕回国，少不了一番争抢。

豪门恩怨，从古至今就没有停歇过。

顾轻舟哪怕真的嫁给司慕，也不一定能得到富贵。

看司行霈那只恶狼，他会容得下他弟弟跟他分兵权？司慕自己的下场还未定，顾轻舟的前途更是渺茫。

远景难顾，顾轻舟只能走好眼前的路。

听闻司行霈暂时不会出现在城中，她大大松了口气。

她一点也不关心司行霈的功业！

"霈儿什么都好，就是不愿意娶妻生子，他母亲走得早，又没人替他张罗，他至今像只孤雁，别人成双成对地飞，就他孤零零的，我常为此发愁。"老太太又道。

顾轻舟勉强笑笑，很想把这个话题揭过去，她对司行霈的事没有半分兴趣。

若是可以，最好提也不要提这个人！

去司家拜年之后，顾轻舟又去了趟何氏药铺，而后就开始宅家，躲在房间里温书，不参与任何事。

到了正月初五，顾家宴请亲戚朋友。

顾轻舟出来打了个招呼，依旧回房温书。

晚膳的时候，宾客们都散去了，顾家全家围坐在饭桌旁。

吃完之后，秦筝筝对顾圭璋道："老爷，后天是李家的宴请，听说密斯朱会去，我想带着轻舟见见密斯朱。若是密斯朱喜欢她，入学的时候就容易多了。"

密斯朱是圣玛利亚教会中学的理事，朱家投资赞助，密斯朱亲自管教学之事。

"好，你带着轻舟去。"顾圭璋道，脸色和善，眼角有淡淡笑意。

妻子的好心，让顾圭璋满意。

秦筝筝就明白，自己这回对症下药，讨丈夫欢心了。

顾轻舟拿着一根雕花银勺，默默喝粥，心中却在想："这秦筝筝在背后憋着什么阴谋？"

她不动声色，情绪收敛在明眸之后，双目滢滢看着秦筝筝，以不变应万变："多谢太太。"

顾缃、顾维和顾缨唇角都有笑意，顾圭璋恍若未觉，顾轻舟懵懵懂懂的，二姨太和三姨太则看得心惊肉跳。

上楼的时候，三姨太苏苏提醒顾轻舟："轻舟，要当心啊！"

顾轻舟"嗯"了一声。

到了初七当天，秦筝筝一大清早就给顾轻舟挑衣裳。

"这套绳红边的粉缎旗袍挺好的。"秦筝筝一改之前冷淡，居然认真帮顾轻舟挑选衣裳。

这次，她没有故意选丑的，而是真心实意替顾轻舟打扮。

顾轻舟依旧平静，不露声色。

衣裳刚刚选好，有人敲顾轻舟的房门，推门进来的是顾老三顾维。

"轻舟姐，上次我和小四不是有意捉弄你的，给你道歉。"顾老三低眉顺目道。

138

顾轻舟看在眼里，心中不动，脸上却刻意露出几分惊讶："我都忘记了，你怎么还记得？快别说傻话了，自家姊妹，有什么道歉不道歉的!"

顾老三抬眸，眼睛满是惊喜，凑近顾轻舟道："轻舟姐姐，你真是个大度的好人。"

说罢，她从自己莹白如玉的脖颈上，掏出一条黄澄澄的金项链，解下来递给顾轻舟道："这是我在学校手工课上得到的奖品，送给轻舟姐姐。你明日戴着这个去见密斯朱，她会知道你有个成绩很好的妹妹，更愿意接纳你。"

顾轻舟伸手接过了顾维的金项链。

她凝眸看了一瞬，眼睛里有了莫名的笑意。

她的笑意暗含讥诮，顾维和秦筝筝却没有看懂。

顾轻舟半垂着眼帘，唇角微动。

顾维看在眼里，觉得顾轻舟是瞧见了金子心花怒放，就在心中冷嘲："没见过世面的小贱人，看到金子就这么高兴! 再贵族的学校，手工课的奖品也不会发贵重的金项链! 你的贪婪，会害死你的!"

顾维薄唇微抿，斜长眸子里迸发出得意的光芒。

她姆妈的主意真好，顾轻舟这等没见过世面的乡下人，一下就掉入陷阱了。

秦筝筝暗中朝顾维点点头，示意顾维做得很好。

然后，秦筝筝又努努嘴。

顾维就上前，对顾轻舟道："轻舟姐姐，你要是不嫌弃，我帮你戴上好吗?"

顾轻舟道："好，多谢三妹妹。"

金子微凉，落在顾轻舟的雪颈上，金芒反映着她嫩白的脸，没有半分俗气，反而添了些华采，让她的眼眸灼艳逼人。

"真好看!" 顾维欣赏着，同时在心里后悔，她也好喜欢这条项链，可惜不能戴到学校去。

就算不能戴出去，平白给了顾轻舟，顾维还是有点肉疼。

哼，要不是为了收拾你，我们何必下血本? 等解决了你，让

139

我姆妈给我买十条金项链，当然，不能是这个样式的。

顾维满意地笑了，计划很顺利。

顾轻舟则摸了一下自己脖子上的项链，也甜甜地微笑。她的眼神低垂，一切藏在眼帘之下，完全不露端倪。

顾维把金项链戴在顾轻舟的脖子上时，顾绢也进来了。

顾绢手里拿了只手袋，是英伦名牌，皮质天然，很是好看。

老三顾维夸张道："阿姐，你这手袋真好看，是送给我的吗？"

"你想得美，这是给轻舟的！"顾绢和顾维一唱一和。

秦筝筝在旁边道："轻舟，去人家做客没有手袋可不行，现在的名媛都流行穿皮草，拎名牌手袋。这是你阿姐从英国带回来的，快拿好。"

"多谢。"顾轻舟再次微笑，笑容一派天真，好似被宠溺得不知天高地厚，茫然地微笑着。

看着她的微笑，顾绢和顾维交换了一个眼神，姊妹俩眼底的笑意更深了。

可怜的顾轻舟，你这辈子大概都没有享受上等人生活的福气喽。

今天这些东西，就当是给你的祭品吧！

顾绢和顾维相视而笑，姆妈的计划真好，顾轻舟只怕永远不知道自己是怎么死的。

等顾轻舟装扮妥当，老四顾缨拿了条白狐坎肩，不情不愿地递给了顾轻舟："这个给你！"

雪白的坎肩，映衬着顾轻舟浓郁的黑发，越发显得她气色红润，肤色赛雪，清纯中带着妩媚。

顾轻舟这么一装扮，旗袍皮草，坎肩名包，竟颇有些名媛气质。

下楼的时候，秦筝筝走在前头，顾轻舟殿后。

顾轻舟突然说："我肚子有点不舒服，太太你们等我一下。"

说罢，她就转身上楼，去了趟洗手间。

"懒驴上磨！"顾绢低声骂了句。

秦筝筝瞪她："收敛些，别叫她看出端倪，等今天事成了，回来再奚落她不迟。"

顾缃立马敛声。

老四顾缨沉不住气，喜滋滋地对秦筝筝道："姆妈，才几天的工夫您就弄了这么多东西回来，您真厉害！"

"做太太就要有姆妈的手腕，否则怎么过日子？"顾缃骄傲道，"看看别人家，谁家不是庶女庶子一大堆，就咱们家没有，这都是因为姆妈英明睿智！"

顾缃是真心赞美她姆妈的手腕。

秦筝筝抚了一下鬓角，她向来自负手段了得，否则当年如何能被扶正呢？

她们母女四人在客厅里等了一刻钟，还不见顾轻舟下楼。

老四顾缨不耐烦了："她上个洗手间这么慢，乡下人拖拖拉拉，半点规矩也没有！"

正骂着，顾轻舟下了楼。

她还围着那条白狐坎肩，嫩白的脖子露出半截，那条金项链隐约可见，手里挎着顾缃给她的皮手袋，秦筝筝露出一个开心的笑容。

看不懂的人，只当她们喜气洋洋地出门了。

乘坐汽车的时候，秦筝筝想让顾轻舟坐副驾驶座，顾轻舟却紧跟着顾缃，钻入了后座。

"姆妈，我不要坐副驾驶座，多丢脸！"眼瞧着后座没位置了，老四顾缨最小，肯定是她坐副驾驶，顾缨闹了起来。

秦筝筝拽住了她的胳膊，低声呵斥："你是觉得坐副驾驶座丢脸，还是开学没有新衣、家里没有宴请丢脸？"

顾缨咬牙，自然是后者更丢脸了。

为了新衣，为了宴请，为了省下顾轻舟上学的那笔钱，顾缨忍了，她哭丧着脸坐在了副驾驶座。

道奇汽车后座宽敞，但四个女人还是觉得挤了。

特别是顾轻舟，她时不时动一下。

顾缃很反感，觉得顾轻舟像没坐过汽车的土包子，坐立不安。

上次跟她出门，也没见她这么烦人。

"你坐好行不行？"顾缃呵斥她，满脸烦躁。

顾轻舟解释："我怎么坐都好似不舒服。"

"轻舟姐，汽车要常坐才能习惯的。"老三顾维笑呵呵的，语气却阴柔，带着露骨的讽刺。

秦筝筝笑了。

顾轻舟也跟着笑了，心想："你们现在很开心，但愿你们能笑到最后！"

既然戏开场了，顾轻舟就要跟她们较量较量，看看谁能笑到最后。

秦筝筝气色不错，顾缃、顾维和顾缨有点兴奋，等着看顾轻舟的下场。

顾轻舟不再乱动了，她似尊平静的塑像，戴着一张微笑的面具，这张面具之下是什么表情，外人不知晓。

顾轻舟从来不逃避！

顾缃很开心，甚至哼起了歌。

秦筝筝听着顾缃那优美的英伦腔，骄傲又得意：她的女儿受过最上等的教育，而孙绮罗的女儿即将连书也念不成。

秦筝筝满腔的热血都沸腾了起来，多年前在孙绮罗面前的自卑，都不见了。

秦筝筝领着如花似玉的四个女儿，去李家参加宴会。

李家的老爷也在海关衙门做事，是顾圭璋的同僚。

李太太出身京师望族，祖上是恭亲王府的姻亲，若是倒退一百年，那就是皇亲国戚。

秦筝筝最羡慕李太太的出身。

如此尊贵的身价，李太太却从不傲气，她八面玲珑，岳城三教九流的人她都结交。李太太陪嫁丰厚，每次宴会都能请到有头有脸的岳城名媛。

若不是李太太，也请不动密斯朱。

朱家从前是商人，而后不知怎的，勾搭上了美国的基督教会，成了代理人之一。所以，岳城最高级的女子学校，是朱家在背后管理。朱家因此富可敌国。

密斯朱虽然不是教导，也相当于是理事，她有权给任何一名学生开后门，也有权拒绝任何一名学生进校。

在整个岳城的教育界，美国基督教教会占了九成的贵族学校股份。

密斯朱也是教育界的巨头。

顾轻舟跟着秦筝筝进了李家的宴席大厅，但见香鬓如云。

李太太身边围绕着数名贵妇，都是军政府那边的官太太，还轮不到秦筝筝，秦筝筝就随便寻了个座位坐下。

"密斯朱还没有来吗？"刚坐下，老四顾缨就东张西望。

远远地，她瞧见一个穿着宝蓝色旗袍的女人，肩头披着长款流苏披肩。

顾缨忙指给顾轻舟看："瞧见没有，那就是密斯朱，她真美丽！"

顾轻舟顺着顾缨的手望过去，一个身材高挑儿的女子，四十来岁，烫了大卷的头发，画了很浓丽的妆容。

密斯朱的流苏披肩在她的腰身徜徉，似水草萦绕，美得令人灼目。

"是啊，好美丽！"顾轻舟也感叹。

四十来岁的女人，没有嫁人，出来做事业，不仅不被人骂"抛头露面"，反而人人敬重巴结。

密斯朱简直是顾轻舟的女神，她也想成为密斯朱这样的女人。

密斯朱虽然管理教会学校，但她不是修女。她平常总是一副慵懒倨傲的表情，不管是男人还是女人，都害怕她，不太敢亲近。

"轻舟，来，我给你引荐密斯朱。你能否进入圣玛利亚，全靠密斯朱了，你要用点心。"秦筝筝道。

于是，秦筝筝就领着她的四个孩子，往密斯朱这边走来。

密斯朱身边，换了一拨又一拨奉承的人。

若不是和李太太交情深厚，密斯朱绝不出席这样的宴席，巴结她的人太多了，导致她疲于应付。

秦筝筝等人靠近的时候，听到一位太太和密斯朱闲聊："您最喜欢的那枚白玉圣母像胸针呢，怎么今天没戴？"

密斯朱最爱的白玉圣母像胸针，世人对此诸多猜测，有说是庇护之神，也有说是她去世的未婚夫所赠。

她从来不离身的。

"不见了，我也找了好几天！"密斯朱闻言蹙眉，心情烦躁极了。

她的胸针是正月初二不见的，她恨不能把家拆了也没找到。

"再找找，肯定是用人偷了。现在的用人，手脚都不干净的。"那位太太叹气，"若还是前朝，哪个下人敢动主人家的东西？"

密斯朱微微蹙眉，她很不喜欢这种论调。

等了片刻，才轮到秦筝筝上前和密斯朱说话。

"这是顾次长的女儿，她从小在乡下长大，即将报考圣玛利亚学校，还请密斯朱照看一二。"秦筝筝谄媚地说。

密斯朱心想：这么直白地想走后门，要么是这位太太真的很蠢，要么就是这位太太希望她反感眼前的少女，故意断送她的前程。

"是的，密斯朱，我妹妹信教最虔诚了。"顾细帮衬着接话。

李太太也难以置信地看着秦筝筝母女的丑态，尴尬地说些家常。

老三顾维就在身后戳顾轻舟的腰，悄悄说："轻舟姐姐，快把你的金项链拿出来，密斯朱看到会对你有好感的。"

圣玛利亚的入学考试是面试，主考官都会听从密斯朱的建议，所以密斯朱的好感很重要。

顾轻舟微笑，果然将脖子上的金项链掏了出来，放在外面。

一道金光微闪，秦筝筝和顾细瞥见了，心中大喜："顾轻舟作死了！"

老三顾维给顾轻舟的，不是学校手工课的奖品，而是秦筝筝定制的。

金项链没什么错，但是秦筝筝特意去定制的金坠子是六芒星的形状。

熟悉西方宗教的人都知道，六芒星是犹太教的圣物。

而岳城的贵族学校，九成都是美国基督教教会开办的。

基督教和犹太教自古水火不容。西方的宗教战争，可谓残酷至极！

秦筝筝哄骗顾轻舟戴着犹太教的圣物，站在信仰基督教的密斯朱跟前，密斯朱肯定要气死的！

这是对基督教的侮辱，也是对密斯朱的侮辱！

顾轻舟这个戴着犹太教圣物的女孩子，就是"叛徒"，她会被所有的教会学校拒绝。

她再也没有进入教会学校读书的资格了！

秦筝筝这一招非常高明，而养在乡下的顾轻舟，不可能接触过西方宗教，她是不会懂得这里头的杀招的。

她傻傻地戴着那条金项链，秦筝筝和顾绌得意扬扬。

秦筝筝看着密斯朱，等待密斯朱的暴怒，却见密斯朱美艳的眸子微动，平静地看向顾轻舟。

"不应该啊，难道不是愤怒吗？"秦筝筝心中不解，下意识地回头看顾轻舟。

只见顾轻舟的胸前，挂着一条璀璨的项链，金项链的吊坠不是六芒星，而是十字架。

十字架才是基督教的圣物。

看着挂十字架的少女，密斯朱哪怕知道她是故意套近乎，也不那么讨厌。

秦筝筝和顾绌则脸色大变。

"你怎么会有十字架？"顾绌脱口而出没有察觉到自己的失态。

她们给顾轻舟的是犹太教的圣物六芒星，怎么变成了基督教的十字架？

顾绌觉得好像哪里不对！

东西还能变吗？

难道顾轻舟是孙猴子？

顾绌要抓狂了，她几乎失态。

"阿姐，是三妹妹送给我的。"顾轻舟微笑，笑容似一树盛绽的桃蕊，娇艳绚丽，映衬得她的眼波格外澄澈干净。

顾轻舟年纪小。

年纪小的好处太多了，随便一个神态，就显得没有半分心机，外人总是很容易被蒙蔽。

和顾轻舟的神态相比，顾绚的指责匪夷所思，而且不怀好意。

密斯朱和李太太都奇怪地看着顾绚。

顾绚内心惊涛骇浪，脸色煞白，转头去看她母亲。

秦筝筝的震惊已经掩饰好了，轻轻地咳了咳："绚绚，这是维维送给轻舟的十字架，不是你的那只。"

她将顾绚的震惊，解释为顾绚误以为顾轻舟偷了她的十字架。

秦筝筝复又对密斯朱笑道："绚绚虽然毕业了，还是每天都要祈祷，她的东西别人碰不得的。"

密斯朱将信将疑。

不管真假，顾绚这么一嚷，失了淑女的温柔，密斯朱对顾家女眷没了耐性，预备要离开。

秦筝筝有点急了：光让密斯朱对顾轻舟没好感是不行的啊。

况且，计划失败了，密斯朱对顾轻舟没什么反感，反而更讨厌顾绚。

目的没有达到，秦筝筝岂能让密斯朱走了？

秦筝筝给顾轻舟设下的，可是连环局，要不然她们母女何必送顾轻舟那么多东西呢？

她以为，一个六芒星的金项链，就足以打开局面。没想到，顾轻舟居然不动声色地换了坠子。

秦筝筝也想不通，顾轻舟是如何把链子调包的，而且，她怎么会明白六芒星和十字架的寓意？

顾轻舟不是在乡下长大的吗？乡下的孩子，应该毫无见识的！

不管怎么说，第一个陷阱是失败了，秦筝筝只得再用第二个陷阱。

秦筝筝笑容堆砌，伸手拦住欲抽身离开的密斯朱："密斯朱，轻舟入学的事，就拜托你多照顾。初十我们家宴请，希望密斯朱赏脸。"

密斯朱匪夷所思地看着秦筝筝。

这么光明正大走后门，是绝不允许的，难道这位顾太太不想女儿入学吗？

而且，这位顾太太是多大的脸，可以邀请密斯朱，她以为她是谁啊？

密斯朱涵养很好，遇到了拦路狗，她只是冷冷笑着，笑得高高在上。

同时，密斯朱看顾轻舟，也带上了几分憎恶。

站在顾轻舟身后的顾老三顾维，已经从震惊里回神，快速理了一遍思路之后，顾维上前几步，吃惊地看着密斯朱胸前的胸针："密斯朱，您这胸针真好看，我阿姐也有一个相似的，是白玉圣母像的，跟您之前那个很像，她前几天从旧货市场淘来的。"

"什么？"密斯朱心下一震，手微微颤抖。

密斯朱也怀疑，家里的下人偷了她的胸针，拿到黑市上去卖。

到底谁买了，密斯朱恨得牙痒痒！

"是真的啦。"顾维连忙点头，"不信，我去找给您瞧，我阿姐今天还戴了来。"

说罢，顾维就要走。

密斯朱立马道："在哪里，我跟你一块儿去看！"

她生怕与她的胸针失之交臂。

那枚白玉圣母像的胸针，是密斯朱的至宝，她这几天为了找那个胸针精神恍惚的。

明知只是半缕希望，她也要跟着去看。

"……你哪个姐姐买的？"密斯朱还追问。

"轻舟姐姐，就是她啊。"顾维指了指顾轻舟，一副单纯可爱的模样。

密斯朱看顾轻舟的目光，就带上了几分审视，甚至有恼怒的火焰。

事情不简单！

一个想要走后门入学的女孩子，恰好有了和密斯朱丢失的胸针一样的东西，说明了什么？

说明顾轻舟买通了密斯朱的下人，让下人把胸针偷给她，她再拿到密斯朱跟前，假装是她从黑市买来的，讨好密斯朱。

密斯朱不能深想，一深想就恨不能踩死顾轻舟！

太可恨了！

想要走后门、走捷径没什么，但是偷密斯朱的胸针，再装作买到了送给密斯朱做人情，以为可以蒙混过关，害得密斯朱这几天茶饭不思，简直是罪大恶极！

这样的女孩子，将来定是个祸水，还读什么书啊！

顾轻舟迎上密斯朱的眼神，静静微笑，似一朵初绽的荷，亭亭玉立，优雅安静，没有半分疑惑，更无惊惶害怕。

密斯朱眼里的恨意更深了，秦筝筝、顾缃和顾维姊妹俩都瞧见了。

她们因十字架而慌乱的心，彻底平静了下来，一起去找胸针。

顾维把密斯朱带到了李家的衣帽间。

此事关乎顾轻舟，所以顾轻舟也跟了过来。

"就别在我阿姐的坎肩上。"顾维道，她拿起了那条顾缨送给顾轻舟的坎肩。

她当着众人的面，去翻坎肩里侧藏着的胸针。

这是她和顾缨一起藏的，她知道在哪里。

可是，白狐坎肩拿在手里，顾维摸了半晌，也没有摸到胸针，她的心沉沉往下掉。

看着顾维变了脸，密斯朱狐疑地追问："胸针呢？"

顾维哑口无言，她的从容变成了急促，反复摸坎肩。

胸针牢牢地别在了坎肩上，不可能在路上丢了的。

"胸针呢，你们搞什么鬼？"密斯朱这时候察觉不对劲了。

秦筝筝也急了，一把夺过那坎肩，她要亲自找。

结果，摸了半天，坎肩里空无一物，胸针不见了。

"胸针呢？"秦筝筝唇色也微白。今天怎么如此不顺利？

"肯定被轻舟藏在手袋里了，搜她的手袋！"顾缃在后面提醒。

顾轻舟的手袋，是顾缃送的。

既然前两个陷阱不成，那就用第三个吧，只能背水一战了。若是胸针真在手袋里，顾轻舟就死得更难看了。

"对对，她肯定是藏在手袋里了。"顾维立马拿起了顾轻舟的手袋。

十字架被调包了，胸针不见了，秦筝筝自以为绝妙的三个计划，其中两个已经莫名其妙失败了。

秦筝筝惊惶，东西哪里去了呢？

肯定在包里！

顾家母女的态度，引起了密斯朱的怀疑，她觉得不对劲！

而顾轻舟有种娴雅温柔的风姿，始终气定神闲。

密斯朱这时候也冷静下来了，她原本就是个极聪明的女子，只是丢失了胸针弄得心烦意乱。

密斯朱回想了一下秦筝筝等人的前言后语，终于明白了她们的目的。

她们在陷害顾轻舟。

顾轻舟无疑也知道，但是她的眼神风平浪静得毫无涟漪。

"这个女孩子不简单！"密斯朱想。

若是普通小姑娘，这会儿不知急成什么样了。

顾轻舟不急，给她设局的秦筝筝母女却急了。

她们仅剩的希望，都在顾轻舟的手袋里。

若是手袋里的东西再被顾轻舟换掉，那么她们就要铩羽而归了。

不仅没陷害到顾轻舟，还给密斯朱留下了坏印象，影响顾维和顾缨的毕业成绩，那就太得不偿失了。

秦筝筝鼻端有了细细的薄汗。

她一把抢过顾轻舟的皮手袋。

她使劲去翻皮手袋的内层，结果翻出一张纸，秦筝筝高悬的心，彻底定下来了。

秦筝筝缓缓舒了口气。

第三个计划是一张纸条，放在顾轻舟的包里，这张纸条可以让密斯朱盛怒。

她拿出纸条，也不看，停顿一下之后，继续翻顾轻舟的皮手袋，故意将那张纸条掉在地上。

顾缃演双簧，立马俯身捡起来，佯装惊讶："这是什么？"

说着，顾缃下意识递到了密斯朱跟前。

密斯朱这会儿全明白了，这张纸条就是给她看的，肯定是顾轻舟的污点。

她甚至有点好奇，这张纸条上写了什么，于是密斯朱顺势接了。

顾缃心下得意：密斯朱要恨死顾轻舟了！

看到这张纸条，是个女人都会生气，何况老姑娘密斯朱？

秦筝筝也在装腔作势地翻手袋，余光锁紧了密斯朱。

顾维和顾缨同样等待着密斯朱盛怒的表情。

这三个计划，只要有一个起效了，顾轻舟就万劫不复。

秦筝筝舒了口气，惊险万分，还是成功了。

顾缃也松了口气，眉梢露出几分愉悦。

她们仍看着密斯朱。

可密斯朱抬起头，并没有秦筝筝母女预料的愤怒，而是一脸的不解。她把纸条甩给秦筝筝，毫不客气道："顾太太，你们母女今天唱的是哪一出？一会儿一个戏码，我看够了，现在可以告诉我，你们到底搞什么把戏吗？"

不对啊，不应该是这个反应啊！

愤怒是愤怒了，可她应该是骂顾轻舟，而不是秦筝筝母女啊！

秦筝筝怀着疑惑，快速看了眼密斯朱手里的纸条，然后差点脚下一滑：这是一张白纸！

这不是秦筝筝准备的那张纸条！

秦筝筝精心准备的一切，全部被顾轻舟调包了！

她费尽心思，阻止顾轻舟去上学，她要让顾轻舟被所有贵族学校拒绝，这样就可以省下一大笔学费。

这七天来，她每一步都精心安排，每一样东西都精心准备，甚是花了不少钱。

她们母女四个人，被顾轻舟一个人给耍得团团转。

她们神色都不对，问她们话也不回答，密斯朱就转身对顾轻舟说："这位顾小姐，你知道到底怎么回事？"

"朱小姐，我还不是教会学校的学生，就不称呼您为密斯了。"顾轻舟声音柔婉，对密斯朱道，"您若是想知道缘由，何不看看我三妹的大衣口袋？"

顾轻舟说着，就用手指了顾维的貂皮大衣。

顾维聪慧，立马就知道顾轻舟把东西换到那里去了。

她大惊失色，想要护住她的大衣，却被密斯朱抢到了手里。

看了半天的戏，密斯朱也不顾什么修养了，满心怒火去掏顾维的大衣口袋。

密斯朱先掏到了一个金坠子，是犹太教的圣物六芒星，做得很精致。

密斯朱脸色大变。

一个基督教教会学校的女孩子，不管什么原因，口袋中装着犹太教的圣物，都是不被允许的！

密斯朱的眼神阴沉如水，落在顾维身上。

顾维还想去抢大衣，触及这样的眼神，她周身发冷，脚像被钉住了，再也挪不动。

密斯朱又她掏出一枚瓷白的圣母像胸针。

密斯朱倒吸一口凉气："我的胸针！"

失而复得，让密斯朱几乎喜极而泣。

继而，密斯朱又掏出一张纸条。

这张纸条上，写着教会学校的女孩子编造密斯朱没出嫁，是因为她和教会的人乱搞。

密斯朱雪白的牙齿，紧紧咬住了唇。

将纸条收起来，密斯朱狠狠将大衣扔在地上，怒指秦筝筝："好，顾太太，你真好！"

说罢，密斯朱怒气冲冲地出去了。

"密斯朱，此事有误会，您听我细说啊，密斯朱！"秦筝筝大急，匆忙去追。

密斯朱脚步极快，上了自家的汽车，离开了李公馆，秦筝筝没有追上。

这回陷害顾轻舟不成，反而自己惹了一身臊，太得不偿失了！

李公馆的庭院，种了两株蜡梅，泛出馥郁幽香。

顾轻舟穿上了她的大衣，走出了李公馆。

缠枝铁门前，她遇到了脸色惨白的秦筝筝。

"太太。"顾轻舟一改平常的柔婉，明亮的眸子有凛冽的锋芒，她笑道，"您想要开战，就得知晓对手实力。像这样赔了夫人又折兵，我真替您惋惜！"

顾轻舟在奚落秦筝筝。

一向温柔的顾轻舟，居然说出讽刺的话。

秦筝筝浑身发颤。她心里明白，这次闯了大祸，她两个女儿——顾维和顾缨，只怕都要被学校拒之门外。

这太丢脸了！

现在的婚嫁，名媛们不光要陪嫁丰厚，还要学历镀金。没有漂亮的学历，陪嫁就少一层体面。

顾维和顾缨若是被开除，在岳城，甚至整个江南，都是笑柄，别人会以为她们品行有问题，再想要高嫁，便是痴心妄想了。

秦筝筝绝望，偏顾轻舟还来落井下石。

"你这个混账东西！"秦筝筝回神，这一切都是顾轻舟弄的，是她弄得秦筝筝如此狼狈。

秦筝筝想要扇顾轻舟一巴掌，却被顾轻舟稳稳抓住。

再想抽回手，却只见顾轻舟的五指像铁爪，秦筝筝的手腕骨头都要被她捏碎了，秦筝筝倒吸几口凉气。

"太太，这可是李公馆，多少双眼睛瞧着您。您打的不只是我的脸，还有顾公馆千金的脸，督军府未来少夫人的脸，您想想这巴掌能打下去吗？"顾轻舟微笑，笑容绝艳，明眸璀璨。

打顾公馆千金的脸，就是打顾圭璋的脸；打督军府未来少夫人的脸，就是打整个军政府的脸。

秦筝筝还真没胆量继续打下去。她怒极攻心，气得欲吐血。

顾轻舟这才松开了她。

秦筝筝白皙的手腕，五指红痕清晰可见。

门口停了辆黄包车，顾轻舟喊了车夫，报了司公馆的地址，去看司老太。

坐在黄包车上，车夫放下了车罩，仍有寒风肆虐，顾轻舟就用顾缨送给她的坎肩，围住了口鼻。

秦筝筝自以为高明的陷阱，在顾轻舟看来，仅仅是恶毒而已。

秦筝筝以为顾轻舟不懂宗教的忌讳，的确是她的失算。张楚楚亦是教会学校毕业的，圣经是她的功课之一。

基督教的信仰和忌讳，她全部告诉过顾轻舟。

顾轻舟拿到顾维给她的金项链，看到了六芒星的坠子，又想到自己即将要进入的圣玛利亚女子学校就是基督教教会学校，顾轻舟醍醐灌顶，什么都明白了。

秦筝筝带着她去见学校理事，却给她六芒星的项链，目的是害死她。

顾家的孩子们都是基督教教会学校的，顾轻舟相信，她们绝对有十字架的饰品。

于是，趁着秦筝筝下楼，顾轻舟借口上厕所，回到三楼，去顾维房间里翻了一通，果然从梳妆台首饰盒子里，找到了另一条十字架坠子的项链。

顾轻舟就换掉了项链，把六芒星的坠子取下来放在口袋里。

秦筝筝母女四人送给顾轻舟的东西，她一一检查。

胸针和纸条，很轻易地就被找了出来。

坐汽车的时候，顾轻舟动来动去，顾缃和顾维还嘲笑她是乡下土包子，以为她是不习惯坐车，其实顾轻舟是为了转移了她们的注意力，将那些东西全部塞到了顾维大衣的口袋里。

东西不重，顾维又盼望着顾轻舟出丑，毫无察觉！

而后，她们就开始在密斯朱跟前卖蠢。

真是一场好戏。

这场戏，还没有到此结束。

秦筝筝如何偷到了密斯朱最心爱的胸针，光这一件事，密斯朱就不会善罢甘休的。

顾圭璋很快就会知晓。

想到秦筝筝好不容易赢回顾圭璋的欢心，紧接着又要失去。

"经过这次的事，秦筝筝短期内会元气大伤。"顾轻舟心想，"不用我出面，顾圭璋也会收拾她们的。"

顾轻舟去看望司老太，暂时不回家，躲避风头。

司老太告诉她说，司行霈要到正月十五才回城，所以顾轻舟毫无戒备，去了司公馆。

刚到司公馆门口，身后传来一阵尖锐的喇叭声。

顾轻舟想起那天在车上，她被司行霈抱在腿上，他亲吻她的时候她使劲躲，结果撞上方向盘的喇叭声，亦如这般刺耳。

她立马后背紧绷，全身戒备起来。

一回头，穿着玄色大风氅的高大男子，已经下了汽车，风度翩翩地快步走过来。

是司行霈，他回来了。

顾轻舟差点腿软。

她今天固有一劫，没遭在秦筝筝手里，就应在司行霈身上！

不是说，他正月十五之后才回来吗？

"轻舟，"司行霈口吻亲热暧昧，上前就要搂顾轻舟的腰，"过年好。"

他生得俊朗不凡，剑眉星目，高鼻薄唇，下颌棱角分明，肤色稍深，透出阳刚坚毅的俊美。

他在顾轻舟面前，带着几分强悍，又匪气十足。

顾轻舟不怕任何阴谋诡计，但是她怕司行霈！

在绝对强权面前，任何手段都不值一提。

顾轻舟缩了一下肩膀，低声道："少帅，过年好。"

说罢，她转身就要往回跑。

司行霈失笑，拽住了她的衣领："跑什么，小东西！"

154

同时，他敲开了司公馆的大门。

女佣应门，缠枝大铁门缓缓打开，司行需却突然对顾轻舟道："你先进去，我有东西忘在汽车上了。"

顾轻舟巴不得。

她几乎一路小跑，到了司老太的院子里。

司老太正在和女佣摆弄一盆水仙。

水仙娉婷盛绽，是吉利之兆，司老太笑道："今天有好事，我养的水仙开花了，原来是轻舟要来。"

顾轻舟甜甜地笑了，心想那好事只怕会应在司行需身上。

司老太吩咐女佣给顾轻舟端了茶点。

"穿得很漂亮，今天是做什么去了?"老太太打量顾轻舟，越看越满意。

顾轻舟生得白净，五官柔美，稍微皓腕掠鬓，就有无限的风情。

这等风情，不带艳俗，男女老少都喜欢。

"李家的宴会。"顾轻舟笑着，把她跟着她继母去参加李家宴会的事，告诉了老太太。

可她中途退场了。

"怎么，李家欺负你了?"老太太不悦。

李家是什么门第，老太太不知道，敢欺负督军府的少夫人，那简直是不知天高地厚。

"没有没有，是我家太太不舒服，她提早回家，我只得也出来。想您了，就来看您。"顾轻舟笑。

马屁拍得老太太很舒服，她笑起来。

半刻钟之后，司行需才进来。

"需儿回来了!"司老太果然大喜，脸上的褶子都舒展了，皱纹里都充盈着欣喜，"怎提早回来了?"

"事情忙完了，挂念祖母。"司行需笑道，然后提了一盒子糕点，"回来的时候，看到一家白俄人新开的蛋糕店，想起祖母喜欢吃，买了些给您。"

老太太喜欢吃西洋蛋糕，司督军就专门雇了一个英国人、一个白俄人在司公馆的厨房，负责糕点。

家里从来不断新鲜的蛋糕。

可最疼爱的长孙买回来的蛋糕，老太太更是欢喜。

"好孩子，你最孝顺了！"老太太拉住了司行霈的手。

顾轻舟去李公馆参加宴席，午饭没有吃，又看了场好戏，消耗颇多，现在饥肠辘辘。

老太太让厨房煮了红茶，添了牛乳，配新鲜的白俄蛋糕招待顾轻舟。

顾轻舟饿得太狠了，面前一块提子奶油蛋糕，被她吃掉了大半。

红茶香醇，蛋糕浓郁，顾轻舟的胃被填满了，似沐浴在秋后的暖阳里，她轻轻地叹了口气，一脸的幸福。

司行霈端着茶盏，坐在旁边看着她吃，眼神微敛，有轻微的涟漪滑过。

"真像只猫儿。"司行霈想。

顾轻舟偶尔眯眼的动作，像极了慵懒又矜贵的猫。

触及司行霈的眼神，她微微缩了一下。

司行霈神色一敛。

她害怕他。

司行霈有点后悔，不该带她去监牢，更不该把她锁在堂子的床脚上。她还是个天真的少女，喜欢浪漫，害怕血腥，同时会觉得情欲丑陋。

"喜欢这蛋糕？"司行霈问她。

"是啊。"顾轻舟回答，眼神却不看他，只瞧着老太太。

老太太亦察觉了顾轻舟的拘谨，不知顾轻舟和司行霈发生过什么，就当男孩子在场，顾轻舟害羞。

老太太就问司行霈："你这次回来，何时再去驻地？"

"等过了正月，军政府还有点事。"司行霈道。

"那你先回家，给你父亲和继母打个照面，明日再来看祖母。"老太太先打发司行霈。

司行霈道是，起身告辞了。

他一走，顾轻舟觉得笼罩在她身上的钢丝网收了，她浑身轻松，人也活泼了些。

到了下午四点，顾轻舟给顾公馆打了个电话。

接电话的是女佣妙儿。

妙儿是三姨太的人，顾轻舟和三姨太私下里有默契，故而妙儿也算是顾轻舟的眼线。

"……老爷回来半个小时了，发了很大的脾气。"妙儿悄悄告诉顾轻舟。

秦筝筝得罪了密斯朱，断送了她两个女儿的前途。

顾圭璋培养女儿，都是指望孩子们成才。女儿的成才，就是高嫁，而秦筝筝生生断了这条路，顾圭璋如何不怒？

之前的学费，都白花了！

"若是有人问起我，就说我打过电话了，今晚司公馆的老太太留我，我歇在这里，明日再回去。"顾轻舟道。

她不想回去触霉头，更不想被秦筝筝拉去对质。

那是秦筝筝自己的锅，顾轻舟不帮她背。

"是，轻舟小姐。"妙儿悄声应道，然后挂了电话。

顾轻舟跟司老太说，想在这里住一晚。

她跟老太太解释说："我打电话回家，用人说阿爸和太太吵架，多半是因为我读书的事。"

"安心住下，别说一晚，就是十天半个月也行。"司老太笑道。

若没有司行霈，顾轻舟真可以住十天半月，现在不行。

这一夜平安无事，顾轻舟睡了个踏实觉。

第二天用过了早膳，她才起身回家。

老太太叫人备车送她，顾轻舟推辞，非要坐黄包车。

正巧司行霈来了，他对老太太道："我要去趟市政厅，路过顾公馆，还是我送轻舟吧。"

老太太没有多想，点点头。

顾轻舟则全身僵硬，很不想走。但是，她又担心司老太看出端倪，只得亦步亦趋跟着司行霈出门。

到了汽车旁边，顾轻舟立马拉开后座的车门，坐到后面。

她这回死也不肯坐副驾驶座。

司行霈微笑，好脾气地顺从了她。

"想不想知道你未婚夫的事？"一路上，司行霈寻找话题，和顾轻舟闲聊。

顾轻舟不想。

她是不可能嫁给二少帅的，现在的婚约不过是权宜之计。

连见司慕的兴趣也没有，司慕到底如何，顾轻舟完全不想打听。

可她若表现出来，司行霈还以为顾轻舟对司慕没兴趣，是因为暗恋他，那顾轻舟就跳进黄浦江也洗不清了。

"想啊。"她坐正了身体，可以从后视镜里，瞧见司行霈灼灼的目光，顾轻舟又开始不自在。

"……司慕在德国不是念书，而是治病，你知道他得了什么病吗？"司行霈问。

顾轻舟摇摇头。

她想起那天第一次参加督军府的舞会，几个女孩子闲聊，说起司慕，也说他生病了。

若是他一命呜呼，自己要不要为他守寡呢？

看来，顾轻舟要早点搞定顾家的事，然后不需要督军府的靠山，早点退亲，别把自己赔进去。

"他什么病？"

"他哑了。"司行霈微笑，有点幸灾乐祸，"五年前，他谈了个女朋友，开车带着女朋友去郊游，出了车祸。那女孩子被甩出车外，摔得血肉模糊，司慕吓坏了，从此就哑了，再也说不出话来。"

司行霈的奥斯汀开得很慢，两旁的梧桐树缓缓后退，行人步履悠闲，黄包车都跑得比他的汽车快。

他从后视镜里观察顾轻舟。

顾轻舟低垂了羽睫。

她的睫毛又浓又长，微微合下便如两把小羽扇，将她明亮清澈的眸子遮住，情绪深敛其中。

她嫩白小手交叠在腿上，坐姿优雅，曲线温柔，只是不知她在想什么。

"轻舟?"良久，司行霈喊了她一声。

顾轻舟回神。

"嗯?"她应了声，收起情绪。

司行霈问："是被司慕的病吓到了吗?"

顾轻舟摇摇头："没有。"

司行霈说完她未婚夫的病，她眼前就浮现那个在何氏药铺修桌子的颀长身影。那人眉眼冷峻，气度雍容……

而且，他也是个哑巴!

顾轻舟唇角微挑，心中已有了主意。在她达到目的之前，她不希望司家任何人发现那个哑巴。

那是她顾轻舟的筹码。

"我运气真好。"顾轻舟心中偷笑，偌大的岳城，让她那么轻易地找到了那个人。

将来和司夫人再次谈判，顾轻舟也有资本。

司行霈端详半晌，仍没发现什么异常。

这些日子，司行霈早已把顾轻舟和他弟弟司慕定亲之事打听清楚了。

他的女人，他自然要了如指掌。

这门婚事，就跟儿戏一样，是十几年前的娃娃亲，他的继母甚是嫌弃，他弟弟还没有见过顾轻舟。

而顾轻舟，她看上去也不像是以为司家二少帅会娶她的无知少女。

大家都心知肚明。

司行霈带着一颗看戏的心，很想知道顾轻舟用了什么法子逼迫他继母承认她的。他饶有兴趣，却不戳穿、不阻止，不再给顾轻舟添堵。

顾轻舟在图谋，司行霈黄雀在后，用审视猎物的目光，打量着那个嫩白小巧的人儿。

她那两瓣唇，嫩得似桃花瓣，滋味甜美，笑容犹如春风，拂面温柔多情。

司行霈喉间发紧。

不过，他吃食物从来不猴急，他喜欢慢慢品尝，喜欢女人欲迎还拒的娇羞，而不是顾轻舟这样的避之不及。

顾轻舟的逃避，会让这顿美食失去滋味，就好似一分熟的牛排，而司少帅喜欢五分熟的。

所以他需要等，等待火候。

司行霈骨节分明的手握住方向盘，慢悠悠地开车。

"轻舟，蔡景纾为何会承认你是老二的未婚妻?"司行霈没话找话问。

他其实并没有兴趣。

抑或，他对顾轻舟有兴趣，仅仅停留在男人对女人的欲念，而不是很想知晓她内在是个什么样子的人。

人是很复杂的，了解越深，越是离不开。

司大少帅流连花丛，深情不属于他，专一更不属于他。

他只想了解女人的身体，不想了解女人的内心。

"蔡景纾?"顾轻舟失笑，"你这样直呼你继母的名讳，不怕司督军打断你的腿?"

"他老了，已经打不动了。"司行霈语气暗携了几分阴鸷，口吻平淡。

顾轻舟不语。

"为何?"司行霈追问。

司行霈最了解她的继母，她势利贪婪，巴高踩低，顾轻舟这等身份地位，入不了蔡景纾的法眼。

顾轻舟不可能告诉别人的。

她威胁司夫人的信，她也不可能拿出来，说破了就是逼迫司夫人狗急跳墙，顾轻舟鸡飞蛋打，她同样损失惨重。

"许是我很可爱吧。"顾轻舟眯起眼睛，眼底浮动几分狡狯的涟漪，说道。

司行霈朗声大笑。

到了顾公馆，司行霈殷勤地给顾轻舟开了车门。

"我送你进去？"他暧昧地在顾轻舟耳边低喃，"你昨夜未归，你家里人会不会以为你跟我睡了？"

顾轻舟身子微僵，往旁边挪。

司行霈失笑："躲什么，我迟早要睡你的。"

顾轻舟攥紧了拳头。

司行霈复又微笑，看着她全身紧绷的样子，像只炸毛的猫儿，那柔软的戒备，毫无杀伤力，却让司行霈感觉带劲！

"你想得美！"顾轻舟咬牙，"你不变态的时候，才像个人！"

司行霈哈哈笑，不以为意道："轻舟，我摸过你，吻过你，你就是我的，我睡你是迟早的事，你最好心里弄清楚，别幻想你可以跟别人。"

说罢，他阔步上了汽车，风氅衣袂飘扬。

早春暖阳照在身上，顾轻舟全身都冷，她望着绝尘而去的汽车，紧紧咬住了唇。

变态！

这一路下来，她居然差点忘了，司行霈是个彻头彻尾的变态。

只是，这变态有副好皮囊，姿态雍容倜傥，常会让人忽略他的无耻和凶残。

他绝对是一匹不择手段的狼！

顾轻舟要是被他睡了，最好的下场无非是做他的姨太太，正妻想都不要想。

他说司夫人瞧不起顾轻舟，他又瞧得起吗？

他大概从未用平等的眼光看过顾轻舟。在他眼里，顾轻舟是享受用的女人，是玩物。

他唯一可取的，是从不用花言巧语哄骗顾轻舟，不会给她无谓的承诺。他早已言明，他要娶个娘家势力雄厚的女人，顾轻舟没资格。

这点看来，他恶毒却不虚伪。

顾轻舟眼眸阴冷：他敢动她，她就会杀了他！

第六章

找到司慕

转身敲门，顾轻舟进了顾公馆。

家里气氛紧张，顾轻舟漫步上楼，听到了顾圭璋的咆哮声。

果然怒气未消。

"……六芒星呢？那也是轻舟去打的吗，她知道什么是六芒星吗？"顾圭璋厉喝。

秦筝筝哭泣，声音嘶哑道："老爷，我只是……"

她不知道该怎么狡辩。

因为实在没借口了。

顾轻舟是懂的，但是秦筝筝之前以为她不懂，现在的顾圭璋更以为她不懂了。

"你说啊，你这个贱妇！"顾圭璋更怒，"还有密斯朱的圣母像胸针，为何在老三的大衣口袋里？轻舟从没有见过密斯朱，她会知道密斯朱喜爱的胸针？

"退一万步说她知晓，她人生地不熟，又没钱，怎么偷得到手？还说不是你搞的鬼？

"另外，学校攻讦密斯朱的流言蜚语，轻舟没去过学校，她怎么会知道？我看你才是主谋，那三个小贱人都是你的同党！"

顾轻舟听到这里，微微颔首。

阿爸，你脑子也有清醒的时候啊。

秦筝筝这身脏水，无论如何也洗不干净了。

秦筝筝为了害顾轻舟，彻底得罪了密斯朱。

密斯朱在教育界的影响力极大，很快圣玛利亚学校的教导主任就找到了顾圭璋，要求顾圭璋给顾维和顾缨办退学手续。

这还算是比较好的，只是让顾家主动去退学。

如果顾家不肯，教会学校会开除顾缨和顾维，到时候她们更惨。

现在没有提出开除，不是密斯朱的仁慈，而是顾家仅仅得罪了她，但是顾缨和顾维还没有犯下被开除的罪行。

没有罪行，教会只得施压。

但是顾家若是不听，非要让女儿留校，那么将来罪行肯定是有的，哪怕没有，也要泼顾缨和顾维一身污的。

而顾轻舟的入学申请，也被打了回来。

一口气折损三女，顾圭璋暴跳如雷！

顾轻舟到家时，顾圭璋正好下楼要出门。他眼底的阴影很重，昨天一夜未睡。和秦筝筝吵完，顾圭璋还要继续去托关系。

他不能任由孩子们真的被退学。

"阿爸。"顾轻舟贴着墙根，低垂眉眼，乖巧听话。

顾圭璋没理会，气哼哼地走了，他知道顾轻舟委屈，此刻却没心思安抚她了。

他三个女儿未嫁，若是被教会学校退学，以后顾家什么名声？

他的女儿是金枝玉叶养起来的，理应嫁入豪门，难道便宜那些在办公楼做事的乡下佬？

可豪门娶少奶奶，身份地位不说，被退学这个污点是怎么也抹不去的。

顾圭璋不惜千金，也要摆平此事。

他刚走，秦筝筝也追着下楼了，她是追顾圭璋的。

顾圭璋脚步快，秦筝筝没追上，就瞧见了顾轻舟，又要打她："你这个小贱人，都是你害我们的！"

秦筝筝脸上有两个很清晰的巴掌印，都是顾圭璋打的。

顾轻舟抓住她两只乱挥的枯瘦胳膊，微微笑了。

秦筝筝纤细窈窕，个子比顾轻舟高，却没想到小巧玲珑的顾轻舟，居然比她有力气。

她被顾轻舟捏住手腕，动弹不得，心下大惊，同时破口大骂。

"太太，东西全是您自己准备的，怎么反过来说我害你，我哪有那等本事？"顾轻舟笑道。

说罢，用力将秦筝筝甩开。

秦筝筝踉跄数步，差点跌下楼梯。她深沉的眼眸迸出炙热怒焰，恨不能将顾轻舟烧死。

一夜未合眼，秦筝筝眼角的皱纹更深了，肌肤泛黄，老态遮掩不住。

顾轻舟站在楼梯的蜿蜒处，突然停下脚步，居高临下地打量秦筝筝。同时，秦筝筝也抬眸看她。

两人目光一撞，在空气里碰撞出激烈的火光。

"太太，您比我母亲还要大两岁，若是我母亲没死，现在也不及您的风韵——太太，我母亲是怎么死的？"顾轻舟言语温柔，淡淡问道。

秦筝筝如遭雷击，顿在那里，脚步有点不稳。

顾轻舟淡笑，没有继续欣赏秦筝筝的狼狈，转身上楼了。

她仔细锁好房门，在心中把所有事都细想了一遍，确定毫无破绽后，她又睡了个回笼觉。

睡醒之后，已经是晌午，推开后窗，可以瞧见庭院整齐的雨花石小径，阳光下泛出五彩的光芒。

空气里有米饭的清香，终于到了午膳时间。

顾轻舟简单梳洗，下楼去吃饭。

除了秦筝筝和顾圭璋，全家人都在。

秦筝筝是没有胃口，而且不想让两位姨太太看到她脸上的巴掌印子，失了正房主母的威严。

"你为何要害我们！"老四顾缨质问顾轻舟。

"好好吃饭！"兄长顾绍沉声发话。

家里尊卑还是有的，父亲不在家，顾绍的话很管用，老四斜眼瞪顾轻舟，却也不敢再造次了。

顾缃吃不下，很快就放了碗筷，折身上楼了；顾维和顾缨也吃个了半饱就走了。

饭后，顾绍也上楼了做功课了，二姨太去后花园散步，只有三姨太和顾轻舟坐在客厅的沙发上吃蛋糕。

"……老爷不甘心，四处走访，只怕要利用你。"三姨太苏苏低笑，眼波掠过顾轻舟。

她说顾圭璋利用顾轻舟，无非是顾圭璋借口自己是司督军府的亲家。

"你忙碌一场，最后什么也得不到，还要被人利用，心里生气吗？"三姨太又问，声音慵懒清洌，像只狡猾的狐狸。

"不生气。"顾轻舟道，"谁说我什么也得不到？"

三姨太明眸微眯，等待顾轻舟的下文。

"现在，学校是逼迫她们主动退学。若是她们留下来，犯了更多的错，被学校开除，那她们还有翻身的机会吗？"

三姨太眼眸微微绽放金光。

开除，自然比退学更好。这么想来，顾轻舟也不算失败。

而且这件事顾圭璋还没有搞定，成败与否，现在论之为时过早。

"帮我一个忙。"顾轻舟道。

三姨太问："何事？"

"我要一台相机。"顾轻舟道，"最好今晚就弄到手。"

"要拍什么？"三姨太又问。

顾轻舟微笑："此事你不用管，帮我弄到相机。"

三姨太端正了身姿，穿着玻璃丝袜的细长美腿从旗袍的底端伸出来，妩媚到了极致，似有风雅从眉梢飞出来："我帮你借到相机，你怎么感谢我啊？"

"我欠你一个人情。"顾轻舟道，"你想要人情吗？"

当然想！

三姨娘眼波流转，片刻才静静道："好，我帮你借到相机。"

黄昏的时候，顾轻舟坐在窗前的书桌前，温习英文。

窗外的阳台上，一张藤椅里躺着个顾长的男孩子，他的余光忍不住打量那道剪影：长发如墨，披散在瘦削纤薄的肩头，她的雪肤修颈映成一条优雅的弧线，眸子迎上了晚霞，绚丽灼目。

他屏住呼吸，一颗心乱跳。

"阿哥！"那个女孩终于看到了他，轻声喊他。

顾绍却窘迫尴尬，匆匆回了自己的屋子，并未回应她的招呼。

顾轻舟心里沉重。

顾绍对她真好，让缺少关爱的少女感受到了温暖，可他又是秦筝筝的儿子……

一时间，顾轻舟有点茫然。

感情是非常复杂的，它绝非简单的对错，爱的反面也不一定就是恨。

她正想着，有人轻轻地敲她的房门。

"谁？"顾轻舟问。

门外却没人回答，代替的是另一声敲门，顾轻舟精神一紧，全身戒备起来。

有人敲门，却不言语，顾轻舟一时间竟被吓坏。

鬼使神差地，她想到了司行霈。

那厮不敢青天白日闯她家吧？

顾轻舟活了十六年，唯一害怕过的就是司行霈了，不管是他的残忍，还是他的亲吻，都叫顾轻舟不寒而栗。

一朝被蛇咬十年怕井绳，顾轻舟对司行霈，永远都是提心吊胆。

她真希望有个男人实力可以跟司行霈抗衡，将她娶回家。

同时又想，能抗衡司行霈的男人，自己根本配不上，被娶回去也是做妾。

都是做妾，还不如死了算！

顾轻舟心念兜转，小心翼翼地打开了房门。

开门之后，却是三姨太的女佣妙儿，手里端着茶点："轻舟小姐，老爷还没有回来，要晚些才开饭，我给您送些点心，您且忍耐一两个钟头。"

说罢，妙儿又给顾轻舟递了个眼神。

顾轻舟顿时就什么都明白了。

这妙儿，不言不语的，吓死顾轻舟了。

"这是相机。"妙儿从围裙底下，用托盘遮掩着一只相机。

顾轻舟接过来。

"三姨太说，这只相机值一百多块钱，很昂贵的，轻舟小姐若是不会用，可以去照相馆学学，千万别弄坏了；里头有一卷胶卷，您省着点拍。"妙儿悄声道。

相机是奢侈之物，一百多块的相机昂贵无比。

整个岳城，月薪最高的是银行行长，一百二十块一个月。就像顾轻舟的父亲顾圭璋，他是海关衙门的次长，每个月月薪八十块。

当然，顾圭璋的灰色收入，是他的月薪十几倍。当官的光靠月薪吃饭，那就要饿死了。

三姨太借这个相机，还是用了顾圭璋的名头，弄坏的话，顾圭璋非要杀了三姨太不可。

"放心，我不会弄坏。"顾轻舟道，仔细收起来。

她会用相机，张楚楚就有一只，顾轻舟常帮她照。

张楚楚连洗照片的药水都有。

打发走了妙儿，顾轻舟将相机收好。

次日清晨，顾轻舟出去了一趟，借口去看望司老太。

家里鸡犬不宁的，也没人追究顾轻舟的去向。她这一去，直到傍晚才回来，手袋里鼓鼓的，不知藏了什么。

顾轻舟快步上楼。

很快，她就听到二楼书房又传出来顾圭璋的咆哮声。

顾圭璋回来了。

他一回来，家里所有人都敛声屏息，不想做出头鸟。

顾圭璋四处托关系，活动了两天，一无所获，还花了不少钱，气急败坏，又把秦筝筝大骂了一顿。

"我对你太失望了！"顾圭璋骂道。

扶正秦筝筝，顾圭璋不是没有后悔过。夫妻俩磕磕绊绊的时候常有，顾圭璋有时候也恼怒，过后就忘了。

但是，他从未像此刻这般后悔，悔得肠子都青了。他对秦筝筝，绝望透顶了！

他的太太，明明应该谦和内敛，成为他的贤内助，帮衬他仕

170

途步步高升，教育好他的儿女，辅助孩子们成才。

结果呢，不过是轻舟回家这么一件小事，一点小考验，秦筝筝就错误频频，甚至到了惹一身臊的地步，让顾圭璋替她善后。

晚膳的时候，秦筝筝被迫露面，双颊的指痕已经消失了，眼睛却浮肿得厉害。和两个姨太太相比，老态顿现。

"老爷，我听说三小姐和四小姐念书的事了。"二姨太白慕开口，打破了饭桌的沉默。

二姨太是唱越剧出身的，举手投足格外妩媚妖娆。

"……老爷，您如此奔波都瘦了，不如算了。"二姨太道。

秦筝筝大怒，手指二姨太："你说什么？"

"难道不是吗？"二姨太眼神微敛，往顾圭璋身边靠，同时锋芒不减，"太太做错了事，却要老爷又花钱又贴面子，是小姐们读书要紧，还是老爷要紧？"

顾圭璋听了，落在二姨太身上的眼神，带着几分欣慰。

秦筝筝瞧见了，吓得半死，生怕顾圭璋真的放弃了她的女儿们，立马又跳起来："老爷，此事万万不可啊，您养育了她们这么多年，难道要功亏一篑吗？"

老三和老四也哭了，上前扯顾圭璋的胳膊："阿爸，您不会让我们退学的吧？"

"阿爸，实在不行，您就提前送我们去英国念书吧，阿姐就是十三岁去的英国。"老三顾维道。

顾圭璋想到长女去英国的花费，有点肉疼。

他这几年手头紧，只打算送儿子顾绍去法国，没打算再送顾维和顾缨。闻言，顾圭璋嘴角抽搐：看来，只有教会学校这一条路了，必须争取。

"都闭嘴！"顾圭璋被吵得心烦意乱，狠狠将一只缠枝莲花的小骨瓷碟子给砸了，碎瓷溅了满地。

饭厅顿时鸦雀无声。

所有人都紧张，只有顾轻舟神态自若悠闲，不见慌乱。

顾圭璋一狠心，只能把这女儿推出去，让她去试试了。

"轻舟，你跟我上楼。"顾圭璋起身，对顾轻舟道。

顾轻舟永远都是一副柔婉顺从的模样，她放下雕花银勺，低声道了句"是"，就跟着顾圭璋去了二楼的书房。

顾圭璋坐在宽大的老式花梨木书桌后面，开始抽烟。

轻雾缭绕中，雪茄的香味清冽。

顾轻舟轻轻地抚摸这书桌的纹路，心想："这么好的古董书桌，肯定是我外公的东西，顾圭璋没这样的品味。"

这顾公馆，稍微体面些的家具和用品，甚至财产，都是顾轻舟外公留下来的，现在被顾圭璋占为己有。

顾圭璋则以为顾轻舟是紧张，才摸书桌。

他吸了半支雪茄，才开口道："轻舟，家里的事你也知晓了，牵连到你读书，阿爸于心不忍。"

顾轻舟在心中冷笑，眼眸却温顺得像一只小绵羊。

她不动声色。

她非常清楚，顾圭璋接下来要说什么。一切都在顾轻舟的计划之内。

任凭风浪起，顾轻舟稳坐钓鱼台，等待收获即可。

三姨太见顾圭璋和顾轻舟都没有吃饭，就上楼密谈了，故而让妙儿端了厨房现做的乳酪蛋糕和英式红茶，送进去。

妙儿会意，眸子精明。

点心端进来，顾圭璋一支雪茄抽完，的确胃里空空，时机恰好，顾圭璋就没有恼怒。

"谁让你送来的?"顾圭璋问。

"是三姨太。"妙儿低声道。

顾圭璋眼底闪过几分满意：他的两位姨太太，都是解语花，比秦筝筝强多了。

他越发恨秦筝筝，后悔不该给她名分。她仍是个姨太太的话，估计不会如此不知轻重！

女人哪，就是不能太给她脸！

顾轻舟坐在旁边的椅子上，手里端着白瓷碟子，用镂空雕花银勺挖着香醇的蛋糕吃，粉润指尖修长，神态娇憨。

顾圭璋看着她，就想："到底是乡下长大的，心思单纯得很，很好利用，将来说不定比细细更有用。"

等顾轻舟吃完一块蛋糕，开始喝英式红茶的时候，顾圭璋才缓慢开口："轻舟啊，教会学校的事，若是司督军开个口，就容易多了，也不耽误你念书。"

想让顾轻舟去求司督军，却又不愿意卖人情，顾圭璋打一手如意算盘。

顾轻舟抬起头，眼神透出单纯无辜，叫人看了很舒服。

"司督军去了驻地巡查，要过了正月才回岳城呢。"顾轻舟道。

这是司老太告诉她的。

过了正月，那就来不及了！

顾圭璋急切，心想事事不顺，一阵阵烦躁涌上心头。

"司夫人呢？"顾圭璋收敛着他的急迫，似个慈父缓慢道，"总不能耽误你念书。"

好像事事替顾轻舟考虑。

"我倒是可以去求求司夫人。"顾轻舟道。

顾圭璋慢慢舒了口气，也喝了两口红茶，心想顾轻舟到底只是顾轻舟，年幼单纯，什么也不懂。

她松口了，顾圭璋才能继续往下说。

"轻舟，你是插班到教会学校，那些女同学三五成群，若是无人照应你，你岂不是要受气？"顾圭璋道。

顾轻舟点点头。

顾圭璋又道："那你要告诉司夫人，你两个妹妹也要留在学校。"

"司夫人的话，教会学校会听吗？"顾轻舟问，"我听说教会学校是美国人办的。"

"自然会听了，一方军政府，教会学校来者是客，再怎么也不敢不给军政府面子！"顾圭璋得意。

顾轻舟低垂了眼帘，在纤浓羽睫的遮掩下，她眼珠子转了几转。

"轻舟，你明天就去见见司夫人。"顾圭璋道。

顾轻舟还是一副顺从的好模样，低声道是。

顾圭璋心情终于平复了几分。

若不是走投无路，顾圭璋真不想利用顾轻舟去走督军府的关系。

这当然不是替顾轻舟着想，而是为了顾圭璋自己，他不愿意太早暴露自家攀结的嘴脸。

现在就处处麻烦督军府，司夫人更瞧不起顾家，到时候不肯娶顾轻舟，那顾圭璋岂不是鸡飞蛋打？

有了这点顾虑，顾圭璋尽量在顾轻舟出嫁之前，不去麻烦司夫人。如今，他是无计可施，不得不用顾轻舟了！

想到这里，顾圭璋又恨秦筝筝，都是秦筝筝给他招惹的麻烦，让他如履薄冰。

顾轻舟笑盈盈的，很显然，她什么也不懂，这个女儿非常好用，顾圭璋稍微满意。

翌日上午，顾圭璋亲自派人，将顾轻舟送去了司督军府。

顾轻舟正月里来访，可以说是拜年。虽然督军不在家，司夫人也没有特别苛刻，照样接待了她。

"我祖母的病，多谢顾小姐！"司琼枝坐在沙发上，柔声细语对顾轻舟道。

司琼枝是个美艳绝伦的少女，她看顾轻舟的时候，眼底的轻蔑都带着美艳。

顾轻舟微笑。

司夫人则问："你今天来有事吗？"

"没事啊，就是看看您。"顾轻舟笑道。

司夫人眼眸一沉，心想下次没事，就不要来了，谁稀罕你的看望？

闲聊几句，司夫人主动逐客。

顾轻舟就从督军府离开。

"见到司夫人了吗？"从司家回来，顾圭璋不在家，三姨太悄声问，"轻舟，你还没有得到前途，可别叫人当枪使！"

三姨太现在依靠顾轻舟，想让顾轻舟帮她报仇，她更害怕顾轻舟失去司督军府少夫人的地位。

"我心中有数。"顾轻舟道。

三姨太颔首。

触及顾轻舟犀利冰凉的眼眸，三姨太莫名就很信任她。

顾轻舟比三姨太想象中更有能耐，她绝对是三姨太更好的依靠！

"司夫人怎么说？"三姨太关心道。

"我根本没提此事，只是去拜会了司夫人，闲坐片刻。"顾轻舟道。

三姨太略微松了口气。

"可是你阿爸那里……"三姨太又担心。

"放心，我已有良计。"顾轻舟微笑。

她的微笑，纯净却添几抹狡狯，愣是让三姨太心里镇定了。

她如此相信这个孩子，三姨太自己也觉疯魔了。

顾轻舟真的有蛊惑人心的能耐吗？

下午，出去应酬的顾圭璋，早早回家了。

见顾轻舟已回，顾圭璋心头添了几分喜悦，立马让用人把顾轻舟叫到了书房。

顾圭璋心情不错，开门见山问顾轻舟："司夫人怎么说？"

顾轻舟低垂着眉眼，颇为内疚道："夫人说，督军去了驻地。教会牵扯政治，督军最恨女人插手政治，夫人不敢过问。"

顾圭璋微愣，没想到被拒绝了，一时间脸色很难看。

同时，他并不怀疑这是顾轻舟的托词，什么政治军事，顾轻舟一个乡下丫头哪里懂？肯定是司夫人的意思了。

对顾轻舟的话深信不疑，顾圭璋烦躁，在屋子里打转！

如何是好呢？

难道要他亲自去趟督军府，求求司夫人？

那吃相就有点难看了！

顾圭璋怕司夫人介怀，真的退了顾轻舟这门婚事。

让秦筝筝去？

不行，秦筝筝那个蠢货，只会把事情搞砸！

两位姨太太倒是机敏，可她们身份地位低，让她们去跟司夫人求情，拉低了司夫人的地位，无疑是侮辱司夫人。

想来想去，顾圭璋一筹莫展，阴霾重新填满了心头，他烦闷冷哼了一声。

"……司夫人说，若是顾家实在为难，她可以托其他人去办，保证不牵扯政治，不让督军府难做。只是，托人办事要花钱的，没有两根小黄鱼，是打发不了的。"顾轻舟又道。

顾轻舟言语轻柔，她的话却重重地打在顾圭璋的心头。

两根小黄鱼，就是两根一两重的金条！

呵，司夫人狮子大开口！

顾圭璋出身低微，他中学成绩很好，老师资助他上学。他是通过念书，考上了岳城的圣约翰大学，从而认识了富家小姐孙绮罗——也就是顾轻舟的生母。

而后，孙绮罗去世，孙绮罗唯一的弟弟在烟馆被人捅死，孙老爷子痛失全部的子女，悲伤过度，一命呜呼之后，孙家庞大产业无人继承，落入顾圭璋囊中。

顾圭璋有点才学，又有了孙家的家产，他通过勤奋、打点关系，做到了今日海关次长这个油水丰厚的位置。

可顾圭璋没什么实业，这些年顾轻舟外祖父留下来的钱财，已经被顾圭璋坐吃山空，挥霍掉了一半。

剩下的一半，那是他养老防身用的。顾圭璋不敢拿去投资实业，害怕亏本，只得全部藏在家里，不能生财。

他现在基本上靠着薪水和灰色收入，维持着顾家的锦衣玉食。

两根小黄鱼，顶得上顾圭璋三四个月的薪水和灰色收入的总和了。

"……她堂堂督军府，缺这点钱财吗?"顾圭璋微怒。若是不拿吧，顾维和顾缨之前的教育费用全白费了，以后也难以嫁得好，前途尽毁，顾圭璋也得不到任何好处，可能还要资助女婿。

这是顾圭璋最害怕的。

顾圭璋从小穷怕了，不像督军府那样，随便就可以拿出巨款。

一笔他拿得出、偏偏又太心疼的价格，让顾圭璋感觉司夫人真狠，狠得喝你的血还不许你叫疼！

顾圭璋喘不上来气。

"阿爸，我觉得司夫人不看重我。若是她看重我，肯定是不会要钱的。我看还是算了，咱们别叫司家轻瞧了。"

这一句话，看似委屈抱怨，其实一下子就打中了顾圭璋的七寸。

顾圭璋一愣，仔细想想顾轻舟这话，竟然醍醐灌顶。

是啊，司家不敬重顾轻舟！假如顾圭璋让顾轻舟开口求情，结果因为钱又反悔，那么司家对顾轻舟的轻视，只会更添加一层。

顾轻舟在司夫人面前，就彻底没尊严了。

没了尊严，真的能顺利结婚吗？

顾圭璋后背一寒！

他绝不能丢失这门姻亲！

他绝不能让司夫人更轻瞧顾轻舟。

虽然司夫人暗示过她喜欢顾绌，退了顾轻舟可以娶顾绌，但那些暗示是子虚乌有的。顾轻舟得到司督军和司老太的喜爱，才是真实的。

顾圭璋不敢冒险。

为了省下这两根金条，断送孩子们读书的机会不说，还会连累司家小瞧顾轻舟，更得不偿失了！

这笔钱，必须得给！

"好，我拿钱给你。"顾圭璋忍着割肉刮骨的痛，开了书房的保险箱，拿出两根小黄鱼。

他的保险箱里，还存放了很多珍宝，光金怀表就有十二块，都是当初顾轻舟的外祖父孙老爷子的私藏。

当然，还有很多的地契、房契、金条、股票、英镑和债券，也是孙家的。

那个老东西，生前对顾圭璋很冷漠，生怕顾圭璋占了孙家的便宜，最后他的财富不还是全部归了顾圭璋？

这些钱，顾圭璋都是平白得来的，花起来也不心疼。说实在话，他真应该感谢孙绮罗，要不是她看中了他，也没有顾圭璋的今天。

顾圭璋起身，顾轻舟的视线早已从保险箱上撤离。

她不再看了。

从顾圭璋手里接过两条沉甸甸的金条，顾轻舟唇角微动，眼底有了几分冷笑。

顾轻舟今天没有去跟司夫人谈教会学校的事，只是例行拜访了一下。

这两根金条是她要的。

利用她办事，不放点血怎么行？

"两根小黄鱼？"顾轻舟拿到微凉的金条，回房之后不禁笑出声，"两根小黄鱼就想收买督军夫人办事？"

顾圭璋的见识，比顾轻舟想象中还要浅薄。

这就好比乡下人议论皇帝，有个人说"将来我做了皇帝，天天用大金碗吃饭，全村的粪只能我一个人捡"一样。

顾圭璋觉得肉疼的两根金条，司夫人大概觉得它只值一件上好的皮草而已。

这样就能收买督军夫人办事，那么她也太廉价了。

"看来，顾家人的见识，也仅限于此了。"顾轻舟微笑。

她差不多摸清了顾圭璋的底。

钱，顾轻舟收起来了。她是个乡下穷姑娘，自然有用途；至于教会学校的事情，司夫人肯定会帮她办妥的。

顾轻舟有她自己的方法，她知道司夫人一定会同意的。

翌日，顾轻舟早起打了个电话，说要拜访司夫人。

电话那头，是司琼枝接听的。

"我姆妈今天有事，顾小姐您改日再来吧。"司琼枝高贵优雅，声音却透出蚀骨的轻蔑之意。

"谢谢司小姐，我这就去。"顾轻舟恍若未闻，直接挂了电话。

司琼枝惊愕：这人太不要脸了，她把督军府当什么地方了？

司琼枝气哼哼地把这番话告诉了司夫人。

司夫人也怒："她是个什么东西！跟门口的副官说一声，谁放她进来，就地枪决！"

司琼枝颔首。

今天司夫人和司琼枝准备去听戏。

司夫人喜欢越剧，最近有个新红的小生，扮相惊艳，唱腔圆润缠绵，司夫人爱极了他。

每次出门，司夫人都要盛装。

她和司琼枝打扮了两个小时，才收拾妥当。

准备出门的时候，副官却急匆匆跑过来，禀告道："夫人，顾轻舟小姐来了……"

司夫人沉了脸："混账，你的耳朵是聋了吗，居然敢放她进来？"

"不是的，夫人。"副官着急。

瞥了眼身边的司琼枝，副官压低了声音，跟司夫人耳语。

司琼枝不满意，有什么事不能告诉她吗？她嘟嘴不悦。

不承想，司夫人听了副官的耳语，脸色大变，立马道："她人呢？"

"还在大门口。"副官道。

司夫人不顾其他，急匆匆奔出去，恨不能立马见到顾轻舟。

司琼枝惊呆了：姆妈方才还憎恨顾轻舟，绝不想见她，怎么这会儿迫不及待，甚至不等副官请顾轻舟进来，要亲自去迎接？

这太奇怪了！

司琼枝见母亲失态，好奇极了，也匆忙跟出去。

顾轻舟站在督军府的门口，身姿娉婷纤柔。

她肌肤白净得几乎透明，浓稠长发披散，学新式的女学生在两侧编了个辫子，半拢在脑后，留有青丝低垂在耳侧，形成优雅的曲线。

墨发红颜，阳光照在她身上，她穿着绣了银丝海棠的长袖旗袍，有淡淡的光晕萦绕。

"照片呢？"司夫人上前，急促问道。

她走得很快，额头有薄薄细汗，仓促中带着几分焦虑，气势就无形中输了顾轻舟一成。

司琼枝看得心中不喜。

"姆妈问顾轻舟要照片，什么照片啊？"司琼枝心里疑惑。

顾轻舟微笑："夫人，不请我进去坐坐吗？"

司夫人回眸瞧见，四周站岗的亲兵众多，还有她女儿司琼枝在场，有些话的确不好说。

"陈副官，你送三小姐回房。"司夫人冷冷吩咐。

司琼枝吃惊，她不想走："姆妈，到底怎么了？"

司夫人轻轻地瞥了眼司琼枝。

司琼枝是个绝顶聪明的少女，母亲眼神里的意思，她立刻就懂了。她不给母亲添麻烦，当即跟着陈副官先回房。

她相信她母亲不会吃亏的。事后，她母亲也会把实情告诉她的，她不用着急。

闲杂人等离开，司夫人将顾轻舟带到了督军府外院的军事会议大厅。

此刻闲置的大厅空空荡荡，高大的穹顶泛出阴冷的光芒，司夫人的高跟鞋踏在大理石光滑地面，颇有节奏。

顾轻舟紧随其后，也穿了高跟鞋，她的脚步带着少女的柔婉。

各自坐下，顾轻舟拿出照片，递给司夫人。

照片是顾轻舟自己照的。

司夫人拿住照片，手微微发抖，难以置信。

良久，她才抬眸，目光锋利地落在顾轻舟脸上："你这是在哪里拍的？"

"您得先帮我办件事，我才能告诉您地址。"顾轻舟微笑。

"混账，你敢威胁我！"司夫人的眼底添了炙热的怒焰，想要把顾轻舟烧死。

顾轻舟依旧微笑，笑容恬柔安静："我这也不是第一回威胁您了。"

司夫人的强悍，顾轻舟的柔婉，两种目光似火与水，无法包容，无法调和，在空气中碰撞。

再纠缠下去，无非是两败俱伤。

"你要我做什么？"司夫人权衡利弊，她先退一步。

收拾顾轻舟有的是机会，不差这一次。

就让她得意一回。

得意会让人忘乎所以，不知自己几斤几两！

"我继母惹恼了教会学校的密斯朱，现在圣玛利亚学校要顾家两位小姐退学，顺便也打回了我的入学申请。"顾轻舟道。

司夫人懂了。

这点小事顾家都摆不平，还妄图嫁入岳城第一豪门司家，简直是痴心妄想！

司夫人越发瞧不起顾家，也就没把顾轻舟放在眼里。

现在知道顾轻舟照片里的地方要紧！

"好，我会派人去告诉圣玛利亚的董事，你们还可以继续念书。"司夫人冷漠道，"这照片里的地址呢？"

"您别急啊，我话还没有说完呢。"顾轻舟道，"您可以告诉圣玛利亚学校的董事，学校为了惩戒学生不遵循教义，只收一位顾小姐复学，同时不牵连我的入学。"

司夫人听闻，微微眯起眼睛。

顾轻舟想趁机逼迫她一位妹妹退学。

这点姊妹间争斗的小把戏，恶毒又上不得台面，司夫人看着她，觉得顾轻舟实在拙劣可耻。

就这么个乡下的东西，嫁给二少帅实在是太玷辱司家了。

司夫人眉眼更冷，淡淡道："好，随你！"

"那何时可以得到结果？"顾轻舟笑问。

"过几天。地址呢？"司夫人再问。

顾轻舟淡笑："夫人，等得到了结果，我再告诉您地址。"

"混账，万一人跑了呢？"司夫人按捺不住，"顾轻舟，你可别蹬鼻子上脸，你知道自己的轻重吗？"

"人跑不了。"顾轻舟低笑，"只要您不贸然派人去找，不露出端倪，他就不会察觉到危险，更不会跑了。您若是真的着急，应该立马替我办妥入学的事，争吵只会耽误您。"

司夫人哑口无言。

她被顾轻舟气得不轻，同时又对顾轻舟无可奈何。

顾轻舟看似温良，实则是只恶毒的小狐狸。司夫人在岳城是第一豪门的女主人，算是一只尊贵优雅的凤。

凤去和狐狸斗？那太跌身份了。

顾轻舟说：别贸然去找，不然会让照片里的人发现，从而再次逃开，司夫人是相信的。

照片是一张远景，四周的风景有点模糊，只有那张脸，是司夫人牵挂担心的，她的心都要焦了。

"备车！"司夫人等不得了，她要立刻去见圣玛利亚教会学校的董事。

她直接找到了一位美国董事，简单把此事说明。

教会可以不给市政府面子，却不敢得罪拿枪的军政府。又是司夫人亲自登门，这分量足够了，教会学校当即送上盖了章的入学通知书和退学申请表，名字都由司夫人自己填。

拿到之后，当天下午，司夫人派人去接顾轻舟到督军府，把东西交给她。

"满意了吗？"司夫人冷嘲。

顾家这副嘴脸，着实卑劣。

"很满意，多谢您！"顾轻舟微笑，第一次知道权势的好处。

她把文件收起来，对司夫人道："走，我带着您去见少帅。"

顾轻舟给司夫人的，是督军府二少帅司慕的照片。

照片里，司慕穿着一身老式的短棉袄，头发乱糟糟的，面容却很清楚，这是最近的照片。

司慕实在受够了德国的治疗，他偷偷跑回了岳城，藏在岳城的某个角落。

岳城很大，三教九流俱全，司夫人派人寻了两个月，一无所获，心急如焚。

此事，她还不能告诉司督军，免得司督军对司慕擅自离开不满意。

司督军有两个儿子，长子司行霈虽然常跟司督军作对，但他在军中颇有威望，司督军心里，更喜欢司行霈。

因此，司慕就不能出半点错，免得被他哥哥压得抬不起头来，司夫人要暂时封锁消息，连爱女司琼枝也没告诉。

司夫人找了很久没找到，竟然被顾轻舟找到了。

何氏药铺的后院，一株高大的槐树，冬日里的枝丫光秃秃的。

　　司慕在院子里整理药材。

　　中药有特殊的清香，入脾入肺。

　　他在何家已经四个多月，小小破旧的房屋和院落，淡淡的药香，给他宁静。

　　司慕想长长久久地住下去。

　　何氏药铺的男主人叫何梦德，女主人叫慕三娘，五个娇憨单纯的孩子，司慕虽然是伙计，主人家却从不苛责他。

　　他们平等地对待他。

　　这是司慕人生里很难遇到的平等。他厌倦了被人捧在高台，身边全是随从的日子。

　　何家来了个亲戚，是个年幼的女孩子，慕三娘叫她轻舟。

　　司慕知晓，她叫顾轻舟。

　　司慕无法判断顾轻舟是丑是美，只觉得她很小，和主人家十三岁的女儿何微差不多，丫头片子，不能称为"女人"。

　　顾轻舟来过好几次，司慕一开始对她有点戒备，怕她是司家找来的，后来就放松了警惕。

　　越是熟悉的人，越是会无视她的存在。

　　顾轻舟再来的时候，司慕压根儿看不到她，他的视线不会停留在无关紧要的人身上。

　　而顾轻舟，常常会打量司慕。就像前几天，顾轻舟来了之后，趴在窗户后面偷看司慕，司慕是知道的。

　　喜欢司慕的少女着实太多了，多到司慕很麻木，既不高兴，也不反感，就是一件很平常的事。

　　顾轻舟对于司慕而言，是空气，他根本不会看到她的存在。

　　可这天午后，在清淡的药香里，他看到了他母亲，以及他母亲身后的顾轻舟。

　　司慕微愣，被他母亲紧紧抱住，哭着喊"慕儿"，他却神思晃荡，眼睛越过他母亲单薄的肩头，落在顾轻舟身上。

　　这个女孩子，她出卖了他！

　　司家给了她什么好处，让她做了叛徒？

司慕想起来了，之前顾轻舟躲在窗户后面看自己，确实有镁光灯一闪。

他当时想，顾轻舟看上去挺穷的，不可能有相机，而何家更不可能有，是自己的错觉。

现在看来，顾轻舟的确是偷拍了他。

司慕第一次看清楚了顾轻舟的眉眼，那大而明亮的眼眸里，似乎全是市侩和算计，这么小的孩子，理应干净纯洁，她却是个庸脂俗粉！

他冷笑，看着她。

顾轻舟微笑，似乎没看见他的冷笑，亦好似不在乎。

司慕的眼神更冷了。

司夫人给了何家二十块钱，感激他们照顾司慕，把司慕带走了。

何家感恩戴德，护送司慕出门。

何家的男主人何梦德还卑躬屈膝地道歉："不知是少帅，得罪了得罪了，夫人勿怪，少帅勿怪！"

空气很冷，司慕心里更冷。哪怕他再次回到何家，何家也不会待他如往昔。

他的宁静之地，被顾轻舟打破了。

司慕乘车回家，望着车窗外逐渐落下的夜幕，路灯亮起，他的心却一点点沉下去了。

带着无奈和不甘，他回到了督军府，他阔别五年的家。

"二哥！"司琼枝又惊又喜，扑到了他身上。

一路面无表情的司慕，这时候才有淡淡的微笑，抱住了妹妹。

五年不见，司琼枝从一个小不点儿，长成了今天的亭亭玉立、姿容绝绝的少女，造化真神奇。

兄妹相见，司琼枝拉住司慕的手，问东问西，几乎都是自问自答，因为司慕说不出话来。

司夫人却眼中带泪。

司督军不在家，司行需有别馆，除了大事，他几乎不在督军府露面。司夫人安排了接风洗尘的宴席，就只有他们母子三人。

司家如何，顾轻舟不知道，也没兴趣。

这事让少帅恨死她，退亲是迟早的。

顾轻舟无所谓。

慢慢摸透了顾圭璋和顾家，顾轻舟越发自信，对司督军的依赖就没那么强。

况且，顾轻舟是司老太的恩人，若是司慕退亲，司老太会觉得对不起顾轻舟，从而更加疼她。

有了司老太作为后盾，顾轻舟一样算有了个靠山。

"少帅，你值两根金条呢，你是高贵，还是低廉？"顾轻舟腹诽，想起来觉得好笑。

她应该把司慕卖个更高的价格，只是事出突然，现在两根金条卖了他，顾轻舟也不后悔。

司慕躲在何家，并非长久之计。

当日司行需告诉顾轻舟，司慕是个因病而哑的人，顾轻舟就想到了何氏药铺那个伙计阿木。

顾轻舟第一次见到阿木时，就感觉他很像司督军。他的眼睛、气质，跟司督军如出一辙。他和司行需非同母，都像他们的父亲。

得知这个情况，顾轻舟很担心。

若是有幸，司慕被司家找到，司督军或者司夫人心情好就会赏赐何家，心情不好就会怪何家藏了他们的儿子，少不得受罚。

若非常不幸，被司家的敌人找到，何家众人只有被灭口的下场。

思前想后，顾轻舟觉得司慕不能待在何家。他也许喜欢何家，但是他会无形中给何家带去危险。

司慕不是没考虑过，只是他自负能护住何家，所以他不担心，住得心安理得。

顾轻舟却不得不忧虑。

何家对顾轻舟更重要，她没有司慕那样的自信，她不能眼睁睁看着司慕把何家往深渊里推。

顾轻舟一直在考虑，用什么价格把司慕的消息卖给司夫人。

如今价格不算太好，但是机遇不错，顾轻舟就出手了。

拿着司夫人给她的文件袋，顾轻舟回到了顾公馆。

"这么快？"顾圭璋又惊又喜，同时心里感叹，有权力真好！

可惜自己不是个当兵的，要不然去军政府混个差事，肯定比现在更好。

"是啊，这是夫人亲自出门，去了趟教会学校，办妥的。"顾轻舟微笑，"两家是亲戚，咱们又拿了钱去，司夫人就不好意思耽误了。"

顾圭璋舒了口气，两根金条虽然肉疼，可事情办得这么顺利，顾圭璋的不舍终于缓解了些。

"阿爸，您快看看，我能去上学吗？"顾轻舟问。

"你还没看？"顾圭璋微笑。

"阿爸没看，我不敢看。"顾轻舟道。

顾圭璋满意地点点头。

顾轻舟在小细节上敬重父亲，让顾圭璋莫名喜欢她，却又不知为何，顾轻舟似细雨润无声。

顾圭璋打开了文件袋，看了几眼之后，脸色又变了。

顾轻舟的入学通知书倒是下来了，她可以不用面试，直接进学校；但是顾维和顾缨，教会学校却只要一个！

他用了两根金条，司夫人就给他办了这么件缺德事？

这让他选择谁？

两个女儿，手心手背都是肉！

"怎么了，阿爸？"顾轻舟小心翼翼地问题。

顾圭璋冷哼，把事情仔细告诉了顾轻舟："教会要处罚一个学生，你两个妹妹，只能一个人复学！"

"这……"顾轻舟惶然，"那怎么办啊？"

顾圭璋脸色铁青，重重一甩文件袋，道："司夫人这么办事，实在欺人太甚了！"

顾轻舟连忙捡起文件袋，对顾圭璋道："阿爸，我去找司夫人理论。实在不行，我再去找老太太。教会学校这样欺负人，哪怕我去念书了，又有什么趣呢？"

说罢，她就气冲冲要走。

186

顾轻舟这么一生气，顾圭璋反而清醒了些，当即一个激灵："回来。"

顾轻舟不解，站住了脚步，脸上还是带着几分气愤。

顾圭璋就彻底平静下来。

他稍一平静，脑子就开始转，眼底浮动几分异色。

他对顾轻舟道："司夫人已经给你行了一次特权，若再行第二次，你两个妹妹都回学校去，反而更没意思了。"

顾圭璋想，教会学校的人不是傻子，而司夫人肯定也不是故意害顾家的。

"你们得罪了密斯朱，哪怕司夫人出面，若是不给密斯朱一个交代，你们三个人都没办法好好念书！如今一个人退学，给密斯朱赔罪，密斯朱就不好意思深究不放，保全两个人，这是最好的方法了。"顾圭璋道。

顾圭璋越想，越觉得司夫人用心良苦。

这是保全顾轻舟啊！

想想，顾家得罪了密斯朱，司夫人再去讨要人情，三个孩子跟没事人一样回学校，密斯朱意难平，能善待她们吗？

如今，顾家主动认错，让一个孩子退学，这是顾家成全了密斯朱的体面；而司夫人出面，教会学校允许轻罚，这是学校给司夫人的体面。

顾家仍有两个女儿读书，只有一个女儿退学，可以称退学的那个是身体不好，顾家也保留了体面。

三方的体面，胜过于顾家的强行挽留！

"果然是司夫人，她考虑周到啊！"顾圭璋大喜。

适当的牺牲，才是最好的局面。

顾圭璋几乎哈哈大笑起来。

果然，司夫人比他厉害啊，想得真周到。

"阿爸，我不懂。"顾轻舟茫然。

顾圭璋哈哈大笑，自顾自道："还是督军夫人高明，果然有见识，不同寻常！"

而后又道："你不懂是应该的，你才见过多少世面？"

顾圭璋有点后悔，若是他也能娶个像司夫人这样聪明的女人，说不定今天一方权贵就是他了。

"当初司督军还不如我，是孙老爷子给司督军做媒，娶了蔡景纾。我那时候眼皮子浅，只看到了孙绮罗的家世。家世有什么用？女人还是得聪明。早知道当初，我追求蔡景纾，现在说不定高官厚禄就是我的了。"顾圭璋想。

他越想，越觉得当初和秦筝筝厮混，是一件错误的事。

顾轻舟则点头，乖巧道是。

顿了顿，顾轻舟又问："阿爸，要不我的名额让出来吧，我原本就没有基础，去学校未必跟得上，我可以不念的。"

"胡闹，少帅的未婚妻没有学识和文凭，岂不是叫人笑话？你去读书是司督军的意思。"顾圭璋道。

顾轻舟是一定要去学校的。

谈妥了之后，顾轻舟就从书房退了出去。

出了书房，长长走廊上铺着羊绒地毯，落足无声。

顾轻舟的眼波里，荡开几缕涟漪。

她随便设一个陷阱，顾圭璋都能准确无误踏入，他这个人还是很聪明的，就是聪明没用在正途上，被顾轻舟牵着鼻子走！

顾轻舟是要收拾秦筝筝母女的。

那对双胞胎有一个被退学，亦是她们自找，她们当初布局，可是为了陷害顾轻舟。

如今，顾轻舟不过是借助司夫人的手，让她们自食恶果！

顾轻舟不过随意说了几句话，顾圭璋的思路就被顾轻舟带偏了，下意识觉得那对双胞胎有一个退学是好事。

顾轻舟微笑："父亲那么容易相信我，除了瞧不起我，觉得乡下姑娘不会耍心机，还是因为他更看重前途。"

顾圭璋在意的，不是女儿上学能得到什么好处，而是她们上学之后，能给他这个父亲带来什么好处。

顾轻舟能带来军政府的姻亲，于是顾轻舟的体面更重要。在这等体面之下，顾维和顾缨有一个就要被牺牲。

"父亲倒有一点说对了，顾家不让一个女儿退学，密斯朱意难平，会牵连我上学的，我可不想一进学校就受到顾缨顾维的牵连，举步维艰。"顾轻舟微笑。

很快，顾圭璋将此事告知了秦筝筝。

"你是她们的母亲，此事都因你而起，你做了这么多的错事，若不是轻舟，你们都万劫不复。现在你选一个，两个女儿到底谁去谁留。"顾圭璋把难题丢给了秦筝筝。

秦筝筝不甘心，大哭道："老爷，这是轻舟的诡计。她既然能求到司夫人，为何不能两个人都留下来？没有这样的道理啊，老爷！"

若是她这番话在顾轻舟的误导之前说，顾圭璋肯定会怀疑顾轻舟。

可现在，顾圭璋更加相信司夫人和顾轻舟，秦筝筝的哭闹，显得不合时宜。

秦筝筝的哭声，整个顾公馆都听到了。

顾圭璋大骂她："你这个恶毒的妇人，你害了自己的两个女儿，我和轻舟为了你们，赔尽了面子，你居然还猜疑轻舟！你果真是不知好歹，连个乡下孩子都不如！你们母女也该被送到乡下去，让你们学学规矩！"

秦筝筝的哭声戛然而止。

同时，顾圭璋告诉她，明天之前必须给个答案，顾圭璋要去圣玛利亚学校报备，到底留下哪个孩子念书。

第二天清早，顾轻舟早起，三姨太在餐厅等她。

三姨太悄悄问顾轻舟："怎么回事，为何有一个人被退学？你不是说，让她们都留下，以后好让学校开除她们吗？"

"我有了新的主意。"顾轻舟微笑。

"什么主意？"三姨太好奇，歪头问顾轻舟。

顾轻舟现在跟三姨太是盟友，故而她的计划，她悄悄告诉了三姨太。

三姨太听完，忍俊不禁。

"轻舟，你真是一只小狐狸。"三姨太悄声道。

她不再客气叫轻舟小姐，而是直呼其名，显得亲热。

顾轻舟笑笑。

三姨太精明的眸子里，总有几分挥之不去的正义，这让顾轻舟感动。

这天又下雨了，把庭院的雨花石小径冲刷得干净，泛出清幽光泽。

顾圭璋昨夜歇在二姨太白慕房间里，早起气色还不错。

秦筝筝那母女几个，各个似霜打的茄子，恹恹地坐在饭厅，不敢说话，眼神也虚弱无力。

顾轻舟今天还有事，她打算出门一趟。

"阿爸，司家老太太身体还不算痊愈，每到阴雨天，我都要去替她揉按，缓解疾痛。今天我能去吗？"顾轻舟问。

顾圭璋颔首。

顾轻舟去司家，这对顾轻舟的婚事有好处，也就意味着对顾家和顾圭璋有好处。

既然有好处，顾圭璋就不会阻拦。

顾圭璋甚至问："可要车子送你？"

顾家只有一辆汽车，一个司机，若是送了顾轻舟，顾圭璋自己就不好出门。况且司机是顾圭璋的人，他跟着顾轻舟，顾轻舟不放心。

顾轻舟今天有别的事，去司公馆只是个幌子。

"不用了阿爸，您今天不是还有应酬吗？"顾轻舟道。

顾圭璋就不再勉强。

吃了饭，顾轻舟换了件大红色斜襟长袄，领口和袖口镶了一圈白狐毛，红白相间，衬托出一张精致的小脸。

顾轻舟下楼，众人看着她，心里又是一惊：这套老式的衣裳看似艳丽，可穿在少女身上，毫无庸俗感，反而俏皮可爱。

众人觉得好看。

"你发现没有，轻舟小姐的老式衣裳，都好看得不行！"二姨太白慕跟三姨太苏苏嘀咕。

三姨太点点头。

"从前只觉得洋装和旗袍好看，都没觉得老式的斜襟衫也好看，怎么轻舟小姐穿出来就别样不同？我看别人穿都土气，就她穿得华丽。"二姨太想不通。

三姨太反而明白了些："因为轻舟小姐的衣裳，都加了时髦的点缀。她的斜襟衫，全是绲边镶嵌的；长袄上白狐毛，像不像皮草的做法？"

这么一说，二姨太恍然大悟。

神奇！

原来这轻舟小姐，如此妙手灵巧。

"轻舟小姐，不太像乡下的女孩子啊。"二姨太感叹，"她好像挺机灵的。"

三姨太抿唇不语。

用"机灵"这个词来形容顾轻舟，太小瞧她了！她哪里只是机灵，她简直是狡猾万分。

二姨太和三姨太都吃过秦等等的亏，而且是有苦难言的那种亏。

可顾轻舟回家这么久，秦等等一再找事，反而自己弄得满身狼狈，从前是没有过的。

顾轻舟在顾公馆门口乘坐了黄包车。

顾轻舟怀里放着两根小黄鱼，这是从顾圭璋那里赚来的。

她不能放在家里，准备交给慕三娘。

黄包车的雨布放下来，顾轻舟什么也看不见，她就合眼打盹。

稀里糊涂地，顾轻舟居然睡着了。

等她再次醒过来时，她闻到了一股熟悉的清冽，那是雪茄的香味。

顾轻舟一个激灵，下意识要坐起来，却被车顶重重撞了一下，跌坐回了座位上。

"哈。"身边有人笑出声。

一回眸，顾轻舟触及一双淡墨色的眸子，修眉飞扬，是司行霈。

顾轻舟惊呼，转身就想跑，已经被司行霈拦腰抱住："小心点，别再撞了头！"

司行霈护住了她的头顶。

这是在司行霈的车上。

她从顾家出门，司行霈就知晓了她的行踪，故而一路跟着。

她居然在黄包车上睡着了，司行霈平生罕见。

于是，司行霈轻手轻脚把她抱回了自己的汽车上，她居然还没醒，只是翻了个身继续睡。

约莫睡了半个钟头，她终于睁开了眼。

司行霈也静静打量了她半个钟头。

今天带了司机，司行霈就坐在后座，和顾轻舟并肩挨着。

"我怎么会在你车上？"顾轻舟轻轻地揉了揉脑袋。

司行霈则帮她揉。

他只是揉按她的头，不答她的问题。

"你找我有事？"顾轻舟又问。

司行霈薄唇微抿，深邃的眼眸有寒意缠绻，他一双布满薄茧的大手，托住了她的下巴。

她下颌纤柔，双唇粉嫩，一个巴掌就能托住。虽然不够绝艳，但细看时精致，一分不多一分不少，竟有点妩媚。

"你找到了司慕？"他问顾轻舟。

他托住顾轻舟下巴，让顾轻舟处于劣势，顾轻舟挣脱。

司行霈手掌微微用力，钳住了她，再问："你找到司慕了？"

"是。"顾轻舟挣脱不开，如实回答。

"怎么找到的，和他相认了？"司行霈唇抿得更紧，唇角的弧度显示出主人的恼怒。

顾轻舟如实回答，把她一开始发现司慕的事，告诉了司行霈。

"小东西，你没有勾搭司慕吧？"司行霈神色微缓。

"没有！"顾轻舟回答得快，且干脆利落。

司行霈满意，眼底的寒意渐渐收去，眸子里有了些温度，他松开了顾轻舟。

"别忘了你是我的。我没有开餐，并非我不想吃，而是我在等成熟。若是我还没有采摘，就被别人捷足先登，我会杀了那个人，亲手将他剥皮抽筋。

"小东西，你若是不想害人，就规规矩矩的。要是有什么其他

192

心思，掂量掂量自己的皮结实不结实！"司行霈俯身，轻咬顾轻舟的耳垂，喁喁低喃道。

车厢里幽静如水，她的馨香、他的清冽，混合在一处，就有了几分暧昧。

司行霈对顾轻舟肌肤的触感有点恋恋不舍，凉滑细软，粉润柔腻，轻轻地吻上去，就能落下柔媚的痕迹。

多娇小的人儿，乡下纯天然的水土，养育出嫩白的她。

司行霈想亲吻她，可想到她的抵触，甚至憎恶，司行霈又烦躁地放弃了这样的念头。

他是狩猎者，不是偷花贼。

司行霈喜欢在女人半推半就的时候下手，抑或全心全意，而不是在顾轻舟这样的抵抗之下。

"这是什么？"司行霈从顾轻舟的手袋里，拿出两根黄澄澄的金条。

金条泛出耀目的光，似乎能点亮光线幽暗的车厢。

顾轻舟微微抿唇，双手却紧紧绞在一起。

司行霈一眼就能看穿她，故作镇定的少女，此刻内心不知多么惶然。

她很害怕。

"两根小黄鱼，可是一笔很大的数目。"司行霈微微眯眼，眼睛里有审视的光芒。

那目光似寒雨，寸寸打在顾轻舟身上，让顾轻舟遍体生寒。

她咬唇不语。

"哪里来的？"司行霈再问，"偷的，还是做了什么见不得人的买卖？"

"是我阿爸给我的。"顾轻舟如实回答。

"你小小年纪，你阿爸给你两根小黄鱼做什么？"司行霈追问，一寸不让。

顾轻舟不答。

她眼睛滴溜溜地转，那修长的羽睫像两把小扇子，忽闪忽闪的，正在编谎言吧。

司行霈促狭而笑："你一个女孩子带着两根小黄鱼太危险，我不信你的话，我得去问问你阿爸，这笔钱是给你做什么的。"

顾轻舟大惊，急促地拉住了他的手。

她的小手又薄又嫩，掌心柔软，像一团细腻的缎子落在司行霈的手背。

"少帅！"顾轻舟着急。

她着急的时候，一张脸泛出粉润的红潮，更是激起了司行霈心中滔天的涟漪。

司行霈最近素了一个多月，心中早积累了一团火，烧灼着他。

"想要拿回去？"司行霈将金条随手塞在自己的军靴里，压抑着粗重的呼吸，拍了拍自己的大腿。

他让顾轻舟坐到他腿上。

顾轻舟咬唇，眼睛却盯着他的军靴，她非常想要那两根金条。

"过来。"司行霈满心都是灼热，烧得他嗓子微哑，又拍了拍自己的腿，"今天给你一个机会，做得好了，自然有赏赐。"

顾轻舟清湛幽蓝的眼波里，浮出几分晶莹水雾，她气得要哭。

司行霈不依不饶。

僵持了一下，司行霈掏出一根金条，准备往外扔。对于司少帅而言，金条不值什么。

顾轻舟所有的犹豫一扫而空，坐到了他的大腿上。

钱对她很重要。

她坐到司行霈腿上，眼底太过于悲切，泪光盈盈中，反而添了娇丽。

"知道怎么做吗？"司行霈问。

顾轻舟抿唇。

"嗯？"司行霈挑眉。

顾轻舟点点头，低喃了一句"知道"，一双手揪住了司行霈大衣的衣领。

她粉润纤薄的小唇，凑在他的唇上，慢慢啄了上来。

司行霈浑身像热油遇到了点点星火，这轻啄的触感，让他一下子就爆炸了。

　　顾轻舟感受到了，她也懂了。

　　她浑身发抖。

　　顾轻舟想起那天，他在堂子里睡女人，那女人的惨叫，那浑身没一块好的肌肤，一直在顾轻舟脑海里挥之不去。

　　她绝不想做司行霈的女人，她承受不住那样的糟蹋！

　　那像是一场酷刑。

　　顾轻舟当时被司行霈锁在床脚，她非常清楚那个酷刑的过程，简直是一场凌迟，一寸寸地剖挖。

　　太痛苦了，生不如死！

　　眼泪猛然夺眶而出，她低声哽咽，像只受伤的小兽。

　　"好了，好了。"司行霈被她的哭声惊醒，人也从欲念里回神，看到少女泪流满面，他轻轻地抚摸她的后背，让她安静下来。

　　"不哭了，小东西，我又没拿你怎样。"司行霈轻笑，用手去擦她的泪珠。

　　他的手常年握枪，有满手的薄茧，轻轻地刮过她的面颊，酥酥麻麻的，让顾轻舟抖得更厉害。

　　他吻她的眼泪。

　　司行霈对顾轻舟有十二分的耐心，这是从未有过的。

　　每次他烦躁不堪的时候，都会想起那天在火车上，这少女镇定的配合，救了他一命。

　　如若不然，司行霈现在不知被哪位军阀关在牢里，动以酷刑，等待着他父亲赔钱、让地，救赎他。

　　那样的话，司行霈就失去了他军人全部的尊严。

　　顾轻舟挽救了他的尊严、他的威望，甚至他的地位。所以，他对她格外耐心，耐心到欲火起来了，他也强行压住。

　　这是司行霈第一次这么理性地对待女人。

　　"轻舟，我逗你呢。"司行霈低喃，在她耳边悄悄道，"我疼你还来不及呢，怎舍得伤害你？好好，你不想吻我，下次不逼你吻了。还是我吻你，好不好？"

顾轻舟抽噎，得寸进尺道："你要是真的疼我，就放了我！"

司行霈笑："这可不行，我的女人没有我的滋润，会枯萎的。"

顾轻舟又哭了，顿时感觉自己一点活路也没有。

顾轻舟还有自己的事情要做，她不想深陷司行霈的泥沼里。

最后，司行霈从自己车子的后备厢，多拿了一根小黄鱼给顾轻舟，算作补偿，顾轻舟才彻底停住了哭。

司行霈也松了口气。

"小东西，你哭起来我真受不了，将来你会不会哭得更狠？"司行霈在她耳边低喃。

顾轻舟拿住金条的手微微一抖，咬紧了牙关。

常年混在军中的司行霈，有时候说话粗俗露骨。

司行霈则哈哈大笑。

每次碰到顾轻舟，司行霈的心都明媚了。

顾轻舟拿到了司行霈的金条，加上顾圭璋那两根，还有之前司督军给的那根，能换成三千多块现金了。

在岳城，一千块钱就可以买一幢小房子，顾轻舟就能把乡下的乳娘接到城里来。

剩下的两千多块，若是物价不涨、局势稳定，足够顾轻舟和她的乳娘李妈生活七八年。

七八年之后，她肯定夺回了外公的财产。

顾轻舟心里安定。

有了这么一大笔钱，顾轻舟在城里算是彻底站稳了脚跟，现在哪怕顾家赶她走，她也可以不慌不忙。

唯一让顾轻舟没把握的，就是司行霈。

当天，她就把金条全部换成钱，又把钱都交给慕三娘。

慕三娘和何梦德都是很重诺正直的人，哪怕再穷，慕宗河徒弟的财产，他们也绝不敢私吞。

接到钱，慕三娘心里发热：这么一大笔钱，轻舟居然都给我保管，她如此信任我！

慕三娘更是尽心尽力，在自己里卧的床底下刨了个坑，把这些钱都装在一个坛子里，仔细藏起来，半分也不敢动。

　　安顿好了自己的财产，顾轻舟拖着疲倦的身体回到了顾公馆。

　　回去的时候仍在下雨，顾轻舟这次没有叫黄包车，怕又在黄包车上睡着，于是直接坐了电车。

　　电车在顾公馆两条街外停站，顾轻舟下了车。

　　细雨迷蒙，似愁思轻织，纵横交错的雨幕像深秋林间的轻雾，遮掩着繁华，让视线朦胧。

　　顾轻舟虽然撑着墨绿色油布雨伞，可细雨还是打湿了她的衣襟，白狐毛绲边落满水珠，晶莹欲滴。

　　她在想司行霈。

　　想起他，心里不免沉甸甸的，好似入了他的牢笼，挣脱不开。

　　黄昏天晚，街上的行人匆忙，衣袂摇曳着，橘黄色的路灯慢慢亮起，把顾轻舟的影子拉得斜长而单薄。

第七章

少帅表白

她回到顾公馆时，天完全黑了。

她没胃口吃饭。

随便吃了几口，顾轻舟就上楼洗澡，然后窝在被子里看书。

而后，有人敲门。

"请进。"顾轻舟声音低低的，没什么力气。

推门而入的是顾绍。

顾绍手里端了厨房刚做的糕点，还有一杯热腾腾的牛乳。

"……我看你晚饭没有吃饱。"顾绍用一个红漆托盘端着，双手白皙纤瘦，骨节分明。

这个家里，除了三姨太主仆，就数顾绍对顾轻舟最有善意了。

任何的善意对顾轻舟，都是一种慰藉。

"多谢阿哥。"顾轻舟道。

顾绍就把托盘放在桌子上，先端了蛋糕给顾轻舟，让顾轻舟用小勺子慢慢挖着。

"轻舟，你回来不久，家里很多事你可能看不明白，不用害怕的。"顾绍温柔斯文，"姆妈和姐妹她们，对你并没有恶意。"

她们是满满的恶意。

顾绍未必懂。哪怕懂了，他也要安抚顾轻舟。

顾轻舟顺着他的话，点点头。

"……明天无事，我带你去跳舞好不好？就当散散心，我看你这几天心情都不好。"顾绍低声道。

他说到这里，神色竟有几分羞赧和慌乱，好似少年邀请自己的心上人，他忐忑地等待着回应。

顾轻舟心里暖融融的。

顾绍是她的兄长，他身上却不带秦筝筝的影子，也不带顾圭璋的脾气，在这个家里，顾绍像一朵孑然独立的白玉兰。

他优雅、纯洁，对顾轻舟很用心。这种用心，让顾轻舟稚嫩的心明媚起来。

司行霈带来的阴霾，一扫而空。

"好。"顾轻舟不忍拂了少年的好心，笑道。

岳城有很多的舞厅，每家大的饭馆，都预备着舞厅，跳舞成了一件非常时髦的事，被贵妇名媛们竞相追逐。

翌日早膳之后，顾绍准备出门，他换了件纯白色的衬衫，咖啡色的西装，同色条纹马甲，马甲的口袋上缀了只金怀表，外头套一件很长的青灰色大风氅。

他手里拿一根"斯的可"，就是文明棍，一副法式绅士的装扮，让他看上去成熟几分，也更加英俊。

他下楼的时候，顾缃先看到了他，不免惊呼道："顾家的小克勒，蛮有派头的嘛！"

克勒，也是一种外来的称呼，指小资阶级的男人。

"要干吗去？"秦筝筝蹙眉问，"你不会是在外头交了什么乱七八糟的女朋友吧？"

女朋友……

顾绍莫名红了脸。

他生得白皙，这么一脸红，越发显眼，秦筝筝微讶："你还真交女朋友了？是谁家的千金小姐？"

然后又问："我可告诉你，门第低了的，只能做姨太太，你别跟人家纠缠太深——你女朋友叫什么？"

变相打听他女朋友的身份。

顾绍回神："不是女朋友，是男同学约了去舞厅，今天他做生辰，大家都盛装去的。"

秦筝筝松了口气。

顾缃也觉得无趣。

顾绍是想跟顾轻舟一起出门的，可是被他母亲和姐姐一打趣，他莫名心慌意乱，居然先走了。

到了舞厅之后，他再给顾轻舟打电话，让她坐车到舞厅来。

顾轻舟不解，还是去了。

"我去趟司公馆，晚点回来。"顾轻舟仍用这个借口。

他们去的，是一家英国人开的舞厅，叫佛乐门，琉璃大门五光十色，绚丽妖娆。

门口站着印度侍者。

顾绍在门口等着她。

他头发整整齐齐，已经脱了大风氅，穿着裁剪合身的西装，黑曜石的纽扣流转着温润的光，亦如他的人。

"阿哥，你今天好帅气。"顾轻舟感叹。

顾绍却从脸颊一直红到了耳根，半晌微笑，伸出手，让顾轻舟的手落在他的臂弯。

"谢谢。"顾绍低声道，心头很甜，甜得发腻。

司行霈今天和军政府的后勤部长谈点要紧事，凑巧到了佛乐门舞厅。

走在二楼雅间的楼梯，习惯性目观八方的司行霈，看到了一楼，有个笑靥如花的佳丽。

是他的小女人——顾轻舟。

她穿了件中袖月白色绣银丝玫瑰的旗袍，披着一条缀满流苏的长披肩，雪藕一样的胳膊隐藏在流苏里，若隐若现，美得不像话。

像个勾魂的小妖精。

而她对面，坐着个文弱的小白脸。

司行霈的脸一下子就冷了。

好个小东西，前几天才教训过她，不许她乱跟男人搭腔，转眼就勾搭个小白脸，完全不把他的话放在心上。

她害怕他，还怕得不够！

司行霈薄唇微抿，透出蚀骨寒意。

"跳舞？"顾绍一杯咖啡喝完，掌心还带着几分温热，起身冲顾轻舟行了个绅士礼。

顾轻舟第一次跟顾绍出来玩，她心情轻松，毫无杂念，难掩少女的纯真娇憨。

"好。"顾轻舟褪了白色蕾丝披肩，穿着中袖旗袍的她，将雪白小臂伸出，落在顾绍的掌心。

将落未落，突然掌心一紧，坚硬如铁的宽大手掌，越过顾绍的颀长单薄，握紧了顾轻舟的手。

顾轻舟微愣。

她扬起眼帘，瞧见了面沉如水的司行霈，不免心下一紧。

顾绍则大惊："你谁啊，如此无礼？"

说罢，顾绍就要上前夺顾轻舟的手。他还没有靠近，司行霈突然抬起胳膊，重重一下打在顾绍的面门上。

顾绍是个读书的十七岁男孩儿，哪里受得住当兵的司行霈一记重拳？

鼻血如注，顾绍当场昏死过去。

四周的人停下脚步，纷纷驻足。

顾轻舟咬紧了牙关，想咆哮但是没敢，怕被人认出来，怕众人多看她。

她怕司督军知晓司行霈为她争风吃醋，打伤她的男伴，虽然这男伴是她的异母兄长。

"带走，丢到军政府的监牢去！"司行霈冷冷吩咐。

说罢，他一用力把顾轻舟抱在怀里，阔步出了舞厅。

顾轻舟不发一语，捂住了脑袋，尽量不让人认出来，出了舞厅。

被司行霈毫不留情丢上了他的汽车后，顾轻舟才发怒："你疯了吗，那是我哥哥！"

司行霈脸色更是铁青，似裹挟着风暴："哥哥？那油头粉脸的小白脸是你什么哥哥？"

顾轻舟更怒。

他打伤顾绍，还要把顾绍丢到军政府的监牢去，同时侮辱他的人格，让顾轻舟怒不可遏。

他伸手抱顾轻舟时，顾轻舟扬手一巴掌，打在他的脸上："你有病啊！"

　　巴掌清脆，在车厢里回荡，司行霈被她打得蒙了，一时间没有抱紧她，她打开车门就要跑。

　　旋即，司行霈捞住了她的腰，强行将她逮回车上，怒喝目瞪口呆的副官和司机："开车！"

　　他将顾轻舟紧紧压在后座时，两个人都像红了眼的豹子，喘着粗气。

　　顾轻舟头一回这么愤然，一步不让地盯着司行霈，眼睛却不争气地红了。

　　司行霈的愤怒，也慢慢散去。

　　顾轻舟的手虽然柔软，力气可不小，司行霈半边脸发麻，只怕留下了巴掌印子。

　　敢掌掴他的女人，从小到大顾轻舟还是第一个。

　　他吸了口冷气："你敢打我？"

　　顾轻舟脑子慢慢清醒，后怕也涌上来。她当时太生气了，这会儿心里微颤，强自镇定道："你打伤我哥哥，还骂他是小白脸，我以牙还牙！"

　　"好个以牙还牙。"司行霈这时候反而笑了，轻轻地啄了一下她的唇，"我的女人性子这么烈，真像一匹小野马！"

　　挨打了他还高兴，简直是个变态的神经病。

　　顾轻舟觉得自己应该去拜拜佛，求佛祖让她走点好运，远离这个疯子！

　　"烈的女人好！"他又凑在她耳边，热气呼入了她的耳朵里，在她的耳郭上轻舔。

　　顾轻舟只感觉一股寒流，从后背涌入，传达四肢百骸。

　　她完蛋了！

　　她要为这一巴掌付出惨痛的代价。

　　不该冲动的！

　　顾轻舟面对所有人都很冷静，独独在司行霈面前会失控，他总是能触及她灵魂的弱处，让她溃不成军。

"回别馆!"司行霈对司机道。

"我要回家!"顾轻舟怒喝,声音却毫无底气。

司行霈微笑。

他的笑容,带着几分笃定,还有悲天悯人。

他是不可能放她回家的。

他挨打了,他当然不能打回去,男人打女人算孬种。但司行霈从不吃亏,既然被她打了,那么她就要付出些东西,才能让司行霈心中平衡。

"我哥哥……"顾轻舟又道。

"等完事了,我会叫人送他回家。"司行霈道。

完事了……

顾轻舟很快就懂了。

正是因为懂了,她身子微颤。她心里很沉重,想哭却又哭不出来,茫然得攥紧了拳头,心想:"杀了他,杀了司行霈,再也没有噩梦了!"

她唇瓣紧抿。

车子往司行霈的别馆而去,车速很快,偶尔会放慢转弯,顾轻舟在考虑跳车能脱逃的可能性时,倏然一声巨响,车窗玻璃碎裂,一发子弹打中了副驾驶座上的副官,他应声倒在血泊里。

"趴下!"司行霈反应极快,立马把顾轻舟按到了座椅下面,用他高大的身躯护住了她。

刺杀。

司行霈只怕是树敌无数,在司督军管辖范围内的岳城,都有人要杀他。

"快开车!"方才那颗子弹,是瞄准了司行霈的,可惜司机一个刹车,让车速慢了一下,就打到了副官。

司机是司行霈的老部下,为了护住他不畏生死,此刻疯了一样踩油门,直直往前冲,一路就冲到了码头。

后面两辆汽车,紧跟着不放,势要置司行霈于死地。

顾轻舟一直躲在后座的底下,紧紧捂住了脑袋。

耳边全是枪林弹雨，不绝于耳。

不知过了多久，车子一个拐弯儿，车门突然开了，顾轻舟被甩了出去。

她摔得眼冒金星，浑身不知哪里擦破了皮，疼得一阵阵抽搐。

一个高大的男人，站在顾轻舟的面前，黑洞洞的枪口对着顾轻舟。

顾轻舟心头紧张起来，她似乎看到刺客扣动扳机的手指在动。

顾轻舟耳边倏然一静，当生命走到尽头的那个瞬间，她突然想起齐老四跳跃夺枪的招式。

齐老四是东北的杀手，躲避仇家藏到乡下，他教过顾轻舟开枪，却没有教过顾轻舟武艺。因为武艺要从小学起，顾轻舟的骨骼已经成型，现在再去习武，会伤筋动骨，武术学不成，反而一身病，不值得。但是齐老四自己武艺很好，他常在后院习武，顾轻舟一看就是一个早上。

生死攸关的时候，人的求生欲望涌现出来，顾轻舟想着动也是死，不动也是死，就是照着记忆中的招式，双手撑起身体，一双腿临空架起，朝着刺客袭击。

司行霈被围堵在汽车的左侧，枪林弹雨中，他看到顾轻舟甩了出去，直接甩到了刺客的脚边。

哪怕再好的枪，也无法越过那么远的距离去救顾轻舟。

司行霈更是来不及，距离太远了。

他心中发紧。

顾轻舟活不成了。

司行霈替她哀惋。

可下一秒，他视线里那个倒地的柔软女子，一个风扫垂柳跃起，修长的双腿夹住了刺客的头颅，手如疾风夺了他的枪。

顾轻舟毫不犹豫，干脆利落地对准了那个脑袋开了一枪。

动作极快，她没有半分犹豫。

司行霈震惊，那一枪似打在他的心头。

司行霈的心，一下子就被击中了，深深烙了下去。

他的小女人，居然如此厉害？司行霈心中莫名涌入了什么情愫。

她的发髻松开，发丝缱绻萦绕，随风摇曳着，纠缠住了司行霈的心。

"我的女人！"司行霈亢奋起来，这比他自己杀人还要高兴。

他很骄傲，他的女人真厉害！

枪战持续了五分钟，警备厅的人就赶到了。

刺客死伤五人，剩余的逃走了。

司行霈损失一名副官，一辆车。

顾轻舟杀了一个人之后，手枪的后坐力震得她手麻，她跌坐在那尸体旁边，看着他血淋淋的窟窿，顾轻舟神色呆滞。

她第一次杀人！

她根本没有杀人的资本，那不过是逼急了之下的超常发挥。人在求生的边缘，潜能果然可怕。

突然，一件温暖宽大的风氅，盖在她身上，司行霈抱起了她。

"少帅，这里还需要您协助……"警备厅的军警拦住了司行霈。

"城里的治安差到了这个地步，你的脑袋还要不要？"司行霈冷冷逼视他，"滚开！"

警备厅都知道司少帅脾气不好，却不知差成这样。

军警吓得脸色苍白，再也不敢说多余的话，让出了路。

司行霈的副官死了，他的司机无事，那辆他常开的奥斯汀汽车则彻底毁了。

他开走了一辆警队用的道奇汽车，留下司机和警备厅对接，自己开车把顾轻舟带到了他另一处别馆。

司行霈在城里有无数的别馆。

这间别馆，是司行霈最隐秘的住宅之一，家里没有用人。

直到热腾腾的茶递到顾轻舟手里，顾轻舟才回神。

司行霈半蹲在她身边，替她擦拭左边胳膊肘和左腿外侧的划伤，药酒有点刺激。

可顾轻舟不知道疼，她精神木木的，人也吓呆了。

"幸好那时候汽车已经停了，要不然肯定要摔断骨头。"司行霈低喃，"现在没事的，皮外伤，好了连伤疤都不会留。"

顾轻舟还是愣愣的。

司行霈替她擦药之后，轻轻地吻她的唇，将她抱在怀里。

司行霈见过无数的女人，不管是美艳绝伦，还是温润如玉，从未有一个女人，像顾轻舟跳起来开枪那么美。

那个瞬间，她似一道绚丽的光，照亮了司行霈整颗心。

他的女人！

他绝不会松开这个女人的，他真是欣喜极了，自己不知不觉，就遇到了宝贝。

轻吻她的唇，司行霈发现她唇上冰凉，她的身子在微微发抖。

司行霈烧了壁炉，拿了条长长的绒毯给她，让她坐在壁炉前烤火。

而他自己，则去下厨了。

顾轻舟身上逐渐暖了，壁炉里的炉火炙热，驱走了她浑身的阴寒，她眼前仍是那张血淋淋的脸。

微微合眼，顾轻舟的眼泪顺着眼角滑落，滴在绒毯上。

她闻到了香味，是米粥的清甜。

司行霈亲自下厨，给顾轻舟熬粥。

等着粥慢慢熬煮时，司行霈回到了客厅。

见顾轻舟抬眸看着他，他坐到了她身边，将她搂在怀里。

顾轻舟难得温顺，没有推开他，将脸贴在他结实的胸膛。

"吓坏了吧?"司行霈缓缓抚摸着她的后背，心疼极了。

"我……我杀了人……"顾轻舟低喃，喉咙里泛出诡异的哽咽，"我以前连死人都没见过。"

"别怕。以后跟着我，这种事像家常便饭，习惯就好了。"司行霈安慰她。

他的安慰，简直是一记重拳，打垮了顾轻舟，她终于哭了出来："我不要跟着你，我只想安安分分过日子，找个老实人相夫教子，给李妈养老送终!"

司行霈低笑，替她擦拭眼泪，吻着她的眼角，低声道："晚了，轻舟，你遇到了我是逃不开了，注定只能做我的女人。什么老实人，你就不要再想了。"

顾轻舟哭得更厉害。

顾轻舟哭了一会儿，将内心的恐惧哭出来一些，抽噎着拉住司行霈的衣领，问他："司少帅，你要是狠逼我，我就想办法真嫁给你弟弟，到时候……"

"放心，我一样可以杀了我弟弟。若是你喜欢，我还可以在你们的婚房里弄你，保证比司慕更让你快活。"司行霈微笑。

他的笑容，又让顾轻舟失去了挣扎的动力。

魔鬼！

她拉住他的衣领大哭："我恨你！你不像个人，你变态！"

司行霈微笑，搂住这具娇软稚嫩的身子，心想他的轻舟真像一只猫，骄傲又矜贵，同时惹急了跳起来杀人却很利落。

他寻到了宝贝。

谁敢抢他的宝贝，他就要杀了谁。

"好好好，我变态，是我变态。"司行霈哄她，"乖，来吃饭。"

司行霈做的是腊肠米粥，咸味和米粥的清香混合，特别爽口。

他自己做的。

顾轻舟没想到，尊贵如斯的司少帅，居然会自己煮饭。

他一勺一勺地喂顾轻舟。

顾轻舟刚哭过，那眼眸像被水洗过的，越发璀璨明亮；眼波很干净，甚至泛出淡淡的浅蓝色，深邃如海洋。

他喂着她吃饭，她很乖，一口口吃得香甜。

司行霈从未觉得岁月如此静好，两个人依偎在炉火前，一碗粥也这样幸福。

吃完之后，顾轻舟依靠着他的肩膀睡着了。

她今天吓坏了，同时又累，在司行霈面前，她放下了所有的防御，睡得沉稳。

司行霈坐在旁边，守护着她。

等顾轻舟睡着了，他起身打了几个电话，询问刺客的身份，又让军政府的监牢放了顾绍。

最后，他把顾轻舟抱到了他床上，两人并头而睡，他将她搂在怀里。

司行霈有过很多女人，但完事之后，他绝不留宿。

真正在他身边安睡，却没有被他上的，顾轻舟是第一个。

等顾轻舟醒过来，已经是第二天的早上，阳光从棕色衬窗里照进来，顾轻舟睁开眼，只见司行霈在床前穿衣，金色朝霞铺满了他的周身，让他的眼眸格外深邃。

他穿好了军装，正在扣上衣的扣子，整整齐齐的模样，毫无痞气，反而透出军官的威严和杀伐。

他胸前的勋章，在日光下熠熠生辉。

他短短头发梳得整齐，五官格外俊朗。

顾轻舟还没有见过比他更英俊的男人，司慕也输他二成。

"早，轻舟。"司行霈余光早已瞥见了她，微笑道。

顾轻舟一怔，收回了视线。

同时，她立马坐起来，看着自己衣着整齐，还是红了脸："我一夜未归……"

"放心，我昨夜叫司公馆的人给你家里打了电话，也吩咐了你哥哥保密，你昨夜是歇在司公馆，你自己回去别说漏嘴即可。"司行霈道。

说罢，他又指了衣架上的一套衣裳："换好吧，就说是老太太给你做的，别一身褴褛回去，自己也解释不清。"

司行霈今天会很忙。

遭遇刺杀之事，司少帅不会善罢甘休。

他走后，顾轻舟才起来梳洗。

"我昨晚居然睡在这里。"顾轻舟看了眼凌乱的床，有点后怕。

还好，司行霈没把她怎样。

同时，她又想起自己枪杀掉的那个人，浑身一个哆嗦，寒意冒上来。

她赶紧丢开这些回忆。

司行霈给顾轻舟准备了一套天水碧绣缠枝海棠元宝襟旗袍，一双薄薄透明的玻璃丝袜，羊皮小靴，一件天蓝色英式长款风氅，围上一圈精致的白狐毛。

顾轻舟被司行霈从舞厅拉出来的时候，她刚刚脱了外套跳舞，只剩下中袖旗袍，如今多处破损。

她换好了新的衣裳。

看着凌乱的床，她又将被子仔细叠好。

床上很干净，却也有司行霈清冽的气息，就如他的吻。

顾轻舟蹙眉，再也不肯靠近那床。

司行霈这处别馆很小巧，是一栋精致的两层小楼。

小楼外面，带着一处宽大的院子，院子很整洁干净，种满了常青树，寒冬腊月照样可以看见深绿浓翠。

一条石子铺陈小路，一直通往大门口。

小径两旁，是两个花圃，此刻没有鲜花着锦，花坛有点落寞。

"我怎么回去？"顾轻舟立在窗前，有点犯难。

她下了楼，却见客厅的大门口，毕恭毕敬站着两名副官。

厨房还有一位女佣，煮好了早膳。

"小姐，您早晨好呀。"女佣是朱嫂，司行霈的亲信之一。

这间别馆原本不带用人来的，都是司行霈自己收拾。

临时派人，是为了照顾顾轻舟。

他不变态的时候，是个处处仔细的人。

"早晨好。"顾轻舟微笑回应，很有礼貌。

朱嫂煮了满满一桌子早点，有小汤包、面条、米粥、新蒸的红豆米糕、两样西洋蛋糕、牛乳等，顾轻舟不吃点，实在糟蹋厨娘的心意。

虽然顾轻舟毫无胃口。

她站在桌子旁，要了一碗米粥，慢腾腾喝着。

眼前还是会浮现被她枪杀那个人的影子，不免打了个寒战。

"很好吃，多谢朱嫂。"顾轻舟道谢。

朱嫂很欣喜。

"小姐这样客气，都没有吃多少的，再吃些汤包好吗？"朱嫂作势要给顾轻舟夹。

顾轻舟只得再吃了一个。

朱嫂越看越满意：她在少帅身边服侍十几年了，看着少帅长大的，从未见少帅带女人回家，朱嫂跟司老太一样着急。

第一次带回这么个教养极好的女孩子，端正温婉，良家风范，朱嫂喜欢得不行。

偏这女孩儿又客气温柔，朱嫂更是热情。

"阿弥陀佛，大少爷终于开窍了，太太在天之灵，足以安息！"朱嫂默默念叨。

早饭完毕，副官将顾轻舟送到了顾公馆。

除了顾圭璋，顾公馆其他人都在家。

顾轻舟进门时，所有人的目光都落在她身上。

顾缃很是吃惊："她居然穿了新新百货最新式的英伦风氅？"

这件衣裳是去年上货的，顾缃垂涎了很久，可百货公司的人说，这件衣裳如今是样货，到了正月才有正款，需得提前预订。

光预订，就要五百块。

如此巨款，顾缃哪里付得起？

顾缃以为，只有城中极富极贵的人，才能狠心去买那么贵的衣裳。

可顾轻舟穿上了，果然比顾缃想象中更有英伦范，而且气质极佳，那个土包子都改头换面了。

顾缃嫉妒得眼睛都红了。

"你一夜未归，是死到哪里去了？"顾缃恨恨道，"还换了衣裳！"

司公馆的人打电话，说老太太留顾轻舟住在司公馆，众人不疑有他。

这话，在秦筝筝等人听来，仅仅是顾缃嫉妒顾轻舟。

可顾绍脸色煞白。

只有顾绍知晓顾轻舟去了哪里。

顾缃一句无意的话，让已经懂得人事的顾绍想偏了，他低垂了头，不敢看顾轻舟。

昨夜，她是和司少帅睡了吗？

"在司公馆啊。"顾轻舟盈眸微敛，从顾缃脸上滑过，冷冷问，"昨日不是打过电话了吗？"

顾缃哽住，复又气得半死！

"你跟谁这么说话！"顾缃大怒。她才是长姐，若是连顾轻舟都不怕她，她长姐的威严何在。

"跟你啊。"顾轻舟莞尔，丝毫没有把顾缃的话放在心上。

秦筝筝也怒。

见秦筝筝上前欲说什么，顾轻舟凝眸沉思了一瞬，问她："太太，阿爸选了哪位小姐去上学？"

秦筝筝母女几人，脸上顿时严霜倾覆，像被霜打的茄子。

她们再也没心思和顾轻舟吵了。

顾轻舟也快步上楼。她把衣裳脱下来，换了自己的老式衣衫，钻到了冰凉的被窝里，不想再动了。

顾绍旋即从阳台的门进来，暗携了一卷寒风。

"舟舟，昨晚那个人……"顾绍白了脸，"他是司少帅吗？"

"对。"顾轻舟道。

顾绍见她轻抬皓腕，不时揉按鸦青色发丝间的太阳穴，不敢相信她昨晚发生了什么。

昨晚他被投入军政府的监牢，因此顾绍知晓是少帅，却不知是哪位少帅，只当是跟顾轻舟定亲的那位。

人家是未婚夫妻，名正言顺，顾绍又能说什么。

他心情低落，好像刚初恋的孩子，懵懂间又失恋了。

他垂头丧气地回到了自己的房间。

而顾轻舟因昨天她杀人的事，心里沉闷，也没心情安抚顾绍。

半日下午，阳光从后窗照进来，金芒碎碎铺满了屋子，温暖明媚。

顾圭璋回来了。

随后，顾轻舟听到了哭声，是秦筝筝。

顾圭璋做了决定，他的两个女儿里，只有老三顾维可以复学，老四顾缨因"体弱多病"，暂时休学一年。

"阿爸，你疼三姐远胜过疼我！"老四顾缨大哭。

同时，她也恨上了顾维。

三姨太苏苏见状，悄悄跟她的女佣妙儿嘀咕："看到了吗，轻舟小姐随便用个计策，她们就内斗了。"

这是顾轻舟的打算。

顾家那对双胞胎，并没有看上去那么和睦，她们的关系迟早要土崩瓦解。上次老四捅伤老三，两个人已有嫌隙；如今上学二选其一，老四又恨上老三。

她们之间从此就无法相安了。

"……太太只怕是分身乏术了。"妙儿低笑，"这个家里要彻底翻天了。"

"老爷最恨在他眼皮子底下吵闹。她们迟早是要开战，会让老爷失去耐心。"三姨太微笑。

顾轻舟总是有更适合的方法，来对付秦筝筝母女。

这一点上，三姨太远远不及她。

"轻舟真是乡下长大的吗？"三姨太也会疑惑，"如此足智多谋，她要么是受人训练，要么是天生强者。"

"您觉得她是哪种？"妙儿好奇地问。

三姨太想了想，道："后者，轻舟生而不凡。"

妙儿连连点头。

上学的事，就算解决了。

秦筝筝为了衣裳、为了舞会，想要害顾轻舟，结果断送了一个女儿的前途，如今后悔莫及。

因为太过于忧伤，秦筝筝病下了。

顾轻舟也因刺杀案的事，心中惶惑良久，整日窝在家中不肯出门。

顾轻舟的消沉，让顾绍误会了。

"舟舟，你别担心，其实有一种西药，可以……可以……"顾绍面红耳赤，安抚顾轻舟。

顾轻舟没听懂，茫然看着他。

她没想吃药。

她现在只是心情郁结，身体上没有毛病。

哪怕想吃药，她也宁愿吃中药。

顾绍落荒而逃，当天出去了。

晚上他回来，带了一些石榴子给顾轻舟，一张脸红得滴血："不知道有没有用，你试试看。"

顾轻舟仍是不解。

"为何要吃这个？"顾轻舟问。

顾绍更是尴尬，整个人像被煮熟的虾子。

此事应该女眷来说。

可这个家里，没人知晓顾轻舟那晚的去向，顾绍不能出卖她，任何人也不敢告诉的，只得他自己出面。

他痛苦地杵在那里，憋了半晌说不出来。

后来他回房，写了个关于石榴子的功效给顾轻舟。

顾轻舟看完，发现顾绍写的石榴子功效，还有"避孕"这一项，顿时就明白顾绍在想什么了。

她的一张脸也是红若晚霞。

她不是不知道石榴子的这种功效，而是根本没往那方面想。

"阿哥，那天晚上，少帅把我送到了司公馆，我并没有和他……"顾轻舟雪白的脸，不由自主红透了，"再说了，石榴子避孕是谣传，中医里并不用的。"

顾绍见顾轻舟无精打采，还以为顾轻舟被司少帅糟蹋了，担心未婚先孕的丑事，才没精神。

这误会大了。

听完顾轻舟的解释，顾绍夺过石榴子，这下子更尴尬了。

于是，他很久不再跟顾轻舟打照面，远远躲开她。

正月十五，司老太派人接顾轻舟去司公馆。

司行需也在。

他脱了军装，穿着西装马甲，倜傥雍容，眉目俊朗得能逼退世间的繁华。他俊美却不阴柔，威严却不匪气，足以使任何女人为之痴迷。

司行需趁人不注意，悄悄跟顾轻舟耳语："轻舟好看。"

216

顾轻舟今天穿着司行霈送给她的风氅和旗袍，进屋后脱下了外裳，批了件淡蓝色浓流苏披肩。

流苏在她周身摇曳，皓腕凝霜雪，显得她眉眼格外雅致。

司行霈此人有个怪癖：只要是他的东西，他就会越看越喜欢，无一处不是完美的！

如今，顾轻舟是他的！

顾轻舟则脸色微变，恨不能离他八丈远，低声道："不要跟我说话，我不认得你！"

司行霈失笑："我和你睡过一个枕头，你浑身的肉我都摸过，你不认得我？"

顾轻舟感觉自己真没出路了，面无人色。

他们说着话，司行霈的两位叔叔婶婶，以及他的堂兄弟姊妹，全部到了。

司老太也从里屋更衣出来。

"今天吃个团圆饭！慕儿回国了，轻舟也来了，我也不知还有多少光景能看到这样的好日子！"司老太笑道。

顾轻舟顿时明白：司督军那一家人也要来。

她看了眼司行霈。

她和司行霈一样，都是原配生的孩子，在继母当家的新家庭里，格格不入。他的处境，顾轻舟是明白的。

司行霈表情不变。

很快，司督军就带着他的妻儿来了。

司慕走在最后面。

抬眸触及顾轻舟，司慕眼神冰凉，毫无涟漪。

司慕是和他哥哥司行霈一样的高个子，念军校的他，也不是文弱公子，高大结实。他今天穿着白色衬衣，深棕色马甲和西装，宽肩长腿，器宇不凡。

绝大多数的男人在司行霈跟前，都会黯然失色，气质输上一大截，只有司慕能与司行霈一较高下。

他站在司行霈身边，气度竟然丝毫不输司行霈。

"嫂子也来了？"司琼枝笑道。

司慕神色一敛，薄唇微抿，一张脸冷若冰山。

司琼枝微笑。

她哥哥逃离家庭，却被顾轻舟出卖，现在恨极了顾轻舟。她再提"嫂子"，她父亲和祖母会喜欢，觉得她懂事；而她哥哥，会对顾轻舟更加恨之入骨。

拔高了自己，又无形中踩压了顾轻舟，司琼枝是个特别机敏的孩子。

司慕不能说话，他上前给老太太行礼。

老太太一看到他，心里就阵阵泛酸："我的慕儿，你的病还没有好？"

司慕点点头。

老太太攥紧了他的手，痛心道："德国医生都是废物，若是留在国内，寻个名医，这会子早好了！五年啊，可怜你吃了这么多苦！"

司慕什么也表达不了，轻轻地抚摸他祖母的手背，安抚着她。

老太太这时候想起了顾轻舟，晦暗的眸子立马亮了："轻舟医术了得，让轻舟给你开个方子！"

其他人一怔。

司慕目光深敛，下颌紧抿，他全身上下被寒意裹挟着。

"姆妈，今天是团圆的大喜日子，什么治病不治病的，岂不是晦气？咱们应该说些吉利的事体。"司夫人也吓了一跳，急忙打岔。

她可不想顾轻舟给她儿子治病！

顾轻舟是谁啊，她有什么资格给少帅治病？

老太太不怕死，任由顾轻舟折腾，司夫人可不敢将儿子的性命交给顾轻舟。

"姆妈，治病也要等过了正月再说。"司督军也笑，"慕儿才回来，轻舟也要准备入学的功课，看病先缓一缓。"

"轻舟要去念书了？"老太太高兴。

"是啊。"司夫人忙笑道。

话题暂时转移到了读书的事上。

　　司慕看顾轻舟的眼眸，更加阴冷。若是目光可以杀人，顾轻舟现在只怕千疮百孔了。

　　顾轻舟全然当没看见。司慕又不是她什么人，她根本不在乎司慕怎么看待她。

　　很快司公馆开了午饭。

　　吃饭的大厅里摆放着三张桌子，宽敞明亮，墙角数盆水仙，似一个个娉婷绰约的佳丽。

　　长辈们坐了一桌，成年的孩子们一桌，未成年的一桌。

　　顾轻舟坐到了司行霈和司慕那桌，司琼枝紧挨着她。

　　司行霈的余光，一寸不让盯着顾轻舟：若是顾轻舟敢偷瞄他弟弟，他就把她眼珠子挖出来喂狗！

　　好在，顾轻舟一直埋头吃饭。

　　"果然乖巧。"司行霈心中微笑。

　　司慕对顾轻舟很冷漠，只当没这个人。

　　司琼枝也有自己的心思。

　　他们这一桌，静悄悄的，居然没人说话，筷子落在碗碟的清脆声，格外清晰。

　　"绝不能让她给我哥哥治病！"司琼枝璀璨盈眸微微转动，心中打起了主意，"顾轻舟只比我大一岁，她治好了我祖母，还不知道是用了什么鬼把戏！"

　　她不相信顾轻舟的医术。

　　这么小的年纪，能有什么医术呢？

　　"她为了嫁入豪门，用尽了心机。治死了我哥哥，哪怕杀了她，一条烂命也不值钱；若是治好了，以后就是我司家的恩人。风险虽然大，回报却也很高，她居然拿我们家的人命去赌！"司琼枝揣测顾轻舟的用意。

　　这个势利的女人，治好老太太是她的运气，司琼枝不相信她总能有这样的好运。

　　于是，司琼枝有了个很不错的主意。

　　这个主意，可以让顾轻舟以后再也不敢提她的医术。

饭后，大家一处喝茶闲聊，司琼枝对老太太道："祖母，我们过几日去看看颜婶婶，可好？"

同时，她也对顾轻舟道，"嫂子，你也跟我们一块儿去吧？"

顾轻舟问："颜婶婶，是谁啊？"

从第一次见面开始，顾轻舟就知晓，眼前这个绝艳的妙人儿司琼枝，很不喜欢自己。

这很好理解，司夫人不喜欢顾轻舟。司琼枝不管是先入为主，还是同仇敌忾，对顾轻舟都不会有好印象。

第一印象不好，后面就很难改观了。

司琼枝说要带顾轻舟去看"颜婶婶"，定是藏着阴谋诡计。

顾轻舟不知晓谁是"颜婶婶"，一时间也想不到司琼枝欲要什么把戏。

以静制动，是顾轻舟最擅长的策略。

她微微垂眸，修长羽睫在眼底投下阴影，浓稠的黑发泛出淡墨色的清辉，映衬着她一张小巧的脸，越发纯净无瑕。

老太太笑着跟顾轻舟解释："督军府的总参谋姓颜，他太太身体不太好，这两年常生病，从前她健朗的时候，总过来陪我打牌。"

原来，颜家是军政府的高官。

"老太太，您别伤心。"司琼枝安慰她，"嫂子她会看病，不如让她去瞧瞧颜婶婶？"

司老太眼眸骤然发亮："还是琼枝聪明，这主意挺好。"

顾轻舟就懂了，原来司琼枝是打这个主意。

司夫人也明白了，微微笑了。

唯有司督军不解深意，笑道："去看看也好，老颜整日夸他儿媳妇好，也让他见见我们家儿媳妇！"

司督军是真喜欢顾轻舟，这个儿媳妇他特别满意。

司行需表情无异，静静听着。

司慕的唇抿得更紧，隐约要发作了。"儿媳妇"这几个字，让司慕格外刺痛，一刻也待不下去了。

于是，他们约定，正月十八带着顾轻舟去看望颜太太。

这也是司老太太力主的。

老太太相信顾轻舟的医术，她也很喜欢陪着她打麻将的颜太太。顾轻舟若能治好颜太太，那是一桩大德，可以积福的。

当天，司家的汽车送顾轻舟回去，司行霈没有机会单独和她说话。

但是翌日上午，司行霈让他别馆做事的朱嫂给顾轻舟打电话，自称是司公馆的。

电话到了顾轻舟手里，换成了司行霈接听。

"到门口来，我去接你。"司行霈命令道。

每每见司行霈，都是一番惊心动魄。

他的触摸，他的亲吻，都让顾轻舟不寒而栗。

她实在怕他。

顾轻舟拒绝："我不太舒服，改日再去看老太太。"

"听话。"司行霈在那头笑，"你不出来，是不是打算诱我深夜翻墙进你的香闺？"

顾轻舟一个激灵。

司行霈真做得出来。

这个家里，到处都是眼睛。若是被人看到司行霈半夜爬她的闺房，顾轻舟在整个岳城的名声都要臭了。

她还没有成功，她还没有夺到家业，不能任由司行霈现在就毁了她。

半个小时之后，一辆崭新的奥斯汀停在顾公馆门口。

他自己开车，没有带副官和司机。

顾轻舟打算坐到后座，司行霈喊她："过来。"

她不敢在顾公馆门口逗留，不想被家里人看出端倪，就快速上了他的副驾驶座。

司行霈一边开车，一边轻轻地握了一下她的手："穿这么少跑出来，不冷吗？"

"别虚情假意。"顾轻舟抽回手，"你若真替我着想，就不会逼我出来。"

司行霈低笑，笑容温醇却透出霸道。

"我的轻舟喜欢躲，比猫儿还矜贵，不逼迫你，你都不会往我怀里逃。"司行霈道。

顾轻舟望着车窗外，不说话。

她自己不知道，司行霈却可以看出，她微微抿唇的模样，是有点委屈的。

前不久才遇到刺杀，司行霈竟敢一个人外出，不带一个副官，顾轻舟觉得他太过于自负。

也许是自信，没人能伤他。

沉默了片刻，司行霈的汽车穿城过巷，越走越偏。

"你要把我带到哪里去?"顾轻舟问。眼瞧着就要出城了，四周的柏油路也变成了石子路，两旁种满了垂柳。

早春的柳芽新嫩，迎风舒展着枝条。

"带你去出口气，教训教训那些不知天高地厚的家伙。"司行霈道。

顾轻舟的后背一下子就僵硬了。

他是不是抓到了刺客?

又要刑讯?

想起他上次的刑讯，仍像噩梦一样萦绕着顾轻舟。

"出什么气?"顾轻舟声音里带着几分轻颤，"我不去，我要回城!"

说罢，顾轻舟就要解开安全带，仓皇中连跳车都准备好了。

司行霈猛然一踩刹车，顾轻舟差点撞到了风挡玻璃上。

他俯身，解开了她弄了半天的安全带，身上带着雪茄的清冽，在她脸侧萦绕。

他将她抱到了自己腿上。

"胆子这么小?"司行霈轻轻地吻了一下她的鼻尖，用长着薄茧的手指摩挲着她苍白的小脸。

顾轻舟胆子从来不小。

但她所谓的大胆，无非是不惧怕任何阴谋；哪怕是漆黑的天，也敢在田埂上行走。那时候，顾轻舟以为自己很勇敢，超乎所有人。

直到司行霈带她去看了酷刑现场。

从那天起，十六岁的顾轻舟第一次知晓了什么是恐怖!

"轻舟，你们村里有过大兵吗?"司行霈收起了他的温柔，面容肃然地看着她，认真问道。

顾轻舟一怔，摇摇头："没有。"

"是啊，没有。"司行霈低喃，"相对于北方的军阀混战，南方的局势很稳定。平常百姓只听说过北方又打仗了，难民又南下了，却又有几个人清楚，什么是战争?"

顾轻舟哑口无言。

司行霈说的是实情。

"轻舟，南方的局势又能稳定几年? 现在大家都有饭吃，哪怕再大的矛盾，用钱调停就解决了。

"可战争就像山上滚下来的石头，没有人能够阻挡。生在乱世，你能躲避杀戮吗? 死人一点也不可怕，轻舟，可怕的是居无定所。

"我带着你见识了杀戮，见识了丑陋，你也许恨我，但是你要明白，这就是现实，就是这个世道，它迟早会来到你的身边，你躲避不开!"司行霈道。

顾轻舟又愣住。

"轻舟，我是个当兵的，我从来不敢去筹划自己的前途。计划好了前景，娶妻生子，哪一天枪不小心走火，命就没了，留下孤儿寡母，十分凄惨。

"你看着军政府显赫，司家贵不可言，殊不知这样的督军府，换了多少主人? 那些前任督军，他们的尸骨还不知在哪条臭水沟里。

"对我这种没前途的人来说，过一天算一天，我喜欢的军火，我就要抢过来; 我喜欢的地盘，我就要打下来; 我喜欢的女人，我就要弄到手。

"轻舟，我不仅要把你弄到手，我还要栽培你，教你杀人，教你坚强。哪一天我死了，你真正无畏，才能在这乱世好好生活下去，也不枉你跟了我一场!"司行霈道。

他缓慢说罢，轻轻地吻顾轻舟的唇。

顾轻舟的内心被震撼了，任由司行霈的唇齿辗转缠绵。

顾轻舟当时颇有几分迷惘，任由司行霈拥吻她，忘记了世俗。

他的话、他的眼神，迷惑了她。

他将她抱在怀里，低喃着："轻舟！"唇齿间缱绻，像丝线缠绕着，寸寸收紧，能把人的心扼住。

顾轻舟心头闪过几分异样。

旋即她回想，手握一方生杀大权的司少帅说"我这种没前途的人"，顾轻舟就想骂脏话。

那顾轻舟是行尸走肉吗？就好似天天穿着俄国皮草的贵妇，突然有一天穷了点，穿了件国货的貂皮大衣，就在衣衫褴褛的乞丐面前说："我好可怜，我好落魄……"

什么鬼！

顾轻舟嘴角抽搐：她猪油蒙心了吗，听他说这些话！

那天下午阳光温暖，外头春寒料峭，车厢里温暖和煦。

城外的小路没有行人。

司行霈像是疲倦了，他把顾轻舟抱到后座，自己枕着她的腿，打起了盹儿。

金灿的骄阳照进来，落在他的脸上。双目轻合，神态安详，薄唇也噙着轻微的淡笑。

他很放松。

顾轻舟端详着司行霈的脸，哪怕睡着了，他也很俊美。

而后，顾轻舟迷迷糊糊的，也起了睡意。

等她睁开眼，已是黄昏，旖旎晚霞从车窗照进来，顾轻舟的脸沐浴在暖阳中，双颊粉润。

司行霈静静地看着她。

"睡好了？"他揉了一下她的脸。

顾轻舟坐正了身姿。

司行霈下车，换到了驾驶座，掉转车头回城。

顾轻舟睡得迷迷糊糊的，放下车窗吹风，头发就被吹得凌乱。

清醒了些，她问司行霈："我们出城是要做什么？"

"本想带你去看刑讯的，你害怕，所以停在这里歇午觉了。"

司行霈微笑。

　　她蜷缩起来睡觉，真像只慵懒的猫。

　　司行霈从未养过猫，现在他想养一只了。锦衣玉食地养着，哪天他死了，尊贵的她也能再找个好人家。

　　名贵的猫，永远不缺主人。

　　所以，司行霈打算把顾轻舟养得极其矜贵，他要她无人能及。

　　"……我要出去一趟，多则一个月，少则十天。"司行霈道，"我不在城里，要记得你是谁的女人。"

　　"反正不是你的！"顾轻舟反唇相讥。

　　司行霈抿了一下唇，道："这样啊？那我带你回别馆，让你长些记性？"

　　顾轻舟无言，低垂了眸。

　　"别委屈，又没怎么着你。"司行霈轻笑，"我是认真打算要你的，你这么小，我不会现在睡你，毁了你的健康。我的轻舟，你要长长久久陪着我，我有耐心等你。"

　　"那你将来结婚了，如何处理我？"顾轻舟冷冷呼气。

　　"将来？"司行霈笑，"你也瞧见了，我三个月之内遇两次刺杀，谁知道还有没有命讨媳妇？"

　　"真有那么一天，我也不会让你到太太跟前去敬茶，自认妾室的。你是我的轻舟，不是司家的小妾。到时候……"他沉吟了一下，"你始终是我的女人！"

　　"没有名分，不见天日，连姨太太都不如。"顾轻舟冷漠道，"就是你的婊子，陪你睡罢了，说什么你的女人！"

　　"别胡说。"司行霈轻轻地蹙眉。

　　"婊子"两个字，他听来格外刺耳。

　　顾轻舟是他的猫、他的宠物，她是尊贵优雅的，不是他花钱发泄的玩物。

　　他要养她。

　　"轻舟，我答应你，我会栽培你。等我死了，你也可以很优雅地全身而退。但是我活着，你就是我的。"司行霈道。

　　顾轻舟撇过脸。

"司少帅，你欺负我年纪小！"顾轻舟咬唇，"我不是谁的宠物，我是个光明正大的女人。你现在看不起我，将来你会后悔自己瞎了眼！"

司行霈失笑。

"我怎么看不起你？"司行霈笑问。

小小年纪、温软可爱的小姑娘，自称是"光明正大"的女人，着实有趣。

顾轻舟却沉默了。

她很想说："你若是看得起我，你就会想娶我，而不是养我。"

可这席话，会让他以为顾轻舟想嫁给他，平添误会。

顾轻舟不想。

司行霈正常的时候软语温柔，可他疯狂的时候杀人不眨眼，他就是个疯子。顾轻舟不想嫁给这个疯子。

退一万步说，哪怕他不疯，顾轻舟也不愿意嫁给他，她不爱他！

他将顾轻舟视为宠物，宠物始终是物，不是人。

他没有平等地看待过她。

顾轻舟合上眼睛，不再和司行霈说话，斗嘴实在没意义。

回到家中，顾轻舟沉思良久。

她看着衣橱里司行霈送给她的衣裳，那旗袍上的缠枝海棠盛绽，妖娆妩媚，让她摆脱了几分少女的稚嫩，同时又不张扬，美得恰到好处。

司行霈很会选衣裳。

正如他所言，他若是养她，会把她养得很好。

顾轻舟用力地合上了衣橱，不想再看了。

第八章

妙手回春

转眼到了正月十八，顾轻舟依约去了司公馆，跟着司老太去看望颜太太。

顾轻舟今天穿了件樱桃粉软绸绲边长袄，月白色襕裙，外头仍套着那件大红色镶嵌白狐毛的风氅。

红色映衬着她细致的眉眼，淡墨色的长发，俏丽里有几抹绮色。

"这样好，去别人家探病，就是要带着喜气去！"司老太满意，她自己也穿了件金蓝色的长袄。

等了片刻，司夫人和司琼枝就来了。

她们母女一袭时髦的装扮，都是大衣里穿旗袍，气派又华贵，只是老太太看着不喜。

司琼枝给她母亲递了个眼神，两个人颇有默契。

顾轻舟隐约知晓她们的打算，唇角微翘。

司老太则没想这么深。

乘坐汽车的时候，顾轻舟和司老太同坐，司琼枝和司夫人同坐。

"姆妈，顾轻舟这个人很聪明，知道讨老太太喜欢，连穿衣裳都是照老太太的喜好来。"司琼枝低声对司夫人道。

司夫人冷哼："可惜聪明用错了地方，专攻这些下贱巴结的手段，一辈子也上不了台面！她到底是顾圭璋的女儿，流着顾圭璋的血脉，就是个贱种！当年绮罗看中顾圭璋，我就说过她会吃亏，她不信我的。"

提起孙绮罗，司夫人还是有几分感情的。

但她又特别讨厌顾轻舟。

思前想后，只觉得顾轻舟是太像顾圭璋了，才令她生厌。

顾轻舟的五官，也不太像孙绮罗。司夫人一见面就说顾轻舟像她姆妈，不过是客套话。

司琼枝却心尖一动："姆妈，我看过您和绮罗姨的照片，顾轻舟一点也不像绮罗姨。"

司夫人点点头："她是不太像她生母。"

"姆妈，她才两岁就被抱到乡下去养，乡下环境那么差，为何她没有夭折呢？"司琼枝略有所指，"她真是顾轻舟吗？"

司夫人倏然一愣。

这个问题，倒是要好好查访查访。

顾轻舟跟着老太太，从司公馆出发，往颜公馆而去。

车厢里很温暖，顾轻舟坐在老太太身边，心里安静。

司老太受不得颠簸，故而汽车很慢。顾轻舟从后视镜里，瞥见了身后司琼枝和司夫人的道奇汽车，莫名打了个喷嚏。

"她们是在议论我吗？"顾轻舟暗揣。

司夫人和司琼枝肯定是在议论顾轻舟，顾轻舟得到了司老太的喜欢，司夫人很不高兴。

就是不知道，她们会如何对付她。

司老太则关切问顾轻舟："冻着了？"

顾轻舟摇头："没有，老太太。"

暖心的关怀，让顾轻舟回神。

司老太轻轻地握住了顾轻舟的手："还说没有呢，这手冰凉。你们小年轻，总是穿得这么少。"

老人家掌心的肤质微松，像极了家里的棉绒毯子，温热熨帖。

顾轻舟心中发暖。

老太太叮嘱她，一定要多穿衣，平时要照顾好自己，嘘寒问暖非常仔细。

"您放心，我会穿得暖和的。今天不知怎么的，感觉怪冷，还是您老人家身上暖意足，气血旺。"顾轻舟笑道。

司老太道："你也要滋补些，回头我叫人送些燕窝给你。"

"家里都有，我若是想吃，就去您府上蹭饭。"顾轻舟忙拒绝。

燕窝拿回去，秦筝筝哪怕不没收，也要换成低劣的。

"那更好了。"司老太笑道。

而后，她们说起了颜太太。

老太太告诉顾轻舟："颜新侬是督军身边的总参谋，督军最器重他了。"

顾轻舟心念微转：原来是总参谋，相等于副司令员，是司督军的二把手，整个岳城的二号人物。

若是结交上了颜家，顾轻舟又多了一条路。

顾轻舟想起李妈的话：轻舟小姐，你到了城里一定要广结人脉。人情是钱买不了的，它才是辅助你成功的根基。

如今，笼络人脉的机会到了。

顾轻舟不需要人脉给她带来荣华富贵，她只需要人脉作为依靠，让她可以给母亲和外祖一家人报仇。

她母亲的死很好解释，肯定是秦筝筝为了上位而出手的；而她舅舅和外公的死，至今没有眉目。

知晓颜家的身份地位，顾轻舟就更关心颜太太的病了。

那厢，老太太继续说："颜新侬这个人，有些新派的作风，他不娶姨太太，跟他夫人鹣鲽情深，家庭非常和美，我倒是很喜欢他。"

现在这个世道，如此位高权重却不纳妾的，简直罕见，罕见到别人会怀疑你是不是太惧内，抑或性无能。

司督军就有五房姨太太，就连顾轻舟的父亲，不也是一妻两妾？

鉴于此，顾轻舟对不纳妾的颜总参谋也有几分好奇。

"颜太太到底什么病啊？"顾轻舟问。

提及此话，老太太脸色微沉："说起这件事我就生气！颜太太常年胃病，一直靠中药养着，好好的。

"三年前，颜太太胃病转重，你婆婆说介绍一位德国医生给她。那个德国医生说什么，颜太太是胃溃烂出血了，要切掉一些胃。"

顾轻舟插话："那可能是胃溃疡。"这是她师父告诉过她的。她师父是中医神医，却也涉猎过西医。

老太太口中的"你婆婆"，是指司夫人，虽然顾轻舟听着有点别扭。

"对对，就是这个说法，要给颜太太开膛破肚，我是极力不同意的。可颜家信了你婆婆的鬼话，非要做颜太太做手术。

"手术之后，倒是好了一年多。去年却又开始发病，那个德国医生还说，胃的什么口子再溃疡，又要开膛破肚一次，阿弥陀佛！

"从那之后，颜太太就患病了，胃疼不止，每次发作必吐血，断断续续两年了，最近这两个月，天天吐血，越吐越多，还有鲜血块。

"年轻吐血，命不久矣！西医害死人，我们老祖宗的药，从来没这么害过人。我就说过了，开膛破肚的手术，都是奇技淫巧，我哪怕是死了，也绝不要西医给我肚子上划上一刀！"

老太太说起来，痛心疾首。

现在的行情是，西医被极力追捧，但是医疗设备和医生资源短缺。

而中医又是过街老鼠，人人喊打，弄得不少的百草厅关门歇业，大家都没心思做大夫。

这么一来，有些寻常的小病，因为两种医疗观念的冲突，反而弄成了大病。

"老太太，我一定会全力治好颜太太的，您放心！"顾轻舟握住了老太太的手。

老太太欣慰地叹了口气，说："轻舟，你肯定是得了高人的真传。我们老祖宗的医术，讲究一个天赋。若是天赋极高，就算是十岁也能看病；若无天赋，不能开窍的话，学到六十岁医术也平庸。

"轻舟，你是个天赋奇才，你治好了我的病，他们都猜你是蒙对的，但是我老太婆见过些薄世面，知道你这孩子心中有数！

"到了颜家，你放心大胆去说，我给你做主。治好了颜太太，颜家会对你感恩戴德的。"

顾轻舟心中温热。

她从小没什么亲人，老太太的善意，让顾轻舟感受到了亲情，虽然很遗憾，她没什么机会做老太太真正的孙儿媳妇。

"是，老太太，我会尽力的！"顾轻舟暗暗敛去了眼底的浮光。

半个小时之后，汽车到了颜公馆门口。

颜公馆是一栋很宽敞的花园洋房，比司公馆还要大，高高的缠枝铁门，透出威严。

听说司老太和司夫人、司家的三小姐以及司家的未来少奶奶都来了，颜家的大少奶奶亲自跑出来迎接。

一行人客套几句，进了颜家的内院。

颜总参谋不在家，只有女眷们。

颜太太坐在床上，穿了件家常的藕荷色长袄，消瘦得双颊都深陷下去，一双眼睛晦暗无神，形容枯槁。

她有气无力："老太太您来了？我这也起不了身，不能给您请安。"

"快躺好，快躺好！"老太太上前，亲自扶了她，"我们来看望你，若是惹得你反而添病，就是我们的不对了。"

又问："今儿如何了？"

"老太太，还是跟昨儿一样，早起吐了两口，早膳之后又吐了三口血，带些血块。"颜太太的大儿媳妇代为回答。

瞧着颜太太这模样和气色，司琼枝和司夫人当即明白：颜太太活不成了。

她们进来的时候，隐约瞧见偏厅摆放了一副棺木。

司琼枝建议顾轻舟来颜家治病，当然没安好心。

看到颜太太的气色，再加上偏厅停放的棺材，司琼枝心想："大罗神仙也救不了颜太太，她的阳寿到头了。这时候，不管哪位大夫接手，都是烫手的山芋。"

颜家在德国教书的大儿子，也带着儿媳妇回来了，多半是奔丧。

司琼枝明白，颜家的人也清楚颜太太的病情，已经不抱指望了。

"颜太太没几天活头了。"司琼枝心想，"可怜，她倒是个好人。"转念又想，"既然这个好人要死了，何不在死前帮我们一把呢？"

颜太太的病不行了，医者不是神仙，对阳寿将尽的人无可奈何。

而司琼枝想做的，就是一定要让顾轻舟接手。

"等颜太太死在顾轻舟手里，谁又能解释得清，到底是不是顾轻舟害死的呢?"司琼枝心想。

司琼枝知晓她母亲被顾轻舟敲诈,却又不知顾轻舟用什么敲诈的,司夫人不肯告诉司琼枝。

不知内情,司琼枝也无法帮忙,只得重新找机会。

顾轻舟治死了总参谋的太太,司督军不管是为了军心,还是为了颜面,都会立马退去和顾轻舟的婚事,甚至可能会把顾轻舟关到警备厅,告她一个谋杀罪。

就连司老太,都没有理由阻拦。

到时候,司琼枝和司夫人就可以落井下石。

真是好机会!

"顾轻舟,你的末路来了!"司琼枝微笑,心情很不错。

颜太太的内室很宽敞,颜家几个孩子围绕着,不肯离开。

司琼枝目观四方,顾轻舟亦然。颜家什么光景,顾轻舟扫一眼也看清楚了。

顾轻舟瞧着颜家的孩子们,心中猜测:"估计是医生说颜太太只有这几日的寿命了,所以颜太太的孩子们在替母亲送终。"

颜太太生了五个孩子,大少爷在德国教书,二少爷在铁道局做事,三小姐随着婆家定居英伦;四小姐和五少爷是一对龙凤胎,今年十七岁。

几个孩子里,除了三小姐怀孕无法前来,余者皆到了。

一个穿着杏色海棠花旗袍的女孩子,是颜家四小姐颜洛水,她眼皮始终肿着,仍见盈盈泪光,可见是多么舍不得她母亲。

"婶母,您放宽心,好好养病,不日就能好起来。"司琼枝上前,低声对颜太太道。

颜太太的老五,也就是那对龙凤胎中的儿子,从小就喜欢司琼枝。

司督军有次开玩笑,说要和颜家结儿女亲家,司夫人当场就翻脸了,在这之后,颜太太再也没想过司琼枝做她的儿媳妇。

只是,颜老五有点不死心,至今还惦记着司琼枝。

此刻,颜老五的余光,也瞥向司琼枝,爱慕之心难以掩饰。

234

颜太太笑了笑，道："借三小姐吉言了。"

"婶母，前不久我祖母也生病，后来遇到了一位神医，您何不也见见她？"司琼枝眸子明媚，唇色柔润，说话也透出高雅。

她声音更动听。

"哪位神医？"颜家的四小姐颜洛水立马问。

几个孩子里，颜洛水最舍不得她母亲，一点微薄的希望都不肯放过。

"就是顾小姐！"司琼枝指了指老太太身后的顾轻舟。

颜家众人的目光，随着司琼枝的手指，落在顾轻舟身上。

听说这位是二少帅司慕的未婚妻，乡下来的老派女子。如今一见，果然是很腼腆内敛，端庄有余，活泼不足，没什么时髦气息。

可能是那大红色的风氅，让她看上去更年幼，颜家众人看见她之后，都微微蹙眉。

一个孩子！

孩子能治什么病啊！

琼枝小姐不是说笑的吧？

可司琼枝有世家名媛的风范，不会无缘无故说笑的。

颜太太又狐疑地看了眼司老太和司夫人。

司夫人道："说来你们可能不信，老太太的病，的确是轻舟治好的。她这孩子天赋不同寻常，当时我们也吃了一惊。"

此话一说，颜太太和她的孩子们更是错愕。

难不成是真的？

颜太太复又打量顾轻舟，怎么看都觉得顾轻舟很小，太过于稚嫩年幼，不像是会治病的样子。

颜家众人蹙眉。

"你真的……会治病吗？"颜家的四小姐颜洛水，小心翼翼地问顾轻舟。

全家都在怀疑顾轻舟，只有颜洛水带着几分希望，希望真的会出现奇迹。

她最盼望出现奇迹！

颜洛水从小黏着母亲，母女感情深厚，她离不开母亲。

"你能救我姆妈吗？"颜洛水几乎要哭出来，上前欲拉住顾轻舟的手，求顾轻舟帮忙。

颜家的大少奶奶，抢先一步拦住了颜洛水："四妹，你别添乱了。"

这时候，司老太也道："轻舟的医术的确很好，我的病多亏了她。要不是她，我现在可能瘫痪在床了。"

颜家众人又是一愣。

连老太太也说顾轻舟医术好，难道是真的吗？

顾轻舟是个医学天才不成？

司老太很有威望，她是绝不会乱说话的。她这么说了，众人就不得不信。

颜太太却犹豫了。

"司夫人向来掐尖要强，她的未来儿媳妇，她肯定是吹嘘她的。而老太太，见我们都怀疑司夫人的话，为了儿媳妇的面子，也要夸耀几句。"颜太太心想。

这么想着，颜太太更是不敢让顾轻舟尝试了。

她还想留一条命，多跟孩子们相处，等老颜回来呢！

虽然不认同顾轻舟，面子还是要做的，于是颜太太道："顾小姐这样厉害？那我的病，就拜托顾小姐请脉了。"

她伸出了手。

颜家的孩子们有点紧张。

不过，哪怕顾轻舟开了方子，她们也是可以不用的。这么想着，提起的心倒也放下了一半。

"我才疏学浅，斗胆献丑了。"顾轻舟道。

说罢，顾轻舟就坐到了颜太太床边，果然认真给颜太太把脉。

颜太太的手腕瘦若枯骨，冰凉脉弱，顾轻舟认认真真把脉，然后又对颜太太道："太太，我看看您的舌苔。"

颜太太就张开了口。

顾轻舟一番诊脉之后，约莫十分钟，她站起身，扫视了一眼屋子里的人，见颜家的二少爷、五少爷、大少奶奶、二少奶奶、四小姐都在，就道："咱们借一步说话吧。"

医者都不会在病家面前说病情，影响患者的心情。

很是熟练的样子。

司琼枝好笑："她倒是装模作样，我要看看她有什么能耐！"

颜太太这时候开口了，她对顾轻舟道："顾小姐，我这个病已经百无禁忌，他们都是些孩子，你的诊断直接告诉我吧。"

饶是长子快三十岁了，在颜太太眼里，他仍是孩子。

颜太太怕孩子们对她的病还抱有希望，被顾轻舟蒙蔽了。

顾轻舟看了眼司老太，心想："最近碰到的病人，都要求当面说病情。"

司老太点点头。

这个时候，取得病家自己的信任更要紧。

颜太太最是不相信顾轻舟。她不是对顾轻舟有意见，而是因为引荐顾轻舟的是司夫人和司琼枝。

颜太太不信任司夫人。

顾轻舟就道："那我直言不讳了。吐血分很多种情况，有外感吐血、内伤吐血、阴虚吐血、劳心吐血等。

"颜太太您脉象细软无力，手足冰凉，舌淡红而苔薄黄，此乃阳气不守，是虚症，您这是阴虚吐血！应该健脾温阳。只要吐血止住，胃痛自然就停歇。"

顾轻舟说得头头是道。

颜太太这些年一直吃西药，没见过几位中医，顾轻舟的说法，颜太太和颜家众人无法明白对错。

他们都不懂医术。

"顾小姐果然是医术高超。"颜太太敷衍着，抬举了顾轻舟几句，"请顾小姐开个方子吧。"

顾轻舟开了金匮肾气丸，和香砂六君丸。

金匮肾气丸是温阳的，香砂六君丸是健脾的，都是对症下药。

这些药，都能从各处的成药铺子里买到。

药方写好之后，顾轻舟交给了颜太太。

"多谢了。"颜太太收好了。

司琼枝冷眼旁观，见颜太太大约是不相信顾轻舟，这药方应该不会吃的样子，心中有了另一个主意。

她准备过几天再来看望颜太太。

这药，司琼枝一定要让颜太太吃下去。

只有颜太太吃下去，再病死了，司家才能收拾顾轻舟。

也许，可以给顾轻舟判个枪毙。

从此就永绝后患了呢。

"西药胜过中医，颜太太吃了两年的西药都无用，眼瞧着就不行了。顾轻舟给她的中药方子，不会有效果的。颜太太只有这几日的病情，但愿她能吃了顾轻舟的药再死，这样，顾轻舟就永远也洗不清了。"司琼枝想。

她有法子让颜太太吃顾轻舟的药，只是需得等几天。

司琼枝唇角有个淡淡的微笑，踌躇满志。

颜太太将药方收好，表情很敷衍。

颜家的孩子们都不说话。

顾轻舟淡扫一眼，已将众人表情尽收眼底，她心里全明白了。

她非常清楚，颜太太绝不会服用她开的方子。

中医治病讲究缘分。

若是病家和大夫无缘，怎么也不肯相信大夫的话，那么这病就难以痊愈。

同时，顾轻舟看了眼司琼枝，她也明白，司琼枝最终会帮她。

这是司琼枝的目的。

来看颜太太，还是司琼枝提议的，她早已有了万能的应对之策，必须让颜太太服用顾轻舟的药。

"我的药绝对有效，而司琼枝不会明白的，她肯定想让颜太太喝下，然后盼着颜太太去世，把罪过推给我。"顾轻舟心想。

司琼枝等机会，顾轻舟等司琼枝，众人各怀心思，离开了颜公馆。

路上，司老太太还对顾轻舟道："轻舟的辨证很好，颇有大医风范。"

顾轻舟微笑："您喜欢我，怎么看我都觉得很好，旁人大概以为我卖弄。"

"谁敢?"司老太故意瞪目,惹得顾轻舟大笑起来。

司老太又安抚顾轻舟说:"当初轻舟给我开了方子,我心里就明白,一定能治好我,结果就好了。

"轻舟,这就是医缘。若是颜太太不肯相信,那也是她的命,你不必难过。你年纪还小,以后的路很长,医术迟早会扬名天下的。"

顾轻舟心中温暖,道:"是,老太太,我明白的。"

顾轻舟跟司老太离开不过半个小时,颜总参谋就带着他的长子,以及一位名医,回到了颜公馆。

颜总参谋直接去了他太太的院子。

他向他太太引荐一位中医。

"这是徐其真,他就是南京有名的徐一针,医术了得,针灸更是一绝。你从前用中药,病情稳定,这几年吃西药,被治坏了。我重新请了位神医,再给你把把脉。"颜总参谋道。

颜太太看着丈夫,心绪起伏。

他们的挣扎,让颜太太难过又心酸。

都说久病无孝子,久病无恩情,怎么她的丈夫和孩子们,还是不能接受她的离开?

他们接受不了,颜太太就更舍不得了。

她的求生欲全起来了,为了丈夫和孩子,她也要争一口气。

收敛好心绪,颜太太笑道:"今天是什么日子,家里来了两位中医!"

"还有谁啊?"颜总参谋问。

"是督军府二少帅的未婚妻顾小姐,听说她也是位中医,曾经给老太太看过病。"颜太太道。

"是吗?"颜总参谋有点吃惊,"顾小姐还会看病?"

颜总参谋知晓司家新近接了位顾小姐回来,听说是二少帅司慕的未婚妻,他却没见过。

旁边站着的徐神医,眉头微锁,淡淡道:"太太,一病不烦二医,要不我还是算了,先回去了!"

神医都有怪癖，他的病家不能在他面前夸其他的医生。

他在南京认识很多的权贵，根本不把岳城一个总参谋放在眼里，转身就要走。

颜家求他来的，他需得端起架子，颜家才能更信任他。

医者最需要的，就是患者的信任。

颜总参谋拉住了他，笑道："神医莫怪，内子不通人情世故，我给您赔罪！内子的病，还求您妙手回春！"

这位神医好傲气！

医者不是应该仁慈宽容吗？

颜太太有点不喜，从心里怀疑这位医者的人品，就更不相信他的医品了，微微蹙眉。

颜总参谋看出了妻子的不耐烦，他悄悄跟妻子嘀咕："徐一针是给南京的高官看病的……"

"他太傲气了，不像个大夫！"颜太太低声道，"从前在京师，慕神医几乎是药到病除，为人却和和气气的。"

颜太太出身北平望族，当年她家中显赫，北平第一神医慕宗河常去给她祖母看病。

她更怀念医术高超的慕宗河。"可惜了，慕宗河那么好的医术，却没一个传人。"

南京来的徐一针神医，很是傲气，颜太太打心眼里不喜欢。

颜总参谋再三安抚妻子，然后请徐一针给颜太太把脉。

徐一针认真把脉，然后询问了很多病人的情况，诊断说道："凡血动，由唯火唯气。唯火乃实症，唯气乃虚症。

"尊夫人的病，乃是火盛而血热妄行，是实症，应该要凉血清热、滋阴生津。老夫开一方，你们照方抓药，先吃十天，老夫再行复诊。"

这时候，颜家的二少爷着实满心疑惑。

这大夫的诊断，和顾轻舟的诊断南辕北辙。

徐神医说是实症，要清热滋阴；顾轻舟却说是虚症，要温阳健脾，这是两种截然相反的治疗方法。

徐神医用凉药，顾轻舟说要用温药。

一个人的病情，怎可能差距如此之大？截然相反的方法，万一错了，岂不是火上浇油，要了他母亲的命？

"阿爸，方才顾小姐说，姆妈这是虚症，要温阳健脾。若真是虚症，这凉寒的药下去，只怕……"颜二少很担心。

就好似，他母亲正冻得瑟瑟发抖，顾轻舟说要给她添衣，结果这位大夫来了，却要给他母亲泼冰水。

万一他母亲真是虚症，这一剂寒凉清热的药下去，母亲病情岂不是添重？

"怎么，少爷不相信老夫？"徐神医冷哼了一声，"老夫说过了，此乃实症！若是老夫看错了，你大可砸了我徐一针的招牌！"

这徐神医在南京，那是服侍过诸位总长的，被人吹嘘得不知天高地厚。

此前，中医是比较落寞，很多名望好的中医世家，要么移居国外，要么后继无人。

西医治疗急病，见效很快；但是很多的隐疾或者难症，还是要看中医。

也不是西医真的不堪，而是此前西医院的医生，医术有限；而中医发展近千年，许多疑难杂症，都有经验。

徐神医在这个复杂的环境之下，非世家出身的他，居然名利双收，故而非常傲气。

"二弟，别胡说了，你不信神医的话，居然信一个孩子的话？"颜大少阻止他弟弟，不能再惹神医生气了。

徐神医还是气着了，气哼哼开了药方，转身离开。

颜大少忙跟上去，安排他在颜公馆的客房住下。

拿着徐神医的方子，颜太太有点犹豫了。她觉得自己不太像实症，她应该没有火盛。

"……阿慧，这位是久负盛名的神医，他肯定能治好你的病。"颜总参谋低声喊着妻子的小名，"而那位顾小姐，她只是个孩子，孩子的诊断你也敢相信？"

"实症和虚症之间，差别很小，有时候不小心就判断错了，那位顾小姐年轻，她失手是常事，你应该听徐神医的话。"

颜太太吸了口气，道："也对。"

虽然如此说，顾轻舟的方子，颜太太还是叫人认真收起来，别弄丢了。

当天，喝了徐神医的药，颜太太没什么反应。

第二天早上，她早起没有吐血了。

颜家上下大喜："果然是神医！"

"咱们老祖宗的医术，就是比洋人的医术厉害！"

"是那位徐神医厉害！司夫人还说她未来儿媳妇医术好，若是吃了她的药，姆妈现在还不知什么光景呢！"

"是啊，司夫人太轻狂了，应该去告诉她，让她知晓她未来儿媳妇多丢人现眼！"

"你们姆妈病情好转，这是好事，你们多积德行善，顾小姐那事，就不要多提了。"颜太太对孩子们道。

颜家的众人纷纷道是。

颜太太自己也高兴。

吐血两年了，从未间断过，结果这神医一剂药下去，就好转了，真是厉害。

话传到了徐神医那里。

徐神医冷哼："没见过世面的土包子，老子的神医名头是白来的吗？"

到了中午，原本好好的颜太太，却突然再次吐血。

这次，她吐得比以往更多更鲜红。

不仅如此，她喝了清热的药，下泻的时候，尿里还带血。

颜太太昏死过去。

颜家还没有来得及高兴多久，倏然全部蒙了。

颜太太的病情，毫无预兆地加重了。

"怎么会这样，姆妈吐血从来没吐得这么多！"颜家四小姐颜洛水急哭了，失控叫嚷了起来。

用人立马去请徐一针。

徐神医听闻颜太太病情转重，心想："不可能啊，怎么会突然加重呢？"

他很吃惊，心中有些不好的预感，但是他不能露怯，于是一脸淡然去了颜太太的院子。

到了颜太太的院子，徐神医更蒙了，好像被人当头打了一棒。

颜太太上吐下泻，上面吐血不止，下面尿血带赤，她在重创中昏迷了。

"快，拿住那个姓徐的，他要害死我姆妈！"颜二少大怒。

"混账，你知道我是谁吗？"徐一针心虚中，已经给自己找到了借口。

可颜家的下人不给他说话的机会，直接把他绑了起来。

"土匪，你们敢这样对我，我要回南京告你们，你们等着上军事法庭！"徐一针咆哮着，妄图给颜家施压。

结果，颜家根本不理会，直接把他关起来。

徐一针又恼怒又吃惊颜家的强悍，心里倏然就没底了。

"怎么会加重呢？"难道他真的看错了吗？

不可能！

颜家全乱了套，立马给军医院打了电话。

等待军医来的过程中，颜家上下充满了自责。

"那什么狗屁神医，欺世盗名，我要出去宰了他！"颜五少愤怒。

"不许添乱！"颜大少呵斥弟弟。

女人们更慌乱了。

颜家的大少奶奶道："现在看来，顾小姐的诊断才是正确的！"

同时，大少奶奶也震惊，顾轻舟那么年轻，医术竟然比一个老中医还要厉害？

徐一针诊脉的时候，还问东问西；顾轻舟都不问，直接就下方子，这份能耐，远在徐神医之上！

顾轻舟，到底是何方神圣？

颜太太的病情转重，让颜家众人明白，徐一针的诊断是错误的，而和徐一针正好相反的顾轻舟，她的诊断是正确的。

正确的诊断放在眼前，颜家却视而不见。

现在，他们都很后悔。

"顾小姐的药方，咱们怎么不用，非要轻信那个徐庸医，害得姆妈如此惨？"颜家四小姐哭道。

昨日还满怀希望，觉得徐神医肯定能救活颜太太，如今却又这样了，如何叫人不痛苦？

颜洛水哭个不停。

"顾小姐到底年轻，咱们也不敢……"颜家二少奶奶解释，"虽然当时老太太和司夫人都帮顾小姐说话了。"

"就是咱们愚昧，是咱们害了姆妈，咱们小瞧了顾小姐！"颜洛水哭得更狠了。

"我现在想想，老太太最是睿智，她也说顾小姐医术好，我们应该相信顾小姐的。"颜家大少奶奶后悔不迭。

"是啊，我们太无知了。"颜家四小姐哭道，"再去请顾小姐来，她也许还有法子救姆妈。"

他们这边乱成一团，军医们终于到了。

军医们给颜太太挂上了盐水，同时准备了氧气机，颜家才稍微安定些。

司督军也来了。

司督军是听闻颜太太病情突然恶化，颜家乱成一团糟，就跟着过来了。

颜总参谋坐在大厅里抽烟，一根接着一根。五旬的精明汉子，隐约是要落泪。他们夫妻感情深厚，颜总参谋太舍不得他太太。

"都是我！"颜总参谋声音都嘶哑了，"不该找什么神医来！"

"你只是病急乱投医。"司督军拍了拍老友的肩膀，"你这么灰心，我给你出一个置之死地而后生的方法。若是平常，我也不敢这么冒险。"

"督军请说！"颜总参谋像抓住救命稻草那样，紧紧看着司督军。

"司慕的未婚妻顾轻舟，那孩子天赋异禀，前不久我们家老太太的病，就是她治好的。你别看她年轻……"

司督军还没有说完，却见颜总参谋站了起来。

"昨日顾小姐给内子开了药方，我们只当她年轻，不敢用。她的诊断，正好和徐一针的诊断相反，那就是说，顾小姐的方子有效？"颜总参谋吃惊。

"哦，她来看过？"司督军诧异。

颜总参谋现在回想一下，司夫人和司琼枝举荐顾轻舟，老太太力保顾轻舟，现在司督军也说顾轻舟的药方管用。

那么，颜总参谋还有什么理由怀疑？他放着良方不用，实在太蠢了。

颜总参谋猛然站起来，也不和司督军说什么，疾步回了内院。

军医们守在旁边。

"阿爸，司家都说，顾小姐的医术了得，就用顾小姐的方子吧！"一见到颜总参谋，颜五少就立马道。

颜总参谋没回答他。

"阿爸！"颜五少极力道。

"我知道了！"颜总参谋撇开他儿子。

颜太太也醒过来了。

她醒过来之后，第一句话就说："去帮我抓顾小姐开的方子吧，我实在受不住那位神医的方子了。"

家里人更是心酸。

颜总参谋知晓胡军医也是中医世家出身，就把顾轻舟的方子，给胡军医看，问胡军医："您看这方子行不行？"

胡军医前不久才败在顾轻舟手上，顾轻舟不计前嫌帮他求情，他正感激顾轻舟呢。

一听说顾轻舟开的方子，胡军医很慎重，说："我相信顾小姐，前不久司家老太太的病，就是顾小姐治好的！"

这时候，颜家对顾轻舟的质疑，已变成了深信不疑。

颜总参谋后悔不迭：为何昨天没有用？

他太太吃了这么大的苦头，都是因为他们不信顾轻舟。

于是，颜家派人去抓药，给颜太太吃下去。

颜家用了顾轻舟的药方，这件事很快也传到了司琼枝耳朵里。

"颜五向来是个窝囊废，居然真帮我办成了此事？"司琼枝微笑。

颜家那对双胞胎——颜洛水和颜一源，都只比司琼枝大两岁，从小一起长大的，颜一源更是仰慕司琼枝已久。

司琼枝不喜欢颜一源，不过身边有个英俊的追求者，也是赏心悦目的事，更提高自己的身价，所以她也从未明确回绝过颜五少。

所以司琼枝之前给颜五少打电话，极力说药方有效，她就是希望让颜五少在旁边吹风。

若是颜五少不行，司琼枝就再利用颜家的大少奶奶。

她对颜五少没什么指望，没想到却成功了。

当然，这也不会让司琼枝对颜五少刮目相看。

"颜太太吃了顾轻舟的药，哪怕今天不能吃死，等她挨个一年半载死了，我们也可以说，是顾轻舟的药害死了她。"司琼枝粉嘟嘟的小唇微翘着，心情还不错。

只要颜太太吃了顾轻舟的药，颜太太不管什么时候死，司琼枝都可以用颜太太的死给顾轻舟扣屎盆子。

司琼枝也把此事告诉了司夫人。

司夫人道："我就不信，这次顾轻舟还能蒙对！颜家真是病急乱投医，什么人的药也敢用！"

"姆妈，我去颜家瞧瞧。"司琼枝道。

司夫人颔首。

司琼枝到了颜家，才知道颜太太吃了顾轻舟的药，暂时病情稳定。

没有继续吐血。

"顾小姐的药方，果然管用。"颜洛水道，既像是安抚自己，又像是怀着某种希望。

司琼枝想："昨日吃那个徐神医的药，当时也没吐，且等等吧，未必就管用。"

等了大概半天，颜太太的病情暂时安稳，司琼枝复又回家了。

司琼枝刚刚回到家，司督军也回来了。

想到司督军对顾轻舟的喜爱，司琼枝心中就有一根刺。

她不想任何人来分夺她的父爱。

黄昏的时候，司琼枝接到信，说颜太太又吐了几口黑血，颜家把顾轻舟接去复诊了。

司琼枝立马去找司督军。

"阿爸，颜太太又吐血了。"司琼枝告诉她父亲。

司督军轻轻地叹了口气。

颜太太，只怕是活不成了。

"阿爸，都是顾小姐的药，加重了颜太太的病情。"司琼枝笃定道，"当时她非要开药方，我和姆妈在旁边劝了她半晌，让她莫要轻率，她一句也不听。"

她现在将顾轻舟推出去，再也不叫嫂子了，直接称呼顾小姐。

"好孩子，你有心了。去告诉你姆妈，帮颜家准备些祭品，我看颜太太是撑不过三五天了。"司督军又叹气。

司琼枝内心大喜，脸上却有哀婉的悲切："阿爸，您说颜太太死了，颜家会不会怪顾小姐？"

司督军一愣。

"……到底是顾小姐的药，害死了颜太太。"司琼枝看着她父亲，小心翼翼道。

她这是先在她父亲心中埋下一根刺。

等颜太太死了，颜家在司琼枝的鼓动下怪顾轻舟，司督军也会想起司琼枝今天的话，下意识觉得是顾轻舟害死了颜太太。

所有的罪过都是顾轻舟的。

司琼枝说，一旦颜太太死了，颜家会怪顾轻舟的。

司督军也担心。

他很器重颜新侬，之前一直没推荐顾轻舟，就是怕小孩子失手，真治死了颜太太，从此他和颜新侬有了嫌隙。

治病，关乎性命，还是小心为上。

"若是颜太太有个好歹，我真怕将来阿爸难做。"司琼枝又低声道。

司督军看了眼这个小女儿，莫名地舒心。

女儿是父母贴心的小棉袄，的确不假。琼枝聪慧美丽，温柔娴静，从小才貌双绝，是司督军最伟大的成就之一。

"你最懂事了。"司督军摸了摸女儿的脑袋。

此事，让司督军也有些为难。

司督军推荐顾轻舟去，自然没什么；可司琼枝说，顾轻舟不顾阻拦非要冲上去，这就失了分寸。

"轻舟伶俐，这件事却办得有些鲁莽。不过也不能怪她，年纪小的孩子着急表现自己，不都是这样吗？"司督军心想，还是很维护顾轻舟的。

小姑娘爱出风头，这不算什么大错，反而有点可爱。

司督军很喜欢顾轻舟，所以心里格外偏袒顾轻舟。

司琼枝看了眼她父亲的表情，就全明白了。

司琼枝也不着急，现在颜太太还没有死呢，等颜太太真的死了，父亲就不会这么想了。

隔了一天，司琼枝再给颜家打电话。

昨天颜太太吐血了，她知道，今天颜太太还是会吐的。

司琼枝很清楚，颜太太一天要吐两次，都是在早上，于是她特意挑了下午。

"婶母如何了？"司琼枝请颜五少听电话。她握住电话，粉润的指尖在桌面上轻轻地滑过，心情愉悦。

她可以判定，电话那头的颜五少很悲切。

不承想，司琼枝却听到了一个喜悦的声音："琼枝，你真是太厉害了，你给我们引荐了一位名医！我姆妈吃了顾小姐的药，今天早上和中午都没有吐血。"

司琼枝细长的指甲一顿，差点被坚硬的桌面折断。

没吐？

她压抑着内心的狐疑和震惊，声音故作喜悦："太好了，婶母有救了！"

她又迫不及待地问，"昨日不是还吐了嘛，是怎么回事啊？"

颜五少道："昨日是吐了，请了顾小姐复诊。顾小姐很有把握

248

地说，那是最后的残血，吐完就没事了。"

司琼枝的手紧紧攥了起来，握紧了电话，粉润的指尖退了颜色！

司琼枝唇色微白：难道我们又替顾轻舟做了嫁衣吗？

这太可恨了！

而且，这是为什么？西医的手术治坏了颜太太，顾轻舟的药为什么有用？

"她到底是怎么蒙对的？"司琼枝想不通，"她不可能有医术的！"

司琼枝实在无法忍受，她去了趟颜家。

颜家所有人都小心翼翼，守在颜太太的屋子里。

女佣领着司琼枝往里走，颜家的庭院静悄悄的，细风吹过树梢，虬枝没有叶子的点缀，在料峭春寒中瑟瑟发抖。

司琼枝也感觉冷，拉紧了风氅，她身段越发玲珑，随着女佣去颜太太的院子。

她走得很急促。

远远地，听到一位中年人在骂。

这位中年人，就是颜总参谋从南京请过来的神医，人称徐一针，针灸很厉害。

"……实症的病，你们用虚症的药，就好比起火了，你们居然还添油，病情只会越来越严重，你们真是盼着太太死！"徐一针大骂。

司琼枝听了，忍不住有点小兴奋：还是出意外了吗？

"可是我母亲服用了您的药就吐血，服用了顾小姐的药就无妨。"颜二少驳斥。

"愚昧，中药治本，不像西医一天就见效，你们太心急了！颜太太吃了什么顾小姐的药，现在不吐，不出三天，就要出大问题，大罗神仙也难以回转！"徐一针骂。

司琼枝倏然松了口气。

原来是这样。

顾轻舟的药，只是把颜太太的病积累了，越积越重，继续服用下去，颜太太活不过三天！

太好了！

司琼枝心想："我不是不善良，只是颜太太已经是末路了，拖着疾病她也痛苦，早走反而是解脱，同时还能给顾轻舟泼一身黑，两全其美，愿颜太太来生投个好胎吧！"

心里有底之后，司琼枝少了焦虑，收起她的高兴，进去看了颜太太。

颜太太今天没有吐血，气色也没有好转。

司琼枝略微坐了坐，关切地问了几句："婶母，您感觉怎样了？"

颜太太脸上有了淡淡的笑容："已经好多了，多谢三小姐想着。"

"我姆妈也担心您，又怕贸然来看望，反而打搅了您休养，只托了我来。"司琼枝道。

司琼枝生得美艳，不输她母亲，粉润的小脸全是关切。

颜太太却知道司小姐根本看不起她，也看不起颜家，颜太太的笑容很疏淡。

司琼枝的目的达到了，闲话几句之后，就说不打扰颜太太静养，起身离开了。

颜家还是有人把徐一针的话听了进去，比如颜家的大少奶奶。

"姆妈，要不要重新吃徐神医的药？"大少奶奶问，"那位顾小姐太年轻了，我实在害怕……"

颜太太却是铁了心要吃顾轻舟的。

吐血的痛苦、胃痛的折磨，只有颜太太自己清楚。

吃了顾轻舟的药，她不吐血了，胃痛也缓解了些，她很高兴。

颜总参谋也犹豫不决。

"新侬。"颜太太喊丈夫的名字，像儿时那样温婉。

颜总参谋坐到了她身边。

"我知晓你心里愁苦，也担心用错了药。"颜太太道，"我现在很好，两年来，我第一次觉得舒服。哪怕是要走了，我也要开开心心地走，难道不比痛苦着走更好吗？若有来生，我还跟你做夫妻。"

颜总参谋握住了妻子枯瘦的手："别说傻话，你才五十岁，我们还有三四十年的光阴。你可别丢下我，我一个糟老头子，没有你服侍我，晚景凄凉哪！"

饶是这么说，颜总参谋没有反驳妻子。

短暂的轻松，让颜总参谋看到了妻子久违的笑容。

为了这笑容，就值得冒险。

"你们太无知了！"徐一针还在骂，"颜太太至少还有二十年的命，你们居然要害死她！我的话放在这里，若是三天后不出大事，我就把这只诊脉的手剁给你们！"

他赌咒发誓，让颜家的孩子们又担心起来。

"阿爸……"孩子们欲劝。

"别说了，我相信你姆妈，她自己明白的。药是她吃，我们就听她的吧。"颜总参谋道。

颜家的孩子们不敢反驳，也不敢合眼，全守着颜太太。

他们就这么苦熬了三天，几个孩子都熬瘦了。

到了第四天早上，原本早起就要吐血、胃疼不止的颜太太，睁开眼睛之后，突然说："蜡梅是不是开了，真香！"

众人一愣。

她闻得到花香。

之前她的嗅觉是闭塞的。

"……我有点饿了。"颜太太又道，"今天胃不疼，就是想吃东西。"

众人再是一愣。

颜家四小姐颜洛水一下子扑到了母亲怀里："姆妈，您这是好转了！"

严肃稳重的颜总参谋，倏然两行清泪落下来，喜极而泣。

颜太太好了！

第九章

义父义母

西医手术失败后，颜太太被病痛折磨了两年，无药可医的情况下，吃了顾轻舟开的方子，四天之后，她痊愈了。

她持续了两年的吐血症好了，她持续了三年的胃痛不见了。

位高权重的颜总参谋，当着全家孩子、军医和用人的面，潸然泪下，这让很多人动容。

"好，好。"颜新依哽咽着道，"果然是老天爷开眼，保全了你！"

一个睿智的长辈，如此动容哽咽，孩子们全喜极而泣。

"阿爸，不是老天爷救了姆妈，是顾小姐！"颜家四小姐颜洛水道，"阿爸，顾小姐是咱们家的救命恩人！"

这时候，他们都知道颜太太是好转了。

同时，众人更加明白，顾轻舟的医术，远胜过南京的神医徐一针！

原来不显山不露水的岳城，藏了这么个厉害的人物！

对方还是个年幼的小姑娘，就更是了得了！

"她莫不是药王转世？"颜太太提到顾轻舟，满腔的感激，几乎要落下泪来。

只有颜太太自己真正明白病痛的疾苦，最高兴的也是她。

其他人虽然心焦难受，却又如何懂颜太太的煎熬？

十分的病，颜太太素来只敢说七分。

"药王不知道，却是个活神仙！"颜新依也开心。

听到这个消息时，那个南京的神医徐一针整个人蒙了。

"真是虚症？"徐一针冷汗从额头沁出来。

回想一下，真有可能就是虚症，而他误以为是实症。

为何会看错？

除了徐一针心高气傲，有心在岳城显摆一下，同时也觉得颜太太病容太过于凄切，没有救她的必要。

他看不起岳城的人。

"要是治好了，他们高兴都来不及，给我钱给我名，我在岳城会声名大起；若是治死了，连西医都束手无策，我能怎么办？他们忙着伤心办丧事，还能想起我？想起又怎样，我在南京有头有脸，他们敢拿我如何？"徐一针之前是这么想的。

正是他这种吊儿郎当，不把人命当回事，自己是中医却又瞧不起中医的态度，让他失误了。

失误之后，他死也不肯承认错误，为了让颜家相信他，他反而说了很多的狠话。

非说什么颜太太只有三天的寿命，三天之后肯定要出事等，还说剁手给颜家。

如今第四天了，颜太太的病情并没有徐一针预料中的恶化，她完全好转了。

徐一针冷汗大冒。

颜太太好了，徐一针却蒙了。

他正犯愁时，颜二少来了。

颜二少一开始就看出徐一针的高傲，很不喜欢他，所以最不相信他的诊断。

如今，颜太太好了，颜二少心情也大好，想起了徐一针。

那个徐一针，他的诊断才是南辕北辙，差点害死了颜太太！

"徐神医，你不是说，要剁手吗？"颜二少带着两个家丁，拿了一把菜刀进来。

徐一针吓得半死，哆哆嗦嗦道："你……你少犯浑啊……你知道我是谁吗……我是政治部孙部长的私人医生……"

"呸，庸医！"颜二少冷哼，"剁你的手，脏我家的地！要不要我派人送你回去，顺便跟南京的孙部长说说你的丰功伟绩？"

徐一针吓得屁滚尿流，连忙夹着尾巴逃跑了，十分狼狈。

"这等庸医，差点就死在他手里！"颜家大少爷也后怕，"姆妈，幸亏您睿智！"

　　颜家这边欢天喜地，简直比过年还要热闹，几乎人人笑逐颜开。

　　司琼枝早起，心情也极好，她想起今天是第四天，该到颜太太收尸的日子了。南京那个神医说，吃了顾轻舟的药，颜太太熬不过三天，肯定不会有假。

　　司督军这几天又去驻地了，司夫人忙着追捧戏子，也没空理会颜家。

　　只有司琼枝关注这件事。

　　因为，让顾轻舟去看望颜太太，是司琼枝的主意，这件事都是司琼枝筹划的，她在等结果。

　　凡事都要善始善终。

　　"……今天去奔丧，还是要换一件素衣裳。"司琼枝想。

　　她换了件月白色素面旗袍，外头披一件银白色英伦大风氅，去了颜家。

　　她在门口的时候，遇到了急匆匆要出门的颜五少。

　　"阿源哥哥。"司琼枝喊他。

　　颜五少脚步一顿，满头虚汗跑到了司琼枝身边，他唇角带着笑。

　　每次颜五少看到司琼枝，都是这么一副谄媚的模样，司琼枝没留心，当即很难过："阿源哥哥，不管姊母怎样，你都要节哀！"

　　颜五少一愣。

　　他欲解释，却听到司琼枝继续道："当初顾小姐非要给颜太太开方子，我和我姆妈都是不同意的，如今她果然闯祸了，是我们的错，没有阻拦她！"

　　司琼枝极力撺掇顾轻舟开药方，颜家人都知道。

　　但是，她不是这样跟司督军说的。

　　她诬陷是顾轻舟非要逞能。

　　现在颜太太死了，司琼枝立马改变口风，无非是利用颜家人对顾轻舟的愤怒，让他们忘了当时司琼枝的推波助澜，甚是加重顾轻舟的罪过，会帮司琼枝遮掩。

　　"阿源哥哥，真是对不起，我应该更努力阻止她的，姊母的事，你要节哀啊！"司琼枝继续道。

她说罢，明媚的眸子添上了一层雾气萦绕，美丽得几乎妖娆。

颜五少却一愣。

这一席话，让颜五少目瞪口呆。

这位少年吃惊地看着司琼枝，好似第一次看清楚她的面目。

"你……为什么？"颜五少难以置信，"你当时不同意？分明是你多次力主，非要顾小姐给我姆妈治病的啊！"

"阿源哥哥，你是不是太难过，伤心过度了？"司琼枝可怜他，"我没有啊！"

"是你，分明就是你！"颜五少后退了一步。

司琼枝当然有。

颜五少很感激她，记得清清楚楚，是司琼枝和司夫人力主的。

颜五少恍然大悟："原来你不相信顾小姐，你让顾小姐来给我姆妈治病，是想害死我姆妈！幸好顾小姐医术好，救活了我姆妈。"

"你说什么！"司琼枝噙泪的美目，倏然睁大，眼底的悲切收尽，变得薄凉而狠戾。

颜五少这时候看清楚了她的表情，他顿时全明白了。

他后退了一步，惊愕地看着司琼枝，颜五少心寒了。

"我姆妈没死，你看走眼了！顾小姐有本事，她的药救活了我姆妈！"颜五少愤愤道，"司小姐，枉我姆妈那么疼你，你怎么能这样对我们？"

司琼枝整个人愣在那里。

颜五少又怒又悲，他从小爱慕的少女，竟然会这样对他们家？

他仓皇后退数步，转身就跑，不想再看到司琼枝的面容，他很受打击。

司琼枝也彻底惊呆了。

她一张脸惨白，急匆匆跑到了颜太太的院子，看到颜太太气色还不错，跟众人有说有笑的。

颜家的人看到了她，客气招呼她："司小姐，您来了？"

"是，是啊。"司琼枝说话也不利索了。

坐在回去的汽车上，司琼枝还是惊魂不定，她恨得把手里的皮手袋都捏破了。

果然，她真的给顾轻舟做了嫁衣！

"顾轻舟，你这么邪门？"司琼枝恨得眼泪几乎落下来，颇为失态。

太邪门了，这个顾轻舟，她居然会医术！

而且，南京来的神医，居然不如顾轻舟！

顾轻舟不过十几岁，却把经验丰富的神医打败了，这叫司琼枝如何能相信？

她长这么大，一直尊贵优雅，不管对谁出手，都是大获全胜。她第一次失败，居然是败给了顾轻舟。

"我跟阿爸说的那些话……"司琼枝攥紧了手指，心中担忧，该如何搪塞她父亲。

她父亲很精明，不容易糊弄！

司琼枝这次的诬陷，太轻率了。

颜太太不再吐血，胃也不疼了之后，再请顾轻舟复诊。

顾轻舟去了，说："这药再吃两个月，以后这吐血症和胃病就可以断根了。您身体虚弱，胃气不升，多喝些没油腻的蔬菜汤，以及米粥，等过了半个月，才能正常吃饭。"

颜太太一一记下顾轻舟的医嘱。

"顾小姐，你救了我一命。"颜太太热泪盈眶，握住了顾轻舟的手，"我以为我的命到头了，结果这般幸运，你来了！"

"我是个中医，救死扶伤是我的本分。"顾轻舟笑道，"您太客气了。"

颜太太笑起来。

春阳娇媚，碧穹高远无云，澄澈得几乎透明。颜府的玻璃窗擦得干净，被阳光照耀，就如晶莹的玛瑙。

庭院一株桃树，虬枝斜倚，已经发出嫩红色的花苞。

岳城的春来得特别早。

屋檐下养着一只雀儿，颜太太生病期间，它从来不鸣叫，如今竟然破天荒地发出清悦的叫声。

颜家上下都洋溢着喜悦。

259

顾轻舟陪坐着喝茶，跟颜太太说些养生的话题，颜家的大少奶奶、二少奶奶、四小姐和五少爷作陪。

"胃溃疡是应该动刀的。但是手术之后，西医没有照顾好您，导致复发。并不是西医不行，只是这次的医生不好。"顾轻舟道。

颜太太吃惊看着顾轻舟。

西医每次都会把中医狠狠贬低，而中医们，几乎都会用一种很宽容的口吻，客观评价西医。

西医排斥中医，中医却能容纳所有。

这就是底蕴！这就是千年的涵养，培养出来的医德。

"顾小姐，我之前挺怀疑你的医术，没想到你这么厉害，果然人不可貌相！"四小姐颜洛水道。

"是啊是啊！"大少奶奶也感叹，"司夫人极力夸你，她果然有眼光。"

颜五少却突然不说话了。

司琼枝和司夫人夸顾轻舟，显然是不怀好意。她们并不相信顾轻舟，却让顾轻舟来给颜太太治病。

她们想让顾轻舟治死颜太太，这样就可以处罚顾轻舟。

颜五少静静打量顾轻舟。

顾轻舟远不及司琼枝美丽。但她一张小巧的脸，双眸明亮璀璨，眼睫毛修长浓密，鼻尖微翘，精致可爱，竟是十分耐看。

司琼枝为何要害她，颜五少隐约明白了些：司家不喜欢这个未来的儿媳妇，至少司夫人和司琼枝不喜欢。

众人夸了顾轻舟一通。

督军府的总参谋颜新侬进来的时候，听到屋子里笑语嫣然，这是颜家好几年不曾一见的，他也默默翘起了唇角。

"你姆妈要休息，你们都去忙吧，别总在这里打扰。"颜新侬道。

孩子们道是。

颜新侬又对顾轻舟道："顾小姐，能否借一步说话？"

顾轻舟颔首："好啊。"

她跟着颜新侬，到了隔壁偏厅。

260

颜新依先夸了顾轻舟的医术，再三说感谢她救活颜太太，然后他拿出一个小首饰盒子，递给顾轻舟："这是一点谢礼！"

"总参谋，我不能要。"顾轻舟道，"我从小跟着师父学医，《大医精诚》是入门必背的，上书'凡大医治病，必当安神定志，无欲无求，先发大慈恻隐之心，誓愿普救含灵之苦'。

"我既然没有坐诊，就不会要您的酬谢。若是我师父知晓，他会骂我欺师灭祖，要打断我的腿！"

颜新依静静看着她。

顾轻舟眼眸澄澈，莹然眼波里，能倒映出人影。

颜新依很感动："世道大变，皇帝没了，儒道也摧枯拉朽，顾小姐还记得祖训，记得《大医精诚》，知晓医者的仁义，真叫颜某刮目相看！"

"您过誉了，我只是个乡下人，不懂时髦，土里土气的话您不嫌弃，我应该感谢您。"顾轻舟微笑。

她这一番话，彻底笼络了颜新依的心。

顾轻舟的话，让颜新依很高兴。

旧式的教条，在颜新依心中地位很高，只可惜现在人视为弊端。

顾轻舟的一席话，突然让颜新依看到，年轻一辈人，并没有彻底丢弃祖宗的智慧，文化还能得以传承，他很欣慰。

"我很敬佩顾小姐，督军能有你这样的儿媳妇，真是司家的大幸！"颜新依道。

顾轻舟微笑。

她得到了颜家的人脉。

同时，颜新依极力将小首饰匣子给她："这不是酬金，你就当是颜伯伯给你的见面礼吧！"

顾轻舟再次推辞。

她的推辞，毫不犹豫。

颜新依就更坚持："轻舟，颜家和司家乃是至交，你是司家的儿媳妇，到我们家来了，按照礼数，应该给你一份见面礼，你就收下吧，听话！"

抬出了礼数的大帽子，颜新侬这份礼物给得很诚挚，顾轻舟再推诿就辜负了颜新侬的善意，她收了。

她再三道谢。

顾轻舟离开之后，颜太太小憩了片刻，醒过来之后精神抖擞。

颜新侬到了她床边，颜太太低声问："顾小姐收下礼物了吗？"

"收下了。"颜新侬道。

同时，颜新侬把顾轻舟那番大医精诚的话，告诉了颜太太。

颜太太听完之后，惊喜道："那孩子，真有一颗玲珑剔透的心！"

颜新侬点点头，复又叹气。

"怎么了？"颜太太不解。

原来颜新侬刚从老五那儿听说了，就把司夫人和司琼枝想害顾轻舟，结果顾轻舟歪打正着，开了个有效药方的事，告诉了颜太太。

"……她们未必是想害你，多半是想害顾小姐！"颜新侬道。

颜太太气极，咳嗽了起来。

咳嗽之后，并没有吐血，是彻底好了。她愤愤然："司夫人的眼光太高了，容不得人！顾小姐没了生母，娘家也不显赫，是挺可怜的。"

"不如，我们认她做义女，如何？"颜新侬道，"她对你可是救命之恩！她是颜家的大恩人，若是还在前朝，咱们应该给她立个生祠，现在不流行这样了。"

颜太太眼睛微亮。

"这自然很好！"颜太太道，"只是，她将来是督军的儿媳妇，咱们是督军的下属，她会不会嫌弃咱们？"

"儿媳妇？"颜新侬沉默想了想，"我看此事很难。督军是喜欢顾小姐的，夫人却未必乐意，此事八成要有变故。"

想到司夫人为了陷害顾轻舟，不惜捧杀她，颜太太不寒而栗，她丈夫的话，她深以为然，顾轻舟很难嫁给司慕。

颜太太更可怜顾轻舟了。

"我让洛水去试探试探顾小姐的意思，若是她不嫌弃，我们倒也可以做她的义父母，将来有什么事，好歹能撑腰不是？"颜太太笑道，"再问问她父母同不同意……"

晚夕的时候，颜太太把她的颜洛水叫到了身边，问了她此事。

颜洛水今年十七，只比顾轻舟大一岁，性格沉稳内敛。

"姆妈，这太好了！"颜洛水很喜欢顾轻舟，不仅是因为顾轻舟投她的眼缘，更是因为顾轻舟治好了她的母亲。

颜洛水离不得母亲。

"我后天去看望顾小姐。"颜洛水笑道，"姆妈，我真喜欢她，愿意她做我的义妹！她救活了您，是菩萨转世！"

颜太太轻轻地摸了摸爱女的脸，笑了起来："你这傻孩子！"

司督军回城，首先想起了颜新侬的家事。

不知颜家现在如何了。

"去颜公馆。"司督军对副官道。

督军府的汽车，就开到了颜家大门口。放眼望去，没有瞧见白幡，也没有听到哀乐，司督军一颗心稍微安定几分。

还好还好，颜太太暂时还没有走！

"颜新侬和他太太感情太深，别出事才好，我真怕他受不住打击。"司督军心想。

颜新侬夫妇情深，要是顾轻舟真治死了他太太，这梁子就结下了！和颜家结下梁子的话，其实会很糟糕。

司督军来了，颜新侬很快迎出来。

"今儿气色甚好，弟妹的病情好转了？"司督军问。

这是客套话，宽慰家属的心。

以司督军的经验看来，颜太太那病估计没什么起色。

哪怕是顾轻舟看了，也未必可以好转，毕竟顾轻舟只是大夫，又不是神仙。

不承想，颜新侬立马喜上眉梢："是啊，全好了！督军，您的儿媳妇是我们全家的大恩人。这是新时代，若是后退五十年，我非要给她立一座生祠不可！"

司督军愕然。

同时，他的心里又豁然开朗。

"轻舟的药起效了？"司督军忍不住笑。

"是啊，非常有效，内子现能吃饭睡觉，一天天好起来了。"颜新侬笑道。

司督军眼角有得意堆砌。

对于顾轻舟的医术，司督军是有七分相信的，司家的老太太就是顾轻舟治好的。若不是他女儿那番话，他根本不怀疑顾轻舟。

现在看来，顾轻舟的医术，应该能得到九分的信任。

"如此甚好，合该你有福气。"司督军欣慰，拍了拍颜新侬的肩膀。

颜新侬眼睛却转了一下。

他似乎想起了什么，犹豫了下，还是对司督军说了。

颜新侬对司督军道："此事，我还应该当面给夫人和琼枝小姐道谢。我们之前见顾小姐年纪小，以貌取人，不太敢用她的药。

"是夫人和琼枝小姐极力引荐。特别是琼枝小姐，天天往我们家跑，催促着用顾小姐的药，这份苦心，才是救回内子的根本……"

他说罢，抬眼去看司督军。

果然见司督军微愣，像是想起了什么，继而脸色阴沉了下去。

这点情绪，司督军很快就遮掩住了，随意说了句："应当的。"

颜新侬微笑，他知道司督军想什么。

司琼枝的用心，就这样被颜新侬戳破了。

上次司琼枝诬陷顾轻舟逞能的话，也不攻自破。

司督军去内院看了一回颜太太。

颜太太还是那么消瘦，眼睛却有了神采，这是好转的迹象。

轻舟的药，真的起效了！

回想起琼枝的话，以及颜新侬的话，司督军就明白：这次治病，不过是他的夫人和女儿给顾轻舟设的一个陷阱。

幸好顾轻舟真有医术，要不然治死了颜太太，颜新侬跟司督军也有嫌隙。

"无知妇人！"司督军心中大怒。

汽车到了督军府的官邸门口，司督军跳下了汽车，迫不及待进了后院。

他气势汹汹。

司夫人正在看书，眉头紧锁，见司督军进来，她站起身道："督军回来了？"

"到我书房来！"司督军脸色铁青，亦如他身上那件笔直挺括的军装。

司夫人心中有数，跟着司督军进了书房。

司督军很严厉："夫人，你不喜欢轻舟吗？"

司督军很生气，既气司夫人，也气司琼枝。但是琼枝是姑娘家，男人教子不教女，女儿应该交给妻子去教育。

琼枝做错了，她的罪过都在司夫人身上。

司夫人早有准备，对这话并不意外。她生得美艳动人，杏目微垂，竟显得楚楚可怜，有些少女的娇憨委屈。

"不喜欢！"司夫人道。

这话，反而叫司督军微愣，没法子接话。

司督军没想到司夫人如此坦诚。

司夫人声音柔婉，喃喃低语："我跟着督军的时候，家境并不优越，慕儿小时候吃了很多苦。

"他念书刻苦，夜以继日。而后意外出事，至今不能言语，所有的倒霉事都被他碰到了。

"我是个没有主见的母亲，只盼着我的儿子好。他这般努力刻苦，却要他娶一个乡下女子为妻，他的朋友、同学甚至将来的下属都会笑话他。

"我不喜欢轻舟，从第一次见面就不喜欢。但是，督军重诺，为了您的诺言，哪怕再不喜欢，我也忍了，慕儿也忍了……"

说罢，眼泪就簌簌落下来。

若是她狡辩，坚持自己没有害过顾轻舟，司督军会大怒；但是，她这么一番软语表白，言语中又真情实意，司督军反而软了。

"好了好了，不要哭！"司督军拉着她柔软的身子，将她抱坐在腿上，"我知道你委屈，为了我，为了司家！是我没有体谅过你的心意，没有察觉到这些。"

司夫人哭得更狠。

颜家的事就算翻篇了，司督军不喜欢炒冷饭，一件事不会反复提及。

司夫人和顾轻舟的问题，司督军没有放在心上，因为他觉得是家务事，是婆媳矛盾。

婆婆媳妇的问题，已经上千年了，不是光司夫人和顾轻舟有，一般人家都有。

司督军也解决不了这个千年的难题，只能看以后的造化了。

至于司琼枝，司督军是有点失望，暂时不太想原谅她。

司夫人算是圆满地解决了这个问题。

倒是司老太听说颜太太好了，登门看望之后，回来打电话给督军府，让司督军来司公馆。

来了之后，老太太道："轻舟的医术，咱们都瞧见了，她是真厉害。慕儿那病，不如也请轻舟看看？"

老太太关心孙儿，想让顾轻舟去给司慕治病。

司督军最终还是知道了司慕从德国自己逃回来了，毕竟是亲生儿子，又平安回到了家，也就没再多说什么，只希望司慕能早点痊愈。

司夫人很犹豫。她不喜欢顾轻舟，却也不否认，顾轻舟一连两次治好疑难杂症，说明她天赋极高。

哪怕顾轻舟再年轻，医术也是过硬的。

中医真像玄术，有时候稀奇古怪的，叫人不得不信。

那让顾轻舟试试？

司慕去德国治疗了半年，名医们都说，司慕的声带没有任何问题，他不能说话，只怕是心理疾病。

从那之后，司家就开始替司慕去寻访名医，又去看心理医生。

心理医生看了很多，都是德国有名的，五年下来，毫无进展。

司夫人心里飞速盘算着："若说老太太的病是顾轻舟瞎蒙的，那颜太太如此凶险的病，也被她治好了，说明她是有点鬼才的。"

虽然不喜欢顾轻舟，司夫人还是有基本的判断的。

266

　　她之所以现在选择相信顾轻舟，还是盼着自己的儿子病能好转。

　　一点零星的希望，做母亲的也不愿意放过。

　　若司慕一直做个哑巴，怎么和司行霈那个畜生斗？

　　司行霈可是饿狼，只要督军去世，司慕母子别想司行霈会善待他们。

　　特别是现在司行霈在军中威望很高，司慕接手的可能性不大。

　　司夫人迫切需要她儿子好转。

　　"也行，就让她试试吧。"司夫人最终同意了。

　　她将此事告诉了司慕。

　　司慕在纸上，写了一个俊逸锋锐的"不"字，将司督军和司夫人拒之门外。

　　司夫人劝了半晌，司慕拒不开门。

　　司琼枝对司夫人和司督军道："阿爸，姆妈，二哥他是受够了治疗，才从德国跑回来，宁愿做苦力也不想回家。

　　"二哥病了，你们心急，可曾想过他更痛苦？反复的治疗，一次次给他希望，再一次次让他绝望，他承受的打击是你们的数万倍。

　　"二哥是督军府的少帅，他遗传了阿爸的坚强，姆妈的睿智，才没有寻短见。如今，你们还要逼迫他，是打算逼死他吗？"

　　司夫人和司督军愣住。

　　在屋子里的司慕，缓缓睁开了合上的眼帘。

　　原来，在这个世上有个人如此懂他！

　　他果然没有白疼这个妹妹，她是他的知己！

　　司琼枝一席话，让司督军、司夫人和司慕三个人满意。

　　司慕出了房间，轻轻地抱了一下司琼枝。

　　如此一来，司夫人真不敢逼迫他了。

　　司督军夫妻俩一合计，此事的确不能操之过急。再治疗下去，这病好不了，还会逼疯儿子。

　　"慕儿最懂事听话，他能从德国逃回来，孩子心里严重受伤，切莫再逼迫他了。"司夫人道。

　　司督军也犯愁。

两个儿子，手心手背都是肉，他也很疼司慕。

"那算了，以后再说。"司督军无奈摇摇头。

他将此事告诉了老太太。

老太太更疼孙子，听了司督军这番话，老太太虽然很难过，却也理解："治病是医家三分力，病家七分力。他自己不愿意治，哪怕再好的药也不济。反正轻舟是他媳妇，将来迟早能治好他，不急一时。"

司督军颔首。

此事就暂时搁置不提。

不过，顾轻舟的医术，却得到了司家上下一致的认可。哪怕是司琼枝、司夫人那么厌恶她，也不敢否认，顾轻舟在治病方面是有鬼才的。

于是，司夫人和司琼枝再也不敢给她搭台，让她去治病了。

"姆妈，您不是说要去查顾轻舟的底细，派人去了吗?"司琼枝问。

司夫人摇摇头："还没有。"

没有派人去查，是司夫人以为顾轻舟会治死颜太太，司夫人能顺利处理掉她，不需要多此一举。

况且，司夫人最近爱捧戏子，也没心思理会顾轻舟。

"看来，明日得派个人去。"司夫人暗道。

顾轻舟不知司家这些事。

她从颜家回来，打开颜总参谋给她的小首饰匣子，倏然惊讶，倒吸了一口气：一对钻石耳坠子!

钻石比黄金贵多了!

这么一副小小的耳坠，至少要一根小黄鱼，七八百块钱才能买到。

钻石晶莹，在灯火下闪耀着绚丽光泽，璀璨灼目，闪闪发亮宛如碧穹之下的繁星。

"真好看。"顾轻舟轻轻地抚摸它们。

钻石坚硬，轻轻地滑过她的肌肤。

她知道，这对耳坠子，她肯定会卖了换钱。

可心底舍不得。

女孩子对首饰的热爱，是没理性的，顾轻舟亦然。

她现在很穷，需要钱在岳城立足，更需要钱打通人脉，这样的好东西，戴在耳朵上是暴殄天物。

李妈还在乡下等着她，她没资格享受。

她依依不舍地将匣子合起来，再也不敢看一眼，怕自己会心痛。

"颜家真大方。"顾轻舟躺在床上，回想颜太太慈善的眉眼，颜总参谋睿智的眼神，就很羡慕颜家的孩子。

她要是有这样的父母就好了。

只可惜，她没那么幸运。

她从小就没了娘。

说起来，顾轻舟真要感激李妈，将她带到了乡下，粗茶淡饭却精心温柔地呵护她，没有让她在继母的手下讨饭吃。

讨饭吃的日子，最先被消磨掉的，是自信和希望。

没有希望，人就没了前途。

顾轻舟现在还算有前途——假如能摆脱司行霈的话。

正月底，颜家的四小姐颜洛水登门，邀请顾轻舟去颜公馆做客。

春意越发浓烈，春风温柔缱绻，庭院的树木披上了青青新妆，发出稚嫩翠绿的芽。

迎春花开了，花瓣娇嫩清雅，点缀着早春的单调，庭院的小径上，落英如雨，似铺了层锦缎地毯。

颜洛水伴着这样的落英缤纷，进了顾公馆，感叹道："你们家好别致。"

"这楼有些年月了，树木是比旁处茂盛。"顾轻舟笑，然后又问，"你怎么来了，是不是太太的病有了反复？"

"没有，没有！"颜洛水笑容清湛，"我姆妈想请你去颜家做客，特意让我来接你。"

顾绷随即下楼，看到了颜洛水。

颜洛水姿容淡雅，笑意浅浅，穿着一件蓝色旗袍，看上去其貌不扬，一点也没有军政府高官家小姐的奢华。

"这是谁？"顾绷没好气地问，"顾轻舟，你认识什么乱七八糟的人都往家里领，当顾公馆是什么地方！"

顾公馆是什么地方？

是顾轻舟外公的祖业，是顾轻舟的私产，却被顾圭璋霸占，你们厚颜无耻地住在这里！

顾轻舟微微抿唇，眸子里闪过几分锋利，颜洛水却轻轻地握住了顾轻舟的手。

颜洛水是个懂事的女孩子，她知晓家家有本难念的经，她绝不想自己的到来，给顾轻舟惹麻烦。

"对不起，我不请自来，唐突了！"颜洛水好脾气，笑容似初绽的桃蕊，娇嫩又清浅。

她的容貌看上去很舒服，对女人没有任何攻击性，这也意味着，对男人没什么吸引力。

顾缃的脸色微微缓和，从鼻孔打量颜洛水，心想："穷酸！"

顾缃最擅长看别人的衣着，估量别人的身价。

也不知顾轻舟哪里找来的狐朋狗友。

顾缃转身，用水晶杯子倒了杯水，慢慢喝着，余光打量颜洛水，生怕颜洛水占顾家的便宜。

一个穿着军装的高大身影，推门而入。

是一名副官。

顾缃猛然站起来，是军政府的副官，难道又是司督军府来给顾轻舟送东西吗？

却见那个英武非常的副官，向顾缃眼中的穷酸女子颜洛水扣靴行礼："小姐，车子备好了。"

颜洛水点点头。

顾缃手里的水晶杯，哐当一声掉在地上，大理石的地面，碎晶四溅，满地狼藉。

清脆的碎晶声音，在大厅里回荡，那高高的意大利式水晶灯，仿佛也在轻微颤抖。

副官说"小姐"！

穿着蓝布旗袍的颜洛水，眉眼平淡，衣着朴素，竟被一名军政府的副官叫小姐？

她是什么人啊？

顾缃愣愣看着颜洛水。

"这位是……"顾缃回神，知晓自己看走眼了，对方身份尊贵，当即换上一副微笑甜美的模样，想跟颜洛水握手。

颜洛水白净腼腆，人畜无害的她，看上去很随和，对旁人的得罪也不在意。

顾缃觉得颜洛水太好欺负了，就像个软面团，可以随意揉捏。

不承想，颜洛水却柔柔挽住了顾轻舟，笑道："走吧！"

副官把一张笑脸的顾缃挡在身后。

"这位小姐！"顾缃喊她。

颜洛水恍若未闻，一点面子也不给顾缃。

顾缃愣怔站在那里，心中又后悔又忌恨：自己一直羡慕顾轻舟能和军政府搭边，结果来了位军政府高官家的小姐，她居然不认识。

太可气了！

上了汽车，顾轻舟和颜洛水坐在温暖的车厢里，阳光在她们脸上添了柔和。

"对不起。"顾轻舟低声对颜洛水道，"那是我继母的女儿。"

"她不过是带过来的继女，竟那么嚣张？"颜洛水口吻温柔，像水般缠绵。细细品味她的话，却发现她其实很有主见，而且犀利。

顾轻舟猛然间，很喜欢颜洛水！

若是有缘，她真希望有个颜洛水这样的朋友。

颜洛水天生会扮小白兔吃老虎，和顾轻舟是一类人。

颜洛水问起顾轻舟的姐姐。

顾轻舟喜欢颜洛水，将她视为朋友，就对她知无不言。

"说来话长。"顾轻舟不瞒颜洛水，"我继母是我母亲的表姐，她从小失怙，我外公好心养大她，她却勾搭我母亲的未婚夫。

"我母亲还未成亲时，我继母就生了一对儿女，我外祖家一直不知晓此事。

"所以，那个姐姐虽然比我大，却不是继女，她是我父亲的血脉。"

顾缃如此嚣张，只因为她不是顾圭璋的继女，而是亲生女儿。

"原来如此。"颜洛水温柔点头，"养只白眼狼，你外公和你母亲都是善良的人，才不疑心她。"

"谢谢你！"顾轻舟握住她的手。

"谢什么？"颜洛水目光温柔如水，像初绽的荷。

"谢谢你说他们善良，没说他们蠢。"顾轻舟道。

颜洛水轻笑："这世上没有蠢人。所谓的蠢，无非是信任非人罢了。这样的人，有一颗剔透纯洁的心，都是很好的人。"

顾轻舟也笑了。

她更加喜欢颜洛水了。

汽车的车窗没有关上，偶尔有温醇的风吹进来，带着早春的花香，顾轻舟深深吸了口气。

到了颜家的时候，颜洛水一直牵着顾轻舟的手，她们很投缘。

颜洛水喜欢顾轻舟，她也知晓顾轻舟喜欢她。

友情有时候也讲究缘分，甚至一见钟情。

顾轻舟在颜家吃饭，颜太太和颜新依想认顾轻舟为义女，就问顾轻舟："做颜家的义女，轻舟你可愿意？"

顾轻舟当然愿意，急忙道："我愿意的！"

她迫不及待的样子，有点少女的娇憨。

一向在外沉稳的顾轻舟，眼睛里倏然浮起了一层泪光，她哽咽着道："能有这么好的义父义母，轻舟定是上辈子积德行善了！"

她很感动。

顾轻舟从小没有母亲，没人知晓她对亲情有多么渴望。

颜太太就轻轻地搂住了她，叫了声："好孩子。"

当即，颜家摆了个简单的香案，放了果盘、香茗、酒等祭品，全家的人都到场，顾轻舟给颜新依和颜太太磕头，认下义父义母。

顾轻舟没有母亲，她喊颜新依为"义父"，却坚持喊颜太太为"姆妈"。

颜太太笑得合不拢嘴。

颜家其他孩子都大了，颜太太病好了，也就各自回到了别处的家中。只有颜洛水和颜一源这对双胞胎姐弟跟顾轻舟同龄，他们喜欢顾轻舟，也就没什么嫉妒。

一家人相处很融洽。

颜五少乃家中幼子，倏然再多个妹妹，数他最开心。

"走，今天我请客，咱们去看赛马。"颜五少大方道。

颜洛水安静柔美，像温醇的春风，她对顾轻舟道："出去走走可好？快要开学了，以后得放假才能玩。"

顾轻舟无异议。

颜五少非要自己开车，带着两名副官，陪同顾轻舟和颜洛水去马场。

路上，颜洛水告诉顾轻舟："我也在圣玛利亚教会学校读书，也是高年级。若可以的话，我让阿爸去申请，你插班到我们年级。"

"这样挺好，你们相互照顾。"颜五少道，"洛水什么都好，就是不会交朋友！"

"我是你姐！"颜洛水轻轻柔柔地反驳。

"你才早出来几分钟。"颜一源不情愿。

"你还记得早几分钟就行。"颜洛水微笑。

颜一源气结。

顾轻舟失笑。

顾轻舟听着他们斗嘴，又想起入学后会有这个义姐的陪同，心中顿时明媚起来，花影摇曳。

到了马场，颜五少带着她们去挑选赛马，再下注。

颜五少年纪不大，却是走马章台千金买笑的主儿，什么时髦玩意都会。

顾轻舟和颜洛水则都有点老派作风，她们站在马场的栏杆前，远不及其他新派小姐那么张扬。

旁人看来，只觉得这两个少女温润如水。

"第八号。"顾轻舟选了一匹，让颜五少帮她下注。

她随便选的，这是顾轻舟第一次来看赛马。

顾轻舟是来玩的，不是来赢钱的，所以随心即可。

"我也买八号。"颜洛水笑道。

"那我买十二号。"颜五少笑，"八号不行，你们肯定得赔。"

顾轻舟笑而不语。

颜五少买了三百注八号的赛马，又买了五百注十二号的，这算是很大的手笔。

贵宾席上，坐满了锦衣华服的看客。女孩子或旗袍或洋装，戴着一顶缀了面纱的仿英式帽子。

颜五少和颜洛水走在前面，顾轻舟殿后。

一个侍者端着满满的托盘走过来。

顾轻舟被挡住了路，就停顿了片刻，等侍者上完饮料再过去。

不承想，有两个半大的孩子，梳着西装头，穿着背带裤，打闹着奔跑，推搡了顾轻舟一把。

顾轻舟没有留心，往前一扑，扑到了一张桌子上，把桌子上的一杯水撞倒了，全洒在一位时髦女郎的身上。

"啊！"那女郎尖叫着跳起来。

"对不起，对不起小姐。"顾轻舟忙道歉。

那女郎戴着帽子，半截面纱上缀了红宝石，露出鲜红的唇，优雅的下颌。

她欲大怒，她同桌的男伴声音低沉："无妨，我瞧见是那两个孩子奔跑，撞到了你，不是你的错。"

顾轻舟松了口气。

"霍爷，我这身衣裳全毁啦！"女郎嗓音尖锐。

她的男伴不疾不徐："去整理一下，别扫兴。"很不客气的样子。

女郎眼神躲闪，很怕这男人，当即忍怒出去，收拾干净。

顾轻舟道："多谢您。"

她也抬眸看了眼这个男人。

男人约莫三十岁，成熟稳重。他和在场的很多男士不同，他没有穿西装风氅，而是穿着老式的长衫，衣领扣得整整齐齐，像个教书先生，偏偏气度又华贵雍容。

不是小人物。

274

顾轻舟见他喝水，那杯水里浮动着冰块。

春寒料峭，男人就喝盛夏的饮料，再看他的面色，顾轻舟想到他帮自己解围，再加上医者本能，就说："先生，您烦渴燥热，是因为体内寒邪太深，应该请个高医，认真吃几帖药。靠冰水来缓解，只会越来越严重。"

"寒邪？"男人眼睛微微眯起，打量顾轻舟。

他喝冰水，正常人都应该说他有热邪才是，这位小姑娘居然说他有寒邪。

男人目光犀利而深沉，静静看着顾轻舟。

男人看向顾轻舟，他眼眸透出威严，似有锋芒。

顾轻舟这辈子只怕过司行霈，其他时候都是格外镇定。

她回视这男人，触及他锋利的眸子，她表情淡然。

"……我烦渴燥热，不应该是热邪吗？"男人收回了目光。

一袭长衫，更衬托得风度儒雅。

三十来岁的男人，有种更成熟的俊朗，似陈年的老窖，味道绵长，后劲更足。

"不是热邪。"顾轻舟笃定，"当寒邪积累太深，腑脏虚寒，就会导致脾胃腐熟运化无力，所以您常觉得胃里烧灼，需要冰水才能舒服几分。"

男人的手微微顿了一下。

"……我虽然没有把脉，看您的面相，这种情况已经有一两个月了，只怕是您寒冬腊月冻了一次，当时没上心。您要提防，可能两三个月之内，会出大问题。"顾轻舟继续道。

男人优雅点点头："多谢你的提醒。小姑娘，你叫什么？"

顾轻舟道："我只是来看赛马的……"她不是来结交朋友的。

言尽于此，顾轻舟含笑点头，去找颜洛水和颜一源了。

男人看着她的背影，青绸般的长发在身后荡起一个淡墨色的光圈，清纯可爱。

只是不知道她这番话的用意是什么。

男人唇角微抿，继续喝冰水。

"你哪里去了，寻了你半天！"颜洛水和颜一源丢了顾轻舟，正着急呢。

"没事，方才撞了一个人。"顾轻舟道，"已经无妨了。"

赛马很快就开始了。

颜五少笃定道："十二号肯定能赢，你们的八号会输得很惨。等赢了钱，我请你们去吃咖啡。"

他信心满满。

结果，十二号没赢，八号也没赢，大家都输了，颜五少尴尬地摸了摸鼻子。

顾轻舟和颜洛水大笑。

虽然输了钱，三个人却玩得很开心。

离开马场的时候，颜五少低声对顾轻舟说："有个人在看你！"

顾轻舟回头，发现是方才那个穿着长衫的男人，他正斜倚着他的道奇汽车抽烟，他的眼神一直追随着顾轻舟。

"是谁啊？"颜五少好奇。

顾轻舟摇摇头。

颜洛水道："可能是大学里的教授，看他那打扮，斯文得很。"

颜五少对教书人都只有一个印象，那就是穷酸，立马反驳道："他开着汽车、抽着雪茄、到赛马场玩，能是教授吗？教授的工资一个月才十八块！"

顾轻舟笑。

她回视那个男人，轻轻点了一下头，对方回应她，也微微颔首。

"要不要过去打声招呼？"颜五少问。

顾轻舟道："不必了，咱们比他小很多，结交不上他的。"

此事，顾轻舟很快就抛到了脑后。

男人反而上心了。

两个月前，这男人为了躲避仇杀落水，在冬天的江里游了八个小时才躲开，当时是挺冷的。

他身体好，随后也没什么事，只是胃里常常烧灼——跟顾轻舟的诊断一模一样。

"真的是寒邪内附吗?"男人犹豫。

他在刀口讨生活,若没死在刀光剑影里,反而死在病床上,那就太讽刺了。

他从赛马场回去,去了趟医院。

德国教会医院仔细检查后,客客气气告诉他说:"霍爷,您身体健康,没什么疾病,只是胃不太好,酒少喝些。"

男人失笑。

他真是失心疯,居然相信一个少女的话!

可能是那女孩子的眼睛太过于镇定,给他一种高深莫测的错觉吧。

从此之后,男人就不再多想,依旧忙碌着他的"生意"。

只是,他偶尔会想起那个女孩子,她盈盈目光十分潋滟。

他再挑女人的时候,会选长发、大眼睛、年纪偏小的女子。

顾轻舟后来再也没想起过这桩子事。

上学分散了顾轻舟所有的注意力。

二月初一,她正为上学做各种准备,颜洛水打电话一一教她。

电话再次响起,女佣喊她下楼,顾轻舟以为还是颜洛水,她拿起话筒就说:"校服的裙子好短,我要穿玻璃丝袜,还是穿裤子?"

她却听到电话里磁性低沉的嗓音道:"不穿最好。"

顾轻舟差点把电话给砸了。

是司行霈!

"我回来了,轻舟。"司行霈在电话里,哄诱着她,"你出来等我,我十分钟到你家门口。"

"我没空,我明天要去上学!"顾轻舟后背微僵,冷漠道。

司行霈低笑:"乖,轻舟,我十来天不见你,想你想得紧!"

他这种话,更像是丧钟,顾轻舟唇色微白。

她对司行霈有心理阴影,实在讨厌司行霈的拥抱和亲吻,以及他那双带着薄茧的手在她身上游走。

"不!"顾轻舟声音微高。

"不?"司行霈笑声更低了,"轻舟乖,你再躲着我的话,我就把你直接锁到我家的笼子里，这样不用每次都去你家捞你了。轻舟，你喜欢金笼子，还是铁笼子？"

变态！

别人说这种话，只是开个玩笑，司行需却是真做得出来。

顾轻舟忍辱负重，端着一杯茶站在客厅前的落地窗口，慢慢喝着。

今天家里没人，秦筝筝带着孩子们去看电影了，两个姨太太出去打牌了，顾圭璋去了衙门，顾绍开学了。

顾轻舟独自一人。

看到了熟悉的奥斯汀汽车，顾轻舟放下水杯就出去了，快速上了他的汽车。

司行需一踩油门，汽车离开了顾公馆。

他带顾轻舟去吃饭。

司行需有七八处别馆，其中最大的别馆，修建得奢华，俨然是他的家。

他的家不在督军府。

厨娘朱嫂煮了一桌子菜，同时很热情地对顾轻舟道："轻舟小姐念书灵得来，又聪明又漂亮，少帅好福气的！"

"朱嫂你别拍她马屁，她还是小孩子，别夸得她不知天高地厚了，你该教就教她。"司行需笑，然后对顾轻舟道，"改日来跟朱嫂学几个菜，以后你煮给我吃。"

顾轻舟垂眸不语，不开心。

朱嫂就给司行需使了个眼色："小丫头要哄的，少帅嘴巴甜些。你让她学菜干吗，她又不是用人。"

顾轻舟终于忍不住笑了。

吃完饭，司行需拿出礼物给她。

他给顾轻舟两个斜长的匣子。

一个装着金表，一个装着金质的钢笔。

"要去念书了，用心些。"司行需摸她的脑袋，难得的温柔，"我的轻舟又漂亮又有学问，走到哪里都能吃饱饭！"

他说过，他会栽培她。

　　司行霈从不食言，念书是大事，他今天是特意赶回来，去学校帮她打点，然后送她钢笔和手表的。

　　顾轻舟低垂了眉眼，说了句："谢谢！"

　　而后，司行霈抱着她，狠狠亲吻了一番，吻得全身的热浪都起来了，将她压倒在床上。

　　顾轻舟大急，捉住他的手："你说过等我大些，不伤害我！"

　　所有的兴趣戛然而止。

　　司行霈过得不轻松。

　　他的猫儿矜贵，需得小心翼翼养着，偏他心甘情愿。

　　她还小，不给他碰。真要是强行碰了，估计要娑毛很久。

　　他也舍不得弄坏了她。

　　司行霈在床上什么德行，他自己是知道的。

　　"但是你让我怎么办，你要我出去找女人？"司行霈声音全哑了。

　　"我巴不得！"顾轻舟抓住他的胳膊不放，眼中泛出了潋滟的水光，"司少帅，求你积德，我年纪还小，你想我以后一身病吗？"

　　少女太早行房，对身体损害很大。若是不幸有孕，伤害就更大了。

　　司行霈低笑。

　　他轻掠过她的唇，喃喃道："陪我睡一会儿。"

　　司行霈将她搂在怀里睡了个午觉。

　　顾轻舟反而先睡着了。

　　司行霈搂紧她，将她的头埋在自己胸前，她凉滑柔软的发铺满了枕席，也落在他的臂弯。

　　他看着她熟睡的脸，肌肤白皙透明，柳眉细长，红唇饱满，娇憨又委屈的样子，真像只猫。

　　是他司行霈的猫！

　　司行霈总觉得自己活不长久，他这个人太随心所欲，得罪了很多人，不知多少枪口或明或暗瞄准了他。况且，他也没想长久地活。

　　当今乱世，司行霈每过一天都算自己赚了，他从来不压抑自己。

　　可现在看着顾轻舟熟睡的脸，他突然担心：将来他死了，这么个俏丽的人儿，会落入谁的掌心？

不能想，一想他心尖就冒火！

未来，司行霈是没有的，他也不愿意有。

他以前没什么割舍不掉的牵挂。

现在却有了：他养了只猫。

他想过养好了，将来他死了，可以送人的，反正不投入感情，只是做个羁绊。可现在，他有点舍不得了。

司行霈也在想一件更重要的事：该帮她退亲了。

她还顶着司慕未婚妻的身份，算怎么回事！

这段日子太忙，司行霈简直是马不停蹄，他又兵不血刃地弄到了一座军工厂，接下来他要招兵买马，扩大他的团。

女人是他的，什么身份他根本不在意。

司行霈根本不在乎世间的繁文缛节。别说只是个虚名的未婚妻，就是司慕的妻子，他看中了也要抢过来的。

他模模糊糊想着，搂紧了顾轻舟，进入梦乡。

司行霈一觉醒过来，已经黄昏了。

晚霞从衬窗里照进来，染得满屋金灿。

顾轻舟居然还在睡。

司行霈推她。

"别闹，司行霈。"她低喃，转身继续睡。

司行霈失笑，她真矜贵，又有点娇气，当然也有些小聪明，可爱极了。

他起身下床，朱嫂等人已经离开了，楼下空空荡荡，安静得只有他的脚步声在屋子里回荡。

司行霈系了围裙，下厨蒸好了米饭，炒了两个菜——虾仁炒鸡蛋，素炒蓬蒿，然后把中午的鸡汤热了。

顾轻舟醒过来，就闻到了米饭的香气。

她饿得胃疼。

简单梳洗之后，顾轻舟下楼。她以为是朱嫂在厨房，却看到了系着围裙的司行霈，高大英武的他，拿着锅铲居然和拿着枪一样帅气。

顾轻舟下巴差点掉下来。

谁能想到杀人如麻的司少帅，居然能亲手做羹汤？

她站在楼梯口，愣愣地没敢往下走。

司行霈却后脑勺长了眼睛似的："去洗手，要吃饭了！"

顾轻舟"嗯"了一声。

顾轻舟坐在餐桌前，司行霈给她夹菜，说："多吃一点。"

他的面容融在夕阳里，敛去煞气，只剩下俊美。

他真是顾轻舟见过最好看的人，虽然他变态之极，又恶心得不行。

顾轻舟吃到了香甜的米饭，鲜美的虾仁，某个瞬间，她想："司行霈也不完全是个疯子，他正常起来的时候，还算不错……"

虽然他很少正常。

这是他第二次做饭给顾轻舟吃。

吃人嘴软，顾轻舟心里评价他的时候，难免失去了公允。

晚饭之后，司行霈送顾轻舟回家。

顾家没人知晓顾轻舟的去向，只当她去了司公馆，或者颜公馆。

第十章

少帅吃醋

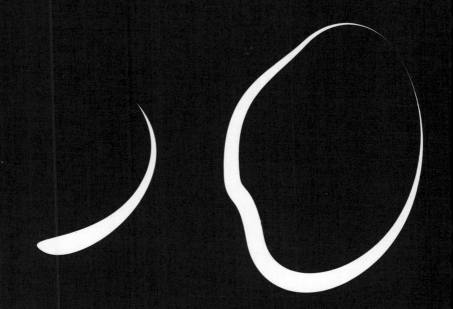

翌日，天气晴朗。早春的柳芽新发，翠嫩枝条迎风摇曳，顾轻舟窗外的梧桐树，也披上了一层薄薄翠纱。

顾轻舟去圣玛利亚学校读书，插班到了高年级。她的义父颜新依托关系，把顾轻舟安排到了颜洛水的班级。

教会学校全是女孩子，少不了拉帮结派、明争暗斗。

颜洛水洁身自好，在班上不跟帮，不结盟，几乎是个独立的个体。她父亲是军政府的高官，除了司督军的女儿，倒没人地位比她更高，所以无人敢欺她。

顾轻舟插班，她是少帅司慕的未婚妻，又是颜家的义女，一下子成了焦点。

众人议论纷纷，说什么的都有。

顾轻舟不理会，只跟她义姐颜洛水同进同出。她乖巧听话，念书又刻苦，虽然是插班生，除了算数一塌糊涂，其他功课包括最难的英文和圣经，她成绩都很不错，密斯们喜欢她。

顾轻舟很温柔，旁的不说，密斯们都喜欢她谦和温顺的态度。

顾轻舟的三妹顾维，重新复学，老四顾缨则退学在家。

此事又是一个焦点。

顾维在学校有她的帮派，七八个女孩子，组成一个小团体。

"阿姐！"顾维对顾轻舟很热络，甚至主动黏着顾轻舟。

几个姊妹里，顾轻舟总觉得顾维最狡猾，她的心思远胜过顾缨，甚至长姐顾缃。

"颜姐姐！"顾维对颜洛水更热情。

颜洛水不好不给顾维面子。

顾维的体面，也就是顾轻舟的体面，颜洛水很懂得隐忍。

很快，学校就传出，顾维是颜洛水的好朋友。

于是，顾维的地位水涨船高，她在那个小团体里，成了领头的。

"我无所谓的。"颜洛水微笑道，"轻舟，兵来将挡水来土掩，我从来不怕旁人利用我。但是谁敢利用我真的做坏事，我会找补回来。"

顾轻舟微笑。

她相信颜洛水。颜洛水看上去人畜无害，其实腹黑聪颖。

春风里的爬山虎，翠绿新嫩，绿浪似的波纹一圈圈荡开。

顾轻舟周末休息时，去何氏药铺玩。

药铺生意素来冷清，只有零星几个客人。

孩子们都放学在家。

顾轻舟拎了几样糕点，还有几块白俄蛋糕，何家的孩子们开开心心地瓜分了，一口一个"轻舟姐姐"，叫得很热络。

何家的大女儿何微不在家，听说她找了份家教，周末去教两个五六岁的孩子启蒙读书。

"你好些日子没来了。"慕三娘道。

顾轻舟道："是啊，最近念书，周末还要做功课。"

"功课要紧！"慕三娘欣慰道，"可要好好念书啊，将来有出息，可以去洋行做事。"

顾轻舟点点头。

慕三娘又问她："今天来是做什么？"

顾轻舟道："我收到了妹妹的信，她说小弟摔断了胳膊，我来瞧瞧。如今怎样了？"

"没事，小孩子就是爱乱动，摔断胳膊常有的，已经接好了，不碍事的。"慕三娘笑道。

顾轻舟笑，同时道："我也好些日子没来，怪想念姑姑的。"

慕三娘慈祥的眉目笑弯了："姑姑今天做豌豆黄给你吃！"

"那我有口福了。"顾轻舟笑道。

她们正说着，外头又传来何家小孩的声音："阿木！"

慕三娘一愣，顾轻舟也微愣。

"姆妈，阿木来了。"小孩子冲里喊。

　　阿木，就是督军府的少帅司慕躲在何氏药铺时，慕三娘夫妻给他取的名字。

　　慕三娘紧张，顾轻舟也不自在。

　　若知晓司慕来，顾轻舟是会避开的，她跟司慕没有任何关系，她这个未婚妻的身份，是威胁司夫人得来的。

　　"少帅来了。"慕三娘慌乱将自己衣服上的棉絮拍了拍。她方才在拆被子，准备把过冬的棉絮收起来，结果弄了满身的白絮，看上去有点褴褛。

　　何掌柜去了药市不在家，司慕直接到了后院。

　　司慕高大匀称，穿着白色衬衫，深咖色的马甲，和同色条纹西装，外头穿了件薄风氅，气宇轩昂。

　　他手里拎了些东西，身边跟着一名副官。

　　瞧见顾轻舟时，司慕深邃的眸子里添了几分冷冽。

　　顾轻舟当看不到，不和他对视。

　　自从被顾轻舟出卖，司慕每每看到顾轻舟时，眼神都冷得可怕。

　　"少帅。"慕三娘小时候也富贵，在权贵面前不至于失了分寸，将一点慌乱和自卑遮掩之后，慕三娘慈祥温柔，接过了司慕手里的礼物，"快进来坐，难得您来。"

　　司慕脸色稍微回转。

　　他不能说话，他的副官可以，于是副官帮司慕开腔，对慕三娘道："何太太，少帅听说前不久小少爷摔了胳膊，他之前承蒙何家照顾，来看看小少爷。孩子如今怎样了？"

　　慕三娘的小儿子前不久爬树，摔下来之后把胳膊给摔脱臼了。

　　这点小事，也不知怎么传到了司慕耳朵里。

　　"也没怎么样，如今还是活蹦乱跳的。他们皮实得很，一年到头总要摔几次，让少帅挂心了。"慕三娘微笑。

　　司慕能关心这点小事，慕三娘仍是感到很温暖，想着他在药铺的时候，没白照顾他。

　　说了几句话，慕三娘留司慕用午饭，司慕摆摆手。

　　"何太太，少帅只是路过，还有事，就不打搅了。"副官帮忙答话。

慕三娘也不虚留，亲自送司慕出门。家里没什么拿得出手的食材，慕三娘羞于挽留尊贵的少帅吃饭。

顾轻舟微微松了口气。

司慕走了，顾轻舟就留下吃了午饭。

慕三娘做的豌豆黄，柔软香甜，顾轻舟觉得好吃极了。

饭店里都没有慕三娘做得好吃。

她想起司行需给她做饭，还开玩笑让她跟朱嫂学做菜。

顾轻舟的确不会做饭，在乡下都是李妈做饭。做饭是她的乐趣，更是乡下唯一的活计了，顾轻舟不跟她抢。

"姑姑，您能教我做豌豆黄吗？"顾轻舟问。

若是学会了，顾轻舟至少也有个拿手的菜，将来可以应付交际。

"当然可以啊。"慕三娘欣喜，"你下周末有空就过来，姑姑教你，很容易学的。"

顾轻舟道是。

吃饭之后，慕三娘将顾轻舟送到巷子门口，要帮她叫黄包车。

"姑姑，现在才一点多，我闲来无事，想坐电车回去，顺道瞧瞧风景。"顾轻舟道。

她上次在黄包车上睡着，被司行需带走，顾轻舟至今还有阴影，她宁愿搭电车。

慕三娘就把她送到电车车站。

电车刚过一站，路过一处废弃的教堂时，顾轻舟看到了司慕。

司慕的汽车停在教堂门口，副官守在车子旁边，而他一个人独坐在布满青苔的台阶上，愣愣出神。

顾轻舟心想："难怪他要在何氏药铺做事，原来是离这里很近。"

这个教堂，对司慕肯定很重要。

司行需说过，司慕当年是开车出去玩，出了车祸，女朋友被甩出车外，摔得血肉模糊，他受刺激过度，这才失音。

顾轻舟收回视线，反正跟她没关系。

她正这么想着，突然电车停了。

"又坏了。"满车的乘客，多半是常坐电车的，很自然地抱怨了一句，然后纷纷下车。

电车坏了！

顾轻舟欲哭无泪，心想这算是什么事？

电车故障是很常见的，众人聒噪叹气了几句，习以为常地下车，顾轻舟也跟着下了。

这条路上没什么黄包车，人们往回走，可以回到之前的那一站，再去等下一班电车。

她往人群后面靠，尽可能别让司慕和他的副官看到她。

顾轻舟不想跟司慕打交道，司慕也看不惯她，司夫人更是不想顾轻舟沾染司慕。

路过那破旧教堂时，顾轻舟刚准备躲避，却见那副官一扣靴，给顾轻舟行了个标准军礼："顾小姐！"

副官认识顾轻舟。

去年督军夫人的接风洗尘舞会上，就是这名副官领了叶江给顾轻舟伴舞，他对顾轻舟的舞姿也是印象深刻。

被副官喊了出来，顾轻舟只得露出一个笑容："你好。"

"属下姓王，是夫人身边的副官，如今给少帅做副官。"副官大概是把顾轻舟当成了未来的女主人，恭敬又客气地介绍自己。

"王副官好。"顾轻舟道。

王副官站在这里等司慕，已经快四个小时，又累又饿，比拉练的时候还要辛苦，却还保持着他的耐心。

"……是电车坏了吗？"王副官问。

顾轻舟道："是啊。"

王副官灵机一动："顾小姐，您坐少帅的车回去吧。"正好可以去把发呆的少帅拉回现实了。

"不必了。"顾轻舟连忙拒绝，"我坐电车。"

"这怎么行？"王副官简直是把顾轻舟当成了救命稻草，非要让顾轻舟坐军政府的车。

他们这边说话的时候，惊动了司慕。

司慕走过来，目光深邃，居高临下地打量了几眼顾轻舟。

他情绪内敛，眼神冷冰冰的，毫无温度，可见他并不高兴看到顾轻舟。

同时，他也打开了车门。

顾轻舟以为他要坐上去的时候，司慕冲顾轻舟做了个手势，让顾轻舟先上车。

他的神态不容拒绝。

顾轻舟瞧着远远的街道，还不知要走多远，她的高跟皮鞋夹得脚疼，怕是要磨破肉了。

她没有矫情，上了司慕的车。

司慕帮她关好车门之后，从另一边上车，坐到了顾轻舟身边。

一路上，他一动也不动，任由车子颠簸着穿城过巷。

王副官也不敢在少帅跟前卖巧，沉默寡言。

顾轻舟看着沿途的风景，车子很快就到了顾公馆。

司慕没有再次绅士地帮顾轻舟开车门，而是沉默坐着，看也不看一眼。

王副官小跑着下车，帮顾轻舟开了车门。

顾轻舟下车之后，弯腰对车上的司慕道："多谢少帅。"

司慕只当没听见，眼帘轻合。

顾轻舟也没指望他会回答，退到了旁边。

司慕的车子从顾公馆门口离开，顾轻舟刚准备敲门，却听到身后急促尖锐的一声车鸣。

她吓了一跳，下意识回头。

对面街上，停了一辆奥斯汀汽车，驾驶座上的男人，俊颜冷傲，薄唇微抿，炙热的怒意从车里传过来。

是司行霈。

顾轻舟当即吓得腿软，使劲推门躲回家。

偏偏大铁门从里面锁住了。

司行霈已经下了汽车，将用力推门的顾轻舟，一把抱起来，丢进了他的车子。

然后用力狠踩油门，车子飞一般地蹿了出去。

司行霈的车速极快，一路上鸣笛，行人避瘟神般让出道路。

等到顾轻舟晕头转向时，车子停了。司行霈大手大脚捞起了顾轻舟，直接扛起来上楼，把顾轻舟丢到他卧室的床上。

床上用品是朱嫂新洗过的，被褥有皂角的清香，也有阳光的温暖，一堆柔软的羽毛枕头，以及丝绸被单。

顾轻舟落在床上，还没有找到着力点坐起来，复又被司行霈压住。

他吻她的唇。

吻得很用力，带着轻轻的撕咬，大手利落撕开了她的旗袍，银扣子被扯断，顾轻舟听到了裂帛的声音。

司行霈冰凉坚硬的军装，贴着她柔软滑腻的肌肤，他吻得很深，似乎从舌尖将热辣的火苗递给了她，燃烧着她。

她的五脏六腑，都要被他的激情点燃，她的呼吸凌乱不堪，推开他的双手也慢慢没了力气。

"司行霈，你别发疯。"她在唇齿间低喃，放低了姿态求饶。

顾轻舟使劲挣扎，逃脱不开，她扬起手就打在司行霈的脸侧："混账，土匪！"

她的手纤瘦，却很有力气，她想打他的脸，却只打在司行霈的耳朵和后颈处，她慌乱中还要再打时，司行霈已经捉住了她的手。

他将顾轻舟的手举过头顶。

两个人的唇终于分开，似两只猎豹瞪着彼此，眼底的锋芒一个比一个锐利，似要斗个你死我活。

顾轻舟在愤怒的时候，是不怕他的，只是事后平静下来会后怕。

"怎么跟你说的？"司行霈头发凌乱，遮住了左边的眉心，咄咄逼视顾轻舟，完全是一只愤怒的狼。

顾轻舟也是瞪大了眼睛，双眸狠戾："我记得！我只是去姑姑家，回家时电车坏了，无奈坐了司慕的车，路上他都没跟我说过话。我不是跟他约会回来！"

司行霈神色微松。

司行霈看到顾轻舟坐司慕的车子回来，怒极。

顾轻舟就把前因后果解释了一通。

她没有去勾搭司慕，今天无非是机缘巧合，她也不愿意搭司慕的车子。

只是，副官极力邀请，司慕又亲自打开了车门，若是顾轻舟不上去，多少会让司慕下不了台。

她不是司行霈。

顾轻舟自负她还算有点良心。

面对司行霈的暴怒，顾轻舟也解释清楚了。

"真的？"司行霈静静看着她的脸。

"当然。"顾轻舟行得端正。

司行霈这才有了淡淡的笑容。他把顾轻舟吻得唇微肿，还撕开了她的衣裳，几乎要侵占她。

他的猫儿仔细解释，说明尊重他，司行霈也要给她点甜头，免得真激起了猫儿的反叛。

他从顾轻舟身上起来。

顾轻舟急忙拉拢旗袍。

银扣子全掉了，她一拉就从床上滚到了地板上，清脆作响，似锦鲤跃水的声音。

顾轻舟雪白的贝齿咬住了饱满的下唇，胡乱裹了旗袍，委屈又恼怒。

司行霈却坐到了她身边。

他拉住了她的皓腕。

"做甚？"顾轻舟厉声，用力想要抽回手。

司行霈却拉住她的手，轻轻拂过他的面颊，滑过之后，他说："我方才乱发脾气，你想要打我，的确该打。现在算你打过了！"

顾轻舟："……"

他又吻她的眉心，说了句"乖轻舟"，起身寻了件白衬衫给她："先穿我的，我叫人去替你缝补旗袍。"

他的衬衫很讲究，亦有阳光的清香。

顾轻舟只得接过他的衬衫。

"你出去，我要换衣裳。"顾轻舟仍紧紧攥住衣裳的领口。

司行霈失笑："我没看过吗？你哪里我没看过？"

顾轻舟："……"

他笑着打了个电话，过了一会儿，楼下有汽车的声音，副官送了很多旗袍过来，都是照顾轻舟那件现做的，一共十二套。

司行霈拿到了楼上。

他把自己衣橱挤出一大片空间，挂满她的旗袍。

这些琳琅满目的旗袍，布的材质、衣裳的绣工和做工迥然不同，像一个个香艳的妖精。

司行霈的房间里，原本没有半分脂粉气。他偌大的衣橱里，一半是他的军装，一半是他的西服。

他觉得不适合摆女人的东西。

他活了二十五年，他的生命里都是军营。

他活得恣意、粗犷，还有顾轻舟所说的恶俗。

现在，他腾出半个衣柜挂满旗袍，司行霈以前不敢想，觉得不伦不类。可真的挂上去了，他竟然觉得很好，柔婉包裹着他的坚毅，阴阳融合得很完美。

他望着她的衣裳，心里暖暖的，暖得发腻。

"喜欢哪一件？"司行霈让顾轻舟挑。

"我自己的呢？"顾轻舟蹙眉问。

顾轻舟上次留在别馆的那件已经缝补好了，挤在一堆华服里，最是朴素。

司行霈挑出来，发现是细葛布的材质，有点粗劣，没有绸缎和洋布柔软，他嫌弃道："你家里人虐待你，给你穿这种衣裳？"

顾轻舟夺过来："我们小门小户，布裙荆钗，司少帅见笑了！"

她眼睛不怎么看他。

顾轻舟的眼睫毛很长，低垂眼帘的时候，没人知晓她的心思。

她要换衣裳，让司行霈出去："快走！"

饶是司行霈帮她洗过澡，吻过她的全身，她都还保持着她的矜贵和娇羞，司行霈其实不讨厌她这样。

司行霈不喜欢女人矫情，他只是喜欢顾轻舟的矫情而已。

大概是他喜欢这只猫，怎么看她都觉得她好。

她的缺点都成了她的小可爱。

司行霈退了出去。

别馆长长的走廊，挂了两幅油画，是副官选的，司行霈不知道画的是啥。很厚的羊绒地毯，踏上去柔软，不发出任何声音。

走廊西边的窗户半开着，窗帘迎风摇曳。

司行霈点燃了一根雪茄。

轻雾冉冉，他的眼眸深敛，想着心事。

等顾轻舟换好衣裳出来，就瞧见了他挺拔伟岸的背影。

司行霈生了一副极好的皮囊，宽肩长腿，气度雍容，是天生的上位者；而他的面容又极其英俊，五官似精心雕刻的，每一寸都恰到好处。

他将雪茄抽完，才走向顾轻舟。

两个人下楼吃饭，仍是司行霈做饭。

顾轻舟从前没见过男人做饭，下意识会觉得，做饭的男人娘里娘气的。

可司行霈高大英武系着围裙，一点也不阴柔。

他做饭时候的专注，薄唇微抿，更有风度。

只有这个时候，顾轻舟才能忘记，他是个变态，会逼迫她做一些恶心的事。

饭会填充人的胃。

吃饱了的顾轻舟，总是会懒洋洋的，觉得浑身舒服。

"想不想去看电影？"吃了饭，顾轻舟洗碗，司行霈从身后搂住她，将头搁在她的肩膀上。

顾轻舟摇摇头。

"怕别人看见？"司行霈微笑，亲吻她的耳垂。

"对。"顾轻舟如实道。

"那就退了亲。"司行霈道，"也别住在顾公馆了，搬到我这里来。我不在家的时候，安排副官和朱嫂陪你，等我回来，能看到你。"

这样，她就彻底沦为他的金丝雀。

　　她还有什么前途？

　　顾轻舟最大的噩梦，不过如此。

　　"不！"顾轻舟手里的碗，哐当掉入了水池里，她顺手拿起了旁边案板上的刀。

　　一转身，顾轻舟的刀尖，对准了司行霈心脏的地方："司少帅，我不是你的情妇，你敢毁了我的生活，我就会杀了你。"

　　司行霈目光炙热，静静落在她脸上，带着微笑。

　　"你不相信？"顾轻舟阴沉着脸，"等你睡觉的时候，我就会一刀捅下去，我说到做到！你毁了我，你只会人财两空！"

　　司行霈说，要帮她退亲，但他不会和顾轻舟定亲。她只是他的宠物，他的玩物。

　　搬过来和他同居，就扣上了情妇的帽子，好似下海的妓女。哪怕以后从良了，也一辈子上不得台面。

　　他嘴上说喜欢她，想做的事却是要让她万劫不复，彻底沦为他的玩物。

　　是的，堂堂少帅，何必考虑自己玩物的前途？

　　现在好玩就行了！

　　"刀放下！"司行霈见顾轻舟肃然的脸，自己的笑容也慢慢收了，冷冷道。

　　顾轻舟瞪着他，目光锋利，她手里的刀握得更紧，甚至有现在就捅进去的冲动，她很想杀了他。

　　一个转手，顾轻舟手腕微痛，刀已经不知不觉到了司行霈手中。

　　他将刀狠狠拍在案板上，一声清脆的巨响。

　　转身，他把她压在灶台上。

　　"跟我玩狠？"司行霈眼眸阴鸷，"你能狠过我？"

　　顾轻舟后背微凉。

　　司少帅最擅长的就是玩狠，要比所有人都狠毒，他才能震慑人心。

　　你狠，他会更狠。

　　"轻舟，别在我面前耍狠，你越狠，我越是想要你，我就爱驯服烈的女人。"司行霈发怒之后，又轻轻抱起她，吻她的唇，"女孩子家，别动刀动枪的。"

顾轻舟还没有动手，就失去了先机。

司行霈功夫了得，硬碰硬顾轻舟杀不了他；玩阴谋诡计的暗杀，不知多少人尝试了，都失败了，顾轻舟更没有机会。

等待！

她默默告诫自己，先忍耐，总能杀了他的，到时候顾轻舟要把他剁成肉泥！

顾轻舟不愿意退亲，因为她不想做司行霈的情妇；她也不想从顾家搬出来，因为她还没有整垮他们，给她母亲报仇。

"你在我床上睡过多少次？"司行霈捏住她的下颌，"你不退亲，难道你还有别的打算？"

见她又垂眸，司行霈的手握紧，逼迫她抬起眼睛看他。

顾轻舟的眼波激滟，司行霈呼吸微顿，道："轻舟，别跟我耍阴谋诡计，你是我的。若是你有别的想法，你知道我的脾气！"

"你将来会娶妻，会纳妾！"顾轻舟挣脱不开，直言道。

"那又如何？"司行霈反问。

是啊，那又如何？

你只是情妇，你的金主娶妻纳妾，跟你又有什么关系？

司行霈从一开始，就给了顾轻舟很准确的定位。

他要她，不容她反抗，不许她做主！

若是她强悍，他会更强悍。

硬碰硬不行，顾轻舟软语相求。

顾轻舟最识时务。

她抱着司行霈的胳膊，道："我还要念书。我原本就没什么家庭背景，若是被退了亲，同学们都会欺负我，嘲笑我。你说过要栽培我的，你帮我退亲了，难道看着我在学校受人唾弃吗？"

司行霈是不会让顾轻舟离开他的视线。

他的确答应过要栽培她。她去念书，司行霈不反对，但是不能去国外，需得在他眼皮子底下。

岳城就那么几家好的学校，每个学校的同学都会有关系打听八卦。

顾轻舟被退亲，以后进贵族学校，是无立锥之地。

司行霈并不是个无私的人，只是他对前途没什么希望，他知道很多枪口对准他，他也不知道哪一天会被打成筛子。

所以，司行霈希望顾轻舟有学问，懂知识；同时，他也开始给顾轻舟存钱。

司行霈托人在香港英国人的银行里，放了一笔钱，那是专门留给顾轻舟的，以后他每个月都要增添，保障她这辈子衣食无忧，甚至可以奢侈铺张。

这样一来，就算他不幸倒下了，她有文凭，又有钱，能有饭吃，不至于流落街头。

当然，她也许会跟别的男人。

那男人会睡司行霈的女人，花司行霈的钱。可身后事司行霈也无法掌控，只求那个男人真心待他的轻舟即可。

"书是要念的。"司行霈道。

教会学校全是女孩子。

有女人的地方，就少不得斗心眼。

帮顾轻舟退亲之后，她肯定会受到同学的嘲讽。

如此想来，现在退亲时机不好，司行霈舍不得顾轻舟如此委屈。

司行霈根本不在乎她是谁的未婚妻，他不看重虚名。准确地说，司行霈这个人没什么道德，他就是个杀人不眨眼的兵痞。

"好，亲事暂时不用退。"司行霈答应了，轻轻摸她的脸，"别勾搭司慕，知道吗？"

顾轻舟忙不迭地点头。

既然不退亲，她仍是司慕的未婚妻，那么让她搬到别馆，是不太妥当。

暂时还只能把她放在顾公馆。

"顾公馆的人会不会欺负你？"司行霈问她。

"这世上除了你，没人能欺负我！"顾轻舟道。

顾轻舟不怕任何人，因为别人都有弱点，他们是社会人，司行霈却没有。

任何的手段在绝对的强悍面前，都不堪一击，司行霈就是那个绝对强悍的悍匪，他是个变态的土匪。

"我哪里欺负你？我这样疼你！"司少帅挺委屈。

顾轻舟扭过头不看他。

他却抱住她的腰。

洗好碗之后，两个人坐在客厅的沙发上，司行霈拿了把钥匙给顾轻舟。

他说："我在圣母路的银行开了个保险柜，给你用。"

顾轻舟微愣。

这些日子，顾轻舟一直想去开个保险柜，将她的钱和贵重物品，存放在保险柜里，这样就不用担心家里的贼。

可银行开保险柜，需要先交一大笔钱，同时每个月都要交很大一笔费用。

这样花销颇大，顾轻舟那点钱还不够付手续费的，不值得。

考虑再三，她放弃了，把钱放在何家。

这是增加了慕三娘的负担。

"……我那支勃朗宁还在你身上，别弄丢了，认真放在保险柜里。"司行霈道。

司行霈送给顾轻舟的钢笔和手表，都是名贵奢侈品，而顾轻舟穿得如此朴素，他就知晓她在家里很低调。

她的东西，肯定也不安全。

司行霈正常的时候，是个温柔又细心的人，处处替顾轻舟考虑好。

这点小事，他都留心到了，他的确把顾轻舟当宝贝一样疼着。

只不过他的好，是糖里掺毒。

"多谢你。"顾轻舟将钥匙握在掌心，垂眸不语。

司行霈颔首，他把顾轻舟抱在怀里，两个人依偎在沙发上。

司行霈看报纸，顾轻舟轻轻打盹。她平时念书辛苦，周末都特别困。

眯了一会儿她就醒了，司行霈晚上还有个宴会，问顾轻舟："要不要跟我一块儿去？"

"不!"顾轻舟道。

司行霈参加的宴会,肯定是名流聚集。而上次督军府的舞会,让很多人认识顾轻舟了。

她顶着司慕未婚妻的身份,跟司行霈出门,岂不是平白送司慕一顶绿帽子?

虽然司夫人和司慕从未想过要顾轻舟过门,顾轻舟也不愿意嫁入司家,可在她和司夫人约定的两年期间,她不能给司慕抹黑。

"我不要去。"顾轻舟怕激起司行霈的怒意,真的非要她去,就不由得放缓了声音,带着几分软语哀求。

司行霈笑,也不介意,先送顾轻舟回家。

顾轻舟第二天去了何氏药铺,让慕三娘把她的东西给她。

慕三娘就从床底下,挖出了瓦罐,用油布包裹得好好的,递给顾轻舟:"你数数。"

顾轻舟没有数。

到了银行,她开了保险柜之后,将钱数了数,一分也不少。

何家生计那么艰难,慕三娘却绝不动顾轻舟的东西,他们两口子十分磊落,顾轻舟可以信任他们。

她把钱、手表、勃朗宁,都放在保险柜里锁好。

出了银行,顾轻舟一身轻松。

财产,是立足的根本。

她的财产安全了,她的心就踏实了。

周日,顾轻舟跟颜家众人出去玩,上午踏青,下午去河边钓鱼。颜太太和女佣准备午膳,颜洛水、顾轻舟和颜一源在旁边嬉闹。

颜五少的眼睛常围绕着顾轻舟打转。

顾轻舟穿着藕荷色淡金莲纹的旗袍,围着一条长流苏的浅红色披肩。披肩的流苏及腰,兜住了她浓郁乌黑的长发。

颜洛水从身后拍了一下颜一源。

颜一源吓一跳:"干吗?"

颜五少不爱顾轻舟。

他接触过的女孩子不多，而顾轻舟偶尔俏丽可爱，偶尔心思深沉，弄得颜五少很想看穿这位义妹。

顾轻舟到底是个什么样子的人。

揣着这样的心思，颜五少看着顾轻舟就愣神，直到颜洛水拍他的肩膀，把他吓一跳。

"……别动心思，轻舟是司少帅的未婚妻。司督军还好，司家其他人什么德行你是知晓的，别跟他们家有矛盾，让阿爸难做。"颜洛水警告弟弟。

颜五少尴尬，轻咳道："我没动心思，我喜欢司琼枝那样的！"

颜洛水微微笑了笑："你找虐而已，司琼枝根本看不上你。"

"要你管，你不也是对姓谢的念念不忘？"颜五少恼羞成怒，直击他姐姐的痛处。

颜洛水扬手就要打他。

顾轻舟正巧听到了，问："姓谢的是谁？"

可颜洛水和颜一源已经跑远了。

野炊的午膳吃完，颜洛水和颜一源去钓鱼，顾轻舟坐在铺着软毯的草地上，问颜太太："姆妈，谁是姓谢的？"

颜太太慈祥地看着两个人钓鱼的身影，问顾轻舟："你也听说了？"

"方才五哥说的。"

颜太太叹了口气："谢家是上一任市长，洛水很爱慕谢家三少。只是，他是个冷心冷肺的孩子，对洛水不上心。

"你义父不同意，我也不同意，他没把心思放在洛水身上，太委屈了洛水，将来还不知什么光景呢，男人娶姨太太再平常不过了。

"可是洛水一根筋。他们两人一起长大的，我瞧着，洛水巴结他比较多。

"前年，谢家调任到中央，去了南京政治部任职，洛水这颗心还是没定下来。你看她现在，说起她的亲事，她就不愿意。"

"谢家三少为何不喜欢四姐呢？"顾轻舟问。

颜太太叹气："你还小，哪里懂这些？我们大人也不懂。"

"洛水那么好，谢家三少真是瞎了狗眼！"顾轻舟骂道。

颜太太失笑，摸了摸她的头发："你才多大，不知道他们年轻人的稀里糊涂，我也不想管了，等洛水毕业就给她定亲，以后就好了。"

在颜太太眼里，顾轻舟是要比颜洛水小，更像个孩子。

回去的时候，顾轻舟还问了颜洛水。

"怎么从来不告诉我？"顾轻舟好奇。

颜洛水黠慧一笑："这么丢脸的事，怎能告诉你呢？"

她态度轻松。

顾轻舟无法判断，她是否真的不介意了。

"你还想着他吗？"顾轻舟低声问。

颜洛水萦绕的眸子微动，有些情愫在缓缓流淌，她愣了一下："想着呢，哪里就那么容易忘却？"

顾轻舟轻轻握住了她的手。

颜洛水抬眸微笑。

两人沉默了片刻，顾轻舟问颜洛水："喜欢一个人，是什么滋味？"

颜洛水微笑："这我可说不好，我只是暗恋，不懂两情相悦的美妙。暗恋很苦，像浓稠过头的茶，除了苦就是涩，尝不到任何的清香和甘醇了。"

她微微沉默。

车厢里的气氛低沉下去。

"别偷偷喜欢某个人。"颜洛水告诉顾轻舟，"你先喜欢某个人，你就会很廉价。"

顾轻舟点头。

反正她也没有喜欢的人。

以后也不会有。

她遇不到，哪怕遇到了，司行需也不会同意；但是，她又绝不会喜欢司行需那个变态。

顾轻舟大概没有喜欢某人的机会吧！

她当天在颜家住。

最近，学校的体育课增设了一个课目，就是游泳。

学校的课程都是仿照美国的，网球、骑马、高尔夫和游泳，这四样必不可少。

顾轻舟没有泳衣，颜洛水陪着她去买。

结果，在大新百货时，顾轻舟看到了司行霈。

她先瞧见了司行霈，司行霈没有看到她。

司行霈不是一个人。

在司行霈身边，有个妙龄女郎。对方剪了极厚的浓刘海，烫过的头发盘起，露出纤长的脖子。

女郎穿着软绸旗袍，那料子似在周身荡漾，很有风情。她戴着一顶英伦帽子，帽子上的纱网半垂，只露出嫩红的唇。

他们挽着胳膊。

顾轻舟一愣，继而拉住颜洛水，躲到了一家商铺的更衣室。

她想起方才瞧见的那一幕，忍不住笑了。

司行霈有了新欢，是不是意味着她可以解脱了？

顾轻舟心中大喜。

大新百货的衣裳，全是洋行出来的，商铺的更衣室宽大敞亮。

顾轻舟试泳衣的时候，唇角微翘，喜悦从眼角眉梢飞扬，她有点控制不住内心的欢喜。

她实在是受够了司行霈。

对方寻到了更好玩的女人，松开了顾轻舟，真是佛祖保佑。

顾轻舟打算过几日去还愿，顺便上点功德钱，让菩萨保佑司行霈彻底厌倦了她。

"你很喜欢这套衣裳？"颜洛水打量顾轻舟，觉得顾轻舟方才躲了会儿之后，就特别开心，颜洛水一头雾水。

顾轻舟忍不住又笑了起来。

她笑声轻盈愉悦，并不突兀，透出少女的俏丽。

"如此高兴？"颜洛水更是吃惊，"这衣裳这么好看吗？"

顾轻舟穿着的泳衣，带点花边，很时髦漂亮，不过也太花哨了，她其实不喜欢的，只是心情真好。

司行霈找到新的女人了，顾轻舟就这么脱身了。

真是意料之外。

顾轻舟一点也不喜欢司行霈，从第一次见面开始，就被他强吻，她没有半点选择。

这段关系，她考虑再三的是如何脱身。现在，司少帅厌恶了，他先放开手，对顾轻舟而言，简直是天上掉馅饼，兵不血刃脱身，不知道多高兴！

"这套泳衣不行。"顾轻舟道。

"不行你还这么开心？"颜洛水更是糊里糊涂的。

这丫头今天疯了吗？

不过，顾轻舟的愉悦是真的，颜洛水很久没见过她这般开心。

顾轻舟的心尖都是轻盈的，压抑着她的重担消失，她忍不住有点俏皮。

她搂住颜洛水的腰："你长得比我好。"

颜洛水有点脸红，道："又胡说，你只是没发育好而已。"

是啊，她还没有发育好！

而司行霈不止一次把她按在床上，虽然还没有真的进入过她的身体。

想到这里，顾轻舟越发觉得司行霈无良，他是顾轻舟遇到过最坏的人。

顾轻舟救过他的命，他却是如此对他的救命恩人，逼迫她做他的情妇，不把她当人看，简直是忘恩负义的白眼狼！

顾轻舟在乡下，遇到到一只后腿发炎生蛆的狗，她替它处理了伤口，还拿食物给它，那狗就跟着顾轻舟回家，从此忠心耿耿，为顾轻舟守住门庭。

司行霈连畜生都不如！

"我这套也不行，教游泳的密斯陈最严厉了，穿得花哨要挨骂。"颜洛水道。

颜洛水换了衣裳，出去重新挑。

"也帮我挑一套。"顾轻舟笑着喊她。

颜洛水答应了。

顾轻舟背对着门，想把身上这件解下来，结果颈上的带子被一通乱摸，反而被她打了死结。

有人推门进来。

顾轻舟自然当是颜洛水，就把头发全部捋到了胸前，道："带子成死结了，快帮我解一下。"

对方上前，有半片阴影落下，顾轻舟一惊：颜洛水没这么高！

她猛然回头，就撞到了司行霈。

"你……"顾轻舟失色，下意识要往后退，却早已被司行霈拦腰抱住。

司行霈情绪有点怪，眼眸像潭水般阴冷寂静，毫无涟漪。

"轻舟，你很开心？我方才听到了你的笑声。"司行霈像是压抑了呼吸，指腹轻轻滑过她的脸颊。

顾轻舟却连大气也不敢喘："你混账，这里是女宾区，我姐姐和售货员都在，你赶紧走!"

她推司行霈，却被司行霈压在了墙壁上。

司行霈抬起她的下巴："轻舟这样高兴，是为什么？若是我看到轻舟和其他男人一起，我会气炸；轻舟看到我和别的女人，却高兴坏了，这是为什么？"

他像只受伤的野兽，情绪低落。

他并不是在问，而是在思考着什么。

他慢慢抚摸着她的脸："我的轻舟在想什么呢?"

他目光深敛，凛冽寒意隐藏其中，勾勒着她的面容。

"……是不是在想，我会换一个女人养，你就可以从我身边逃开?"司行霈说出这几句，舌尖似无比的沉重，"我的轻舟，你想逃吗?"

他今天特别阴郁，手抚摸着顾轻舟的脖子。

顾轻舟感觉他随时可以扭断她的脖子，不寒而栗。

她微微发抖。

"我姐姐在外面……"顾轻舟快要急哭，又挣扎不开，被他死死抵住。

偏偏她身上只有一套很性感的泳衣。

他炙热的手，揽住她的腰，似火苗在她身上点燃。

"轻舟，你不在乎我？"司行霈倏然吻她的耳朵，轻轻问。

他声音很轻，却带着蚀骨的杀意。

顾轻舟又惊又怒。这一刻她知道，她的希望落空了，司行霈不会放过她，哪怕是他有了其他女人。

顾轻舟有点接受不了，她情绪瞬间糟糕到了极点。

"我从来就没有在乎过你！在我心里，你一直都是一个强迫我、猥亵我的人！"顾轻舟咬唇，"我恨不能你死，永远从我眼前消失！"

司行霈笑。

他的笑容有点荒凉，低头吻住了她稚嫩的唇："轻舟要失望了，我不会死，也不会从你的眼前消失。"

他松开她，看着她泳衣里的嫩白，用手量了一下尺寸："长大了些。以后要好好吃饭，长得更大一些……"

顾轻舟打开他的手。

女宾区被封锁的时候，颜洛水去了趟洗手间。

等她出来，售货员议论纷纷，颜洛水不明所以。

顾轻舟已经换好了她自己的衣裳，坐在更衣室里，垂头丧气，没了之前的雀跃。

"怎么了？"颜洛水揽住她的肩膀。

顾轻舟眼睛潮潮的，听闻更是心酸，好似到手的光明又没了，她道："没什么，我太倒霉了，遇到一只白眼狼！"

颜洛水不懂。

"怎么了轻舟？"颜洛水很担心，追问顾轻舟。

顾轻舟这前后的情绪变化，让颜洛水实在摸不着头脑。

"我没事的。"顾轻舟低声说，眼泪忍了又忍，才勉强忍住了。

后来，顾轻舟再也没有兴趣挑选泳衣了。

她随便选了套和颜洛水一样的泳衣，离开了大新百货。

司行霈也回到了他的别馆。

他今天遇到一位市政厅官员的女儿，具体什么官他不清楚，但是那姑娘谄媚欲奉献自己，司行霈是看出来了。

他已经好几个月没有开荤，每次都是跟顾轻舟小打小闹。

男人把这件事分得很清楚，缓解是生理本能，爱慕是心理需求。

这次的女郎，格外热切，司行霈也觉得到嘴的美食，没必要拒绝。他向来不拒美人计，反正最后人他是吃了，好处是不会给的。

陪着那女郎逛了逛百货，准备去对面的五国饭店时，遇到了顾轻舟。

顾轻舟的反应，出乎司行霈的预料。

已是暮春，空气里有荼蘼的清香，缠绵悱恻。

夜深了，司行霈独坐在客厅的沙发里，没有开电灯，手边一盒雪茄，他一根接一根地点燃。

没有抽，他吸半口都没心思，全放在手里，等彻底燃尽了，他无意识再剪开一根点上。

夜静得寂寥，他心里空荡荡的。

在大新百货偶遇顾轻舟，她急忙躲开时，司行霈当时心里咯噔了一下，想："我的轻舟会伤心的。"

他被别的女人挽着，轻舟看见了，自然会难过。

他害怕她伤心。

他的猫儿是尊贵之物，别的女人不可以践踏她的尊严，司行霈需得维护她。

一路尾随，却发现她的心情极好，比遇到他之前更好。

那愉悦绝不是伪装的，是她的真实心情。

司行霈的心就沉了下去。

他不愿意和女人深接触，却不代表他不了解女人。

相反，他对女人了如指掌。

顾轻舟的反应，让司行霈明白了她的心情：她以为解脱了。

若不是她笑得那么开心，彻底刺激了司行霈，司行霈也不会贸然闯入她的更衣间。

司行霈明白，她不在乎他，她甚至迫不及待要离开他。

他的轻舟，不爱他。

　　司行霈愣愣地坐在沙发里，回想起自从相遇之后，顾轻舟在他怀里，做得最多的就是哭，他的心情就沉入谷底。

　　吻她的时候，她会哭；抱她的时候，她也会哭，连睡梦中也有泪痕。

　　她一直在挣扎，一直在说不要这样！

　　她何曾笑得那么开怀？

　　司行霈养她，自然希望她也能有那样的笑容。

　　她恨他，她多次说过，那不是少女的违心话，她是真的憎恨。

　　她只是脱不了身。

　　每次约她，她都会拒绝，全是司行霈威胁之下才出来。

　　她不爱他，那么将来她就会爱别人，她在别的男人怀里欢笑——司行霈狠狠将雪茄按在烟灰缸里！

　　“没必要知道她想什么，在我身边就行！”司行霈颓废无力地倚靠着沙发。

　　他爱顾轻舟吗？

　　爱是什么？

　　司行霈很茫然，他是很疼爱她的。

　　司行霈会做饭，他却不喜欢做饭，可他愿意为顾轻舟下厨；他缓解生理需要是日常所需，就像吃饭睡觉那样，但是为了顾轻舟，他没有伤害她的身体。

　　他很珍惜这个少女。

　　为何珍惜？

　　对方救了他一命！

　　她那晚的镇定，表演得很得当，替司行霈化解了危机，算司行霈的恩人。

　　“她是不会爱人，还是只不爱我？”司行霈又点燃一根雪茄，用力吸了一口，呼出狠戾的青烟，“她将来会爱别人吗？”

　　司行霈想过，他死了之后顾轻舟会跟别人，他觉得受不了，但是能理解，毕竟那时候他都死了。

　　可想到她会爱别人，他无法接受！

他无法忍受他的轻舟将来爱别的男人。她会为那个男人的讨好而欢喜，也会为那个男人的错误而哭泣。

若她爱的男人和别的女人挽着胳膊，她一定会又哭又闹，甚至会拿刀对准他，说她要杀了他。

司行霈都能想象出她愤怒的模样——他又狠吸了两口雪茄，肺里烧灼了起来！

司行霈一直只想要女人的身体，可现在他想要顾轻舟的心。

想要到抓狂的地步。

然而，他的心会给顾轻舟吗？他会忠诚吗？他会娶她吗？

司行霈的仇敌太多了，作为他的妻子，顾轻舟也要面临不厌其烦的暗杀。到时候，司行霈能保护她吗？

抑或，他为了顾轻舟，能不再那么放肆，收敛些、柔软些，减少树敌吗？

他会为了她保护好自己，不让自己死于战乱，考虑长久的未来，跟她白首到老，生儿育女，让她老有所依吗？

想到这里，他又觉得自己对轻舟的感情，其实没那么深。

这些，他都做不到。

他只是嫉妒而已。

嫉妒却又是莫名其妙的，因为顾轻舟并没有爱上任何人。

司行霈从小到大就不缺女人的爱慕，爱过他的女人很多。司行霈回想了一下，女人的真心不值钱，甚至有点卑微。

他不喜欢。

他不是想要女人爱他，他只是想要顾轻舟爱他！

他沉思整晚，心情郁结。

翌日，他去了驻地。

司行霈留了眼线在城里，暗中保护顾轻舟，同时也会向他汇报顾轻舟的行踪。

他不喜欢顾轻舟和其他男子接触。

顾轻舟很乖巧，每天都是上学、回家，没什么异样。

司行霈那天的郁结消失之后，就再也没有想过此事。

　　说到底，爱不爱太虚幻了，对男人是镜花水月，他不是特别在意，他要的是顾轻舟这个人，还在他身边就行。

　　他那天的郁闷，只是凑巧情绪不对劲罢了。

　　顾轻舟那天回去，心情也不好，甚至一夜未睡。

　　从未得到和失去，会有很不同的意义。

　　顾轻舟之前没想过摆脱司行霈的魔掌，因为她没这个能力。

　　而后，她误以为解脱了，心里的雀跃难以遏制，她都不知道离开司行霈会那么开心，感觉空气都清新了，天高云淡，简直像做梦。

　　的确是做梦。

　　几分钟之后，司行霈就告诉她梦碎了。

　　她好像再一次失去了自由！

　　"也许，真的只有杀了他，我才有前途！"顾轻舟恨恨地想。

　　她想起了那把勃朗宁。

　　她可以用那把枪杀了司行霈，从此就解脱了。

　　她吸了吸鼻子。

　　真难过，这辈子的委屈，全是司行霈给的。

　　虽然他给过顾轻舟好处，也替顾轻舟做过饭，却无法给顾轻舟一个能立足的未来。

　　顾轻舟好似被人养在笼子里。

　　真像金丝雀。

　　主人家当金丝雀是宝贝，小心翼翼养着，生怕死了。

　　这样的好，对顾轻舟又有什么意义！

　　接下来的一个星期，顾轻舟上学总没什么精神。

　　游泳课的时候，她心中想起买泳衣的那天，司行霈闯进她的更衣室，说过的那些话，她的心就沉了。

　　心一沉，身子也直直往下掉。

　　顾轻舟沉到了水底，是颜洛水把她捞了起来。

　　"是不是脚抽筋了？"颜洛水又紧张又担忧。

　　同学们围了一圈问她。

　　任课的密斯也吓坏了。

"游泳课我给你通过，你别再来上课了。"密斯陈给顾轻舟法外施恩。

顾轻舟因祸得福，从此游泳课她都是站在旁边看，可以静静发呆、想心事。

学校倒也没什么为难的，就是功课越发吃力。

顾轻舟每天按时上学，放学。

她偶尔会看到街角来不及躲避的副官，她知晓那是司行霈的人。

司行霈监视她的行踪，同时也保护她的安全。

顾轻舟心情灰败，却也不反抗。

不能一击即中的反抗，显得无力且矫情，顾轻舟在等待时机。

顾维对顾轻舟越发热情。

顾公馆有一架钢琴，是顾缃姊妹的，顾轻舟从来没碰过。

顾维却常邀请她去弹琴。

顾缃很恼怒。

"在学校练习过了，我不想再练。"顾轻舟总是推托，不太想和顾维相处。

顾维吃了那么大的亏，她肯定要伺机报复。顾轻舟和她做朋友，无非是把自己送到她的嘴边，任由她啃噬。

况且，顾维、顾缨这等小角色，不是顾轻舟网里的鱼，她不屑打捞她们。

顾维却热脸贴冷屁股，继续坚持对顾轻舟谄媚。

"你干吗巴结她？贱骨头，你像条狗。"顾缃气得不轻，有次在饭厅骂顾维。

顾轻舟听到了。

顾维连忙让顾缃闭嘴，心中窃喜：严格保密就是很好，连大姐也能无意配合着她，更是真实可信。

同时，顾维心里很愤怒，暗暗想道：大姐现在骂得狠，等我把顾轻舟收拾了，让你和姆妈看看我的能耐！

顾轻舟听到顾维和顾缃吵架，她眼波平静如初。

第十一章

作弊惨案

转眼到了四月，高年级的手工课是缝制玩偶。

顾轻舟正在和颜洛水缝制布偶娃娃，助教罗小姐突然进来，对任课的密斯小声说了几句话。她就走到顾轻舟身边，低声对顾轻舟道："你妹妹受伤了，你去看一下。"

顾轻舟的大眼睛水灵而澄澈，当即涌动着关切，问罗小姐："她没事吧？"

"已经无碍了。"罗小姐道。

顾轻舟就跟任课的密斯告假，去校医那边看望顾维。

颜洛水没有跟着。

校医都是修女。

顾维躺在雪白的病榻上，额头汗湿了，微微抿着唇，眼角还有稀薄的泪珠，一张粉脸此刻煞白。

"阿姐！"看到顾轻舟，顾维温柔地喊了她一声，眼泪夺眶而出，十分地委屈可怜。

顾维的病榻旁边，还站着一个纤瘦娇小的女人。

这个女人，是顾轻舟的算数课老师。她不是密斯，而是修女。这位算数老师姓胡。

胡修女平常很和蔼，人瘦瘦小小的，身体不是很好。

顾轻舟的算数课目很糟糕，几乎在班上垫底，胡修女还单独给她补过两次课。上个月的测试，顾轻舟的成绩就从垫底升到了中等，胡修女很有成就感，好像自己亲手雕琢出来的璞玉成器了，故而更喜欢顾轻舟。

胡修女叹气："你妹妹好心帮忙，我倒茶给她，结果杯子滑了手，烫伤了她的脚。"

顾维在学校穿着很长的筒袜，褪去之后，露出嫩白的细长腿，以及红肿的脚背。

胡修女倒茶给她，结果那杯热茶不小心掉了，直接砸在顾维的脚背上，玻璃碎了，有两块划破了顾维的脚面，流了点血。

修女校医说了，并不碍事，没有烫伤，也只是划破了皮，不会留下伤疤的，可是顾维吓坏了，一直在哭。

她还哭着要见顾轻舟。

顾轻舟凝眸一瞬，看了眼顾维的脚，心中隐约明白什么。

顾维受伤了，她可怜兮兮的。

顾轻舟双眸滢滢，握住了顾维的手，道："没事的，维维。修女都说了，不会留下伤疤的。"

顾维咬着唇，眼底碎芒欲动，点点头，很虚弱地说："我知道了。"

然后，顾维又对胡修女道："对不起修女，我方才太慌乱了，不是您的错，是我没有接好茶杯。"

胡修女并没有松口气。

女孩子都爱美，烫伤了顾维的脚，以后会留疤，可能会害了人家女孩子的。

谁愿意身上永久留疤？

胡修女仍是很内疚。

校医给顾维用药。

顾轻舟一直陪着她。

胡修女下午还有课，她需要先离开，胡修女再三道歉。

顾轻舟对顾维道："我送胡修女出去。"

顾维想拉她时，顾轻舟已经灵巧地避开了。

出了校医院的大门，璀璨的阳光照下来，顾轻舟青绸般的头发，泛出淡墨色的光润，她的眉目特别和善。

胡修女慢慢舒了口气。

"修女，我妹妹她怎么去了您的办公室呢？"顾轻舟安抚了胡修女几句之后，问道。

"我方才下课，拿了好些教案，还有一大把板尺，有些吃力。

顾维看到了，很热心帮我拿，还说她是顾轻舟的妹妹。

"我想着是你妹妹，也就无碍了，让她帮忙送我回办公室。哪里知道，会误伤了她。"胡修女叹气。

顾轻舟安抚胡修女："修女，意外都是免不了的，您别伤心了，小孩子磕了碰了是常事。"

胡修女又叹气："真是对不住你妹妹。"

顾轻舟一再说没事的。

胡修女离开，顾轻舟站在校医院的大门口，半晌没有挪脚。

梧桐树高大，将疏影筛下来，点点金芒照耀着，将她拢在光晕里。她自己也有片刻的愣怔，想事情想得出神。

顾维去找胡修女，偏偏又被烫伤了脚，这中间肯定有点缘故的。

胡修女那般仔细小心的人，在顾维面前为何会失误？

顾轻舟心里全是疑虑。

沉默了一会儿，顾轻舟眼底已经一片宁静，像梧桐树下的光圈，没有半分的跳跃，静静的，亮亮的。

回到病房时，顾维眼神怯怯："阿姐，你别怪我。"

"怪什么？"顾轻舟笑了下。

"得罪了胡修女啊。"顾维眨眼，泪珠就滚下来，"我刚巧下学，见她着实辛苦，教案和教具压得她走路歪歪斜斜的。我想着她是你的老师，以后可以帮衬你，就自告奋勇去帮忙，哪里想到……"

顾轻舟掏出帕子，雪帛上绣了一点寒梅，递给了她："你也是好心，胡修女知道的！"

顾维眼泪涟涟地点头，又说："轻舟姐，你能体谅我，真是太好了。"

顾轻舟心中冷笑，顾维能安好心？

顾维若是有好心，那日头就要西升东落了。

顾轻舟微笑，看着顾维抹眼泪，心里闪过几分狠戾。

顾轻舟想要她外公的家产，她更想要学业。顺利读完毕业，将来带着她的家产和李妈，可以逃到英国、美国、远离司行霈。

学业是她未来的一块垫脚石。

顾维的打扰，让顾轻舟失去了耐性。

她们姊妹正说着话，就听到有女孩子声音凄厉喊："修女，修女！"

声音像是顾轻舟手工课的密斯林。

校医院只有一间病房。

很快，一群女孩子拥簇着进来。

颜洛水也在其中，她天蓝色的校服上，沾满了鲜血。

顾轻舟吓了一大跳，挤上了前，担忧极了，甚至有点手足慌乱："洛水，你怎么了？"

有人大哭。

校医们乱成一团。

颜洛水脸色惨白，黑发映衬之下，更面无人色。她紧紧压住胳膊，艳红的血从她指缝间滑落，潋滟又凄惨。

"一点小意外，轻舟，不要哭。"颜洛水努力挤出一个笑容。

顾轻舟吓坏了，看上去随时要哭出来，颜洛水反过来安慰她。

"疼不疼？"顾轻舟蒙了。

她不过是来了趟校医室，怎么颜洛水就挂彩了？

这是完全想不到的。

让顾轻舟意外的事不多，让顾轻舟关心的人也不多。两样凑在一起，她的精明顿时无用武之地，她像个孩子。

颜洛水"嗯"了声："疼"

"让一让！"校医修女把顾轻舟挤到了旁边，将颜洛水和另一名受伤的同学，放在轮椅上。

乱哄哄的。

顾轻舟退后几步，颜洛水就被送到了另一间手术房。

"怎么回事？"顾轻舟拽住最后面的一位同学，问道。

这位同学叫李桦，坐在顾轻舟和颜洛水后排，偶尔会分自己带过来的饼干跟颜洛水和顾轻舟吃，很是温婉的少女。

李桦也吓得不轻，被顾轻舟拉住，一股脑儿告诉了顾轻舟。

这一群人里，总共有两个人受伤，其中一个就是颜洛水。

顾轻舟班上，一共二十一个女同学。就这么几个人，也分为好几派，个个都是背景深厚。

有个叫蔡可可的同学，生得美艳成熟，性格又泼辣强势，功课样样拔尖，俨然是班上的老大。

所有人都怕蔡可可，就算是颜洛水，也忍让她三分。

蔡可可的父亲是洪门的龙头。

洪门是全国最大的帮派之一，江南的三教九流，都要听洪门的差使。

这等乱世，饶是扛枪的军政府，也不敢和帮派作对，平素让洪门三分，彼此相安无事。

而顾轻舟班上除了洪门的大小姐，还有一个很瞩目的人物，她叫霍拢静。

霍拢静跟顾轻舟一样，是今年插班而来的。

霍拢静的哥哥叫霍钺，是青帮的龙头。

青帮和洪门并列，两大帮派平分秋色。

霍钺原是先龙头的下手，后来先龙头去世，他的儿子们全部无缘无故失踪，尸骨全无，霍钺接手了新交椅，坐馆青帮，成为新任龙头。

这是岳城很瞩目的一件事。

霍钺成为青帮新的龙头，原本很多人不服气，因为他太年轻了。他接手那年才二十五岁，今年也才二十九。

但是霍钺心狠手辣，行事不讲江湖规矩，将一群老前辈逼得死的死、逃的逃，帮内风声鹤唳。

他简直是一匹凶残的恶狼，吃人不吐骨头。

他用四年的时间，打下了他的天下，定下了新的规矩，如今青帮的生意远胜过洪门，几乎快要吞并洪门了。

两派曾和睦相处，最近几年势不两立。

蔡家代表洪门，霍家代表青帮。

蔡家大小姐蔡可可听闻，新来的同学里，有她父亲死对头的妹妹霍拢静，于是常欺负她。

霍拢静是个很冷漠的女孩子，哪怕蔡可可欺负她，她也是一张冷脸，不言语。

今天上手工课，蔡可可大概是气不过霍拢静，趁着密斯踱步的工夫，她拿剪刀剪霍拢静的头发。

正巧霍拢静坐在顾轻舟和颜洛水的前排。

颜洛水平常是不爱说话的，更不爱出风头。

可她看不惯蔡可可已久，见蔡可可要剪掉霍拢静的头发，她高呼了一声："密斯林！"

密斯林回头。

蔡可可大怒，举手就想要打颜洛水，结果她手里的剪刀，直接从颜洛水的胳膊上划过。

颜洛水鲜血直流。

这是个意外。

霍拢静回头，顿时看出了端倪，她手里的剪刀，就刺向了蔡可可。

蔡可可身手敏捷，立马把她身边的另一个女同学拉过来，挡住了剪刀。

霍拢静的剪刀来势很快，一时间收不住，刺中了另一位女学生。

班上就乱成了一团。

密斯林不敢通知学生家长，只得把人带到校医院，暂时止血，再派人去告诉校董。

顾轻舟听完，眸中顿现霜色。

在病房的一角，她也看到了蔡可可。此刻，蔡可可丰神妩媚，并无内疚。

霍拢静反而生出几分不安，不时往手术室望去。

等校医说好了之后，顾轻舟立马跟着密斯林，挤到了手术室。

"……还好，伤口不深，无须缝线。"修女告诉顾轻舟。

而另一个被蔡可可拉去做挡箭牌的同学叫孙明蕊，则伤口很深，需要转到正规的教会医院去。

顾轻舟打电话给顾家，让秦筝筝派人来接顾维，说顾维受伤了。

"是不是你弄的？"秦筝筝在电话里又恼怒又焦虑，厉声尖叫。

顾轻舟理都没理她，直接挂断了。

回到校医院，校董已经到了，两个同学受伤的事，校董全部记下了，遣众人先离开，等候学校后续的处理。

顾轻舟陪着颜洛水，准备去趟军政府的军医院，重新处理伤口。

在校门口，遇到了霍拢静。

"喂!"霍拢静喊她们。

霍拢静没记住她们的名字，眼眸冷冽，没有半分感情起伏。她看着颜洛水，低声道："多谢你。"

这句话倒也诚恳。

"不客气的。"颜洛水忍痛，唇色微白，道，"你也要强势一点，别怕蔡可可，她不过是狐假虎威。"

霍拢静不言语。

顾轻舟和颜洛水就上了汽车。

与此同时，另一辆斯第庞克汽车，停在圣玛利亚学校的门口。

车子上下来一个高大英俊的男人，他穿着长衫布鞋，倜傥斯文。

青帮最年轻的坐馆龙头霍钺，二十九岁，天生沉稳的他，看上去更成熟一些。

他喜欢长衫布鞋，有时候还会戴一副金丝边的眼镜，一身学究的打扮，偏他杀人不眨眼，吞并地盘凶狠残忍，和他这件儒衫格格不入。

霍钺没有家人，前年才找到他流落在孤儿院的妹妹霍拢静。

这个妹妹是霍钺的父亲与一个舞女私通生下的孩子，和霍钺只有一半的血缘，霍钺待她却不错。

霍拢静不爱说话，送她去念书，她既不同意，也不反对，在学校里也是规规矩矩，只是她从来不用心，所有的功课都一塌糊涂。

今天学校来电话，是校董亲自打过来的，说霍拢静捅伤了同学，霍钺百忙之中，抽空来接她。

在学校门口，霍钺刚下车，就瞧见一个背影，纤瘦窈窕，长发及腰，有淡墨色的光晕。

他微微愣了一下，想起正月在跑马场遇到的某位少女。

等他再看时，对方的车子已经离开了学校门口。

"阿静。"霍钺见妹妹霍拢静站在学校门口，一脸呆滞茫然的模样，走到了她跟前。

"你先回家，学校的事我来处理。"霍钺道，"天大的麻烦也不用怕。"

说罢，他就叫手下送霍拢静上车。

霍拢静拉住了他的袖子："阿哥……"

她难得叫哥哥。

霍钺停下脚步，耐心听她说话。

"阿哥，我不想念书了，很累。"霍拢静稚嫩的眉眼中，却带着沧桑。

霍钺心头不忍。

他摸了妹妹的脑袋："好，暂时先休息几个月，等你想学校了再来插班，没什么不妥的。"

说罢，兄妹俩就上了汽车。

霍钺让手下的人去了解情况。

汽车速度很慢，前后和左侧都跟着护卫的汽车，霍钺侧头看着窗外，茫然想心事。

他总记得那个少女，亮晶晶的眸子，看着他的时候没有贪念也没有害怕，更没有鄙夷。

她双眸平静似澄澈的秋水。

难道，她也是圣玛利亚学校的女学生吗？

现在纳女学生为姨太太，成了一种新的时髦，胜过舞女和歌女，不少自负品味的人，会更青睐女学生。

不过很少有人能把手伸到圣玛利亚学校，因为此校的女学生，多半是有背景的。

霍钺纤长的手指，缓缓抚摸着汽车座位上的真皮，心里颇有涟漪。

顾轻舟陪着颜洛水，去了趟军医院。

胡院长亲自出来迎接，这不是给颜洛水面子，而是给顾轻舟的。

外伤用西医的治疗方法更稳妥。

胡军医检查了一遍，告诉颜洛水道："已经消炎了，伤口不深，皮外伤，不需要缝合，别沾水就行。"

"校医也是这么说的。"颜洛水咬唇，脸色有点白，她还是觉得很疼，疼痛席卷了她整条胳膊。

胡军医给颜洛水开了消炎的药，有内服，也有外敷。

离开的时候，顾轻舟还遇到了司慕。

顾轻舟一开始没看到他，直到军医给他见礼，喊了声"少帅"，顾轻舟才转过脸去看他。

司慕这些日子，天天在城外的驻地受训。他不是来治病，而是来看望他的一个副官。

他的副官在训练中被流弹击中了小腿，入院治疗。

瞧见顾轻舟，司慕眼眸严霜轻覆，那冷漠中难掩厌恶，和顾轻舟错身而过。

颜洛水担心地看了眼顾轻舟。

顾轻舟无所谓。

上车之后，颜洛水低声对顾轻舟道："司家的人，一个个眼睛放在头顶上，你别往心里去。"

"我不在乎，我根本没想过嫁给他。"顾轻舟道。

这是她第一次和颜洛水说起此事。

颜洛水微讶："真的吗？"

顾轻舟点点头。

然后，顾轻舟又把自家的情况，告诉了颜洛水："你也瞧见了，我们家那一个个的，恨不能生吞活剥了我。若没有军政府的靠山，我只怕出门都难，更别说去念书了。所以，我用了点小计策，让司家承认我，并非想要嫁给司慕。"

"原来如此。"颜洛水恍然。

同时，颜洛水又好奇："司夫人为何会答应？"

这就涉及那些信。

那些信是绝密，顾轻舟用来威胁司夫人，很有震撼力，她不可能告诉任何人，包括颜洛水。

因为秘密会惹祸，她不想给颜洛水招惹麻烦。

"这个你就别问了。"顾轻舟道。

颜洛水是最贴心的朋友，见顾轻舟有难言之隐，她果然不问了。

知晓了顾轻舟的打算，颜洛水松了口气，道："轻舟，我姆妈常说，女人要有眼光。选丈夫不管出身如何，一定是要疼极了你的。

"女人的尊严是兰花，最是矜贵，需得精心呵护，可经不起冷落、白眼。"

顾轻舟笑。

颜太太的确是这么说的。

所以，颜洛水爱慕的谢三少不喜欢颜洛水，颜太太和颜新依就不同意那门婚事。

"……哪怕你不会嫁到军政府，也别接受我们家老五，那是个花花肠子，他可没准头。"颜洛水又告诉顾轻舟。

顾轻舟又笑："放心，五哥不喜欢我，我也不喜欢他。你真是亲姐姐，这样说五哥！"

两个人笑起来，颜洛水胳膊上的伤也就没那么疼了。

回到家，颜太太看到了，仔细询问了一番，只是叮嘱她："休息几天吧，别沾水。"

将门夫人，从来不哭哭啼啼的，颜太太极其心疼女儿，还是保持了冷静，很理性地叮嘱交代，顺便问清楚了情况。

顾轻舟当天住在了颜家。

她打电话回去，正巧顾维听到了。

"不回来了？"顾维还有很多话要告诉顾轻舟呢，听说她不回来，难免失望。

她想跟顾轻舟说点什么，顾轻舟已经挂断了电话。

翌日，顾维拐着她烫伤的脚去上学，顾轻舟也到了学校。

颜洛水请假在家。

顾轻舟班上的同学，都在议论昨天的血案。

"打架见血，肯定要被开除。"后排的女同学悄声道。

"蔡可可要走了吗?"有人隐约很兴奋。

正说着，蔡可可推门而入。

她的校裙是改造过的，露出一段嫩白纤长的腿，艳丽妖娆。她冷冷扫视了一眼众人，教室里顿时鸦雀无声。

蔡可可放下书包，一屁股坐在自己的书桌上，环视四周，似高高在上的女皇："都盼着我被退学？我可告诉你们，岳城的军政府再显赫，还有南京政府压着，他们要给美国人面子，怕破坏国际关系。可我们洪门，上面只有祖师爷，我们祖师爷可不怕美国佬！敢开除我，也要掂量掂量自己的分量。我劝你们这些墙头草，都给老娘坐稳了，要是让我知晓你们倒向了别人，再想倒回来可就难了。"

很是嚣张。

女学生们各个敛声屏息，不敢招惹她。

蔡可可说的是实情。

军政府再显赫，到底是国家的政权，顾虑太多，还有国际条约限制着；而洪门是帮会，帮会做大到了洪门这个地步，人人敬畏。

顾轻舟也没有作声，想到颜洛水受伤的胳膊，再看蔡可可的嚣张，顾轻舟心中添了怒焰。

她的怒焰炙热，热到想毁灭蔡可可的地步。

顾轻舟极力忍住。

颜洛水休病假，顾轻舟一个人上学。

顾轻舟知晓顾维的打算，所以她未雨绸缪。

这天顾轻舟下学早，特意去了趟海关衙门，寻找顾圭璋。

脂粉不施的少女，未染铅华，纯净粉润，看上去就特别乖巧温顺。

顾轻舟在学校不编辫子，青绸般的鸦青色长发披散下来，萦绕着她纤薄的肩头，更是纯良温柔。

她去海关衙门，顾圭璋的同僚瞧见了她，都说："顾小姐出落得真好，一看就是念书认真又孝顺的好孩子，次长好福气嘞！"

顾圭璋脸上有光。

他们父女在就近的咖啡店坐下，点了咖啡和乳酪蛋糕。

"寻我有事?"顾圭璋问。

顾轻舟就把她们班上的闹剧，一五一十告诉了顾圭璋。

"你没有参与吧？"顾圭璋紧张问。

顾轻舟摇摇头："也是凑巧，那天正好三妹妹出事了。"

她又把顾维的事，说给顾圭璋听。

他没有留心。

"没你的事，那就好。"顾圭璋松了口气。

顾轻舟班上的同学，家里非富即贵，顾圭璋怕她得罪人。

"阿爸，洛水这些日子请假，我们下周有次小考，我怕她跟不上，打算这几天下学就去颜家，把上课的内容笔记转述给她。"顾轻舟道。

顾圭璋点头："你们是金兰姊妹，理应如此！"

颜家他还想攀附。上次顾维带给顾圭璋的尴尬，顾圭璋至今没有释怀。所有的怨气，都在顾维身上。

顾维受伤，顾圭璋一点也不在乎。

把事情告诉了顾圭璋，顾轻舟唇角微挑，有个淡淡的弧度一跃而过，眸中闪动一些狡狯。

顾圭璋则没留意。

顾轻舟从来没找过他，他都没察觉顾轻舟今天来得反常，只以为女儿想和他亲近。

父女出来喝咖啡，也是新派时髦的事，顾圭璋心情还不错，压根儿就没深想。

顾轻舟低垂了羽睫，乖乖巧巧的。

顾轻舟知晓顾维想要害她。

于是，顾轻舟先去找了顾圭璋，埋下了她反击计划的第一步。

顾轻舟白天上学，晚上去颜家，给洛水辅导功课。

没过几天，学校对顾轻舟班上的血案有了处罚结果。

罪魁祸首是蔡可可和霍拢静，对她们两个进行警告，记一大过，并罚款一百块。

颜洛水和另一个受伤的同学，校方补贴十二块钱的医药费。

"就这样吗？"班上有同学愤愤不平。

这么大的事，已经达到了"开除学籍"的规定，校方竟然这般轻描淡写。

很多人不平，又有不敢表露。

顾轻舟也把处理结果告诉了颜洛水，顺便帮她拿回来十二块钱。

十二块钱，够普通人家全家人一个月的生活费，但在颜洛水面前，简直是废纸。

一向沉稳的颜洛水，难得生气："校方欺软怕硬惯了，这次的吃相太难看！"

颜太太安抚女儿："素来是这样的，强的怕横的，横的怕不要命的。帮派都是不要命的，政府也敬畏他们三分，更别说国际友人了。"

圣玛利亚的校方是美国基督教教会。

教会不怕政府，哪怕是扛枪的军政府，但是他们忌讳帮派。

"……所有的码头都在帮派的势力范围，军政府多次想接管，都铩羽而归。现任的青帮龙头霍钺，年纪轻，心又狠，码头归军政府更是无望。

"别说普通百姓，就是军政府的物资，八成都要经过码头进入岳城。教会学校更别提了，那些校董回家都要坐船，海路总被帮派垄断，谁敢得罪帮派？"颜太太道。

"我不气帮派势力大，我就是气蔡可可，她很蛮横的！"颜洛水道。

"学校规定，记三次大过就要被开除，永不录取的。"顾轻舟想了想，"蔡可可这是第一次记大过吗？"

"不是，这是第二次了。低年级的时候，马术课上，她把一位同学的马逼迫翻墙，那同学摔晕了，昏睡了三个月，校方记了她一次大过。"颜洛水道。

顾轻舟颔首。

颜太太见顾轻舟略有所思的模样，像是想帮颜洛水找回场子，就轻轻握住了顾轻舟的手："去学校是念书的，没必要跟恶霸一般见识。

"你们别看帮派龙头的女儿强横，可她将来能有什么前途？名门望族，都不愿意娶她的。"

这个世道，女人是没有事业的，出去工作都是低等人。名媛的前途，就是嫁个高门。

婚姻是她们唯一能取得成就的途径。

"……你们可不同，你们都是高官门第的千金，玉不可与瓦碰。"颜太太道。

顾轻舟不让颜太太担心，低声道是。

颜洛水也道："姆妈放心，我们不会胡闹的。"

颜太太这才满意点点头。

顾轻舟也不想惹事，顺利把这一年半的学业完成，拥有一个学位，将来可以自己出来做事。

她嫁高门大概是无望了。

司行需看中的女人，只能给他做情妇，顾轻舟几乎没有其他前途，除非她逃离岳城。

听说香港十分繁华，还是英国人的属地，顾轻舟倒很想逃到香港去。

她拥有教会学校的学历，去香港也能找到事做，最不济也能去其他教会学校教书，做个修女，自梳不嫁。

只是颜洛水心中总有口气，始终没有发泄出来。

后来，霍拢静一直没有复学，她请了病假之后，又办了休学。

顾轻舟和颜洛水就没有再见过她。

蔡可可更是得意，背地里骂霍拢静："她是没脸来见我，屄货，跟她那个赤佬哥哥一样屎！"

众人沉默。

顾轻舟握住笔的手，微微发紧。她很想替天行道，处理掉蔡可可，却又不太想惹事。

况且，顾轻舟还要收拾顾维。

顾维的脚也慢慢好转，终于能正常走路了。

她常去胡修女的办公室。

胡修女对顾维略有歉意，顾维又主动要帮她打扫办公室，胡修女就没有拒绝。

四月的最后一周，圣玛利亚全校的算数、英文、国文和圣经课目都要小考，小考定在周四、周五，所有年级都要参加。

周一的时候，顾维中午跑来找顾轻舟，问她几句圣经的题目。

到了周二，顾维又来了。

顾轻舟对她，始终是和气温柔的，顾维心中则有了主意。

顾维微微笑起来，很是得意。

她牺牲这么大，让自己的脚被烫，同时俯身的时候又故意划出两道血痕，就是为了彻底解决顾轻舟。

顾维目标远大。

顾轻舟可不是蔡可可，她犯事了别想记过，应该会直接被开除的。

傍晚时分的风起，吹动檐下风铃。

顾维的心情极好。

周二放学，顾轻舟站在街角，倏然往一条暗黑的胡同一拐。

司行需派了两名副官，时刻护送顾轻舟。

见顾轻舟突然转到了暗黑的胡同，两名副官犹豫了一下。

这些破旧胡同很乱，他们怕顾轻舟出事。她若出事，少帅回来就会活剥了他们的。犹豫一瞬，两名副官果断跟了进去。

往里走了几步，破旧的墙壁脱落，霉烂的气息挥散不去。

两名副官却没有看到顾轻舟。

"顾小姐呢？"一位偏瘦的副官沉不住气，大惊失色。

"在这里呢！"角落的背后，传出来声音，两名副官急促回头。

顾轻舟站在巷子的一棵槐树下，夕阳筛过细碎的树枝，将绮丽的光晕投在她身上，玲珑细致。

可她脸上，没有半分暖意，又黑又亮的眸子里，泛出冷艳的光，黑黢黢的，亦如她倾泻在双肩上的黑发。

"顾小姐……"有一名副官想要解释。

顾轻舟则摆摆手："我知道你们是司少帅的人，我不介意。我找你们，是要你们帮我办两件事！"

两名副官面面相觑，同时站直了身子，连忙道："顾小姐请吩咐。"

顾轻舟从书包里，拿出二十块钱，先给了一名副官。

这么多钱，副官不知她要干吗，疑惑看着她。

"你去帮我收买一名姓冯的女校工，这二十块应该够了。"顾轻舟道。

她把那个校工的外形和职务，一点点告诉了这名副官。

副官道是："顾小姐放心。"

顾轻舟又对另一名副官道："你安排几个人，要不怕死的，既不是洪门的，也不是青帮的，去帮我抢劫一个人。"

"抢劫?"副官微讶。

"怎么，做不到吗?"顾轻舟白瓷面容上，顿时泛出了寒光。

这女子凛冽的眉眼，透出蚀骨的威严，竟有点像大少帅。

副官心中一紧，忙道："做得到，做得到!"

顾轻舟又细细告诉他，到底抢什么人，去哪里抢等。

安排妥当之后，顾轻舟道："去办吧，明天下午之前必须办好。若是办好了，我会在少帅面前替你们美言;若是没办好，就别怪我说坏话了。"

两名副官吓得一个激灵，纷纷道是，转身就去了。

顾轻舟乘坐电车，也回到了顾公馆。

顾维大概觉得她即将要对顾轻舟使用的计策，是百密而无一疏，心情好得不行，顾轻舟回来时，听到了客厅的钢琴声，以及歌声。

顾缃在弹琴，顾维站在旁边练唱功，秦筝筝今天心情也不错。

"轻舟姐，你回来了!"顾维愉悦地喊她。

想到自己即将到来的胜利成果，顾维就心情飞扬。

她要让顾轻舟被开除，她要让顾缃和姆妈对她刮目相看!

她才是顾家最聪明、最厉害、最耀目的女儿!

顾轻舟随意应了声。

而后，她借口还要做功课，先上楼去了，晚饭才下来。

秦筝筝已经很多年没有体会过这种滋味，气得牙痒痒。

顾轻舟吃了几口，就放下筷子上楼了。

到了周三，顾轻舟去上学。

她刚到教室坐下，蔡可可也来了，一脸的恼怒。

蔡可可漂亮的卷发微散，脸上精致的妆容有点花了。

班上害怕蔡可可的女同学，纷纷上前献殷勤问道："可可，你这是怎么了？"

蔡可可恼怒："气死我，方才在校门口，遇到一个屁孩子，非要让我领着他去找他姆妈。结果我刚送他过去，就被人给抢了。"

女同学都吓一跳。

这是真的吓到了！

在岳城，敢抢洪门龙头府上的大小姐，这是活腻了吗？

"可可，你没事吧？"

"我能有什么事？"蔡可可恼怒，同时又有点得意，"我大叫'我是洪门蔡家的人'，那俩孙子立马丢下我的书包就跑了。"

"丢东西了吗？"

"钱包丢了而已。"蔡可可道，"回头告诉我阿爸，叫人宰了那两个小子。"

顾轻舟一直听着，不言语，心想："司少帅的副官，办事还是挺得力的。"

抢劫成功了。

顾轻舟微微挑了一下唇。

顾轻舟的两件事办妥了。

中午吃饭的时候，顾轻舟跟着颜洛水去食堂，有个女校工拖地，然后趁机塞了个东西给顾轻舟。

顾轻舟不着痕迹放在校服里。

颜洛水当时正在吃饭，她没有看到。即将考试，颜洛水也复学了。

吃了午饭，顾轻舟突然对颜洛水道："有点想吃白俄人的蛋糕。"

颜洛水道："你跟我想的一样，我突然也想吃了。"

于是颜洛水打了个电话回家。

半个小时之后，颜家的副官送了蛋糕进来。

顾轻舟分出一块，道："我给顾维尝尝。"

颜洛水疑惑地看了眼顾轻舟："你何时跟你妹妹感情这样好了？"

"别问。"顾轻舟低声。

颜洛水满头雾水："你在搞鬼？"

顾轻舟微笑不答，送蛋糕去给顾维。

顾维接到顾轻舟的蛋糕，受宠若惊，同时心里更暗爽："看来我巴结她起效果了，她果然以为我跟她很好！"

这样的结果，是顾维很愿意看到的。

顾维觉得好笑，看来她的路子走对了，她即将要赢得胜利。

吃了午饭，女学生们没有像往常那样玩闹，都在伏案休息，因为明天就要小考了，下午要复习。

圣玛利亚学校的考试是很严格的，同时每年都会将成绩在某个分数线之下的学生劝退，以保障圣玛利亚的精英名声。

下午的时候，顾轻舟在上复习课，突然有人嘀嘀咕咕的。

"不许喧哗！"高年级的学监密斯林敲讲台，"说什么呢！"

被密斯林点名的女同学站起来，小声道："方才我去冰室，听到有人说，明天的小考，高年级的算数有泄题，问我们要不要买。"

不知为何，圣玛利亚女校的学生，算数功课都不是很好。

不止顾轻舟一个人。

这个话题，似热油锅里滴入了冰凉的水，顿时油花四溅，沸腾了起来。

密斯林安抚了几句"好好复习"，就急匆匆去了校董办公室。

学监离开之后，教室里没有安静下来，反而更加喧闹。

每个人都在议论，包括颜洛水。

颜洛水的算数还不错，可她休了一段时间的病假，功课赶不上，她也担心这次小考。

"算数课泄题，大有赚头，谁不愿意买呢？"后排的女同学说。

"八年前，也有一次泄题，是中年级的算数考试，结果查了半天没查到从哪里泄的，学校开除了中年级所有的算数课任课密斯，同时加大了中年级的考试难度，让三分之一的学生无法过线，然后全部开除她们，作为警告。"

这席话，顿时又让班里炸开了锅。

"这太过分了！"

"这叫以儆效尤，让密斯们不敢泄题，也让学生们不敢买题。"

"这次高年级泄题，学校会不会也这样处理？那我们怎么办？"

这个班上，六成的女学生算数很糟糕，她们顿时人人自危。

颜洛水也有点慌了，她轻轻推顾轻舟的胳膊："怎么办呢，泄题的事太恶劣了，我怕过不了。"

"没事的，还有我嘛。"顾轻舟道，"我的算数比你更差。"

"那我们俩一起不过线，被开除，有什么好的？"颜洛水唉声叹气，"谁这么缺德啊，要搞出这样的事情？"

顾轻舟眼眸微闪，不言语。

大家都吓坏了。

嘈嘈切切的议论声中，女学生们都担心学校杀鸡儆猴，惩罚所有人。

"别胡说！"蔡可可高声安抚大家，"那次不过是没查到来由。这次若真的泄题，我一定会帮你们查到从哪里泄题的，开除那个人就可以了，不会牵连到大家。"

"可可，我们的前途都交给你了！"女学生们围着蔡可可。

众人欢呼，几乎要把蔡可可当圣母！

颜洛水撇撇嘴。

顾轻舟一直没说话。

泄题，对于学校来说，是一次非常严重的事故。

圣玛利亚学校，不以考试选入校生，但是它的学费极贵，而且是同类贵族学校中的佼佼者，名声非常好，就是因为它的教学严格。

从圣玛利亚高年级毕业的女学生，将来可以去美国念大学。

名声建立起来很难，但一次事故可能就会身败名裂。

泄题就是大事故！

学校一定会重查，重罚！

"轻舟，你知道是怎么回事吗？"颜洛水见顾轻舟还在安静做算数题，轻轻碰她的胳膊。

顾轻舟摇摇头："我哪里知道呢？"

到了课间休息，教室里的人跑掉了一半，大家纷纷出去打听消息。

顾轻舟和颜洛水也站在走廊上，听着女学生们来回弄到的八卦。

整个高年级乱成一团！

"明天的小考，只怕要挪后。"颜洛水低声道。

顾轻舟点点头。

"轻舟，洛水，你们知道吗，听说低年级的算数题也泄露了。"同学李桦跑上跑下的，一脑门汗，抓住顾轻舟和颜洛水，气喘吁吁地告诉她们。

颜洛水微愣。

顾轻舟眼眸闪了一下，没说话。

"这学校疯了。"李桦大口大口喘气。

果然，楼下的低年级，也沸腾了起来。

颜洛水有点想不通："卖考题这么大的风险，密斯们为何要做？据我所知，密斯们每个月的薪水足有五十块，是其他高校老师的三四倍。有如此高薪，为何要自毁前途？"

顾轻舟冷静看着楼下的梧桐树，听着耳边声浪翻滚，没答话。

李桦则道："不知道啊，反正很多人要遭殃。八年前的悲剧，又被我们赶上了，真是倒霉！"

正闹腾着，开完了紧急会议的密斯们，纷纷回到了教学楼。

每个班的女学生，都被喊回了自家的教室。

顾轻舟班上的学监密斯林也进来了。

密斯林和善的脸上，泛出铁青色的阴冷，道："大家猜得不错，是泄题了！"

众人哗然。

班上嘈嘈切切，几乎淹没了密斯林的声音。

"不过，是今天才泄题的，样卷肯定还在学校，甚至在班级。大家全部不要动，校董已经安排人，挨个班级搜查。

"搜查到了，是那个人倒霉；搜查不到，是所有人倒霉，所以大家好好配合。"

众人立马端正坐好。

顾轻舟和众人一样，也端正坐稳了。

她面无表情，默默转动手里的笔，低垂的眉眼遮掩了她所有的情绪。

所有人都沉默。

颜洛水也盯着自己手里的笔，恨不能掐出花来。

约莫过了一刻钟，就有四名修女，是从修道院借来的，进入了教室。

"所有同学起立。"密斯林道，"一个个排成队，站在走廊上。"

女学生们依言。

顾轻舟跟在颜洛水的后面，出了教室。

已经是半下午，骄阳变成了暖金色，透过学校的栏杆，落在众人身上，每个人的眉眼沐浴暖阳，都玲珑细致。

众人叽叽喳喳。

教室里搜了半晌。

"找到了！"突然，有一名修女说道。

她的声音不轻，似魔力一样牵动着，原本依靠着栏杆的少女们，纷纷挤到了窗口，往教室里看。

"是谁是谁？"后面的人，急切询问，生怕自己错过了好戏。

"好像……"前面的同学欲言又止。

"快点，让我看一下，到底是谁？"有人拥挤。

颜洛水等人，没有动。

还有一个人没动，就是蔡可可。蔡可可素来高傲，她的校服裙子很短，一段白皙修长的腿上面，是挺翘的臀，纤柔的腰。

哪怕颜太太说过蔡可可前途渺茫，她仍是这个班级最漂亮的女学生。

有人回头看了眼蔡可可。

蔡可可秀美的眉头微蹙："看我做甚？"

她正说着，修女们出了教室，密斯林指了蔡可可："就是她！"

修女手里，拿着蔡可可的书包。

从蔡可可的书包里，搜出了明天算数小考的样卷。

蔡可可的成绩很好，唯独算数很糟糕，比顾轻舟还要糟糕。

走廊上陡然鸦雀无声。

大家都不敢说话了。

两个修女上前，反手扣住了蔡可可。

蔡可可回神，大怒道："做什么，松开你们的脏手！"

"蔡可可，我们从你的书里，找到了算数考试的样卷。"密斯林道。

蔡可可倨傲的眉眼，闪过几分难得一见的慌乱和震惊。

"不是我！"蔡可可厉叫。

"带走。"密斯林道，"先交给校董，再做处理。"

蔡可可在众目睽睽之下，被人带走了。

"放手！"蔡可可大叫，继而挣扎。

她有点慌了。

这是怎么回事？

"放开！"蔡可可的声音更大，咆哮得整个教学楼都听得到。

修女们却押得更用力，将她推搡着下楼。

在推搡中，蔡可可的鞋子掉了一只。

而楼下，也传来凄厉的惨叫声："不是我，不是我，我没有偷样卷，我根本不知道样卷放在哪里的！"

是顾维的声音。

颜洛水突然转脸，看着顾轻舟。

顾轻舟眼眸安静，甚至有点冰冷，回视她。颜洛水立马收敛了神色，慢慢转过脸去。

短暂的寂静之后，整个教学楼炸开了锅。

顾维完全没想到事态会如此发展。

"低年级的算数考试也泄题了。"

听到这个消息，顾维当时微愣，出乎她的意料。

三月的时候，秦筝筝出了个馊主意，她在顾圭璋面前花言巧语，再让顾维去颜家游说，就是想利用顾圭璋和颜家，稀里糊涂把顾轻舟送到国外去，老四顾缨可以陪同。这样一来，顾家不花钱就替顾缨讨个前途，顾维可以取代轻舟成为颜家的义女。

一切筹划得很美好，结果却被颜洛水识破了。

秦筝筝百般安慰，顾维却明白，自己失去了父亲的欢心。

从顾圭璋看她的眼神中，她就能体会过来。

在这个家里，母亲和女儿的命，都在父亲手里，因为钱财在父亲手里。

顾维受到了很大的打击。

她到底是个十四岁的少女，骨子里还有傲气，以及几分天真。

她想方设法想要害顾轻舟，报一箭之仇。

顾维研究了很久，如何能让顾轻舟被学校开除，连颜家甚至司督军都无法保顾轻舟。

她一连去了好几天的校图书馆，借了很多校刊。

她看到了八年前"泄题案"。

当初这件事，牵连了好几位政要家的千金，可美国教会直接知会了领事馆的参赞，用国际政治碾压，毫不留情地开除了那些不过线的同学。

大批量的辞退和开除，保全了圣玛利亚精英教育的名声，也震慑了后来者。

从此，再也无人敢碰泄题这个雷区。

顾维就想到了这点。

同时，顾维还注意到，高年级的算数课任课胡修女对顾轻舟格外照顾。

"所有人都知道胡修女很照顾顾轻舟，而顾轻舟的算数课目又很差，若是泄题，顾轻舟第一个逃不掉嫌疑。"顾维心想。

顾维寻了很多次的借口，终于接近了胡修女。

趁着胡修女倒茶给她的时候，她心生一计，故意失手，把一杯热茶砸在自己的脚上。

胡修女对顾维有了歉意。

顾维的腿好了之后，为了表示自己不介意，亲自去了趟胡修女的办公室。

胡修女对她有点歉意，就不再介意她的登门。

顾维深谋远虑，她弄到了胡修女办公室的钥匙，并且偷偷按了模子，很快就拿到了办公室门和保险柜的钥匙。

周一黄昏下学之后，顾维没有走。

等天黑了，顾维偷偷溜进了胡修女的办公室，偷到了胡修女放在保险柜的算数考试样卷，然后从后门跑出去。

当时天黑，顾维又小巧，没人留意到她。

顾维又借口找顾轻舟补习，趁着顾轻舟去洗手间，将考试样卷塞在顾轻舟书桌的抽屉暗层里。

放好之后，顾维躲在洗手间，和某位女同学八卦："我听说高年级的算数考试泄题了。"

高年级泄题，都是顾维传出去的风声。

这点风声像秋日草原上的火种，很快就能成燎原之势。

当时洗手间很多人。

这不过半个小时，就传遍了学校上下。

大家都听过八年前的惨案，所以泄题这么大的事，简直比岳城被攻破还要令人紧张，一时间谣言四起。

顾轻舟不会知道她的书桌里有算数课样卷，而密斯们肯定不会等到明天，会立马搜查。

这样，顾轻舟的样卷会被当场搜出来。

顾轻舟和胡修女关系很好、顾轻舟算数课目很差，她偷样卷有极大方便和动机，没人会怀疑顾轻舟是被陷害。

找到了偷样卷的，此事顾轻舟一个人承担，她会被开除。

军政府求情也没用！

一切很顺利。

顾维心中得意，她觉得自己做了件大事。

她听到"高年级算数考试泄题"从她同学口中再传出去的时候，她双肩微微抖动，难以遏制内心的欢喜。

"姆妈和姐姐的主意，都是小打小闹，只有我的主意，才可以一击致命！"顾维激动地想。

她这个主意太棒，不枉她泡在图书馆好几天辛苦查阅资料。

她很有能耐，自己的前途肯定比姆妈和大姐更好。

可是很快，顾维就听到另一个消息："低年级的算数考试泄题"。

顾维就是低年级的学生。

听到这个消息时，她颇有几分不安："低年级怎么会泄题？"

泄题是大事。

高年级泄题，是顾维弄的；那低年级是怎么回事？

这个时候，顾维就开始忐忑了，她总预感有什么事情发生。

校董开了会，密斯们带着修女来，一个一个班级地排查。

当修女们从顾维的抽屉里，找出一份低年级算数考试的样卷时，顾维两眼发黑，几乎要昏倒。

低年级考题怎么会在她的抽屉里？

她没有偷过低年级的啊，她偷的是高年级，而且放到了顾轻舟的抽屉里。

顾维算数也不好，但是她不敢冒险去偷题！

"不，不可能！"顾维几乎崩溃，"不是我偷的，不是我！"

同时，高年级的一个风云人物——蔡可可，被抓了出去，她的抽屉里也有样卷。

而顾轻舟居然没事。

"不是的，是顾轻舟，是顾轻舟偷题！"顾维被押到办公室的时候，大声吼叫，"是顾轻舟！"

密斯们全听到了。

此事关系甚大。

密斯林走到顾轻舟面前："轻舟，你跟我到办公室去。"

颜洛水拦在顾轻舟面前："密斯林，这就有点不讲道理吧？人赃俱获的学生您不去审，要轻舟去办公室做什么？"

"此事重大，任何可能都不会放过。这样，颜小姐也去。"密斯林道。

颜洛水欲争辩。

顾轻舟握住了她的手，对密斯林道："校规大于天，我们愿意配合学校调查。"

就这样，顾轻舟和颜洛水暂时也被送到了办公室。

而其他学生，全部禁止离校，都要坐在座位上，等待学校最终的结果。

学生家长把学校电话都打爆了。

学校门口，也聚集了几十辆接学生放学的豪华座驾。

岳城的小报甚至也听到了消息。

这是大新闻。

一时间，报馆的记者和学生家长把校门围得水泄不通，还有记者不时拍点什么，镁光灯闪个不停。

天慢慢黑了。

学生家长更加焦虑，全部被拦在门口，不许进去。

洪门派了很多小弟，警备厅的厅长也派警员来接人。

这下子更热闹了。

教室和办公楼灯火透明，将操场上的梧桐树，映照得璀璨晶莹。

顾维和蔡可可是分开审的。

顾轻舟和颜洛水则在另外一间办公室，她们不是被审查，而是被隔离，只有一个修女陪着她们。

顾维一直在哭，蔡可可则破口大骂，态度嚣张。

颜洛水满心的话想问顾轻舟，偏又时机不到，忍得很辛苦。

晚上九点，办公室的电灯照得顾轻舟昏昏欲睡。

她是又累又困。

陪同着她们的修女，已经离开了。

"怎么回事？"颜洛水悄悄问顾轻舟。

顾轻舟眨了眨眼睛，让她小心隔墙有耳。

颜洛水就不再问了。

片刻之后，密斯林端了两杯牛乳和几块蛋糕进来："你们先充饥。"

这待遇，可见顾轻舟和颜洛水是没嫌疑了。

颜洛水抓起牛乳就喝，一口气喝了半杯，问密斯林："查清楚了吗？"

密斯林点点头："已经快查清楚了，再等半个钟头，你们就可以回家。"

虽然顾维还在攀咬顾轻舟，可她没有任何证据，而她自己偷题则根本无法自圆其说，顾轻舟的嫌疑解除。

顾轻舟也喝牛乳不说话。

她慢腾腾喝着，听到颜洛水问密斯林："到底怎么回事?"

密斯林把她听到的消息，告诉了颜洛水："在顾维的书包里，找到了一百多块钱，还有一只金表，是蔡可可的。"

颜洛水心底闪过几分涟漪，嘴上却吃惊问道："是蔡可可收买了顾维，让她去偷了样卷吗?"

"是啊。顾维最近刻意接近胡修女，很多同学和密斯都看到了，前天晚上，有人看到顾维很晚才离校。"密斯林道。

"天哪，她为了钱，居然这么做!"颜洛水故作大惊。

至于顾维如何偷到低年级的算数样卷，已经没必要清楚了。

反正偷一份是偷，偷两份也是偷。

"……蔡可可非说她的金表和钱包是早上被人抢了，她没有收买顾维，哪有这么巧!"密斯林冷笑。

蔡可可是个刺头，最难管束，在学校欺负同学也不是一两次了，而且她还记了两次大过，密斯林也盼着她被开除。

这次，蔡可可被开除是无疑了。

她那个帮派龙头的父亲也救不了她。

而顾维无权无势，敢涉足如此可怕的禁区，她被开除也是必然。

证据全部被找到之后，坐实了顾维和蔡可可的罪名，学校给学生们放了学。

天黑又乱，学校每次只让十名学生出去，等十五分钟之后，再走一批，这样不至于造成混乱。

低年级先走。

轮到顾轻舟和颜洛水出校门时，水泄不通的校门口，已经散去了七成的人。

颜太太和副官们开了车在门口等着，同样心急如焚。

"阿弥陀佛!"颜太太拉住了顾轻舟和颜洛水的手，"念个书也这么大的事，吓死我了! 你们俩没事就好。"

顾轻舟也去了颜家。

学校的事，已经闹翻了天，整个岳城都知晓了。

一路上，颜太太仔细询问，看看流言和事实是否如一。

顾轻舟就把学校的闹剧，说给颜太太听。

"是蔡可可和顾维。"顾轻舟道。

听到还有顾维，颜太太就有点担心，怕牵连顾轻舟的名声："她到底是你妹妹，以后同学们也说三道四，她怎么如此糊涂？"

这个妹妹！

若不是顾维落网，现在被开除的就是顾轻舟。

顾轻舟一点也不怕被牵连，更不会对她心慈手软。

她的慈悲，只会让秦筝筝母女得寸进尺。

当年，秦筝筝和顾圭璋也许就是这样逼死了顾轻舟的母亲，害死了她的舅舅，夺走了她外公孙家的家产！

他们可没有手软过！

如今，顾轻舟也不会。

"没事的，流言蜚语一向就不少。"顾轻舟道，她反而安慰颜太太。

她甚是豁达。

颜太太就松了口气，说："轻舟很勇敢。"

颜家准备了消夜，颜太太也没吃晚饭，陪着一起吃了消夜。

晚上，顾轻舟和颜洛水并头而睡，彻底没了外人的时候，颜洛水再次问顾轻舟："我不相信此事跟你无关。"

顾轻舟就承认："跟我有关的。"

顾维的目的，顾轻舟已然猜到了，要不然顾维不会贸然接近胡修女。

顾维烫伤脚，让胡修女内疚，放松了对她的警惕，所以顾维偷到了钥匙，拿到了样卷。

她把样卷放在顾轻舟抽屉暗层的时候，顾轻舟当时就看到了。

顾轻舟不动声色，任由顾维把样卷藏在她的抽屉里。

顾轻舟前一天听到同学们谈话。

有位同学说："孙明蕊好像伤口发炎了，要休更长时间的病假。"

孙明蕊就是霍拢静刺蔡可可的时候，被蔡可可一把拉过来挡住剪刀的那位女同学，学校只赔了点钱。

若不是蔡可可，孙明蕊根本不会受伤。

孙明蕊是个很好的女孩子，她偶尔会帮顾轻舟解答算数题目。

蔡可可却一点歉意也没有，冷哼道："做作！我看她就是想博同情，顺便逃避这次的小考！"

同学们不说话。

大家都有点生气。

蔡可可实在太过分了，是她把孙明蕊拉过去挡剪刀的，也是她先挑衅霍拢静的。说到底，孙明蕊和颜洛水的伤，都是蔡可可弄的。

人家伤口恶化，随时有生命危险，蔡可可却说她是博同情装可怜，顺便逃避考试。

其心可诛！

颜洛水当时气都不顺了。

顾轻舟很少会生气，那个瞬间，她看到颜洛水还没有痊愈的伤疤，想到孙明蕊生死未卜的伤势，再听到蔡可可那席狼心狗肺的话，原本想把样卷偷偷送还给胡修女的顾轻舟，改变了主意。

只要揪出顾维，胡修女没有责任，顾轻舟不必送回。

是顾轻舟将样卷放到了蔡可可的书桌里。

蔡可可酿造的血案，她早就该被开除！

她仗着家里的势力，在学校为非作歹，顾轻舟要为民除害。

"办得好，办得好！"颜洛水听到这里，忍不住抓紧了顾轻舟的胳膊，激动了起来，"轻舟，你真厉害！"

同时，颜洛水又有点吃惊："那为何蔡可可要给顾维钱和金表？"

"蔡可可的确是被人抢了，我叫人安排了小混混，自己不出面去抢的，反正查不到我们。"顾轻舟笑道。

颜洛水更是吃惊：几乎要坐起来给顾轻舟鼓掌。

顾轻舟叫人抢了蔡可可的钱和金表，那么蔡可可收买顾维偷试卷就有了证据，顾维和蔡可可再怎么否认也不行。

如此运筹帷幄，让颜洛水刮目相看。

"……我让人收买了学校的校工。校工是打扫卫生的，能拿到办公室的钥匙，而且薪水很低，不怕被查出来开除。多给些钱，足以收买。

"收买校工，拿到了低年级的算数样卷，我放在顾维的抽屉里，这样再加上蔡可可的钱和金表、顾维接近胡修女的证据，她偷低年级样卷，就不需要细查，反正是她的罪证。"顾轻舟道。

颜洛水抱住了顾轻舟："你真厉害，轻舟，你真的好聪明!"

她几乎要拍案叫绝!

被蔡可可刺伤胳膊，常年看蔡可可在班级欺负同学，颜洛水心中的怒意，终于得到了排解。

她太爱顾轻舟了!

这个妹妹，比颜洛水想象中更加厉害能干!

一向不露面的理事密斯朱也来了。

正月里顾家母女的闹剧，密斯朱记恨至今，只是觉得给女学生下绊子，太损了她的格调，也就没拿顾维怎样。

如今，顾维偷考试题，密斯朱就必须要落井下石了。

顾维被开除。

蔡可可是主谋，教唆别人偷考试卷，也是开除。

顾维和蔡可可叫冤，但是物证俱在，不容她们抵赖。

不仅如此，蔡可可还有两次大过。

圣玛利亚学校知会所有的教会学校，禁止接纳蔡可可。

周一再开学的时候，顾轻舟班上气氛很愉悦，大家谈及上周的事，都眉开眼笑。

有两位女同学带了家里糕点厨师做的饼干，发给大家。

蔡可可走了，全班欢庆!

学监密斯林也露出了久违的笑容。

"胡修女和低年级那位任数学课的密斯，她们会怎样啊?"手工课的时候，某位热心的女同学，询问密斯林。

她们也担心密斯们被泄题事件牵连。

"此事是女学生精心谋划的偷题，并非密斯们的失误。校董已经做了决定，胡修女和密斯方无过错，反而处理及时，保全学校名誉，给予一些奖励。"密斯林道。

众人欢喜。

颜洛水也暗中松了口气。

处理掉了蔡可可很快意，可若是连累胡修女，颜洛水会于心不忍。

顾轻舟好似没听到，唇角有淡淡的笑容。

泄题一事，学校的处理速度惊人。

这天放学后，顾轻舟对颜洛水道："我有段日子没回家了，今天回去瞧瞧。你的伤也好了，我常住在你家里，顾公馆的人会说闲话。"

想到顾轻舟那个家，颜洛水觉得糟心，道："轻舟，不如你就搬到我家里去吧。"

顾轻舟微微叹了口气，说："我也很想啊，只是……"

只是她的事还没有做完。

十几年前，她母亲难产之后一直生病，她舅舅惨死，她外公去世得莫名其妙，顾圭璋霸占着孙家的产业，他大概以为孙家后继无人，再也没人替他们做主了。

顾轻舟流了一半孙家的血脉。

她岂能退缩？

"……只是，我父亲原本就有点自卑。若是我住到颜家，不知他会怎么想，我这个不孝的帽子就扣上了。"顾轻舟道。

这方面，顾轻舟处理问题很成熟，颜洛水也不好强求。

顾轻舟乘坐电车，回到了顾公馆。

顾家一片死寂，用人给顾轻舟开门时，暗暗给顾轻舟递了眼色。

顾维被开除，此事闹得特别大。

这几天岳城的大报、小报头版头条，全是这件事。

顾维不是新闻的卖点，圣玛利亚贵族学校、洪门大小姐蔡可可才是。

正是因为学校和洪门大小姐的卖点太好了，此事的热度居高不下，顾维也被迫上了头条。

顾圭璋的同僚和下属全知道了。

他们在背后议论，还被顾圭璋听到了，顾圭璋不管是作为上司还是父亲，颜面全无！

上次对顾维的怒意还没有消，这次又添了新怒。

顾圭璋连顾维和秦筝筝一起打了，抽了十几鞭子，顾维的衣裳都被打破了。

顾维当时哭着，抱紧了顾圭璋的大腿，说："阿爸，是顾轻舟害我的，试卷明明是她偷的，塞到我的抽屉里，我是冤枉的，阿爸！"

顾维至今还没有把实情说出来。

她知道说出实情，她的罪名就坐实了，彻底无法翻身。

而她死咬牙关，不肯说出真相，还是不停地攀咬顾轻舟，就是希望将来可以颠倒黑白。

秦筝筝也在旁边道："老爷，维维的算数一直很好，她没必要去偷啊！她这个孩子最是懂规矩，她岂会不知后果？她是冤枉的。

"老爷，您看轻舟，她这些日子都不敢回家，肯定是心里有鬼，一定是她害了维维啊老爷！"

顾轻舟去衙门找过顾圭璋，跟顾圭璋说明她要去颜家的目的。

顾轻舟想到会有这么一天，所以她提早给顾圭璋打了预防针。

只不过顾轻舟没有告诉秦筝筝，秦筝筝就猜疑她，让顾圭璋更怒："你还敢攀咬轻舟！"

"老爷，是真的啊，要不然她为何不回来？"秦筝筝哭道，努力要把顾轻舟拉下水。

她知道顾圭璋是多疑的性格。

却没有想到，顾圭璋这次一点也不疑，眼里只有愤怒，没有思索，狠狠甩了她一鞭子："轻舟回家不回家，也要跟你禀告，你是个什么东西？"

秦筝筝又痛又震惊：老爷已经如此相信顾轻舟了吗？

顾圭璋将顾维打伤，不许用人给她上药，派人将她和秦筝筝母女关到了地下室。

顾绲兄妹不敢求情。

家里极其压抑。

　　若是顾维成功了，丢尽顾圭璋颜面的，就是顾轻舟了。

　　那么，被毒打、被关到地下室的，也是顾轻舟。

　　顾轻舟听闻了秦筝筝和顾维的悲惨，她唇角微微挑了一下，白瓷面容冰凉，似寒冬的霜，冷冽清傲，没有半分的同情。

　　她直接去了顾圭璋的书房。

　　顾圭璋这两天暴跳如雷。

　　顾轻舟敲门。

　　"滚！"顾圭璋在书房里骂，不管是谁他也不想见。

　　女儿出了这等丑事，除了打她一顿，顾圭璋也没了其他的主见，又不能真的赶出家门。

　　顾圭璋暴怒。

　　他这一辈子，从未如此丢脸。

　　"阿爸，是我。"顾轻舟低声道，"我下学了阿爸，没什么要紧事，我先回房了。"

　　顾圭璋反而缓和了些，道："进来！"

　　顾轻舟推开书房的门，书房全是烟气，似白雾萦绕，还掺杂着红葡萄酒的清香。

　　顾圭璋问她："关于维维，学校还有其他事吗？"

　　"没有了，此事已经处理完毕，学校在安排下周的小考。"顾轻舟道。

　　顾圭璋点点头。

　　见顾圭璋愁眉紧锁，顾轻舟道："阿爸，您不要生气了……"

　　顾圭璋可能是憋得太久了，而且痛苦，他居然跟顾轻舟倾诉了起来。

　　他言语中，对顾维失望透顶。

　　"……花那么多钱培养她，一点好处也没有得到，尽给我惹事。"顾圭璋痛心疾首。

　　原来，顾维的罪大恶极，是没有给顾圭璋带来效益。

　　他培养女儿，不是因为爱她们，想让她们过得更体面，而是带着很强的功利性，像商品一样包装她们，希望她们能卖个好价钱。

顾轻舟也是他的商品。

闻言，顾轻舟低垂了羽睫，眼底有无尽的寒芒闪烁。

"她若是有半分良心，懂半点孝道，就应该像你这样！"顾圭璋道。

他的几个女儿，如今只有顾轻舟最有出息！

偏偏他对顾轻舟投入最少。

他是不是太偏爱秦筝筝的孩子，她们才那么不知天高地厚？

"应该把她们赶到乡下去！"顾圭璋恶狠狠地想。

顾维被毒打了一顿，和秦筝筝一起关到了地下室。

眼瞧着顾圭璋又要让二姨太当家，三姨太苏苏不平，她找顾轻舟出个主意。

"我虽然不喜欢太太，我更不喜欢二姨太。"三姨太道，"她当家做主，没我们的好处。"

同时，她又对顾轻舟道，"轻舟别以为她疼你，她不过是巴结，以后还不知道怎么利用你呢！"

这是实情，顾轻舟也懂。

顾圭璋生气起来，虽然打骂秦筝筝，可秦筝筝到底替他生了四个儿女，这份恩情是割舍不断的。

只要顾圭璋对秦筝筝仍有恩情，顾轻舟就无法借他的手处理掉秦筝筝。

顾轻舟也需要秦筝筝犯更多的错、更大的错，让顾圭璋彻底对她绝望，甚至憎恨她。

这样，才是秦筝筝的末日。

秦筝筝倒下，等于砍去了顾圭璋的一条臂膀，接下来就是收拾顾圭璋。

现在，秦筝筝被关到地下室，挨了打，可顾圭璋不会处理掉她。

秦筝筝犯的错还不够大。

让秦筝筝继续当家，她才有作死的权力，才有犯更大错的机会。

二姨太不是顾轻舟的鱼，她不需要打捞二姨太，也就不需要二姨太蹦跶。

秦筝筝越是作死，顾圭璋对她的恩情就越少，离顾轻舟的目标就越近。

　　李妈多次告诉顾轻舟："想要争夺家业可以，但是对于家人，自己手上别沾血，要借刀杀人。"

　　自己不沾血，不是为了别的，而是世俗不容。

　　顾轻舟不能为了复仇，葬送自己，她还有自己的前途，她不是杀人的刽子手。

　　她要做的，是让秦筝筝和顾圭璋自己走上绝路，而不是亲手杀了他们。

　　三姨太不忿二姨太，不想让二姨太管家，宁愿继续是秦筝筝管着；顾轻舟也需要秦筝筝继续作妖，于是她们一拍即合。

　　"我倒是有个主意。"顾轻舟道。

　　三姨太一听就眼眸微亮。

　　顾轻舟的计划很简单，她让三姨太去敲诈秦筝筝，要一笔钱，再去说服顾圭璋，用点美色手段。

　　三姨太不太情愿，还是很听话去办了。

　　秦筝筝不情不愿，给了三姨太两根小黄鱼。三姨太跟顾圭璋吹枕边风，说了很多好听的话。顾圭璋的气消得差不多了，考虑到顾维年轻漂亮，将来可能还有用，饶过了她。

　　顾维被放出来之后，看到了顾轻舟，眼眸顿时霜色锋利。

　　"我知道是你害我！"她靠近顾轻舟，声音很低，像地狱里的鬼魅，"你不要得意，我不会放过你的！"

　　"我没有害你。"顾轻舟的声音更轻，轻若鹅毛般地掠过，"我只是把你做的事，还给了你！"

　　顾维一怔。

　　顾轻舟眉眼轻扬，笑容从眉梢倾泻，恣意而风流，竟格外地美艳。

　　顾维咬紧了牙关。

　　家里的人，有人猜测顾维会发疯闹腾，有人猜测顾维会失魂落魄。

　　可出乎所有人意料的是，顾维跑了。

　　放出来的当晚，顾维拿走了两套换洗衣裳，以及她和顾缨的所有零花钱、首饰，另外偷了秦筝筝的两条金项链，离家出走了。

一个不满十五岁的少女，敢离家出走，她着实很有勇气。

"我的维维啊！"秦筝筝吓得大哭。

顾圭璋又气又怒："当时就应该打死她！她还敢跑，以后就不要回来！"

虽然这么说着，顾圭璋还是去警备厅报案了。

警备厅的人一听，问："是顾家那个被开除的女学生吗？"

顾维的名声，传遍了岳城上下，虽然是臭名。

顾圭璋脸上火烧火燎，更是气顾维，心想这回找到她，就直接活活打死，不留情面了。

他这一辈子的尊严，都叫顾维败光了！

顾维比顾缃聪明能干，比顾缨懂事听话，怎么到头来闹得最不像话的，反而是她？

警备厅找了四五天，并没有找到顾维。

而后，警备厅就懒得再找了。

秦筝筝哭得昏厥："一定是有人容不下维维，教唆她跑的。"

还是暗指顾轻舟。

顾圭璋没有顺着她的挑拨，怀疑到顾轻舟头上，而是掴了她一巴掌："你教的好女儿！"

顾家继续派人去找，顾圭璋也越来越着急。

这么多天，顾维早已离开了岳城，凶多吉少。

顾维那么漂亮，世道又如此乱，顾圭璋生怕顾维被人糟蹋，那会让顾家更丢人现眼，同时连累其他女儿被人嘲笑，嫁不了高门。

其实，他猜测也相差无几。顾维离开了之后，很快被土匪抓到了。顾维吓坏了，极力自保，跟土匪说自己是军政府的亲戚，又说她念过书。

土匪们一听她是文化人，可以卖个高价格。又担心她真的与军政府有关，不敢在岳城和上海出手，把她卖给了香港那边的妓院。顾维脱逃不了，不过两年就被折磨致死。

顾轻舟这辈子都没有再见过她。而后，她事情太多，早已忘记了顾维此人，也不清楚她是这样的下场。这是后话，暂且不提。

第十二章

误会少帅

转眼到了五月。

圣玛利亚学校在端午节前两天，进行了小考，算数课目的难度，反而降低了，学生们大喜。

特别是顾轻舟班上，更觉得蔡可可被开除，是特大的喜事。

考完之后，学校放三天假，顾轻舟接到了司公馆的电话。

顾轻舟最近一个月没有去看司老太，老太太很想念她。

"端午节过来吃饭。"司老太道。

顾轻舟很想去看望老太太，心里却又有几分踌躇，不想见司慕，不想见司夫人和司琼枝，当然更不想见司行霈！

可她还需要司家的依靠，这等应酬就少不了。

"是。"顾轻舟答应了。

当天晚上，她没有回顾公馆，只是打了个电话回去，歇在了颜家。

因为义父颜新侬回来了。

颜新侬难得回来一次，听说端午节后又要去驻地。

顾轻舟端午要去司公馆，就没空见他，只得提前来。

"轻舟长高了些。"颜新侬笑道。

"是啊，还漂亮了呢。"颜五少在旁边接腔。

众人笑起来。

晚饭之后，大家一起闲话，温馨又热闹。

颜五少听了个八卦，问颜新侬："督军又把大少帅关到军政府的监牢去了？"

顾轻舟后背微僵，下意识往沙发里陷：他又怎么了？

"没有关，不过督军府要办喜事了。"颜新侬道。

颜太太忙问："什么喜事？"

"大少帅要结婚了！"颜新侬笑道，"大概这个月底。"

顾轻舟正在喝茶，一口水堵在喉咙里，上不得、下不得，偏那口茶又很烫，把她烫得嗓子尖都疼。

颜公馆客厅的水晶灯，亮得顾轻舟有点晕眩。

耳边的话，她再也听不见了。

她只知道，司行需要结婚了，而且很快，就在这个月底。

难道，他一直有未婚妻吗？

顾轻舟倏然感觉羞耻，自己和别人的未婚夫做那样的事，简直下贱！

而上次撞见司行需约会，也让顾轻舟明白一件事，哪怕他结婚了，他也不会放过自己。

顾轻舟是他的玩偶。

他结婚了，只会让顾轻舟有更加明确的定性。

她不会是他的女朋友，不会是他的未婚妻，而只能是他的情妇，或者姨太太。

有种冷，从顾轻舟的心底一路延伸，达及四肢百骸。

她几乎要颤抖。

司行需将她逼到了如此处境！

"蔡可可吗？"颜洛水尖锐的声音，将顾轻舟拉回了现实。

顾轻舟茫然看着颜洛水：关蔡可可何事？

"对啊，就是蔡龙头的爱女，她已经怀孕了。"颜新侬道，"洪门以十二个码头作为陪嫁，督军很高兴。"

"这……这太恶心了！"颜洛水难以置信。

"别胡说！"颜太太打断了颜洛水的话。

顾轻舟这时候也明白，原来司行需要娶的人，是蔡可可。

回想一下，蔡可可是个美人儿，她成熟性感，长腿酥胸，五官精致。更重要的是，她很泼辣，司行需一定很喜欢她！

蔡可可迟早会知道，是顾轻舟设局让她被开除。

再让她知道顾轻舟是她丈夫的情妇，她肯定会对付顾轻舟的。

"真是救了一条毒蛇！"顾轻舟回想起来，这辈子的委屈，这

352

辈子的尴尬，全是司行霈给的。

偏她还救过司行霈的命。

如今他要结婚了，顾轻舟不会得以解脱，反而处境更难堪。

他不放，她一个无权无势的十七岁少女，如何走得开？

而且，蔡可可怀孕了。

看她的肚子，没有怀孕的迹象。若是真的怀了，也是这一两个月。

这一两个月里，司行霈多次将顾轻舟按在床上，转身又去睡蔡可可。

顾轻舟恶心得想吐。

她一晚上都没睡。

翌日就是端午节，顾轻舟要去司家赴宴。早起，顾轻舟用了点薄粉，遮住她的黑眼圈，然后去了趟银行，从保险箱里，取出了勃朗宁手枪。

也许，今天该有个了断。

杀不了他，就索性自杀，总好过现在这般艰难！

顾轻舟已经忍耐不下去了。

她揣了把枪，去赴司公馆的午宴。

顾轻舟在外面磨蹭了很久，差不多十一点才进去。

她脸上没有异色，微笑着和众人打招呼。

人都来齐了。

司行霈坐在老太太身边。

今天的司行霈，穿了件白色绸布衬衫，咖啡色条纹西裤。衬衫的袖子折起，露出修长结实的胳膊，银扣泛出温润的光。

他眉梢有点笑意，像是很开心。

"人逢喜事精神爽吗？"顾轻舟的脸色更加惨白。

司行霈那淡淡的笑意，让顾轻舟无处容身。

她感觉被他摸过的身子是肮脏的，她羞愧难当。

顾轻舟想过，等司行霈娶亲那天，她会很难堪，却没想到这么快，也没有想过，她的羞耻感比她想象中的更严重。

"轻舟来了？"老太太高兴地喊了顾轻舟。

顾轻舟今天略施薄妆，涂了点唇膏，也抹了点胭脂，气色就很不错。

老太太没看出她的异样。

倒是司行霈察觉一二。

司行霈眼底有了几分疑惑。

"最近怎样，功课好吗？"老太太问。

"挺好的。"顾轻舟一一回答。

"上次你们学校闹偷题目，可吓到你了？"司老太又问。

"没有的，老太太。"顾轻舟笑道。

司行霈的二婶和三婶问顾轻舟，关于圣玛利亚学校开除案的事，以及顾轻舟失踪的妹妹等。

顾轻舟也仔细解释，没有半分回避。

她的眼睛，始终没有看过司行霈。

好在，老太太等众人，也没有提及司行霈的婚事。

宴席的时候，顾轻舟仍是坐在司慕身边。

她心不在焉地吃饭，一点胃口也没有。

司慕给司琼枝倒酒，就顺手给顾轻舟倒了半杯。

顾轻舟拿在手里，晃荡了一下葡萄酒，血色的涟漪一圈圈荡开，十分靡丽。

她轻轻尝了一口，觉得这酒甚好。

这是司慕带过来的酒，顾轻舟很欣赏的样子，让司慕心情还不错。

司慕就夹了一块水煮鱼给她。

顾轻舟回以微笑，吃了。

司慕面无表情，继续吃饭。

司行霈把这一切看在眼里，那深邃的眸子里，早已暗携了阴霾，阴霾里裹着风暴。

当着他的面眉来眼去？

司行霈的手指紧紧攥了起来，指关节发白。

这个小东西，她想造反？

司行霈一口气透不上来，肺里烧灼，像有一把嫉妒的火。

这顿饭，司行霈味同嚼蜡。

倒是司慕，喝了好几杯酒，高兴时还跟顾轻舟碰了碰杯子。

司行霈的脸黑如玄铁，几乎要把筷子捏断了。

饭后，略微闲聊，顾轻舟起身告辞。

司公馆派车送顾轻舟。

顾轻舟坐在车里，闭目养神，可很快车子就停了。

她一抬眼，看到了司行霈的车子，横挡在路上。

司行霈长腿阔步，上前狠戾拉开了顾轻舟的车门，对司机道："回去就说，你把顾小姐安全送到了。多一句话，想想自己的脑袋结实不结实！"

司行霈恶名在外，司机很怕他，连忙道是。

顾轻舟面无表情，几乎没有抵抗，被司行霈拽到了他的车子上。

车子飞速回了他的别馆。

他一进门，都等不及上楼，就把顾轻舟扔到了客厅的沙发上。

他狠狠地吻顾轻舟的唇，而后是她修长嫩白的颈项，稍微用力，撕开了她旗袍的纽扣。

玉石雕刻成海棠花的扣子，滚落在地板上，清脆悦耳。

司行霈伏在顾轻舟身上，突然感觉有个冰凉的东西，抵住了他的额头。

顾轻舟手里的勃朗宁，子弹上膛，对准了他。

她浑身泛出冷意，眼眸也似染了一层银霜，拿住勃朗宁的手腕，沉稳有力，抖也不曾抖一下。

司行霈笑，笑得倒吸冷气："好，你敢拿枪对着我，你长了出息！"

他一把夺过了枪，速度极快，快得顾轻舟根本来不及反应。

枪到手里，他顺手将枪拆了，狠狠摔在地上，反手就下意识想扇顾轻舟一耳光。

手风带过，那耳光扇在顾轻舟身后的沙发上，终究没伤她。

司行霈暴怒。

他的小女人当着他的面，喝他弟弟倒的酒，吃他弟弟夹的菜，对他弟弟浅浅含笑。

这些都狠狠刺激了司行霈，可恨的是，对另一个男人报以温柔，转头却拿枪对准他的脑袋。

呵，果然是要翻天，不收拾她怎么行？

司行霈没什么顾忌，他也不会觉得女人不能打。

但是他忍住了，他不碰顾轻舟。她稚嫩的脸是矜贵的，禁不起任何人的扇，包括司行霈自己。

所以，他满腔的愤怒，都化为欲念，狠狠吻着她，手在她凉滑细腻的肌肤上游走，几乎要将她吞噬入腹。

他撕开了她的衬裙。

吻她鬓角的时候，司行霈吻到了滚热的泪。

蓦然一惊，人回过神来，但见顾轻舟迎面躺在沙发上，眼睛空洞地望着天花板，眼泪像断了线的珠子，簌簌打湿了她浓郁的黑发。

黑发映衬着脸侧，她毫无神采，竟像是死了一般。

司行霈的欲念全消了，只剩下心疼，抱住了她。

"别哭了，傻东西，我没想打你，况且也没打到啊！"司行霈抱起了她。

她的黑发就在他臂弯处如流瀑般倾泻。

他抱着她，像哄孩子一样，轻轻拍着她的后背，喃喃低语："轻舟，轻舟……"

"别叫了，跟叫魂一样。"顾轻舟道。声音里毫无哽咽，却也冷得惊人。

如此态度，司行霈前所未见，惊诧又心疼，亲吻她的面颊："怎么了？"

顾轻舟的眼泪收住，眸子里却水光盈盈，水晶吊灯那璀璨的光映入她的眸子里。

"恭喜少帅！"顾轻舟面无表情，一滴泪珠凝聚在眼睫毛上，将落未落。

司行霈蹙眉："何喜之有？"

"大婚！"顾轻舟的话，像从冰窖里溢出来的冷气，带上蚀骨

356

的寒凉和悲怆。

她不是吃醋，不是嫉妒，而是彻底的失望。

司行霈看着她，被他撕开的衣衫里，少女嫩白的肌肤，莹润如玉，和她那决然的面容映衬，果敢倔强。

"不会有什么大婚！"司行霈道。

司行霈放开了顾轻舟，坐在沙发对面的茶几上，表情肃然认真："你肯定是听颜新侬说了此事。"

顾轻舟不语。

"洪门蔡家的小姐，今年才十七岁，和你同龄。轻舟，我这个人有原则，我不碰未成年的女孩子。"司行霈道。

顾轻舟眼睛一眨，那滴泪毫无预兆地滚落，很是委屈伤心。

司行霈的气又消了大半，他继续解释道："蔡家的老头子以为我鲁莽好骗，他女儿出了大事，此前名声糟糕，想用码头作为聘礼，和督军府结亲，那是他们痴心妄想！"

顾轻舟抬眸："义父说，蔡可可怀孕了！"

"那是蔡家编造的谎言，为他女儿遮掩丑事。"司行霈冷哼，"现在岳城的码头，八成在霍钺的手里，蔡老头子的十二处码头，早就被霍钺并吞了。

"他说送给督军府，无非是想借督军府的手，替他铲除霍钺。轻舟，你觉得督军府这么傻吗？"

顾轻舟眨巴眼睛，不解看着他。

"……我让父亲应下，同时假装承认蔡家小姐的事，等蔡老头放下戒备，我要吃下他一半的码头！"司行霈道。

原来是一出戏。

顾轻舟心中的羞耻感，减轻了很多。

蔡可可不是司行霈的未婚妻，她没有染指任何人的婚姻，顾轻舟慢慢松了口气。

从小到大，李妈不停告诉顾轻舟，当年秦筝筝如何接近孙绮罗的未婚夫，如何做外室，如何毁了孙绮罗的婚姻，毁了顾轻舟的家庭。

秦筝筝简直是恶魔。

在顾轻舟的心里，和别人的未婚夫搅在一起，是这个世上最耻辱的事。

若是她母亲的在天之灵看到，也会对她失望透顶。

她以前也会想，等司行霈真的成亲了，她一定要逃走。

然后，她就听到了婚讯。

她的愤怒和恶心，比她想象中更强烈，强烈到了她宁愿死，也要摆脱司行霈。

"你不是蔡小姐的未婚夫？"顾轻舟再问。

"我不是，我根本不认识她。"司行霈很明确地告诉她，"哪怕现在传出婚讯，我和督军也没有明确松口，不过是放出风声，迷惑洪门罢了，我们很快就要出手。"

顾轻舟慢慢透出一口气。

司行霈俯身，半蹲在她面前："我的轻舟，你吃醋了？"

"这不是吃醋，这是难堪。"顾轻舟道，"司行霈，我母亲结婚之前，我继母就和我父亲搞在一起，直接导致我母亲后来的病逝。

"你现在折腾我，我觉得难堪，我觉得恶心，但还没有到我的底线。若是你有了未婚妻还这样对我，那才突破了我最后的底线！"

司行霈轻轻摸了摸她的脸："傻孩子，我没有未婚妻！"

顾轻舟点点头。

"你将来若是有了未婚妻，要最先告诉我。"顾轻舟道，"别让我从旁处知晓。"

"然后呢？"司行霈唇角，有了一抹玩味的笑意。

"然后，我会彻底离开。你不放我走，我就跟你同归于尽。"顾轻舟道，"我从前不懂，任由你欺负。我现在经历过了，我已经明白这种羞耻感带来的痛苦，我不会逆来顺受。"

"同归于尽。"司行霈慢慢咀嚼这句话，竟听出了几分绮靡缠绵来。

同生共死，不是最美好的承诺吗？

司行霈总要死的，能和他的轻舟一起死，倒是心旷神怡的未来！

从他的轻舟口中说出来，司行霈心神微荡，俯身轻轻吻她的唇："好，那就同归于尽。"

他将她抵在沙发里，唇齿相依，汲取她的甘甜。

他心中微转："我已经把如此重大的军机，告诉了她！"

他舍不得她伤心，为了解释清楚，他连军机都告诉了她。那些军机，就连颜新依都是一知半解。

这是司行霈和司督军父子合谋的。

司行霈为了顾轻舟，竟然到了如此地步！

军机大事，他都毫不保留。

"我的轻舟，我怎舍得让你走？"司行霈细细吻她的颈项，将头埋在她凉软的发丝之间，"宁愿死，我也不会失去轻舟的。"

顾轻舟心头跃过一阵悲凉，眼泪毫无预兆，滑入了鬓角。

身不由己的痛苦，将来能让司少帅也尝尝滋味才好！

司行霈发过火，也解释了，上楼寻了件樱花粉繁绣卷草纹的旗袍给顾轻舟。

他的衣柜里，有一半是他专门给顾轻舟做的衣裳。

每次打开衣柜，似乎能感受到她的存在，司行霈心中莫名就有了暖意。

好像一个家。

这个家里，有顾轻舟！

哪怕顾轻舟不在，只要她的衣裳仍在，司行霈就觉得踏实温暖。

顾轻舟身上的旗袍被他撕断了扣子，她换上新的。

司行霈捡起地上的勃朗宁，重新组上，递给顾轻舟："这么没用，随手就被人缴了枪，还怎么杀人？"

顾轻舟把勃朗宁收好。

司行霈动作太快，别说是顾轻舟，就是训练有素的杀手，这么短的距离，也别想用枪指着司行霈。

司行霈十岁就在军营混。

旁的不说，这身功夫、枪法，是无人能及的。

要不然，他区区二十五岁的少帅，如何能在军中地位显赫，深得军心。

顾轻舟低垂着眼帘。

"别委屈，回头我带你去训练场。"司行霈搂住她的肩膀，低声呢喃，"我教你射击，全部用实弹，可好？"

顾轻舟抬眸，眼底有清辉闪烁，这一刻的期盼是遮掩不住的。

复而她又低了头，道："不去了。"

军营是司督军的地盘，那些当兵的若是见过她，那岂不是知晓她和司行霈混在一起？

虽然是司行霈逼迫她的。

总之，这样的行为会让大家难堪。

顾轻舟答应过司夫人，这两年不给司慕抹黑。

她不能先失信。

"怎么不去？"司行霈隐约猜到，问她，"怕被人看到？"

"是啊，奸夫淫妇，有什么体面？"顾轻舟道。

司行霈紧紧捏住了她的下颌，薄茧的手掌稍微用力，几乎要捏碎她的骨头，狠戾道："不许胡说！"

顾轻舟用力打开他的手。

"你不承认，不代表不是实情。"顾轻舟道，"被你强留在身边，我整个人都是下贱的，我瞧不起自己，你的恶心把我也带累坏了。"

她逃不开，并不意味着她做的事就合理了。

顾轻舟很清楚现在自己的处境。

她有一千个一万个无奈，顶着司慕未婚妻的身份被司行霈摁在床上，都是她的下贱。

这份耻辱，虽然是司行霈给她的，却实实在在钉在她身上。

辩解不了，遮掩不掉。

"司行霈，我现在每天都在后悔，当时在火车上被你胁迫，没有出卖你。"顾轻舟叹气。

她眼底有了愠怒。

司行霈能从她盈盈如水的眸子里，看到憎恨。

她不爱他，她恨他。

司行霈的呼吸顿了下，还是很介意的。他努力说服自己，只

360

要留她的人在身边就行，可到底会介怀。

没有多待，司行霈开车送顾轻舟回家。

顾轻舟新换的旗袍，她柜子里也有两件，是很平常的颜色和布料，没人留意到她更衣了。

"这枪还给你，原就是我偷的。"顾轻舟下车的时候，把枪从手袋里掏出来，放在副驾驶座上。

司行霈一把扣住了她的雪腕。

"拿回去！"司行霈声音冷冽，"既然送给你了，我不会要回来。我给你的，永远是你的！"

他的亲昵、他的承诺、他的疼爱也给了顾轻舟，他同样不会收回。

他活着就会栽培她，疼爱她。

她是司行霈的猫。

"我不稀罕。"顾轻舟微微挑唇，低垂着的目光带着几分决然。

"糊涂，枪是防身的，收好了！"司行霈低喝，像个谆谆教诲的长辈。

顾轻舟无言，捡起来放在手袋里。

司行霈沉默了一瞬，想说点什么，又咽了下去。

临下车的时候，他揽过她的肩头，在她唇上落下一吻："我明天再找你。"

第十三章

别馆遇刺

他知道顾轻舟有三天假期。

顾轻舟没有拒绝，因为拒绝不了。

她一言不发地下车，走过两条街道，回到了顾公馆。

顾家没有半点端午节的气氛。

顾圭璋出去应酬了，听说是某位朋友纳妾。

顾维逃跑后不知去向，秦筝筝因担心而病倒了，顾缃和顾缨在床前照顾。

二姨太和三姨太在各自的房里，不触霉头。

顾轻舟上楼，躺在床上，看会儿书的工夫就睡着了。

她昨夜未睡。

黄昏的时候，女佣妙儿上来叫顾轻舟吃饭，敲了半晌也不开门，就拜托顾绍从阳台进去看她。

顾轻舟熟睡，一脸的安详。

女佣不忍打扰她，下楼说了声，没有等顾轻舟吃晚饭。

顾轻舟从半下午，一直睡到了翌日的清晨四点多。

四点醒过来，就再也睡不着了，躺得腰酸背疼。

顾轻舟倒水喝，推开了阳台的门。五月的晨风凉爽，空气中有木苔的清香。

远处的街景，都笼罩在朦胧的晨曦里，静谧安详，似披了件薄薄的黑纱，一切影影绰绰，唯有风缱绻缠绵，萦绕在她的袖底。

"凡事有轻重。家业大于一切，等把家里的事搞定，再处理司行需的事。"顾轻舟决定。

她一直趴在阳台上，直到朝霞灿红的光，落在她的眸子里，她才惊觉天已经亮了。

吃过早膳，司行霈让朱嫂打电话给顾轻舟，请顾轻舟出来。

这次，顾轻舟连拒绝的话都懒得说。

她若是拒绝，司行霈就敢到她家里来接她，她的处境只会更糟糕。

顾轻舟步行了两条街，去对面的银行门口。

司行霈已经等候多时。

他是出发了半个小时之后，才让朱嫂打电话，免得顾轻舟久等。

司行霈最讨厌等人了。

正是因为他知晓等待的烦躁，所以他宁愿自己承受，也不愿意让他的轻舟多等。

上了汽车，顾轻舟问："你要带我去哪里？"

司行霈微笑，卖了关子："耐心些，小东西，到了地方你就知道，你肯定会喜欢。"

顾轻舟撇撇嘴。

和司行霈做的事，她没有一件是喜欢的。

"司行霈，你总说有很多的枪口对准你，为何没有一颗子弹瞄准你的脑袋？"顾轻舟问。

司行霈哈哈大笑。

顾轻舟侧眸又问："是因为你命大？"

"是因为我的警惕，哪里有子弹，我闻一下就知道！"司行霈笑着道。

"你是狗吗？"顾轻舟反问。

司行霈更是笑得爽朗："我若是狗，也是轻舟的狗！"

"狗很忠诚，你才不是！"顾轻舟撇嘴，"你是恶狼！"

司行霈的车子，开出了城。

顾轻舟又问："到底去哪里？"

"惊喜。"司行霈道，"别问，你一点也不解风情！"

顾轻舟只得沉默了。

司行霈的车子，停在郊外的跑马场。

岳城的南郊，有一处很豪阔的跑马场。

柏油路一直修到了跑马场的门口，足见奢侈。

跑马场前约莫一公里的路，种满了高大的法国梧桐，蓊郁森森，上午温暖的阳光在林间跳跃，似华美的音符。

一个个光圈从车窗透进来。

下了汽车，顾轻舟问："你带我来骑马？"

这等奢华的跑马场，名流政要颇多，顾轻舟没有戴帽子，心中惶惑。

司行霈伸出胳膊，示意顾轻舟挽上："别问，跟着我就是了。"

顾轻舟拒绝，她不想挽司行霈的胳膊。

司行霈拉过她的手，将她一段玉藕似的胳膊，搭在自己臂弯里，低头轻咬了一下她的耳朵："今天清场，一个人也没有！"

"跟偷情似的！"顾轻舟道。

司行霈严厉咳了声："再胡说八道故意惹恼我，我就对你不客气，你知道我会怎么办了你！"

死活不肯退亲的是你，说风凉话的又是你，怎么就这么顽皮？

司行霈感觉他的猫真应该好好教导。

可教导的过程，难免要委屈她，司行霈又舍不得。

真是养只宠物当主子！

司行霈觉得自己养了位老佛爷！

顾轻舟只得将手搭入他的臂弯，随着他往里走。

跑马场的草地，被阳光照耀，有淡淡的草木幽香。

司行霈把顾轻舟带到了跑马场后面一块空地。

空地原本是赛马休息的地方，经过了简单的改造，架了两台枪靶子。

顾轻舟微愣。

司行霈笑道："这赛马场的老板早年就跑路了，我是在背后经营，也有帮会的股份。我说过要教你射击，并不是敷衍你。"

他专门开了个小型的射击场，拿了枪支弹药给顾轻舟。

顾轻舟修长的羽睫低垂，眼神深敛。

司行霈抬起她的头，道："小东西，喜欢吗？"

顾轻舟抿唇不答。

他就轻轻吻了一下她的唇，然后帮她准备子弹和枪支。

顾轻舟会简单的枪法，她在乡下的时候跟齐老四学过。

只是乡下环境简陋，齐老四又没有太多的子弹，只有一把破旧的猎枪，教顾轻舟的时候，多半是用木枪讲述，只让她端过一次真枪。

顾轻舟只记得后坐力震得手麻，其他没感觉。

现在，她能看到各式各样的枪，有小巧的手枪，也有机关枪。

枪支弹药的知识，司行霈如数家珍，每一样都说得很仔细。

他的面容沐浴在五月的暖阳里，幽深的眸子宁静却明亮，像平静而广阔无垠的海。

"来，试试这把！"司行霈专门教她用勃朗宁。

她手里的那把勃朗宁，以后就给她防身了。

他从背后搂住她，手把手地教习。她的身躯很娇小，完全陷入他的臂弯。

司行霈身上，有种很特殊的清香，似森林古木泛出来的清冽。

他今天为了近身授课，特意没有抽烟，干净清爽。

他能想到顾轻舟的每一点感受，他也怕顾轻舟嫌弃他的烟味。

司行霈是把他的猫当宝贝，小心翼翼地护着。

"砰"的一声，一颗子弹从顾轻舟手里的勃朗宁飞出去，正中十环。

"怎样？"他在背后问。

顾轻舟微微转头，想说什么。

司行霈凑近她，瞧见她眼眸中流转着的激滟，心中一动，吻住了她的唇。

这个吻并不深，也不激烈，甚至没有太长的时间，却让司行霈有了很异样的感觉。她的柔软和清甜，似印到了他心里。

一直以来的念头，在这个瞬间发生了巨大的改变。

他没有言语，心中早已起了惊骇，继续教她射击。

顾轻舟也低垂了眉眼。被他亲吻到了习惯的地步，习惯到只剩下半分的羞耻，以及平淡无奇。

顾轻舟很有天赋，从上午到黄昏，她已经能击中八环之内，偶尔还有一两次十环。

司行霈很骄傲："我的轻舟是天生的强者！"

顾轻舟心情也不错，没反驳，只是淡淡微笑。

她很喜欢枪，也喜欢子弹飞出去时那点后坐力。

枪让顾轻舟感受到力量，这种力量让她无畏。

她爱开枪！

"以后，我每隔半个月带你来一次。枪法练好了，总归能防身。"司行霈道。

顾轻舟问："会不会很浪费子弹？我听说子弹很贵。"

"给轻舟的，再贵也不是浪费！"司行霈道。

他让顾轻舟再次挽住他的胳膊，两个人踱步出了跑马场。

落日熔金，旖旎的晚霞映照下来，将他们的影子拉得很长。

看着并肩而行的影子，一个高大结实，一个小巧玲珑，竟是如此的契合和般配。

司行霈从未考虑过娶妻纳妾，成家立业。除了因为对前途没什么指望，怕哪天战死了留下孤儿寡母很可怜，还因为他从来没有喜欢过哪个姑娘。

他对女人的喜爱，都是床上玉体横陈的美景；至于其他，他没兴趣。

可如今，他喜欢顾轻舟的旗袍摆在他的衣柜里，他喜欢她挽住他胳膊时的小鸟依人，他喜欢她开枪时的沉稳和专注。

他第一次觉得，有女人配得上他。

可顾轻舟不爱他，这不是他的错觉，他心里像明镜一样！

如此想来，又觉得无趣，考虑是否般配，显得多余又可笑。

回到了他的别馆，天已经黑了。

朱嫂做好了晚饭，等他们回来之后，朱嫂打了汤，又道："少帅，顾小姐，你们慢慢用，我就先回去了。"

"朱嫂慢走。"顾轻舟起身相送。

她依门挥手，回头却看到司行霈在笑。

"笑什么？"顾轻舟不解。

司行霈道："像个女主人！"

顾轻舟顿时不言语。

司行霈也觉得自己说了句无聊的话，心头似有利器滑过，有点闷疼。

他抱住她，狠狠吻了一回，把这点失落感找补回来，才准她吃饭。

顾轻舟慢慢喝汤，对司行霈道："我要回去了，太晚了家里难交代。"

司行霈沉默。

饭毕，司行霈直接把顾轻舟扛上了楼。

"不许回去，今晚陪我睡！"司行霈道。

"我又不是妓女。"顾轻舟道，"况且你也不给钱。"

司行霈知道，顾轻舟总是故意激怒他。这种激将法，对司行霈是无用的。

他直接拿出一件衬衫，丢给了顾轻舟："去洗澡！"

"我还有其他选择吗？"顾轻舟问。

"没有！"司行霈答。

顾轻舟抓起了那件衬衫，蹙眉去了洗澡间，临走时暗骂了一句："土匪！"

顾轻舟洗了澡出来，穿着司行霈的衬衫当睡衣，空空荡荡的。她低头擦拭湿淋淋的头发，领口低垂，可以瞧见嫩白的小胸脯。

顾轻舟还没有发育好。

司行霈接过了她手里的巾帕，道："转过去坐好。"

他帮她擦头发。

一点点地，他擦得很认真，似保养他的刀那样，认真保养着他的轻舟。

顾轻舟背对着他，不言不语。

司行霈却提及了蔡可可，问顾轻舟："她是不是你班上的同学，可有欺负你？"

370

顾轻舟就把蔡可可欺负同学，在班上横行霸道，还捅伤颜洛水的事，都告诉了司行霈。

"……明明是她把孙明蕊拉过去挡剪刀的，结果孙明蕊伤口恶化，她居然说风凉话。

"她总是欺负同学，低年级的时候，她在马术课上害得一位同学差点摔死，后来那同学残疾了。

"这次，她擦伤了洛水，我实在气不过，就用了点小伎俩，让她被开除了。"顾轻舟道。

司行霈低笑。

"我很坏，是不是？"顾轻舟喃喃。

司行霈轻轻吻了她的后颈，干燥清冽的唇，带着异样的酥麻："不，我的轻舟很聪明，这样很好！"

"我很讨厌她，而且她漂亮又张扬，我很嫉妒她。听说你要娶她，我才那么生气。"顾轻舟又嘟囔。

司行霈忍不住再笑了："胡说八道，这世上还有比轻舟更好看的人吗？"

他温柔起来，甜言蜜语能腻死人。

他轻轻吻她的脸颊，低喃道："轻舟是最漂亮的，我第一次见到你，就想要你！"

"下流！"

司行霈立马将她压在床上。

"轻舟，你会喜欢我吗？"司行霈突然问她。

他声音随意慵懒，像是随口问起的。

顾轻舟则很正式地回答这个问题："我永远不会喜欢你，我恨你！你又恶心，又变态！"

司行霈用力咬住了她柔嫩的耳垂："我恶心你还躺在我床上？"

"你逼我的！"顾轻舟道。

司行霈一想，还真是。

"我若是不逼你，你愿意躺在我身边吗？"他问。

"死也不愿意！"顾轻舟道。

身后的男人，突然沉默了起来。这些话，他未必不知道，可从顾轻舟口中亲耳听到，像利箭般锋锐。

他心头有点疼。

搂住顾轻舟的胳膊，也就更紧了，司行霈道："不逼你，你就要逃开；逼你，你又嫌弃我恶心。两害相权取其轻，我宁愿轻舟在我身边骂我恶心，也不愿意你躲得远远的！轻舟，你是我的！"

顾轻舟咬唇不语。

沉默又缓缓流淌。

司行霈的呼吸有点重，他似乎极力忍耐着痛苦。

半晌，他气息平稳了，又问："轻舟，你为何不喜欢我？"

为何？

顾轻舟能说一天一夜！

太多了，不喜欢他的理由，简直能堆成山！

第一次见面，他就把刀架在她脖子上，然后撕开了她的上衣。

对于少女而言，这是何等的轻浮！

生死攸关，顾轻舟当时蒙了，事后却越想越难堪。

第二次见面，他直接把她抱到腿上，丝毫不敬重她，他看她的眼神像个玩偶。

顾轻舟极力想要躲开他，司行霈看明白的，所以他审犯人的时候，带着她去看。

司行霈最擅长拿捏人心。要旁人敬重你，就需要年龄和阅历。他年纪轻，暂时还没有被人敬重的资本，唯一能让人臣服的，就是害怕。

他是督军的长子，将来就是一方统帅，他需要威望！下属臣服他，军心才稳。军心稳定，辖区的局势就稳定，百姓才能安居乐业。

所以他残忍至极，以此来树立威望。

他不想顾轻舟总躲开他，所以他震慑她。

从那之后，顾轻舟的确是吓坏了，连躲也不敢躲，对他的话言听计从。

他给了顾轻舟一段非常糟糕的经历，顾轻舟至今都心有余悸。

"我为何会喜欢你！"顾轻舟没有恼怒，她说出这句话时，竟有些惆怅，"我永远不会爱你！"

顾轻舟说的，是她的真心话。

司行霈微恼，扳过她的脸，吻她的唇。

顾轻舟没动弹，任由他胡作非为。

她默然望着空荡荡的天花板，心中也是空荡荡的。

"没关系。"司行霈声音苍凉而悠长，"没关系的，轻舟，你在我身边就行！"

顾轻舟撇开了脸。

夜，格外地安静。

司行霈一直醒着，顾轻舟倒是呼吸均匀，已睡熟了。

他没有动，掌心萦绕着她的黑发，一圈圈缠在自己的无名指上。

司行霈想起一句很美好的诗："结发与君知，相要以终老。"

他缠着顾轻舟的发，久久没有松开。

他亲吻了她睡梦中的脸颊，心里的郁结很深。

他很在意。

突然，司行霈嗅到了危险的气息，他隐约听到楼下有人撬开窗户的声音，还有上楼的脚步。

他猛然爬起来。

他的床头柜里，有匕首也有枪。

可黑灯瞎火的，流弹可能会误伤顾轻舟，司行霈将一把长刀，从抽屉里轻轻抽出来。

他将顾轻舟推醒，捂住了她的嘴："嘘！"

顾轻舟警觉，在黑暗中没有发出声音，无声问："又是刺杀？"

"躲到床底下！"司行霈低声道。

顾轻舟立马明白过来，她很听话地滑下了床，钻到了床底下。

她的枪法不熟练，也不会用刀，帮不了司行霈，唯有躲好了，让司行霈没有后顾之忧。

等房门被打开的时候，司行霈一跃而起。

寒光劈过，他很准确地砍下了一个人头。

卧室里乱斗了起来。

有人开枪了，也有人痛苦地吼叫。

顾轻舟躲在床底，什么也看不见，她一动也不动地趴着，不给司行霈添麻烦。

兵刃相接，一阵阵的打斗声。

冰刃滑过，空气里有冷锐的嘶鸣，能让人的魂魄都战栗。

顾轻舟手脚发僵，不敢动。

对方很多人，却吃了亏，于是有人开了电灯，这样可以看到司行霈的方向。

灯火亮起时，顾轻舟看到一个血淋淋的脑袋，滚落在她的脸侧，那脑袋上的眼睛，隐约还转动了，死死盯着顾轻舟。

顾轻舟几乎要晕过去，她用力捂住了唇，没有发出尖叫，她更加不敢动。

脑袋的血还带着热乎气。

顾轻舟几乎要吐。

她想往旁边挪，远离那个血淋淋的脑袋，可手脚全僵硬了，她动弹不了，顾轻舟被吓呆了。

司行霈与几名刺客斗得正欢。

他今天心情很糟糕。

他的小女人说了一些很绝情的话，让司行霈很烦躁，偏偏又不愿意表露。

郁闷之极的他，见血即刻兴奋，杀得精神抖擞中，他听到了汽车的声音。

他的随从赶到了。

剩下的几名刺客，立马转身想跑。

司行霈抓住一个人，将其按在地上，长刀一下子割断了他的头。

司行霈的每一把刀，都是名匠打造的，他平素也小心翼翼地保养，所以锋利万分。

割断头颅，就跟切韭菜一样，血喷了司行霈满头满脸。

血的腥气和温热，能让司行霈上瘾，他浑身激动起来，越杀越抖擞。

那头颅随手一抛，就往床底下滚，而后他听到顾轻舟的低呼："啊！"

亢奋中的司行霈，这时候才想起，他的轻舟还在床底下。

三十多名随从扛枪上楼，刺客跳窗而逃，却被抓个正着。

司行霈弯腰，从床底把顾轻舟拉出来。

顾轻舟已经吓得面无人色。

看到浑身是血的司行霈，血气一个劲地往她的鼻中窜，她差点崩溃，胃里一个劲地翻滚。

"我的脚，我的脚……"她泪流满面。

司行霈低头一看，方才他砍下的脑袋，居然在临死时滚到了顾轻舟的脚边，死死咬住了她的脚趾。

顾轻舟吓得脸色惨白，眼泪一个劲地掉，似断了线的珠子。

她真怕血，更怕死人。

血的气味让她浑身发寒。

"没事！"司行霈安抚她，然后去掰那个人头。

人在临死时，牙关紧咬的力气非常大，司行霈拉了半晌，也没弄出来。

后来是两名随从拿刀子撬，这才撬开，而顾轻舟的脚上，留下了一整排见血的牙印。

顾轻舟不知是吓傻了，还是绝望了，她呆呆看着，眼睛里毫无神采。

人的牙齿是最毒的，更何况死人的牙齿？

司行霈胡乱将脸上的血擦了，抱起了她，对随从道："收拾干净！"

他把顾轻舟带到了隔壁的客房，替她清洗、擦药。

顾轻舟愣愣地流泪。

这是她第三次见死人，每次都是因为司行霈。

这次的体验更加糟糕。

司行霈转身的时候，顾轻舟无力跌坐在地上。

他放好药箱，转身去抱她的时候，顾轻舟推开他："你别碰我！"

"轻舟。"司行霈担心，用力将她抱起来。

她呜呜地哭："司少帅，求求你饶过我，我好害怕，我不想见死人了，司少帅，求求你！"

她和司行霈认识半年，他不是在杀人，就是在被追杀。

顾轻舟没有打过仗，没有经历过兵灾，死人对她而言是很恐怖的。

司行霈轻轻抚摸她的后背，低声哄她："轻舟乖，没事的！乖，好孩子！"

"司行霈，我恨你！"顾轻舟大哭，"你真是太可恨了，你为何非要留我？若是你今晚不强迫我睡在这里，我就看不到这些。我好害怕死人，司行霈，我恨你！"

她哭得浑身发颤。

顾轻舟受不了了！

她已经崩溃了。

司行霈紧紧将她搂在怀里，几乎搂得她喘不过来气。

此处是司行霈的别馆之一，很少有人能摸到此地。

司行霈最近挺消停的，也没遇到过刺杀，偏偏留宿顾轻舟的时候，那些人就来了。

好像老天爷都故意跟他作对！

司行霈很生气。

生气之余，司行霈更担心他的轻舟，她吓得凌乱又可怜的样子，让司行霈很心疼。

"轻舟，没事的，我在你身边，什么鬼也伤害不了你！死人不可怕的，轻舟，没事。"司行霈喃喃，轻轻抚摸着她的后背。

他们连夜去了司行霈的另一处别馆。

司机开车，司行霈抱着顾轻舟，一刻也不肯松开她。

司行霈另一处的别馆，是一栋法式三层小楼。门口的马路上，种满了梧桐树；高大的铁栏杆围墙，后面是红墙白瓦，镶嵌着透明的玻璃。

到了之后，顾轻舟居然睡熟了。

她哭累了，而司行霈的臂弯又温暖踏实，她就进入了梦乡。

司行霈又好笑又心疼。

第二天起来，顾轻舟的脚居然肿得老高，人也发烧了，昏昏沉沉的。

她是吓坏了，又因为伤口恶化而高烧不止。

"人的牙齿果然毒。"司行霈更心疼。

他给军医院打了个电话。

来的是胡军医。

司行霈给顾轻舟裹了件他的大风氅，将她从头到尾包裹起来，只露出脚，抱给胡军医看。

顾轻舟还昏沉着。

兜帽之下，是顾轻舟长而浓密的头发，遮住了她的脸，胡军医不好意思看，只当是少帅的某位女朋友。

"……这是人的牙齿咬的。牙齿最毒了，别说人，就是被狗咬了一口，也要打针。少帅，把这位小姐抱到军医院去吧？"胡军医建议道。

"哦，你确定？"司行霈淡淡地问，然后抬起顾轻舟兜帽的边沿。

胡军医一时间吓得腿软。

这不是司慕的未婚妻顾小姐吗？

顾小姐医术高超，胡军医至今都记得。

怎么她和司行霈……

自古豪门望族，龌龊事数不胜数，胡军医对司行霈也是又敬又怕，司家年轻人的家事，他是半句话也不敢泄露的。

他害怕司少帅的枪口。

"那少帅，我回去拿了药和注射器来。"胡军医道，"打一针，再用些外敷的药，就会没事的。"

"嗯，有劳。"司行霈点点头。

胡军医惶恐，一点多余的闲事也不敢想，立马去拿了药来。

打了一针，胡军医留下一些医用酒精："若是顾小姐再高热不退，就用酒精擦拭前胸和后背，物理降温。"

司行霈点点头，接了下来。

"暂时无事，你先回去忙吧，若她有了反复，我再打电话给你。"司行霈道。

胡军医道是。

司行霈没有交代半句保密，更没有说什么"回去别乱说话"等。但他的不交代，反而更有威慑力。

司行霈不啰唆，但是你做错了，就得死。

和司督军相比，胡军医更怕这位少帅。司行霈爱兵如子，但是他手段残酷，又足智多谋，谁也不敢在他面前耍花招。

胡军医战战兢兢地离开了别馆，此事就连他的妻子，他也不敢泄露半个字。

顾轻舟迷迷糊糊睡了一夜，醒过来的时候，已经早上十点了。

五月的阳光温暖明媚，似一件金灿的锦衣，从窗口披散下来。

司行霈忙了一夜。

打针之后，顾轻舟并没有退烧，司行霈只得听从了军医的话，给顾轻舟物理降温，每隔两小时擦一次，直到她彻底不发烧了。

他疲倦地趴在床边。

骄阳从窗口照进来，满地碎芒，屋子里幽静温暖。

司行霈的侧脸沐浴着暖阳，轻合的眼帘安静，肤色幽深，高鼻薄唇，在一层暖光的笼罩下，俊朗到了极致。

他真好看，谁能想到如此俊朗的男人，内心藏着一个杀人如麻的变态。

他见血兴奋得变态，真叫人胆寒。

顾轻舟伸手，轻轻抚摸他额前那缕低垂的发。

司行霈猛然惊醒，一下子就扣住了她的手腕。

"是我！"他用力要折断时，顾轻舟立马出声。

司行霈彻底清醒过来。

他透了口气，神色肃穆警告她："我睡着的时候不要碰我，我会以为是仇家，错手杀了你。"

他警惕到了如此地步。

而后，他又上前摸顾轻舟的头："已经不烧了，感觉如何？"

"脚还是疼。"顾轻舟道。

她的脚肿得老高，伤口已经开始发紫了。

司行霈叹了口气，道："军医说，打过针了，已经无碍，如今就要靠静养。"

又问她："饿吗？"

"我想回家。"顾轻舟软软的，滢滢眉目虚弱无力。

顾轻舟不是那矫情怕事的，但她真的很害怕尸体啊。

毕竟不是从军打仗的，绝大多数人都会很怕。

"我不放心。"司行霈道，"你还没有完全好，回家之后再发烧，连要口水喝都没人服侍你。"

莫名其妙的话，愣是说得顾轻舟心头一酸。

"可是我怕……"顾轻舟泪盈于睫。

"怕什么？"

"怕你！"她哽咽着道，"司行霈，你的生活太可怕了，我不想要过这样的日子。少帅，你何时能放过我？"

司行霈抿唇不语。

"多少女人仰慕你的俊朗，多少女人爱慕你的权势，又有多少女人渴望你的金钱？你要谁得不到？"顾轻舟清泪已经打湿了面颊，"为何非要我？"

司行霈轻轻搂住了她。

她扑在他怀里哭，拉住他的衣领，高烧之后的身体早已没有半分力气，倒是一阵阵的疼痛从肿胀的脚袭来。

司行霈抚摸着她柔软的发，心头也发怔。

为何非要她？

她救过他，还是她太过于美丽？

似乎都不是！

她只是顾轻舟，没有任何定义。当一个女人是他司行霈的，他就不会理性去分析她的好坏。

因为他认定她是自己的，所以任何女人都没有资格和她比。

顾轻舟根本不会有好与坏，她只是顾轻舟，是司行霈唯一的猫，是他的！

他的就是他的，好坏都是他的，他从未考虑过放开。

仅此而已。

顾轻舟很想弄清楚，自己到底哪里得到了司少帅的青睐。

感情若是能说得明白，那就不会有那么多痴男怨女了。

司行霈自己也说不清楚。

"好好，不哭了。"司行霈轻吻她柔软的鬓角，"我派人送你回去。"

司行霈说到做到，将顾轻舟送回了顾公馆。

顾公馆最近所有人自顾不暇，甚至没人留意到顾轻舟昨晚未归。

顾轻舟躺到了自己的床上，心情终于好转了几分。

黄昏的时候，她听到了汽车的声音，还以为顾公馆的车，不曾留心。

过了没多久，有人敲顾轻舟的房门。

顾轻舟只当是女佣，随口说了句："进来。"

顾圭璋开了房门，满脸笑容对顾轻舟道："轻舟啊，你看谁来瞧你了！"

站在顾圭璋身后，司行霈高大轩昂。

他一身整齐的德式军装，勋章泛出耀眼的清辉。

德式军装有个好处，就是裁剪得合度漂亮，能把一个男人最英俊的模样都衬托出来！

顾轻舟倒吸一口凉气，脸色大变。

司行霈，他居然真的敢到顾家来！

"轻舟，你受伤了怎么也不跟阿爸说，害得我们都不知道！老太太可担心你了，托了少帅来看望，你怎样了？"顾圭璋语气很关切，眼底却全是趋炎附势。

顾轻舟披衣坐起来。

"阿爸，我也是怕您担心。只是脚趾受伤，没有大碍的。"顾轻舟眼眸低垂解释。

司行霈则道："顾老爷，我能跟轻舟单独说句话吗？老太太有

380

些私事要交代。"

"好好好！"顾圭璋急忙道。

如今的风气开放，女孩子出门，都需要男伴的陪同。

司行需受命来看顾轻舟，顾圭璋没有多想。

估计顾圭璋想破脑袋，也不知道司行需看上了他家闺女。

在顾圭璋眼里，司行需是个与司督军并肩显赫的军官，他的眼光应该很高，绝不可能看得上他家清水芙蓉的女儿。

等顾圭璋一走，司行需反手把门上锁。

顾轻舟嘴唇微微哆嗦："你……你不准上锁！"

司行需走到了她的床前，摸了摸她的额头，道："不发烧了，还好。"

而后又看她的脚。

脚还肿着。

他俯身轻啄了她的唇，道："我把你接走，就说老太太接你的，我实在不放心，这一整天都不安宁。"

顾轻舟捏紧了他的手："你不要这样！"

她紧张得脸色更白："我哪里都不去，我就想在家里养病！"

她愤怒的眸子里，又惊恐又绝望，司行需没有坚持，道："你照顾好自己。"

又问顾轻舟："你的脚不能沾水，谁帮你洗澡，女佣能抱得起你吗？"

真是事无巨细。

而后，他又打量顾轻舟的房间，见她床头的热水有点远，问她："口渴了谁给你倒水？"

顾轻舟无力地依靠着床："我都好，拜托你快走！"

司行需巡查了一番，见顾轻舟似乎又要哭，而她这里养病也挺适合，这才放心下楼离开。

他下楼的时候，顾缃和顾缨站在客厅里偷看他。

"阿爸，那就是司慕司少帅吗？"顾缃眼中嫉妒的怒焰炙热，快要烧灼她自己。

那个男人好帅，气质更是英武尊贵，顾轻舟真是走了狗屎运！

顾缃自负见过很多贵公子，至今没有一个人比司行霈更帅，他能逼退世间所有的繁华，让所有人都黯然失色。

"不是司慕，是司行霈。"顾圭璋笑道。

顾缃微愣。

顾缃站在门口的丹墀上，目送司行霈出门。

她心神有点恍惚。

那是司行霈，岳城最有威望的少帅，听闻他不过二十五岁，已然是战功显赫。

司慕远不及司行霈万一。

司督军百年之后，子承父业，司行霈应该能盖过司慕。

"这才是岳城最优秀的男人，哪怕给他做姨太太，也是女人的福气！"顾缃修长秀美的手指紧紧蜷缩起来。

她明眸微扬，心中已经起了涟漪，再也压不下去了。

顾缃抬眸看了眼楼上，方才司行霈是替司老太来看顾轻舟的。

司行霈和顾轻舟？

不会的吧？

顾轻舟难道敢如此贪心吗？司家若是知晓顾轻舟搅和得他们兄弟阋墙，会杀了顾轻舟的。

"司行霈那般俊朗，怎可能看得上顾轻舟？"顾缃摇摇头，亦觉自己的念头不可思议。

顾轻舟生得不错，只是年纪小，清汤寡水的，女人的味道还没有长出来，顾缃不信司行霈爱她这口的。

顾缃打着她的主意，顾轻舟则心神恍惚。

顾轻舟在乡下没见过死人，哪怕有老者去世，也是收殓入棺之后她再去祭拜，何曾见过狰狞的尸体？

她夜里睡得迷迷糊糊，往枕边一摸，大惊失色。

她仓皇去看，但见新月清辉从窗棂照进来，一个孤零零的脑袋，眼睛黑洞洞的没了眼珠，张着血盆大口望向她。

顾轻舟大叫！

"舟舟，舟舟？"有人推她。

顾轻舟回神，看到顾绍站在她床边，担心地看着她："舟舟，你方才在梦里尖叫。"

原来，只是一个噩梦。

顾轻舟满头虚汗，鬓角湿漉漉，一双眸子却阴森森的。

"你这是吓着了，要请个神婆给你叫叫魂！"顾绍年纪不大，行事却有几分老派，颇有生活经验地告诉顾轻舟。

顾轻舟的确是吓到了，但是她不想请神婆。

她知道自己是在哪里吓到了。

"我没事的，阿哥，你快去睡吧，明天还要上学。"顾轻舟一身冷汗，声音虚虚地道。

顾绍则叹了口气，拉过床边的化妆凳："我也睡不着，最近家里太多事了。"

顾维离家出走，母亲被父亲暴打，都让顾绍难堪。他理应保护母亲和妹妹，结果他只能袖手旁观。

难道让他去顶撞父亲？

顾绍接受西学东渐，却仍保持着老派的孝道，他左右为难。

顾轻舟则轻垂了眼帘，盯着自己的双手，有点愣怔。

也许，她该跟顾绍疏远些。

顾绍对她很好，让她有了家庭的温暖，可他仍是秦筝筝的儿子，顾维的亲哥哥，他跟她们才是更亲的血脉。

仇人的亲人，又如何是顾轻舟的亲人呢？

将来，事情全部被揭开，顾绍会不会觉得顾轻舟现在的亲昵，是种戏弄和矫揉造作？他会不会觉得，顾轻舟一直在利用他？而且，他肯定会为母亲和妹妹报仇，他也是顾轻舟的敌人吧？

"我要睡了，我明天还得去上学！"顾轻舟声音微冷，似拒人千里之外。

从屋顶倾泻而下的电灯光芒，落入她的眼里，那滢滢眸子里，倏然有了锋芒。

顾绍不解，起身道："那早些睡。"

他走后，顾轻舟默默地想，她应该把阳台上的门加把锁！

第十四章

治好霍铖

顾轻舟受伤一天之后，假期就结束了。

她不想请假，于是拐着脚去上学。

班上没了蔡可可，暂时还没有出现很严重的分派，大家相处得比较融洽。

顾轻舟进来时，同学都很关切，七嘴八舌地问："轻舟，你怎受伤了？"

"就是换了新的皮鞋，不小心把脚扭了。"顾轻舟道。

颜洛水更是担心。

课间，颜洛水还跟顾轻舟谈论了蔡可可和司行霈的婚期。

"……阿爸说，此事只怕不太简单，督军府的喜事，未必会办。"颜洛水跟顾轻舟八卦。

而后，她又促狭而笑："若真的成了，她和司夫人可就有得折腾了。司夫人能治蔡可可，蔡可可也不会让司夫人省心，两败俱伤。"

顾轻舟失笑。

"你好八卦啊姐姐。"顾轻舟打趣颜洛水。

颜洛水轻轻捏她的鼻子，说她："没大没小的。"

放学后，颜洛水送顾轻舟回去。

顾轻舟去了趟军医院换药。

胡军医看到顾轻舟，笑容和从前一样，没有露出半分端倪。

"你这不是扭了脚，这是被什么咬了吧？"颜洛水愕然，"伤口都发紫了。"

胡军医不言语。

顾轻舟亦不说话。

"是蛇咬了吗？"颜洛水又担心，"轻舟，没出什么意外吧？"

"没有。"顾轻舟支吾。

从军医院出来，天色已暮，路灯亮起，橘黄色的光似纱幔，缓缓萦绕着灯柱蹁跹。

顾轻舟语焉不详，让颜洛水接不上话。

颜洛水坐在车厢里，呼气如兰，良久才对顾轻舟道："轻舟，军医和教会医院的医生都说，我姆妈没几天的活头，是你救活了我姆妈。

"阿爸常年在军中，哥哥姐姐们都成家了，姆妈是我和老五唯一的依靠。不管将来发生何事，你都是颜家的恩人，更是我的恩人！

"你有什么难言之隐，都可以告诉我，我保证不批判你，站在你这边，鼓励你！你受伤了，我也只会关心你的健康！"

颜洛水已经知晓顾轻舟有难以启齿的事。

具体何事，颜洛水不清楚，只是明白事情不简单。

顾轻舟不说，她就善解人意不让顾轻舟为难。

路灯一闪，车厢里忽明忽暗，顾轻舟握紧了颜洛水的手："我自己的事，差不多已经处理妥当，我不愿意你和姆妈担心，才不说什么。"

颜洛水点点头，回握了她的手。心底的那点嫌隙，无形中就消散了。

顾轻舟回到家，女佣妙儿帮她擦拭了身子，换了睡衣。

她躺下之后，眼瞧着到了凌晨，她仍是不敢睡。

一合眼，全是噩梦。

突然，她阳台上的门吱呀一声，轻轻被打开了。

她只当是顾绍，慢慢转过脸，却吓得惊坐起来，发出短促的惊呼："啊！"

她又紧紧捂住了嘴。

是司行霈！

"夜探香闺，颇有些趣味。"司行霈脚步轻盈，声音悄然，对顾轻舟道。

他手里捧着一把白玫瑰，一共六枝，每一枝都开得幽香馥郁，花瓣层层叠叠盛绽。

"送给你!"他递给了顾轻舟。

顾轻舟被吓得半死,一颗心乱跳,没有伸手去接。

顾轻舟的房间,在顾公馆的三楼,隔壁住着顾绍,对门住着顾缃和顾缨,稍有风吹草动,都会叫顾轻舟万劫不复。

司行霈将花放在她手里,快速把她前后门都锁上,拉紧了窗帘,甚至熄了床头那盏灯。

屋子里漆黑一片。

眼睛适应了片刻,他们能看见彼此的轮廓。

"不发烧了。"司行霈坐到了她的床上,将她搂在怀里,摸她的脑门。

烧早已退了。

顾轻舟惊魂甫定,问他:"你怎么上来的?这是三楼!"

"你家这小洋楼,三楼也不过十米。我攀爬二十米的障碍都如履平地,何况是十米?"司行霈道。

他凑在她耳边,轻轻咬她的耳垂:"我早就说过,你敢拒绝出来见我,我就要半夜爬你的床。"

"知道了,你最了不起,会欺负女人!"顾轻舟往旁边躲。

司行霈箍紧了她的腰,不许她躲,让她的脸贴着他的,耳鬓厮磨。

"……我一整天都在担心你。你还是搬到我的别馆去,我会找个借口搪塞你父亲,免得我时刻挂念,夜夜翻墙。"司行霈道。

一提到他的别馆,顾轻舟就想起那两颗人头。

她不寒而栗。

"你不要如此逼迫我。逼得狠了,我跟你玉石俱焚!司行霈,我宁愿死也不想再去你的别馆!"顾轻舟咬牙,纤薄的身子微微颤抖。

那些惨案,顾轻舟只怕一时半刻难以释怀。

司行霈搂紧她。

房间里玫瑰的清香,充盈在空气里。

玫瑰是代表爱情的。

司行霈沉默着,他的呼吸深沉而粗重,搂着她的胳膊越发紧了。

她总是拒绝他。

司行霈的猫儿太过于矜贵了，何时能温顺些？

不过，太过于温良，也就不是猫了。猫天生就是矜贵而傲娇的，司行霈也愿意维护她的高傲。

只是心里某个角落，总隐隐不甘心，甚至担忧。

怕她会爱上别人，怕她真的狠心和他决裂。

毕竟她不爱他，这一天可能会发生的。

"已经很晚了，我明早还要上学，你快走吧。"顾轻舟推他，"不要再来了，我的脚好了，我会打电话给朱嫂，让朱嫂转告你。"

司行霈没有松开她。

他顺势一压，将她压在床上，枕着她柔软的青丝，司行霈道："我今晚住在这里，我不想离开我的女人！"

顾轻舟呼吸一顿。

"司行霈，你不讲道理。"顾轻舟吸气，"你会害死我！我到底跟你有什么深仇大恨，你这样折磨我？"

她的身子发僵，手紧紧攘住了司行霈的胳膊。

"我小睡一会儿，天亮之前我就会走。"司行霈道。

他不依不饶。

顾轻舟拉不动他。

光线幽暗的房间里，顾轻舟咬紧了唇。她恨极了司行霈，她恨自己在他面前无能为力的样子。

她一定要杀了他！

可他在她的床上，她莫名心安，昨晚的噩梦居然没有再出现。

顾轻舟睡着了。

司行霈则一直未睡。

他合眼等待，等待他的轻舟安心进入睡眠，他则默默想着心事。

他今天和军需部的人谈事，在一处酒楼吃饭，一位摩登女郎穿了件很漂亮的洋装，他立马想到了顾轻舟。

他让副官去问，这件洋装是哪里做的，得知是意大利定制的，司行霈已经派人去做了。

他吃了一道还不错的甜点，亦想到了顾轻舟，还想打包带回去。可她不在他的别馆，带回去她也吃不上，他心情又有点消沉。

司行需不是个伤春悲秋的男人，他离不开她，自然就想把她禁锢在身边，不管她愿意与否。

偏强取豪夺之事，最近做起来略感羞耻，就遂了她的心愿，把她放在顾公馆。

"轻舟，是你太小，还是我逼迫你太紧了？"司行需轻轻摸过她的小脸。

黑暗中，顾轻舟似寻找庇护，往司行需怀里缩。

司行需一直没睡。

直到凌晨四点，见顾轻舟睡得安稳，没有再做噩梦了，司行需才悄悄离开了顾公馆。

顾轻舟醒过来时，也是吓了一跳。

"司行需呢？"她环视屋子，没了他的踪迹，总算松了口气。

她的脚已经消肿了，也不发烧了，只是那紫色的伤口，始终没有彻底愈合。

那是死人咬伤的，顾轻舟一直觉得自己身上带了几分煞气。

倒霉透顶，全是拜司行需所赐。

他昨晚带过来的白玫瑰，是很珍贵的品种，花开得很浓艳，放在家里平添猜疑，还不如拿去送给学监。

顾轻舟就放在书包里，带到了学校。

她用花瓶装着，放在学监密斯林的办公室里。

密斯林正巧进来，笑道："你怎知我喜欢白玫瑰？"

她很开心。

赠人玫瑰手有余香，看到学监很喜欢，顾轻舟心情也有点好转。

转眼又过了两个礼拜，岳城又出了大事。

洪门的龙头在码头被人刺杀，洪门没有新的继承人，分崩离析。

第二天，军政府就将洪门六处的码头，充为军方专用码头。

颜洛水这时候也懂了："原来司行需和蔡可可的婚讯不是真的，是为了码头啊！"

得知蔡可可不可能嫁入军政府，没人和司夫人相互折磨，颜洛水兴致阑珊。

这天提到了司行霈，颜洛水竟然说起了他的八卦。

颜家和司家是世交，颜洛水很清楚司行霈的过往。

"司行霈十岁就在军中混，你看他生得俊朗不凡，穿着军装倜傥雍容，可他这个人啊，最是俗气！"颜洛水道。

顾轻舟有一搭没一搭听着。

"他从来不跟名媛约会，若是他请哪位名媛吃饭，当天肯定要把人家弄到床上去睡，第二天就丢开。

"我听副官们说，在司行霈眼里，女人只有两种：能睡的妓女，不能睡的陌生人。哪个名媛跟他约会，那就等于告诉世人，她已然是出卖了自己，自甘堕落。"颜洛水道。

顾轻舟唇色顿时发白。

颜洛水的八卦，让顾轻舟情不自禁对号入座，从而脸色惨白。

顾轻舟一直都明白，司行霈是把她当个妓女看待的。

当然，她这个妓女年纪小，他不肯违背自己的原则去吃了她，同时又不舍得丢开，毕竟是他看重的，只能豢养在身边。

明白归明白，可顾轻舟从旁人口中听到，仍是刺心。

她脸色雪白。

不过，她最近常做噩梦，失眠较多，脸色素来是苍白着的，颜洛水居然没发现她的异常。

颜洛水继续道："司行霈是不会和任何女人交往的。若是跟他沾边了，多半是自己卖给了他，会被人瞧不起。

"我听阿爸说，司行霈应该会跟另一个军阀世家联姻，结交军事盟友。岳城那些名媛，都不是司行霈的目标。她们妄图勾搭他，飞上枝头，只会赔了夫人又折兵，一身狼狈。"

顾轻舟脸色更难看。

她没有勾搭过司行霈，但若是事情败露，她会更狼藉。

顾轻舟以为，她满了十六岁，人生会有不同的际遇。

老天爷却跟她开了个玩笑。

那么多车厢，司行霈偏偏躲到了她的车厢里。

顾轻舟命真不好!

"……总之呢,司家除了督军和老太太,其他人都不怎样。"颜洛水最后总结。

顾轻舟想笑一下,笑容到了唇角,怎么也牵不动。

颜洛水不会明白顾轻舟的煎熬。

而后,顾轻舟继续念书,从来不想司行霈的事。

颜洛水对司家是很有意见的,也不愿意谈及司行霈。

转眼又到了周三,放学的时候,顾轻舟和颜洛水出了校门,远远看到一个人,居然是义父颜新侬。

颜新侬上了年纪,依旧是高大威武,穿着铁灰色的军装,笔直地站在车门旁边,气宇轩昂。

"阿爸!"颜洛水大喜。

顾轻舟也很高兴。

两个人走到了颜新侬跟前,欣喜之余也掩饰不住惊讶:"阿爸,您怎么来接我们下学?"

颜新侬慈祥,对颜洛水道:"洛水,阿爸不是来接你们放学的。阿爸有个朋友,突发重病,阿爸想请轻舟去看看……"

颜洛水很懂事:"病得厉害?"

"很厉害。"

"那阿爸,你们快去吧,别耽误了。"颜洛水道,她很清楚人命关天。

颜新侬又看顾轻舟,想问顾轻舟是否愿意去。

"能请我去看病的,都是病入膏肓没了法子,死马当活马医的。"顾轻舟道,"如此危急,我们快走吧。"

颜新侬见两个女儿这般懂事,欣慰地点点头。

顾轻舟就上了颜新侬的车。

颜新侬不抽烟,车厢里干净,司机飞速开车。

顾轻舟坐稳之后,颜新侬开始讲病家的病情。

"他是发高烧,面红耳赤,医院用了退烧针,却越退越烧;用医用酒精祛热,好了不过半个小时,高烧又复发。"颜新侬道,

"如此折腾，已经四天了，再这么下去，人也要烧坏了。"

"这很危险！"顾轻舟道。

"是啊。"颜新侬叹气。

"是您的什么朋友？"顾轻舟又问。

颜新侬道："准确说，不算是我的朋友，是大少帅结识的一个人。最近军政府有些事务，派我和他接洽，就认识了他……"

顾轻舟一听是司行霈的朋友，倏然手指一僵。

"……他叫霍钺，是青帮的龙头。"颜新侬继续道，"少帅拿下蔡家的码头，就是靠霍钺里应外合。论起来，也不算什么朋友，彼此合谋，共分利益而已。"

顾轻舟最近多次听到霍钺这个名字。

因为蔡可可，提到了洪门，就会提到洪门的对手青帮。

说到青帮，众人都会谈论青帮最年轻的龙头霍钺。

"我知道他。"顾轻舟道，"他妹妹叫霍拢静，从前是我们班上的同学，后来退学了。上次洛水被划伤胳膊，就是替霍拢静出头的。"

颜新侬一愣："洛水受伤了？"

最近忙着算计洪门的码头，颜新侬军务繁忙，很少沾家，而颜太太怕丈夫担心，颜洛水的小伤就没告诉过他。

"没事，皮外伤，已经长出了新肤，疤痕也不会留的。"顾轻舟道。

颜新侬舒了口气，而后又笑："洛水性情寡淡，自从结识了轻舟，她居然有点正义，会替人出头，难得难得！"

"是吗？"顾轻舟微讶。

"是啊，洛水之前一直很寂寞，她不喜欢交朋友，多半是没有投缘的。"颜新侬道。

想到这里，颜新侬就欣慰地看了眼顾轻舟。

自从谢家离开岳城，明白谢三公子对她无情之后，颜洛水消沉了很久。这些年，她多是闭门不出，朋友不交，颜新侬和颜太太都担心她。

和顾轻舟来往之后，颜洛水的心好似又活过来了。

她在学校替女同学出头，从前是不敢想的，她从前是两耳不闻窗外事。

颜新侬又道，"你是霍家小姐的同学，也算有缘了。"

顾轻舟点点头。

青帮最年轻的坐馆龙头，听闻跟司行霈一般心狠手辣，顾轻舟就对他那个人没什么兴趣，并不好奇。

跟司行霈相似的人，顾轻舟都很讨厌。

她去帮忙治病，为的是义父的交情。

车子很快就到了霍公馆。

霍钺的仇家更多，霍公馆守卫森严，俨然是第二个督军府。

满院静悄悄的。

颜新侬的车子停下，他和副官步行，在霍家用人的带领之下，到了霍钺的卧房。

霍公馆虽然也是花园洋房，可越往里走，修建得越发古典。

长长的回廊，用了黑漆雕花的柱子，种满了藤蔓。

两旁的屋子，都是老派的亭台楼阁。

雕花的窗户上，也镶嵌了玻璃。高大威严的缠枝大门，成套的花梨木家具。

"颜总参谋，您来了？"有个四十来岁的男人，像是霍钺的手下，接待了颜新侬和顾轻舟。

进了卧房，迎面是一架两人高的什锦架子，上面摆满了古玩，每件都价值连城；什锦架子后面，是一架黄杨木底的十二扇屏风，秀娟烟波流水的江南。

越过屏风，才看到霍钺的病床，以及半坐在床上的人。

四目相对，顾轻舟有点吃惊：此人为何这般眼熟呢？

她凝眸想了想。

对方的眼芒微动，像是吃惊，又隐约带着几分惊喜。眼波一闪，他黑黢黢的瞳仁安静了，好似方才那点情绪，是顾轻舟的错觉。

"哦，是您!"顾轻舟恍惚了一下，突然想起正月里遇到的一个人。

那次她和颜洛水、颜一源去跑马场，她被小孩子撞到，碰倒了一位女士的水杯，是这位先生帮她解围的。

当时颜洛水还说，他长衫儒雅，应该是个教书先生。

却不承想，他就是鼎鼎有名的青帮龙头霍钺。

顾轻舟有点吃惊。

"是啊。"霍钺微笑，笑容恰到好处，"原来你还真是神医。"

顾轻舟笑了。她听说过的霍钺，与她半年前在跑马场相遇的男人，很难联系到一处。

一个是凶狠腹黑，一个是儒雅斯文，南辕北辙的外貌和内在，叫人惊诧。

顾轻舟也喜欢老式的斜襟衫和长裙，故而长衫布鞋的男人，让她感觉亲切，下意识觉得跟自己是一类人。

没想到，她这次看走了眼。

顾轻舟眼帘微垂，两把小羽扇般的睫毛再扬起时，她眼底的惊诧全部收敛住了。

"我上次就说过，您是寒邪内附，外显假热，果然不假吧？"顾轻舟笑道。

颜新侬微讶："轻舟，你见过霍先生？"

霍钺神色微动：哦，原来她叫轻舟。

轻舟，很美的名字，还记得苏轼的诗句："一叶轻舟。双桨鸿惊。水天清、影湛波平。"

澄澈的画面铺陈在他面前，竟和这少女格外地融洽。

霍钺不言语，高烧让他的思考变得迟缓。

"是啊，正月的时候，我和洛水还有五哥，去了趟跑马场。当时出了点小事，还是霍先生帮我解围。"顾轻舟道。

颜新侬笑："这就算有了医缘了。"

中医看病，讲究缘分。医者和患者若是有医缘，正巧医者擅长患者的疾病，而患者也全心全意信任医者，这医缘就更好了，能让患者及早康复。

霍钺笑了。他目光深邃，笑起来的时候仍是一派温和。

太大的反差，反而叫人战战兢兢的，很是怕他。

"轻舟，我的病就有劳你了。"霍钺叫她的名字。

她的名字好听，说出来有点绮丽。

顾轻舟点点头。

她坐下来，先给霍钺把脉。

霍钺伸出手腕。

他的手腕结实有力，放在床边，顾轻舟就将手指按上去。

霍钺低头看她，她的手指纤瘦嫩白，指甲修剪得整整齐齐，有个圆润的弧度，指甲很粉润健康。

她有一头很浓密的长发，没有像其他女学生那样扎辫子，也没有剪成齐耳短发。

青绸般的长发从双肩倾泻，泛出淡墨色的光，映衬得她越发唇红肤白，瞳仁清湛。

她不管是外形还是眼神，都不染尘埃，有着玲珑剔透的精致！

霍钺见惯了丑恶，也历尽了繁华，现在越发觉得，水晶一样的女孩子罕见。

"她真的会医术吗？"霍钺心想。

霍钺目光深沉，打量着顾轻舟。

正月在跑马场一见，顾轻舟就指出霍钺身体有疾，让霍钺去看病。

霍钺还真去了，他太惜命了，结果医生都说霍钺健康无碍，霍钺当时也好笑：自己魔怔了，居然相信一个小孩子的话。

可最近这半年来，霍钺的热燥更加严重，特别是四肢，恨不能常泡在冷水里。

顾轻舟说，霍钺是寒邪。

可霍钺表现的症状，却实实在在是热病，他浑身发热。

半个月前，霍钺和司行需合谋成功，杀了洪门的蔡龙头，夺下了洪门的码头。

以后，整个岳城的码头，一半归司行需，一半归霍钺。

当时高兴，他们在一处俱乐部狂欢，霍钺跟某位女郎在泳池里戏水。

他贪凉，竟然在泳池里泡了两个小时。

回来之后，他就开始低烧。

低烧断断续续，时好时坏，直到五天前，他的低烧转为高烧。西医、中医都请了，至今束手无策。

哪怕是此刻，霍钺仍在高烧中，他浑身发烫，人也特别难受。外人却看不出来。

哪怕是生病，霍钺也保持着他的镇定和内敛，情绪不外露。

顾轻舟正在诊脉，突然进来一个穿着高跟鞋的身影。

顾轻舟还以为是霍拢静，转头去瞧。自从打架之后，霍拢静就休学在家，顾轻舟挺想知道她的近况。

却见一个穿着淡红色绣百柳图元宝襟旗袍的女人，进了屋子。

这女人很时髦，旗袍是中开衩，露出半截滚圆纤细的小腿，穿着玻璃丝袜高跟鞋，剪了极厚的浓刘海，烫着蓬松的卷发。

身段婀娜，风情绰约。

不是霍拢静。

"这是我的姨太太。"霍钺跟顾轻舟解释。

顾轻舟有点尴尬，她以为是霍拢静才回头的。结果只是姨太太，好似她很在意人家的家务事一样，现在很不合时宜。

她转头继续诊脉，若无其事，将尴尬都遮掩。

霍钺看着顾轻舟这模样，不由好笑，心想她真有趣，比很多女孩子都有趣。

大概是她故作老成的模样，不矫揉造作，反而很沉稳的缘故吧！

这位姨太太叫梅英。

一进门，梅姨太太的目光就落在顾轻舟身上。

霍钺十几岁的时候，从老家跑到岳城讨生活，当时风餐露宿，有个卖烧饼的老头子，常用烧饼救济霍钺。

老头子的女儿长大之后，吃不得苦，不愿意去工厂做女工，非要下海去做舞女，听说这样赚钱。

那老头子常哭，说自己对不起祖宗，对不起死去的老妻。

霍钺后来得势，想到那位给他烧饼的老者，派人去找到了他。

老头子已经病得不轻，说他女儿再也没回来看过他。

"我好几年没见过她了，不知她是死是活。霍小子，你帮阿叔找找她。阿叔床底还有二十多块钱，你拿去给她，让她有饭吃。"
老头子临终前说道。

霍钺就找到了梅英。

梅英很堕落，做舞女也不成气候，霍钺将她收在身边，做了
姨太太。

他答应过阿叔，让梅英有饭吃。

梅英是他唯一的姨太太。

而梅英性格善妒张狂，霍钺想起当初她父亲的救命之恩，也
对其多有容忍。

"不是说请了大夫吗，怎么来了个小丫头？这到底是摸脉啊，
还是摸骨啊？"姨太太酸溜溜地问。

顾轻舟扬眉，看了眼霍钺。

霍钺严厉道："住嘴!"

梅英还是怕霍钺的，见霍钺肃然，她也忍着一口怒气。

她打量顾轻舟，小小年纪，却有几分妩媚，将来肯定不是个
好东西!

顾轻舟也没有在意她，继续诊脉，又看了看霍钺的舌苔。

诊脉之后，她肯定道："霍先生，还是我半年前的诊断，您这
病在中医里，叫'真寒假热'。

"体内的寒邪到了极致，身体自身会出现对抗，于是发烧发
热。您虽然是一派热极之相，但您的脉象重按无力，是真寒在内。

"您体内有寒，医生却照热病给您用寒凉的药，寒上添寒，所
以从肠胃燥热，慢慢加剧到低烧，再从低烧加剧到高烧。

"再耽误下去，只怕大罗神仙也无力回天了。"

霍钺听了，心头莫名一惊。

顾轻舟说得不错，他越是用药，病情越发严重。

他表现出来的是"假热"，大夫用祛热的药，都是清凉的，
就加重了他的真寒。

"若是您相信我，我给您开个驱寒的方子，用些温热的药，您
的病不出浃旬即可痊愈。"顾轻舟道。

霍钺点点头。

他的姨太太梅英也听到了，顿时就尖着嗓子喊："你要给老爷开温热驱寒的药？你疯了吗，你没见老爷正发烧发热吗？你是不是洪门蔡家派过来的奸细？"

姨太太梅英，听闻顾轻舟要用温热的药，给正在发烧的霍钺治病，吓得半死。

任何人都知道，热病用清凉的药治疗，比如什么生石膏、竹茹；而寒病用温热的药，比如附子、干姜。

可顾轻舟居然用温热的药，去治疗热病的人，这不是火上浇油吗？

梅英指着顾轻舟，焦急地对霍钺道："老爷，您瞧瞧她，连牙都没有长齐全的黄毛丫头，她会看什么病！

"中医数万种药方和脉案，她这么小，熟悉几个？她无非是听闻您久病不愈，故而剑走偏锋，拿您的命赌！

"老爷，我们全靠着您吃饭，您若是有个什么三长两短，叫我们怎么办？您生病，我更着急，可您不能病急乱投医，随便什么人的鬼话都听啊！"

姨太太说话如溅珠，噼里啪啦一大通，把众人都说蒙了。

霍钺深邃的眸子沉了下去。

"出去！"霍钺低喝。

姨太太不肯，坚持道："老爷，我不能看着您被人害死！"

说着就要哭出来。

这位姨太太，在风月场里滚过七八年，一身的市侩。

她是霍钺恩人的女儿，霍钺此人，斗米恩千金还。每次姨太太撒泼，霍钺都是避开，从来不对她用家法。

他并不是管理后宅无能，而是后宅只有这么一位姨太太，他不愿意管束。

现在姨太太当着颜总参谋的面闹，霍钺的眼眸泛出蚀骨寒芒。

他欲要发火，颜新侬就开口劝慰了："姨太太，我是军政府的总参谋，我受少帅的托付，前来给霍龙头看病。

"顾小姐年纪虽然不大，却是师出名门，我的太太，还有军政府司家的老太太，都是顾小姐治好的。

"万一有个闪失，军政府会给你做主，你不用担心。"

"怎么做主，难道军政府能赔个老爷给我吗？"姨太太嗓音更加尖锐，"谁知道你们军政府安什么心！"

眼珠子滴溜溜地一转，姨太太话越发刻薄："是不是军政府的阴谋，想要置我们老爷于死地？"

她的话，越说越难听。

师父交代过顾轻舟，要以大慈大悲之心，解世间含灵之苦。

这席话，顾轻舟从前不懂。

现在，面对姨太太的无端挑剔，她正想甩袖走人。这时候，方才明白师父说"大慈大悲之心"是什么意思了。

医者好艰难！

顾轻舟澄澈的眸子，添了几分晦暗，也有几分不耐烦。

"出去！"霍钺声音更低，低得像暴风雨来临前的层云，沉沉压下去，"现在是叫你出屋子，若是再多一句，你就从霍家出去！"

姨太太吓住。

"老爷，您是不是被这小妖精拿住魂了？"姨太太哭。

霍钺身边的下人，这才急忙把哭哭啼啼的姨太太拉走。

她一走，颜新侬和顾轻舟皆舒一口气。

霍钺的烧好像更严重了。

姨太太如此一闹，霍钺是非常生气的。这些年，他锦衣玉食供养着姨太太，却从来不踏入她的房门，对她也诸般忍让和纵容。不承想竟在霍钺病中，给他闹了这么一个大难堪。

"先生，不必动怒。"顾轻舟柔声劝慰他，"身子要紧。姨太太的话，也许您该考虑考虑，我毕竟还是个孩子，经验不足。"

霍钺低烧了半个月，高烧了四五天，他知晓再拖一两日，这命就没了。

刀光剑影里滚过来，打下青帮这片江山，他比任何人都狠，难道要死在病魔手里？

这太讽刺了！

"轻舟，你给我开个方子吧，我的命交到你手里了，我不疑你！"霍钺道。

一句话，似暖流充盈了顾轻舟的心。

医者并非圣贤，人的七情六欲俱全，信任和温暖的话，总好过冷言冷语。

"霍先生，我就给您开个简单的方子，您先吃两剂，等烧退了之后，我再给您开些休养的方子。"顾轻舟道。

霍钺颔首。

顾轻舟就开了药方：人参三钱、附子五钱、干姜五钱、甘草二钱。

"这些都是补中驱寒的药，温热发汗。"顾轻舟道，"您派人煎了，要等凉了之后再服用，切记！"

霍钺点点头，把方子交给了家里的管事。

"不打扰您养病，我们先回去了，明天我再来复诊。"顾轻舟道，"还是下学之后。"

霍钺让人送他们。

给霍钺开完了方子，顾轻舟和义父颜新侬往回走。

天已经黑了，霍公馆一路灯火通明，路灯缠绕之下的碧树，叶子似翡翠。

颜新侬心情不快，路上安慰顾轻舟："那姨太太没见识，等霍钺病愈了，我再说几句，让她给你赔礼道歉。"

顾轻舟笑道："义父，我根本不在乎的。"

病人家属焦虑，而且顾轻舟年幼，姨太太说的那些话，也是人之常情，虽然当时顾轻舟很难堪。

颜新侬欣慰："轻舟，你有医者风范，有你这样的传人，中医的传承就断不了。"

而顾轻舟医术高超，却没有委屈和怨气，她心平气和，依旧牢记祖宗的规矩和医德，让颜新侬感觉难能可贵。

顾轻舟笑。

霍钺那边，开了方子之后，他的亲信管事亲自去煎药。

姨太太梅英还是不放心，煎药的时候亲自去看，还跟管事抱

402

怨："我真怕老爷出事。"

梅英自己是女人，知道女人的地位低下。很多时候，瞧不起女人的、辱骂女人的，都是女人。

"姨太太宽心，这位神医虽说年纪不大，医术是挺好的，颜总参谋引荐的人，不会差。"管事道。

梅英说不过他们，冷哼了声。

管事比梅英的地位高，梅英也不敢在管事面前拿主子的款儿。

她想，还是得重新找个医生。

西医的方法是没用的，已经试过了，药和点滴都无效，还是要靠中医。到了救命的时候，华人都忘不了他们弃之如敝屣的中医。

"一个小丫头而已，老爷这是求生心切，被那个小丫头骗！"梅英冷哼。

一碗药熬好，凉了之后，管事端给霍钺。

霍钺一口喝完。

姨太太胆战心惊。

"老爷，到底行不行啊？"梅英没忍住，出声道。

"请姨太太出去。"霍钺不看她，态度很冷漠地对管事道。

梅英就知道，霍钺生气了。

霍钺生气的时候，梅英也不敢触霉头，当即沉默下来。

梅英不肯走，非要陪在霍钺身边。

霍钺没力气和她争辩，就任由她陪护着。

霍钺喝下顾轻舟开的药，当时没什么，可是后半夜的时候，霍钺突然醒了。

他浑身冷。

五月底的天气，是温暖微热的，可霍钺冷得发颤，牙齿嘎嘎作响，好似寒冬腊月掉入冰窖里。

"怎么了，老爷？"姨太太陪睡在旁边的小榻上，霍钺的动静惊动了她。

"冷……"霍钺浑身冰凉。

姨太太吓得半死："惨了惨了，快去请医生！"

老爷要被军政府害死了！

姨太太急哭了："怎么办啊，医生怎么还不来？"

"姨太太，已经打过电话了，医生一会儿就来。"管事也焦虑。

霍钺这时候，神志已经没那么清楚了，他只觉得冷，冷得刺骨。

顾轻舟说，她的药温热，会导致发汗。

现在哪里是发汗啊？

霍钺之前断断续续发烧半个多月了，身体虚弱，现下他一额头的冷汗，再这么打寒战，身子似筛糠。

"好冷！"钢铁一般的男人，哪怕刀子捅进肉里，眉头也不皱一下，此刻他却说很冷。

这得是多冷，让霍钺都撑不住？

管事也有点后怕了，只怕姨太太说对了，军政府的参谋带那么个小女孩子来治病，太轻率了！

"老爷，医生很快就来了。"管事焦急道。

半个小时之后，教会医院来了两个西医。

"都说了很多回，中医是骗子，为何还要用中医？"教会医院的西医痛心疾首，"你们这样，会害死霍先生的！"

"是啊，现在相信中医的人，都是愚昧！连政府都快要取缔中医，不许中医办学校，断绝中医传人，可见中医毁人之深！"另一个西医接话。

这不是忘本，而是他们真的觉得中医是弊端，是陋习。

"若是霍先生有个三长两短，我们不敢保证！"一个医生道，"还请姨太太和管事做个证。"

"两位，别多说了，快给老爷用药要紧！"管事耐心劝慰。

两位医生想给霍钺打针。

治疗方案，还是跟从前无异。

霍钺却想起了那少女的脸。她熠熠生辉的眸子里，镇定自信。早在半年前，她就断定了霍钺的病。

她说，喝两帖药，她再来复诊。

"让……让他们走……再去煎药来！"霍钺牙齿打战，对管事道。

"老爷，这样不行啊，这药已经坏了您，您不能再折腾了。"管事几乎要跪在霍钺面前。

姨太太也哭着道："老爷，您不要再相信中医了！您不心疼自己，也心疼心疼我啊！老爷，您至今无后，您要是撒手了，这偌大的家业交给谁啊？"

这些问题，霍钺早已想过千万遍。

姨太太的提醒，不能引起霍钺心中的涟漪。

两名西医也劝："霍龙头，您要相信科学，西医才是科学！"

霍钺紧紧捂住了被子，咬着牙齿，吐字清晰对管事道："送医生回去，给我煎药，生炉子取暖！"

"不行，这回无论如何也不能听您的！"姨太太狠狠一抹眼泪，对两位医生道，"老爷病糊涂了，按住他，给他打针！"

管事也不看霍钺。

这次，心腹管事站在姨太太这边。那药再喝，老爷真会没命。

霍钺见自己孤立无援，又虚弱得厉害，无法争辩，从床头枕头底下，掏出了他的枪。

子弹上膛，霍钺对着床顶就是一枪。

一阵巨响，震得所有人耳朵发麻。

众人立马安静下来。

姨太太和医生们，眼底陡然添了恐惧，下意识想跑。

"去煎药！"霍钺颤抖着牙齿吩咐，"谁再说一句，下一颗子弹就会打在谁的脑袋上！"

姨太太不敢再说。

医生们避之不及。

只有管事道："老爷，我这就去吩咐！"

姨太太和两名医生，出了里卧。

医生对姨太太道："准备后事吧！"

姨太太大哭起来。

完了，老爷就要被那个小妖精害死了！

管事去煎药，同时把冬天用的暖炉搬出来，烧了银炭送到霍钺房间里。

初夏的夜里，荼蘼清香阵阵，墙角蛩吟切切，霍钺裹着很厚的被子，正在烤火。

炉火把屋子里映得暖融融的。

管事一会儿就出了身汗。

霍钺的寒战，好似也缓解了些，他终于敢从被子里伸出手。

姨太太已经被送回她的房间。

这会儿，姨太太估计在想后路。帮派没有人情的，霍钺一死，新的龙头不会放过霍钺的妻妾。

"你别怪我鲁莽。"霍钺对这位亲信的管事道，"我心中有数。我发烧多时，今天突然寒战，不是坏事，应该是好事的预兆。若是我再打针，只怕这点好事的苗头要被切断了。"

"老爷，您真相信那位顾小姐？"管事吃惊。

"颜新侬不敢骗我，顾小姐的确是治好了他太太的顽疾。我半年前有缘见过顾小姐一面，她当时就预测了我的病情。就这一点，我相信她。"霍钺道。

用人煎了药，将其放凉之后，端给了霍钺。

霍钺喝下去。

他以为会再次寒战。

结果，他捂住被子的后背，有点发热，汗冒了出来。

他不冷了。

看了眼时间，现在才凌晨两点。

若是到了天亮还不反复，霍钺觉得他这病就可能要好转了。

他心里大喜。

到了天亮的时候，管事急匆匆跑去找姨太太梅英："姨太太，姨太太……"

梅英衣裳也没脱，直接躺在床上的，听到喊声，她心一下子就沉入谷底。

她知道，老爷走了！

梅英泪如雨下，自己接下来又不知流落何方。

霍钺从来没睡过她，但是他给她锦衣玉食，给她富贵荣华。梅英前几年还抱怨，现在都习惯了。

这刚刚过点好日子，霍钺就死了，梅英觉得自己太命苦了。

"老爷啊!"梅英一边开门，一边放声大哭。

"姨太太，您别号了，老爷退烧了!"管事打断梅英的大哭。

梅英的哭声哽在喉咙里，愕然看着管事："你……你说什么?"

"老爷退烧了，姨太太!"管事大喜，"老爷的病要痊愈了!"

梅英愣住，整个人惊呆了。

昨晚还一身冷汗，看上去半死不活，医生都让准备棺材，他怎么退烧活过来了?

他已经半个月没真正退过烧啊!

难道，姓顾的小妖精真的医术高超?

梅英原本应该高兴的，可这会儿她心里受到了极大的震撼，整个人都呆呆的，难以置信。

老爷好了，被那个姓顾的小妖精治好了!

顾轻舟开完药方之后就正常上学。学监发了崭新的校服，天蓝色的套裙及膝，露出少女们青春又柔美的小腿。

"轻舟的裙好像短了些。"颜洛水指着顾轻舟。

她的裙子在膝盖之上，露出小半截大腿，嫩白纤细，亭亭似盛绽的荷。

有个女学生惊呼："短些好，我也要裁短，这样好看极了!"

学监密斯林在更衣室，出声阻止这群活泼又爱美的女学生："不许的，学校规定校裙不能短过膝盖。"

转脸看顾轻舟："轻舟是开学才交过的尺寸，如今裙子就短了，你长高了。"

顾轻舟已经满了十七岁，她有一件很羞愧的事没有告诉过众人：她还没有来月事。

女孩子没有来月事之前，个子仍是会猛长。

高年级的女孩子，几乎全部有了初潮，她们哪怕长个子，也只长一点点，独顾轻舟长得很快。

学监看着顾轻舟的裙子，短是短了些，却出奇地精致美丽，一条长腿又白又细。

"轻舟先凑合穿吧，我明天跟学校打报告，再给你换尺寸。"密斯林道。

顾轻舟颔首。

她出门的时候，很多女同学在看她，让顾轻舟尴尬不已，好似自己没穿衣裳似的。

旧的校服已经被收走了，她又没带换的衣裳。

好在密斯林很疼她，借了一件上衣给她盖住腿。

放学时，霍家的汽车已经在校外等着。

"顾小姐，老爷今天退烧了！"来接顾轻舟的，是霍钺身边的管事，他先高兴向顾轻舟表明了情况。

"挺好的。"顾轻舟不意外。

管事又道："请顾小姐去复诊，不耽误您的正事吧？"

"我也没什么事。"顾轻舟道。

顾轻舟跟颜洛水说："我要去复诊了。"

"小心些。"颜洛水道。

颜洛水还想问，顾轻舟去霍家，是否看到了霍拢静。

霍拢静休学，颜洛水挺关心她的近况。

可想到霍钺还病着，现在说这些小女孩子的话，不太合适，颜洛水就忍住了，让顾轻舟快去。

顾轻舟上了汽车。

跟车的小子和司机，都偷偷瞄她的腿。

顾轻舟大窘，急忙用上衣盖住。

裙子不算特别短，只是顾轻舟的腿形很好看，而青帮这些人，都是混世的，不懂得礼数，看到女人眼睛就拔不出来，不知道收敛。

到了霍家，霍钺已经起床了。

霍钺穿了件青灰色的夏布长衫，玄色阔腿裤子，一双素面布鞋。他鬓角修剪得整齐，长衫的领子服帖，一双修长匀停的手，端着杯子喝热水。

"轻舟来了？"他放下茶杯，幽深眸子被热气氤氲着，旋即消失，温和儒雅地看着顾轻舟。

顾轻舟走过来，坐到了对面的椅子上。

她索性把衣裳系腰上，见霍钺不解看了眼，顾轻舟解释道："新发的校服，我的裙子太短了些。"

霍钺微笑，对管事道："去拿套衣裳给顾小姐。"

"不必不必，我看完就回去了。"顾轻舟连忙道，"天色也不早了。"

她看了几眼霍钺，又说："您退烧了？"

霍钺点头，眼底的感激不加掩饰。

只有生病的人，才知道医者多么可贵！

霍钺生病这半个月，身体上受苦，心里煎熬，这滋味跟在火上烤一样。

所有的医生，不管是中医还是西医，都以为霍钺是热病，越治越重，只有顾轻舟知晓是寒邪。

顾轻舟不是在赴诊，而是在救命。

她救了霍钺一命！

霍钺的四肢偶尔还是觉得冷，那股子邪热已经没了，他知晓这是痊愈了。

接下来，他只需要调养即可。

"轻舟，你救我了一命。我霍钺向来重义，以后你就是青帮的恩人了。"霍钺道，"多谢你！"

"医者本分，霍龙头太过奖了。"顾轻舟微笑，"我再给您把把脉。"

霍钺点头。

顾轻舟起身，坐到了霍钺身边。

她诊脉的时候，腿上的斜衫掉落，的确是一段嫩白的长腿，肌肤赛雪，腿直且纤瘦。

她的手亦是嫩白柔软。

霍钺看着她，她低垂的羽睫浓密，薄薄的小唇格外地嫩。

十六七岁的顾轻舟，没有学过城里女孩子的装扮，她素面朝天，看上去就更小，像一朵含苞待放的花骨朵，嫩得不可思议。

霍钺看得走神，又连忙收回了眼神。

年纪小的女孩子，都有点青涩，罕见像她这么可爱的。

"你是司慕的未婚妻？"霍钺突然问。

顾轻舟认真把脉，听到"未婚妻"三个字，含混地点点头，说了句："是啊。"

"你才多大，怎么这么快就定亲了？"霍钺又问。

顾轻舟笑："是娃娃亲，我刚出生就定下的。"

霍钺眼底闪过几分碎芒，眼波微动，而后又快速敛去。

他不动声色。

把脉之后，顾轻舟抬眸，目光安静却又明亮，落在霍钺脸上。

这少女说话时，会直视人的眼睛，镇定又自信。

"之前开的方子，再吃三天，每天两帖，用量我帮你减半。"顾轻舟道，"吃完之后，我再来复诊。"

霍钺听到这话，莫名觉得安心，心湖滑过一丝涟漪。

"好，有劳。"霍钺笑道。

他派车送顾轻舟回家。

等顾轻舟走后，霍钺拿着药方，让人去抓药、煎药。

独坐床前，六月和煦的夜风，似温柔的纱幔，轻轻撩拨着他额前的碎发，霍钺心思起伏。

正巧他最亲信的管事锡九进了屋子。

"拿面镜子给我。"霍钺突然道。

锡九不解，仍是去找了一面西洋镜，递给了霍钺。

镜中的男人面容俊朗，宽额高鼻，明眸薄唇，下颌曲线坚毅，男子的威严和俊美融合得很好。

霍钺是个很英俊的男子，他的英俊又带着刚毅。

锡九不知主子今天是怎么了，站在旁边问："老爷，您感觉如何？"

他问霍钺的病情。

"感觉？"霍钺摸了摸自己的脸，喟然道，"我好像太老了。"

锡九愕然。

二十九岁的青帮龙头，是空前绝后的年轻，他霍钺的功绩，只怕是无人能超越。

就他这样的，还觉得自己老？

"怎么会老呢？"锡九不解道，"老爷最是年轻有为。"

霍钺放下了西洋镜，目光幽静，半晌才道："还是太老了，一树梨花压海棠，白糟蹋人家，算了！"

锡九没读书过，完全不懂霍钺在说什么。

霍钺也没指望他懂。

有些事情，没必要懂，懂了反而是累赘。

顾轻舟是霍钺的恩人，她救了霍钺的命，这就足够了。

霍公馆有一处池塘，凉亭架在其中，落日斜映，波影旖旎。满池塘绿萍游荡，似披了件锦缎，水波越发翠碧清湛。

岸边的海棠树，花开茂盛。

霍钺的姨太太梅英坐在凉亭里，看着远处大门口，顾轻舟的车子离开。

她故意在这里等，不敢去霍钺的房间。

梅英极力阻止顾轻舟给霍钺治病，这会儿去看望霍钺，就是自讨没趣。

"她居然真的治好了老爷的病！"梅英手里拿着一方帕子，紧紧攥了起来。

她有点担心。

梅英的心思，常不在正事上。她现在担心的，也跟霍钺的病无关，而是另一件事。

梅英跟了霍钺四年，霍钺却从来没上过她的床。

霍钺这个人，找女人很讲究，他非要对方能让他心悦的，他才会睡。

所以这些年，霍钺很多时间都是单身独居，他宁缺毋滥。

他不喜欢梅英，哪怕是抬她做了姨太太，霍钺锦衣玉食供养她，却不沾她的身。

梅英很恨他这点。

霍钺从前有几个女人，都是时髦派的，烫卷发、穿洋裙。

可半年前，他突然找了个清汤挂面的女孩子。那女孩子和顾轻舟有几分相似，特别是那头长发。

不过，前不久霍钺带着她出去吃饭，遇到了枪杀，那女孩子被一枪打爆了头，惨死在饭店。

现在，顾轻舟治好了霍钺，又符合霍钺最近的审美，霍钺身边又是恰好无人，梅英真担心霍钺会看中她，把她也娶进门。

"我那个死鬼阿爸不过给了老爷几个烧饼，老爷就愿意娶我做姨太太；那小贱人治好了老爷的顽疾，救了老爷的命，老爷会不会娶她做太太？"梅英痛苦猜测。

霍钺虽然杀人如麻，可他重情义。

梅英现在是霍公馆唯一的女主人，她可不想霍钺娶太太，来个女人打压她。

"……我还以为，那小贱人肯定要治死老爷，哪里知道，她居然真的有医术！"梅英想到这里，仍是非常吃惊。

一个小女孩子，医术远胜过很多的名医，真叫人惊叹。

"老爷，顾小姐这医术，简直是惊艳绝伦！您说那些传闻中的远古神医，是否就如顾小姐这般？"锡九道。

医书上的远古神医，都是医百病、生白骨，起死回生。锡九常觉得夸张，是传闻，直到他看到了顾轻舟的医术！

霍钺犯热症半年来，也是锡九亲眼所见。

所有的医生都认定是热症，锡九不怀疑，霍钺也不怀疑，但顾轻舟说是寒症时，锡九是吓一跳的。

顾轻舟的话，太过于惊世骇俗，若不是霍钺心志坚定，对她深信不疑，只怕这会儿霍钺也难得痊愈。

"她是很厉害。"霍钺提到那个女孩子，心中总闪过几分异样。

这异样也不是今天才有，而是正月在跑马场那天就落下了。

那天，她抬眸看着霍钺，目光安静，似高远无云的碧穹，广袤而纯净。

霍钺很小的时候，他父亲抽鸦片、烂赌、养姨太太，母亲是个中产家庭的女人，念过几天书，颇为叛逆，就和他父亲离婚了，带着霍钺离开了霍家。

他们母子很穷，母亲靠卖字养活霍钺，旁人看他都是带着鄙夷或者同情；而后他慢慢发迹，他见识过谄媚、害怕，抑或愤怒。

他从未见过像顾轻舟那样的眸子，安静、平等。她看霍钺的时候，仅仅是看到一个和她对等的人。

她的眼底没有欲念，她不害怕霍钺，也不想从霍钺身上得到什么。

从此，霍钺就记住了她，甚至到了念念不忘的地步。

"别说她这么小，就是胡子一大把的老头子，也没这么好的医术。"锡九再次感叹，"她真是神医！"

"望而知病，她的确可以算得上神医了。"霍钺道。

霍钺突然有点荣耀感，好似是他的人如此厉害。

和顾轻舟相比，之前请的那些医生，自称学了西方科学，就跟废物一样！

顾轻舟把他们衬托得越发无能。

"……你准备准备，给颜新依和司行需送一份谢礼，再给顾小姐送一份诊金。"顿了下，霍钺又道，"算了，顾小姐的诊金不用你，你先去吧。"

锡九道是。

第十五章

闺中密友

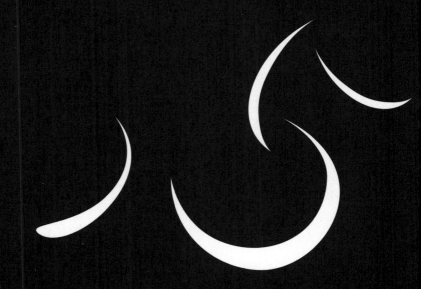

三天之后，到了周末。

顾轻舟吃了早饭之后，换了套月白色中袖斜襟衫，薄薄的绸缎绣了折枝海棠，一朵朵清妩的花，萦绕着她。

她又穿了条及脚踝的月白色百褶裙。

雪绸与黑发映衬，衬托出少女出尘的清隽。

她下楼的时候，走到二楼楼梯口，顾轻舟听到了秦筝筝的哭声："老爷，您再派人去找找维维吧！"

"还找她？"顾圭璋生气。

顾轻舟悄悄下楼。

客厅里，二姨太坐着，正在翻阅一张报纸，看看今天上什么戏，有什么电影等。

"二姨太，我出去一趟，回头父亲问起，您代我答一声。"顾轻舟道。

二姨太道："好。"

而后，她又问顾轻舟："轻舟小姐是去司家，还是去颜家？老爷问起来，我也要回答。"

"去颜家。"顾轻舟撒谎。

她是去霍公馆，给霍钺复诊。

到了霍公馆时，霍钺差不多已经恢复了健康，他精神抖擞。

看到顾轻舟的穿着，霍钺眼眸微亮。

顾轻舟和他一样，喜欢老式的衣衫，莫名其妙有点缘分。

顾轻舟给他诊脉，结束之后说："体内的寒邪差不多已经清泄了，您以后可以不必吃药，毕竟是药三分毒，我给您开个温热滋补的食疗方子，您喜欢就每天吃，不喜欢也可以不吃，随您的喜好。"

霍钺颔首。

"您府上煮饭的时候，在饭里放上五钱龙眼肉，一钱西洋参，一起蒸煮了吃。这个方子叫玉灵膏，龙眼肉是发热，稍微用寒凉的西洋参掺和，补气补血，养心补肾。"顾轻舟道。

这个食疗的方子很简单，霍钺就记下了。

看完病，见霍钺已经好了八成，顾轻舟准备起身告辞。

"轻舟，你请坐，我还有句话说。"霍钺道。

霍钺喜欢海棠。

他院子里老式的雕花窗棂，镶嵌了新式的玻璃。

窗牖半开，珠帘微垂，就可以瞧见庭院那株西府海棠，姿态笔直，翠叶锦簇。

已经过了花期，满地落英，像铺了层锦缎。

他的座位背光，顾轻舟有些看不清他的面容。

"轻舟，你治好了我的病，以后就是青帮的恩人了，这笔诊金给你！"霍钺道。

他拿出一个小匣子，递给了顾轻舟。

顾轻舟接过来，是一只黄杨木描了红漆海棠花的小匣子，四角包了黄铜，加了一把精致的小锁。

小锁是旧式的平雕花期锁，用黄铜打造，沉甸甸的。

"这匣子真精致。"顾轻舟赞许。

霍钺唇角微动，就知道她会喜欢这样的小匣子。

打开匣子，是一根大黄鱼。

大黄鱼金条，是十两一根的，价值是小黄鱼的十倍。

顾轻舟已经存下了三根小黄鱼，足够她和李妈七八年衣食无忧的。

而这根大黄鱼，就足够顾轻舟和李妈二十多年的生活费。

对于顾轻舟，这是一笔巨款。

她尴尬地站了起来，道："霍爷，我是医者。我师父常说，医者要无欲无求，若是他知晓我索取重金，会将我赶出师门，我不能要！"

她颇受震撼。

这哪里是给诊金啊，分明可以开个诊所了。

霍爷微笑，示意她坐下。

"不索取重金，这是你的医德。可这钱不是你索取，而是我主动感谢的。"霍钺目光幽深，"轻舟，你这是救了我的命，我不喜欠人情。"

顾轻舟看着他。

四目相对，霍钺很坚持。

她的社会经验不是很足，心想："对于霍爷这样的人物，人情应该是比金钱更昂贵的，他怕我以后求他办更重要的事。况且对于霍爷，这一根大黄鱼，大概跟我的一块钱差不多。"

如此思量，不收反而叫霍钺难做，而且很矫情。

顾轻舟就收下了："霍爷太慷慨了，祝霍爷身体健康。"

霍钺的笑容，反而收敛了几分。

顾轻舟不解。

"不必叫霍爷，把我都叫老了。"霍钺似开玩笑，神态却格外认真，"你和我妹妹是同学，就叫哥哥吧。"

顾轻舟吃惊看着他。

他们正说着话，一个身材高挑儿的女孩子，进了屋子。

是霍拢静。

霍拢静性格孤僻，和颜洛水的疏淡不同，霍拢静待人接物很冷漠，似拒人千里之外。

颜洛水帮过她，顾轻舟又是颜洛水的义妹，霍拢静就觉得顾轻舟还不错。

顾轻舟又治好了她哥哥。

"……我今天才知道，他们说的神医是你。"霍拢静表情虽然冷酷，言语却难得一见地轻柔，"你很厉害。"

"谢谢！也没有很厉害，不过是跟霍爷有缘。"顾轻舟谦虚。

她说的有缘，是指医缘。

说者无意听者有心，霍钺眼底的深芒却微动了。

他情绪很快敛去，那点涟漪快得他自己也不曾察觉。

"洛水的伤口好了吗？"霍拢静又问。

她虽然拒绝上学，却一直很关心颜洛水。可让她亲自去登门拜访，她又觉得无趣，甚至会考虑人家是否愿意。

颜洛水是军政府高官的女儿，她只是青帮龙头的妹妹，天壤之别。

"你一直担心她，不如明天跟着轻舟，去拜访颜小姐，如何？"霍钺插嘴。

霍拢静略带犹豫。

顾轻舟笑道："我明天是要去看望洛水，一起去好吗？"

霍拢静挺想去的。

霍家的人，不管是冷漠还是儒雅，都重情义。

颜洛水为霍拢静挡了一刀，这人情没还掉，霍拢静铭记于心。

"好。"霍拢静答应了。

"明天早上十点，我来找你。"顾轻舟笑道。

霍拢静点点头。

顾轻舟出去的时候，霍钺送她。

六月的暖阳从细碎树叶的缝隙照进来，光圈将他们的影子拉得斜长。

"我三年前才把拢静从孤儿院接出来，她对我很陌生，甚至不信任我。你也看得出来，她性格自闭孤僻，我很担心她。"霍钺道。

不待顾轻舟说什么，霍钺又道："难得有朋友为她两肋插刀，她信任你和颜小姐。"

顾轻舟点点头。

"轻舟，我有个不情之请。"霍钺道。

"您说。"

"我希望你能常来看望她，带着她出去逛逛，接触社会。"霍钺道。

"好。"顾轻舟道。

霍钺微笑。

顾轻舟从乡下来，她也想有几位朋友。

霍拢静孤寂，少些八面玲珑，顾轻舟反而很信任她。

颜洛水在学校帮过霍拢静，顾轻舟又治好了霍钺，霍拢静也信任她们。

女性之间相互的信任，很是难得，顾轻舟答应了霍钺的要求，愿意和霍拢静做朋友。

"我是社交白痴，您到时候可别怪我带坏了霍小姐，我才放心。"顾轻舟道。

"交朋友不需要太伶俐，真心就行了。"霍钺笑道。

顾轻舟颔首："这您放心。"

顾轻舟从霍公馆离开的时候，霍钺站在门口，凝望她的背影。他派了汽车送顾轻舟，那绝尘而去的车尾，似乎太快了些。

霍钺深吸一口气，空气里幽淡如兰，宛如佳人在侧。

霍家的汽车，在顾公馆附近的银行停下。

顾轻舟先去了趟银行，把霍钺给她的金条，存在保险柜里。

而后，顾轻舟去了趟洋表行，给颜洛水打了个电话，告诉她说："明天我和霍拢静一块儿去你家。"

颜洛水笑道："那正好，周末怪烦闷的，你们都来才热闹。"

从钟表行出来，一辆道奇轿车停在门口，穿着深蓝色西装的男人，依靠车门抽烟，他划燃一根细长白梗火柴，顾轻舟瞧见他双手间簇起橘黄色的淡光。

轻雾从唇齿间旖旎，他转头看着顾轻舟。

顾轻舟很自觉，走上前去。

是司行霈。

她拍了一下他的汽车，道："又换新车了?"

"是啊!"司行霈笑，雪茄斜斜噙在唇边，拉开了车门，"顾小姐，请。"

顾轻舟不想去。

若她不去，司行霈会跟着她回家，甚至偷偷爬到她床上。

甩也甩不开!

顾轻舟只得上了汽车。

上车之后，顾轻舟问他："去哪里，又去你的别馆吗?"

"说了教你射击，你才学了几次?"司行霈一边抽烟，一边开车，"今天还是去跑马场。"

顾轻舟不介意去学射击。

她甚至很喜欢射击。

他们仍是去了跑马场。

奢华的跑马场清场，一天的收入差不多少了十根小黄鱼；而顾轻舟用掉的子弹，大概也要五根小黄鱼。

司行霈不计变态的内在，是个很浪漫的男人，他会为他的玩物一掷千金。

顾轻舟一只纤瘦的手腕，稳稳端住勃朗宁手枪，子弹穿膛而过，后坐力只是让她的手轻颤，那子弹就落在十环上。

"进步惊人。"司行霈在背后搂住她的腰，亲吻她的耳垂。

他眼中带着欣慰，这是他的女人。

她好似天生就擅长握枪。

司行霈喜欢握枪的女人，够劲！他性格狠辣，也喜欢与他势均力敌的女人，那样才有滋味。

"以后不用来了，我差不多学会了。"顾轻舟试图推开他，却被他紧紧环住了腰，躲避不开。

她不想浪费他的钱。

学枪，是司行霈的主意；跑马场清场，也是司行霈的主意。

司行霈一掷千金为红颜，但顾轻舟依旧是个摆设，他从未问过她是否愿意。

若世人谈起这场追逐，也许会羡慕顾轻舟。

所以，顾轻舟只是个让司行霈自己感动，甚至感动世人的工具，而她自己……毫无感觉。

被动让她从心底抵触。

她虽然觉得浪费，却也没觉得自己花了司行霈的钱，反正都是他的主意。

"射击要常练习，不练习手生。"司行霈道，"以后，我一个月带你来一次。"

在司行霈面前，顾轻舟没有拒绝的权利，她懒得开口。

最近经历了很多事，不管是司行霈成亲的假消息，还是那晚别馆遇刺的遭遇，都让顾轻舟明白一个道理：摆脱这个男人，她才有活路。

他带给顾轻舟的，既有精神上的折磨，也有身体上的。

枪杀司行霈是不可能的，他太过于敏锐，顾轻舟很难找到下手的时机。哪怕真杀了他，自己也要被军政府追捕。

难道此生都要躲难吗？

杀他很难，她自己逃走，反而更靠谱。

当顾轻舟确定了目标时，她变得格外温顺。

温顺可以麻痹司行霈。

她低垂着羽睫，不说话。

到了跑马场，司行霈就带着顾轻舟去骑马。

他给顾轻舟挑了一匹棕黄色的高头大马。

马非常漂亮，顾轻舟穿着月白色的夏布衣裙，绣清妩的海棠花，满头青绸般黑发披散下来，在阳光下有极好的神韵。

她像个精致的工艺品。

"我教你骑马，你跟着我学……"司行霈把她抱上了马，笑道。

他刚说完，顾轻舟突然打马而行。

她拉紧了缰绳，熟练夹击马腹，马儿就缓步往前。

司行霈见她这样，便知她会骑马，转身自己也去挑了一匹。

等他上马时，顾轻舟的马已经跑远了，而且很快。

司行霈跟上她，但见风扬起她的长发，在空中划出优雅的弧度，缱绻飞扬。黑发白裳，似一幅泼墨的山水画。

他的轻舟，看似素淡，实则美得霸道逼人，能让世间的繁华都黯然失色。

司行霈微笑，风过面颊，宛如她的清香。

他很快追上了她的马。

两匹马几乎并肩时，司行霈猛然跃起，跳到了顾轻舟的马上，马儿受惊疾奔，顾轻舟的身子就后仰，全落在司行霈的怀里。

他将她搂在怀中，细细吻她柔软的发。

马儿慢下来。

细风温柔缠绵中，他们策马而行，司行霈低声问她："何时学会了骑马？"

"乡下没有汽车，出门不是靠马，就是靠骡子。我师父有两匹马，我小时候常帮他去镇上买药，习惯了。"顾轻舟道。

司行霈愕然："你小时候？多大啊？"

再小的时候，能多小？

她够得上马腹吗？

"八九岁开始。"顾轻舟道。

司行霈沉默了片刻，心想："还好，老天爷没让我的小女人摔断脖子！"

骑马很危险，每年不少人坠马摔死，而顾轻舟八九岁就骑马过山路，真是菩萨保佑，留了她一条命。

顾轻舟会骑马、会射击，司行霈感觉自己能教她的东西，越来越少了。

也许有一天，她就彻底不需要他了。

那时候，她会爱上别人吗？

司行霈最近也瞧不起自己，他常有这等风花雪月的念头。

这些念头，不是男人该有的，偏偏碰到了顾轻舟，他全部有了。

他猛然收紧了双臂，将她搂住，恨不能将她融入自己的怀抱，这样她永远都不会逃走。

司行霈既怕她的人走，也怕她的心走。

"疼。"她低声抱怨，声音软软从面前传过来。

司行霈放松了胳膊。

猛然间，司行霈觉得不对劲。

"今天怎么这么乖？"司行霈腹诽。

回神之间，顾轻舟今天乖巧得可怕。从银行门口出来到现在，她的矫情都收起来了。

这可不像她。

他的小丫头可不乖，她是猫儿，她矜贵得有点矫情，她最爱在司行霈面前说不，不行，别这样等。

她说一直都是司行霈逼迫她，此话真不假。

不逼就温顺，不是顾轻舟了！

司行霈明白过来，顾轻舟在做戏！

他低头吻她的颈项，吻得有点缠绵霸道，从后颈一直吻到她的耳垂。

他不仅吻她，还带着轻轻的啃噬，顾轻舟仍是不发一语。

司行霈的心就全凉了。

司行霈狠下心，真想揍她一顿，让她尝尝苦头，不敢起异心。

可司行霈的狠心，在顾轻舟身上总无用武之地，转身他就舍不得。顾轻舟的矜贵，都是司行霈惯的。

谁的女人谁心疼，司行霈的女人，他疼得跟命一样。

司行霈这人，一身臭毛病，且护短这毛病最严重了。

这小东西，要么是打定主意跑了，要么是心里有人了。

不管是她的人跑，还是她的心跑，司行霈都无法忍受！

若是心里有人，这必须得狠治，当她的面活埋了那个男人；若只是想逃，那司行霈就必须小心翼翼，让她自以为得逞了，好黄雀在后。

司行霈一肚子火停了马，准备抱顾轻舟下来，带回去狠狠揉搓一番的，却见顾轻舟像条鱼，从他怀里一松，自己滑了下去。

"……司行霈，我……"顾轻舟立在马的旁边，吞吞吐吐伸手拉司行霈的手，"我今天很听话吧？"

司行霈敛着眸子，看向她。

"我想学开汽车，你能教我吗？"顾轻舟问。

司行霈的眼眸微静，在她脸上审视了片刻，有种狼与狐狸较量心机的静默。

狐狸自以为心机过人，可在狼的面前，她的心机显得很弱小。

力量太悬殊了！

司行霈不想他的女人做小狐狸，他希望她是一只母狼，发怒起来可以将敌人撕碎的母狼，可以伴随他、肩并肩站在他身边的母狼。

哪怕跑，也要把她养得强悍，谁也不能欺负她的时候再让她跑。

他倏然微笑："别说想学开汽车，就是想学开邮轮，我都可以教你。"

他的笑容很深邃，甚至带上皮笑肉不笑。

好在，他说话算数，果然教顾轻舟开汽车。

顾轻舟想学开车。

司行霈就教她。

他神色内敛，他幽静的眼眸含笑，一板一眼教顾轻舟如何驾驭汽车。

汽车很难学，甚至比马儿更难。

顾轻舟一踩油门时没有掌控好，那汽车竟直直往马场的院墙上撞去，她一瞬间脸色雪白。

司行霈立马推开了她的脚，踩了刹车。

刹车太急了，两个人全往前撞。司行霈撞到了玻璃上，顾轻舟撞到司行霈身上。

他哪怕再生气，也要用身体垫住她的，免得她受伤。

"不学了。"她神色狼狈，"我学不会！"

司行霈却发火了："半途而废，能有什么出息？汽车和枪法一样，将来逃命的时候也许能用上，你居然不学？"

他突然骂她。

顾轻舟缩了一下肩膀，几乎想要把头埋入胸前。

司行霈又一把抱过她，问："刚刚撞疼了吗？"

顾轻舟不言语。

司行霈将她压在座椅上，狠狠吻她的唇，手麻利地要撕她的衣裳。

顾轻舟立马按住了他的手，怒喝："不行，你别这样！"

饶是跑马场没人，顾轻舟也不想衣不蔽体。

这对她而言，实在耻辱！

司行霈停了下来，大口喘着粗气，不知是动情，还是愤怒，他咬牙切齿道："不装温顺了吗？"

已经被识破了。

　　一件伪装的外衣被撕裂，缝补没了必要，顾轻舟就使劲推搡他，推不开就捶打，拳头结结实实打在他身上："还不是你逼的？"

　　司行霈压得更紧，似想把自己嵌入她的身体，狠戾问道："真想跑？"

　　"当然，跑了才有活路，在你身边，早晚是个死。哪怕不死，也要声名狼藉，不得善终！"顾轻舟恨，眼眸阴沉了下去。

　　司行霈吻她的唇，碾压得她很疼，他清冽的气息紧紧包裹着她，让她窒息。

　　她已经喘不上来气，手脚并用地挣扎。

　　在司行霈面前，她像条溺水的鱼。

　　"敢跑，我就打断你的腿。"司行霈的声音，明明带着蚀骨的寒意，却又缠绵入骨，"不把你办了，你的心是不会收的。"

　　顾轻舟后背一紧，浑身发凉。

　　她开始哭了。

　　热泪打湿了面颊，双目梨花带雨，盈盈欲碎的模样，可爱又可怜。

　　她双手紧紧攥住他的胳膊，哭得很伤心，却不说话了。

　　司行霈那股子杀人放火的狠心，顿时就被她的眼泪融化了，他轻轻叹了口气，放开了她。

　　"别哭了，乖。"司行霈道，"我送你一辆汽车好不好？"

　　顾轻舟使劲摇头。

　　司行霈抱着她，让她依偎着自己，喃喃在她耳边安抚她，轻轻摩挲着她的后背，轻吻她的面颊。

　　"我真是拿你无可奈何！"司行霈道。

　　他明知道这样，可以拴住她，却始终没有下手。

　　说到底，他还是很疼她。

　　司行霈从未真正伤害过她，他怕她伤心。

　　现在，他有点想开餐了！

　　顾轻舟闻言，身子颤抖得更厉害。

　　她可怜兮兮的战栗，让司行霈又心软了，他放弃了吞噬她的念头。

"答应我，不许生异心！"司行霈捏住了她的下巴，逼迫她与之对视，"整个华夏都有我的势力，你逃不出我的眼睛，别痴心妄想，明白吗？"

顾轻舟不言语，粉嫩薄薄的唇微颤。

"明白吗？"司行霈的手微微用力，捏紧了她的下巴。

她吃痛，低声说了句："明白了，我不敢的。"

司行霈开车回家，又把顾轻舟压倒在床上。他真喜欢顾轻舟，她总有某个瞬间，让司行霈宁愿为她死！

"妖精！"他终于对她有了定位。

是的，他的轻舟像个妖精，司行霈一步步被这个妖精拿住了魂魄。

所有人都知道他性格残暴，他自己也清楚。可在她面前，他变得小心翼翼，他为她打破了所有的原则。

偏这小妖精还不安分，还想跑！

折腾一番之后，司行霈抱着她睡觉。

她睡着了之后，副官来了。

"去帮我办个香港的护照。"司行霈吩咐。

"少帅，您不是有香港护照吗？"副官不解。

"不是我的，给顾小姐办一个。"司行霈坐在沙发里抽烟，烟雾缭绕着，他的目光深邃而深情。

副官知晓顾小姐是谁。

"是。"副官道。

"办妥之后，把汇丰银行的保险柜，转到顾小姐名下。"司行霈又道。

司行霈怕自己哪一天死了，他的轻舟无依无靠，所以在香港的汇丰银行存了个保险箱给顾轻舟。

那个保险箱里，已经有了顾轻舟一辈子衣食无忧的金条，而他每个月都有增加。

哪一天他死了，他最亲信的副官会把这笔钱给顾轻舟，让顾轻舟后半生有个依靠，甚至可以很富足奢靡。

这是他之前的打算。

他是用自己的护照开的保险箱。

可他现在知晓了顾轻舟有逃跑的念头，司行霈改变了主意，他准备转到顾轻舟名下。

他有他的考虑。

他自然是会守住她，不许她跑。

可他的轻舟是个小妖精，精明又果敢。老虎也有打盹的时候，他怕一个不小心，她真跑了。

跑了不要紧，司行霈一定会把她抓回来。

司行霈担心的是，她真的跑出去了，身上没有钱会吃苦。

香港的保险柜转给她，她若是逃到了英国或者香港甚至南洋，只要去汇丰银行办事，就会知晓这笔钱。

有了钱，到了异国他乡，她也不至于被人欺负，她会有个依靠。

所以，香港那个保险柜，他提早转给她名下。

这是以防万一。

他的女人是猫，猫是最矜贵的动物，经不起流浪的折腾。

哪怕逃亡，他也想保证她的生活。

"转给顾小姐？"副官反问，"那每个月的十根大黄鱼，还往里存吗？"

"当然要存。"司行霈道，"再加五根，每个月存十五根大黄鱼。"

副官道是。

一根雪茄抽完，事情也交代完毕，司行霈上楼。

顾轻舟睡得安稳。

他从背后搂住她的时候，顾轻舟呢喃了句："司行霈……"

"嗯。"他应了声。

顾轻舟并没有醒，她只是在梦中呼唤他的名字，这样她翻个身，才能继续安稳睡觉。

她说她怕他，其实她非常清楚，只有他才能保护她。

她在司行霈身边，总是能睡得踏实。

睡梦中蹙眉时，她喊了他的名字，转身就能舒展眉头，睡得香甜。

嘴硬心软的小东西！

"不许跑，知道吗？"他在她耳边低喃，"如今世道这么乱，外面很危险，我护不住你的时候，你叫天天不应！"

顾轻舟睡得很沉。

司行霈吻她的眼睛："你嫩得像花骨朵，哪个男人看到你这样的，不想一口吞了你。你要是出去了，还不知前路多难呢。"

越想越糟心。

他紧紧将她搂住。

司行霈忧心忡忡地抱着顾轻舟睡了。

黄昏的时候，他先醒过来。

这次实在没心情自己做饭，他叫了朱嫂过来，煮了一桌清淡的饭菜。

吃饭的时候，他才叫醒顾轻舟。

顾轻舟喝了半碗百合汤，跟司行霈说起霍钺："我今天从霍公馆回来时，他给了我一根大黄鱼！"

言语之中，非常惊讶。

"是不是太多了？"顾轻舟道，"我这辈子第一次见这么多钱……"

顾轻舟给霍钺治病，颜新侬早已告诉过司行霈。

颜新侬说顾轻舟的医术很好，而霍钺跟司行霈有很多暗地里的生意往来，司行霈也不想他死，就同意了。

司行霈也没想到，顾轻舟真的有这么好的医术。

他的女人很厉害，他与有荣焉。

"霍钺最是重义，为一个小忙一掷千金，对他不算什么。"司行霈慢慢喝汤，"既然他给了你，你就收起来，以后买衣裳。"

"我要存起来，以后开个中医诊所。"顾轻舟笑道，"等再有了钱，就开个中医院。"

司行霈笑："一根大黄鱼开中医院啊？"

"很多了好嘛！"顾轻舟反驳说，"你知道中药很便宜的……"

她跟司行霈算账，说一根大黄鱼，其实是一笔很大的本钱，可以实现她的理想。

她从未想过，自己这么轻易就赚到了如此一笔巨款。

司行霈含笑，看着她津津有味地打算前途，竟莫名心安。

等她说完，他骂她："穷酸，一根大黄鱼高兴成这样！"

顾轻舟冲他吐舌头："我原本就穷。"

"跟着我，以后不会穷了。"司行霈道。

顾轻舟倏然冷了脸："那我能卖什么价？"

司行霈蹙眉："不许阴阳怪气地说话，吃饭！"

吃了饭之后，他送顾轻舟回家。

隔了两条街，他就停下车，让顾轻舟自己走回去。

等顾轻舟上楼时，他早已从后窗爬到了她房里。

顾轻舟气得跺脚："那我还回来干吗，干脆睡在你的别馆好了！"

她让他赶紧走。

"现在还没有深夜，你不怕我走的时候被人发现？"司行霈低声问。

顾轻舟立马噤声。

"流氓，土匪！"她气得要哭。

司行霈往她床上一躺，大大咧咧伸直了腿，把军靴给踢在地上。

顾轻舟立马锁好了门，关上了窗帘。

女佣送消夜的时候，她也假装睡着了。

其实睡不着，下午才在司行霈那里午睡过，现在一点睡意也没有。

她想看书，又不敢开灯，更不敢说话。

她就和司行霈并头躺着，不时用气声说话，主要是说霍钺的病。

"你之前就见过他？"司行霈有点吃惊。

顾轻舟说："是啊，正月的时候。"

她就把正月的事，告诉了司行霈。那天在跑马场相遇，颜洛水还说霍钺是教书先生。

"没眼光。"司行霈评价颜洛水。

颜洛水比司行霈小很多，所以在司行霈的记忆里，颜家那对双胞胎，是两个小屁孩。

不承想，那小屁孩，现在居然是他女人的密友。

"不许你这样说！"顾轻舟捏他的脸。

她的手软软凉凉的，捏上来很舒服，司行霈享受般依靠在枕席间，将她搂在怀里。

约莫晚上十点钟，顾绍从阳台上敲门，小声问："舟舟，你睡了吗？"

顾轻舟全身紧绷。

司行霈斜斜看了眼顾轻舟，悄声问："他常来？"

"嘘！"

"他是你亲哥哥吗？"司行霈又道，"同父异母的兄长，这样亲热？"

顾轻舟捂住他的嘴。

顾绍还在敲门。

司行霈表情狠戾："老子去宰了他！"

顾轻舟一个翻身，紧紧压住了司行霈，她柔软的身子，凉滑的长发，全落在司行霈身上。

她怕司行霈真去伤害顾绍。

司行霈没有动。

顾绍敲了片刻，见顾轻舟没反应，只当她睡着了，转身离开。

顾轻舟松了口气，想要下来时，司行霈箍住了她的腰。

"就这样趴着，我喜欢你趴在我身上！"司行霈吻她的耳朵，在她耳边低喃。

"很重的。"顾轻舟要下来。

他不放。

稀里糊涂的，她也不敢挣扎，怕顾绍听到动静。

后来，她就迷迷糊糊睡着了。

天亮时睁开眼，司行霈已经离开，没了踪迹。

顾轻舟总以为自己警觉，可她在司行霈身边，莫名其妙就睡得跟猪一样，他何时离开的，她也不知道。

她一觉醒过来，天已经亮了，晨曦从镂花的衬窗照进来，司行霈没了踪迹。

他半夜就走了。

顾轻舟慢腾腾地起床，今天约好了带着霍拢静去看望颜洛水。

到了霍公馆，用人把顾轻舟直接带到了霍拢静的院子里。

霍拢静已经穿戴整齐，等着顾轻舟。

"走吧。"霍拢静拿起了手袋。

顾轻舟颔首，她就领着霍拢静，去了颜家。

刚到颜公馆的门口，就见颜五少走了出来。

天气越发热了，颜五少穿着咖啡色的衬衫，同色西裤，皮鞋锃亮，正要出门去应酬。

看到了顾轻舟和霍拢静，他立马停住了脚步。

霍拢静穿着一件白底绣君子竹的旗袍，素净又冷漠，高傲地站在那里，颇有遗世独立的娴雅，颜五少的眼睛立马就拔不出来了。

他对司琼枝失望透顶，再也不喜欢看似温柔妩媚的女孩子，因为这样的姑娘总是暗藏心机。

他对冷漠沉静的少女，有了莫名的兴趣，他问顾轻舟："轻舟，这是谁啊?"

"这是霍小姐，是我和洛水的同学。"顾轻舟道，然后介绍颜一源，"是颜家五少爷，洛水的双胞胎弟弟。"

颜一源立马道："我只比洛水晚出来几分钟，不算弟弟!"

"那也是弟弟!"顾轻舟道。

颜一源瞪顾轻舟，心想这小妮子跟洛水学坏了，也欺负我!

霍拢静神色里满是戒备，不看颜五少，连基本的招呼也没打，就催促顾轻舟快往里走。

她很紧张。

颜一源也要跟进去。

顾轻舟挡住了他："五哥，你不是要出门吗?"

"来客人了，主人走了，多不礼貌!"颜五少厚脸皮道。

"又不是你的客人。"顾轻舟说，"你快走，霍小姐不喜欢男宾在场。"

颜五少颇为舍不得："好轻舟，我又不轻浮，就是说几句话也不行吗?"

"你非要跟着也行，回头我就将你去百乐门的事，告诉义父。"

颜五少心思单纯，顾轻舟和颜洛水又是两只小狐狸，他斗不过她们，只得悻悻地离开了。

霍拢静性格孤僻自闭，颜太太和洛水怕她不舒服，格外照顾她，早已准备好了点心和饮品，耐心等待着。

颜太太慈眉善目，又没有男人在场，霍拢静紧绷着的精神，也慢慢放松了。

"你的胳膊怎样了？"霍拢静问。

颜洛水就撩起胳膊给她看："你瞧，伤疤早就好了，再过些日子，痕迹也没有。"

新长出来的肌肤，到底和从前的不同，一眼看上去很明显。

霍拢静知晓颜洛水的付出，心中感激她，说："我永远记得你的恩情。"

"你这孩子，说话如此客气！"颜太太笑道，"来，尝尝洛水自己烤的饼干！"

霍拢静尝了一口。

颜洛水会做西式的糕点，这饼干烤得麦香浓醇，奶香酥甜。

"好吃。"霍拢静微微眯了眯眼睛，终于有了点少女的娇憨，不再是拒人千里之外的冷漠。

她是真觉得好吃。

"我教你做，好不好？"颜洛水笑道。

霍拢静犹豫了一下。

顾轻舟忙在旁边道："我也想学。阿静，我们一块儿学好吗？"

霍拢静回眸，见顾轻舟情真意切，终于慢慢点头。

整个下午，顾轻舟和霍拢静都跟着颜洛水，学做糕点。

顾轻舟最笨手笨脚的，她不时将面粉弄得到处都是。

颜洛水使劲捏她的脸："你这么笨，以后怎么嫁人啊？我瞧着你连最起码的烹饪也不会的。"

顾轻舟笑软了，扬手就抹了颜洛水一脸的白，越发衬托得洛水的红唇娇嫩、明眸浓郁。

"你快走开！"颜洛水很嫌弃顾轻舟。

霍拢静那阴郁的脸上，展开了半抹淡笑，她喜欢看顾轻舟和颜洛水的打闹。

　　而顾轻舟不善厨艺，弄了半晌，越发糟糕了，只得败下阵来："我不行的，你们做吧，我等着吃。"

　　她先洗了手，坐在旁边。

　　六月的暖阳娇慵，从纱窗照进来，明媚旖旎。柔软的风，熏软了骨头，顾轻舟斜倚在外间的软榻上，等着吃饼干时，浓浓睡意涌上了，忍不住就睡着了。

　　后来，颜洛水和霍拢静做好了饼干。

　　端回正院，女佣煮了红茶，添了牛乳，几个人一边吃饼干一边喝茶，时光幽幽安静。

　　顾轻舟发现，霍拢静不愁眉苦脸的时候，眉目清秀灵动，竟是十分的美丽。

　　"还剩下了些，我包好了，你们俩带回去吃。"颜太太笑道。

　　顾轻舟陪着霍拢静回家。

　　路上，霍拢静跟顾轻舟说起颜太太，就说："她真是好人。"

　　顾轻舟使劲点头："是的，她是我的义母，就像生母一般疼我。"

　　霍拢静心情不错，跟顾轻舟说了句闲话，她说："我从小没有母亲，一直在孤儿院长大，真羡慕洛水……"

　　顾轻舟叹了口气，说："我也很羡慕洛水，我两岁时母亲就去世了，我不记得她的样子，只有乳娘时常说，她很疼我。"

　　霍拢静回眸看她，她的眼神朦胧悠远，很是伤心。

　　不知为何，霍拢静突然对顾轻舟很有好感，她轻轻地握住了顾轻舟的手。

　　她们同病相怜。

　　顾轻舟笑了笑，回握住她的。

　　两人有了默契。

　　顾轻舟送霍拢静回去时，霍钺不在家。等霍钺回来，去见了他妹妹，问她今天玩得如何。

　　"挺好的，洛水教我们做饼干，轻舟学不会，在旁边睡觉，我们偷偷抹了她一脸的面粉。"霍拢静道。

她说话的时候，唇角忍不住微翘，有了些俏皮。

霍钺见惯了她苦大仇深，见惯了她冷漠寡情，现在她和两个同学玩得融洽，霍钺深感意外，也很惊喜。

"你想不想复学?"霍钺问她，"蔡可可已经被退学了，学校里没人会欺负你。你复学了，可以和洛水、轻舟一起玩。"

霍拢静有点犹豫。

最终，她答应了："好吧，不过快放假了，等下学期再复学吧。"

霍钺点点头。

准备离开时，霍钺又道："改日也请轻舟到家里玩，礼尚往来。"

"是。"霍拢静答应了。

第十六章

钻石刺心

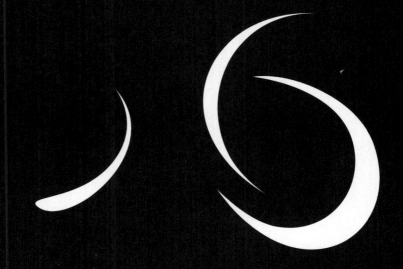

六月中旬，岳城的天逐渐热起来，将热未热时，司督军的侄女办订婚宴。

订婚的司小姐叫司微霜，是司行需二叔的女儿，今年十六岁，嫁给岳城铁路衙门总长的次子。

男方姓贺。

顾轻舟常去司公馆，见过几次司微霜，她性格懦软温柔，长相甜美，比顾轻舟小两个月。

司家办喜事，遍请亲朋好友。

老太太很喜欢顾轻舟，为了敬重顾轻舟，司行需的婶母也就给顾公馆发了请帖，请顾公馆的先生太太携少爷小姐们去赴宴。

接到了司公馆的大红烫金请柬，秦筝筝收拾好心情，准备重新上战场。

顾维已经逃跑了，秦筝筝也不能一蹶不振，顾绷和顾缨还要依靠她。

顾轻舟则不太想去。

她不是不想恭喜司微霜，而是实在不想见司行需！

"秦筝筝，你每次都使计策让我不能出门，这次拜托你也使一个计策吧，我保证中计！"顾轻舟喃喃自语。

可秦筝筝最近太狼狈了，在顾轻舟手下一败涂地，这次居然很聪明地没有给顾轻舟下绊子。

顾轻舟欲哭无泪。

天气热了，女眷们要么穿短袖洋裙，要么穿无袖旗袍。

顾轻舟挑了件品月色疏绣海棠无袖元宝襟的旗袍，一条芙蓉色压花锦缎长流苏披肩，头发盘成高高的云鬟，戴着一把珍珠梳篦，缓步下楼了。

顾缃还没有去打扮。

见顾轻舟装扮好，顾缃立马上楼，也换了套和顾轻舟类似的旗袍、披肩，甚至同样的珍珠梳篦。

软绸旗袍，像水纹一样荡漾周身。

顾缃的胸更大，腰更细，她看上去比顾轻舟更成熟性感。

撞衫是谁丑谁尴尬。

"想让我做东施吗？"顾轻舟看着顾缃的打扮，心中微笑。

明明是顾缃模仿顾轻舟的，但她自负比顾轻舟更美艳，站在一起，顾轻舟会黯然失色，故而她成了效颦的东施。

秦筝筝看了眼顾缃，也很吃惊。

顾缃是打算让顾轻舟难堪，秦筝筝瞧见了。

最近一连数次失利，让秦筝筝警惕了起来。

司家的订婚宴，岳城一半的名门望族都出席，若是再出事，只怕顾缃这辈子都翻不了身。

秦筝筝就提醒顾缃："怎么穿了这件旗袍？那件天水碧的更好，去换了来！"

"我喜欢这套。"顾缃不为所动，对秦筝筝的暗示视若不见。

秦筝筝恼火。

顾圭璋则不解地看着她们母女："又闹什么？"

秦筝筝也不敢点明顾缃的意图，免得顾圭璋骂她。

而顾轻舟，她纤浓修长的羽睫低垂，唇角有个淡淡的弧度。

明明被比下去了，顾轻舟还带笑的模样，让秦筝筝惊悚：这只小狐狸，又打什么鬼主意呢吧？

半年里发生了这么多事，秦筝筝再也不敢轻视顾轻舟。

顾缃敢这么冲撞顾轻舟，回头在宴席上，顾轻舟肯定会想方设法让顾缃丢人现眼。

秦筝筝吓得不轻。

"没什么的老爷。"秦筝筝淡笑，用力攥紧了顾缃的胳膊，"缃缃，你上来一下！"

440

秦筝筝愣是把顾绱拖到了楼上，重新给她换了套衣裳，不冲撞顾轻舟的。

顾绱大为不满："姆妈，您怕什么呢！"

"你不许胡闹。"秦筝筝烦躁道，"维维离家出走，缨缨失学在家，姆妈只有你了，就盼着你出人头地。好好的，你跟顾轻舟较什么劲？"

"谁跟她较劲？她长得丑，也怪我吗？"顾绱不满。

饶是她狡辩，秦筝筝还是逼迫她，换了套天水碧软绸阔边旗袍，淡蓝色流苏披肩，又重新替她梳了头发，打扮上不和顾轻舟类似。

下楼的时候，顾圭璋、顾绍没说话，顾缨则不解看了眼母亲和姐姐。

顾轻舟抬眸，眼风斜斜掠过，不带痕迹。

顾绱撞衫顾轻舟，想让顾轻舟在司家的宴席上被她比下去，顾轻舟并不介意。

当然，能不在司家的宴席上闹事，不让老太太添堵，自然更好了。

司家其他人怎么看待她，顾轻舟无所谓，反正老太太是很喜欢她的，不管她穿什么。

秦筝筝逼迫顾绱去换了，反而叫顾轻舟心生疑窦。

"这么识时务，不太像秦筝筝的作风！"顾轻舟心想，"这是麻痹我？保存实力，给我来个大招？"

顾轻舟想，秦筝筝若是想要对付她，会用什么方法呢？

她心中盘算着，秦筝筝那边已经准备妥当了。

"走吧，老爷久等了。"秦筝筝笑道。

一家人出门，乘坐两辆汽车去赴宴。

他们刚走，一直在客厅里的二姨太、三姨太，议论开了。

三姨太眼波流转，说："太太是真怕轻舟小姐！大小姐故意撞衫，太太立马逼迫大小姐换了。"

二姨太微愣。

这个家里，到底谁是绝不能得罪的？

现在看来，太太对轻舟小姐也十分忌惮，而老爷很信任轻舟小姐，胜过信任太太。

"也许，轻舟小姐才是这个家里最坚实的依靠。"两位姨太太盘算着。

司公馆的小姐定亲，宴席设在城里的五国饭店。

司督军的侄女，和铁路衙门总长的公子订婚，虽不足以轰动全城，也是热热闹闹。

顾家两辆汽车出动，秦筝筝母女三人乘坐一辆，顾轻舟则跟着她父亲和顾绍坐一辆。

顾家的汽车到了五国饭店门口时，四周已经停满了政要名流的座驾，名车如云，衬托得顾家那辆老式道奇格外寒酸。

司机停稳了车子，就有一个身材颀长高大的男人，穿着一袭夏布长衫，斯文儒雅地走了过来。

顾圭璋下车，瞧见了来人，倒吸一口凉气：霍钺！

整个岳城，除了司督军，大概就是霍钺最显赫了。

霍钺是青帮的坐馆龙头，三教九流都在他手下混饭吃。他读过几天书，不再是一味地蛮干，而是吃起了黑白两道的饭，和军政府也有来往。

不承想，这位岳城显赫一时的大人物，走到了顾圭璋跟前。

整个江南，甚至整个华夏的人都知道，霍钺阴狠毒辣，可他表面上总是斯文儒雅，像个教书先生。

他气质清俊，今天戴了一副眼镜，笑着对顾圭璋道："顾先生您好，鄙人霍钺，有幸了！"

顾圭璋震惊得半句话也说不出来，整个人都蒙了。

怎么回事啊？

这等龙头大佬，就是司督军见了他，也要礼让三分的。

他如此面容和善走到顾圭璋面前，还恭敬称呼"顾先生"，到底是什么情况？

顾圭璋的汗毛都竖起来了，一时间不知是福是祸，战战兢兢回话："霍龙头您好，有幸会面。"

霍钺笑容倜傥，金丝边的眼镜后面，闪过一缕若有若无的芒，余光从顾轻舟身上轻掠而过，他道："顾先生教女有方，顾小姐贞婉聪慧，真乃兴家望族之女。"

哦，原来是为了顾轻舟而来。

霍钺也知道顾轻舟和司慕定亲的事？

顾圭璋这时候才意识到，他已经不再只是海关衙门的小小次长了，他是司督军的亲爱。

顾圭璋的忐忑，立马收起来，心中添了得意，他道："霍龙头谬赞了！"

霍钺始终谦和，请顾圭璋一起进宴席大厅。

顾轻舟就跟在她父亲和兄长的身后。

她穿着素雅的旗袍，长长的披肩上那精致的流苏在她身上荡漾。

霍钺步履沉稳端正，没有和顾轻舟说话。

宴会大厅里，钢琴、大提琴的声音，缥缈入耳，点缀着繁华热闹。

不少人认识霍钺，军政府的官员，将霍钺引到了旁边，霍钺跟顾圭璋说了句"失陪"，就先走开了。

秦筝筝母女而后才进来。

这次，没人敢故意冷落顾轻舟了，司家的二房早早就有人过来，将顾轻舟家人带到了贵宾席坐下。

顾轻舟的席位，不跟顾家众人一起，而是安排在老太太身边，和司家的孩子们同桌。

望着顾轻舟单薄的身影，顾绸心中愤愤不平："她不过是平常姿色，为何就能得到司家的认可？"

顾绸只看到了顾轻舟的受宠，也只看到了顾轻舟单薄的小身板，却不知这背后她付出了多少。

若是顾绸，她绝对威胁不了司夫人，她也绝对找不到司慕，更治不好司老太。

因为不知内幕，就无法明白顾轻舟的本事，只觉得她运气好。

只是运气好，会引来嫉妒。

顾轻舟可以感受到长姐嫉妒的炙热眼神，她没有回头。

很快，司老太就来了。

顾轻舟起身迎接。

跟在司老太身边的，有司家的一行人，包括司督军夫妇，司慕、司琼枝，司家的其他老爷太太。

"轻舟到了。"老太太一瞧见顾轻舟，就露出会心的笑容，上前携了顾轻舟的手，只让顾轻舟在她身边服侍。

这个孙儿媳妇，俨然盖过了其他儿媳妇和孙女。

"是啊，刚到不久。"顾轻舟笑道。

顾轻舟搀扶着老太太入席。

不过片刻，准新郎的父亲贺总长和贺太太也入席了。

大家一番寒暄，订婚宴席就正式开始了。

顾轻舟从老太太的桌子退下来，回到了她的位置上。

她身边的人都已经就座。

紧挨着她的是司慕，司慕的旁边是他妹妹司琼枝。

另外都是司家的小辈，只当顾轻舟是堂嫂，很敬重她。

远在司慕和顾轻舟对面，有一张椅子空着，那是留给司行需的。

司行需今天还没有露面。

顾轻舟松了口气。

而后，准新娘和准新郎盛装而至。

准新娘司微霜是个内敛害羞的小姑娘，她突然站在众目睽睽之下，手足无措，粉嫩小脸全是惊怕，甚至求助般看着自己的父母。

"微霜这丫头胆小。"司老太笑道。

贺总长和贺太太倒是很满意。

不管风气怎么变，女孩子温柔内敛，都是长辈所喜欢的美德。越是乖巧，越不会出错。

"微霜性格好，都是多亏您平素对她的教导。"贺太太柔声对司老太道。

司家挺喜欢贺总长的次子，贺家也喜欢司微霜，这门婚事到目前为止，很是顺利。

就在这时候，司行需终于来了。

司行需穿了身很体面的西装，细绒布外套和同色马甲，雪绸衬衫，衬托得他俊朗尊贵。

他短短的头发，梳理得整整齐齐，毫无往日的痞气。

他一进来，很多人都在看他，甚至议论纷纷。

"是大少帅来了。"

"司家的儿子都英俊，却数大少帅最俊朗。"

"他怎么还不结婚呢？"

"他连未婚妻都没有。"

这些话，总能让人在心中起波纹，司行需似一口鲜美无比的美食，不管走到哪里，都能引起饿极了的人疯狂的追逐。

每户人家都希望自家的未婚姑娘有机会嫁给司行需。

顾轻舟微微撇过脸，不看他。

司行需的目光，则光明正大地落在顾轻舟脸上，甚至带着淡笑。

外人却以为他是在看司慕。

司慕也觉得，所以司行需的笑容，在司慕看来是不怀好意的。司慕撇开了脸，神色冷峻。

"到哪里了？"司行需问坐在他身边的堂弟。

"快要送求婚戒指了。"小堂弟一脸兴奋。

司行需拿过桌上的酒，倒了一杯威士忌，慢慢抿了一口，清冽的酒入喉，绵长醇柔，片刻之后再缓缓烧灼着他的胃。

主台的那对准夫妻，正在学着西式的礼节，准新郎贺家二少爷单膝半跪，问司微霜是否愿意下嫁。

司微霜一张脸通红，比染过的胭脂还要浓艳，红得美丽而喜气。

"愿意的。"司微霜喃喃低语，在万籁俱寂的宴会大厅，却是格外地清晰。

这时候，雷鸣般的掌声响起。

司行需心中滑过几分涟漪，他堂妹那句"愿意"，在他听来非常动人，若是顾轻舟说的话……

礼成之后，长辈们交谈了起来。

司老太突然说："原来西式的订婚宴这样有趣，应该给慕儿和轻舟也来一场。"

司夫人立马紧张得说不出话来。

顾轻舟这一桌靠近主桌，他们也听到了。

司慕正在喝香槟，一口酒差点呛死他，他的眼神冰凉，似覆盖了一层严霜。

顾轻舟倒没什么感觉，她知晓司夫人和司慕都不会同意，这场订婚宴是不可能办成的。

司行霈则狠狠将一杯威士忌灌了下去，然后重重将杯子顿在桌子上。

"想办订婚宴？呵！"司行霈的内心，有一把火在烧灼着他。

不知是嫉妒，还是那杯威士忌。

借着这股子酒兴，他想亲吻顾轻舟，当着司慕的面，当着老太太和全岳城宾客的面吻她！

司行霈绝不是懦夫，他可以公然告诉他们，顾轻舟是他的女人，不是司慕的！

他的女人，凭什么和司慕订婚！

司行霈猛然站起来。

一阵哗啦啦地乱响，椅子差点被他推倒。

悠闲喝酒的顾轻舟，顿时花容失色。

司行霈眼底的狠戾和炙热，让顾轻舟知晓了他的意图。

顾轻舟想跑！

她的眉目拧成了一团，全是震惊和害怕。

司行霈看了眼顾轻舟，想到了她的话："我家世不显赫，我还要念书，若是被退亲，我在学校会受人排挤，无立足之地。"

她说过的话，司行霈都记得，而且很努力地放在心上。

他答应过她，让她好好念书的。

他不能毁了她的生活，也不能毁了她的矜贵。

别人若是瞧不起她，司行霈会把学校给炸了。但饶是炸了，仍会有人轻视她。

司行霈可以害所有人，他却绝不想害他的轻舟。

他希望轻舟尊贵，她若是受到委屈，司行霈会比她更难过。

今天闹起来，司行霈平添一段风流韵事，司慕添些闲言碎语，顾轻舟却会臭名昭著。

受伤害的，只有顾轻舟。

冲动微敛，司行霈已经站起身了，众人都看着他，他就身子一转，端起了酒盏去找朋友喝酒了。

顾轻舟这才敢松一口气。

回神之际，她后背都湿透了，一身的冷汗。

何时才能真正摆脱司行霈？

她捏住筷子的手更紧了，几乎要把筷子折断。

好被动！

片刻之后，司行霈又回来坐下了，他也恢复了冷静。

准新人过来敬酒，司琼枝笑盈盈拉起了司微霜的手："姐姐，我看下你的戒指。"

定制的婚戒，点缀着一颗很大的钻石。宴会大厅的水晶灯照下来，那钻石璀璨灼目，能闪耀人的眼睛。

司琼枝颇为艳羡。

顾轻舟也情不自禁望过去。

她眼神就有点放光，看得入了眼。

她想，她所有的财产加起来，也买不起这只钻戒。

司行霈在旁边看顾轻舟，就觉得顾轻舟很爱那钻戒。

"原来我的轻舟喜欢钻石。"司行霈心想。

钻戒是求婚的，司行霈不能送给她，但钻石项链、耳坠子，他可以送很多，讨她的欢心。

他轻轻地抿了一口威士忌，心中就有了主意。

敬酒之后，舞池里响起了乐章。

男男女女都滑入了舞池，锦衣蹁跹，舞姿优雅。

司琼枝早已挽住了她哥哥司慕的手，兄妹两个人跳舞去了。

顾轻舟就坐到了老太太身边。

"轻舟，你怎么不去跳舞?"老太太问她，"你瞧，他们都去跳了。"

"我不喜欢跳舞，我就喜欢陪着老太太。"顾轻舟道。

老太太笑，亲热地握住了她的手："你这孩子，最是有心的!"

司夫人就暗骂顾轻舟谄媚。

顾轻舟这般费尽心思讨好老太太，真叫司夫人鄙视，甚至烦躁——以后想要处理掉顾轻舟，老太太这里就要费一番心思解释。

正巧司行霈到了跟前。

"祖母，我请轻舟跳舞。"司行霈笑道。

司慕已经下了舞池，司行霈作为司家的人，邀请顾轻舟跳舞，是合乎礼数的。

"好，你带轻舟去玩，别冷落了她。"老太太笑道。

顾轻舟则一万个不想去，她看了眼司夫人。

"少帅，您何不先请夫人跳舞呢?"顾轻舟笑道。

司夫人看了眼顾轻舟。

身为继母，司夫人是很讨厌司行霈的，特别是司行霈行为狠戾，把司慕逼得黯然失色。

司督军在外人面前提起儿子，基本上都只会谈论司行霈，这叫司夫人更憎恶他。

跳舞，并非同龄人可以，晚辈男士请长辈女士跳舞，也是礼仪之一。

司夫人又是时髦派的人。

顾轻舟如此说了，司老太也觉得应该先请司夫人，免得司夫人坐冷板凳。

司老太就给司行霈递了个眼神。

司行霈虽然混账，但在他祖母面前，他尽可能做个正常人，于是他就先请司夫人了。

顾轻舟松了口气。

正巧秦筝筝带着孩子们，到了司老太跟前说话。

顾绍立在一旁，问顾轻舟："舟舟，你跳舞吗?"

上次约顾轻舟跳舞，结果被司行霈打断了。

　　顾绍半句话也不敢说。

　　整个顾家，只有顾绍知晓，那天带走顾轻舟的，并非她的未婚夫，而是司行霈。

　　这就太敏感了，泄露半个字，都会叫顾轻舟被流言缠身。

　　顾绍从来没想过害顾轻舟，他嘴巴很紧。只是遗憾，他从未跟顾轻舟跳过舞。

　　"好啊。"而顾轻舟，正愁怎么避免和司行霈跳舞。顾绍的邀请，简直是雪中送炭。

　　她跟老太太说了句，就挽着顾绍的手，步入舞池。

　　司行霈个子高大，他比舞池中九成的男人都要高，所以一眼就看到了顾轻舟。

　　顾轻舟眉目含笑，将雪藕一样的胳膊，搭在顾绍的肩头，另一只小手，被顾绍握住，司行霈的右手，拳头紧紧攥了起来。

　　他眼眸阴冷。

　　他和司夫人没有半句交谈，两人都憎恶对方。

　　一曲结束，司行霈送司夫人回去，转头却见顾轻舟又和顾绍开始了第二支舞曲。

　　司行霈给自己倒了杯酒，斜倚在椅子上，身姿随意却优雅，慢腾腾抿着酒，一点点吞噬入腹，宛如是喝顾轻舟的血。

　　他阴狠的眼眸，像锋利的箭。

　　他焦虑等待着，等这一曲结束，下一个舞曲就是他的。

　　等待让他妒火熊熊！

　　酒精点燃了他的怒意，嫉妒让他发狂。顾轻舟和顾绍跳舞，她身姿优雅纤柔，舞姿非常优美，比在场的女士都美。

　　司行霈的女人，无疑是最好的。

　　他慢慢喝酒，眼睛一刻也不离顾轻舟。

　　终于舞曲结束，顾轻舟回眸，看到了司行霈灼热恼怒的眼神，她心里发颤，走到了老太太身边。

　　司夫人、秦筝筝等人，都围在老太太身边说话。

　　司慕和司琼枝跳了两支舞，也回来了。

秦筝筝有意巴结司家，就对顾绍道："你请司小姐跳舞啊？"

顾绍顿时不自在，脸通红。

司琼枝不喜欢顾家的人，可顾绍跟秦筝筝和顾轻舟等人不同，他不够圆滑世故，也不会阴险狡诈，好看、干净、腼腆，让司琼枝对他少了些敌意。

顾绍很尴尬，他母亲说了，他就怯生生邀请司琼枝。

司琼枝犹豫了一下，答应了。

等司琼枝和顾绍进了舞池，又有男士邀请顾缃和顾缨，就剩下了顾轻舟、司慕和司行霈三个人。

"你们也去跳舞吧，围着我这个老太婆做什么呢？"老太太笑道。

司行霈的另一个堂妹，十四五岁，上前就拉了司行霈的胳膊："大哥，你教我跳舞！"

于是，顾轻舟和司慕落了单。

老太太又有意把顾轻舟和司慕往一处凑，就道："慕儿，你请轻舟去跳舞！"

语气不容置喙。

司慕无法，只得邀请了顾轻舟。

顾轻舟把手放入司慕的掌心。

司慕回来之后，一直在军营里集训，他的手掌和他哥哥司行霈的一样，布满了粗粝的薄茧。

掌心温热，也像极了司行霈，顾轻舟心里莫名就很抵触。

她下意识抽回手。

司慕却猛然一握，拉住了她的手，将她带入了舞池。

若顾轻舟临时逃了，估计老太太又要问东问西，司慕不喜欢听人聒噪。

早点完成任务要紧！

司慕面无表情，冷漠疏离，跳舞的时候始终和顾轻舟保持很礼貌的距离，客套生疏。

而顾轻舟，也想着早死早超生，赶紧跳完，注意力慢慢回到了舞步上。

　　有一道炙热的目光，总是追逐着她。

　　顾轻舟顺着感觉望过去，就见大厅的西南角，高大粗阔的大理石柱子，能倒映出人影，司行霈依靠着石柱，慢慢喝酒。

　　威士忌很烈，他的目光更烈，一寸寸似要活剥了顾轻舟。

　　顾轻舟的每一个舞步，就像踏在司行霈的心头。

　　他透不过来气。

　　等顾轻舟再回眸的时候，司行霈已经不见了。

　　可顾轻舟心里却七上八下。

　　她知道司行霈生气了。

　　司行霈最忌讳顾轻舟和司慕靠近。

　　一直到了黄昏，晚宴上来了；众人吃了筵席之后，这才陆续散场。

　　出来的时候，天已经全黑了。

　　顾轻舟正要走，倏然一个力道，她被人猛然拽了过去。

　　她的嘴巴被捂住，发不出任何声音。

　　顾圭璋喝得醉醺醺的，没发现顾轻舟不见了。顾绍则以为顾轻舟上了秦筝筝她们那辆车，而秦筝筝母女又以为顾轻舟乘坐顾圭璋那辆车。

　　顾家根本不知道顾轻舟被人掳走了。

　　带走顾轻舟的，仍是司行霈。

　　司行霈喝了很多的威士忌，他开车开得能飞起来，车子摇晃得顾轻舟想吐。

　　满车都是酒香，熏得顾轻舟也微醉。

　　到了他的别馆，司行霈一进门，反手就把顾轻舟抵在大门上。

　　他轻轻地摸她的脸，没有迫不及待地亲吻，没有火急火燎地抚摸，而是静静看着她。

　　很反常。

　　屋子里很暗，明明什么也看不见，他却紧紧盯着她。

　　他的呼吸粗重而压抑，一下下的，他喷出来的热气，能烫到顾轻舟。

　　他没有动作，反而叫顾轻舟很害怕，她心中怯怯的，手边没有枪，一时间心思乱转，她就听到司行霈说："轻舟，我要你，就今天晚上。"

夜已阑珊，琼华从背后的玻璃窗照进来，只能瞧见绰绰人影，感受到彼此的呼吸。

司行霈满身的酒香，他的呼吸是炙热滚烫的。

他似只蛰伏的狼，将顾轻舟抵在大门上，伺机一口吞噬她。

"轻舟，我要你，说你愿意！"司行霈的语调阴冷，呼吸却炙热。

他不再火急火燎地亲吻她，而是很郑重其事地告诉她，他今晚就要她。

不仅如此，他还想要她亲口说出"愿意"。

越是如此，越能看出他的决心。

他被嫉妒和酒精冲昏了头脑，哭闹和求饶，只会让他越发想要占有她。

顾轻舟沉默着。

她自己撕开了品月色的无袖旗袍，将司行霈的手，放在她的前胸。

"早已是你砧板上的鱼肉，又何必惺惺作态？你想要，拿去！"顾轻舟冷冽道，"但是我不愿意，我死也不会愿意！"

她把自己送到了他的利齿之下。

她咬紧了唇，咬得牙齿都酸了，一股子腥甜冲入喉间，她的眼泪无声滑落，这个瞬间，她知晓了自己的结局。

要么她死，要么司行霈死！

司行霈占有她，就会打破他们之间的平衡，他们再也没有调解的可能。

她撕衣的清脆声音，冲击了司行霈。

司行霈心尖一颤。

他喝了太多的酒，也受了一晚上的气，心头的那点怜惜很快就被压下去，他终于俯身，亲吻她的唇。

他要她！

可是，他吻顾轻舟唇的时候，吻到了血腥味。

司行霈对血的气息很敏锐，这点血腥，立马点燃了他骨子里

452

的疯狂，酒精的麻醉感在这种疯狂冲撞之下，消失不见了。

他清醒了过来。

他拧开了电灯。

顾轻舟衣不蔽体，依靠着门，紧紧咬唇，将嘴唇都咬破了，殷红的血沿着她洁白如雪的肌肤滑落。

她的黑发落在脸侧，雪肤墨发，血迹斑斑，她简直像一个嗜血的妖精。

她眼神森森的，望着司行霈。眼底没有哀切，也没有悲伤，只有冷，冷得无边无垠，冷得绝情而狠戾。

这个瞬间，司行霈觉得她很像他！

她果敢狠戾的时候，跟司行霈如出一辙，所以司行霈觉得她能配得上自己。

此情此景，所有的欲念都消失了，司行霈再也找不回来了。

司行霈上前，脱下自己的西装，反穿在她身上。

他将她抱到沙发上，坐下之后，擦拭她的唇角："傻东西，咬自己算什么本事？"

顾轻舟不语，她那眸子，更像黑黢黢的古潭，幽静，深不见底，藏着秘密和危险。

司行霈看着她——满心疼惜，又无可奈何！

"下次生气就咬我，不许咬自己，听到了吗？"他抬起她的下巴，让她看着他，说道。

顾轻舟仍是不言语，眼神也没有半分神采，她好像没有回神。

司行霈就轻轻地搂住了她。

"别这样吓我，轻舟。"司行霈将她抱在怀里，"不高兴就打我，不要伤害自己。"

顾轻舟仍是不说话。

直到司行霈道："我今晚不会欺负你的。"

她的眼泪才猛然流出来。

她这么一哭，司行霈就更心疼了，轻轻地抚摸她的后背。

"你还知道怕？"司行霈想起她和司慕、顾绍跳舞，更是一阵心梗，"让你不许勾搭别的男人，你怎么就记不住？"

顾轻舟的唇被咬破了，血仍在沁出来，她满口满喉都是血的腥甜。

她不说话。

司行霈起身，端了杯水给她漱口。

他看了一眼，她的下嘴唇里侧被咬了一整排压印，已经破了。

"傻子！"司行霈想到她要疼一段日子，这伤口才能彻底愈合，又是心疼又是生气。

这会儿，他的酒彻底醒了。

司行霈想要顾轻舟，这是他心底最直接的渴望。

但他言而有信，他答应过她，会等她到十八岁。

想起她直接撕开了衣裳，那不曾挣扎的绝望，司行霈心中起了寒意：她真的不信任他！

在她心里，难道他司行霈像个魔鬼吗？

司行霈用力，肌肉微隆的胳膊收紧，将她箍在怀里，几乎要将柔软的她嵌入自己的身体。

"轻舟。"他低声叫她。

良久，顾轻舟才说了句话："什么？"她声音喑哑，还有劫后余生的微抖，她慢腾腾回了他的话。

"我答应过你的事，绝不反悔。"司行霈道，"我有时候生气起来，情绪不太好，但是我不会真的害你，你要记住！"

顾轻舟不语。

她眼神冷漠。

司行霈心头窒闷："你不信我？"

"我不相信自己。"顾轻舟道，"我对你而言，没那么重要。你现在说得好听，男人都会哄人……"

她的声音很绝望。

她还没有从那股子绝望里回过神来。人为刀俎我为鱼肉，这种痛苦无处挣扎的绝望，让她的感情稀碎。

她需得将这稀碎的感情慢慢拼凑完整。

她闷闷的，不想说话。

司行霈俯身吻她。

他不知该怎么安慰她的时候，就使劲吻她。

他说："我不哄骗你，你以后就知道了！"

安慰了一通，顾轻舟慢慢回神，也想起自己无缘无故的失踪，问司行霈怎么办，是送她回去，还是打个电话去冒充。

司行霈的女佣都不在这个别馆。

他就让副官去办。

副官回话说，朱嫂已经给顾公馆打了电话，就说顾轻舟跟老太太回去了。

"顾公馆的人说，既然轻舟小姐去服侍老太太了，就不用着急回去。"副官回话。

顾公馆的人恨不能将她卖给司家，来换取权势，谁在乎她到底沦落到了谁的手里？

顾轻舟知晓家庭的薄凉，这个瞬间仍是很伤感。

她今天情绪太差了，一根稻草都能压死她。

安排妥当，司行霈把顾轻舟抱到二楼，重新给她换了件旗袍。

他选了套蔷薇色软绸旗袍给她。

顾轻舟去洗手间更衣，出来时司行霈不见了，她吓一跳。

"少帅？"她喊他。

而后，楼梯上响起了脚步声。

司行霈满头满身的灰，手里捧了个很大的留声机，以及一些唱片，上楼来了。

他放下留声机，拿出干净的毛巾擦拭，说："西洋玩意，我只喜欢枪、军装和雪茄，不喜欢这吱吱呀呀的留声机，就放到了阁楼里，落了层灰。"

"大半夜的，找这个出来做什么？"顾轻舟问。

司行霈不理会顾轻舟的问话，自顾将留声机擦拭得干干净净。

他将唱片放了进去。

婉转的舞曲，就从留声机里倾泻而出。

留声机吱吱啦啦的，自然比不上白俄人乐队现场演奏的舞曲动听，但聊胜于无。

他重新换了很整洁正式的西装，冲顾轻舟伸手："顾小姐，能请你跳支舞吗？"

顾轻舟微愣。

她转过身子："别闹。"

留声机里的舞曲还在缠绵萦绕，顾轻舟转身要走。

司行霈从背后抱住了她，不许她离开。

他重新让她站在自己面前，微微曲腰："顾小姐，能请你跳支舞吗？"

他很执着，非要顾轻舟答应。

他认识她半年了，他亲吻过她无数次，他熟悉她身子的每寸肌肤，他抱着她入睡过数个夜晚，但是她没有和他跳过舞。

这很遗憾。

在外人面前，邀请总是被打断。

司行霈今天吃了一肚子的无名醋，这会儿非要找补回来。

要不然，他真想睡了她。

"顾小姐？"司行霈抬眸，眼眸深邃璀璨，能映到人心里去。

顾轻舟熬不过他，将手搭在他的掌心。

司行霈就稳稳握住了她的手。

顾轻舟的手很小巧，而且柔软。她肌肤瓷白，指甲短短的，因为健康，所以透出粉润的浅红色，比司行霈的手凉半分，就越发像一块美玉。

珍贵无比的美玉！

司行霈是个兵油子，常年混在军营，他没有太高的文化，让他说几句诗词，甚至洋文，他肯定不会，但吃喝玩乐的把戏，他还是熟稔的。

他舞步娴熟，小心翼翼呵护着怀里的美玉，跳得缓慢而轻柔。

一曲结束，他没有停下来，搂着顾轻舟跳了第二支。

第二支舞曲响起，司行霈就开始心不在焉。

他的左手和顾轻舟的右手相握，于是他不时捋了一下她的无名指。

456

"做什么?" 顾轻舟不解。

司行霈收了手,道:"你手指很细,一不小心就能折断。"

"谁没事要折断我的手指?" 顾轻舟道,临了补充一句,"除了你!"

这么一想,他真有可能将她的手指折断,顾轻舟就感觉疼。

她微微低垂了眼帘。

司行霈亲吻她的眼睛,然后在她耳边说:"别委屈了,轻舟,我何时说过要折断你的手指?"

难道他这么坏吗?

司行霈想想,自己好像从未害过她啊。

跳了两支舞,司行霈的心愿得到了满足,这才关了留声机。

晚上两个人并头而睡,顾轻舟白天担惊受怕,又跳了很多的舞,疲倦中沉沉睡去。

她的嘴唇虽然出血,咬得却不算太深,已经在愈合了。

司行霈用她的青丝,萦绕她的无名指,然后将那半截青丝揪下来,认真放在床头柜的匣子里。

这样,他就可以知晓顾轻舟戒指的尺寸,万一哪天想送她戒指呢?

司行霈的睡意很浅,他在黑暗中嗅着顾轻舟的长发,莫名地心安。

他怀中抱着一个人,无形中就有了责任。

"轻舟,你快点长大。" 他低喃,"你长大了,成了我的女人,我心里才能踏实!"

为何不能更早遇到她呢?

若是从小养起来的猫,肯定会更加忠诚的。

翌日早起,岳城沐浴在暖阳之中。

司行霈依旧把顾轻舟送到离她家两条街之外的银行门口,放下她之后,他去了趟市政厅。

刚坐下,军需部诸位校官开会,司行霈耳边听着军情,心中却盘算着其他事。

他的心思全然不在军务上,眼前总是能浮动顾轻舟看他堂妹戒指时的模样。

她是真喜欢那钻戒啊。

司行霈不忍心，他不能让他的女人眼馋别人的东西，又不是买不起！

会议尚未结束，司行霈就站起身，道："诸位继续，我失陪片刻。"

他回到了自己的别馆，用尺子将昨晚顾轻舟的那半截头发量了尺寸，去了趟珠宝行。

在珠宝行，司行霈遇到了霍钺。

这间珠宝行，背后有青帮的股份，霍钺的妹妹下个月初生日，他准备送妹妹一份首饰作为生辰礼，正巧就在珠宝行遇到了司行霈。

霍钺穿着青灰色的夏布长衫，戴着一顶绅士帽，金丝眼镜，看上去比教书的先生更儒雅。

哪怕是血溅三尺，霍钺仍是一副慈善温润的表情。

所以，很多人看到他的温和，心里都发怵。

"少帅。"霍钺先看到了司行霈，上前打招呼。

见司行霈在看戒指，而且是钻石戒指，霍钺说："少帅选戒指，这是要定亲了吗？"

司行霈面容冷峻，此刻深邃的眸子里却闪过几分涟漪，情绪莫辨。

"定什么亲？"司行霈道，"选份礼物罢了。戒指定亲是时髦的做派，早在几十年前，就没这些破事。"

他竟然解释。

解释，便是欲盖弥彰。

霍钺微笑，不点破他，道："看中哪一款？这是青帮的铺子，看中了就叫他们去做，选最好的钻石。"

"怎么，你要白送我？"司行霈扬眉问。

"那岂不是小瞧了司少帅？"霍钺道，"我知道你有钱，工本费不能少给啊，这里的伙计做工不容易！"

司行霈故意冷脸："敢情你是劫财来了？"

霍钺朗声大笑。

最终，司行霈挑了只最大最贵的钻石，拿出尺寸，叫人去做了。

霍钺看了眼他挑选的样式，有点保守，同时却也慎重不花哨，就是求婚用的。

458

这么大的钻戒，戴上去只怕手指都要压弯了，司行霈如此大方，他的心上人肯定非等闲之辈。

"一向独善其身的司家大少都要结婚了，我是不是也该成个家？"霍钺心想。

司行霈比霍钺小四岁。

比自己年纪小的人都要求婚了，让霍钺倏然起了成家的念头。想到成家，霍钺就会想起女人。

而心思转到女人头上时，他眉头微蹙：想嫁给他的女人，他没有中意的；而他中意的女人，又娶不到。

回神间，见司行霈盯着戒指出神，情绪深藏莫辨，霍钺心想："不知司少帅的心上人是什么模样。"

司行霈眼光高得离谱，整个岳城就没有能入他眼的女人。

岳城是江南的大城市，烟柳杨花，美女如云。

司行霈乃是岳城第一贵公子，愿意跟他的美人多不胜数，他从未留恋过，如今却想要求婚。

到底什么样的人儿，能拢住司行霈的心？

"你的未婚妻，是哪家名媛？"霍钺忍不住更加好奇，脱口问道。

司行霈浓眉一挑："堂堂青帮大龙头，爱什么不好，偏爱八卦！"

霍钺大笑。

问不出来，看来此事神秘，霍钺不再追问了。

珠宝行的贵客来来往往，就见岳城两个大人物，站在一旁谈笑风生。

一个俊朗挺拔，一个儒雅斯文，都是杀人不眨眼的角色。

"霍龙头和司行霈走得挺近的？"有位贵太太，由她先生陪同着选珠宝，低声议论已经走远的两个人。

她先生是市政厅的官员，很清楚内幕，说道："这两个人私下里交情深得很，霍钺能扳倒洪门，搭上军界的关系，都是司行霈帮他活动。"

"真的？"

"可不是嘛！"

"司少帅位高权重，干吗扶持一个流氓头子？"那太太是留洋归来的，很不屑霍钺这等角色。

"这你就不懂了，整个岳城的经济，市政府不过拿五成，剩下的五成都在帮派。司行霈暗中不知多少生意，都是通过青帮的。"

"司少帅还要钱啊？"

"当然要钱啊，没钱去哪里买军火和军需？没有这些，司行霈能那么得军心吗？"

两个人悄悄议论着，司行霈已经走远了。

霍钺送他。

难得遇到，两个人多说了几句话，霍钺道："过几日一起去打猎？"

"好。"司行霈道，"好些日子没杀点活物了。"

想到司行霈的凶残，以及他酷爱厮杀，霍钺就蹙眉："你这见血就疯的怪癖，是不是某种病症？"

"胡说八道！"司行霈不悦，"男人见血都兴奋！"

"我不啊。"霍钺道，"我虽然杀人，但是我很不喜见血。这几年，我仁慈多了，我都是将人活埋或者呛死。一刀下去跟宰牲口似的，不文雅。"

司行霈一脸嫌弃地看着他。

将人活埋或者呛死，算仁慈吗？

"再去念点书，问问教员什么是仁慈！"司行霈拍了拍他的肩膀，上了自己的汽车，摇下车窗道，"走了。我那只戒指，帮我催着点。"

霍钺挥挥手。

送走了司行霈，霍钺回到珠宝行，给他妹妹订了条钻石项链。

而后，他看到一条新进的钻石手链，躺在柜台上，幽幽泛出清冷的光，灼目闪耀。

这等昂贵的手链，只有名媛才配得起。

霍钺突然想到，有个女孩子，她的手腕纤瘦，若是配上这条手链，才是相得益彰的尊贵。

"把这条手链一起包起来。"霍钺对店员道。

拿到了手链，霍钺乘坐汽车回去，他慢慢打开黑丝绒布的匣子，拿出这条手链。

这样的链子，最衬顾轻舟。

顾轻舟是个镇定自若的少女，钻石首饰尊贵奢华，最是适合不过了。

"她治好了我的病，送她一条手链，也是应该的。"霍钺心想。

他将手链收起来，另外放在一边，等拢静生辰的时候，邀请顾轻舟来做客，准备送给她。

想到她是司慕的未婚妻，霍钺心中仍有几分失落。

若她不是军政府的儿媳妇，该有多好！

霍钺有钱有势，除了军政府，任何人的儿媳妇，他都可以周旋出来。

那样柔婉娴静又医术高超的女孩子，霍钺养得起。

可惜了，她是军政府的。

顾轻舟若是跟他，他肯定比司慕更疼她些。

他心中仍有几分遗憾。

说实在话，霍钺没把司慕放在眼里，他忌惮的是司督军。

转眼又是假期，顾轻舟天天在家，也是烦躁。

不过，司行霈最近没找她，让她松了口气。

这些日子，司行霈好像又去了营地，估计要半个月才回来。

家里气氛不佳，天气又热，顾轻舟和顾绍都提不起精神。

后来，是顾绍弄了两张评弹的票，请顾轻舟去听评弹。

顾轻舟就去了。

听完评弹，已经是黄昏了。

夕阳西下，将岳城披上了一件锦绣外衣，到处绚丽璀璨。

"……方才在戏院里，你老是盯着一个人看，是为何?"顾绍问顾轻舟。

顾轻舟笑了笑。

她没好意思说，她看到了霍钺。

难以置信，堂堂青帮龙头，也混在人群里听评弹。

他的桌子，正好在顾轻舟的斜对面。

顾轻舟的余光，能感受到他在看她。可当她抬眸望过去的时候，霍钺的视线又是模糊的，根本没落在她身上。

顾轻舟没敢上前打招呼，怕旁人也认出他来。

听闻霍钺身边也不安全，时常有人想杀他，顾轻舟更是不敢暴露他。

"我只是觉得那人的长衫很好看。"顾轻舟笑道，"现在人穿长衫的不多，穿得好看的更少了。"

她说这话的时候，正巧路过一家裁缝店。

裁缝店还没有关门，灯光很亮。

"我也去做一身长衫，好吗?"顾绍笑道。

他难得有兴致。

"好啊。"顾轻舟笑道，"我从未见过你穿长衫呢。"

他们兄妹两个人说着话，就进了裁缝铺子。

顾轻舟也没有注意到，街角停靠着一辆汽车，司行霈正透过车窗的玻璃，静静看着她，目光深敛。

岳城黄昏，华灯初上。街上的路灯亮起，橘黄色的灯火朦胧。

司行霈今天回城，有司机开车，有副官相随，他悠闲坐在后座，默默想着心事。

心思并不在大事上，而是在他的小女人身上。

他刚从珠宝行回来，裤子口袋里有个小绒布匣子。

那匣子里，装着一枚璀璨夺目、坚硬无比的钻石戒指。

这是上次定制的。

那间珠宝行是霍钺的生意，所以对司少帅定制的钻石戒指，格外慎重。

做好之后，霍钺还拿去看了看。

"我要认一下，以后戴在哪个女人手上，就知道哪个女人是你司行霈的。"霍钺开玩笑道。

司行霈心中倒是一暖，道："那你记得住吗?"

"这么大的钻戒，能记不住吗?"霍钺道。

"那就记好了，以后我的女人，会比岳城所有人都闪耀。"司行霈一脸骄傲。

霍钺摇摇头，说他吹牛。

司行霈一点也不吹牛，他的轻舟就是比所有人都好。

而后，他去了趟市政厅，霍钺说去听评弹，两人就分开了。

从市政厅回来，司行霈准备去顾公馆爬墙，然后就遇到从戏院出来的顾轻舟。

司行霈有点意外。

顾轻舟和她哥哥进了裁缝铺子。

"她想做衣裳了吗？"司行霈推开车门，带着一名携枪的副官，进了裁缝铺子。

顾轻舟和顾绍在左间，司行霈进了右间。

小伙计见他一袭戎装，就知道是军政府的官员，又害怕又恭敬地迎接他："军爷，您想要看看什么衣裳？"

司行霈不答。

他目光锋利，看了眼这小伙计。

裁缝铺子的灯火明亮，这一眼锋芒毕现，小伙计吓得闭了嘴。

副官给了小伙计一块钱，道："出去忙吧，这里暂时不用招待。"

一块钱的打赏，这是非常豪阔的，小伙计点头如捣蒜，退出了右间。

司行霈拉过椅子静坐，默默听隔壁的声音。

"……石青色的好看，沉稳些。"这是顾轻舟的声音，轻柔娇媚。

她喜欢男人穿得沉稳？

司行霈回想一下，他的衣裳都挺沉稳的。

他唇角微动，他的轻舟很可爱。

"小姐，现在做长衫的，宝蓝色和鸦青色更好看。"裁剪介绍料子，"素面杭绸是上等货。"

顾轻舟却很固执道："我仍是觉得石青色的好看。"

那裁缝笑道："石青色的太老气了些，上了年纪的男人穿好看，这位少爷年纪轻，面皮又白，宝蓝色最好。"

顾绍道："就石青色吧，我也喜欢石青色。"

自然是轻舟喜欢什么，他就喜欢什么了。

裁缝无奈叹了口气。

司行霈明眸微敛，心想："原来我的轻舟喜欢男人穿石青色的长袍。"

那边，说话的声音没有间断。

顾绍不知说什么，引得顾轻舟低笑。

她的笑声很柔婉清脆，像屋檐下春风拂过那铃铛般丁零零的。

她很少在司行霈面前这样笑。

而后，裁缝拿了件成品给顾绍试穿。

穿上之后，越发显得顾绍鬓角鸦青、脸色白皙。他年纪小，唇红齿白的很漂亮，又有气度。

"阿哥，你穿这长衫真好看，像个教员！"顾轻舟感叹道，"阿哥真俊俏。"

顾绍的脸微红。

半晌，顾绍才笑道："轻舟，你喜欢教员吗?"

"当然啦，教员多好啊，斯文儒雅，说话也慢声细语的，关键是有文化、有涵养，脾气还好！"顾轻舟道。

她说完，自己就笑了。

顾绍也笑了："教员是很好。"

顾轻舟使劲点头。

成品试好了，裁缝给顾绍量尺寸，小伙计就带着顾轻舟，选选其他的料子。

顾轻舟出来逛，也到了右间。

右间好像有人，可小伙计说右间有块月白色蝴蝶穿花的料子很好看，顾轻舟就跟着来了。

一进门，就看到两个人。

司行霈坐在椅子上，低垂了脑袋，不知想什么。

顾轻舟倏然腿软。

她下意识想跑，司行霈快速起身，提起了她的后领，将她拽了回来。

自从上次跳舞之后，他们就没有再见过了。

不见面的时候，顾轻舟都快忘了，她是半条腿深陷在泥潭里的人。

"啊！"顾轻舟发出短促又轻微的惊呼。

司行霈的面容阴沉，在灯火下阴晴莫辨。

"轻舟，多少日子没见我了？"司行霈将顾轻舟抱在腿上，依旧坐回了椅子上。

她打了个寒战。

倒是副官知趣，早已出去，甚至关上了右间的门。

门缝里，有薄光透出来。

司行霈的手掌，缓缓摩挲着顾轻舟的面颊，而后是她柔嫩的唇、纤柔的下颌，以及修长的颈。

他的手，缓缓再往下……

顾轻舟一把抓住了他的手："无耻，这是店里！"

她眼中有恼怒，也有恐惧，对司行霈而言，是一种难以言喻的神韵。

他爱极了她这眼神，像只猫儿！

他不问她跟谁出来玩，也不问她做什么，可见跟踪她多时了。

他只问她，多久不见了。

多久？

顾轻舟忘记了。

最近家里那么多事，她应付秦筝筝，疲倦不堪，哪有心思记得上次碰面的日子？

她说不出来。

"再想想。"他的声音轻柔，可这般和睦温柔，就不是司行霈了。

他轻柔的嗓音里，带着蚀骨的恨意，想要把顾轻舟吃干抹净。

顾轻舟能听得出来，她着急想要避开他。

"我想不起来！"她老实道。

司行霈搂住她腰的手，越发紧了，像是要将她这盈盈一握的纤腰折断。

盛夏的衣裳单薄，他能闻到顾轻舟身上的香味——是沐浴品的玫瑰清香，味道带着微苦的清冽。

他很喜欢。

他凑上来，吻她的面颊。

顾轻舟往后躲，同时愤怒道："你不要闹，大庭广众之下！"

司行霈却笑了。

那边，裁缝已经帮顾绍量好了尺寸，他出来时却不见了顾轻舟，唯有原本敞开的右间大门，已经关上了。

在门口，站着一个穿军装的副官，像一尊威武的门神。

顾绍心中着急，喊了句："舟舟！"

说罢，他就要往右间冲。

副官一把拽住了他的衣领，像拎小鸡一样将他拎了出去，丢在裁缝铺子门口。

天已经黑了，铺子门口的梧桐树，投下了浓密的阴影。

副官站在门口，对顾绍道："少帅和顾小姐在里面说话，顾小姐今晚不回顾公馆，劳烦您先回去。"

顾绍愕然："哪个少帅？"

副官的手，轻轻地放在腰间的枪上，重复道："顾少爷请回，莫要在此喧哗！"

顾绍吓一跳。

在里面的顾轻舟，能听到他的声音，却没有回答他。

顾绍心情失落到了极点。

不是他的妹婿吗，为何这般没有礼貌？

顾绍就想起那天在舞厅打伤他的少帅——司家的大少爷司行霈，并非顾轻舟的未婚夫。

顾绍不敢想，他总感觉舟舟惹了大麻烦。

他也没有太过于喧哗，自己回去了。

他可以说，舟舟去了司公馆。

顾绍走远之后，顾轻舟发现自己后背一层薄汗。

司行霈微笑，问她："这么怕被人看到？"

顾轻舟瞪他。

她瞪圆了眼睛时，他倏然吻住了她的唇，吻得很深。

他按住了她的头，让她紧紧贴在他的面容上。

顾轻舟透不过来气。

她使劲挣扎，那青绸般的长发乱飞，在灯光之下似流瀑。

顾轻舟快要断气的时候，司行霈松开了她的唇。

"舟舟很甜。"司行霈学顾绍的称呼。

顾轻舟却感觉浑身恶寒："你不要叫我舟舟！"

司行霈也不喜欢，因为顾绍叫过了，他再叫，怎么都感觉是别人吃剩下的，他叫她轻舟。

"多少日子没见过我？"他深究不放。

这些日子，他每天都盘算着，离开她多久了。

一日日都记在心上。

她呢？

她记得多久没见他了吗？

司行霈心中不平，怎么也要找补回来，顾轻舟快要哭了："混账，我不记得了！"

他又吻她。

这次是轻轻的，带着几分失望，甚至有点难过。

司行霈从右间出来，喊了瑟瑟发抖的老裁缝和小伙计，给他也缝制一身长衫。

"我小时候穿过长衫，现如今很多年没穿过了，觉得麻烦。"司行霈道，"若是遇到了刺杀，长衫跑起来不方便。不过，我也可以试试。"

他对老裁缝道："拿件石青色的素面杭绸给我试试。"

司行霈身材高大，比岳城很多男人都要高，老裁缝找了半晌，颤颤巍巍地找出一套，给了司行霈。

司行霈让老裁缝和小伙计出去，将衣裳丢给顾轻舟："替我更衣。"

"我不要！"

"你试试？"司行霈微笑，"轻舟，我今天不开心。"

他的笑容在灯火之下，的确有点阴森。

顾轻舟不知自己到底是揣着怎样的屈辱，开始替他解开军装的皮带。

她的小手嫩白，第一次解男人军装的皮带，她并不熟练，差点打紧了。

司行霈屏住了呼吸。

顾轻舟从来没伺候过人，她笨拙地解他军装上的皮带，司行霈倏然就想压倒她。

女人为男人宽衣，这般笨手笨脚，十分诱人。

司行霈顿时就想远了。

好在他忍住了。

解下皮带，顾轻舟踮起脚尖解他军装最上面的扣子。

司行霈个子很高，顾轻舟踮脚累得面红耳赤，心里恨得紧。

好在司行霈弯腰了。

他弯下腰，让她顺利解开了最上面的两颗扣子，就听到她在抱怨："你自己脱明明更方便！"

"是不是要我堵住你的嘴？"他笑。

司行霈说的堵住，和顾轻舟想的堵住，肯定不是一个意思，但顾轻舟想得更猥琐恶心，她一阵恶寒，低声骂了句变态！

司行霈搂住她的腰笑："我又怎么变态？我这样疼你。"

睁眼说瞎话。

顾轻舟将满心的郁结都压下，顺便替他脱了军装，然后换上了长衫。

成品的长衫，很凑巧的是正合他的身量。

司行霈的五官格外俊朗，常年从军的他，身材更是好，肩膀平稳开阔，蜂腰长腿，穿军装是军人的威严，穿长衫又有遗少的矜贵。

这套长衫穿在他身上，气质远胜过顾绍，甚至比霍钺穿得都好看。

顾轻舟心想："这个人真讨厌，出身比绝大多数的人好，生得又胜过所有人，好处都让他一个人占尽了，不公平！"

她喃喃地腹诽，眼神就放空，静静看着他。

在司行霈看来，这小妮子是看呆了的模样，不免失笑。

他上前，轻轻地挑起了她的下巴："说我好看，说我真英俊。"

这话有点耳熟。

不就是她说顾绍的吗？

顾轻舟道："司行霈，你有时候好幼稚！"

司行霈却不依，微恼道："快说！"

"我不要，很肉麻！"顾轻舟拒绝，她转身要走。

司行霈将她拽回来："不说？你想知道我会怎么收拾你吗？"

"你真英俊。"顾轻舟无奈道。说罢，她几乎要翻白眼。

她的不耐烦，司行霈听得出来，他很不快："你敢敷衍我？"

他不依不饶的样子，让顾轻舟有点害怕，当即抬起头，很认真看着他，说："你穿这长衫，真的很英俊。"

不知为何，她的脸不知不觉红了起来。

幸而是在灯下，她气色原本就不错，倒也没有特别明显，只是她自己知道。

"顾轻舟，你太没用！"她暗暗骂自己。

反正她这认真的态度，司行霈是满意了。

"我的轻舟真有眼光。"他扬扬得意道。

没见过这么不要脸的。

司行霈让裁缝给他量尺寸，准备做五套长衫放着，以后哄顾轻舟开心就穿一套，反正她喜欢。

布料也由顾轻舟选。

"全要石青色的。"司行霈在旁边道，

顾轻舟则觉得不妥，于是选了一套石青色、一套青灰色、一套天水碧色、一套湛蓝色、一套月白色。

"真麻烦。"司行霈说。

选好了，差不多就到了晚上八点。

"我可以回家了吗？"顾轻舟道，"我真的好饿！"

"跟着我，还能让你饿肚子吗？"司行霈道。

司机开了车子，司行霈带着顾轻舟，去了城里一家餐馆。

餐馆人不多，等司行需进来之后，店家就陆续清场，挂起了歇业的牌子，厨师专门给司行需做菜。

"我喜欢吃岳城的菜，你呢?"司行需问，"你若是不喜欢，下次请你吃西餐。"

"我吃不惯西餐。"顾轻舟道。

司行需笑。

这一点上看，顾轻舟还是蛮像他的，他很满意。

司行需的女人，总能打上他的印记。他就是要培养她，让她越发像他，将来谁也抢不走，她只是他的。

他们只有两个人，店家却做了满满一桌子的菜。

菜色有清淡的，也有肥腻的。

顾轻舟喜欢吃狮子头，又吃不掉一个，司行需就帮她夹开，剩下半个放在自己的碗里，半个给她。

这一桌子菜，明明是要浪费九成的，他却想跟她分食一个狮子头。

"这些日子放假在家，无聊吗?"司行需问，"若是无聊，就去跑马场玩，请你的同学朋友一块儿去。"

"天这么热，不想出门。"顾轻舟吃着狮子头，腮帮子鼓鼓的，含混不清回答他。

"懒!"司行需戳她的额头。

司行需菜吃得少，酒喝得多，洋酒他只喜欢威士忌;而最爱的国酒，莫过于花雕。

他一杯一杯地喝，还倒了半杯给顾轻舟。

顾轻舟不怎么喝花雕，她推回去。

"我不喜欢这个，我喜欢葡萄酒。"顾轻舟道。

店里没有葡萄酒，顾轻舟今天也没打算喝，司行需便没有坚持。

吃了饭，顾轻舟还是想回家。

想到他去营地半个月，很久没见女人了，这次回来，又不知该怎么折腾她，顾轻舟就浑身发颤。

从餐馆出来，站在门口时，司行需吩咐司机去开车，顾轻舟瞅准了机会就跑。

有时候，机会只有一次，最简单的方法，往往是最有效的。

她跑得很快，平底的布鞋很方便，她专门往黑暗中跑。

司行霈目瞪口呆。

而后，他笑了半天，怎么也没想到顾轻舟会这样跑。

他闲庭信步，知道去哪里抓她，一点也不着急。

顾轻舟跑了半晌，出了一身的汗，扭头见四周黑漆漆的，早已没了人影，也没有路灯。

她生怕司行霈追过来，所以两步一回头，却猛然撞上了一个坚硬的东西。

定睛一瞧，是司行霈。

她浑身冒冷汗，尖叫了声继续跑，早已被司行霈按在墙壁上。

司行霈几乎要笑死："你就是这样逃的啊？"

如此简单直接，让司行霈刮目相看。

"蠢不蠢？"他问她。

"我不要去你的别馆，你太坏了，你太恶心了！"她道，挣扎着又要跑。

司行霈按住她，轻轻地吻她的唇："今晚不折腾你，好吗？别跑了小东西，不累吗？"

当然累，顾轻舟都累死了，但还是逃不出司行霈的五指山。

她浑身都是汗。

到了别馆，司行霈就失言了，他一进门就直接将她抱到了浴室里。

浴室里有顾轻舟又骂又叫又哭的声音。

洗完澡了，司行霈又替她擦头发。

他说："轻舟，你的头发真好看！"

这是真的。

司行霈见过很多长头发的女人，可她们的头发，都没有顾轻舟的好看。

他的轻舟，每一样都是最好的，司行霈越看越喜欢。

顾轻舟则气哼哼地不说话。

"我的轻舟连头发丝都漂亮。"司行霈轻轻吻了她的后颈，"任何女人都没有轻舟好看。"

顾轻舟几乎要哭。

他说这些话，顾轻舟感受不到他的赞美，却只知道她逃不开，他还没有厌倦她。

"不想听你说话，你言而无信!"顾轻舟道，"你说好的……"

"说好什么?"司行霈追问。

顾轻舟回头，扬手就打在他的胳膊上。

他夸张地惊呼了声，然后就笑着吻她，吻着吻着就滚到了床上，将她压得紧紧的，顾轻舟透不过来气。

"我忍不住。"司行霈低喃，"在轻舟面前，我总像个贪食的。轻舟，你知道为何会这样吗?"

"因为你色，你变态!"顾轻舟道。

"不，因为你从来没有喂饱我。"司行霈轻轻地啃她的耳垂。

顾轻舟扬手推他，他又把顾轻舟的手都吻了一遍。

闹够了，司行霈从军装的口袋里，掏出一个小匣子，递给顾轻舟。

"送给你的礼物。"司行霈道。

顾轻舟不想要。

司行霈却非要她打开。

等她真的打开时，那璀璨的钻石映衬着床头的灯光，顾轻舟的眼睛被刺痛，她呆住了。

她的胳膊变得沉重而僵硬，双手托住这只钻戒，她愣愣的，全身都动弹不了。

有一股子温热，缓缓流入心房。

她的心头，好似有了种依靠。

司行霈却在耳边道："我见你喜欢钻戒，这个送给你。轻舟，我和你都是老派的人，戒指求婚是新派的，我们不讲究这些。这个不是求婚的，你就戴着玩。"

顾轻舟慢慢回神。

在她心头的热，一点点散去。

而后，凉意铺天盖地涌上来。

凉意像潮水，几乎要淹没了顾轻舟，心尖的热全没了，凉得发疼，宛如这钻石生冷的光，再次刺痛了顾轻舟的眼睛。

她猛然合上，用力往旁边一丢："我不喜欢！"

她突然发脾气，司行霈也习以为常。

他的猫就是这样。

他捡起匣子，硬塞到她的手里，顾轻舟却狠狠地，从窗口扔了下去："我最讨厌钻戒！"

她转身进了洗手间。

她无力地依靠着冰凉的大理石洗漱台，双腿发颤，她一点点滑了下去。

眼泪，终于夺眶而出。

他从未想过娶她，从来没有！

他一次次将她按在床上，却从未想过给她婚姻。

这世上最绝情的，大概就是司行霈吧。

而看到钻戒的瞬间，顾轻舟误会了。

她没有母亲，父亲狼心狗肺，她像一颗漂泊的种子。

当她看到了钻戒，她以为终于有了可以落地生根的土壤，有个男人会给她一个家，成为她的依靠。

原来不过是一个误会。

顾轻舟从洗手间出来的时候，她神色如常，修长的羽睫轻覆，她的情绪深敛。

她躺下睡觉。

没有逃跑，因为跑不掉，只有杀了司行霈，才有机会逃脱。

司行霈从背后搂住她，搂得很紧。

"轻舟，你喜欢什么首饰？"司行霈问。

不喜欢钻石，那就换别的，反正司少帅有钱。

顾轻舟心中冰凉，声音也是凉的，她毫无情绪。

"我什么首饰也不喜欢。戴首饰俗气，我撑不起来。我喜欢钱。"顾轻舟道，"反正你是把我当妓女的，下次直接给钱好了！"

"不许胡说。"他低声道，然后亲吻她的耳垂，"你不是妓女，你是我的猫！"

顾轻舟心里凉，身上也凉。

一颗心，凉得像石头，她无法起任何的涟漪，任由他抱紧她。

"轻舟，你想嫁给我吗？"司行霈突然问。

顾轻舟发脾气的样子，他是看见了的。

不知为何，他总感觉她看到钻戒的时候，虽然僵住，却有点开心。

他不太确定，她是不是真的很开心。

顾轻舟哭的时候，感情是真实的，其他时候，她表情收敛，司行霈猜不透她想什么。

"我不想！"顾轻舟紧紧咬唇，"我宁愿死，也不会嫁给你这种变态！"

顾轻舟觉得他很残忍。

他从来没想过娶她，却要问她这种问题！

要她怎么回答？

看着她尴尬难堪，甚至卑微，他很有成就感吗？

他说，你是我养的猫。

顾轻舟，只是他的宠物而已。

她不想再说话了。

今天很累，心情又不好，顾轻舟沉沉睡着了。

司行霈则考虑了良久。

翌日早起时，顾轻舟睁开眼，司行霈已经离开。

她梳洗好了，换了套旗袍。

司行霈的衣柜里，一半都是照顾轻舟尺寸做的旗袍，足有二三十套，挤得满满当当的。

她随意挑了一套，和她昨天那件颜色类似的。

下楼时，朱嫂已经煮好了早饭，回家去了，只有一名副官等着。

副官告诉顾轻舟说："昨夜码头来了一批军火，少帅连夜去了营地。最近半个月，营地都要实验新式武器，少帅没空回城，让顾小姐万事小心，有何事直接告诉属下。"

474

"多谢。"顾轻舟道。

她简单吃了点早饭。

副官要送她，顾轻舟不同意，自己乘坐电车，回到了顾公馆。

到了自己的房间时，顾轻舟打开手袋，却发现那只钻戒被司行霈放在了她的手袋里。

钻石比黄金贵多了，这只钻戒，可能值五根大黄鱼。

"我给你的，永远都是你的，我绝不会收回。"这是司行霈的话，言犹在耳。

钻戒是他定制给顾轻舟的，他既然送了，就不会再收回去。

顾轻舟去了趟银行，将戒指存在保险箱里。

她虽然没有真正被他睡，却也是一整夜和他在一起，这是他开出来的价格，顾轻舟等于把自己卖了。

卖了就卖了，值钱总比廉价强。

她值一只钻戒呢，五根大黄鱼，能买很多的房子！

她望着那钻戒，想起她第一眼看到它时的那点温暖，她的眼泪差点涌上来。

而现在，那点温暖就成了她最尴尬的事。

她有什么资格，以为司少帅会向她求婚？

哪怕他说过要帮她退亲，他也从未想过娶她。

关上保险箱，顾轻舟再也没想过那只钻戒。

她甚至想拿去卖了！

只是她暂时没有门路。

从那之后，她又有一段日子没看到司行霈了。

偶尔去趟司家，除了老太太，也没见过司家其他人。

第十七章

嗜血病发

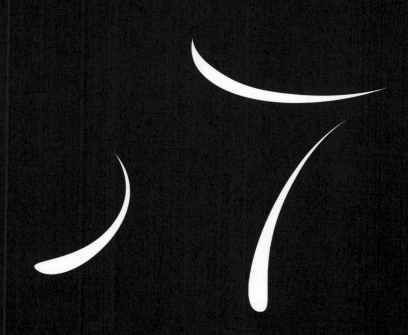

到了月底，霍拢静给顾轻舟打电话，说："明天是我的生辰，我阿哥说邀请你和洛水到家里来玩。"

"好啊。"顾轻舟笑道，"我明日一准去！"

而后，洛水也打电话给顾轻舟，问她："轻舟，咱们给拢静送什么礼物啊？霍家什么都有。"

"正是什么都有，所以送什么都无所谓啊。"顾轻舟笑道，"你打算送什么？"

"不知道，我们见个面吧，去圣母路的那家咖啡店碰面，可好？"颜洛水道。

顾轻舟颔首。

两人见面，商量送什么礼物。

最终，颜洛水和顾轻舟都觉得，她们来烤个西洋的生辰蛋糕，送给霍拢静。

"你们太小气了！"她们做蛋糕的时候，颜五少在旁边道，"一个蛋糕值多少钱？"

"走开。"颜洛水推他。

"你弄我一身面粉！"颜五少抱怨着走开了，然后站在门口道，"我也要去！"

"拢静没邀请你。"顾轻舟道。

"那我不请自来，岂不是更惊喜？"颜五少道。

"看！"顾轻舟揉了一个面饼，给颜五少瞧。

"看什么？"颜五少不解。

"五哥你的脸皮，比这个面饼还要厚！"顾轻舟笑道。

颜五少气得要打人。

不过，他打不过顾轻舟和颜洛水，落荒而逃，临走的时候说："明天等我一起去！"

翌日，顾轻舟和颜洛水出发，颜一源非要跟着去。

颜太太道："带着他去吧，他在家里烦得我头疼。"

到了霍家，才知道霍拢静只请了顾轻舟和颜洛水。

霍家也准备了一些生辰宴席的吃食和酒水。

颜五少的到来，让霍拢静很不自在。

霍钺也在场。

颜五少现在知晓了霍钺的身份，在霍钺面前很拘谨，失去了往日的活泼。

宴席很简单，就像是几个朋友围坐一起。

饭后，颜洛水去厨房，教霍拢静煮酸梅汤的时候，颜五少也跟着去了，整个大厅里只剩下霍钺和顾轻舟。

"你喜欢听评弹吗？"霍钺问她，"前几日看到了你。"

"也不是很喜欢，正巧那天没事，跟我阿哥出来逛逛。"顾轻舟笑道。

霍钺就知道，她的男伴是她的哥哥。

顾轻舟想起保险箱的那只钻戒，她憎恨它，故而问霍钺："霍爷，您的生意里，有珠宝行吗？"

顾轻舟突然这样问，霍钺微感吃惊，问："有几家，怎么了？"

"现在钻石戒指，能卖到什么价格？"顾轻舟又问，"是成品。"

钻石戒指的价格，以那枚点缀的钻石来衡量。

就像上次司行霈买走的那只，价值五根大黄鱼。

其他的，可能三四根小黄鱼就能买到了。

"你想买戒指？"霍钺道，"现在比较流行的钻石首饰，是项链、手链和耳钉，戒指多用来求婚的……"

顾轻舟的脸却白了。

是那种惨白，好似听到了一件惨绝人寰的事。

"你若是喜欢戒指，买宝石的更好。你喜欢红宝石吗？"霍钺安慰她，虽然不知道顾轻舟这个瞬间的惨白是怎么回事。

"我不喜欢戒指。"顾轻舟道。

霍钺不解。

"我有只戒指，是家传的，我想卖掉换钱。"顾轻舟道，"可惜没有门路。"

家传的钻石戒指？

霍钺道："你何时方便，拿过来我瞧瞧，青帮的铺子，不会压你的价。"

顾轻舟点点头，道："我也不是现在就打算卖，等哪天真的缺钱了再卖。"

"也好。"霍钺笑道。

而后，颜洛水和霍拢静煮了酸梅汤，放了冰块端上来，就打断了顾轻舟和霍钺的话。

霍拢静拿出一个小匣子，送给顾轻舟说："轻舟，上次你治好了我阿哥的病，这条手链送给你。"

顾轻舟微讶："怎么还给我礼物啊？"

这条手链，是霍钺买的。

但是霍钺送给顾轻舟，这就有点暧昧，所以他让霍拢静送。

"你救了我哥哥的命，一点小礼物，你收下吧！"霍拢静道。

霍拢静不像其他女孩子，她比较敏感，若是不收，她会觉得顾轻舟不把她当朋友，于是她只得收下了。

颜洛水不嫉妒，她知晓顾轻舟对霍钺的恩情。

她甚至帮顾轻舟戴上。

顾轻舟戴着钻石手链，那钻石的光芒映衬着她滢滢的眸子，流光璀璨。

霍钺觉得她好看。

再好看，也是别人的未婚妻——想到这里，霍钺心神收敛。

霍拢静留他们吃晚饭。

饭后，顾轻舟跟颜家的姐弟，去了颜家。

颜太太问他们："好玩吗？"

"就我们几个人，是挺好玩的，都是自己人，自在。"颜洛水道。

颜洛水不喜欢太热闹。

颜五少则想了想，对颜太太道："姆妈，我好像爱上了拢静。"

颜太太失笑，对这个儿子无可奈何："你是见一个爱一个的！那是青帮龙头的妹妹，你可别给你阿爸惹事！"

她怕颜一源去招惹霍拢静。

"怎么惹事？"颜五少不满意，"姆妈，要不你让阿爸派人去求亲呗！"

顾轻舟和颜洛水正在喝水，听闻都呛了一下。

"你要死！"颜洛水骂她弟弟，"阿静的性格，可过不了你妻妾同室的日子，你别害人家！"

"我是真爱上她了！"颜五少道。

"你爱的人，都能从岳城排到南京去了！"颜洛水道。

顾轻舟在旁边笑。

很快就是暑假了。盛夏的岳城，像个火炉，所有人都在火炉里烤着，一动就浑身冒汗。

那明媚金灿的骄阳，将繁世装点得金碧辉煌，原本最是可爱温暖的，现在也变得讨厌可恨。

顾轻舟窗外的梧桐树，宽大的叶子总是恹恹的，点点碎芒透进来，阳台上有暴晒的干裂气息，她门窗都不敢开。

楼下的电话响起。

女佣妙儿脚步轻盈上楼，敲顾轻舟的房间："轻舟小姐，有您的电话，是颜小姐打过来的。"

顾轻舟下楼去接。

话筒放在旁边，顾轻舟拿起来接，颜洛水的声音从话筒里传过来："晚上出去吃饭。"

"有什么好去处吗？"顾轻舟问。

"嗯，有家新开的饭店，是军政府的股份，地地道道的岳城馆子，听说装修得很奢华，另外还有舞厅和洋酒。

"今晚客人不多，明天才是正式开业，今晚是试开业。阿爸可能占点股份，他和姆妈也去。"颜洛水道。

482

顾轻舟笑："义父回来了?"

颜洛水"嗯"了声,道:"是啊,前天晚上回来的。五点你能出门吗,我和小五开车去接你。"

"五点可以。"顾轻舟道。

颜五少的汽车,五点准时到了。

顾轻舟上了汽车。

新开的饭店,装饰得奢华,尚未入夜就挂满了灯笼,红灿灿的灯火,喜庆又热闹。

是中式的饭店,叫"悦大菜社",融合了苏州菜、宁波菜和无锡菜三大菜系,浓油赤酱,色艳糖重。

饭店门口,已经停了几辆车。

车子不多,却都是名车,车牌个个都有来历。

其中也有两辆车不挂牌。

顾轻舟有点慌。

在整个岳城,敢不挂牌出行的,都是军政府的车。

义父都有空来吃饭,那么司行需会不会回城了?

那厢,颜五少停好了车子,顾轻舟和颜洛水踏入了悦大菜社的大门。

高大的门槛,朱红色的雕花大门。

整个大厅非常宽阔,分了十二张桌子,两桌之间摆一座花梨木底座的八扇屏风,屏风上的山水,都是江南小乡村。

最前面的高台上,请了著名的苏州评弹师父,唱腔抑扬顿挫、婉转动人。

大厅里有了几桌客人,颜新侬和颜太太坐在最西面的里间。

"姆妈,义父。"顾轻舟上前。

"来,坐我身边。"颜太太拉了顾轻舟,让她先坐下。

顾轻舟依言坐了。

环顾四周,顾轻舟问颜洛水:"说好的舞厅呢?"

颜洛水指了指旁边的门,笑道:"在那边呢,回头再过去玩。"

顾轻舟就不再说什么。

人到齐了，颜新侬点了菜。

菜上了之后，一道草头圈子烧得柔软鲜嫩，顾轻舟就盯着这道菜吃。

"颜叔叔。"而后，她听到了司行霈的声音。

那口圈子还没有嚼烂，顿时就卡在她的喉咙里，她呼吸有点不畅。

想起上次的误会，顾轻舟冷了脸，默默拿过手边的酸梅汁喝。

冰凉酸甜的酸梅汁，缓缓在喉间流淌，终于把僵持不下的食物带了下去。

顾轻舟低垂着眼帘，默默看着眼前的筷子，没有抬头。

"阿霈，你也来了？"颜新侬笑着起身。

"是啊，听说今天开业，就来瞧瞧。"司行霈道，"阿婶气色比从前好了很多。"

颜太太微笑："少帅吉言。"

然后，司行霈和颜洛水、颜一源也打了招呼。

"轻舟。"司行霈道，口吻像跟陌生人打招呼。

顾轻舟这才抬了眼帘，叫了声"少帅"。

"什么少帅，我不是你阿哥吗？"司行霈开玩笑。

呸！

顾轻舟又垂了眼帘，不说话。

司行霈打过招呼，就离开了，他坐在隔壁的那一桌。

顾轻舟的余光瞥过去，透过屏风，可以看到他高大结实的背影，斜斜倚靠着雕花木椅。

在他身边，有个纤瘦的身影，正咯咯娇笑。

顾轻舟心中毫无涟漪，她默默吃饭，一句话也不想说。

后来，颜五少非要去隔壁的舞厅弄些洋酒来喝，颜洛水陪同他去，主要是看着他，不许他喝醉。

顾轻舟落了单。

她有点闷，就去了趟洗手间。

中式的饭店，电灯外头都罩了灯笼罩，光线黯淡。

她出来的时候，就看到司行霈依靠着墙壁抽烟，雪茄橘红色的星火忽明忽暗，将他深邃的眸子衬得有点阴冷。

顾轻舟从他身边路过时，他抓住了她的胳膊："回头跟我走。"

他身上有雪茄的清冽，也有香水的清香。

顾轻舟觉得恶心。

"我去跟我义父义母说一声，若是他们同意，我就跟你走。"她冷漠，目光里一片冰凉。

司行霈就搂住了她的腰。

而司行霈的女伴，已经从洗手间出来，是个时髦女郎，打扮得美艳又不失气度。

看到司行霈怀里的顾轻舟，女郎怔住，而后美丽的眸子里，浮动一层薄雾，她紧紧咬住了唇，梨花带雨般楚楚可怜。

"少帅，我先走了。"女郎哭着道。

她不追问、不撕打，直接就退出去了。

出来吃饭，顾轻舟原是很开心的，她从未跟义父义母出来过。像一家人！

结果，就遇到了司行霈。虽然他有女伴，却不会放过顾轻舟。

顾轻舟的心情一片灰暗。

司行霈身边，永远不会只有一个女人，顾轻舟只是其一；而他，也从未想过娶顾轻舟。

顾轻舟对此很在意，她觉得这样低贱，她不想成为某个男人的众多情人之一。

但是，她又无可奈何。她是司行霈的，但司行霈不是她的，他不会只属于她。

在他们的关系里，顾轻舟没有半点自主的权利，她只是被迫接受和依附。

故而，她恨司行霈，觉得他是这世上最恶心的人。

"不去追？"看着女郎走开，顾轻舟斜睨司行霈，眼神似古潭无波。

司行霈笑，轻轻地摸顾轻舟的脸，道："我想你了轻舟，好些日子没有见你，还准备吃了饭再去你家里捉你，没想到你来了，老天爷都知道我犯相思病。"

他不接话，只顾说他的。

顾轻舟就道："你恶心！"

"只恶心你！"他轻轻地咬她的耳垂，在饭厅的后堂，在随时可以被人看到的地方，众目睽睽之下。

顾轻舟心中冷，也懒得躲避。

不承想，那个哭泣着却潇洒离开的女郎，突然尖叫着，又跑了回来："少帅，少帅救我！"

远处，一个同样漂亮年轻的女子，疾步朝这边走过来。

这两个女人是姊妹，都是船舶汤家的。

跟司行霈出来吃饭的女孩子，是汤家的五小姐；现在追过来、气势汹汹的，则是汤家的四小姐。

顾轻舟看着这一幕，心想："司行霈不知道又干了什么缺德恶心事！"

汤五看到她姐姐就害怕，急忙往司行霈身边躲："少帅，救命啊少帅，我姐姐要杀我！"

这个汤五小姐，并非司行霈认识的，而是旁人介绍的。

军需部的次长，说帮司行霈做媒，约个名媛陪他吃饭。

整个岳城都知道，司行霈不可能娶门第低的女人，所以说什么做媒，无非就是帮司行霈弄个女人，让他回城的时候快活快活。

军需部的人也是挖空了心思讨好少帅。

军需部的次长，是受了汤家的托付。

汤家愿意奉献女儿给司行霈做个露水鸳鸯，只求以后汤家的船舶走码头的时候，司行霈的人能睁只眼闭只眼。

这年头，谁家的船是干净的？随便走私一点，就是白花花的银子。

而司行霈是来者不拒的。

世道笑贫不笑娼，汤家原本就是商户，也没什么底线。

军需部次长介绍的是汤家四小姐。

不承想，这位五小姐很有手腕和心机，居然取代了四小姐，偷偷摸摸跟着司行霈出门了。

汤四和汤五都是庶女，身份不高，她们两个都盼着司行霈能高看她们一眼，将来图个前程。

能抓牢司少帅，做个姨太太无疑是最好不过的。

现在，汤五却耍心机，抢了汤四的机会。

汤四小姐泼辣，愣是追了过来。她急红了眼，也没看到司行霈怀里还抱着顾轻舟，只从司行霈身后将汤五拉了出来。

汤四小姐很有力气，按住汤五就掴了两巴掌，同时骑到了汤五身上，又打又挠。

司行霈摇摇头，冷漠地揽着顾轻舟的肩膀说："走吧。"

他懒得看两个厮打的女人。

然而，处于下风的汤五一下子就拽住了顾轻舟的脚踝。

顾轻舟的脚踝很细瘦，她一把抓牢，而司行霈又带着顾轻舟走，顾轻舟身子不稳，扑通也摔在地上。

"你这个贱人，就会抢男人！"汤四大骂汤五小姐。

一转眼，汤五小姐却从头上拔下了金簪。

这支簪子，簪头锋利无比，汤五小姐直接往汤四小姐身上戳。

汤四小姐的胳膊，立马一条长长的血痕。

吃了亏，汤四小姐回神，就去夺那支簪子。

顾轻舟跌倒，司行霈去扶。

司行霈的手还没有伸过去，汤家的两个女人抢簪子时，簪头滑过了顾轻舟的胳膊。

"啊！"顾轻舟细皮嫩肉的胳膊，顿时滚出了血珠。

司行霈再也忍不住，一脚把汤四踹飞，拉起了顾轻舟。

看到顾轻舟胳膊上的伤，司行霈嗜血的眸子阴冷，他收敛着情绪，呼吸沉重。

汤家的四小姐被踢开，五小姐终于能喘口气。

她们两个打得狼狈不堪。

司行霈将顾轻舟扶稳，然后从腰里掏出了手枪。

顾轻舟疼得很，正低头看自己胳膊的伤口，恍惚听到手枪上膛的声音，她吓了一跳，却见司行霈对准了汤五。

顾轻舟以为，他要吓唬吓唬汤家小姐，说点什么狠话，却听到"砰"的一声。

　　干脆利落，没有二话，他把汤家五小姐给毙了——只是因为她伤了顾轻舟的胳膊，一条血痕，一点皮外伤。

　　顾轻舟震惊，耳边全是枪声，她四肢发硬。

　　汤五小姐的额头上，一个黑黢黢的洞，先是冒黑烟，而后血如泉涌。她睁大了娇媚明亮的眼睛，难以置信地看着司行霈，死了！

　　万籁俱寂，枪声的余音还在空气里飘荡着。

　　片刻之后，被踢了一脚的汤四小姐，失控般地大哭大喊。

　　司行霈的枪，立马就对准了这个吵闹的女人。

　　顾轻舟回神，扑倒在司行霈的胳膊上，枪歪了几分，然后子弹还是发出去了，把墙壁打穿了。

　　汤四小姐两眼一翻，吓得彻底昏死过去。

　　若不是顾轻舟，那枪就是打在汤四的身上。

　　顾轻舟回手就扇了司行霈一个耳光："你神经病啊，这是人命！"

　　司行霈却望着她胳膊上的血，汤五额头上流出来的血，精神一振。

　　他猛然将顾轻舟压在墙壁上，狠狠地吻她。

　　两声枪响，惊动了所有人。

　　司行霈的副官先行一步，将后门锁上。

　　顾轻舟狠狠咬他的唇，他才清醒几分。

　　"收拾干净，你知道怎么做。"司行霈对副官道，然后一转身，直接将顾轻舟打横抱起，从后门出去了。

　　顾轻舟被他丢到了汽车上。

　　汽车在街头飞跃，差点撞翻两个人，终于到了司行霈的别馆。

　　一进门，顾轻舟的衣裳就被他撕开了。

　　他几乎要捏碎顾轻舟。

　　"疼，疼！"顾轻舟大叫，打开他的手。

　　她又叫又踢，终于让司行霈的神志回来几分。

　　拉开电灯时，他仍有几分恍惚，而顾轻舟的胳膊屡次碰到他军装上的徽章，伤口更深了，血浸湿了她的整条胳膊。

　　她的颈项、锁骨上，全是他吻出来的红痕，绮丽妖娆，又狠狠刺激了他。

　　她的长发从肩头泻下，半遮半掩中，她的脸白得像雪，而红唇被司行霈吻得有点肿，倒是又艳又嫩。

　　司行霈倒了两杯威士忌，一口气灌下去，人终于镇定了几分。

　　顾轻舟浑身不着寸缕，司行霈将她抱上了楼，拿了件丝绸睡衣给她，这是他之前吩咐朱嫂准备的。

　　"疼不疼？"司行霈坐在顾轻舟对面，看她的伤口。

　　他头发湿漉漉的，凌乱耷拉下来。

　　顾轻舟的眼睛微湿，声音出不来。

　　司行霈拿了碘酒，给她擦拭伤口，见伤口并不深，只是浅浅的一条，不需要去缝针，他松了口气。

　　他擦药很仔细，也很小心，生怕弄疼了顾轻舟。

　　"司行霈……"

　　他抬眸，眼眸似墨色宝石一样，明亮乌黑，只是深敛其中，就显得深不可测。

　　"怎么了，弄疼了？"他心疼地问。

　　顾轻舟则道："你是不是生病了？"

　　司行霈见血失控，失控到杀人跟宰鸡一样，顾轻舟觉得他不正常。

　　"别胡说。"司行霈却慢慢露出了一点笑容，像安慰顾轻舟似的。

　　"你为何见到血就没了理智？"顾轻舟问他，"你小时候，是不是受过心理创伤？"

　　司行霈不答话。

　　"你请医生看过吗？"顾轻舟又问，"教会医院有心理科，你可有去瞧过？"

　　司行霈蹙眉，抬起了顾轻舟的下巴，轻轻地落吻，道："别多想，睡一会儿吧！"

　　他讳疾忌医。

　　顾轻舟的心也冷了。

　　"我今天是跟义父义母出来吃饭的。"顾轻舟冷然道，"不需要解释下吗?"

"我去说。"司行霈道。

顾轻舟起身要走,司行霈将她放在床上,吻她。

这次的吻,温柔缠绵。

"睡好吧,我会打电话给你义父的。"司行霈道。

他果然下楼,打了个电话去那家饭店,他的副官接了,然后请颜新侬听电话。

司行霈说,轻舟他带走了,明天会送回去,让颜新侬夫妻两个人先回家。

颜新侬怔怔的,手里的电话差点没拿稳。

"你……你说什么?"颜新侬耳边嗡嗡的,反问司行霈。

"轻舟,一直都是我的。"司行霈直接道。

而后,他挂了电话。

颜新侬手里的电话筒,被他自己砸了。

司行霈挂了电话,就上楼哄顾轻舟睡觉了。

"我已经告诉了颜新侬,他知道你在我这里。"司行霈道。

顾轻舟咬唇不语。

这必须得说,要不然怎么解释她的失踪?

顾轻舟可以骗顾圭璋,可以骗秦筝筝和姨太太们,但是她不想骗颜新侬。

她把颜家当亲人。

亲人,不应该活在谎言里。

见顾轻舟不说话,司行霈又问她:"你饿吗?我看你后来没吃多少。"

在悦达菜社,司行霈打过招呼之后,就一直用余光瞥顾轻舟。

顾轻舟后来没动筷子,他是知道的。

司行霈也觉得奇怪,自从遇到了顾轻舟,最近半年来,他约过两次女人,都能让顾轻舟撞上!

这难道就是命运的预兆,让他必须为顾轻舟守身?

清心寡欲的生活,司行霈能忍受,毕竟军营也不是常有女人的。

他只是找不到忍受的理由。

就好像一个饥饿的人，面前摆满了美食，而且是自动送到他嘴边，他为何不吃？

现在，他好像找到了不吃的理由：因为他的轻舟会不高兴。

司行霈问她是否饿了，顾轻舟没有答话。

她侧躺着。

司行霈这会儿彻底从嗜血的疯狂中清醒过来，人开始有了理性，会关心顾轻舟。

他下楼去洗米，将粥炖在煤火上，若是顾轻舟夜里饿了，可以吃些。

顾轻舟躺在床上，胳膊上疼痛倒没多少，心里的痛却不轻。

义父已经知道了。

总归，很多人都会知道。

顾轻舟的名誉，早已被司行霈撕得粉碎，就像她那件旗袍。

她的遮羞布都被扯开了，她很难过。

这点难过，很快就被汤五小姐死不瞑目的模样取代。

人家有什么错？

司行霈答应跟人家约会，好好的约会变成了对女伴的羞辱，半途跑去找顾轻舟，结果又直接枪杀她。

顾轻舟知晓，司行霈的副官不会让此事传出去，哪怕真的传了出去，船舶汤家还敢去南京告司行霈不成？

一条鲜活的生命，就这样烟消云散。

汤五小姐的母亲，会不会痛苦得撕心裂肺？

痛苦加在别人身上时，司行霈从来不考虑。

顾轻舟青绸般的墨色长发铺满了半枕，她睡衣的领口很宽，能露出半截后颈，以及雪色肌肤。

她的肌肤很丰盈，嫩得像白茶花的花瓣，一碰就会红。

司行霈的手，穿过了顾轻舟的黑发，凉滑馨香。

他吻了她的头顶，又吻了下她后背的肌肤，说："不要担心，我明天会去跟颜新依谈。"

"那你怎么跟那位小姐的父亲谈？"顾轻舟声音疏离，好似从远处的山谷传回来的回音，空荡荡的。

司行霈避开了她那条受伤的胳膊，从腋下穿过去，抱紧了她的娇躯。

"无须谈，是她先动手。"司行霈冷漠道。

"可是人家死了！"顾轻舟道，"你若是不喜欢她，可以不约她；你既然约了人家出来，出事了也不应该毙了她。"

司行霈将头放在她的肩窝处，嗅着她浑身的清香，心满意足："你不必管。"

"女人很廉价，是不是？"顾轻舟问他，"对你而言，是玩物，是猎物，甚至是牲口，随时可以打杀？"

司行霈这时候才发现，她真的生气了。

他坐了起来，试图把她抱着坐起来的时候，顾轻舟挥手，狠狠掴了他一个耳光。

她的眼泪流了满脸。

顾轻舟明明可以有个很温馨的夜晚，她的义父义母很疼她，颜洛水和颜一源把她当亲妹妹。

她向往家庭，向往亲情，那是顾轻舟人生里最缺少的东西。

可司行霈毁了它。

颜家以后怎么看顾轻舟？

颜太太是老式女人，她估计再也无法善待顾轻舟了。

"轻舟！"司行霈抓住了她的手，见她掌心都打红了，心疼地放在唇边吻了吻，"别动手。"

顾轻舟的手劲挺足，司行霈的脸，也是被她打得火烧火燎的。

私下里，司行霈在自己的爱宠面前，不需要什么尊严，他也不会觉得被她打有什么丢脸，只感觉她的手都打肿了，可怜兮兮的。

他将她的手，贴在自己的胸口。

他吻她的眼睛，又帮她擦拭眼泪。

良久，顾轻舟终于不哭了，司行霈道："轻舟，我十岁的时候就跟着督军上战场，那时候我还没有枪高，自然不能扛枪打仗，只能做些后勤之事。

"打扫战场，是战后必需的。那些被子弹打穿了的尸体，都要搬到一处烧掉。若是他们的军装整齐，还要脱下来再用。"

顾轻舟睁大了眼睛，愕然看着他。

十岁吗？

司行需微微笑了笑，在她唇上轻啄："轻舟，我从未把人当玩物，我只是从来没觉得人命珍贵而已。在我的生活里，命随时都会丢，是最廉价的东西，一支枪比一条人命值钱多了。我有时候会想，你还有一年多才满十八，我有没有命等到你成年的那天。"

顾轻舟复又低垂了眼帘。

她就知道，这种人不值得为他动容，他的嘴里吐不出象牙。

"对不起轻舟，我今天不该杀那个女人。只是，她划伤了你，我不能那么便宜她。"司行需道。

顾轻舟冷笑："你没有对不起我，你是对不起她的家人。"

"她的家人？"司行需略有感叹，"是她的父亲将她送给了我。岳城的人都知道，我玩女人是很凶的，在我床上，有时候半死不活。可她家里为了码头，将她给我了。轻舟，她的家人也不在乎她的命，只有你为她惋惜而已。"

顾轻舟又睁大了眼睛。

一股子绝望，毫无预兆涌上了心头。

女人的地位，低到了如此地步！

不只是那个死去的女孩，就是顾轻舟自己，她相信顾圭璋也会随时卖掉她的贞操，甚至她的生命。

司行需看到了她澄澈眼底的绝望和惊恐，将她轻轻地抱在怀里："轻舟，我怜惜你的命。只要我活着，你的命就不会丢。"

顾轻舟浑身的力气都被抽空般，她依靠着他，一滴滚热的泪滑落，滴在他的胸口。

司行需吻她，然后抱着她睡着了。

第二天，他将顾轻舟留在别馆，不许她回顾公馆，自己开车去了趟颜家。

颜新侬一夜未睡。

看到司行霈时，颜新侬的眸子阴郁，有深深的愤怒。

司行霈坐到了他对面的沙发上，点燃了雪茄。

一时间，颜新侬反而不知该怎么开口。

司行霈就先说了："去年腊月我被李文柱暗算，随行二十名副官全部牺牲，此事你还记得吗？"

颜新侬点点头。

司行霈跑到李督军的地盘，勾搭李文柱最心爱的姨太太，把人家睡了之后，从姨太太手里拿到了李文柱军火库的地图和营卫，兵不血刃抢了人家的军火库。

李文柱大怒，毙了姨太太，闹到了南京。

各地军阀占山为王，南京政府的管束力不大，三言两语就把李文柱打发了。

李文柱气急，筹划了大半年收拾司行霈，差点得手。

"……那天我跳上一列火车，出了李文柱的地盘，是轻舟当时替我掩护。"司行霈道，"从那时候起，我就想要她。"

"可她是司慕的未婚妻，你这样会气死督军的！"颜新侬道。

司行霈慢慢吐烟雾："我不是为了报复司慕，也不是为了气督军，才要轻舟的。"

颜新侬无语。他狠狠吸了口气烟，呛得肺里生疼。

良久之后，颜新侬问司行霈："你打算怎么办？就这么偷鸡摸狗，玩累了把轻舟丢了？"

"我不会丢轻舟。"司行霈道。

颜新侬按灭了烟。

"阿霈，你第一次开枪，是我教你的，这些年我也是把你当儿子一样！你这件事办的，实在太过分了。你知道是什么后果？"颜新侬沉痛道。

"督军为了颜面，可能会秘密处死轻舟，你懂吗？"颜新侬道。

"我当然懂。"司行霈淡淡道，"他不会有机会下手的。"

他会保护顾轻舟。

在司行霈的地盘，顾轻舟是至宝，没人能伤害她，包括司督军。

"那你是打算娶她？"颜新侬试探着问。

司行霈摇摇头。

他没有这样的打算。

"我不会娶她。"司行霈道。

颜新侬气得猛然站起来，怒指司行霈："那你何苦毁了她！"

"我没有毁她，我很疼她！"司行霈收起了漫不经心，肃然道，"轻舟是我的宝贝，我把她放在心坎上疼，我从来没毁过她！"

"可这个社会上的流言蜚语，会吞没她。"颜新侬道，"少帅，杀人不一定要用枪！"

"可是我娶了她，她就会成为我的短板。想要毁一个人，就先找最薄弱的地方下手。我的妻子就是我最薄弱的地方，他们会千方百计弄死她。"司行霈道，"娶了她，才是真正毁了她！"

颜新侬知晓司行霈惹了多少麻烦。

这些年，这位少帅嗜血般地吞并地盘，抢夺军火，他结仇无数。

所有人都会盯着他，他的妻子，的确是最危险的位置。

颜新侬和司行霈聊了五个钟头，从九点多一直聊到了下午两点，错过了午膳。

蝉鸣切切，颜新侬和司行霈都不知疲倦。

他们无法达成共识。

颜新侬说："你只有两条路走，要么丢开手，别再缠着轻舟；要么放弃军政府的一切，跟着她出国去生活。"

在岳城，哪怕是顾轻舟和司慕退亲了，司督军也是绝不会允许她和司行霈结婚的。

这样的话，司家会被流言蜚语困扰，司慕更是颜面扫地。

自己的未婚妻嫁给哥哥，这是何等的丑闻！

司督军是个特别老派的人，他至今信奉忠义等儒家道德。

兄弟两个人和一个女人纠缠，这是莫大的耻辱，家门不幸！

颜新侬从大局出发，替司行霈考虑，提出了两条路，供司行霈选择。

司行霈想也没想，全部都否定了："我的一切都在华夏这片土壤，我不会放弃，我没有占过督军的便宜，我的东西都是我拼来的。

"我也不会丢开轻舟，她是我的女人。男人连自己的女人都能放弃，那还有什么尊严？况且，我也舍不得！"

这两样，他都做不到。

轻舟是他的宝贝，军政府是他奋斗了十几年的事业。

颜新侬叹气："阿霈，你在作茧自缚，你会害死轻舟！"

司行霈吐出一口轻烟，雪茄的香洌立马充盈整间屋子，轻雾缭绕中，司行霈目光中添了几分迷离："轻舟不会轻易被害死，她可精明了！"

他的轻舟，比他见过的所有女人都有能耐。

她的智慧不输男子。

司行霈想到她，心中就暖融融的，好似寒冬里揣了个火盆。他从未想过害顾轻舟，从遇到她的第一天开始，他就很珍惜她。

她是司行霈养的猫，司行霈将她视为最亲密的陪伴者。

因为司行霈的拒绝，颜新侬就这个问题，和他绕了一上午。

最终，他们谁也无法说服谁。

颜新侬上了年纪，越说越累，也就懒得再说，沉默着叹了口气。

"……最起码，你给我小心点，别暴露得太早，让轻舟背负骂名！"颜新侬最后无奈，恨不能踹司行霈两脚。

出了这种事，流言只会说顾轻舟水性杨花，而不是考虑她是否自愿。

女人处于弱势。

顾轻舟是颜家的恩人，颜新侬把她看得和颜洛水一样重要。

"知道了岳父。"司行霈道。

颜新侬瞠目结舌：我说什么了就成了你岳父？我还没答应你跟轻舟好啊！

太无耻了这个人！

费了半天的吐沫星子，什么也没说通，反而被他占了个便宜，颜新侬气得半死！

正院的女佣来说，太太有话问，让参谋长先回去："太太说，就几句话，若是参谋长不回内院，她就要出来了。"

颜新侬无力，先回了内院，让司行霈等在外书房。

颜太太焦虑地等着。

"怎样，他怎么说？"一进门，颜太太就问。

颜新侬简单把司行霈的意思复述给了她。

"这太过分了！"颜太太怒道，"应该我去说，他不能这样作践轻舟！轻舟落在他手里，还不知什么下场，他怎么这样狠心？"

颜新侬又叹了口气。

"他要什么没有，为何非要缠着轻舟？轻舟多不容易，从小就没过过好日子，如今又这样！"颜太太更气了。

司行霈太缺德了。

颜太太想了想，说："轻舟的父亲不靠谱，他哪里会考虑轻舟？只有咱们能替轻舟做主，你说不动他，我去说！我好歹是长辈，又是女人，我不信他不给面子！"

颜新侬拉住了太太："你还不知道司行霈？天皇老子也不放在眼里，司家的老太太也说不动他。

"我瞧着他的意思，暂时是不会放轻舟的，你去说也没用，白费口舌！我倒是说了一通，他全当废话了。"

颜太太哪里肯依？

冒着炎炎烈日，颜太太走了一身汗，到了外书房。

外书房全是烟味，颜太太蹙了一下鼻子，略微嫌弃。

司行霈果然还等着。

颜太太不兜圈子，开门见山就道："少帅，轻舟跟着你，她是没有活路的。少帅您时常上战场，枪炮无眼，你也当给自己积点德，放过轻舟吧！"

司行霈道："阿婶，轻舟愿意跟我！"

颜太太立马道："轻舟没糊涂到那个地步！"

司行霈心中微感欣慰。

顾轻舟没有亲生母亲疼她，但是她找了一对很疼爱她、信任她的义父义母。

出了这种事，家长也许会怀疑女方心甘情愿，颜新侬和颜太太却认定是司行霈逼迫顾轻舟的。

实情也的确如此，是司行霈逼迫顾轻舟的。

"……阿婶，我会疼轻舟的。"司行霈道，"我不想放手，我怕别人不够疼她，照顾不好她！"

"做做好事吧，少帅！"颜太太快要气哭，眼角微湿道，"你不招惹她，她就会很好！"

司行霈沉默。

他心里有点堵，他这么差劲吗？

他的疑问，很快就得到了颜太太的解答。

颜太太说："不是少帅你不好，是罗敷有夫啊！轻舟和二少帅的婚约在前，一女不嫁二夫的呀！"

"我会考虑。"司行霈闷闷道。

颜新侬是司行霈的启蒙恩师，他的第一枪是颜新侬教的。

正是如此，司行霈敬重颜氏夫妇，没有拂袖而去。

颜太太软语相求，几乎要哭出来，句句都是为了轻舟考虑，让司行霈动容。

这世上还有人爱他的轻舟呢！

他答应会考虑，就从颜家离开了。

话虽然如此，他并没有考虑的打算，他只是宽慰颜太太。轻舟是他的，司行霈只进不出。他的东西，他何时丢过？

"轻舟只能是我的！"

回去的路上，司行霈买了六枝白玫瑰，又买了只水晶花瓶，带回去给顾轻舟。

他到别馆的时候，朱嫂告诉司行霈，顾轻舟吃了午饭，正在午睡。

司行霈微笑，吃了就睡，睡醒了再吃，他的轻舟像只慵懒的猫！

他将花装瓶，养在清澈的水里，拿到了楼上，摆在顾轻舟的床头。

顾轻舟睁开眼，数朵冰肌玉骨般的白玫瑰，花瓣晶莹如雪，层层叠叠地盛绽，开得丰神凛冽，芬芳馥郁。

她莫名笑了。

花香让人心情愉悦。

一抬眸，司行霈已经回来了，他正坐在临窗的藤椅上，翻阅文件。

司行霈穿着铁灰色的军装，炎热的盛夏，他的军装扣子扣得严严实实，就连最上面的纽扣，他也是紧扣的。

这是军人对军服的敬重。

他虽然变态，但穿上军装时，他总有份责任感。

顾轻舟翻身。

她翻身的动作很轻微，还是惊动了司行霈。

"醒了？"他坐到了她床边。

顾轻舟醒了，身体却慵懒，她斜倚着枕头不想动。

想起司行霈去了颜家，此刻不知道义父义母怎么想她，也不知洛水和五哥如何看她。

这层关系，只怕是分崩离析了。

顾轻舟顿时没了起床的动力，她的心堵得难受，沿着丝绸床单，滑到了里头，不想起来了。

司行霈却翻开了她的薄被，将她从一堆枕被间捞出来。

"我和颜总参谋谈了一上午，不想知道我们谈了什么？"司行霈问。

顾轻舟想知道，又害怕知道。

良久，她喃喃问："谈了什么？"

司行霈就把颜新侬的话、颜太太的话，都告诉了顾轻舟。

顾轻舟微愣。

"……他们都很疼你，都知道我不是东西！"司行霈轻轻地搂住她的腰，在她耳边暧昧道，"轻舟，在你面前，我的确不是东西！"

顾轻舟眼睛却微湿。

"义父和义母没怪我？"顾轻舟眨了眨眼睛，一滴晶莹的泪就顺着眼眶滑落，落到了腮边。

"没有，他们都知道你，只说我不好。"司行霈道。

他轻轻地吻她凉软顺滑的头发："轻舟，我只怕要恶人做到底了！"

顾轻舟没有理他。

她赤脚下楼，去给颜家打了个电话。

颜太太在电话里安慰她："轻舟你别怕，司少帅答应过你义父，暂时不害你。你义父和我都在想办法，我们会救你的，轻舟……"

顾轻舟就哭了。

她哽咽着说好。

"别哭，轻舟。"颜太太叹气，"咱们会想办法的，少帅也不是完全不讲道理的人。"

她"嗯"了声。

挂了电话，顾轻舟一双手捧住脸，呜呜地哭了。

有人信任她！

司行霈跟着下楼，拿了双尼泊尔拖鞋给她换上。

他轻轻地擦她的脚，只见她的足嫩白细长，脚趾都是圆嘟嘟的，指甲粉润，灯光下有珠光色。

上次被咬伤的伤疤，已经褪去了紫红色，仍是可以瞧见。

现在，胳膊上又留下了疤痕。

司行霈叹了口气。

顾轻舟回过神，问他昨晚的事："那位小姐的家里人，怎么说？"

"我已经派副官去处理了。"司行霈道，"放心，会处理妥善的。"

顾轻舟仍是打了个寒战，说："你以后，能不能不要当着我的面杀人？"

司行霈吻她的唇，犹豫了一下："这个没法子保证，但是我尽量！"

他搂着她，突然想起了什么，拉起顾轻舟道："换衣裳，我带你出去！"

"去哪里？"顾轻舟挣扎，"我不去！"

司行霈微笑："你敢？不听话，我就要办了你！"

顾轻舟想去趟颜家。

虽然打过了电话，顾轻舟仍是想当面去和颜太太谈谈。

特别是颜太太的信任，让她心中感激。感激之余，她其实也害怕颜太太和颜新侬的目光。

司行霈却非要带着她出门。

"不行，我现在就要去颜家。"顾轻舟道。

司行霈不放："你听话，我明天就放你回去，要不然我就把你锁在别馆里，直到你开学。"

顾轻舟气得发抖，骂他变态，甚至踢他。

"我不想去！"她哭。

她不喜出门，尤其是跟司行霈出门。

顾轻舟往沙发里一靠，心想装死好了，也许真死了更好。

她不想动，司行霈的手就沿着她平坦的小腹往下，吓得顾轻舟跳起来。

她无可奈何。

司行霈从衣柜里给她选衣裳，特意拿了件桃红色绣百蝶穿花的旗袍，色彩艳丽。若是中年女子穿，可能会庸俗，年轻的小姑娘，却是俏丽可爱。

"穿这件。"司行霈丢在她面前。

顾轻舟嫌弃："这衣裳颜色太花哨了，穿上跟新媳妇一样！"

乡下姑娘家嫁人的时候，才穿这么鲜艳的衣裳。

司行霈大笑。

他却没有接这句话。

他在顾轻舟面前，贫嘴贫舌的，唯独提到了结婚有关的，他立马就沉默。

顾轻舟心中，沁入几分凉意。

他绝不会娶她的，这是他一开始就告诉过她的。在这件事上，司行霈从来不骗她。

她心灰的时候，往往也只是低垂羽睫，情绪收敛，没什么表情。

拿起司行霈选的旗袍，顾轻舟去洗手间换了。

看着镜子里的自己，穿得艳俗，的确像个老式人家的新娘子。

可惜，她不会有新郎官。

司行霈不会娶她，他只想玩弄她，当宠物一样；而司慕，和他母亲恨死了顾轻舟，更不会娶她。

明明有婚约在身的，顾轻舟的前途却一片渺茫。

她出来的时候，司行霈愣怔了一下。

顾轻舟雪肤剔透，红衣黑发，像个妖精，轻盈盈地站在司行霈面前。

她真好看！

他的轻舟，每一样都好看！

司行霈上前，挑起她纤柔的下巴，吻了吻她的唇："这么打扮，喜气洋洋。小姑娘家的，不要总是那么素净。"

顾轻舟不答，只是问："咱们去哪儿？"

司行霈卖关子："自然有好去处。"

已经是半下午了，日影西斜，绿荫之间的阳光，似织金点翠，浮华都敛去了，只剩下眼前的静谧。

司行霈心情极好，搂住顾轻舟的腰下楼。

副官低声，对司行霈道："少帅，已经办妥了。"

司行霈略微颔首。

他自己开车，没有带副官和司机，却给了顾轻舟一把枪，希望再出意外时，顾轻舟能自顾。

顾轻舟则蹙眉。

饶是蹙眉，她仍是将枪关好保险，放在自己的手袋里。

上了车，徐风暖暖潜入车厢，顾轻舟问司行霈："你的副官说办好了，是不是昨天那位小姐的死，已经处理妥当？"

司行霈摇头，笑道："那件事，我已经托付给人去办了，应该要几天才能。他说办妥，是说咱们要去的地方，已经清场了。"

顾轻舟尴尬。

她现在跟着司行霈，每到一个地方，都透出浓郁的难堪。

因为，他们需要清场。

顾轻舟对偷偷摸摸的出行感到羞耻！

她不图司行霈的钱，也不图他的势，为何她要冒如此低贱的风险？

只因司行霈看上了她？

"你义父说，让我行事小心点，别叫人看见了，传出谣言。"司行霈笑，"所以我很小心。"

"这世上没有不透风的墙，迟早会有人知道，到时候我更难堪。"顾轻舟望着后退的街景，冷漠道。

颜新依说，这个世上能杀人的，不只是刀枪，还有人言。

他伸手，握住了顾轻舟的手，道："我不会让你难堪的！"

顾轻舟冷冷哼了声，抽回了手。

司行霈却考虑了很久。

督军和他自己都知道，司行霈是有本事的，军政府的天下，七成是他司行霈打下来的。

可外人会不会觉得他和司慕一样，是个靠父亲吃饭的纨绔？

"你义父说，让我带着你离开华夏，去国外生活，这主意倒也不错。"司行霈道。

"你不是拒绝了吗？"

"我是拒绝了，可这思路挺好。"司行霈略有所思，"也许，我该考虑考虑，自立门户！"

司行霈没有离开岳城，因为岳城的军政府，是他们父子两个人打下来的。

军政府的七成势力，都应该给司行霈。

司行霈从未将司慕放在眼里。

这是个强权的世道，没有兵，没有军火，没有人心，司慕再擅长耍把戏也一事无成。

可督军还没有死，现在分家不太妥当。

不过，他倒也可以为了轻舟，放弃那三成，只带走属于他的，和顾轻舟换个地方去生活。

他把她藏得紧紧的，他的敌人不知道她，世人也不敢嘲讽她。

"轻舟，你愿意跟着走吗？"司行霈问她。

顾轻舟道："不愿意！"

"调皮。"司行霈笑，捏了一下她的脸。

她的肌肤很滑溜，像上等的绸缎，指间会留下一段柔腻的触感。

顾轻舟将头偏向另一侧，不看他。

汽车开了片刻，终于到了地方。

司行霈带着顾轻舟来的，是一家照相馆。

照相馆挂了歇业的牌子，大门紧闭着。

瞧见司行霈的车，有个穿着黑色便服的副官，打开了照相馆的门。

馆内的伙计和师傅都被请走了，司行霈自己的亲信负责照相。

司行霈解释道："照相馆的背景是现成的，更加庄重些，我需要一些正式的照片。我的副官都会用相机，只是临时借借照相馆的场地。"

他想和顾轻舟照几张相。

有这个念头，是因为司行霈在颜新侬的书房时，发现颜新侬的书房里摆放了几个相框，其中就有他和他太太十五岁相遇时照的、二十岁结婚时照的。

一开始是两个人，后来慢慢添了孩子；孩子们大了，又添了孙子。

颜新侬和颜太太始终肩并肩坐着，笑得一脸喜气。

司行霈就很羡慕，他也想要这样的照片。

以后，每隔五年和轻舟照一次，如果他还活着的话。

"坐好了。"司行霈先把顾轻舟按在椅子上。

顾轻舟就坐得端正，一动不动，眉眼收敛着。

司行霈先钻到了相机里，去看了看，深感太严肃了，颜太太年轻的时候比现在早了快四十年，那时候她都不拘谨，顾轻舟在拘谨什么？

"高兴一点。"司行霈指挥顾轻舟。

顾轻舟道："我笑不出来！"

司行霈看了眼旁边的副官。

副官说："照相就是要严肃的，少帅。"

司行霈眼风带过，眉梢挑锐，副官不敢再说话了。

"轻舟，你笑出来，否则你知道我怎么对付你。"司行霈威胁道。

这一威胁果然有用，顾轻舟就开始笑了，虽然笑得很惨，有点诡异般的惨笑。

饶是这般惨，司行霈也觉得不错。

他又给顾轻舟整理了衣裳，这才坐到了顾轻舟身边。

她穿着旗袍，他穿着德式的军装，一柔一刚，搭配得很完美。

顾轻舟仍在惨笑着，司行霈则板着脸，男人应该严肃。

副官按了快门，镁光灯扑哧一闪，差点闪瞎了眼睛。

两人并肩坐着的合影照完，司行霈让顾轻舟坐在椅子上，他站在她的身后："我的轻舟像个公主。"

他像是侍卫。

觉得有趣，司行霈又反复让顾轻舟摆了几个姿势。

最后，他单独给顾轻舟照了两张。

照片照好了，司行霈让副官留下来："赶紧洗好给我。"

副官道是，立马就去准备。

临走时，司行霈把照相馆的相机带走了，让副官重新去买一部还给老板。

离开照相馆的时候，已经是黄昏了。

余晖似火，晚霞旖旎，给顾轻舟脸上镀上了层稀薄的光，看上去更加柔嫩美艳。

司行霈越看，越觉得他的轻舟好看。

"去吃饭，好吗？"司行霈站在她身边，搂住她的腰问。

她胳膊上的伤痕已经结痂，看上去没什么严重的，故而她围上了一条轻薄的长流苏披肩。

"随你。"顾轻舟道。

"想去哪里吃？"司行霈又问。

顾轻舟看着迷茫的前路，似乎每条路都很宽敞畅通，可是她该往哪里走，她不知道了。

"随你吧。"她百无聊赖道。

这次，他们去吃了西餐。

雅间里很安静，司行霈不时给顾轻舟切肉，喂金丝雀一样小心翼翼地喂她，好像颇有乐趣。

外间有白俄人的钢琴师弹琴，琴声缥缈。

"是《梦幻曲》，我们也学过。"顾轻舟低声道。

司行霈就说："你时常要练琴吗？"

"练得少，家里的钢琴是大姐的，不好总用。"顾轻舟道。

司行霈起身去了趟洗手间。

饭后，他就带着顾轻舟出城。

四周一开始还有路灯，而后慢慢变得漆黑，只有车子的远光灯，照出一束束刺目的光，将道旁的柳树照得像鬼魅。

顾轻舟问："这么晚了，咱们去哪里？"

司行霈照例卖关子，先不说，要给顾轻舟惊喜。

顾轻舟就没有再问了。

车子一路出城，顾轻舟合眼打盹。

司行霈带着顾轻舟，到了城外很近的一处寺庙。

夜里的寺庙没有人，大门紧闭。

"少帅。"开门的小沙弥却认识司行霈，立马给他开了门，请他进来。

檀香的气息，让四周宝象森严。

顾轻舟的脚步也放缓了。她穿着一件很庸俗的旗袍，司行霈觉得好看，她很不舒服，走得很慢。

"我们上山。"司行霈笑道。

山上面布满了庙宇。

山并不高。

顾轻舟走了几步，就腿软了，司行霈则弯腰背她。

"不行，太重了。"顾轻舟拒绝。

"你才几斤啊？我负重一百二十斤跑二十公里都没问题。"司行霈道。

顾轻舟无法，只得趴在他肩上。

司行霈脚步很快，陡峭的山路，他背着顾轻舟，气都不喘一下，片刻就到了山顶。

放下顾轻舟的时候，司行霈呼吸平稳，顾轻舟就想：这个人身体很好，她等不到他自然死亡。

"这就是望梳台，是整个岳城风景最好的地方。"

寺庙的望梳台，地势宽阔，可以将整个岳城一收眼底。

一株古老的槐树，树冠如宝盖，投下了阴凉。

树下是石桌石椅，还有很结实的栏杆。

顾轻舟趴在栏杆上，吹着凉爽的夜风，看着远处灯火葳蕤的城市，心中的郁结终于减轻了很多。

司行霈站在她的身后，将她拢在怀里，指着远处告诉她："瞧见没，那是咱们的别馆。"

是你的别馆而已。

顾轻舟腹诽，心中的话没有说出来。

司行霈又指了另外的地方，告诉她哪里是颜公馆，哪里是顾公馆，哪里是司公馆，哪里是督军府，哪里是市政厅。

整个岳城，他了如指掌，因为这是他的地盘。

"轻舟，你喜欢岳城吗？"司行霈问。

顾轻舟道："我不知道，我才来不久。若是没有你，我会很喜欢这里的。"

司行霈就轻轻地咬了她的耳朵。

顾轻舟躲避，他的咬就改成了舔舐。

"你若是不喜欢，我们换个地方？"司行霈道。

"我喜欢。"顾轻舟立马道。

她不想离开这里，她还没有拿到外祖父的家产，她还没有让害死她母亲和外公的人服罪。

司行霈亲吻她的后颈。

下山的路有点长，顾轻舟也走得脚酸，司行霈依旧让她趴在自己的背上，他背着她下山。

他走得很慢，山路的风又凉，不时将她的发丝撩拨到了他的侧脸。

侧脸有点痒，心里却踏实极了。

他们回到别馆的时候，顾轻舟就看到别馆的正当面窗下，摆放着崭新的钢琴，琴键黑白相间，温润似玉。

顾轻舟微愣。

不过是随口说了句，他就把钢琴买回来了。

"什么时候买的？"顾轻舟问。

"吃饭的时候。"司行霈道。

他吃饭的时候去了趟洗手间，是去给副官打电话，让副官赶紧弄一架钢琴到他的别馆。

给得起的东西，司行霈从不吝啬。

"弹一个你熟悉的曲子给我听。"司行霈道。

"都这么晚了。"顾轻舟不愿意。

司行霈轻轻地捏她的鼻子，说："懒！你越发懒了！"

顾轻舟不理他，她先上楼了。

她的胳膊不能沾水，司行霈帮她洗澡，然后抱着她睡觉。

顾轻舟心中有事，她睡不着。

她在想颜新侬和颜太太。

要不要去颜家，当面说点什么呢？能说什么呢？

顾轻舟心中胆怯，到时候连义母的一个眼神，她可能都承受不住。

想去，又不敢去。

迷迷糊糊地，直到后半夜才睡着。

第二天清晨，司行霈早早起床，亲自做了早膳。

副官买了小笼包，司行霈做了米粥，调制了白萝卜丝，酸甜可口，给顾轻舟下饭。

顾轻舟下楼的时候，司行霈一边吃早膳，一边看东西。

凑上前去，才知道是昨日下午拍的照片，已经洗好了。

"轻舟，你看！"司行霈把并肩合影的照片给顾轻舟瞧。

当时顾轻舟记得，自己被迫微笑，笑得很诡异且凄惨，但是黑白照片上，捕捉不到那么细微的痕迹，反而觉得她笑得很甜美，很幸福。

倒是她身畔的司行霈，一脸肃然，好像有点紧张。

"还不错。"顾轻舟客观道。

司行霈则爱不释手，反反复复看着这张照片。

他的目光看不到他自己，只能看到他的轻舟。

她的笑容甜甜的，眼睛微弯，露出一口整齐洁白的小糯米牙，还是有点孩子气。

不过，这样很好，像青梅竹马，以后老了就是无尽的回忆。

"轻舟很上相。" 司行霈道。

除了这张，他们还有另外两张合影：司行霈坐着，顾轻舟站在他身后；另一张则相反。

合影看完了，还有顾轻舟的单人照，每一张都带点笑容，虽然是司行霈逼迫她的，但照出来的效果都很好。

她很年幼，脸上的线条不会僵硬，笑容总是甜的。

"真好看！" 司行霈道。

他的副官一式洗了两份，司行霈给顾轻舟一份。

"我不要！" 顾轻舟道，"被人看到，我说不清。"

她只挑了一张自己的单人照，放在自己手袋里。和司行霈的合影，她一张也不肯要，全部留给司行霈。

司行霈就道："那也好，我要框起来，摆在客厅，再摆在书房。"

而后想想又不妥，万一有人闯到家里，看到了怎么办？

那不就暴露轻舟了吗？

他最终还是裱了起来，他在家的时候就放在书桌上，不在家就锁在保险柜里。

这样，他和顾轻舟有了第一次合影。

司行霈将照片放在保险柜，留一帧顾轻舟的单人小相，放在自己贴身的衬衣口袋里，想她的时候可以拿出来看看。

这次照相，司行霈很满意，就放顾轻舟回家了。

第十八章

鲜虾馄饨

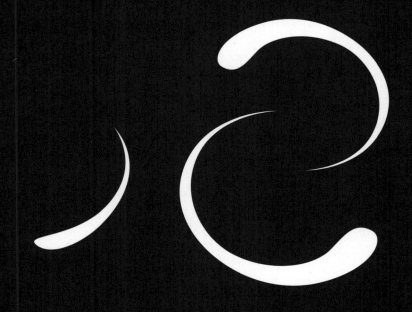

回到顾公馆后，顾轻舟躺在床上，心中思虑要不要去一趟颜公馆。

最终，那点胆怯被她强行压下去，她起身去了趟颜公馆。

颜太太接了顾轻舟。

此事，颜太太不知该怎么开口。

她知晓顾轻舟没有错，司行霈什么性格，颜太太是最清楚了。

而顾轻舟脑子清楚，她是不会上了司行霈的当。

"……此事，就我和你义父知道，别告诉洛水和一源，他们小孩子家，沉不住气。"颜太太道。

顾轻舟点点头，眼眶微红。

颜太太又道："少帅也把事情的经过，告诉了我们。你在火车上救他，乃是你的善念，人人都会有善念，你也没想到他这么混账不是？"

顾轻舟又点点头。

"姆妈知道你委屈。"颜太太说，"你义父会说服他的。好孩子，你别害怕。"

顾轻舟忍了再忍，还是忍不住哭了。

"您不怪我？"顾轻舟道。

世人对女子都很苛刻。

哪怕是被施暴了，舆论也要女人反思，是否自己穿得太暴露，言行是否不得体。

可意外就是意外，跟女人本身是没有关系的，错只在施暴的男人身上。

男人不会体谅女人，而女人更会苛责其他女人！

顾轻舟以为，颜太太和颜新侬肯定会想：一个巴掌拍不响，或者苍蝇不叮无缝的蛋，总归也要劝她，说她，让她反思等。

可颜太太没有半句怪罪，也不把过错放在顾轻舟身上。

错是司行需的。

顾轻舟哭得厉害。

颜太太搂紧了她，说："傻孩子，女人多不容易，我还不知道吗？你有什么错，你才十几岁！别胡思乱想，自己给自己添罪过，这就太傻了。"

顾轻舟哭得更狠。

颜太太搂紧了她，这个时候真想去找司行需拼命！

太无良了！

司家从上到下，真是没一个好人！

颜洛水进来时，瞧见顾轻舟哭得满脸是泪，也是一阵糊涂："怎么了？"

"说起了她姆妈，她想她姆妈了。"颜太太道。

颜洛水也搂住顾轻舟的胳膊。

前天顾轻舟失踪，颜太太和颜新侬都说，是他们提前送轻舟走了，因为轻舟去洗手间的时候，看到了枪杀，她很害怕。

"轻舟吓坏了，我让副官先送她回去。"颜太太是这样说的。

现在，顾轻舟情绪失控，颜洛水也只当她是想起了前天晚上的枪杀。

当时，要是她没有去陪一源喝酒，而是跟着轻舟，轻舟也不至于被吓到。

颜洛水很自责，抱着轻舟的胳膊，说："不要害怕，轻舟，没事的。"

见她胳膊受伤，颜洛水又问："是不是前天划的？"

颜太太怕顾轻舟说漏嘴，就解释道："可不是嘛。那对姊妹打架，后来不知道怎么就开了枪，轻舟路过时，还被划了一下。"

"你也太倒霉了，我们应该去拜拜佛！"颜洛水说。

顾轻舟这伤痕，远比颜洛水上次的轻多了，已经开始结痂，没什么要紧的。

颜洛水打定了主意要出去玩一趟的，就撺掇颜太太带着她们去舟山拜佛。

"好好，先准备准备，过几天去。路挺长的，还要过海。"颜太太道。

颜洛水计划得逞，笑道："姆妈，我能邀请阿静吗？"

霍拢静是个乖巧安静的孩子，颜太太对她的第一印象很好，并不因她是霍钺的妹妹，故而同意了。

颜五少很快就打听出，霍拢静要跟着他姆妈和姐姐去拜佛，当即道："我也要去！"

颜洛水说要去拜佛，祛除身上的霉运，颜太太同意了，顾轻舟就也挺想去的。

颜家五少爷颜一源，他不信佛，也非要去，因为霍拢静会去。

他最近号称他爱上了霍拢静，让他父母去提亲。

颜太太和颜新依都知道这个儿子还没有定性，朝三暮四的，都警告他不许胡闹。

颜一源从小到大，一直喜欢的大概只有司督军的女儿司琼枝了。

其他人，是今天招惹一下，明天又丢开了，典型的风流公子。

现在还想招惹青帮龙头的妹妹，这不是作死吗？

"你不许去！"颜洛水义正词严。

"姐，你就让我去吧！"颜五少只有这种时候，才心甘情愿喊姐姐。

顾轻舟在旁边笑得不行。

颜五少又求顾轻舟："轻舟，你帮忙说句好话啊！"

"五哥，我很客观地说，你还是不要招惹霍龙头的妹妹比较稳妥。要不然霍龙头将你点了天灯，义父也救不了你。"顾轻舟道。

颜五少气得骂她们狼心狗肺。

而后，颜五少去打听，颜家定了什么船出海，总之是非去不可。

"他太胡闹了。"颜洛水说，"他打小就是见一个爱一个的，十二岁就知道偷偷亲人家姑娘，小流氓！"

颜太太笑，轻轻地拍颜洛水的手："别这样说你弟弟。"

颜五少的性格，既不像他的父母，也不像他的兄长和姐姐，颜太太也替他发愁。

"他只是不知道自己喜欢什么样子的女人，所以寻寻觅觅。"顾轻舟难得说句公道话，"五哥将来一旦定下来，肯定是个痴心的。"

在颜家玩了一天，插科打诨，顾轻舟的心情好了很多。

她没有再想司行霈。

颜新侬夫妻对司行霈也避而不谈。

暗地里，颜新侬两口子都在想办法，帮顾轻舟脱身。

顾轻舟很感激他们。

过了两天，顾轻舟再次到颜家，商量去舟山拜佛的事时，单独去找义父义母，问了汤家五小姐的事，她觉得这事应该会有个结果。

"怎么处理的？"顾轻舟问。

"已经解决了，汤家很好说话。"颜新侬道。

汤五小姐死在司行霈的枪下，只因她误伤了顾轻舟。

顾轻舟的胳膊一出血，司行霈就疯了，立马有了大杀四方的冲动。

当时他太利索了。

他扶稳顾轻舟，顾轻舟还没有反应过来是怎么回事，他的枪就上膛了。从上膛到开枪，不过两秒钟，直到汤五小姐倒地，顾轻舟都不敢相信是真的。

司行霈说，若顾轻舟敢嫁给司慕，他就会杀了司慕。

顾轻舟以前不太相信，现在她信了。

司行霈不会把任何人的命当回事。

他连自己的命都不当回事！

而汤四小姐吓坏了，好像吓过了头，回去之后就神志不清。

"汤家五小姐已经下葬了，四小姐住到了教会医院的精神科病房里。"颜新侬又道。

四小姐吓疯了。

顾轻舟这时候才觉得，原来她害怕死人，并非她的孱弱，正常的女孩子都怕。

汤四小姐只是看到汤五小姐被杀，然后被司行霈枪指就精神失常。

和她相比，顾轻舟算是镇定多了。

"可怜的，就那么被吓疯了，司少帅太作孽。"颜太太惋惜地叹了口气。

司行霈派了副官去和汤家交涉。

汤老爷说，司行霈给他一张为期四年的码头通行证，以后汤家的船舶经过岳城二号码头时，可以免检查，汤家就既往不咎。

司行霈的副官答应了。

后来，汤家只说五小姐遇到了劫匪，不幸遇难。

汤家上下，没人有半分伤心，汤老爷反而高兴极了，终于拿到了他梦寐以求的通行证。

"女儿的一条命，只值一张通行证吗？"顾轻舟问义父。

颜新侬也略有感叹，说："轻舟，现在这世道不成体统，咱们老祖宗的父慈子孝，早已成了糟粕。如今钱是天皇老子，人都是钱的孙子。"

旧式的社会道德早已崩溃，而新的社会秩序尚未建立，所有人都过得浑浑噩噩，任何的荒唐，反而成了新风尚。

颜新侬这种老派的人不懂，顾轻舟这种年轻人也不懂。

社会早已面目全非了。

什么是伦理，什么是道德？

"总要变的，世道哪里能一成不变？"颜太太反而比颜新侬看得更透彻。

汤家是小门小户，汤五小姐死了，一点风声也没有。

一切静悄悄的。

顾轻舟就明白，这个世上混账的父亲，不止顾圭璋一个。

转眼就到了中元节。

颜太太安排好了司机，再雇好了船，带着孩子们去舟山拜佛。

颜一源还是跟着去了。

顾轻舟很虔诚，一路跪拜。

她的虔诚，似乎很感动霍拢静，于是霍拢静也很虔诚地跪拜。

顾轻舟希望佛光能洗去她的孽障。她自己不够善良，而司行霈又带给她数不尽的冤孽，顾轻舟希望——洗脱。

回去的时候，霍拢静对顾轻舟道，"我没有想到你会信佛，现在很多人信基督。"

"我没什么信仰。只是来都来了，总要好好拜一拜。"顾轻舟笑道。

饶是她这么说，霍拢静还是感觉她深谙佛道。

霍拢静自己是信的。

她从小就有个白玉观音像，一直保佑着她，让她逢凶化吉。

认定顾轻舟乃同道之人，霍拢静就下意识更偏向顾轻舟。

霍拢静下学期想复学了，霍钺已经帮她办好了手续。

又过了几天，顾轻舟在家做功课，司行霈的女佣朱嫂给顾轻舟打电话，让顾轻舟出门。

顾轻舟若是不去，司行霈回头就要翻墙爬到她的房间里。

现在是盛夏，若是关紧了门窗，会更加引人怀疑。

顾轻舟无法，只得去了。

司行霈开了辆崭新的斯第庞克汽车，穿着背带裤，雪绸短袖衫，戴了顶深棕色的帽子，依靠着车门抽烟。

他生得原本就修长挺拔，斜倚着车门的身姿也格外优雅，雪茄的轻烟让他眉目有点迷离，就越发俊朗不凡。

路过一群女学生，六七个人，都驻足打量他，然后红了脸，小声议论着。

司行霈则目不斜视，只盯着那个路口，等顾轻舟出现。

他从来不撩骚，也不会无缘无故去招惹女学生，他的女人都是别人送到他嘴边的，除了顾轻舟。

"他好帅。"有女学生嘀咕，"是不是大学生？"

这些女学生家世普通，不知道司行霈这辆汽车的名贵，只当他是普通人家的公子哥。

能开汽车的，也是富贵门第。

"去问问他啊，要个名帖来。"

"我不敢，你去啊！"

"我去就我去！"大胆又自负美貌的女学生，整了整天蓝色的校服，往司行霈这边走。

却见司行霈目光似利箭，倏然射过来。

女学生何曾见过这等气势？当即吓得心脏乱跳，话全部堵在喉咙里，不知该说什么。

"何事？"司行霈问。

这女学生看似大胆，可面对司行霈这等冷冽的眼神，胆子都吓没了，支支吾吾说不出完整的话。

顾轻舟看到的时候，还以为司行霈在训斥人家小姑娘。

她上了汽车，那小姑娘就退到了旁边，和顾轻舟差不多的年纪。

"那是谁啊？"顾轻舟好奇。

"不知道，突然跑过来，又什么也不说。"司行霈道，然后伸手就摸顾轻舟的小脸，"这几天又瘦了。"

倒是那个被留下来的女学生，终于在汽车离开她的视线时，有口气喘了上来。

她的同学围上来，问她："怎样，要到名帖了吗？"

"没有，人家有女朋友！"女学生气哄哄的，双眸已经通红了，眼泪涌了上来。

她也算是美貌的，可那个男人看她的时候，带着一股锋利的审视，甚至嫌弃。

然后，他女朋友到了跟前，他的眼神就立马温柔得能滴出水来，那神态越发英俊不凡。

汽车上的顾轻舟，拍司行霈的手，扭头通过后视镜去看那群女学生，这时候也明白了。

她说："司行霈，方才那群女学生想勾搭你！"

"太嫩了，没一个可口的！"

他一开口就没句好话。

"人家想跟你交朋友，又不是想跟你睡觉。"顾轻舟鄙视他。

司行霈则不理解："男人和女人，不睡觉浪费时间做什么朋友？"

"你恶心！"

"是你天真！"司行霈道。

顾轻舟说不过他，沉默不语。

他每次找顾轻舟，总没有好事，顾轻舟心情不太好。

她漠然看着车窗外。

过了片刻，见他开车出城去了，顾轻舟问："又去练枪？"

"不，我带你去钓鱼。"司行霈道。

顾轻舟问："你说的钓鱼，和我想的钓鱼，是不是同一个意思？"

司行霈："……"

车厢里有雪茄的清冽，这种味道是司行霈独有的。

"钓鱼，就是钓鱼，还有什么意思吗？"司行霈笑问顾轻舟。

顾轻舟撇撇嘴，道："不知道，你这个人常说浑话。"

司行霈失笑。

车子上的味道，顾轻舟习惯到了麻木，在汽车的颠簸中，她就睡着了。

司行霈正开车，余光就瞥见她娇憨熟睡的脸，心中莫名一安。

她睡得安稳，这是对司行霈的信任，司行霈顿感光荣。

哪怕没有事业，没有军队，只要有她跟着他，他就可以替她打下一片天地。

离开岳城又能如何呢？

离开了岳城，至少司家不会说她什么，颜新侬的提议，司行霈真的应该好好考虑下。

司行霈轻轻地握住了顾轻舟的手。

顾轻舟的肌肤特别嫩，像水豆腐似的，皓腕凝霜雪，凉滑细腻，握住就不舍得松开。

车子一路出城，下了大路，就是坑坑洼洼的小径。

斯第庞克的轮子裹了很厚的皮圈，颠簸也不难受，顾轻舟没醒。

她睡得很踏实。

司行霈也是头一回见这么能睡的，跟猫一样，除了参毛就是睡觉。

等她睁开眼时，车子在一株古老的柳树下停稳了，柳枝摇曳，凉风习习。

他们到了乡下。

这是岳城的近郊，离顾轻舟曾经生活过的地方有十万八千里，但是河水被阳光晒过后泛出的清香气息，仍是让顾轻舟记起了家乡。

她心情不错。

司行霈早已下车了。

远远地，顾轻舟就看到他把裤腿卷得老高，下河里摸鱼去了。

顾轻舟讶然失笑，也推开车门下地。

这条河并不宽阔，一眼就能看到对面，芦苇一丛丛的，繁茂中有水鸟划波而去。

莲粉飘香，菱花掩碧，金灿灿的阳光倒映在水面上，水面波光粼粼，荷花层层叠叠，新花旧朵次第而开。

"喂，你要下河游泳？"顾轻舟远远地喊司行霈。

司行霈已经湿了满身，帽子不知去向，头发斜垂，给他英俊的眉目添了几分邪魅。

他冲顾轻舟招手："睡猫，快过来。"

顾轻舟就朝着河堤走了过去。

这是一处村庄，田地却不属于村民，他们只是租种，司行霈才是此处的地主，他早年就买下了很多的田地。

故而他来了，汽车鸣笛，村子里的人就来见礼，司行霈让他们回去不要打扰。

整个河边静悄悄的，人迹罕至。

顾轻舟走到了河堤，一处用竹子搭建的小码头，司行霈站在水里，顾轻舟蹲在桥上。

他指了指桥边的荷叶："我摘了莲蓬和菱角，慢慢吃。"

然后又把他放在旁边的帽子戴在顾轻舟头上："别晒着了。"

水波很清，清得能看见水藻。

顾轻舟坐在竹桥上，脱了鞋子，将一双嫩白的小脚浸在水里。

浅处的水是温热的。

司行霈拿着鱼叉，正在专心致志地叉鱼。

顾轻舟撩拨着水纹，掀起一阵阵细微的涟漪，问司行霈："你来庄子上做什么？"

"不做什么。"司行霈盯着河水里，一边回答顾轻舟，"我看你是害怕去别馆，我又想和你在一起，就出来玩玩。"

然后他笑："河边这么宽敞，怕不怕我欺负你？"

顾轻舟正在吃莲子，顿时就不想咀嚼了，委屈地撇了嘴。

司行霈蹚水而来，站在水里仰头，要亲吻顾轻舟。

顾轻舟躲开，他就搂住了她的脖子。

他的手湿漉漉的，全是水，弄了顾轻舟满身，顾轻舟嫌弃得不行："你不要靠近我，把我衣裳弄湿了！"

司行霈搂住她，在她唇上使劲吻了几下，这才心满意足。

"莲子好吃吗？"司行霈问她。

顾轻舟剥了一颗，塞给他吃，他又摇头说不要。

等顾轻舟吃在嘴里，咀嚼了两下时，他立马过来吻她，将她口中的莲子夺了去。

"你太恶心了！"顾轻舟实在受不了他这样，起身丢了帽子就要跑。

司行霈拉住她的裙摆。

顾轻舟没有防备，足下又不小心滑了一下，顿时就落入水中。

司行霈稳稳接住了她。

顾轻舟力气不及他，挣扎着被他按到了水里，他亲吻着她的唇，两个人沉沉落到了水底。

她喘不上气，在水里手脚无力，快要断气的时候，司行霈将她捞出了水面。

顾轻舟大口大口地喘气，脸憋得通红，眼睛也红了，又生气又委屈。

"轻舟！"他的手，已经沿着顾轻舟的衣襟探了进去。

顾轻舟一直在挣扎。

司行霈最终没有硬来，因为顾轻舟哭了。

她抽抽噎噎地哭。

从前不管她怎么哭，司行霈该做的都会做完，但是现在他受不了了，心疼得不行，所有的欲念都烟消云散。

等顾轻舟不哭了，他将顾轻舟抱到了岸边的竹桥上。

"去采莲蓬，好吗？"他哄她，"近水没有鱼，我们去河中央抓鱼，我烤鱼给你吃，可好？"

"我不要去！"顾轻舟觉得到了河中央，仍是任由他为所欲为。

最终，她的拒绝也没什么力度，被他抱上了船。

顾轻舟坐在船头，司行霈在船尾划桨，两个人都是湿漉漉的。

司行霈的目光，盯着顾轻舟，然后道："已经长大了些，过些日子就更大了，轻舟已经不是小丫头了！"

顾轻舟一低头，自己的上衣全贴在身上，将她发育中的轮廓勾勒得一清二楚。

她的确不是小孩子了，现在有了点诱人的起伏，特别是这半年。

"流氓！"她恼怒，撩水泼司行霈。

司行霈额前一缕碎发上，顿时沾满了水珠，有叠锦流云的神采，英俊得宛如天人。

他笑了起来，觉得他的轻舟参毛时特别可爱。

当然，身材是越发好了，更像女人了。

她双手捂住了前胸，尴尬得恨不能跳到河里去。

司行霈则很不理解："你脱光了我都看了无数次，你害羞什么？"

顾轻舟更怒，上前就要撕他的脸。

她扑上去，司行霈就将双桨一丢，捧起她的脸吻她。

吻得心满意足后，司行霈脱下了自己的上衣，虽然也是湿漉漉的，他交给顾轻舟，让顾轻舟反穿着，这样算作遮蔽。

阳光温暖，却没了半个月前的炙热，照在身上暖融融的，顾轻舟的上衣也慢慢干了。

到了水中央，司行霈准备撑船进荷叶林时，突然见顾轻舟笑得有点诡异。

"怎么了？"司行霈不解。

顾轻舟抿唇不答，只是把自己的脚缩到了裙子里，将司行霈的上衣兜头盖住，自己护得密不透风。

司行霈不明所以。不过，很快他就知道顾轻舟为什么坏笑了。

水生的荷叶林里，蚊子多得吓人，而且非常凶猛。

司行霈光着膀子，就是去投喂蚊子的。

他火速摘了几个莲蓬、几片荷叶，立马就出来了。

一出来，他就按住了顾轻舟，要打她的屁股："让你坏！"

顾轻舟看到他身上被蚊子咬了好几个包，心情畅快无比，笑着要躲："明明是你自己撑船进去的。"

顾轻舟觉得蚊子给她报仇了，心情还不错。

司行霈趴在船舷上叉鱼，顾轻舟坐在船尾剥莲子吃。

约莫半个钟头，司行霈就叉到了五条鱼。

上岸之后，他从船头的小暗舱里，摸出一个盐瓶。

顾轻舟则四下里捡了柴火，还拖了半截子枯枝过来。

司行霈生火、烤鱼。顾轻舟吃了一条，剩下都是司行霈的，只感觉今天的鱼很鲜美。

吃完了，顾轻舟却觉得不对劲。

她下腹疼痛，一阵阵疼，席卷而来。

顾轻舟微愣，继而这疼痛感越发强烈，几乎要疼得她晕厥。

"司行霈！"她紧紧攥住了司行霈的手，"你在鱼里下毒？"

司行霈："……我杀你还用下毒吗？"

顾轻舟疼得快要晕厥，司行霈也着实吓到了，抱起顾轻舟就要上车。

"怎么突然会疼？"司行霈关心则乱。

这时候，他发现顾轻舟的后裙裾，一片鲜红。

流血了？是方才在水里划到了哪里吗？

想到顾轻舟的脚趾、她的胳膊，司行霈就很心疼，千万不可再添新伤了。

上了车，司行霈立马去撩顾轻舟的裙子。

顾轻舟自己也吓呆了，下腹处的疼痛，让她喘不上来气。

"会不会是阑尾炎？"她扶住肚子想，疼得撕心裂肺。

她双腿之间，艳红一片，血的颜色很深，顾轻舟几乎又要晕倒。

"怎么回事？"顾轻舟急得哭。

司行霈错愕地看着她。

"……轻舟，这不是月事吗？"司行霈无奈地看着她手忙脚乱，又好笑又好气。

看着她好像哭了，司行霈更是愕然。

司行霈见她愣神，又疼得满头虚汗，他突然就懂了："轻舟，你是不是初潮？"

顾轻舟顿时尴尬得无地自容。

她和她的乳娘都担心过她的月事问题。

女孩子家，初潮时间不定，早的有十二三岁，晚的十五六岁，可顾轻舟去年满了十六，还是没有初潮，乳娘总担心她身体有问题。

而师父把脉过，说顾轻舟很健康，每个人体质不同。

顾轻舟随时预防着来月事。

等真的来了，她居然以为司行霈要毒死她……

司行霈也无语良久。他想，幸好没有真的睡过她，否则就是造了大孽，谁能想到她这么大还没有初潮？

女人的生理学问，司行霈不太明白，但这点常识他还是懂。

看着她凌乱痛苦的模样，司行霈的心软成了一团，好似自己养大的猫儿受了委屈。

顾轻舟浑身是半干的，司行霈亦然，于是他打开后备厢，拿出一套他换身的军装给顾轻舟。

"换上，女孩子家月事里不能受凉。"司行霈道。

"会弄脏的。"顾轻舟尴尬，夹紧了双腿。

司行霈笑道："我这军装，不知沾过多少血，不怕的。"

顾轻舟一点也不觉得安慰。

他不知道穿这衣裳杀过多少人，煞气重，顾轻舟很不想穿。

她想了一下，还是接了过来，换掉湿漉漉的衣裳。

军装的质地很硬，顾轻舟特别不舒服。

她蜷缩在后座，自己的身体在流血，这种感觉非常诡异，而疼痛是一阵阵的，轻重缓急都有。

汽车又颠簸，顾轻舟疼得想吐，又吐不出来，唯有咬紧了牙关。

"轻舟！"司行霈不知是担心她死了还是晕迷了，不时喊她一句。

"嗯。"她虚弱地应了。

司行霈的车子就开得格外快。

他把顾轻舟送去了教会医院。司行霈知道"医者不自医"，哪怕顾轻舟医术好，她也没办法给自己把脉。

明知是月事，司行霈见她疼得太狠，也怕出其他的意外，还是等医生确定无碍，司行霈才放心。

护士接待了顾轻舟时，也是一脸蒙的。

谁家姑娘来月事，往医院跑？

医生做了简单的检查，很慈善地对顾轻舟说："没有什么大碍，回去多喝热水，静养几天即可，那个是你哥哥吗？你家里有女性长辈吗？"

很关心的样子，医者仁心。

"有。"顾轻舟道。

司行霈又把顾轻舟抱回家。

朱嫂准备好了一切。

将顾轻舟收拾干净，朱嫂告诉她："别怕啊顾小姐，女人每个月都有一遭，最正常不过的啦。

"每天都要注意清洁，不能任由少帅胡闹，这几天是禁止同房的。不能沾凉水，不能喝凉水……"

然后见顾轻舟疼得厉害，朱嫂又问："你们今天做什么去了？"

顾轻舟咬唇不语。

朱嫂说得很仔细。

其实这些，顾轻舟的乳娘都教过她。她仍是很认真听着，不时点点头。

等朱嫂走后，司行霈上楼。

"月事疼痛，乃是胞宫生寒。"顾轻舟道，"我开些暖胞宫的药，你去抓来替我煎好。"

顾轻舟给自己诊脉，觉得自己是胞宫生寒，又觉得不是。

"医生说了，不用吃药。"司行霈轻轻地摸着她柔软的黑发，"疼得狠了，就用汤婆子焐住肚子。"

他家里没有汤婆子，就让副官去买。现在是大夏天，街上也没有，副官费了好大劲，才从商铺的库房里找了一个出来。

司行霈亲自灌好了热水，拿给顾轻舟焐住肚子。

顾轻舟迷迷糊糊地睡着了，隐约听到司行霈叹气的声音。

"……不该带你玩水的，千万别落下病根才好啊。"他非常自责。

他也没想到，碰巧今天是顾轻舟初潮的日子。

顾轻舟的小腹处还是很疼。

她想，若是司行霈不逼迫她去玩水，也许她不会这么难受。

他并非有意害她的，可她的确因为他，才如此痛苦。

当然，他加在顾轻舟身上的痛苦，也不止这一件了。

顾轻舟翻了个身，很是难过地将头撇到里面，继续睡着。

她隐约听到司行霈说："轻舟，你想吃什么，我给你做。"

顾轻舟没有回答他。

而后，司行霈又问："你想要什么？"

"要你永远消失，不要缠着我。"顾轻舟好像是这样回答的。

司行霈就上床，从背后搂住了她的腰，将她抱在怀里，轻轻地叹了口气。

等顾轻舟彻底清醒时，已经是凌晨两点多了。

下弦月的琼华，清湛似银霜，从窗棂透进来，屋子里影影绰绰的。

顾轻舟一翻身，司行霈就在她的身后，沉沉睡着了。

她起身去了趟洗手间，换了干净的卫生纸。

等她出来时，司行霈已经打开了房间的灯，倒好了热水。

热水里冲了红糖。

"喝些。"他端给顾轻舟。

顾轻舟一小口一小口慢慢地啜着，司行霈问她："还疼吗？"

顾轻舟点点头。

"饿吗？"司行霈又问。

顾轻舟摇摇头。

两个人都睡不着，顾轻舟已经不去考虑她回家怎么交代，这方面司行霈非常仔细，他肯定早已处理妥当。

为了得到她，他也是费尽心机的。

顾轻舟慢慢喝水，红糖水有点烫，热气氤氲得她的双颊微红，唇就格外地嫩，一双眸子清澈。

司行霈坐在她对面的沙发上，将窗户全部推开，裁开了一根雪茄点上。

"我想尝尝雪茄。"顾轻舟突然道。

司行霈一愣，看了眼自己手里的雪茄，然后将它按灭，说："女孩子不要抽烟。"

他坐到了她身边，伸手去探她的小腹，轻轻地按了几下。

"我和你在一起，总是很倒霉。"顾轻舟道。

司行霈沉默，琼华给他面颊镀了层银霜，他看上去阴冷而寂寞。

"不知道别人和你在一起会怎样，反正我跟你八字不合。"顾轻舟道，"司行霈，你能去养别人吗？这世上的女孩子很多，就像今天那些女学生，跟我一样大，而且也很可爱。"

司行霈的薄唇微微抿着，唇角有了个恼怒的弧度。

"我好讨厌你！"顾轻舟喃喃，"我真恨你！"

司行霈倏然起身，顺势将她压住，他吻她的唇。

顾轻舟没有动。

而后，司行霈将头埋在她凉滑的青丝里，不说话，也不动弹，就这么压住她。

他并不着力在她身上，顾轻舟一开始觉得难受，后来他一动不动，她就迷迷糊糊地再度睡着了。

等顾轻舟睡熟，司行霈起身，坐在楼下的沙发里。

没有点灯，庭院的虬枝舒展，在夜风里似鬼魅。

他点燃了一根雪茄。

耳边响起颜太太的话："少帅你积点德吧。"

然后又响起顾轻舟的话："我恨你，我永远不会爱你的。"

一句句，都重重打在他的心头。

司行霈吐了一口烟雾，烟圈在他眼前渐渐散去。

放开她，随便她去嫁给什么人？

司行霈想了想，不可能的，除非他死了！

这世道太乱了，男人的心思又多，别人会善待他的轻舟吗？

他一连抽了五根雪茄，墙上的钟敲响了四下，已经四点了，很快就要亮了。

轻舟初潮，不能吃太过于油腻的东西，司行霈去了趟厨房。

厨房里有鲜虾，可以做鲜虾馄饨。

他拿出面粉，将炉子点燃，然后烧水、和面、剥虾仁，忙忙碌碌，就跟行军一样一丝不苟。

等顾轻舟早上六点多醒来时，厨房已经飘出了馄饨的清香，将她肚子里的馋虫都勾了起来。

顾轻舟下楼，一口气吃了两碗，她吃得很开心，眼睛弯弯地问司行霈："朱嫂这么早就来煮馄饨啦？"

司行霈轻轻地摸她的脑袋，含笑不说话，笑容却格外地温柔。

过了三天，顾轻舟人生第一次的月事终于结束了，她整个人都轻松了起来。

司行霈又去了驻地。

这次走的时候，他跟顾轻舟说："可能要时间长些，也许要过长江去驻军，也许半个月就回来了。"

"若是过长江去驻军，会打仗吗？"顾轻舟问。

"怎么，怕我战死？"司行霈问。

顾轻舟立马沉默。

驻军是大事，真的可能会打仗，万一他真的战死了，对顾轻舟自然不是坏事，她可以兵不血刃地摆脱他。

但是她不开口去诅咒他。

是否战死，是他的事，不与她相干，反正她被他害得很惨，却从未害过他。

司行霈搂住她，狠狠吻了她，然后骂："狼心狗肺的小东西，我要是死了，谁对你这么好？"

顾轻舟仍是不接话。

她没觉得司行霈哪里对她好；他对她的不好，她倒是能数出一大堆来。

司行霈当时没说什么，背后顾轻舟听到他轻轻地叹了口气。

顾轻舟的沉默，让他很痛苦，他极力压抑住。

他跟顾轻舟说，若真的过长江去驻军，这次要去三个月到四个月，可能年底才回来。

"轻舟，等我回来给你过生日，你想要什么生日礼物？"司行霈问。他从未离开她这么久，心中颇为不舍。

"想要你离我远远的！"顾轻舟道。

司行霈当然不会离她远远的，他捧着她的脸啃了几口，算作惩罚。

他离开了岳城，没人会再翻墙，顾轻舟夜里再也不用关阳台上的门窗了。

转眼就到了八月中旬，一天顾轻舟早起，听到楼下有点骚动。

她也没当一回事，准备去洗漱的时候，女佣妙儿急匆匆上楼："轻舟小姐，快快下楼，少帅来了。"

顾轻舟手里的漱口杯差点滑落打碎。

不是说去了驻地吗？

而且，司行霈明明可以单独将她拉出去，为何非要光明正大地拜访，平添猜疑？

"说要见我，还是见老爷的？"顾轻舟问。

妙儿道："是要见您的。"

顾轻舟换了套干净的衣裳，头发也顾不上梳了，乱糟糟绾成低髻，趿着拖鞋下楼了。

楼下的沙发里，端坐着一个男人，他头发短短的，鬓角浓密乌青，浓眉高鼻，穿着军装也是干净整齐。

居然是司慕。

顾轻舟恍然，哦，她的未婚夫也是少帅呢。

心下松了口气，顾轻舟脸上有了点笑容，走到了司慕跟前。

司慕身边，依旧跟着王副官。

看到了顾轻舟，司慕站了起来，态度还算不错。

王副官则道："顾小姐，少帅想请您吃早茶。"

很是意外，顾轻舟道："有什么事吗？"

王副官摇摇头。

司慕有什么事，没告诉王副官，王副官不知道。

"我等会儿还要上课。"顾轻舟道。

王副官则说："属下会帮您请假的。"

"那好，我去跟我阿爸说一声。"顾轻舟道。

司慕这是第一次登门，又这么早，顾圭璋也是有点措手不及，穿着睡衣就下楼了。

秦筝筝居然也摆出"岳母"的模样，想下楼跟司慕寒暄。

王副官一律挡了，说少帅嗓子不舒服，不能说话。

等顾轻舟更衣完毕，随着司慕，去了一家餐厅吃早茶。

早点端上来，王副官就拿出一个本子和一支笔，递给司慕。

司慕在纸上写了几个字，递给顾轻舟看。

他想和顾轻舟用纸笔交流。

顾轻舟接了过来。

餐厅很安静，寥寥数人，初升的骄阳从透明玻璃窗照进来，洒落在顾轻舟浓密乌黑的长发上。

她的面容有淡淡的光晕，肌肤瓷白细腻，像个雪娃娃。

她喜欢馄饨，尤其是鲜虾馄饨。

只是，餐厅的馄饨或者用料太讲究了，或者虾不够鲜嫩，反而失去了鲜虾馄饨的精髓。她月事初潮的那天吃的馄饨，顾轻舟至今念念不忘，完全没想到其实是司行霈做的。

她一勺两个馄饨，大快朵颐，没什么仪态。

司慕倒也没嫌弃，只是将他要说的话，写在纸上。

他的字遒劲有力，端正俊秀，藏锋处略显锋芒，露锋处又有含蓄，像他这个人，冷酷却不失风度。

他受过良好的教育，不管是文化课还是军事课，都是正规名校教出来的，故而这手字很好。

这一点，司行霈就比不了司慕。

司行需没正经念过书，从小就混在军中。当然，文化也就罢了，行军作战靠的是经验和领悟，司行需没读过军校，行军作战却胜过绝大多数的人。

顾轻舟看到司慕的字，想到他和司行需是亲兄弟，而他得到的东西，远比司行需多多了，心中莫名一酸。

她接过纸张，司慕写着："我的病可有良方？"

他想让顾轻舟给他治病。

他听说过顾轻舟的好医术，她治好了老太太和颜太太。

"你把手伸出来。"顾轻舟看完了司慕的字条，对司慕道。

司慕就将手放在桌子上。

他的小臂处，有一条狰狞的伤疤，宛如游龙，隐没在袖子里。

顾轻舟的视线落上去，司慕亦不躲闪，随便她看。

看罢，顾轻舟给司慕诊脉。

她诊脉的时候，两不耽误，一只手按住脉，一只手用勺子舀馄饨吃。只是那吃相不敢恭维，一口两个，吃得欢实，两颊鼓鼓的，实在像个孩子。

"能治。"顾轻舟吞下了最后一口馄饨，抬眸对司慕道。

她眼睛明亮，瞳仁黑黢黢的，像极了墨色的宝石，能倒映出司慕的影子。

在倒映中的司慕，并没有松一口气。

因为顾轻舟诊得太随便了，又说得太随便了。

司慕都不知她是真心，还是玩笑。

他看着她。

顾轻舟的余光一瞥，好像看到了司行需。

她吓一跳。

顾轻舟急忙起身，伸头望过去。

"没事，我方才还以为看到了熟人。"顾轻舟尴尬笑了笑。

她实在是怕了司行需，哪怕只是给司慕治病，她也草木皆兵，甚是到了幻视的地步。

她腹诽："你真没用啊顾轻舟，你怕什么？你跟司慕在一起，才是光明正大的!"

她稍微镇定,才看见司慕眼底的怀疑。

顾轻舟能读懂这种眼神,她将手中的勺子放下,又喝了两口温热的牛乳,吃饱喝足了,才正式和司慕说话。

"我听老太太说,你这个病治了五年,那么你肯定见过无数的医者,不管是中医还是西医。'失音症'这个症候,你是听说过的,对吧?"顾轻舟问。

司慕颔首。

"你这个病,就是失音症。"顾轻舟道,"有的大夫治不好,并不意味着这病无法治。我倒是有个方法,可以治好。"

她只说她能治好,没说她一定会治,因为司夫人未必同意。

司慕略有所思。

他眼眸安静而冷漠,沉默想了一瞬,他在纸上写:"几成把握?"

"六成。"顾轻舟算了算,略带谦虚道。

司慕点点头。

顾轻舟见他沉思,就提醒他一句:"少帅,治病乃是大事,你可要回家问过督军和夫人?"

司慕蹙眉,不解地看着顾轻舟。

顾轻舟继续道:"特别是夫人,说一声总归是你的孝顺。"

司慕心念一转。他没有再说话。

"你再考虑考虑,过几日给我答复,我们再商量医案。"顾轻舟道。

顾轻舟瞧见桌上的汤包未动,她今天要去好几个地方,容易饿,当即又吃了两个。

吃完了,顾轻舟说还有事,就先走了。

司慕一个人独坐了良久,不知心中所虑何事。

出门的时候,王副官问:"顾小姐,可要送您?"

"不必客气的。"顾轻舟道,"你送少帅回去吧。"

顾轻舟乘坐电车去学校的时候,隐约看到了司行霈的汽车。

这让她糊涂了。

"司行霈过长江驻军,是绝不会回来的。"顾轻舟心想,"我到底在恍惚什么?"

晚上她仍坐电车回家,她拿出手袋里的英文书,准备温习功课打发时间。

有个人坐到了她的身边。

尚未到下班的时辰,电车上比较空,顾轻舟埋头看书,对身边坐了什么人也不在意。

而后,她闻到了熟悉的气息,像极了司行霈身上雪茄的清冽。

她抬头看了眼,差点惊呼。

还真是司行霈!

司行霈回来了!

他沉默地坐在她身边。

他这次出去的时间特别短,比以往都要短。

所以,他突然出现在城里,顾轻舟最是意外。

她猛然站起来,怕引起身边其他人的怀疑,顾轻舟挪到了电车的前面,拉着手柄站稳。

她的余光,可以看到司行霈仍坐在方才的位置,将帽子压低了些,目不转睛地打量顾轻舟。

他的目光,第一次充满了阴冷,像恶狼盯住自己的猎物。

这让顾轻舟特别不舒服。

顾轻舟实在受不了,她往前门挪,挪到了非常靠近门的地方,司机瞥了她好几眼,她装作没看见。

然后,电车停稳,等车的人上来,门快要关的时候,顾轻舟猛然挤了下去,然后拔腿就跑。

她跑得飞快,头也不敢回,只往一个方向地奔跑。

直到她被司行霈拦腰抱住。

顾轻舟气喘吁吁,彻底没了力气,眼冒金星。

"就你这体力,还敢从我手底下跑?"司行霈看着她,"明知逃不掉还要跑,顾轻舟,你是傻子吗?"

顾轻舟只有喘气的份儿,没顾上反驳。

她脸通红,热气一阵阵的,泪就流了下来。

好半晌，她才顺过来一口气，推开司行霈："你吓死我！"

司行霈的副官，一直跟随电车，此刻车子已经到了跟前。

他将顾轻舟扔到汽车里，不说话。

司行霈不似往日那么和善，也没有往日那么流氓，他的脸色阴沉，俊朗的五官似覆盖了层严霜，静静看着顾轻舟。

严霜轻覆之下，顾轻舟感觉冷，她下意识缩了肩膀。

车厢里突兀沉默起来。

气氛低沉，压抑得叫人透不过来气，顾轻舟想问司行霈，不是说过长江去驻军，怎么这么快回来？

但是，话到了嘴边，又被咽了下去，顾轻舟没有开口。

司行霈对顾轻舟，素来是强取豪夺，从未像此刻这么冷漠而疏离。

他见面没有动手动脚，这非常罕见。

他坐着，目视前方，任由车子穿城过巷而去。

顾轻舟很想问：到底怎么了，为何这般不开心？

犹豫了片刻，她还是问了："怎么现在回了岳城，不是说要好几个月，可能到年底吗？"

"我回来，你很失望吗？"司行霈反问，声音阴沉沉的。

他点燃了一支雪茄。

他从来不在车厢里抽烟，因为会让顾轻舟喘不过来气。

现在，一阵阵雪茄的清冽铺天盖地。

哪怕顾轻舟再蠢，也知晓司行霈不开心，非常不愉快。

从前他哪怕再不愉快，也不会把这些情绪发泄在顾轻舟身上。唯一的解释，是顾轻舟惹了他。

顾轻舟猛然想起来，司行霈不管去多远的地方，都会留几个副官秘密看守顾轻舟的。

说他是监视顾轻舟，有点冤枉他，他只是要保护顾轻舟。

顾轻舟跟着他，他也担心走漏风声，有人对顾轻舟不利。

于是，顾轻舟和司慕去吃早茶，司行霈知道了。

怪不得早上顾轻舟看到了他，原来不是错觉！

顾轻舟摇下了车窗，新鲜的空气涌入，车厢里的窒闷得到了片刻的缓解。

车子到了司行霈的别馆时，司行霈下车，像扛麻袋一样将顾轻舟扛在肩膀上，带回了他的别馆。

不像以往火急火燎地扑倒她，司行霈放下她之后，解开了自己军装的纽扣，自顾自上楼去了。

顾轻舟站在楼下的大厅，茫然了片刻。

她在想，是跟着上楼，还是逃出去？

司行霈越是沉默，意味着他的怒焰越炽，他第一次这么对顾轻舟。

此地不宜久留，逃才是万全之策。

她站在玻璃窗前，往院子里看了看，但见院子里站着四名副官，两名在大门口，两名在院门口。

而后院是空的。

司行霈的后院，不可能没有人把守。

顾轻舟试探着，推开了后窗，将一只椅子扔了出去。

草皮底下的猎物陷阱夹，猛然就夹住了椅子。

若是顾轻舟踩上去，夹断的就是她的腿。

她一身冷汗，没有冒失果然是对的。

后院的动静，已经惊动了司行霈。

司行霈站在楼梯口，他脱了上衣，穿着铁灰色军装裤子，露出他结实精壮的身体。

脱衣裳的时候，他的头发凌散了。

每次他头发凌乱的时候，总有种嗜血的魅惑，俊得邪气。

"上来。"他声音低沉而轻缓，"不要乱动东西。"

"我要回家！"顾轻舟道。

"是要我去抱你，还是让副官将你扛上来？"司行霈问。

顾轻舟最终选择了自己走上去。

上楼之后，司行霈去了浴室。

他在浴室里的时间，对顾轻舟而言，又是另一种煎熬。

他很生气，这毋庸置疑。

他答应过现在不碰她，这未必可信。

逃是逃不掉的，打又打不过他，顾轻舟觉得自己面对司行霈时，唯一的撒手锏就是哭。

司行霈害怕她的哭，只因他心疼她。

原来，她的武器，不过是依仗着他的疼惜。

可这武器最是靠不住，总有一天要全部耗光的。

"去洗澡。"他裹了浴巾出来，身上的水汽迷离。

顾轻舟的心，全部沉了下去。

司行霈态度诡异。

他让顾轻舟去洗澡，顾轻舟没有做无谓的反抗，而是小心翼翼去了。

等她洗澡出来，司行霈已经换好了干净的军装，凌乱的头发也梳得整齐。

看这个样子，他是要出门的。

顾轻舟微愕，这很出乎意料。

"就在这里，我晚些时候回来。"司行霈道。

他出去了一趟。

顾轻舟彻底糊涂了，他到底是要怎样？

他的怒意，是来源于驻地的事，还是顾轻舟见司慕的事？

她糊里糊涂地想了片刻，没想通，就懒得再想。

司行霈离开了，顾轻舟暂时松了口气。

她在考虑，从哪里逃走。

她逃回家，逃去何家，或者逃到颜家？

似乎都挡不住司行霈。

司行霈还是能把她抓回来，除非她逃离岳城，或者华夏。

顾轻舟慢腾腾想着这些，心中已是一片戚然。

擦干头发，她睡着了。

睡醒之后，已经是夜里，屋子里黢黑幽暗，只有窗口的新月，浅浅淡淡映上了帘钩。

她静听楼下，没有半点响动，司行霈尚未归来。

顾轻舟这么躺着，忍着饥饿。后来实在口渴，下楼倒水的时候，闻到了雪茄的气息。

她吓一跳，就见沙发里有个高大的轮廓。

司行霈早已回来了。

顾轻舟打开灯，更是吓了一大跳，差点尖叫。司行霈浑身都是血，脸上更是血迹斑斑。血迹已经干了，余腥散去，他似尊无喜无悲的雕像，在黑暗中沉思。

像个魔鬼。

"你……你有没有受伤？"顾轻舟放下水杯，小心翼翼走过去，问他。

司行霈转过脸，目光阴沉，问她："你关心我？"

"你怎么了？"顾轻舟道，"你又去杀人了？"

想到这里，她忍不住露出了厌恶的表情，既厌恶杀人，也厌恶杀人的司行霈。

司行霈不语，顾轻舟的表情更是刺激了他，他的呼吸重了起来，转过头去点烟。

顾轻舟靠近他，去摸他身上血迹模糊的地方。

他握住了顾轻舟的手。

雪茄按在烟灰缸里，他将顾轻舟扑倒在沙发里。

但是，他没有吻她。

"轻舟，你跟司慕在一起的时候，是不是特别开心？"司行霈倏然问，"你吃饭时拉住他的手，记不记得你在我床上做过什么？"

顾轻舟愕然。

她想问："你在监视我吗？"

可这不是废话，他当然监视她，他每时每刻都盯着她。

可这是他亲眼看到的！他看到了司慕和顾轻舟在一起。

"你想让我离得远远的，是否就为了跟他走得更近？"他又问。

顾轻舟心中急转，考虑怎么回答，才能化解现在的危机。

"轻舟，你喜欢什么样子的男人？"司行霈轻轻地抚摸她的手，他手上也是满手的血，"不喜欢我这样的，喜欢司慕那样的吗？督军一直说，我和司慕是天南地北完全相反的两个人。"

538

顾轻舟挣扎。

司行霈却突然起身，放开了她。

顾轻舟一下子就冲到了门口。她犹豫了一下。

司行霈很受刺激，他阔步过来，自己拉开了门，猛然将顾轻舟推出去："滚，从我眼前滚开！"

然后，那大门复又"砰"的一声关上。

顾轻舟这一刻，不知是狂喜还是解脱，她看了眼严密紧闭的大门，又看了眼暗处默默不动的副官，犹豫只有一瞬间，顾轻舟跑了。

她的拖鞋掉了，被司行霈推出来时，一只掉在屋子里。

顾轻舟找准了路，就开始跑。已经离别馆很远了，司行霈仍没有追过来，顾轻舟有种劫后余生的感觉。

她准备从司行霈的别馆，赤脚跑回顾公馆。街道并不干净，顾轻舟的脚底很疼但是没流血。她也顾不上这些，只是使劲地跑。

快要到银行门口，离顾公馆只有两条街道的时候，她听到了身后汽车鸣笛的声音。

司行霈没有更衣，也没有梳洗，开车过来找她了。

他的车子拦住她时，顾轻舟心底升起了绝望。

她冷然看着他笑："你一定很享受这样，看着我跑断了气，最后还是跑不掉，你一定充满了成就感。"

司行霈则大怒，上前将她压在车门上。

路灯疏淡，橘黄色的光线落在他们脸上，司行霈的眸子阴冷而绝望，他看着她："你真的跑了。"

"我不喜欢你，司行霈！"顾轻舟道，"你说得很对，我喜欢司慕那样的！"

司行霈的呼吸，粗重而压抑。

"你可以把我强了，反正你也做得出来；你也可以像个君子，成全我的自由。但是你别假惺惺地叫我走，又把我抓回去。你这么言而无信，让我恶心！"顾轻舟道。

司行霈的情绪，顿时就崩溃了。

积累了一整天的怒意，全释放了出来。

他狠狠吻着她，手沿着她的衣襟滑了进去。

顾轻舟没有动。血的气息，一阵阵钻入鼻息，她闻着血腥，好似闻到了自己心尖的血味。

她像走在荒无人烟的沙漠，一只饿狼盯上了她。

哪怕她跑得精疲力竭，最终都会沦落成狼的午餐。

狼是最有韧性的动物，它捕猎时从来不会放弃。

顾轻舟也没有哭。

她似乎明白，司行霈会可怜她的哭，而她在利用他的同情心。

顾轻舟不想要。

他那点薄弱的同情心，顾轻舟不稀罕了。

"轻舟！"司行霈狠狠吻过了她，呼吸激烈而痛苦，却将头埋在她柔软的青丝之间，"轻舟，我们重新开始好吗？我做一个你喜欢的模样……"

"我不喜欢！"顾轻舟道。

司行霈紧紧搂住她，他军装的勋章硌得她生疼。

"你做什么模样都没有用，我只是不喜欢你而已！"顾轻舟道。

司行霈身子微颤。

他的拳头攥得紧紧的，最终却没有打在顾轻舟身上。

良久之后，司行霈的情绪才彻底平复。

在顾轻舟说了那么多狠心的话之后，他仍是不计前嫌，把顾轻舟拖到了他的别馆。

顾轻舟就觉得，自己真是落入了一个很可怕的境地。

司行霈软硬不吃！

回到别馆，已经是深夜了。

顾轻舟的脚只是被划了几个小口子，并无大伤，洗干净擦点药酒就没事了。

司行霈脱了军装，就将顾轻舟按在床上。

顾轻舟告诉自己，再也不能在司行霈面前哭，可她忍不住了，他这个人实在太恶心了。

她一哭出来，司行霈反而安心了点，将她搂在怀里，又是哄又是亲的。

躺下之后，他也问了顾轻舟和司慕早上的事。

知道是诊脉后，司行霈并没有开心点，反正是有了肌肤接触。

顾轻舟可以给别人诊脉，却独独不能给司慕。

"不许给他治病，找个理由拒绝他，否则你治好了他，我就找人暗杀他。"司行霈道。

顾轻舟气极："你现在知道，为什么不会有人喜欢你了吧？"

"轻舟，我不稀罕别人喜欢我，你喜欢我就成！"司行霈笑道。

这一整天，他终于露出了几分笑容。

司行霈这一辈子的慈悲，只给了顾轻舟。

对司慕，他是不会有心慈手软的时候。他没有暗杀过司慕，是因为司慕和他还没有利益冲突。

一旦他看不过眼，就会下手。

"我不喜欢你！"顾轻舟转过脸，很认真道。

每次提到这个问题，她都要说得一清二楚，绝不容许司行霈误会。

司行霈就恨不能打她几下。

他使劲吻了她的唇。

第二天，顾轻舟才知道，南边几处军政府，都跟南京政府起了矛盾。南京想把他们自己的军队成为正规军，所谓过长江驻地，其实是南京的裁军计划。言外之意，其他军政府的军队就是乱军。

没人会忍受。所以，驻军计划临时撤销，司督军去了南京，司行霈暂代督军之职。

他一回来，忙好了正事就去找顾轻舟，结果看到司慕把顾轻舟接了出来。

这一整天，司行霈的心像是在油锅里煎熬，他这辈子许是头一回这么愤然。

他应该冲进去，将司慕毙了的。

但是他忍住了。

那个瞬间，他想了很多，同时也想起他离开岳城时顾轻舟的话。

有些话听多了，就会在心中生根发芽。

顾轻舟对他避之不及，却可以和司慕约会。早茶也算约会。

"答应我，不许给司慕治病，明白吗？"司行霈捏住顾轻舟的下颌，说道。

顾轻舟想了想，命比说话要紧，若是司慕选择的话，他也会选择要命。

"好。"顾轻舟道。

司行霈心情就不错，起身道："走，我送一份大礼给你！"

"去哪里？"顾轻舟抬眸看着他。

他吻了她的唇："不远，我准备了很久，你跟我来。"

司行霈是带顾轻舟去看房子。

前些日子，司行霈看中了一处花园洋房，远离闹区，环境幽静，地方非常宽敞，有网球场，有游泳池，也有个偌大的后花园。

他一眼相中，觉得格调优雅，很适合他的轻舟居住。

他花重金买下，请人重新修葺，如今院墙高筑，四周机关遍布，守卫森严，俨然是第二个军政府。

这是他给顾轻舟的窝。

他觉得顾轻舟想要一个属于自己的窝，而不是住在她父亲和继母的家里。

司行霈的家庭和顾轻舟如出一辙，所以他格外能懂得顾轻舟的心情。

他想把顾轻舟安排在这里，以后远离城里的喧嚣，就他和她。

他带着顾轻舟去看。

下了汽车，顾轻舟就瞧见碧树掩映的亭台楼阁，十分壮观雄伟，问："这是谁家的房子？"

"我们的。"司行霈笑道。

顾轻舟想起那天晚上，他拿出一只很昂贵的钻戒告诉她，他不求婚，只是给她戴着玩，顾轻舟记忆犹新。

现在看到房子，顾轻舟仍然不会是真正的女主人，只感觉像个巨大的金丝笼，她就是里面的金丝雀。

她心情低落，不太想看这房子。

缠枝大铁门沉重无比，司行霈自己开了门。

门口是一条雨花石铺垫得整齐的小径，两旁种满了玫瑰花，红白相间，浓艳妖娆，将这庭院点缀得华美旖旎。

进门的三层小楼是客房，楼下的门房是宴席大厅。

绕过这栋小楼，后面则是一条很长的游廊。

游廊是木制的柱子，请了老式手艺人，雕刻着游龙惊凤，精致华贵；游廊的上方，藤蔓盘绕，深绿宽大的藤叶在风中摇曳，如碧浪翻滚。

游廊的尽头，才是主楼。

主楼也是三层，房舍颇多。

司行霈牵了顾轻舟的手，推开大门，入目是满屋花梨木的家具，桌椅打磨得光滑，古朴气息扑面而来。

"喜欢吗？"司行霈见顾轻舟双目放光，笑着打趣她。

自然是喜欢的。

老式的家具沉稳，用料讲究，例如这花梨木，越用越有光泽，一辈子可以不用换家具。

顾轻舟就喜欢这种一眼能望到头的生活。

她都能想象自己垂垂老矣时，这家具依旧锃亮如新。

"挺好的，老式的家具虽然看上去很过时，但是好看，古韵是新式西方家具替代不来的，我们中国人的审美都是几千年遗传的。"顾轻舟道。

司行霈笑，这时候就觉得，她和自己很相似。

"等你毕业了，你就搬过来住。"司行霈道，"我派几个用人照顾你，每天可以游泳、打球、弹琴，甚至办宴会。"

顾轻舟唇角微挑，笑意不达眼底，她明眸微眯："原来我值这么高的价！"

"胡说什么！"司行霈轻轻地捏她的脸，"这是我给你的礼物。"

他心情很好。

顾轻舟说不出什么滋味，每谈到结婚，他的态度都是沉默；可每次让他放手，他又坚决不许。

就好像顾轻舟爱吃苹果，司行霈愣是给她塞了满满一车的梨。

她应该高兴，但是她心情沉重。

"去看看机关。"司行霈道。

他将她领到了后院，院墙四周的泥土看上去陈旧。顾轻舟原本是没兴趣的，但是司行霈把她拉到旁边，然后一个石子打上去，不远处的树洞里，立马射出二三十支小巧而锋利的利箭，同时哨楼响起了尖锐刺耳的声音，足以惊醒整个院落的守卫。

顾轻舟无语良久。她下意识地说："这是家吗？万一小孩子乱跑，你可想过后果？"

司行霈的阴霾一扫而空，心路明媚，似有花影招摇。

他转头问她："我们生几个小孩子？"

顾轻舟愕然。她只是想起了慕三娘的儿子们，那些小子上房揭瓦，横冲直撞，这房子对孩子来说，就是地狱。

她转身要走。

司行霈拉住她，亲吻她的唇，低声道："轻舟，我们生四个小孩子好了！三个儿子，一个闺女！"

顾轻舟心里木木的，没什么感触。

她反正是不会给他生孩子的，永远不会有那么一天。

生了孩子，她仍只是小妾。

司行霈则好像有了什么了不起的新理想，回去的时候，他跟顾轻舟说了很多："儿子的话，都要顽皮些，太乖巧了没出息。将来家业都给闺女做陪嫁，不许给儿子们，让他们自己去闯……"

顾轻舟忍不住接了话："你不是说，你是个没前途的人，哪天你死了，留下孤儿寡母的，现在不觉得可怜啦？"

司行霈心下震撼，人生规划好像不知不觉偏了。

从前有一日过一日的生活，居然回想起来有点虚度。

他竟然认认真真和顾轻舟打算未来，虽然他也明白希望很渺茫——轻舟不爱他！

"轻舟，你这个人最擅长泼冷水！"司行霈道。

"你这个人最擅长耍流氓！"顾轻舟说。

"那我们都不是好人！"司行霈总结道。

顾轻舟撇嘴，不理他。

"既然这样，我们就狼狈为奸吧。"司行霈笑道。

回到家时，顾轻舟才想起自己缺了两天的课。

晚夕，颜洛水来了趟顾家，给顾轻舟送密斯们布置的功课，然后问她："这两天在忙啥呢？"

顾轻舟没有回答，只是笑。

她既不能告诉颜洛水实情，又不想骗颜洛水，唯有沉默。

"学监没说什么，只是道最后一个学年了，功课过不了是不给毕业的，你也知道圣玛利亚是精英教育。"颜洛水复述学监的话。

"嗯，我知道了。"顾轻舟道。

她连夜将这两天的功课，仔仔细细做完了。

直到凌晨三点，顾轻舟才勉强去睡，翌日早起时，让女佣煮了咖啡带到学校去喝，精神也还不错。

任课的密斯原本要批评顾轻舟的缺勤，却见她功课做得认真漂亮，而且没什么错，话就咽了下去，只说："以后少请假。"

顾轻舟在学校里，是个极乖的孩子，密斯们都喜欢她，能放一马就会放一马。

到了周末，司慕又一早来了顾家。

他仍接顾轻舟去吃早茶。

顾轻舟这次就跟他说清楚了。

"少帅，我不能给你治病。"顾轻舟道。

司慕微愣。

之前明明答应好的。

不等他写字，顾轻舟继续道："我知道我言而无信，实则是此事关系重大，若是治好了，夫人和督军未必感谢我；若是出事，我性命不保，当年华佗不就是这么死的吗？医者最好少跟权贵沾边。恕我怯弱，您这病我不接。"

治病，就需要一而再再而三地接触，会彻底激怒司行霈。

司行霈说他会暗杀司慕，顾轻舟相信的。真惹急了司行霈，估计会拿枪直接过来将司慕毙了。

这世上，司行霈不怕任何人和任何事。司督军，甚至世俗的流言蜚语，对司行霈而言都是过耳风。

少跟司慕来往，才是顾轻舟最大的善良，她想，司慕也会觉得命才是最要紧的。

现在，司慕则是不理解。

"需要多少诊金？"司慕写了纸条给顾轻舟。

"我都没有接诊，自然就没有诊金的说法。"顾轻舟道，"少帅，我很抱歉。"

司慕眼底的疑惑，逐渐转为冰凉。

那冷锐的目光里，带着很明显的厌恶：明明答应了，现在却言而无信。

顾轻舟给了司慕希望，又让司慕失望了。

司慕冷漠起身告辞了，没有再求顾轻舟。

他已经恨透了顾轻舟。

顾轻舟并没有松一口气。

她静坐良久，想起了师父，想起了那些医书上的古训，心中说不出什么滋味，总是有点凉。

她从餐厅出来，街道的西南角，停着司行霈的汽车，她一眼就看到了。

上了汽车，顾轻舟就说："我拒绝他了，满意吗？"

司行霈当然满意。

到了周末，差不多晚上十点，顾轻舟准备入睡时，司行霈突然翻墙进来了。

顾轻舟吓得立马锁紧了门。

"你又来这套！"顾轻舟咬牙。

司行霈则乐此不疲："想和轻舟一起睡。"

顾轻舟怕弄出动静，被人听到，索性乖乖躺好，任由他将她抱在怀里。

司行霈想起什么似的，突然问她："轻舟，你一直非要住在顾公馆，你在图什么?"

顾轻舟呼吸一顿。

"……你想要什么，都可以告诉我，我什么都能给你。"司行霈道。

顾轻舟回神，听闻这话就有点恼怒，说："你不能给我的东西太多了!"

顾轻舟的话，冲动地到了舌尖，又强行忍住了。

她停顿了一下，挑挑拣拣，想选个最扎心的话来堵司行霈，却不知该拣哪一句说。

似乎每句话都可以很扎心!

这时候，走廊里突然传来了秦筝筝的声音："快，给我撞门，我方才看到了小偷!"

顾轻舟立马坐了起来，吓得脸色全变了。

人在河边走，哪有不湿鞋。

秦筝筝着实太意外了。她今天心情郁结，稍微晚睡了些，站在窗口想事情，就亲眼瞧见一个黑影爬上了她家的小楼。

速度飞快，像个鬼魅。

秦筝筝当时也吓坏了，心想这是什么东西啊，而后反应过来：是某个人!

那个黑影，直接上了三楼。顾家的三楼，靠近后院的只有两个房间，就是顾轻舟和顾绍的。

黑影是个男人模样的，绝不会爬进顾绍的房里。

秦筝筝大怒，旋即又大喜，没想到顾轻舟居然敢偷人!

怪不得她时常不着家，太可耻了!

顾家的颜面都要完了。

"顾轻舟这次死定了!"秦筝筝当机立断，她要抓个现行。

最好把她的奸夫绑起来，然后交给军政府!

秦筝筝不惊动顾圭璋，也不去找二姨太，怕失去了先机，只是先到了下人房，让四个用人站在后院，守住后窗。

"要看清楚了，若是有人跳下来，一定要抓住他! 抓不到我就辞退你们!"秦筝筝恶狠狠地吩咐。

用人都明白家里的风向变来变去，所以秦筝筝的话，他们也不敢不听，毕竟顾圭璋和秦筝筝还没有离婚，秦筝筝仍是主母。

"是。"用人们答应了。

秦筝筝安排好了后院，自己则带着剩下的用人，冲到了顾轻舟的房间前，也不打招呼，直接让撞门。

可顾家的用人都学乖了，晓得轻舟小姐正得宠，不太敢撞。

"太太……"用人犹豫着没敢动手。

"快撞啊，要是小偷把轻舟小姐给胁迫了，老爷让你们吃不了兜着走！"秦筝筝厉喝。

用人闻言正要撞，就见顾轻舟披衣开门，错愕万分地看着秦筝筝的脸问："太太，你这是做什么？"

她的声音很尖锐，在秦筝筝听来就是做贼心虚！

秦筝筝大喜，知晓八成今天要抓到那个男人了，立马往里挤，差点把顾轻舟推倒："我瞧见小偷进来了！"

她很利落，先把顾轻舟的衣柜打开了。

衣柜里没有，秦筝筝略感失望，还是忍不住将她的衣裳、被褥拨乱。

顾轻舟见状，当即跑到了楼梯口，大喊："阿爸，阿爸您快来看看啊，这是闹什么呢？"

她好像很委屈的样子，声音清晰地从三楼传到了二楼。

她这么一喊，把整个顾公馆的人都喊醒了。

秦筝筝也是心里一咯噔：难道真的是自己眼花看错了？不可能，她当时看得真真切切。

然后她追出来，看着那小偷进了阳台。

前后都没一刻钟，她不相信小偷跑了。

小偷个子高大，总不可能摸进顾绍的房间吧！

"阿爸！"顾轻舟声音更烈。

顾圭璋正在二姨太的房间里，两个人正在研究账本，听到顾轻舟惨叫，就快步上楼。

三姨太机灵，随后跟了上去。

顾绁、顾缨、顾绍自然全部被惊动了，都出来看热闹。

秦筝筝还想拿到了小偷再叫人。

不承想，现在小偷没有抓到，一家子的人倒是全来了。

"怎么回事？"顾圭璋一脸不解，上楼就问。

顾轻舟正要解释，秦筝筝就抢先了。

秦筝筝道："老爷，我方才在房间里，看到一个人爬上了三楼，进了轻舟的房间。我怕是贼人掳走轻舟，就带人来搜查。"

顾圭璋蹙眉。

顾轻舟反而吓了一跳："真的吗？那……那快搜！"

她躲到了二姨太身后。

二姨太不知顾轻舟为何这般亲热，也就顺势护住了她。

秦筝筝这会儿，倏然心中就没底了。

顾轻舟多狡猾啊，她是真的不知道，还是故意的？

"她肯定是还不知道。"秦筝筝这样安慰自己。

不管等会儿找出什么人，秦筝筝都要将屎盆子扣在顾轻舟身上，然后说她偷人，再将此事捅到司家去！

"这太无法无天了。"顾圭璋也信了秦筝筝的话，对用人道，"快搜搜！全部都要搜到！"

顾轻舟的床被掀开了，衣柜也被挪开了，只差将天花板拆了。

阳台上也是来回看了好几遍。

根本没有藏人的地方。

二姨太这时候就开始捅刀了："咱们家的楼这么高，什么人能不借助绳子或者梯子爬上来？"

顾圭璋微愣。

秦筝筝的话，缺乏可信度。

偏偏顾轻舟房间搜遍了，的确没有人。

秦筝筝微冒冷汗，转头对顾圭璋道："是不是躲到了阿绍的房间？"

顾绍正看热闹呢，一脸迷茫道："啊？我房间锁阳台门了。"

秦筝筝想说白痴，锁了就不能开吗？

她带着用人，又杀到了顾绍的房间。

来来回回搜了好几遍，还是没有人，顾圭璋的脸色顿时铁青，把整个三楼都搜了一遍，又去把二楼搜了一遍。

顾公馆一晚上鸡飞狗跳的，却什么也没有搜到。

顾圭璋忍了很久的怒火，终于发作了。

他当面骂秦筝筝："你这个闯祸精，整个家里的气脉都被你折腾完了！你是不是要看着我们败了，你才安心？"

秦筝筝十分委屈，她还以为今天能抓到顾轻舟的把柄。

况且，她真的看到了人影。

一场戏就这么散场了。

所有人的睡意都没了。

三姨太高声吩咐："陈嫂，煮些消夜上来，给老爷补补气力！"

厨房重新开始忙碌。

孩子们也再次回房睡觉。

顾圭璋仍在生气，打也打了，骂也骂了。秦筝筝像个狗皮膏药，紧贴着让顾圭璋全身不舒服，偏偏又甩不掉。

顾圭璋这个瞬间起了杀人放火的心思。

当年是怎么处理掉孙绮罗的？

顾轻舟不知顾圭璋的杀意，她也跟着顾绁、顾绍，上了三楼。

刚一回房间，顾轻舟就发现自己后背湿透了，她的面容有点惨白，黑发衬托之下，更是楚楚可怜。

顾绍也跟了进来。

"阿哥，多谢你。"顾轻舟悄声说。

秦筝筝闯进来的时候，顾轻舟就让司行霈翻到了顾绍的房间。

司行霈倒是不怕，还说把先进门的人打死，然后把所有灯都打灭，做成抢劫的样子，他再光明正大地跑。

顾轻舟拒绝了他的提议，把他塞到了顾绍的房间。

而后，顾轻舟大喊，所有人都冲进来时，司行霈从顾绍的房间跑到了洗澡间。

然后，他从洗澡间的小窗口溜到了二楼。

等到二楼和一楼的人全部上来看热闹了，后院虽有用人把守，前门却空空荡荡，司行霈就大摇大摆从前门出去了。

"……那个，是司家的大少帅司行霈？"顾绍声音低，温醇儒雅，却没有半分责怪。

顾轻舟点点头，眼底的难堪遮掩不住。

她雪白的贝齿陷入嫩红的唇里，想说点什么，却又不知该说什么，让顾绍心疼不已。

"舟舟，你是大姑娘了，你知道自己要什么，阿哥绝不会乱说话的。"顾绍道。

"多谢你。"顾轻舟道。

顾绍拍了一下她的肩膀，让她早点睡觉，就回房了。

到了今天，顾绍已经明白，顾轻舟是陷入司行霈的掌中了。

以后怎么收场，顾绍帮不了她。

只是，回房之后的顾绍，再也睡不着了，他的心思全在顾轻舟的身上。

他想了一下，轻舟可能会万劫不复，唯一的出路大概是逃走。

顾绍可以带着她逃走。

于是，荒芜的心头，又开出了花。可花儿还没来得及绽放，又被掐断，如此反复，一夜就过去了。

顾轻舟也是一夜未睡。

这件事，顾圭璋只怪秦筝筝老眼昏花，甚至伺机陷害顾轻舟，并不迁怒顾轻舟。

顾轻舟正常出入。

翌日，她见了司行霈。

她态度很冷漠，说话也凉丝丝的："我义父义母知道了，我阿哥知道了，以后我父亲和家里的姨太太们也会知道，总有一天，全城的人都会知道。"

司行霈沉默。

"你要把我毁到什么程度，才肯罢手？"顾轻舟问。

司行霈抬眸："你可以退了亲跟我！"

"我不想！"顾轻舟道，"当然，我是否愿意，你也是无所谓的。

随便你吧，反正从遇到了你，我就没了前途，你想怎么折腾都行。"

她起身要走，司行霈抱紧了。

"轻舟，我真是拿你毫无办法。"司行霈叹气。

司行霈又被顾轻舟气到了。

他要怎么做，她才能称心如意？

顾轻舟也想过这个问题，司行霈怎样，她才能满意？

想了很久，似乎只有一个答案，就是他离得远远的，从此放开她。

因为不喜他这个人，他不管怎样，顾轻舟都不会满意。

她就这样告诉了司行霈。

司行霈抱紧了她，喘气有点沉重，低声道："你还小，我就当你不懂事，你说什么我都不会在意的，轻舟！"

他在意的。

从前顾轻舟这样说，他过耳不过心，笑笑反驳；现在顾轻舟这样说，他会痛苦不堪地抱紧她。

以后，他会彻底爆发的，要么毁了顾轻舟，和她一起堕入地狱；要么放开她，任由她去过自己想要的日子。

不管是哪一种，顾轻舟都希望这种结果快点到来，要死也要给个痛快！

不温不火地拖着，拖成了习惯，温水煮青蛙，顾轻舟也怕自己失去了反抗的动力。

司行霈有时候对她非常好，就像其他人家养宠物一样，他爱极了他的爱宠。

可顾轻舟是个人，她不想沦为宠物——那是姨太太或者情妇，顾轻舟不能沦落到那个地步。

她宁愿去嫁个庄稼汉，也要做堂堂正正的夫妻。

天气转凉，露华凝重，秋菊盛绽，木樨花开得满城浓香。

仲秋已经到了。

换季的时候，司家的老太太微染风寒，司行霈的婶母打电话给顾轻舟，让顾轻舟去看望老太太。

老人家有点发热，顾轻舟开了些清散的药："老太太，您安心养病，这些小病不妨事的。"

老太太颔首。

下午的时候，顾轻舟帮衬着老太太修剪一盆金菊，司慕来看老太太了。

瞧见顾轻舟时，他眼底的冷漠比从前更深，像铺了层严霜。

顾轻舟装作没看见。

每件事都有权衡取舍，顾轻舟只是做了她认为最正确的决定，她不亏欠司慕什么。

而后，司行霈也来了。

"轻舟也来看祖母？"司行霈笑着和顾轻舟打招呼。

他在老太太跟前，态度总是很随意，丝毫看不出他和顾轻舟有什么关系。

"轻舟是来看病的。"老太太笑道。

提到这话，司慕的眼神就更冷了。

他们兄弟两个人略微坐了坐，就起身告辞："祖母，军政府还有点事，我们先回去。"

"快去吧。"老太太慈祥笑道。

他们一走，老太太就问司行霈的婶母，也就是司家的二太太："霈儿和慕儿是不是闹了矛盾？"

二太太微讶："没听说啊。"

"我瞧着他们两个人不太对劲，霈儿这孩子最懂事大度了，他若是看不惯慕儿，又不知那边是使了什么诡计，唉！"老太太叹气道。

顾轻舟正在剪花，闻言失手，将一朵盛开的金菊剪了下来。

她只好顺势递给老太太。

老太太很喜欢，就高兴地接过来。

然后，老太太又说："一天天的，也不得消停，督军又去了南京，她还不趁机使坏欺负霈儿？"

"她"自然是指司行霈的继母蔡景纾。

顾轻舟觉得，只有司行霈欺负别人的道理。

可老太太对蔡景纾有意见。

司家的事，顾轻舟也略懂几分，因为当年是顾轻舟的祖父撮合了蔡景纾和司督军。

"老太太，当年大少帅的母亲，是病逝的吗?"顾轻舟试探着问了一句。

她觉得有些事老太太知道，只是司夫人以为老太太不知道罢了。

老太太果然就沉默了。

她睿智的眼睛，顿时就灰蒙蒙的，伤心难过一下子都涌了上来。

"唉!"良久之后，老太太对顾轻舟道，"这个家里的儿媳妇啊，除了你二婶，就是需儿的母亲最孝顺了。"

顾轻舟笑。

二太太见老太太伤心中还知道照顾儿媳妇的感受，可见病得不重，也就放心了。

话题就转到二太太如何孝顺上去了。

老太太吹儿媳妇，那是不遗余力的，顾轻舟在旁边笑了半晌，二太太有点不好意思："姆妈尽给我贴金了!"

从司家出来，顾轻舟也在想一件事：司行需知道当年他母亲是怎么去世的吗?

他估计是知道的。

他那样的性格，也许就是受了刺激。

第十九章

戏院危局

过了几天，颜一源请顾轻舟他们看《霸王别姬》。徐瑾扮演的虞姬，红遍了大江南北。

其实，颜五少主要是想请霍拢静，顺便带着他两个姐妹。

顾轻舟上了三楼的包厢。包厢是雕花木门，虚掩着，颜洛水和颜五少已经到了，两个人吃着瓜子，趴在栏杆上看。

楼下还是在暖场，戏尚未正式开始，大厅里已经人声鼎沸，里三层外三层。

"你们早到了？"顾轻舟脱了外套，里头是一件中袖月白色绣折枝海棠的旗袍，她拿了条长流苏披肩搭在肩头，就坐到了颜洛水身边。

"到了十来分钟。"颜洛水笑道，"徐老板的戏，爆满成这个样子，怪不得戏票难弄！"

"他红嘛！"顾轻舟笑道，"我多次在报纸上看过他的扮相，真惊艳，虞姬果然倾国倾城！"

颜五少对倾国倾城的名伶并不感兴趣，只是问："阿静什么时候来啊？"

"快了吧，她答应来，就不会失约的。"顾轻舟道。

等了片刻，霍拢静果然来了。

她不是独自前来的。

她哥哥霍钺跟着一块儿来了。

霍钺一袭长衫，儒雅温柔地走了进来，愣是把颜五少吓一跳："霍龙头。"

"……我哥哥说，他买不到这场的票，想跟我们一块儿看。"霍拢静解释。

堂堂青帮龙头，说他弄不到票，哄小孩子呢！

顾轻舟等人都觉得，霍钺是猜到了颜五少的心思，替他妹妹镇场来了。

颜五少也是这样猜测的，顿时坐立不安，不知该热情点，还是沉稳点。

霍钺看到他们几个人的表情，余光却在顾轻舟脸上一掠，不露痕迹。

他们正要说什么的时候，包厢的门突然又被打开了。

司行霈阔步走了进来。

大家都有点吃惊，只有顾轻舟神色微变，差点失态站了起来。

司行霈倒是没把顾轻舟的失态放在眼里。

唯有霍钺，精明的余光似蜻蜓点水，从顾轻舟的脸上滑过。

他有点疑惑。

"少帅。"颜家的姐弟两人起身，恭敬地对司行霈道。

颜洛水和颜一源对司行霈的态度，和对司慕的态度是截然不同的。

司慕像是同龄人，颜洛水甚至叫司慕二哥；司行霈更像是长辈，和司督军一样叫人敬重，虽然他们私下里也说司行霈的八卦。

"都来捧徐老板的场？"司行霈挥挥手，让他们坐下，他也毫不客气地坐到了椅子上。

"是啊。"颜五少今天特拘谨，霍钺在场，司行霈又来了，感觉一屋子长辈，让颜五少展不开手脚，"少帅，你怎么知道我们在这里？"

"你以为你的票是谁帮你弄的？"司行霈笑道。

颜一源恍然大悟，敢情是经过了司行霈的手。

司行霈瞧见了蹭戏的霍钺，又道："我的副官是求到了霍爷跟前，才要到了票。"

被戳破的霍钺，脸上表情淡然疏离，没有半分的尴尬，他道："哦，是吗？我们青帮的生意多，还真没留意！"

脸皮特厚。

顾轻舟不免失笑。

看着她笑了，司行霈的表情微松，心情似乎更加好了。

　　徐瑾是真的很红。戏院的人越来越多，楼下人声鼎沸，二楼也设了关卡，上楼的人都需要仔细检查戏票。

　　"这大概有上千人。"顾轻舟看了眼楼下被挤得水泄不通的大堂，心里盘算着，"这么多人，容易出事！"

　　司行霈并不拿大，和孩子们亦能闲聊，特别是他也喜欢《霸王别姬》这出戏，故而话题就围绕着徐老板的虞姬，说个不停。

　　他说话的工夫，腿在桌子底下，轻轻地碰顾轻舟的小腿。

　　顾轻舟端着茶，茗香氤氲中，她眸子若水，盈盈碎芒能倒映出人影，任由司行霈为所欲为。

　　她不想引起其他人的注意。

　　霍钺却突然看了眼司行霈。

　　桌子底下的动静，小孩子们察觉不到，霍钺却一清二楚。霍钺曾经赌遍青帮的赌寮，从未遇到过对手，因为他会出千。

　　桌子底下的小动作，霍钺不用看都知道。

　　明白了这一点，霍钺的呼吸突然顿了一下。

　　"烟瘾犯了。"霍钺站起身，"少帅，借个火。"

　　司行霈的烟瘾也上来了，两个人想寻个僻静的地方抽烟。

　　刚点上烟，戏院的经理就上来了，穿着一件半新不旧的长褂，对司行霈和霍钺道："少帅，霍爷，徐老板正在后台化妆呢，您二位可要见见？"

　　如今捧着徐老板的，是南京政府的高官。徐老板到了岳城演出，大家都会给点面子，至少这些地头蛇不敢打搅。

　　需得徐老板首肯了，才能去见见，徐老板这架子是不小。

　　司行霈总说，岳城的繁华少不了歌女舞女戏子，跟这些人过不去，是跟玩乐过不去，跟岳城的经济过不去，就是跟钱和军火过不去。司行霈不傻，他从不为难这些人。

　　徐老板摆架子，司行霈也尊重。

　　"走，看看去？"司行霈问霍钺。

　　霍钺今天有点沉默，说话的时候甚至有点走神。

　　司行霈拍了一下他的肩膀，他回神道："不了，下面挤得慌，你先去吧！"

司行霈就进了雅间，对顾轻舟道："轻舟，徐老板在后台化妆，我带你去看？"

顾轻舟饶是镇定万分，耳根也慢慢红了，她很不自在，微笑着道："我不想动。"

光明正大邀请她，且只邀请她，他简直是疯了！

他的肆无忌惮，会害死顾轻舟的！

因为霍钺在场，顾轻舟不敢掉以轻心，小心翼翼地看了眼其他人："你们想去吗？五哥，你呢？"

"好啊好啊！"颜一源很感兴趣。

颜洛水也想去。

"走吧，看看徐老板上妆，我还没见过他真人呢。"颜洛水拉顾轻舟，又拉霍拢静。

霍拢静是真不愿意动，颜洛水就拉着顾轻舟不放，于是他们四个人下楼了，司行霈领头，顾轻舟和颜洛水走在最后面。

霍钺兄妹二人，坐在雅间里喝茶。

众人离开之后，霍钺的温润顿时不见了，一脸的阴沉肃杀。

霍拢静突然开口："阿哥，你喜欢轻舟？"

霍钺微愣，回过神来，脸上没什么表情。

他没有回答。

霍拢静继续道："方才司大少帅在桌子底下碰轻舟的腿，他们很亲密，你的脸色就不太好了。"

"咱们说好了，你做个正常的人。"霍钺对霍拢静道，"我千辛万苦把你救出来，不是要你重蹈覆辙。以后这些事，就别留心了。"

霍拢静点点头，眼眸干净，像个不谙世事的娃娃。

"阿哥，我也喜欢轻舟。"霍拢静道，"她聪明漂亮，医术高超，她原本就比很多的女孩子优秀。你若是喜欢她，可以去追求她。"

"你不懂。"霍钺将手里的雪茄点燃，深深吸了一口气，吐出轻薄的烟雾，萦绕在他的眼前缓缓淡去，亦如他眉眼里的烦躁，"我们朝不保夕……"

"司行需更是朝不保夕。"霍拢静道，"而且轻舟和他弟弟定亲了，他追求轻舟更没有道德！"

霍钺笑了笑，脸上又有了几分温润。

"……阿哥，轻舟一直很喜欢温柔的男人，她常说穿长衫的男子儒雅有风度，她更偏向你。"霍拢静继续道。

霍钺笑笑，很理性地道："她是喜欢温顺的羊，你哥哥只是披了张羊皮罢了。"

霍拢静道："阿哥，你居然不自信！看来，你动真情了！"

"你小小年纪，不要妄议大人的是非。"霍钺道。

霍拢静转头去看楼下，不再作声了，任由她哥哥苦苦发呆。

他想起司行需买戒指时专注的模样，那时候霍钺断定，司行需有一个很心爱的女人。

只是没想到，那个女人是顾轻舟。

司行需做朋友，无疑是忠诚且可靠；但是他做仇敌，会是凶狠又残暴。

霍钺绝不想要这样的敌人！

想到自己活了二十九年，第一次对某个女子有了情思，就遇到了这等挫折，霍钺也是深感意外。

一时间，他心思郁结。

顾轻舟等人跟着司行需，顺利到了后台。

徐老板正在上妆，画了一半的脸，起身迎接司行需："司少帅，久闻大名，在下甚是仰慕！"

徐老板是唱青衣，哪怕正常说话，声音也有些柔媚，听得人骨头里酥软。一半上妆一半裸着的阴阳脸，本来很可怕，搁在徐老板身上，却别有一番风情。

顾轻舟和颜洛水都下意识觉得："这个男戏子比我有女人味。"

那厢，司行需道："徐老板的戏好，改日请徐老板去督军府唱堂会？"

"那徐某三生有幸。"他软软俯身行礼，身段婀娜，水袖微敛就有烈烈风情。

然后，司行霈又介绍了顾轻舟、颜洛水和颜一源。

颜洛水很喜欢徐瑾的戏，就讨论了几句。

后台人来人往，司行霈猛然一拽，将顾轻舟拉到了帷幕后面。

他将顾轻舟抵在墙壁上，高大的身影几乎淹没她，干燥炙热的唇凑在她的耳边，低声道："轻舟，这些日子想我了不曾？"

想到他方才在那么多人的面前，用脚勾她，顾轻舟心里就有气。

霍钺肯定是知道了，因为他的余光瞥过她的时候，神色有变化；霍拢静估计也知道，因为她端着茶的手僵了一下，很意外的样子。

顾轻舟迟早要身败名裂，情绪很低落，冷漠道："想了。"

她说没有想，司行霈可以调笑她；她说想了，这是赌气，司行霈微微欠身，放开了她几分。

"回头跟我走。"司行霈低头吻了她柔嫩的唇，触感让他心神荡漾，"反正颜家那两个孩子迟早也要知道！"

她温软的娇躯在怀，司行霈呼吸炙热起来。

总感觉又好久没见她了！

"我不想跟你走。不过，想不想素来也不随我的心意，你非要我去，我去就是了！"顾轻舟道。

她的话刚说完，司行霈倏然就扑倒了她。

他动作急促、凶猛，顾轻舟的头撞到地板上，虽然有他的手托着，仍是一阵剧烈的疼。

她还没有来得及说什么，因为她听到了枪声。

司行霈说过，他非常地机敏，哪里的枪口对准他，他立马就知道。

果然，他们遇到了刺杀。

司行霈抱紧了顾轻舟，顺着帷幕往里头一滚，将顾轻舟从后台的边沿推了出去。

顾轻舟就被推到了戏台上。

枪声响起时，整个戏院立马就乱了套，顾轻舟爬起来，什么也顾不上，使劲往外跑。

她疾奔而出！

这个瞬间，她只觉得自己一定要逃命，一定要活着，她还没有报仇！

顾圭璋、秦筝筝他们花着孙家的钱，骂着孙家的祖宗十八代，顾轻舟不能饶过他们！

顾轻舟不能死，她还要让他们得到报应！

司行霈将顾轻舟推了出去，远离了后台的硝烟。

顾轻舟滚入前台，然后跳下了戏台，混在人群里狂奔。

这个瞬间，司行霈看到了，他心中竟是万分欣慰：她懂得逃命，这样多好！

她不爱他，甚至不会回头看一眼他是否受伤，只顾自己逃命去了，他心中五味杂陈，但是更多的是松了口气。

只要她安全！

他甚至觉得这样最好，她在他身边，她不爱他，一旦他死了，她仍是那个矜贵美丽的顾轻舟。

她跑起来利落干脆！

司行霈从未想过耽误她，他说过要培养她，将她养得坚强而果断，绝情又何尝不是一种本事？

"我司行霈的女人，就是跟别人不一样！"他骄傲想着。

只是他心里某个角落，仍在隐隐作痛，他似乎很奢望她能停下来看一眼，哪怕只有一眼。

但是，顾轻舟没有，她头也不回地跑了。

司行霈回神，伏低了身体，往后台的帷幕里滚，借助戏班行头箱笼的遮掩，司行霈将腰上的配枪拔了出来。

宽大的戏院，整个大堂挤满了人，后台陆陆续续的枪声，让这些看戏的人像受惊的雀儿，他们拼死逃命。

有人跌倒被踩。

顾轻舟快要跑到了大门口，突然有个人抓住了她的胳膊。

她挥手就要推开时，看到了霍钺紧张肃然的脸。

"上楼！"霍钺使劲拉顾轻舟。

顾轻舟毫不含糊，点点头，跟着霍钺上楼。

楼上的客人也在疾奔下楼，几乎要冲撞到顾轻舟和霍钺，可霍钺身子稳健，将顾轻舟护在怀里，逆流而上。

他们费了九牛二虎之力，终于回到了包厢。

霍钺的四名随从，已经在窗口架好了枪。

"你没事吧？"霍拢静紧张地问顾轻舟，吓得不轻。

"我没事……"顾轻舟这时候才想起来，颜洛水和颜一源还在后台，他们跟司行需在一起。

顾轻舟心中大震，后背汗湿了一大片。

"洛水！"顾轻舟唇色徽白，她竟然在那个瞬间忘了洛水。

楼下的人逃得差不多了，后台的枪战，终于转移到了大堂里。

大堂里，刺客有上百人，他们用的都是短手枪，冲着后台开枪，而后台没有枪打出来。

霍钺的随从，留下一个人保护霍钺，其他三人下楼，趴在二楼上伏击。

"再撑十五分钟，我的人就能到一批！"霍钺脸色铁青。

他没有继续说，因为他知道司行需撑不了十五分钟。

前台与后台的帷幕，终于被打穿了、打破了，斜斜地掉了一半下来。

站在高台上的顾轻舟，看到司行需猫身在戏班的行头箱之下，颜洛水和颜一源躲在司行需身后的角落，姐弟二人抱成一团。

戏班的人，绝大部分已经倒下，就连名角徐瑾徐老板，也倒在血泊里，生死未卜。

"快，枪给我！"霍钺手里的短枪打完，接过了随从的另一把短枪，准备应援。

可惜，太远了！

从包厢到后台，中间要横跨整个大厅。大厅里全是枪林弹雨，没人能飞过去，也就没人能救得了司行需。

良久，司行需才打出一枪，他手里的子弹所剩无几。

而他的副官，全部窜在外围，已经和刺客们交火。

他孤立无援。

顾轻舟看着他猫身躲藏的样子，又想到他拼死将她推出来，不免脑袋一热，想要救他！

更重要的是，若是司行霈的子弹打完，那些人会把他打成筛子，到时候躲在他身后的颜洛水和颜一源也性命不保。

三条命呢！

顾轻舟不能等了。

"霍爷，还要拖多久，应援的人才到？"顾轻舟跑到霍钺身边问。

霍钺看了一下手表，将顾轻舟的头压下："十分钟！"

霍钺的人还要十分钟，就是不知道司行霈的人什么时候能到。

顾轻舟了然。

"你的长枪给我！"顾轻舟上前，一把夺过了霍钺随从的枪。

这随从吓了一跳："小姐，您别伤了自己！"

顾轻舟不理会，又道："子弹！"

随从看了眼霍钺，霍钺则不明所以，还是点点头。

随从就把身上的两盒子弹，全部交给了顾轻舟。

顾轻舟将子弹放在口袋里，长枪稳稳扛在肩膀上，她站到了栏杆上。

她是突然爬上栏杆的。

霍钺和霍拢静都吓一跳："你做什么，快下来！"

特别是霍拢静："轻舟，你别想不开，我们不会死在这里的！"

"我没有想不开，我要去给司行霈送子弹。"顾轻舟道。

顾轻舟没有理会霍拢静，对准了屋顶，猛然开了一枪。

长枪的后坐力极大，将顾轻舟稳稳地推了出去。

"轻舟！"霍钺伸手，将她旗袍的一角拽住。可软绸的料子滑软，霍钺没攥住，顾轻舟就从天而降，飘了下去。

霍钺心中大恸，顾轻舟这么掉下去，哪怕不摔得粉身碎骨，也要掉入敌人的中央，被他们打成筛子！

他愣怔望着，顾轻舟的黑发在空中飘荡，似黑色的水藻铺陈开来，在她身后幻化出繁花似锦。

她临空而降的模样，美得像个妖精，逼退世间所有的繁华。

可惜，她要掉下去了！

她年轻的生命，即将香消玉殒，霍钺大为不忍！

她这么不怕死，可以跟他啊，何必这样牺牲？

难道她指望这样跳下去，就可以给司行霈做子弹补给吗？

霍钺赞同她的勇敢，也惋惜她的无知时，顾轻舟临空又开了一枪。

长枪的后坐力，让她的身子继续后退，然后她落在那堆废弃无用的帷幕上。

半垂的帷幕，接住了她，也被她彻底压断，顾轻舟掉在地上。

帷幕的缓冲力，还是让顾轻舟的后背剧痛，但是没有将她摔晕。

她忍痛一个翻身，就滚到了司行霈的脚边。

司行霈难以置信，她莹白如玉的面容，就在他的眼前，他的眼眶一瞬间通红："你不要命了，蠢东西！"

顾轻舟将长枪丢给他。

司行霈迅速接住。

从三楼飘下来，这冲击力，不是小小的帷幔能挡住了，顾轻舟身上疼，疼得钻心，她也没空和司行霈拌嘴。

司行霈的枪法极佳，对方人数虽然众多，但是武器不足，很快八成的刺客手中没了子弹，他们拔出了短刀。

这些刺客，原本带的子弹就不多，因为子弹太贵了。

他们是准备子弹打尽之后，和司行霈近身肉搏。

顾轻舟从天而降，动作和速度太快，刺客们都还没有反应过来是怎么回事，顾轻舟已经从对面的三楼跳了过去。

新添了武器，司行霈一射一个准，刺客死伤惨重，再也不敢硬冲，都退到了角落里。

司行霈成功地拖延了时间。

顾轻舟带过来的子弹，给司行霈赢得了七八分钟。

这时候，司行霈的那个去报信的副官，已经带着援军到了。

刺客开始逃窜。

司行霈的亲侍冲过来，将他和整个后台保护严密时，司行霈将手里的长枪扔在地上，一把抓起了顾轻舟："你怎么这么蠢？"

顾轻舟气若游丝，低声道："司行霈……"

司行霈抱住了她。

"我疼……"她道。

他的眼泪就夺眶而出，辛涩的泪，落在她的脸上。

"我送你去医院！"在亲侍的护送之下，司行霈和顾轻舟先撤离了。

他们去了军医院。

顾轻舟脸色惨白。

军医检查说，暂时还没有大问题，只是摔断了两根肋骨。

"幸好，肋骨摔断没有刺伤内脏，静养一些日子就好了。"军医说。

顾轻舟眼皮很沉重，她小睡了一会儿，等她醒过来的时候，司行霈怔怔坐在她的床边。

"……你的胳膊。"顾轻舟提醒他。

他的胳膊被流弹擦伤，已经不流血了，但是整条胳膊血糊糊的，看上去很可怕。

"无妨，只是擦伤。"司行霈道，他声音嘶哑低沉。

他俯身，抱住了顾轻舟的脑袋，吻她的唇。

顾轻舟大怒，挣扎着要推开他，可一动就浑身疼。

亲完了，顾轻舟咬牙骂道："我家二姨太说，男人都是毒蛇，我刚救了你，你转头就轻薄我！"

还是在军医院。

来来往往的军医，若是看到了，有人捅到司家去，顾轻舟万劫不复。

司行霈将她的手握住，放在他唇边吻了又吻。

他没有反驳她的话。

"轻舟，你太大胆了！"司行霈道，"你知道那样做有多危险！"

"没事，不就是断几根肋骨吗？"顾轻舟忍痛道。

司行霈的眼圈一红，泪意涌了上来："傻子，你那是在拼命！你从前多聪明，遇到危险就知道跑！可是我没想到，你后来做那么蠢的事。你这么蠢，让我怎么放心？"

他的眼泪，打湿了顾轻舟的手。

一个嗜血疯狂的汉子，一个十岁就在战场捡尸体的男人，坐在顾轻舟的床前，滚滚落泪。

顾轻舟没感觉到他的怯懦，他身上从来没有半分懦弱，包括他的眼泪。

但是她难过。

他的热泪落在她的手背上，似乎每一滴都能烫伤她。

"轻舟，你又救了我一命！你救了我两次，我这条命以后就是你的。"司行霈嘶哑着声音，"你也是我的！"

顾轻舟就气哭了。

我不是你的啊！

司行霈的一番话，把顾轻舟气死了。

她很努力跟他解释。

"我不是为了救你，我是为了洛水和五哥！"顾轻舟实话实说，"你不要自作多情！"

若是只有司行霈，顾轻舟早就跑远了。

那么高，万一长枪的后坐力不够，顾轻舟就要摔死在大厅里；抑或有人开枪，正巧射中她，她也要死在半空。

这么冒险，司行霈才不值得！

顾轻舟把这些话，都告诉了他。

司行霈却好像没听见，俯身吻她，泪水沾满了她的面颊，她感觉自己深陷司行霈的泥潭，而且越陷越深，简直没活路了。

我摔断两根肋骨，就是给自己编织了一个更严密的笼子，将自己送给司行霈吗？

造孽啊！她当时应该跑的，跑得更远才好。

司行霈坐在顾轻舟的病榻上，说了几句话之后，副官过来小声禀告什么，他吻了一下顾轻舟的眼睛："我出去一趟。"

顾轻舟拽住了他的手。

"司行霈，这是你第几次遇到刺杀？"顾轻舟问，"我遇到你不到一年，这都第三次了，是不是？"

司行霈没算过，反正他的生活里，每隔一段时间就会上演一次，他都麻木了。

刺杀越多，意味着他前段时间收获越大，得罪的人越多。

"为何会这样？"顾轻舟清湛目光落在他的脸上，"还不是你行事太极端，不给别人留半点活路？"

司行霈俯身，又吻了她的脸蛋："没事，我心中有数。"

"这次抓到的刺客，能不能别那么极端处理？有了这次，结怨更深，还有下次，你受得了这样的日子吗？"顾轻舟问。

司行霈沉默，最终什么也没答应，只是道："我最多去两个小时，等我回来接你。"

他根本不听劝。

看他眼底的凶狠，顾轻舟觉得他不可能轻饶了这次的人。

她无力合眼。

司行霈活成现在这样，焉知不知他咎由自取？

顾轻舟深感他不值得同情，却一直记得他的眼泪。

哭泣是人最本能的生理行为，却不应该发生在司行霈的身上。

他在顾轻舟面前，一直都是强悍又威严的少帅，却突然不顾形象，将自己的软弱给顾轻舟看，很令顾轻舟意外。

意外之余，也很是头疼。

顾轻舟再三说，她是为了颜洛水和颜一源，才放手一搏，绝不是为了司行霈，司行霈却不听。

"这是我这辈子做的第二件蠢事！"顾轻舟气得肋骨更疼了，第一件是在火车上救了他。

她醒过来不久，颜洛水和颜一源也被送到了军医院，他们两人不是被子弹打中，而是滑倒后被戏台上锋利的道具擦伤了。

"轻舟，你像个女侠一样，从天而降！"颜洛水也被顾轻舟震撼，"我都替你捏了把冷汗！"

顾轻舟笑笑。

也没办法，当时那么危急，必须有个人给司行霈送子弹，他才能拖延时间。

哪怕司行霈再怎么误会，顾轻舟也会这样做的。

她有她坚守的人和事。

"多谢你，要不是你过来，少帅顶不住，我和小五估计要被那些人砍成肉泥。"颜洛水拉住顾轻舟的手道。

"说什么傻话，我能眼睁睁看着你们被剁成肉泥吗?"顾轻舟道。

颜五少则精神恍惚。

军医给他擦药酒的时候，他怔怔的，人像被抽了魂一样。

顾轻舟疑惑，问颜洛水："五哥吓到了吗?"

说到这个，颜洛水脸色也微变："你们离开之后，又发生了一件事……"

颜洛水也很受惊吓，她战战兢兢告诉顾轻舟："当时少帅的人都围过来了，将我们两人带到了二楼的包厢里，先处理伤口，等彻底结束了再来医院。

"没想到，有个刺客察觉我们身份重要，趁乱摸上了二楼，将门口两名霍家的随从给杀了。

"他会武艺，手里拿着一把长刀，架住了阿静的脖子，让我们跟着他下楼，不许惊动任何人。

"当时我们都吓坏了，就要跟着他走，不承想阿静突然一个反手，我都没看到是怎么回事，那人的刀就到了阿静手里，她……"

"她怎么了?"

"她一下子就把那个人的脖子割断了，脑袋偏到了左边肩膀上，血溅了小五一脸!"颜洛水惊悚道，"轻舟，你敢相信吗，阿静她居然擅长武艺! 她杀人的时候，眼睛都不眨一下，小五当时就吓晕了。"

顾轻舟看颜一源，他的确是吓坏了。她第一次见杀人时，也是吓得不轻，能理解颜一源。

司行霈说，动乱离南方挺远的，但是军阀之间的争斗不断，明的暗的，真实发生在顾轻舟的生活里。

动乱，已经一步步逼近。

"我也没想到。"顾轻舟道，"阿静看上去很冷漠，我还以为是孤儿院造成的。"

"孤儿院的孩子，哪里去学那么好的本事？"颜洛水道，"你是没看到，当时那个人死的时候，也很震惊，估计他也想不到阿静能夺了他的刀。"

"每个人都有难言之隐，咱们就莫要问了，有一天阿静能告诉我们的时候，她会说的。"顾轻舟道。

难言之隐，顾轻舟实在太有感触了。

她和司行霈，也是绝对不能对人言的。她虽然瞒着颜洛水，不代表她不把颜洛水当朋友。

相反，她可以为了颜洛水拼命。

霍拢静一定跟顾轻舟一样，顾轻舟特别能理解她。

过了半个小时，颜太太和颜新侬也来了。

得知遇刺，颜太太安抚几个孩子："保住了命，就是祖宗保佑了。"

又问顾轻舟："还疼得厉害吗？"

"已经不是很疼了，姆妈。"顾轻舟道。

颜太太摸了摸她的脸，说了句可怜的孩子。

晚上七点多，天完全黑了，颜新侬派人去把顾圭璋接了过来。

"……怎么去个联谊会，弄成这样？"顾圭璋担心顾轻舟和同学打架，得罪权贵，声音颇有些恼怒，责怪顾轻舟道。

他也不问问顾轻舟伤得如何、疼不疼，一上来就骂。

颜新侬和颜太太在旁边瞧着，都觉得顾圭璋这个父亲实在过分。

顾轻舟着实不容易。

况且，司行霈再三交代颜新侬，处理好顾轻舟家里的事，等司行霈回来，他要把轻舟接到他的别馆去养伤。

颜新侬有了任务在身，私下里找了顾圭璋，和顾圭璋商量："您看，能不能让轻舟到我们府上去养病？军政府的军医，是不好去顾公馆的。

"我也不是说外头的医生不好，只是一病不烦二医，既然请了军医看，就索性让军医管到底。在我们府上，看病方便些。"

颜新侬完全是多虑了。

顾圭璋高兴还来不及呢："您和太太照顾她，我有什么不放心的，只是给您添麻烦了。"

顾公馆添个病人，顾圭璋觉得晦气，而且还要花钱请医用药，实在不划算。

让顾轻舟留在颜家，和颜新侬夫妻联络感情，对顾圭璋更有好处。

顾圭璋满口答应了。

就这样，顾圭璋只当顾轻舟去颜家；而颜家的孩子们，则当顾轻舟回了顾公馆，想去顾公馆探病又被颜太太拦住。

颜太太说："轻舟家里情况复杂，你们去探病，会给轻舟添麻烦的。"

颜洛水和颜一源就没去。

当天晚上，颜新侬派人将顾轻舟接出去，半路上又被司行霈带走了。

颜新侬做这件事，并不是为了司行霈，更多是为了顾轻舟。

顾圭璋那个态度，让颜新侬心凉，他真担心顾轻舟回去养病没人善待她。但将她留在颜家，也阻止不了司行霈来探病，到时候洛水和一源都会知道，而这是顾轻舟不愿意的。

考虑再三，司行霈既然不会害轻舟，而且他的别馆安静，轻舟能安心养伤，颜新侬就同意了。

"又落到你的牢笼里了。"顾轻舟叹气，无奈道。

司行霈亲吻她的唇，低声道："轻舟，那是我们的家，不是牢笼!"

他没有去别馆，而是直接把顾轻舟带到他上次置办的花园洋房里。

司行霈将顾轻舟抱到了楼上。

"轻舟，我们到家了。"司行霈颇有点感触道。

顾轻舟则合眼打盹，不想理睬他。

"你要留我住多久?"顾轻舟突然想起这件事。

"住到你的伤彻底好了。"司行霈回答。

顾轻舟算了算，她可能要静养二十来天。

她顿时感觉真没活路了!

夜深了，顾轻舟安然入睡。

司行霈却独坐床前，阴冷坚毅，似尊雕像。

他回想起了今天发生的一切。

他想起他将顾轻舟从后台推开时，她麻利跳下了戏台，混在人群里逃跑，扬起的黑发，似游丝飘荡。

他也想起她借助长枪的后坐力，从三楼飘下来，衣袂蹁跹，青绸般的长发幻化成流瀑。

司行霈的心中，再也没有能盖过她那个瞬间的身姿。

但他更爱她逃跑的背影，带着求生的欲望；而不是她从天而降，带着不顾一切的果断。

果断司行霈是有的，他的人生只是没希望而已。

他宁愿她跑了，她就安全了。她安全活着，才是司行霈最大的期盼。

顾轻舟才十七岁，像早春枝头的花苞，嫩红娇弱，她还未盛绽，还没有惊艳世人，不能就这么凋零！

"你骨子里这么大胆，"司行霈低喃，"你天生就该是我的女人！"

原来，一切早已命中注定。

他睡不着，轻轻地握住她的手。

月华似银霜，投在屋子里，顾轻舟沉睡的面容光洁美丽，司行霈挪不开眼睛。

他轻轻地吻她的手。

"我一直觉得，女子应该懦弱柔软。轻舟，你是我见过最勇敢的。"司行霈低喃，"也许，我考虑得太多，你并不畏惧暴力。"

他坐在她床边，而后就趴着睡着了。

顾轻舟再次睁开眼，已经是第二天早晨。

晨曦熹微，天色青灰。仲秋的晨风凉爽宜人，透过半开的窗棂吹进来。

风撩拨着窗帘随风摇曳，像浅蓝色的波浪。

司行霈就睡在她的床边，难得的安静，煞气敛去，只剩下纯净和俊朗。

若不是那么血腥和变态，他应该是整个岳城最矜贵雍容的衙内，最风流恣意的公子！

顾轻舟动了一下。

她这一动，就惊醒了司行霈。

"哪里疼了？"司行霈机敏地坐了起来，问顾轻舟。

顾轻舟摇摇头，道："我不疼，我就是有点口渴。"

司行霈起身倒了水，又把床头的点打开。

床头是一盏莲花灯，浅黄色的灯罩，放出来的光温柔缠绵，一点也不刺眼，整个房间的格调清淡温馨。

水有点烫，司行霈吹了半晌，才递给她，顾轻舟一口一口喝得缓慢。

"……你没去睡一会儿？"顾轻舟问，热水熏得她唇瓣微红，终于有了点气色。

司行霈看到她，心中稍微松了口气。

"我睡了，趴着就行。"司行霈道。

他仔细问她，哪里不舒服、哪里疼痛，然后就道："我去做些吃的，你饿了吧？"

顾轻舟点点头，的确是饿得很。

"我想吃馄饨。"顾轻舟道，"要鲜虾的！"

"好。"司行霈摸了摸她的脸，转身就去了。

他拿菜刀时，是没什么杀气的，反而认真专注。

鲜虾没有了，司行霈让副官临时去买，他自己则擀好了面皮。

顾轻舟不能动，暂时也不能下床，百无聊赖躺着。

司行霈拿了留声机，放曲子给她听。

留声机里，吱吱呀呀是某个歌女的声音，甜美柔和。

顾轻舟就想起了徐瑾——那个唱虞姬的青衣名角，他当时也倒在血泊里，不知死了没有。

约莫一个半小时，鲜虾馄饨就做好了。

顾轻舟尝了一个，筷子微顿。

司行霈紧张："味道不对？是咸了还是淡了？"

顾轻舟摇摇头："正好。"

她一连吃了四五个，才抬眸，剪水眸子有淡光飘溢："上次多谢你做馄饨给我吃！"

原来她吃过最好的鲜虾馄饨，不是朱嫂做的，而是司行霈早起做的。

那天她把司行霈气得半死，司行霈一夜未睡，没有气哄哄地出门，而是专心给她做了一顿饭。

顾轻舟心中有点难过，同时又有些许温暖，亦如这馄饨。

司行霈不是对她不好，是他做的坏事让顾轻舟印象太深刻了，比如杀人给她看，将她按在床上。

每次想起他，这些坏印象都会迫不及待地跳入脑海，然后她就主观上憎恨他这个人。

这样，他的好，顾轻舟反而就记不起来。

现在，她倒是能记起一样：他做的馄饨很好吃，比任何名厨做的都合顾轻舟的口味！

也许，以后他的好会慢慢占据上风。

不过她和他是没前途的，他再好对顾轻舟也没意义。

"你喜欢的话，我一辈子给你做。"司行霈轻轻地摸她的脑袋，"我的命都是你的！"

"你做饭就行了，命我不要。"顾轻舟道。

司行霈就捏了一下她的脸："你这个口是心非的坏东西！"

哪怕不要，她也救过他两次。

司行霈这辈子，两次受如此大恩，不肝脑涂地也报答不了！

司行霈自负是了解女人的，联想起上次顾轻舟的失落，于是他趁着顾轻舟吃饭的时候，问她："轻舟，我们结婚吧！"

顾轻舟一口馄饨全部吐在碗里，她大怒道："你为什么要恩将仇报？"

司行霈哪怕再了解女人，也不了解顾轻舟，有时候他完全不知道顾轻舟想要什么。

她想要他离开！

她似乎只想要这一点！

偏偏就这一点，他绝对做不到，他是不会放开她的。

"我不会嫁给你，除非我死了，但是我活着，我就绝对不从！"顾轻舟疏淡的眉眼，添了狠戾。

"为何？"

"因为我不爱你，我不想跟你过一辈子，你不懂吗？"顾轻舟认真耐心地解释，"我说了这次我是为了救洛水姐弟二人，不是为了你。若只有你在后台受困，我早就跑了。"

一抹淡淡的疼痛，席卷着司行霈，从心口漫延到了四肢百骸。

他有点呼吸不畅。

深吸一口气，司行霈道："那么，我努力让你爱上我！等你爱上了我，我们就结婚！"

"你不是要一个权势滔天的女人吗？"顾轻舟问，"你的军政府，不是需要盟友吗？我什么也没有！"

"你有我的命。"司行霈道，"我的命是你救的，已经是你的了。"

"我不要！"顾轻舟道。

他们陷入一个很狼狈的谈判困境，谁也说服不了谁。

顾轻舟最后问司行霈："你爱我吗？"

司行霈微愣。

"你有没有爱过女人？"顾轻舟又问他，"你只是想变态地占有我，还是你爱我？"

司行霈沉默。

顾轻舟就替他回答："你不爱我！"

他若是爱她，他会知道，也能答得上来。他需要思考，需要去比较，甚至拷问自己时，说明他不爱她。

他一开始，就是把顾轻舟当宠物养着。

他的东西，哪怕死了也是他的，这是一种诡异的占有欲，并非爱情。

两个不相爱的人，谈论婚姻，又没有利益纠葛，顾轻舟觉得很滑稽。

况且这成天厮杀、家里全是机关的婚姻，绝不是顾轻舟想要的。

当初他送戒指，她很意外，心头是浮动了几分希冀。

谁都有头晕脑热的时候。

旋即，那点希望被点破之后，顾轻舟也彻底清醒了，她现在再也不会怀揣那么诡异的期盼。

"不要再说这样的话了。"她道。

司行霈忘了更重要的一件事：司督军是不会答应的。

顾轻舟嫁给司行霈，就是让司慕受人指指点点。

司家会陷入丑闻。

司督军不答应，难道要司行霈跟司家决裂吗？

他太年轻了，现在决裂对他的影响很大，他的年纪适合做个少帅，还没有做督军的资格。

他何尝不是在他父亲手下熬资历？

司督军不同意，他又能怎么办？

他说"我们结婚吧"，却从未考虑过这么多，不过是一句随意的话，顾轻舟心里烦躁。

她躺下去，合眼打盹，不想理睬他。

司行霈端了碗下楼。

好半晌，他都没有上来，在客厅沉思良久。

后来，朱嫂过来服侍顾轻舟。

朱嫂怕顾轻舟心里不舒服，跟她解释说："督军去了南京，少帅暂时管理军政府，一堆事，他说中午会回来陪小姐吃饭的。"

朱嫂又问："小姐中午想吃什么？"

"我没有特别想吃的，您做的我都爱吃。"顾轻舟道。

副官弄了一辆轮椅，是从军医院借过来的，朱嫂把顾轻舟搀扶到了轮椅上，然后副官们将轮椅抬到了楼下。

这样，朱嫂一边在厨房忙碌，还可以一边跟顾轻舟说话。

她们两人有一搭没一搭地说话，顾轻舟翻着杂志打发时间。

饭快好了的时候，司行霈终于回来了。

他脸色平静，甚至带着一点笑容，手里端了个很大的盒子。

"这是什么?"朱嫂好奇接过去,打开一看,惊喜地叫出了声,"哎哟,少帅买了宝贝回来!"

顾轻舟也伸头去看。

大盒子里,伸出两只灰色的小脑袋,和顾轻舟对视。

顾轻舟会心一笑:是两只小奶狗!

小奶狗眼睛圆溜溜的,流转着呆萌可爱的光芒。

顾轻舟双眸发亮。

朱嫂就知道她很喜欢,将盒子放在她的膝盖上。

"顾小姐,您照顾一会儿,我再去把汤盛来。"朱嫂笑道。

顾轻舟点点头。

她轻轻地触摸其中一只小狗的脑袋。

小奶狗可能是吃饱了,很温顺地任由顾轻舟抚摸。它的毛光滑柔软,眼神娇憨,十分可爱。

"喜欢吗?"司行霈坐到了她身边,就像她抚摸小狗一样,抚摸着她的头发,柔声问道。

他的眼神温柔得像要融化了,细细看着她的笑容。

"喜欢!"顾轻舟如实点点头,"我在乡下时候,也养了一只狗,它对我可好了。可惜前年的时候发瘟疫,乡下的家畜死了很多,我和师父给它用了药,甚至施了针,它还是死了。"

说罢,她很伤感。

当时顾轻舟哭了很久,如今想起来,心里某个角落仍是隐隐作痛。

动物养久了,就像家人一样。

"这两只以后归你养。"司行霈道。

顾轻舟点点头,笑了起来。她的笑容分情况,有时候娴雅端庄,有时候浅淡如荷。而此刻的笑容甜美,眼睛弯如新月,不带任何心机,透出少女的娇憨。

司行霈喜欢看她这样笑,无忧无虑的,发自内心。

顾轻舟抚摸着小奶狗,对司行霈道:"要取两个名字。"

司行霈道:"这只叫大狗,这只叫小狗。"

顾轻舟:"……"

吃完饭之后，顾轻舟仍陪着这两只狗一起玩，喂它们吃东西，然后就终于明白，为何司行霈要把它们叫大小狗。

因为，它们并不是狗。

"司行霈你混账，这是狼崽！"顾轻舟也是过了良久才发现，脸色大变。

幼狼和奶狗真的非常相似，不认真都无法区分。

她一阵好气。

顾轻舟就想养两只狗，不承想司行霈抓两只狼给她，这混账东西！

司行霈则哈哈大笑。

"是吗？"朱嫂抓起一只，左看右看，仍觉得就是小奶狗。

顾轻舟道："就是狼。狼的双目上挑，比较威严，而且尾巴下垂，狗的尾巴是竖起来的。方才我逗它，它嚎了……"

她气得不轻。

司行霈忍不住又哈哈笑了，看着顾轻舟气得要跳脚的模样，甚是可爱。

他有时候很想逗逗她，哪怕逗得她发火。

朱嫂也数落司行霈："少帅真是的，你好好抓两只狗来，又不是什么难事，非要惹顾小姐生气！况且狼是野物，咬人了怎么办？"

"不妨事，我教她怎么养，不会咬到她的。"司行霈道，"狗有什么趣，养了吃肉吗？"

"你这个人！"顾轻舟拿东西砸他。

他说话是百无禁忌的，偏偏顾轻舟对狗有感情，他的话句句刺心。

气归气，这两只狼崽着实可爱，顾轻舟已经爱上了，是不会丢掉的。

只是饲养的时候，她小心翼翼了起来。

这两只幼狼，体形稍微大点的是公狼，顾轻舟要把它叫"暮山"，司行霈坚持要叫"大狗"，被顾轻舟狠狠打了一下，才闭嘴了。

那只更小些的是母狼，顾轻舟叫它"木兰"。

"行吧，木兰就木兰吧。"司行霈很是无语。

有了两只狼崽的做伴，顾轻舟养伤的日子，好似没那么难挨了。

狼很有灵性，它们围绕着顾轻舟的轮椅，并不走远。

到了第四天，颜新侬夫妻两个人终于来看顾轻舟了。

颜太太说："学校已经请好假了，你在学校用心，学监都很喜欢你，让你好好养伤，期末考得好点就无妨了。"

然后，颜太太又对司行需道："应该请个家庭教师。"

司行需不同意："养病的时候还念书？还不是遭罪嘛。好好休养吧，养好了再认真读。"

他是疼顾轻舟的。

在司行需看来，念书是件非常辛苦的事，比行军打仗还要痛苦。

他不想轻舟受这种罪。

颜太太就不再说什么。

"对了轻舟，你继母和姐妹们到家里去看你了，我说你去了军医院复诊，她们坐了会儿就走了。"颜太太道。

秦筝筝带着孩子们去探病。说是探病，更像是去巴结颜太太的，言语之中，恨不能顾轻舟永远住在颜家，这样她们可以常来常往，和颜太太结识。

秦筝筝甚至说："明日我来陪您打麻将吧，您一个人照顾轻舟，怪冷清寂寞的。"

颜太太很无语。

这些话，颜太太都不会告诉轻舟，只说她继母和姐妹们关心她。

"哦，她们倒是有心了。"顾轻舟声音微带讽刺。

颜太太不说，顾轻舟又如何不明白呢？

她的继母和姊妹什么品行，顾轻舟还不是一清二楚吗？

颜太太轻轻地握了握她的手："好孩子，你安心养伤，外头其他事就不用担心了。多喝点骨头汤。"

颜新侬则跟司行需在后花园说话。

天气温暖，顾轻舟想晒太阳，颜太太就推着她，沿着小径慢行。

"洛水挺挂念的，还说要去顾公馆看你，被我拦住了。"颜太太道，"她心里起了怀疑。"

顾轻舟沉默。

良久之后，她才道："改日有空，我会告诉洛水的。"

颜洛水曾说过，司行霈的女人都肮脏，谁跟了司行霈，就是自甘堕落。那些话，言犹在耳，顾轻舟就不知该如何向洛水阐述实情了。

她不想跟司行霈，身不由己，但是她一样堕落肮脏。

顾轻舟叹了口气。

这个时节，金菊层层叠叠地盛绽，木樨浓香满园，小径全是花香，让人心旷神怡。

远远地，顾轻舟和颜太太听到了颜新侬的声音。

"……你说他们能善罢甘休吗！"颜新侬恼怒，"那是一百万英镑的军火，你就这么劫了？"

顾轻舟和颜太太呼吸都一顿。

一百万英镑的军火，足以打下两座大城市了。

怪不得这次派那么多人来刺杀司行霈，敢情他又犯浑了。"放心，他们查不到证据，军火已经藏好了。"司行霈道。

"可世上没有不透风的墙，你这样是要上军事法庭的！"颜新侬道，"阿霈，你不能总是这样，什么东西你看上就要抢，有些东西不是你的！"

"我看上了，就是我的！"司行霈道。

颜新侬气结。

而后，颜新侬看到了颜太太和顾轻舟，话就打住了。

等颜太太和颜新侬走后，顾轻舟问司行霈："你这次是抢了谁的东西？"

司行霈摸了摸她的脸："军机大事，女孩子家不要过问。"

"一百万英镑的东西，人家不会饶过你的。"顾轻舟道。

"那又如何？"司行霈无所谓道，"轻舟，这个乱世，根本没有道理可讲，拼的是实力。我抢到了，是我的本事。他们能杀了我，也是他们的本事。"

顾轻舟体会到了颜新侬的无语。

她也无语了。

这位少帅，就是个土匪，是一条恶狼，整个华东几乎都在岳城军政府的掌控之下。

司行霈是不讲道义的。

"我越强悍，华东地区就越没人敢觊觎，其他军阀的枪炮不敢伸到这里，这一方就太平，百姓就能过几年平静的日子。战乱是很可怕的，你听说过'宁为太平犬，不做乱世人'吗？"

顾轻舟微愣。

其他的话，她再也说不出来。

她鬼使神差地觉得，司行霈的做法不错，他强悍到了无人敢动的地步时，他辖区内的世道就太平。

"轻舟，再积累几年，我就要打过长江，把那些小军阀一个个全收拾了！到时候，我们的儿女就能生在一个统一、繁荣、强大的国土上。"司行霈道。

顾轻舟默然。

"你……原来是个有理想的人。"顾轻舟道，"我还以为你只是过一天算一天。"

"这是大理想，想要实现靠的不是本事，而是天道。天道该统一了，时机自然就来了。"司行霈道。

顾轻舟也更加理解，为什么他说他需要权势滔天的妻子。

他需要帮助。

这个帮助，不是几句话、一点小聪明，而是过硬的军事实力。

他的理想从不对人言，因为太过于宏伟，听起来就像痴人说梦。

顾轻舟在他的生活里，注定无法与他并肩。她没有军事背景，也没有富可敌国的财产，她帮不了他。

若是他真的能实现统一，结束动乱，顾轻舟也敬重他这个人。

天下的百姓也会感激他。

只是她不会跟他。

哪怕再伟大的男人，也无法让顾轻舟甘心做妾。

而她做了司行霈的妻，无疑让他的理想又更远了一步，没必要让他做出这么大的牺牲。

这个瞬间，顾轻舟心里澄澈，未来像一块水晶，清清楚楚摆在顾轻舟面前！

她不想做妾，更不想让司行霈牺牲自己的理想。

她要走！远远地离开他，离开华夏！

"从现在起，就要好好筹划了。"顾轻舟心想。

静养到了第八天，顾轻舟能自己下床走路了。

军医也说了，让她多活动。

来看病的，一直都是胡军医。

"他会不会把我的事，说给司夫人听？"顾轻舟有点担心。

"不会的，他是我的亲信。"司行霈道。

这些日子，顾轻舟差不多弄明白，司行霈在军政府，跟司督军是面和心不和的。

司督军是很器重司行霈的，而司行霈早有异心，并不把父亲放在眼里。

她养病期间，司行霈在家的时候少，有时候半夜才回来，都是朱嫂陪着顾轻舟。

司行霈偶尔下午回来早了，就带着顾轻舟在庭院散步。

秋季多晴朗，落日的余晖绚丽，映照在他们脸上，金芒微淡，司行霈就会搂住顾轻舟说："轻舟好漂亮！"

"流氓，你是不是又起了什么歹念？我的伤还没有完全好。"顾轻舟立马离他八丈远。

司行霈失笑。

他轻轻地吻了吻她的眉心，低声道："没有歹念，我的轻舟就是很美丽，比所有女孩子都要美丽。"

顾轻舟觉得他巴结她，是带着目的，心中很警惕。

她沉默不语。

两只小狼崽，萦绕在顾轻舟的脚边，跟着他们在小径上跑来跑去，打闹玩乐，十分开心的样子。

才几天的工夫，它们就跟顾轻舟很熟了。

顾轻舟仍是下意识将它们当成狗，温顺又忠诚的狗，心都是软的。

"这要是两个孩子，该有多好！"司行霈也看入了眼，低声对顾轻舟道，"轻舟，给我生几个孩子吧。"

这种话题，顾轻舟是绝不会接的。

她光明正大翻了个白眼。

司行霈就转移了话题。

"……可惜了，上次《霸王别姬》还是没有听成。"顾轻舟道，"那个徐老板，他是不是……"

"他没死，受了点伤，肩膀被打穿了，已经回南京养伤。估计是死也不肯再来岳城了。"司行霈笑道。

他们两人慢慢踱步，司行霈揽住顾轻舟的腰，搀扶着她，怕她走得太累了。

女佣跑了过来，对司行霈道："少帅，青帮的龙头和他妹妹来了，说是探望顾小姐。"

顾轻舟脸上讪讪的。

那天司行霈在桌子底下勾她的脚，霍钺和霍拢静就知道了，顾轻舟不知该用什么心情去见他们，下意识想躲。

和司行霈的这段关系，顾轻舟一直身不由己，也一直有种耻辱感。

"他们也知道你这个地方，你告诉霍爷的吗？"顾轻舟半晌才问。

司行霈道："那是青帮的龙头，他什么不知道？"

顾轻舟攥住了司行霈的手，尴尬道："我不想去，改日等我想想怎么遮掩，再去见阿静。"

司行霈却不同意："这有什么害羞？"

"这不是害羞，这是难堪！"顾轻舟说，"我不像你，我还要脸。"

虽然脸已经被司行霈丢光了。

司行霈笑，对这种话不痛不痒，就依了她，让女佣搀扶着她先回房，自己去见了霍家兄妹。

霍钺是来看顾轻舟的。

正如他妹妹所言，司行霈可以不顾道德追求顾轻舟，那么霍钺也可以惦记她。

那天顾轻舟从天而降的模样，已经印在了霍钺心里，霍钺感觉这辈子，不会再有其他女人的光芒盖过顾轻舟。

想来也是孽缘。

一进门，霍钺就直接问司行霈："轻舟如何了？"

"已经能下地走了。"司行霈道，然后看了眼霍拢静，"你这个妹妹，是不是保皇党培养出来的杀手？"

霍拢静大惊。

这件事，她哥哥已经帮她遮掩过去了，为何司行霈一开口就说了出来？

这个人好可怕，能查到青帮遮掩的秘密，说明他有着和青帮旗鼓相当的情报网。

霍钺则笑了笑，往前一站，挡住了他妹妹，对司行霈道："有些事，看破不说破方是君子。"

司行霈耸耸肩："我不是君子。"

霍拢静有点紧张。

"阿静，你去看看轻舟吧。"霍钺替霍拢静解围。

霍拢静道是。

司行霈也不阻拦，顾轻舟总是要面对她的朋友，难堪也不能躲起来。

两个人对面而坐，司行霈先开口了："霍爷，我是很敬重你，但请你不要觊觎我的女人！"

霍钺看顾轻舟的眼神，司行霈很清楚。

他不介意，因为他知晓霍钺的性格。

霍钺不是毛头小子，他有一个庞大的青帮，他会衡量利弊。

司行霈的女人他敢碰，就是找死！

有这样的自信，司行霈就摊开了来说，不在霍钺面前遮掩。

他的轻舟招人喜欢，这是他司行霈的荣耀，霍钺很有眼光。

霍钺表情温润，悠悠道："据我所知，轻舟不是你的女人吧？她是你弟弟的未婚妻，应该说是你的弟妹，你这样不算缺德吗？"

"不算，我看中的女人就是我的，跟司慕没关系。"司行霈道。

霍钺眼帘微抬，道："我惦记她的时候，并不知道她是你的女人，你也从未说过，这不违反君子之约。我惦记她，但是我不偷她。"

"以后不要再惦记！"司行霈道。

"这个难说了，万一她也仰慕我呢？"霍钺笑道，表情依旧很温润。

司行霈却蓦然心口一窒。他微微眯起眼睛，带着危险的光芒审视霍钺。

他也想起自己衣柜里的几件长衫。

那时候，顾轻舟见过霍钺，她给霍钺治病，而后她带着顾绍去做长衫，说她喜欢男人穿老式的衣裳，打扮得像个儒雅的书生。

这一切，难道霍钺都符合？

司行霈心头发闷，难以置信。

司行霈的态度突然就发生了变化，他语气紧迫了起来，冷漠逐客："我们要吃晚饭了，送客！"

他把霍钺的话听了进去，甚至吃醋了。

霍钺静静一笑，依旧坐等霍拢静。

霍拢静进了内院，顾轻舟正在喂那两只狼崽吃肉。

朱嫂将肉切成一条条的，顾轻舟用筷子夹着，让两只狼崽跳起来咬。

"你居然养狼？"霍拢静站在门口问。

顾轻舟手里的筷子一松，肉就掉进了木兰的嘴巴里。

她抬眸去看霍拢静时，很是难为情地笑了笑。

"阿静……"顾轻舟道。

霍拢静走到了她身边，只问她："还疼不疼？"

"已经不怎么疼了，我现在能自己走路。"顾轻舟道，说罢她就要站起来。

霍拢静按住她的肩膀："恢复得不错，还是要多静养。"

顾轻舟点点头。

她们关系很亲密，此刻却不知该说什么。

霍拢静道："轻舟，洛水很担心你，她每天都在挂念你，还替你准备了一份笔记，可认真了。"

顾轻舟会心微笑，她真的很想早点去学校。

"……少帅对我们不太友善，我下次不能来看你了。"霍拢静又道，"等你好了，我们再庆祝。"

顾轻舟再次点点头，说："好。"

霍拢静临走的时候，对顾轻舟道："你那天从三楼飞下去，实在太厉害，我都没有这么大的胆量。轻舟，有你这样的朋友，我很骄傲，洛水也是。"

顾轻舟失笑。

细细品味她的话，眼角又微湿。

霍拢静走后，朱嫂开饭了。

因为霍拢静那席话，顾轻舟心情很不错，她吃饭的时候胃口大开。

司行霈则盯着她，浓眉紧蹙。

"怎么了？"顾轻舟问。

司行霈伸手，摸了摸顾轻舟的脸，再次感叹道："轻舟，你真漂亮，像个仙女！"

"莫名其妙！"顾轻舟嘟囔。

"……不管有多少男人惦记你，我都会保护你的。你不许看上别人，知道吗？"司行霈眸色深沉。

他颇为认真的样子，让顾轻舟略感糊涂。

"你哪怕爱上别人，也要等我死了之后。"司行霈道，"我活着的时候，忍受不了。"

顾轻舟不接话。

她感觉司行霈今天言语奇怪，可能又是起了歹念。

她不想被他按在床上，特别是她的伤尚未痊愈。

司行霈这边一腔忧伤，顾轻舟则是担惊受怕，总感觉他会欺负她。

结果，司行霈只是抱着她睡，并未像以前那样逼迫她，顾轻舟也慢慢松了口气。

她那两只小狼崽，其中那只母的叫木兰，居然偷偷跳上了顾轻舟的床，依偎着她的脚睡着了。

顾轻舟又惊又喜，低声对司行霈道："这只狼像猫。"

"跟你一样。"司行霈道。

顾轻舟也发现了，自己时常这样依偎着司行霈睡觉。

她觉得司行霈变态、恶心、暴戾，却也明白他机警、敏捷、细心，在司行霈身边，顾轻舟知晓危险难以靠近，总是睡得很安稳。

在这里养病，司行霈陪她的时间不多，只吃了三次晚饭。

其他时间，都是顾轻舟睡着了他未归，顾轻舟醒时他已经走了，只是床的另一边皱巴巴的，留着他的气息，让顾轻舟确定他夜里回来过。

转眼就到了十月初二。

这天，朱嫂一大清早就跟顾轻舟道："顾小姐，今天有件要紧事麻烦您！"

十月初二，是司行霈的生日。

每年他生日，老太太叫他回去吃饭，他都会拒绝，甚至心情会很糟糕。

"这天我母亲受苦生下我……"他总是这样说。

他不能回想。

与他母亲有关的点滴，他半分也无法接受。

世人不知他母亲去世的真相，司行霈也不屑于倾诉苦水，所有人事他都自己扛着。

朱嫂要跟顾轻舟说的，就是这件事。

过生日嘛，要吃长寿面的，这是朱嫂的信仰。

朱嫂想麻烦顾轻舟给司行霈煮面。

"少帅总在外头厮杀，身上不沾点福气怎么行呢？吃长寿面积福的，我煮了他又不肯吃。他最听小姐您的话，您给他煮碗长寿面吧。"朱嫂求顾轻舟道。

顾轻舟尴尬："可是，我不会啊。"

她也没想到今天是司行霈生日。

"不妨事，我来教您。"朱嫂道。

朱嫂将面和好，然后告诉顾轻舟如何揉面。

顾轻舟伤势已经痊愈，但是力气不够，朱嫂自己揉得劲道了，再让顾轻舟象征性地揉几下。

醒面的时候，朱嫂和顾轻舟闲聊，说起了司行霈的母亲。

"太太是上吊死的，不是病死的，这件事外人不知道，少帅也不许我乱说，我只告诉了您。"朱嫂低声，把秘密告诉了顾轻舟。

她大概觉得顾轻舟是不会离开司行霈的，是自己人。

朱嫂顿了一下，继续说："太太走的时候，少帅才三岁。刚过一年，督军又娶了新太太。"

顾轻舟沉默。

说到这个，顾轻舟多少有点内疚。有件事她知道，但是她暂时不能说。

"……太太投缳自尽，当时只有少帅在家，他抱着太太的腿，哭了大半天。"朱嫂道。

一股寒意，从顾轻舟的后背延伸荡开。

她轻轻地咬了咬唇。

"真可怜！"朱嫂开始抹眼泪。有些事，不管过去多久，提起来仍是伤心欲绝。

然后朱嫂又说："我八岁就在太太娘家做工，跟着太太一起长大的。后来太太出嫁，将我带到了司家。太太寻死那天，特意把我支开。

"我回到司家的时候，太太被人放在木板上，不知为何七窍开始流血，只怕是舍不得少帅。我们说太太走了，少帅说没有，'姆妈还在流血，死人不流血'，少帅那时候才三岁啊！"

顾轻舟听了，仍是沉默，心中却酸楚难当。

司行霈是不是从那天开始，就觉得流血才是生命的征兆？

他嗜血疯狂的病症，是从那个时候落下的吗？

也许那时候只是个开端，让他明白：流血就是好的，流血意味着他没有失去母亲。

"……唉，可怜。"朱嫂深深叹气，眼泪禁不住。

她不想今天哭哭啼啼的，就努力忍住了，打岔去教顾轻舟揉面。

顾轻舟也略带感触，说："我……我自己来！"

她将一团面揉到劲道，稍微用力，导致额头布满了细汗。

司行霈难得下午早点回来，他没想起今天是他的生日，只是天气转凉了，他给顾轻舟买了条披肩。

这是一条纯白色的雪绸披肩，缀了很长的白色流苏，穿在她身上，宛如盛绽的白玫瑰，层层叠叠地荡开。

他觉得很好看，正好军务处理完毕，就提早回来。

一进门，就看到在厨房忙碌的顾轻舟。

顾轻舟穿着一件家常的藕荷色斜襟上衣，袖子半卷着，长发绾成低髻，粉颈低垂，竟有做太太的模样。

司行霈心中微动。

放下礼物，他走到厨房，看到顾轻舟正在揉面，司行霈蹙眉："你伤还没有好，用这么大劲做什么？"

顾轻舟抬头微笑，露出一口细糯洁白的牙齿。

朱嫂在旁边解释："今天是少帅的生日啊，顾小姐想给少帅做顿长寿面。"

司行霈一愣。

他想发火，脸色微沉了下去，同时又看到顾轻舟吃力揉面的样子，心中再一软，火就下去了。

"我不过生日。"司行霈道，然后上前拉顾轻舟的手，"洗洗手，咱们出去吃饭！"

朱嫂立在旁边，不太敢深劝。

因为朱嫂从小在司行霈母亲身边长大，所以她像是司行霈的姨母，司行霈很敬重她，不拿她当用人。

凡是朱嫂说话，司行霈都会听的，独独生日触犯他的忌讳。

提到生日，就会想起他母亲……

他不能想！

"我都揉了半天。"顾轻舟迟疑，"我和朱嫂准备了一早上，快要好了。长寿面是积福的，你一年到头常有事，运气用光了怎么办？"

她略带担心的目光，软软落在司行霈脸上。

司行霈有点动摇。

顾轻舟就趁热打铁："我第一次做饭……"

590

这句话，终于打动了司行霈。

"好，尝尝你的手艺。"他道。

顾轻舟的面揉得差不多了，朱嫂再帮着揉了几下，就彻底揉好了。

将面擀薄，然后切细条，顾轻舟不紧不慢的，做工粗糙但是态度认真，半缕青丝低垂，面容泛出几分红潮，格外娇艳。

她这样真好看，像司行霈的妻子！

司行霈坐在客厅的沙发上，一手拿着电文，一手拿着雪茄，目光不时追随厨房那道倩影，心中有股暖流。

顾轻舟做好了面，朱嫂也将水烧开了。

面条下锅，顾轻舟开始做盖头。

鸡蛋炒好备用，顾轻舟切好萝卜、豆角、木耳、酱干、肉丁，一切照朱嫂吩咐的，将各种配料准备齐全，热油下锅，再放入甜面酱。

面煮好，淋上半碗鸡汤，浇上盖头，顾轻舟小心翼翼端给司行霈。

"有点烫，可能味道不如朱嫂做的。"顾轻舟道，"你尝一口，就当吃过了。"

她将筷子递到他手里，说："祝少帅长命百岁。"

司行霈笑。

接过筷子，他尝了一口。

味道是很鲜美的，不咸不淡，鸡汤浓郁，盖头甜咸适宜，虽说面条有点粗，好歹煮熟了，而且很筋道，可见顾轻舟揉面的时候是下了功夫的。

他没有说话，埋头一股脑儿将一整碗长寿面都吃完了。

放下筷子，他意犹未尽地将碗递给顾轻舟："再来一碗。"

然后对着站在旁边喜极而泣的朱嫂道："你们也吃啊，都沾沾福气。"

"好！"朱嫂欢喜道。

朱嫂比司行霈会夸人，一边吃一边夸顾轻舟的面做得好。

顾轻舟有点难为情，自己也埋头吃了半碗。

司行霈吃了三碗，终于填饱了胃。

饭后，他们两人在庭院散步，而后在凉亭小坐的时候，司行霈将顾轻舟抱到腿上。

"以后你就住在这里，天天煮饭给我吃。"司行霈轻轻地抚摸她的面颊，心中平静又温暖。

这是他二十多年来，最好的一次生日。

"我不要，做饭好烦琐！"顾轻舟道，"况且，我做的并不如朱嫂，我不想抢了朱嫂的活儿。"

司行霈抬起她的脸亲吻她。

"就做给我吃，我喜欢吃轻舟做的饭。"他道。

顾轻舟垂眸，浓浓的刘海遮住了眼睛，看不出情绪。

他抱紧了她，将头搁在她的肩膀上，却不再勉强她一定要答应什么。

这个生日，已经是最好的了。

他将自己带回来的披肩送给顾轻舟，亲自为她披上。

夜风旖旎，两个人踽踽而行，竟有种相依到老的错觉。

"我已经好得差不多，该上学了。"顾轻舟道。

司行霈舍不得她去学校。

她离开之后，想要再见她，就得去她家里捞。

上次差点被她继母抓住，她当时吓得半死，司行霈也心疼。

司行霈从未想过跟她偷偷摸摸的，只是她不愿意破釜沉舟。

"再过几天。"司行霈道。

"再过几天，学校都要放年假了。"顾轻舟说，"我明年要毕业，功课不能太差。"

顾轻舟很上进，司行霈略感欣慰。

"也对，那初五再去。明天和后天是周末，你再陪我两天。"司行霈道。

他空闲的日子少，所谓陪伴，无非是他夜里回来，能有个人抱着睡觉，就养只猫似的。

顾轻舟没有反驳他，很温顺地答应了。

晚上顾轻舟迷迷糊糊地睡着了。凌晨四点半，顾轻舟就醒了，司行霈正在更衣。

"我有点渴了。"顾轻舟道，她穿着拖鞋睡衣，下楼去喝水。

等司行霈下楼的时候，副官进门而入："少帅，早上有一锅汤放在门口，说是给少帅的生辰礼。"

副官带进来时，这锅汤已经再三检查了，没有炸弹，也没有暗器。

"汤?"司行霈蹙眉。

打开了锅，顾轻舟闻到了浓郁的肉香，闻上去味道还不错。

外头送过来的，傻子才会喝，顾轻舟看着，准备等会儿扔掉时，司行霈去厨房拿了一个大捞勺。

他把汤里的骨头捞了出来。

"啊!"顾轻舟看了一眼，忍不住错愕惊呼，胃不由自主地翻滚，哇地吐了出来。

里面是一个完整的人头，嘴巴被针钉着，唇角上翘，是个笑嘻嘻的模样。随着捞勺出水，煮成了乳白色的眼珠子骨碌滚到地上，落到了顾轻舟的脚边。

人头是谁，司行霈也不认识，这是示威的。

这个地方已经不能住了，司行霈准备挪窝，否则下次就不知道又送什么过来。

司行霈的敌人太多，他也不知道到底是谁这么大胆敢挑衅他。

这件事，他是要查清楚的。

顾轻舟却大受刺激，她叫声尖锐，吐了好几回。

司行霈无奈，先将她送到了颜家。

周末，颜洛水在家，看到司行霈送顾轻舟过来，颜洛水很吃惊。

一看到颜洛水，顾轻舟抱住她就哭了。

她哭得颜洛水手足无措的，轻轻地拍着她的肩膀："轻舟，没事的，没事的，轻舟。"

司行霈将顾轻舟交给颜太太之后，摸了摸她的脑袋："我过几天来看你。"

很是亲昵。

颜洛水这时候什么都懂了，眼珠子差点掉下来，惊愕地看着司行霈，又看着顾轻舟。

因为太吃惊了，颜洛水没说什么。虽然猜到了，但是这么直接挑明，颜洛水还是有点接受不了。

颜洛水一直觉得司行霈是长辈。

顾轻舟趴在颜洛水怀旦，不肯理司行霈。

第二十章

秘密基地

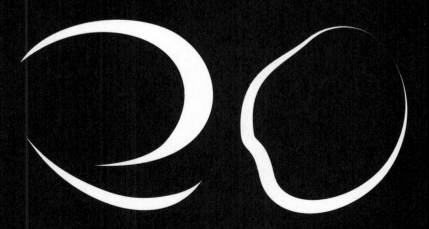

　　等司行需走后，颜太太问："怎么了轻舟，他欺负你了？"

　　"不是，早上有个人，送了一锅汤……"顾轻舟把那个人头汤的事，说给了颜太太和颜洛水听。

　　颜太太和颜洛水脸上也变了颜色。

　　她们光听着都觉得恶心透了。

　　顾轻舟还是吃不下饭。她只要闻到饭菜的味道，眼前顿时浮现那个煮烂的人头。

　　她在司行需那边养伤时，每天都要喝骨头汤，现在回想起来，她真是越想越恶心，水都不想喝。

　　司行需还把那两只狼崽一起送了过来。

　　"这狗好可爱！"颜洛水抱着木兰，爱不释手。

　　"这是狗吗？"颜太太比较有见识，"这是小狼吧？"

　　颜洛水惊喜："是吗？"她居然更喜欢狼，抱着左看右看。

　　夜里，颜太太让用人炒了米饭，桌子上不带任何汤水的菜，让顾轻舟多少吃点。

　　顾轻舟仍是吃不下："我真的没胃口。"

　　颜太太没办法，只得削了水果，让颜洛水端给顾轻舟。

　　顾轻舟脚边有一个小碟子，放了半碟子牛肉，暮山和木兰正在吃。

　　颜洛水端了水果进来，坐到她身边，握住她冰凉的手，道："轻舟，姆妈已经告诉我了，其实我也能猜到几分，那天我看到你们两个人站在帷幕后面……"

　　顾轻舟的手指发僵。

　　颜洛水知道了，接下来司老太肯定会知道，司督军也会知道。

　　全天下的人都会知道。

流言蜚语能将顾轻舟生吞活剥。

"姆妈说，少帅答应过不伤害你。这两年，总有办法脱身的。"颜洛水道。

见顾轻舟脸上有痛苦之色，颜洛水将切好的苹果递给她，打断了话题，不再提司行霈了。

整个周末，顾轻舟滴水未进。

"我再也不想去司行霈那边了！"顾轻舟哽咽着对颜太太道。

这是她回来之后，第一次主动提起司行霈。

"好好，不去不去。"颜太太道。

周日的晚上，顾轻舟吃了小半碗米饭，干米饭有点难以下咽，她就着清水吃了。

顾轻舟饿了好几天。

到了周四，顾轻舟放学回来，突然接到了电话。

是督军府打过来的。

"轻舟小姐，督军从南京回来了，明天是周五，您晚上放学之后过来吃饭，督军会派人去接您。"打电话的是司夫人的副官。

顾轻舟心中警铃大作。

这半年来，司督军知晓司夫人不喜欢顾轻舟，怕激化婆媳矛盾，从来不轻易请顾轻舟吃饭。

这次是怎么了？

"是不是司行霈那个混账东西去说了什么？"顾轻舟胆怯，"司督军会怎么对我？"

司督军是顾轻舟回城之后，第一个对她有善意的人，她真怕面对。

"好，知道了。"顾轻舟还是答应了。

她一整晚没有睡，胡思乱想了很多，心中防备司行霈，就跟防贼一样。

顾轻舟到督军府时，天已经完全黑了。

她下车的时候，一脚深一脚浅。

十月的夜风寒凉，从翠袖沁人，顾轻舟的小臂拢在大衣里，不愿意伸出来，她觉得冷，不知是心里冷，还是身上冷。

她很胆怯。

和司行霈相遇以来，顾轻舟觉得自己的处境是很难堪的。

"司督军若是知晓我和司行霈的事，为了防止丑闻扩大，他会杀了我吗？"顾轻舟想。

路灯亮起，高大的木棉树叶铺满了街道，橘黄色的路灯光芒似纱幔萦绕。

门口岗哨严密，每隔五步就有荷枪实弹的守卫。

顾轻舟踩着落叶，脚步轻盈，进了高大威严的大门。

远远的，可以闻到餐厅里食物的香味，顾轻舟却想吐，上次那锅汤的阴影犹在。

司行霈带给顾轻舟的，痛苦总是远胜于欢乐。

她忍着不适，继续往前走。

餐厅的水晶灯，从透明玻璃窗里照出来，将庭院一株碧桃树染得晶莹剔透。

"顾小姐。"女佣先看到了她，给她开门。

顾轻舟环顾屋子，发现没有司行霈，而司督军满面笑容，正在和司夫人、司琼枝谈笑风生。

司慕也在。

看来今天不是坏事，只是请吃饭，跟司行霈无关。

她想："难道督军请我吃饭，是想劝我给司慕治病吗？"

反正不是算账，顾轻舟心情稍微轻松了几分，踏入了餐厅。

"阿爸，顾姐姐来了。"司琼枝提醒司督军。

她已经不再称呼嫂子，而是叫姐姐。

这也许是个信号，司夫人可能说动了司督军，同意退亲。

"难道是提退亲吗？"顾轻舟还在猜。她其实有点担心现在退亲。

因为退了亲之后，她真的没有借口逃离司行霈，就彻底落在他手里。

对司行霈的好印象，又因为那锅人头汤一扫而空，顾轻舟想起他又是胆寒又是反胃。

"轻舟。"司督军冲顾轻舟招手。

顾轻舟就走到了司督军身边。

他身边的位置空着，专门给顾轻舟留着的。

"督军，您气色挺好的，最近是有什么高兴的事吗？"顾轻舟道。

"高兴的事，也没有多少，身体是比从前好了些。"司督军开玩笑道，心情愉悦，估计是南京一行，收获颇丰。

然后他又问顾轻舟："听说你摔伤了？"

"已经好了，督军。"顾轻舟道。

"是瘦了。"司督军打量她，"好些日子没请你吃饭，一家人就该多聚聚。"

司督军不像是找事的，反而和颜悦色，就连司琼枝和司夫人，也收起来她们的冷傲，态度温和。

司慕坐在顾轻舟的旁边，他目光放空，既不看顾轻舟，也不看其他人，好似置身事外。

用人端了菜上来，司夫人让用人给顾轻舟盛汤，顾轻舟脸色大变。

她实在不能看到汤……

"怎么了，这汤不对吗？"司夫人看到了顾轻舟的表情，觉得她太矫揉造作了，忍不住问道。

这就带着几分责问。

顾轻舟尴尬："不是，我不太喜欢喝汤。"

"尝尝吧，这是督军自己猎的山鸡，味道不错。"司夫人坚持，似乎非要顾轻舟喝下去。

顾轻舟脸色发白。

突然，一只手伸过来，将顾轻舟的汤碗稳稳接了过去。

是司慕。

司慕端起这碗汤，咕咚咕咚一口气全喝了。

"你这孩子，像什么话！"司夫人恼怒，瞥了眼自己的儿子。

她给顾轻舟立规矩呢，没想到她儿子这么没眼色！

好好的，他喝顾轻舟碗里的汤做什么！

难不成他看上了顾轻舟？

司夫人脸色顿时不太好。

司督军则笑了："他们年轻人，就是别人碗里的比较香。"

这话，只是替司慕说情，顾轻舟却做贼心虚，愣是听出了弦外之音。

她想，若她不是司慕的未婚妻，也许司行霈对她会没兴趣。

对司行霈而言，顾轻舟也是别人碗里的汤。

她精神有点恍惚。

这顿饭，顾轻舟吃得比较拘谨，一会儿揣摩司督军请客的目的，一会儿又想到司行霈，都没吃几口。

司督军和司夫人只感觉她吃得比较少，也没往其他方面去想。

饭后，司督军单独把顾轻舟叫到了书房，有事和她说。

"轻舟，你喜欢哪里的房子？"司督军稳稳坐在沙发里，气度轩昂，带着慈父的温柔，问顾轻舟。

顾轻舟不解，心想难道司督军也知道司行霈那栋花园洋房吗？

不应该啊，司行霈那地方挺隐秘的。

"……我对岳城不太熟。"顾轻舟如实道。

司督军微笑，意料之中："我打算今年过年就和你阿爸商量，明年七八月，将你和慕儿的婚事办了，新房也要准备。

"慕儿一向是不计较，他住哪里都无所谓。倒是轻舟你，以后要替慕儿掌家，你若是有了中意的地方，就跟慕儿说，让他告诉我。"

顾轻舟不言语。

司督军还以为她害羞，笑道："婚姻是大事，轻舟。老式的人，什么都是父母准备好，可你和慕儿是新派的，你们自己的意见也很重要。"

顾轻舟心头发涩，她眼神黯淡，低垂着头，拨动自己披肩的流苏。

她和司慕的婚姻，真的要提上日程了吗？

这就意味着，该到了退亲的时候。

她答应过司夫人的，真的要结婚时，她会退亲，自己揽过所有的责任。

"轻舟，我知道夫人对你有点偏见。"司督军突然道。

顾轻舟愕然，忍不住抬起眼帘，看了眼司督军。

司督军声音放低，似有秘密般，对顾轻舟道："当年司顾两家定亲，为的不是你父母，而是你外祖父，他对我有再造之恩。"

顾轻舟不太懂，疑惑看着司督军。

显然，这个再造之恩，司督军暂时是不打算详细说明的。

"夫人她是女人，女人天生就对其他女人很苛刻，这点我明白。"司督军道。

正如他母亲也不喜欢他的夫人，司夫人不喜欢顾轻舟，情理之中。

"你放心，你一定会是司家的儿媳妇，我给你准备了一份大礼，任何人都会知道，司家娶了你是大福气。"司督军道。

顾轻舟立马拒绝："督军，我不要，无功不受禄。"

"谁说你无功？你治好了老太太，就是救了我母亲一命；治好了颜太太，就是替我留住了颜总参谋，这都是大功。"司督军道，"况且，将来慕儿的病，我也要指望你。"

司督军说，他给顾轻舟准备了大礼，却没有说是什么，只是告诉顾轻舟，尽管准备结婚就是了，司夫人的反对无用，这桩婚事只要他首肯，就能办成。

他这么自信，顾轻舟反而茫然。

顾轻舟也在考虑，怎么跟司督军解释，她并不想嫁给司慕。

她只想顾家的人受到报应，她能得到外祖父的家产，远远离开岳城，离开司行霈的掌控。

当然，现在什么也不能说。

顾轻舟笑容糯软，心中却十分煎熬。

墙上的西洋大摆钟响起，已经晚上九点了。

顾轻舟想告辞，就佯装用手遮住口鼻，打了个哈欠。

司督军喊了副官："去把二少叫过来，送顾小姐回家。"

顾轻舟忙道："督军不用的，随便派名副官送就可以了。"

司慕很讨厌顾轻舟。

特别是今天在饭桌上，顾轻舟不肯喝那碗汤，司慕只怕是觉得顾轻舟成心和他母亲作对，他不想看到无声的硝烟，所以端过去喝了。这会儿，心里只怕不高兴。

"他盼着做绅士呢，也要给他个机会。"司督军笑道，似乎很懂年轻人。

顾轻舟苦笑。

于是，顾轻舟从司督军的外书房出来的时候，司慕正斜倚着车子抽烟，等顾轻舟。

夜幕之下，碧穹繁星点点，新月如眉嵌入其中。暗淡的灯影照在司慕身上，冷露无声，他冷傲而疏离。

顾轻舟原本想说点什么的，比如感谢他今晚帮她解围。

但是，治病的事，顾轻舟给了司慕希望又让他失望，她失言在先，说什么都显得很苍白，顾轻舟就沉默地钻入车子里。

司慕将烟抽完，烟蒂丢在地上，他也上了车。

顾轻舟坐在后座，车厢里光线很暗，司慕几乎看不见她的脸。

当然，他也不想看到。

他开得很稳，不急不躁，对顾轻舟也没有太大的怨气，只是很漠视她。

车子到了顾公馆时，司慕下车，很绅士将顾轻舟送到了屋子里，免得她家里人唠叨。

这招的确不错。

至少顾圭璋看顾轻舟的时候，脸上是有喜色的。

罕见司慕登门，顾圭璋对这门姻亲提心吊胆，生怕顾轻舟把司家得罪了。

如今他送顾轻舟回来，无疑是给顾圭璋吃了颗定心丸。

"少帅，吃了茶再回去吧。"顾圭璋热情得有点谄媚。

顾轻舟道："阿爸，督军让少帅早点回去，明日军政府还有正经事，不能耽误了。"

"也是，也是。"顾圭璋道。

司慕简单点点头，转身就离开了。

夜里，有人轻轻地摸她的脸，她只当是做梦，转身又睡着了。

翌日早起，顾轻舟闻到了玫瑰的清香，她微愣。

睁开眼，床头柜上，五朵红玫瑰浓艳馥郁，开得妖娆丰腴，将清香布满了整间屋子。

顾轻舟惊呼，坐了起来。

"浑蛋，他昨晚又爬上来了！"顾轻舟气得无语。

上次他煮馄饨给她吃，顾轻舟是想努力记住他的好。

现在想起来，却又只能想到那个被煮烂的人头，顿时回到了从前，对司行霈的恐惧日益加深。

顾轻舟看到玫瑰，心情也很难好起来，因为最近家里来了位老太太，是顾圭璋的母亲。这位老太太，性格泼辣。

秦筝筝屡次败在顾轻舟手下，又在顾圭璋面前失去了信任，再也没机会赢过顾轻舟，只得从乡下把老太太接过来。

"衣裳这么艳，跟狐狸精似的。"

"成天往外跑，不规矩，女孩子家要念什么书？"

"瞧你那丧气样子，笑都不会笑，晦气。"

老太太鸡蛋里挑骨头，经常把顾轻舟骂个狗血淋头。

秦筝筝等人很快意。

顾轻舟完全不当回事，只觉得是听到几声狗吠。

一天午后，秦筝筝正在和顾绌说话，说起了顾维。

"……说到底，还是我教坏了她。要不然，她也不会主动去害顾轻舟，落得那样下场。"秦筝筝抹泪。

顾绌不屑一顾："我看她是傻，像顾家的人。阿爸傻，祖母更傻。你看祖母，你让她骂顾轻舟她就骂，蠢货。"

房门突然被推开，闯进来的，是气得脸色通红的老太太。

老太太性格泼辣，扯着秦筝筝的头发就要打："你这个贱妇，你眼里还有母亲？"

秦筝筝蒙了半晌，这会儿也回神了。

她和老太太厮打了起来。

秦筝筝一个用力，把老太太推到了栏杆上。老太太泼辣，反而用力想把秦筝筝给推下去。

秦筝筝气到了极致，突然起了杀念，把老太太推下去，摔伤之后不能说话，再慢慢折腾死她。

"缃缃，缃缃！"她喊旁边傻了眼的顾缃帮忙。

秦筝筝纤瘦单薄，反而不及泼辣的顾老太有力气。

她推不动老太太，倒是老太太能将她扔下去。

顾缃回神，立马救她母亲。

她双手掐住老太太的脖子，把老太太掐得翻了白眼，手上没了力气，秦筝筝挣脱开来，母女二人合力，将老太太推搡了下去。

"啊！"老太太胖墩墩的身体，从二楼掉了下去。

一声巨响。

老太太当场摔晕，血流了一地。

"姆妈，怎么办啊？"顾缃从兵荒马乱中回神，心里升起了惧意。

祖母不高兴，哄哄她就是了。她那么傻，很好哄的，为什么要杀了她？

顾缃有点发抖。

"不要害怕，没人知道是我们做的！"秦筝筝紧紧抓住了顾缃的肩膀，让顾缃镇定下来，"你相信你姆妈，我们可以颠倒黑白！"

就在这时，镁光灯一闪。

秦筝筝和顾缃大惊。

抬眸望过去，却见本应该在学校的顾轻舟，手里拿着相机，怪不得她们不时感觉到了镁光灯闪过，原来不是幻觉。

顾缃和秦筝筝杀老太太的经过，顾轻舟全部捕捉到了。

"你……"顾缃吓得面无人色。

秦筝筝脑袋也嗡的一下，迅速清醒，想着必须杀掉顾轻舟。

杀一个也是杀，杀两个也是杀，顾轻舟也必须要死。

秦筝筝从柜子里拿出两把水果刀，给顾缃一把。

顾缃这会儿手脚全软了："姆妈……"

"不许哭！"秦筝筝厉声呵斥道，"不杀了她，就是咱们死！"

她们母女二人冲到了隔壁的房间。

隔壁是储物间，乱糟糟的。顾轻舟身体轻盈，依靠着栏杆，静静摆弄她的相机。

看着秦筝筝母女二人提刀进来的样子，顾轻舟唇角微翘，又赶紧拍了一张。

而后，她将相机一收，从口袋里掏出勃朗宁手枪。

手枪扳机一动，房间的吊灯应声而落，落在秦筝筝和顾绷的面前。

杀气腾腾的母女二人，全部停下了脚步，面上都是惧色。

"不如这样，你们再往前走几步，我可以很准确在顾绷的眉间开一个洞！"顾轻舟笑道。

"你……你……"秦筝筝这会儿后背都汗湿了。

怎么办？

刀子快不过枪啊，而且顾轻舟一枪打落吊灯，她是会用枪的，走上前就是找死。

可后退也是找死啊，顾轻舟已经拍到了证据！

秦筝筝的冷汗，似流瀑般沿着鬓角滑过。

顾绷也快要崩溃了："姆妈，姆妈怎么办啊？"

远处，传来了警笛声。

顾轻舟上楼之前，早已通知了警备厅；而二姨太和三姨太，早已下楼，看着躺在门口的老太太，神色惊惶。

用人们也吓坏了。

就在这个时候，接到顾轻舟"求救"电话的顾圭璋，也急匆匆开车回来。

"姆妈！"看着倒在血泊里的老太太，顾圭璋大声哭吼。

秦筝筝这时候猛然一个激灵。

"绷绷，你什么都不知道，快走！都是姆妈做的，你快走！"秦筝筝推顾绷。

顾绷犹豫了一下。

她不想死，也不想坐牢，她还要嫁给权贵。

顾绷把水果刀塞给秦筝筝，果断地跑了。

顾轻舟看到了那殷红的血。

血在寒凉的空气里慢慢散去腥味，慢慢变了颜色，红得发黑，似地上盛开的一朵诡异的花。

所有人都乱成了一团。

"去，挡住警备厅的人！"顾圭璋抱住老太太，回神瞧见满屋子的人都慌乱地站在门口，他大吼。

却没有人动。

警备厅的人进来，顾圭璋说："我的老母亲不小心从二楼跌落……"

到了这一步，他仍是顾忌面子。

老太太是怎么摔下来的，这是家务事，他不想闹到警备厅去。

顾圭璋还是挺孝顺的，对他母亲有感情，他并非不想查死因，只是家丑不外扬，胳膊折了往袖子里藏。

警备厅的人想说什么，顾圭璋知晓好言好语赶不走他们，当即眉宇凛冽："你们可要看清楚了，这是顾公馆，我们是督军府的姻亲！"

岳城的警备厅都知道，顾家的姑娘是司少帅的未婚妻。

而顾轻舟，远远站着，不敢靠近，看着外头的纷乱。

"顾先生，您快些送老太太去医院吧，可要我们的车送？"警备厅的探长很识时务，当即收兵。

"不用不用，多谢了。"顾圭璋急促道。

顾家的车子已经准备妥当，顾圭璋将老太太抱上汽车。

老太太微胖，顾圭璋中等个子，力气有限。

他抱的时候，几次差点将老太太滑下去。

很不幸，老太太跌下来撞到了门口高高的台阶，后脑勺全破了，血和脑浆混合成浓稠的血，弄得顾圭璋满身都是。

他哭了，像个可怜的孩子，一边哭，一边将老太太往车子上拖。

其他人都愣住，竟然没有跟上去。

"我们……要不要也去医院？"等顾圭璋的车子离开之后，吓傻了的三姨太，茫然问了句。

没人回答她。

大家脸色各异，心事重重。

老孙将另一辆汽车开过来，顾轻舟坐了上去。

二姨太跑过来，以为顾轻舟是去医院，也想跟着上来的时候，老孙已经把车子开走了。

"轻舟小姐……"二姨太喊。

顾轻舟没有理会她，车子也没停，直接离开了顾公馆。顾轻舟不是去医院，而是要去冲洗相片。

外头有点冷，女人们面面相觑之后，一起回了屋子里。

顾缃慢腾腾下楼，看到一脸惨白的秦筝筝，她扶住了秦筝筝。

她们母女二人先上楼。

顾缨没有跟上去。

"姆妈，咱们还是跑吧！"顾缃哭着对秦筝筝道，"您瞧这世道，军阀割据，岳城是岳城的法律，外地是其他的法律，南京政府名存实亡，我们躲开了，就不会被判刑！"

跑？

跑了之后，就开始流浪吗？过生不如死的日子吗？

顾维跑了，至今没有下落。

秦筝筝小时候父母双亡，她受够了流浪的痛苦。哪怕是死，她也绝不再次流浪，也不会让她的女儿去流浪。

"缃缃，顾轻舟那个小贱人是不会放过我们的，我去求她，让我一个人去坐牢。不要牵连你。"秦筝筝的眼泪也滚落下来。

这个时候，秦筝筝开始后悔了。

为何要跟顾轻舟作对？

若是一开始就跟顾轻舟和平相处，给她点甜头，让她顺利出嫁，以后拉扯点顾缃、顾维和顾缨，秦筝筝不会失去任何东西。

可她非要和顾轻舟斗。

为什么非要斗？因为顾轻舟是孙绮罗的女儿，是孙家的延续。

秦筝筝的自卑，都是孙绮罗给的。

孙绮罗漂亮、善良、聪明，出身富贵，朋友众多，她父亲和弟弟将她视为珍宝。

这一切，都是秦筝筝没有的，也是她想要的，她嫉妒得发狂。

看到孙绮罗的女儿，柔柔软软，举止带着孙绮罗的高贵，秦筝筝如何能忍？

秦筝筝第一次见到顾轻舟，就想毁了她，并不单纯是为了顾缃的婚姻。

"姆妈，我好害怕，我不想坐牢！"顾缃大哭，"可是顾轻舟也不会放过我的！"

"别哭别哭，我会求她。"秦筝筝道，"我们不能放弃希望。"

哭了片刻，秦筝筝觉得不能留在家里，她们应该去医院。

下楼的时候，发现二姨太、三姨太已经叫黄包车去了，只有顾缨呆若木鸡地坐在沙发里。

"缨缨，她们人呢？"秦筝筝问。

顾缨道："医院。"

"走，我们也去。"秦筝筝道。

到了医院，才知道老太太被送到了手术室，一时半刻还没有消息。

顾圭璋坐在椅子上，将头深深低垂着。

秦筝筝母女两人进来，坐在最后面，大气也不敢出。

三姨太和二姨太则是各怀心思。

顾轻舟和顾绍最后才到。

她一来，秦筝筝立马紧张得站了起来。

"阿爸，老太太怎样了？"顾轻舟走到了顾圭璋跟前，柔声问道。

顾圭璋没心情："还不知。"

顾轻舟也守在旁边。

所有人敛声屏气。

约莫六个钟头，医生出来了。

"……脑子摔破了，如今残血引出，今晚能否熬过去，就看天意了。"医生道。

人还没有死。

顾圭璋大大松了口气。

秦筝筝几乎喜极而泣。

老太太没死，那么她和顾缃就没有杀人。

只要没杀人，就有回转的机会。

秦筝筝之前杀老太太，是盼着神不知鬼不觉。可事情败露了之后，她后悔不迭，现在唯有盼着老太太不死，她才有活命的机会。

当天晚上，老太太就住在医院的病房，顾圭璋陪在旁边。

眼瞧着所有人乌眼鸡一样守着，顾圭璋发了脾气："都滚回去，不许围在这里！"

众人面面相觑。

顾轻舟站起来："阿爸，我们就先回去了，让二姨太和三姨太陪着您吧。"

顾圭璋勉强点头。

秦筝筝母女，就跟着顾轻舟、顾绍回到了顾公馆。

一回来，顾绸就眼眸通红，隐约想要谋杀顾轻舟。

顾轻舟的枪就在手袋里，顾绸又不敢。

"你们都上楼！"秦筝筝对孩子们道，"轻舟，我有话跟你说。"

"不了，太太。"顾轻舟慵懒地打了个哈欠，"等老太太去世了，我们再谈。"

秦筝筝浑身发寒。

顾绸又怕又怒："你敢诅咒老太太？"

"我说实话而已，又不是我把老太太推下去的。"顾轻舟娴静微笑。

李妈告诉过她，当年顾轻舟的母亲，曾被那老太太推下楼梯，害得她母亲早产，而后落下病根，顾轻舟就觉得老天有眼。

报应，迟早会来的。

老太太摔下楼，焉知不是因为当年的罪孽？

她缓步上楼。

秦筝筝浑身发颤。

她们母女三人，一夜未睡。

顾绍和顾轻舟也睡不着，两个人在顾轻舟房间里说话。

凌晨四点，三姨太打了电话回来。

女佣接了电话，大哭大喊："太太，少爷，大小姐，轻舟小姐，老太太走了！"

凌晨三点半在教会医院去世，死因是摔坏了脑子。

秦筝筝和顾绸彻底瘫软。

她们两个人成了凶手。

顾轻舟有她们的罪证。

秦筝筝急匆匆跑上楼，敲顾轻舟的房门。

顾轻舟让顾绍先从阳台上回去，她手里的枪上膛，慢腾腾开了门。

秦筝筝扑通给顾轻舟跪下："轻舟啊，求求你，看在你和缃缃血脉相连的份儿上，你放过她吧，我愿意去警备厅自首。"

她愿意一个人承担责任。

作为母亲，秦筝筝是很疼孩子的。可惜，她从来没想过，别人也有母亲，比如顾轻舟。

而她对别人的孩子，狠戾残暴。

顾轻舟看着她的狼狈，心中一点痛快的感觉也没有。

太便宜她了！

让她去死，简直太便宜她了！

"我当然可以放过顾缃，不过，我有个条件。"顾轻舟明眸微眯，静静说道。

秦筝筝跪在顾轻舟面前，顾轻舟没有让她起来。

顾轻舟倚靠着门口，青丝斜垂，映衬得她肌肤剔透雪白，嫩唇红艳，明亮的眸子微挑，既有女孩的纯真，又有女人的娇媚，像只妖，能食人血肉的妖，静静盯着秦筝筝。

她的眼神，让秦筝筝背后生寒。

秦筝筝走投无路了。

现在唯一的出路，就是她去受死，保住顾缃，只由她一个人承担。

以后是枪毙还是坐牢，就看老天爷的意思了。

秦筝筝不敢再贪心了，她一定不能让顾轻舟把顾缃暴露。顾缃毁了，顾缨也就没前途了。

秦筝筝犯错，罪不及子女，也许将来顾缃和顾缨还有其他的造化。

总之，用她一条命换顾缃和顾缃两个前途，太划算了！

她甚至希望顾轻舟面薄心慈，饶过她一命。听到她说有条件，秦筝筝反而一怔，带着渺茫的求生欲念，望着她。

"……你当年是怎么害死我母亲的？"顾轻舟转身，趿着拖鞋坐在椅子上，手里的勃朗宁手枪拿得稳稳的，她声音清冽。

秦筝筝一愣，惧怕像潮水般涌了上来，淹没了她，她屏住呼吸。

"我没有害过你母亲。"秦筝筝狡辩，用极其无辜的声音哀求她，"轻舟，你误会我了，我从未害过你母亲！"

她见顾轻舟不相信，又诉说往事："当年孙家收留我，你母亲待我像亲姊妹，我怎么可能害她？"

这席话，不能打消顾轻舟的疑虑，反而让她的眼眸更阴冷。

顾轻舟唇角一挑："那你们母女就等着坐牢判刑吧！"

秦筝筝就知道，顾轻舟不好糊弄。

可当年的事，早已没了证据，秦筝筝放在孙绮罗汤里的那些药材，连渣滓都倒进了黄浦江，顾轻舟根本就查不到！

任何人都查不到证据！

秦筝筝这会儿醍醐灌顶：怪不得顾轻舟回来之后，一步步地紧逼他们，却不咬死他们，因为她要他们走投无路，自己承认罪行。

秦筝筝和顾圭璋的罪行，早已没了证据，只能自己承认。

这是唯一的出路。

"你可以否认，那你和顾绌就先死。随后，我会把顾维、顾缨、顾绍都送给你！"顾轻舟倏然微笑，笑容阴森，"你们一家人，团团圆圆的。秦氏，我义父可是军政府的总参谋，你觉得你和顾绌进了大牢，还有机会翻身吗？你觉得你和顾绌死后，顾绍和顾缨能从我手下逃脱吗？"

她已经不叫太太了，直接称呼"秦氏"。

秦筝筝知道顾轻舟的手段。

这个时候，她怕了！怕到了极点。

顾轻舟手里有证据，只要她去警备厅，顾绌和秦筝筝就一定会被抓；只要被抓，秦筝筝母女就没有出来的机会，因为顾轻舟在军政府有关系。

只要她们两个死了，顾缨那个蠢孩子，肯定是顾轻舟的囊中之物。

"好，好，我认罪！"秦筝筝倏然想扑过来，抱住顾轻舟的腿。

顾轻舟却将枪对准她，不许她靠近。

"我认罪，轻舟，我会去警备厅自首。当年你姆妈早产大出血，身体一直不好，我们给她的补药里，放了泻药和毒药，她才慢慢消瘦去世的。"秦筝筝道，"那些药方已经没有了，药渣也没了。我认罪，只要你放过绸绸和缨缨。"

她慌乱只求放过顾绸和顾缨，就等于变相承认，顾绍不是她的孩子。

在隔壁房间的顾绍，也听得一清二楚。他紧紧咬住了唇，很想冲出去质问，但是他忍住了。

一切都不重要了。

"好！"顾轻舟道。

老太太的遗体，早上被送回了顾公馆。

顾圭璋准备搭建灵堂的时候，发现顾轻舟和秦筝筝都不在家。

"人呢？"顾圭璋大怒。

顾绸眼睛都哭肿了，声音嘶哑对顾圭璋道："阿爸，姆妈不小心将祖母推了下去，她不是有意的，但是轻舟带着她去警备厅，让她认罪去了。"

顾圭璋大惊失色。

"这个贱人！"他不知是骂顾轻舟，还是骂秦筝筝。

秦筝筝将婆婆推下楼梯，这等人伦丑剧给顾圭璋抹黑。

顾圭璋完全可以找青帮的人，花点钱让秦筝筝"出个意外"，神不知鬼不觉地解决此事，不会让顾家难堪，甚至会有人同情顾圭璋，一个月之内丧母又丧妻。

到时候，他能获得军政府的同情，得到更多的好处。

秦筝筝去自首，等于将家丑外扬，顾圭璋很没面子，岳城也会传遍，到时候顾家声名狼藉，军政府可能会退亲。

"成事不足败事有余！"顾圭璋大怒，也顾不上给老太太入殓，直接让司机开车去了警备厅。

等他到了警备厅的时候，军警们正准备将秦筝筝收押。

"误会，都是误会！"顾圭璋赔着笑脸，"诸位长官，我母亲是意外跌落，我太太伤心过度，得了失心疯。帮我们销案吧长官，我会跟司督军褒奖你们的，我母亲尸骨未寒，不能没有儿媳妇披麻戴孝啊！"

他动之以情，晓之以理，甚至说着说着眼泪就滚落下来。

军警们看着他，沉默了一下。

而后，一个年长的探长道："顾先生，您妻子谋杀您母亲，我们已经有了铁证。况且收押她，不只是因为她杀了您的母亲，还有她毒杀您前妻……"

顾圭璋如遭雷击，难以置信地看着秦筝筝。

那件事，顾圭璋也有密谋，为何秦筝筝这么傻要说出来？

她是疯了吗？

"你这个疯娘们，你说了什么狗屁话？"顾圭璋失控，上前又要打秦筝筝，甚至想把她当场捅死。

杀婆婆、杀原配正室，光这两件事，就足以让顾家声名狼藉！

军警们拉住顾圭璋，又将秦筝筝收监，闹腾了半晌，顾轻舟始终冷眼旁观。

顾圭璋深受打击，没看到顾轻舟。

他从警备厅出来，直接去找司督军了，想让司督军将秦筝筝保出来，甚至销案。

"根本没有那么回事，她是疯了。"顾圭璋痛哭流涕，"督军啊，你可要救救顾家啊！"

他一个老男人，对着司督军痛哭，司督军没觉得他可怜，反而是很尴尬。

"我去了解案情，若是真有冤屈，自然会替你们做主的。"司督军道。

说罢，司督军让副官将顾圭璋请出去。

顾圭璋不肯走，副官们看了眼司督军的脸色，强行将他拖走了。

司督军也坐不住了。

孙绮罗是恩人的女儿，若是她真的被秦筝筝害死，也许顾圭璋也脱不了责任，此事需得严查。

司督军想起了顾轻舟。

"备车，去警备厅！"司督军道。他要亲自去看看秦筝筝招供的记录。

等司督军到了警备厅时，却发现顾轻舟仍在警备厅的大厅里。

顾轻舟穿着月白色的上衫、月白色的襕裙，墨发红颜，美丽又凄凉，宛如守孝的孤女。

司督军心中闪过几分疼惜。

"督军。"顾轻舟起身，对司督军的到来一点也不意外。

顾圭璋一定会去找司督军的。

"你还在?"司督军叹了口气，"我听说了。你放心，肯定会给你一个公道的。"

顾轻舟点点头，羽睫低垂，湿漉漉的。

警备厅的长官亲自出来，将案情复述给司督军听。

"……没有审讯，法医也说了，秦氏精神正常，她的确是自首，清楚地讲述了她如何推顾老太下楼，如何在十七年前谋害孙氏。"探长道。

司督军接过口供记录，看了又看。

顾老太这件事，是有照片的，很清楚，秦筝筝就是凶手；而杀孙绮罗，秦筝筝的讲述也颇有条理。

既然她愿意承认，那么就没什么可查的。

"尽快定罪！"司督军道。

"是!"

司督军这句话，让这个案子再也没有翻身的可能性。

顾轻舟的眼泪，涌了上来。

她进城的第一个目的，已经达到了。接下来，就是让顾圭璋和秦筝筝一样，走到必须自首的地步，才算成功。

"轻舟，逝者已矣，你节哀。"司督军拍了一下她的肩膀，"吃早饭了吗?"

顾轻舟摇摇头。

"走吧，伯父带你去吃点东西。"司督军道。

喝粥的时候，顾轻舟的眼泪啪嗒掉在粥碗里，荡开一朵朵涟漪。她遮掩着，将粥碗端起来，咕噜噜喝下去。

司督军默默叹了口气，非常同情顾轻舟。

等顾轻舟吃完早膳，回到顾公馆的时候，已经是十一点了。

顾家由顾绍操持，正在给老太太入殓。

顾圭璋不见了踪迹。

他还在想办法，把秦筝筝捞出来。在督军府碰壁之后，顾圭璋一时间万念俱灰。

"轻舟小姐，老爷到处找你。"三姨太提醒顾轻舟。

顾轻舟颔首，上楼去了。

顾圭璋现在处于崩溃的边缘。

妻子入狱，而且发疯了一样承认往日的罪过；母亲去世，还是被妻子杀死的。

顾家完了！

顾圭璋也完了！

哪怕再过去十年、二十年，甚至三十年，都会有人谈论这件事，顾家声名扫地。

顾圭璋的儿女们，婚姻就不要再想了，别说高嫁高娶，就是普通人家，也不愿意将女儿嫁给顾绍、不愿意娶顾缨和顾绁。

顾轻舟的婚姻，更是岌岌可危了。闹了这么大的丑闻，督军府会怎么想？

顾圭璋不心疼秦筝筝，他只心疼自己，苦心读书，从一个乡下小子变成了高门贵婿，苦心弄死了骄傲的前妻、老丈人，得到了家产，现在一切都要化为乌有了！

"等丧事办完，我们就移民去新加坡，买下橡胶园，从头开始！"顾圭璋想。

可他又舍不得海关的差事，那可是肥差！

顾轻舟敲门时，书房里全是烟味和酒味。

此刻，顾轻舟仿佛闻到了极好的花香。

顾圭璋越是痛苦，顾轻舟的成就感越强。

"轻舟！"顾圭璋像抓住救命稻草一样，也不骂顾轻舟了，

"你……你快去督军府，求督军把你母亲救出来。"

"怎么救？"顾轻舟一改往日的温顺，她双眸沉着，在昏暗的书房里，似两轮冰魄，透着清霜。

顾圭璋微愣。

她的眼神，震慑住了顾圭璋。

顾圭璋半晌回神，着急道："让警备厅放人！轻舟，你可不能糊涂，你母亲这事定了罪，咱们顾家的名声毁了，你也就毁了。司督军最要面子，到时候司家还想娶你吗？轻舟，我都是为了你啊！"

顾轻舟冷笑。

顾圭璋亲眼看到，他一向乖巧内敛的女儿，脸上有种皮笑肉不笑的冷酷。

"我母亲？"顾轻舟唇角挑起，"我母亲不是死了十五年吗？"

顾圭璋又愣住。

"……太太已经认罪了，督军说我祖父帮助过他，孙家的事就是督军府的事。阿爸，您确定要在这个当口去得罪督军吗？"顾轻舟又问。

顾圭璋心乱如麻。

"轻舟，你再去求督军，秦氏她是疯了，当年的事，根本就是子虚乌有！"顾圭璋道。

顾轻舟眼眸明亮，从顾圭璋身上掠过，她微笑："阿爸，太太都认罪了，您说子虚乌有，警备厅听您的吗？"

顾圭璋又微愣。

他这会儿才明白，顾轻舟是不打算管了。

蠢货，为了让秦氏坐牢，自己的前途也不要了吗？

顾圭璋准备骂顾轻舟的时候，顾轻舟已经离开了。

"你站住！"顾圭璋厉喝。

顾轻舟的脚步，却越走越远，她根本不听顾圭璋的。

顾圭璋气得头疼，却实在没精力去收拾顾轻舟。

老太太的灵堂也搭建起来了。

三姨太去给老家拍了电报，请亲友过来参加老太太的葬礼，将扶榇送回老家。

待到黄昏，顾家的事捋顺了，顾圭璋还是出去了。

《岳城晚报》准时送到了顾家。

用人立马藏起来。

二姨太眼尖，她问："藏起来做什么？"

用人战战兢兢递给二姨太。

二姨太一瞧，惊呼出声。

晚报的头版头条，是秦筝筝杀人案——她的照片豁然登在上面。

三姨太也赶紧凑过来看。

"哎呀，这……"三姨太吃惊。

报纸上说，秦筝筝不仅故意杀死老太太，还在十五年前，毒杀了顾圭璋的原配孙绮罗。

"轻舟小姐知道吗？"三姨太低声问二姨太。

二姨太看了眼楼梯。

"此事，只怕跟轻舟小姐很有关系。"二姨太道。

没有顾轻舟的推波助澜，秦筝筝是不可能去自首的。

"冬月初五，在军政府的刑场枪毙。"最后，报纸上写了对秦筝筝的判决。

看到这几个字，两位姨太太愣住。

她们恨了好几年的秦筝筝，就这么去死了吗？

是真的，还是做了个美梦？

"这是《岳城晚报》，对吧？"三姨太道，声音有点紧张。

那就不会是小道消息！

她们各自上楼回自己的房间。

三姨太很想笑，可此前老太太尸骨未寒，顾家遭遇这等人伦丑事，她努力忍住，但唇角仍上扬着，很是滑稽。

二姨太则没那么夸张，她倒了杯葡萄酒，水晶杯里血色妖娆，她轻轻地晃动酒杯，看着那潋滟的涟漪出神。

顾缃却哭得晕死过去了，顾缨呆如木鸡。

后半夜的时候，司行霈爬到了顾轻舟的卧房。

当时顾轻舟还在窗下写作业。耽误的功课，她得补回来，任由外面变了天，顾轻舟还是要努力把毕业证拿了。

这些流言蜚语，根本伤不了她。

司行霈进来的时候，顾轻舟吓了一跳，旋即锁紧了门。

"……你们家的事，闹得不小啊。"司行霈捏她的脸，"小东西，是不是你搞鬼的？"

顾轻舟不言语。

"怎么不跟我说？"司行霈抬起她纤柔的下巴，让她和他对视，"告诉我的话，我早就替你收拾了他们，何必委屈自己？"

司行霈终于知道，顾轻舟为何非要住在顾公馆。

什么狗屁名声，她要的根本不是这些。

"报仇，就是要自己手刃仇敌。我所在乎的不是结局，而是一步步将仇敌逼到绝境的过程。拥有这个过程，才算报仇成功了。"顾轻舟道。

顾轻舟不想要司行霈帮忙。

"好，随你。"司行霈拉过她，亲吻着她的唇。

司行霈也不说话了，只是抱着她，感觉她娇小玲珑，有时候也是脆弱不堪，需要他的陪伴。

凌晨三点，司行霈离开了顾公馆。

凌晨五点，警察厅突然来了个人，压低了帽子，带着两名副官，让厅长出来见他。

厅长看到之后，腿脚哆哆嗦嗦的，将此人请到了关押秦等等的监牢，是司行霈。

老太太去世的第二天，顾家更乱了，因为老家的叔伯亲戚全来了。

二姨太做主，将三楼顾缳和顾绁挪到了同一间房，腾出一间来摆放了三张床，像通铺一样，安置亲戚们。

天放晴了，早晨空气阴寒潮湿，轻云高远，门口的白练迎风摇曳。

顾轻舟锁好了房门，下楼去了。

她和顾家的其他孩子一样，披麻戴孝，穿着孝孙的孝服，青色长发盘起，一朵白花深陷其中，越发衬托得她眉黛唇红，肤白颈长。

有宾客来吊唁。

颜太太带着颜洛水、颜一源，甚至还有霍拢静，来给顾家的老太太上香了。

这算是顾轻舟的亲戚。顾家没个笼统主事的，故而顾轻舟自己接待了颜太太。

磕头之后，顾轻舟带着颜太太到偏厅，亲自给他们上茶。

这会儿沏茶的用人都找不到了。

"轻舟，我们都看了报纸。"颜太太踌躇着，不知如何开口。

是安慰她，请她节哀，还是恭喜她，大仇得报？

好似都不太恰当。

此事着实叫人难以启齿。

颜太太原本也不擅长言语，心中打着稿子，一字一句都斟酌再三："法律就是法律，不通人情的，杀人得偿命，好歹你生母的冤屈，终于大白天下了，她也瞑目了……"

"姆妈，我没事的。"顾轻舟道，"家里闹这么大的丑事，他们都没空管我，我能照顾自己。"

颜太太舒了口气。

"轻舟，要不要我过来陪你几天？"性格孤僻清冷的霍拢静，看到顾轻舟恹恹的，于心不忍，提出来帮她撑腰。

霍拢静会点功夫，她哥哥又是青帮的龙头。

顾轻舟正要委婉说不用，门口却传来顾缃和顾缨凄厉的尖叫声。

这声音极其惨烈，把所有人都惊动了，大家纷纷围上去。

"又怎么了？"顾轻舟也疑惑，跟着众人，出了偏厅。

颜太太等人也急忙跟上去。

被人群包围着的，是警备厅的探长。

这等骚动，也惊动了顾圭璋。

顾圭璋一身粗麻孝服，走过来问："鄙人顾圭璋，探长有什么吩咐？"

"顾先生，请您节哀。"探长道，"昨夜尊夫人在监牢里畏罪自尽，请您派人去将她的尸骨领回。"

探长的话，说得一清二楚。

所有人都震惊了。

屋子里似炸开了锅。

"怎么会这样？"顾轻舟疑惑，"秦筝筝不到最后，都是不会死心的。离行刑还有一段日子，她怎么这个当口自尽？"

颜太太等人觉得，顾家真是是非之地，想带顾轻舟暂时离开。

顾轻舟无法理解。可顾轻舟不能走。

顾家这会儿，是真正的兵荒马乱。

他们离开之后，顾轻舟也紧跟着出了趟门。

她去钟表行打了个电话。

电话是打给司行霈的。

约莫半个小时，司行霈的车子开到了圣母路的银行。

他进了银行的保险柜室，顾轻舟在里面等着他。

"你知道为何秦筝筝会自尽吗？"顾轻舟问。

秦筝筝已经认罪，她的案子也登报了，岳城皆知，很快天下皆知，她的生死对顾轻舟来说已经没了意义。

当然，顾轻舟也怕有变故。

"嗯，我亲手将她挂上去的。"司行霈风轻云淡，将顾轻舟压在冰凉的保险柜上，打量着她发髻的白花。

顾轻舟这戴孝的模样，美丽极了，司行霈忍不住就要吻她。

"你正经点！"顾轻舟推开他。

司行霈道："我很正经。"

"……谢谢你。"顾轻舟喃喃。

离开的时候，司行霈倏然心中不忍，将娇小的她搂在怀里，依依不舍。

"过些日子，我带你出去玩！"司行霈道，"我有个秘密，很想你知道。而且，我也很想带你去见一个人。"

"什么秘密，什么人？"顾轻舟问。

司行霈却卖起了关子，不告诉她。

顾轻舟回到顾公馆时，已然是黄昏了。

家里是彻底乱套了。

乡下老家来了不少人，都是顾圭璋的兄弟姊妹，还有侄儿侄女。

秦筝筝的尸骨，已经送到了殡仪馆，等老太太出殡了，顾圭璋的兄弟扶榇回老家，再办秦筝筝的葬礼。

现在是初冬，尸骨也没那么容易臭。

顾公馆的人脸上，多少有点恍惚，宛如梦里一样。

秦筝筝就这样死了。

"阿爸，姆妈是不会自尽的，一定是警备厅的人害死了她！"顾缃哭得眼睛浮肿，她抱着顾圭璋的胳膊，想让顾圭璋去给秦筝筝讨个公道。

顾圭璋烦躁地推开了她。

顾缃又看到了顾轻舟，她扑过来要撕打顾轻舟："你现在如愿了，我姆妈是被你害了，肯定是你收买了警员，害死了我姆妈！"

顾轻舟倏然上前，狠狠掴了她一个耳光。

"你姆妈杀死了我母亲、杀死了老太太，她畏罪自尽，有什么不对？"顾轻舟眉眼冷漠，"顾缃，你也想坐牢吗？"

顾缃立马想起，顾轻舟手里还有她杀人的证据，她吓得半死，退到了旁边。

晚上，顾轻舟和顾绍站在阳台上，望着远处闪烁的霓虹，沉默了良久。

顾轻舟的手被冻得发僵。

顾绍伸出手，握紧了她的，两个人相互依靠，汲取温暖。

顾老太停灵三天，就出殡了。

顾家乡下来的人，将她的棺材运回了老家。

顾圭璋没有去，他还要办秦筝筝的葬礼。

秦筝筝也只停灵三天，埋在城西的公墓里。墓碑上有她的名字，亦有她的照片。

顾缃和顾缨哭得断了气，顾圭璋也好似苍老了十几岁，姨太太们识趣不多话。

只有顾轻舟和顾绍一直比较平静。

几天后司督军打电话让顾轻舟过来，想要安慰她。下雨了，花园里也全是湿泥，顾轻舟小心翼翼地走到一半，司慕迎面而来。

两人狭路相逢，有点绕不开，司慕似乎在等顾轻舟往旁边的泥地里站，或者退回去。

她穿着布鞋，是一双绣鸳鸯的白色雪绸鞋，她是绝不会往泥地里让的。泥水一沾，她这双鞋就毁了。

僵持了一下，两人都在等对方后退时，司慕俯身，双手掐住了顾轻舟的腰。

"啊！"顾轻舟大惊。

惊呼中，司慕将顾轻舟抱了起来，他身子一转，两个人就换了方向。

司慕很简单地解决了问题。

顾轻舟则惊了身冷汗。

换了方向之后，司慕面无表情，眼中没有半分涟漪，他看也不看顾轻舟，就转身走了。

顾轻舟拍了拍惊魂甫定的心，愣了片刻。方才发生的事，始终没有真实感。

回去的时候，她想起方才那一幕，还是有点难以置信。

依照司慕的性格，他应该退出去让开才对。

顾轻舟深感诡异。

周日顾轻舟出门坐电车时，感觉有人跟踪她。

她下了电车。司行霈的车子，稳稳开到了她的面前。

"跟踪我干吗？"顾轻舟问。

司行霈俯身过来，推开了副驾驶座的车门。

顾轻舟上了车。

司行霈一手开车，一手拉过顾轻舟校服的领口，将她拉过来，侧身吻了一下她的唇。

顾轻舟很嫌弃打开了他的手："你弄皱了我的衣裳！"

对他的情绪，始终觉得莫名其妙。

他开车带顾轻舟去吃饭。

吃的是法国菜，格调暧昧的大厅，没有开水晶吊灯，而是在每张桌子上，摆放着小小的蜡烛。

整个大厅空空荡荡，除了顾轻舟和司行霈。

这样的环境，顾轻舟体会不出多么浪漫，反而心里堵得慌。

这一切都告诉她："我和他在偷偷摸摸。"

他不希望任何人知晓她的存在，这当然是顾轻舟的愿望，偶尔却也会猜疑："他是怕我成为他的软肋，还是成为他的掣肘？"

这些念头，只是像春燕裁开水面，引起轻微的涟漪，很快就过去了，消失无踪。

"……尝尝。"对面的司行霈，不知顾轻舟心念迭转，他切好了牛排，递了一块给她。

顾轻舟尝了，和她盘子里的没什么差别，说："很好吃。"

司行霈笑。

吃西餐的时候，他也喝点红葡萄酒。

灯火映照之下，血色酒波潋滟，能激起他心中的兴奋。

"轻舟，你的乳娘还在乡下？"司行霈突然问。

顾轻舟小抿了一口酒，唇色被葡萄酒染得浓艳，像盛绽的桃蕊，有醉人的芬芳。

她呆滞了一瞬，望着司行霈。

他忍着内心的悸动："你的乳娘……"

"怎么说起我的乳娘？"顾轻舟疑惑，"你问这个干吗？"

同时，她也很警惕。

她的乳娘对她很重要，她不想司行霈牵扯其中。

"我派人去过你的家乡。"司行霈道。

顾轻舟手指微微僵硬，银质的餐具握紧，甚至捏得快要变形。

"……我没有找到你的乳娘，四周的村民甚至否认你们的存在。"司行霈道，"轻舟，你到底从哪里来的？"

顾轻舟放松了手指，埋头切牛排吃，手稳稳当当的，她似松了口气，道："我师父带着她藏起来了，怕顾家派人去找，你找他们干吗？"

司行霈疑惑。

他深邃的眸子里，迸出几分审视的光芒，想要把顾轻舟看透。

顾轻舟抬眸，和他对视："你为什么要查我？"

司行霈的眼神收敛，笑道："我没有查你，我想把你的乳娘接过来！"

"不许！"顾轻舟肃然，"你想圈住我，还有我的乳娘，让我彻底脱不了身，是不是？"

"是。"

"混账东西！"顾轻舟在桌子底下踢他，踢得很用力。

司行霈却把牛排塞到她的嘴巴里，让她安心吃饭。

这顿饭吃得并不是特别开心。

司行霈派人去乡下找顾轻舟的乳娘，让顾轻舟特别生气，她觉得司行霈在调查她。

而后顾轻舟想，司行霈也查不到李妈的下落，说明师父他们藏得很好，顾轻舟也就安心了。

司行霈开车路过一家首饰店。

这家首饰店，是老式的银匠铺子，卖金银首饰，更多的是修葺或者保养旧的首饰。

"进去看看？"司行霈道。

顾轻舟不想去。

还是硬被司行霈拉了进去。

他给顾轻舟买了个卷草纹的银镯子，不贵，但是很精致，那纹路打磨得很用心。

顾轻舟挺喜欢的，戴在手腕上。

"谢谢你的礼物。"顾轻舟道，"我很喜欢这种老式的东西。"

司行霈的心情也不错。

天有点寒了，岳城的夜风带着海水的咸湿，吹在身上凉飕飕的。

他突然不想回家了，把车子往老城区开。

在一条胡同口，司行霈停了车。

这条胡同里，弥漫着消夜的热气，在初冬的夜里格外有诱惑力。

司行霈拉着顾轻舟进胡同，他让她挽住胳膊，两人缓缓而行。

他们看到了馄饨铺子、理发铺子、裁缝铺子，还有书局，一条小胡同，就是一个小小的世界。

司行霈说："没有吃饱，买份馄饨吃。"

可惜店里客人很多，没有桌椅了。

司行霈多给了一块钱，店家就把碗和勺子都送给了他，他们端回车上吃。

胡同里的光，从车窗透了进来。

司行霈喂顾轻舟吃馄饨，像喂养他的猫，动作轻柔而专注。

"……我的理想，是开一家中医院。"顾轻舟和他闲聊，"我可以教很多的学生，我会非常严格，让他们学会真正的本事。

"现在骂中医成了流行，无非是由于技艺的缺失，医术不外传，真正的本事都断了传人。我不会吝啬医术，我要全部教给我的学生们。"

她想要振兴中医。

"好，以后就开中医院。"司行霈摸她的脑袋，"轻舟，你总是生机勃勃，对未来充满了希望，我真爱你，轻舟。"

顾轻舟微愣。

她的呼吸顿了一下。

她好像听到了司行霈说，他爱她……

爱，是不是就意味着平等？

她没有动，尽可能当没听到，司行霈也没有继续说什么。

他把馄饨碗筷还给了老板，发动了车子，将顾轻舟送回了顾公馆。

到了冬月初，眼瞧着就是顾轻舟的生日了，她想给乡下的师父和乳娘发一封电报，可想到上次司行霈派人去乡下，万一电报泄露了行踪，可怎么办呢？

顾轻舟犹豫了几天。

　　她不想司行需找到她的乳娘和师父，但又很想念他们。

　　犹豫再三，顾轻舟给她的另一个师父张楚楚发了封电报，想方设法联系到师父慕宗河。

　　冬月初七，顾轻舟收到了师父慕宗河的电报。

　　"安好，吾儿勿念。"

　　电报只有六个字，顾轻舟的眼泪却顺着电文淌下来。

　　到了冬月初八，西洋历的十二月二十三日，正好是顾轻舟的生日。

　　明天就是平安夜，学校安排了文艺演出，顾轻舟前段时间请假，没有参加任何一项。

　　圣诞节之后，又是周末。

　　学校放三天假，两天文艺表演，司行需就派人替顾轻舟请了五天的假。

　　"走，我带你去趟苏州。"司行需已经准备好了行囊。

　　"去苏州？"顾轻舟一头雾水。

　　司行需没有商量的意思，东西都准备妥当了，只把顾轻舟往车子里一塞，汽车就开动出城了。

　　一路上，顾轻舟不怎么开口。

　　她主要是不太想去。

　　同时，顾轻舟也记起，司行需说要告诉她一个秘密，甚至要带她去见一个人……

　　去苏州就是办这件事吗？

　　"不乐意去？"司行需一边开车，一边斜睨着她。

　　冬日的官道上，车辆稀少，路也不算特别平整，顾轻舟迷迷糊糊地想睡觉。

　　"不是，是害怕。"顾轻舟嘀咕道，"是跟你出门啊，一不小心又要遇到刺杀。司行需，你的心不是一般地大。"

　　司行需敲她的额头。

　　顾轻舟是越想越觉得此行凶多吉少，她说："你连一个副官也没带。"

"你怎么知道我没带?"司行霈道。

顾轻舟伸头看后视镜,看了半晌,确定没有人跟着,她翻了个白眼。

"傻子,我出门还大摇大摆的,要不要把军政府的火车开出来,告诉全天下的人我到了苏州地界?"司行霈漫不经心开着车,腾出一只手揉她的脑袋,"后面有三辆车,若是出事,第一批支援五分钟内就能赶到。"

"那万一这五分钟之内,咱们被人打死了呢?"顾轻舟问。

司行霈捏她的脸:"什么死不死的,不吉利!"

然后又说:"生死在天,阎王那有本账呢,该你死就是你死,不讲道理的。没到你死的时候,当面挨枪都可能会哑火。"

司行霈还告诉顾轻舟,有次他差点被人枪毙,那枪都抵住了他的脑袋,突然却哑火了。

他命不该绝。

顾轻舟听完,瞠目结舌,不知道司行霈这种人的存在,有什么特别重要的意义,导致阎王屡次对他宽容。

想了想,顾轻舟说:"阎王只怕是老糊涂了。"

司行霈轻轻地捏她的鼻子,说:"你暗中诅咒我!"

"我明明是光明正大地诅咒你。"顾轻舟道。

他们两人就此行是否安全的问题,讨论了将近一个小时。

司行霈说不过她就动手,一会儿捏捏脸,一会儿揉揉脑袋。

后来,顾轻舟在颠簸中睡着了。

再次睁开眼,窗外是褐色的田野,枯草颓败。

路并不好走,官道坑坑洼洼。

司行霈开车认真专注,可能是想什么事情,薄唇微抿。阳光从车窗照进来,给他的侧颜镀上了一层稀薄的金芒,他的俊美没了阴鸷和冷漠,反而很温暖。

他在顾轻舟身边时,表情是温暖的,心也是温暖的。

"醒了?"他的余光瞥见顾轻舟动了,笑着说道,然后伸手摸了摸她的头发,"真能睡,跟只猫一样!"

　　她初睡未醒，双颊白皙红润，头发零落低垂，慵懒的眸子似一泓清泉，能映到人心里去。

　　司行霈惊讶地发现，她已经长大了，比一年前更有魅力。她既有女孩的纯真，又有女人的妩媚，懵懂未醒时目光流转，就有勾魂夺魄的激滟。

　　"……以后要把你藏紧了！"司行霈想。

　　惦记她的男人，会越来越多。

　　从岳城到苏州，路并不是特别好走，司行霈怕顾轻舟颠簸难受，车速缓慢而平稳。

　　六个小时之后，终于到了苏州地界。

　　司行霈没有进城，而是往城郊而去。

　　越来越荒芜。

　　"你是不是要把我卖了？"顾轻舟拢了拢衣领问。

　　"你想得美！你是我嘴里的肉，我谁也不肯给！"司行霈道。

　　顾轻舟撇撇嘴，露出一个鄙夷的神情。

　　车子又开了很久，中途路过一处茶寮，司行霈下车，发现有包子和花卷，还有豆浆。

　　他俯身问顾轻舟："饿吗？"

　　顾轻舟被车子颠簸得饥肠辘辘，点头如捣蒜："饿了。"

　　"下来。"司行霈笑道。

　　茶寮有点乱，敞开着，都是路过进城的人在此歇脚。

　　顾轻舟和司行霈开着汽车，衣着华贵，很容易被认为是城里有钱的先生小姐，于是那几个人，不怀好意地盯着他们。

　　"来四屉包子，老板！"司行霈喊道。

　　包子上来，顾轻舟觉得口感不好，包子皮有点酸。

　　她硬着头皮吃了两个，司行霈则是大快朵颐。

　　"你真是不挑食。"顾轻舟道。

　　"有的吃就不错了。"司行霈说，"我饿极了，活生生的兔子剥了皮都能嚼完一只。"

　　顾轻舟觉得恶心。

她嫌弃极了："你不要在吃饭的时候说这种恶心话！"

司行霈笑，摸她的脑袋，说她太矜贵了。

可能是司行霈说他活吞兔子的话，也吓到了旁边那桌跃跃欲试想抢劫的人，他们喝完茶就骨碌跑了。

茶寮四周没有遮拦，冬月的风阴冷刺骨，顾轻舟捧着热豆浆不肯松手，一连喝了两碗。

司行霈风卷残云地吃完了，汽车重新上路。

半个小时之后，他们在路边停了车。

此处荒芜，连村落也没有，只有远处几座山。

"怎么，咱们要爬山啊？"顾轻舟问。

她也有点疑惑，岳城郊区也有山，干吗千里迢迢跑到苏州来？

司行霈点头。

他将车子停稳，带着顾轻舟走过狭窄的田埂，往山脚而去。

山脚左右有两户人家，大门紧闭。

看到了人影，突然有户人家开门，居然是个身材高大结实的男人，扛着一支长枪，朝司行霈跑过来。

"团座！"男人给司行霈行礼。

顾轻舟这时候隐约明白了什么，她心中微动。

司行霈下巴微扬，向他道："开门。"

"是！"

顾轻舟和司行霈，没有走旁边的山路，而是直接进了屋子。

进屋之后，西屋的地下密室打开，司行霈拿了电灯，带着顾轻舟下了密室。

密室修建得很结实，四周都是混凝土的墙壁，约莫一米宽、两米高。

司行霈牵着顾轻舟的手。

"……这是不是你的秘密军火基地？"顾轻舟随着司行霈往里走，越走越远，没有尽头，空荡荡的只有他们两人的呼吸时，顾轻舟突然问。

"轻舟聪明。"司行霈赞赏道。

地道很长很长，而且七拐八拐的，顾轻舟已经完全丧失了方向感。

她也不知道走了多久，只感觉双腿发软。

"司行霈，你干吗带我来这么秘密的地方？"顾轻舟问，"你不怕我泄密？"

"不怕。"司行霈道。

他见顾轻舟喘气有点急，可能是真的累了，就停下歇了歇。

趁着歇息的工夫，他跟顾轻舟解释说："这个秘密基地，就是我的后盾。我所有的身家性命，都藏在这里。轻舟，我的一切都是你的，我要你知晓我的软肋在哪里，这样你在我身边时，就会有安全感。"

顾轻舟一愣。

光线幽暗的地下通道里，顾轻舟轻轻地咬住了唇。

不知名的情绪，在她心里流淌。

她努力想："将来我要是跑了，他非要杀我灭口不可。"

这样的念头，其实只是遮掩，很快就会被冲没。

顾轻舟非常清楚，若司行霈只是想禁锢她，完全没必要将这么大的秘密告诉她。

他把自己的一切都展现给她，交付给她，因为他平等对待她。

"轻舟，我想你手里拿住我的软肋，这样你就会明白，我不会真的欺负你。"司行霈低声，"我对你，不是虚情假意！"

良久，顾轻舟轻轻地"嗯"了声。

司行霈将手电递给她，然后半蹲下身子："我背你走，还要走一会儿呢。"

顾轻舟接过来。

手电被他握过的地方，暖暖的，有暖流沿着顾轻舟的掌心，沁入心头。

司行霈背着顾轻舟，走起来明显就要比刚刚快了很多。

约莫过了十分钟，他们到了一处深山的峡谷里，这条密道是从山脚直通腹地的。

路上，司行霈告诉过顾轻舟："这山上，到处都是机关炸药，层层防备，只有这条密道可以进出，可谓铜墙铁壁。"

到了峡谷，有个很大的轴轮，放下木框，司行霈和顾轻舟站在木框里，之后轴轮再缓缓转上去。

半山腰的里侧，几乎被挖空了，成了最天然的军事基地。

专家和研究人员走过来，对司行霈行礼。

看到顾轻舟，大家有点吃惊。

"这是顾小姐，我的人。"司行霈道。

众人又给顾轻舟行礼。

随后，司行霈带着顾轻舟，去看了很多的地方。

山脉的最西南角，有间密室紧闭着。

司行霈站在大门前，掏出了钥匙。

打开密室的门，里面是个偌大的保险柜。

"这里面藏着什么东西？"顾轻舟问。

"不是东西。"司行霈神秘而笑，"是人。"

"人？"顾轻舟骇然，"这……这是囚牢吗？"

"害怕了？"司行霈见她声音都变调了，回头打趣她。

他甚至威胁她："将来你敢跑了，我就把你也锁在这里。"

他说着话，已经打开了保险柜。

司行霈说，保险柜里藏了个人。

顾轻舟打了个寒战。

因为藏在这里面的，不可能是活人啊！

山中比外头要阴寒，又是寒冬，等保险柜的大门打开时，一股股寒气扑面，顾轻舟的脸颊被冻得僵硬。

司行霈拢了拢铁灰色大氅，收敛了表情，面部的线条紧绷着，肃然而庄重。

"来。"他回手拉顾轻舟。

顾轻舟的手已经冻僵，司行霈掌心的温热，给了她暖意，她紧紧握住，再也不肯松开。

司行霈带着她往里走。

这间密室，比顾轻舟想象中还要深邃，那保险柜一样的大门，不是防止偷窃，而是封住这里面的寒气。

过道的两侧全是冰。

顾轻舟眨了眨眼睛，感觉睫毛沉重，片刻的工夫结了层冰碴。

他们停下来的时候，顾轻舟忘了呼吸，任由热气旖旎，转瞬成冰。

顾轻舟的面前，放着一个偌大的水晶棺。

水晶棺是镶嵌在冰块里的，棺材里面很干燥，四周摆满了用布扎成的鲜花，通过透明的水晶翻出来，竟是花开锦绣的繁茂。

那锦绣堆里，有个女人安睡。

这女人穿着一袭前清时期的褙子，宝蓝色的，绣着折枝海棠，颜色艳丽，海棠花瓣层层叠叠地盛绽着，十分华美。

她的头发披散着，低垂在两侧；月白色的素面长裙，一双宝蓝色的睡鞋。

只是，她的面容已经结了层厚厚的冰，只能看到轮廓，雪白晶莹里，隐约可以瞧见红唇黛眉，双手戴着白绒毛的手套。

"这是我母亲。"司行霈道。

顾轻舟冥冥中感觉是司行霈的亲人，那就不会害她。

"……其实衣裳里面，只是用白面做成的血肉，她早已成了白骨；头也是用白面做的，照着生前的样子，描摹得一模一样。幸而被冻住了，要不然你会害怕。"司行霈声音温柔而低缓，好似生怕惊醒了水晶棺里的人。

顾轻舟其实一点也不怕。

不仅不怕，她甚至有点温暖：这是母亲，是司行霈的母亲。

"母亲"是个很庄重而深沉的词，不管走到哪里，放在谁身上，都能渗出温暖和慈祥。

那张被冰封的脸，明明只是用头颅枯骨添了白面，顾轻舟也看得出亲切来。

假如顾轻舟也有她母亲的尸骨，她也想做个这样子的人，放在这棺木，触摸不到，却好似时时刻刻能看到她。

她只是睡熟了。

"她走的时候我才三岁，等我有能力给她置办这样一个墓穴的时候，她已经在地下烂了十几年，可惜那么好的模样，只剩下白骨了。"司行霈道。

司行霈的母亲很漂亮，几张遗照上，也可以看得出她的美到了倾国倾城的地步。

世人都说现任督军夫人蔡景纾是绝色佳人，殊不知家里的老用人，包括司行霈的祖母和二婶都说："差远了！不管是容貌还是人品，都差远了。"

男人有时候很贱，他往往不知道自己痛失了什么，就像司行霈的父亲。

当然，他也没觉得那是父亲——他一直叫那个人为督军，像他的上司。

顾轻舟沉默着。

"是不是又觉得我变态？"司行霈转过头，低声问顾轻舟，"我只是为了自己。将她的骨头这么一装扮放在这里，我心中就有个牵挂，好像有娘一样……"

"不，不变态！"顾轻舟声音嗡嗡的，可能是太冷了，她说话时牙齿打着寒战，"这比照片真实多了，我喜欢这样！"

司行霈唇角微翘，露出了笑容。

他搂住顾轻舟的肩膀，将她带到水晶棺的前头。

他很认真地对着棺材里的白面人说："妈，轻舟来看您了。"

顾轻舟立在前头，一动不动。

良久，司行霈又道："轻舟，你给我妈磕个头。"

顾轻舟说好。

地上没有蒲团，而且有一层冰。

她的手掌先撑地，立马冻得僵硬，寒气从膝盖沿着四肢百骸流窜，她浑身都冷，冷得要冻僵了。

顾轻舟磕了三个头。

司行霈扶她起来。

而后，他也跪下，很虔诚地磕了三个头。

"妈，以后逢年过节，我都带轻舟来看您，您要保佑轻舟。"

司行霈低声道。

出来的时候，司行霈锁好门，有人端了热水给他们洗手。

手浸泡在热水中，指关节慢慢就能活动了，顾轻舟的身体慢慢回暖。而后，又有人端了热茶。

顾轻舟喝了两杯热腾腾的茶，才能顺畅舒一口气。

"我母亲一生酷爱干净，用人说起太太，都说她太过于洁净了。放任她在地下受那么多年的脏乱，她一定不高兴。"司行霈道，"我之前常梦到她，她对着我哭；直到我将她挪到此处，她偶尔入梦，都是笑盈盈的。"

说到这里，他脸上有种很纯净的笑容，像个孩子般。

他已经把自己最重要的秘密，都告诉了顾轻舟。

司行霈也问顾轻舟："你想念你母亲吗？"

"说实话？"顾轻舟侧眸问。

"实话！"

"我是早产的，从我生下来，我母亲身体就不太好，所以我吃的第一口奶，是我的乳娘李妈给的。

"我才两岁，我母亲就去世了，什么也不记得，李妈将我带到乡下去。其实我从来没想过我母亲，因为我不缺母爱，李妈非常疼我。

"在我心里，李妈才是我的母亲。李妈说要让顾家偿还孙家的，我才愿意进城。司行霈，我跟你不一样，我是有母亲的人。"顾轻舟道。

李妈就是她的母亲，至少在她心里是的。

她们相依为命。

顾轻舟做这些事，看似是为了孙家，为了她的生母，也是为了李妈。

"……那把你的乳娘接到城里来，我们照顾她。"司行霈道。

顾轻舟摇摇头："李妈说，她不愿意成为掣肘。等事情结束，她再来。"

司行霈不勉强她。

司行霈带着她去看了各式各样的武器，甚至教她如何使用大炮。

研究所的人都对顾轻舟毕恭毕敬。

如此机密的地方，顾轻舟又非武器方面的专家，又不是军队的高层，她出现在这里，只有一个身份：未来的女主人！

顾轻舟能猜到他们的想法，有点尴尬。

他们夜里住在山脚那两间房子里。

司行霈睡在外侧，顾轻舟睡在里侧。

第二天夜里，顾轻舟听着山峦呼啸的风声，问司行霈："你为何要把这么重要的秘密告诉我？总有个原因的。"

"因为你救过我的命，因为你在我身边。"司行霈道，"我说过，以后我们的命是共享的，我的一切都是你的！"

顾轻舟很想问：那你会娶我吗？

而后她又想，这种问题，会增加他的负担。

他真的想娶她的话，她有什么资格做他的太太？

她有足够的金钱和背景，给他提供军队和军火，帮助他打过长江，实现华夏的统一吗？

她有足够的警惕，从刺客手里一次次死里逃生，不让他痛失家庭和妻子的能力吗？

她真的有资格和他比肩而立吗？

爱情可以你侬我侬，婚姻却需要势均力敌。

千百年的"门当户对"，并不是一句空话，而是实实在在从检验中得出的真理。

顾轻舟没有问。

也或许，只是因为她不爱他，她没有问这句话的心境。

她进入了睡梦，睡意比较浅，只记得司行霈捞了她两次，每次不小心松开了她，他立马就惊醒了，稳稳将她抱在怀里，才能继续入睡。

他的呼吸是暖的，落在她的侧脸。

顾轻舟稍微一偏头，就能吻到他的唇。她很想汲取那点温暖，特别是在这样寒冷的冬夜，但是她忍住了。

旧历的冬月初十，也就是西洋历的圣诞节，司行霈早起给顾轻舟过生日。虽然她生日过去两天了。

初八那天到基地，又去见过了司行霈的母亲，他们两人都很累。司行霈要爬起来煮面时，被顾轻舟拦住了："后天是西洋历的圣诞节，我们也过个时髦派的节日，跟我生日一起。"司行霈答应了。

过节当天，他凌晨四点就起来。面是他自己揉的，盖头也是他自己做的，鸡汤是昨晚熬好的。

"轻舟，长命百岁！"他煮好了面，认认真真端给顾轻舟。

顾轻舟尝了一口，鲜美无比，面条很筋道，盖头也做得香甜可口。

岳城人的口味偏甜，司行霈做的盖头，放的糖和盐的比例总是刚刚好，一分不多一分不少。

"谢谢你！"顾轻舟一改往日的娇气，将这碗面端起来，学着司行霈的样子，大口大口吃掉了。

司行霈的笑容深达眼底，轻轻地摸她的脑袋，看着她，看得心满意足。

副官们都知道，少帅厨艺很好，有时候在营地，伙夫做的菜实在难吃，司行霈会下厨，亲自操办伙食犒赏三军。

若是一个没能力的少帅，将士们肯定会瞧不起他这样。

可司行霈本事过人，不管是军法谋略，还是枪法武艺，都是常人所不能及的。

司行霈这一手艺，也无形中给自己笼络了军心。

他们吃完早饭，刚刚到七点，司行霈说："咱们上山去打猎。"

"这个时节，山上有什么？"顾轻舟蹙眉，"你不是说机关重重吗？"

"不是这座山，是从后面那座。"司行霈道。

他已经拿了两杆长枪。

这种枪的子弹很贵，顶得上猎枪的十倍，拿去打兔子实在暴殄天物。

顾轻舟听说要去打兔子，又听说还要再爬山，就往床上一扑，死活不肯起来。

"不去！"顾轻舟抗议道，"那么远，又是山路，累死了！"

637

"真不去?"司行霈的手,轻轻地沿着她的后背摩挲,不轻不重的,摸得有滋有味。

顾轻舟吓了个激灵,坐起来瞪他。

"你不是喜欢打枪吗?"司行霈亲吻她的额头,"难得出来玩,怎么也要带你玩痛快了。"

顾轻舟不喜欢打枪。

她更不喜欢爬山。

耍赖这种事,顾轻舟永远赖不过司行霈。

他连衣裳都给顾轻舟准备妥当。

顾轻舟换衣裳的时候,司行霈扛着枪,站在屋檐下抽烟,等着她。雪茄抽了半支,司行霈等得有点不耐烦了,转头想去催催,却见房门打开,顾轻舟走了出来。

她穿着司行霈准备的铁灰色军裤,裤脚塞在军靴里,显得那段小腿纤瘦匀称。上身穿着一件墨绿色的军用短外套,一头浓密的发高高束起马尾,辫子一甩,英姿飒爽!

司行霈有点震惊:"没想到女人穿军装这么好看!"

穿着军装的顾轻舟,有种难以言喻的美,她脸上的线条都坚毅了几分,颇有巾帼之态。

"……这鞋结实又轻巧,比高跟鞋和布鞋都舒服!"顾轻舟眉宇带着惊喜,轻盈盈地立在司行霈面前,分享着她的发现。

她很喜欢这军靴!

司行霈将雪茄一丢,拦腰将她扣在怀里,低头就吻她。

远处的亲侍都装作看不见。

顾轻舟很尴尬,推开他骂道:"你又发疯!"

"真好看,轻舟!"司行霈低喃,抵住她的额头道,"比穿旗袍更好看,我真想要你!"

顾轻舟狠狠踩了他一脚。

他真是随时随地耍流氓!

司行霈扛着枪,带着顾轻舟先进入密道。

这条密道四通八达,顾轻舟很努力想记清楚路线,一会儿就绕晕了，而且它不止一个方向。

顾轻舟很惊叹："你建这个基地，花了多长时间啊？没个七八年，很难建成这样吧？"

司行霈笑："七八年？真没见识！"

七八年，是不可能建成这样的！

山是最难挖的。

"……其实，我只是花了点时间改造，让它更加结实，它一开始就是这样的。这里曾经是个山寨，从元朝末期就是著名的土匪窝，几百年被土匪盘踞。

"六年前，这里的土匪内讧，我趁机收服了三个当家的，不到两个月的时间，兵不血刃接手了这里。"司行霈道。

顾轻舟了然。

司行霈又说："古时候没有机械，全是手工挖出来的，最是结实，而且曲折深邃。"

"这要是攻打的话，几年都打不下来。"顾轻舟说。

司行霈笑："嗯，这还算有点见识。"

他们两人沿着密道，约莫走了一个小时，不时攀爬让顾轻舟疲惫不堪。

司行霈背起了她。

他背着顾轻舟，还扛着两条枪，行动自如地穿梭着，跟顾轻舟说话，声音很平稳，没有半分喘息。

两个小时之后，他们穿过了这座山。

"放我下来吧，我能走。"顾轻舟道。

司行霈不同意："你走得慢死了，我总是要等你。等上了山，你再下来。"

他一身腱子肉也不会感到疲倦。

顾轻舟却不好意思。

"我走几步，等上山的时候，你再背我吧。"顾轻舟说。

司行霈同意了。

他们两人越过峡谷，中间歇了十分钟，司行霈拿出牛肉干补充体力，顾轻舟也喝了点水。

　　他们在峡谷里走了三十分钟，幸而是大冬天，没有蛇虫毒物，顾轻舟走得也很放心。

　　而后，他们到了另一处的山脚。

　　这座山，和他们刚刚出来的那座相比，简直是个坟包而已，被衬托得特别矮小。

　　上山之后，司行霈开始教顾轻舟狩猎。

　　顾轻舟等了片刻，一只野兔正在觅食，司行霈让她架好枪。

　　"打中它，要不然我在这山上办了你。"司行霈在她耳边低喃，然后轻轻地咬了一下她的耳垂。

　　顾轻舟恨得咬牙切齿，心想这臭德行，还出身名门呢，跟土匪差不多！

　　她有点紧张。

　　有了司行霈的威胁，顾轻舟打起十二分的精神，一枪射出，将野兔的腰腹打了个对穿。

　　司行霈高兴地去捡了回来。

　　野兔还没有死透，血淋淋的，还在抽搐，司行霈笑得一脸愉悦："今天的第一只猎物，是轻舟打的，应该嘉奖！"

　　顾轻舟不想看，血腥味让她有点作呕。

　　司行霈别在腰上。

　　后来，顾轻舟又打了只山鸡。

　　和她相比，司行霈就打了更多的猎物，五六只山鸡、七八只野兔，还有两只山鹿。

　　顾轻舟有点疑惑："这山上的野味怎么这么多啊？"

　　说罢，那边司行霈就笑了。

　　顾轻舟恍然："是你放养的？"

　　"嗯，我每隔三个月就叫人放一次。有时候打猎，也能放松心情。"司行霈笑道。

　　这算是他自己的猎场。

　　他这个猎场没有栏杆，任何人都可以进山打，只是此处闹土匪，传闻是很可怕的，普通老百姓都不会来。

司行霈占领这山之后，更是放出了很多稀奇古怪的鬼怪传说，导致绝大多数的人都对这里望而却步。

当然也有不信邪的，跑过来探险。

不是被暗器杀死，就是误中了奇门阵吓疯，从此这山被惊悚的传言笼罩。

等他们差不多打完了，已经是中午两点。

司行霈教顾轻舟如何剥皮。

"我不要！"顾轻舟拒绝。

司行霈道："这又不是人，怕什么？以后你不小心流落深山老林，难道就不吃东西了？"

顾轻舟转念一想，世道是挺乱的，以后会怎样，又怎么能猜到呢？

小时候师父也打猎，只是顾轻舟拿到的猎物，都是剥干净洗好的，她是没有亲手收拾过猎物。

"看好了！"司行霈道。

顾轻舟想转过身。

司行霈就将她直接抱在怀里。

顾轻舟的身子单薄，落在他怀里，丝毫不影响他剖解野兔。

他一点点教顾轻舟。

剥好之后，他让顾轻舟也剥一只。

顾轻舟原本不会觉得剥兔子皮是什么为难的事。但她咬牙处理野兔，几次差点吐出来，她眼前会浮现头一次去刑场看到的情景，十分痛苦。

最终，她剥好了。

"很不错。"司行霈在她脸上亲了亲，"轻舟很勇敢，回头我送你一个礼物。"

哄孩子一样！

剥好了之后，司行霈又教顾轻舟如何烧烤兔子。

"在山林烧烤，一定要十二分地注意，千万不能留下火星，否则林中大火，你也要被烧死。"司行霈道。

顾轻舟点头。

司行霈烤的兔子，肉质鲜嫩，他撕下一条兔腿给顾轻舟。

顾轻舟接过来，慢慢吃着。

吃完了之后，司行霈又教顾轻舟如何做简单的捕猎陷阱。

这些都是山林生存的技能。

人永远不会知道自己到底遭遇什么，能多学一样技能，将来就多条逃生的路。

顾轻舟很认真地学着。

陷阱布好，司行霈又告诉顾轻舟，怎么在山林里找水源。

这座山是司行霈的，所以水源旁边有个木桶，他拎了水，将烧烤的地方反复泼了三桶水，确定所有的火苗都扑灭，这才带着顾轻舟回去。

"猎物不要了吗？"顾轻舟问。

司行霈笑道："咱们方才不是点火了吗？有了烟，基地的副官就会知道。一会儿副官就会过来，将猎物带回去。那么多，我扛不动，我还要扛你呢！"

呸，我才不是你的猎物。

他们回到住处后，司行霈送了顾轻舟一把匕首。

匕首其貌不扬，外形是简单的玄铁，没有任何镶嵌。

拔出之后，匕首也是玄铁造就的，显得暗沉。

"好用吗？"顾轻舟带着疑惑问。

司行霈就顺势往旁边黄杨木的桌子上一劈。

他看似没用什么力气，桌角就掉下来一块。

顾轻舟震惊："削铁如泥？"

"嗯，你可要小心了，千万别伤及自己。"

顾轻舟连忙点头，紧紧握牢！

她左看右看，然后也往桌子上劈了一下。

她用了十成的力气，那桌子的另一角，也被顾轻舟削了下来。

司行霈笑："行了，可别糟蹋这桌子，也没惹你。"

顾轻舟咧开嘴笑，露出一口漂亮洁白的小糯米牙。

她真心而笑的时候，娇憨可爱，真像个不谙世事的娃娃。

司行霈真迷恋她，她偶尔天真，偶尔妩媚，似有种魔力，能把人拉入其中，泥足深陷。

"谢谢你。"顾轻舟道。

"那你亲我一下。"司行霈说。

顾轻舟考虑了一下，说："好像不需要如此，匕首是我打猎的嘉奖。"

这种拒绝是没有意义的，因为拒绝之后，司行霈恼怒，将她按在床上，亲了个够才放开她。

圣诞节过完，司行霈带着顾轻舟回去。

路过苏州城时，他带着顾轻舟去逛了逛。

苏州的繁华，远不及岳城，可它有种古韵优雅，到处青砖墨瓦，似走进一幅浓郁的泼墨山水画。

司行霈带着顾轻舟进城，目的就是吃吃喝喝。

顾轻舟换了套桃红色老式的披风，司行霈换了件长袄，他们像古城最普通的两个年轻人。

司行霈非要顾轻舟挽住他的胳膊。

他们去吃了有名的馆子，买了绸缎和首饰，又去听了评弹。

他们去茶馆喝茶，司行霈在窗棂半推的屋檐之下亲吻顾轻舟，心情难得悠闲惬意。

"倒也可以在苏州置办一处别馆。"司行霈道，"我们隔三岔五来玩玩。"

对于这种决定，顾轻舟是沉默不语的。

第二十一章

治好司慕

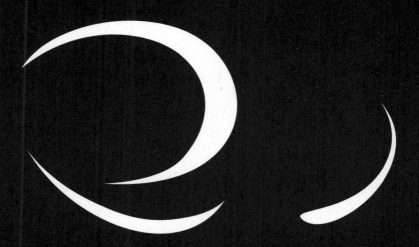

到了黄昏，司行霈开车回岳城，凌晨才到。

他们回到别馆时，顾轻舟已经困得不行了。

她迷迷糊糊中，感觉司行霈在帮她更换睡衣，甚至用毛巾帮她擦脸和手。

他照顾顾轻舟是非常仔细的，从来不嫌劳累。

司行霈说起来狠戾，对顾轻舟倒没有大男子主义。

大概是他的男子气概原本就很足，所以不担心损失。

这是他的自信。

翌日醒过来，果然是换了衣裳的。

她睁开眼时，阳光透过窗帘照进来。

顾轻舟起来，披衣下楼，司行霈早已离开了，只有朱嫂在厨房忙碌。

"顾小姐，多谢您的礼物！"朱嫂很感激道，"您出去玩，还想着我，真是太有心了！"

顾轻舟这时候才想起来，他们昨天买绸缎的时候，司行霈特意挑了两匹最昂贵的面料，是宝蓝色和藏青色，适合年长的女人。

买金首饰的时候，顾轻舟喜欢镂花的、卷草纹的，司行霈另买了只不带花纹的金镯子。

年轻人喜欢镂空的，因为好看；而上了年纪的女人则喜欢不带花纹的，因为重实，显得有分量。

顾轻舟当时还以为他是给老太太选的，现在才知道，是给朱嫂的。

他借顾轻舟的名义送给朱嫂。

"……不值什么，反正是少帅买单。"顾轻舟有点不好意思，喃喃道。

朱嫂则开心得不得了："少帅是男人嘛，当然他花钱。顾小姐，下次可别破费了。"

顾轻舟端着茶盏，笑着遮掩了过去。

她唇角微微翘了一下，心情还不错。

抛去司行霈变态嗜血的那一面，他真的是个很温暖的男人，会给顾轻舟煮饭，也会替顾轻舟买礼物，她累了他会背她，她困了他会为她更衣，甚至会替她处理人际关系。

而且顾轻舟又很清楚，他绝不是对所有女人都这么好的，他只是对顾轻舟特别好而已，掏心掏肺。

吃过了早饭，顾轻舟坐在沙发上，想着司行霈的种种，心情就有点飘忽。

她也想起他送给她的钻戒，虽然不是求婚的，却很想戴上去。

这些念头让顾轻舟无所适从。

她猛然站起来："去趟颜家吧。"

顾轻舟给颜家打了个电话，问颜太太可有空闲。

"有空的，轻舟。"颜太太笑道。

顾轻舟挂了电话，将自己的东西简单收拾一下，匕首放在包里，就下楼了。

下楼的时候，她发间重新戴了朵白花，那是替秦筝筝和老太太守孝的，虽然她根本不想戴。

"朱嫂，如果少帅回来问，就说我去了颜家，晚上住在颜家，明天跟洛水一起去上学。"顾轻舟道。

"好。"朱嫂笑眯眯送顾轻舟出门。

到了颜家的时候，颜一源很兴奋。

"我买了辆脚踏车，咱们去骑车好吗？"颜一源道。

顾轻舟没有见过脚踏车，只是听人说起过，街上也见人骑过，觉得挺新鲜有趣的。

到了院子里，果然见放着一辆崭新的脚踏车，深蓝色的，上面还有金灿灿的铃铛。

顾轻舟和颜洛水都感觉好玩，围着它打转。

"你说，这两个前后轮子的，怎么能骑起来？"颜洛水道，"姆妈说危险，我也觉得挺危险的。"

颜一源："你瞧见踏板没有？踏板动起来，力量平衡了，这车子就能动。你们两人谁先试试看？"

颜洛水和顾轻舟面面相觑。

"怎么试啊？摔断了腿怎么办？"顾轻舟有点担心。

"我会骑，我搀扶着你们。"颜一源道。

说罢，颜一源自己上了车，沿着网球场的四周，骑得非常快且熟练，潇洒极了。

他身上像带着风，这比骑马都好玩。

顾轻舟和颜洛水眼馋地看着他。

颜一源骑了一圈，回来之后道："你们谁来试试？"

"我来吧。"颜洛水笑道。

她上去之后，总是骑不稳，一会儿就要跌下来。

颜一源小心翼翼地扶着她。

"你扶稳了。"颜洛水声音打战，"要是摔了我，我就揭了你的皮。"

颜一源："你扶稳了前头，眼睛往前看、往前看，脚下使劲啊，这么笨，快踩啊！"

顾轻舟在旁边看得津津有味。

颜一源累了身臭汗，一个小时之后，在他搀扶着后座的情况下，颜洛水终于能骑着绕圈了。

她开心极了。

"真好玩！"颜洛水道，"我要骑到学校去！"

"你可拉倒吧！"颜一源累得气喘如牛，"就你这样的，非得被汽车撞死不可！"

他们两人又开始抬杠了。

颜洛水学会了，道："快快，轻舟你也来试试。"

顾轻舟在旁边看了一个小时，颜一源教颜洛水的那些诀窍，顾轻舟都听懂了。

所以，她一上手就像模像样的。

她眼睛平视前方，脚下用力踩着踏板。

"轻舟真厉害，天生就会骑！"颜一源惊叹。

"你别放手啊，我害怕。"顾轻舟很紧张，根本体会不到他的夸奖。

骑了一半，顾轻舟越骑越顺利，颜一源实在太累了，见场地是平的，顾轻舟骑得又很卖力，他就松手了。

网球场是圆形的，顾轻舟正紧张得要死，很努力保持平衡，一个余光看到颜一源早已放手，她吓得不轻。

"啊！"顾轻舟想停下来，可手脚这时候已经不受控制了。

她的车子，直直往前方撞了过去。

一块大石头，顾轻舟不知怎么骑过去。脚踏车翻过了石头，才猛然坠地，把顾轻舟摔了个半死。

"轻舟！"颜洛水也吓死了。

扶起顾轻舟时，颜洛水使劲打了颜一源几下："你要死啊，让你扶个车你还放手了，真是除了吃，一无是处！"

"我太累了，况且轻舟骑得那么好。"颜一源也很委屈。

顾轻舟浑身疼，衣裳也弄脏了："没事，听说学脚踏车都要狠摔几次。"

她当时没事，换衣裳之后，总感觉不太舒服。

摔了一次之后，顾轻舟就不太敢骑了。特别是车子翻过石块那一下，震得她浑身骨头都像散了架。

虽然胳膊腿没有撞破皮，顾轻舟仍是感觉难受。

她最私密的地方，好似被脚踏车的坐凳给震伤了，一直作痛，而且很厉害。

位置太过于尴尬，颜洛水和颜一源肯定没有留意到，哪怕留意到了也不会问。而顾轻舟也不敢说，她努力忍住。

晚饭之后，顾轻舟仍是感觉疼，她去了趟洗手间，发现裤子上一大片暗红。

她月事才过去十来天，不可能是月事的。

"受伤了吗？"顾轻舟一颗心全凉了，这是流血了。

是不是把小腹给震碎了？

她当时是这么想的，所以心中一阵慌乱。

想到颜太太不许她们骑车，顾轻舟也后悔，不该好奇的。

受伤了，顾轻舟就不敢再隐瞒，怕拖下去问题更严重。她尴尬地把这件事告诉了颜太太："流了好多血，姆妈。"

颜太太吓得脸色都变了。

"来人，快备车!"颜太太喊道。

颜洛水也过来问怎么回事。

顾轻舟告诉了她。

"……你撞到那块石头的时候，我就感觉你应该撞伤了，我站在那么远，都听到好大一声巨响。"颜洛水道。

"你知道你不早说?"颜太太骂颜洛水，"小五胡闹，你也跟着胡闹! 早就给你们说了，不许骑什么脚踏车。你看那玩意儿，放都放不稳，人能骑上去吗?"

军政府的军医院，没有妇科。

颜家的汽车连夜去了德国教会医院。

顾轻舟一直感觉不太舒服，但没有再流血。

到了医院，女医生让她脱了衣裳检查，顾轻舟很尴尬。

"没事的小姐，放轻松。"女医生很温柔，也会照顾病患的心情。

顾轻舟也是医者，她应该更明白，所以就放轻松了些。

检查完毕，顾轻舟整理好衣裳，颜太太进来问："严重吗，可要住院?"

女医生面上露出几分为难。

"您是……"医生问颜太太。

"我是她的义母。"颜太太道。

"那她的母亲呢?"医生说，"若是方便，请联系她的父母好吗? 这件事挺重要的，我们不好担责任。"

颜太太的一颗心，顿时就全凉了。

"她没有母亲，是我养着她。"颜太太道。哪怕是重伤，也要暗中给顾轻舟治好，不能让她的父亲知道了。

顾轻舟那个父亲，是不会替顾轻舟考虑的，到时候颠三倒四乱说话，颜太太觉得他会说出很多难听的话来。

"您有什么事，就告诉我吧！"颜太太道。

医生点点头，让颜太太跟着她去办公室。

颜洛水在病房里陪着顾轻舟。

"还疼吗？"颜洛水非常内疚，几乎要哭出来。

女孩子的私密之处，其实挺脆弱的，哪怕是撞了下，也要疼很久。

顾轻舟不知道是撞坏了什么，反正她是挺疼的。

"还好。"顾轻舟安慰颜洛水，也不敢说实话，怕颜洛水自责。

这件事不怪任何人，是顾轻舟自己没有掌控好脚踏车。

她第一次骑车，颜一源又放手了，她实在害怕紧张，车子失去了控制。

她和颜洛水在病房里等了片刻，颜太太从医生办公室出来。

颜洛水迎上去，问："姆妈，医生怎么说？轻舟需要住院吗？"

"不需要的。"颜太太脸色不太好看，努力撑起几分笑容，"现在就可以回家。医生说撞伤了，开了些化瘀的药，慢慢休养就好了。"

颜洛水看她母亲的脸色，总感觉有大事，不太像没事的模样。

颜太太表情着实沉重。

顾轻舟也看出来了，她的心也很沉重。

一路上，顾轻舟都在想："怎么不告诉我呢？到底伤得多重？"

回来的时候，疼痛感就没那么强烈，而且也不流血了。

顾轻舟又觉得没问题了。

回到颜公馆，颜太太让颜洛水先走，单独把顾轻舟叫到偏厅里，关上门之后，颜太太欲言又止。

"轻舟，发生了一件事。"颜太太声音沉痛惭愧，"医生说，你这个撞的位置太凑巧，把……把姑娘家那层膜给撞破了。"

顾轻舟一开始没明白。

后来她反应过来，人也呆住了。

"……你说你流血，其实那个是落红。"颜太太道，"轻舟……"

颜太太实在不知道应该说什么，她觉得颜一源犯了一个巨大的错误。

在旧时代，新婚之夜需要拿元帕给公婆看，有了落红，确定是处子之身，婆家才会安排三朝回门，亲事才算成功，否则可以退回去的。

现在，新时代的人好像不讲究这个，但男人心里有杆秤。

让颜太太拿着顾轻舟沾了红的小衣和医院的证明去给司夫人看，司夫人能相信吗？司少帅又会相信吗？

没了那层东西，顾轻舟就解释不清楚，她等于失去了贞操。

颜太太感觉顾轻舟这一生差不多就毁了。

颜太太内疚极了，都怪颜一源弄什么脚踏车。

顾轻舟总是要嫁人的。

"怎么会这样？"顾轻舟喃喃。

"轻舟，这是你五哥的错。我会去跟司夫人解释清楚的。"颜太太说着，她的眼泪流了下来。

颜一源实在该死。

颜太太感觉颜家毁了顾轻舟的一生。

"不，不要告诉司家！"顾轻舟握住颜太太的手，"姆妈，不是别人的错，是我自己骑车摔的。"

顿了一下，顾轻舟又说："姆妈，我跟司家迟早是要退亲的。去年司夫人接我回来，就是要办这件事，只不过是我威胁她，她才给我两年的时间……"

有些秘密藏不住了。

顾轻舟就把自己拿书信威胁司夫人的事，告诉了颜太太。

"告诉他们，只会让他们笑话，姆妈您千万别说。"顾轻舟道，"小衣和医院的单子我留着，以后如果有缘的话……"

如果有个男人愿意相信她，顾轻舟就嫁给他。

若是没有，她单身也无妨。

况且此事是意外，生活总会有点不如意。

顾轻舟想到，她也不算是个积德行善的人，老天爷让她有点磨难，只是小惩大诫而已。

"真的吗？"颜太太听到顾轻舟这话，很是意外，"原来你和司夫人之间，还有这种约定？"

"是啊。"顾轻舟道。

"是什么信？"颜太太问。

顾轻舟摇摇头："这个我不能告诉您。"

颜太太颔首。既然顾轻舟不可能嫁给司慕，此事又是因为颜一源而起，那么顾轻舟可以退了亲，嫁给颜一源啊！

颜太太心中有了主见，内疚就稍微轻了几分。

母女二人默默坐了半晌。

后来颜洛水进来了。

颜洛水很担心，问顾轻舟："怎样，医生到底怎么说？"

顾轻舟是把颜洛水当挚友，她也曾发誓，以后什么也不瞒颜洛水，故而她将医生开的单子，给了颜洛水看。

颜洛水整个人都傻眼了。

她回过神来，又是担心顾轻舟，又是责骂颜一源，恨不能把颜一源拉过来扇几耳光，心情极其复杂。

颜洛水哭了。

顾轻舟没心情安慰颜洛水。

以后她的丈夫，心里会有一根刺。偏偏顾轻舟什么也没做，此事就挺委屈的。

"真的给司行霈做妾吗？他若是有所怀疑，也未必愿意。"

况且，顾轻舟还没有绝望到自甘堕落去做妾的地步。

她整个晚上都没有睡着。

身上的疼痛，慢慢转移到心里。

顾轻舟明白，这不能怪任何人，此事没有先例，他们都不知道会有这样的后果。

她给自己打气，告诉自己，没必要担心这种事。

将来若是遇到了她命中注定的那个人，他会相信她的。

顾轻舟一夜未睡，颜太太也是。

颜太太和颜新侬商量再三。

他们两口子也感觉此事太过于敏感，医院的单子和颜太太的佐证，都好像欲盖弥彰。

早起，颜太太找了顾轻舟。

"轻舟，我想由你义父出面，退了你和司家的婚事，然后安排你和小五订婚。"颜太太道。

顾轻舟愕然。

回神之际，顾轻舟就明白了颜太太和颜新侬的打算。

这样的打算，其实并不是很好，因为顾轻舟是颜家的义女，她和颜一源算是名义上的兄妹，岳城的人都知道。

他们定亲，肯定会有些闲话。

饶是如此，顾轻舟心里也挺温暖的，只是她不能答应。

"可是五哥不喜欢我，我也不喜欢他啊。"顾轻舟道，"难道我们要凑合，彼此一辈子不痛快吗？再说，司行需也不会放过我的。"

他们想给顾轻舟一个更好的前途。

就目前而言，退亲之后出国似乎不错。

在这个年代，女人是没有事业的，婚姻是她们唯一的前途。

"我知道，我和你义父都说过了。"颜太太说，"既然你不同意，还是照你的路走。只是你记住，我们是不会让小五结婚的，你何时需要一份婚姻、一个身份，你就来颜家，颜家会满足你一切的条件！"

顾轻舟莫名就很想哭。

她知道颜太太和颜新侬很疼爱她，不惜牺牲颜一源。

但是颜一源没有错啊。

"姆妈，我现在说什么条件，你们都答应吗？"顾轻舟问。

颜太太慎重颔首。

"我希望你们明白，此事只跟我有关，跟五哥没有关系，他的婚姻不跟此事挂钩，可以吗？"顾轻舟道。

颜太太犹豫。

"姆妈，你答应我。"顾轻舟目光诚恳，落在颜太太身上。

顾轻舟是个很坦诚的人，至少她对颜家真心实意。

"好，我答应了。"颜太太说，"此事跟小五无关。"

顾轻舟舒了口气。

她去学校上课，身上一直不太舒服，小腹往下很痛，走路也很费劲。

一整天顾轻舟都在走神。可思绪像一头管不住的野兽，一不小心就会自己溜出去，拉也拉不住。

放学之后，颜洛水要送顾轻舟去顾公馆，顾轻舟拒绝了。

颜洛水很担心她，却又不好勉强她。

"我想自己走走。"顾轻舟道。

她出门乘坐电车，隔了三条街就下了，然后在书局买了本书，坐角落的椅子上，神色专注。

而后，她听到了汽车的喇叭声。

一抬头，窗外停了辆汽车，司行霈倚靠着车门，冲她招招手。

顾轻舟站起身，脚步有点沉重。

她似乎很想告诉司行霈，将她的委屈和担心全部告诉他；但是她又知道，自己跟他是没有未来的。

哪怕他将最重要的秘密告诉了她，顾轻舟的结局也不是和他结婚。

此事，就跟他无关了。

"怎么，脸色不太好？"司行霈伸手，捂住了她微凉的双颊。

他掌心的温热，传给了她。

"怎么不回家，都晚上八点了？"司行霈问。

司行霈的副官一直跟着顾轻舟的。

今天没什么事，司行霈问起顾轻舟回家没有，副官却说她在书局。

司行霈挺想她的，就过来找她。

而她心事重重的样子，让司行霈很心疼。

上了汽车，司行霈将她抱在自己腿上，柔声问她："受委屈了？告诉我，我替你出气。"

顾轻舟心中五味杂陈。

她推开司行霈，滑到了副驾驶座位上："没有，这本书很好看，忘了时间。"

司行霈在外面看了她几分钟，她一直盯着书页，翻也没翻一下，根本不是在看书。

他发动汽车，将顾轻舟带回了他的别馆。

一进门，司行霈给她倒了杯滚热的开水，又给自己倒了杯威士忌。

酒刚倒好，他转身去放酒瓶的时候，顾轻舟端起他的酒盏，轻轻地抿了一口。

酒很辛辣，她呛得差点流眼泪。

司行霈接过来，问她："怎么不开心？告诉我，不说的话，我就会收拾你！"

他的这种话，对顾轻舟已经没有特别大的威胁力了。

她端起热水，一口一口喝着，将胃里那点灼热辛辣的酒冲淡。水很烫，舌尖是麻木的。

不知是否那点酒起了作用，顾轻舟居然开口了："我以前总是想，被你缠上了，我就没了前途。"

"难道我不是你的前途？"司行霈笑。

顾轻舟摇摇头："你不是！"

司行霈捏她的脸，然后抬起她的下巴吻她。

顾轻舟任由他的唇紧贴着她的，温暖而炙热，能驱散寒意。

"坏东西，不许老是气我！"司行霈吻好了，还在她的唇上轻轻地啃噬。

他再三询问，顾轻舟仍是不肯说到底怎么了。

因为无从说起。

当天，她住在司行霈这里。

洗澡之后，顾轻舟坐在灯下写作业，司行霈在旁边，居然没有打扰她。

她认真而专注的模样很美，司行霈很喜欢。

他以为顾轻舟是在学校里遇到了麻烦。

班级也是个小型社会，有人的地方就有纠纷。顾轻舟很聪明，司行霈从来不担心她吃亏。

她不肯说，也许是她已经想到了办法。

夜里，两个人躺下时，顾轻舟莫名往司行霈怀里钻。

这件事，顾轻舟没有再提起。

颜太太几次想说，想要弥补，顾轻舟都打断了她。

她始终觉得，那次的意外跟颜一源没关系，是她自己不小心的，颜家不欠她什么。

以后的婚姻，顾轻舟只能随缘了。缘分到了，自然会有个信任她的男人。

况且，光从司行需这里逃脱，就已经够让她费劲的，她哪里还有闲心去想其他？

接下来的两周，学校要期末考试了。

顾轻舟彻彻底底将心收了回来，只希望期末有个好成绩。

她几乎每天到夜里两点才睡，把所有的功课复习再复习。

转眼就到了腊月。

圣玛利亚学校的寒假，是从腊月初到正月底，整整两个月。

顾轻舟缺课很久，而且功底不好，同学们都以为她会垫底。

不承想，顾轻舟居然考了个全班第十三名的好成绩，这对她来说是第一次。

学监密斯林很高兴："看得出来，轻舟是下了苦功夫的。"

颜洛水的功课一直很好，而且她没有经历过退学、缺课等，所以很稳定在第三名；霍拢静比较惨，倒数第二，可能会面临记过或者留级。

当然，有她哥哥一句话，这些都会不存在。

考完那天，正好是腊月初一。

颜洛水提出去吃大餐。

在餐厅，顾轻舟等人遇到了司慕和司琼枝。

他们兄妹两人笑容满面，心情很不错。

顾轻舟想避开的，结果司琼枝先看到了他们。

司琼枝笑盈盈地上前："洛水姐，顾姐姐，你们下学啦？"

颜洛水勉强笑了笑。

顾轻舟也寒暄了几句。

他们各自坐下来吃饭。

司慕兄妹二人先吃完，顾轻舟和颜洛水、霍拢静半个小时之后才出来。

一出来，她们就看到司慕的车子。

司慕倚靠着车门，百无聊赖地看手表。他穿着一件白色衬衫，咖啡色背心，同色马甲，外头是一件深黑色的风氅。鬓角整齐，眉梢叠锦，俊朗得令人时不时回眸打量。

看到顾轻舟出来，司慕站起身，朝她走过来。

霍拢静和颜洛水都看着顾轻舟。

"有事吗？"顾轻舟问。

司慕点点头。

"还是看病的事吗？"顾轻舟又问。

司慕再次点点头。

"我说过了，你的病我不看的。"顾轻舟道，"对不起。"

说罢，她转身要走。

司慕往前走了一步，拦住她的去路。

他似乎有很重要的话说。

他从怀里掏出笔，在顾轻舟的手掌里，写了两个字。

顾轻舟一愣。

她抬头看着司慕。

司慕似乎懂得她的问题，轻轻地颔首。

顾轻舟将手攥起来，没有给颜洛水和霍拢静看她手里的字。

"那好，我们找个地方聊。"顾轻舟答应了。

颜洛水和霍拢静有点意外。

等顾轻舟上了司慕的汽车，颜洛水才问霍拢静："刚才司少帅写了啥？"

"没看见。"霍拢静道，"我也不好意思老是盯着他们看。"

顾轻舟上了司慕的汽车。

司慕和司行霈一样，喜爱雪茄，喜爱烈酒，甚至充满血腥味，只是他稍微文雅内敛几分。

可能是修养不同，司慕身上没有司行需那等张扬，他的一切都像身上这件黑色的风氅：表面光洁，内里深沉。

他不能说话。

车厢里沉静如水，片刻之后顾轻舟才开口。

也只能她开口了。

"顾绍怎么了？"顾轻舟坐在汽车里，车窗外的路灯闪过，偶尔有橘黄色的光投射进来。

司慕在顾轻舟的掌心写了两个字："顾绍。"

因为这两个字，顾轻舟愿意冒险给司慕治病。

司慕的病，顾轻舟很有把握，她能治好。

早在顾轻舟回到顾家之前，顾绍就听到了些自己身世的风声。而秦筝筝去世后，他更像个茫然无知的孩子，走在一条漆黑的路上，东问问西问问，他觉得能问到消息，已经非常难得，殊不知这条路上的人，都知道了他打探的秘密。

于是，有人先查出了他的秘密，比如司慕。

并不是司慕想查，而是现在顾绍大张旗鼓地调查，惊动了情报线，他又是司慕未婚妻的哥哥，司慕不想知道都难。

"你知道他的身份？"顾轻舟再问。

光线幽暗的车厢里，司慕轻轻地点头。

车子开了约莫十五分钟。司慕在一家咖啡店门口停了车子。

咖啡的醇香从屋子里飘出来，给了寒冬的夜晚无尽暖意。

暖流徜徉着，咖啡店里有留声机"吱吱呀呀"的声音。顾轻舟和司慕对面而坐，两个人都只要了咖啡，没有其他点心。

司慕开始在纸上写字。

他的字，亦如从前俊逸。

"南京阮氏。"他写了这四个字，递给了顾轻舟。

顾轻舟眉头微蹙："顾绍是南京阮氏的儿子？"

司慕颔首。

顾轻舟想起许久以前，顾家来过一个借住几天的女孩子，与顾绍一般年纪，她叫阮兰芷，南京人，秦筝筝和顾绸都很喜欢她。

　　南京与岳城隔得太远了，顾轻舟也无法去查证。

　　现在看来，那个女孩子是秦筝筝女儿的可能性更大。

　　当初秦筝筝果然是在搞鬼，把顾绍换过来，才有机会被顾圭璋扶正。要不然，她再会笼络男人也没用。

　　顾轻舟的母亲，就是败于这样的阴谋之下。

　　"为何阮氏要把顾绍换出来？阮家极其富足，不可能舍得丢儿子。"顾轻舟既像是提问，也像是自语。

　　司慕没有再写字，他也不知道顾绍换到顾家的原因。

　　剩下的内幕，当然能查到，不过需要时间和金钱，司慕不会深入去查。

　　顾轻舟抬头看他的时候，他摇摇头。

　　司慕摇头之后，又在纸上写："我可以帮你查。"

　　"不用了，我想此事还是亲力亲为比较好，多谢你。"顾轻舟道。

　　顾绍会查到的，无须司慕的介入。

　　顾轻舟愿意接受司慕提供的秘密，就会信守承诺。在实现承诺之前，顾轻舟想把一切都解释清楚。

　　顾轻舟将额前的碎发撩拨，露出光洁的额头，眼眸精明而安静，看着司慕道："少帅，有两种选择：你继续做个沉默寡言的人，但你很安全；第二种得到声音，却有生命危险，你选择哪一个？"

　　司慕在纸上写了个"二"。

　　他没有问顾轻舟，危险来自哪里，他尊重她的顾虑。

　　只是，他想要治好自己，能开口说话。

　　顾轻舟就再三强调，他可能会有生命危险。

　　司慕也一再写，他不怕，他想要治好自己。

　　"为何非要开口说话？"顾轻舟疑惑，"你以前好似不太在意。"

　　司慕脸上有种静止，整个面部的线条没有牵动半分。

　　顾轻舟以为他不会回答的，不承想他却俯身，写了三个字给顾轻舟："魏清嘉。"

　　他在纸上写了这个名字，递给顾轻舟看。

　　这是女孩子的名字。

他为了这个姑娘，想要开口说话，这个女孩子对他来说很重要。

"市长家的女儿？"顾轻舟问。

顾轻舟认识的人不多，凑巧知晓顾绢勾搭上了魏市长的女儿魏清雪。

从取名上来看，应该是姊妹。

司慕眼底闪过几分诧异，涟漪轻微荡过，又归于寂静。

他轻轻地点头，告诉顾轻舟，她猜对了。

顾轻舟是他的未婚妻，他似乎想把一切都说明白。假如顾轻舟介意，她可以不替他救治，免得将来抱怨。

司慕也是在暗示顾轻舟，他不会爱她。

他请她医治，用的是消息和诊金，不涉及感情。他希望顾轻舟不要太投入，甚至不要误会，免得将来失望。

他的用意，顾轻舟懂了。

"我想，我们之间说得很清楚。"顾轻舟最后总结，"你这个病人我接了，诊金是一根小黄鱼金条，你能接受吗？"

司慕颔首。

"那好，学校放假了，我明天就可以给你开方用药。你是自己选个地方，还是去督军府？"顾轻舟问。

司慕俯身，又在纸上写。

这次，他写了蛮久。

良久之后，他将纸递给顾轻舟，上面写着："明早八点半，我去接你，地址我来选。"

顾轻舟看完了，说："可以！"

谈拢之后，顾轻舟轻轻地舒了口气。夜风旖旎，像荡开的湖水，有一圈圈的涟漪，她的心情平复不了。

出了咖啡店，顾轻舟对司慕道："少帅先回吧，我沿着街道走一走，晚些再乘坐黄包车回去。"

司慕犹豫了一下。

顾轻舟眼底有很深的坚持。

司慕轻轻地颔首，上车发动了车子。他开动车子时，瞧见顾轻舟站在屋檐下，寒风吹起了她青绸般的长发，映衬着她洁白无瑕的面容，她纯净得像药王庙的童女。

顾轻舟挥挥手，衣袂微扬，迎风蹁跹。

司慕点头，车子开出了她的视线，他心中揣着希望。

顾轻舟在岳城的时间太短了，而且她不喜欢交际。若是她擅长结交朋友，那么她一定听说过魏清嘉。

魏清嘉是整个岳城最耀眼的女子，她像个传说，光芒万丈，没人能盖过她的风采。

司慕常常会想起魏清嘉。

顾轻舟沿着街道走。岳城的夜风很阴寒，有海水的咸湿，丝丝缕缕地缠绕着，把人身上的温暖一点点勾走。

路过一家洋酒铺子，顾轻舟走了进去。

"我要两支最好的香槟。"她这样说，财大气粗。

伙计上下打量她，估摸着她的财力，拿出了两支："这就是了，小姐。"

顾轻舟的钱包打开，里面一沓沓粉色钞票，小伙计一愣，笑着道："小姐，我拿错了，这两支顶普通，我再给您找找……"

顾轻舟拿到了酒，又说："可有电话?"

卖洋酒的铺子，肯定是有电话的，藏在后头的办公室里。

顾轻舟高价买了两支洋酒，得到了一个打电话的机会。

她打给司行霈常住的别馆。

是副官接的。

"顾小姐，少帅出城了。"副官恭敬道。

"什么时候回来?"顾轻舟问。

"年三十。"副官道，"少帅还说了，若是顾小姐有什么事，可以交给属下去办。顾小姐，您有什么吩咐?"

年三十，就是说，司行霈有整整一个月不在岳城。

"我要给一个人治病，若是少帅问我最近做什么，你就这样告诉他，他知道是谁。"顾轻舟道。

她不是司行霈的下属，也不是他的小妾，但是她的行踪还是跟他禀告了，顾轻舟觉得自己仁至义尽了。若是他真的要杀司慕，也随他的便。

司慕那边，顾轻舟也提前告知了危险，他愿意冒被杀的风险，以后他真的被司行需毙了，他自己承担责任。

顾轻舟从小学医，师父的教导言犹在耳："大慈恻隐之心……无欲无求……"

想到她能治司慕的病，却因为司行需而屡次耽搁，拖延至今，顾轻舟心里就颇为不舒服。

她总感觉对不起祖师爷，对不起师父多年的教导，她把医者的本分给丢了。

如今终于答应了司慕，顾轻舟松了口气。

怀里抱着两支香槟，顾轻舟乘坐黄包车，回到了顾公馆。

她将香槟放在楼下，对用人说："我期末考得还不错，朋友送的酒，你收起来吧，改日待客。"

翌日，顾轻舟早起时，发现顾圭璋不在家。

"我今天有点事。"早饭时，顾轻舟说，"和少帅约好了。"

顾绍就看了眼顾轻舟。

等司慕进来的时候，顾绍的眼神有点乱。他心里不知是什么滋味，将头低了下去。

司慕到顾家时，顾家众人还在楼下，他们吃完饭都要坐一会儿，再各自上楼。

"少帅，您吃饭了吗？"三姨太热情待客，想给顾轻舟作脸，免得司慕觉得顾家的人没礼貌。

司慕点点头。

他不能说话这件事，顾圭璋其实不太清楚，所以顾家其他人也不知道。

司慕不言语，显得特别清傲，而且目中无人。

"走吧。"顾轻舟对司慕道，"我阿爸还在休息，以后再过来说话。"

司慕领首。

司家的男孩子都有别馆，这也不怨他们。他们家督军府是岳城的军政重地，有诸多不便。

　　司慕在城里也有别馆。他这别馆装修得还不错，三层乳白色外墙的小楼，高大的院墙，缠枝大铁门上爬满了藤蔓，这个时节没了叶子，只剩下深褐色的藤。

　　房子外头看着不错，里面就乏善可陈，根本没有装修。

　　空空荡荡的屋子里，放着两张板凳而已。

　　顾轻舟愣了一下："这是你的别馆啊？"

　　司慕明白顾轻舟的疑惑，故而前头领路，把顾轻舟带上了二楼。

　　二楼也简单，好歹有个会客厅。比起司行霈的别馆，更是古朴——木制的靠椅左右摆放着，中间是黄杨木的茶几。

　　这是古式的客厅，没有半分西洋化的痕迹。

　　司慕在桌子上写字："诊脉？"

　　他问，是否现在就开始诊脉。

　　写得简单，他都懒得用笔了，直接在桌上写画。

　　顾轻舟道："上次诊过了，你的病短期内不会有变化，我可以直接跟你说诊断结果。"

　　司慕点点头。

　　顾轻舟清了清嗓子，开始辨证："一般失音症，都跟肺、肾有关。古时医案上说，'肺为声之门，气为声之根'，金实则不鸣，金破亦无声。

　　"肺与肾将气上达咽喉，鼓动声带而出声。我听说你在德国的时候，换过数家医院，看过无数名医，都说你的声带正常，对吧？"

　　司慕颔首。

　　这是实情，老太太告诉过顾轻舟。

　　"那么，我们就可以肯定，你不能说话，问题不在声带，而是体内的肺与肾，我这个诊断你同意吗？"顾轻舟又问。

　　司慕再次点头。

　　这个分析，司慕很同意，因为他确定声带是完好无损的。

　　"既然是肺与肾气的原因，那么就存在虚症和实症的区别。"顾轻舟又道。

这次她不等司慕插嘴，继续道："我先说实症。"

这就意味着司慕这病是虚症。

司慕心中很明白，静静听她的分析。

"……肺实，是指肺气内遏，寒气客于会厌，开合不利，故而无法出声，这是实症导致的声哑。然而，实症此例，会有风寒痰症，你没有这些，定然不是实症。"顾轻舟又道，"然而在中医治疗此等疾病时，很容易就会用实症去考虑。"

司慕就懂了。

怪不得以前也看过中医，都没有治好，原来是当成了实症。

"我个人诊断，你的声哑乃是虚症。你脉沉迟微弱，是肺燥、肾虚。我想，你当年受到了极大的刺激，一口气屏住没有透上来。

"受到大惊吓的人，都会有短暂一瞬间透不上来气。然而你当年就有气虚、肾弱的问题，一口气没有上来，大气原本就虚损，顿时就下陷。

"大气一旦下陷，就无法上达咽喉而鼓动声带，这不是精神方面的疾病，只是大气下陷而已。

"大气下陷，慢慢形成了屏障于胸口，大气再也无法上传咽喉，就一直气短、声带无法鼓动。"顾轻舟道。

这是她的诊断。

她对自己的诊断很有信心。

说罢，顾轻舟看着司慕，等待司慕的回应。

他相信的话，顾轻舟可以给他诊治、开方子。

"我的诊断，你相信吗？"顾轻舟问。

司慕仍在桌子上，用手指写字："相信。"

顾轻舟看完，道："既然你相信，那么我给你开个药方。"

因为是诊断，顾轻舟的手袋里准备了纸笔，她拿出来，写了药方。

"生箭芪一两、当归四钱、升麻二钱。"顾轻舟写好，递给了司慕看。

他其实不懂，具体的用药是正确还是错误，是温和还是凶险，他都不明白。

　　既然不明白，他就不想多问了，全部交给顾轻舟。

　　"按方抓药，一日一次，一连吃七天。"顾轻舟又道，"因为你是大气下陷，需得借助外力，我想每天给你针灸半个小时。"

　　司慕疑惑看着她。

　　"针灸，你不懂吗？"顾轻舟问。

　　司慕这才点点头，意思是他懂的，他只是有点意外。

　　顾轻舟道："既然你懂，那么把药方交给副官，让副官去抓药，顺便买个小药炉回来，就在这里煎吧，我看你也不是很想让家里知道。"

　　司慕略微颔首。

　　他的确不太想让他父母知道。他们知道了，就会重燃希望。若是希望落空，司慕会感觉对不起他们。

　　到时候，司慕不仅要承担自己的失意，还要背负内疚。

　　"……针灸也从今天开始吧。"顾轻舟道，"大气下陷在胸，你把衣裳脱了，在胸膛用针。"

　　司慕浓眉轻蹙。

　　他好像有点放不开。

　　顾轻舟说："不妨事的，医者无性别。若是你介意，不用针的话，药可能没那么有效。"

　　她又说："你这个病已经五年了，要是当时治疗，单单用药就可以了，现在不行了，没有针灸的辅助，很难痊愈，你思量一下吧。"

　　司慕被顾轻舟说得有点不好意思，后来一想，一老爷们，在乎什么？

　　顾轻舟看了眼这屋子，里屋有张简单的床，铺了很干净的被褥，还带着壁炉，只是壁炉从来没烧过。

　　考虑到施针之后不能盖被子，顾轻舟觉得司慕会冷，她问："可以先把壁炉烧起来吗？"

　　司慕颔首，然后指了指自己，再指了一下她，意思是我不能开口说话，你想要什么，自己去吩咐。

　　顾轻舟理解了，自己先下楼。

司慕这边有十来名副官。

顾轻舟的吩咐，他们恭敬听了，立马去办，没有半分犹豫。

半天的工夫，七天的药全部买了回来，还买了个小药炉。

楼上壁炉里，也放了无烟的银炭。

顾轻舟熬药，将药炉放好，等着它慢慢熬煮，自己就上楼了。

司慕坐在椅子上，表情安静。

看到顾轻舟上楼，两个人突然面面相觑。

"药熬了，一个小时之后才能喝。"顾轻舟先开口了，"不要耽误工夫，我先给你针灸吧。"

说罢，她又道："我先把壁炉烧起来，差不多十几分钟，屋子里暖和了，再开始针灸，你意下如何？"

如何诊断、如何用针、开什么方子，他都没有异议。

顾轻舟就点燃了火柴。壁炉里的银炭，片刻的工夫就将暖流送满屋子，比方才暖了很多。

顾轻舟见差不多了，起身从书包里拿出银针，对司慕道："躺在床上，把上衣脱了。"

司慕心里有点异样。

他今年二十岁，失音症得了五年，生病之前才十五，他从来没有在女人面前脱过衣裳。

第一次遇到这种事，心中有点过不去的障碍。

明知是治病，司慕脑海中却不停地盘旋着："这是我的未婚妻，不是普通的医者。"

非要说无性别，那是自欺欺人。再加上对方是他的未婚妻，司慕总感觉脱衣施诊有点暧昧。

他不喜欢这样，他不愿意跟自己不喜欢的女孩子暧昧。

司慕有点尴尬。

顾轻舟回头时，就瞧见司慕立在床边，眉头深蹙，好似很为难的样子。

"没事的。"顾轻舟安慰他，"不疼。"

不是疼不疼的问题！

这点尴尬，很快被理性敛去，司慕面无表情，眼波幽静似古井，他将上衣褪去，露出精壮的胸膛。

司慕一直读军校，也是苦练出来的，并非文弱少年。

他身子的每条曲线，都充满了力量。

"躺好啊！"顾轻舟看到他脱完上衣，垂手立在床边，一脸淡然高冷的模样，她疑惑开口。

说了让他躺好的，他没听到吗？

司慕床上一躺。

他稳稳躺在一堆柔软的锦被里，身子莫名往下陷，后背有点僵硬，人也是紧绷着的。

可能是屋子里太冷了。

顾轻舟取出银针，以平补平泻的手法施诊。

她的手指纤细白皙，指甲粉润，有种淡淡的珠光色。银针捏在她手里，泛出银辉，落在她的指甲上。

不知不觉中，她已经将数根银针扎入司慕的胸前。

"停针半个小时。"顾轻舟道，"那你先躺好了，不要动，我下去看看药好了没有。"

她走出去，司慕才感觉有口气能喘上来，这屋子太闷了。

针灸，对于顾轻舟而言很熟练。

顾轻舟学医的第二年，她师父就教她扎针，那时候她才五岁，他们用面人代替活人。

针灸这件事，顾轻舟心里毫无感觉，习以为常了，司慕却很紧张，她看得出来。

"他是不好意思，还是怕我扎伤他？"顾轻舟猜测。

司慕内心波涛翻滚，但是他面上是平静而冷漠的，顾轻舟猜测不到他真实的感觉。

只感觉他肌肉绷得紧紧的，是非常紧张的。

半个小时以后，药差不多熬好了。

"把药汤倒在碗里，再端上来。"顾轻舟对副官道。

副官道是。

她自己则掐着时间，举步上楼了。

司慕在合眼养神。顾轻舟进来时，他眼皮微抬，看到是她，他又闭眼打盹。

他没有睁开眼，不知是疲倦，还是不太想和顾轻舟说话，来遮掩他的尴尬。

"好了，已经三十分钟了，我起针了啊。"顾轻舟道。

司慕没表示。

顾轻舟也没等他回答，只是例行说一声而已。

屋子里很暖和，司慕半个小时没穿上衣，胸膛是冷的，却比顾轻舟的手暖和多了。

顾轻舟起针的时候，两只手并用，一只手按在他的穴位上，另一只手起针。

她的手掌是冰凉而软滑的，落在司慕的胸膛，像落下一个个痕迹，司慕能感受到。

他呼吸微微屏住。

他很不喜欢这样的接触。

起针完毕，顾轻舟拉过被子给他盖上，道："已经完事了，你可以起来活动活动，也可以就这么躺着。"

司慕没有动，他懒得起来。

针刚刚起好，楼下就端了药汤上来。

有点烫，顾轻舟道："凉一点再喝吧。少帅，已经完事了，我就先回去。明日您要不要换个地方？"

司慕摇摇头。

明天他还在这处别馆。

"那我明日上午九点，准时过来给您施诊。在我到了之后再煎药，这样施针完毕用药，两不耽误。"顾轻舟说。

司慕起身，将外套披在身上，写了个纸条给顾轻舟。

"我八点半去接你。"他写道。

"可以。"顾轻舟看完之后，说道。

冬天很冷，顾轻舟出来坐黄包车，既浪费时间，又要挨冻。

司慕有车子，来回都很轻松，速度也快，不必在路上慢慢折腾。

谈妥了之后，司慕让副官送顾轻舟回去，他自己则没有动，喝了药之后就沉沉睡去。

第二天针灸，司慕就自然了很多，没有昨天那么尴尬。

"试试看，能说话吗？"顾轻舟道。

司慕就试了试，声带无法鼓动，气还是到不了喉咙。

"不用着急。"顾轻舟安慰他，"毕竟这么久了，也不是一两天就能好的。你放心，有我在的话，肯定能根治。"

如此，到了第五天，顾轻舟针灸完毕，让司慕试图说话时，司慕很用力地说了"嘉嘉"两个字。

嘉嘉，是指魏清嘉。

顾轻舟听到了低微的轻语。

司慕也听到了。

他这张千年冰山脸，第一次露出了清淡的笑容。

"能听得到吗？"他又说了句。

气很短，声音轻微，似耳边私语，但是能听到。

"能。"顾轻舟道。

司慕轻轻地舒了口气。

顾轻舟很有耐心地帮司慕治病。

司慕也渐渐习惯了她施针。

第六天的时候，司慕突然又发不出半点声音了。

一向孤冷沉着的司慕，眼底有很浓郁的绝望，他一把攥住了顾轻舟的手。

顾轻舟的手腕纤细、肌肤凉滑，落在司慕的掌心，却给了司慕无限的力量和渴求。

他的眼神在问顾轻舟："怎么会这样？"

"你昨夜是不是没怎么睡？"顾轻舟很淡定，轻轻地拍他的手背。

他这才慢慢松开手，点点头。

能说话了，司慕心里的事很多，一晚上身不由己地辗转反侧，根本不能入眠。

没有过希望，和希望摔碎了，是两种不同的打击，后者更严重。

司慕是怕了。

"没事的，等会儿睡一觉，醒过来就好了。你要知道，你这才刚刚恢复，一夜未睡，气力不足是很正常的，放轻松。"顾轻舟道。

她平淡的话语，漫不经心的态度，其实是最佳的良药，让司慕知晓，真没什么大事。

司慕也放松了。

顾轻舟的镇定，给了司慕信心，而信心让他情绪安稳。

当天，顾轻舟针灸之后离开，司慕喝了药就睡着了，到了半下午起来，他尝试着开嗓子，说了句"嘉嘉"，他自己听到了声音，比昨天好像还大一点。

司慕彻底松了口气。

果然没事。

到了第七天，司慕已经能发出嘶哑低沉的轻语。

"金条，给你。"司慕很长时间不说话了，他有点不习惯，像个刚学说话的孩子，总是两个字、两个字地往外冒。

他答应过顾轻舟，治好了他的病，就给她一根小黄鱼。

司慕不觉得贵。

他的病看遍了名医，最终被顾轻舟治好了，她的能耐值这笔钱。

"那我收下了。"顾轻舟将金条放在包里，微笑了一下，"祝少帅早日康复。"

司慕颔首，眼神稍微有了点温度。

顾轻舟收拾东西要离开，想起什么了，对司慕道："少帅，您能否保密？至少不要告诉督军和老太太。"

司慕眼底闪过几分疑惑。

他不太懂，顾轻舟治好了司慕，对司家是大恩，她趁机赚取钱财和人情，不是很好吗？

至于将来……

司慕大概是不会娶她的，但是也会帮着她，安排好她的婚事。

司督军和老太太肯定会感激她的。有了司家的感激，顾轻舟这条路就会好走很多。

"能保密吧？"顾轻舟站在迎风的地方，她的面容沐浴着暖冬的骄阳，墨色宝石般的眸子有金灿温暖的光辉。

这光落在司慕眼里，是干净的。

她治好了司慕，不管她说什么，司慕都会无条件地答应。

"嗯。"司慕答应了，声音很短促，气力还是没那么容易上来。

顾轻舟又反复叮嘱他，药不需要喝了，但是效果要等待数日，不能着急。

"心浮气躁，更加不利于恢复。你记住我的话，我治病从来不失手。"顾轻舟道。

司慕说："知道。"

顾轻舟就从司慕的别馆离开。

直至过年，顾轻舟都没有见过司慕。

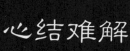

第二十二章

心结难解

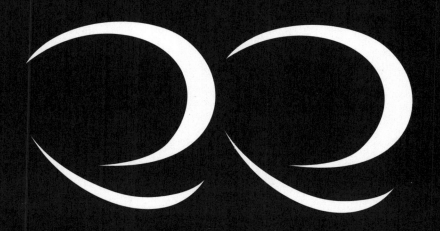

腊月中旬，颜洛水打来电话，约了顾轻舟和霍拢静去吃下午茶。

三个人在百货公司碰面。

颜洛水难得的好心情。她的心情，让顾轻舟和霍拢静摸不着头脑。

"洛水，有什么喜事吗？"顾轻舟问，颜洛水的情绪，全写在脸上。

颜洛水很少这样的。

"没有啊。"颜洛水笑，笑声清脆如铃。

顾轻舟和霍拢静交换一个眼神，心知肚明：有好事！

她们很信任彼此的友情，知晓时机恰当时，颜洛水会告诉她们的。

"……我听说了一件罕事，司慕能说话了。"颜洛水道。

说罢，她的目光就落在顾轻舟身上。

离最后一次复诊已经十天了，司慕逐渐恢复了，他现在能正常说话，也习惯了开口，声音流畅，只是比较低沉嘶哑，没那么洪亮有力。

司家高兴坏了！

司督军和司夫人问司慕，病是怎么好的，司慕说认识了一位神医。

司家就心知肚明，是顾轻舟治好的。但是司慕不承认，督军又不知道孩子们闹什么，只默默将顾轻舟的情分记住，没有张扬。

颜新侬也知晓了，当作趣闻告诉了颜太太和颜洛水等人。

"是不是你？"颜洛水悄声问顾轻舟，她倾斜过身子，有点俏皮地问。

"是啊。"顾轻舟承认了，"少帅给了我一根小黄鱼。万一传开了，说我治病还收钱，我名声不好听，但是我又想要这钱，就不许他说出来。"

她这么解释，颜洛水和霍拢静颔首，却心知肚明：只怕是不想让司行霈知晓。她们都知道，顾轻舟现在陷在司行霈的牢笼里，她逃不开的。

当天，她们三个人吃了下午茶，又去看了场电影；电影之后，顾轻舟请她们两人吃晚饭；晚饭吃得有点撑，霍拢静就请她们去听了戏。

雅间里比较安静，她们一边听戏，一边闲聊。

一直玩到了晚上十点多，顾轻舟才回到顾公馆。

她刚到家，用人给她开门，顾轻舟才发现二姨太没有睡，坐在沙发里翻阅杂志，手边放着一杯咖啡提神。

顾轻舟微愣："二太太。"

二姨太放下了书，婀娜起身，笑道："轻舟小姐回来了，快坐，我等你呢。"

顾轻舟不解何意，脱了风氅交给用人，坐到了沙发的另一头。

二姨太将一份礼单给顾轻舟："今天督军府的副官来了，说是送年节礼。东西都在库房。这是礼单，轻舟小姐您过目。"

司督军说过，过年的时候会跟顾圭璋谈，想把明年的婚期定下。

送年节礼，这是一个信号，表明结亲真的要开始了。

顾轻舟心头一沉。

"司慕这是什么意思？他明确告诉过我，他另有心上人，况且我还治好了他的声音，怎么还送了年节礼来？"顾轻舟有点恼怒。

她翻看了礼单，这次的年节礼十分丰厚，就是照下聘礼之前的礼数来的。

"阿爸见过了吗？"顾轻舟问。

"老爷去太仓吃喜酒了，明天晚上或者后天早上才到家。"二姨太道，"要不然我也不会等您到这么晚。"

顾轻舟秀眉微蹙。

她接过礼单，说："二太太，这么晚了，要不您先去睡，我拿上去慢慢看，明早再去库房瞧瞧。"

二姨太颔首，打了个哈欠："轻舟小姐晚安。"

顾轻舟微笑："晚安，二太太。"

"……轻舟小姐，真是好事，明年咱们顾公馆就要喜事临门了。"二姨太倏然又说了句。

顾轻舟抬头看着她。

二姨太立在水晶灯的背面，笑容淡淡的，看不清情绪。

她说要看看礼单，实则没什么可看的，年节礼的贵重，只是意味着结亲的开端而已。

顾轻舟没说什么，拿着这份礼单上了楼。

翌日，顾圭璋尚未回来，顾轻舟早已更衣，换了件月白色的长袄，同色长裙，外面穿着一件白狐皮大风氅，映衬得她的脸越发净白如美玉。

顾轻舟去了趟颜家。

她把礼单给颜太太瞧："照样岳城的风俗，这是不是意味着，明年就要筹备婚事了？"

颜太太看罢，神色凝重："岳城是有这样的风俗，结婚的前一年，会给女方娘家送重礼，大家心知肚明，该谈出阁的日子了。"

顾轻舟的脸，顿时就垮了下去。

正巧颜洛水也来了。

看到这个，颜洛水也替顾轻舟犯愁。

"司夫人是不应该同意的，她为何没有阻止呢？"顾轻舟疑惑，"她应该千方百计阻止司督军才是啊。况且这些礼单，应该是她准备的吧？她什么意思？"

颜洛水也不太懂。

颜太太反而明白了几分。

"这可能跟魏清嘉离婚的事有关了。"颜太太道。

她话音一落，顾轻舟和颜洛水一时惊呼。

"魏清嘉还活着？"这是顾轻舟的惊叹。

"魏清嘉离婚了？"这是颜洛水的惊叫。

她们两人同时说了出来。

然后，颜洛水先回答顾轻舟："魏清嘉当然还活着，你以为她死了吗？"

顾轻舟是那么以为的。

司慕说，他想治好自己，是为了魏清嘉。

顾轻舟一直以为，当年他车祸，摔死的那个女朋友就是叫魏清嘉，所以他念念不忘。

颜太太说魏清嘉离婚，顾轻舟这才知晓，自己错得离谱。

"谁是魏清嘉啊？"顾轻舟问。

在这件事之前，顾轻舟一直以为：魏清嘉，是魏市长的女儿，已经去世了。

哪怕司慕多次提起，顾轻舟也兴趣乏乏。

突然之间，发现其实这人还活着，顾轻舟蒙了。

她问，谁是魏清嘉，问得很真诚，目光里充满了求知若渴！

颜太太是长辈，长辈说话都要有分寸，讲究轻重。

所以，颜太太想在心里打个草稿，整理下话头时，颜洛水却不顾，先开口了："岳城第一名媛魏清嘉，你不知道她吗？"颜洛水表情有点惊讶，就好似每个人都应该知道魏清嘉一样。

顾轻舟摇摇头："我才来不久，你们没有说过，我上哪里去知道呢？"

"也对，你来的时候，魏清嘉嫁到北平都四年多了。"颜洛水说。

颜洛水告诉顾轻舟："魏清嘉是市长魏林的长女，她从小就是个神童，五岁就会背三百唐诗，特别厉害。"

顾轻舟也有点惊叹。

唐诗，她小时候也背过，没什么成就，背一首忘一首。

"……她长大之后，才学过人，她母亲带着她去西欧游历四年，她学会了流利的德语、英语和法语，简直是奇才。"颜洛水又道，"她十五岁，就参加外交部的宴席，给外交部的总长做翻译，而且她很漂亮！"

颜洛水继续说魏清嘉，后面的话，涉及司慕，因为顾轻舟没打算嫁给司慕，颜洛水说起来也很流畅，毫无顾忌地一股脑儿告诉了顾轻舟。

"司慕十三岁的时候，魏清嘉就十七岁了，他追求魏清嘉，当时挺轰动的，我哥哥他们常拿来说话，说司慕要娶个姐姐。

"你也看得出来，司家的男孩子个子都很高，司慕十三岁的时候，就比十七八岁的男孩子高大些，而且他天生老练沉稳，有次我二哥看到他和魏清嘉一起吃咖啡，竟是颇为般配。"

魏清嘉那等风流人物，居然看上了一个小毛孩子，此事外人看来难以置信。

也许，这是魏市长的意思，让她和督军府交好，不要惹恼了司家。

"……后来的事，大家都知道了。两年之后，司慕不知怎么的，开车带着魏家的二小姐，就是魏清嘉的胞妹魏清筠出城去玩。

"车子撞翻了，司慕没事，魏清筠被摔得血肉模糊，当场死亡，司慕惊吓过度就哑了，被督军夫人送出去治疗，他跟魏清嘉的爱情无疾而终。

"出事的第二年，魏清嘉嫁了北平望族胡家。听说因为她，她丈夫做了北平政府的外交厅厅长，她总是随着丈夫出行。"颜洛水又道，"去年的时候，魏清嘉闹离婚的消息从那么远的北平传到岳城，可见岳城人对这位名媛的关注从未减少过。

"今年十月份，魏清嘉离婚的消息被证实了，而且她准备带着她分到的家产回岳城，估计快要到岳城了吧。"

顾轻舟这时候恍然大悟。

司慕性格冷傲，被拒绝之后还缠着顾轻舟救治，原来是他的初恋快要回来了。

"司夫人是怕司慕和魏清嘉纠缠不清，先把我拉出来做挡箭牌，再慢慢斩断魏清嘉和司慕的瓜葛？"顾轻舟问。

司夫人何等势利！

哪怕魏清嘉是天仙，她也是嫁过人的，司慕不在乎，司夫人却接受不了！

"应该是了。"颜太太总结道，"就是这么一桩子事了，要不然也说不通。之前司夫人为了害你，推你到我们家来治病，可见她对你是没有善意的。"

司夫人连颜家都看不上，何况顾家？顾轻舟哪有资格入司督军府的大门。

现在司夫人给顾家送了那么一大笔的年节礼，动机实在太明显了。

"怪不得了。"顾轻舟道。

颜太太和颜洛水都小心翼翼地看着顾轻舟的脸色。

此事落在谁身上，都不会好受的。

顾轻舟却静静笑了一下："我觉得挺好的……"

颜洛水心里一个咯噔。

这有什么好？

"我不肯退亲，就是想占督军府的便宜；现在司夫人想利用我，给司慕出难题，他们也是在利用我。相互利用，我反而没有负罪感。"顾轻舟道。

颜太太却很心疼。

"轻舟啊，还是把亲事退了，不值得这么耽误。"颜太太道，"你有我们撑腰啊！"

"一旦退亲，你们再怎么撑腰，我也逃不开司行需啊！"顾轻舟道。

颜太太突然就哑口无言了。

的确如此。

司行需那边，除了督军府，其他人对他是没什么约束力的。顾轻舟只要退亲，就会完完全全落入他的掌心。

他现在又不肯跟顾轻舟结婚。

"轻舟，我第一次知道，人的处境难到这个地步。"颜洛水道，"你怎么办啊轻舟？还有上次骑车……"

顾轻舟不想提这件事了，她打断颜洛水的话："船到桥头自然直，没事的！"

弄明白了司家下年节礼的动机，顾轻舟心里就安稳了。

她将单子收起来。

"其实，这个单子，那些年节礼都是饵，钓顾圭璋上钩的饵。我现在说什么，顾圭璋都会相信的。"顾轻舟心想。

想到这里，她心情稍微好转了几分。

她窝在家里看书。

顾绍已经从南京回来了。

他借此行，已经把事情打听清楚了，他告诉顾轻舟说，这件事阮家没人知道。

当时阮家的太太是从香港回来，路过岳城时动了胎气，不能乘坐汽车了，就留在岳城养病。

阮家临时雇人照顾阮太太。

住在秦筝筝隔壁的宋婶擅长接生，会调养产妇，她毛遂自荐，又能言善辩，阮太太就雇了她。

阮太太脾气不好，对用人很苛刻，宋婶一肚子火。宋婶那个人有点邪门本事，她能摸得出女人肚子里是男是女。

她跟秦筝筝兴趣相投，秦筝筝怀着孩子的时候，她就说这胎是女儿，顾圭璋没有生儿子的命，秦筝筝很害怕，她知晓再生女儿就不值钱了。

宋婶恨极了东家阮太太，又因为她儿子犯事急需一笔钱，就跟秦筝筝说：“阮太太怀的是儿子，产期跟你相近。假如你愿意给我一笔钱，让我渡过难关，我就负责把两个孩子换过来。

“阮家富贵，阮太太头上已经有了三个儿子，若是生个儿子不稀奇，若是生个闺女，阮家肯定当宝贝。

“你想想，你有了儿子傍身，将来还不是荣华富贵？而阮家盼着个闺女，你女儿去了阮家，还不是锦衣玉食？你一点也不亏啊！”

那个时候，顾圭璋已经和孙绮罗结婚了，两个人表面上感情还不错，孙绮罗爱顾圭璋，顾圭璋其实也是心动的。

秦筝筝觉得机会不能错失，万一再生个女儿，顾圭璋的心就焐回不来了。

“那就换吧！”秦筝筝同意了。

很凑巧的是，秦筝筝跟阮太太，真的是同一天临盆。

就这样，宋婶把两个孩子给换了，彻底改变了他们的命运。

“果然如此。”顾轻舟听顾绍说完，一点也不吃惊。

她当时就猜到，应该是这样的。

“阿哥，你现在怎么办啊？”顾轻舟问。

顾绍摇摇头："宋婶已经去世了，太太也去世了，这些事宋婶的儿子知道，但是又有谁信呢？阮家很宝贝阮兰芷，他们估计是不会相信我的话的。"

阮家那个大家庭里，老太太一共有四个儿子，十一个孙子，只有阮兰芷一个孙女，全家上下当宝贝。

这时候顾绍去说什么，都没有意义。

阮家是不会相信顾绍的，顾绍唯一能做的，就是继续做顾圭璋的儿子。

"你想通了？"顾轻舟问，"会不会遗憾？"

"不会，这就是天意吧。"顾绍道，"这等荒唐事发生在我身上，不是上天之命，又是什么呢？"

他认命了。

顾轻舟不再说什么。

和顾绍说完话，顾轻舟回到了自己的房间。

一进门，她感觉有点奇怪。

她记得自己出去的时候，没有关灯，因为电灯的开关在床头，她摸黑进出不方便。

可现在，屋子里一片漆黑。

"谁把我的灯关了？"

顾轻舟警惕心起，转身就要往外跑时，一双大手，紧紧捂住了顾轻舟的嘴，将顾轻舟按在墙壁上。

顾轻舟被人按住时，先是大惊失色。

她最近有点草木皆兵。

旋即，她闻到了熟悉的味道，那是雪茄的清冽。

带着雪茄香醇的气息，他凑近了她，吻住了她的唇。

他的吻很深，让顾轻舟几乎透不过气。

"司行霈！"顾轻舟气得不轻，被他吻得支吾不清，"你吓死我了……"

司行霈放开了她，替她关好了房门，才低声道："深更半夜跑到隔壁去说悄悄话？"

　　顾绍打探消息，司慕都知道了，司行霈能不知道吗？

　　正是因为知晓了，所以司行霈很介意。他的女人，半夜跑去跟她毫无血缘的男人房里，谁知道会发生什么？

　　不过，顾绍是个文弱书生，司行霈也没把他放在眼里，但是醋还是要吃的。

　　顾轻舟不想理他。

　　她心中好似有块重石，紧紧压住她，特别是见到司行霈之后，让顾轻舟透不过来气。

　　她隐约之中，很想扑到司行霈怀里去大哭一场，她好像委屈极了。

　　同时，顾轻舟又明白，她的委屈不是司夫人利用她这件事。

　　到底因为什么，她不明白，就是委屈难过。

　　但是，理智又告诉她，她没什么值得发泄的。

　　她心情低落，没兴趣和司行霈说话。将窗帘拉好，顾轻舟拿出一块很旧的毛巾，盖在床头的台灯上。

　　这样，台灯的光被笼罩住。

　　她再打开台灯，屋子里有很淡很淡的光，这些光不会通过窗帘透出去，同时让屋子里的人适应之后，能看清眼前的东西。

　　顾轻舟坐在床上，双腿往里一收，盘坐着没动。

　　她软软的，像是赌气，又像是心事重重。

　　"怎么，心情不好？"司行霈轻轻地摸着她的脸，"跟司慕出去，两个人孤男寡女的，我还以为你很开心呢。"

　　句句讽刺。

　　顾轻舟想起，副官说司行霈要等年底才回来，如今他提前了几天。

　　不知是事情提早忙完，还是特意回来找顾轻舟的。

　　估计是听说了顾轻舟给司慕治病，提前回来找她的麻烦。

　　顾轻舟的心情更加沉重。

　　司行霈却狠狠扳过她的脸，双手钳住她的下巴："小东西，你在跟我闹脾气吗？"

　　顾轻舟打开他的手，他却顺势将她压倒，狠狠吻着她的唇。

　　他吮吸着，很是用力，几乎要将顾轻舟的唇咬破，将她按在床上无法动弹，手早已沿着她的衣襟滑了进去。

顾轻舟心里很沉，身上更沉。

她一动不动，任由司行霈为所欲为。

司行霈也察觉到了她的异样，只见她躺在绣着红银色绣并蒂莲的被褥上，盛绽的莲点缀着她，她墨色长发萦绕，毫无生机。

司行霈感觉她遇到了事情，他坐起来，将她抱在怀里。

"司慕的事，我反复交代过，不许你给他治病，你不听我的，还给他治好了，此事我不饶你，咱们慢慢再算账。"司行霈将她拢在自己宽阔的胸膛，然后又问她，"你怎么了？"

顾轻舟不答，她沉默着。

她在其他人面前，心里没有这么难过，独独看到司行霈，这股子情绪全冒了出来。

偏偏纷繁错杂，她什么头绪也理不清楚，心就像一块浸满了冰水的海绵，随手能掐出泪来。

"轻舟。"司行霈的唇，轻轻地落在她的面颊，"谁欺负你了？"

良久之后，顾轻舟才缓缓叹了口气，说："我想睡觉了，你回去吧，有什么事明日再说。"

司行霈哪里肯走？

他是来找她算账的。

见她这样，他又不忍心，故而没有动，紧紧抱住了她。

直到凌晨三点，顾轻舟早已熟睡，司行霈才轻轻地起身，准备离开。

他推开阳台上的门时，发现顾绍站在寒风里。

这孩子不知站了多久，身上都冻僵了，双颊被冷风吹得通红。

"少帅，你不能这样对舟舟！"顾绍太冷了，声音打战，"舟舟是要嫁给你弟弟的，你为何要毁了她的生活？"

"与你何干？"司行霈冷漠，静静瞥了他一眼，翻身就跳下了阳台。

顾绍吓一跳，趴在阳台上望下去，司行霈像只迅捷的豹，借助墙壁的一些简单攀岩，他已经稳稳落地，到了一楼的院子。

院墙约莫一米八高，司行霈却像跨过一条小板凳似的，轻轻地跃了过去，消失在迷离的夜色里。

顾绍气得不轻。

他又不能说什么，只得自己先回房。

顾轻舟在司行霈身边，总是睡得特别沉，除了今天晚上。

所以司行霈起身离开，顾绍在阳台上和他说话，顾轻舟都知道。

她躺着一动不动，司行霈睡过的那边被窝渐渐凉了。

这种感觉很糟糕，因为不知道在难过什么。

第二天，早起的时候下起了雨。

顾圭璋也从太仓回来了。

他心情很不错，特别是看到司家送过来的年节礼，更是高兴。

"好，好!"顾圭璋大笑，"今年过年，咱们也要好好热闹一番!"

二姨太提醒他："老爷，咱们家还在孝期呢。"

"规矩改了，不贴大红对联就是了，其他不拘的。革命是为了什么，就是为了丢弃那些老枷锁!"顾圭璋道。

他把传统视为枷锁。

顾轻舟没有说话。

顾圭璋又道："轻舟，今年你帮衬着二太太，准备过年的事。大姑娘了，明年就要嫁人，这些操持家务的事都要学会。"

"阿爸，我最近不太舒服。"顾轻舟道。

顾圭璋见她脸色是不好，问："你怎么了?"

"可能是期末考的时候太用心了，现在有点虚弱。"顾轻舟一本正经说胡话。

顾绌在旁边，白眼都快要翻出眼眶了。

顾圭璋见她恹恹的，不敢勉强她，只说："那你也要多问问二太太，不能偷懒。"

顾轻舟道是。

吃了早饭，岳城下起了薄薄的细雨。天地顿时一片白蒙蒙的，似轻纱笼罩。

司行霈的司机，冒充司公馆的人，来接顾轻舟。

顾轻舟就去了。

一进门，看到司行霈坐在沙发上，手边放着文件。

来的路上，雨越发大了。

顾轻舟慵懒地往沙发上一躺，不愿意说话。

"你怎么了？"司行霈问她，同时又有点担心，"哪里不舒服？"

"哪里都不舒服。"顾轻舟道，"我不想来你这里。"

雨越发大了，甚至还有电闪雷鸣。

寒冬腊月，罕见这样的大雨，窗棂被打得簌簌作响，耳边全是水声。

司行霈瞥了她一眼，猜测着她的心思。

她给司慕治病，司行霈也知晓了；如今司慕能说话了，司家准备明年给他们完婚，此事司行霈也知道。

司行霈已经下定了决心，过了正月，把驻地的事捋顺，有资本和司督军摊牌时，带着顾轻舟离开。

他要重新选个地方成立他的督军府，自立门户。

"你还有事吗？"顾轻舟冷漠地问，"没事我回去了……"

司行霈一把将她拽过来，问道："你在心虚什么？给司慕治病，还治出感情来了？"

"我给谁治病，是我的自由，我又不是你的奴隶！"顾轻舟突然发火，推开他。

司行霈不给她推。

他也是憋了一肚子火。

"轻舟，我是不是太纵容你，让你不知天高地厚？"司行霈脸色铁青，"你知道你是谁的女人？"

顾轻舟一瞬间，就明白了自己难过的地方在哪里。

她骑车出了事，她担心跟司行霈交代不了。

原来，她是在乎司行霈对她的看法的，所以她特别难过。

她一直理不清楚，直到司行霈说，你是谁的女人时，顾轻舟顿时就感觉，她无法向司行霈证明她的清白。

她年纪小，经历过的事情不多，所以她心里一直很介意。她装作不在意的样子，直到司行霈出现在她的面前，击垮了她的伪装。

688

她用力推开司行霈："反正不是你的！"

她跑了出去。

司行霈一愣。

外头下着大雨，顾轻舟不管不顾地冲入了雨幕里。

司行霈又怒又气，这是要冻死自己吗？

他拉住顾轻舟的时候，顾轻舟突然像疯了一样，又打又踢："你滚开，你死远一点，你不要再出现在我面前，我恨死你了！"

司行霈以为，自从他处理了秦筝筝，她就不再恨他了，最近到底发生了什么事？

她爱上司慕了？

她挣扎得实在太厉害，司行霈一个恍惚间，居然被她挣脱跑掉了。

他追上去，往前一扑，两个人跌倒在地。

司行霈紧紧压住了她。

地上全是雨水，冰冷刺骨。

天下的雨如流瀑般，倾泻而下。

"你疯了吗！"司行霈吼她。

顾轻舟挣扎，使劲踢打他，使劲地叫，然后突然就呜呜地哭了。

司行霈一愣。

"轻舟！"他柔声喊她。

她猛然搂住了司行霈的脖子，哽咽着说："司行霈，我出事了。司行霈，我怎么办？"

她大哭起来。

司行霈抱紧了她，反而心安了，轻轻地拍着她的后背："没事的，轻舟，有我呢。"

雨很大。

"轻舟乖，起来。"司行霈很有力气，趁着她不闹了，他单手撑起地面，另一只手抱紧了顾轻舟，两个人就起身了。

他快步冲回了家。

回到别馆，司行霈将她抱上楼。

脱了湿漉漉的衣裳，他用毛毯裹紧了她，然后去洗澡间放了热水。

他这里一天到晚都有热水，而且很充足，满满一浴缸，整个浴室被白雾萦绕。

"有点烫。"他对顾轻舟道，"烫点没事，驱驱寒。"

他将顾轻舟放了进去。

水真的很烫，烫得肌肤一阵发红，司行霈以为顾轻舟肯定要闹腾的，毕竟这么烫的水，他都坐不住。

顾轻舟却没有动，任由热流浸润着她的肌肤，一层层地渗透，可以透进她的心里去。

而后，她果然感觉到了暖。

心暖了，四肢百骸也就暖了，暖流经过了心脏，心脏再传到五脏六腑。

压在心中的那块郁结，说出来是无济于事的，哭出来才能排解，她已经发泄了，人就没那么难受了。

只是，顾轻舟也不知道该怎么说，她坐在浴缸里用手搅着水。

"出了什么事?"司行霈轻柔地帮她擦洗后背，心里一团火噌地上来了，喉间发紧，说出来的话也充满了欲念。

他想要扑倒顾轻舟。

这样的念头他每天都有，随时随地都存在。可惜他答应过，要等她成年，他会信守承诺。

顾轻舟很坚强的，她哭得这么厉害，只怕是真有大事。

她却不回答，坐在浴缸里轻轻地撩拨着水，洗自己的长发。

长发漂在水面上，像青绸般柔滑，泛出温润的光。

她不说话了。

难道告诉司行霈:我已经破了身子，不是跟哪个男人，我仍然是清白的，只出了点事故? 我以后怎么办，跟谁结婚，谁能相信我? 又怎么解释?

这话意味着什么?

意味着她想跟司行霈!

除了自己的男人，根本不需要跟任何人交代。

顾轻舟不想跟司行霈，因为她不愿意做妾。这件事，怎么也不能从她口中说出来，一旦她说了，司行霈就会误会。

"轻舟!"司行霈捏住她的下巴，并不用力，软软托在掌心，将她的头偏过来，在她樱红柔嫩的唇上落吻。

司行霈的吻很轻，似蜻蜓点水般掠过，他努力忍住自己的冲动，低声问她："你出了什么事?"

顾轻舟说不出来。

她心里有个声音，让她把这件事告诉司行霈。

这个声音疯狂而自信，好像司行霈知道了，就会可怜她、信任她一样。

顾轻舟犹豫着。

"督军府给我家里送了年节礼，是照下聘的礼数来的。"顾轻舟的手，轻轻地在浴缸里画圈，涟漪沿着她雪白的肌肤荡开。

"……我觉得奇怪，司夫人怎么会真的同意呢? 后来一打听，才知道是司慕初恋情人回来了。司慕还念着她，对方是离过婚的，司夫人怕他们两人纠缠不清，损害司家的名誉，所以先把我抬出来。"顾轻舟道。

她说得很慢，娓娓道来。

她需要这件事来遮掩。

"因为这个不开心?" 司行霈失笑。

"嗯。"顾轻舟软软地应道，"我才帮了司慕，他不感激我，转头就利用我，到底不太舒服。"

这件事，她并不在意，只是拿出来做挡箭牌，很有可信度。

她想试探着问司行霈的意思。

顾轻舟也想简单一点，直白一点，可是她的生活里，弯弯曲曲的事情太多，导致她五步一算，已成了习惯。

"是魏清嘉要回来了?" 司行霈问。

"你认识她?"

"当然认识，她当年还追求过我。" 司行霈笑道。

顾轻舟抬头，诧异地看着他。

仔细想想，魏清嘉比司慕大四岁，就只比司行霈小一岁，算是同龄人。

顾轻舟没想到，他们也认识。

司行霈道："怎么，你觉得她会喜欢司慕？绝大多数的女人，都比同龄的男人心智成熟。魏清嘉比司慕大四岁，她能喜欢比她小那么多的男孩子吗？"

"你喜欢她吗？"顾轻舟问。

司行霈笑，手指勾起了她的下巴："吃醋了？"

顾轻舟瞥了他一眼。

司行霈想起魏清嘉，略有所思，倒是真的记得她："她很聪明，也很漂亮，当然没有轻舟聪明漂亮。

"她那时候颇有名气，我年纪小的时候也虚荣，她追求我，竟颇为用心，我也想过先收了她做姨太太的，毕竟那么漂亮有才的名媛，我脸上也光彩。

"后来有次舞会，她主动说她很爱慕我，问我什么想法，我说可以纳她做姨太太的，她又不同意，大概是想做正头太太。

"我就说了，这不可能，她哪有资格做我的太太？她应该清楚自己的身份地位，我能给她名分就算不错了。后来我就没再见过她，不想浪费时间和她纠缠。"

温热的浴缸里，水的热气尚未散去，仍是热得有点烫。

但是顾轻舟冷。

寒意不知从哪里冒出来，像一头猛兽，一下子就扑倒了她，然后笼罩了她。

她身子有轻微的发颤。

"……怎么了？"司行霈也察觉到了顾轻舟的颤抖，问她。

他大概以为，顾轻舟担心他和魏清嘉旧情复燃，就解释道："轻舟，你不用担心我，她一个黄花大闺女我都看不上，何况她现在是个二手货？她嫁过人的，身子开过了，做我的姨太太都没有资格。"

顾轻舟倏然觉得全身无力。

偌大的浴缸，四壁都很滑，她扶不住，软软地往下一躺，整

692

个人淹没在浴缸里。

她的黑发在水下散开，宛如海藻。

他将她捞起来，却见她眼睛发红，不知是哭了，还是被热水蒸了。

"轻舟，你还担心什么？"司行霈笑问，"你放心，你不会嫁给司慕的，不管蔡景纾是否同意，我都不会同意的！"

"嗯。"良久，顾轻舟应了一声，声音很冷漠。

在这个瞬间，顾轻舟突然看开了。

魏清嘉那等名媛，她父亲是市政府的高官，在司行霈眼里，都没有资格做他的正妻，何况顾轻舟？

也许是那天在戏院救了他，他说过他们结婚；也许是他带着她去他的秘密军事基地，又看了他母亲，给了顾轻舟渺茫的希望。

这些希望，会在她心里生根发芽，她也会想："如果我能做他的正妻，又有什么不可以呢？"

所以她难受，她对骑车那件事耿耿于怀，她甚至觉得失去了很重要的东西，对不起司行霈。

直到这一刻。

司行霈如此评价魏清嘉，把顾轻舟拉回了现实！

那扇虚幻的门，"砰"的一声重重关上，顾轻舟再也走不到司行霈那里。

顾轻舟更没资格做他的正妻，她没有身份背景、没有名气；顾轻舟不是二婚，但是她的身子对司行霈来说也不圣洁了。

等这扇门关了，确定自己跟他不会有任何结果时，顾轻舟突然释然了。

她不需要跟任何人交代什么，她不是谁的妻子，对谁也都没有义务。

她以后要走的路，更加明确、坚定。

司行霈帮助过她，对付了秦筝筝，可自己救了他两次，而且都是救命之恩，他怎么报答也是应该的。

这点压力全没了之后，顾轻舟的心情好转。

"晚上吃什么？"司行霈问她。

"虾仁炒蓬蒿。"顾轻舟说。

还能想着吃某道菜，她心情还真不错，司行需仔细看了看，见她的确无事，也就没有深究。

司行需是很关心她的，只可惜他最近太忙了，没办法顾及她。他在筹划一件大事，这件事占了他全部的精力。

顾轻舟是真的累了，她坐在壁炉前，将头发烘干，就在沙发上打盹，差点将围在身上的羊绒毛毯掉入壁炉。

等头发彻底干了，司行需将她抱上二楼。

她中间醒了一下，冲司行需微笑，又继续睡着了。

她脸上有种如释重负般的笑容，很甜美。

司行需就确定她没事的，将她放在床上。

他下午还要见个很重要的人，就先出去了，叮嘱朱嫂给顾轻舟做饭："虾仁要新鲜的，轻舟嘴巴最毒，稍微差点的她都能吃出来。"

"知道了，少帅，您快去忙吧。"朱嫂笑道，心想少帅疼起人来，真是处处仔细。

顾轻舟醒过来的时候，已经是黄昏了，院子里的路灯亮了。

趴在窗口一瞧，雨早已停了，院落被洗刷得干干净净，矮矮的冬青树叶子翠得灼目，隐约是一株株的翡翠。

小径的雨花石，泛出五颜六色的光。

顾轻舟站在窗前，有片刻的愣怔，好像失去了方向感。

她有种头重脚轻的踌躇，良久才慢慢回神。

她更衣梳头，准备回家。

下楼的时候，朱嫂在厨房忙碌，炊烟袅袅，已经有了半桌热腾腾的饭菜了。

"顾小姐，您睡醒啦？"朱嫂转身的时候看到了顾轻舟，热情招呼她，"快坐啊，饭就要好了。"

顾轻舟就坐到了餐桌前，看到了鲜虾仁炒蓬蒿，食欲就上来了，她想吃了饭再回去。

很快，朱嫂将排骨汤端上去，一桌菜就齐了。

顾轻舟邀请朱嫂一起吃点，她一个人也吃不完。

朱嫂就坐到了顾轻舟的边上，和顾轻舟一边闲聊一边吃饭。

顾轻舟吃得很开心。

"顾小姐今天心情好，吃饭也香。"朱嫂道。

困扰顾轻舟一个多月的问题终于放下了，她心情当然很好。

"是虾仁好吃。"顾轻舟道。

朱嫂说："少帅让准备的。"

顾轻舟回家之后，司行霈就没有再来找她。

大年初一，顾轻舟去给老太太拜年，正巧司督军一家人都去了，包括司行霈。

司慕也在，他看顾轻舟的眼神很复杂。

顾轻舟治好了司慕，司慕应该很感激她。然而，家里决定要他娶她，今年就要定下来，让司慕措手不及，又应该讨厌她。

到底是讨厌她，还是感激她？

总之，司慕看到顾轻舟的时候，情绪特别怪。他不看她，漠然瞧着前方。

司行霈则心里有底，越发肯定这个女人会是他的。有了这样的底气，司行霈就不怎么吃醋了。

司行霈的目光从顾轻舟脸上掠过，不带半分痕迹，心里却是温暖的，如羽毛轻轻地拂过。

司琼枝也在场。

大家各怀心思，面对顾轻舟的时候，他们的笑容却是相似的：浅淡，疏离。

"姆妈，慕儿现在能说话，都是轻舟的功劳！"司夫人笑盈盈。

温暖的阳光透过花厅半开的窗棂，在地上落下阴影。

司夫人的笑，充满了温婉和善意，对着顾轻舟时，她亦是态度温柔，让顾轻舟后背生寒。

顾轻舟一身鸡皮疙瘩都起来了。

平素恨不能顾轻舟死远一点的司夫人，笑得这么恬静，这背后还不知放什么大招，让顾轻舟不寒而栗。

"我就说嘛，慕儿能说话，肯定是轻舟治好的！"老太太笃定地笑着说，"这两个孩子啊，天生的缘分！慕儿的病一直不好，焉知不是菩萨的旨意，等着轻舟来？"

"我也觉得，他们是注定的一对儿。"司夫人真诚道。

别说顾轻舟不寒而栗，就是司督军，也是震惊万分。

夫人这葫芦里卖什么药？

司督军很了解自己的妻子，她不会无缘无故接受顾轻舟的。

除了司督军和老太太不懂，其他人心里都跟明镜似的！

为何抬举顾轻舟？

因为魏清嘉要回来了，司夫人要从各个方面，斩断司慕对魏清嘉的心思，从家里家外，到言谈举止，完全不同意他跟魏清嘉有瓜葛。

若是魏清嘉愿意做司慕的姨太太，司夫人倒也不介意。

可那是魏清嘉啊，那个女人容貌倾城、心比天高。不过是她丈夫跟外头的女学生约会了几次，她就坚持离婚，多么骇人听闻！

司夫人如此厉害，家里不还是好几个姨太太？魏清嘉难道比司夫人更尊贵吗？

"姆妈，我们打算明年五月，就把慕儿和轻舟的婚事办了！"司夫人对老太太道。

司慕结婚了，司夫人相信心高气傲的魏清嘉，会主动离开的。

况且，收拾顾轻舟，还是放在眼前比较妥善。

娶她进门又能如何？

顾轻舟更是任由司夫人折腾，她还敢不孝不成？她若是敢不孝，司督军第一个容不下她！

"没这么快！"司督军含笑，轻轻地握住了司夫人的手，然后用力捏了捏，暗示她该适可而止了。

什么动机，司督军不知道，但是不怀好意是真的。

"这还快？"那边，老太太动心了，"是得早点完婚。若是五月结婚，我明年这会儿就能抱曾孙了！"

长辈们笑语嫣然，晚辈们呆若木鸡。

他们三个人听着这些话，脸上仍是平静，没有当场失态。

"结婚？这是不可能的！"这是司行霈、顾轻舟和司慕三个人共同的心声。

司慕是死也不会娶顾轻舟的，他对魏清嘉还有执念，这份执念从未消失过。

老太太对这件事很上心，言语之中，恨不能让司督军把司慕和顾轻舟的婚事，提到今年三月来："这样，我来年准能抱上曾孙！"

司督军尴尬而笑。

司夫人想答应，却被司督军捏住了手，警告之意很明显，她也不太敢说了。

顾轻舟置身事外，她知道有人比她糟心，不必她去着急上火的。

果然，一向稳重内敛的司慕坐不住了。

"祖母，大哥还没有结婚呢。没有做弟弟越过兄长的，要不然旁人还不知道该怎么说咱们家呢。"司慕道。

司慕声音很好听，低沉缓慢，嘶哑沉稳，无形中加重了他这个人的分量，让他看上去颇有威严。

这一点，他和司行霈挺像的。

"我？"司行霈笑道，"我有军功、有地盘，随便就结婚了，岂不是叫人笑话？"

这话，既表明了他要跟军阀世家联姻的目的，也暗示司慕不过是个依靠父亲的衙内，有什么资格跟他司行霈比？

司行霈这脸打得挺狠。

司督军不好说什么，两个儿子的尊严都很重要，他不能随便打某个人的脸。

司夫人则气得鼻子都要歪了。

司行霈的每句话，顾轻舟都听到了，也记住了。顾轻舟的心，猛然往下一沉，沉到了谷底，似乎摔得血肉模糊。

出身太重要了！

遇到司行霈之后，她很清楚明白这一点！

这场高兴开头、尴尬结尾的话题，终于被老太太不着痕迹地转移到了菜色上去，彻底抛开了。

吃了午膳，顾轻舟起身回家，说："我要去给义父义母拜年了。"

老太太没有虚留她。

从司公馆出来，顾轻舟去了颜公馆。

颜家来了很多亲戚，瞧见顾轻舟，都纷纷热情称呼"顾小姐"。

所有人都知道，顾小姐是颜太太的义女，颜太太很疼爱她；更知道顾小姐将来要嫁入督军府，成为督军府的女主人。

顾轻舟寒暄了几句，就去看颜洛水了。

半下午的时候，司行霈来了，副官留下来禀明颜太太和颜新依一声，司行霈就把顾轻舟从后门带走了。

"……昨天没有和你守岁，今晚陪我。"司行霈道。

顾轻舟不露声色。

她既不同意，也不反对，坐在汽车上合眼打盹。

"他们利用你，心情又不好了？"司行霈问。

顾轻舟摇摇头："习以为常了。你们这些权贵，不都是喜欢将人玩弄于股掌之间吗？"

"他们我不知道，我是很喜欢玩弄你的。"司行霈低声暧昧道。

顾轻舟不语。

"去看电影好吗？"司行霈道，"我叫人把电影院空出来。"

"好吧。"顾轻舟说。

电影是无声的、黑白的，里面的明星演技却是精湛的，故事也很感人。

他们看的是一部爱情片，女主角很美，司行霈就跟顾轻舟说："她叫云琅，她母亲跟印度人鬼混生下了她，她皮肤黑，不算好看，鼻子又大。不过在电影里，倒是很有风情。"

顾轻舟就斜睨他："你睡过她啊？"

"我只睡妓女和名媛，这种不上不下的，不会在我的床上。"司行霈说。

他要么睡最尊贵的上等女人，要么睡最低贱的下等女人，中间的他不要。因为上等名媛要权，下等妓女要钱，这两样司行霈能给得起。

中间不上不下的，没享受过权势的好处，不知道索取；又不太受穷，不知道金钱的诱惑，会导致她们不要权、不要钱，就会跟他索取感情。

司行霈的感情是稀薄的，哪里能给别人呢？

"我算哪一种？"顾轻舟倏然问。

司行霈失笑："我睡你了吗？怎么，你这么迫不及待想做我的女人？"

气氛是个很奇怪的东西，一句话就能将其毁得一无所有。

来看电影时，顾轻舟的心情还不错。

司行霈的话，让顾轻舟沉默，纤细小手交叠握着，一动不动，身子有点发僵。

电影院里很窒闷，只有无声的胶卷，投影出黑白错落的影像。

顾轻舟没有再说话。

司行霈察觉到了她的不开心，就伸手将她的手拉过来握住。

她掌心冰凉，司行霈很心疼，说："轻舟，我答应过你的，在你十八岁之前不碰你，我不会食言，你不要害怕！"

他只是调侃她而已，没想过现在睡她。

自己身体上这点事，司行霈还是能管束得住的。

从第一次见面，司行霈撕开了她的衣裳，那时候开始，他就知晓她只能是他的。

他笃定而坚持，就不会心急。他淡定地等待着，等待她的成熟，等待她说愿意的那天。

顾轻舟"嗯"了声，声音很轻很缓慢。

电影的结尾很悲惨，报纸上的影评说，很多人会伤心大半个月。

顾轻舟没有哭，饶是演得那么好，比戏院好看很多，她也没有感觉悲伤，反而欣慰：总算有比她还惨的人。

司行霈的心，除了装顾轻舟的那一块是温热柔软的，其他地方比石头都硬，悲情的电影，在他看来是无病呻吟，他一点感觉也没有。

他们两个人大概是唯一看过这部电影却没哭出来的男女。

"我挺喜欢电影明星的，改日带我去看看云琅吧。"顾轻舟道。

"不用去看她，你想要见她，我吩咐一声，让她过来就是了。"司行霈道。

云琅现居北平，不过没什么强硬的靠山，况且她受过司行霈的恩惠，司行霈发电报给她，她肯定得来。

"她是名角，名角都很有架子，我愿意她有架子，若是放下身段就俗气，反而没什么可看的。"顾轻舟道。

司行霈大笑。

顾轻舟有时候的见解，深得司行霈的心。

回到司行霈的别馆后，司行霈准备煮汤圆给顾轻舟吃。

岳城的旧式风俗里，除夕夜要吃汤圆，上元节也要吃汤圆。

朱嫂昨日将汤圆做好了，有芝麻馅儿的，也有花生馅儿的，琳琅满目。

司行霈每一样都下了几个，然后捞出一小碗，递给顾轻舟："汤圆里包裹了银锞子，你若是吃到了，今年会有一整年的好运气。"

顾轻舟今年最需要的，大概就是好运气吧。

她含笑点头："谢谢。"

结果，她那碗汤圆里，吃出两只小银锞子。

"轻舟今年会好事成双。"司行霈道。

顾轻舟就知道，这些汤圆上是做了记号的，司行霈故意放在她碗里，让她开心。

知道是故意的，她还是忍不住笑了，露出洁白整齐的小牙齿。她每次这么笑，说明她心情真的很好，是放下了一切戒备的开心。

"轻舟，什么不开心的都留在旧年里，今年高高兴兴的，好吗？"司行霈轻轻地摸着她的脑袋，低声问。

"好。"顾轻舟真心实意道。

司行霈吻了吻她的唇。

两个人心情很不错，司行霈就趁机提了要求。

"你会织毛衣吗？"司行霈问她。

现在织毛衣的比以前少了，因为工厂里机器可以做出来，比

700

手工的还要好。

"不会。"顾轻舟如实道。

"那你跟朱嫂学。轻舟，替我织件毛衣吧。"司行霈将唇凑在她的眉心，轻轻地落吻。

眉心是人魂魄之所在，他吻上去，就好似抓住了顾轻舟的三魂七魄，她的思绪被他牵动。

良久，顾轻舟才拒绝："你胳膊这么长，光织条袖子都要累死了，何况你还这么高大。"

顿了一下，见司行霈神色微敛，顾轻舟继续说，"今年冷不了多久，等正月一过，毛衣就穿不住了。你去年不要，今年来要，是发什么疯？"

除夕夜的时候，督军府里宴请军政府的高官，有位副将穿了件银灰色的毛衣，开心说是新纳娶的姨太太织的。

司行霈当时就很嫉妒。

他也想顾轻舟能给他织一件，他也会当宝贝一样穿在外面，让所有人都看看。

顾轻舟的拒绝，说得头头是道，司行霈眯起眼睛，带着危险的光，审视着她。

他这目光犀利狠绝，让顾轻舟无处遁形。

后来她想，答应给他织毛衣，能稍微安抚他，也许他会放松警惕，让顾轻舟的出走计划更加顺利。

"我不织！"顾轻舟心念一转，已经有了打算，干脆利落拒绝他。先拒绝，再答应，才有价值。

司行霈起身，将她压倒在沙发里。

沙发很软，顾轻舟的身子更软，司行霈深陷其中，好像已经无药可救地沦陷在这个女人身上。

司行霈并不惊恐，爱上一个人，是种本事，每个人都会爱上别的人。

人有时候寻寻觅觅，只是没有遇到命中注定的女人，他司行霈遇到了。

他深感幸运，而且他自信她也会爱他！

现在还没有，将来肯定会的。

不爱的时候，随随便便就能说很多的承诺，一旦爱上了，那些话反而千斤重，都堵在心里。

承诺因真诚而变得矜贵。

他轻柔吻她，缠绵旖旎。

顾轻舟忍无可忍时，才松了口："我给你织条围巾吧，这样容易些。"

司行霈轻轻地点了一下她的鼻子："先织条围巾，再织件毛衣。"

"你真是贪得无厌！"顾轻舟的眸子里，全是愤怒。她怒容并发，以为很有威慑力，在司行霈眼里却全是风情。

他们讨价还价，顾轻舟最终答应，给司行霈织件毛衣，围巾就算了。

"那好吧，我只给你织毛衣。说好了，不许后头再要别的。"顾轻舟道。

毛衣很难，估计要年底才能织好，顾轻舟说："反正你也不着急穿。"

"你这么懒！"司行霈道，同时也退让一步，"只要你肯织，什么时候织好我都喜欢。"

于是，司行霈让朱嫂去买了针和毛线。

他自己喜欢深黑色的毛线，顾轻舟觉得天青色的好看。

她一直喜欢男人穿天青色的衣裳，温文尔雅，很有风度。

"随便你。"司行霈不在这种小事上和她较劲，同意了。

朱嫂教顾轻舟，先从毛衣的底下开始，一路往上打，直到快要收工的时候，再留下口子来打袖子。

学了两个小时，顾轻舟学会了几个针法，她选择用最简单的。不是她偷懒，而是男人的毛衣花哨不好看，简单的针法才显得沉稳。

心里有数了，顾轻舟替司行霈量尺寸。

她一边用尺子量着，一边记在小本子上，很是用心。

司行霈看她，她俯身认真写尺寸，一缕青丝落在洁白如玉的脸颊，他心里出奇地安静。

静得整个世界只有眼前的她。

她的一颦一笑，在他心里开了花，司行霈的心情很好。

"写好了？"司行霈问她。

顾轻舟点点头。

他趁机搂住了她的腰。在他怀里，她格外娇小玲珑。

司行霈低头抵住了她的额头，说："要记牢了，你男人的衣裳，以后都要你置办，一辈子的事呢！"

顾轻舟默默咬唇不语。

司行霈觉得，睡过了就算是他的女人；而顾轻舟觉得，只有明媒正娶了她，他才算是她的丈夫。

当两个人的观念南辕北辙，谁也没办法说服谁的时候，争吵是毫无意义的。

顾轻舟已经在试着收敛。收敛的时候，她也要露出点锋芒，逆来顺受不是她，司行霈会看出端倪。

"我又不是用人！"她嘟囔。

司行霈就笑。

这个晚上过得还不错，司行霈拿出一个很精致的小匣子，将她从汤圆里吃出来的银锞子装起来。

匣子很小，像个小小的怀表，甚至可以戴在身上。

"这是幸运的护身符，能保佑轻舟心想事成。"司行霈道。

顾轻舟就认真收好。

想了想，她挂在脖子上了。

也许，这两个小银锞子，真的能保佑她逢凶化吉，顺利从司行霈手里逃开。

翌日早晨，司行霈翻身起床的时候，顾轻舟也醒了，她睁开眼半坐了起来。

他立在床前穿衣，身材修长高大，军装挺括威严。

穿着军装的司行霈，浑身上下就透出杀伐与狠戾，不同于他穿着便服时的模样。

他俯身，在顾轻舟的额头吻了一下："轻舟，我去驻地了，过几天还要去趟苏州，可能上元节回来。在家里要乖。"

"毛衣要快点给我打好。"司行霈又道。

顾轻舟"嗯"了声。

他俯身，又吻她的唇。军服的勋章璀璨坚硬，也有点寒凉，透过顾轻舟的睡衣，落在她身上。

她微微战栗。

司行霈吻了又吻，这才离开。

第二十三章

少帅中枪

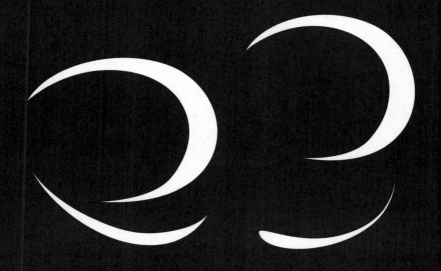

半个月之后，司行霈终于从驻地回到了岳城。

第一件事，就是翻墙进了顾轻舟的房间。

当时才晚上八点半，顾轻舟正在灯下和顾绍说话。

司行霈推门进来，顾绍先吓了一跳，继而惊惶结巴："你你你……你肆无忌惮！"

"出去！"司行霈拽住顾绍的胳膊，拎小鸡似的，把顾绍推了出去。

顾绍一个踉跄，撞到了阳台上的栏杆，胸口的肋骨闷疼。

"我也觉得你挺肆无忌惮。"顾轻舟的眼神全冷了，斜眼睥睨他，"现在才几点，你逛窑子呢？"

话说得如此重，这是真生气了。

是气他爬上来，还是气他把顾绍扔出去？

司行霈伸手抱她："气性这么大？"

顾轻舟推开他的手，转身熟稔地锁好房门、拉上窗帘、用毛巾盖住台灯，然后拉了电灯。

一切都那么熟悉，可见这样偷偷摸摸的日子，已经过了很久。

久到习以为常！

这才是最可怕的。

当一个人对所有羞耻甚至屈辱习以为常时，就会成为别人网里的猎物，逃不开，躲不掉，如温水里的青蛙。

她的房间，司行霈来去自如，以前还知道躲躲藏藏，现在完全不顾了。

"真生气？"司行霈笑，脸凑到她眼前，温热的气息拂面，带着男子特有的清冽。

顾轻舟甩开他的手，独自坐到了床边。

司行霈高高大大立在她面前，顺势一压，就将顾轻舟整个人压在床上，唇落了下来。

不知不觉中，他已经脱了鞋子到顾轻舟的床上，将她轻轻地搂在怀里。

"……你把我阿哥扔出去。"顾轻舟想起自己的气还没有消，低声抱怨他，"你太过分！"

司行霈应了声："下次不会了，轻舟……"

声音很轻。

顾轻舟等着他再说什么的时候，却发现他呼吸均匀，已经睡熟了。

她讶然。

顾轻舟的手，轻轻地摸他的脸，发现他毫无警觉，在她身边沉沉睡着了。

屋子里的灯光很暗，顾轻舟掀起毛巾的一角，让灯台的光透出来，看到了司行霈的脸。

他眼底的阴影很深，双颊也越发消瘦，像是很多天没有睡觉。

"轻舟，不要在我睡觉的时候碰我，我会误伤你。"她记得司行霈这么说过，他睡觉是很警惕的。

这次，他却没有了。

在她身边，他放轻松了。

顾轻舟起身，坐在旁边的椅子上，摸到了那件毛衣，刚刚起了个头，还没有打两圈呢。

想着他的念叨，顾轻舟借助微弱的灯火，开始织毛衣，反正她也睡不着。

早点织好给她，也算自己言而有信。

她对针织不够熟练，又怕掉针，就织得很慢，不知不觉中，隐约听到楼下的钟响了一下。

顾轻舟拿出怀表，果然到了一点。

她也略感疲倦。

一抬头，发现司行霈正在看着她，神色专注而认真，唇角有淡淡的微笑。

"你醒了?"顾轻舟道，然后将毛线往身后一放准备藏起来，略微尴尬。

司行霈坐起身，道："拿过来我看看。"

顾轻舟只得递给他。

她以为司行霈肯定要说，这都大半个月了，怎么才这么点啊，猴年马月能织完啊?

不承想，司行霈却是说："过来，手给我看看。"

顾轻舟不解。

她站在床边，将双手递给他。

司行霈握住，只感觉她的手指莹润白皙，像玉笋般精致美丽。他轻轻地吻了下她的指腹，问："打毛衣，手疼不疼?"

顾轻舟心中微微一荡。

十指连心，这话大概不假。他吻上来，顾轻舟就感觉那个吻，炙热缠绵，落在她的心头。

她良久才敛住心神，说："这话太外行了，毛衣的针戳不破手指。"

司行霈笑："还是会戳到，虽然不破，也很疼的。轻舟，我不着急穿，你给我的东西，我都很有耐心等。你慢慢打，别伤了手。"

顾轻舟的心，一瞬间又热又潮。

她用力夺回了手，说："怪矫情的! 真心疼我，就不会让我打了。又不是买不到。"

"当然买不到。"司行霈道，"爱意是买不到的。"

"我打的毛衣没有爱意。"顾轻舟说。

司行霈道："你自己不知道罢了，我觉得有。"

顾轻舟就觉得，他的话让她瘆得慌。

"快走吧，我要睡了。"顾轻舟推他。

司行霈自然是不肯走，躺在她的床上和她闲聊。

"这次出去很累吗?"顾轻舟问他。

司行霈道："出了一点事，我三天没有睡觉了。"

说到这里，司行霈脸色微微沉了一下，他计划好的事情，出了点变故，可能要拖上几个月。

这让他颇为烦躁。

顾轻舟依靠在他的怀里，一开始还跟他说话，后来迷迷糊糊眼皮打架，说什么就记不清了。

司行霈走的时候已经凌晨两点了。

第二天，他又把顾轻舟带到了他的别馆。

"明天我要早起，约了司慕。"顾轻舟对司行霈道。

司行霈一愣。

他脱了上衣，在冰冷寒凉的空气里，露出他结实坚硬的胸膛，眯起眼睛问："你说什么？"

"我说，约了司慕！"顾轻舟看着他的眼睛，眼神平淡而绵柔，"他说有很重要的话想先跟我谈，估计是想提退亲的事了。"

司行霈神色稍微松了几分。

"……这件事，早就该办了。"司行霈道。

从前顾轻舟不愿意，说怕学校同学知道了，看不起她，嘲笑她。

司行霈无法容忍她在学校受人欺凌，一想到同学们的指指点点，而她又不能发火，默默承受委屈的样子，司行霈就心疼得不行！

于是，司行霈听了她的话，没有去给她退亲。她和司慕的婚事，拖到了现在。

"明天我带你去。"司行霈又道，"我得在场，你敢对他眉来眼去的，我就一枪毙了他！"

"那你还是一枪毙了我好了！"顾轻舟冷漠道。

司行霈搂住她的腰，用精壮的胸膛压住她："毙了你？便宜你！你敢背叛我，我就没日没夜地折腾你，让你生不如死！"

他说着，身上就有点沸腾，小腹处升起阵阵热流。

顾轻舟尴尬地将头撇开，推他："你这个人，脑子里一天到晚都是这些下流的想法！"

"男人对女人，下流的想法是最崇高的敬意！没有下流想法，意味着这个女人没有魅力。"司行霈道。

顾轻舟咬牙："那是你！别的男人跟你不一样，别人都很君子！"

"假的！装的！"司行霈笃定道。

顾轻舟的手，就贴在他的胸口。

她的掌心柔软，而司行霈的胸口结实，两下一印，彼此心头都微动。

司行霈低头，轻轻地啄了啄她的唇，然后道："我去煮些消夜。"又问顾轻舟，"想吃什么？"

顾轻舟没有特别想吃的。

"螃蟹粥吃吗？"司行霈自己拿主意。

"嗯，吃的。"顾轻舟同意。

司行霈就下厨房去忙碌了。

顾轻舟依靠着门，一口一口喝着牛乳，目光在司行霈身上穿梭着。

厨房的灯是暗淡的，橘黄色的光，落在司行霈的脸上，给他的面容镀上了层柔软旖旎的光。

顾轻舟一口牛乳含在口中，半晌才咽下去。

"轻舟。"司行霈正在切生姜，忽然喊了顾轻舟一声。

"啊？"顾轻舟不解。

"你男人好看吗？你都站在那里犯了半天的花痴。"司行霈头也不回，声音里有很清淡的笑意。

顾轻舟感觉一阵热浪涌上了面颊。

她嘟囔着转身往楼上走，低声抱怨道："自恋，臭不要脸！"

海鲜粥的主料是螃蟹，需得小火慢慢炖着。

他炖粥的工夫，顾轻舟已经洗好了澡，换了套丝绸印花浴衣。天气冷，她外头又穿着厚重的风衣，趿着拖鞋下楼。

她洗了头，楼下的壁炉可以烤火，头发干得快些。

壁炉里的火很暖，顾轻舟一边烘头发，一边将檀香木扔进去。

很快，满室馨香。

"司行霈，这是什么？"顾轻舟从沙发的底下，找出一本书。

说是书，更像是某种设计图。

图片很奇怪，顾轻舟看不懂，她歪头想了半晌，问司行霈。

司行霈瞧了眼，道："这是飞机。"

"飞机？"顾轻舟立马坐正了身子，"我听说美国人有飞机了，可以上天！"

司行霈忍俊不禁。

"……那飞机可以去哪里？"顾轻舟问，"你见过飞机吗？"

"没有。不过，美国人在昆明建了个飞机场，很快就有了。"司行霈道，"有了飞机，去美国都不用坐几个月的轮船，几天就到了。"

顾轻舟睁大了眼睛。

"司行霈，你是不是在想飞机的主意？"顾轻舟问他，"你今天跟义父商量接待什么客人，跟此事有关吗？"

司行霈不能泄密。

他用"女人不要过问军机大事"，打断了顾轻舟的话。

司行霈做的海鲜粥，味道很清淡，但鲜美异常，顾轻舟一连吃了两碗。

"好吃。"她眯眼睛笑，像个不谙世事的娃娃。

司行霈每次看到她这样笑，就知道她是真心高兴，不由心情愉悦。

他轻轻地摸着她的脑袋，但愿他的轻舟，能一辈子如此快乐无忧，就像此刻这样。

睡觉的时候，司行霈将顾轻舟搂在怀里，低声说了句："轻舟，不要勾搭司慕，不要对他笑。"

"轻舟，将我放在心里好吗？"司行霈轻轻地拂过她的面颊，"跟我在一起，你会开心的。"

顾轻舟已经睡熟了，没有回答他的话。

翌日，司行霈还有事，早起的时候看着顾轻舟，想要叮嘱几句，又感觉话都说过了，重复毫无意义。

他心里莫名揣了几分忐忑，去了军政府。

顾轻舟起来之后，去了城里的一家咖啡馆，没有直接去颜家。

她从咖啡馆里打电话去督军府。

副官接了电话。

很快，司慕的声音出现在电话那头："喂，顾小姐？"

"少帅，你不用去颜家了，直接过来吧，我已经到了。"顾轻舟道。然后，她就把咖啡馆的地址，告诉了司慕。

正月十九了，岳城天气晴朗，咖啡馆的一株梧桐树，长出脆嫩的新芽，远处望过去是深褐色的虬枝，走近了就能瞧见薄纱般的翠叶。

早上的咖啡馆没什么人，顾轻舟选了临窗的位置，要了一杯咖啡和一块蛋糕，就拿出书来看。

即将要开学了，顾轻舟要进入学习状态，免得毕业时成绩不好拿不到毕业证。

咖啡馆的环境很好，真皮座椅软软的，充满了咖啡和蛋糕的香醇；桌上的玻璃花瓶里，养着一枝水仙花，花瓣晶莹如雪，金色骄阳透过玻璃窗照进来，瓶中清波金芒点点。

司慕停稳车子之后，首先就看到了顾轻舟。

顾轻舟的侧颜很美，青绸般的头发有淡淡光泽，温润娴雅，她肌肤似凝脂，皓腕凝霜雪。

是个顶漂亮的小姑娘，比去年好似成熟了，也更加妩媚美丽。

司慕敲了一下玻璃窗。

顾轻舟抬起头，看清楚站在窗外的是他，略微颔首，表情端庄得恰到好处。

"等了很久？"司慕进来，坐到她对面，问道。

"不曾，也是刚坐了一会儿。"顾轻舟将书合起来，放在书包里。

她面前的咖啡凉了，就重新叫了一杯。

司慕也要了杯咖啡。

顾轻舟吃着蛋糕，一块蛋糕快要见底的时候，司慕终于开口了。

"轻舟，你给我治病，我很感激你。"司慕道。

顾轻舟抬头。

从窗口照进来的阳光，金灿温暖，全部融入她的眼底，让她的眼芒有映射人心的魄力。

她说："不用感谢啊，你给了钱的！难道你去医院看病，也把医生当恩人吗？我卖给你手艺，你付款了，两清！"

司慕一愣。

这么说了，他心里就好受多了，后面的话也更加顺畅。

"在你给我治病之前，我就说过，我有个心爱的姑娘，她叫魏清嘉。"司慕轻轻地转动了一下咖啡杯，用指腹摩挲着咖啡杯上的骨瓷玫瑰，声音平稳道。

"嗯。"顾轻舟应了声，端起咖啡慢慢喝着，"你当时说过的，我也知道。我说了不介意这件事，才给你治病的。"

喝了一口，她放下加糖，搅得咖啡杯中涟漪跌宕。

司慕就觉得顾轻舟很明事理。

"……轻舟，我小时候没有见过你，这门亲事我甚至是最近才知道的。轻舟，时代已经不同了，有人革命推翻旧王朝，为的就是后辈们能过上新日子。"司慕又道，"从前的盲婚哑嫁，多少人忍气吞声，我们难道也要这样吗？"

司慕不敢相信没有爱情的婚姻。

顾轻舟很痛快地摇摇头："最好不要这样，我也不赞同盲婚哑嫁。"

司慕知道顾轻舟好说话，却没想到她好到这种地步，当即又松了口气，人就彻底放松了。

"轻舟，我想退掉这门婚事。你很好，但是男女之间的爱情，往往需要缘分。我把你当很好的朋友，但是我对你没有爱情，这点我也很遗憾。"司慕道。

"我对你也没有。"顾轻舟眨了一下水灵灵的大眼睛，说道。

司慕笑了一下。

顾轻舟的话，让司慕彻底放心了。

他问顾轻舟："退亲的事，你同意吗？"

"同意。"顾轻舟说。

"那好，我们一起去跟我父母说。"司慕道。

顾轻舟摇摇头："少帅，我对你没有爱情，我也不想嫁给你，但是退亲的事，谁提出来谁就承担责任。"

司慕一愣。

"……你可以去提，我这里没有异议。"顾轻舟道，"但是我不会跟你一起，长辈问起，我甚至会说我不愿意。这样，他们会给我点好处。"

司慕眼底寒光微动。

他从高兴到失望，也只是短短的瞬间。一瞬间，对顾轻舟的好感化为乌有。

原来，她这样市侩！

也不能说她市侩。若是她真的贪图小利，她就不会愿意退亲，毕竟做司家的儿媳妇，好处更多。

司慕想了想，最终得出结论：她这个人很自私冷漠，不会为无关紧要的人付出。

哪怕是付出，她也要索取回报。

退亲对她没好处，而且她无所谓，所以她不会去提。

司慕一个人去提，面临的压力就太大了，他父亲很可能不同意。

这时候，司慕就需要开出个条件，一个能让顾轻舟心动、值得她付出的条件。

"你能帮我吗？"司慕想明白之后，声音温醇，"我可以付钱。"

顾轻舟的眼睛就亮了一下。

没人不喜欢钱，顾轻舟尤其喜欢！

"你出价多少？"顾轻舟问。她纤浓羽睫微抬，眼波里有贪婪且镇定的碎芒，让她这个人看上去特别庸俗。

女人真是奇怪的物种，一旦沾了人间烟火，就没了那份仙气。

司慕接触过的女人，只有魏清嘉不这样。

"十根小黄鱼。"司慕道。

顾轻舟笑了，阳光下她的笑容娇艳，宛如桃蕊盛绽："少帅，您打发乞丐呢？"

"……我暂时只有这么多钱！"司慕道。

"那你回去想想办法，我要五根大黄鱼。"顾轻舟道。

五根大黄鱼，就是五十根小黄鱼，足以让一个普通人一辈子衣食无忧的。

司慕身上没这么多钱。

就像司行霈说过，司行霈有自己的军功和地盘，司慕什么也没有，他只是依附于家庭的少帅，是个衙内。

"我会想办法！"司慕道，"拿到钱，你会跟我去督军府，共同说退亲的事吧？"

"当然！"顾轻舟道。

司慕很讨厌顾轻舟的做派，却也能理解，毕竟人都要吃五谷杂粮，钱是必不可少的。

并不是每个女人都有魏清嘉那样的好命。

魏清嘉好像是一个不沾尘埃的女人，她美得有仙气。

说完了，顾轻舟对司慕道："要不你先回去？我还想略微坐坐，看会儿书。"

司慕点点头，起身离开的时候，先把账单付了，还多给了一笔钱，足够顾轻舟再叫东西吃。

事情差不多说清楚了，司慕回到了督军府。一路上他在想：我这算不算拿钱赎自由身？想到这里，司慕一阵恶寒。

路过大门口时，遇到了他哥哥司行霈出门。

司行霈开着汽车，路过他时特意停下车，人也不下来，只是从窗口里伸出脑袋，问他："做什么去了？"

"一点私事。"司慕道。

司行霈似笑非笑，眼神锐利地在司慕身上打转，看得司慕毛骨悚然。

他们兄弟向来不和。

小时候，司慕还试图跟司行霈亲近，吃过几次亏之后，司慕再也不做蠢事。

"督军方才问你了。"司行霈懒懒说了句，开车出去了。

他从后视镜里看了眼司慕，眼神很阴冷。

司慕没有多想，转身进了后院。

刚踏入拱门，就遇到了他母亲。

"姆妈。"司慕道。

司夫人问他："一大清早去见轻舟了，什么事？"

顾轻舟打电话到督军府，司夫人是知道的。

司夫人不忌讳顾轻舟和司慕见面，甚至巴不得他们多来往，这样彻底断了司慕对魏清嘉的念想。

"没什么事，就是说几句话。"司慕抬脚往里走。

下午，司慕出去了一趟。

司夫人叫了跟着司慕的副官，问司慕干吗去了。

"……少帅去了趟青帮，找九爷借钱，说了三成利，要借五根大黄鱼。"副官道。

司夫人微讶。

五根大黄鱼对督军府来说不算什么，对普通人来说却是很大的一笔钱，司慕要这么多钱做什么？

"他早上去见顾小姐，说了什么？"司夫人又问。

副官道："不知道，好像这笔钱是要给顾小姐的。"

司夫人当即猜到，司慕想要退亲，顾轻舟趁机讹诈。

这个该死的顾轻舟，她知道两年之约快要到了，总归是需要退亲的。在退亲之前，她需得讹一笔钱。

偏偏这笔钱，司慕给得心甘情愿。

"不能任由他们胡闹！"司夫人让副官出去，她静坐良久，眼神中有犀利透彻的光。

作为母亲，司夫人的想法很简单：离婚过的女人做儿媳妇不行，儿子深爱的女人做儿媳妇也不行。

偏偏这两样，魏清嘉都有。

司慕一旦和魏清嘉结婚，他那么喜欢她，就会有了媳妇忘了娘，哪里还有司夫人的地位？

当然，司夫人也不会同意顾轻舟真的嫁给司慕。

顾家那些肮脏事，司家是不想沾的。

只是这个当口，她需要顾轻舟占住了司慕未婚妻的位置，让魏清嘉无处插足。

"顾轻舟，看来要便宜你一次了！"司夫人考虑再三，心中有了个主意，一个他儿子不吃亏，又不敢闹退亲的主意。

顾轻舟一直坐在咖啡馆，中途侍者给她添了两次咖啡、两块蛋糕和一杯果汁。

这么热情，让顾轻舟有点诧异，她抬头看了眼侍者。

侍者说："方才那位少爷付钱了，还有剩下的，小姐要不要尝尝我们新做的蛋糕？"

没想到司慕那么生气，还是帮她付了钱。

要是司行霈，估计直接把她卖在这里了。

"新做的什么蛋糕？"顾轻舟问。

"是黑森林。"侍者说，"您一定要尝尝，比红宝石的还要好。"

顾轻舟失笑："那你端一块来。"

侍者对顾轻舟很满意，毕竟她上道，没有把钱要回去。

顾轻舟一口气吃完，意犹未尽。

她吃饱了，然后就坐着看书。

后来光线变淡了，顾轻舟抬头，原来是夕照映上了玻璃窗，晚霞绚丽。

已经傍晚五点了。

这间咖啡馆离顾公馆不远，黄包车十分钟就能到家。

顾轻舟收拾东西，见门口有黄包车等着，她上车，回到了顾公馆。

"今晚司行霈会来的，他肯定想知道我们谈了什么。"顾轻舟心想。

果然，才到七点司行霈就爬上来了。这次，他没有走后楼，而是从侧面爬到了洗澡间，再从洗澡间进入顾轻舟的房间。

顾家所有人都在一楼吃饭，完全不知道有贼进屋了。

顾轻舟吃了饭上楼，吓了一跳。

"过来。"他大摇大摆冲她招手，像自家的卧房，已经肆无忌惮到了这等地步。

顾轻舟立马落锁。

"今天和司慕说了什么？"司行霈问。

顾轻舟就把自己的话，告诉司行霈。

她要钱了，司慕没这么多钱，表示会凑给她。

司行霈蹙眉："为这个拖？你明天就去跟他退了亲，这笔钱我给你！"

顾轻舟斜睨他。

718

她打开衣柜，拿出睡衣来换。

脱去毛线罩衣，她的头发从衣领倾泻而下，似流瀑般，那青丝宛如无数的丝线，密密斜织，像编了张极大的网，将司行霈拢住。

他呼吸有点紧。

"我不是为了司慕，而是为了司夫人。"顾轻舟一边更衣，一边和他轻声说话，"司夫人认定我贪婪，若是什么都不要，她更加不放心我。"她自顾自语，"再说了，怎么也是一次婚约，我什么都不要就同意退亲，不是说明我大度，而是说明我廉价！我不能这么廉价把自己给卖了。"

说话的工夫，她解开了旗袍。

旗袍褪去之后，隐藏在她发丝间的后背肌肤，似玉般泛出白皙的光，若隐若现。她的大腿纤瘦圆润，一直往下，白皙得像雪，能晃到人的眼睛。

顾轻舟之所以更衣，是想赶紧躺到床上，万一有人敲门，甚至破门而入时，司行霈能快速溜走，她也有的遮掩，毕竟她换了睡衣在自己床上，没什么不妥。

她这是自保。

顾轻舟的睡裙准备套在身上的时候，司行霈一把夺了过去，将她按在床上。他亲吻她，抚摸她。

他带着薄茧的手，沿着她腰际的曲线缓缓往上滑。

"不行！"顾轻舟压住他的手，不许他继续下去，"会有动静，被人听到就惨了。"

她这些话，在他听来都是废话。

她旖旎的姿色已经魅惑了他的眼，除了继续下去，司行霈找不到后退的路了，他快要迷失，沉沦在她身上。

"不要这样！"顾轻舟使劲挣扎，压着声音想吼，又不敢出声，就一点气势也没有，因为司行霈蓄势待发了。

她再挣扎，床就吱呀吱呀地响，害得她不敢动了。

眼泪打湿了枕巾，一点也没耽误司行霈。

"这是我家，我的房子。"顾轻舟哽咽着说，"我的生活一块

719

净地也没了，你恶心死了！"

司行霈抱紧了她。

她还太小了吧？等她以后长大了，她也许会知道这是人的本能，没有这种念头的男人才是有病的。

"你快走吧，我要去洗洗！"顾轻舟哭罢，推他离开。

司行霈哪里肯走？他搂住她睡。

顾轻舟哭累了，爬起来去打水，拎了半桶水进屋子里，自己擦洗干净，又逼着司行霈去洗。

洗完了，顾轻舟换了干净的被褥，然后将旧的被单都塞到了水桶里，这才重新躺下。

司行霈很喜欢，这才心满意足躺好。

后半夜他离开的时候，看到木桶里的脏被褥，想着他的轻舟明早起来肯定要自己洗，怕用人看见痕迹。

天这么冷，司行霈怕她冻手。

于是他将木桶拎起来，从三楼跳跃下去，翻墙出去了。

顾轻舟早起，发现水桶不见了，沉思一下就明白了司行霈的用意。

春寒料峭，顾轻舟缩在被子里，想着他那个人，心竟有点动摇。

司行霈这个人，让顾轻舟特别矛盾。

他若只是个温柔细心、处处为她考虑的男人，顾轻舟飞蛾扑火也就认命了；若他只是个变态的、将她压在床上的男人，顾轻舟恨他也就恨得义无反顾。

偏偏他将两种都做到了极致。

好得极致，坏得极致！

顾轻舟并非侠类，不食烟火四海为家，她是个特别庸俗的小女人，她想过平安踏实的日子，偏司行霈给不了她这样的生活。

日子晃晃悠悠过了几天。

顾轻舟即将开学了，吃了饭之后，颜洛水和霍拢静约着她去买衣裳、置办文具，顺便去看场电影。

逛街的时候，霍拢静说："回头去吉昌菜社吃饭吧？我阿哥说，吉昌的草头圈子味道不错，我最近挺想吃的。"

"好啊。"顾轻舟附和着。

她们到的时候，楼上的包厢用完了，霍拢静正在跟伙计交涉，顾轻舟看到了司行霈。

司行霈是和某位男士一起下楼的。

瞧见她们，司行霈略感吃惊，走过来道："你们来吃饭？"

他眼睛看着顾轻舟，见她的衣领被披肩弄得折进去了，司行霈伸手，想替她抚平衣角。

顾轻舟警觉，往后一躲，司行霈的手就停在半空中。

"是啊，少帅。"颜洛水回答。

跟他一起的男人，也走过来打招呼。

"行霈，你认识的？"这男人约莫二十七八岁，成熟稳重，肌肤有点白，却像是没有血色的惨白。

他气色很差，颇有点虚弱，眼睛没什么神采，阴森森的。

"嗯。"司行霈笑道。

司行霈也不介绍，只是喊了老板，让他给她们安排包厢。

"长头发的那位，生得好看。"他们上楼的时候，男人试探着对司行霈道。

司行霈亲昵的动作，落在旁人眼里，是很明显的，他跟顾轻舟关系匪浅。

几个女孩子里，只有顾轻舟是放下头发的，长长软软地披散在肩头，捂住了脖子，暖融融的。

司行霈转过头，目光深邃，不露痕迹道："是吗？你倒是很有眼光。"

他声音平和，眼神却锋利无比，让这人心头一震，下意识发怵。

这个人叫程艋，是西南督军程稚鸿的长子，司行霈跟他有过一点交往，帮过他一点小忙。程艋此人，没什么男子气概，倒像是阴柔狠毒之辈，和他父亲完全不一样。说实在话，司行霈不喜欢这个程艋。

这次他们全家北上，路过岳城时，司行霈很主动接待他，程艋也感念司行霈。

他们正说着，有辆汽车停在门口。

一个身穿粉红色风氅、脚穿白狐毛短靴的女孩子，轻盈地落在他们面前。

"霈哥哥！"女孩子恨不能立马扑到司行霈身上。

她就是西南督军的独女程渝，性格活泼开朗，和顾轻舟同龄，却比顾轻舟天真很多。

她喜欢司行霈，从她的眼神里就能看得出来。

司行霈下意识往二楼瞥了眼。

二楼的包厢雅间，顾轻舟立在窗口，光明正大地盯梢，长长的头发迎风缱绻，似淡墨色的波浪。

司行霈心中莫名地踏实、温暖起来，甚至想爬上楼去，将她搂在怀里亲吻。

他就喜欢她这么大张旗鼓盯着，就好像他是她的，也只是她的，她盯得理直气壮！

司行霈不动声色，笑着将程渝推开："买好了？"

"是啊！"程渝继续贴上来，像八爪鱼一样，"霈哥哥，我们去看电影好吗？"

"我从来不看电影。"司行霈道，"要看，我只陪我老婆看。"

她误会了，羞赧中带着雀跃，道："霈哥哥，你这个人顶坏，占我便宜！大哥，你帮我说句话呀！"

程艋实在受不了他妹妹的矫揉造作，想要离她远点。

程渝漂亮开朗，落落大方，怎么在司行霈面前，这些优点全没了？程艋真想装作不认识她。

那辆车里，还坐着程夫人和程家的三少爷程逵。

"阿渝。"车上，程夫人声音婉柔动听，喊了程渝。

程渝没办法，只得上车去了。

旋即，这辆车开走了；程艋坐司行霈的车，司行霈的车子紧随其后。

离开的时候，司行霈将手伸出车窗外，朝着楼上的女人勾了勾，然后再挥挥手告别。

唇角微翘，司行霈的心情好到了顶点。

顾轻舟看了半晌，一开始有点恼怒，后来听到他说"只跟我老婆去看电影"，心里莫名照进来些许的阳光。

他冲她比画的时候，顾轻舟看到了。

她不想笑的，甚至有点失落生气，但是她忍不住扬了唇角。

司行霈一定知道，他比画的动作会让她开心。

"看完了？"身后颜洛水看到顾轻舟露出笑容，就打趣她，"怎样，小妖精有没有吃了你的男人？"

"什么话！"顾轻舟嘟囔。

她和司行霈之间，是不能见光的。

颜洛水和霍拢静好似知晓这是忌讳，也从来不在她面前调侃，直到这一刻。

她们吃完饭离开时，顾轻舟刚要上车，就听到背后有喇叭声。

一回头，她瞧见司行霈的车停在不远处。

颜洛水好笑，推顾轻舟："快过去吧。"

"我又不认识他！"顾轻舟道，她钻上了颜家的汽车。

结果，司行霈的车子就跟了一路，不声不响到了颜公馆的门口。

顾轻舟下车时，就感觉有人冲向了她，司行霈捏住了她的胳膊。顾轻舟一惊。

"自己跟我走，还是要我抱你走？"司行霈低声问。

颜洛水很识趣地快步往家里跑，不等顾轻舟了。

顾轻舟道："松手，我跟你走！"

上了汽车，顾轻舟坐在副驾驶座。

司行霈的车子开出去，顾轻舟突然说："你这个人真缺德！"

"我怎么缺德？"司行霈失笑，"我又做对不起你的事了吗？"

顾轻舟说司行霈缺德，司行霈不认。

"……你既想要人家老子的飞机，又想勾搭人家小姑娘，你不缺德谁缺德？"顾轻舟翻白眼。

司行霈哈哈大笑，伸手过来捏她的脸。

她肌肤微凉，捏起来软滑柔腻，似一段云锦跌入心田。

她知道司行霈是为了飞机，不是想要眠花宿柳，司行霈很高兴。

有什么比自己爱的女人了解和信任自己更美好？

司行霈车子开得很稳当，他很享受两个人坐在幽闭空间里，她吐气如兰，他气息清冽。

"轻舟。"司行霈喊她，声音似暖阳般熨帖温柔，"今天为什么趴在栏杆上看？"司行霈问，"怕我跟那个小丫头勾搭？"

"我就是出来透个风，谁想要看你？"顾轻舟道，"再说了，我看看你就不勾搭人家啊？"

"你看着，我哪里敢？"司行霈笑道，"轻舟，你凶起来很吓人，像只母老虎！"

顾轻舟白了他一眼，继而沉默着。

"轻舟！"司行霈又喊她。

顾轻舟再次转头看着他。

"我今天很高兴！"司行霈道，"你趴在那里看，生怕我跟别人走了，我心里非常开心。就好像有了个束缚，你束着我！"

顾轻舟愕然："被人束缚心里还高兴？你是不是变态？"

司行霈又哈哈大笑。

"你在乎我，才会束缚我，我当然高兴。从小到大，没人替我做主，我一切随心所欲。以后，我交给你做主。"司行霈道。

"我不在乎你，也不想给你做主！"顾轻舟道，"我只是不想自己太狼狈！你一旦定亲，我就会更尴尬。"

司行霈舒了口气。

不管顾轻舟是否承认，她都是在意的，甚至是紧张的。

"我不会娶程家的二小姐。"司行霈道，"我的贵客是程家的大少帅和程夫人，不是那两个小鬼。"

司行霈最讨厌这种事情上闹误会，他要给顾轻舟解释得清清楚楚，不让顾轻舟胡思乱想。

压在顾轻舟心头的阴霾，好似被拨开，她的心也轻松了很多。

"还生气吗？"司行霈道。

"从来就没生气过。"顾轻舟嘟囔，将头看向了窗外。

司行霈笑，心想：这个口是心非的小东西！

他忍不住又伸手去捏她的脸。

她总说她不会爱他，但是她在意他，这是个很好的开端。只要他不作死、不伤害她，她会爱他的。

这只是时间问题。

司行霈一开始就有这样的自信。

现在事实告诉他，这绝不是盲目的自信。

如今不是快要实现了吗？

司行霈一生都是大开大合，做什么事都是用尽极致的手段，唯有在顾轻舟身上，他跟着她磨合，细致而缓慢。

命运让他爱上了这个女人，而这个女人教会了他耐心。

"去哪里？"顾轻舟问他。

"去跳舞吧。"司行霈道，"我看你也吃饱了，跳舞消化消化。"

顾轻舟想了想，摇摇头。

"不要去舞厅了。司行霈，我想去看电影。"顾轻舟道。

司行霈心中有暖流。

他说，他只会跟他的老婆去看电影，那么她是明白的？

"好，去看电影。"司行霈答应得毫不犹豫。

顾轻舟反而踌躇了一下："真去啊？"

"真去！"

电影院里有点冷，只有他们两个人，司行霈买了全场的票。

他脱下风氅，盖在她的身上。

顾轻舟的身子很小，他宽大厚重的风氅，几乎将她淹没，风氅里很暖，有他的味道，宛如他的怀抱。

这次的电影是一部滑稽剧。

司行霈觉得有趣，笑个不停，笑声爽朗不带任何心机。

顾轻舟认识他一年了，第一次见他笑得这么开心。

这是种万事笃定，很有希望的笑声。

好像一个人从前活得行尸走肉，终于明白自己的希望是什么。

他一边笑着，一边握住顾轻舟的手。

披着风氅的顾轻舟，手仍是很凉，司行霈掌心的温暖，一点点送入她手里。

顾轻舟莫名有点困。她依靠着他的肩膀。

司行霈的肩膀很宽厚结实，顾轻舟靠上去，司行霈就没有动。

他还是会被电影逗乐，然后笑得前俯后仰，顾轻舟靠在他身上，笑就像会传染一样，顾轻舟忍不住也笑了。

这天晚上，顾轻舟留在司行霈的别馆，睡觉的时候，她主动搂住了他的腰。

"轻舟，我今天过得非常开心，比我从前所有的日子加起来都开心。"司行霈亲吻她的头顶，而后又亲吻她的面颊。

顾轻舟往他怀里钻。

"你呢？"司行霈问，"你过得开心吗？"

顾轻舟含混支吾："我不知道。但是你开心的话，我可以尝试着去开心。"

司行霈就吻住了她的唇，低声说："一点也不肯吃亏的小东西！"

顾轻舟迷迷糊糊地睡着了。

她做了一个很绮丽的梦，梦到烟雨迷离的三月，司行霈带她去钓鱼。她坐在旁边，将脚浸在河水里，说："司行霈，脚冷。"

司行霈就抱住她亲吻。

第二天，晨曦熹微时，顾轻舟就醒了，脚果然伸在外面，冻得冰凉。

她难得比司行霈醒得早。

顾轻舟穿好衣裳，站在阳台上吹风，让自己清醒一点。

她听到楼下厨房的声音，朱嫂已经来煮饭了。

屋子里的光线还是有点暗淡。

一回头，就能看到熟睡的司行霈，他的侧颜俊朗无俦，安睡中的他，毫无往日的杀伐。

顾轻舟深吸一口气，清新且冷的空气涌入肺里，她人也清醒很多。她下了楼。

"顾小姐，这么早就醒啦！"朱嫂永远都是开心快乐的，慈眉善目。可能是她总是一副好心态，故而做出来的饭菜也格外好吃。

"朱嫂早，要我帮忙吗？"顾轻舟问。

朱嫂笑道："少帅是舍不得的，他宁愿自己做，也不肯让顾小姐下厨。我这里该洗的都洗好了，该准备的都准备妥当，现在就等着起油锅，你帮不上的，快出去坐。"

顾轻舟坐到了沙发上。

而后，她听到一阵急促的脚步声。

司行需穿着睡衣，出现在楼梯口。看着顾轻舟安静地坐在楼下，他松了口气。

"还以为你走了。"司行需笑，一头凌乱的发。

他睁开眼看不到顾轻舟，是吓了一跳的，立马想去找。

看到她仍坐在那里，司行需心情好转，又上楼梳洗。

"朱嫂煮的汤包好吃。"吃饭的时候，司行需给顾轻舟夹了两个包子，"吃完，你身上都没二两肉！"

"我实在吃不下。"顾轻舟道。

司行需瞪她。

顾轻舟跟他讨价还价："这样好不好？我先咬一口，就算我吃了，然后你把剩下的吃完？"

司行需眯起眼睛："轻舟！"

顾轻舟不寒而栗，立马把汤包端了过去，心想这个魔鬼！

她带着委屈，一口一口地硬塞，心情是不太好的。

吃完饭，她坐在楼上温习功课。

司行需出去了，一直到深夜，仍没有司行需的身影，顾轻舟还以为他去了驻地。

将东西收拾好，顾轻舟准备明天回家。快要开学了，她还有很多功课没有做完。

顾轻舟睡得迷迷糊糊的，感觉有一道光划破漆黑的夜空，她一下子就惊醒了。

她听到了汽车的声音。

两辆汽车开进了院子。

顾轻舟趴在窗口，只当是司行霈深夜归来，不承想却看到两名副官架着司行霈下车。

司行霈浑身是血。

没有月色的夜，放眼望去都是青褐色，只有汽车的远光灯，照出一缕缕碎芒，将夜幕割开。

顾轻舟不知道出了什么事，下楼的时候双腿发软！

她到了楼下，才知道司行霈昏迷不醒，副官已经将司行霈放到了楼下客房的床上。

另一辆车上下来的，是他的军医——一整车军医！

军医们带了很多仪器，包括吸氧机。

他们跟着司行霈的副官进了屋子，所有人将屋子挤满，器械泛出冰凉的光。

"顾小姐。"一名常跟着司行霈的副官，顾轻舟前不久才知道，他叫邓高，恭敬地给顾轻舟行礼，"您先上楼吧，别冻着了。"

顾轻舟将风氅拢紧，说："我不冷。"

不知为何，声音有点抖。

她下意识舔了一下唇，唇是冰凉的。

邓高没说什么，转身快步跑上楼，又急匆匆下来，手里拎了双拖鞋。

顾轻舟下楼的时候，忘记穿鞋了。

她的脚落在地板上，早已冻得通红，她自己没有察觉到。

穿好鞋，邓高又给顾轻舟端了杯热水。

顾轻舟站在门口，她没有吵闹，没有哭泣，也没有质问，只是呆若木鸡地望着忙碌的军医们。

"顾小姐，这里有军医，您帮不上忙，不如先坐坐。"邓高试图安慰她。

中医在急救方面，是远远不如西医的。

司行霈浑身是血，顾轻舟的确帮不了，屋子里全是军医，她挤进去只会碍手碍脚，耽误军医救治司行霈。

犹豫了一下，顾轻舟往回走。

她坐到了客厅的沙发上，眼睛一直望着客房，看着里面人影闪动。

她耳边嗡嗡的。

良久，顾轻舟才意识到，副官邓高在她耳边，絮絮叨叨说了半天的话。

"你说什么？"顾轻舟问。

邓高愣了一下。

他说了很多，也不知道顾轻舟是哪句没有听懂，他努力回忆着，试图找出她的问题。

顾轻舟却没有等他，她继续发问："少帅他，是怎么受伤的，伤了哪里？"

"是遇到了枪击，少帅为了保护程小姐，挨了两枪。"邓高道。

顾轻舟霍然站起来。

副官大叫不好，顾小姐要吃醋了。

少帅为了程小姐拼命，顾小姐能高兴吗？

不应该说得这么仔细的！

"我没事，你不用陪着我。"良久之后，顾轻舟淡淡开口。她的嘴唇有点麻木，声音也不太像她的。

她重新坐回沙发，将自己缩在沙发里，伸手触摸风氅上的绒毛。

这是白狐毛，很柔软暖和。

她一下一下地捋着白狐毛，眼睛不时望一下客房。

副官在旁边说什么，她再也听不到了。

又不知过了多久，有人在她身上披了件毛毯。

毛毯很重，几乎要压垮她。

一抬头，她看到了朱嫂。

朱嫂担心，半蹲在她面前："顾小姐，他们说你坐了一夜。上去睡一会儿吧，少帅没事的。"

顾轻舟看了眼窗外。

天已经大亮了，璀璨的骄阳升起。

漆黑的夜色早已退得无影无踪，她坐了很久吗？

其实她不知道，她只记得司行霈挨了两枪，陷入昏迷。

顾轻舟将毛毯拢在身上，道："军医出来了吗？"

朱嫂摇摇头，眼眶就红了。

顾轻舟不说话。

朱嫂劝了她几句，她不听，朱嫂就任由她坐在沙发上，自己去厨房忙碌了。朱嫂是个特别简单的女人，哪怕天塌下来，顶着天的人都要吃饭。

厨房是不能断火的。

到了早上八点，经过六个小时的抢救，军医终于取出了司行霈体内的两颗子弹。

"没有大碍，子弹都避开了要害。"胡军医出来，对顾轻舟道。

"还有生命危险吗？要不要转到军医院去？"顾轻舟问。

"不用了，就在家里休养吧。"胡军医道，"我每天都会来的。"

顾轻舟点点头。

她像泄了气似的。

等军医们离开，顾轻舟进了房间去看司行霈。

司行霈胳膊上挂着盐水，人还没有醒过来。

顾轻舟想伸手触碰他，又考虑到自己的手可能很脏，需得消毒，否则会把脏东西带给他，会让他发烧。

她既不想去洗手，又不想离开，就立在旁边，静静地看着他。

司行霈脸上没有半分血色，惨白得吓人。

朱嫂后来搬了个椅子给她。

她坐着看。

不知不觉，顾轻舟就趴到了床上。

她感觉有人摸她的头发，力道没有控制好，手劲有点重，一下子就把她惊醒了。

"丫头。"司行霈声音嘶哑的，喘不上来气，说话很慢，"去睡。"

顾轻舟坐正了身子，握住他伸过来的手，道："我不困。"

司行霈端详着她。

明明才一会儿没见，怎么好似隔世之感？

副官说她在客厅坐了一夜。

730

司行霈身上很疼，心里却温暖，好似阳光全照进来。

"哭了吗?"他问。

"没有。"顾轻舟回答。

"怎么不哭?"他好似挺失望。

"你欺负我的时候，我才会哭，其他时候哭不出来。"顾轻舟说，"你为其他女人英雄救美，我在这里为你抹眼泪? 你想得美。"

司行霈笑。

他一笑就呛到了，咳嗽了起来。

军医立马进来，问他调整了一下呼吸器，低声道："少帅，别说话了，还没有过危险期呢。"然后，又对顾轻舟说，"小姐坐，不要惹少帅开口说话。"

顾轻舟点点头。

司行霈看着她，唇角有淡淡的笑意。哪怕是经历了生死，一睁开眼就看到顾轻舟坐在身边，再大的痛苦也值得了。

顾轻舟则觉得此次事情不简单。

"他一年到头常遇到这种事，怎么这次就没有避开?"顾轻舟心想，"是真的运气不好，还是故意而为?"

故意挨两枪，从此就成了西南程家的大恩人，将来飞机场甚至引进飞机的渠道，怎么也要介绍给他吧?

顾轻舟这么想着，越发觉得像司行霈的做派。

她为什么要伤心?

人家明明是自找的!

若不是自导自演，那就是真的英雄救美，更轮不来顾轻舟哭天抢地了。

她很累，脑袋抬不起来的时候，软软趴在他的床边睡觉。

睡不着，心里跟过风似的，一阵阵全是心绪，搅和在一起，理不出头绪来。

司行霈握住她的手，顾轻舟也握住他的。

有人来探病，被副官拒之门外。

"少帅的病情很危急，不能见外人，军医说防止感染。"副官这么说的。

外头有女孩子的哭声："我就是想见见霈哥哥，他会不会死?"

顾轻舟没有动，他胳膊上原来有这么多的伤疤，纵横错落。

他说，我十岁就在战场里捡尸体、做后勤……

外面的声音没有断："霈哥哥不会有事的，我要去看看，我不会感染他的。"

"让我们看看吧，看了才安心啊。要不是少帅，阿渝还不知怎样呢。"这是程夫人哽咽的声音。

"对不起夫人，军医是这么吩咐的，我们也没办法。"副官不为所动。

程家的人被拒之门外。

过了一会儿，司行霈突然喊："轻舟!"

他喊得很轻，声音软软的。

"嗯。"顾轻舟答应着，坐起来看他，却发现他根本没有醒过来。

他在睡梦中喊着她。

陆陆续续地，他说："红烧牛肉……"

昨天走的时候，顾轻舟说了晚上回来想吃红烧牛肉。

哪怕是重伤，都还记得他的轻舟要吃什么。

明明不是什么大事，顾轻舟却突然崩溃了。

她挣开他的手，冲到了洗手间。

眼泪就夺眶而出，怎么都无法止歇。她一开始只是流眼泪，不让自己出声，后来根本就控制不住，双腿早已软了，趴在浴缸的边沿，哭得惊天动地。

副官和朱嫂等人，站在门口，想要进去劝顾轻舟。

胡军医来了。

见状，胡军医说："别打扰她，让她一哭会儿吧，她也是吓坏了，哭出来就好了。"

顾轻舟哭得很伤心。

有个笼子，已经罩了下来，将她的心锁住了。

但是她想要挣脱。

732

"怜卿薄命甘做妾"，她到底是有多薄的命，才自甘堕落到了如此的境地？司行霈对她这么坏，为什么一顿饭就能把她收买？

她想起去年的这个时候，她第一次枪杀刺客，当时吓坏了，司行霈喂她吃粥。

顾轻舟从未说过，那是她这辈子记忆中第一次有人喂她吃饭。李妈怕她软弱，从来没有喂过她。

她不说，不代表她不记得、不感动。

她一直哭，哭得疲倦不堪，趴在浴缸上睡着了。

当天晚上，司行霈就彻底清醒过来了，他一直没有发烧，身体特别好。

军医让他喝点稀粥。

"让轻舟来喂我。"司行霈提要求。

顾轻舟没办法了，坐到他的床边，一口一口喂他，就当将他的好，如数还给他，彼此不亏欠。

"是不是吓坏了？"司行霈问她。

顾轻舟冷漠道："你出事了，我为什么要吓坏？再说，你又不是为了救我！"

"好大的醋味。"司行霈失笑，"当真没有吓坏？"

顾轻舟沉默不语，他不吃了。

军医说："少帅要多吃点，回头要吃很多的西药。胃里没东西，光消化西药，人难受。"

"难受就难受吧，他也不太在乎。"顾轻舟说。

司行霈见她真生气，就端过粥碗，一口气全喝了。

半个小时之后，军医果然拿了很多药给他。

司行霈一大把全扔到嘴里，一口水咽下去，干脆利落。

粥吃好了，药也吃好了，军医和朱嫂的任务都完成了，暂时离开了客房，只有顾轻舟坐在司行霈跟前。

司行霈伸手握住她的手。

顾轻舟将手一缩，坐到墙角的椅子上。

"轻舟。"司行霈低声喊她，"你过来。"

"我坐在这里挺好。"顾轻舟道。

司行霈轻笑:"你过来,我把事情都告诉你。"

顾轻舟犹豫了一下,重新坐到了他的床边,听他说话。

司行霈反而不知如何启齿。

屋子里沉默,只有风吹窗帘的簌簌声。屋檐下光影一错,原来是早春的燕子归来,落在屋檐下搭窝。

他不说,顾轻舟就问了。

她只问自己最想要听到的:"是不是你自己安排的刺杀?"

"是。"司行霈如实道。

顾轻舟道:"我就知道。若是真的遇到危险,你不会伤得这么重。我认识你不到一年,危险多了去,你都能逢凶化吉,这次肯定是有意而为。"

司行霈唇角微扬,心想我的女人果然了解我。

顾轻舟又问:"想娶程小姐?"

司行霈立马否认:"不!本来应该是程家大少爷遇险,我只是被打穿胳膊,没想到程家那个蠢货扑了过来,幸好我避开了要害。"

没见过那么蠢的女人!

"……你现在是程小姐的救命恩人,想娶她很容易。事情更加顺利,你一直想跟军阀世家联姻,机会来了。"顾轻舟又道。

她说话的时候,羽睫低垂,白玉似的脸上,落下阴影。

司行霈攥住了她的手,攥得很紧。

"轻舟,我没有想过娶她!"司行霈道,"你看着我的眼睛!"

顾轻舟抬头,眼底倒映出司行霈的模样。

"看着我的眼睛,我的话你听到了不曾?"司行霈问。

顾轻舟颔首:"听见了。"

"相信吗?"他又问。

"相信。"顾轻舟道,"我问了,你回答了,我就相信你!我只是要问清楚,免得将来某一天发生口角。"

司行霈凑近了她,他轻啄了一下她的唇,低声道:"傻丫头!"

734

怪不得顾轻舟说司行霈这个人，要钱不要命。

为了军火，他连这种苦肉计都敢用，差点把自己赔进去。子弹是不长眼的，司行霈说过，他从来没把命当回事，包括他自己的命。

武器对司行霈来说，比命重要！

在这方面，顾轻舟帮不了他。

他将顾轻舟困在身边的时候，心思是专一的，没有将她视为小妾，顾轻舟心中终于平衡了。

但是，程家是他的机会。

顾轻舟不想成为绊脚石。

司行霈受伤这些日子，都是顾轻舟在别馆照顾他。

白天的时候，顾轻舟就和他在后院里，逗那两只狼玩；晚上回到卧房，有时候顾轻舟给他念几页书，有时候弹钢琴。

司行霈说："将来华夏统一，没有内战，没有入侵，我们两人就去苏州安置一个宅子，我煮饭给你吃，你弹琴给我听！"

顾轻舟想到他为了武器不惜重伤自己，心里是有气的，她冷冷道："你能活到那个时候吗？"

"我尽量吧！"司行霈笑。

顾轻舟顿时就不说话了。

司行霈哄了她半晌，她才说："不是尽量，是一定！"

"好，一定！"司行霈笑道，"我们一起，活到你头发白了，牙齿松了，我还煮饭给你吃。"

顾轻舟依靠着他，眼睛稀里糊涂就湿了。

第三天，颜新侬来看司行霈，颜洛水跟着一块儿来了。

"轻舟，你好几日没有回家，你家里人起疑了，昨天你姐姐去我们家，说让阿爸让你回去。"颜洛水道，"不过，姆妈已经打过电话，说你跟我去了南京，过几日再回去。"

顾轻舟颔首，道："多谢你帮我遮掩。"

提到这个，颜洛水多少有点小心翼翼。

颜洛水还没有走，霍钺跟霍拢静就过来探病了。

正好大家都碰到了。

几个女孩子在楼上说话，霍钺和司行霈就在楼下密谈。

他们谈了很久，大概是谈善后的事。

众人离开之后，顾轻舟端了热水，过来给司行霈擦脸擦手。

"见这么多人，万一感染了就要发烧。"顾轻舟道。

司行霈就很享受般，任由她拧了毛巾在他脸上和脖子上擦拭着。

他一时玩心大起，对顾轻舟道："替我擦擦身子！"

顾轻舟的脸，顿时就不自在了。

"怎么，你没见过啊？"司行霈问。

顾轻舟觉得他不以为耻反以为荣，当即拉下脸，说："你以后自己吃饭吃药，自己洗脸洗手，我要回家了！"

说罢，她转身就要走。

"轻舟！"司行霈急了，在身后大喊，"你站住！你要造反啊？"

听到顾轻舟下楼的声音，司行霈有点急了，慌忙起身来追。

军医说，他最近几天都不能下床。

他刚走了几步，就看到去而复返的顾轻舟，司行霈心间一喜，牵动了身上的伤口，钻心地疼。

顾轻舟吓坏了，将他扶到床上，摇铃喊了副官上来，让副官赶紧去请军医。

"我看看伤口，有没有裂开。"顾轻舟掀他的衣裳。

司行霈任由她看。

伤口是很疼的，但是没有裂，也没有流血，顾轻舟稍微松了口气。

司行霈打趣她："轻舟，我身体好看吗？"

顾轻舟瞪他。

军医来了之后，顺势给司行霈换药，问他们闹什么。

伤口确定没有撕裂，顾轻舟的心终于归位。

"是该擦擦身子，好几天没有洗澡了，少帅也难受。"胡军医道，"这样吧，顾小姐去打热水来，我来帮少帅擦。"

"老胡你别恶心我，我这还疼着呢！我宁愿难受死，也不想让你擦！"司行霈嫌弃，直截了当地说。

胡军医无奈地摇摇头。

真的，司行霈从小在军营混，什么脏乱没有受过？

他让顾轻舟擦身子，那是他们两个人的小情趣。

胡军医后来也明白过来。

晚夕的时候，司行霈闹着要擦身，说身上痒。

她端了热水过来，一点点为他擦拭，然后换了套干净的病号服。

整个过程中，司行霈都很听话的，没有闹腾。

忙好了，顾轻舟说要去睡觉时，司行霈让她睡在自己身边。

"我怕不小心动了，碰到你的伤口。"顾轻舟说。

司行霈道："没那么矜贵！过来，你躺在我身边，我心里才踏实些。"

顾轻舟就小心翼翼依靠着他睡。

她的两只狼不知何时上楼了，纷纷躺在床边。

顾轻舟伸手就能摸到它们。

"司行霈，短短几个月的工夫，它们都成了大狼了。"顾轻舟道，"我估计着它们能围攻一头成年狮子。"

"过几天去苏州打猎，带它们去见见世面。"司行霈道。

顾轻舟又不同意："狼到底是野性的，万一开了杀戒，以后咬人怎么办？"

两个人说了半天的狼，木兰就趴在床边，想要跳到床上。

顾轻舟挪出一角给木兰睡。

后来，顾轻舟睡着了，做了很多梦。

快要天亮的时候，顾轻舟迷迷糊糊的。

突然，顾轻舟听到一声狼嚎。

她微讶，发现木兰在拱她，顾轻舟睁开眼，已经是晨曦了。

一辆车子停在院子里。

"他伤得怎样？"这是司督军的声音。

副官要拦。

"混账，你是哪里的副官？是军政府的副官，还是他司行霈的副官？"司督军怒喝。

副官不敢拦了。

顾轻舟吓得半死，立马躲到了柜子里。

司督军速度很快，他冲上楼的时候，司行霈刚醒。

受伤的司行霈，反应要差很多。

他父亲站在跟前，吃惊地看着他，司行霈倏然想起床上还有个人，也是心中一惊。

伸手一摸，摸到了一手狼毛，木兰躺在顾轻舟睡过的地方。

司督军诧异道："儿子，你没毛病吧？好好的，你养两只狼，还放一只在床上睡？"

司督军大概以为司行霈有什么诡异的癖好，受伤了还跟狼睡，而且最近一年荒唐事锐减，难道他的怪癖转到动物身上去了？这可就严重了。

司行霈伤得不算特别厉害，只是他在外头造势，说自己快要死了，司督军通过西南的程稚鸿辗转知道此事，担心坏了。

他连夜从驻地赶回来。

他们父子关系不和，这点不假，司行霈对司督军意见很大，可是司督军仍是很疼这个儿子的。

"阿霈，你也该结婚了。"司督军语重心长道，"哪怕不结婚，也该放几个姨太太在身边。你瞧你养两只狼……"

司督军唉声叹气地走了以后，司行霈气得青筋暴突，想把木兰扔下去。

木兰是狼，不知道司行霈的恼怒，司行霈就把气发泄在让木兰上床的顾轻舟身上。

"说了多少回，我床上只能睡一个母的！你再让它爬上来，老子就宰了它！"司行霈怒道。

顾轻舟也生气了。

要不是木兰，副官根本拦不住司督军，顾轻舟就要被司督军撞见。

司行霈无所谓，撞见了就讨了顾轻舟做姨太太，可顾轻舟怎么办？

木兰救了顾轻舟一命。

顾轻舟更加觉得，不能这么继续下去了，她一定要逃离司行霈的牢笼。

"我要回家，我不能这样跟着你！"顾轻舟恼怒道。

"好，你先回去，回头我再去。这次我不能翻墙了，还是直接进入。轻舟，我觉得你阿爸知道你勾搭上了我，哪怕做姨太太，他也会高高兴兴地把你送给我的！"司行霈咬牙切齿道。

顾轻舟顿时气得半死。

这段日子，他们两人相处得不错，司行霈不见程家的人，又保证不会娶程渝，梦中念叨着她要吃的红烧牛肉，顾轻舟是有点感动的。

直到差点被司督军抓住，顾轻舟躲在衣柜里，才惊觉自己还是做不到。

她没办法跟司行霈的！

"你混账！"顾轻舟大怒。

司行霈抓住她的手，轻轻地吻她的掌心，他先消气了，哄她道："轻舟，我就是说说，我什么时候真的害过你？"

顾轻舟沉默。

"我喜欢木兰。"顾轻舟道，声音低沉，"你不喜欢它，下次我把它带到顾公馆去。"

木兰和暮山一开始被顾轻舟带去颜家，后来顾轻舟不放心，又送到司行霈这里，就养到了现在。

有副官专门负责木兰和暮山的饮食，对它们很用心，每顿都是牛肉，故而它们长得很快，已经有成年狼的体形了。

司行霈立马就服软，说："好了，我不赶木兰走，可以了吗？轻舟你乖，我伤还没有好呢。"

他软磨硬泡的，顾轻舟就留在他那边。

到了二月初一，学校开学，顾轻舟就去上学了。

她白天去学校，放学之后回来照顾司行霈。

到了初五，司行霈就能下地，他坐车去了驻地。

军医说他太冒险了，拦都拦不住。

司行霈又去见了程家的人。

程家对此事深信不疑，毕竟是司行霈亲自安排的，滴水不漏地成全了司行霭的英雄救美。

"……阿霭，我们初十去南京，督军的军事会议结束了，我们从南京再南下。不如你送送我们？"程夫人对司行霭道。

程渝红了脸。

他们带着二十多名亲卫，却要司行霭送，不就是想让程稚鸿见见司行霭，变相相亲吗？

程渝都明白，司行霭自然更明白了。

他花了这么多的心思，还挨了两枪，差点把命搭进去，难道就是为了娶个白痴一样的女人？

他心中冷笑。

顿了顿，司行霭道："夫人，恕我不能相送，我这伤口可经不起车马劳顿。再说，驻地一大堆的事。我知道世道不太平，我再派一些副官，专列送您和小姐少爷们去南京，您意下如何？"

被拒绝了。

程渝脸色微白。

程夫人也有点意外，还以为司行霭肯定会知道这其中的分量。

只有程夫人的长子程艋道："妈，行霭兄的伤势未愈，怎么能坐火车呢？"

程夫人觉得火车挺稳的，根本不会牵扯伤口。

不过，让他一个病患远去南京，的确是影响他伤口愈合的。

程夫人揣摩司行霭的心意，不想去南京的意思，大概就是婉拒了和程渝的婚事。当然，也可能真的只是伤口问题。

"司行霭受的伤，是不是比咱们看起来的要重？"程夫人这么想。

要不然，她找不到司行霭拒绝的理由。

是嫌弃程渝不够漂亮，还是程家的背景不够雄厚？似乎都不是。

唯一的解释，就是司行霭的伤势挺严重的。如此想来，程夫人心里舒服多了。

"司行霭对程家，是重恩。"程夫人心想。

第二十四章

退亲风波

到了周末，顾轻舟回了趟顾家。

顾家的姨太太们，看她的眼神有点奇怪，她们终于怀疑顾轻舟夜不归宿的去向了。

顾轻舟也解释了："是去了趟南京。"

其他人将信将疑，因为从未听她提起，却又找不到破绽。

顾圭璋则是相信的，甚至说："女人家，应该多见见世面。"

周一上学的时候，顾轻舟的同学在八卦："快看，魏清嘉回来了。"

第一名媛魏清嘉回来的消息，在岳城酝酿发酵了很久，正主终于到了。

小报头版是魏清嘉的照片，她浅浅含笑，姿容绝艳。她穿着一件长款貂皮大衣，身材曼妙婀娜，刘海很厚，脸小巧精致，风采绰约。

远景照片能这么美丽，她本人肯定更漂亮。

"这就是魏清嘉啊?"顾轻舟看得有点入神。

"是啊!"李桦一脸羡慕，"她生得真好看，而且她才华横溢! 老天爷肯定是偏心眼，将我们每个平凡人的优点摘掉一成，送给另一个人，创造一个天之骄子，供万人景仰!"

顾轻舟失笑："你怨念好大!"

"可不是吗? 我们辛辛苦苦念英文，怎么也学不会，她随随便便出去游历几年，就会说好几种语言，你说气人不气人!"李桦道。

颜洛水道："语言嘛，多说就会了，你要是去游历，专门学语言，你也会的。"

"她还那么漂亮!"李桦嘟囔。

众人都笑了。

晚上放学，顾轻舟去看司行霈，说到学校里的八卦，就说起了魏清嘉。

"她终于回来了。"顾轻舟道，"你说她从前喜欢你，以后还会喜欢吗？"

"这个是自然，我如此有魅力！"司行霈道。

顾轻舟翻了个白眼。

司行霈这边已经能出门了，他今天还去了军政府开会。

有件事他没有告诉顾轻舟，司督军让司夫人张罗着，放个漂亮姨太太在他身边，他拒绝了。

那天看到一只狼躺在司行霈床上，而且司行霈行事极端不拘一格，司督军很担心他的健康。

"司行霈，你以前喜欢什么样子的女人？"顾轻舟问他。

魏清嘉那么漂亮，他都不动心吗？

"能睡的。"司行霈道。

顾轻舟顿时气得脸通红，啐他："跟动物一样！你就不能有点人性吗？"

司行霈一头雾水："你说你喜欢某种食物，不是因为好吃？喜欢某种料子，不是因为好看？喜欢只是目的的前奏，我喜欢我能睡到的女人，怎么就没人性？"

顾轻舟哑口无言。

司行霈又凑近她，低声暧昧说："轻舟，我现在喜欢你。"

顾轻舟一阵恶心。

第二天，司行霈去了驻地，军医说不行，他也不肯听，顾轻舟也劝不了他。

程家的人去了南京，司行霈很顺利地和程督军的长子程艋成了至交，而对他有好感的程小姐，死心塌地爱上了他。

整个计谋对他来说，是非常成功的。

顾轻舟对此不置一词。

又到了周末，顾轻舟去看望慕三娘和何微，才发现何微脸色不太对，整个人都消瘦了。

顾轻舟微讶。

"微微怎么了？"顾轻舟问。

慕三娘叹气。

"我没事。"何微有气无力，"姐，我今天还有一个家教，先走了。"

何微走后，慕三娘才告诉顾轻舟，之前跟何微定亲的那位，给何微写了封信。

"来信说要退亲。"慕三娘又是难过，又是恼火，"退亲也就罢了，他们见异思迁，我们也不是那无理取闹的人家，非不给退。可是那位呢，反而写信说是因为微微抛头露面地去做家教……"

顾轻舟一听，顿时就气炸了。

家教而已，根本谈不上抛头露面。

"他们什么大户人家，女人大门不出二门不迈吗？"顾轻舟怒道，"再说，靠自己的手脚赚钱，怎么就不光彩？"

"女人为了补贴家用，都是做针线活，或者浆洗，总之逃不出内宅。他们不懂家教是做什么，只怕把她当歌女舞女那样……"

顾轻舟觉得不至于。男方是念过书的，感觉是故意找事退亲。

可是为什么呢？

顾轻舟去接何微。何微做家教的地方，顾轻舟去过一次，转两趟电车就到了。何微下午三点出来了。

顾轻舟站在梧桐树下，阳光透过嫩绿枝头，洒落在她身上。

暖暖的，她的笑容也是柔婉的。

何微看到她，眼泪顿时滚落，奔过来抱住了顾轻舟，大哭起来。

接到信，何微一直没有哭。她怕父母伤心，努力忍着。只是她怎么也想不通，好好的为什么退亲？

谈不上失恋，但何微是痛苦而迷茫的，好像她引以为傲的努力，被人否定了。

"姐，我现在都想不起他的样子，当初见几面就定亲，想着女人都是要嫁人的，父母满意就行了。明明谈不上喜欢，怎么他退亲了我这么难受？"何微倾诉道。

"有个人否定了你，换作谁都会很难过的。"顾轻舟道，"你有学问又漂亮，将来自然会遇到良人。"

何微之前强撑着，憋得厉害，在顾轻舟面前哭过一次以后，心情稍微好转。

"只当缘分没到吧。"何微道。

"我请你吃饭，再去看电影，好吗?"顾轻舟道，"咱们好好玩，就什么糟心事都没有了。"

何微点点头。

时间还早，她们两人先简单吃了点，就去看了电影。

看的是滑稽戏，何微笑得开怀，出来之后不停跟顾轻舟讨论，说电影居然可以做得这么好玩。

"我第一次看滑稽戏，那个人扮猴子实在太像了，好灵活。"何微笑道，声音里已经没了失落。

顾轻舟笑道："我也觉得好玩，下次你有空，我们再约。"

从电影院出来，她们两人肚子都饿了。

顾轻舟带何微去吃法国菜，之前司行需带她去过的那家餐厅。

黄包车到了法国餐厅门口停稳，顾轻舟和何微下车，远远就瞧见从玻璃门里透出来的光芒。

钢琴柔和婉转的曲调，像纱幔轻扬在餐厅的上空。

"这里好贵!"何微一瞧这餐厅，门口停满了汽车，应门的侍者是金发碧眼的外国人，她心里发怵了，拉顾轻舟的袖子，"姐，我们换个地方吃吧，又不是谈买卖，我们不值得花这个钱!"

"没事，姐姐有钱。"顾轻舟笑道。

其他不说，头一次敲诈司夫人那笔钱，都够顾轻舟吃半辈子的。

何微就笑了："姐，你说你有钱的时候好漂亮潇洒! 女人就是得靠自己，别人再怎么嫌弃我，我也不能放弃我的家教，我努力赚钱不丢人!"

有很多的道理，说是说不明白的，需得某个瞬间的顿悟。

何微在这个瞬间，明白了自己到底想要什么。和一个男人的婚姻相比，她更愿意坚持从前的规划，做个事业女性!

"你明白就好!"顾轻舟笑道。

746

她跟何微进了餐厅。

餐厅里没有开水晶吊灯，在每个桌子上放两盏小蜡烛，橘黄色的光线冷而媚，衬托一张张美丽高贵的脸。

顾轻舟和何微坐下，点了菜。

菜还没有端上来，顾轻舟就看到了司慕。

这家法国餐厅，座位之间的间距很小，每次顾轻舟和司行需来，司行需都是包下全场。

因为间距小，顾轻舟看到了司慕，司慕也看到了她，他愣了愣。

司慕身边，是一位妙龄女郎。她穿着深紫色卡夫绸连衣裙，裙子曳地，身姿绰约。

她和顾轻舟一样，是一头又黑又亮的长发，披散肩头，肩头圆润纤薄，肌肤胜雪白皙。和报纸上相比，她更加优雅。

顾轻舟认出了她，她就是魏清嘉！

顾轻舟羽睫低垂，装作不知道。

司慕愣了一下，然后走了过来："轻舟，微微，你们两个在这儿吃饭?"

何微吃惊："阿木，你能说话啦?"

她一惊反应不小，声音有点高，和何微背靠背坐着的魏清嘉也留意到了，她转过头来。

魏清嘉的目光和顾轻舟的一撞，顾轻舟先笑了。

"想吃什么，全在我账上。"司慕特绅士。

顾轻舟笑着问："你有钱啦?"

赎身钱还没有给呢。

司慕摸了一下鼻子："饭钱还是有的。"

"那多谢了，不过今天我做东请微微，改天你再请吧。"顾轻舟不占他的便宜。

司慕不再说什么。

两桌临近，她们说什么，司慕听不见，但是他一抬头，就能看到顾轻舟。

烛火映照之下，顾轻舟脸上没什么稚气，反而很媚，气度一点也不输其他女人，只是比不上魏清嘉。

"……可惜我学问不好，要不然我也想去找个家教。"顾轻舟道，"做家教也是本事。"

她在安慰何微。

司慕听到后半句，以为她要去做家教。

"她那么好的医术，为什么要去做家教？"司慕心想，"随便去个小诊所，不就能赚钱吗？"

他又想："她缺钱到了这个地步吗？"

心思流转间，魏清嘉跟他说什么，他都没有听到，直到魏清嘉喊："司慕？"

司慕说："什么？"

魏清嘉好笑："你根本没有听我说话，是不是？"

就在这时，顾轻舟不知说什么，笑声不大，但是笑得前仰后合的，俏丽可爱。

司慕又有点走神。他看到顾轻舟，就会想起她微凉的指尖，按在他的身上，触感凉软细腻。

他和魏清嘉的这顿晚饭，吃得比较沉默，他的余光能瞥见顾轻舟，能听到她的声音，心里会莫名地想到她。

饭后，他送魏清嘉出来，提出送她回家，魏清嘉拒绝了。

"少帅，你长大了，不再是那个小孩子，你应该知道，我妹妹的死我是不会忘记的。若是你不介意，我们还可以做个朋友；若是少帅不想只做朋友，以后还是别来往了！"再绝情的话从她口中说出来，都是旖旎动听。

"我知道，清筠的死，是我的错。嘉嘉，谢谢你还把我当朋友。"司慕道。

魏清嘉一愣。

莫名地，她脸色更难看了，司慕都不知道自己说错了什么。

魏清嘉走下台阶，不等司慕说什么，上了自家的汽车，重重关上了车门。

司慕没有动。

魏清嘉的车子还没有走远，她从后视镜里，看到司慕已经转身看着餐厅，似乎在等人出来！

岳城是华东第一大沿海城市，号称不眠城，夜色绮靡妩媚。

餐厅门口的灯火很暗，营造法式的浪漫与奢华。

司慕依靠着车门抽烟，望着碧穹点点繁星，出神了好一会儿。

他想了很多，其实心绪一点也不乱，只是越想越深入，越想越难以自拔。

等他想要点起第四根雪茄时，他瞧见了顾轻舟和何微。

司慕走了上去。

薄雾缭绕的春夜，两位女孩子出门之后感觉冷，都缩着肩膀，把自己的脸藏在大衣的衣领里。

她们吃饱了，心情很好，两个人有说有笑的。

"我都有点撑了。"顾轻舟笑道，"第一次吃这么多。"

"我也是。"何微道。

明明没什么好笑的，她们两人笑呵呵的，甚至商量沿着街道走半个小时，再乘坐黄包车。

司慕就到了跟前。

"阿木！"何微先看到了司慕。

顾轻舟转头，目光在餐厅门口的灯火映照之下，似有潋滟的波纹荡漾。

她的眼睛好看。

司慕感觉她稚嫩，但是某个瞬间，她的稚嫩里能流露出一点媚态，这种媚态不做作，让人心头发热。

"要回去了吗？"司慕先开口，声音有点沙哑，"我送你们吧。"

何微很想问，你不是跟女孩子约会吗，怎么等着送我们？

话到了嘴边，她又咽了下去，到底跟司慕不熟。

司慕见顾轻舟蹙眉欲拒绝，他道："轻舟，回头我还有点事和你说。"

顾轻舟还惦记着退亲之后的那笔钱，她必须要到手，这是她应得的。

那是极大的一笔钱，将来跑路的时候可以作为资本，她这才道："行，多谢少帅。"

到了司慕车子旁边，顾轻舟看到了地上的烟灰和烟蒂，足见他等了多时，而且不停地抽烟。

司慕不是老烟枪，他的烟瘾没那么大，这么会儿工夫抽了三四根，说明他很忐忑，用抽烟来压抑情绪。

顾轻舟看了眼他。明明只是普通的瞥视，司慕愣是不自然起来，他微微撇开了脸。

送何微到何氏药铺，已经是晚上八点半了，慕三娘在灯下缝被子，等着何微回来。见何微笑盈盈的，还有顾轻舟和司慕相送，慕三娘彻底松了口气。

"这么晚了，也不虚留你们，快回去吧，路上开车要小心。"慕三娘道。

"姑姑，我们先走了。"顾轻舟笑道。

他们走出何氏药铺，慕三娘和何微一直在目送他们。

慕三娘心里感叹道："轻舟和少帅真是般配。"

何微大概也有这样的感触，只是想起方才跟司慕约会的女孩子，何微就有点替顾轻舟担心——将来家里放那么一位姨太太，岂不是要整日生闲气？

这些事，何微管不上，而且她相信顾轻舟能处理好，她也不想再管了，母女两人关门，何微把自己看的电影说给慕三娘听。

慕三娘慈祥微笑，心想："轻舟带微微出去散心，果然开导了微微。"

司慕和顾轻舟从何氏药铺的胡同出来，他很绅士地为顾轻舟拉开了副驾驶座的车门。

顾轻舟微愣。

继而想到他有话说，也就没拒绝。

顾轻舟心里暗暗揣测，大概是：能不能先退亲，钱我过几天再给你，到时候给你加利息等。

她坐了上去。

车厢里有雪茄淡淡的清冽。

车子开了七八分钟，司慕都没有开口。

顾轻舟想："他肯定在组织语言说服我退亲。"

有了这样的想法，她就没有打扰他，任他把词句编造得天花乱坠，顾轻舟只想要钱。

当初定亲的时候，明明是司夫人想要巴结顾轻舟的外公，如今退亲，怎么也要付出一点。

司慕开口了，果然是说钱的事："你要去做家教，缺零用吗？"

"没有啊，我哪有资格去做家教？"顾轻舟笑道，"我才念了一年的书，是微微要去。"

跟钱有关，顾轻舟就不打扰他。

想想，顾轻舟也反思自己，是不是要得太多了？

不过，退亲是必然的，哪怕要再多，司慕也必须给，顾轻舟又心安理得。

片刻之后，司慕突然问："轻舟，你给我治病的事，你还记得吗？"

顾轻舟点点头，很明白司慕在打感情牌，就顺着他的话说："当然，我治疗过的每个病例，都会记录在册，将来整理成医案……"

司慕却好似很失望。

他的唇微抿着，又不言语了。

"……你第一次给病人针灸，会一直记得吗？"良久之后，司慕突然又问。

"记得啊。"顾轻舟道，"我第一次针灸，是对我师父下手，当时刺足三阴，我弄断了一根针，吓死了。"

司慕又沉默。

好像顾轻舟的回答，跟他预想中的有天壤之别。

他不是问这个！

可他应该怎么问？

难道要他问：我总想起你的手按在我身上，你还记得吗？

这又问不出来。

问出了，怎么都感觉不太恰当。

就这么沉默着，终于到了顾公馆门口。

车子停下来，顾轻舟准备下车时，司慕突然道："轻舟……"

"少帅，你不必欲言又止。"顾轻舟打断了他，"我知道你想说什么。我同意退亲的，你什么时候把钱拿给我，我什么时候就去跟司督军谈。"

司慕呼吸一顿。

顾轻舟继续道："我明白你很着急。既然着急，就快点去凑钱吧。你堂堂军政府的少帅，哪里借不来这笔钱？"

司慕沉默。

他的手握住了方向盘，没有动，心中各种情绪涌动，面上不露半分端倪，反而让他看上去很冷漠。

顾轻舟等了一下，见他不说话了，就自己推开车门准备下去，司慕却倏然开口。

"轻舟，你觉得咱们履行旧约，会如何？"司慕问。

顾轻舟差点扭到腿。

她下了车，趴在车门上，想把他的表情看个清楚。

"我开玩笑的。"司慕赶紧补充，然后用力关上了车门，撞到了顾轻舟的头。

顾轻舟捂住脑袋后退，司慕的车子立马扬长而去，没有掉转车头，直接从另一条路离开了。

很快，汽车就消失在茫茫夜色里。

顾轻舟揉了揉撞疼的头，心想："司慕今晚在魏清嘉那里碰壁了。"

要不然，他也不会是那番态度。

不过，司慕是有原则的，退亲这件事顾轻舟不用担心，他会拿钱给她的。

没过几天，上学的时候班上又在议论，原来是小报拍到了司慕和魏清嘉去逛街散步的照片。

两个人郎才女貌，格外般配。

顾轻舟班上二十几个女学生，并非每个人都喜欢顾轻舟，于是她们拿着报纸在背后嚼舌根。

"……差太多了。魏清嘉念书的时候，一直都是名列前茅，顾轻舟总是垫底。没有魏清嘉漂亮，也没有她有才华，家世更是不如魏清嘉，少帅怎么会选她做未婚妻？"

"是娃娃亲，他们很早的时候定下的！"

"现在还流行娃娃亲啊？"

"定下了的，毁约会很难听，再说顾轻舟攀上这门亲事，她肯退才怪。"

"这么说来，魏清嘉倒是挺可怜的，就这么被鸠占鹊巢。"

这些话是背着顾轻舟说的，但顾轻舟或多或少有点耳闻。

说完全不在乎是不可能的，只是不会为了这些闲话去着急上火的。

魏清嘉、司慕，对顾轻舟来说，是两个跟她生活完全不相干的人。也许有点交集，不过是人生微小的岔路，顾轻舟总有办法撇开这些岔路口，回到正路上。

上午的算数课上，顾轻舟偷偷给何微回信。

昨天收到了何微的信，她在信中情绪好转，跟顾轻舟说："姐，我原本是打算念完中学就嫁人、工作的。如今阿爸说，家里生意好了，想让我去念大学，将来若是能去银行做事，自然比报社或者工厂薪水要高。大学里还有奖学金，我昨天去了三家大学，拿了招生简章……"

她认真打算着前途，顾轻舟想给她鼓励，甚至可以资助她念完大学。

顾轻舟的医术是慕宗河教的，她没有给过半分学费。何微是慕宗河的外甥女，若是能帮衬她完成学业，也算顾轻舟回报了师父。

翌日，司慕六点多就把车子开到了顾轻舟家附近的街上。

等顾轻舟出门去乘坐电车时，司慕跟了上来，按响了喇叭。

顾轻舟吓一跳。

她还以为是司行霈。

一回头看到是司慕，微微吃惊。

"上来，我送你去学校吧。"司慕道。

顾轻舟知道，她附近不远处，有司行霈的眼线。他们保护着她，同时也监视她。

顾轻舟没什么秘密，她不怕司行霈监视，反而是那点保护，让她很有安全感，她不介意那些人跟着她。

若是她今天让司慕送她去学校了，司行霈回头肯定要发火。

他一发火，就使劲折腾顾轻舟，顾轻舟受不了他那样。

她笑笑，站着不动，只是弯腰问："有事吗？"

"上来吧。"司慕说。

"我还是更喜欢乘坐电车。"顾轻舟笑道。

司慕只得下车。他穿着铁灰色的军装，挺括整齐，军靴锃亮，修长有力的腿，阔步绕过汽车走过来。

"你是不是对我有什么误会？"司慕问。

顾轻舟一头雾水："什么误会？"

"那天我说，我们履行旧约，是不是吓到了你？"司慕问。

顾轻舟都忘记了。

她恍然道："哦……怎么，你真想赖账啊？"

司慕摇摇头。

他表情很认真，问她："你吓到了吗？"

"没有。"顾轻舟说，"你什么时候拿钱给我啊？你放心，随时拿钱随时办事，我不拖沓的，你不用天天来催啊。"

司慕沉默。

"少帅，我并不是个胆小的人，你的话怎么会吓到我呢？"顾轻舟笑，"况且，你说过什么，你不提醒的话，我根本不记得了。"

这话不假，顾轻舟是真的忘记了，她最近考虑的事太多，司慕不在她网里，不需要打捞。

朝阳温暖明媚，看不清楚他逆光的脸，只知道他微微抿唇。

顾轻舟等待他说点什么的时候，司慕突然转身，上了汽车。

车子飞快地消失在顾轻舟的视线里。

顾轻舟看着汽车扬起的青烟，稀里糊涂的，好像做梦一样。

"这是什么意思？"她糊涂地想，司慕真是个奇怪的人。

他突然地来了，又突然地走了，给顾轻舟留下一阵迷茫。

"司夫人和司慕现在的日子一定不好过。"司慕离开之后，顾轻舟愣在原地，考虑了很久，最终得出结论。

要不然，他们不会频繁地找顾轻舟。

司慕回家快一年了，何时和顾轻舟有过如此频繁的接触？

以前他遇到顾轻舟，都是装作瞧不见。

魏清嘉回来，这个僵局就被打破了。

"你是不是对我有什么误会？"这是司慕的话。

什么误会？

难道误会他不想退亲？

顾轻舟没有这样的误会，而他很害怕顾轻舟如此误会。

他迫不及待想要退亲。

顾轻舟一时想不到他的计划，站在原地沉思片刻，就乘坐电车去了学校。

下午放学，一辆汽车停在学校门口，车上是司行霈的副官。

果然，早上司慕找顾轻舟，已经引起了司行霈的注意，甚至担心。

顾轻舟乖乖上车。

"少帅在书房。"到了以后副官说。

书房在一楼的西侧，两边墙壁上各挂着浓墨重彩的油画，色彩斑斓。书房是花梨木的门，厚重古朴，带着黄澄澄的金属把手。

金属把手在灯下，泛出金灿灿的光芒，柔和温暖。

顾轻舟敲了门。

"进来。"司行霈的声音传出来。

顾轻舟推开书房的门，只见司行霈负手立在一张华夏全舆图前，仔细打量着舆图，夕阳从窗口照进来，将他的影子拉得修长挺拔。

他的目光，落在西南一角，还在打昆明飞机场的主意。

顾轻舟看着他，有点愣神。

顾轻舟从未见识过哪个男人比他更英俊。

就连颜洛水都承认，司慕哪怕再养尊处优，亦不及司行霈的气质出众。

天生的，谁也比不下去。

司行霈没有转头，眼睛盯着全舆图，却喊她："轻舟。"

"啊？"顾轻舟回神。

"别这样看男人，看得男人心花怒放，真想要你！"司行霈道。

女人崇拜的眼神，是对男人最崇高的奖赏。

顾轻舟这么盯着司行霈，司行霈心念欲动。

顾轻舟啐他："流氓德行！"

"你又不是第一天认识我。"司行霈理所当然道，"我只对轻舟流氓。"

顾轻舟抿唇不语。

他站了片刻，看完之后坐在藤椅里，习惯性地拿出了雪茄。

顾轻舟夺过来，将雪茄重新装回去，道："胡军医说了，两个月之内不要抽烟。"

"没事，有次我中枪，差点打中心脏，我第二天就抽烟了。烟是好东西，能解百病。"司行霈来夺。

顾轻舟不给："没有这种说法！"

她往后躲。

司行霈就顺势压住了她。

"你给我吃，我就不抽烟了。"司行霈轻轻地咬她的耳垂，低声道，"轻舟，今天是个黄道吉日，适合行房。"

顾轻舟的耳朵火烧火燎，从耳根一直红到了双颊。

"你又无理取闹。"顾轻舟道，"今天什么也没有，雪茄没有，别的也没有！"

司行霈吻她，手就沿着她的衣襟滑了进去。她的肌肤很好，像一段最上等的绸子，柔软细腻，甚至有点凉。

冰肌玉骨，大概就是顾轻舟这样的。

顾轻舟按住他的手，说："你还是伤患，怎么一点自觉也没有？"

司行霈还是没有放过她。

他身上有枪伤，顾轻舟不怎么敢挣扎，怕弄裂了他的伤口。而他不在乎的，他根本没把生死放在眼里。

每次这种事结束，轻舟都好难过，她不喜欢这样。

一年了，她仍是恶心。

司行霈慌了，将她抱过来，用布满伤疤和薄茧的手，轻轻地擦她的眼泪："别哭，轻舟，是我不好。"

当然是他不好，他从来就没好过。

顾轻舟抽噎："真讨厌这样，你为何非要这样？男人和女人，就不能光说说话、散散步、聊聊天吗？你非要把关系弄得这么肮脏，把我弄得这么脏！"

司行霈耐心劝导她："轻舟，你所说的脏，是人类传宗接代的最基本行为。人类为了延续，就需要它。它跟吃饭、喝水一样，是很正常的需要，不能用任何的道德来评价它。难道你也觉得吃饭脏吗？"

"你胡说八道！"顾轻舟骂他，"你恶心死了，还扯一大堆道理。"

"我没有胡扯，我在跟你讨论千百年来的陋习。"司行霈道，"道德一边说不孝有三无后为大，将子嗣视为宗族大计，一边又批判传宗接代的行为，你觉得合理吗？

"这不就是既想马儿跑，又想马儿不吃草？轻舟，这件事从来都不脏，说它脏的人，只是想用它来约束人性。我是个很正常的男人，我没有在外头勾三搭四，我喜欢你，和我喜欢上你，这两件事是一样的，没有高低贵贱。"

顾轻舟抓过书案上的文件打他："恶心，还扯一堆废话！你走开！"

她还想着他的伤口，也没有狠打，到底气难消，哽咽着在他肩膀上咬了一口，咬出很深的牙印。

司行霈一点痛感都没有，顾轻舟反而牙酸了。

顾轻舟心情很不好。

每次觉得司行霈还不错，他转身就要做一件事来恶心她。

司行霈就在那里，想要靠近他，就要接受他，而不是改变他。

洗澡的时候，顾轻舟一直在想，假如没有遇到司行霈，她会喜欢什么样子的男人？

她认识的男人不多，在乡下的时候没有男孩子给她献过殷勤，因为李妈这方面管得很严格，谁家男孩子敢围着顾轻舟打转，李妈就要去找他的父母，甚至告诉族长。

到了岳城，认识的同龄男孩子屈指可数。

掂量来掂量去，顾轻舟觉得自己会喜欢顾绍那种性格的。

顾绍温柔，他像一朵白玉兰，高高在枝头，素雅洁净，哪怕是伤心了，也只是低下头默默流眼泪。

最不喜欢的，大概是司行霈这种兵痞，粗鲁恶俗，而且下流。

可是现在，被司行霈一路胁迫，走到了这一步。

顾轻舟洗好澡出来，坐在沙发里擦头发，司行霈没有雪茄可以抽，烦躁地将书页撕下来卷成圈圈，衔在嘴里。

他这副哀怨的模样，顾轻舟哭笑不得。

"司慕找你做什么？"司行霈问。

顾轻舟就把昨天的事，告诉了司行霈。

"还是想提退亲吧，可惜他没钱。"顾轻舟道，"所以磨磨蹭蹭的，不知道是想赊账，还是想延后。"

"去退掉，钱我给你。"司行霈道。

顾轻舟蹙眉："你又来了，我要的不是你的钱，是司家退亲给的赔偿费，这完全不同，你懂吗？"

司行霈当然懂，他只是不想顾轻舟和司慕再有接触。

每次司慕去见顾轻舟，司行霈都有拿枪将他打成窟窿的冲动。

"下次见他，就是他给钱，不准私下里和他接触。"司行霈抬起她的下巴，"轻舟，你要知道，你给他治病这件事，我已经很宽容了。"

顾轻舟不想和他吵。

她擦干了头发，换衣裳回家。

一阵轻风，落英如雨，地面落满了粉红花瓣，像一张瑰丽的锦图。

杨柳依依、春暖花开的日子，终于降临人间。

顾轻舟也换上了春装。

她去找司行霈，去要回他们第一次相遇就被司行霈抢走的玉佩。

"要玉佩做甚？"顾轻舟问司行霈要玉佩的时候，司行霈很警惕，微微眯起眼睛。

他双目有神，透出一种犀利的锋芒。

顾轻舟解释说："司慕要。"

"他凭什么要？"司行霈冷漠地看着顾轻舟，用眼神审视她，"当初是父母定亲所赠的玉佩，让他母亲来找你母亲要，跟他没关系！"

然后，他又很快抓住了重点，一把将顾轻舟捞过来，宽大的手掌轻轻地在她的后背摩挲："又见他啦？轻舟，是不是我对你太宽容了？"

顾轻舟推他。

推不开，一下子跌入他的怀里，被他紧紧贴着胸膛抱紧。

"轻舟，你胆子多大？"司行霈亲吻她的脸颊。

她脸颊柔软，有种淡淡的香甜，既像是孩子的乳香，又像是女人的香粉，总之味道很好，能让人沉沦。

他的轻舟胆子是不小的，她什么都敢做。

司行霈发现，顾轻舟这些日子好似很乖，乖得有点异常，从前她可是敢拿枪拿刀对着他的。

泼辣的小猫咪突然收敛了她的利爪？

司行霈深感不妙，这段日子是不是太忙，忽略了什么？

"轻舟。"司行霈轻咬她的唇，"又跟司慕见面，你诚心气我是不是？"

顾轻舟不悦，合眼不理睬他，一种委屈至极的表情，眼帘轻垂。

司行霈顿时心软。

他态度柔软了，亲吻她的面颊。

顾轻舟见他柔和下来，才肯解释："司慕去学校接我放学，我特意绕开他了，他还去后门堵我了。我没有让他送我回家，你爱信不信。"

她背过身去，不想理他。

司行霈撩拨着她的青丝，吻她雪白细腻的颈。

"我信。"司行霈低声道，"我的话轻舟肯信，轻舟的话我也相信。"

顾轻舟心中一动。

她转过身，依偎着他。

司行霈的头搁在她凉软的发丝上，握紧她的手。

"轻舟，要一直相信我，我都是为你好。有时候，你认为的最好，在我这里行不通的，你跟着我就是了，我绝不害你。"司行霈道。

顾轻舟"嗯"了声。

两个人倏然有了默契，司行霈起身，从楼上保险柜里，把顾轻舟那半块玉佩找出来。

顾轻舟摩挲着温润的玉。

"是不是舍不得？"司行霈问她，"毕竟戴了这么多年。"

"没有，这个很重要，李妈没有给我戴过，是我到岳城来的前一天，她才给我的。"顾轻舟道。

司行霈看了她一眼。

犹豫了一下，司行霈问："轻舟，你乳娘对你好吗？"

"当然好！"顾轻舟立马道，"她是我唯一的亲人，她做什么都是为了我。当年她的女儿比我大一个月，因为要喂养我，她的女儿奶水不足，瘦得皮包骨头，三岁的时候就夭折了。

"那时候我们在乡下，她的孩子体弱多病，不停地生病，我师父不擅长儿科，而且小孩子腑脏娇弱，药根本起不来作用，都是为了我。"

司行霈略有所思。

"你想她吗？"司行霈问。

顾轻舟点点头："想啊，每天都在想，她就像是我母亲。"

"那把她接过来吧。"司行霈亲吻她柔软的面颊，"接过来，我孝顺她！"

顾轻舟沉吟。

她离开乡下的时候，李妈跟她分析了很多。

她出去了，她的医术就要问世，到时候会牵扯师父。当年慕家的事，轰动天下，至今还有仇敌。慕家的医术传男不传女，所以没人找慕三娘的麻烦，只是她师父慕宗河，绝不能被人知晓下落。

顾轻舟离开后，乳娘和师父会藏起来，直到她彻底胜利。这一切都是为了顾轻舟。

"不行。"顾轻舟道。

"呵，还说你孝顺？"司行霈睥睨她。

"不是一回事！孝顺不是把你想要给的，强加在老人家身上，而是给老人家她自己想要的。"顾轻舟道，"对我而言，听李妈的话，就是对她最大的孝顺。"

司行霈不再勉强她。

只是，他越发想要查一查顾轻舟乳娘和师父的底细。

司行霈知道顾轻舟和何氏药铺关系不错，喊慕三娘叫姑姑。

慕三娘是什么来历，虽然掩藏得很深，司行霈还是查到了。

若是这样，那么顾轻舟的师父，很可能就是慕宗河。

可是慕宗河死了十几年。

若真是他，为什么还要躲躲藏藏的？

他对共和有极大的贡献，清王朝已经被推翻，他可以享受英雄般的待遇，为革命贡献了力量，不再是弑君犯上的罪人，他为何不出来？

怕保皇党？司行霈觉得不可能。

司行霈很敏锐。

当他觉得事情有蹊跷的时候，肯定有问题。

他感觉顾轻舟的师父，八成不是真的慕宗河。

那么顾轻舟的乳娘呢？

顾轻舟是灯下黑。

当一个人习惯了身边人的存在，就不会去想他们为何而存在。

顾轻舟在乡下到底经历过什么，只有见到了她的乳娘和她的师父，才能彻底知道。

司行霈想了想，决定再次派人去找，这次一定要寻到人。

顾轻舟拿到了玉佩，起身要走时，司行霈又按住了她。

"周末抽空出来，我们去做一件事。"司行霈道。

顾轻舟毛骨悚然："什么事！"

他的手指，略有略无滑过她的面颊，他说："种树。"

顾轻舟凝眸打量他，想从他脸上窥见端倪，却又感觉他这个人五官很完美，肤色很深却招人喜欢，不知不觉走神了。

她移开眼。

她再次要走的时候，司行霈在背后轻声说："轻舟，你知道怎么处理玉佩的，别让我教你。我教人的话，是要收取高昂学费的。"

顾轻舟哆嗦了一下，这个魔鬼！

她现在能听懂司行霈所有的暗示。

"知道了！"顾轻舟赌气恼怒的样子也很可爱。

司行霈也惊讶。

短短一年，她变化好大，她身上有种少女单纯与女人妖媚的融合，恰到好处，让人忍不住想要沉沦在她身上。

顾轻舟很有魅力，这点她可能自己也不知道。

不止司行霈会喜欢她。

男人是个奇怪的物种，他们希望女人天真，同时希望女人娇媚。这两种矛盾的渴求，很难同时得到满足，而顾轻舟身上就有。

"轻舟！"司行霈原本是要放她走的，后来想到也许外头还有其他人惦记她，顿时就不放心了。

他将她压在大门上，将她手中的玉佩抢过来。

"我会派人送给司慕。"司行霈低头就吻她的唇。

"你又来了！"顾轻舟忸怩着身子，想要从他胳膊底下滑出去。

"冬月初八。"司行霈低喃，"还有九个月，我就能吃了你！"

顾轻舟不寒而栗。

她一定要赶紧走！

不然到了那个时候，她怎么解释自己骑车那件事？

司行霈肯定不会相信，他会发疯的。他一发疯，就有人要遭殃，顾轻舟需得离开，让他永远没有机会知道，这样就无人丧命于他的枪下。

"我今天不想，实在没有心情！"顾轻舟推搡他，"让开了，浑蛋，你一天到晚就知道这种事，跟动物一样！"

"动物没有我这么频繁，也没有我这么持久！"司行霈不以为耻反以为荣，"轻舟，我是全天下最能让你快乐的人。"

顾轻舟气得哭了。

她使劲踩他的脚。

"我恨你！"她哭着骂他，"每次觉得你还好的时候，你就要发病，你太过分了！"

这些话，似隔靴搔痒，根本无法阻挡司行霈。

司慕接到玉佩，是顾家的用人送过来的，用人说："轻舟小姐功课忙，少帅记得她的话就行了。"

玉佩有点冰凉，沉沉的。

司慕接过来，看了看，又和自己那块对上。

并不是那么严丝合缝，因为当年割开之后，裂缝处进行了打磨，磨掉了那些棱角，让它温润。

缺少的那些，再也对不上了。

好好的玉佩，为什么非要裁割？司慕也觉得不吉利。

司慕烦躁地将它们往柜子里一丢，一点也不想看到。

顾轻舟在司行霈的别馆逗留了很久，他才放她离开。

临走的时候，木兰扑到了顾轻舟怀里，使劲舔她的脸，舔得顾轻舟一脸口水，顾轻舟还笑眯眯的，开心得不行。

要是司行霈这样，她早发火了，司行霈不快地看着她。

当暮山也扑过来的时候，司行霈立马将它拉开。

别说男人，就是公狼靠近顾轻舟，他都要吃醋。

顾轻舟笑得不行。

"我真想把木兰带回去。"顾轻舟道。

"你家里人不会起疑？"司行霈问。

"没事，他们会以为是大狗，我就说是义母送的。"顾轻舟道。

司行霈笑："那你带回去。"

真要带走的时候，木兰又不肯去了，它呜咽着，和暮山首颈相依，死也不肯离开；而暮山，亦步亦趋地跟着。

顾轻舟觉得自己拆散了它们，心中说不出的难过。

"算了，还是不要拆开了，它们感情很好。"顾轻舟道。

司行霈又笑，搂她的腰："轻舟最近多愁善感。"

顾轻舟推开他。

周六下起了春雨。

庭院一丛丛的花，花瓣上滚满了晶莹的雨滴，摇摇欲坠。

顾轻舟更衣出门。

她去了银行门口，司行霈早已等待多时。

春雨浸润着马路，路面泛出青灰色的水光，路旁的垂柳吐绿，新嫩的长短柳条迎风摇曳。

顾轻舟撑伞走过来。她穿着杏色的旗袍，外头只是披了件长流苏披肩，流苏在她周身徜徉，如水纹荡漾。

她缓缓走过来，司行霈只感觉一步步踏在他的心上。

他的轻舟真好看。

现在还小，再过一两年，也许就是风华绝代的佳丽！

司行霈握紧了方向盘，真想把她藏在家里，不许任何人偷窥。

可轻舟是尊贵的，她不是司行霈的物品，她应该有自己的生活，藏是不可能的，只能看紧她。

上了汽车，顾轻舟拂了拂衣袂的潮湿，道："做什么去？今天下雨，天又冷了。"

司行霈握住她的手，果然凉凉的。

他脱下自己的风氅，披在顾轻舟的肩头："不做什么，就是想和你多说说话。"

他的风氅很厚重又暖和，落在顾轻舟的肩头，热流包裹着她，她微微扬起脸笑。

司行霈就捧住她的脸，亲吻她的唇。

他带着顾轻舟去了自己的别馆。

别馆两旁的路已经挖开了，放了很多的梧桐树苗。

顾轻舟问他："要栽树？"

"嗯。"司行霈道，"我想在这里种两排梧桐树。过了二十年，这条小路就能树影成荫，孩子们走过，也会知道这是父母当年栽种的。"

顾轻舟呼吸一顿。

孩子……

司行霈还真是想得很远。

顾轻舟发现，司行霈的心态是有了变化的，他开始筹划人生了。

他从前是不会的，从前总想着有一日会死，所以每天都是最后一天。

可最近，他开始想着孩子、家庭，甚至更长久的。

然而，他始终没有松口，没有说过娶她。

唯独这件事，他一直没变过。

顾轻舟的心，像浸泡在冰凉的水里，又冷又沉重。

"我们总要给孩子们留点什么，他们才能记住岁月。"司行霈笑道。

他把车子停稳，上楼取了雨衣和军靴给她。

雨衣很大，一直拖到顾轻舟的脚踝。这是最小号的军用雨衣，顾轻舟穿着都大了。

司行霈认认真真替她扣好了纽扣，又系上帽子的带子，顾轻舟的头发落在雨衣里，只露出一张莹白如玉的小脸。

她的面容精致，眼睛颇有神采。

出了门，雨好像大了，打湿了顾轻舟的面颊。

"你扶稳了，我来埋土。"司行霈道。

"你行不行啊？"顾轻舟担心，"你的伤口好了吗？"

"不要问男人行不行，试试就知道了。"司行霈道。

顾轻舟微愣，想到自己的好心被他当成驴肝肺，气得半死。

她再也不管他了，跳到坑里去扶住树苗。

司行霈埋土进来，小心翼翼不往她身上扬，顾轻舟一点点踩着泥土上来，半晌才将一棵树种好。

种好了，她看着犹带嫩芽的梧桐树，竟有种成就感：这是他们种的树。

司行霈种好两棵，就把铁锹给顾轻舟："你来埋土。"

顾轻舟在坑里的时候，坑足有她半个人深，轮到司行霈，坑却只及他的大腿，他随便就能进出。

"好重！"顾轻舟没想到司行霈轻松拿起来的铁锹这么沉手。

"不许偷懒!"司行霈道。

顾轻舟埋土，下意识往他身上浇。

司行霈气得捏她的脸："你要活埋我？没良心的东西，把我活埋了，谁做饭给你吃?"

顾轻舟就吐吐舌头。

最终，她累得一头的汗，才把这棵树栽好。

司行霈拿出一根绳子给她："你把这棵树系上绳子，以后跟你儿子吹牛，就说是你种的。"

顾轻舟失笑："就是我种的，为什么算吹牛?"

她脸上的泥土痕迹仍在，有点俏丽可爱，同时也脏兮兮的。

司行霈想给她擦拭，发现自己手上都是土，于是他弯腰舔她的脸。

舔得她一脸口水，而且他舌尖落在面颊上，酥酥麻麻的，顾轻舟躲闪不及，嫌弃死了："哎呀!"

他们两个人从上午一直忙到黄昏，才把那二十八棵梧桐树栽好，从别馆一直延伸出去，一整条路都是梧桐树。

将来，是会被炮火摧毁，还是树木成林?

顾轻舟不知道，甚至司行霈也不知道。

世道会怎样，他们两个人会怎样，他们都猜测不到，只是此刻很开心。

轻舟

明药 著

中国青年出版社

第二十五章

绑架疑云

傍晚的时候，雨更大了，也免了浇水。

顾轻舟脱了浑身是泥的雨衣，累得爬不起来，坐在地毯上。

"怎么坐地上？"司行霈问。

"身上脏，怕弄脏了沙发。"顾轻舟说。

她软软的，声音也糯软轻柔，没什么力气。

"怎么了？"司行霈坐到她身边。

"累。"顾轻舟说，"胳膊没力气。"

司行霈笑："你就是不愿意种树。以前带你去打枪，一整天也没见过你喊累。"

顾轻舟喜欢打枪。

开枪会让她心情激动，故而不会觉得累。

虽然第二天整条胳膊都酸麻。

"你等着，我去放洗澡水，你泡澡，我做饭好吗？"司行霈亲吻她的面颊。

顾轻舟点点头。

等热水放好，司行霈把顾轻舟抱了上楼。

顾轻舟躺在温热的水里，浑身舒展，人也有了精神。

这天说不出来地疲倦，心情却很好。

司行霈则是精神抖擞，这点小活对他而言非常轻松，压根儿没什么影响。

他做了好几样的菜，有鱼有肉。

顾轻舟在浴缸里打了个盹儿，滑到了水里，一下子就呛精神了。

她爬起来更衣下楼。

"……怎么突然想起种树？"顾轻舟站在窗前，等着吃饭，看见了外头一排排的梧桐树，问司行霈。

"树是坚定的，只往上长，不挪地方。"司行霈没有回头，淡淡道，"几十年、几百年，它矗立、奋发、强壮、枝繁叶茂。"

她觉得司行霈在试探她，甚至敲打她。

他知道她想走？

他想告诉她，一个人想要更好，不一定要离开，原地奋发也能成才，这才是司行霈最真实的用意吗？

顾轻舟莫名有点慌张，她屏住了呼吸。

她应该说点什么，可话全部堵在心里，她什么也没说，站在那里，直到司行霈喊她吃饭，她才回过头来。

种树这件事，顾轻舟心中有鬼，怕越说越错，索性不再追问。

司行霈则漫不经心。

他最擅长狩猎。

他和顾轻舟相识一年多，他说不碰她，就真的做到了。对于他要的东西，司行霈沉稳、耐心，他是个极好的猎人。

顾轻舟从一开始就害怕他，从最基础的地方就输给了他。

哪怕再斗智斗勇，顾轻舟都没底气能赢他。

这是司行霈啊，多少阴谋诡计里滚过来的男人，岂是顾轻舟这等稍微有点才智就能撼动的？

"我明天约了霍拢静。"顾轻舟道，"先回去了。"

司行霈一把将她抱起来："吃了我的饭，还想跑？"

他把顾轻舟扔回沙发里。

凑过来闻她身上的香味，顾轻舟有点痒，下意识要躲，两个人就厮闹了半响。

"不要回去！"司行霈道，"今天累了一整天，回去做什么？我明天要出去了，可能又要半个月才能见到你。"

顾轻舟想到他会挽留，也早已跟二姨太打过招呼了，不回去无妨。

为了司行霈，顾轻舟在家谎话连篇，都是他逼迫的。

顾轻舟不会随便跟人吐露真言，当她无法说明的时候，她宁愿沉默。但关于司行霈的事，她只能撒谎来遮掩。

这让她很不舒服。

她不能深想，一深想就会恨他。

晚上临睡，顾轻舟检查他的伤口，看今天刨了一整天的坑，伤口开裂没有。

结果无妨，他伤口已经长好，做那么重的活儿，也毫无影响。

"我从小就知道，我的伤口比别人恢复得快，这是天生的，老天爷给的资本，所以我从小就敢闹。"司行霈道。

怪不得他如此大胆。

他的疯狂，也是天生的。

顾轻舟说："你是占尽了所有的好处，老天爷真厚待你。"

他出身好，生得好，又天赋异禀。

"若你乖乖在我身边，我就承认老天爷厚待我。"司行霈笑道。

顾轻舟往旁边躲。

司行霈从身后搂住她，手放在她的小腹处，有暖暖的温热。

她太累了，又吃得饱饱的，躺在温暖的被褥里，顾轻舟睡得香甜。

司行霈关了灯，在黑暗中抱紧她，几乎要将她嵌入自己的身体，合二为一。

这天晚上，司行霈做了一个梦，梦到顾轻舟穿着一件月白色绣花旗袍，牵着孩子，站在台阶上。

风吹动她的长发，阳光下泛出淡淡的墨色光晕。她笑容恬静，端庄温柔。

她手里牵着的男孩子，粉雕玉琢，穿着格子小西装，里面是背带裤，打着咖啡色的小领结，长长的眼睫毛，眼睛水灵漂亮，像极了顾轻舟。

司行霈走上前，却见那孩子放开了顾轻舟的手，大喊"阿爸"，绕过司行霈，扑到了另一个男人怀里。

司行霈一回头，看到了司慕。

他猛然惊醒。

醒过来，发现怀里空空的，司行霈不知到底哪个是梦，一时间面色雪白。

顾轻舟呢？

他只感觉浑身的血液在凝固，恐惧沿着他的心脏，扩散至四肢百骸：他的女人呢？司行霈半睡半醒，整个人陷入诡异的境地里，他捻开了床头的灯。

而后，他听到了水的声音。

顾轻舟从洗手间出来，正在擦湿漉漉的双手，见司行霈双目发愣坐在床上，紧紧盯着她，顾轻舟吓了一跳。

"怎么了？"顾轻舟问。

司行霈猛然跳起来，将她搂在怀里。

他搂得很紧，让顾轻舟透不过来气，她捶打他："你要谋杀我？"

司行霈就忍不住笑了。

她还是他的！

他实实在在抱住了温热的她，是他的女人，从来都不是做梦。

司行霈想过失去她的感觉，却从未意识到，她早已布满了他的整个生命。若是将她带走，就会将他连根拔起，命也没有了。

"轻舟，我要藏好你。"司行霈劫后余生般叹了口气，"你是我的，我不会让任何人知道你，这样就没人会伤害你。"

顾轻舟大概是难以共鸣："大半夜不睡觉，你发疯啦？"

顾轻舟不知他到底发什么疯。

她推开他，倒头就睡着，片刻的工夫重新进入梦乡。

听闻她柔软均匀的呼吸声，司行霈却再也无法入睡了。

他将她抱在怀里，一整夜没有动。

早上顾轻舟问他："你昨晚怎么了？"

"做了个噩梦。"

顾轻舟见他神色不对，幸灾乐祸道："你害怕啊？"

"害怕！"司行霈难得地严肃，"我很害怕！"

顾轻舟不知缘故，心想他今天真奇怪，打趣的话也不好意思再往下说了。

吃过早饭，司行霈去了驻地，先开车把顾轻舟送到书局门口。

顾轻舟乘坐黄包车，到了约好的咖啡店。

霍拢静已经到了。

"你来得好早。"顾轻舟道。

霍拢静说："反正也没事，在家里无聊，索性就出来了。"

她们刚坐定，就见一辆汽车停在咖啡馆门口。

霍拢静突然对顾轻舟道："低下头。"

顾轻舟不解何意，还是把头深埋了下去，问："怎么了？"

霍拢静没回答。

过了片刻，顾轻舟听到脚步声，有人欢欢喜喜走到了她们身边："轻舟，阿静！"

是颜洛水的胞弟颜一源。

顾轻舟终于明白霍拢静为何要她低头了。

"好巧啊！"颜一源毫不客气，坐到了顾轻舟旁边的椅子上，盯着霍拢静看，"我刚刚路过，觉得有点像阿静。"

颜一源很热情。

他追求霍拢静也有些日子了。

霍拢静恨不能一巴掌拍死他，又顾念颜洛水，不好意思下狠手。

有一次颜一源带着她去赌场，正巧有个人出千，被赌场的人剁掉左手。

霍拢静以为颜一源要吓死的，不承想颜一源从背后用一双手捂住了她的眼睛："阿静别看！"

他的声音在发抖，手也在发抖，甚至冰凉。

吓成那样，还是想护住霍拢静。

霍拢静挺瞧不起自己的，从那个时候开始，她心里就有点黏糊糊的，拒绝也没有像以前那样干脆。

后来，霍拢静能避开就尽量避开他，却仍是频繁收到他的信和礼物。

颜一源看上去风流不羁，是个不成才的纨绔子弟，但是写一手极好的字，遒劲潇洒，宛如游龙。

霍拢静会想："字如其人，他字这么好，人也差不到哪里去吧？至少心地是好的。"

"五哥，你这是干吗去啊？"顾轻舟问。

"去跑马场，我同学今天约了赌马。轻舟，阿静，你们也去吧？我订个包厢。"颜一源兴奋道。

"我们没空。"霍拢静冷冷道。

"那你们去做什么？"颜一源不死心，几乎低声下气地问，"你们带上我呗。"

顾轻舟打圆场，笑道："你不去赌马啦？"

"我那帮狐朋狗友，一个月要约七八次，少去一趟也不耽误什么。"颜一源铁了心要跟着她们。

甩都甩不开。

霍拢静和顾轻舟是打算去做旗袍的，颜一源立马自告奋勇，说知道哪家裁缝铺子是最好的。

"罗五娘的铺子，做旗袍最好。她会双面绣，如今都成了绝活。"颜一源道。

于是，他叽叽喳喳地带顾轻舟和霍拢静去了罗五娘裁缝铺。

一进门，顾轻舟就看到一个男人坐在临窗的沙发里抽烟。

这间裁缝铺，价格是外头的数十倍，故而铺面宽敞，四周设了整排的沙发椅，还有点心香茗，十分奢华。

顾轻舟看到了司慕。

司慕脸上毫无表情，一个人坐在沙发里吞云吐雾。

"二哥！"颜一源也看到了他，热情打招呼。

司慕转头看过来。

他的目光从顾轻舟身上一掠，微微颔首，并不打算过来说句话，依旧面无表情，保持着他的姿势。

颜一源走到了跟前。

顾轻舟和霍拢静则进去挑选布料了。

"这块墨绿色的料子，最好绣白茶花，很容易出彩的，只有您这样的身段气质，才穿得出来。"小伙计正在拿料子，给一位时髦女郎往身上比。

那女郎微微转头，顾轻舟看到了她的脸，是魏清嘉。

"就要这块吧。"魏清嘉微笑，下颌微扬，神采似叠锦流云，美得令人惊叹。

顾轻舟不得不说，她见过的女人里，魏清嘉是最漂亮的。

当然，司夫人和司琼枝也很漂亮，只是一个上了年纪，一个尚且年幼，不及魏清嘉这般正当妙龄。

顾轻舟和她错身，过去选料子。

阿静选好了一个样式，一个女帮佣给她量尺寸时，顾轻舟站在货架前选择，她听到了脚步声。

有人走了过来。

一回头，她看到了魏清嘉。

顾轻舟以为她要走过去，魏清嘉却停在了她面前。

"您是顾小姐吗？"魏清嘉眼波潋滟，笑容婉柔，声音也很动听，问顾轻舟。

顾轻舟点点头。

"魏小姐，您好。"顾轻舟道。

"您好，顾小姐。"魏清嘉伸出纤细嫩白的手，和顾轻舟握手。

两个人第一次打招呼，还算融洽。

裁缝铺子里，新丝绸的味道并不好闻。

魏清嘉站在顾轻舟面前，她美艳端庄，和善温柔，不管男女面对她时都无法产生厌恶感。

漂亮的人总是招人喜欢。

顾轻舟与她闲聊几句，就去量尺寸了。

身后的影子，却一直都在。

顾轻舟忍不住回头，发现司慕站在她的后面，不言不语地盯着她。

顾轻舟被他看得毛骨悚然，问："怎么了？"

"周末不是功课很多吗？"他道，声音冷漠至极，像深潭里的水，没有半分起伏，亦阴冷寒凉。

"哦，做完了啊。"顾轻舟撒谎都撒得很随意，漫不经心道。

这难道还不明白吗？

她不想见他而已，很清楚直白啊，顾轻舟不知他为何非要问清楚。

司慕呼吸一顿。

"少帅再见。"顾轻舟以为他要走了，转头继续选料子。

看了几匹，余光发现司慕还在那里。

他静静看着她，看得顾轻舟很不自在。

她想，算了，山不转水转，我走好了。

她往外走，司慕却突然往前一站，挡住了她的去路。

顾轻舟眉头微蹙："干吗？"

司慕低头看她。

他眼神很冷，似乎想表达什么，但是顾轻舟看不明白，总之他有点生气就是了。

顾轻舟想了想，突然明白过来他为何生气："你是不是以为，我跟踪你和魏小姐约会？"

司慕眼眸一紧。

"你想多了，这是颜五少选的地方，我都不知道有这家裁缝铺。再说了，我不是打探消息的，你跟魏小姐约会，与我不相干。"顾轻舟解释，"方才，是魏小姐先找我说话的，不是我故意找她。"

司慕眼底的寒芒更甚。

他更加生气了，脸色铁青。

顾轻舟看着他，道："借过好吗？你想在这里为难我的话，你自己尴尬，魏小姐更尴尬，不是吗？"

说罢，她就挤过去。

她的身子从缝隙处过去，司慕倏然一动，顾轻舟就撞到了他怀里。

他搂住了她。

顾轻舟脸色也变了，她很讨厌这样，似乎拥抱她只是司行霈的特权。

她重重踩了司慕一脚。

司慕吃痛的空隙，顾轻舟已经从旁边挤了出来。

她面容阴沉，从裁缝铺子里走出来，深吸一口气。

空气里有桃蕊的清香，也有淡淡的寒凉，让顾轻舟胸腔里压

782

抑着的怒意缓缓散去几分。

她今天答应好好陪阿静的，不想带着怒气，扫了阿静的兴致。

司慕跟了出来。

顾轻舟全身戒备，往旁边挪动。

司慕立在她身边不远处，并未继续靠近。

"对不起，我方才唐突了。"司慕跟她道歉。

他很多时候都非常绅士。

只是今天心情不好，举止失态了。

自从收到了她派人送过来的玉佩，知晓周末她不会见他，他心里就存了一口气，郁结让他情绪低落。

他平素言语不多，不高兴也没人知道，只是抽烟比往常多多了。

在这里再次遇到她，说好周末做功课的她，却跟着朋友出来游玩，司慕有种被戏弄、被欺骗的恼怒。

这些恼怒，让他冲昏了头。

司慕不是那么浅薄的人，挡住她、拥抱她，不太像他的做派，他亦知道自己轻浮孟浪了。

"你的道歉我接受了。"顾轻舟冷漠道，拒他于千里之外。

司慕的心，沉了又沉，像落在一口幽深的古井里，没有阳光，阴冷潮湿。

他不再说话，顾轻舟也不说话。

两个人站了片刻，直到魏清嘉出来，笑道："少帅，你在这里啊，现在走吗？"

"走吧。"司慕道。

他和魏清嘉下了台阶，远处停着军政府的座驾，他拉开车门，请魏清嘉上车。

买完旗袍，顾轻舟和霍拢静就各自回家了。

顾轻舟在自己的房间里，突然听到了脚步声。

皮鞋的声音很重，而脚步非常快，顾绍和顾圭璋都没这么迅捷，顾轻舟当时就吓傻了。

她以为是司行霈来了。

直接从楼下走上来，司行霈疯了不成？

顾轻舟一颗心提到了嗓子眼。

敲门声响起时，她清了清嗓子，压住满心的焦虑，故作镇定地问："谁啊？"

门外是司慕的声音："是我。"

顾轻舟吃惊，怎么回事？她微微一愣，打开了房门。

司慕站在门外，顾轻舟盯着他看，他也看着顾轻舟。

顾轻舟的眼眉露出几分凛冽，她挡住门，并不打算让司慕进来。

她对他充满了戒备。

司慕开口，声音低沉："可以说几句话吗？"

顾轻舟不想请他进自己的房间。

闺房是顾轻舟的私人地盘，只有她亲近的异性可以进入。

司慕不算。

顾轻舟从房间里出来，顺手关上了房门："出去谈吧。"

司慕没异议，能谈谈就行，哪里谈都愿意。

他们两个人下楼时，顾家众人全部盯着，似乎想把他们看透了，看看到底怎么回事。

她和司慕出了大门。

顾公馆所在的这条街，也算热闹，附近的住户不少。

橘黄色的路灯灯光像纱幔，笼罩着茫茫夜色。

司慕的车子停在路边。

顾轻舟站定脚步，转身问司慕："有什么话，你说吧。"

天气晴朗，夜风也和煦温暖，有醉人的桃蕊清香。

司慕依靠着车门，抽出了雪茄裁开。

他每次心情紧张或者失落的时候，都想要抽烟。

他划燃火柴，拢着一团小小的火焰，他的手指修长洁白，骨节分明。

轻吐了青烟，司慕慢慢道："我今天很失态……"

顾轻舟沉默，等着他说完。

他何止失态？

在顾轻舟看来，司慕今天是很过分的，虽然她不怎么在意。

司慕停顿了一下，继续道："周末我们约好了，你失言在先；裁缝铺子遇到你，你态度又傲慢。我心里存了一肚子火，所以冲着你发作了，我很抱歉。"

顾轻舟低头看着自己的脚尖。

他的话，她有一搭没一搭听着。

好像都是她的错！

她失约是真的，可态度傲慢是哪里的话？

顾轻舟冷笑。

"对不起，轻舟。"司慕又吐了青烟。

"我原谅你。"顾轻舟道，羽睫微扬，眼眸在橘黄色灯火下幽静，"这件事，到此为止好吗？"

司慕颔首："多谢。"

顾轻舟笑了一下。

夜风初时温暖，吹久了也感觉凉飕飕的。

顾公馆院墙上已经爬满了藤蔓，风吹似绿浪。

顾轻舟拢了拢衣襟，凉意如水般浸透了翠袖，她说："解释清楚了，那我回去了。"

她转身欲走。

司慕却喊她："轻舟。"

顾轻舟停住脚步。

司慕道："我不打算退亲。"

顾轻舟立在那里，像是被人敲了一棒子，半晌脑袋里都嗡嗡作响，难以置信地盯着司慕："你说什么？"

"我说，我不打算退亲了，我会和你结婚。"司慕一字一顿，清清楚楚地告诉她。

顾轻舟太意外了，脑袋还是蒙的。她在司行霈面前说话肆无忌惮，现在也没好好组织言语，脱口而出道："你有病吧？"

司慕微愣。

顾轻舟的声音收不住："你一边约会魏清嘉，一边说要跟我结婚，还说你会忠诚婚姻，怎么这会儿就要享齐人之福？你真龌龊。"

司慕脸色沉了下去。

他的呼吸有点重。

顾轻舟的话，说得很难听。

夜风将顾轻舟满头青绸般的长发扬起，似海藻般荡开。她用手按住乱飞的头发，人也慢慢清醒了几分。

她没有继续辱骂司慕，人也理智了很多。

顾轻舟将头发随手绾住，想着这事不对劲，故而靠近了几分，道："你怎么想的？"

司慕却不言语。

他不高兴的时候，都会沉默，狠狠吸唇边的雪茄，将烟雾全部吞噬入腹，再缓缓推送出来。

这阵青烟，差点呛到了顾轻舟。

"你喜欢我？"顾轻舟看着他的眼睛，认真问道。

司慕嘴角微翘，有个冷冷的笑意，他抬头回视她："你有什么值得我喜欢？"

顾轻舟松了口气。

"那为何不想退亲了？"顾轻舟又问。

"没有为什么。"司慕狠狠吸完最后一口，将雪茄踩在地上，用力将它踩灭，"不是请求你，这是通知你。我不同意退亲，你若是想退，就去找我的父母商量。"

说罢，他上了汽车。

顾轻舟拉紧了车门，不让他关上："你说清楚！"

司慕去掰她的手。

她的手很软很凉，像极了她针灸时的触感。

司慕原本是要掰开的，却鬼使神差地紧紧握住。

他握得很用力，然后用力一带，将顾轻舟带进了车子。

顾轻舟就跌入了他的怀抱。

她挣扎着要起来的时候，司慕随手关上了车门。

等顾轻舟爬起来时，车子已经发动了，离开了顾公馆门口。

"喂!"顾轻舟大怒,想去抢他的方向盘。

司慕冷冷道:"小心,你不想和我一起撞死吧?"

顾轻舟抢夺方向盘的时候,车子打飘,差点撞上了路牙。

她收回了手。

顾轻舟不想死,更不想跟司慕一起死。

"开回去!"顾轻舟脸色铁青,声音冷冽呵斥道,"已经很晚了,请你把车子开回去!"

司慕不理会。

他的车子开得很快,穿城过巷,转瞬的工夫,顾轻舟就不认识路了。

她知晓言语无法取得胜利,司慕今天心情不好,他是不会送她回去的。

顾轻舟下楼时,手袋没有拿,兜里没有半分钱,她没办法坐车回去。

车子很快,顾轻舟若是跳车,肯定要摔断胳膊。

不值得!

她估量着局势,心里越发冰凉,人却没有再动,也没有说话。

车子到了海堤。

海堤的四周,全是赌场,这个时间热闹非凡。

海风很大,又带着腥湿。

司慕把车子停稳,深吸了一口气。

顾轻舟不说话。她实在生气,半句话也不肯跟他说。

后来,司慕下车抽烟,顾轻舟坐在汽车里。

他一连抽了三根,情绪才稳定下来,上车将顾轻舟送到顾公馆。

他没有解释。

突然把顾轻舟拉到海堤是做什么,他没说;为什么那么爱魏清嘉,却不同意退亲,他也没说。

"你知道自己在做什么吗?"顾轻舟问他。

司慕不回答。

到了顾公馆,顾轻舟急匆匆地上楼回家。

他又开始抽烟。

知道自己在做什么吗？

司慕当然知道！

他只是不想别人知道，仅此而已。

烟抽了两口，他将其丢出车外，没有回督军府，直接开夜车去了驻地。

而后很长一段时间，司慕都没有回城。

他在逃避。

他逃避什么，他心里也非常清楚，只是他不说。不告诉任何人，这就是司慕，他习惯了所有事憋在心里。

这是过去五年的习惯。

那时候，他想说也说不了。现在能说了，却再也没有倾诉的心境，习惯了缄默。

顾轻舟则不知道此事。

她回家之后，洗个澡的工夫，情绪就平复了。

要退亲的是司慕，不要退亲的也是他，真是个毫不负责任的男人。

顾轻舟对此事不急，反正是能退掉的。她原本就有自己的计划，若不是司慕提起，她都没想现在就退亲。

既然司慕出尔反尔，顾轻舟仍按照原计划，她不损失什么。

司慕的到来，打扰了顾轻舟。顾轻舟躺在床上，还是考虑了很久，为何司慕突然不退亲了。

他退亲是为了魏清嘉，不退亲也是为了魏清嘉吧？

为什么呢？

怕司夫人对魏清嘉下杀手，想祸水东引，用顾轻舟挡枪？

顾轻舟想到这里，心里发凉。她虽然不想跟司慕和魏清嘉纠缠，可事情到了她头上，她也是不怕的。

这么一纠结，她到十二点才睡觉。

三月初一，顾绍就要远渡法国，邮轮下午一点准时出发。他早已准备出国留学，因秦筝筝的死耽误了些日子，如今彻底准备好了。

顾圭璋帮他办好了所有的手续，将五根大黄鱼交给英国的银

788

行保险柜，再转渡到法国，顾绍到了法国就能取到。

这中间花了不少的手续费，但比汇率低多了。

顾圭璋就是会划算。

临别的前一晚，顾绍来跟轻舟告别。

"阿哥，这个给你！"顾轻舟拿出一个绣着白茶花的香囊，递给了顾绍。香囊的白茶绣工极好，还用金丝镶嵌了边沿。

顾绍接过来，先是惊叹这香囊的精致，复而又感觉沉手，问："是什么？"

打开一瞧，居然是一根黄澄澄的大黄鱼金条。

"你……你哪来的这么多钱？"顾绍大惊，要把香囊还给顾轻舟，"我不能要，你自己收好了。你哪里来的钱？"

顾轻舟不接，轻轻地包裹住顾绍的手："阿哥，阿爸给你的钱，刚刚足够你四年的学费和生活费。可你远在异国他乡，万一出事了，没钱傍身怎么办？"

"我可以好好念书赚取奖学金，还可以做点零工。"顾绍道，"舟舟，我能照顾好自己，我听老师们说，奖学金很丰厚。"

顾轻舟坚持要给他，说服他收下："将来你回国了，再还给我不迟，就当我借给你的，反正我暂时也用不上。"

她一直握住他的手，很用力，但是手掌很软。

顾绍心里潮潮的，终于有了离别的伤感。

他舍不得的人其实很多，父亲、舟舟、大姐和缨缨，甚至去世的秦筝等等。

最舍不得的，就是顾轻舟。

兄妹两个人沉默对坐，直到后半夜顾绍才回去睡觉。

初一这天早上，下起了薄雨。

顾家众人十点就吃过了中饭，一起送顾绍去码头。

细雨迷离，添了春寒，翠袖底下的寒意越发缱绻。

雨丝细细密密地编织着，打湿了衣袂，遮掩着离别的伤感。

码头熙熙攘攘，人声鼎沸，汽笛声轰隆悠长。

"到了巴黎，就给家里拍电报。"顾圭璋也舍不得儿子，连声惜别，"出门在外，交朋友要当心，不要上了别人的当。切不可花天酒地。"

顾绍道是，恭敬温顺。

二姨太三姨太也上前，说了几句送别的话。

顾缃和顾缨姊妹两个人舍不得顾绍，顾缨还忍不住哭了。

"在家照顾好自己。"顾绍对顾缨道，眼睛发酸。

旅客涌入闸口，四周全是送别的人，挤得满满当当的。

"好了，快登船吧。"顾圭璋催促，"别误了行程。"

顾绍道是："阿爸，我走了，您保重身体！"

一别数年，顾轻舟很多年后才再次见到学成归来的顾绍，这是后话了。顾绍走后，顾公馆更加空落落的。顾轻舟有时候站在阳台上，瞧着隔壁房间的黑暗，想起顾绍在家时，窗前书桌上总有盏橘黄色的台灯，心里涩涩的。

转眼到了三月初四。

这天是魏市长的寿宴，在五国饭店摆了宴席。

岳城人越发流行去饭店摆宴席，不像从前，一定要摆在家里的。

颜家接到了邀请，颜洛水打算去；顾轻舟也收到了请柬，见洛水要出席，陪同她去。

宴席是晚上。五国饭店被魏家包场了，门口停满了香车宝马。

顾轻舟和颜洛水下了汽车，门口迎客的魏市长看到顾轻舟，就跟见到了亲人一样热情："顾小姐大驾光临，有失远迎！"

言语之中，也是客气极了。

像把顾轻舟当个大人物。

"魏市长，祝您福寿绵长。"顾轻舟道。

"借顾小姐吉言。"魏市长热情道，"顾小姐，这边请。"

他宾客也不接了，直接把顾轻舟领到了座位上。

顾轻舟的席位，在主桌之下的另一桌，除了魏市长自己的儿女，就是其他政要门第的孩子。

不知是有心还是无意，顾轻舟隔壁的座位，居然是司慕。

而她对面的，就是魏清嘉。

顾轻舟一时间，倒也难断言，魏市长如此安排，到底是好心还是恶意。

把顾轻舟、魏清嘉与司慕安排在同一张桌子上，岂不是让顾轻舟黯然失色？

但是顾轻舟又不能走开。

"应该是好心，这张桌子原本就是给权贵家的晚辈，还有魏家的孩子们。难道把司慕移出去？不管是把我们三个人谁安排出去，都会尴尬。"顾轻舟心想。

今天这个宴席，她不应该来的。

她不管是名气、容貌还是才华，都不及魏清嘉的万一，根本没有可比性。

可此刻，一定会被人比的，顾轻舟是要丢脸的。

颜洛水坐在另一桌。

"少帅，你也来了？"顾轻舟搭讪。

司慕"嗯"了声，转过脸去，不想理睬顾轻舟。

顾轻舟就觉得司慕这个人没良心，虽说退亲她索取高额赔偿金有失轻重，但是她也治好了司慕的顽疾，难道不算恩情吗？

因为凑不出钱，所以对她冷言相向？

她这边心中鄙视司慕，那厢魏清嘉就站了起来。

"顾小姐，"魏清嘉含笑，绕过桌子走到了顾轻舟身边，"刚放学吗？"

"是啊。"顾轻舟微笑。

"最近功课忙不忙？"魏清嘉跟顾轻舟寒暄。

他们三个人，又坐到了一起。

今天是魏市长的寿宴，请了好些记者，这时候镁光灯就在顾轻舟眼前闪个不停。

司慕好似恼怒，起身对魏清嘉道："嘉嘉，你过来一下，我有几句话跟你说。"

魏清嘉不知何意，就跟他走了。

司慕当然是不想三个人被凑在一起，明日小报乱写。

但是他们两个人一起离开，镁光灯拍得更狠了，好像想把顾轻舟的狼狈全拍进去，明天作为桃色小报的头条。

司少帅顾念旧情，当场带着前女友离席，抛下未婚妻，多好的素材！

顾轻舟眼眸安静，笑容恰到好处地温柔，不回应不理睬。

拍了几张，魏家的人就过来阻拦，不想这些记者打扰到贵宾。

司慕和魏清嘉这一走，就半晌没有回来。

顾轻舟百无聊赖坐着，心想："若是更得体些，司慕应该拉我走，毕竟这样更加顺理成章。但是，魏清嘉可能脸上无光，司慕当然舍不得。"

这些心思，只是在心里走来走去，根本无法引起情绪上的波动，顾轻舟想得无聊极了。

正是因为无聊，顾绵进来的时候，顾轻舟瞧见了。

顾绵穿了件月白色旗袍，身边还有一男一女。

分别是魏家的二少爷魏清俦，和魏家的三小姐魏清雪。

"轻舟，你也来了？"顾绵声音嘶哑，她这几天染了风寒，过来给顾轻舟打招呼。

这是前所未有的。

顾轻舟道："我刚到不久。阿姐，你风寒好点了吗？"

"好多了，谢谢你的关心。"顾绵道，一副姊妹友爱的模样。

顾轻舟狐疑地看了她一眼。

宴席开始之后，魏市长讲了几句话，场面很大，话题很空。

司慕和魏清嘉过了很久才回来。

而后是魏清嘉上台，祝福她父亲五十大寿，赢得阵阵掌声。

"她还是那么漂亮高贵。"

"魏市长今天请她说祝酒词，可见仍是最器重这个女儿。"

司慕就在魏清嘉上台发言的时候，坐回了席位。

他不看顾轻舟。

顾轻舟就没有开口，沉默地坐着吃饭。

中途，顾缃特意过来找魏二公子，好像有话跟他说。

"要不，等舞会开始的时候再说？"魏二公子好似有点不乐意。

他对顾缃的态度，暧昧却又高高在上。他是喜欢顾缃的，却没有喜欢到娶她做太太的地步。

故而他有时候冷漠。

顾缃大概是懂的，她脸上带着谄媚的微笑："就两句话。"

她有点风寒，说话的时候用帕子捂住了口鼻，声音很嘶哑。

魏二公子眉头蹙得更紧。

同桌的人都看着他。

魏二公子无法，只得站起来，跟着顾缃去了饭店门口的走廊。

顾缃轻轻柔柔地说了几句话。

魏二公子脸色骤变。

"真的？"他问顾缃，"你撒谎！"

"这件事关系重大，我能骗你吗？"顾缃叹了口气，依旧用帕子半遮掩口鼻，不想将风寒传给魏二公子。

她从口袋里，掏出一张收据，皱巴巴的。

魏二公子看完之后，脸色更加难看了，甚至有点惊惶。

"……我妹妹会医术，受人尊重，魏市长很相信她的话。二少瞧见了吗，方才我妹妹是魏市长亲自迎进来的。"顾缃低声道。

魏二公子唇色更白。

"若是她告诉了魏市长，那二少您怎么办？她手上可有证据，实打实的证据。"顾缃叹气，一副担忧至极的模样。

魏二公子的高傲，这时候全不见了。他将收据紧紧攥在手里，问顾缃："现在怎么办？"

"去求求她吧，看看她能否放过你。"顾缃道，"不过，轻舟这个人心思挺深的。她未婚夫曾经是你姐姐的男朋友，所以她会不会找你的碴儿，也是吃不准。"

魏二公子脸上，就浮动了戾色。

顾缃很无辜："总之呢，东西在她手里，我也想帮你偷到，只是她藏得很紧，等我慢腾腾去偷来，只怕她早已下手了。二少，我建议您还是跟轻舟谈谈，她到底是女孩子，而且这件事跟她没关系啊，你哄她两句，给点承诺，比如让你姐姐离她未婚夫远点，她会把东西给你的。"

魏二公子慌乱的心智，半晌理不出头绪。

顾缃一茬接一茬地说，魏二公子一句话也搭不上来。

"……对不起啊二少，我风寒尚未痊愈，不能与人共餐，先告辞了。"顾缃道。

她在门口叫了黄包车，把自己裹得紧紧的，离开了五国饭店。

离开之后，顾缃坐在车里，用宽大的围巾捂住脸，忍不住咯咯笑了起来。

看到魏二少那点狼狈，顾缃真开心。

顾缃很早就知道，魏二少对她是存心玩弄，既追求她，又不想跟她定亲。

秦筝筝一直教顾缃力争上游，顾缃岂能栽在一个纨绔子手里？

马上，她就会拿下魏二少，让他心甘情愿地求婚。

当然，还可以趁机坑顾轻舟一把。

宴席尚未结束，魏二少突然走到了顾轻舟身边，低声道："顾小姐，借一步说话。"

司慕看了眼，眉头微紧。

而后，他又转过脸，不与他相干。

顾轻舟微讶。

她跟魏二少没有过接触，对方又是年轻男子，当他一脸焦虑甚至惊惶地找她说话时，顾轻舟不明所以。

"好。"她站起身。

两个人站到了大门口，魏二少却欲言又止。

顿了顿，魏二少道："顾小姐，方便现在寻个地方，咱们认真说话吗？我是很有诚意的。"

"现在？"顾轻舟一头雾水，"不方便。"

魏二少没想到她态度如此强悍，更是不敢惹怒她："那顾小姐，等宴席之后我送您回家，咱们再详谈可以吗？"

"什么事？"顾轻舟问。

魏二少道："这里不方便说，顾小姐你也不必试探我，我知道你的本事。"

顾轻舟听得云里雾里的，完全不知头绪。

她从魏二少脸上看不出表情，却记得方才顾缃找他说话了。

那么，这是顾缃的意思吗？

"我能放心让你送吗？"顾轻舟问，"要不，你跟我一起，乘坐颜公馆的车子回去？"

魏二少急了："这怎么行啊，顾小姐，您有什么要求，都能告诉我。您想啊，我吃了熊心豹子胆，跟督军府的少奶奶作对？"

顾轻舟就觉得，顾缃摆了个局。

到底什么局，她完全猜不到了。

顾轻舟知道，她身后总有司行需的副官跟着，这位魏二公子倜傥风流，可是体力稀薄，未必奈何得了顾轻舟。

顾轻舟手包里，还有司行需给她的短刃，她带着防身的。

有了这样的底气，顾轻舟也想弄清楚怎么回事，她答应了："好，劳烦二少送我。"

魏二少大大松了口气。

"多谢顾小姐肯通融，感激不尽！"魏二少道。

顾轻舟回到了席位上。

她对魏家和魏家的孩子们都不了解，而顾缃跟他们接触了很久。顾缃到底在搞什么鬼，顾轻舟一筹莫展，她愣神了片刻。

顾轻舟心不在焉。

司慕同样。当然，他们所想的，是完全不同的两件事，一点关系也没有。

舞会的时候，当男伴来邀请魏清嘉时，魏清嘉瞥了眼司慕。

这一眼很明显，不同于她之前的内敛隐忍，带着很明确的暗示，当着顾轻舟的面，提醒司慕请她。

而司慕神色恍惚，并不想跳舞的样子，魏清嘉绝艳容貌微微一沉，就接受了其他男士的邀请，步入舞池，翩翩起舞。

她的舞姿很美，披散的黑发摇曳，别有风情。

满舞池都是烫过头发的淑媛，卷曲带着时髦风，魏清嘉这头漂亮的直发，格外惹眼。

她的头发很漂亮，却没有顾轻舟的好看，只是没人会拿头发比较罢了。

"少帅，夫人说您和顾小姐别闲坐了，两个人去跳跳舞吧。"司夫人身边的副官，走过来低声对他们道。

魏市长的五十大寿，办得隆重，岳城八成的政要名流悉数到场。司督军军务繁忙没有来，司夫人却怎么也要捧场。

远处那主桌上，司夫人穿着天水碧绣牡丹花的旗袍，披件羊绒长围巾，髻鬟高堆，神色端庄。她上了年纪，仍是姿容绰约，不免叫人艳羡司督军的好福气。

雍容温婉的司夫人，不时假装抬头，看一眼司慕。

司夫人是真不喜欢魏清嘉！

魏清嘉张扬，能夺了司夫人的风采，而且她离过婚。

魏清嘉成熟练达、妩媚精致，举手投足都带着优雅，这气质是顾轻舟比不了的，司慕会更加欣赏魏清嘉。

感情最难控制了，司夫人也不能把自己儿子的眼睛挖出来，只得寄希望于顾轻舟，希望顾轻舟能拉住司慕，哪怕拉不住，在他们中间添添堵也好。

而顾轻舟跟傻子似的，根本没看到危机！

"真是该聪明的时候蠢得要死。"司夫人心里骂顾轻舟。

司夫人就派了副官过来。

"少帅，您请顾小姐跳舞吧。"副官说了一遍时，司慕和顾轻舟还在愣神，他尴尬地说了第二遍。

没办法啊，这是夫人交代的任务。

顾轻舟就抬头，清湛目光落在副官脸上。

司慕也回神。

顾轻舟等着司慕拒绝时，司慕却站起身，面无表情冲顾轻舟弯腰，邀请顾轻舟跳舞："顾小姐。"

四周的人，不时在打量他们。

顾轻舟若是婉拒了司慕，就等于把自己放在难堪的境地。旁人不会说司慕被回绝，而是觉得顾轻舟有问题。

世道的流言蜚语，对攀结权贵的弱女子更加苛刻。

顾轻舟处境维艰。

"好，多谢少帅。"顾轻舟权衡，将手搭在司慕的掌心。

司慕手掌也结实，不像顾绍那般温暖柔软，也不像司行需那边粗粝坚硬，他的手有点薄茧，没什么温度。

就如司慕的人一样——冰凉、冷心冷肺。

跳舞的时候，顾轻舟看到魏二少一个人站在阳台上，依靠着栏杆抽烟，一脸灰败的模样。

魏二少那席话，更是叫顾轻舟摸不着头脑，不知方才他的用意。

倏然，顾轻舟感觉手上一疼。

她吸了口凉气，回过神来，发现司慕紧紧攥住了她的手，攥得非常用力。

等她抬头看着他时，他才松开。

"怎么了?"顾轻舟眼底浮动不耐烦。自从司慕出尔反尔不肯退亲，顾轻舟对他的好感和耐心就消耗完了。

"专心点!"司慕冷漠道。

他的余光也瞥见了魏二少。

方才魏二少找顾轻舟聊天，司慕也是知道的。回来之后，顾轻舟就沉思愣怔，现在还发呆，司慕心中一把无名火，烧得他心尖发疼。

"哦。"顾轻舟道。

一支舞曲四分钟左右，顾轻舟却感觉漫长。

怎么都无法结束。

司慕不开口，顾轻舟也不说话，只随着他的舞步蹁跹。

旁边有人看他们。

顾轻舟的舞姿也很美，甚至比魏清嘉更美，引人注目。

司慕是看不到的。

"没什么想问问我的吗？"司慕倏然问。

顾轻舟不解："问什么？"

"为何反悔，不肯退亲。"司慕道。

"为何？"顾轻舟问，问得漫不经心，甚至没兴趣。

她只想退亲。

至于不退亲的苦衷和理由，顾轻舟半个字都不想知道。况且，退亲不退亲，司慕自己能做主吗？

整个司公馆，外有司督军和司行霈，内有司夫人，内外都轮不到司慕主张。

等到了六月份，顾轻舟的事情处理完毕，直接去找司夫人，退亲很容易的，司慕还能拗得过他那诡计多端的母亲？

到那时候，顾轻舟无非是少点钱罢了，她根本不担心。

和司慕商量退亲，原本就不是顾轻舟的计划之一，只是司慕提出来的，她为了他而改变了自己的筹谋，是可怜他和魏清嘉的感情。

她问完了之后，眼睛瞥见了司行霈的副官。

司行霈的副官一袭正装，混在宾客里。

顾轻舟想："这个人身上肯定带着枪。我回头要跟魏二少走，最好去借他的枪。"

而后她又想："我包里有司行霈给的匕首，若是近距离的话，匕首比枪要方便多了。"

顾轻舟想知道，顾缃用了什么阴谋。

这件事不弄明白，顾轻舟就很被动了。

她不想一再被顾缃算计。

司慕正想解释，看了一下她的眼睛，发现她又去看别人了，她心不在焉。对于司慕反悔的理由，她也没兴趣。

她对司慕没有半分情愫，司慕看得出来。

他的心，顿时拧成了一团，就像被一只手紧紧攥住。

他握住她的手跳舞，掌心有她的微凉和柔软，心里却发涩。

"……等会儿我送你回家，路上慢慢说。"司慕良久才开口。

798

"不用了，方才魏二少找我，有点事和我商量，看着挺神秘的，可能跟我姐姐有关。"顾轻舟道，"下次吧。"

司慕握住她的手，又有点紧。

一曲终于结束，司慕却没有像个绅士一样把她送回去。他立在原地，看着其他人纷纷退场，再有新的人进来。

顾轻舟挣脱，想要离开。

司慕微微用力，贴在她后背的手一带，几乎将她带入怀里，没有动。

另一支舞曲就响起了。

顾轻舟讶然，抬头去看他。

"再跳一支吧。"司慕道，"我姆妈看着呢。"

顾轻舟微愣，继而心头一震："你知道啊？"

她以为司慕混沌，原来司夫人什么心思，司慕全部知道。

那么，一旦他退亲，司夫人就知道没有退路，为了阻止他和魏清嘉，会对魏清嘉下手吗？

司慕不肯退亲，是为了保护魏清嘉？

"……你害怕退亲了，魏小姐不安全？"顾轻舟问。

司慕沉吟了一下，点点头："是的。"

"你倒是挺痴情的。"顾轻舟道。

她这话很平淡，既不是褒奖，也没有贬义，就是概括一下事实。

"别讽刺我。"司慕却道。

顾轻舟忍不住笑了："真没有！我挺感动的，这年头像你这么长情的男人不多，魏小姐很有福气。"

司慕薄唇微抿。

他脸上有种难堪又痛苦的神色。

他似乎赌了口气，很冲动道："我一点也不长情！我是正常人！五年了，什么都会变，我也会变，我并不为此而羞耻！"

顾轻舟不懂他的思路："为什么要羞耻？"

司慕又不说了。

顾轻舟却听明白了："你不喜欢魏小姐，喜欢上别人了？你还为此感到羞耻？"

司慕不答。

顾轻舟想：司慕这个人，真该背一座贞节牌坊！

五年前他才十五岁，今年他二十岁，一个人从懵懂到成熟，这中间的改变是巨大的。

况且魏清嘉嫁人了，他们两个人分手了，司慕再移情别人，不是很正常吗，为什么他要感觉羞耻？

分手，就该为前任守一辈子啊？

顾轻舟忍不住笑了。

"有什么可笑的？"司慕恼怒。

顾轻舟笑不可抑："对不起，我有点忍不住。"

司慕看着她不说话。

顾轻舟慢慢才敛去笑，道："你不喜欢魏小姐，喜欢上谁了？"

"我没有不喜欢嘉嘉。"司慕倏然又冷漠，硬邦邦道，"我是说，我也可以改变，也有去喜欢其他人的能力。"

喜怒无常的司慕，让顾轻舟这等神医，也摸不准他的脉。

他这一系列的情绪变化，肯定跟魏清嘉有关。

而他们两个人到底发生了什么，顾轻舟也猜不到。

这支舞结束之后，司慕将顾轻舟送回了位置上。

而后，他走过去请司夫人跳舞。

顾轻舟独坐。

有男士邀请她，顾轻舟却实在没心思去应酬，她还在考虑顾纼和魏二少的事，就拒绝了。

舞会结束之前，顾轻舟去找了颜洛水，就说她跟魏二少有点事，回头要跟魏二少走。

"什么事？"颜洛水关心。

"我也不知道。"顾轻舟说，"等我问清楚了，明天上学再告诉你！"

顾轻舟考虑再三，临走时还是去找了司行霈的副官。

"把你的手枪给我。"顾轻舟道。

副官吃惊："顾小姐，是遇到危险了吗？属下送您回去。"

要枪，肯定是预知了危险。

副官怕出事了，自己担不起责任，他准备去开车。

"什么事也没有，你把手枪给我就行了。"顾轻舟道，"我等会儿跟魏二少一起离开，你们跟紧点。也许会有事，你们三分钟之内能支援就行，别贸然出头。"

副官道："顾小姐，还是属下送您回去吧。"

"真不用。"顾轻舟道，"此事我一力承担，跟你没关系，我会告诉少帅的。"

顾轻舟很坚持。

副官怕其他宾客看出端倪，不好再坚持了。他犹豫了一下，就答应了。

他腰里别着两把枪，拿出一把给顾轻舟。

顾轻舟看了眼，是一把左轮小手枪，一共六发子弹，一颗也不少。

"您会用吧？"副官又担心追问了句。

"会。"顾轻舟笃定道。司行需带她练过这种枪。

她放在手袋里。

顾轻舟离开饭店的时候，瞥见了司慕。

司慕站在屋檐下的走廊上，正巧那走廊挂了一串日式风铃，甚是悦耳。

顾轻舟等魏二少开车过来，百无聊赖，听到声音就望过去，结果却看到了司慕。

司慕正在望着她。

他那里光线幽暗，只能看到他的轮廓，但他落在顾轻舟脸上的目光，深沉又伤感。

顾轻舟一时诧异，下意识回头，想看看她身后是否还有其他人，要不然无法解释司慕如此看着她。

她有什么可看的？

身后有人，熙熙攘攘都是离席回家的，却没有顾轻舟熟悉的，更没有魏清嘉。

再看司慕时，屋檐下已经没人了，只剩下那串风铃，发出悦耳动听的轻响，好似方才只是顾轻舟的幻觉。

顾轻舟摇摇头。

"顾小姐。"魏二少的车子开了过来，按响了喇叭。

顾轻舟上了汽车，她将手袋放在腿上，拉开一个口子，将手伸了进去，短刃脱了鞘，握住了把柄。

手枪在另一边，早已开了保险，可以随时开火。

她一只手握住短刀，一只手扶住手袋，看上去是很乖巧的样子。

车子开了出去，约莫三分钟，远离了五国饭店时，魏二少终于忍不住开口了："顾小姐，你真的拿到了账本？"

什么账本？

顾轻舟知晓，这是顾绸的圈套。

魏二少是帮凶，还是和顾轻舟一样的棋子，顾轻舟暂时拿捏不准。

她说话含糊："二少这是何意？我不太懂……"

她说的是实情，语气却故意话里有话，好似她只是不愿意承认。

魏二少则对顾绸的套圈深信不疑，坚定以为顾轻舟是拿了账本的，他态度诚恳，甚至低声下气道："顾小姐，你什么条件我都能答应你，只是账本千万别给我阿爸。我阿爸心脏不好，他会气死的。"

顾轻舟这时候就明白，魏二少在外头欠下了巨款。

顾绸知道这个秘密，拿这个秘密做文章。

"……我姐姐跟你说了什么？"顾轻舟直接问。

既然魏二少以为顾轻舟拿住了他的把柄，就会对顾轻舟言听计从。

"绸绸说你认识霍龙头，跟霍龙头的妹妹是至交，又对霍家有恩，所以九爷把我在赌场欠下的账本都给你了。"魏二少果然老老实实。

九爷，就是霍钺身边的锡九，他算是青帮的二把手。

魏清嘉回来了，司慕对她念念不忘，身为未婚妻的顾轻舟想要整垮魏家，自己挣面子，利用旧情去找锡九，要魏家的秘密，很说得通。

而魏市长还不知道，魏二公子最近沉迷赌博，已经输了两万多块的巨款。

在岳城，五百块就能买一栋花园洋房，魏市长的工资也不过每个月一百二，两万多块就算是对督军府，都是一笔巨款。

这笔钱，魏二公子是填补不上了。

"……我知道你看不惯我大姐，你放心吧，我会替你想办法，让我大姐离司少帅远些，我保证!"魏二公子急道，"账本你可千万别给我阿爸!"

其实顾轻舟到了这时候，才是真正的糊涂。

顾绌做这件事，她图什么？

顾轻舟没有拿到账本，魏二公子这么一说，顾轻舟反而可以去找锡九，拿捏魏二公子，让他替自己办事。

这对顾轻舟很有利。

可是为什么？

顾绌是绝不会帮顾轻舟的!

"这些事，都是我姐姐告诉你的？"顾轻舟问魏二少。

她已经问过一次了。

"是啊。"魏二少道，他也有点糊涂了。

顾轻舟更糊涂了。

"顾绌想嫁给魏二少，她既然知道有账本的事，怎么不自己去拿了，威胁魏二少和她定亲？"顾轻舟不得其解。

顾轻舟觉得，这也许是个连环套。

秦筝筝最喜欢设连环套了，顾绌深得其母真传，她难道不会吗？

当然，她没有秦筝筝那么聪明，这个连环套并不深。

正是因为顾绌不聪明，顾轻舟不能按常规的套路去考虑她，谁知道她下一瞬会做什么脑残的事，出乎顾轻舟的意料。

她这边正想着，突然有辆黄包车，直接从旁边蹿出来。

魏二少开车时说话，不够专心，眼瞧着这一幕，他整个人就吓坏了，连忙想要掉转车头，车子一下子就撞到了路牙子上。

"这是谁啊？"魏二少大怒，立马下车。

他刚下去，就被人按住。

车厢一晃。

有人重重地将魏二少按在车上，顾轻舟当机立断，锁好了她这边的车门，爬过来将驾驶座的车门猛然带上。

她这点小聪明，很快就被无情挤垮。

一声巨响，她座位旁边的玻璃窗，一下子就被砸开了。

碎玻璃四溅，好几块落到了顾轻舟身上，她的手背被划出一条长长的血痕。

有人来拉车门时，顾轻舟一刀捅下去。

这刀非常快，利落将那人的手捅出一个窟窿，又快速拔出。

"啊！"车外传来惨叫，"这娘们手上有刀！弄死她，弄死她！"

惨叫声不绝。

顾轻舟这时候反而镇定了："原来，顾细的计划在这里！真是个蠢计划。"

然后，后座的车窗也被敲破，有个人从后座进来，想要拿住顾轻舟时，顾轻舟早已猫到了座位下面。

她看清楚了那个人，一枪放出去，正中他的左肩。

顾轻舟不是珍惜他的命，而是想留下活口，好知道顾细的阴谋诡计。

"有枪！"远处，有个男人声音颤颤巍巍，"他妈的，不是说了一个弱女子和一个纨绔子弟吗？"

纨绔子弟倒是真的，一下子就被制服了，动弹不得。

他们将魏二少敲晕了。

"这是顾细收买的人，目标很明确，是我和魏二少两个人。"顾轻舟想。

若是赌场的人，不会对顾轻舟下手。

一道灯光照亮了顾轻舟的车子，她以为是司行需的副官到了。

"全抓起来！"不承想，她听到了司慕的声音。

司慕随行是带着两名副官的，车上有长枪。

方才顾轻舟放枪，早已惊动了他，他的枪法非常准，一枪一个，瞬间将几个匪徒的膝盖打穿。

遍地哀号。

耳边枪声不绝。

等顾轻舟出来时，但见地上躺着四个男人，个个凶悍异常，膝盖全伤了，痛苦倒地不起，惨叫不绝。

司慕的副官，将他们搜身、捆绑，扔到了车子后座。

顾轻舟慢慢推开车门站起来。

司慕的车灯很亮，顾轻舟走下车，他就瞧见顾轻舟的额头、手背，都被碎玻璃划过，血涌了出来。

其实没多少血，也只是划破了小口子，只是已经晕开，就像一大片似的，甚是骇人。

司慕疾步走过来，扶住了顾轻舟的肩膀："伤了哪里？"

顾轻舟能站住，她不着痕迹地推开司慕，道："我没事，就是玻璃碎片太多了，落到了身上。"

她摸了一下额头。

血痕擦去，就不再流血了，可见伤口的确很细小浅薄。

她并无大碍，手枪关了保险，短刀入鞘，她拎着手袋走下来，人畜无害的模样，一头黑发在夜风里缱绻。

"你怎么来了？"顾轻舟抬头问他。

车灯映照之下，她目光熠熠，好奇地望着他。

司慕一愣，说："我路过……"

哪有这么巧的路过？

他是一直跟着顾轻舟和魏二少，他不放心。

司慕不愿意用坏心去揣度魏清嘉，可他总是下意识觉得，魏清嘉想要取代顾轻舟。

司慕很不放心顾轻舟跟着魏家的孩子一起走，他下意识觉得自己有义务保护她。

司慕远远跟着，直到他听到枪声，才吓坏了，急忙上前。

不管怎样，先收拾了这群人，再去找顾轻舟。

他还以为顾轻舟早已吓晕，或者受伤，不承想顾轻舟轻盈盈走了下来。

放枪的，居然就是她。

司慕目光微凝，看了她一眼，只感觉她细腻红润的娇颜，有种别样的风采，他道："上车吧，我先送你回家。"

"不，找个地方审审他们，我要知道顾缃到底想干什么！"顾轻舟眼底涌动锋芒。

"顾缃？"司慕诧异，"你姐姐顾缃？"

就近有家饭店，这个时间段正值收摊关门。

司慕的副官去打点："老板，借您的院子用用。"

老板一瞧这模样，是当兵的，当时就吓住了，唯唯诺诺道："军爷，您看我们这都收摊了……"

"就用一会儿，处理点私事。"副官塞了十块钱给这老板。

小饭店十天的盈利也没有十块钱，老板手头微颤，心里发热，就同意了。

老板很快就把前门关紧上板，打开了后门，让他们进去。

副官将这几个人扔到了院子里。

看了眼情况，老板自己带着伙计，先躲进了屋子里。

顾轻舟和司慕、魏二少魏清俦坐在大堂喝茶。

魏二少被人敲了后脑勺，鼓起一个大包，疼得头昏脑涨的；再加上之前的舞会喝了酒，这会儿昏天黑地，跑出去吐了之后，就趴在桌子上不动弹。

他吐完了，漱了口也是酒气熏天。

顾轻舟和司慕不约而同挪到了旁边桌子。

这点小默契，让司慕唇角微动，而后又归于寂静。

"……吃饭的时候，我姐姐就把魏二少叫了出去，后来魏二少稀里糊涂说了很多话，我也不懂，只敢肯定是顾缃设了个圈套。

"没有千日防贼的道理，既然她设了局，我想看看到底怎么回事，别被人背后算计了。上了车之后，魏二少才跟我说了他赌钱的事。"顾轻舟道。

已经出事了，魏二少输钱这件事是瞒不住的。

顾轻舟觉得，司慕迟早要跟魏清嘉结婚，这魏二少就是他小舅子，更是没什么值得遮遮掩掩的。此事再瞒下去，魏二少会闯出更大的祸。

戳穿了，魏市长除了打孩子一顿，还能怎的？肯定要帮他摆平债务的。

那么一大笔巨款，对魏市长而言，也是割肉放血的钱了，但也不至于拿不出来。

司慕甚至可以帮帮魏二少，也算在魏清嘉面前立功，更容易得到佳人的芳心。

"我都不知道这件事，更不会去拿账本。"顾轻舟解释道，"可魏二少对我姐姐的话深信不疑，以为真是我拿了。他大概是觉得我想收拾魏小姐。"

说到这里，顾轻舟顿了一下。

她不恨魏清嘉，在她看来对方是个陌生人，怎么所有人都觉得她想要弄死魏清嘉？

顾轻舟看了眼司慕，继续道："少帅，认真说起来，这件事也跟你有关。魏二少能这么想，魏小姐肯定也这样想。她很忐忑不知前途，你应该咬牙把亲退了。司夫人不管怎样反对，你们两个人都可以一起商量。

"女人很傻的，有了前途就会拼命。你们男人是不懂，世道太苛刻了，名分对女人很重要。我知道，你是想搞定家里所有事，事情有了十成把握再跟魏小姐谈，免得她失望。可是你不松口，魏小姐是不会安心的。"

说到这里，顾轻舟莫名其妙有点感触，她眼眶微红。

她忍不住想起了司行霈。

司慕诧异地看着她。

为何她感触如此深？

他心念浮动，一些不该有的心思都浮上来。

"我明白。"司慕道，"我会说清楚的。"

不是跟魏清嘉，而是跟顾轻舟。

今天时机不恰当，改天他会请顾轻舟吃饭，认真把事情和她说清楚。

五年了，司慕念念不忘的魏清嘉回到他身边时，他好似突然之间就顿悟了。

有了对比，他就明白了自己的心意，他知道自己想娶谁，想要怎样的爱情和婚姻。

他在顾轻舟面前羞于开口。

好好地念着魏清嘉，突然她回来了，又不爱她了，移情到别人身上，这不是神经病吗？顾轻舟能相信吗？

司慕对这件事很慎重，所以他踌躇再三，没有给一个明确的态度。

顾轻舟今天这番话鼓励了他，他应该和她说清楚，让她心里也踏实。

他不肯退亲，不是因为他想维护魏清嘉，也不是他舍不得钱，更不是他想调戏顾轻舟。他唯一想的，是跟顾轻舟过这辈子。

至少暂时有这等念头。

从前他不懂，他只会常想起顾轻舟。

直到魏清嘉回来，司慕发现，自己对她的爱情，居然永远停留在十五岁那年。现在的魏清嘉，已经不是当年的模样。

抑或，司慕爱的，一直都只是自己记忆中的魏清嘉。

记忆有时候会欺骗自己，它美化了魏清嘉，让她变成司慕最爱的模样，实则那个人并不是魏清嘉了，只是司慕的一个寄托。

魏清嘉出现了，这个寄托和现实对不上号，爱情顿时化为乌有，司慕一下子就清醒了。

他年少的时候爱过魏清嘉，那是他最美好的初恋，也许对顾轻舟的感情永远比不上，可他知道自己开始了。

既然他开始了，他也希望顾轻舟能开始。以后爱情是深是浅，就看他们两个人自己的造化了。

只是，顾轻舟好像对此不抱希望，她冷漠地置身事外。

直到今天，司慕才突然明白：她是不是也担心一腔深情错付，最后司慕会选择魏清嘉，所以她才不肯投入？

跟她说清楚，她也许会安心，从此就开始和他相恋吧？

司慕心绪涌动时，副官走了进来。

"少帅，已经审问清楚了。"副官道。

他们喝茶的时候，院子里不时有鬼哭狼嚎的声音，司慕全然没有听到，他的心思全在别处，见副官说审好了，他有点吃惊。

"怎么说？"顾轻舟先开口，因为司慕有点愣神的样子，顾轻舟等不下去。

副官就把那群人交代的，一一告诉了顾轻舟。

旁边桌子上的魏二少，也恍恍惚惚地抬头，听副官的审词。

"买主是个老太太。"

"什么样子的老太太？"魏二少好奇。

顾轻舟道："不管是什么样子的老太太，她都只是奉命办事，背后的主使是顾绷。"

"为何？"魏二少问。

他不是不相信，相反魏二少知道顾绷做得出来。他勾搭顾绷良久，对方始终不肯答应，可见她是很有野心的。

魏二少只是好奇，顾轻舟为何回答得如此干脆，丝毫不带猜疑的，指定就是顾绷。

"因为她会是背后的受益者。"顾轻舟道，"你等着看。"

魏二少不再说什么。

世道如此乱，市长的公子被绑架，如果做得隐秘，会是一件很正常的事。

"买主说，先把人质关到码头的破船里，等上五天，就给他们一根小黄鱼。"副官道。

那四个人，不是青帮、洪门的人，也不是海盐帮的，他们是水上的水匪，专门劫持江面上的旅客。

"果然是猫有猫道。"顾轻舟眉宇冷冽，"顾绷她居然找到了江面上的水匪，旁人只怕想破脑筋，也想不到这条路。"

司慕颔首："的确如此，江面上的人上岸作案的不多。"

藏在江面上，更是难找了。

藏他们五天，这样不管是军政府，还是魏家都要急死了。

顾圭璋会忧心顾家的未来，朋友们会担心顾轻舟的安危。

大家都找不到的时候，顾绷"偶然"找到了，到时她就是魏家和军政府的大恩人。

她成了魏家的恩人，魏家上下感激她；她再威胁魏二少，如果不求婚就把他烂赌的事告诉魏市长。

这样，魏二少一是害怕她泄密，二是感激她救命，肯定要求婚的。而魏家其他人，考虑到她是军政府少奶奶的姐姐，又刚刚救了顾轻舟，也是军政府的恩人，再加上魏二少开口了，自然会认同她。

从前魏家没考虑过顾缃，只因为顾缃这个人的身份背景太鸡肋了，食之无味弃之可惜，所以犹豫不决。

等她成了恩人，自然水涨船高。

只是可怜了顾轻舟，被绑架五天，谁知道会发生什么事。

司家和顾家怎么会相信她的清白？

顾轻舟站起来，走到了院子里，看着其中两个人被打得七荤八素，顾轻舟问另外一个尚且完整的人："怎么跟买主联系？"

"明天早上七点，在圣母路的书局门口，放一本《论语》，就意味着事情成功了。《论语》里夹着码头号，就是五天后靠岸的地方，买主会去接人交钱。"那个人道。

"很好，你把《论语》和字条都准备好给我。"顾轻舟道。

"在船上。"那人道。

顾轻舟给副官使了个眼色，副官就把这个人押起来。

等他们出门了，顾轻舟对魏二少道："二少，你想不想看一出好戏？"

"啊？"

"你到邮轮上去玩几天，五天之后准时回来，看看顾缃给你演的这出戏，如何？"顾轻舟道，"你不是问，为何我认定主使者是顾缃吗？到时候，你可以亲眼瞧瞧。"

魏二少道："也好。"

正好消失几天，让他阿爸也担心一下，想想到底是钱重要，还是儿子重要。

万一儿子没了，钱还有什么用？

说不定这样，他阿爸会少打他几棍子。

有了这样的考虑，魏二少道："我配合你，回来之后我也去找你。到时候哪里见？"

"咖啡店见吧。"顾轻舟给了他一个地址。

魏二少头疼得厉害，现在只想找张床躺下，正巧对街有个小客栈，他就先去休息了。

司慕问顾轻舟："你也要躲五天？可有地方去？若是没地方，我帮你安排。"

顾轻舟能去的地方，实在太多了。

她可以去颜家，也可以去司公馆，还可以去霍公馆，甚至司行霈的别馆。

原来自己有这么多的后盾，可以成为依靠。

或者长久下去，岳城就是她的家了。

"有。"她道。

她盈盈一笑，很笃定地说她有地方去，不需要司慕的帮助时，司慕心里感觉很复杂。

他既失落，自己不能帮助她；同时又欣慰，顾轻舟是个很有本事的女孩子，她的生活不需要任何人的辅助，她很独立。他想，他之所以对她有懵懂的好感，是因为他很欣赏她的能力。

几千年女人大门不出二门不迈的规矩，被推翻才十来年，女性能有这样自立的进步，对男人来说是新鲜的诱惑力，让人无法自拔。

比起美丽的容貌，顾轻舟的能耐更叫人沉沦。

"我送你过去。"司慕道。

"那你送我去颜家吧。"顾轻舟道。

司慕颔首。

到了颜家，司慕将顾轻舟送到了正院时，颜太太和颜新侬是有点吃惊的。

他们吃惊的表情，让顾轻舟尴尬得无地自容。

义父义母肯定在想，顾轻舟这头勾搭着司行霈，那头又跟司慕来往，脚踏双船，不本分。

她也不想司慕送，只是大半夜的，她实在疲倦，有种劫后的紧绷感，她怕乘坐黄包车再出意外。

她脸上的难堪是很明显的，司慕心头倒是有点恍惚的蜜意——顾轻舟的难堪，在司慕看来是种羞赧。

女人的害羞，是很明显的暗示。

"总参谋，我不打扰了。"司慕很识趣，转身要走。

"少帅请。"颜新侬要送司慕。

他们两个人出门了。

颜太太想问，却又不知该用什么词。

女孩子都敏感，顾轻舟也不例外。

顾轻舟在司行需那边的身不由己，在司慕这边又需得应酬，颜太太何尝不懂她的进退维谷？她没有半分责怪之意，只是总得说点什么。

有时候，多说和不说，一样让人误会难受。

就在颜太太搜肠刮肚寻找几个适合的词时，顾轻舟先开口了："今晚遇到了歹人，姆妈您看我额头，伤口肿了吗？"

颜太太吓了一跳，其他心思顿时化为乌有。

顾轻舟的额头上是有条小小的伤痕，已经高高肿起，没有流血，伤口也不是很长，也不是很深，但是一眼就能看到。

颜太太吓得头皮发麻："遇到什么事了？"

如今世道是挺乱的，岳城也乱，只是没想到顾轻舟会出事，颜太太吓着了，什么男女来往，再也顾不上。

女佣也去告诉了颜洛水。

母女二人围着顾轻舟，顾轻舟就把那件事，仔细告诉了她们。

"……太过分了，她还是个人吗？"颜洛水怒道，"不能放过她，否则她肯定还有下次！"

慈善的颜太太，也是汗透脊背："亲姊妹下这样的狠手，实在恶毒！这个女孩子，缺乏教养！"

"我看就是歹毒！"颜洛水怒道，"秦氏害死了老太太和轻舟的姆妈，秦氏的女儿，能是什么善茬？"

颜洛水又心疼又生气，快要哭了。

颜新依进来时，已经知晓了大概，司慕把事情告诉了他。

"我暂时不回家了，学校也不好去，暂时躲几天。"顾轻舟道，"姆妈，我就住在这里，洛水放学拿笔记给我，不耽误我的功课。"

"这样最好不过。"颜太太道。

顾轻舟就暂时住在了颜家。

她告诉颜家众人，她要把顾绸引出来，让她不打自招。

她装失踪，颜家上下也配合她。

魏二少在客栈睡了一夜，凌晨的时候清醒了，去对街的裁缝铺换了新的长衫，戴了帽子。

他身上没什么钱了，只有一块金表，换了八十块。

买张船票只需要一块三，剩下七十多，足够他吃喝玩乐五天的。

顾轻舟和魏二少都有了打算，他们休息得不错。倒是顾绸，一夜没睡，睁着眼睛等顾轻舟。

万一顾轻舟回来了呢？

左等右等，始终没人上楼，春夜里有夜猫哭啼，跟婴儿似的，顾绸感到毛骨悚然。

天亮了，顾绸去了趟顾轻舟的房间。

房门紧锁，从顾绍的房间进去，从后阳台可以瞧见顾轻舟房间里空空荡荡的，她昨晚没回来。

顾绸大大松了口气。

她去了趟书局。

书局里有个老太婆，是老板的丈母娘，跟着女儿女婿讨生活，最是精明能干的。

她把《论语》交给了顾绸。

"事成了！"顾绸双颊爬满了喜色。

早晨的骄阳映衬着她的脸，这位少女脸色细嫩红润，好似羞赧乖巧的模样，谁能想到她前不久才买凶害人呢？

书局的老太太静静看着顾绸，挺瞧不起她的：这般小年纪就如此恶毒，真不是个东西。

不过，顾缃给钱挺痛快的。

"我先回去了。"顾缃拿着《论语》，金灿骄阳将淡金色光线铺满地面，照在人身上暖融融的。

顾缃穿着一件粉红色旗袍，走入璀璨的阳光里，似一朵盛绽的桃蕊，年轻美丽，路上有行人侧目看她。

明明这般美丽，为何会有如此歹毒的心思？

年轻人，总是令人费解。

顾缃回去之后，从《论语》里找到了字条："本月初九，下午四点半，十九号码头，船头三色旗。"

拿到了这些，意味着成功了，顾缃却不放心。

她洗了澡，将昨晚一夜未睡的疲倦敛去，顾缃去了趟魏公馆。

顾缃很投魏清雪的脾气，又刻意巴结她，魏清雪挺喜欢顾缃在身边凑趣的，跟个小跟班似的。

"怎么了？"顾缃问。

魏清雪正在喝粥，一只手捧着脑袋，头疼欲裂的样子，还穿着睡袍。

"刚醒，昨晚喝多了酒，头疼死了。"魏清雪道。

她们两个人说着话，外头女佣嘈嘈切切，似乎在议论什么。

魏清雪喊了一个女佣，让她进来。

"外头说什么？"

"是二少那边的人，说二少昨夜没回来，问三小姐见到他了没有。"女佣道。

"肯定又去哪里喝酒了。"魏清雪道，"要不然就是勾搭了某位交际花，再不然就是去赌了。"

顾缃沉默地坐着，心情却是极好。

想起魏二少可能正在吃苦，顾缃就全身舒爽——让你把我当交际花！当初可是你先勾搭我的！勾搭完了，又不肯认账，平白给顾缃希望，顾缃岂能让他好过？

得知魏二少一夜未归，顾缃松了口气，转身出去了。

她挺高兴的，事情并无意外。

饶是如此，她也未曾放松警惕，在魏家转了一圈之后回家。

"轻舟回来了吗？"顾缃问二姨太。

过去一年多，顾轻舟周末夜不归宿，是很常见的，从前秦筝筝闹过，每次不是在颜公馆就是在司公馆，都抓不到顾轻舟的把柄。

如今秦筝筝去世，二姨太自然更加偏袒顾轻舟了，道："直接上学去了。"

这话说得颇有水准，不回答顾轻舟昨晚未归，又点明她勤奋上进，去了学校。

顾缃却微愣。

此事关乎顾缃的前途和命运，为了万无一失，她去找了学校的眼线。

学校有她相熟的校工，她以前也是圣玛利亚的学生。

姐姐去打听妹妹的踪迹，完全说得过去，

"没有，顾小姐今天没来。"校工告诉顾缃。

顾缃又松了口气。

一切都在计划之中。

初六这天，顾缃哪里都没去，就待在家中等待着。

到了初七，再去魏公馆时，发现魏家上下要么着急担心，要么恼火生气，因为魏二少两天两夜没归家了。

魏市长特别生气："不成体统！他再敢回来，我就打断他的腿！"

其他人则担心，派了下人到处去找。

没有找到，魏二少杳无音信。

"二哥最怕阿爸了，他怎么敢两天两夜不回家？"魏清雪也担心，"他别是被赌场的人抓了吧？缃缃，你说我应该告诉阿爸吗？"

"别啊，你会气坏魏市长的。你不是说，魏市长心脏不好，他有了个万一，你怎么办？"顾缃低声。

魏市长若是死了，魏家还有什么地位？那么，魏清雪的婚姻又该如何？

魏清雪咬了咬牙，忍住了。

顾缃离开了。

回到顾公馆时，顾缃提到了顾轻舟："轻舟两天没回来了吧?"

顾圭璋一想，好像是的。

"轻舟人呢?"顾圭璋问。

顾轻舟没说过，二姨太不知该怎么撒谎，支吾道："可能在颜家吧?"

"她没打过电话啊?"顾缃故作惊诧，"那会不会出事了? 我们以为她在颜家，颜家以为她回家了……"

她这话一说，二姨太立马满头的冷汗。

是啊，轻舟呢?

"我……我赶紧给颜家打个电话。"二姨太哆嗦。

顾圭璋颔首。

电话那头，顾轻舟坐在旁边写作业，听着颜太太很夸张地反问："啊? 轻舟不在家吗? 她没来过我们家啊。"

"什么时候不见的?"

"是不是去了督军府?"

颜太太语气很紧张，好似顾轻舟出了大事一样。

顾轻舟可以想象，顾缃此刻一定是高兴坏了的。

放下电话的时候，二姨太手软了，只差哭出来："颜太太说，轻舟没有去过颜公馆。"

"什么?"顾圭璋震惊。

那顾轻舟呢?

顾圭璋慌乱地找顾轻舟。

他去了颜家，也去了司督军府和司公馆，甚至去了魏家。

因为顾缃说："魏家三小姐告诉我，当天她二哥就是跟轻舟一起走的。"

顾圭璋到魏家的时候，魏家也急疯了。

"他们两个人是不是私奔了?"魏清雪担心。

"不可能!"顾圭璋甚至魏市长，都异口同声道。

顾圭璋心里发怵：不会的，轻舟不会那么傻，放弃督军府的婚姻跟一个纨绔子私奔!

816

　　千万不要！

　　顾圭璋的几个孩子里，只有顾轻舟争气，她可千万别把顾圭璋的前途给毁了，顾圭璋就盼着和司家结姻亲呢。

　　魏市长也害怕：这混子若真拐走了督军府的少奶奶，督军府的少帅丢不起这个脸，疯了也要弄死他，甚至会牵连魏市长。

　　顾圭璋越发在心里赌咒发誓：“找到了轻舟，就不许她乱跑，以后每天都要住在家里，最迟九点回家！”

　　所有人都乱了。

　　“别是路上出事了吧？”魏清嘉安慰父亲说，“二弟的汽车那么招摇……”

　　就在这时候，魏家找到了魏二少的汽车，藏在一处破旧的弃宅里。

　　车厢里有血，是顾轻舟捅伤那个绑匪时候留下的；前后车窗破了，后车窗还有子弹打过的痕迹。

　　魏家立马报案。

　　警备厅的人介入，断定就是绑架。

　　“这是被谁绑了！”魏市长也着急了，一手去找魏清俦，一手去查他在外头闯了什么祸事。

　　再怎么不争气，也是自己的儿子。

　　儿子没找到，但他在赌场欠下巨款，倒是被魏市长查到了。

　　魏市长气得半死。

　　“不是自己跑了，就是被赌场的人剁了。他欠下如此巨款，砍他两只手都不为过。”魏家的人说。

　　魏市长怒火攻心，又担心又生气。

　　慢慢地，魏市长气消了，希望孩子只是自己害怕跑了，不是被人杀了。

　　那些赌款虽然多，魏市长也不是还不起，儿子二十岁，不能说丢就丢了。

　　到了第五天的早上，顾绌去了魏公馆，魏清雪问她：“你们家有什么消息吗？”

　　顾绌摇摇头。

魏市长甚至说："顾小姐，若是你们有什么消息，记得告诉我。"

顾缃道是。顾缃很得意，幸好把顾轻舟一起绑了，这样她每天来魏家打探消息，都顺理成章，所有人都会搭理她。

要不然，大家担心得要死，谁理顾缃？

到了下午四点，顾缃又来了，神色惨白道："魏市长，我阿爸派人去找，有人回来报信时，我阿爸出去了，他告诉了我，说有人在码头看到了魏二少和我妹妹。"

"什么？"魏市长大惊。

"真的!"顾缃连忙点头，"我来不及通知我阿爸，先来告诉您!"

"好好，好孩子!"魏市长惊喜交加，"若是消息属实，你就是救了魏家的大恩人。"

顾缃心中狂喜，面上不露声色。

魏家其他人听说找到了，也是喜不自禁，好几个人跟着魏市长一起出门，开了三辆汽车，大家一同去了顾缃所说的码头。

到了十九号码头，果然瞧见了三色旗，迎风舒展。

顾缃松了口气，心情愉悦。

"一切都这么顺利!"她忍不住要赞叹自己的本事了。

魏市长什么也不顾，立马令人将船拉过来。

"是哪路兄弟，快放了我儿子出来，什么都好商量!"魏市长高喊。

船里没人回答。

他就自己跳上了船。

"阿爸，让我去吧。"魏清嘉拉住父亲。

魏市长摆摆手，自己上船了。

一艘小渔船，里面全是腥臭味，没有人。别说人了，就是一条死鱼也没有。

顾缃站在岸上，准备好了眼泪，打算等魏二少下来，就扑到魏二少怀里哭。

她哭得越缠绵，魏家就会越明白过来，订婚是迟早的，魏二少再也逃不开了。再说了，顾缃可是吩咐那些人，往死里折腾魏二少的。

818

魏二少脱险，顾缃不信他不感激自己。

可是，当魏市长一脸茫然地出了船舱时，顾缃心里咯噔了一下。

"阿爸，弟弟呢？"魏清嘉忙问。

魏市长摇摇头，又焦虑看顾缃："顾小姐，你确定你听到消息是这里吗？你们家是谁去探听的消息？"

顾缃脑袋里顿时一片空白。

怎么回事呢？

人呢？

明明计划得挺好，怎么到了这个关键时刻，魏二少不见了？

顾缃问："不在船里？"

魏市长摇摇头："不在。"

顾缃神色不自然。

她有点不相信，推开了众人，自己爬了上去。

没有，什么也没有！

顾缃冷汗流了下来，她忍不住把纸条拿出来，再看几眼。

本月初九，下午四点半，十九号码头，船头三色旗。

没有错！

日期、时间、地址、船只，全部没有错。

十九号码头很偏僻，此刻就这么一艘破船，不会有问题的！

到底哪里出了问题？

顾缃站在这里，心里一阵阵发紧的时候，她听到了外头有人惊呼："二哥！"

是魏清雪的声音。

难道是魏二少跑了？

既然只是躲起来，那还是顾缃的功劳。顾缃赶紧把纸条收好，从船舱里钻出来。她是恩人，她还要抱住魏清俦大哭呢。

等顾缃出来时，她整个人愣住了。

她不仅看到了魏清俦，还看到了顾轻舟、司慕以及他们身后的一大群人。

"这是……"不只顾缃蒙了，魏市长和魏家所有人都蒙了。

怎么有点看不明白？

"顾缃啊顾缃，真没想到你这么心狠手辣。"魏二少看到从船上下来的顾缃，什么都明白了。

顾轻舟说得没有错，是顾缃策划的。

顾缃出现在这里，就是明证。

魏二少的话音一落，所有人都看着顾缃。

顾缃的唇色更加惨白，她强装镇定，道："二少，你回来了？你吓死我了。"

说着，她就要扑过来抱住魏二少哭。

魏二少没有躲闪。

顾缃抱住他的时候，他的手就伸到了她大衣的口袋里。

顾缃察觉，立马去抢时，魏二少已经把纸条从顾缃的衣裳里找了出来。

他重重推开了顾缃。

码头的路泥泞不堪，顾缃没站稳，直直栽倒在地。

"阿爸，您看看吧。"魏二少将纸条看完，递给了魏市长。

魏市长一开始满头雾水，这时候也慢慢理清楚了。

顾缃不是打听到的，她是有了确实的消息。

为什么别人会递消息给她？

因为她就是主谋，只有这个解释了。

"阿爸，那四位就是绑匪，当天晚上我们和少帅就抓到了他们，等着顾缃上钩，免得她下次再害人。"魏二少道。

躲这五天，魏二少的目的就是逃避赌债的责骂，不完全是为了抓住顾缃的铁证。

魏市长看完了纸条，脸色深沉。

没有错，纸条上清清楚楚写着地址，这是绑匪给买主的。

顾缃就是那个买凶害人的主犯。

弄清楚了，魏清雪上前，狠狠掴了顾缃一巴掌："你这个贱人，枉我把你当姐妹，你居然害我哥哥！"

820

顾缃刚刚站稳，又被魏清雪扇得跌倒在地。

她想要哭，却知道没人会同情她的哭声。

"就是我，我恨不能你们兄妹都去死！"顾缃突然哈哈大笑，"他把我当婊子玩弄，你把我当跟屁虫，还说什么姐妹，贱人！"

魏市长吃惊地看着顾缃。

顾缃自己招认了。

不过铁证在前，她不招也逃脱不了，索性破罐子破摔。

司慕将那四名绑匪和顾缃，一起送到了警备厅。

顾轻舟则回家了。

是司慕送她回家的。顾圭璋大喜，好似荣华富贵又回来了。

"阿爸，这件事是大姐做的。"顾轻舟道。

她把顾缃的所作所为，全部告诉了顾圭璋。

"什么，送到了警备厅？"顾圭璋吃惊，"家丑不外扬，她是你姐姐，天大的错也应该先把她送回家，我自己处理！"

司慕目光寒凉，落在顾圭璋脸上。

"……您不问问，轻舟有没有被吓到吗？"司慕开口。

顾圭璋一怔。

顾轻舟则早已习惯了。

"没事。"顾轻舟对司慕道，"少帅，谢谢你帮忙，你先回去吧。"

"不是，少帅，我不是这个意思。"顾圭璋急忙解释。

司慕显然是生气了，不咸不淡地说了句："先告辞了。"

顾圭璋的话还没有说完，司慕就走了。

司慕这么一甩脸，是吓到了顾圭璋，生怕这女婿跑了。

顾缃那边，是她咎由自取，顾圭璋感觉丢人现眼，却再也不敢责备顾轻舟不遮拦了。

很快，警备厅就把案子审理清楚了。

这四名水匪，身上有十来条人命，判了死刑，明天行刑；顾缃买凶杀人，但是未遂，案子还在审理，估计要一两个月才会有结果。

最大的可能，顾缃被判入狱，坐几十年的牢。

顾轻舟特意派人，把这个消息告诉了牢里的顾缃。顾缃一听，顿时崩溃。

没过几天，她也在牢里自尽了，跟她母亲一样。她很害怕坐几十年的牢。

顾圭璋再失去一女，颇受打击。

"没想到，她居然真的敢自杀。"顾轻舟感叹。

周末的时候，司行需终于回来了。

这几天发生了很多事，司行需想找她算账的，但是见面之后，只是将她软软的身子搂住，一切的气都烟消云散。

他的轻舟安全无虞，司行需心中踏实而温暖。

"你不要生气，我没有勾搭司慕。"顾轻舟同他解释。

她尚未说完，司行需低头就吻住了她，唇齿缠绵时，他低喃："知道了轻舟，我相信你。"

顾轻舟倏然心口一热。

她手脚顿时无力，心中也乱糟糟的，许久才感觉站不稳，搂住了他的腰。

一句很简单的话，让顾轻舟心田暖得不可思议。"真讨厌你这个人。"松开时，顾轻舟气息紊乱，整了整头发，低声道。

司行需捏她的脸："我做什么你不讨厌？"

"都讨厌。"她说，眼睛却弯了一下，像两只小小的月牙，甜滋滋的。

"口是心非！"司行需道。

顾轻舟转过身不理他，偷偷骂他臭不要脸。

当天中午，朱嫂煮了饭，顾轻舟和司行需吃完饭，窝在客厅沙发里。

她在温书，司行需在看文件。

她低头看书，青丝垂落半缕，落在雪白的颈旁，娴雅如玉，浅颦淡笑都有韵致，司行需看呆了。

回过神，他的目光重新落到了文件上。

这些文件都是他从军政府取回来的，其中还有一封私人信件。

信件很隐秘，信封上是阳刚有劲的字迹，写着督军府的地址

822

和司行需亲启，戳着南京的邮戳；打开信封，里面还有一封信。

里面的信，则是很漂亮的蝇头小楷，这年头还有人写如此漂亮的毛笔字，真是不简单。

司行需一眼就认出来，递给顾轻舟看。

"谁写的？"顾轻舟问。

"魏清嘉。"司行需道，故意带着几分得意扬扬。

他气顾轻舟，顾轻舟也气他："还记得她的笔迹？果然是念念不忘啊。"

司行需从小在军营混，他认识的人多半是粗人，而女孩子多半是写钢笔字，能写一手毛笔小楷，少之又少，故而记得。

这个跟魏清嘉没关系，哪怕是个五十岁秃顶男人写这么漂亮的毛笔小楷，司行需也会记得。

"打开看看她说了什么。"司行需笑道，并不解释。

他甚至想让顾轻舟吃醋。

男人真奇怪，女人为他吃醋时，他会有种诡异的满足感。

顾轻舟原本只是气他，可话一说出来，她自己倏然愣了一下，然后心口就发堵。

最近走到哪里，都会成为魏清嘉的陪衬，顾轻舟越想越糟心，连司行需这里最后一块净地都没有了。

"不想看。"顾轻舟冷冷扔了回去。

司行需见她真生气，心中顿时舍不得，也知道自己犯贱了。

他搂住她，低声告诉她："轻舟，你知道我记性很好的。我接触过的女孩子，多半都是瘫在我床上，谁给我写信？

"魏清嘉写过，她用毛笔字这一点，现在就罕见了，所以我记得。若是她用钢笔字，我肯定忘记了。"

顾轻舟忍不住低笑。

司行需举手要撕掉时，她又好奇："等等，我看完再撕。"

展开信，一共写了三张纸。

字的确是很美，像魏清嘉一样美。身为第一名媛的魏清嘉，果然是多才多艺。

"少帅：

"回岳城短短数日，忙碌奔波，疲于应酬，第一次灯下闲坐，夜深人静时给兄写信，睡衣袖底微寒。"

看到这一段，顾轻舟身不由己想到，一个穿着真丝睡袍的佳人，坐在灯下写信的样子。

实在诱人！

魏清嘉肯定也知道，所以她写得如此情真意切，却又旖旎，引人遐思。

"厉害。"顾轻舟对司行霈道，"这个女人好有手腕，叫人挑不出错儿，却又不得不为她沦陷。她明明每个字都一本正经，我愣是觉得香艳无比，只有绝色佳人才能达到这样的效果。"

司行霈蹙眉，捏她的脸："好的不学，这些放荡的东西，你倒是一点就通！你长大了，肯定是个妖精！"

顾轻舟朝他吐舌头，继续看。

魏清嘉整封信，都是很简单干净的用词，说她回了岳城之后，受到了亲戚朋友们的善待，对她很好。

只是顾轻舟不明白，她好不好的，干吗长篇累牍告诉司行霈？

她不是和司慕在约会吗？

"……犹记兄左边胳膊枪伤，阴雨天酸痛，如今可大安了？若是能寻个人揉按，不知能否解痛？"

顾轻舟看到这里，可以想象她柔软的小手，按在司行霈的胳膊上。

真是……

顾轻舟想象着，浑身颤了一下，鸡皮疙瘩就起来了。

顿了顿，顾轻舟收敛心绪，觉得自己神经质多想了。她问司行霈："你左边胳膊还疼吗？"

司行霈翻了个白眼："矫情，都五年了，疼个屁！"

见顾轻舟看了半晌，才看完第一页，司行霈实在没耐心了："有什么可看的？走，上楼去说话。"

信丢在一旁，把顾轻舟抱了上去。

他越发笃定，她就是他的，再也躲不开了。

晚上顾轻舟回去时，司行霈对她道："明天去打猎，如何？"

"去苏州啊？"顾轻舟问。

"苏州太远了，你学校功课重，就在城郊吧。"司行霈道，"你早点过来，可要我去接你？"

"不必。"顾轻舟道。

她原本要出门了，转头瞧见了魏清嘉的信，顾轻舟走过去拿起来，放在手袋里："我还没有看完呢。"

她耸耸小鼻子，有点呆萌可爱。只有在司行霈面前，她才会露出这点可爱的小模样，司行霈忍俊不禁。

"看完了之后，要不要把内容告诉你？"顾轻舟故意问他。

自己女人的小心思，司行霈如何能不明白？

"若是她想献身给我，让我爽一夜的话，就告诉我；若是谈感情、诉旧情，就不用了，没兴趣。"司行霈道。

顾轻舟翻了个白眼给他："粗俗。"

她却是第一次觉得他的粗俗挺好的。

顾轻舟眼底落入了晚霞，是暖暖的橘红色，心情亦如晚照旖旎，轻盈又温暖。

当晚回去，顾轻舟坐在窗台前的书桌旁看魏清嘉的信。

琐事里穿插一些好似简单明白，实则能引人遐想的片段，比如说夜凉了，她写字的时候脚冻得疼；比如说她有点水土不服，腰身瘦了一大圈。

明明很简单，顾轻舟愣是想到了她的玉足、她的纤腰，甚至她平坦的小腹。

魏清嘉也许无意，顾轻舟却很多心。

"顾轻舟，你要是个男人，肯定是个色坯。"顾轻舟暗骂自己。

她一个女人都能这样联想，顾轻舟不信男人不会，所以她笃定魏清嘉写这些是别有用心。

信的最后，魏清嘉约了司行霈，三月初十在西餐厅见面。

"若兄繁忙，不必抽空赴约，我最近消瘦，一个人也能吃掉两个人的分量，算是我赚了。"魏清嘉这样解释。

俏皮，可爱，懂事，甚至提到了自己的消瘦单薄，是个男人都会怜惜，肯定会赴约的。

顾轻舟觉得，看到这样的话，男人再忙也会去的。

这封信，简直可以作为范本。

顾轻舟拜读完毕，对魏清嘉更是佩服不已。

"这个女人好厉害，每句话都是字斟句酌，哪怕拿去挑刺，也寻不到半点错处，反而是读信的人心思肮脏，浮想联翩。"顾轻舟想。

这就是高明之处。

第一名媛果然不是好当的。

顾轻舟将信看完之后，收起来放在手袋里。

翌日，顾轻舟六点就起床了，吃过早饭去找司行霈，将信总结给他听。

"她都说了她吃两份占便宜，就让她吃两份吧。"司行霈漫不经心，对顾轻舟说别的女人很不满意。

顾轻舟则试探："真不去？她约了吃饭，大概是献身之意。"

司行霈伸手捏她的脸，将她的衣领拽住，拖到自己跟前，凑在她耳边道："我只要轻舟的献身。"

顾轻舟神色微变。

她重重打司行霈的手。

司行霈松开，她跌回自己的座位，将衣领整理好，沉默不说话。

"我不会要她。"司行霈过了一会儿，突然很认真对顾轻舟道，"记住了吗？"

"嗯。"顾轻舟颔首。

"要相信我。"司行霈说，"我不骗你。"

"好。"顾轻舟的心情稍微好转。

车厢里稍微沉默了片刻。

顾轻舟却总想说点什么，她实在是佩服魏清嘉。

"她好有手腕。"顾轻舟道。

"擅长心机的人，生活得都不幸福，需得处处去算计，有什么可羡慕的？"司行霈道，"再说了，她那些手段都是勾引男人，小智慧而已。你比她更有智谋，而且都是大智慧！傻姑娘，你是身怀巨宝，却去羡慕别人身着绫罗！"

顾轻舟心里暖暖的。

司行霈是随时随地捧着她，夸大十倍来赞扬她。

被甜言蜜语浸泡久了，心里总是能沁入丝丝蜜意。

"你油嘴滑舌。"顾轻舟将头转向了车窗外，用手指轻轻地绕自己的头发。

司行霈摸了摸她的脸，说："这件事我没有撒谎。轻舟，魏清嘉的智慧，只是用在勾搭男人身上，你的智慧用在医学，用在其他方面，你这样很厉害，明白吗？"

"我也想勾搭男人。"顾轻舟强词夺理。

司行霈掐她的胳膊。

他居然像小孩子一样，掐得似蚂蚁咬过般的疼："再胡说八道，我就把你从车上扔下去。"

顾轻舟抱着胳膊，低下头笑。

他们寻了一处荒山。

这个时节，顾轻舟和司行霈在山上逛了一上午，才猎到了一只兔子。

上次司行霈教过顾轻舟，如何给猎物去皮毛。

顾轻舟上手很快，利落地将这只兔子的皮剥了。

司行霈站在旁边，直直看着她，半晌没有动。

顾轻舟费解："怎么了？剥得不对吗？皮毛去掉了，内脏也挖干净了，还有什么？"

司行霈双目熠熠："顾轻舟，你脸上有字。"

他连名带姓地叫她，还说很奇怪的话，顾轻舟愕然。

她用胳膊去擦。

没有墨迹，顾轻舟道："什么字？"

"司行霈的女人。"司行霈道，"这几个字，都写在你脸上呢。"

顾轻舟微愣。

她看了眼手里的兔子。

她的枪法，她行事的狠辣，都是司行霈教的。

她十六岁遇到他，她成长的过程打上了他的烙印。

顾轻舟惊恐，手里的兔子落地。

她疾奔而去，坐在山泉旁边洗手。片刻之后，司行霈拎着兔子过来了，将它洗得干干净净，准备就在这里烤了吃。

"害怕了？"司行霈问她。

顾轻舟不回答。

她洗干净了手，抱着小腿坐在旁边，头枕在膝盖上，看着司行霈架上火，去烤那只兔子。

透过火光，顾轻舟仔细地看着司行霈的脸。

看罢，她歪头继续沉默。

司行霈也洗了手，坐到了她身边，笑道："不高兴？"

"没什么值得高兴的。"

"那吃兔肉，会不会开心点？"司行霈笑问。

顾轻舟嘟囔："也许吧。"

司行霈俯身，轻轻地吻了吻她的唇，道："又闹小孩子脾气。"

他照顾她、教导她、栽培她、宠爱她，顾轻舟看着他这个人，就有点舍不得挪开眼。

遇到司行霈，是她最糟糕的一段经历；而和他相处，又有她最美好的部分。

他给顾轻舟喂饭，替她洗澡，好似她是嗷嗷待哺的孩子，他将她培养成人。

他之前疼爱她，现在不仅疼她，还信任她。

当然，他将顾轻舟按在床上，这点永远让顾轻舟无法释怀。

他也只有这一点不好，其他都好！

他将烤好的兔肉递给她，顾轻舟慢慢咬着，嫩滑多汁，鲜美异常。

"好吃。"顾轻舟道。

司行霈得意："当然好吃，也不看看是谁烤的！"

回去的时候，顾轻舟躺在后座睡觉。

到了别馆，司行霈也不吵她，直接把她抱到了楼上。

顾轻舟平时念书很辛苦，一到周末就要睡很多，像个婴儿。

又过了几天，放学的时候，顾轻舟在学校门口遇到了司慕。

她微讶。

司慕依靠着车门抽烟，灰色风氅衬托着修长的背影，引得很多少女面红耳赤地讨论："是谁?"

"他好帅!"

司慕是很帅的，除了司行霈，他比绝大多数的男孩子都要英俊。他气质很好，不像那些纨绔子弟般油头粉面，而是长腿宽肩，气度雍容，又带着几分阳刚。

"来找我的?"顾轻舟走上前问。

"嗯。"司慕道。

"什么事?"

"祖母让你明天过去吃饭。"司慕灭了烟，"我过来告诉你一声，顺便送你回家。"

顾轻舟想：不可以打个电话吗?

邀请吃饭这种事，打个电话去顾公馆就可以了，为何非要到学校找她?

顾轻舟心中起了警惕，司慕是不是又有事?

司慕的事，都跟魏清嘉有关?

他那么喜欢魏清嘉，知道魏清嘉在他眼皮底下，给他哥哥写那么暧昧的信，还寄到了他家里吗?

顾轻舟眼底闪过一抹同情和怜悯。

"不用送，我乘坐电车就可以了。"顾轻舟道。

司行霈信任她，她不能辜负了他的信任。他不喜欢顾轻舟和司慕多来往。

司慕站着没有动。

夜风吹拂着他大衣的衣袂很落寞。

"明天早上九点，我去接你。"司慕道。

"不必麻烦，我家里也有车，坐过去很方便。"顾轻舟道。

司慕颔首："也好。"

他打开车门，重重关上。

顾轻舟以为他要走，不承想他坐在车子里，低垂着脑袋，并没有发动车子。

略等了一下，顾轻舟就先走了。

后来坐在电车上，她总感觉司慕的车子就在身后，好几次拐弯时，她都看到了。

顾轻舟心中越发费解。

"司慕是不是对我有点意思？"顾轻舟想。

顾轻舟心中略带疑惑。

司慕最近的表现，加上他之前说过的话，好似都在暗示，他有点喜欢她。

这就神奇了。

一个人看惯了魏清嘉的美艳，怎么会喜欢顾轻舟这等青涩稚嫩的小女孩？

除了司行霈。

司行霈的品味一向变态。

况且司行霈也是因为她第一次救过他的命，从此视她不同。

那司慕又是为什么？

因为顾轻舟治好了他的病？

这更不可思议。

"明天跟他谈谈。"顾轻舟想。

若是自己误会，大不了略微尴尬；若是没有误会，就要趁机把顾轻舟敲诈司夫人，答应今年冬月一定会退亲的话，告诉司慕。

他没必要投入感情，迟早是要退亲的。

顾轻舟周末出去交际，已经成了必备。

吃过早饭，差不多到了八点，顾轻舟喊了司机老李，让他开车送自己去司公馆。

司公馆门口一株梨树，晶莹如雪的梨花落了满地，似雪缎般精致漂亮。

顾轻舟敲开了大门。

老太太这两天心情很好，正在带着儿媳妇和孙女们打麻将，见顾轻舟来，更是高兴。

"今早两只喜鹊落在窗棂上，我就说有好事，原来是轻舟要来！"老太太高兴，让顾轻舟坐到了她的下手边，帮她看着牌。

顾轻舟见状，知道老太太根本不知晓顾轻舟要来。

什么邀请，是司慕编造的，他想带顾轻舟过来看老太太。

顾轻舟必须和他聊聊。

他这样下去，对自己和顾轻舟没好处，甚至会惹恼司行霈。

约莫过了五分钟，司慕就到了。

今天天气晴朗，顾轻舟换了月白色的中袖斜襟衫，翠绿色襕裙，俨然是单薄的春装打扮，司慕也脱了风氅。

他穿着一件灰色马甲，同色条纹西裤，雪色的衬衫挽起袖子，露出精壮有力的胳膊，袖口的黑曜石纽扣，泛出温润的光。

他鬓角整齐，双眸深邃，迎着阳光走进来，身上像带着几分灿烂的暖金色。

司慕和司行霈是不同的，司慕不管是气质还是外貌，都带着几分养尊处优的明媚，不像司行霈，外表漂亮华贵，内心阴暗复杂。

"慕儿也来了，你们两个人一定是约好的！"老太太更高兴了。

司慕道："是啊，很久没有过来看祖母了。"

他一副理所当然的模样，丝毫没有谎言被戳穿的尴尬，也不想解释。

"知道你们都是孝顺孩子。"老太太笑呵呵道，"你也坐下。"

二太太已经起身，把位置让给了顾轻舟，她下去吩咐置办午膳。

司慕就坐在老太太和顾轻舟中间的桌角，不时看看老太太的牌，再看看顾轻舟的牌。

顾轻舟数学不怎样，相反她心算和记忆很厉害，牌桌上打过什么她都记得。

每次老太太缺什么牌，顾轻舟都放水。

司慕忍不住笑了一下。

哄得老太太更开心了。

吃了午饭，老太太有点累了，想去睡一会儿。

"你们先去看看电影，再回来吃晚饭，吃了晚饭回去。"老太太打着哈欠道。

顾轻舟和司慕道是。

两个人从司公馆离开，中午的阳光下他们的影子很短，身上暖融融的。

顾轻舟道："我们寻个僻静的咖啡店，去说说话，好吗？"

司慕点头："嗯。"

他素来不会反对什么。

他开车，顾轻舟坐到了后座。

中途司慕也没有打算和她聊天。跟顾轻舟相比，司慕有点拘谨，他有事情和顾轻舟谈，在心中打好草稿。

选了咖啡店僻静角落坐下，顾轻舟的位置靠窗，阳光暖暖照进来，桌上一枝白玫瑰幽香馥郁。透明玻璃瓶里的水，被阳光照透，在桌上落下小小淡淡的虹。

司慕端着骨瓷咖啡杯，修长手指沿着咖啡杯的描金牡丹的纹路来回摩挲着，没有开口，也没有看顾轻舟。

"少帅，我有件事想问你。"顾轻舟开门见山，说了她的问题。

她打破了沉默，对司慕来说稍微有点轻松。

他道："你问。"

他端起咖啡喝了一口。

"你是不是有点喜欢我？"顾轻舟问。

司慕那口咖啡，顿时就呛住了，上下不得。

司慕似乎很用力，才将这口咖啡咽下去，唇齿间有醇香。

"为何如此问？"司慕反问她。

顾轻舟就把自己的理解，一一解释给他听。

她是背着窗户坐下，背光的地方，她的面容有点暗淡，反而是那头长发，有淡墨色的清辉，映衬着她的眸子，目光格外清透。

"……你若不是稍微喜欢我，就是别有所图。"顾轻舟道，"我其实可以装傻，接受你对我的好，但是对你不公平，我要问清楚。"

司慕从她的话风里，听出了一个信号。

若是他说喜欢她，她一定会回绝。所以她不装傻充愣，不接受他的追求。

她如此干脆利落，司慕是很欣赏的。顾轻舟不跟他玩暧昧，是个负责任的女孩子，她有种大丈夫般的智慧和心气。

"你误会了。"司慕道。

他否认了，不想把这条路堵死。

他和顾轻舟是从小定下的娃娃亲，明明是上苍眷顾的一对，不可能是以退亲收场，他需得留条后路。

他不愿意听到她拒绝的话。

"……我母亲希望我多跟你接触。我以为，你不会讨厌多个朋友，没想到给你造成了困扰。"司慕道。

顾轻舟双颊微红。

她尴尬的时候，喉间发紧，果然是自作多情了。

问清楚了，总比稀里糊涂的要好，顾轻舟对司慕的答案，松了口气。

"对不起，我有这样的误解，也是挺不要脸的。"顾轻舟自嘲。

"不，是我没有说清楚。"司慕道。

顾轻舟埋头喝咖啡。

一杯咖啡喝完了，她再也没有说一句话。

司慕放下咖啡杯，沉吟良久问她："若是我愿意了解，试图去喜欢你，你愿意回应吗？"

他说这话的时候，心尖微微发颤，只是面上看不出半分。

"我不会！"顾轻舟道，"我希望我的丈夫从头到尾只爱过我。"

司慕感觉一瓢冷水，兜头泼下。

她很介意他和魏清嘉的过往。

他曾热恋过魏清嘉，整个岳城的人都记得，他不可能简单说他会忘记，让顾轻舟也忘记。

哪怕到了他们七老八十，都会有人提起。

魏清嘉实在太惹眼了，司慕又是权贵之子，一段风流佳话，是众人茶余饭后的谈资。

"……况且，我到岳城的时候，拜托夫人承认我的身份，是有条件的。我答应她，两年之后会去退亲，就是今年冬月，我不会失言。"顾轻舟道。

她很想解释，不是她不喜欢司慕，而是配不上他。

可这种假惺惺的安慰，没什么作用。

在司慕看来，她就是拿他前女友说事、拒绝他好感的人。

顾轻舟的任何安慰，对司慕来说都没有意义。

"原来是这样。"司慕良久开口，声音冷得像寒冰。

他开始了，顾轻舟拒绝了，司慕的心门就关上了。

他对顾轻舟，只是有很懵懂的好感，还没有发展到爱情的地步。他以为他们会结婚，所以试图去培养。

况且他见到了魏清嘉，发现自己曾经的爱情，早已远离，他心中有点孤寂，想要另一段爱情的慰藉，所以他对顾轻舟略有好感。这点好感很薄弱，很快就能消散。

他倒是很感谢顾轻舟，把事情掰开来说清楚。

虽然他不高兴。

回到司公馆的时候，司慕借口军政府还有点事，提前离开了。

顾轻舟笑盈盈的，老太太自然不知道他们发生了什么，只当司慕是真的很忙。

在司公馆吃了晚饭，顾轻舟乘车回家。

在这次谈话之后过了很长时间，顾轻舟都没有再见过司慕。

第二十六章

拨开云雾

转眼就到了三月底。

有次顾轻舟与朋友逛街，看到了司行霈。

那是一家钟表行，非常大的透明玻璃，灯火明亮璀璨，远远就能看到。

顾轻舟对司行霈很熟悉，哪怕他脱了军装，穿着一件深灰色西装，顾轻舟也能一眼认出他。

他正在为一位女士戴上手表。

那位女士笑容甜美，远远望过去非常美丽，就是鼻子有点大，皮肤有点黑，比司行霈还黑。

倒是颇有异域风情。

"云琅！"顾轻舟一下子就想起她是谁了。

那是当红的电影明星云琅。

云琅是华人和印度人的混血，她父亲好像是印度的皇室成员，故而她身价不低。在黑白电影里，没人看得出她肌肤偏黑，只觉得她五官和身段美艳绝伦。

"司行霈和云琅关系不错，他们只是朋友。"顾轻舟这么想。

旋即她又想起司行霈的话："女人不能睡，花心思去照顾她干吗？"

他为云琅买名表，难道只是为了做朋友？

别傻了，那可是司行霈。

顾轻舟心里乱转，情绪一下子就跌落到了深渊。

她记得曾经遇到他和其他女人逛街，那时候心情雀跃，知道自己逃脱有望，现在为何找不到那时候的心绪了？

吃饭的时候，顾轻舟动作很慢。

"怎么了？"颜洛水问她。

"想点事情。"顾轻舟支吾。

这顿饭吃完，顾轻舟回到了顾公馆，坐在灯下温习功课，怎么都看不进去，那些字像在她眼前飞，她一个也抓不住。

"司行霈会跟云琅上床吗？"顾轻舟想。

她不是司行霈的妻子，甚至都不是他的女朋友，他不必对她忠诚。

那么，忍了一年的司行霈，今天晚上会开荤吗？

顾轻舟想要抛开这些思绪，整个人却陷入纷乱里。

等阳台门一动，司行霈爬进来的时候，顾轻舟整个人愣住，怔怔看着他。

是幻觉吗？

司行霈身上带着酒气，低声笑道："又看我看傻了？"

他指了指隔壁房间，"那个小白脸走了，你夜里会不会怕？"

顾轻舟猛然站起来扑到他身上，紧紧搂住了他的脖子。

他身上有酒气，有雪茄的气息，独独没有女人的脂粉气。

顾轻舟的眼泪就夺眶而出。

司行霈吃惊："怎么了轻舟，谁欺负你了？"

顾轻舟不说，只是趴在他的怀里哽咽。

她没有出声，却哭得厉害，肩膀一下下地耸动。

司行霈急忙抬起她的脸，见她一脸的泪，细细吻她："别哭别哭！谁给你气受了，告诉我，我去刹了她全家。"

顾轻舟忍不住破涕为笑。

她轻轻地捶司行霈："混账东西，这么暴力血腥，一点人性也没有！"

司行霈习惯了她这些话，顺势轻轻地吻她的唇。

"怎么了？"司行霈追问。

顾轻舟不答，只说没事。

"你这两日忙什么？"顾轻舟问他，带着试探。

"李文柱派了个奸细到我身边，我先放出点假消息给她，端午之前把李文柱收拾了。"司行霈低声道。

顾轻舟微讶。

"奸细？"

"嗯，你应该知道吧，有次我们去看她演过的电影，就是叫云琅的。枉老子那时候救过她的命，真是没良心！"司行霈骂道。

顾轻舟就知道，司行霈花心思跟女人来往，都是有目的的。

她又问了句："李文柱是谁？"

司行霈跟李文柱的矛盾由来已久了，当初他被李文柱追杀，才遇到了顾轻舟。

那么多节车厢，他独独进了她那一间，想来真是缘分不浅。

"李文柱是我们的媒人！轻舟，等我们结婚的时候，我一定要给他单独摆一桌。"司行霈笑道。

顾轻舟心头一怔。

她下意识问："我们会结婚吗？"

"你愿意嫁给我吗？"司行霈反问她。

顾轻舟立马退回到壳里："不愿意！"

"你每次都说反话。"司行霈搂紧了她，"轻舟，我现在看你一眼，就知道你想说什么。"

他把她吃得死死的。

他很笃定，这个女人已经爱上了他，如同他爱她一样得深。当然，也许他爱得更深，但是没关系，他们迟早会是一样的。

顾轻舟居然没有反驳，也没有推开他，任由他抱紧了自己。

也许，这就是沉沦吧？

顾轻舟关了灯，去顾绍那边锁好了他的正门，回头再锁好自己房间的门，就没人能进来。

阳台敞开。

司行霈爬到她家这么多次，她第一次开了阳台的门。

琼华撒入房间，窗帘摇曳着，地上似镀了层白银。

顾轻舟和司行霈一并躺着，两个人轻声说话。

"要陪云琅几天，摸清楚她的底细，才能给李文柱一记重创。"司行霈悄声问她，"会不会吃醋？"

顾轻舟侧躺着，望着窗外，梧桐树的树荫在夜风里似鬼魅伸展枯瘦的胳膊，能把人的灵魂拿住。

她声音嗡嗡，低沉嘶哑："会跟她睡吗？"

"我若是跟她睡了，你是不是又要嫌弃我，骂我脏？"司行霈从背后轻轻地咬她的耳朵问。

"是的。"顾轻舟道，"不过，我一直很嫌弃你，哪怕你不跟她睡。"

她声音很轻，像柔软的夜风。

司行霈凑在她唇边，轻轻柔柔地啄她的唇，道："不会，我不会跟她睡，也不会跟任何女人睡，除非你愿意。记住了吗？"

"嗯。"顾轻舟道，

"相信吗？"司行霈又问。

顾轻舟微笑，悄声道："你说了，我就相信。"

司行霈心中暖融融的，压紧了她："这么信任我？不怕我把你卖了？"

"你舍不得卖，你又不缺钱。"顾轻舟道，"哪怕卖了，你也要爽一次才肯。"

司行霈笑不可抑，又不能放肆大笑，整个人都有点抖，趴在她身上笑个不停。

他当然舍不得，这是他的宝贝！

笑声是会传染的，顾轻舟也被他带笑了。

这个瞬间，两个人像傻子似的。

"轻舟，看见我脸上的字了吗？"司行霈在琼华如霜的夜里，拉住顾轻舟的手，让她摸他的脸。

"你又来了。"顾轻舟知道他想说什么，这个包袱上次用过一次了。

司行霈却一本正经地说："我脸上烙着'顾轻舟的男人'字样，瞧见了吗？"

顾轻舟道："呸，又色又粗俗，我不要！"

结果就是被他按住，狠狠折腾了一番，司行霈的手早已沿着她的衣襟滑了进去。

她不知道司行霈何时离开的，但是她心中真的对云琅的事毫无芥蒂了。

他答应过她的事，她都愿意去相信。

晨曦如薄纱，顾轻舟穿着单薄的睡衣，站在阳台上喝水。

她想起了司行霈。

最近并没有发生什么大事，爱情却润物细无声般破土萌芽，悄然生长了。

司行霈没有明确说过，但是他能松口暗示，说明他有了九成的打算。

他想和她结婚。

顾轻舟心里安定。

"假如他愿意娶我做正房太太，那么我可以辅助他。我没有丰厚的家底，娘家没有兵权，但是我的医术可以为他结交人脉，我可以替他照顾家庭，稳固后方。"她这样想。

她有这样的自信。

她是个五步一算的女人，她能做好政客的太太。

"骑自行车的事，司行霈也会相信的，那件事一查就知道，医院还有医生的证明，他知道我的为人。"顾轻舟又想。

顾轻舟觉得，自己已经开始盲目乐观了。

原来，爱情真的可以让女人变得愚蠢。

她觉得，她对司行霈的爱情，已经在萌芽了。能不能顺利开花结果，顾轻舟也不敢保证。

这等乱世，什么都会变。

顾轻舟慢腾腾地将一杯热茶喝完，更衣去了学校。

没过几天，报纸上拍到了司行霈和云琅约会的照片。

云琅是女明星，又是印度公爵的私生女，生得颇有异域风情，是很惹眼的。照片上，他们两个人并排而走，中间有个不小的距离，一点亲密感也没有。

顾轻舟忍不住微笑。

司行霈算是言而有信的。

又到了周末，司行霈派人打电话给顾轻舟，约她到了别馆。

"事情搞定了，云琅带着我想给她的消息，去了李文柱那里。”司行霈道，“没有睡她，手都没有拉一下，你怎么奖励我？”

顾轻舟瞪圆了眼睛：“这还要奖励啊？你洁身自好，不是为了自己的品德高尚吗？”

“顾轻舟！”司行霈咬牙，“好，你这么蛮不讲理的话，下次别怪我……”

他微微眯起了眼睛。

顾轻舟想着，素日总是他哄她，难得他今天像只小狗般摇尾巴炫耀他的忠诚，怎么也要哄哄他，给他点肯定。

“那……我亲亲你，可以吗？”顾轻舟道，“其他东西我也没有，毛衣还没有织好。”

司行霈笑。

他站在那里不动，顾轻舟踮起脚尖，走到了他跟前，凑上去亲吻他。

她的吻是温柔的，轻软的。

司行霈抱住了她。

只有和顾轻舟在一起的日子，司行霈才觉得这个世界是彩色的，是有滋味的，是温暖的。

就像她的吻。

两个人纠缠许久，司行霈带着顾轻舟，去院子里遛狼。

暮山跑得飞快，木兰则总是绕在顾轻舟身边。

顾轻舟想起了一件事：“魏清嘉的邀约，你不会去的，对吧？”

“不去。”司行霈道，“我以后只跟顾轻舟约会。”

“她还喜欢你吗？”顾轻舟问，“是不是她回来后，还没有见过你？”

“嗯，太忙了，无关紧要的人，为何要见？”司行霈道，然后打量顾轻舟，“你总是说她，怎么，她欺负你了？”

“不是。”顾轻舟立马道。

魏清嘉没有欺负顾轻舟，只是因为司慕，总有人把她和魏清嘉比较。

每次比较，都是狠狠贬低顾轻舟，来衬托魏清嘉的才华、美

842

貌和气质，顾轻舟第一次感受到了挫败。

她不讨厌魏清嘉，如果可以不被比较，顾轻舟甚至欣赏她。

"这个世上，没人比轻舟更漂亮，更有本事，更有气质！"司行霈搂紧了她的腰，"有人说魏清嘉比你好，那就是瞎了眼！"

客观来说，魏清嘉就是样样比顾轻舟优秀。

可是司行霈心中有个神龛，顾轻舟就供奉在那里，他几乎要对她顶礼膜拜，将她捧在掌心。司行霈不信仰神佛，不敬畏天地，他只信仰顾轻舟。

顾轻舟拉住了司行霈说："你不要瞎眼，就行啦。"

司行霈一把揽过她的肩膀，轻轻地吻她柔软的发。

这天离开的时候，司行霈站在门口依依惜别，顾轻舟也头一回心中沉重，不想离开这个地方。

她叹了口气。

顾轻舟过了两天再去看司行霈。

司行霈坐在窗边的书案前，毫无仪态，把穿着军靴的脚搭在桌子上，一边翻阅文件，一边道："过来。"

顾轻舟走到了他身边。

阳光落在她的脸上，她的睫毛修长浓密，像一把小扇子，眼芒清透。

司行霈就顺势把书桌上的文件全部拂到地上，把轻舟压倒。

深棕色的书桌微凉坚硬，顾轻舟躲闪不开，已经被司行霈侵身压住。

顾轻舟挣扎："你快让开，这样太过分了。"

"我摸摸，看看轻舟是不是想我了。"司行霈笑道。

手就很顺利从她衣襟底下钻了进去。

顾轻舟今天穿着月白色斜襟上衣，衣摆宽松，司行霈很顺利就攻城略地了。

"轻舟，你这个妖精！"司行霈轻轻地咬着她的耳垂，"男人都愿意把命给你！"

顾轻舟骂他："混账，别闹了。"

衣襟却被司行霈给解开了。

就在司行霈意乱情迷的时候，有人敲门："少帅？"

是个年轻的女声。

顾轻舟吓得心乱跳，继而又吃惊：这么年轻的女子，怎么会在司行霈的别馆。

司行霈回神，依旧压住顾轻舟，问："何事？"

"我姆妈问，蛤蜊还要买吗？今天的菜市场没有，要去码头买。"女声继续道。

姆妈？

朱嫂的女儿？

顾轻舟看了眼司行霈。

司行霈却深深地吻她。

片刻之后，他的唇离开了顾轻舟的，才回答："要买，快去！"

"是！"

等脚步声远离书房时，顾轻舟的衣裳已经被解开，她雪白的肌肤尤胜雪绸，黑发映衬在脸侧，双颊红润，唇色饱满鲜亮。

"别这样！"顾轻舟骂他，"我以后不来了，你太混账了！我恨你！"

这些话是没有意义的。

等司行霈结束时，顾轻舟的后背已经被书桌磨红了。

她又哭了。

司行霈将她搂住。

她衣裳的纽扣没有被扯断，只是扯得有点变形，顾轻舟一粒粒扣上，一脸的泪痕。

她每次下定决心想记住他的好处，他必定要恶心顾轻舟一次。

她在楼上洗澡，听到楼下开门的声音。

朱嫂带着一个年轻的女孩子，买了很多菜回来，包括蛤蜊。

"顾小姐！"朱嫂很热情地招呼顾轻舟。

顾轻舟却看了眼那个女孩子。

这女孩子比顾轻舟大，约莫二十岁，穿着白底碎花斜襟短衫，梳着很长的辫子，辫子又粗又乌黑，五官和朱嫂很像，非常清秀。

只是，她脸上有点愁苦，看到顾轻舟之后甚至很害羞，往朱嫂身后站了站。

朱嫂介绍道："顾小姐，这是我女儿阿潇，她刚从婆家回来，小住几天，过来帮忙打扫卫生。"

阿潇是嫁过人的。

顾轻舟没由来松了口气。

阿潇脸上还是有点羞怯，低声道："顾小姐好。"

司行霈随后也下楼。

"见过阿潇了？"司行霈对顾轻舟道，"她跟我亲妹妹一样。"

阿潇低垂着头，不说话了。不知为何，这句话让阿潇挺难过的。

司行霈见她这次回来，跟上次不太一样，好像很沉默，心想她估计是出事了，回头再问。

他将袖子撸起来，道："蛤蜊呢？"

朱嫂将新鲜的蛤蜊递给他。

司行霈摩拳擦掌："今天给我太太做一道蛤蜊蒸蛋，讨好讨好太太！"

朱嫂被他说得哈哈大笑。

顾轻舟脸红："真讨厌你这个人，说什么话？"

阿潇则吃惊，错愕地看了眼司行霈。

司行霈在朱嫂面前，称呼顾轻舟为"太太"，朱嫂别提多高兴了。

简直像要娶媳妇了一样。

"少帅，你能收心成个家，你姆妈也就放心了。"清洗蛤蜊的时候，朱嫂低声对司行霈道，"顾小姐真是个好女孩儿，我的眼光错不了，你娶了她就是有福气。"

"是是是，都听您的。"司行霈笑道，"没想到，我家轻舟挺有婆婆缘的。"

朱嫂更是笑得开心。

司行霈则恍惚了一下。

他想，若是他母亲还活着，会不会也很喜欢轻舟？

应该会的，轻舟那么招人疼，谁能不爱她？

"小两口就应该这样，你疼她她疼你的。"朱嫂笑呵呵说道。而后，看到远处正在择菜的女儿阿潇，不知和姑爷闹什么脾气，朱嫂又有点担心。

她叹了口气。

阿潇是用人的女儿，只能嫁脚力夫、车夫这样的劳苦人。

司行霈出面，给她定了门亲事，对方家里是个小财主，住在乡下，只有一个儿子，很简单富足的家庭，朱嫂特别满意。

姑爷叫玉川，是个干粗活的汉子，平日里没什么话，到了家里只会埋头做事，朱嫂很喜欢他。

朱嫂有好几个孩子，都还不错，全是司行霈安排的。

阿潇一开始跟姑爷感情很好，最近几年却常闹事，特别是这两年，磕磕绊绊的不少。

朱嫂知道原因，没好对司行霈说，司行霈帮不上忙。

这次回来，阿潇左边胳膊青了一大块，她说是不小心撞的，朱嫂觉得像是被谁给打了。

当然不可能是姑爷，她家姑爷虽然是个大老粗，却疼阿潇，只有阿潇打他的份儿，没有他打阿潇的。

朱嫂不敢告诉司行霈，怕司行霈这混性子，没弄清是非就去把姑爷给打一顿。

"阿潇没事吧?"司行霈也看出来，阿潇这次回来心事重重，问朱嫂，"要不要我出面去一趟?"

"唉，没事!"朱嫂道，"他们两口子，你掺和什么?"

司行霈才告诉顾轻舟，两口子的事不能参与，否则里外不是人，所以他自己肯定是不会干涉阿潇的婚姻的。

阿潇坐在旁边择菜，心不在焉的。

顾轻舟在沙发里看杂志，她总感觉阿潇的目光，不时往这边瞥一眼。

顾轻舟望过去，阿潇又挪开了目光。

吃饭的时候，司行霈喊了朱嫂和阿潇上桌吃饭。

朱嫂没说什么，阿潇则道："这不好……"

846

"没这些讲究！"司行霈要发脾气了，"都是一家人，轻舟没把你们当下人看待，坐下！你多久不回来，倒学了些虚套！"

阿潇神色就更奇怪了，期期艾艾地坐下去。

顾轻舟打量了她一眼，目光如炬。

阿潇不敢和她对视，低头吃饭，满怀内疚的样子。

吃饭的时候，司行霈给顾轻舟打了一碗蛤蜊蒸蛋。

"尝尝，我做得好吃吗？"司行霈目光温柔，哄小孩子似的，轻轻地摸了一下顾轻舟的头发。

阿潇看了眼他们，感觉司行霈是真喜欢这位顾小姐，爱不释手的样子，阿潇忍不住笑了。

笑容很快又敛去了。

"当然好吃。"顾轻舟小声道，同时提醒他，"不许摸我的头发，你手上都是油。"

"我洗手了。"司行霈委屈，捏了捏她的小脸。

阿潇就觉得，一顿饭的工夫，少帅一会儿摸摸顾小姐的手，一会儿捏捏她的脸，一会儿摸摸她的头发，就好像小孩子得到了至宝，恨不能吃饭睡觉都要捧着。

他是真喜欢顾小姐，喜欢到了极致！

阿潇从未见司行霈这么喜欢某个女人，甚至某件东西。

他爱顾小姐，胜过这世上的一切，从他的眼神和动作里都能看得出来。

司行霈道："阿潇，你吃菜，别光顾着吃饭。"

"是。"阿潇自知失态，夹了一筷子菜，把头埋得更低了。

饭后，顾轻舟主动提出帮朱嫂洗碗。

阿潇忙道："不用不用，我来吧。"

朱嫂也道："我们两个人，很快就收拾了。厨房这点位置，三个人转不开身，顾小姐您先上楼休息吧。"

顾轻舟就先出去了。

她没有上楼，而是去了趟客房。

她悄悄站在客房的阳台上，可以清晰地听到厨房的声音。

"……顾小姐是谁啊？"顾轻舟听到阿潇这样问朱嫂，"她和少帅真的要结婚了？"

"可不是嘛。"朱嫂高兴道，"你没听少帅叫她太太？"

"她是哪个顾家的啊？"阿潇打听道，似乎对顾轻舟的身份很有兴趣。

朱嫂对这方面很谨慎。顾轻舟是司慕的未婚妻，这件事朱嫂也知道关系重大，不能乱讲。少帅喜欢谁，朱嫂就没原则地喜欢谁。

至于其他，少帅都不考虑，朱嫂就更加不考虑了。

反正朱嫂喜欢顾小姐，若是顾小姐水性杨花，少帅第一个容不得她。朱嫂就明白，顾小姐跟那头的事，不上算，她是自己人。

朱嫂对女儿也不能直言，免得搅和了少帅和顾小姐的好事，她含混道："就是顾家啊。对了，你不是说下午要去城里见个朋友吗？要不你快去吧，免得耽误了。"

她转移了话题，不想再多谈顾小姐和少帅的事。

"我……我其实也不是很急。"阿潇支吾道，又问朱嫂，"姆妈，您身上最近有多少钱？"

"怎么，你缺钱啊？"朱嫂警惕问。

阿潇急了："没有没有！我就是怕您没钱用，想问问您。若是您没钱，我拿点给您！"

"不用，你的钱收紧了，免得你婆家说你补贴娘家，话不好听。你不必担心我，少帅每个月都给钱的，足够我过日子。少帅说了，以后他给我养老，钱你们不用操心。你弟弟快大学毕业了，少帅会安排他去银行做事，到时候钱来得很快。"朱嫂道。

"哦。"阿潇声音更低了。

顾轻舟听完了，这才转身上楼。

司行霈正在整理一些文件，顾轻舟问他："要不要喝茶？"

"不用。"司行霈道，"你带木兰下去散散步。"

顾轻舟只是拿出碗里的牛肉，喂给木兰吃，没有立马下去。

"……阿潇好像很腼腆。"顾轻舟道。

司行霈略有所思："她的性格最像朱嫂了，一点也不害羞，今

848

天不知道是怎么了。最近可能是婆家不太好，烦心事多。"

顾轻舟问："她婆家很穷吗？"

"不穷，乡下人家，能有那等家底就很富足了。"司行霈道。

"万一遇到了难事，急缺现钱呢？"顾轻舟道。

"她说什么了？"司行霈好奇，怎么顾轻舟对阿潇好像挺在意的。

不会是吃醋吧？

司行霈正想调侃几句，楼下的电话响了，他下楼接电话，然后上楼说："我要去趟市政厅，有点事。"

顾轻舟正在喂木兰吃牛肉，司行霈轻轻地吻她的头发："等我回来吃晚饭。晚上想吃什么，我给你做。"

"没什么特别想吃的。"顾轻舟道。

司行霈不再多言，转身出去了。

他一走，顾轻舟立马下楼，对朱嫂道："我先回去了。"

"就走？"朱嫂道。

"是啊。"顾轻舟道。

"顾小姐路上当心啊。"朱嫂像个慈母，叮嘱道。

顾轻舟乘坐司行霈这边的汽车，往前走到了拐弯处，顾轻舟对开车的副官道："停下来。"

副官道是。

她约莫等了一个小时，副官有点奇怪，大着胆子问："顾小姐，走吗？"

"再等等。"顾轻舟道。

这时候，一个穿着碎花上衣的女孩子，小跑着出来。

她的辫子油亮，走路的时候不时往后看，怕人追上来。

是阿潇。

不远处停了黄包车，阿潇匆匆忙忙上了车。

顾轻舟对副官道："跟上去。"

副官有点疑惑，不知道顾轻舟跟踪阿潇做什么。虽然好奇，却对顾轻舟的话绝对服从，立马开车跟了上去。

阿潇去了很远的地方，约莫跨了半个岳城。

在一家老旧的茶楼，阿潇下了车。

她环顾四周，这才偷偷摸摸上了楼。

进了包厢时，阿潇的心还在直跳，她真没有做坏事的本事，差点就露馅。

喝了口茶，阿潇将心绪压下，松了口气般时，包厢的门被推开了。

阿潇手里的茶盏，突然就落在桌面上，茶水泼得到处都是，也染透了她的衣襟。

"顾小姐？"阿潇大惊失色，"您……您怎么在这里？我只是来喝茶的，我什么都没做。"

这就是欲盖弥彰了。

吃饭的时候，顾轻舟看得出阿潇有点内疚的模样，她不是做了对不起司行霈的事，就是正要做。

她说起钱，朱嫂又说她约了朋友，顾轻舟笃定她这边有事。

果然，被顾轻舟抓个正着。

顾轻舟上前，用力拽住了她的胳膊，把她拉到了隔壁雅间。

阿潇吃痛，又惊慌失措："顾小姐，您这是做什么？我就是来吃茶的，您不能这么霸道，我又不是您家里的用人！"

"闭嘴！"顾轻舟年轻的眉眼凛冽，静静看着阿潇，"你不想被少帅一枪毙了，就给我老实坐下。"

阿潇脸色煞白。

她嘴唇嗫嚅着。

顾轻舟关上了雅间的门，问她："来这里见谁？"

"是一个老朋友。"阿潇努力让自己镇定，不能露出马脚。

顾轻舟猜测，她正要出卖司行霈的消息去换钱。

阿潇没有做坏事的资本，这会儿胆子都吓破了。

顾轻舟问她来见谁，她也支吾，只说是老朋友："认识很久的朋友……"

"老朋友？"顾轻舟冷笑，雪亮的目光落在她身上，冷澈如寒霜，"你的老朋友姓魏？"

阿潇的脸色更加惨白了。

"不……"她想要反驳。

顾轻舟却抢先开口了："你想清楚再说，要不要我去把少帅请过来，少帅现在在市政厅办事。"

阿潇立马全软了。

"是……是我偶然遇到了魏小姐，她要我帮点小忙。"阿潇声音里带着哭腔。

"好了，好了!"顾轻舟这时候，态度才和软温柔，"我吓唬你的，不会告诉少帅，也不会告诉朱嫂。"

阿潇的眼泪还是滚落了下来。

"别哭，把眼泪擦了。"顾轻舟道，然后高声喊，"伙计!"

伙计进了雅间。

顾轻舟从手袋里掏出枪，放在桌面上。

伙计立马吓得腿软："客人，您有话好说。"

顾轻舟不理他，好似没看到他的恐惧，继续翻自己的手袋，找出钱包，再从钱包里拿出五块钱给小伙计："这是给你的赏钱。"

这么一大笔钱，是伙计一个月的工钱，伙计哪里敢收？

况且，顾轻舟面前还摆着一把枪呢。

拿枪的都横，一个女孩子拿枪，就更加惹不起了。

"收下!"顾轻舟冷漠道，目光斜睨伙计，"我有事交代。"

伙计颤颤巍巍，立马把钱收起来，连声道："谢谢客人，您有什么事只管吩咐，小人一定肝脑涂地!"

"这位小姐，是今天来见隔壁雅间客人的。等会儿客人来了，就说这位小姐坐了两个钟头，实在不耐烦先走了，让那位客人明日九点再来等。"顾轻舟道。

"是，是!"伙计声音发颤。

"看清楚这位小姐的模样吗？"顾轻舟又道。

伙计就看了几眼阿潇，道："记住了，记住了!"

顾轻舟这才拉起了阿潇，离开了茶馆。

别说伙计，阿潇也被顾轻舟吓得不轻，这会儿像只牵线木偶，任由顾轻舟拉了回去。

上了汽车，阿潇又哭了。

"对不起阿潇，我不是故意吓你。"顾轻舟柔软道，"但是你不能做这样的糊涂事，我当时是有点生气。"

"顾小姐，我错了。"阿潇道。

顾轻舟沉默了一下。

阿潇抽抽噎噎的。

"魏清嘉让你做什么？"顾轻舟问。

顾轻舟猜测，阿潇要见的人是魏清嘉，方才她一吓，阿潇也承认了。

"魏小姐让我告诉她，少帅现在住在哪里。"阿潇道，"她特意去乡下接我的，让我回来帮她办这件事。"

"你跟她很熟吗？"顾轻舟又问。

"小时候她经常给我买吃的，让我告诉她少帅的事——少帅喜欢吃什么，穿什么样子的衣裳，用什么样子的巾帕，穿多大号的鞋子，看什么书，和谁来往这些……"

顾轻舟沉默了一瞬。

魏清嘉曾经身为司慕的女朋友，却很用心地追求过司行霈。

阿潇就是她的眼线。

"这次，只是让你告诉她，少帅住在哪里？"顾轻舟问。

司行霈是狡兔三窟，除了他自己，只有少数他信任的朋友知晓他现在的别馆，比如颜新依，比如霍钺，再比如司督军。

其他人，包括司慕甚至老太太在内，都不知司行霈住在哪里。

他的仇敌太多，不得不防。

魏清嘉约会司行霈，肯定也写了不止一封信，司行霈给顾轻舟看过一次，顾轻舟并不开心，后面的就直接烧了。

写信约不到，平常又见不到他的人，不知他的地址和电话，魏清嘉怎么重新和他来往？

她就想起了从前利用过的阿潇。

"你怎么这样大意？"顾轻舟对阿潇道，"你比我大几岁，却是真糊涂！少帅的别馆轻易告诉陌生人，难道不怕她出卖少帅，派人来刺杀少帅吗？"

阿潇微怔，唇色更白了。

"不会的，她只是个女人，怎么会害少帅，她是喜欢少帅。"阿潇狡辩。

顾轻舟默然。

阿潇又要哭了："我不是故意的，我只是缺钱！"

魏清嘉承诺给她一笔钱。

阿潇很需要这笔钱。

"少帅说你婆家挺富足，你要钱做什么？"顾轻舟问她，"家里出了难事？"

"不是，是我想要离婚，一个人过日子。"阿潇道。

"怎么了？"顾轻舟态度彻底温柔下来，轻轻地握住了她的手，"你告诉我，我去告诉少帅，替你做主。他们若敢欺负你，少帅不会放过他们的。"

"不是的。"阿潇哭着道，"我嫁过去五年了，村里人都骂我是不下蛋的母鸡，她们当着我的面，要给玉川说媳妇。婆婆也整天阴阳怪气的，我天天喝药、拜佛，实在受不了了！"

这些事，她不敢跟她母亲说。

阿潇很单纯，她出嫁的时候，司行需给了她一笔陪嫁，她为了讨婆婆欢心，进门就都交给婆婆管理了。

现在她想要离婚，就要经过婆婆同意，也要司行需和她母亲答应。

阿潇知道，他们肯定不会答应；少帅不松口，婆家更不敢同意，她只能偷偷跑掉，她不想过这样的日子了。

她丈夫玉川是家里的独子，不能生育这种压力让阿潇喘不过来气。

玉川从来没说什么，但是阿潇每次看到他，内心都是痛苦和内疚，这已经取代了爱情。

她过不了自己这关。

反正她跑了，玉家再娶，就跟她无关了。

"怎么不到城里来看看？"顾轻舟道，"现在教会医院能治这个病。"

"我……我不想进医院，这种事去看医生，太丢人了。"阿潇道。

顾轻舟无语良久。

"手伸出来。"顾轻舟道。

阿潇不解。

"伸出来。"

阿潇以为她要打她，把手伸出来，就闭紧了眼睛。

顾轻舟又好笑，又无奈，抓住了她的手腕，给她诊脉。

查看她的脉象，顾轻舟道："是你自己的问题，我能帮你治好。"

阿潇以为她哄她，道："顾小姐，谢谢您的安慰。"

"回头再说。"顾轻舟道，"你先照我的吩咐办事，这件事是你引起的，得帮我妥善处理好。"

阿潇道："你不会告诉我姆妈和少帅吧？"

"看情况。"顾轻舟狡狯一笑。

阿潇又要哭了。

顾轻舟就觉得，这个阿潇单纯得挺可爱的，怪不得能被魏清嘉利用。

晚上司行霈回来，顾轻舟就把这件事告诉了他。

司行霈脸色阴沉："这个魏清嘉，若是她给钱让阿潇跑得下落不明，老子就毙了她！"

"我听说她有美国人和英国人的背景，又是第一名媛，杀了她会引起全天下的关注，不值得。"顾轻舟道。

司行霈沉默。

顾轻舟道："敲打她一下，让她知道你对她没兴趣。"

"也许，我应该对她有点兴趣。"司行霈笑道。

想要处理魏清嘉，还不是捏死蚂蚁一样容易吗？

顾轻舟却重重捏他的腰！

"混账东西，你再说一句试试看！"顾轻舟怒颜冷峻。

司行霈心中一动，低头就吻住了她的唇，吻得缠绵。

"我也没空理这些乱七八糟的，都交给太太打理吧。"司行霈道，"太太要我做什么？"

"第一，给我一个你旧式别馆的地址；第二，明天下午把司慕弄

854

过去，让他等在那里，魏清嘉应该会明白；第三，她追求你而已，罪不至死，不能乱杀无辜；第四，不许叫我太太。"顾轻舟道。

司行霈低笑，又吻她的唇，说："知道了，太太！"

顾轻舟蹙眉：你都没求婚！

难道就这么稀里糊涂吗？哪有这么便宜的事。

戒指算是有了，但是他都没有开口求她。

顾轻舟和阿潇离开之后，魏清嘉半个小时之后到了茶馆。

伙计给她上茶的时候，问她："您是魏小姐吗？"

魏清嘉笑道："正是。"

"方才有位小姐，她等了两个钟头，家里还有事就先走了，让我告诉魏小姐，明天早上九点，她还在这里等您。"小伙计道。

魏清嘉微愣。

她看了看时间，离她们约好的还差十五分钟，阿潇两个小时之前就到了，是为什么？

魏清嘉瞥了眼这伙计，心想："是不是有诈？"

"你去吧。"魏清嘉道。

然后，魏清嘉又喊了另一名伙计，给了他十块钱。

"是，那位小姐坐了很久，都没点吃的，好像很紧张。"伙计悄悄告诉魏清嘉。

魏清嘉很漂亮，男人都会沉迷她的美貌，她又给了丰厚的赏钱，她相信伙计不会骗她。

只是她没想到，顾轻舟拿出枪，把那个伙计吓得够呛，伙计又告诉了老板，老板也吓坏了，叮嘱每个伙计，都照顾轻舟说的去做。

魏清嘉自以为是的美貌，在枪面前，一点作用也没有。

顾轻舟夜里又跟阿潇聊天。

她告诉阿潇，这个世上总有路可以走。生育艰难，就应该认真看病求医，而不是求神拜佛。

"你是不是经期疼痛、怕冷，量多，左边腰侧冷痛？"顾轻舟问她。

阿潇瞠目结舌："我姆妈告诉你的？"

"你说给你姆妈听过吗？"顾轻舟问。

阿潇又摇摇头。

她没有跟她母亲谈过这件事。每次她母亲问，她都是支吾过去。

"你看得出来？"阿潇吃惊，"你居然会医术？"

"嗯。"顾轻舟道，"你去岳城打听打听就知道了，他们都叫我神医。"

阿潇吃惊，心里却相信了。

若不是神医，怎么配得上少帅？

少帅那么喜欢顾小姐，顾小姐肯定有过人的本事。

"那顾小姐，您帮帮我！"阿潇道。

顾轻舟给阿潇写了个药方。

阿潇的情况，属于冲任虚寒，应该温经散寒，调经助孕。

"我给你开两个方子，一个是经期用的，一个是非经期用的，记住了啊。"顾轻舟道。

经期用的方子，写着熟地黄六钱、当归六钱等十三味药，每日一剂。

非经期用的方子，写着桂枝两钱、牡丹皮三钱等十三味药，也是每日一剂，煎水服用。

顾轻舟都标注清楚。

"你这是原始性不孕，这两服药方，吃上半年。不要灰心，你这种情况已经五年了，不能一蹴而就，三两个月怀不上也不用着急。若是你不好好吃药调理，我就告诉你姆妈和少帅，说你想从婆家逃走。"顾轻舟半哄半威胁。

"别别别，我吃就是了。"阿潇道。

过了一会儿，阿潇又笑了。

"笑什么？"

"你的脾气和少帅好像，怪不得他喜欢你，而不是魏小姐。"阿潇笑道，"顾小姐，你人真好，和少帅很般配。"

顾轻舟微微低垂了头。

只有这种时候，她才会露出几分少女的羞赧。

"不气我吓唬你啦？"顾轻舟半晌才笑道。

856

"你是为了我好，我懂的，我又不傻。"阿潇笑。

顾轻舟心中微暖。

还好，阿潇是个明事理、懂轻重的女孩子，她只是一时迷茫，甚至压力太大造成心中郁结。

顾轻舟又问阿潇："你真舍得玉川？"

阿潇立马摇摇头。

她跟玉川的感情很好。婆婆背后闲言碎语的时候，玉川总是安慰她。

乡下男人打婆娘，是家常便饭，玉川从来不伸手打她。他和乡下其他汉子一样，粗手粗脚的，独独对阿潇很仔细耐心。

玉川是个粗人，话不多，却是真疼老婆，所以阿潇才觉得对不起他，想要自己跑了，他再娶个好的。

"我是不想耽误玉川，才想跑的。"阿潇道。

经过顾轻舟的劝诫，阿潇也回心转意，再也没有想跑的打算。

翌日，阿潇早早去了那家茶馆。

她到的时候，魏清嘉已经来了。

"她真的很想知道少帅的地址，只怕用心不良吧？"阿潇见魏清嘉如此傲气的人，居然提前等她，深感不妙。

魏清嘉还给她道歉："对不起，我昨日来晚了。"

明明是阿潇没到时间就离开了。

阿潇后背微微冒汗，心想："顾小姐说得不错，魏小姐果然是别有用心，她不会真的想刺杀少帅吧？"

想到这里，阿潇看了眼魏清嘉。

魏清嘉被她看得心里一个咯噔。

"这是地址。"阿潇用她拙劣的笔迹，把地址当场写给了魏清嘉。

魏清嘉给了阿潇两百块钱。

阿潇收下了。

这两百块钱，在乡下够生活好几年的，不要白不要，不要反而会引起魏清嘉的怀疑。

钱拿到了，阿潇就走了。

魏清嘉派了人，偷偷去打量这别馆，发现有亲侍把守。

"果然，终于找到了你！"魏清嘉叹了口气。

她回岳城，预想得很顺利，事实上却举步维艰。

她知道司行霈没有结婚。

多少女人离婚了，照样有很好的成就。魏清嘉这次回来，她不仅是魏家大小姐，而且带了很丰厚的财产。

她的名气、她的美貌、她的才华，以及她的财产，大概只有岳城督军这样的人物才配得上她！

和司行霈相比，司慕的势力有点单薄，他们两个人又不是亲兄弟，魏清嘉不想把自己的未来押在司慕身上。

司慕只是她的退路之一。

司行霈，才是魏清嘉想要钓住的大鱼。

没想到回岳城，想见司行霈一面都很难，根本就不知道他的踪迹。

不仅魏清嘉不知道，岳城很多人都不知道。

魏清嘉去买消息，每次听说是打听司少帅，对方都不会接。后来魏清嘉才知道，司行霈还跟青帮的龙头关系匪浅。

暗道上的消息走不动，魏清嘉甚至派人去跟踪过朱嫂，每次都被朱嫂发现了。

最后，魏清嘉才想起了阿潇。

阿潇没有辜负她。

"有辆汽车到了。"派去盯梢的人，在下午四点钟回来，禀告魏清嘉。

魏清嘉换了身深紫色软绸旗袍，没有任何花纹，所以不会喧宾夺主，只是装点着魏清嘉的曼妙身段；长发披肩，绾起一小丛绕成发髻，别上一把珍珠梳篦。

南珠个个龙眼大小，整整齐齐排在同一把梳篦上，泛出温润白皙的光，映衬着她瓷白的肌肤。

魏清嘉脂粉未施，拿了件同色长流苏披肩，就出门而去。

司行霈的别馆很幽静。

魏清嘉到的时候，正值黄昏，晚霞旖旎。

副官把守。

"我是来见司少帅的。"魏清嘉道。

副官道："小姐贵姓?"

"少帅知道的。"魏清嘉微笑。

副官看了她一眼，衣着华贵，模样端庄，不太像交际花，反而像位贵小姐，可能真是少帅的客人。

"您稍等。"

副官进去通禀的时候，魏清嘉就信步走进了院落。

这院落很小巧，两层小洋楼，院子里种着一株杏树。

这个时节，杏花盛绽，晶莹花瓣在温暖春风的牵引之下，或落在小径，或落在佳人肩头，满地锦缎。

司慕从屋子里出来，就看到一个娉婷身影，站在树下，伸手去摘杏花。

她手一动，那粉色花瓣如雨，落了她满身。

花瓣绮靡浓艳，点缀着她的黑发，她头发泛出清淡的光，司慕倏然心口一紧，低喃："轻舟……"

这样的一头黑发，是顾轻舟的背影。

司慕呼吸微微屏住，只感觉人比花娇艳。

待佳人转过脸，他却看到了魏清嘉。

司慕一愣。

魏清嘉洁白的面容，胜过绽放的花蕊。

魏清嘉很吃惊。

司慕先是不懂，而后就明白了。

今天在军政府，司行霈让他送一些文件到他的别馆。

"他不是有副官吗，怎么要我送?"司慕当时也好奇，不知司行霈搞什么把戏。可对方是他的兄长，他也不好推辞。

到了别馆，司慕没有瞧见司行霈，更是诧异；而这别馆虽然整齐，却落满了灰，不像是住人的地方。

司慕觉得司行霈耍了他，直到魏清嘉进来。

"这就是你的别馆啊?"魏清嘉笑道，"这杏树很好。你请我来，是为了让我看杏花吗？"

她会编很多的理由，会说是接到了司慕派人递给她的口信，她才出现在这里。

什么人递信，她也不知道。

但是司慕心中，跟明镜一样透彻清楚。

在魏清嘉的心里，司慕永远不是最佳选择。

司慕笑了一下，道："走吧。"

魏清嘉上车之后，继续道："你今天请我来做什么？"

她明明可以见好就收的，偏偏还想要继续把谎言编下去，取得司慕的信任。

"她还没有放弃我。"司慕心想。

他感觉冷。

冷得有点刺骨，有点痛。

痛在心头，一点点地吞噬着他的心脏。他没有接魏清嘉的话，而是想起她不曾转身的那个刹那。

那时的芳华，惊艳了时光。

可惜她转过来了。

后来魏清嘉说了很多话，司慕都没有听到，他心思恍惚。

"……你为何要留长长的直发？"司慕突然问她。

他的问题，和魏清嘉试图解释的问题，不是一件事。

魏清嘉自己明白，司慕是不信的，再解释下去，只会越说越错，她趁机打住了话题。

"哪有为什么？"魏清嘉笑道。

"现在的人都烫头发，你怎么不烫？"司慕问。

魏清嘉道："你喜欢我烫头发吗？"

司慕不答。

魏清嘉道："我以前也烫过，头发又焦又黄的，我不喜欢。"

司慕沉默。

快到了魏公馆门口时，魏清嘉笑道："今天就这样啦？"

"那要怎么样？"司慕倏然没了耐性，"要说清楚你为何一边约我，一边又约司行霈吗？”

魏清嘉脸色惨白。

司慕关上了车门。

他揉了揉太阳穴，头有点疼。在疼痛中，他眼前有点幻觉，那个黑发素衣的女子，转过头来，是顾轻舟的脸，有点孩子气，又有点娇媚，能把人带入沉沦的深渊。

她指尖微凉，印在人身上，就能印到心里去。

这件事之后，司慕拒绝再见魏清嘉。

司行霈也和他谈过。

“当年她做你女朋友的时候，跟我表白过，我拒绝了她，这件事你知道吧？”司行霈道，“她说她愿意跟我。”

他说话明明没什么恶意，说出来却带着羞辱。

他羞辱了司慕。

司慕冷漠道：“我现在知道了。”

他以前不知道，但是现在知道了，他也不意外。

他从小就样样输给司行霈。

若是一个女人在他跟前献殷勤，再去勾搭司行霈，司慕就等于给她判了死刑，他是绝不会再跟她有瓜葛的。

他憎恨任何曾属于司行霈的东西！

那些人或者物，都在挑衅司慕作为男人的尊严——被他哥哥践踏的尊严。

他不恨魏清嘉，因为在他心中，魏清嘉已经是个无关紧要的陌生人了。

没过几天，阿潇的丈夫到城里来接他，给朱嫂带了很多土产。

阿潇临走前，也跟母亲和丈夫坦白过，她这次进城是别有目的，又说顾轻舟给她开了药方。

朱嫂被她吓一跳。

她丈夫木讷老实，不知该说什么，只是回去的路上，在马车里拉住她的手，说：“要是没娃儿，将来你老了我服侍你，你别犯愁。”

阿潇顿时就哭了。

这些话胜过千言万语。

朱嫂特意带了些霉干菜，过来给顾轻舟和司行需做饭，顺便感谢顾轻舟，她劝住了阿潇。

"她是个傻孩子，我真不知道她这么打算的，多谢顾小姐劝回了她。"朱嫂说着，就开始抹眼泪。

顾轻舟道："人都有一念之差，阿潇知道错了，她以后不敢的。"

朱嫂含泪点点头。

司行需就搂住了顾轻舟，笑道："轻舟很有能耐，越发像做太太的。"

顾轻舟推开他，不许他这么黏着自己。

这件事看似风平浪静，却对魏清嘉的打击很大。

她一下子就得罪了司家的兄弟两个人。

司慕得罪也就得罪了，可是司行需那里，她找不到门路，实在让她焦心。

她沉寂了一段时间，闭门不出。

"阿姐，这些日子司少帅怎么不给你打电话啊？"她妹妹魏清雪冷嘲热讽。

这也不能怪魏清雪，她就是恨她大姐。

当初二姐魏清筠为何跟司慕出去，大姐最清楚。二姐出了事，虽说只是意外，但也是被大姐间接害死的。

也正是这件事，让魏清嘉做了迅速离开岳城的打算。

魏清嘉抱紧了被子，装作听不懂，一双手却微微打战。

她生气了。

顾轻舟不知道这些，她并不关心魏清嘉如何，只要她不拿自己做文章，顾轻舟可以对她视而不见。

转眼就到了四月中旬。

司行需约了顾轻舟。

"……咱们做什么去？"顾轻舟问。

司行霈指了指后座。

顾轻舟瞧见了一个很大的纸鸢。

纸鸢是金色的蝴蝶，画得栩栩如生，翅膀薄如蝉翼，很是轻巧，容易放起来。

顾轻舟忍不住笑了："真是个粗人，哪有端午节放纸鸢的？按照习俗，应该是清明节！"

司行霈就轻轻地捏她的脸："你管什么节，开心就行。"

今天晴朗，有微风，最适合放纸鸢和骑马了。

司行霈带着顾轻舟，去了他自己的跑马场。

清空了场地，顾轻舟将纸鸢放起来。

"这纸鸢好漂亮。"顾轻舟一边跑一边对司行霈道。

她跑得满头是汗。

纸鸢做工精致，很容易放起来，她心情前所未有地轻松，看着纸鸢越飞越高，成就感很足。

而后，他们两个人骑马。

司行霈把她抱到了自己的马背上，轻轻地拥着她。

徐风暖暖拂过面颊，温柔缠绵。

转眼间，五月过去了，顾轻舟迎来了她的毕业考。

毕业考难度中等，顾轻舟拿到了毕业证。

她拿到毕业证的时候，很想显摆一下，司行霈却不在岳城。

顾轻舟、颜洛水和霍拢静都顺利毕业，三个人去庆祝，商量以后的打算。

顾轻舟可能会离开岳城，司行霈要带她去其他地方安家。

就在她们筹划打算的时候，司督军派人请顾轻舟去督军府。

司夫人安排了晚宴。

"轻舟毕业了，毕业证给我瞧瞧。"司督军笑道。

顾轻舟连忙递上去。

司督军很满意。

第二十七章

两情相悦

到了七月初，热得天地生烟，司公馆的人突然给顾轻舟打电话："顾小姐，您快来吧，老太太有些不舒服。"

顾轻舟立马去了趟司公馆。

老太太咳嗽，痰中带血。

司公馆的人全部慌了，围住顾轻舟："老太太咳了两天。"

"这盛夏的日子，怎么会咳嗽呢？"顾轻舟问。

"原本是吃了些凉的，又在后院的凉亭里坐着，没防备她睡着了，小睡了片刻，老太太感冒了，不仅打喷嚏，还咳嗽。"

众人七嘴八舌。

"还是去请军医吧。"二太太说，"别耽误了。"

司督军不在城里，司公馆的人都有点慌，二太太帮着拿主意。

老太太信任顾轻舟，他们就把顾轻舟请了来。

外头乱七八糟，里头老太太还在咳嗽。

顾轻舟进去的时候，老太太咳了一口的血痰，吐在帕子上。

"西药见效快，去拿些咳嗽水来。"顾轻舟也道。

她这么一说，司公馆的人立马不客气地抛弃她，赶紧去请西医。

老太太一听，脸色微变："他们请了你来，也是劝我吃西药的？"

原来，老太太不肯用西药。

上次大病，让老太太对西药讳莫如深。

老太太拉住了顾轻舟的手，声音短促且虚弱："让他们不要忙，我不吃西药！什么西药，奇技淫巧，不中用！"

二太太劝："姆妈，现在人都信西医！"

"我不信。"老太太素来通情达理，一到生病的时候，就犯了小孩子的脾气，谁劝都不听。

"老太太，先用点西药，再慢慢中药调理。"顾轻舟也道。

老太太当即冲她也发起火来："你也出去！你们都当我是老糊涂！"

司夫人带着孩子们过来时，军医已经到了。

诊断一番，军医说老太太是"支气管扩张咯血"，顾轻舟诊脉，也觉得是"咯血"。

"看似小病，却最难治愈了。"胡军医有点犯难，"怎么不快点用药？"

"老太太不肯吃。"

老太太又闹脾气。

顾轻舟建议用西医的咳嗽水，惹恼了老太太。

从而，连顾轻舟的建议，老太太也不听了。

"那我给您开点中药？"顾轻舟改了口风。

"我是不敢信你的话，谁知道你是不是把西药掺在里头？"老太太道。

顾轻舟哑口无言。

"这么睿智的老太太，怎么一生病就固执成这样？"司家的堂妹在旁边跟顾轻舟嘀咕。

老太太生病的时候，性格非常固执，而且脾气很大。

她疑心重，一旦生疑，就再也不肯信任这些医生，包括顾轻舟。

"我什么药也不吃！"老太太赌气般，"病死倒也好了，省得碍了你们的眼！"

她说这话的时候，看着司夫人。

司夫人气得胃痛。

这个时候，老太太真是毫不讲理，而且刻薄。

司慕晚上的时候才来。

顾轻舟也在。

一整天，她忙进忙出的，累得满头虚汗，刘海湿漉漉的，露出光洁的额头。

"怎样了？"那么多人在场，司慕却只问顾轻舟。

"不知道是哪里惹了她，她怀疑我们给她吃西药，现在什么药都不肯吃了。"顾轻舟道。

"你不是早来了吗，怎么不给她吃中药？"司慕问。

顾轻舟对待中西药的问题很理智，西药在有些疾病上见效快，这是毋庸置疑的。

老太太这把年纪了，她的脏腑运化没那么强悍，西药可能效果更好。顾轻舟也是担心她。

不承想，她说错了这一句，老太太现在连她也不信了。

"……我当时也是为她的病考虑，没想到老太太对西药偏见这么深。"顾轻舟解释给司慕听。

司慕进去的时候，老太太还在咳嗽。

又咳了两口血。

司慕道："祖母，让轻舟给你开一服中药？"

"这丫头不知被谁收买了，她开的中药，肯定会偷偷换成西药！"老太太笃定道。

话是说给顾轻舟听的，却是针对司夫人，说司夫人收买顾轻舟。

这对婆媳积怨很久，不是一朝一夕能化解的，要不然老太太为何不住在督军府？

司慕也为难。

劝说了半晌，现在满屋子人，老太太一个也不相信。

估计得司行霈回来，她才能听进去。

"你还有其他办法吗？"司慕问顾轻舟。

顾轻舟沉吟："我有个小办法，不给老太太内服药，给她外敷。"

司慕蹙眉："咳嗽能用外敷药？"

"嗯。"

司慕突然就对中医产生了零星的怀疑。

不过，这可是顾轻舟，没有她不擅长的病。对待司慕那等顽疾，顾轻舟不也是药到病除？

"怎么外敷？"司慕问。

司老太这次脾气极大。

一家子人，没人能劝得动她。以前还听顾轻舟几句，现在也怀疑上顾轻舟了。

全家都很为难。

"胡军医，你们先走吧。"司慕做主。

父亲不在家，二叔和三叔没主见，司慕就成了主心骨。

老太太很抵触西医，顾轻舟在这里坐镇，司慕才敢大胆地先让军医们离开。

等老太太情绪稳定了，顾轻舟可以救治她。

没有顾轻舟治不好的病，司慕对此深信不疑。

"老太太，咱们不吃药，用外敷的好不好？"顾轻舟柔声，凑在老太太跟前，劝慰道。

老太太犹豫了一下："用西药外敷？"

"用中药。"顾轻舟笑道，"我就在您跟前，药一件件拿给您瞧，您亲眼看着，可好？"

老太太又咳嗽，同时咳出一些带血丝的痰。

这让她的情绪落到了深渊。

老太太深深喘了两口气，摇头："我还是死了的好，遂了某些人的心愿！"

司夫人已然气得说不出话。

这老太太借病装疯，处处针对她。从前看着司督军的面子，老太太还稍有克制，今天是直截了当地找碴儿。

司慕为难地看了眼，没敢在这个枪口上添堵。

过了片刻，司慕才道："祖母，让轻舟试试吧。您见识过轻舟的医术，她定然能治好您的。"

老太太漱口之后，略微沉吟。

"我现在不想治！"老太太极其任性。

连司慕都说不出话了。

怎么这次生病，老太太变得如此难伺候了？

顾轻舟倒是能理解。

夜色渐浓，窗外的碧桃树翠叶浓密，知了歇斯底里地鸣叫，让整个夏夜更加心热烦躁。

顾轻舟派人去买了药。

几样药买回来，放在她手边。等老太太回心转意，顾轻舟再去给她用上。

司慕走到了顾轻舟身边，轻轻地拍了一下她的肩膀。

顾轻舟身子微缩了一下。

"你跟二婶先出去吧，洗个澡换身衣裳，吃了饭再来。"司慕悄声。

顾轻舟的确是一身的汗，仔细闻的话，头发都有股子馊味。

"好。"她没有虚套，站起身来。

洗了澡之后，二太太寻了件葱绿色上衣、深碧色长裙给顾轻舟换上，这是家里能寻到最适合顾轻舟尺寸的衣裳了。

是堂姐的旧衣裳，都没穿过第二次，面料极佳，那葱绿色在灯下泛出淡淡翠碧，绿得沁人心脾。

顾轻舟回到老太太这边时，其他人都走了，只有司慕还在。

顾轻舟的头发半干，湿漉漉地披散在肩头，肌肤莹白，似出水芙蓉。

司慕不舍地挪开了眼睛。

老太太还在睡，其他人纷纷或去梳洗，或去用膳，此前只有司慕守在这里。

"你也去吃些东西，洗个澡吧。"顾轻舟道，"我看着老太太呢。"

盛夏的天，谁不是浑身大汗？一旦入夜，这汗渍就腻味，身上难受。

司慕还是穿着军服，厚厚的军装不透气，闷热得更厉害。

"也好。"司慕起身。

他临走时，看了眼顾轻舟，似乎想说什么，话到了嘴边又咽下去。

等司慕一走，顾轻舟拿着芭蕉扇，一边打扇一边等头发干，老太太就醒了。

她虚弱地看了眼顾轻舟。

"老太太。"顾轻舟放下了芭蕉扇，走到她身边。

老太太搭着眼皮，低声对顾轻舟道："我今天是闹了些脾气。"她好像头一回清醒过来。

顾轻舟道："是，您是有点闹脾气！"

旁边服侍的女佣，闻言给顾轻舟使了个眼色，生怕顾轻舟得罪了老太太。

老太太却丝毫不恼怒，顾轻舟的诚实，让她心情稍微好转："唉，人老了，这脾气就控制不住。我年轻的时候，脾气就不太好，而后慢慢收敛。到了这把年纪，反而藏不住了。"

"我要是有这么多孝子孝孙，我也要发发脾气。"顾轻舟笑道，"这是多少人梦寐以求的福气？"

老太太听着心里舒坦，这姑娘多会说话啊！

有时候明知道只是拍马屁，但听着舒心啊！

老太太笑，想起顾轻舟之前的话，问她："你说外敷药……"

顾轻舟已经派人买了药回来，笑道："已经买回来了，您现在要用上吗？"

老太太额首："用上吧。我这胃里难受，让我吃药，还不如杀了我清净，外敷的可以试试。"

顾轻舟道是。

她把药拿了出来，一件件摆在老太太的眼前：肉桂、冰片、硫黄、大蒜、蜂蜜。

"老太太，您瞧瞧这些，没有西药的。"顾轻舟道。

老太太不认识，顾轻舟就一一说给她听。

她将这些，全部当着老太太的面，研磨成了碎末，再用蜂蜜调匀。

"蜂蜜都用上了。"老太太倏然有了心情，开玩笑道。

"是啊。"顾轻舟也笑。

调和完毕，顾轻舟脱了老太太的薄袜，将这些药物，敷在老太太的涌泉穴。

涌泉穴在脚底。

明明是咯血，怎么在脚底用药？

老太太很好奇，询问缘故。

"……揉按涌泉穴，可以治疗咯血等病症。"顾轻舟解释，"血不归经，咳嗽外出，这是小毛病，并非内脏出血，也不是肺叶受损。

"再说了，头疼医头脚疼医脚，那才是庸医呢。我这是采用内病外治、引热下行的疗法。"

老太太听得入神。

老人家念旧，很多年没听到大夫这么徐徐道来。

顾轻舟的说辞，格外有古韵，莫名就叫老太太心安。

老太太打从心底信任她。

司慕再次进屋时，只见顾轻舟用毛巾裹住了老太太的脚，在敷上药物的地方，用手指轻轻地推拿揉按。

她的长发披散，勾勒一段纤细的腰身。

侧脸嫩白，挺翘的鼻、饱满的唇，眼睛流光溢彩，是个很漂亮的小姑娘。

他愣了一愣。

"祖母，您感觉如何？"司慕走进来，柔声询问道。

"好多了。"老太太道，"轻舟的医术出神入化，她用了一点药，我这心里就舒服多了。"

顾轻舟低笑。

她的药没那么神，只是老太太知晓不用西药了，没人糊弄她，她心情好转，能接受而已。

约莫过了半个小时，老太太终于睡着了。

二婶走过来，对司慕和顾轻舟道："你们两个人也去歇了，晚上我照顾老太太呢。"

司夫人也走了进来。

顾轻舟见此处人多周转不开，起身道："那我先去了，有事叫我。"

二婶颔首。

司慕跟着顾轻舟出了屋子。

夜风是炽热的，哪怕深夜了，仍是火烧火燎般，往人身上扑。

司慕走在她身边，莫名很想摸一下她的头发，又生生忍住了。

"轻舟，祖母这次发病之后，性情大变，是不是还有其他疾病?"司慕问。

顾轻舟摇摇头,解释道:"世人对咯血误解太深了。一个咯血,也不管什么原因,都觉得是大病。老太太这个年纪,说活够本了,往后都是好日子;说长命百岁,却又不知道哪天得走。

"她没说,其实是很担心重病,也怕死。这些担忧,会让她喜怒无常。病人在真正担忧生死的时候,不是非逼着大夫治病,而是讳疾忌医,不想见大夫。好像没了大夫,她就没生病一样。"

病家的心思,顾轻舟比司慕了解得深。

原来老太太只是怕死。

"你不说,我倒是不知道。"司慕声音温柔。

他和她靠得有点近,顾轻舟往旁边挪,司慕也靠过来一点,只差把顾轻舟挤到旁边的花丛去。

司慕又问顾轻舟:"祖母这病,大概多久可以痊愈?"

"两三天吧。"顾轻舟道,"咯血不危及生死,你别担心。若是驻地还有事,你先去忙吧。"

司慕道:"我没事。"

沉默走了片刻,司慕将顾轻舟送到二婶安排的客房。

司公馆还有人没见识过顾轻舟的医术。

老太太咯血,他们也以为是大病,见顾轻舟在老太太脚底的涌泉穴用药,纷纷惊讶。

"能不能行啊?"

"咯血不是肺部的问题吗,干吗给脚用药?"

他们甚至问胡军医:"您说这样行不行啊?别耽误了我祖母的病。"

胡军医道:"脚底的涌泉穴,的确可以治疗咯血,但是推拿手法要得当,需得医术高超的中医。

"大家放宽心,顾小姐既然给老太太用药了,一定会药到病除。她的医术,比我们整个军医院加起来都厉害。"

众人哗然。

他们既觉得胡军医夸张,同时也能理解,毕竟顾轻舟要嫁给司慕,将来就是军政府的女主人,不巴结她巴结谁?

只是，没想到两三天过后，老太太果然不再咯血了。

原本质疑的人，一下子就沉默了。

她这时候才相信，自己不是大病，心情就好转了。

"你们都孝顺。"老太太拉着顾轻舟的手，对众人道。

她知道自己给儿孙寻了不少的麻烦。

现在说话，就有正常的调子了，其他人都松了口气，特别是司夫人。

"这个顾轻舟，真是有点鬼才！"司夫人心想，"哪怕将来不娶她做儿媳妇，也要想个法子将她控制在掌心。"

司慕这三天，一直都在司公馆，陪着老太太。

看着老太太就这么好起来，司慕总有几分目光落在轻舟脸上。

"二哥看嫂子，就跟看个宝贝一样。"有位堂弟打趣。

顾轻舟也听到了，尴尬地低垂了头。

司慕瞧见她这样，颇有抵触之意，又想到自己当初求她治病时，说过会娶魏清嘉，心中有点荒凉。

老太太病好之后，司慕约顾轻舟："我请你吃饭，你辛苦了这么多天。"

其实没必要的。

特别是这几天，顾轻舟恨不能躲着不见司慕。

顾轻舟其实也糊涂，她不知道司慕对她另眼相看的原因。

不管真假，顾轻舟一概拒绝。

"多谢少帅。我好些日子没回家了，想回去歇歇。"顾轻舟道。

等顾轻舟离开，他露出几分无奈。

他的堂弟司宇正巧路过，站在不远处看到了他们，见堂兄吃瘪，司宇就走了过来。

司宇今年十八岁了，是颜一源那个圈子里的纨绔子弟，追女孩子颇有心得。

"二哥，你跟嫂子闹脾气？"司宇问。

司慕不想理他。

司宇追上来："哎，二哥二哥，女孩子闹脾气，你不能也闹脾气啊！你这样的态度，怎么哄人家？"

司慕蹙眉："我闹脾气？"

"对啊！"司宇道，"嫂子不肯跟你出去，你立马就拉了脸。我要是姑娘家，我也不肯理你。"

司慕目光深沉。

司宇立马道："对对对，你就是这样变脸的！二哥，人家又不欠你的，被说了几句你就拉脸！姑娘家若是喜欢你，肯定也只是喜欢你的权势，不会喜欢你这个人！"

司慕神色更加阴沉。

司宇见他不开窍，讪讪地走了。

堂弟这番话，司慕听了进去。

他凝神恍惚间，顾轻舟早已走远了。

顾轻舟回到顾公馆，洗去了满身的疲倦。

好在老太太没事了。

顾轻舟洗澡之后，坐在沙发上看书，想等头发干了再睡觉。

倏然，她闻到了什么，猛然转头，就瞧见一个人站在阳台上，静静地冲她微笑。

司行霈不知何时，站在了她身后。

他穿着军裤，上面是长袖衬衫，头发上有汗珠，目光深邃，落在她脸上。

顾轻舟起身，一下子就扑到了他怀里："你回来了！"

司行霈将她抱到了房间，关上门之后，低头就吻她："想我吗？"

她身上有淡淡玫瑰的清香。

头发还没有干，落在司行霈的胳膊上，凉滑柔软，似一泓清泉，默默沁入司行霈的心田。

他离开了顾轻舟，哪怕只是短短的旅程，都感觉自己活成了僵尸傀儡，完全没了人性。

他去香港，又做了些无法无天的事。

只有回到她身边，司行霈才感觉有丝丝清泉涌入他干涸的心房，让他滋润起来，爱情的大树枝繁叶茂。

他紧紧抱住她："轻舟，我好想你！"

她是他生命的泉源，回到了她身边，司行霈又像个人了。

顾轻舟则有点尴尬："什么想不想的，要脸吗？"

司行霈低低地笑："我就算不要脸，也想你！轻舟，你若是离开了我，我的命都没了！"

顾轻舟掐他的腰，觉得他越说越夸张。

短暂的分离，让司行霈饱受相思的折磨。

他和顾轻舟依偎着。

顾轻舟也很想他，只是她羞于表达。

"……去你的别馆，好吗？"顾轻舟道。

司行霈微讶。

顾轻舟解释："你先走，去寻个地方打电话，再把车子开到我家门口，就说老太太找我。"

果然，司行霈很快就办妥了，顾轻舟更衣之后，钻入了他的汽车。

她说："老太太前几天生病了，司公馆让我再去复诊，家里没有人会怀疑。"

一路上，顾轻舟将老太太的病，告诉了司行霈。

得知只是小病，司行霈也放下了心。

到了别馆，他抱着顾轻舟坐在浴缸里，莫名心中有起了绮丽。

她甚至想说，既然他打算娶她，她相信他不是欺骗她的，她可以把自己交给他。

但是，他好像没往这方面想，顾轻舟更不敢提。

骑脚踏车那事，她还有点担心。

她软软睡了一觉。

早起之后，朱嫂煮了早饭。

顾轻舟上午十点多才醒。

外头的骄阳似火，暖金色的光线铺满了屋子，亮得让人有眩晕之感。

司行霈出去了。

"少帅说，他夜里回来，让顾小姐不要走。"副官道。

司行霈这里有书，有钢琴，还有木兰和暮山。

顾轻舟吃了早饭，又去睡觉，快到半下午的时候，她戴了帽子，领着木兰和暮山去散步。

地面很烫，木兰和暮山却很欢喜，一路狂奔着。顾轻舟和司行霈种下的梧桐树，被晒得恹恹的。

直到晚上十一点，司行霈才回来。

一回来就抱紧了她。

他脸上都是汗，紧贴着顾轻舟。

"我洗过澡了！"顾轻舟抱怨。

司行霈却爱不释手般："轻舟，别离开我！"

远行不过短短数月，司行霈对顾轻舟的思念，却是蚀骨般的灼热，深入骨髓。抱住了她，他才能畅快地呼吸，他才有正常人的思维。

顾轻舟肯定不懂这些感情。

和司行霈相比，顾轻舟爱得比较浅、陷入得比较晚。

"我干吗要离开你？"顾轻舟看着他的眼睛，含笑问道。

他松开了她，坐正身姿，表情肃然。

顾轻舟被他吓一跳。

"轻舟，我们离开岳城吧。"司行霈道，"下个月就走。"

顾轻舟没想到这么快。

不过，也来得及。

"好。"顾轻舟低声，"我愿意跟你走，我相信你。"

司行霈莫名心头一震。

他缓了缓，才继续道："轻舟，我这次去香港，安排了一些人和事。"

"跟我有关？"

"是的，我想让顾轻舟消失，你换个身份。"司行霈道，"从此，你就可以光明正大做我的太太。"

顾轻舟蹙眉。

她当然知道，自己跟司行霈走后，司督军和司慕有多愤怒，哪怕是老太太，也会失望难过。

司行霈就等于跟司家决裂了。

若是顾轻舟换个身份，至少算掩耳盗铃，外头好听一点。

顾轻舟愿为了司行霈，做出牺牲。

"……倒也可以。"顾轻舟道。她答应了，虽然有点迟疑和不愿。

"我想让你断掉所有的关系，其他人都找不到你。你的乳娘和师父，以后也不要见了。"司行霈道。

顾轻舟这时候才觉得，自己以为的，和司行霈想做的，根本不是同一件事。

她以为，只不过是掩人耳目，做场戏罢了，让司督军和司慕面子上稍微过得去，大家心知肚明却不敢说。

而司行霈要的，是顾轻舟这个人的痕迹彻底被抹去。

"怎么，我这么不光彩吗?"顾轻舟突然就不高兴了，"我能理解换个身份，可为何连我师父和乳娘也不能见?"

"你要相信我!"

"这我没办法相信你!"顾轻舟肃然道，"司行霈，我绝不会要求超过你母亲在你心中的地位，你也不能这样要求我。我愿意跟你走，但我不会连乳娘和师父都不顾。若非要在心里排个队，你最多跟他们比肩，甚至要排在后面!"

顾轻舟站起身，恼怒得想要离开。

司行霈一把拉住了她，紧紧将她抱在怀里。

"轻舟，我是这个世上最疼你的人!"司行霈道。

顾轻舟这时候没了绮丽的心思，她客观而直率道:"不，乳娘才是这世上最疼我的人!"

司行霈的胳膊猛然收紧。

顾轻舟觉得，他在吃她师父和乳娘的醋，他想要超过他们。

顾轻舟无法理解他这点霸道的独占欲!

换身份的事，他们谈崩了。

司行霈的无理取闹，让顾轻舟很恼火。

他在否定顾轻舟的乳娘和师父，他要求自己凌驾在他们之上。

这是不可能的!

爱情，永远无法大过养育的亲情！

"我不想跟你说话。"顾轻舟背着他躺下去。

司行霈却没有像以前一样哄她，他下楼去了。

约莫过了半个小时，顾轻舟越发不安，也下楼去寻他，结果看到他在书房抽烟。

他好似一筹莫展的样子。

顾轻舟不知他在为难什么。

或者说，在这件事上，自负通透的顾轻舟，猜不透司行霈的心思。

他其实说得很清楚，他想要顾轻舟这个人彻底消失，她换一副完全无关的面貌再出现。

他要她斩断一切的关系。

这不像司行霈！

司行霈疼顾轻舟，他愿意栽培她，辅助她。

他希望她在学校好好立足，就是希望她得到社会的认可。他要她有本事、有学历。

那时候，他还不够爱她，都能为了她筹谋一切，什么都是为了她好。

他从未强迫她做他的金丝雀，虽然他吓唬过她。

"这个世上，永远不会害我的人，除了李妈就是司行霈了，连师父也要排在司行霈后面。"顾轻舟想。

将近两年的相处，司行霈对顾轻舟如何，顾轻舟一清二楚。

怎么到了现在，两个人心意相通了，他反而要毁了她，让她做个不能见光、在社会上毫无价值的人？

这不是司行霈的作风！

一定出事了！

顾轻舟依靠着书房的门，望着他愣神。她聪明伶俐，却完全不懂司行霈这次的动机。

司行霈也熄灭了雪茄，冲她招招手。

走到他身边，顾轻舟的怒意已经没有了，她捧起他的脸，低声问他："是不是出了大事？"

"嗯。"

"什么事？"顾轻舟心中乱跳。

"你不要问。"司行霈道。

"你知道，我什么都愿意，我下定了决心就不会反复。但是，我还要为他们养老送终，这是我的责任。"顾轻舟道，"我更不能斩断和乳娘的联系。司行霈，我跟她情同母女，更胜母女！"

司行霈沉默。

他用力搂住了她的腰，让她坐到自己腿上。

抚摸着她光滑细腻的面颊，司行霈抬起她的下巴，轻轻地在她唇上碾过："轻舟，把你套牢了，是我这辈子最大的功业！我要维护好我的功业！"

顾轻舟失笑。

她将头埋在他的怀里。

他的气息清冽，有雪茄淡淡的香味，让顾轻舟踏实。

司行霈搂着她，胳膊一寸寸地收紧，低声在她耳边说："轻舟，你是我见过最好的人。你什么都好，你比这个世界上的任何人都好！"

顾轻舟唇角微翘。

她也搂住了他的腰。

谈过之后，司行霈就没有再说过这样的话。

顾轻舟也一再表明，其他都好说，乳娘的事没有商量的余地。

"我乳娘就是个用人，什么亲戚朋友都没有。你若是真的很为难，可以连她的身份一起换掉，这样照样没人能说什么。"顾轻舟次日道。

司行霈却好像忘了此事，给顾轻舟夹了一个汤包："吃饭。"

他好像改变了主意。

顾轻舟狐疑地看着他。

司行霈表情坦然，轻轻地摸了摸她的头发："今晚还是留在这里，我想一回家就能看到你。"

"不行，我得回去。"顾轻舟道，"我们要离开岳城了，我家里的事还没有处理完，我得抓紧时间。"

司行霈握住她的手。

好半晌，他才松开，又摸了一下她的头发："要我帮忙吗？"

顾轻舟摇摇头："暂时不必了。"

司行霈还是舍不得。

他道："中午等我回来吃饭，我给你带好吃的。"

顾轻舟失笑，说他："你怎么黏黏糊糊的？"

司行霈捏她的脸："你这个没良心的小东西，我多久不见你了！这些日子，你做了什么，要不要跟你算算账？"

顾轻舟去司公馆给老太太治病，和司慕朝夕相处，司行霈不是不生气，他很嫉妒，嫉妒得有点发狂，但是他忍住了，不想让顾轻舟难过。

"我没什么账可算的……"顾轻舟低喃，倒也乖巧听话。

中午，司行霈冒着炎炎烈日回来，身后的副官拿了个小盒子。

盒子被日光照得滚热，里面却是冰袋和棉布，藏在最深处的，是一碗沁人心脾的红豆冰糕。

顾轻舟忍不住笑起来。

同时，眼睛又微湿，低声道："为了送这点吃的，冒这么大的日头跑回来？我不能去店里吃吗？"

司行霈摸了摸她的脑袋，道："感动就直接说！"

顾轻舟很感动，副官出去了之后，她轻轻地吻了一下司行霈的面颊。

凉丝丝的冰糕，香醇甜腻，顾轻舟吃一口，喂司行霈一口。

"你自己吃。"司行霈道。

顾轻舟吃了小半碗，想起昨夜的话，心中到底难以安宁，问他："我身份的事……"

"不提这个了。"司行霈道，"轻舟，我们又不是作奸犯科了，凭什么要偷偷摸摸？就光明正大地结婚，谁也不怕，谁的面子也不用顾！"

顾轻舟忍不住轻笑。

只是，她很清楚此事还没有完。司行需在背后，不知承担了何种压力。

她问了，他不说。

直到黄昏，顾轻舟才回顾公馆。

司行需初回岳城，海军的事需得忙碌一阵子，顾轻舟见不到他的人影。

而顾轻舟自己，也是早出晚归。

到了七月中旬，顾轻舟终于闲了下来，有时候早上起来出去一趟，中午就回来陪着顾府的姨太太们打牌。

或者傍晚的时候出去，吃了晚膳再回来睡觉。

她甚至建议姨太太们："别总在家里闷着。这酷暑的天，闷着都要生病了，应该出去走走。"

二姨太和三姨太是有些朋友的。

没过几天，二姨太期期艾艾地对顾轻舟道："轻舟小姐，我有个朋友姓周，从前也是唱戏的，如今她自己回到了岳城，我能邀请她到家中打牌吗？"

"可以啊。"顾轻舟道，然后又笑了，"二姨太，您是当家做主的呀。"

二姨太苦笑。

话虽如此，这个家里哪里轮得到二姨太做主？

经过这么多事，二姨太对顾轻舟有种莫名的敬畏。

这种敬畏，不同于对秦筝筝的隐忍和戒备，而是打心底里不敢在顾轻舟面前玩花哨，规规矩矩的。

比起秦筝筝，顾轻舟温柔娴雅，可她的手段十分了得。

第二天，二姨太果然领了一位朋友到顾家来凑席。

二姨太的朋友，曾嫁给了一位南洋姓周的商人做姨太太，大家称呼她为"周太太"。

周太太约莫三十岁，会抽细长的烟，化极浓的妆，不太年轻了，可眼角眉梢全是风流。

"叫我阿烟吧。"周太太对众人道，"叫周烟也行，别叫太太。

我算什么太太?"

女子冠夫姓,在此前是种流行。

顾轻舟将来嫁给了司行需,她就可以冠他的姓,叫"司顾轻舟"。

她心中微动。

周烟则看了她一眼。

这一眼,意味深长。

顾轻舟低垂了眼帘,没说话。

晚夕,顾轻舟问二姨太:"你这位朋友,是在哪里偶遇的?"

"是老朋友家。"二姨太笑道。

顾轻舟"哦"了声。

二姨太小心翼翼打量顾轻舟的眉眼:"轻舟小姐,有什么不妥吗?"

"没有啊。"顾轻舟笑道。

打那之后,周烟几乎是天天到顾公馆,有时候陪着姨太太们打牌,有时候跟二姨太在房间里嘀嘀咕咕的。

周烟颇有风尘气,可能不会到顾家做太太,可仍是叫三姨太不安。

周烟到顾家的日子久了,也就碰到了顾圭璋。

三姨太跟顾轻舟告状:"我瞧见她和老爷在书房抽烟,二姨太也在,她居然直接在老爷嘴里衔着的烟上接火……"

这跟亲吻有什么不同?

太明显了!

"轻舟小姐,她是不是要给老爷做姨太太啊?"三姨太担心。

顾轻舟笑道:"若是这样的话,二姨太容不下她吧。"

"她跟二姨太有阴谋!"三姨太笃定道,"轻舟小姐,说不定是算计您的。"

顾轻舟失笑:"我一个小姑娘,她们算计我什么?"

三姨太看着她,心想:真好意思自称"小姑娘",老爷都被你捏在手里,太太被你弄死了,家里谁敢不听你的话?

想到这里,三姨太恍惚明白了一点什么。

她猜到了二姨太的用意!

周烟到了顾公馆,似海面骤然刮起了飓风,每个人心中都惊涛骇浪，顾轻舟的表现是最平静的。她试探着顾轻舟的态度，见顾轻舟恍若不见，顿时就更加大胆了。

顾轻舟不管这件事，三姨太没了护身符，更加小心翼翼。

二姨太和周烟回来了，她们两个人今天去了教堂。

受到周烟的影响，二姨太开始信教了，有模有样地去做礼拜。

顾轻舟起身，走到了楼梯口。

周烟下颌纤柔，艳红的唇，媚态妖娆，穿着软绸旗袍，比旁人的更显腰身。

"周太太，今晚留在我们家吃饭吧。"顾轻舟笑道，"回头我派人送您回去。"

三姨太错愕地看着顾轻舟。

二姨太心中也咯噔了一下，莫名有点恐惧。

周烟落落大方："谢谢轻舟小姐。"

就这样，周烟留在顾公馆用晚膳，顾轻舟让二姨太添几份菜，招待周烟。

晚饭的时候，顾圭璋回来了。

他看周烟的眼神有点迷离，像是既想吃这道菜，又不想为此买单的感觉。

顾圭璋想睡周烟，这是毋庸置疑的，这样的风流尤物，谁不想尝尝滋味？但顾圭璋不想娶她做太太，甚至姨太太也不愿意给她。

顾轻舟在饭桌上，笑问周烟："您到我们家来，是做什么？"

众人全部一惊。

她们都看着顾轻舟。

就这么直接问？！

二姨太掌心捏出了细汗，心想：难道轻舟小姐看透了我的打算？

三姨太则深吸一口气：我让轻舟小姐留意周烟，她怎么直接问，这不是打草惊蛇吗？

顾圭璋也恼怒，就好像他在抓一只雀儿，却被顾轻舟惊扰，这雀儿要飞了。

周烟也露出几分惊讶。

"这个嘛……"周烟尴尬地咳了咳，"轻舟小姐的意思，好像是不太欢迎我。"

"没有，您别误会。"顾轻舟笑道，"只是我们家的人都在乱猜，不知道你想干吗，人心惶惶的。"

三姨太脸色骤变。

"轻舟！"顾圭璋低喝，顾轻舟这般问话，实在不礼貌！

她太嚣张了，丝毫不把顾圭璋放在眼里。

"阿爸，您不想知道吗？"顾轻舟问。

顾圭璋微愣。

他当然想知道，只是有些事心照不宣，一旦问出来，就显得不怀好意，会把对方弄得很尴尬。

顾圭璋发火了，两位姨太太变脸了，最应该感到窘迫和尴尬的周烟，却只是面色稍微动了一下。

周烟是烫着卷发的，极厚的刘海，她轻轻地扶了扶软发，道："顾小姐真是个直接的人，我喜欢您这样的性格！"

众人一愣。

若是他们，只怕听了顾轻舟的话，早已恼羞成怒离席了，周烟居然有这么大的涵养。

或者说，这个人的脸皮极厚。

"我以前跟小白一起唱戏，她是我唯一的朋友。"周烟解释道。

小白，就是二姨太白慕。

"……我这次北上岳城，身上带着很多的钱。世道这么乱，我一个女人带着巨款到处跑，我自己也不心安，想寻个地方落脚，找个依靠。"周烟慢腾腾道。

众人又是一惊。

特别是顾圭璋，倏然两眼放光。他努力掩饰住内心的激动，想做出一副平常的样子，可惜他上扬的唇角出卖了他。

"你带了很多钱？"二姨太不知道此事，吃惊问道。

"是的。"周烟道，"老爷子临死前，最是疼爱我，怕我吃了他家

886

里老寡妇的亏，将家产的一半偷偷藏起来留给我。我若是不快点走，他们会发现，所以我匆忙到了岳城。我没有娘家，从小被卖到戏班，后来也是给南洋的富商做妾。如今只身北上，投靠谁去？”

饭桌上一片寂静。

周烟又道：“我听说轻舟小姐将来是督军府的少奶奶，小白又是我的好姊妹。顾家地位高，不会贪图我的钱财，而且也是极好的靠山。我是想投靠顾老爷的。只是我生得粗俗，又有点吃喝玩乐的臭脾气，我怕顾老爷不中意我这个新姨太太，就没好意思开口。”

顾圭璋这时候，已经激动得说不出话来。

他想要握住周烟的手。

这个女人美艳，资产丰厚，心甘情愿跟着他，顾圭璋岂能不愿意？

他恨不能立马应下，又怕吃相难看，踌躇了片刻。

二姨太更是震惊，转头看着周烟。

三姨太不敢说话了。周烟抛出来的诱惑，不是顾圭璋能抵挡的。

“谁知道真假呢？”顾轻舟问，“我们怎么知道你有没有钱？”

周烟微笑，对顾轻舟的刁难，她一直都是很正面地回答。

她拿出银行的票据，给顾轻舟看了眼：“这是我的存款总额。”

顾轻舟一瞧，吸了口气。

顾圭璋顿时好奇，到底多少钱。

顾轻舟沉吟了一下，递给了顾圭璋。

顾圭璋立马倒吸两口凉气，嘴巴合不上了，一颗心乱跳。

“……像我这样的女人，钱财多了反而是累赘，会惹祸，需得一个很强硬的靠山。我知道顾家有军政府的关系，才想着投靠顾老爷，不知道顾老爷是否能接纳我。”周烟笑道。

合情合理。

一个单身的女人，又爱吃喝玩乐，不喜欢藏拙。

她花钱如流水，总会有人惦记上她，到时候她的巨款会给她引来杀身之祸。

"这些钱，别说我一个人，就是我和老爷两个人，也足够逍遥铺张一辈子的。我穷惯了，不想节省。"周烟道，"我得寻个能痛快花钱，又不会被人伤害的依靠。"

顾圭璋看到这笔钱，立马就动了心思。

哪怕是给她正室太太的地位，他都要留住这个女人。

"只要你不嫌弃，顾家自然是你的靠山。"顾圭璋立马道，有点迫不及待的样子。

大家都转头看着他。特别是二姨太，脸色很难看。

显然，周烟没有跟二姨太说实话。

"……轻舟小姐！"三姨太在震惊中，踢了顾轻舟一脚，希望顾轻舟说点什么，阻止事态的发展。

"说起岳城，我们顾公馆的确三教九流都不敢招惹。阿烟你还不知道吧，我和青帮龙头的妹妹是至交，岳城上到军政府，下到街头小混混，都不敢动顾公馆半分。"顾轻舟道。

两位姨太太错愕地看着顾轻舟。

顾轻舟也起了心思，她这是同意收下了周烟，连周太太都不叫了，直接称呼"阿烟"。

"周烟到底带了多少钱，连轻舟小姐都心动了?"两位姨太太都在想。

晚膳之后，顾轻舟带着周烟，去了顾圭璋的书房。

此事，他们要仔细谈谈。

抢周烟的钱是不可能的。

周烟的钱在银行，需要她自己的印章才能取出来。

显然，周烟的印章放在了另外的地方，她不会自投罗网，叫顾家的人害了她去。

周烟点燃了一根烟，艳红的唇瓣间，轻雾旖旎而出，格外地风流妩媚。

顾轻舟先开口了："第一，我不能接受你这样的继母，对我声誉有损，你只能是姨太太；第二，你做我父亲的姨太太，不能插手家事，我看你的样子，也不擅长打理家务；第三，你需得拿出一成的钱财，作为陪嫁，给我阿爸，我才能肯定你有诚意。"

顾圭璋错愕地看着顾轻舟。

这条件也太苛刻了吧！

这是摆明了抢劫吗？

周烟一成的财产，抵得上顾圭璋的全部家当。

"轻舟！"顾圭璋生怕谈崩了，使劲给顾轻舟暗示，希望顾轻舟态度谦卑一点。

顾轻舟则给他使了个眼色。

"……我没想过做正头太太，我也不愿意打理家务，我只爱抽烟、跳舞、喝酒、打牌。"周烟道，"我可以拿出钱财作为陪嫁，但是你们不能约束我。"

顾圭璋又错愕地看了眼周烟。

顾轻舟如此苛刻的条件，周烟居然同意了！

耸人听闻！

不过，再想想的话，顾轻舟说得越苛刻，说明顾家越有自信和本事，能保护周烟和周烟的财产，她当然同意了。

周烟需要的，就是这等强悍地靠山。

"我们不约束你，你也不能勾搭男人。一旦我发现你勾搭小白相，给我阿爸抹黑，我就派人杀了你。"顾轻舟直接道。

周烟打了个寒战。

她道："我不会的，我保证！"

顾圭璋露出了笑容。

周烟愿意做顾家的小妾，愿意忠诚于顾圭璋，愿意给出陪嫁，但是她要求每天都混在舞场，甚至要求通宵打牌，顾家都不能约束她。

"好好，你想怎么玩都行。"顾圭璋立马道。

这女人，哪怕她跟别的男人鬼混又能如何？

拿住她的财产，才是顾圭璋最想要的。

此事，就彻底谈拢了。

周烟搬到了顾公馆，住在三楼顾绌的房间，被称为"周姨太"。

如约地，周烟拿出一成的财产给了顾圭璋。

顾圭璋喜不自禁。

更让顾圭璋吃惊的是，周烟在床上颇有手段，天生的尤物。她三十五岁了，像一颗熟透了的蜜桃，吃起来是美不可言。

顾圭璋爱极了她。

其他姨太太闷闷不乐。

尤其是二姨太。

二姨太简直是愤怒极了。

"你骗了我！"二姨太揪住周烟，"明明说好的，你答应帮我，结果你居然只是想利用我进入顾公馆！"

"你对我客气点，否则我就把你的事，告诉轻舟小姐和老爷。"周烟道。

二姨太神色骤变，猛然松开了手。

她太难过了，捧住脸呜呜地哭了。

周烟又不忍心，安慰她道："顾公馆不是挺好的吗？老爷年轻英俊，在床上颇有力气，懂得讨好女人，你怎么就想着要逃走呢？"

二姨太偶遇周烟时，周烟告诉她说，她是从南洋富商家里逃出来的，还偷了不少的钱，知道水路怎么走比较方便。

这席话让二姨太起了心思，才把周烟带到顾家，想跟周烟处好关系。

现在二姨太才知道，周烟根本不是偷跑出来的，她是试探二姨太。

顾家已经是一潭死水了，顾轻舟快要出嫁，顾圭璋不安分，迟早要娶新的太太，二姨太没有孩子，没有奔头。

周烟说"偷一笔钱跑"，突然给了二姨太一点光明。

二姨太也可以啊。

她今年不过三十五岁，保养得当，又天生的细皮嫩肉，拿到一笔钱去南洋，也许可以寻个穷一点的男人，做正头夫妻。

二姨太想跑。

在顾家的日子，无聊到了极点。没了秦筝筝，二姨太连对手都没有，每天像行尸走肉。

"你不懂。我不像你，那么有钱。在顾家，没钱没本事很

890

苦。"二姨太冷漠道。

自从顾圭璋在顾轻舟面前露出卑怯的面容，二姨太看他，再也看不到他身上男人的尊严。

当一个男人没了尊严，二姨太怎么看他都觉得恶心。

这点恶心，是二姨太坚持不下去的原因。

"你要是想走，我巴不得。"周烟笑道，"正好给我腾地方。你以为我愿意家里这么多的女人吗？"

二姨太猛然看着她，眼底生出了希望。

"我进了顾家，有了个庇护所，算是你对我的恩情。"周烟道，"小白，你知道我有恩必报的，我可以帮你逃走，甚至教你怎么偷钱。"

二姨太舔了舔发干的嘴唇。

她迟疑了一下，这是不是陷阱？

周烟取出来的"陪嫁"，一直放在顾圭璋的书房。

顾家从未失窃过，所以顾圭璋的东西，暂时只是锁在保险柜里，全是金条。

"现在下手，机会最恰当不过。"周烟道，"你若是怕我出卖你，这样好了，你去码头等我，我拿了钱给你。钱我来偷，你不沾手。"

二姨太沉吟。

她犹豫了三天。

这三天里，二姨太彻夜失眠。

她是否有勇气，去寻找更美好的生活呢？

二姨太不傻，若是周烟敢诈，她也有办法反击。

于是，二姨太半真半假地同意了。

七月二十八日，岳城的码头没有半分月色，夜是黢黑的，伸手不见五指。

码头那点灯火，被黑幕笼罩。

二姨太缩在船里，直到周烟进来，她才诧异地看着。

"拿好，这是两根小黄鱼，一根大黄鱼，足够你去新加坡的路费，买房置地，甚至一生吃喝的，那边的房产比较便宜！"周烟道。

二姨太还是不敢置信。

她就要这么跑了？

做这个决定，好似有点匆忙；如今实现了，又好像有点仓促。但是，她的心却是飞扬而激动的。

"前路很难走，你保重！"周烟道。

"你没有什么诡计吧？"二姨太道。

周烟微笑。

直到邮轮开出了码头，逐渐远离了海岸，二姨太听着耳边的汽笛声，她还是有点不敢相信。

打开了周烟给她的行李，里面除了金条，还有她随身的衣裳、首饰，甚至她爱吃的糕点。

二姨太更加狐疑。

最后，她在行李包里，看到了一只镯子。

翠绿的镯子，像一汪碧泉，流淌着沁人心脾的凉意。

"这是……"二姨太愣怔。

一瞬间醍醐灌顶，她全明白了。这是顾轻舟的镯子。

周烟能顺利偷到东西，送二姨太离开，是顾轻舟的意思。

虽然二姨太不明白。

看到这个镯子，她就知道没有阴谋诡计了，顾轻舟送她离开，自然是安排了万全的后路。

二姨太即将有个不一样的人生。

"轻舟，我会好好过的，不辜负你！"二姨太捧住这镯子，忍不住哭了。身不由己活了三十多年，终于活明白了。

邮轮离开良久，码头停着的一辆汽车，才缓缓亮了灯。

顾轻舟依靠着车门。

周烟回来了。

"办妥了，小姐。"周烟道。

顾轻舟颔首。

周烟说："您干吗赶她走？她一个女人，去南洋活不成的，您这是把她往火坑里推。"

顾轻舟却摇摇头。

"她自己想要走的。"顾轻舟道，"每个人心底都有自己想要的东西，只是有时候无法实现。二姨太最大的优点，就是她这个人不盲目。你以为她只是临时起意要走的吗？她能迈出这一步，说明这个计划在她心中至少筹划了七八年。"

周烟沉默。在沉默中，周烟点燃了一根烟。想想一起唱戏的时候，小白的确是个深沉内敛的人，她永远都知道自己要什么，不徐不疾。

"你还是挺善良的。"周烟说顾轻舟。

顾轻舟回眸，淡淡对她微笑："你若是表现得好，我也会善待你，给你一个前途。"

周烟立马露出几分慎重。

"顾小姐，这点你放心，我是戏子，没人比我更擅长演戏了。"周烟道。

顾轻舟微笑。

上了汽车，顾轻舟和周烟回到了舞厅。

今晚，这家舞厅的头牌歌女，被两个客人缠上了，只差打起来。周烟豪气地甩了钱，又搬出军政府，把歌女给救了。

"你若是感激我，就陪我家老爷跳跳舞。"周烟笑道。

顾圭璋简直爱死了周烟！

这女人，永远知道怎么讨好他！

趁着顾圭璋被头牌歌女灌得东倒西歪，顾轻舟和周烟出去了一趟，把二姨太送上了船。

现在她们回来了，顾圭璋却问："你们两个人去了洗手间多久，怎么才回来？"

周烟哈哈大笑："老爷真醉了，我们没去多久。"

头牌歌女也说："是啊，这不才半支舞的工夫吗？"

顾圭璋就觉得，自己是喝醉了。

他现在醉得不轻。

回到顾公馆，顾圭璋睡了一夜。到了翌日下午，他才头昏脑涨地去了衙门。

当天晚上，衙门又有饭局，顾圭璋喝到烂醉，直接歇在外头。

等他想起二姨太不见了的时候，已经是两天之后了。

清晨，还没有到六点，阳光就从餐厅的窗帘里照进来，亚麻色的桌布掀起一角，随风摇曳。

又是炎热晴朗的一天，碧穹澄澈，万里无云。

顾轻舟先下楼的。

等众人到齐了，顾轻舟突然问："二姨太不吃早饭吗？"

用人道："轻舟小姐，二姨太还没有回来。"

"什么？"顾轻舟拧眉，"她去哪里了？"

"二姨太说，出去听戏，有人送了她一张戏票，不能浪费。"用人道。

顾圭璋正在喝粥。

连续两天的醉酒，让顾圭璋精神萎靡，头疼欲裂。

他瞪了眼用人："大清早去听戏，神经病！"

用人立马不敢说了。

众人纷纷低头吃饭。

顾轻舟也不问。

顾圭璋吃了早膳，上楼睡了片刻，中午醒过来时，才想起有点不对劲。

他去推了二姨太的房门。

房门是锁着的。

午饭时，顾圭璋问用人："二姨太回来了吗？"

"没……"用人敛声屏气。

顾圭璋脸色变了："看一上午戏啊？哪有人家是早上去看戏的？"

用人这才明白，老爷根本没懂她的意思。

用人战战兢兢道："老爷，二姨太不是早上去听戏的，她是大前天晚上出去，就一直没回来。"

顾圭璋放下了筷子。

他都怀疑自己耳朵出了问题。

迟疑地看着用人，顾圭璋脑袋中嗡嗡作响，酒精的麻痹并未全部消失，他愣愣地问："你说什么？"

正巧顾轻舟、三姨太、周烟，全部下楼。

用人把事情重复了一遍。

那天晚上，顾轻舟和顾圭璋、周烟去了舞厅。

是周烟非闹着要去。

"有位头牌今天登场，我想请轻舟小姐。以后轻舟小姐出嫁了，我想巴结你都没机会。"周烟这般道。

顾轻舟却微笑："你跟阿爸去吧，姨太太，我就不凑热闹了。"

可周烟非要顾轻舟一起。

顾圭璋也说："姨太太有心请你，你就去吧，长辈赐不可辞。"

顾轻舟只得答应。

等他们走后，二姨太就说去听戏，而后一直没回来。

"快去找！"顾圭璋一下子就清醒了，脑袋中仍嗡嗡作响。

两天三夜了！

他想了无数的可能。

二姨太跑了？

不至于。

顾家锦衣玉食的，她凭什么要跑？跟人私奔了，还是被人掳走了？

世道太乱了，老式的戏院，也不是头一回出事。

同时，顾圭璋令人砸开了二姨太的房门。

二姨太的皮箱和随身衣物、首饰，全部不见了。

"她……她这是跑了？"顾圭璋不敢相信。

这是勾搭了谁，给顾圭璋戴了绿帽子？

顾圭璋的太阳穴突突地跳。

他眼睛顿时充血，气得呼吸急促。

良久，这股子突如其来的愤怒被压下去之后，顾圭璋咬牙切齿地问："你们谁放走了她？"

他指着三姨太和顾缨。

那天晚上，顾轻舟跟周烟陪着顾圭璋出去应酬，一晚上他们都在一起。他们出门的时候，二姨太还在门口送他们。

"我跟二姨太从来就不对付，我怎会帮她逃走？我不知道是怎么回事。"

"阿爸，不是我，不是我啊阿爸！"

她们恨不能跪下，纷纷择清自己。

顾圭璋又骂用人，又骂姨太太们，家里鸡飞狗跳。

顾轻舟道："阿爸，您也别生气了，事情还没有搞清楚呢。好在家里没有损失什么，只是二姨太的首饰带走了，也不值什么钱。旧的不去，新的不来，也许阿爸过些日子，还能再讨个更年轻漂亮的姨太太。"

她的话，顾圭璋听进去了一小部分。

顾轻舟说，没损失什么……

顾圭璋倏然想到，周烟给的"陪嫁"，是很大的一笔钱，他放在保险柜里的。

二姨太为何在这个当口逃走？

从前不跑，怎么这个时候跑了？莫不是谋划已久？

顾圭璋只感觉后背一阵阵的寒意，扩散到四肢百骸。

他快步上楼，动作迅捷。

片刻之后，顾轻舟等人听到楼上书房传来砸东西的声音，还有顾圭璋的咆哮："贱人，贱人！我要杀了她，老子要杀了这个贱人！"

二姨太曾经帮顾圭璋管家，她知道一点家里的秘密。

顾圭璋保险柜的密码，素来只有他自己知道，保不齐他睡梦里或者喝醉了，无意告诉了二姨太。

现在，保险柜空了，就连那些出了岳城就无法兑换的股票、债券甚至房契、地契，还有金表，全不见了。

周烟扭着漂亮的小屁股，上楼去安抚顾圭璋了。

三姨太却看了眼顾轻舟。

接下来的半天，顾家乌云密布。

"阿爸，要不要报警？"顾轻舟问。

周烟立马道："轻舟小姐，我说句糊涂话，胳膊折了往袖子里藏，家丑不外扬。二姨太与人私奔，老爷得丢多大的脸！"

"可是损失了很多钱。"顾轻舟道。

周烟咬了咬嫩红的唇："老爷您别急，我再去银行取一些出来，填补上您的。"

顾圭璋恼怒之余，听了这话，对周烟就越发器重。

周烟只给了二姨太一根大黄鱼、两根小黄鱼。从保险柜偷出来的其他东西，都交给了顾轻舟。

顾轻舟见周烟的表演，的确是炉火纯青。有了周烟的"巨款"，顾圭璋任由周烟拿捏。

二姨太的事，顾家没有报警。

随后的几天，顾轻舟在房间里尽量不出去。

这件事，对顾圭璋打击很大，他一时不能接受自己丢了那么多钱，又不能接受自己的姨太太跑了。

周烟对顾圭璋，多少有点泼辣强势，上前拉他的胳膊："熊样，出了点事就挺尸，给我起来！"

顾圭璋大怒。

他活了半辈子，还没有女人敢如此骂他！

他坐起来就要发火，想扇这个不知轻重的周烟一耳光时，周烟竟然一把揪住了他的耳朵。

"怎么，你还不高兴啊?"周烟看到了他的怒容，反而先怒了，然后不轻不重地拍了拍他的脸，既像是抚摸，又像是扇耳光，"走，我带你出去逍遥快活！"

顾圭璋就愣住。

他满心的怒火，居然没发出来。

他在家里说一不二，突然有个女人骑到他头上，又是骂又是打的，他居然心痒难耐，被打出了滋味。

这种感觉，称为新鲜。

这点犯贱的劲儿，全被周烟勾起来了。

周烟更衣，带顾圭璋出去："走，我带你去赌博。"

第二天，周烟告诉顾轻舟："他拒绝了。"

"不用着急，此事非一朝一夕，要慢慢潜移默化，他很快就会答应的。"顾轻舟微笑。

周烟点点头。

八月初，木樨泛出了暖暖的清香，嫩黄碎蕊点缀着枝头。

司行霈找顾轻舟。

顾轻舟去了他的别馆，两旁的梧桐树，叶子开始泛黄，落了满地的枯叶，踩上去吱吱呀呀的。

司行霈上午去了趟军政府。

"顾小姐，少帅一会儿就回来了，您稍坐。"朱嫂道。

"您忙。"顾轻舟微笑，"要我帮忙洗菜吗？"

"不用不用。"朱嫂满面笑容，"一点小事，我都做得来。顾小姐，您去楼上玩，房间里有点心。"

顾轻舟先去客房看了木兰和暮山。

她一进来，木兰就扑在她身上。整天吃牛肉的木兰和暮山，已经非常伟岸，顾轻舟措手不及，就被木兰扑倒了。

"是不是想我？"顾轻舟忍不住笑。

木兰就高高兴兴舔了她一脸口水。

同时有个声音回答："是啊！"

司行霈不知何时，已经立在门口，静静望着她，眼中竟有些哀怨。

在司行霈的面前，顾轻舟从未问过"是否想我"，哪怕是司行霈问了，她也要尴尬地避开话题。

在畜生面前，她反而更热情，司行霈觉得自己被木兰比下去了。

推开足有小牛犊大的木兰，司行霈将快要被木兰压得断气的顾轻舟救了出来，打横抱起上楼。

司行霈特别能闹。

"……不行，朱嫂还在下面呢。"顾轻舟气息凌乱。

"想我没？"司行霈吻着她的面颊，低声问。

顾轻舟推他："没。"

司行霈就佯装要重重咬她一口，牙齿落下来，又变成了轻轻柔柔的啃噬。

这一闹腾就是两个小时，朱嫂煮好了饭，隐约也听到了楼上的动静，含笑先离开了。

顾轻舟累得浑身无力，下楼吃了饭就一直睡。

等她醒过来时，司行霈已经离开了，他去了军政府。

他在床头给顾轻舟留下了纸条。

他的字艺术性不高，也说不上什么字体，只是遒劲有力，毫无规矩。

司行霈的纸条上说，他要去军政府开个会，让顾轻舟不要走，等他回来吃晚饭。

顾轻舟微笑，将纸条认真叠好，准备放在他床头的抽屉里。

一拉抽屉，却发现上了锁。

顾轻舟微讶。

司行霈的抽屉从来不上锁，因为只有顾轻舟常来，况且也没什么值得别人偷的——他这抽屉里，全是匕首和枪。

"藏了什么？"如今却落锁，顾轻舟越发好奇。

反正司行霈不敢说她什么，顾轻舟就光明正大地把锁给撬了。

这种小锁，一点也不牢靠，顾轻舟下楼寻了把钳子，用力往下一拽，就将小锁给拉开了。

看清楚抽屉里的东西，顾轻舟愣住，一动也不动。

打开抽屉，顾轻舟瞧见了一只黑绒布首饰盒子。

盒子很小巧，做工精致，黑绒布细腻中能泛出温润的光泽。

顾轻舟见过一次：之前司行霈的堂妹订婚，顾轻舟盯着她的钻戒看了半晌，司行霈误会她喜欢，就买了只送给她。

就是这样的盒子！

顾轻舟一口气屏住。

她唇角忍不住微扬，弧度越发扩大，眼睛也弯成了小小的新月。

她打开了盒子。

对于求婚这件事，顾轻舟始终带着忐忑和急切，她生怕司行霈话锋一转，又要她做妾。

这也不是不可能，司行霈此人从来不按规矩办事。

顾轻舟爱他，爱得忐忑。

看到这盒子，她没有矜持。

是方钻，钻石很大，映照暖金色的日光，戒指璀璨灼目，光芒万丈。

虽然以前就收到过他的钻石戒指，但是现在的心境已经完全不同了。

顾轻舟试了试。

不大不小，正好是她无名指的尺寸，扣住她的手指，像是能抓住她的心。

"这是给我的。"她心中笃定。

莹白纤细的手指，戴上了冰凉坚硬的钻戒，竟是一柔一刚，糅合得恰到好处。

"真好看。"她心想。

瞧了半响，顾轻舟依依不舍地将钻戒放回盒子里。

她的心，就像稳稳落在一处方台上。那方台平稳、结实，宛如那钻石般，给了顾轻舟一个安身立命的地方。

她锁上了抽屉。

静静躺在这屋子里，顾轻舟瞧着这些楠木家具，越发觉得它像个家。

顾轻舟想了很多：她即将要嫁人了，要做太太了；将来不久，她就要做母亲了，也许不止一个孩子……

心中绮丽无比，她躺得四仰八叉，毫无姿态——我自己的家，我想怎么躺就怎么躺。

晚膳时，司行霈回来了。

顾轻舟温柔坐在客厅沙发里，手边台灯暖光笼罩在她身上。她借助这温暖的光，正在看报纸。

她的侧颜精致，挺翘的鼻端、饱满的额头、纤柔的下颌，精致得像瓷娃娃般。

黑发撩拨在耳后，从肩头倾泻，铺陈了满身。

"下午做什么了？"司行霈走过去，将她抱住。

"一直睡觉呢。"顾轻舟笑道。

司行霈亲吻她的唇，又吻了吻她的头发。

他觉得顾轻舟情绪不错。

心念微转，司行霈顿时就明白了什么，道："是不是撬我楼上的抽屉了？"

顾轻舟这时候，露出几分少女的羞赧，轻咳了一下："谁让你上锁的？此地无银三百两，你就是想让我好奇。"

司行霈哈哈大笑。

"……我想等我们远走高飞了，换个地方办一场盛大的舞会，邀请全城的权贵名流，当着所有人跟你订婚。"司行霈道，"戒指我买好了，你也看到了，还有其他要求吗？"

顾轻舟摇摇头。

黑发摇曳，一动便有淡墨色的波浪荡漾。

"戒指的样式喜欢吗？"司行霈又问。

顾轻舟点点头。

她眼睛弯弯的，忍不住笑了，露出一排整齐洁白的小糯米牙齿，像个孩子似的，全无精明和媚态。

她真正开心的时候，就是这样，软软的，憨憨的，像个纯真无瑕的孩子，不染半分世俗的尘埃。

"戴了没？"司行霈又问。

"戴了。"

司行霈大笑。

他一把将她搂住，轻轻地吻着她纤薄的耳垂，凑在她耳边喁喁低语："真是我见过最心急的新娘子。这么爱我，是吗？"

顾轻舟搂住了他的脖子。

喜欢他，这是毋庸置疑的；而真正高兴的，是他愿意放弃多年的理想和筹划，娶她这个无权无势的女人，给她光明正大的身份。

顾轻舟知道他牺牲了很多。

她高兴，也很感激。

"轻舟！"司行霈搂住她薄薄的流水肩，轻轻地吻着她的头发，心里说不出的甜蜜。

他整颗心都暖融了起来。

她依靠着他，让司行需像获得了另一个生命——这是个色彩斑斓绚丽的生命，繁华、美丽、温暖。

他的轻舟，给予他活力。

"轻舟，你真是个乖巧的孩子。"司行需想起了什么般，快乐的面容有短暂的凝固，倏然又不着痕迹敛去，"不管什么时候，都要相信我。"

顾轻舟显然是沉浸在那戒指带给她的快乐里，司行需的这点异样，以及他言语中的暗示，被她错过了。

她依靠着他，脑子里全是华丽的美梦，没了半分世俗。

她要结婚了，她要为人妻、为人母，开始另一段人生了！

她想，她一定可以做得非常好，让司行需又惊讶又赞叹，她有这样的能耐。

她的生活里，再也没有复仇。她会活得温馨幸福，司行需会替她挡住所有的风雨。

她搂紧了他的腰，将自己的心贴着他，将最软弱的地方全部交给了他。

他们两个人吃了晚膳，就带着木兰和暮山去散步。

顾轻舟也跟司行需说起，她最近在谋划一些事，是针对她父亲的。

司行需摸了摸她的头发："你不管做什么，我都支持你，需要帮忙就告诉我。"

顾轻舟"嗯"了声。

晚上九点，她回到了顾公馆。

萎靡不振的顾圭璋，跟着周烟出门了。

顾轻舟心念一动，唇角有个淡淡的笑意。

"周烟还是很厉害的。"顾轻舟心想。

翌日上午，顾轻舟坐在偏厅里弹琴，心中全是婚后的规划，琴声不免也轻快飞扬。

客厅的电话响了。

顾轻舟去接了电话，居然是司慕打过来的。

在电话里，司慕声音平淡而疏离："见个面吧。"

他是来邀请她的，可口吻不对劲，像找碴儿般。

顾轻舟沉吟了一下："有事吗？"

"见面说。"司慕道。

"是不是退亲的事？"顾轻舟又问。

她似乎只关心这些。

"不是。"司慕如实道，声音却更加阴冷低沉。

顾轻舟蹙眉："那我没空。"

"你会有空的。"司慕道。

顾轻舟不快，几乎想要挂断电话时，司慕在那头，声音轻缓而冷漠："我想跟你谈谈朱晟如的事。"

顾轻舟猛然就变了脸。

她深吸一口气，将内心的情绪压住，不让自己的声音露出端倪。

握住电话的手，攥得有点发白。

顾轻舟紧紧抿唇，眉梢顿时就携了冷冽，也带了几分不易察觉的惊慌。

"你不想谈？"司慕的声音更加冷漠，甚至到了冷酷的地步，"那我去跟我阿爸谈谈吧。"

他在威胁她。

"少帅，我们哪里见？"顾轻舟忍住了所有的情绪，声音平平稳稳。压抑得太厉害了，这声音听上去就很僵硬。

"电影院吧。"司慕道。

电影院？

那么乱哄哄的地方，怎么谈话？

顾轻舟蹙眉，以为司慕是故意找碴儿时，司慕就报给顾轻舟一个地址，道："十一点见。"

说罢，他挂了电话。

顾轻舟的脸色，始终都没有缓过来。

司慕怎么知道朱晟如的？

司慕都知道了，那么军政府的其他人，是不是也知道了？

挂了电话之后，顾轻舟逐渐冷静下来。

她更衣，将满头长发绾成低髻，戴了一把珍珠梳篦。

珍珠的光，映衬着她的脸，越发显得她肌肤瓷白，眼眸深邃。

顾轻舟去了司慕所说的电影院。

和预想中不同，电影院是关门歇业的，只有旁边开了个小门，司慕的副官站在门口，等着顾轻舟。

"顾小姐。"副官给顾轻舟行礼。

顾轻舟微笑了一下："王副官。"她还记得这个人，是个八面玲珑的副官。

王副官受宠若惊，替顾轻舟开了门，同时自己也进来，从里头再锁上门。

电影院不大，光线也很暗。这个时节，外头的空气温暖适宜，屋子里不见光照，愣是凉飕飕的。

荧幕上，放着一部电影，已经开场了，没有半点声音。

司慕端坐在第一排。

他穿着军装，领口扣得严实，一派肃然。

荧幕上是滑稽戏，司慕却面无表情。

顾轻舟走到他身边坐下。

司慕转头，看到了她，微微颔首，仍是不露半分情绪。

"你怎么知道朱晟如？"顾轻舟开门见山问他。

她今天来，是处理问题，不是跟司慕兜圈子的。

这件事很棘手，顾轻舟不知司慕是从何处得到了消息。

朱晟如是一位南洋富商，他曾经到华夏做生意，带回去一位唱戏的青衣。很多的戏班里，唱青衣的都是男人，这位朱老板也癖好男色，带回去一位可心的人儿。

后来才知道，对方是女扮男装，而且骗过了很多人。

可朱老板爱上了她。

朱老板有家室有儿女，只是最近爱上了玩小倌，女人他也是能接受的。这种英气十足的女子，更符合他的审美。

他对这位姨太太，宠爱至极，宠得简直没边，把家当都交给她。

结果，这位姨太太嗜赌，撒娇非要去香港小住，其实是流连香港的赌场。她又知道朱晟如存钱的银行户头，偷到了他的印章。

短短两年，这位姨太太几乎输光了朱晟如的全部家当。

朱晟如去跟姨太太对峙，却被姨太太失手给打死了。

后来，那位姨太太没了踪迹。

香港督察下了通缉令，到处缉拿这位姨太太。

这位姨太太是岳城人，军政府也接到过通缉令。

华夏军政府是各自为政，根本不会理会什么国际通缉，司督军两年前就收到了通缉令，如今早不知丢到哪里去了。

"……一个杀人犯又是赌徒，被你派到你父亲身边，还做了顾家的姨太太。"司慕淡然而冷漠，"你想要做什么？"

顾轻舟捏紧了拳头。

"你胡说什么？"顾轻舟道，"我家的姨太太，不是朱晟如的小妾。"

"你以为我诓骗你？"司慕道。

顾轻舟来见司慕，因为她知道，司慕哪怕没有十足的证据，但只需要把这番话告诉顾圭璋，顾圭璋立马就会对周烟起疑。

一旦顾圭璋起了疑惑，剩下的事，全部要打了水漂。

顾轻舟明白这一点，她来见司慕，就会坐实周烟的身份，但是她不得不来。

她不能让这话传出去半分，哪怕是无端的猜测都不行！

一点话风也不能漏。

"少帅，您想要什么？"顾轻舟道，"我不知道姨太太的身份，但是你有这样的怀疑，会毁了我顾家的声誉，我回去处理掉她就是了。您有什么条件，只管告诉我。"

司慕压根儿不在乎。

抑或，他根本不知道顾轻舟对顾圭璋的心思。

他表情淡然："你让我吻一下。"

顾轻舟一震。

司慕的话，像个闷雷在耳边炸响，顾轻舟难以置信地看着司慕："你说什么？"

她怀疑自己幻听。

她甚至怀疑，眼前的人是不是司慕。

司慕不看她，眼睛只盯着银幕，道："我从未吻过你。"

顾轻舟眉头紧蹙："你在调戏我？"

"不，我在勒索你。"司慕道。他说话的时候，声音仍是淡淡的，疏离而冷傲，没有半分油嘴滑舌的腔调。

只是他这么严肃的态度，却说如此戏耍的话，顾轻舟眼底布满了疑惑之色。

她愕然地看着司慕："你认真的？"

司慕颔首："不错。"

顾轻舟眉头更深："我不喜欢你这样说话。我既然来了，就很有诚意，你不能拿出点诚意来吗？"

"你让一个杀人赌徒去接近你父亲。"司慕道，"不管走到哪里，你都解释不清楚吧？"

顾轻舟攥紧了拳头。

"我是认真的。"司慕道，"你好像对我们的婚姻，充满了抵触。我想开始第一步，我亲吻下自己的未婚妻，应该不算什么过分的要求吧？"

顾轻舟深吸一口气。她脑子飞快转着，想如何让司慕保持沉默，又该如何让司慕打消占她便宜的念头。

转瞬间，司慕伸手，揽住了她修长的颈，将她的头偏向了他这边。

他缓缓靠了过来。

顾轻舟睁大了眼睛，想着是一刀捅死他，还是直接一拳打在他的门面上，就听到身后一声巨响。

侧门被人重重踹开。一个身影，火速进了电影院。

门口的王副官想要拦住，却被人一拳击倒，当场昏死过去。

顾轻舟猛然站起来。

是司行需。

司慕对这一幕很费解，又因司行需打扰了他的好事而恼怒，也站起身。

司行霈冲了过来，一把将顾轻舟拽过去，藏在身后。

"你想要做什么？"司行霈脸色铁青，眼底怒焰炙热。

司慕一开始没搞清楚状况。

见顾轻舟乖乖地躲在司行霈身后时，司慕突然就懂了。

一瓢冷水当头泼下般，司慕只感觉从头顶一下子就凉到了脚心。

这种突如其来的震惊、恨意和愤怒，让他呼吸急促："你跟她……"

"不错，轻舟一直都是我的！"司行霈居高临下，挑衅般看着司慕，眼底全是不屑和轻蔑。

司慕一拳挥了过来。他眼睛通红，方才还想吻顾轻舟，现在只剩下刺骨的尴尬和难堪。这些难堪、愤怒，全部化成了力气，他像只发怒的豹子，快速冲司行霈奔了过来。

司行霈让开了，推顾轻舟："到后面去！"

顾轻舟转身就跑了。

她干脆利落，没有试图狡辩，也没有妄想解释。

她似乎下意识觉得，应该要打一架，才能收场。

她听到了拳头落在皮肉上的声音，一声闷响，司慕的身子晃了一下，他重重挨了司行霈一拳。

紧接着，司行霈也被司慕踢了一脚。

顾轻舟抱住脑袋，心中早已乱成了一团，就像飓风时的海面，波浪一阵阵地涌上来，翻滚着。

她无法思考。很多事情，瞬间涌入脑子。

顾轻舟半蹲在墙角，她觉得自己精神不对劲。这个时候，不是应该做点什么吗？

她却什么也没做。

她心里全是顾圭璋的事。

"司慕知道了周烟的身份，司行霈又揍了他，他肯定会传得整个岳城都知道，我要失去了先机，甚至还要脏了手。李妈要是知道我这么笨，肯定会很失望。"顾轻舟想。

她找来周烟，提防了很多人，却独独算漏了司慕。

她一是不知道司慕对她的关注到了如此地步；二是不知道司慕居然躲开了司行霈的关系网，得到了消息。

司慕还有其他的情报系统，顾轻舟小瞧了司慕。

她一直觉得，司慕在岳城的根基远不及司行霈，直到现在，她发现自己轻敌了。她第一次无可奈何地认栽。

后来，打斗声终于停歇。

司慕和司行霈两个人都满头满脸的伤。司慕被司行霈打晕了，司行霈被司慕打得一条胳膊脱臼。

顾轻舟上前："别动。"

她先摸了脱臼的地方，然后用力，骨头"咔嚓"一声，她为司行霈接上了胳膊。

司行霈浑身都疼，鼻青脸肿道："走吧。"

门口是司行霈的副官和汽车。

上了车，顾轻舟的脑子才开始有了正常的思维，也从顾圭璋的事情上解脱出来。

"司慕知道了。"顾轻舟道，"你不应该冲进来的。"

如果司行霈不进来，她也不会让司慕吻她。

当时，顾轻舟是准备动手的。

现在他闯进来，和司慕大打一架，让事情提前暴露，也让周烟的身份无法掩藏，顾轻舟想要收拾顾圭璋，只怕无法做得那么干净。

她总不能叫司行霈杀了司慕灭口。

"你搞砸了。"顾轻舟道。

司行霈一把搂住了她，封住了她的唇。

他嘴上青肿带血，顾轻舟吻到了一股子血腥味。

"轻舟，我其实早就想如此做了。"良久，司行霈松开了她，"我和你之间不丢人。婚姻是你小时候你父母应下的，承诺这件事的人不是你！"

顾轻舟和司慕，算是包办婚姻。

从头到尾，司慕都是一副很冷漠的模样，对顾轻舟也很厌恶，甚至说过将来要求娶魏清嘉。

顾轻舟对他，没有感情，没有承诺，没有义务。

"轻舟，不用担心，我会善后的。"司行霈道，"他不敢乱说话。"

顾轻舟心中混乱如麻。

顾轻舟跟着司行霈去了他的别馆。

她拿出药箱，为他擦药，再检查他的伤势。

外伤擦了药酒之后，顾轻舟为司行霈诊脉。

司慕在军校混了五年，虽然只是演习，却也是实打实的军训，拳头不比司行霈轻，打上去也是皮开肉绽。

司行霈和司慕过招，真想占大便宜也难。

就像今天，他也是废了好大劲，甚至一条胳膊脱臼，才一拳将司慕打晕。

司慕也不是吃素的。

司行霈回想了一下，从小到大，这倒是他们兄弟两个人第一次动拳头。司行霈比司慕大五岁，不至于去欺负一个小毛孩子。等司慕开始顽皮的时候，司行霈就去了军营。

他们比陌生人还多了份隔阂。

司行霈认定他母亲上吊自杀跟他继母有关，司慕则认定他哥哥丧心病狂地诬陷他母亲。

就这一点来说，两人连最基本的和睦都没有了。

司慕好胜心强，样样不如他哥哥，心中对司行霈是恨之入骨的。司行霈恨司慕，仅仅是因为他是蔡景纾的儿子，并非将他视为对手。

"……没什么内伤。"顾轻舟诊脉完毕，对司行霈道。

司慕和司行霈都非武术高手，拳头力量很大，但是想要一拳打碎肾脾，也是略微夸张。

"这一脸的外伤，可怎么办？"顾轻舟垂头丧气。

司行霈紧紧握住了她的手。

她手指冰凉。

顾轻舟柔嫩的指端，失去了粉润的颜色，她无力低垂着，任由司行霈包裹住。

"没事!"司行霈攥紧她的手,语气笃定向她保证,"我有办法对付司慕,他会老老实实退亲,不敢说其他的闲言碎语。"

"不,我不是担心退亲的问题。"顾轻舟道。

她担心顾圭璋的事。

从顾轻舟到岳城,她最终的目标就是顾圭璋。

这个过程中,顾轻舟收获了学业,得到了爱情,这是意外之喜,但是她没有忘记初衷。

周烟和二姨太白慕的关系,顾轻舟原本是无意间发现的,她很巧妙利用了这一点。

周烟进顾公馆,无论怎么怀疑,都怀疑不到顾轻舟头上,因为她是二姨太的旧友,是二姨太领着她进去的。

顾轻舟"不脏手"。

这是李妈唯一的要求。她希望事情结束之后,顾轻舟可以全身而退,拥有自己的生活,而不是受人指指点点,更不会把一生赔在复仇上。

一切如照计划,很顺利就要完成了,司慕却闯了进来。

"……我真的不知道,司慕在背后查我。"顾轻舟眼眸覆盖了层霜色,"我更加没想到,司慕居然有本事能查到。"

"你当他是纯良之辈?"司行霈忍不住冷笑。

他这个弟弟,在他父亲眼里孝顺忠心、从不阳奉阴违,殊不知司慕手下藏了多少势力!

那些事,只怕连司慕的母亲都不知道。

"他一个回国不久的公子哥,能有什么本事?"顾轻舟道,"我就是这样想的,根本没提防他。"

顾轻舟又道:"司行霈,这是极好的机会,错过了这个机会,我父亲会起了警惕,以后想处理掉此事就很难了。司慕不能泄露消息。"

"我去找他,这件事我来处理。"司行霈道。

顾轻舟沉吟。

她不知道司慕现在是更恨顾轻舟,还是更恨司行霈。

司行霈出马,会不会弄巧成拙?

顾轻舟道："我去见他。"

"不许！"司行霈攥紧了她的双手，"他要是发疯，欺负你了，你根本无法还手！"

顾轻舟却很坚持："我有办法，能让司慕听话！他会沉默，也会退亲！"

"交给我，我应该维护你！"司行霈道。

顾轻舟似乎是深吸了一口气，有点慌乱的面容，此刻完全平静了下来。

她握住司行霈的手："司行霈，你娶了我，胜过你娶千军万马家世的女人！我不是放豪言，我只是想让你看看我的本事！"

司行霈忍俊不禁。

"我知道你有能耐。"司行霈笑道，"可现在不是逞强的时候。"

"我没有逞强。这次被司慕抓到了把柄，是我太过于轻敌，他实在藏得太深了。但是，我已经知道他的本事，我也有办法对付他。"顾轻舟道。

司行霈沉吟。

他想了想，自己现在去找司慕，如何逼迫他退亲，又如何逼迫他对顾家的事保持沉默？

一时间，司行霈确实想不到。

他知道司慕的一些秘密，比如司慕一直跟德国在天津的租界势力联系，身边有些密探，司行霈都清楚，但他很难将这些人一网打尽。

而司慕跟德国那边的关系，告诉了司督军，只会加重司督军对他的信任。

司行霈也捏住了司慕的一些把柄，比如司慕暗中有眼线在司督军身边，但是司行霈自己的眼线更多。

他暴露司慕，等于是暴露自己。

司行霈不怕和司慕争斗，也能将他打趴下，可这些都没办法让司慕闭嘴。

顾轻舟要的，仅仅是沉默而已！

然而，顾轻舟告诉他，她已经有了法子，司行霈很好奇，她一个女人，能抓住司慕什么把柄。

　　总不至于去哭诉，去求饶吧？

　　不会的，他的轻舟没这么天真和愚蠢。

　　"你用什么办法？"司行霈问。

　　顾轻舟沉吟微笑，道："你等着看就是了。"

　　司行霈仍是不放心，他抓住顾轻舟的手不松开。

　　顾轻舟看着他眼睛被司慕打得发青，不免心中抽搐般地疼，轻轻地依偎着他。

　　"轻舟……"

　　顾轻舟好似知晓他要说什么，趴在他怀里柔声道："你总说栽培我。一辈子躲在你身后，算什么栽培？"

　　她想要独自去面对司慕。

　　顾轻舟想要的爱情，是做一棵跟司行霈一样高大的树，根须在地下缠绵萦绕，枝干在天空并肩矗立。一起承担风雨，一起沐浴阳光，一起历经岁月，在心上长出一圈圈牢固的年轮。

　　"好，我答应了。"司行霈吻她柔软凉滑的青丝，他吻得缠绵，倏然抬头问，"你爱我吗，轻舟？"

　　顾轻舟脸微红，舌尖顿时就发涩。

　　她没办法说出爱不爱、想不想等情话来，下意识羞赧。

　　"你以后就知道了。"顾轻舟道。

　　两个人互相依偎着，电话突然响了。

　　司行霈去接了电话，而后目光里有了几分疑惑，转头看了眼顾轻舟。

　　"对，她在这里。"司行霈对着电话道。

　　顾轻舟猛然屏住了气。

　　是谁打过来的？司督军，还是司夫人？

　　司慕受了那么重的伤，司家不可能不知道。

　　司行霈冲顾轻舟扬眉，示意她过来接电话，同时低声说："颜洛水打的。"

顾轻舟终于能松一口气。

接到了电话，颜洛水那边也是松了口气："我打电话去顾公馆，你家里人说不在，我就打到这边试试。我方才看到司二哥了，看来他已经知道了。"

"你怎么知道的？"顾轻舟问。

她想知道，已经传开了吗？

颜洛水在那边轻笑，解释道："是我去军政府找督军有点事，出门的时候看到了二哥鼻青脸肿。我就猜测啊，到底是谁打的。现在我知道了。"

一提司慕，顾轻舟没问怎么回事，直接问颜洛水是如何知晓的，而顾轻舟又在司行需这边。

听这口吻，证实了颜洛水的猜测，是顾轻舟和司行需的事败露，被司慕知道了，司行需和司慕打了起来。

顾轻舟握住电话，顿了会儿问道："其他人知道吗？"

"没几个人清楚内幕，谁能想到二哥是被少帅打了？他自己不说，应该无人知晓吧。"颜洛水笑。

颜洛水就是打听八卦来了，一下子就被她套出了底细。

顾轻舟有点啼笑皆非。

"你没事吧，轻舟？"颜洛水打听八卦之余，也担心顾轻舟被殃及。

司慕那样子，是被司行需揍得变形了的，当时战况肯定很惨烈，颜洛水不知顾轻舟挨巴掌没有，很担心。

"我没事。"顾轻舟道。

挂了电话，顾轻舟沉吟片刻，起身回家了。

她来岳城的时候，李妈给了她很多东西。

她回家拿了一样，就去找了司慕。

顾轻舟到了督军府的时候，督军府的其他人并不知晓司慕受伤。

司慕在门口遇到了颜洛水，当即脑子里清醒过来，用衣裳裹住了头，快速奔回自己的小院。

跟着他的王副官是他的心腹，给他上药。

司慕的左边眼睛，眼眶都快要被司行霈打爆，肿得老高。

身上奇痛无比。

有个副官在门口高声道："少帅，顾小姐来了。"

王副官手里的药酒，差点打翻。

司慕静静看了眼他，道："先出去吧，把她请进来。"

说罢，司慕转身从抽屉里，拿出一把枪，子弹上膛之后，他将手枪放在沙发底下，稳稳坐下了。

司慕心中有一团火。

这火烧灼着他的理智。

他一只眼睛被打得肿起，视力不佳，而另一只也簇拥着火苗。

火越烧越旺，司慕攥紧了手枪，只想趁着顾轻舟进门时，一枪毙了她。

既然要斗，他就索性和司行霈鱼死网破。

司慕绝不忍受这样的屈辱。

顾轻舟刚踏进来，冰凉黑漆漆的枪管就对准了她。

司慕的手指，快要开动扳机。

顾轻舟猛然趴下。

一声巨响，子弹从她头顶飞过，重重打在大门上，把雕花木门打了个洞。

之前所有的犹豫，在看到顾轻舟的瞬间化为乌有。司慕看到她，立马就开枪了，他想要她死！

手枪的后坐力、枪的巨响，好似让司慕稍微回神。

顾轻舟趴在地上，蜷缩成了一团。

司慕只感觉憎恶无比，他居然喜欢过这么个肮脏、淫荡的女人！

他恨不能把自己的心，也全部挖出来洗涤一遍，将那些痕迹全部抹去。

司慕从小就记恨司行霈。司行霈的女人，哪怕是仅仅对司行霈有个好感的女人，他都绝对不碰。

这世上没有比司行霈更脏的人，被他沾过的女人，更是脏得离谱，比最烂的腐肉还要令人作呕！

"来做什么?"司慕口吻中,那种厌恶到了极点的恶心感不加掩饰。

他把手枪重重丢在茶几上。

杀她?脏了他司少帅的手!

杀了她容易,解释起来却很麻烦,甚至还要承受流言蜚语。

不管是在社会上还是军中,司慕的威望会一落千丈,这些传言会毁了他的声誉。

"我来和你谈个条件。"顾轻舟过了半晌爬起来,见他手边没了武器,便拍了拍身上的灰,坐在了他对面的沙发上。

她身姿端正,从上到下没有半分惧色,眼波似一泓清泉,清湛而幽静。

她胆子很大!

司慕笑。

一笑,眼睛的肿胀就剧痛。他丝毫感受不到肌肤上的疼痛,笑不可抑:"谈条件?想让我退亲?"

司慕觉得滑稽。

真他妈的滑稽可笑!

这女人以为,自己得知了她和司行需的事,为了报复他们,不肯让他们在一起,死也不退亲,是吗?

司慕恨得深入骨髓,可他不会做如此恶心的事。

司慕会报复,会把这些侮辱还给他们,但是他绝不会拒绝退亲。

"不。"顾轻舟却定定瞧着他,她美丽的眼睛里,浮动一层霜华,似有严霜轻覆,冷冽而孤傲,"朱晟如的小妾周烟,就是我父亲现任的周烟,这件事我希望到此为止,你替我保守秘密。"

司慕没想到,出了这么大的事,顾轻舟要求的,居然是这等细枝末节。

她不在乎!

司慕一直觉得,她不爱他。她拒绝他,和他保持距离,他明白她心中无他。

直到现在,司慕才明白,顾轻舟不仅不在乎他,她甚至对他都谈不上尊重。

她和司行霈的奸情，丝毫没有令她惭愧和内疚。

她不是哭哭啼啼来认错，不是要求退亲，而是说了件跟现在毫无关系的事。

司慕的牙关发紧，笑声消弭。

"我凭什么要替你保守秘密？"司慕从狂躁中，逐渐有了三分平静，再也不笑了，声音冷漠问她。

"因为这个。"顾轻舟从手袋里拿出一张纸，递给了司慕。

司慕不解，接了过来。

这是一张旧纸，看上去颇有年头了。为了保存，好像做过特殊的处理，有股子防腐的干燥剂气息。

司慕看了几眼，一开始愤怒，继而震惊。

他读完之后，倏然抓起了茶几上的枪，重新对准了顾轻舟："这是谁伪造的信？"

"这是真信。"顾轻舟眼睛直视司慕，好似没有看到冰凉冷酷的枪管，语气平和安静，"第一封信，我已经交给了司夫人，让她被迫承认我的身份，要不然前年我们就退亲了。

"这是第二封，我交给了你，希望你能对周烟的事守口如瓶。剩下的，还有十五封信，我会在恰当的时间，全部还给你们母子。"

司慕手里的枪，握得更紧，他眼神凌厉，似只捕猎的豹子，浑身毛发调动，等着扑过来将他的猎物咬死。

他手指再稍微弯一下，子弹就要冲出手枪，打破顾轻舟的脑袋。

顾轻舟神色却没有半分慌乱，仿佛不知这枪的危险。

"我以前就告诉过司夫人，我不是一个人。只要我死了，我的人就会将信公布于众。到时候什么结果，少帅想要试试看吗？"顾轻舟问。

司慕的另一只眼睛，能看清楚顾轻舟，她浑身上下带着悠然而娴雅，丝毫没有把司慕的杀意看在眼里。

这些信……

司慕非常清楚，这些信对他母亲来说意味着什么！

怪不得母亲会妥协！

司慕用力，他手里的枪顿时四分五裂，他拆了枪，子弹丢在顾轻舟脚边。

"信全部给我！"司慕道，"否则我就告你谋杀亲生父亲！"

"第一，没人清楚周烟的真实来历，哪怕是在香港，甚至在朱家，都没几个人见过她女装的模样，通缉令上都没有照片。第二，我父亲活得好好的，没人谋杀他。"顾轻舟道，"你犯不着和我斗智斗勇，我是一条烂命，你可是尊贵的少帅。"

司慕牙关紧合，他用力想要说句话，偏偏无法撬动自己的唇齿。

他身子有点僵硬。

顾轻舟说得对，通缉令上，的确没有周烟的照片。

"信全部给我，周烟的事我保密，而且我会立马退亲。"良久之后，司慕才重新道。

他的声音，突然间就低沉而嘶哑。

顾轻舟道："在将来的某一天，我会给你。你母亲尝试了两年，还是没有寻到信的下落，我劝少帅莫要枉费心机。"

司慕攥紧了拳头。

"……至于退亲。"顾轻舟轻柔婀娜站了起来，"我没有卖身给司家，不仅少帅可以退亲，我也可以。你同不同意，我根本不在乎。"

现在婚书，需要政府盖章。没有婚书，就没有法律效用。

若不是这样，顾轻舟也不会拿信去威胁司夫人了。

顾轻舟只需要知会司督军一声，就可以退亲。哪怕司督军不同意，还能逼迫她签下婚书吗？

顾轻舟甚至可以单方面登报，宣布她和司慕退亲。就像男女朋友分手，一方非要纠缠，就能阻止另一方不分手吗？

顾轻舟一直没有退，从前是想要对付秦筝筝，需要军政府的虚名来立足；后来是害怕司行霈逼她做妾。

现在，顾轻舟已经不需要了。

"再见，少帅。"顾轻舟施然转身，走到了门口，突然又站住了，"我希望您能明白一件事：承诺婚姻的不是我，我那时候才满月，我没有背叛你。

"我为司夫人保守秘密，司夫人承认我是你的未婚妻，这是我们两个人的交易，此事跟你无关，你的耻辱也不是我给的。

"况且你跟我说，你想要娶魏清嘉，你约会魏清嘉的时候，根本没有考虑过我就是你的未婚妻，也没有考虑过我的体面。不管站在什么立场上，你都没有资格骂我是淫妇，而我对你没有半分愧疚。"

她倏然举起手。

顾轻舟纤瘦嫩白的掌心，落了一把勃朗宁。

她话音一落，手指就扣动扳机。

司慕大惊，慌忙扑倒在地，顾轻舟的手也没有弯、没有下移，子弹平平稳稳，从司慕方才站立的上空滑过。

这是司慕打顾轻舟的那一枪，顾轻舟要还给他。

一声巨响，子弹落在对面的墙壁上，将墙壁打出一个大洞。

"请你下次不要试图威胁我的生命。"顾轻舟淡淡道，"我与司家，从来都是平等的。我借助你们的势力，我也帮你们救回了老太太。我不欠你们的，你们也不欠我的。"

她走了出去。

司慕半晌才从地上爬起来，双目赤红。

他看了眼背后的墙壁，倏然大怒，将面前的茶几、沙发全部踹倒。

他从顾轻舟身上，没有讨得半分便宜。哪怕是受尽了凌辱，她也只是把他和魏清嘉做的事，还给了他。

"我应该多开几枪，把她打成筛子的！"司慕愤怒地想着。

司慕反复看了顾轻舟给他的信，知晓这信是真的，是绝不能见光的。

怪不得他雍容高贵的母亲，会接受顾轻舟这样身份低微、品德败坏的女人，原来是受到了她的威胁。

司慕想："要不要去和姆妈商量？"

他最终没有去。

他怕他母亲尴尬。

母亲一旦尴尬，会做出蠢事，到时候落入顾轻舟的圈套。

"姆妈真是查了两年?"司慕残存的理智，开始思考最实际的问题。

他只把顾轻舟当个医术高超、略有智慧的女孩子，直到事发，他才觉得自己看错了她!

她像条狡猾的毒蛇!

司慕冷静了下来。

他这个人一旦冷静，就变得极其冷漠。

顾轻舟把事情办完，就去了趟何氏药铺。慕家的外伤药，能快速治好司行霈的外伤，免得他脸上带伤无法出门。

司行霈和司慕两个人带伤，外人一看就知道他们两个打了起来。

这件事，会在军中引来无端的猜测，甚至会引起司行霈那些亲兵的愤怒，从而军心不稳。司行霈肯定不愿意看到这样，特别是准备离开的这个重要当口。

司慕那脾气，大概是一时也忍受不了恶心，会尽快退亲的。到时候，他和司行霈的伤，又是谈资。

顾轻舟踏入何氏药铺厅堂时，看到了一个人。准确地说，是一个男士。

他应该刚刚进门，身材高大结实，穿着一袭深黑色的衣裤，看上去有点诡异，偏偏面容却白净。

屋子里的光线稍暗，大堂里没有其他的客人，只有这个人，顾轻舟想不留意到他都难。

他微微侧过脸，顾轻舟看清楚了他的面容。

他极其英俊——和司行霈的英俊不同，他的英俊更柔和些，有种雌雄莫辨的国色天香，让顾轻舟恍惚以为他是女扮男装。他梳着小分头，很是时髦派，修长的颈项上，喉结颇为明显，这肯定是位男士。

他瞧见顾轻舟进来，只当是另一个客人，转过头去，继续和伙计说话。

"……我看报纸上说，何氏药铺最擅长治疗疑难杂症，还能起死回生，对吗？"这人问，声音清冽动听。

小伙计瞧见了进门的顾轻舟，又听到这话："先生，您真是来对了地方，我们药铺最擅长难症。顾小姐，您这边请。"

男士又转头，看了眼顾轻舟。

他目光很轻，很绅士又礼貌看着女孩子，略微点头。

顾轻舟也颔首。

她走到了柜台后面，隔着柜台问："先生，哪里有恙？"

"你？你会治病吗？"男人显然是难以置信。

顾轻舟心中揣着事，而且着急给司行需炮制外伤药，她略微颔首："你有什么事，先跟掌柜的说，回头若是用得着我，我再来看。"

她正从琳琅满目的柜子里翻药材。

何梦德这时候也从后院出来了，叫道："轻舟。"

顾轻舟笑道，"姑父，我弄点药。"

"哪里不舒服吗？"何梦德关心。

"不是给我自己的。"顾轻舟道，然后又指了指这个人，"姑父，有病家登门呢。"

何梦德转头去看这位男士。

很显然，他和顾轻舟一样，第一眼被这男人的外貌所惊。

别说女人，就是男人看到他也要惊叹。

"在下长亭，刚从外头念书回来。"顾轻舟进后院之前，听到那人如此说。他看上去的确是书生气很足，除了那全套的黑衣黑裤有点奇怪之外。

不过，每个人对颜色都有自己的喜好，人家天生就喜欢黑色，这无须吃惊。

顾轻舟拿着药材，去了后院。

她在后院厢房捣鼓了半晌。

药膏的配制，需得熬煮，顾轻舟在何梦德制作中成药的厢房里忙碌了将近五个小时。

她出来时，刘海已经被汗水打湿，湿漉漉搭在脑袋上。

顾轻舟走出来，发现了异样。

何家灯火通明。

两名副官站在院子里。

顾轻舟捧着药膏，脚步微顿。

而后才看清，司行霈坐在何家的厅堂里。

司行霈脸上肿胀瘀青，这模样吓到了慕三娘和何梦德，而且他们没见过司行霈，一时间结结巴巴的。

"姑父，姑姑，这是司家大少帅。"顾轻舟走进来，说道。

何梦德和慕三娘点头，复而又想：是顾轻舟未来的大伯子。

却见司行霈牵住了顾轻舟的手，道："回家吧，都大半夜了。"

他们夫妻两个面面相觑，一时间全不知道该说什么了。

顾轻舟"嗯"了声，脸上也有讪讪，对慕三娘和何梦德道："我先回去了，改日再来。"

慕三娘和何梦德将他们送到了门口。

上了汽车，顾轻舟将瓶子里的药倒出来，为司行霈擦拭脸。

她一边用指腹轻轻地涂抹，一边说："明早起来就能消肿化瘀。我这个药，比军政府的药厉害多了，就是难以配制。"

司行霈不言语，静静等着她擦药。

顾轻舟去了趟督军府，司行霈听说司慕的屋子里先后开了两枪，整个人都吓傻了。当然，他的眼线紧接着禀告说：顾轻舟安然无恙地走出了督军府。

司行霈还是有种劫后余生的感觉。

他在家里等顾轻舟，等了半晌也不见她回来，跟着她的副官说，她直接来了何家。若是平常，司行霈也就懒得多想，现在可不行，他追着到了何家。

"……我和司慕说清楚了。他会退亲的，司慕最不屑死缠烂打了。我父亲的事情，他也会保持沉默。"顾轻舟道。

司行霈问："你怎么跟他说的？"

直到现在，司行霈才露出了惊讶。他知道顾轻舟有本事，但是这件事司行霈都感觉棘手，顾轻舟却办妥了。

顾轻舟微笑。

"你答应了他什么？"司行霈抓住了她的手。

顾轻舟道："没有答应什么，我只是威胁他。"

司行霈的心情，轻盈而飞扬，含笑看着这张精致小巧的脸："怎么威胁的，说给我听听。"

顾轻舟沉吟。有些事，她不能说。

一旦说了，司行霈可能会忍不住，到时候毁了顾轻舟的计划。

顾轻舟慢条斯理，她不伤害司行霈，却不代表她什么底细都要交给司行霈。

"你不用知道啊，反正我成功了。"顾轻舟狡狯一笑，"我也会有你永远猜不透的地方，这是我的神秘！"

司行霈抱紧了她。

他喜欢她这点神秘。

"好，我不猜了。"司行霈口吻宠溺，任由她卖关子。

顾轻舟推开他，继续给他涂抹药膏。药膏火辣辣的，司行霈感觉很难受。

睡前的时候，她又涂抹了一次，每次都要揉按很久，揉得司行霈的肌肤火烧火燎的。

效果却是极佳。

第二天早起，司行霈从镜子里看到自己的脸，昨日一块瘀青的左边脸颊，已经消了肿，痕迹也不太明显了。

司行霈是军人，训练常有轻伤。

现在他脸上，若是不仔细，几乎看不出他昨天挨揍了。

"的的确是神医了。"司行霈凑在床前，轻轻地吻顾轻舟的头发。

"好多了。"顾轻舟也端详他的脸。

司行霈的伤，不着痕迹，只是身上被司慕踹得还很疼；而司慕脸上重多了，他离家去了别馆，暂时躲了起来。

一躲就是七天，等伤彻底好了，他才回到督军府。

这七天里，没人知道司慕经历了什么。

回来之后，他一派如常地冷漠疏离。

关于周烟，他只字未提；关于顾轻舟和司行霈，他也恍若不知。

司慕在酝酿一个更大的计划，这是毋庸置疑的。

所以，司行霈和顾轻舟，也在心中默默酝酿一个针对司慕的计划，免得再次栽在司慕手里。

暴风雨来临前，充满了宁静。

顾轻舟还是要过日子的。

她去了趟何氏药铺，慕三娘看到了司行霈，肯定有很多疑问，顾轻舟也要去解答。

顾轻舟不想被世俗的流言蜚语所累。

可如今，顾轻舟的声望全被司行霈给毁了。

顾轻舟在司慕面前可以问心无愧，因为他们是当事人，他们很清楚彼此的立场，以及是否牵涉背叛。

但跟第四个人说，就涉嫌为自己开脱、污蔑司慕了。

到了何氏药铺，又碰到了上次那个病家，顾轻舟有点惊讶。一个人生得如此漂亮，不管男女，见过之后都很难忘记了。

他也瞧见了顾轻舟，略微颔首："顾小姐。"

上次小伙计称呼顾轻舟为"顾小姐"，长亭也记住了。

"您好，"顾轻舟道，"先生贵姓？"

"姓长。"长亭道，然后又解释，"不是寻常的常，是长短的长。"

顾轻舟疑惑："百家姓里有这个姓吗？"

长亭的笑容点亮了整间屋子。

他真的很漂亮，漂亮到让人忽视他的性别，只感觉是这世上最美好的至宝，不管男人还是女人，都要折服在他的华美之下。

顾轻舟恍惚了一下，回神笑道："长先生，您是看病，还是抓药？"

"看病。"长亭道。

顾轻舟颔首："那您稍等，掌柜的一会儿就来了。"

她说罢，绕开了长亭往屋子里走，长亭也继续和小伙计说话。

慕三娘在旁边裁药。满屋药香。

"轻舟来了？"慕三娘尽量不露端倪，笑盈盈接待了她。

顾轻舟想要解释。话到了嘴边，又都咽了下去。

慕三娘沉吟了片刻，知晓顾轻舟的来意，也知道顾轻舟不好意思开口，她就先问了："上次那位，是司家的大少爷吗？"

"嗯。"顾轻舟尽量想做出若无其事的样子，可脸上的难堪之色，怎么也遮掩不住。

"他待你真心吗？"慕三娘又问。

"嗯。"顾轻舟再次回答。

慕三娘道："我知道，阿木和魏清嘉是一对儿，他们总说你配不上阿木，不如魏清嘉。阿木非良人，这位大少爷疼你的话，你就好好跟他过日子啊。"

"您都知道这件事？"顾轻舟骇然。

慕三娘道："是微微说的。微微挺生气的，之前还跟同学吵了一架。"

顾轻舟就忍不住笑了。

何微将顾轻舟视为偶像，自己的偶像被人攻击，成为恶婆娘，何微自然不会坐视不管。

事情其实不是那样。

司慕如果想跟魏清嘉好，顾轻舟也拦不住，不存在她破坏爱情。

"姑姑，您真疼我。"顾轻舟低声，眼中浮动盈盈泪光。

慕三娘心疼不已：这孩子没娘，谁稍微对她好点，她就恨不能掏心掏肺，真是可怜巴巴的，太招人疼了。

"轻舟，我们是你的家里人，旁人怎么说都没关系，我们站在你这边的。"慕三娘道。

顾轻舟心中的郁结和阴霾，一扫而空。

她们这边说着话，那边何梦德站在门口，高声喊："轻舟，轻舟！"

慕三娘慈祥微笑："快去吧。"

顾轻舟就走到了前头的大堂。

大堂左侧低垂着印花帘布，是一个诊断间。

长亭坐在暗处，黑衣黑裤的他，似乎只剩下那张脸，越发白净好看。

何梦德道："这位先生常常两臂发麻，可他这点年纪，不会有痹症，也不会有痿症，你来看看是怎么回事。"

痹症和痿症，多出现在老年人身上，这位长亭不过二十出头，年轻健朗。

她又看了眼长亭。

长亭会意，伸出手给顾轻舟把脉。他手腕的肌肤很白，隐约可以瞧见青色的血管。

顾轻舟认真把脉，却感觉总有目光落在她的脸上。

她抬头看了眼长亭，见对方正认真瞧着她的手，顾轻舟就收回了心思。

诊脉半晌，顾轻舟收回了手指。

"姑父，我们到后面去说话吧。"顾轻舟道。

何梦德颔首。

长亭却阻拦道："我知道顾小姐有神医之称，并非虚名。上次何掌柜也提过了，诊金仍是会给的。顾小姐不必请何掌柜传话，您的诊断直接告诉我吧。"

顾轻舟是怕砸了何梦德的生意。

长亭将此话直接说了出来。

何梦德老实忠厚，道："轻舟，你直接告诉这位先生吧。病家的身体要紧，我医术平庸，大家都知道的。"

"何掌柜医德高尚。"长亭道。

这么老实的掌柜，医术又普通，难怪生意不太好了。

"长先生，您这个病，不是痹症，也不是痿症。我师父说过，若双臂发麻，除去痹症、痿症，另外就是脾胃虚弱。

"脾胃乃天生之本，主四肢。长先生的病情复杂在于，您应该是经过了很长时间的船舶旅途，回到了华夏。在船上旷日持久，脾胃虚弱导致湿邪滞留、运化无权，所以两边胳膊时常发痛。

"您上岸也有些日子，脾胃恢复得差不多了，只是气机阻塞。就是说，您的脾胃逐渐恢复，双臂的气机还没有跟上。

"您想要早点好，可以针灸推拿；若是您不想花钱，平素多锻炼筋骨，左不过十天半个月，也能慢慢痊愈。"

"哦!"何梦德在旁边听了,顿时就通透了。

怪不得顾轻舟的医术好,她的学艺实在是精湛。

"那我针灸推拿,多久可以痊愈?"长亭问顾轻舟。

"也是十天半个月吧。"顾轻舟道,"所以我建议您,没必要花这个钱了。如今快要入秋了,岳城气候不那么湿润,好起来很快的。"

长亭沉思,犹豫了一下,他道:"我这个人怕死。任由它自己恢复,我心中不安。不如这样吧,我给一笔诊金,顾小姐替我针灸半个月,如何?"

"针灸不需要半个月,一连三天就可以了,剩下的是等。"顾轻舟道,"其实真没必要。"

"我还是坚持要针灸。"长亭道。

顾轻舟心中有些念头闪过。

长亭的行为,其实挑不出毛病:有钱的病人都愿意花钱买个安心。

明知可以自己康复,长亭却坚持要针灸,也是常见的。顾轻舟从小跟着她师父从医,见识过很多次。

可不知为何,她心中对这个人总有点莫名的警惕。

"是不是他太漂亮了,所以我会多想?"顾轻舟问自己,"若是个很丑的男人,我心中会不会起警惕?人家又不是主动找我看病,而是直接来药铺的,应该没什么可疑的。"

顾轻舟的第六感还是告诉她,离这个长亭远一点。

她是一朝被蛇咬十年怕井绳了。

"既然您坚持想要针灸,我们开门行医,没有将病家拒之门外的道理。"顾轻舟略微沉吟,对长亭道。

长亭松了口气般,轻微笑了笑。

顾轻舟道:"那你明天早上来吧,以后每天早上九点过来,一连三天。"

长亭道:"好,多谢何掌柜、多谢顾小姐。"

他走出去的时候,皮鞋声音清脆。

何梦德老实巴交的,也略有感叹:"这个人生得体面排场,将来肯定有碗饭吃。"

连何梦德都觉得长亭漂亮，说明他这个人是漂亮到了极致，反而盖过了他其他的优点。

"是啊，漂亮的人活得更容易些。"顾轻舟道。

从何氏药铺离开，顾轻舟回到了顾公馆。

周烟又带着顾圭璋出去了。

这些日子，顾圭璋每天下班就跟周烟出去，有时候深夜才回来。

顾轻舟让周烟带着顾圭璋去赌。周烟是出千的老手，她想赢就赢，想输就输。他们去的赌场，有青帮的股份，锡九在后面操控。

顾圭璋这几天又是上班，又是赌博，每天都睡眠不足，一脸疲倦，心情却是前所未有地好。他赢钱了，赢了很多的钱。

吃早膳的时候，顾轻舟冲周烟眨眨眼，周烟心领神会，旋即也眨眼，彼此心中明白。

司慕那边毫无消息。

顾轻舟给他的那封信，暂时稳住了他，也让他有了忌惮。

颜洛水对此很八卦，又将她打听到的，告诉了顾轻舟。

"没想到，大少帅身手不凡，二哥浑身是伤，大少帅却是毫发无损。督军问了二哥，是跟谁打架，二哥不肯说，此事暂时搁置了，司夫人挺生气的。"颜洛水在电话那头道。

顾轻舟"哦"了声，挂断了电话。

她沉吟了片刻，猜测司慕的下一步。

第二天，顾轻舟去了何氏药铺，长亭已经到了。

顾轻舟让他脱了上衣，趴在药铺的小榻上，从后背针灸，何梦德在旁边看着。她用的是平补平泻的手法。

"停针三十分钟。"顾轻舟针灸完毕，对长亭道。

顾轻舟等着起针，就坐在旁边喝茶。何梦德见长亭趴着甚是无聊，就有一搭没一搭和他说话。

"……长先生是哪里人？听您这口音，有点京腔。"何梦德道。

长亭笑道："是北平人，不过我在日本多年了。"

"在日本留学啊？南京的总统，也是日本留学的，长先生留在南方发展，也许更有前途。"何梦德道。

长亭微笑："我是没有打算回北平，家里人走光了，姐姐嫁到了岳城，不过前些年跟着姐夫全家去了英国。"

何梦德心想，这人生得漂亮，却是孤立无援，也甚是可怜。

顾轻舟静静听着，没有言语。

顾轻舟的师父们，也是北平人。

如今这个长亭……

顾轻舟低垂了羽睫，浓郁的眸子隐藏在纤浓的睫毛之下，用茶盖撩拨着浮叶，慢慢喝茶。

那边，长亭继续和何梦德闲聊，问起何梦德关于岳城的形势。

"……我们岳城是绝不会打仗的，这任军政府兵力强盛，南京都依靠着我们呢。"何梦德与有荣焉。

顾轻舟唇角微扬，忍不住有了淡淡笑意。

旁人赞叹岳城的安全时，顾轻舟心中就甜滋滋的，就好像在称赞司行霈一样。

半个小时之后，顾轻舟给长亭拔针。

长亭穿衣，给了十块钱的诊金，顾轻舟放在柜台上。

何梦德有点事跟顾轻舟谈。

等长亭走后，何梦德慎重坐在了顾轻舟面前，态度端正。

顾轻舟被他吓了一跳，笑道："姑父，您这是有什么大事求我?"

她是开玩笑的，没想到何梦德认真道："轻舟，你是不是背过慕家的药方?"

顾轻舟微愣。

从前的中医中药世家，都有祖上传下来的秘方，制成独家的中成药。若是药效果极佳，就誉满天下，药铺一家家地开，分号无数。

慕家从北朝末年就行医，中间经历了朝代的更迭，家业的兴衰，一代代地积累，足足有上千张珍贵药方。

这些药方，除了慕家长房长子长孙，其他人都没有资格看。

顾轻舟不仅看过，还全部背过，也会制慕家的药。

她出来之前，师父叮嘱过她：慕家的药不能泄露，否则外人

928

就会知道我没死。

若不是司行需受伤，顾轻舟也不会用的。

"是的。"顾轻舟低声。

"轻舟，你知道当年慕家是发生了什么事吧？"何梦德道，"你师父，在太后的药里下毒，害得太后身体元气大伤，没过半年就死了，慕家被抄家灭族。"

顾轻舟当然知道。

要不然，她师父也不会躲到深山去。

慕三娘是托了朋友，改名换姓，彻底和慕家断开关系，才辗转到了岳城，保留了一条命。

如今皇帝没了，朝廷也散了十几年，何梦德才敢说这话。

"朝廷是散了，可是保皇党成天等着复辟，你师父是保皇党的大仇人。若是你的药方泄露了机密，别说你无法安生，就是我们……"何梦德声音越发低沉了。

顾轻舟道："姑父，我知道轻重的！这次真是对不住，那些药已经用完了，不会留下痕迹。"

"轻舟，你是个好孩子，话也不用我多说。"何梦德拍了拍顾轻舟的肩膀。

顾轻舟点点头。

她不敢再打慕家秘方的主意了。

顾轻舟留在何氏药铺，帮何梦德清点一些药材，碰到何微放学回家了。

"姐，你现在毕业了，在家里是不是很悠闲？"何微羡慕问。

顾轻舟笑道："悠闲得过了头，有点无聊了。"

突然想起青帮霍龙头的事，何微早前由顾轻舟引荐给霍爷做了家教，霍爷出手阔绰，何微也能攒点学费、贴补家用。于是便问："你还给霍爷做家教吗？"

提到这点，何微倏然眼眸一黯。

她似乎不太想提这件事。

"……还在做呢。"何微道。

她转移了话题。

顾轻舟就以为霍钺欺负了她，拉住她的手问："霍爷……"

"姐，我不想谈这个！"何微立马道。她低垂了头，不让顾轻舟看到她的表情。

"他欺负你了？"顾轻舟却没有停止，她关切道，"若是他欺负你，我可以……"

"不是！"何微道。

何微的情绪，顿时就差到了极点，她半个字都不想多谈，起身出去了。

何微素来有主见，司行需又说过霍钺重情义，他应该不会欺负何微的。男女之间的事，最容不下外人插嘴。

顾轻舟将满心的担忧敛去，果然不再追问了。

而后几天，顾轻舟天天到何氏药铺，给长亭针灸。长亭每天都很准时。

第二天开始，他不愿意趴着，一边坐着针灸，一边跟顾轻舟说话。

他就是闲聊，可顾轻舟对他总有点戒备。

"若是我半个月之后，病情没有大的改善，可以再找你吧？"长亭问。

顾轻舟颔首。

三天之后，长亭就从顾轻舟的世界里消失了，他没有再来过，顾轻舟才肯定自己多想了。

又过了几天，司慕脸上的伤彻底好了，他约了顾轻舟再谈条件。

"事情还没有解决，我希望我们能拿出诚意来。"司慕在电话里道，声音出奇地平稳。

顾轻舟道："好，我们在咖啡店见面吧。"

仲秋的岳城，梧桐树的叶子褪去了青翠，披上了金黄外衣，斑驳的阳光透过，地上的影子亦是暖暖的金黄色。

顾轻舟穿着月白色的斜襟上衣，围着一个羊绒流苏长披肩，坐在窗前喝咖啡，神色悠闲。

司慕走了进来，穿着深棕色的西裤，雪色绸布衬衫，深棕色的马甲，西装上衣搭在臂弯。

他神色冷漠而疏离，一如从前的他，没有半分的表情。

"不必看，我没有带枪。"司慕道，"杀了你后患无穷，我没必要把自己和我母亲都搭进去。因为你不配。"

这是实话。

杀了顾轻舟，顾轻舟背后的人可能会将那些信流传出去，到时候司慕的母亲性命不保，而且身败名裂。

杀了顾轻舟，司行霈也绝不肯善罢甘休。司慕比司行霈小五岁，他年纪太轻，根基太浅，还不是司行霈的对手。

司慕是个心思深沉的人，他早已过了冲动的年纪，他懂得将屈辱化为动力。

司慕坐下，他先开门见山地说了自己的意思。

"把信全部给我，这是我的要求。"司慕道，"周烟的通缉令，唯一一份在督军府，我会交给你；同时退亲的事由你做主。"

司慕的言语，平淡得有点温和，甚至看不出半分异常。

到了今天，顾轻舟才觉得，自己一直轻瞧了司慕。

"好。"顾轻舟答应了。

司慕目光微动。

其实，他是在试探顾轻舟。顾轻舟和司行霈在一起多时，假如她真的有那些信，早就交给了司行霈。

司行霈应该很想要那些书信，顾轻舟却没有给。

没想到，顾轻舟态度不露半分端倪，一口就应下，她可以交给司慕。

从她的表情和言语中，看得出她手上是有信的，而且她需要通缉令。

"何时交换？"司慕问。

"你先把通缉令给我。"顾轻舟道，"等我决定退亲的那一天，知晓你没有反悔，我再把信全部给你。"

她就这么轻飘飘地，想要司慕的通缉令。

司慕目光幽静："你身上根本没有其他的信！"

她在使诈。

"你可以赌一把。"顾轻舟直直看着他的眼睛，唇角微微勾起一抹淡笑。

司慕端着咖啡杯的手发紧。

"……你若是有，何不给司行需？"司慕又问。

他想让顾轻舟平静的面容上，露出其他神态，这样他可以做个判断。

然而，顾轻舟没有半分惊慌，她眼睛平静和司慕对视，璀璨的目光里还有几分恬静的笑意。

"因为，他一直看不上我的身份，他想要我做妾。信给了他，我毫无退路。"顾轻舟道。

司慕表情不动，手也不动，听着这话，目光落在顾轻舟脸上。

他沉默看了足有五秒钟。

而后，他视线微垂，和顾轻舟的眼神错开，脸上仍是毫无表情。

顾轻舟以前觉得，司慕的冷漠是装酷，如今才知道，这个男人什么心思都不会露在脸上。

他像条藏在暗处的蛇，且毒性强烈。

"那我们没什么可谈的。"司慕道。

顾轻舟微笑："还是有的。周烟的事，你泄露半个字，我同样会把你母亲的信，就是给你们的那两封，卖给小报。"

司慕目光一沉。

"你在威胁我？"司慕问。

"是的。"顾轻舟道，"我觉得夫人是最聪明的人，她明明可以像踩死一只蚂蚁一样杀了我，但是她隐忍了。我们和平相处了两年，因为她知道，消息一旦泄露，就再也没有回转的余地。

"司少帅，你自负聪明，足智多谋，你想试探我的底细，殊不知你太过于冒失？所以，请不要打其他的主意。亲事还没有退，通缉令还在你手里，你手上有我想要的东西。你不动、我不动，大家共赢，如何？"

司慕的手攥得更紧了。

他那张毫无表情的脸，像一块漂亮的面具，开始有了裂痕。

他快要控制不住，想一枪毙了顾轻舟。

司慕对顾轻舟，似乎也有了不同的认知。

她在司慕心中，由一个医术高超的温柔少女，变成了狠戾恶毒的淫妇。这个毒妇的能耐，超过了司慕的预期。

他第一次有了棋逢对手的感觉。

他们好像认清楚了彼此。

顾轻舟放下咖啡杯，道："今天的谈话我很满意。司少帅，告辞了。"

司慕看着她出去，愣是没说半个字。

顾轻舟走在大街上，阳光温暖，照着她身上，慵懒的情绪蜂拥而至，她想寻个地方，软软躺下去。

和司慕的这场危机，到了今天为止，差不多稳住了。

顾轻舟去了趟司公馆。

老太太午睡刚醒。

顾轻舟坐在她身边，又是端茶递水，又是揉按捶腿，十分地殷勤。

"今天怎么这样孝顺？"老太太笑着问她。

顾轻舟犹豫了一下："我怕以后没机会。"

老太太神色微变。

"谁又欺负你了？"老太太问。

"没有的，老太太。"顾轻舟低声，"是我，我只怕没福气。"

她先给老太太打个预防针。

退亲是迟早的，顾轻舟怕老太太受不了，提前告诉了她。

老太太当即一口气喘不上来："是不是你婆婆又刁难你？"

顾轻舟摇摇头，说："没有，没有！是我做错了事，我……"

她欲言又止。

老太太追问了半晌，顾轻舟却只透露，她想跟司慕退亲，不是谁的错，是她和司慕缘分太浅。

"我不同意！"老太太板起脸孔，"你们小孩子胡闹，婚姻岂能儿戏？"

顾轻舟略微沉默。

她把预防针打好了，相信等事情彻底暴露的时候，老太太不至于受惊过度。

第二十八章

报仇雪恨

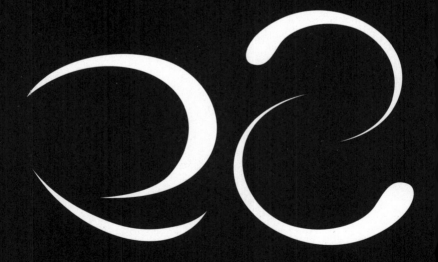

从司公馆离开之后，她就回家织起了毛衣。自从毕业考试结束，顾轻舟但凡得了空，就在家里织毛衣。这件毛衣，居然被她织得差不多了，现在就剩下两条袖子了。只是真丑！顾轻舟用了最简单的花纹，还是打得东倒西歪的，拙劣之极。

她没办法，从小就没干过这种事。李妈样样能干，家务事从来不用顾轻舟沾手。

楼下，传来顾圭璋放肆开怀的笑声。

顾轻舟将毛衣拢在怀里，唇边也有了淡然的微笑。

"时机快到了。"顾轻舟心想。

果然，第二天下午，顾公馆的电话响了，女佣让顾轻舟去接电话。

打电话的是海关衙门的秘书。

"……顾次长说生病告假三天，已经第五天了，他可痊愈了？总长让我们代为看望，请问顾次长住在哪一家医院啊？"秘书问。

顾轻舟表现得极为惊讶："医院？我阿爸很好啊，他天天出去，从未生病。"

电话那头，顿时寂静。秘书半晌不知该说什么："不……不好意思顾小姐，那是我弄错了。"

顾圭璋一开始还撑着去上班，现在已经一心扑在赌博上了。

时机彻底成熟了。

顾轻舟去了趟周烟的房间，留下了暗示。

第二天，顾圭璋凌晨三点才回来，一回来就大发脾气，把女佣端上来的消夜给砸了。

顾轻舟披衣下楼，满头的黑发萦绕着脸庞，她含混不清地问："阿爸，您怎么了？"

"滚回去睡觉！"顾圭璋大怒。

顾圭璋进了自己的房间之后，他骂，周烟也骂，两个人几乎快要打起来。片刻之后，房间里却传出来周烟低低的闷哼。他们两个人打着打着，就打到床上去了。

吃早膳的时候，周烟下楼了。

三姨太问她："老爷昨天怎么了？"

"输钱了呗。"周烟道，"昨晚遇到了高手，输了不少。"

三姨太心惊肉跳："你怎么带老爷去赌啊？赌可不是好东西，有的人输得倾家荡产！"

周烟立马怒了："老爷自己去的，怎么就是我带了他？"

周烟得宠，怒目一瞪，把三姨太给镇住了。

这件事，让三姨太意识到了严重性。

原来老爷这些日子，成天早出晚归的，都是去打牌了吗？

"轻舟小姐，您可得劝劝老爷，不能再去赌场了。"三姨太忧心忡忡，"十赌九输，老爷会把家业败光的！"

顾轻舟表情悠然，好像没听到一样，上楼继续织毛衣去了。

顾轻舟接到了海关衙门的电话，并未告知顾圭璋。

她甚至吩咐家里人："若是衙门再打电话来了，就说老爷不在家。"

没必要让顾圭璋惊醒过来。

顾轻舟忙活了大半年，毛衣初成形，比别人费了近乎百倍的工夫。

她拿着半成品，邀功般去了司行霈的别馆。

"来，试试。"顾轻舟道。

司行霈的目光温暖而宁静，毫无初见时的戾气和狠辣，他像只温顺的豹子，静静守卫着他最心爱的姑娘。

"不容易，还真织好了。"司行霈笑道，很是意外。他让顾轻舟织毛衣，却没指望她真能织成。

如今是意外之喜，喜悦就莫名其妙添了一层。他伸展双臂，让顾轻舟为他穿上毛衣。

毛衣有点宽大，缺少两只袖子，而且领口很高，快要勒住他的脖子了。

可是真暖，暖得人心中都软了，像春日的骄阳，透过了肌肤和骨头缝隙，丝丝缕缕照进来。

顾轻舟端详着，为他整了整衣领："领口高了些，我拆了重新打。衣裳有点宽松，袖子要再收两针。有点丑，这不能怪我，我不熟练。"

"已经很好了，一点也不丑！"司行霈含笑听着她的打算。

她从前十指不沾阳春水，如今学会了织毛衣，越发有了太太的模样，像个操持家业的。

"再过一周，就可以穿了。"顾轻舟道。

当天晚上回家，她果然将衣领拆了。

她一时心急，拆了重新织，发誓要把领子织好。看起来很简单，她却不知不觉忙碌着就到了凌晨三点。

楼下传来响动。

是顾圭璋和周烟回来了。

"人呢，快开门！"顾圭璋仰着脖子大骂。

他声音极大。

女佣跑过去，被他重重踹了一脚，他怒喝道："都是挺尸，要你们有什么用！"

女佣闷哼一声，疼得落泪了。顾圭璋穿着皮鞋，又是个中年男人，这一脚的力度可想而知了。

顾轻舟撩起窗帘的一角，静静地看着。

复而，她又放下了窗帘，同时熄灭了房间的灯。

第二天，女佣罗嫂就向顾轻舟道："小姐，我做完这个月就不做了。"

昨晚被顾圭璋踹了一脚的，就是这位罗嫂。她又疼又怕，这顾公馆两年不到少了一大半的主人，让女佣毫无安全感。

顾轻舟略微沉吟："你做到什么日子满一个月？"

"旧历二十八。"罗嫂道。

距今还有五天。

顾轻舟又问："你在顾公馆几年了？"

罗嫂有点伤感，道："已经五年了。"顾家不富足，太太也不是慈善之辈。可人都有惯性，一旦做惯了，就不想挪地方。

只是现如今，顾公馆已经不成样子，人心都散了，罗嫂下定决心要走，她可不想死在顾公馆。

顾轻舟点点头。

她上楼去，拿了三个月的工钱，结算给了罗嫂。

"拿去看病吧，昨晚老爷那一脚踹得有点重，你去医院检查检查，该吃药就去买药，剩下的买些补品。"顾轻舟道。

她当即让罗嫂走了，没有为难她。

罗嫂千恩万谢："小姐，您菩萨心肠，老天爷会保佑您的。"

顾轻舟苦笑。她也不是什么良善之辈，老天爷不用响雷劈她，已经厚待她了。

吃饭的时候，顾圭璋顶着一脸的疲倦下楼，顾轻舟就把罗嫂的事，说给了他听。

"罗嫂要走，我就打发她走了，以后晚上由王管事应门。"顾轻舟道。

顾圭璋顿时大怒："谁让你做主的？是你当家，还是我当家？"

他火气极大。

姨太太们敛声屏息，全不言语，恨不能把头埋到饭桌上。

"阿爸，您最近挺累的，家务事我帮忙操持了。"顾轻舟道，"况且，我也没问您要钱管家，是不是？这些日子的吃喝，都是我贴补的。"

顾圭璋立马说不出话。

可是他心中仍有愤怒。

一股子无名火，烧灼得他五脏六腑全燃了起来。

顾轻舟又道："阿爸，衙门来了电话，问您何时病愈。您哪里不舒服吗？"

顾圭璋微愣。他已经一个月没去衙门了。

上楼之后，顾圭璋抽了两根雪茄，周烟跟他说："老爷，您白天多睡一会儿，晚上精神才好啊。"

顾圭璋用力推开了她。

他洗澡更衣，去了趟衙门。

周烟见状，匆忙去找顾轻舟："怎么办，他又去了衙门。"

顾轻舟把周烟安排在顾圭璋身边，最终的目的，就是让他陷入赌瘾里。

他去的赌场，是顾轻舟安排好的。周烟擅长出千永远都不会被打，故而顾圭璋赚了很多钱，尝到了甜头和快乐。这就是赌瘾。

赌瘾和鸦片一样，想要戒掉特别难。

赢了半个月，赚了不少钱之后，顾圭璋上瘾了。

他连衙门都不去，足见他深陷进去了。

最近这些日子，顾圭璋不再是一味地赢钱，他有时候赢，有时候输。

输了就想翻本，赢了就想赢更多，起起落落的，让顾圭璋再也没了其他心思，所有的精力都扑在赌博上。

他赌瘾越来越严重。

他明知这样下去会毁了他，却泥足深陷，再也无法拔出来。

顾轻舟给周烟的任务，周烟快要完成了。

可今天，顾圭璋居然收拾好了心情，去了衙门，这让周烟大惊失色，难道之前的努力，全部白费了吗？

周烟惊慌失措找到了顾轻舟："小姐，现在怎么办？"

"无妨。"顾轻舟神色宁静，嫩白的胳膊压在毛线上，认真织着，修长的羽睫留下淡淡阴影，将她的视线全部遮住。

她似一尊白玉雕像，脸上全无情绪。

周烟愣在旁边。

良久，顾轻舟扬脸，再次道："不用担心，他去衙门做什么，现在还不知道呢。赌瘾起来了，不丢半条命戒不掉，你放心。"

顾轻舟找来周烟，是有时间规定。到时间了还没有让顾圭璋入瓮，顾轻舟就会把周烟送入监牢。

周烟输光了朱晟如的全部家当，还杀了朱晟如，已经犯下众怒，朱家到处找他，世人也等着看她的下场。

她能否活命，全看顾轻舟的。

周烟垂了头。

顾轻舟道："周烟，你一直做得很好！每件事都会有点小波折，你不要偶遇挫折就惊慌失措。"

周烟微愣。

"要相信自己。"顾轻舟低声笑道。

周烟道是："多谢小姐。"

"出去吧。"顾轻舟继续织毛线，她的胳膊细嫩白润，像玉藕般压在毛线上，让她看上去格外温柔。

这么个温柔的女孩子，居然用此等毒计陷害她的父亲。

周烟不寒而栗。

"我要尽快摆脱顾轻舟！"周烟心想。

顾圭璋去了衙门，不过两个小时，他又回来了，手里拎着一个皮箱。他派人去喊了周烟。

周烟听说顾圭璋又回来了，心中稍微安定，她就知道自己没有失手。她下楼，去了书房。

"过来，给你看点好东西！"顾圭璋笑道。

周烟微讶。

顾圭璋打开了皮箱。

看清楚皮箱里的东西，周烟愣住，脸上浮动几分费解的神情，堂着顾圭璋。

顾圭璋带回来满满一箱子香水。

周烟享受惯了，一看就知道是顶好的法国货，香港那边卖得很紧俏。香港的通用货币跟岳城不同，周烟最近才知道换算，她在心中想了想，这么一瓶香水，怎么也要值十四五块钱。很贵的！

"老爷，您怎么买了这么多香水？"周烟难以置信地望向他。

这些日子输了不少钱，正缺现金，买这些香水折腾什么？

顾圭璋出去一趟，周烟还以为他去衙门了，不承想他转头就去做这种让人哭笑不得的事。

"不是我买的，是海关截留放在库房里的。"顾圭璋道，"你

942

算算，这么一箱子拿出去卖，能值多少？"

这一箱子，约莫六十瓶。

拿去黑市，这等高级香水，十块钱一瓶是稳妥极了的，就能换六百块。

六百块，能在岳城买一栋极好的房子！

"至少值五六百。老爷，衙门会不会找您的麻烦？"周烟问。

顾圭璋最近一连输了两个晚上，有点急眼了。

周烟拿了两次本钱，然后大发淫威，不肯再给了。顾圭璋也怕，真惹急了她就一拍两散，她剩下的钱自己都花不到了，也不敢狠逼周烟。

同时，顾家那点家底，顾圭璋已经用了两千多了，剩下的断乎不敢再动。

他就打起了衙门里的主意。

海关衙门的库房，的确是有点好东西，每次到了过年就会平分。

说是平分，其实是总长挑完最贵重的，次长再挑一遍，剩下不值钱的再分给其他人。

顾圭璋这次偷拿的，是总长名下的那份。他是缺钱缺疯了，居然打起了偷窃的主意。

"麻烦？"顾圭璋冷笑，"这些东西，每一样都是私扣下来的。惹急了我闹到市政厅去，督军府不会不管，他总长的位置也坐不牢靠！"

周烟眉梢全是喜色："那就是白得的？"

"可不是白得的？"顾圭璋道。

他们两个人合谋，顾圭璋托人寻了个黑市，将东西卖了。

价格没有周烟想象中那么好，黑市的捎客最会压价。

顾圭璋偷拿回来的这批高档香水，卖了四百多。

这四百多块，足够普通人家好几年的生活费，他们两个人却拿出去逍遥快活。

这天晚上，顾圭璋手气好，又赚了些，顿时兴高采烈。

"看来，这钱带着福气！"顾圭璋道，同时心中再次打了海关库房的主意。

这点高兴还没有回过神来，顾圭璋就开始走"霉运"了，他接二连三地输，有天晚上一口气输了十根小黄鱼。

连续好几天大输，顾家的家当，被他输掉了一半。

他赌瘾犯了，人就变得糊里糊涂一根筋，又想起了海关衙门的库房。他再去海关偷时，被人抓住了。

"老顾，你以后不要再来了！"总长开除了顾圭璋。

顾圭璋一连两个月不上班，天天泡在赌场，还敢去偷库房的东西，就算他有个女儿是司督军儿子的未婚妻又能如何？

"老爷别生气了，今晚肯定能翻身！"周烟鼓励他。

顾圭璋已经急红了眼睛。

这个时候，他已经收不住手了。他输了一半的家当，又丢了差事，若是不赢回来那些钱，他如何甘心？

他只有继续赌博这条路了，就重新下了赌场。

不过短短半个月，顾轻舟就知道，顾公馆这座花园洋房的地契都押下去了。

顾圭璋再没赢过，越输越惨。

"把你的钱拿出来！"顾圭璋对周烟道。

周烟就拿了三百块，结果那天晚上，顾圭璋输了两千多。

"老爷，我这些钱都是我那死鬼留下来的，会不会是死人的钱在赌场上不吉利啊？"周烟问。

顾圭璋怒喝："你那些钱都是银行里取出来的！"

周烟顿时不言语。

但是过了几分钟，顾圭璋把周烟的话听明白了，他也怕晦气。

他没有再逼迫周烟拿钱。

甚至赌钱的时候，他会让周烟先避开。

从九月初一到初八，顾圭璋一直泡在赌场，甚至把周烟赶回了家。他每次输很多的时候，就会赢回一小点钱。

这点甜头刺激他，重新入场，然后再输个大的。

不过一个月，顾圭璋输光了全部财产，回到了顾公馆。

"周烟呢！"他知道周烟还身携巨款，他输光了也没关系，周烟的钱足够逍遥一辈子的。

顾公馆的人却全部愣住了。

顾轻舟道："阿爸，周烟不是跟您在赌场吗？"

顾圭璋也微愣。

上楼之后，发现周烟房间里的东西没有动，但是她的私人物品全部不见了，她已经跑了。

顾圭璋这时候稍有清醒："是她害了我，她肯定是赌场的托！"

双目赤红的顾圭璋，去了趟警备厅，状告自家小妾周烟，说她带着自己入了赌场。

警备厅的人面面相觑，在顾圭璋大吵大闹之下，他们把他赶了出来。

"赌徒都这样，输光了呗！"警备厅的人习以为常，丝毫没把这件事放在心上，连半个警惕都没有。

顾圭璋又去赌场闹，说他们串通一气，出千来骗钱。

去赌场说这种话，等于是找死。

赌场的人把顾圭璋狠狠打了一顿，一条腿还打折了。

"以后不许再踏入我们赌场，否则割了你的舌头！不知死活的东西，赌场你也敢闹？"赌场的管事居高临下骂道。

这种事，赌场每天都要发生七八起，那些打手都打出经验来了。

顾圭璋的闹腾，在赌场看来毫无新意。

司机将顾圭璋拉去了医院治腿，又给顾轻舟打电话。

"小姐，您快来看看吧，老爷已经疯了。"司机颤颤巍巍。

顾轻舟就去了医院。

老远就听到了顾圭璋的咒骂。

这个时候，顾轻舟差不多就知道，顾圭璋完了。

顾圭璋一完蛋，顾轻舟的名声也就全完了，她在岳城再也待不下去，司家也容不下她。

但是她是干净的，没人会说她弑父，她甚至还有了新的前途。

她遇到了司行霈。

想着，顾轻舟走到了顾圭璋面前。

"他们都害我！"顾圭璋当着顾轻舟的面，骂着骂着就哭了，老泪纵横道，"轻舟，你去跟督军说，让督军救救我！"

他哭得惨兮兮的。

顾轻舟心中，无法生出半分怜悯来。

她看着顾圭璋，发现他眼角下垂，鬓角有了几缕白发。

他彻底不成气候了。

"我可以去说。"顾轻舟言语温柔。

顾圭璋止住了哭，紧紧攥住了顾轻舟的手："你真是我的好女儿，阿爸以后就指望你了！"

顾轻舟用力抽回了手。

"阿爸，你那点家底在督军府看来，并不算什么大钱，我将来做了督军府的少奶奶，可以把钱都拿给你。"顾轻舟继续道，浓刘海之下的眸子，安静而乖巧。

顾圭璋更是喜极，他就知道自己生了个好女儿。

"⋯⋯不过，我想要一个答案。"顾轻舟突然话锋一转，眼帘也微微抬起，脸上有一种肃然。

"什么？"

"我外祖父是如何去世的？"顾轻舟问，"我舅舅去世，姆妈也死了，外祖父是怎么走的？"

顾圭璋心中一怔。

他顿时露出警惕来。

望着顾轻舟，顾圭璋倏然觉得，他这个女儿一点也不简单。

她看似文弱的外表之下，也许藏着更深的心思。

"老人家生病，自己病死的，又有什么不妥？"顾圭璋大怒，"你问这话，是什么意思？"

"我是问，是不是你杀了我外公？"顾轻舟慢吞吞道。

顾圭璋脸色煞白。

他想要捆顾轻舟一巴掌。

顾轻舟早已绕开，顾圭璋就一拳打在病榻上："混账东西，你敢诬陷老子杀人？"

"是不是诬陷，阿爸您最清楚了。"顾轻舟平静而笑，"您若是承认，我可以拿五十根小黄鱼给您！以后，我也可以不停给您钱。"

顾圭璋又是一愣。

他的怒气，顿时就消散了七八分。

他随便哄哄顾轻舟，把钱拿到手之后，自己再翻脸无情，顾轻舟根本奈何不了他。

"……是，是我杀了你外公。"顾圭璋道，"他怀疑我和筝筝合谋杀了你姆妈，要去告状，我迫不得已，只得将他捆在地下室，不给他东西吃，又堵住他的嘴，说他得了怪病，其实他是活活饿死的。"

这是实话。

顾圭璋没有杀过顾轻舟的舅舅，但是他和秦筝筝杀了孙绮罗，这个很容易查到。孙老爷子起了警惕，要把顾圭璋赶出去，甚至要去找司督军。那时候司督军已经入伍了，在军中做个小团长，有点声望。

顾圭璋做贼心虚，杀了孙老爷子灭口，做成他病死的假象。生了怪病的人，消瘦得不成人形，最后去世，看上去很合理。

这些话，他现在告诉顾轻舟，等司督军再来对峙的时候，顾圭璋可以矢口否认。

能拿到钱就行。

顾圭璋到了今天，脑子已经被赌瘾腐蚀到了一定的程度，他现在满脑子想着要一笔钱去翻本。

三岁孩子都知道不能承认的事情，顾圭璋承认了。

病房的门口，倏然有光影一错，一个高大的身影，稳稳站立着。

顾圭璋回头，就瞧见了脸色铁青的司督军。

司督军在门口站了多时。

孙老爷子是司督军的恩人，要不然司督军也不会承认顾轻舟的身份。

陡然听闻恩人是被女婿活活饿死的，司督军只感觉一口气提不上来，脸色白中带青。

那边，顾轻舟像是受到了极大的刺激，扑通一声昏倒了。

顾轻舟利诱顾圭璋说实话，她做到了；她提前通知了正在市政厅办事的司督军过来，她也办到了。

她应该哭闹指责，博取司督军同情的时候，她昏倒了。

顾轻舟不想晕倒，她实在受不住。

当她知道自己的外公，是被顾圭璋活活饿死的，顾轻舟喉间发苦，气血沸腾，她眼前一圈圈发黑。

司督军快步过来，将她扶了起来。

"督军，不是这样的，我只是骗轻舟的！"顾圭璋也知大事不妙，不顾断腿，上前准备去阻拦司督军。

他腿脚不便，猛然从病榻上摔下来。

两名高大威严的副官，站在了顾圭璋面前，挡住了他。

司督军把顾轻舟安置在另一个病房。

她半晌都无法说话，眼泪却是禁不住地流。

李妈说外公是被顾圭璋害死的，具体是怎么死的，李妈也不太清楚。

谁能想到外公经历了这种旷日持久的痛苦被折磨致死？

顾轻舟偶尔跟师父去问诊，要走一天的山路，饿得挠心挠肺的难受。

顾轻舟要是早知道这样，她就该一刀捅死顾圭璋的！

李妈也许知道，但是她怕顾轻舟太过于激动，会不顾一切脏了手，所以没告诉她。

"轻舟啊……"司督军坐在旁边，想要安抚几句，却觉得千言万语都没什么意义。

司督军心中，同样万蚁吞噬般地疼。

顾轻舟哭了。

她一开始小心啜泣，后来放声大哭，哭得几乎肝肠寸断。

司督军的眼睛都被她哭红了。

"轻舟，你别难过。"司督军不由自主有点哽咽。

征战多年的司督军，早已心如铁石，这个瞬间却再也忍不住难过。

一想到孙老爷子一生睿智，却得了那么个下场，司督军的眼泪就模糊了视线。他忍了再忍，才把这点眼泪给忍了回去。

司督军骂人信手拈来，可安慰人却是多年没有做过了，他总不能扔掉雪茄给顾轻舟，让她自己抽着烟把痛苦咽下去吧？

他平素就是这样安抚自己的儿子和下属的。

一时间，司督军手足无措，顾轻舟却是哭得声嘶力竭。好半晌，她都无法停下来。

司督军自己抽了烟。烟雾缭绕中，司督军道："轻舟，你放心吧，这件事有我呢，我会替你做主！"

顾轻舟太过于伤心，无法站起身，当天就住在了医院。

司督军的人，倒是把顾圭璋给带走了。

顾圭璋说，他是为了哄骗顾轻舟，才故意说那些话的。

"督军，您听我解释啊。"顾圭璋快要给司督军跪下，"我真是骗轻舟，胡乱说话的。我怎么会害死我岳丈，他对我有恩啊！"

司督军道："我们是亲家，我不会诬陷你，你是要解释清楚的。医院不是说话的地方，我们换个地方说。"

顾圭璋大喜，知晓有了转机，司督军愿意和他谈。

他的心终于放下了。

司督军上了前面的汽车，顾圭璋上了后面一辆。

一路上，顾圭璋就开始在心中默默编造谎言。他的确是活活饿死了孙端己，还说他是得了怪病，突然像抽干了水分一样死去，跟顾圭璋无关。

那时候，司督军正在外地打仗，两三年都没怎么回家，孙家没有厉害的亲戚朋友，孙老爷子死的时候，看上去油尽灯枯，实在是病死的模样。

孙家没人了，其他亲戚朋友都没有立场去报官。

顾圭璋是女婿，他说老爷子病死了，老爷子就是病死了。

等司督军回到岳城的时候，孙老爷子都下葬一年了，司督军也许怀疑过，却不会去挖坟验尸。

如今，事情过去十几年了，老爷子的尸骨都烂透了，而且被送到了乡下，司督军再也找不到证据。

顾圭璋随便编个谎言，事情就能说圆满，他根本不担心。

"我还要哭诉一番，说姨太太骗了我的钱，司督军应该会给我点钱吧。"顾圭璋甚至做起了美梦。

"那点钱，对督军府应该不算什么。督军一声令下，还能让赌场把钱吐给我。"顾圭璋又想。

他愉快地想着，汽车就停了下来。

一下车，顾圭璋有点蒙：这不是督军府，也不是某个饭店，而是一座破旧高大的院墙，门很小，墙上站满了扛枪的侍卫。

顾圭璋愣住："这是哪儿？"

"这是军政府的监牢。"司督军表情平静，淡淡道。

顾圭璋心知大事不妙，他大腿发颤："督军，您这是怀疑我吗？我是乱说的，督军，我有证据，老爷子真的是病死的，我手里还有病历啊督军。轻舟认定我害了她外祖父，我顺着她的话说，是想骗钱！"

"如此，我们就再仔细谈谈。"司督军道。

司督军大手一挥，副官将顾圭璋推进了军政府的监牢。

这座监牢是司督军所建，却被司行霈完善，里面算是人间炼狱了，各种刑罚应有尽有。

司行霈是个很变态的人，这点连司督军都不否认。司行霈的刑讯手段，整个江南都闻风丧胆。

铜皮铁骨的人到了这里，都要被剥皮拆骨。

司督军自负有点仁慈，就把顾圭璋交给手下的人："给我审！传我的话，审不出我要的证据，你们都等着挨枪子！"

这就是要放开手脚地审。

审讯的过程很残酷，这些人都是司行霈训练出来的，司督军都看不下去。

他坐在外间的楼上喝茶。

约莫一个小时，审讯官拿了供词给司督军。

已经审问清楚了。

　　顾圭璋和秦筝筝合谋杀孙绮罗，此事千真万确；顾圭璋饿死孙老爷子，细节都审问出来了。

　　不仅如此，司督军还审到了另外一件事。

　　顾轻舟的乳娘带着顾轻舟去乡下，是因为秦筝筝给顾轻舟也下了毒，想让她夭折。

　　孩子大病，城里的医院说救不了，已经快没气了，乳娘就把孩子送到乡下，说她的家乡有巫婆，可以救顾轻舟。

　　"现在看来，乡下没什么巫婆，应该是有位名医，他救活了轻舟，还教了轻舟医术。"司督军想。

　　顾轻舟那时候才一岁多，没有夭折真是福大命大，幸好她乳娘及时将她送走了。

　　审出这些证据时，司督军长长叹了口气："孙绮罗真是引狼入室，害死了自己和父亲，还差点害死了刚出生的女儿！"

　　而这匹中山狼，司督军就不打算放过了。

　　况且这些消息传出去，会毁了顾轻舟娘家的声誉，司督军还是想要这个儿媳妇的，就没打算再给顾圭璋活命的机会。

　　他给副官递了个眼色："知道怎么做吧？"

　　副官会意："是，督军！"

　　当天夜里，司行霈偷偷去了医院，看望顾轻舟。

　　顾轻舟换了病服，她没有睡，坐在窗前愣神。

　　新月弯弯的，琼华清凉如霜。

　　司行霈进来，脱下自己的风氅，盖在她身上。

　　顾轻舟似回神般，看到了他。

　　她漂亮的眼睛浮肿。

　　"督军让人杀了你父亲。明面上会给他安排一个去向，没人知道他死了，他也永远不会再出现，你放心。"司行霈柔声握住她的手，半蹲在她面前。

　　顾轻舟轻轻地点头。

　　司行霈问她："还难过？"

　　"当然难过。"顾轻舟道，"任谁听到如此惨事，都会很难过的。"

顾轻舟很难过，却没有她表现出来的这么严重。

当时听到顾圭璋的话，她太过于意外，怒极攻心而晕倒。后来，她慢慢理清楚了思绪，难过是有的，伤痛欲绝倒也不至于。

顾轻舟没有见过她外祖父，她对顾家的仇恨，都是李妈言传身教的。从来没见过的人，哪怕是至亲的血脉，感情也是有限。

只是她晕倒之后，司督军的表现让她明白了一个道理：司督军对孙家的感情，甚至比顾轻舟深。

顾轻舟的悲痛，会更加重司督军的内疚，她就做了。

她哭得惨烈。

现在，她成功了。

司家不会怀疑她，哪怕司慕把周烟的事告诉司督军，也没什么用。

司行霈揽住了她的肩膀："别难过了，你还有我。"

顾轻舟点点头。

司行霈却略有所思。

顾轻舟在医院住了两天，姨太太们急坏了，还以为顾轻舟是被她父亲打了。

同时，顾家收到了顾圭璋的信，是他的亲笔书信。

"轻舟小姐，老爷留信了，说他要带着周烟去南洋旅行。"三姨太焦虑道，"老爷什么时候回来啊？"

顾轻舟不动声色。

旅行，这是很不错的借口。

这样，顾圭璋就不会死，顾轻舟不需要为他守孝三年，年底照样可以跟司慕结婚；同时，顾圭璋既然在旅行，可以十年八年都没消息。

更让顾轻舟高兴的是，司督军让顾圭璋在信里，带上了周烟。

这样，周烟无迹可寻，就再也没人知道她的去向，包括司慕。

"老爷怎么会突然去旅行呢？"三姨太又追问。

很快，三姨太就知道了答案。

整个岳城都知道了答案。

顾圭璋输光了整个家底，带着他的姨太太跑了。

就连顾公馆这座房子，都被顾圭璋给输了出去。

"他不是去旅行，而是跑了！"

顾圭璋烂赌的消息，司督军是打算隐瞒的。

每个人都有自己的性格，优点或者缺点因立场而异。

司督军这人好面子，顾轻舟不知算他的优点还是缺点。

顾圭璋的事，司督军决定瞒下去，他要考虑顾轻舟今后的声望。

可烂赌的消息还是传了出去。

放出消息的人是顾轻舟。

顾圭璋从旅行，变成了逃难。和他一起逃的，还有他的周烟。

"他死了，是不是？"三姨太追问。

顾轻舟如实道："他借秦筝筝的手杀了我母亲，又亲手害死了我外祖父，我舅舅的死他没有招认，跟他却也脱不了干系。他弑父杀妻，抢掠孙家的家业，已然是死罪了，若是审下去，他应该被枪毙。他死有余辜。"

"你放出去的消息？"三姨太试探着问。

顾轻舟又点点头。

三姨太吃惊："家里出这种事，旁人少不得议论你，你何必……"

这件事说开，对顾轻舟没有半分好处；藏起来的话，顾轻舟更加受益。

顾轻舟眼眸微微一黯。

"我就是希望，流言蜚语多一些，将来督军想起来，就感觉不跟顾家结亲更好。"顾轻舟低喃。

三姨太没听懂："你希望督军认为，顾家不值得结亲？"

顾轻舟"嗯"了声。

三姨太骇然："你疯了？家当没有了，我们一穷二白，你以后怎么办啊？"

顾轻舟微笑了一下。

这天傍晚，顾轻舟出门了。

她去了趟赌场。

顾轻舟进雅间之前，以为是锡九，推开房门却看到了霍钺也在。

"霍爷。"顾轻舟恭敬称呼他。

霍钺仍是长衫布鞋，笑容温文尔雅，戴着眼镜，一副白面书生的模样。

"来了？"霍钺示意顾轻舟坐下。

锡九身边放了个箱子，箱子是紧闭着的，手上拿着账本和金算盘。

摇了摇算盘，锡九道："顾小姐请坐。这是账本，每一笔都记录在案，您是否要先过目？"

顾轻舟摇头："不必了，我若是信不过九爷，就不会劳烦您。直接算吧。"

锡九笑道："那好，顾小姐是直爽人，我们就开始算了。"

账本上，记录顾圭璋在整个赌场的输赢。

将他输掉的钱算出来，锡九给顾轻舟过目。

"一共五万三千九百四十二块三毛。"锡九道。

这是顾家的全部财产。

顾轻舟和李妈，一个月三四十块的生活费，就可以吃喝不愁了。这五万多块，足够顾轻舟将近一百年的用度花销。

当然，计划永远赶不上变化，顾轻舟以后也不需要靠这笔钱生活了。

"就按照五万三千算吧。"顾轻舟道，"说好了，四成给赌场。"

这是顾轻舟和锡九的合谋。

锡九先借给顾轻舟一笔钱，顾轻舟用周烟的名义存到银行，然后把票根拿给顾圭璋看。

看完了，钱取出来还给锡九。

锡九的赌场，顾圭璋和周烟随便赌，主要是让顾圭璋输钱。

他所输的钱，锡九和顾轻舟四六分，顾轻舟拿六，赌场拿四。

只因顾轻舟是霍钺的恩人，赌场破格的。

"阿九，你先出去。"霍钺这时候，慢条斯理开口。

锡九显然是知道主子要说什么，起身走了。

屋子里只剩下霍钺和顾轻舟，气氛顿时有点沉默。

橘红色的灯光有点暗淡，似蒙了层细纱。

"轻舟，剩下的四成赌场不要，全部还给你。"霍钺道。

顾轻舟急忙说："这怎么行？"

霍钺笑道："你是我的好朋友，帮你这点忙还要回扣，岂不是太见外了？况且你这四成的钱，还不够我赌场半天的收入。轻舟，帮朋友的忙是应该的。你家里还有事，钱你拿着，以后我若是需要你帮忙，你尽力即可。"

顾轻舟再三推辞。

霍钺态度坚持。

顾轻舟想起，上次她给霍钺治病，霍钺随手给了她一根大黄鱼，值一万块钱。

顾家这点财产，对普通人来说是一辈子的花销，对霍钺来说却不及打赏孩子的零用钱。

"霍爷，谢谢您的好意。"顾轻舟道。

霍钺道："不用再三客气，我们不是朋友吗？再说了，我跟司少帅还有人情往来，我会从他身上扣回来的。"

顾轻舟忍不住低笑。

从赌场回来，司行需的副官护送顾轻舟，去了城外的一座小镇。

在一家陈旧的客栈，顾轻舟遇到了躲藏多时的周烟。

顾轻舟拿出两根小黄鱼给周烟："在任何势力的情报里，朱晟如的姨太太周烟都是跟着顾圭璋逃命去了。他们没有你的画像，你从此就是自由身了，想去哪里就去哪里，想怎么玩都行。"

周烟拿住金条，眼中浮光微动："真的？"

顾轻舟颔首："真的。"

狼心狗肺的周烟，难得动容，抱紧了顾轻舟："多谢你，你真是我命中的贵人！"

她半晌才松开顾轻舟。

顾轻舟建议她："往北去吧。越往北走，越是没人知道你的底细。北平也很繁华，好玩的地方多的是。"

周烟点点头。

她当天就走了。

顾轻舟目送周烟离开,心想:"不知以后还会不会遇到她,遇到了也不知是什么光景。"

她这次遇到周烟的时候,周烟是在锡九的赌场出千,差点要被打死。

一个偶然的机会,周烟成就了顾轻舟的复仇大计,让一切都变得这般顺利!没有周烟,顾轻舟不可能这么快成功。

对于周烟,顾轻舟还是很感激的。

周烟不是个好人,她害得朱晟如家破人亡;但是她对顾轻舟,又有大恩。

顾轻舟觉得人很复杂。

送走了周烟,顾轻舟回到顾公馆。

她让女佣做了一桌子山珍海味。

顾缨和三姨太围坐在顾轻舟身边。

"轻舟,你要说什么吗?"三姨太开口问。

顾轻舟道:"先吃饭吧。"

顾缨偷偷瞥顾轻舟。自从顾维离开,顾缨就恹恹的,她现在任人宰割,再也没有反抗的资本。

酒过三巡,顾轻舟开口了。

"你们都知道,老爷逃走了,咱们家这栋房子也被老爷输了。我托了关系,才延长赌场收房。"顾轻舟道。

三姨太心中有底,不动声色。

顾缨很麻木,不知生也不知死。

"我跟我义母借了一笔钱,先安顿好你们。"顾轻舟道。

她将一个小匣子放在桌面上。

匣子里是小黄鱼金条。

"我给你们每个人两根小黄鱼。"顾轻舟道,"你们各自谋生,有前途奔前途,有故乡奔故乡。"

她拿了两根给三姨太,又拿了两根给顾缨。

三姨太原本就有点存款,那些钱顾圭璋都不知道。添了两根小黄鱼,更是有了资本,足以安身立命。

　　唯一懵懂的，是顾缨。

　　"我……我怎么办？"顾缨问。

　　顾轻舟道："你已经十五岁了。按照十几年前的规矩，你已经及笄，可以嫁人生子，已经是大人了。你会过得很好。"

　　顾轻舟遣散她们，翌日又把用人们全部遣散。

　　"五天后，赌场的人会来收房。"顾轻舟收拾了行李，下楼对众人道。

　　三姨太和顾缨看着顾轻舟，全部发愣。

　　顾轻舟穿着一袭月白色碎樱斜襟上衣，深绿色长裙，裙裾覆盖脚面，穿着一双豆绿色布鞋。她长长的头发落在胸前，手里拎着一只藤皮箱。

　　这是顾轻舟两年前进入顾公馆时候的打扮，衣裳、鞋袜甚至箱子都是一样的。

　　一时间，三姨太和顾缨有种时空错乱之感，不知今夕是何年。

第二十九章

霈舟决裂

　　顾轻舟带着自己的行李，去了司行霜的别馆。

　　司行霜不在家。

　　顾轻舟简单整理了一番，就下楼坐在客厅里喝茶。

　　"李妈交给我的任务，我几乎全部完成了。"顾轻舟想。

　　母亲和外公的仇已经报了，凶手也伏诛了，外公的家产如数到了顾轻舟手里，虽然已经被顾圭璋花得差不多了。

　　"唯一没有消息的，是舅舅的死。"听说她舅舅是在烟馆被人捅死的。

　　她去过那家烟馆，也托锡九查过。没什么意外，他舅舅是抢了人家的妓女，对方气不过，一刀捅死了他。

　　凶手被判了绞刑，舅舅的死，没什么阴谋诡计。

　　一切都有迹可循，而且李妈也没有吩咐顾轻舟为舅舅报仇，看来舅舅的确是没什么冤情。

　　顾轻舟软软坐着，复又上楼把毛衣拿出来织。她高估了自己，她根本来不及把袖子织好。本来快要收尾了，顾轻舟却有点不满意，光左边的袖子，就拆了两回。

　　司行霜一直没有回来。

　　快到晚上九点，朱嫂给顾轻舟做了晚饭，顾轻舟问副官："少帅何时回来？"

　　副官道："少帅没说。"

　　"他今天是在城里吧。"顾轻舟又问。

　　副官道："属下不知。"

　　顾轻舟没办法了。

　　她睡了一夜，木兰躺在她身边，司行霜彻夜未归。

顾轻舟有点疑惑:"他知道我今天要来,哪怕再忙也应该飞速回家的。既没有口信,又不回家,怎如此奇怪?"

她很少患得患失。

司行霈很好,只是想起他从前那些话,以及他让顾轻舟做的事,顾轻舟就没有安全感。

她爱他,却真害怕给他做妾。

她开始整理医案。

顾轻舟到了岳城,也看过很多病例。依照师门规矩,这些医案都要整理成籍册,留给后人。

她每次都记录了,却从未系统整理过。

顾轻舟出门,买了半桶宣纸,又买了两块布。

她回家之后,先做封面。

封面很简单,把五张宣纸用米浆浸泡,让它们粘在一起晾干,有了硬度和厚度,再用布包裹着。

忙了一下午,册子才做好。

彻夜未归的司行霈,这时候回来了。他头发凌乱,有几缕洒落在眉梢,添了妖冶的邪魅,让他看上去既英武又漂亮。他的军服有点脏,甚至还有几块暗淡的颜色,不知是机油还是血迹。

顾轻舟不管这些,看到他,她就笑起来:"你回来啦?"

她真有点想念他。

司行霈脚步微顿。

屋檐下的女孩子,花颜云鬟,正看着他微笑,余晖落在她的眸子里,她睿智又聪明,是司行霈的最爱。

司行霈脚步一顿,差点软了下去。

"怎么才回来?"顾轻舟笑盈盈地望着他,"很忙?"

司行霈却把她手中的茶盏接过来,放在窗台上。

"轻舟,你跟我走。"司行霈表情肃然。

一句问候也没有。

顾轻舟不解何意,心中便打鼓。

　　上了汽车，司机开车，副驾驶座上坐着副官，车门外各站了两名副官。

　　前后各有汽车跟着。

　　一副严密保护的模样，像是出了大事。

　　顾轻舟心中越发不安，惶然问道："咱们去干吗？"

　　司行霜却沉默。

　　顾轻舟把所有事都在心头过了一遍。这么前思后想，越想越害怕。

　　"是不是司慕做了什么？"

　　"是不是司督军说了什么？"

　　"是不是要打仗了？"

　　"他是不是又反悔，还想再娶一个军阀千金？他是不是想让我藏起来，将我养作外室？"

　　顾轻舟一瞬间脑子里似乎要炸，不好的预感很强烈。

　　在火车站停下了汽车，白炽灯光照得整个火车站亮如白昼时，顾轻舟才开口："要送我走？"

　　她的心，彻底沉了下去。她觉得自己猜对了，她不能见光，司行霜要赶走她，又不肯松开她。

　　司行霜心思沉重般："不是。"

　　他不看顾轻舟，没有了往日的温柔，率先进了火车站。

　　顾轻舟疾步跟上去。

　　火车站被管制戒严，停靠着一辆专列。

　　专列的车身上，有着数不清的子弹痕迹，玻璃窗破了八成。

　　"这是遇到了袭击？"顾轻舟忍不住又问，"谁在车上？"

　　司行霜不回答。

　　到了最中间的一节车厢，他停下来，转身牵住了顾轻舟的手："轻舟，你跟我来。"

　　他掌心温热。

　　车厢里有血迹，满地的碎玻璃还没有清理。

　　顾轻舟蹙眉，随着司行霜往里走。

　　她看到了尸体，远远躺在车厢的另一头，血流成河。

顾轻舟呼吸一紧。

过了这么久，她甚至不止一次杀人，却仍是很害怕尸体。

旋即，顾轻舟看到了不同寻常。

等走近时，顾轻舟倏然双腿发软，差点跌坐在地上。

司行霈紧紧扶住了她。

顾轻舟看到座椅上，一个穿着宝蓝色衣衫的女人，梳着发髻，戴着一把玳瑁梳篦，迎面被一颗子弹打穿了脑袋，正是顾轻舟的乳娘李妈。

浑身的血液都在逆行。

顾轻舟只感觉身子发僵。

她挣扎了半晌，才从发僵的状态里回过神来，她疾步奔到了李妈身边。一摸她的脖子，尸体都硬了。

在车厢的尾端，有个人迎面倒地，穿着天青色的长衫，胸前中了数枪，血流了满地。

是顾轻舟的师父慕宗河。

顾轻舟的牙齿咯咯作响。

她不知是该扑在李妈身上哭，还是该扑在师父身上哭。

这个瞬间，顾轻舟的脑子里像凝聚了无数的冰柱，她的脑浆都被冻住了，双手和双腿不像是她的。

耳边有司行霈的声音："轻舟，轻舟……"

顾轻舟良久，才能看到司行霈就在自己身边，正抱着她。

她一把推开了司行霈。

她在师父跟前慢慢蹲下。

师父被枪打成了筛子，胸膛几乎打烂了，扶起来的时候软绵。他死的时候眼睛是睁开的，司行霈的副官强行为他合上，却没有合严。

顾轻舟隐约瞧见了他眼睛缝隙里的光。

这像是吓到了顾轻舟，顾轻舟重新将他放下。

"我做了个噩梦！"顾轻舟喃喃，她用力拉住了司行霈的手，"我做了个噩梦，快点把我叫醒！"

司行霈沉默，痛苦地看着她。

顾轻舟发怒了："快点醒过来！"

她猛然用力拍打地面，想要让自己在痛感中清醒。

地面有碎玻璃。

顾轻舟一掌拍下去时，碎玻璃扎进了她的掌心。

很疼，疼得钻心，血汩汩地往外流。

顾轻舟难以置信地看着自己的手，她眼神里的光聚了散，散了又聚，将玻璃一下子拔了出来。

还是疼。疼得刺骨而钻心。

她坐在地上，不顾师父和李妈，只是抱住了自己的脑袋："我不是在做梦，就是中了某种迷幻药。是司慕做的，对吗？司慕想要我死。"

司行霜半蹲着，沉默不语。

"你真乖，你在现实里很少这样沉默乖巧。"她伸手去摸司行霜的脸，结果抹了他满脸的血。

她掌心的血还没有止住。

顾轻舟又用袖子去擦司行霜的脸。

他的肌肤是温热的，他的呼吸也是温热的。

像真的一样。

顾轻舟用力，狠狠扇了他一巴掌："你疼不疼？"

他没什么感觉，目光哀痛地看着她。

顾轻舟的手心却疼了。

"好奇怪的梦！"顾轻舟攥住了司行霜的衣领，开始哭了，"好真实，司行霜我好害怕！我怎么醒不过来，我好害怕司行霜！"

她攥得很紧，很是用力。

她又去看师父。

泪眼婆娑里，她师父的确被枪打烂了，她乳娘是被一枪毙命的。

顾轻舟想用玻璃割破自己的脸时，司行霜用力攥紧了她的手腕。

他死死抱住了她："轻舟，对不起轻舟！"

他的胸膛结实，他的呼吸喷在顾轻舟的颈侧。

顾轻舟安静地数着他的心跳。一下下地，竟是不多不少。

这时候，她才真正有了恐惧之感，因为太真实了。

不可能是真的。

她的师父和乳娘还在山里，没有她的电报，他们是不可能出来的。如今，他们却在司行霈的专列上。

他们死了，死得极其惨烈。

若这是真的，可能是仇家把她的师父和乳娘当成了司行霈。他们是为了司行霈而死，等于是司行霈害死了他们。

若司行霈不去接他们，他们就不会死。

"不是真的，我只是做了个噩梦而已。"顾轻舟喃喃，"我会醒过来的，我不会一下子就失去了亲人和司行霈，我不会一无所有。"

司行霈听到了她的喃喃，倏然更加用力，紧紧抱住了她："轻舟，我爱你！"

他第一次说他爱她，竟是在她的梦境里。

她太想听他说这句话了，所以在幻想中实现了。

"我为什么醒不过来？"顾轻舟越发焦虑。

顾轻舟没有得失心疯。疼痛和鲜血，以及司行霈的呼吸、心跳，都让顾轻舟冰冻的脑子开始思考。

这不是做梦，也不是幻想。

分清楚了，她宁愿是做梦。

"李妈，李妈！"顾轻舟抱着李妈僵硬的身体，死也不肯松手。

她号啕大哭，哭得肝肠寸断。

这个女人养大了顾轻舟，她胜过顾轻舟的生母，比顾轻舟的命都要重要！

而顾轻舟的师父，像顾轻舟的父亲，还传授了她毕生医术。

顷刻间，她失去了"双亲"。

而害死他们的，是顾轻舟的爱人司行霈，他成了顾轻舟的灭门仇敌，顾轻舟和他之间，再也不可能结为连理。

前一秒，顾轻舟还依门赏花，心心念念等待他归来，筹划着他们的生活，她过着温馨甜蜜的小日子；下一秒，司行霈就变成了害死她全家的凶手，她失去了全部。

　　她声嘶力竭。她可以做任何事，但她无法承受她的至亲离开她。她从小就知道，自己和李妈相依为命，顾圭璋、秦筝筝都是仇敌。顾轻舟现在终于明白，顾维和顾缃失去秦筝筝之后，对她的恨意有多深。

　　"不！"顾轻舟死死不松手，"不要死，不要死！这不是真的！"

　　冰凉的针管，插入了她的脖子里。她眼前发花，意识开始不受控制，迷迷糊糊就睡着了。等她睁开眼，看到司行霈坐在床边时，顾轻舟愣了又愣，继而她大口大口喘气。

　　"司行霈，你不知道我做了什么可怕的梦……"她的话音未落，就瞧见了自己掌心的纱布。

　　不是梦。

　　"不，不会的。"顾轻舟大哭起来。

　　而后的几天，真真假假一直让顾轻舟无法分清。

　　她做了个很长的梦。

　　梦里，是春水盈盈的三月天，到处垂柳摇曳、桃蕊初绽。晨雾弥漫，烟波流水，空气微寒，顾轻舟和师父走在阡陌纵横的田埂上，水田中一丛丛碧油油的水稻苗。她嫩白的小脚，走在滑不溜秋的泥里，留下一阵阵清铃般的娇笑。

　　乳娘的声音，在阡陌的尽头，温柔而敦厚："轻舟，吃早饭啦……"

　　她没办法回家了！

　　顾轻舟昏迷了一天一夜，她知道自己应该醒过来，她甚至听到了耳边有人说话，但是她没办法睁开眼。

　　一旦醒了，她就要失去一切。

　　她隐约听到了军医的声音："再给她打一针吧。"

　　"她什么时候能醒过来？"司行霈的声音低沉而嘶哑，像只受伤的兽，在痛苦中失去了锋芒。

　　"她没事，只是自己不肯醒。"军医道。

　　屋子里沉默了下来。

　　顾轻舟则在梦里走了一遭。

从前生活的片段，一点点在脑海中回放。

师父教她背《大医精诚》，她错了半句时，师父拿戒尺打她的手背，说："学医，先学医德！没有医德，医术再好也是屠夫！"

不知是哪里疼，顾轻舟的眼泪涌了出来。

她感觉有温暖的手为她擦拭眼泪，这双手绵软，同时也有点粗粝，是乳娘那双长期劳作的手："轻舟乖，不要哭。"

乳娘只是顾轻舟母亲雇佣的下人，她却含辛茹苦养大了顾轻舟。李妈的女儿去世之后，她丈夫也病逝了，她就和顾轻舟相依为命。若没有她，顾轻舟哪怕不死，也要被秦筝筝折磨得不成人形，从精神上失去一个人该有的自信和骄傲。

顾轻舟从梦里醒过来时，是第二天的深夜。皎洁的月色从窗口照进来，带着寒意般，像铺满了一地的残雪。

司行霈半坐在床上，将顾轻舟抱在怀里，他合眼打盹。

顾轻舟一动，立马惊醒了他。

"轻舟！"司行霈低声喊她，声音里全是温柔。

"李妈和师父呢？"顾轻舟开口就问。

她这几天睡觉，每次醒过来都分不清梦境和现实，都以为自己只是做了场噩梦，然后想明白了，放声大哭。

这次，她没有再犯糊涂了。

她一睁开眼，就知道再无侥幸，司行霈害死了她的乳娘和师父。

"放在另一处宅子里了。"司行霈道。

"带我去看。"顾轻舟道。

司行霈犹豫了一下，起身抱了顾轻舟下床。

他为顾轻舟披了件外衣，亲自开车带着顾轻舟去看她的师父和乳娘。

别馆有重兵把守，正堂里摆放着两口棺木。

司行霈已经请人给李妈和师父整理了遗容。

师父还好，脸上没有伤口，只是胸腔被打烂了，装束之后安静躺在棺材里，表情竟是宁静悠然。

跟他活着的时候一模一样。

李妈额头上一个洞，却怎么也遮掩不住了。

顾轻舟伸手，摸了摸李妈的脸。

她这次没有哭，眼睛肿得厉害，已经哭了无数次了。

良久，顾轻舟问："司行霜，他们为何会在你的专列上？"

司行霜立在顾轻舟身后，毫无花哨，有一说一。

"我派人去接他们来的。"司行霜道。

顾轻舟表情冰凉，手按在棺木上，她声音也带着几分冰凉："我师父和乳娘藏得很深，轻易找不到他们。你去接他们，这话从何说起？"

司行霜微微抿唇："轻舟……"

"你派人去抓他们了。"顾轻舟不等他回答，笃定道，"为什么？"

司行霜目光不动，静静看着她。

"……怕我跑了，想要把李妈和师父捏在手里，这样你哪怕娶个军阀千金，我也不得不委身给你做妾，是不是？"顾轻舟又问。

若她这么以为，反而比司行霜预想中更好。

他沉默了。他此刻的沉默，在顾轻舟看来是一种默认。

"可是你出行无数次，你的专列从未遇到那么大的袭击，怎么这次就偏偏遇到了危险？"顾轻舟又问。

她哪怕沉浸在巨大的悲伤里，仍不失睿智。

"是李文柱的人。"司行霜道，"轻舟，我会替你报仇的。"

"不，我的仇人不是李文柱。"顾轻舟的声音，比霜华更寒，"若你不从山里把师父和乳娘找出来，一般人都找不到他们。

"况且回岳城的方法千百种，你偏偏用了你的专列。你明知道无数人等着宰了你，你还用专列招摇过市，你就是想借刀杀人。"

司行霜不言语。

顾轻舟也不需要他的回答。

"可是为什么？"顾轻舟这时候，忍不住哽咽了。

司行霜拿捏她的师父和乳娘，想要掌控她，甚至要她做妾，她能理解。可他为何要安排人杀了他们？

这一点，顾轻舟是死也想不通了。

杀了他们，就等于毁了顾轻舟。

司行霈这么疼她……

顾轻舟第一次对司行霈，产生了怀疑和动摇。

"……你为什么要害死我的乳娘和师父？"顾轻舟转身，咆哮着抓住了司行霈的衣襟。

司行霈用力将她按在怀里："只是意外，轻舟！"

他解释说："专列更快，而且车上有无数的侍从，他们会保护你的亲人。不知是哪里走漏了消息，这是个意外，轻舟，是李文柱害死了他们。"

顾轻舟用力推开他。

不是李文柱，是司行霈！

哪怕打在乳娘额头上的子弹属于李文柱，也是因为司行霈招惹了李文柱，这子弹本应该打在司行霈身上，顾轻舟的乳娘和师父是为司行霈挨枪了。

她没办法说服自己原谅司行霈，更没有办法原谅自己。

"我为何不早点跟你鱼死网破？"顾轻舟大哭不止，"在你一开始逼迫我的时候，我就应该跟你玉石俱焚。

"可是我一边说恨你，一边跟你做龌龊的事，我甚至爱上了你！是我毁了一切，是我毁了李妈和师父。"

养育之恩，半分都还没有报答，他们却全因为顾轻舟而死了。

她大哭起来。哭得快要断气了，顾轻舟又昏迷了过去。

等她再次醒过来，她睁着眼睛在床上躺了半个小时，突然间又像变了一副脸孔，冷漠而决然："火化吧。"

这样，骨灰她能随时带着，不管她走到哪里。

顾轻舟应该不会住在岳城了，她不会把师父和乳娘的尸骨留在岳城。

"好。"司行霈声音嘶哑。

他低下头想要吻下顾轻舟，被顾轻舟绕开了。

当天，司行霈就将顾轻舟的师父和乳娘火化了。在林海公墓买了两块墓地，将师父和乳娘骨灰的三分之二下葬，用顾轻舟的名义立了墓碑。

剩下的骨灰，顾轻舟放在两个罐子里，用布将罐子包裹，方便她随身携带。

而顾轻舟，也该跟司行霈做个了断了。

这天司行霈半夜醒过来，就见顾轻舟蹑手蹑脚靠近他，手里拿着一把锋利无比的短刃。

他愣了一下。

那刀直直朝他的脖子上扎下来，没有半分的犹豫，司行霈快速往旁边一翻。短刃插入枕头，甚至插到了床板上，可见顾轻舟用了多大的力气。

司行霈将刺杀未遂的顾轻舟按在床上。

顾轻舟没有动。

她浑身无气息般，任由司行霈压住。

司行霈这才轻轻地叹了口气，吻了吻她的面颊："轻舟，对不起。"

顾轻舟徐徐开了口："你看，你的警惕性永远都是这么高。哪怕你说我是你最爱的人，你对我都保持着警惕……"

司行霈心中一凛。

"你警惕性这么高，你的专列怎么可能会被人打成那样？我师父和乳娘，怎可能轻易死在你的车上？"顾轻舟声音幽幽，像只幽灵般询问。

司行霈心中大恸。

顾轻舟与其说在试探，还不如说她在恳求。

她求司行霈解释。

司行霈若是能为自己开脱，顾轻舟就愿意相信他。

顾轻舟已经失去了至亲，她只剩下司行霈了。

她不能失去全部。

司行霈却只言不漏，坚称是意外，简直把顾轻舟当傻子。

"你告诉我，发生了一些事对吗？"顾轻舟声音更轻，好像稍微用力，她的眼泪就要被震下来，"你不是故意害他们的，是出事了对吗？"

她像个饥饿的孩子，望着一勺米粥，等着救命般张大了嘴巴。

她希望司行霈能把原本的生活还给她，更希望司行霈能给她一个理由，让她说服自己继续留在他身边。

否则，她真的一无所有，她一下子失去了全部！

她哀求着，奢望着！

顾轻舟那一刀没有扎进司行霈的脖子，却像扎入了他的心窝，疼得他险些落泪。

"轻舟，我只是想把他们接过来享福，路上出了意外……"

他还没有说完，顾轻舟就咆哮了起来："我不相信！"

她使劲捶打司行霈："你害死了他们！你知道什么让我最难过吗？就是我不知道你为何要害死他们！李妈和师父死得不明不白，我却连动机都不知道！"

她疯了一样拉住司行霈的衣领："告诉我，你告诉我！"

司行霈任由她揉打。

在黑暗中，顾轻舟一边打一边骂，倏然司行霈又感受到了利器滑过空气轻微的响动，他一把攥住了顾轻舟的左手。

精准无比，顾轻舟左手的袖子里藏了一根银针。

这银针无毒，是她平常行医针灸用的，她要刺向司行霈，司行霈就下意识挡住了。

司行霈攥住她的手，她又大哭起来："你的警惕到了如此程度，除非你动手的，他们绝不会死在你车上！你为何要杀我的亲人？"

她哭得凄厉，整个身子都颤抖了起来。

司行霈抱紧了她。

"……轻舟，我当时不在车上，才发生了意外。"司行霈道。

司行霈始终不肯松口。是李文柱的人要杀司行霈，结果错杀了顾轻舟的乳娘和师父，这是司行霈的说辞，不管轻舟怎么闹，他都不改口。

顾轻舟却坚持认为是司行霈的谋杀。司行霈算准了时机，把乳娘和师父放到了车子上，借助李文柱的手杀了他们。等事情结束，他咬紧牙关声称是意外。

顾轻舟没了一切，只剩下他，她不得不相信，她会说服自己的。

他慢慢磨着她，总有一天她自己也会承认：只是意外，是李文柱害死了他们，跟司行霜没关系。想当初，顾轻舟对司行霜是又憎恨又害怕，后来她不也爱上了司行霜吗？

司行霜需要的是时间和耐心。

顾轻舟明白他的阴谋，却始终不知动机：为什么要杀他们？

为什么！

"你想要的不是他们死，而是他们彻底从我的世界里消失。"顾轻舟哭道，"若是单纯让他们死，你明明可以在深山里杀了他们。你把他们给我看，就是想让我明白他们永远离开了。为什么？为什么要这样？"

这几乎要将她折磨疯。

她大哭大叫。

从出事到现在，不过五天，顾轻舟已经消瘦了一大圈，整个人近乎疯狂。

司行霜将她从云端推下来，摔入烂泥坑里。

她很痛苦，浑身的血脉都要沸腾而咆哮，想要刺破血管，奔流而出，将她五马分尸般。

顾轻舟没有跟李妈和师父告别，都不知他们最后的遗言。她从小在乡下长大，没有朋友，只有师父和李妈，那是她全部的生活，那是她的至亲！

司行霜把她的生活一把推倒了，他结束了她的过去。

"告诉我，你编个理由骗我！"她拉住他大哭，"求你了司行霜，求你！"

司行霜痛苦地抱住了她，他嘴唇微动。

等顾轻舟以为他会说出什么的时候，他艰难而痛苦道："轻舟，真的是意外，我会杀了李文柱给你报仇的。"

顾轻舟不信这种鬼话，她半个字都不相信！她突然想起一件事，那时候她还在上学。

"……上次来了个女人李红，说她是我的乳娘，结果你查出来，她只是我乳娘李娟的妹妹。可李妈从来没说过她有妹妹，后来你送她离开，回来时身上有血迹，但你出去的时候没有，你是不是杀了她？"顾轻舟又问。

那件事，顾轻舟一直放在心上。

她说，她相信司行霈，是她宁愿装聋作哑，不代表她愚笨。

顾轻舟始终心存疑虑。她觉得司行霈杀了那个女人。

难道那个女人的话是真的？

那个自称李红的女人，才是顾轻舟的乳娘。

那么，和顾轻舟一起生活了十几年的人，又是谁？

司行霈是不是知道？

"……你告诉我，你解释给我听！"她死死搂住他。

司行霈轻轻地拍她的后背："轻舟，我爱你！我哪怕自己死，也不会伤害你，更不会伤害爱你的人！"

不会伤害爱她的人？他是在暗示，李妈和师父不爱她吗？

顾轻舟以为自己抓到了什么，司行霈继续道："真的只是意外！"

一切都回到了原点。

意外！

"轻舟，这个世上每天都有意外，汽车、火车翻车的事，时常发生。有时候一条渡船好好地过江，也能无缘无故翻了。意外就是意外，是天意，我们都无法避免。

"我知道你难过，但是你要接受意外。我在你身边，轻舟，我爱你，我会弥补你生活里的缺失。将来会有我们的孩子，会有我们的家庭！"司行霈道。

他字字句句劝顾轻舟要看开。

意外，的确是无法避免。

顾轻舟在乡下的时候，有位勤劳忠厚的大叔，暴风雨天气在田埂里做活，被雷劈死了。这种意外，顾轻舟也见识过。

毫无道理可讲！

若是意外，顾轻舟也只能认命接受。

再过两年，或者三年，她内心就会平静下来；等她有了孩子，她想起师父和李妈，大概只会心头滑过一缕痕迹。

但是师父和李妈的死因，只有司行霜知道。

要么是被司行霜所杀，要么是做了司行霜的替死鬼。

不管是哪种，司行霜都是顾轻舟的仇人。

她和他从此不共戴天。

"我知道，是你杀了师父和李妈。哪怕是意外，也是你的意外转移到了他们身上，他们是为你而死。我要杀了你!"

随后的半个月，顾轻舟对司行霜进行了三次谋杀。

她已经绝望了。

她从司行霜身上，问不到半点消息。而她师父为了躲避保皇党，藏匿得很深，除了司行霜，只怕连霍钺也不清楚他的底细。

顾轻舟到了这个时候才明白："我想要的，不是他们的死因，而是司行霜的无辜。"

经过了漫长的追问，顾轻舟明白，司行霜不无辜。

意外也好，谋杀也罢，都是司行霜的责任。

退一万步说，哪怕真的只是意外，若司行霜不将他们从深山里找出来，根本就不会有这种意外；司行霜不招惹李文柱，更不会有这种意外。

这个意外，是司行霜造成的。

李妈和师父不是翻车、翻船而死，他们是被人打成了筛子。子弹是有主人的，它的主人不是老天爷!

所以，顾轻舟想要逃避，想要为司行霜开脱，是她的软弱。

她的双亲死了，她爱的男人成了杀害她全家的凶手!

就在顾轻舟第三次用枪打司行霜的时候，司行霜避闪不及，子弹一下子就打穿了他的肩膀，血如泉涌。

军医来取子弹的时候，司行霜的亲信站在旁边，默不作声。

只有一位叫邓高的副官，愤愤不平地对顾轻舟道："顾小姐，您不能这样对少帅，您要知道，少帅他全是为了……"

"闭嘴!"司行霜猛然起身，狠狠掴了邓高一个耳光。

邓高的门牙被打断了，鲜血不由自主从唇边溢出。

顾轻舟瞬间血液微凝，邓高知道隐情，司行霈不肯让他说。

"为了什么？"顾轻舟追问。

邓高满口的血，耳边嗡嗡的，眼睛发花，再也说不出话来。

司行霈狠戾，对自己的亲信却很好，这是他第一次动手打人。

"出去！"司行霈厉喝。

邓高捂住口，转身走了出去。

司行霈挥手打邓高，太过于用力，自己的伤口又崩开了，血流如注。

顾轻舟想要去找邓高，从他口中套话，她却再也没见过邓高。有了邓高的事杀鸡儆猴，其他亲信对此事讳莫如深，没人敢泄露半个字，顾轻舟什么也问不到。

短短月余，顾轻舟像脱了层皮。她睡不着，脸上泛出淡淡的青灰色，毫无往日的红润。她眼睛瞪得大大的，日夜看着司行霈，似只猛兽，随时要扑过来把司行霈杀死。

这次得手，是司行霈的疏忽。他提防她太久了，身体上出现了疲倦，才不小心中枪。

"团座，把实话告诉顾小姐吧！"身边的参谋劝司行霈，"顾小姐聪明厉害，她总有一日会得手，您白丢了命。"

"不行！"司行霈干脆利落地拒绝。

参谋又劝："您好些日子，连个囫囵觉都没有睡，这样熬下去，您的身体也吃不消了。"

"我自有分寸！"司行霈道，"此事谁敢泄露半个字，我的枪就不留情面！"

"就咬死是意外？"参谋问。

司行霈颔首："就是意外！"

参谋道是。

第三十章

鱼死网破

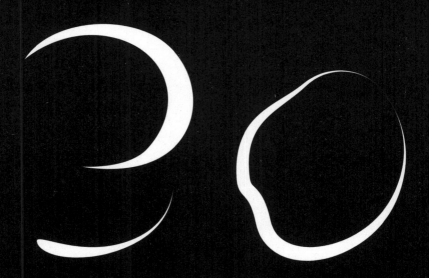

司行霈的确很久没好好睡觉了，他日夜提防顾轻舟下杀手。

司行霈知道她不会手软，她要报仇。

这也能理解。不管是谁害死了司行霈的母亲，司行霈都要杀了那个人，不管那个人是什么身份，和自己的感情多深。

顾轻舟若是不报仇，就是个没心没肺的，司行霈反而看不起她。

他的轻舟有情有义！

他并不担心她，司行霈知道闹脾气归闹脾气，她总会闹累的。

司行霈会哄着她，加倍疼爱她，她剩下的一生都会平安顺遂。

"轻舟，我送你去颜家小住几日，好吗？"司行霈道。

顾轻舟不言语。她侧躺在床上，长发在枕被间一点点荡开，像披了件青绸，她将自己笼罩在黑发里，毫无生机。

司行霈抱起她："轻舟，你想跟我出去玩，还是想去颜家？"

顾轻舟直愣愣看着他，眼神涣散："为何要害死我的乳娘和师父？"

"只是意外，轻舟，我绝不会害你的。"司行霈低声，轻轻地吻她的头发，"轻舟，我只会保护你、疼爱你，永远不会害你的。"

顾轻舟觉得好笑，她却笑不出来。她一点力气也没有。

杀了她的家人，算什么保护？

"司行霈，你一直都是个变态！我到底少不更事，被你迷惑，害得我师父和李妈惨死，我也是凶手。"顾轻舟喃喃。

司行霈吻她的头发。

他温热的手，轻轻地抚摸着她的后背："轻舟，会过去的。"

"我要杀了你，我一定要杀了你！"顾轻舟声音冷漠得像一把利器，泛出嗜血的光芒。

"我不想死。"司行霈将下巴落在她的头顶，"我以前不怕死，也不在乎生死。现在我有了你，我怕我死了，没人像我这样疼你。"

顾轻舟感觉喉间泛出腥甜，一口血几乎涌上来。她气得吐血。

她转身，从枕头下掏出一把刀，刺向了司行霈。毫无意外，这把刀再次刺空。

她杀不了他！

除非……

顾轻舟眼睛微转，看着司行霈，眼睛阴森森的。留在别馆，她没有机会了。

司行霈不同于其他人，并非靠得越近越容易得手，顾轻舟需得离开。

司行霈轻轻地吻她的眼睛。

顾轻舟被迫合上了眼帘。

"我想去颜家。"顾轻舟道，"你把我送到颜家去吧。"

"好。"司行霈答应，"你记住了，我们冬月初一离开，我已经安排好了。"

还有一个多月。

顾轻舟抱紧了胳膊，没有言语。

她没有带任何东西，除了师父和李妈的骨灰盒子。

出事之后，顾轻舟哭过、闹过、刺杀过，可惜她全然不是司行霈的对手。

想要杀了司行霈，给师父和乳娘报仇，只得借助其他的力量。

要借力打力！

"我恨你，我要给我师父和乳娘报仇！"顾轻舟上了汽车之后，对司行霈如是道，这算是宣战。

司行霈将她收拢在臂弯里，让她的面颊贴着他的胸膛，轻声细语："你太累了轻舟，休息一会儿吧。"

等颜太太和颜洛水看到顾轻舟的时候，她们两个人差点哭出来。

颜洛水泪眼婆娑冲司行霈大喊："你折磨她了？"

出事的最初，顾轻舟无法吃喝，靠军医输液保命；她为了刺杀司行霈，多次动刀动枪，也不小心伤到了自己。顾轻舟的左边面颊，有一块青肿，怎么也无法消散。她瘦得脱了形，脸上又带着伤，像是受尽折磨。因为太瘦了，这眼睛大得恐怖。

况且司行霈在颜洛水心中，素来邪佞恶毒，他折磨顾轻舟，反而是更合理的解释了。

"洛水！"颜太太阻止了女儿的怒吼，"过来扶住轻舟。"

哪里还需要两个人扶？现在一阵风也能吹倒顾轻舟。

颜洛水忍着眼泪，狠狠瞪了司行霈一眼，上前去搀扶住了顾轻舟。

颜新侬也被吓了一跳。

顾轻舟的师父和乳娘出事之后，司行霈打电话给颜新侬："让婶母给老太太打个电话，就说轻舟送妹妹顾缨要回老家，可能要一两个月才回来。"

顿了顿，司行霈又道："也把这话告诉督军。"

颜新侬当时挺担心的，追问道："轻舟没事吧？"

"没事，轻舟在我这里。"司行霈道。

颜新侬放下心，果然让颜太太打了电话，就说顾轻舟走得匆忙，而且家里出事，她有点不好意思见人，就没有跟老太太告辞。

老太太相信了，还关怀了几句。

营地来了一批新枪，司督军正在抓集训，颜新侬告诉了他，他也没放在心上。

颜新侬只当司行霈带轻舟去玩了，他也没多想，谁知道顾轻舟弄得这般狼狈？

"怎么回事？"颜新侬的脸也变了。

司行霈没有解释："照顾好她，让洛水和一源带她散散心，我过些日子来接她。"

颜新侬一头雾水。

司行霈没有解释，顾轻舟却说了。

颜太太端了一杯人参汤，顾轻舟一边喝一边讲述事情的经过。

她从自己进城说起。

"乳娘避世久了，不想被人打扰，才先躲了起来；师父担心我出世之后引来保皇党，也躲了起来。"顾轻舟又道，"我的师父就是天下第一名医慕宗河。"

颜洛水和颜一源也愣怔地看着顾轻舟，不管是顾轻舟的目的，还是顾轻舟的师父，都让他们大为意外。就连颜新侬，也错愕地看着顾轻舟。

谁能想到呢？顾轻舟看上去跟他们一样年幼无知，却隐藏着如此巨大的秘密。一个小小的少女，神不知鬼不觉弄倒了一个家庭，手段真厉害！

况且，她居然是慕宗河的关门弟子。颜太太虽然早前有过怀疑，但终究觉得太过荒唐并未细想，没想到却是真的。

"慕宗河还没有死？"颜太太最先从震惊中回神问了句。

问完她便后悔了。

果然，顾轻舟用低沉而柔软的嗓音道："现在他死了。当年他为了帮一个女革命党，在太后的药里下毒，害得全家被诛杀，他东躲西藏，却万万没想到死在我手里。"

颜新侬安抚她："轻舟，这是个意外。"

顾轻舟摇摇头："义父，李文柱跟我师父无冤无仇，他的子弹不会落在我师父身上。因为我招惹了司行霈，司行霈又无恶不作，李文柱将我师父当成了司行霈，才将他打烂。"

想到师父走的时候，死不瞑目，而且没有全尸，顾轻舟的心就像被冰锥扎了，又冷又疼。她的呼吸都能透出凉意。

"若不是司行霈，李文柱都不知道我师父和乳娘的存在；若不是司行霈，普通人根本找不到他们，是司行霈害死了他们。"顾轻舟道。

她说罢，喝了口人参汤。这汤有点凉了，像凉凉的血，她慢慢咽了下去。

她和司行霈之间，从前考虑什么妻妾名分，如今是隔着血海深仇了。

"我甚至怀疑，是司行霈故意利用李文柱，杀死了我的师父和乳娘。"顾轻舟道。

颜洛水这时候就跟不上思路："他为何要杀你的师父和乳娘？"

顾轻舟摇摇头。她不知道。

师父和乳娘死不瞑目，顾轻舟却连他们为何而死都不清楚。

晚上，顾轻舟和颜洛水睡一张床，颜洛水问她："你以后怎么办？"

"报仇。"顾轻舟道。

她的仇敌是司行霈，她深爱过的男人。

"轻舟……"颜洛水只感觉特别犯愁。

她都不知道是该怎么劝说顾轻舟。

叫她放弃复仇？这不可能，顾轻舟的乳娘和师父可谓惨死。

叫她复仇？似乎也不可能，顾轻舟爱司行霈，他们明明应该结婚的。

住到了颜家，顾轻舟的情绪发生了变化。

后来她单独住了一屋，在颜洛水隔壁。

晚上，她一个人抱住被子哭，哭得压抑，不让声音透出去。

好几次，她隐约瞧见了窗外有个黑影，她知道是司行霈来了。为了让她快点好起来，司行霈不敢冒头，默默站在她窗外。

而白天，顾轻舟除了沉默，就是吃吃喝喝。颜太太端给她的每一样补品，她都如数吃下去。

"轻舟这是在干吗啊？"颜五少不太懂，把霍拢静也叫了来，一起围着顾轻舟，再三研究她。

"我前些日子太伤心，瘦得不成样子。不仅不好看，脑子也不够用了，我要补回来。"顾轻舟轻柔解答。

"轻舟，你接下来有什么打算？"霍拢静问。

"报仇啊，要不然活着干吗？"顾轻舟低垂着眉眼，轻轻地翻动手边的一本书，淡淡说道。

"找……找谁报仇啊？"颜洛水小心翼翼地问。

她是在明知故问。

顾轻舟沉默。

沉默片刻，顾轻舟道："司行霈，还有我自己。"

她若是没有招惹司行霈，司行霈才不会去山里找她的师父和乳娘。司行霈是罪魁祸首，顾轻舟却有原罪。

她也是凶手之一。

"你要和司行霈同归于尽啊?"霍拢静问。

顾轻舟目光阴郁,像幽灵的鬼火微微闪动。

"没有。"顾轻舟道。

她不会和司行霈同归于尽,司行霈永远都没有与她同生共死的资格。

她虽然否认了,颜洛水和霍拢静却认定她不想活了。

此事关系重大,颜洛水立马去告诉了颜新侬。

"阿爸,您智谋过人,您快去劝劝轻舟啊!我看轻舟的样子,是走火入魔了。"颜洛水快要哭了。

她不想失去最好的朋友。

颜新侬则摸了摸女儿的头发:"傻孩子,这个当口,轻舟说什么你们都别当真。你想想,若是你姆妈和阿爸被……"

"不会的,不会的!"颜洛水浑身打冷战,想都不敢想,立马阻止了颜新侬。

换个角度,若是颜洛水的父母被司行霈害死了,颜洛水一定会宰了他,哪怕付出生命的代价。这是人之常情。

顾轻舟现在就是这样的心思。只是不知道,顾轻舟打什么主意。怎么杀司行霈,很多人都考虑过这个问题,从未有人成功。顾轻舟只怕是白忙一场。

"傻丫头。"颜新侬笑,同时又叹了口气。

这件事,说起来真有点叫人糊涂,连颜新侬都摸不透司行霈。

顾轻舟到颜家的时候,颜新侬就去问过了司行霈,到底是怎么回事,为何要杀了顾轻舟的乳娘和师父。

司行霈道:"是意外。"

颜新侬都不信。不可能有这种意外。

司行霈和李文柱结仇太深,他最了解李文柱。了解自己的对手,就不可能在他手下输得一败涂地。这次的意外,是司行霈故意造成的,他借了李文柱的手杀了顾轻舟的乳娘和师父。

因为什么,颜新侬也猜不到,此事太过于诡异。

司行霈行事虽然极端,对顾轻舟却是真心疼爱,他不至于杀了她全家来独占她，他还没有扭曲到这种程度。

司行需不肯说，连颜新侬都不告诉。

此事关系重大，颜新侬看顾轻舟那架势，是蓄足了力量准备对付司行需。

"阿爸，您还是去劝劝轻舟吧，若是您都没有法子，我们就更加不知道怎么办了。"颜洛水道。

颜新侬叹气。

"我试试。"颜新侬百般无奈，去见了顾轻舟。

顾轻舟正在看书，看的是《圣经》，这曾经是教会学校的功课之一。

看到义父进来，顾轻舟放下书，认真坐好了。

"……轻舟，你还有什么东西落在别馆吗？我派人去帮你拿回来。"颜新侬问。

顾轻舟一愣。

旋即，她轻轻地垂了脑袋："义父，我一无所有了，顾公馆散了，乳娘和师父死了，如今只剩下你们了。若是你也站在司行需那边，劝我想开一点，我就真的没有活路了。"

颜新侬被她说得心头大震。

一时间，颜新侬竟半个字都说不出来。

他看着这个单薄的女孩子，心酸一下子就填满了他。

顾轻舟比颜洛水还小一岁啊！

她正在承受的痛苦，是正常成年人都无法承受的。她没有发疯，已然是过人之处。颜新侬再来试图劝服，对她来说简直是另一种酷刑。

颜新侬拍了拍自己的膝盖，道："轻舟，以后颜公馆就是你的家，我们是你的父母！"

顾轻舟点点头。一点头，豆大的泪珠就滚落在了手背上。

屋子里沉默了下来。良久之后，顾轻舟道："我虽然和司行需已经是不共戴天的仇人，我还是想要那两匹狼。"

"好，我亲自去一趟。"颜新侬道。

颜新侬从顾轻舟的屋子里出来，心酸得厉害。

"唉，造孽！司行霈这个人，真是缺了一辈子的德！"颜新侬道。

他去了趟司行霈的别馆，特意挑了司行霈在家的时候去。

屋子里收拾得整整齐齐，只是客厅的沙发上，堆满了宣纸，满地狼藉。

司行霈在客房。

颜新侬说明了来意，司行霈颔首。

短短一个月，司行霈也憔悴了很多，他肩膀的伤口已经愈合了，只是气色不好。

"轻舟怎样？"司行霈问。

他这个问题，每天都要打电话问一遍。

颜新侬也照例道："还是老样子。"

顿了顿，颜新侬又道，"她吃吃喝喝得很卖力，像是要把自己养壮了，找你拼命。"

司行霈忍不住笑了。他发自内心地开心："能吃能喝就好，我真怕她不爱惜自己的身体。"

说到了这里，颜新侬忍不住又问："阿霈，她乳娘和师父的事，到底是怎么回事？"

"说了，是意外。"司行霈对此事，保守严密。

颜新侬正色道："我都看得出你不坦诚，轻舟能不知道吗？你们两个人将来有什么不好的下场，都是你作的！"

司行霈没有发怒。

他看了眼颜新侬，头一次认真道："总参谋，若是我能说实话，我会不告诉轻舟吗？我疼她，胜过你疼她百倍！"

颜新侬结舌。

"为何要把人给杀了？"颜新侬还是无法理解，"你做事总是很大胆，这次我着实想不通。"

司行霈摆摆手，不想再提了。等颜新侬走后，司行霈立在地图前，开始思考顾轻舟会如何跟他鱼死网破。

他了解顾轻舟，顾轻舟的才能和智慧，连司行霈也要赞服。

"轻舟，你会不会打算从这里开始？"司行霈指了指地图的某个方位，略有所思。

轻舟这样开始的话，他应该如何接招？将堪舆图重新审视一遍，司行霈的目光，再次落到了地图上的某个方位，他双目微微发亮。

"也许，这是个很好的机会。"他想。

顾轻舟对他的报复，也许可以帮司行霈完成一件他筹划已久却没有机会下手的事。

他久久没有挪动脚步，月华将他的影子拉得修长挺拔。

顾轻舟接到木兰和暮山的时候，终于露出了一点淡淡的笑容。

笑容很浅，好似她用不上力气大笑一样。

"这是狼哎！"颜一源很感兴趣，上前摸木兰的头。

木兰立马冲他龇牙咧嘴。

颜一源吓一大跳。

顾轻舟道："木兰是母狼，你不要轻薄它。"

颜一源气急败坏，觉得顾轻舟玷辱了他的名声："我犯得着轻薄一头狼吗？"

他气哄哄地走了。

颜洛水笑得不行。

顾轻舟唇角也微微动了一下。

颜太太叫人准备好了牛肉，让顾轻舟喂养这两只狼。

一转眼，她在颜家住了半个月。

她半个月里，每餐都吃两个人的饭量，补品全部吞下去，她恢复了一点精神，脑子也好使了。

精神好了之后，人更痛苦，因为有足够的精力去回想往事。

在乡下的日子，似场电影，一帧帧在眼前回放。李妈和师父的音容笑貌，甚至他们死后的惨状，全部充斥着她的大脑。

她很少笑，几乎没有牵动唇角的力气。唯一恢复的，是她的脑袋。她现在能正常思考了。

除了带着木兰和暮山散步，她就是困在屋子里，略有所思般地愣神。

愣了四五天之后，她的计划终于成形了。

她要杀死司行霈，然后……

然后她怎么办？

她不知道了。

深吸一口气，顾轻舟换了衣裳，梳了头发，对颜太太道："姆妈，我要出门了，您替我安排一辆汽车吧。"

颜太太和颜洛水一齐看着她。

"我陪你去吧。"颜太太小心翼翼地问。

"不用了……"

顾轻舟刚要拒绝，就被颜洛水挽住了胳膊，颜洛水脸色惊惶。

"我不管，我就是要陪你去！"颜洛水霸道说，"我不放心！"

"我是约了其他人。"顾轻舟道。

颜洛水不相信："你约了谁？"

顾轻舟并非哄骗洛水，她是真的约了人。

她约了司慕。顾轻舟知道，司行霈的人一直盯着她，她出了颜公馆，行迹很快就会禀告到司行霈跟前。所以她见司慕，刻意隐藏。不是为了躲开司行霈，而是让司行霈留意到她在弄鬼。

虚虚实实，到底哪一样是真的，哪一样是假的，把司行霈弄糊涂了再说。她若是非要大摇大摆去见司慕，反而让司行霈更警惕。

她将司慕约到了一家烟馆。烟馆位于老城区的一条旧街道，四周生意兴隆，很是繁华热闹，带着旧式的气息。烟馆到处轻雾弥漫，雅间里没有抽烟，也有一股子朦胧的烟雾驱散不尽，到处都是鸦片的臭味，极其难闻。

司慕蹙眉，上了三楼。

推开门时，他瞧见了顾轻舟坐在烟馆的小榻上，身边带着一条非常庞大的狼狗。它被绳子拴住，顾轻舟手里拿着绳子，正一下下抚摸着狗头。

狗在顾轻舟的触碰之下，温柔地躺在她脚边。

"来了？"顾轻舟微抬了眼帘，"请坐。"

司慕瞥了眼她。

　　他原本就对顾轻舟充满了憎恨，此刻这屋子里的气味特别难闻，更让他觉得顾轻舟令人作呕。

　　顾轻舟瘦了很多，从前有点圆的小脸，如今纤瘦，下颌纤细，越发露出了媚态。黑发束起，她颈项修长嫩白。更美丽了，美得有点艳。瘦了之后，就好像褪去了婴儿肥，越发妩媚，似一朵花骨朵儿终于亭亭盛绽了。

　　已经是十月了，岳城开始降温，顾轻舟穿着一件貂皮大衣，比旁人更加怕冷。貂皮如墨圈般的纹路，在她身上一圈圈地荡开。

　　娇媚、华贵，让顾轻舟看上去雍容端庄，竟有几分大家闺秀的矜贵。

　　若她手里把玩的是只雪白小巧的狗，司慕会觉得她有点腐朽贵气，偏偏她手边是只狼狗……

　　"找我有事？"司慕问。

　　司慕已经两个月没有和顾轻舟接触。

　　正如顾轻舟所言，那些书信他们找不到，刺杀顾轻舟更是冒险，只能暂时受她的威胁。

　　顾轻舟也的确有本事。

　　她利用司督军的手，除掉了她的父亲，干脆利落，谁也寻不到她的把柄。司慕觉得此事有鬼，也不敢提。提了，就是质疑司督军。司慕不知道顾轻舟是怎么办到，心中对她除了警惕、憎恶，也有那么一丁点儿的敬佩。

　　这个女人很有能耐，她像条毒蛇，拥有很锋利的毒牙。

　　世上耿直的人不多，绝大多数的人都有好几副面孔，比如穷凶极恶的青帮打手，回家也许是孝子慈父；在欢场面目狰狞的男人，穿好衣裳又是一派温文尔雅。

　　顾轻舟也有很多面。司慕觉得，擅长医术的她，是最慈善温柔的一面。这一面，曾迷惑了司慕。其实，顾轻舟更多的面孔之下，是歹毒恶劣的，她像条毒蛇。她有医德，不代表她就是个好人，也不代表她有道德。

　　现在，自己又要和这条毒蛇打交道了。

"跟我结婚吧。"顾轻舟道。

司慕微愣，然后就笑了。笑容很浅，稍纵即逝。

多么滑稽的一句话！

"我不想要他的女人！"司慕丝毫不为所动，目光静静落在她身上，"你真脏！"

顾轻舟也觉得自己脏。

她全身上下，都是司行霈的气息，他拥吻过她，害死了她的师父和乳娘，她却爱上了他，她的身体和她的心一样脏。

最脏的，是她的心。

"你会想要的。"顾轻舟道。

她指了指四周，示意隔墙有耳，然后将一封信递给了司慕。

信很厚，拿着有点沉手。

司慕目光阴冷而轻蔑，静静滑过她的面颊，道："这是什么？不太像我最想要的东西。"

他觉得不是他母亲的书信，顾轻舟没那么大方。

"这是我写的。"顾轻舟说，"你拿好。"

司慕毫无耐性。在司慕的世界里，分为三种人：他喜欢的人、陌生人和司行霈。司慕不太愿意花心思憎恨别人，他几乎不讨厌谁。若是看不顺眼，他就会漠视对方。

他唯一憎恨的是司行霈。

"司行霈"像个分类，如今顾轻舟也归为这一类了。

这种憎恨感是极其恶心的，恶心到看到对方的面容都要呕吐反胃。这烟馆味道难闻，加重了司慕的不适。

这个女人太脏了，她的任何东西，司慕都不想碰。

和她结婚？这简直是全天下最可笑的滑稽戏码了。

"我不会碰你的东西。"司慕道，"我怕脏！"

顾轻舟这时候才知道，司慕其实很刻薄。了解越深，越清楚一个人本性里的恶劣。顾轻舟并不介意司慕的恶毒，她是想找个盟友，不是想找个丈夫。

敌人的敌人，就是临时的朋友，直到共同的敌人彻底消失。

顾轻舟目光似寒冰般滑过司慕的面颊，带着寒意和锋利："你母亲的信，同样会通过我的手！"

司慕瞳仁微微收缩。

他沉默良久。他在外总是一副冷漠的模样，却罕见厌恶和鄙夷的神色，独独将这副面孔展现给了顾轻舟。

顾轻舟也是罪有应得。

"拿来吧。"司慕沉思，决定好汉不吃眼前亏，就把顾轻舟的信取了过去。

他打开看了看，是顾轻舟的字迹，没什么惊喜的。

顾轻舟是不会把他母亲的信交出来的。

"已经没事了，少帅自便吧。"顾轻舟垂眸，给她的狼狗喂了一块牛肉干。

屋子里的光线很暗淡，她身上有种奢华的贵气。这贵气带着腐朽，带着暮气沉沉，像极了消失十几年的宫廷女眷。

司慕打了个寒战，顾轻舟身上的诡异让他很不舒服。

信很长，司慕来不及看完，确定是顾轻舟所写，他胡乱揉成一团，塞到口袋里。

他很想知道，为什么她现在想和他结婚，是司行霈的阴谋吗？

"你在帮他搞什么把戏？"司慕站起身，居高临下地问。

顾轻舟没有抬头，轻轻地抚摸着木兰的脑袋，隐藏在浓刘海之下的面目和眸子都格外平静。

"他杀了我的师父和乳娘，我要复仇。"顾轻舟声音像一层琼华，澄澈而清冷，孤零零地照耀着大地。

司慕不再言语。这件事，司慕的情报系统已经告诉了他。

"告辞。"他冷漠道。

司慕转身离开之后，顾轻舟略微坐了坐，有种不知身在何方的迷茫。木兰温顺，依靠着她。

等顾轻舟想要站起身时，她听到了敲门声，叩门声清脆。

心头一缩，她担心进来的人是司行霈，目光顿时凝聚了寒霜，口袋里的勃朗宁掏了出来。

"请进。"顾轻舟道。

门被推开，还没有看清楚面容，顾轻舟就瞧见了穿着长衫的腿迈了进来，一双布鞋干净素淡。

顾轻舟心神微敛，她站起身："霍爷。"

来者是霍钺。霍钺颔首，脸上没什么笑容，坐到了顾轻舟对面的太师椅上，点燃了一根雪茄。他没有和顾轻舟说话，直到吐出一口烟雾，他才说："轻舟，你节哀，阿静把什么都告诉我了。"

顾轻舟道："多谢您。"

她对霍钺，始终有点像晚辈对长辈般的敬重。

"……你今天在这里见司慕，司行需回头就会派人来打听你说了什么。"霍钺又吸了口雪茄。

顾轻舟道："无妨，您只管告诉他。"

霍钺脸上笑容不多，静静望了她一眼，旋即移开了目光。

他这一眼，意味深长："轻舟，你和司行需怄气，也别嫁给司慕，这样太可惜了。"

他是猜测，或者说担心。

顾轻舟微怔。

"……况且，这世上没什么仇恨值得你拿终身来赌。"霍钺又道。

顾轻舟没有接话。

她能猜到霍钺的话风要往哪边吹。

她想说点什么打断霍钺时，霍钺道："轻舟，你怎么不来跟我寻求帮助？我应该比司慕有能耐吧。"

"霍爷，您跟司行需是朋友，我怕您为难。"顾轻舟道，"您是重情重义之人，我不能让您背叛朋友。"

霍钺眼芒微动。这点波动很轻，宛如蜻蜓点水般，片刻就归于平静。

"况且，我没有想过嫁给司慕。"顾轻舟道，"女人的身体不是拿来卖的。卖过一次，人就彻底废了。"

霍钺唇角，略有略无地现出几分淡笑。

"你这样通透，我就放心了。"霍钺道，"不要做傻事，轻舟。"

顾轻舟轻轻地抚摸木兰的脑袋。

霍钺问她："这是狼吗？"

"嗯。"顾轻舟低声。

霍钺一眼就认得出这是狼，抑或，他清楚这是司行霈送给顾轻舟的。司行霈那么变态的人，他不会养只狗。

最能和司行霈势均力敌的人，是霍钺。

可顾轻舟没有找霍钺结盟，她有自己的原因，不仅仅是为了霍钺考虑。

司慕恨司行霈，恨之入骨，司行霈从小就是他心中的阴影；而霍钺跟司行霈是朋友，有利益往来。

霍钺是霍拢静的兄长，算是顾轻舟的朋友了，她不希望他和司行霈作对。

司慕不同。哪怕顾轻舟不掺和，司慕和司行霈之间的矛盾，也永远无法化解，他们注定有一场厮杀。

这世上没人想做司行霈的仇敌。

"我请你吃饭吧。你气色这么差，要补一补。"霍钺道。

顾轻舟摇摇头。她知道司行霈会派人盯着他，这个时候多跟霍钺接触，可能会给他惹祸。

霍钺许是不怕司行霈，顾轻舟却不想给朋友添麻烦。

"霍爷，我要滋补的不是气色。今天真的没有胃口，抱歉。"顾轻舟道。

霍钺微笑："阿静已经在来的路上，不是我们两人单独吃饭。轻舟，再怎么为难，饭还是要吃的。"

正说着话儿，顾轻舟就听到了脚步声，跑得很快。

霍拢静快步上楼。

看到顾轻舟平安无事，霍拢静慢慢松了口气。

"走啊，吃了饭再回去，我知道有家蒸鱼做得最好了。"霍拢静拉顾轻舟。

难得顾轻舟出来。吃饭的时候，不少吃客对顾轻舟的狼胆怯，只当是一条巨大的狗，纷纷绕开。

霍拢静好奇对顾轻舟道："要不要喂木兰一块红烧肉？"

"木兰不能吃带盐的食物，对她身体不好。"顾轻舟道。

她从包里掏出一块牛肉干喂了木兰。

饭后，霍钺先离开了，留下霍拢静陪伴顾轻舟。

霍拢静话不多，也不提司行需半个字，顾轻舟很喜欢这种沉默，跟她一起过了个悠闲的下午。

霍拢静和顾轻舟的性格有七成相似，顾轻舟与她相处，非常轻松惬意。

中途霍拢静去打电话，把颜洛水和颜一源都叫了过来。

"轻舟，我们去骑马吧。"颜一源在旁边撺掇。

"你是多爱骑马？"顾轻舟挤对他。

马是没有骑成，相处的时间越久，顾轻舟越难维持自己的笑容。她所有的痛苦压在心中，慢慢就难以自控了。好像堵住洪水的闸口，等洪水越来越多，这道闸口承受的冲击力就越大。

"我要回去了！"顾轻舟道。

她看似是突然不高兴，其实是因为难过的情绪积累到她无法忍受了。她不讨厌她的朋友们，只是无法掌控自己的悲伤。她带着木兰，窜逃般地上了汽车，留下了他们面面相觑。顾轻舟知道他们会很担心，但是她顾不得了，总好过她无缘无故在他们面前哭出来要体面。哭出来，他们会更担心吧。

顾轻舟回到颜公馆，默默流了一场肆无忌惮的眼泪，将头贴在木兰的背上，人才慢慢平复下来。木兰的背脊很温暖，毛发油亮得有点扎人。顾轻舟和它在一起的时间长了，习惯了它的一切。她抱着木兰，木兰皮毛里的温热，能给顾轻舟一点活力。

等颜洛水和颜一源回来的时候，顾轻舟心情平复了，她若无其事地坐在沙发里看书。这般喜怒无常，颜洛水和颜一源不太敢惹她。

"司慕一会儿就会给我打电话。"顾轻舟心想。

结果，司慕自己来了。这件事很重要，司慕想面谈。

和之前的冷傲相比，司慕这次带了点诚意来。

他尽量收起自己对顾轻舟的厌恶，表情平和道："你写的那些，都是真的？"

"当然。"顾轻舟道。屋子里稍有沉默。

约莫沉默了两分钟，顾轻舟问他："愿意跟我合作吗？"

"可以。"司慕道，"不过，一切要听我的安排。"

顾轻舟出门约司慕，特意甩开了司行霈的人。结果还没有出一刻钟，司行霈就知道了消息。

他不愿意顾轻舟和司慕来往过密，又不想打扰顾轻舟。

顾轻舟正在恢复期，司行霈靠得太近，她的伤口就无法愈合。

司行霈立马给霍钺打了电话。

等霍钺接到电话，赶到烟馆去的时候，司慕已经离开了。

烟馆的眼线说，没听到顾小姐和司少帅聊什么，他们交谈不多，声音也不高。

霍钺也如实禀告了司行霈。

"……我若是她，就嫁给司慕，活活气死你。"霍钺道。

司行霈斜睨他："好好的青帮压寨夫人不做，想做军政府的二少奶奶？"

霍钺拿茶盏砸他。这一下砸得专心致志，差点真砸到了司行霈。

"你说，她会走这条路吗？"霍钺问。

司行霈继续挤对他："怎么，你还敢惦记她？"

霍钺是从未忘记过顾轻舟。假如她和司行霈真的有缘无分，那霍钺凭什么要把她让给其他人呢？

霍钺的"重情重义"，是江湖义气，跟"道德"不沾边。他和司行霈一样，都是游走在道德边缘的人。

司行霈尚且为国为民，霍钺可全然不顾了。

"你跟她都没关系了，我为何不惦记？"霍钺道。

司行霈收敛心思，也认真想了想。轻舟会那么做吗？嫁给司慕，的确是能活活把司行霈气死。哪怕再把她抢回来，司行霈也要气掉半条命。况且司督军没有死，老太太也没有死，司行霈这时候抢人，多少有点缩手缩脚，他真的会脱掉一身皮了。

司行霈不说话了。他也有这样的担心，但是他不能在霍钺面前表现出来。他爱轻舟，希望她能稍微平复些，不愿意接受她拿婚姻做筹码的复仇计划。

他不是不知道，只是不愿意想。

他害怕。司行霈没什么害怕的事。顾轻舟杀了他不可怕，他唯一骨头里都冒寒意的事，是她要离开他。这是司行霈唯一畏惧的。

他的敌人迟早也会知道。

现在，霍钺不就猜测到了吗？只要司行霈承认，将来霍钺想要挟司行霈，拿住顾轻舟即可了。

"癞蛤蟆想吃天鹅肉，你都可以做她爹了！"司行霈一直转移话题，就是不接霍钺的试探。

霍钺和司行霈做朋友，就像两只狮子首领，可以相安无事、可以共分利益，却不会对对方掉以轻心，甚至不会毫无防备。他们都有吞掉对方的资本。

"你要不要脸？你又比她大多少岁？"霍钺反唇相讥。

霍钺离开之后，司行霈立马去了颜公馆。

他要把顾轻舟接回来。顾轻舟敢约见司慕，万一真像霍钺所言，她和司慕以婚姻为盟约，司行霈真要活活被她气死。顾轻舟现在可是下了杀心的，她什么都敢做。不能再放养她了，要把她禁锢在身边。

等司行霈赶到颜公馆的时候，颜太太小心翼翼道："老太太知道轻舟回来了，派人接她去了司公馆。"

"派谁？"司行霈焦虑。

"二少帅。"颜太太如实道。

司行霈呼吸一错，他是不是来晚了一步？

顾轻舟不至于这么狠心的吧？

他顿时脸色铁青，去了司公馆。

一路上，司行霈在猜测："轻舟肯定不在司公馆。"

霍钺那张乌鸦嘴，真被他猜中了，顾轻舟要办糊涂事！

司行霈之前猜测她的计划，觉得她会用其他方式打击他。毕竟结婚这种事，对司行霈的打击是心灵上，顾轻舟想要的，应该是他身体上的损失。

火急火燎地赶到司公馆时，司行霈稍微松了口气，顾轻舟和司慕居然真的在老太太这边。老太太心情极好。

"你们两个人的婚期，定在哪一天了？"老太太问。

这件事，说起来有点尴尬。司督军忙着集训，而且他是男人，儿子结婚的礼俗，他没空安排，甚至忘记了；司夫人和司慕却不想让顾轻舟过门。明明说好了年底完婚，司督军忘了交代一句，司夫人和司慕就装作不记得，至今还没有准备。

"这个……"司慕有点尴尬。

司行霈进来，正好打断了谈话，也把司慕婚期的话题盖了过去。

气氛有点奇怪。司慕和顾轻舟都不爱说话了，任由司行霈在老太太跟前凑趣。而老太太对司行霈的疼爱，司慕和顾轻舟加起来都无法匹及万一。司行霈一来，这两位就被抛到了脑后，老太太倒也没察觉他们不对劲。

从司公馆出来，司行霈去拉顾轻舟的胳膊："轻舟，回家吧。"

司慕挡在中间："轻舟不会跟你回去，她要去颜公馆。"

这是司公馆，司行霈不想大吵大闹，惹得老太太不高兴。老太太年纪大了，受不得刺激。

司行霈担心司慕把顾轻舟藏起来，然而顾轻舟真的愿意吗？

况且，司慕能有多少势力？他藏顾轻舟的地方，司行霈一定能找到。

这是司行霈的自信。

"轻舟，我回头去找你。"司行霈道。

顾轻舟不言语，也不看他，沉默地上了司慕的车子。

司行霈最后悔的，莫过于这次没有坚持，轻易放走了顾轻舟。

顾轻舟在司行霈的眼皮底下，上了司慕的汽车。

她再也没看司行霈一眼。

司行霈的汽车，一直跟在他们车后。

后来到了一个四岔路口，有群女孩子叽叽喳喳的。不知谁买了一袋橘子，撒了满地，七八个女孩子纷纷去捡。

司行霈的汽车，被挡在女学生们的后面，司慕的汽车已经走远了。

他看到司慕的汽车，往旁边拐了一下。

司行霈心中有点不安，他右眼皮莫名其妙跳个不停，使劲按了喇叭。结果捡起了半袋橘子的女孩，被喇叭声惊扰，橘子重新撒了满地。

司行霈懒得管了，驱车闯了过来。

女学生们吓得纷纷后退，没见过这么鲁莽过分的人，却也害怕被汽车撞了。

"哎哎哎，我的橘子……"女学生们都躲开，还有人舍命不舍财，想着去捡，已经被同学拉到了旁边。

司行霈的汽车走过，他随手丢下一把钱。等汽车离开，女孩子们继续去捡橘子，同时捡起了钱，很多的钱！

女孩子们倒也没骂司行霈，欢欢喜喜讨论这个人好大方，甚至还有女孩子说方才瞧见了他的面容，他好帅。

小小的插曲，前后没有一分钟。

司行霈也重新跟上了司慕的汽车。

等司慕的汽车在颜公馆停下时，司行霈跟了上来。

车子里只有司慕，没了顾轻舟。

司行霈脑袋里顿时嗡了一下："轻舟呢？"

司慕高高大大，站在司行霈面前，气质并不逊色多少。只是所有人都觉得他不如司行霈罢了，包括他父亲和军政府的高层。

"进去了。"司慕道。

"混账！你刚停车，她怎么进去的？"司行霈问。

司行霈想起，他们在拐弯的时候，车子速度慢了很多，正巧是个斜角，遮住了视线，旁边有门面。

顾轻舟很可能就是在那里下车的。

司行霈攥紧了手指，一把拉住司慕的衣领："我们两个人的事，你少掺和！否则老子一枪毙了你！"

司慕重重甩开他的手，冷笑道："你们两个人的事？可笑，她是我的未婚妻！非要说两个人，也是我和她。"

司行霈没心思打架。

他把顾轻舟弄丢了。

他就知道那些女学生的出现不是偶然。

那短短一分钟里，顾轻舟就下了汽车，藏在外面了。

司慕瞥了眼他的背影，见自己素来毫无办法的司行霈，这样败在顾轻舟的阴谋诡计之下，司慕忍不住唇角微动。不管顾轻舟是否肮脏，她能让司行霈不痛快，司慕就觉得她很有价值，心情不由大好！

毒蛇有毒蛇的好处，她咬了自己的仇人一口，她的毒牙在司慕看来就是赏心悦目的。

司行霈阔步进了颜公馆，顾轻舟根本没有回来，他毫不客气去了颜新侬的书房，立马打了个电话。

把自己的人手安排出去，司行霈重新回到了那个街角。街角临近的店铺，早已关门歇业，根本没有营生。若顾轻舟藏在这里，是司慕的人接应了她。

现在她藏到哪里去了？

司行霈站在街头，冷风迎面吹拂，有点刺骨。

他回到了自己的别馆。身为指挥官，司行霈不需要亲自去找，他在指挥的位置上，就能派人寻到顾轻舟。

结果，直到天黑了，司行霈的人还是没有觅到顾轻舟的踪迹。

"团座，司慕去了驻地找督军。"有人禀告道。

司行霈向来将司慕视为仇敌，他的下属对司慕也是直呼其名，不会客气叫少帅或者少爷。

"要开始了。"司行霈想。

顾轻舟能卖给司慕的消息，实在太多了：比如司行霈已经在筹划另一个军政府，要跟司督军平分江山；比如司行霈有个偌大的军事基地，远胜过岳城军政府的基地百倍。

这些，都会造成司行霈和司督军父子反目。

司督军知道实情后，会驱逐司行霈。

古代的皇帝，哪怕再疼爱太子，等他知道太子要谋逆，也是要赐死他。

司督军不至于杀了司行霈，但这个儿子要分夺他老子的家业，司督军清理门户，将他赶走是毋庸置疑的。

"都准备好了吗?"司行霈问。

参谋道："一切都准备妥当。"

司行霈点点头："那就行! 继续派人去找轻舟!"

他就不信，岳城还有他寻不到的人!

"通知霍钺，帮我找到顾轻舟，否则我就要踏平他的青帮。"司行霈又吩咐道。

有人走过的地方，必定会有痕迹。有痕迹的话，哪怕司行霈疏忽了，霍钺也肯定能找到。

"是。"

司行霈点燃了一根雪茄，将这件事前前后后思考了一遍。

顾轻舟到底是在哪里下车的?

抑或，她从来就没有下车?

若是他们提前串通，司慕的车子经过改造，可以在座椅下面腾出空间。顾轻舟纤瘦，她藏匿在座椅之下……

司行霈猛然站起来。

现在呢?

司慕去了驻地，那么他是不是偷偷将顾轻舟带出了城?

司行霈立马给驻地打了电话。

他的亲信去检查了司慕的汽车，同时督军府的人也去检查其他汽车。

"团座，汽车没有改造过。"

司行霈微愣。

他这边到处找顾轻舟，那边驻地就出事了。

司慕将司行霈军事基地的事，告诉了司督军。司督军打电话去苏州，那边有司督军的驻军，立马去查看，果然有这么个地方，司行霈生了异心。

司行霈自己的一个团，已经被司督军缴了器械。

同时，司督军带了重兵和炮弹回城了，要捉拿司行霈。

捉到之后，是放逐，还是关押，甚至是杀死，都要看司督军的意思。

这个儿子在他眼皮底下阳奉阴违，司督军是气坏了的。

司行霈也生气。

"顾轻舟啊，你到底藏到哪里去了！"司行霈焦虑。

那边，参谋告诉司行霈："团座，督军派人去了苏州。"

司行霈的军事基地在苏州，司督军派了岳城的人去接手。

"很好。"

又有参谋进来："团座，准备妥当了。"

司行霈却沉吟。

一位上了点年纪的参谋，上前拍了一下司行霈的肩膀："团座，顾小姐跟您闹脾气呢，您这次大败逃亡，顾小姐的气差不多就消了。等您再回来的时候，甜言蜜语几句，她会回到您身边的。"

司行霈仍在犹豫。

这位参谋又道："难道您想带着顾小姐走？您即将要做的事，带顾小姐在身边，她的怒意会更添一层，您以后还想不想娶她？"

司行霈素来大胆果断，阴险狠辣，唯独对顾轻舟，他犹豫不决，完全失去了他的镇定。

顾轻舟能在他的势力范围，躲开他的搜查，这份能耐，已经非常人所及。

"我怕轻舟没那么容易消气。"司行霈沉吟，"我要是走了，她转身嫁给司慕的话……"

"不会的，团座！"

司行霈还是没把握。

顾轻舟是下了杀念的。

司行霈害得她乳娘和师父惨死，而且糊弄她，她现在满腹愤怒。

"她将我出卖给司慕，借助督军的手杀我，应该能出气吧？"司行霈猜测，"她的计划，应该仅限于此吧？"

可她是顾轻舟啊！

她的心思诡谲，司行霈都没把握。

"团座，一切都准备妥当了，可以走了。"副官进来催促。

"朱嫂安排好了吗？"司行霈加问了一句。

"安排妥当了。"

司行霈略微沉吟，最终下定了决心。他在赌，赌出卖他是顾轻舟最狠的手段。

他离开了这座别馆，回到了一处司督军和司慕都知道的别馆。

半夜的时候，岳城响起了枪声。

司督军要缉拿背叛他的司行霈，和司行霈交火。

司行霈早有准备，做了防御。

这场混战，打了两个多小时，整个岳城都被这枪声震得瑟瑟发抖。

抵抗之后，司行霈沿着早已准备好的小路，逃离了岳城。

他逃离的时候，分了三队人马，只有十来个人跟着他，其他人纷纷沿着另一条路，去了各自的营地。

他看似逃难，实则气定神闲。

回头看了眼岳城，司行霈想："轻舟，可别犯糊涂啊！"

司行霈的汽车，头也不回地离开了岳城，直接往西南去了。

司督军追了五天之后，就懒得再追了。说到底，司督军就没打算真杀他。看着他狼狈跑了，司督军一时心软，撤回了追兵。

顾轻舟坐在顾公馆里，慢腾腾喝茶。

司慕告诉她："基地是有的，但是里面空无一物，他早已清空了基地，他知道你会出卖他。"

"他往昆明去了。"顾轻舟声音轻柔。

司慕蹙眉。

"你说得不错，他一开始就知道，我会出卖他，将他的事告诉督军，这样可以借督军剿杀他。所以，他将计就计，做一个落魄的模样，逃难去了昆明。

"他曾经设计刺杀过昆明督军程稚鸿的儿子，自己去做个救命恩人，结果救了程稚鸿女儿的命，程督军和程夫人都非常感激他。

"他不止一次念叨想要昆明的飞机，然而无从下手。他利用我们的出卖，利用司督军的驱逐，做一个落魄的模样，好像一无所有地去投靠程督军，程家一定会接纳他，更会相信他。

"他在程家不用多时，最多一个月，他就能偷到程督军的飞机，再杀回岳城。他一切都计划好了。"顾轻舟道。

司慕神色微变。

"我们白白浪费了那么多子弹，反而为他做了嫁衣？你是不是为了他的大业，早已与他合谋，联手坑我？"司慕脸色微青。

司慕从来就没相信过顾轻舟，哪怕司行霈杀了顾轻舟全家，他都不相信顾轻舟能害司行霈。女人不都是为了男人而六亲不认吗？

"你是不是要我？"司慕脸沉了下去，眉目凝霜。

"不是。"顾轻舟道，"所以，我们的计划要真正开始了。"

"我们的计划还没有开始吗？"司慕下意识反问。

顾轻舟出卖了司行霈，将司行霈的底线全部交给了司督军，司行霈已经被他父亲追杀。

这不是计划？

"没有开始。"顾轻舟道，"我们的计划是杀了司行霈。督军不会杀他的。司行霈早年丧母，督军对他始终心怀愧疚。他只是夺权，没有弑父，督军不会先下狠手。"

司家这点家务事，岳城尽人皆知。

司慕神色不动。他心中早已起了波澜，面上却是丝毫不变，仿佛枯井无波。这点，顾轻舟猜测得不错，父亲最爱的儿子，始终是司行霈。

司督军爱司夫人，却不会爱屋及乌。比如他最爱的儿子是司行霈，最疼爱的女儿是二小姐司芳菲，这些都跟司夫人没关系。

"之前就算白做了吗？"司慕问。

既然先前的不算，为何不早点开始计划？白白浪费时间，让司行霈得以逃脱，他的军火半分没有弄到，司慕深以为可惜。

"不会的。"顾轻舟道，"司行霈比我们都聪明，我们的计划他都能想得到。他有条不紊，我们无法伤及他分毫……"

司慕听闻顾轻舟说"司行霈比我们都聪明"，眼角轻微抽搐了一下，心中说不出的厌恶。

"现在，我们开始自己的计划吧。"顾轻舟道。

司行霈离开了岳城，顾轻舟就回到了顾公馆。

她雇了陈嫂和罗嫂两个旧时的用人，负责打扫和煮饭。而她自己，则带着两匹狼，住在这空荡荡的屋子里。

这屋子死过很多人，顾轻舟活在其中，也没了生气，像只幽灵般。

颜太太和颜洛水万般阻挠，都无法抵挡顾轻舟要搬回来的心。

只是，顾轻舟前脚刚回来，后脚颜洛水和霍拢静、颜一源就搬了进来，他们要给她做伴，赶都赶不走。

顾轻舟和司慕说话的时候，他们都在后院的花坛里忙碌，准备栽种两株蜡梅。

"他们两个人说什么呢？"从透明玻璃窗里，瞥见了顾轻舟和司慕闲聊，无休无止，颜一源好奇地问。

颜洛水摇摇头，脸上全是担忧："不知道，轻舟最近不爱说话了。只有二哥来，她才开口说几句。"

"在商量对付司行霈吧。"霍拢静猜测。

司行霈已经离开了岳城，逃亡去了。说是逃亡，其实是他自己规划的。

这不是顾轻舟要的。

顾轻舟的乳娘和师父已经死了，是司行霈害死了他们，她要司行霈偿命，这是她现在活着的唯一目标。司行霈逃走了，顾轻舟如此精明，她的计划不会这般简单。

果然，等颜洛水和霍拢静把蜡梅栽好，进入客厅时，顾轻舟对她们说："我要结婚，婚礼安排在五天之后，你们两个人给我做伴娘？"

颜洛水手中的小铁锹，哐当一声落地，差点砸到脚。

霍拢静秀眉微蹙。

司慕站在旁边，表情无喜无悲。

"这……"颜洛水想说什么，话到了嘴边，又全部咽了下去。

司慕就道："我回去准备了。"

一切都好似去吃一顿饭这么简单随便。

司督军能答应吗？

司夫人会愿意吗？

这么仓促办婚礼，岂不是叫全岳城笑话？

颜洛水实在忍不住，她也回家了。

"姆妈，您去劝劝轻舟吧！轻舟她真的要疯了，我看她的样子，不弄死少帅，她是不会罢手的。"颜洛水哀求颜太太。

顾轻舟现在的状态很差劲。

颜洛水知道她心中难过，也知道此仇非报不可，但没必要把自己的婚姻搭进去吧！

她也知道，顾轻舟几乎没什么资本去抗衡司行霈，和司慕联手是她唯一的胜算。

颜洛水还是觉得可惜了。

"劝不了。"颜太太见识过世面，远胜过颜洛水。

颜太太经历过，她懂得这种蚀骨之痛。颜洛水没有大起大落，她是不会懂得顾轻舟的。

"真看着她嫁给二哥啊？"颜洛水要哭。

颜洛水到现在为止，还是不明白顾轻舟豁出去一切要报仇的心态。

"我们是她的家里人，只需要站在她身边就可以了。轻舟有自己的主见，她无须我们去说教，她很明白自己做什么。"颜太太道。

颜洛水满腹担忧。

司慕很快就把事情办妥了。

他不及司行霈根基深，却也不是个单纯的贵公子，他和天津那边德军势力暗中有来往，而且岳城也有他的情报网络。

一场婚礼，司慕根本不需要司夫人帮忙，他很快就能把一切处理完毕。

"酒店订好了，大堂已经布置了起来；请柬写好了，全部发了出去；岳城的几家报纸，加印了我们结婚的照片，晚报就能刊登出来。"司慕下午四点，重新回到了顾公馆，给顾轻舟送了身婚纱，同时带了喜楼的两名裁缝。

她们给顾轻舟量了尺寸。

"办得挺快。"顾轻舟由衷道。

司慕面无表情。

裁缝道："小姐，您穿上试试，我们看看哪里要改。"

"尺寸差不多合适就行了，不需要这么麻烦。"顾轻舟拒绝。

裁缝有点尴尬。

司慕道："量好了尺寸就先走吧，尺寸稍微大一点不会出错。"

裁缝道是，两个人先离开了。

司慕道："我先回去了，婚礼是初七晚上八点，五国大饭店，你记准了。"

"嗯。"

司慕折返，先将此事告知了老太太。

老太太大喜过望："你们结个婚还神神秘秘，到今天才告诉我？甚好甚好，轻舟都等了你两年了！"

"祖母，我到时候派人来接您。"司慕道。

老太太高兴地点点头。

司慕又回家，将此事告诉了司夫人和司琼枝。

"你再说一遍？"司夫人怀疑自己出现了幻听。

"姆妈，初七晚上八点，您别迟到了。"司慕淡淡道。

他说罢，转身就要走。

司夫人急促道："你站住！"

司慕毫不犹豫，出了正院。

留下目瞪口呆的司夫人和司琼枝。

司慕又去了趟司督军的书房，将这话告诉了司督军。

"怎么如此仓促？"司督军疑惑。

司督军心情特别糟糕，长子的背叛让他一下子似老了十来岁。

现在，次子毫无预兆地告诉他，自己要结婚了。

全要造反了！

心中不快，司督军还是压抑着怒气："这事你跟谁商量的？"

"阿爸，我已经是个成年男人了！"司慕突然神色肃然，声音拔高，望着他父亲，"也许我没有十岁上战场的军功，没有服众的能力，但是我成年了，我也是个男人！结婚这种事，姆妈不愿意上心，您军务太忙，现在我已经全部办好了。阿爸，请您祝福我！"

言语掷地有声。

司督军一愣。继而，司督军笑了，略感欣慰拍了一下他的肩膀："你的确是位顶天立地的男子汉了。"

司督军祝福这段婚姻。顾轻舟是他钦定的儿媳妇，他原本就很满意。况且，司夫人不肯接纳顾轻舟是实情，司督军自己军务繁忙也是实情。

孩子的婚礼，需得自己动手准备，司督军从恼怒中生出几分内疚来。

督军府的人，就这样被司慕说服了。

已经在千里之外的司行霈，接到了一封电报。

电报被随行的参谋和副官藏了起来。

司行霈正好看到他们嘀嘀咕咕的，心中起了疑惑。

司行霈诈了一下副官邓高。他上次失言，早早就被派到云南。邓高一下子就泄了底，把电报给司行霈看。

司行霈脸色骤变。

他攥住了电文，手指捏得发白，脸色全变了："回岳城！"

"团座，这是阴谋！"副官和参谋都劝他，"顾小姐不会真的嫁给司慕，她只是想传出消息，让您匆忙回城，再派人伏击您！"

这么一说，参谋也觉得顾轻舟好有心计。她先是出卖司行霈，让司督军驱逐司行霈，司行霈虽然平安逃离，可他的人和军火，全部撤离了岳城，只留下少许的探子。

司行霈在岳城的势力，顾轻舟不费吹灰之力就全部清理了。

这个时候，她再同司慕传出婚讯。

司行霈一听这个消息，不管真假他都要回去，顾小姐是他的命！

一旦再回去，岳城势力全部被调走了的司行霈，寡不敌众，就是自投罗网，根本不是司慕的对手了。

顾轻舟步步算计！

"团座，您不能回城！"参谋道，"咱们的人全部从岳城撤离了，这个时候回去就是送死！顾小姐算准了的！"

"哪怕是送死，我也得回去！"司行霈看着这位参谋，"你跟了我这么久，还不知道轻舟对我意味着什么吗？她嫁给了别人，和杀了我又有什么不同？回去与不回去，都是死！"

司行霈彻底失去了理智。他知道参谋和副官说得都对，顾轻舟一步步算计他，逼迫他自寻死路。他之前还以为，她出卖他只是为了泄愤，现在才知道，她只是在铺路。

她仍是要杀他！

司行霈甚至更清楚，只要他不回去，顾轻舟还是会有其他的方法。

她聪明睿智，哪怕是司行霈，真的和她对上了，也未必就有胜算。

顾轻舟成功了，司行霈回来了，就等于把自己的命交给她了！

"少帅，回去之后，先跟顾小姐解释清楚吧。"参谋建议司行霈。

司行霈的参谋都没有把握稳赢顾轻舟。

他们觉得会输，最根本的原因是司行霈仍将顾轻舟视为至宝，而顾轻舟是铆足了劲要杀司行霈的。

"只是意外，有什么可解释的？"司行霈亲自开车，不停往岳城赶。

他一定要赶在结婚之前，把顾轻舟抢走！

"团座！"

"不必再说了！"司行霈狠戾道，"这件事没有商量的余地，我的话就是军令，谁敢不从，军法伺候，听懂了吗？"

"是，团座！"参谋恭敬而响亮回答。

司行霈的脑袋里，现在全然没了理智，他的头颅嗡嗡作响。

他生怕自己回去晚了，顾轻舟骑虎难下，和司慕假戏真做了。

就在司行霈匆匆忙忙赶回来的时候，顾轻舟正在筹备婚礼。

五天的准备时间，说长不长、说短不短。

外人并不知如此仓促，他们还以为军政府准备多时了，只是快到了正日子通知他们。

婚纱送了过来，顾轻舟始终不肯试穿。

"轻舟，你是不是不喜欢婚纱？要不要给你换成喜服？"颜太太问。

既然要结婚了，颜太太也就不再多问，过来帮顾轻舟忙进忙出，做些基本礼数上的准备。

这些年岳城流行西式的婚礼，不管有钱没钱的，都要弄个排场。非要老式的敲锣打鼓，会引来嘲笑。

普通人家尚且如此，何况是军政府？

只是，顾轻舟从来不肯碰婚纱和婚戒，她看到这些的时候，眼神是阴冷的，似看到了什么深仇大恨的东西。

"不用了，婚纱还是喜服，对我来说都是一样的东西。"顾轻舟道。她都不喜欢。

这原本也不算结婚。按照他们的计划，这场婚礼会有很大的变数。顾轻舟看到婚纱，仍是止不住地难受。

她想起了曾经的规划。那般绮丽的憧憬，宛如海市蜃楼，转瞬就消失了，再也回不去。她记得司行霈为她准备的戒指，尺寸刚刚好，落在她的无名指上，牵动着她的心。如今，她要将这一切都从生命里摘去。

第三十一章

协议婚姻

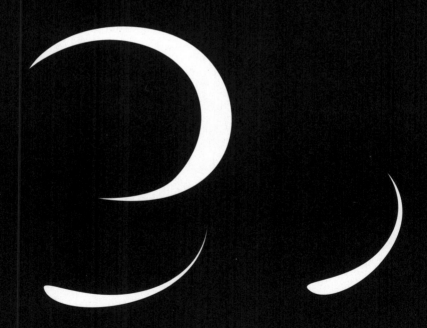

终于到了冬月初七，顾轻舟和司慕的大喜之日。

岳城的政要名流，全部会集五国大饭店。

饭店楼上有个贵宾房，宽敞奢华，成了顾轻舟临时休息的地方。

她早上八点就到了这里，仍是没有换婚纱。

她出去透口气，回来时听到屋子里的颜洛水和霍拢静正在跟颜太太说话。

"司家的老祖母很是高兴，已经到了楼下的休息室，她老人家就盼着这一天。"

"司夫人脸色还好，我有点意外。"颜洛水道。

颜太太说："司夫人最害怕的是二少帅娶魏清嘉，如今娶了轻舟，她也算是如愿了，当然高兴。二少帅疼爱魏清嘉，娶回去了司夫人无法逞婆婆的威风，轻舟就不同了……"

说到这里，她们全部沉默着。

顾轻舟的这场婚姻，无疑是跳入火坑。司慕不爱她，全岳城都知道，她这个新娘子像个笑话；司夫人更是铆足了劲对付她。

而司行霈岂能善罢甘休？

顾轻舟轻咳了一下，推开了房门。

"轻舟，要不把衣裳换了吧。"颜太太再三道。

顾轻舟仍是拒绝。

司慕的喜服是西装，他穿着可以到处跑，与平常无异。顾轻舟这套婚纱就不同了，穿上去极其累赘。

到了下午六点，顾轻舟才肯换上婚纱。婚纱的尺寸正好，合她的腰身。雪白的婚纱，裙摆曳地，在她身后逶迤而行。

顾轻舟原本就爱穿月白色的，此刻更是衬托得长发乌黑，肌肤莹白。

"坐好，我来替你绾发。"颜太太按住了她。

顾轻舟的眉眼，没有半分新娘子的喜悦。

颜太太想夸她真漂亮，都有点说不出口。

她任由颜太太将她的头发，一缕缕梳起来，绾成漂亮的发髻，再别上头纱。

顾轻舟不时往窗外瞧。

"轻舟，你紧张吗?"颜洛水和霍拢静试图跟她说话。

"还好。"顾轻舟回答。

颜太太见顾轻舟实在没心情，就对颜洛水和霍拢静道："你们两个人先下去吧，下面都是宾客。"

她们两个人都是伴娘，早已换了礼服，可以下去跟司夫人一起招待贵宾。

颜太太悄声问顾轻舟："你真的想好了?"

顾轻舟"嗯"了声。

颜太太笑道："轻舟，你的婚姻会美满幸福的。你这般聪明漂亮，会知道如何做好太太的。"

顾轻舟垂眸微笑。

颜太太替她梳妆完毕，又给她化了淡妆，一直陪伴着她。

快到了七点，颜洛水和霍拢静重新上楼。

顾轻舟拿着怀表，不时看看时间，有点紧张。

"姆妈，少帅人不见了。"颜洛水凑在颜太太耳边，悄声道。

颜太太面上不敢露出端倪，也跟颜洛水耳语："我和阿静在这里，你下去看看，有什么情况再告诉我们。"

颜洛水道是。

她寻了个借口，重新下楼了。

而顾轻舟攥紧了怀表。

怎么还没有开始?

就在她面上露出迟疑神色时，终于听到了枪声。

顾轻舟慢慢松了口气。

司慕也走了进来。

他看到了顾轻舟。

顾轻舟青绸般的长发已经束起，浑身雪绸，越发衬托得她眉青如黛，目若琉璃。她脸上抹着胭脂，双颊灿若云霞，眼眸却阴沉，没有半分新娘子的喜悦。

因她素来爱穿月白色的旗袍，司慕甚至不觉得她这身婚纱跟平常衣着有什么不同。

"走吧。"司慕道。

他是特意过来接她的。

顾轻舟点点头，披了件外衣，将长长的纱裙提在手里，露出一截纤细的小腿，跟着司慕就要往外走。

听到枪声的颜太太和霍拢静，都露出几分震惊，倏然又见顾轻舟二话不说就要走，两个人同时出声："轻舟！"

楼下满堂宾客，新郎官不应该见新娘子的，可他们两个人这是在干吗？

颜太太明知这婚宴会出事，却也没猜到是这样。

两名主角要跑？

颜太太一直陪着顾轻舟，她走了的话，司夫人非要撕碎了颜太太不可，颜太太可不想跟她闹。

"我很快回来！"顾轻舟道。

她的头纱有点大，顾轻舟随手摘下了，扔给了霍拢静，满头的黑发就披肩散落。

司慕亲自开车送她。

等他们到了城郊的时候，司慕的副官却急匆匆赶过来，道："少帅，他们突围了，已经派人在追。"

顾轻舟和司慕闻言，一齐变了脸。

"突围了？"

突围了，就说明计划失败了，司慕的人再也追不上司行霈。追得越远，越可能遇到司行霈的支援军。

司慕以为，今晚捉住司行霈是板上钉钉，一切都安排得那么好，而且派了一千人围在这里。

因为顾轻舟之前的计谋，司行霈的人已经全部撤离岳城，他现在再集结人马回来，就会引起司督军的怀疑，司督军怒气还没有消，岳城附近的岗哨也没有撤，司行霈只得偷偷摸摸回来。

他身边不过二三十人，力量差距如此悬殊，前后不过十来分钟，居然让司行霈跑了。

司慕大怒，指着副官骂道："你个废物！"

"少帅息怒，他们击中了他，他至少中了两枪，还有一枪在胸口。哪怕是跑了，只怕也活不成。"副官道。

司慕并没有因此而高兴。

司行霈跑了，什么话都无法安慰到司慕！

"没用的，你不确定打中了他的心脏或者重要的器官，他中再多的枪都没用，我们失败了！"顾轻舟冷漠道。

她心中有种说不出的荒凉。

司行霈的伤口愈合能力惊人，只要没看到尸体，顾轻舟就不敢保证他死了。

当然，他肯定伤得很重，要不然依照他的个性，枪林弹雨他也要跑到婚礼现场去。

功亏一篑！

安排好了一切，都没能拿下司行霈！

乳娘和师父白白死在司行霈手里。

"你们这群废物！"司慕厉喝，也是气急了。他知道司行霈的强悍，更清楚这次的机会多么难得，简直是把司行霈势单力薄逼到了陷阱里。

司慕动用了一切势力，还是让司行霈从陷阱里跑了。

顾轻舟看了眼司慕，再看了看茫茫的黑夜："你才是废物！这么好的机会，你都错失了，你永远都没有资格和司行霈抗衡！"

司慕的手指攥得紧紧的，才克制自己没有扇顾轻舟一耳光。

顾轻舟和司慕坐在汽车里。

他点燃了一根雪茄。

"给我一根烟!"顾轻舟突然道。

司慕心情差到了极点,将雪茄盒子递给了顾轻舟,顾轻舟自己抽出一根裁好。

她划燃了火柴,小小橘黄色的火苗拥簇在她嫩白的掌心,她借助这点火光,点燃了雪茄。

火一闪,映衬着她的脸,涂抹胭脂的双颊红艳若盛绽的桃蕊,眼睛却是浓郁的黑。

她和司慕,都受到了沉重的打击。

司行霈和司慕明面上不对付已经很多年,却从未真正较量过。司慕知道自己不如他,不承想不如到了这般境地。

而顾轻舟明白,她想要给乳娘和师父报仇,就需要更严密的计划,更长的时间。这次刺杀没要了司行霈的命,那以后司督军和司慕,就更难以与司行霈抗衡了。

"对不起,我刚不该骂你。"顾轻舟低声。

司慕对她有种说不出的讨厌,却也承认她骂得对。

她这次的计划很好,司慕深以为绝妙,司行霈忙着算计昆明的飞机,不也上当了吗?

"你对不起我的地方太多了,不差这一样。"司慕声音平缓,不带半分感情。

顾轻舟吸了一口雪茄。

烟的热流烧灼她的肺,让她五脏六腑有种莫名的暖意。她已经学会了抽雪茄,也许有一天她会上瘾。

"我们还有其他计划吗?"司慕问。

顾轻舟道:"没用的,他的军政府筹备多年。哪怕我们派人去昆明,也只是挑拨了他得到飞机的愿望,而不是让他无处藏身,他有足够的军火和人马,跟督军拼一拼的。"

"他也许死了!"司慕道。

"但愿吧!"顾轻舟道。

又是沉默。

司慕默默抽完了一根烟,点燃了第二根,随手递给顾轻舟一根。

顾轻舟也顺势点上。

车厢里再次陷入沉寂。

身后，远远传来了汽车的声音。这边的枪声早已惊动了司督军，他随后赶了过来。

顾轻舟往后看了一眼："我得走了，司慕，谢谢你这次配合我。"

她要去寻找其他的机会了。

顾轻舟想去趟北平。她从来不愿意去想，乳娘和师父也许跟北平有关系。因为这样想了，她就好像潜意识里告诉自己，乳娘和师父是罪有应得，司行霈应该杀了他们。

她无形中给司行霈开脱。她不孝到了如此地步，在司行霈没有解释的情况下，顾轻舟从来不妄加判断。

但是她要走了。

她的财产，足够她去北平的路费，以及开一家小药铺。

不过，她只身去北平，也有问题：司行霈还没有死，他随时可能派人去抓她，顾轻舟手无缚鸡之力，她需要保护。

"等等！"司慕静静道。

顾轻舟停住了推开车门的手，疑惑地看着司慕。

司慕道："阿爸要到了，你得给他一个交代。"

"我？"顾轻舟蹙眉。

"对。"司慕道。

将雪茄扔出去，司慕慎重地看着顾轻舟："做对假夫妻，会不会引来司行霈？"

顾轻舟在司慕手里，就等于有了人质。司行霈将来想要攻打岳城，都要掂量一番。况且顾轻舟是条毒蛇，司慕可以利用她的毒辣，打击司行霈。

顾轻舟沉吟。对她来说，这自然非常好了！做了军政府的少夫人，顾轻舟就有个暂时安全的环境立足，司行霈不敢到岳城来。

军政府的人脉和财力，足够顾轻舟调查清楚师父和乳娘的端倪。

当然，哪怕他们有错，也是顾轻舟的事。他们养大了顾轻舟，这是肝脑涂地也无法报答的重恩，司行霈杀了他们，这个仇必须要报。

报仇和事实，并不矛盾。

这世上有很多人逼不得已去杀人，可杀人就是杀人。顾轻舟报复的是司行需的罪行，而不是他身后的难言之隐。

况且，顾轻舟的义父义母、好朋友等人脉关系，全在岳城，她也不想离开，去人生地不熟的北平。

"你愿意吗？"顾轻舟问。

司慕道："条件晚上谈，先应付阿爸。"

司督军下了汽车，一脸严肃："怎么回事，怎么打枪了？"同时又问，"这是哪里的人？"

"阿爸，是我的人。"司慕道，"我在抓一个奸细。"

"大婚的日子抓奸细？"司督军又不是傻子，"你们两个人，成何体统！"

"阿爸，要不先回去把婚礼办了，再慢慢教训阿慕吧？"顾轻舟低声，柔柔软软的，像润滑油，在司慕和司督军父子间调和。

司督军不好对儿媳妇发火。

"行了，先回去！"司督军道，然后又骂司慕，"你怎么抽了这么多的烟？"

等他们回到五国饭店时，已经晚了一个半小时，而宾客们居然没有一个人离席。

顾轻舟重新梳了头发，整理了妆容。

她看着镜子里的自己，倏然感觉很陌生。

从前的她，随着师父和乳娘的死全部结束了，她即将开始一段新的人生。

她回过神来时，已经泪流满面。她原本有个很美丽的蓝图，司行需将她的一切都打得稀碎。

现在，她站在一堆废墟上，一点一滴重建自己的人生。

擦干净眼泪，重新扮了妆容，顾轻舟下了楼。

婚礼很热闹，所有人都捧场。

西式的婚礼，新郎官需要吻一下新娘子，司慕的手挡住了众人视线，又侧过头，唇并没有落在她唇上。

"终于成家了，我这颗心也彻底放下了。"老太太对司督军和司夫人道，同时又问，"霈儿呢，婚礼他都不来？"

场面顿时安静了，如同顾轻舟心中那般寂静。婚礼很快就结束了，晚上回到新房时，司慕道："你个子小，今晚你睡沙发吧。"

"好。"顾轻舟没有异议。

他们两个人脱去了喜服，好似觉得这喜服可笑又烫人，脱去了才感觉舒服。

顾轻舟提了她的要求。

司慕也提了自己的。

"三年之后我要离婚，你给我一百根大黄鱼作为赡养费，婚姻期间每个月给我两根大黄鱼的生活费；家里的姨太太不能超过十二人；我们没有夫妻之实，不要侵犯我，否则我有权枪杀你。"这是顾轻舟的要求。

司慕全部接受。

"要孝顺我母亲，若是惹恼了母亲，我立刻会把你赶出家门；要保证我的长子、次子、三子平安存活，不管是谁生的，一旦子嗣有问题，我会立马枪毙你；我随时有离婚的权力，不用守什么三年之约，赡养费我照样给；帮我杀了司行霈，这是你这三年来的唯一任务，我提供兵力，否则赡养费没有。"这是司慕的条件。

顾轻舟觉得合情合理。

于是，司慕连夜写好了契书，顾轻舟誊抄了一份，两个人签名、按下手印，各自收起来。

婚姻就这样达成了。

顾轻舟躺在沙发上，不敢翻身，怕掉下去。

"我明晚不住这里，你不用抱怨，明晚床就是你的。"司慕冷冷道。

顾轻舟"嗯"了声。

她望着空空的屋顶。在黑暗中，她依稀看到了司行霈的脸。

她做了一个梦，梦到一个声音说"躲一躲"，宛如和他初见。顾轻舟醒过来时，满脸的泪水。

司行霈则是在第三天才醒过来。

顾轻舟猜测得不错，司行霈是受了重伤才在城门口就撤退，他被枪打中了心口，差点就伤及心脏了。

司慕的人，并不真是废物。

司行霈当场昏迷，他的人立马背起他撤退。

他醒过来，开口第一句话就是问："轻舟呢？你们把她找回来了没有？"

参谋和副官面面相觑。

司行霈挣扎着要坐起来："这是哪里？"

"团座，您还不能动。"参谋按住了他，"我们在苏州的宅子，您受伤了，我们临时在这里歇脚。"

"轻舟呢？"司行霈也不敢动。

他受过无数次的伤，这次伤得很重，他自己能感觉到。

"我们当即就撤离了，这些日子躲在这里，没人敢出去探消息。"参谋道。

当天下午，司行霈还是知道了，顾轻舟和司慕在三天前就完婚了。

司行霈眼中的神采，一点点涣散而去。他道："去把轻舟抢回来！"

"团座，我们还是照原计划去昆明吧。现在去抢人，就是抢军政府的少奶奶，跟整个岳城军政府为敌。

"您常说'一逞平生抱负，不问苍生几何'的都是罪人，您真的要在岳城大兴兵灾吗？那些，也曾是您辖区内的百姓啊！"参谋道。

这一下子，彻底说服了司行霈。

已经晚了。现在去抢人，完全和三天前不同了。司行霈的确不愿意大动兵戈，他不是为了司督军，而是为了那些平民百姓。

一旦打仗，无辜的人就要背井离乡。

为了自己的爱情，牺牲普通人的家园，司行霈做不出来。

"去昆明吧！我受了重伤，这下子更有说服力。"司行霈慢慢道。

他每个字都说得极其艰难。

只是，心中想起了她，便是血肉模糊的一大片。

"我还是会回来找你的！"司行霈遥望着岳城的方向，"轻舟，你是我的半条命。我这半条命先押在这里，我会回来取的。"

顾轻舟结婚了。

所有人都有点恍惚，包括顾轻舟和司慕两个当事者，颇有难以置信之感。

若不是出这件事，顾轻舟和司慕绝不会以这种方式结盟。

司慕对曾经属于司行需的顾轻舟，也是憎恨鄙夷。哪怕她跟司行需闹翻了，司慕也觉得顾轻舟肮脏。她是一条毒蛇，司慕可以利用她，却绝不会拥抱她、触碰她。

司慕说，他只在婚房住一夜，可碍于父亲的审视，司慕愣是住了三夜。

他霸占着床，顾轻舟蜷缩在沙发里。顾轻舟没啥可抱怨的，她是失败者，若是远走他乡，连这暖暖的沙发都没有。

成为司慕的妻子，她身后就有整个军政府。她拥有资源和人脉，可以查出乳娘和师父的事。

她拥有保护，司督军不会任由司行需把顾轻舟抢走，顾轻舟在杀死司行需之前，可以积蓄力量。

她占了很大的便宜，原本挺满意的。

只是到了初八晚上，那天是她生日，她想起李妈每年煮的长寿面，想起师父每年送的礼物，甚至能想起那个凶手司行需。

她浑身发寒，死死抱住被子，才没有落下眼泪……

蚀骨般的疼痛，让她彻夜未眠，翌日早起眼睛通红。

三朝回门，顾轻舟想回顾公馆，虽然家中空无一人。

颜太太却一早派了颜五少去接她，把她接到了颜家。她是颜家的义女，既然无父无母了，颜家便是她以后的娘家了。

颜家准备了丰盛的饭菜，饭后司慕跟着颜新侬和颜五爷去了书房，颜太太等人陪着顾轻舟。

霍拢静也来了。

"真没想到啊，你们两个人居然真的结婚了。"颜洛水感叹道，"太草率了。没想到，二哥也这样草率！"

"他没有草率。"顾轻舟淡淡道。

复仇失败了，顾轻舟能接受，也试图让自己活过来。

"啊？"

"他知道我和司行霈的事，再看你们对我结婚的态度，他明白过来，义父是知情的。既然知情，义父就更偏袒司行霈，而司慕想要在军中站稳脚跟，他需要义父的支持。"顾轻舟道。

司慕看似是临时决定，实则心中早已思虑多时了。

娶司行霈上过的女人固然恶心，但也能报复司行霈，让司行霈痛不欲生，司慕觉得挺有价值。

让司行霈不痛快，司慕就很痛快！此事还没有公开，司慕戴了绿帽子也只有为数不多的人知道，他心中的愤怒感，没有司行霈那么强烈。

司行霈在军中威望极高，快要盖过了他父亲司督军。他被司慕用计赶走，这件事纸包不住火，会有很多高层将领对司慕不满。司慕又没有军功，他难以服众，会落下阴险狡诈的名声。

在各自占山为王的年代，军心原本就不那么牢固，若司慕不能服众，等司督军一死，下面的将领可能各自拉着自己的人马另立山头。

为了获得军心，司慕需要一个人的支持——总参谋颜新侬。在这个当口，颜新侬对他很重要。然而颜新侬此人睿智多才，他八面玲珑，司慕收买他、哀求他，估计都没什么用。

顾轻舟却是颜新侬的恩人。司慕成了顾轻舟的丈夫，颜新侬就是他的老丈人，除非颜新侬不认顾轻舟这个义女。

颜新侬和颜太太早已看透了这点，派人去把顾轻舟和司慕接到颜家，就表明把司慕当女婿，他站在司慕这边。将来司行霈的支持者想要反对司慕，也要顾忌颜新侬的面子。司慕和司夫人以后也会善待顾轻舟，这就是颜新侬夫妻两个人的用意。

若是没有闹出司行霈这件事，司慕也不至于如此。

他知道没有杀死司行霈之后，果断让顾轻舟留下，当机立断。

从这点看，司慕城府极深。

"真的？"颜洛水显然没想那么深，她错愕地看着顾轻舟。

顾轻舟微微笑了一下。

颜太太就端起了茶盅，转移了话题，没有否认。

"……你婆婆找你麻烦了吗，还有你那个小姑子？"颜洛水又把话题拉回了督军府。

她非常担心顾轻舟。督军府是个龙潭虎穴。

而司夫人虽然达到目的了，将魏清嘉彻底排除在外，但是对顾轻舟不可能存在善意。还有司琼枝，三番五次和顾轻舟作对。这些芥蒂，轻易是不会消除的。

"才新婚，她们不会这样着急动手的。"顾轻舟笑道，"少帅已经和督军提了，我们会搬出去。"

儿子成家了，和父母分家过日子，这是常态，古来就有这样的规矩。

督军府是军政重地，司慕结婚了就是成立自己的家庭，以后妻妾成群，住在督军府的确不方便，司督军同意了，司夫人哪怕再不愿意也要忍住。

"阿弥陀佛！"颜洛水道，"能搬出去最好了，要不然你肯定会被司夫人吃掉！"

顾轻舟忍不住笑了。

司慕想搬出去，不是为了顾轻舟，而是为了司夫人。他更担心顾轻舟伤害他母亲，顾轻舟手里还拿着她的把柄呢。在司慕眼里，他母亲高贵睿智，雍容端庄，不屑于和顾轻舟耍手段。真斗起来的话，她会被顾轻舟害死的。儿子都偏袒母亲，他早已忘了司夫人当初为了防备魏清嘉，连他的婚事都算计。

况且离开督军府，司慕才能自由自在发展自己的势力，当初司行霈就是这样的。

"搬出去也好。"颜太太赞同，"孩子都要自己过日子。你瞧瞧我们家，三个结婚了的，两个在欧洲，一个在北方，谁留在父母身边呢？"

顾轻舟微笑颔首。

霍拢静也关怀了几句。

后来，颜洛水借口有点事，先把霍拢静拉了出去："阿静，你来一下。"

顾轻舟看着她们，不知搞什么鬼。

等孩子们一走，颜太太才问："你婆婆没说什么吧？"

她也很担心司夫人找麻烦，却又不好增加颜洛水和霍拢静对未来婆婆的恐惧，故意等她们走了再说。

"说了点。"顾轻舟微笑，"不过，我婆婆自恃身份，也不会说太难听的话。"

顾轻舟轻描淡写，其实她和司夫人之间，的确是有过交谈。

司夫人同意顾轻舟嫁给司慕，是饮鸩止渴。司慕心思不稳，司夫人怕他被魏清嘉蛊惑娶了那个女人回来。况且，司夫人还没有给司慕寻到适合的名门淑女，只能先启用顾轻舟。

如今的世道，离婚是很常见的，男人有钱有势，离婚了再娶个门第高贵的很容易。基于此，司夫人同意让顾轻舟先占着巢，可对她也是好一番严厉。

司夫人的话，顾轻舟左耳朵进，右耳朵出。

"那些信，现在可以给我了吧？"司夫人道。

顾轻舟眼眸微动。

她笑了笑，道："其实，我只有那两封信了，并没有全部的。"

这话，听不出真假。

司夫人看着她，打量她的神色。

顾轻舟又道："假如我真的有，我早就卖了高价了。"

她都如愿嫁给了司慕，难道还不算高价吗？

司夫人气得打战，却又不敢杀了她，完全受制于人。

这次谈话之后，司夫人暂时蛰伏，准备和顾轻舟慢慢耗日子；司督军对这个儿媳妇很满意，终于对得起孙老先生了；司琼枝还记得她哥哥的警告，对顾轻舟是敬而远之。

三朝回门，顾轻舟在颜家住了两天。

过年之前，司慕准备好了新房，带着司夫人和顾轻舟、司琼枝去看。

新房与颜公馆只隔了两条街，十分钟就能步行到颜家，四周环境清幽，道路两旁全是高高的法国梧桐树。

一进门，是一条长长的柏油路甬道，旁边修建了游廊。

甬道是过汽车的，游廊是走人的。

对着大门的是一栋白墙黑瓦的三层小楼，颇为宽敞。

小楼的第一层是花厅和客厅，面积很大，足以容纳百人的宴会。

二楼设了雅间和客房，将来待客休息之处。

三楼则是一个很大的会议厅，司慕可以在这里召开军事会议。这是仿照督军府的建筑。

这栋小楼类似前院，是办公和待客用的；从旁边绕过去，后面种满了花草树木，林影深深，只可惜这个时节除了冬青树，没有其他的景致。

路过小径，后面也是一栋三层小楼。

这是司慕和顾轻舟居住的正院。

站在正院的三楼，可以俯瞰整个庭院。正院旁边，还有三四处小巧的小院落，将来可以给孩子们住，也可以给姨太太们住。后头还有个偌大的花园，花园后面是后门。后门处还有一栋三层小楼，可以给司慕最心爱的妾室，这样她可以自由出入，不必经过正院，不受顾轻舟的管束。

"很不错。"顾轻舟评价道。

这栋庭院，足足有顾公馆十倍大，跟颜公馆差不多。院子里房舍众多，假山水池一应俱全，还有个巨大的网球场。

顾轻舟算是有了个临时安身立命的地方。

命运真是奇怪。

若是半年前，顾轻舟绝对想不到她即将要跟司慕一起度过三年的"婚姻"。

听到顾轻舟说"很不错"，司夫人和司琼枝都在心中暗骂："没见过世面！"

这庭院勉强得很，司夫人看不出构建的精致，普普通通的大院子，就连那池塘也是修建在最西边，斜长萦绕着院墙，观赏性不高。

"你喜欢的话，这院子就定下了。"司慕在旁边，声音清淡而平缓，不知他是真心还是讽刺。他言语中，从来不带感情。

司夫人想要挑剔，偏儿子同意了，她就没说什么，只是心想："此处离颜公馆近，方便慕儿和颜新侬来往。顾轻舟还不知道，只当回娘家方便，没用的蠢货。"

有了这种心思，司夫人就觉得自己占了便宜，儿子也高兴，同意将司慕的新家安排在此处。

况且这里离督军府也不远，不过半个小时的车程。

院子选好了之后，司慕和顾轻舟准备搬家。

正院就是那栋三层小楼，司慕和顾轻舟都住在其中。

二楼朝南的是主卧室，里面成套的意大利家具，是司夫人早年准备给儿子成亲定制的。

司慕打量了眼，道："以后你住在这里。"

他不住这里。

一楼有书房。

司慕的书房，连带着有小寝卧，里面家具床铺陈设齐全，全是楠木家具。看上去有点老式，却比顾轻舟的卧房更奢华。

这些楠木家具，现在的价格奇高，比西式家具贵多了。

"我有专门的厨娘，你吃饭无须叫我。"司慕又道，"家里所有都是双份，你按照你的喜好布置你的。"

一楼是司慕的地盘，二楼是顾轻舟的，泾渭分明。

这栋小楼是他们两个人的空间，虽然是正院，却不可待客。

前面有待客厅，旁边有客房。

"挺好的。"顾轻舟漫不经心，又问，"我怎么知道哪些是你的，哪些是我的？"

"你能进去的地方，都是你的。"司慕道。

属于司慕的地方，都会上锁或者有副官把守。

没有上锁的地方，或者锁上面钥匙还在的地方，全是顾轻舟的。

"……你可以去买些锁装好，另外钥匙也收好。"司慕道，"你摇铃，跑过来服侍的都是你的用人。如果你不喜欢，可以全部换掉。"

司慕有另外的人伺候他，顾轻舟能调动的，都是司慕给她的，换掉对司慕的生活没有影响。司慕自己的人，顾轻舟无法调动。况且，司慕在家的日子不会特别多，他需要把重心放在军中。

重建生活，真的很复杂。

别说顾轻舟，就是司慕，对这些事也有点抵触。

还有什么比娶一个自己恨的女人更糟糕呢？司慕特别恨顾轻舟，除了顾轻舟属于司行霈，被司行霈侵占过之外，更是因为司慕自己也曾经喜欢她。

当他知道自己喜欢过的女人，一直睡在司行霈的床上，这种恼羞成怒的憎恶，几乎烧灼他的理智。

顾轻舟有点恍惚，司慕也说得言简意赅。

他们两个人都没有过生活的经验，更没有过日子的诚意。

腊月十八，是顾轻舟和司慕的乔迁之日。

这是司督军的意思。搬家前几天，司慕提出，腊月的黄道吉日，只有十八最适合，否则就要等到明年二月。

司夫人原本不同意："过了年再搬吧。"

司督军却说："让他们两个人单独过年，从此也算是个家了。"

顾轻舟当时在吃饭，筷子顿了一下，胃口全无。

家？她的乳娘、她的师父，还有司行霈，全部从她的生命里消失了，她还有家吗？

司慕显然也有感触，虽然他的感触跟顾轻舟不是同一件事。他筷子停顿了一瞬，夹了块玉百合塞到嘴里，细细咀嚼，似嚼蜡般。

"既然年前要搬，那乔迁之喜是要热闹热闹的。"司夫人退一步，又道。

她想大肆宴请。

"安家是要热闹，人气得充盈。这样吧，十八这天贵重的东西先不要搬进去，请了亲戚朋友，把房子、园子全逛一边，从早上热闹到深夜，也算是全了乔迁之喜。"司督军道。

新房子里需要人气，这是毋庸置疑的。

司督军怎么吩咐，就要怎么办，顾轻舟不反对。

司夫人看不上顾轻舟的小家子气，要亲自操持。她把督军府的厨子、用人甚至家里的五十名亲侍副官，都派去了新宅，操持乔迁喜宴。

顾轻舟半分也插不上手。

这时候，儿媳妇可能会觉得婆婆霸道，顾轻舟却乐得清闲。

"做司家的媳妇，是不是特别难？"颜洛水每次看到顾轻舟，都会感叹一番，十分可怜她。

顾轻舟微笑，垂眸给木兰和暮山喂牛肉干。

"没有。"顾轻舟道。

这是真的。

他一边叮嘱顾轻舟，要孝顺他母亲；另一边又威胁母亲和琼枝，再敢乱出手，以后他就不认她们。

他这不是在维护顾轻舟，反而是维护自己的母亲和妹妹。顾轻舟的毒辣，足以弄得根深蒂固的司行需远走他乡，何况是司夫人和司琼枝？她一直想依靠军政府，才没有对司夫人和司琼枝下狠手。若惹急了她，司慕担心母亲和妹妹死在顾轻舟手里。

两边全被司慕唬住了，到现在为止都平安无事。

"没有才怪。"颜洛水撇嘴，"轻舟，你别受了委屈就藏在心里。"

"真没有。"怕颜洛水不信，她解释道，"婆媳矛盾，源于掌控权，婆婆想要掌控儿子，媳妇想要掌控丈夫。

"司慕在这方面特别冷酷，他是既不想讨好我，也不想讨好他母亲。他和其他男人正好相反，他告诉他母亲，妻子很重要，若是惹了他妻子，他就要翻脸；同时他又告诉我，惹了他母亲，就要把我赶出去。

"两头做好人，就没了主见，最终会导致婆媳不和睦。但是司慕两头为恶，所有人都要听他的，目前家庭很稳固。"

颜洛水吃惊地看着顾轻舟。

这个策略倒是不错，可有多少儿子做得出来？

"二哥这样厉害？看不出来啊，他从小话就不多。"颜洛水道。

顾轻舟想说，咬人的狗不叫，话到了嘴边就咽了下去，换了个更准确的说辞。

"他有自己做事的方法。"顾轻舟道，"司慕这个人，还是很有魄力的，他……"

她话还没有说完，就听到颜洛水轻轻地咳了咳。

顾轻舟回头，只见司慕已经走了进来。

他穿着铁灰色的长风氅，胸前的勋章泛出清冷坚硬的光芒，身上有雪茄的气息。

高大挺拔的男人，背着光站着，她想起了一个人。

顾轻舟的呼吸突然错了一下。她回过神，压抑心头的浮动，司慕就走到了她跟前。

"你倒落得清闲。"司慕道。

他这话很平静，眉宇间没有半分波动，看不出他是调侃还是恼怒。

他将一把大红烫金的请柬递给顾轻舟："我来找颜总参谋说些事，姆妈让我顺道把这些请柬交给你，你若是有比较要好的同学，都邀请过来。"

顾轻舟接了："好。"

司慕放下请柬，就坐到了对面的沙发上。

他看了眼这两匹狼狗，犹豫地问："这真是狗吗？"

"是狼。"顾轻舟道。

司慕神色仍是没有动，只是藏在袖底的手微微发紧。

这是司行需留给她的。

颜洛水忙在旁边打岔："二哥，你回头还有事吗？留下来陪我们打网球吧？"

司慕道："不好意思，我还有点事，要赶回督军府。"

颜洛水恨不能说，那你赶紧走吧。

司慕站了起来。

虽然他表情变化不多，颜洛水亦看得出他发怒了。

"我先回去了。"司慕冷冷道，声音的温度骤然下降，没了方才进屋时那点温和。

"再见。"顾轻舟抬头道。

颜洛水终于能透出一口气。

方才司慕那一瞬，神态冰凉得叫人窒息，他对顾轻舟的这两匹狼意见很大，可见他猜到了这狼的主人。

顾轻舟的情绪也一落千丈。

颜洛水试图哄顾轻舟，她想了想，问顾轻舟："我是你姐姐，对吧？"

顾轻舟扬脸，不解地看着她。

颜洛水继续道："那司少帅就是我的妹婿，对吧？"

顾轻舟唇角微动。

颜洛水不高兴了："那我方才叫他二哥，他居然还答应了！小王八羔子，不知尊卑！"

顾轻舟努力挤出一个笑容来。

晚饭的时候，颜洛水把这个结论告诉了颜一源。

颜一源也很兴奋，从小崇敬的二哥，现在是他们妹婿了！

怎能不去占点便宜？

"下次见面，他不喊你叫五哥，你就拿出大舅子的气势来！"颜新依心情不错，在旁边调侃。

颜一源当真了："对对对，我现在是五哥了。"

顾轻舟忍俊不禁，下午错把司慕当成司行霈的那点难受劲儿，终于过去了。

颜一源去喊司慕妹婿时，司慕会是怎样的脸色？

颜家众人想象了一下，都有点期待。

顾轻舟看着其乐融融的一家子人，唇角微翘，心中涌入了些许暖意。

腊月十八，是岳城冬日里难得一见的好天气。

早晨六点，顾轻舟就起床了，开始梳妆打扮，回新宅去做个女主人。

她眉宇间的阴冷，似乎被光芒万丈的骄阳驱散，有点淡淡的喜悦。这喜悦是她强撑的，故而很快就消散。

顾轻舟做新娘子才一个多月，按照岳城的习俗，她应该穿红色系的衣裳，一直穿到明年正月底。

人对颜色的喜好，是天生的，这个没办法更改，顾轻舟不喜红色。

犹豫再三，她还是换了套绯红色绲金边绣盛绽牡丹的旗袍，看上去很喜庆。

"姆妈，我先过去了，上午还要招待客人。"顾轻舟吃过早饭，对颜太太道。

颜太太放下筷子："别急啊，我和洛水陪你一起过去。"

顾轻舟点点头："也好。"

十分钟的路程，他们还是安排了一辆汽车。

三分钟就到了门口。

新宅在前楼和正院之间，搭了个偌大的戏台，请了名角唱堂会；又在前楼的花厅里，搭建了舞台，晚上会有两位歌星登台。

"少夫人。"有人跟顾轻舟打招呼。

顾轻舟没留意是叫她，直到颜洛水戳了戳她的腰，她才回神，微微笑了笑。

颜太太担心地看了眼顾轻舟。

好在，老太太已经到了。顾轻舟就陪着老太太，不再应酬其他人。

颜洛水低声道："轻舟，别走神啊，多少人看你的笑话呢。"

顾轻舟点点头。随后的应酬，没出什么大错儿，顾轻舟一直跟着老太太，对旁人的寒暄波澜不惊，笑容浅淡。

上午十一点，已经聚满了宾客。楼下的花厅摆了宴席，男男女女都是锦衣华服，端庄入席。

司督军也来了。

一下子更加热闹。

顾轻舟的新房乔迁之喜，准备从早上一直闹腾到深夜，这是司督军的意思。

这一习俗称为"暖房"，从唐朝就有，古语云："今人有迁居或新筑室，朋侪醵金往贺曰暖房。"

暖房，就是要给还没有居住的庭院增加人气。

客人足足有七八十人，将这处庭院也挤得人声鼎沸，热闹非凡。

下午的阳光透过回廊雕花镂空的玻璃顶棚，照在顾轻舟的脸上，她这身用金线绣了牡丹的旗袍，金光熠熠，让她的面容添了华采。

"少夫人。"这人声音清冽温醇，略微耳熟。

顾轻舟抬头，就瞧见了一个男子。和在场所有人不同，这男子穿着黑色的马甲，里头是黑色衬衫、同色西裤。阳光暖和，他和其他客人一样脱了风氅。

可能是恭贺乔迁，他穿得像送葬的略感不恰当，就在马甲口袋里别了一枝盛开的红玫瑰，点缀着喜气。

他的面容，比这盛绽的玫瑰更加美丽。顾轻舟很难想象，天地间竟有这般好看的人儿。

不管见多少次，仍是会被他的漂亮惊艳。

"长亭先生？"顾轻舟想起了他。

今天邀请的客人，除了亲戚朋友，就是军政两界的名流，长亭怎么会在受邀之列？

顾轻舟眼眸微凝，静静打量了他一眼，却见他笑容缓缓堆砌："是我，少夫人还记得我。您新婚我还没有道喜，恭贺您举案齐眉，瓜瓞绵长。"

顾轻舟哭笑不得。

她见过这样恭贺的帖子，当面说给她听，长亭倒是头一人。

长亭的语调很有磁性，抑扬顿挫宛如读诗，他说得很优美，顾轻舟听了也不尴尬。

"多谢。"顾轻舟忍不住笑了一下，她又问长亭，"你怎么来的？"

长亭笑道："我跟财政局总长的公子是同窗，他邀请我来的。今天来了不少的客人，都想目睹少帅新宅的风采。"

今天的宴席，是人越多越好，所以司夫人送请柬，都会多送两张，若是谁家有朋友同来，自然是欢迎的。

要不然也凑不齐这么多人。

军政府有扛枪的亲侍，来再多人司夫人也不怕，场面不会乱，没人敢在司慕的宅子里闹事。

他们两个人说话的工夫，顾轻舟敏锐地发现，四周有人在看他们。长亭太过于惹眼，他漂亮得惊艳万物；而顾轻舟又是司慕的新婚妻子，岳城最近的话题人物。

他们两个人凑在一起，顿时成了焦点。

远处的人，都假装看风景或者说话，余光瞥向他们。

"少夫人，我先过去了。"长亭也察觉到了，不想添口舌，他先走开了。

站在三楼阳台上的司慕，手里端着一杯酒，目光落在回廊的两个人身上。

好些日子没有看到顾轻舟笑了。

司行需的事对顾轻舟打击很深，这点司慕是知道的。她在外人或者关心她的人面前，总会强撑几分笑意，却很少真心微笑。

在司慕面前，她是冷漠的，大概是她明白，司慕不关心她是否开心，她无须装模作样。但和长亭没说几句话，顾轻舟就展颜微笑。这次的笑意，发自内心，而非应酬。

司慕轻轻地抿了一口酒。酒的辛辣从喉间一直流到了胃里，整个胸膛都火烧火燎起来。顾轻舟察觉到什么，猛然抬头，和司慕的目光撞了个正着。司慕眼眸一沉，眉眼间的憎恶毕露。

顾轻舟却不管，快步上了三楼。

三楼的会议厅，桌子上摆放了数个水晶杯，还有一瓶威士忌。

顾轻舟给自己倒了一杯，走到了司慕跟前。

"方才那个人，生得不错。"司慕道，"你若是动了心，我可以现在就去杀了他。"

这就是说，在这桩婚姻里，他可以娶无数个姨太太，她却只能忠诚于他，独守空房守活寡了。

"你觉得我有那个心思？"顾轻舟淡漠，望着远处的人影，处处都有鬓影移动，她轻轻地抿了一口酒。

真是天公作美，让岳城的冬日出现这么阳光明媚却又无风的日子。蜡梅的花香在空气里旖旎着，雀儿叽叽喳喳，恍惚春华盎然。

"谁知道？"司慕口吻极其平静，平淡得不带任何起伏，"你天性至淫，谁知道你会做出什么？"

司慕骂她，言语总是很难听，顾轻舟之前很生气，现在心中毫无波澜。

"我如此淫荡都看不上你，你真是可怜虫。"顾轻舟反唇相讥。

她并不生气，就是下意识想要反击，不能太吃亏。

司慕脸色终于动了一下。

"把下贱当荣耀，你真叫我刮目相看。"司慕道。

顾轻舟原本寻他有点事，闻言实在待不下去了，因为会吵起来。

她不想争吵。

军政府少夫人这个身份挺好用的，顾轻舟暂时不想丢弃。惹恼了司慕，他可以辱骂甚至动手，顾轻舟占不到便宜。

顾轻舟转身走了，她离开了之后，司慕给自己倒了一杯酒，一口猛然灌下去。心里的痛楚，好似能全部被浇灭。

顾轻舟方才在游廊里，冲那个漂亮的男人笑了一下！

果然，她骨子里的放荡，怎么也克制不了！

她唯一拒绝过的男人，应该就是他司慕吧？想起从前她那副姿态，将他拒之千里。到了今天，司慕才知道，她只拒绝他！

她爬上司行霈的床，她对着陌生男人微笑，却独独和他针锋相对！

司慕倏然就将手中的酒杯砸了。碎片滚落满地，在阳光映衬之下，泛出斑斓的色彩。

"顾轻舟是这个世界上最恶心的女人！"司慕狠狠想，抓起桌子上的另一只酒杯，猛然灌了下去。

喝完了，他才发现，酒杯口有一抹浅浅的口红印子，是顾轻舟今天涂抹的颜色，浅浅印在杯子上。司慕的手指，轻轻地摩挲了上去，一些古怪的念头，在他脑海里奔腾。他回过神，被自己吓了一跳，将这个酒杯也狠狠砸了。

司行霈站在日光温暖的场地里，看着程艋练习射击。

程艋是程督军的长子，身体很虚弱苍白，端起小手枪都摇摇欲坠，实在不像是个军人。

就连顾轻舟都能稳稳握住的勃朗宁，程艋用起来却整条胳膊都在发抖。

"我要是你，就专攻军法和心计。"司行霈立在旁边，神色慵懒道。

昆明的冬日阳光和煦，金光似岳城早春的三月，暖融融地让他犯困。远处的树梢，一只雀儿轻掠而过，青尾裁开了阳光的缝隙，晃动一串串金色的涟漪。

司行霈的身体已经恢复了八九成，他原本就比平常人更容易复原。军医建议他多晒晒日头，别总是闷在房间里，故而程艋邀请他来看看新枪的时候，他就起来了。

程艋虚弱，偏偏想要学射击，司行霈觉得这孩子走死胡同了。

"……哪有大将亲自扛枪上阵的？你根本没必要练习枪法，都使不上。你若是怕死，多挑几个得力的随从就行。"司行霈道。

程艋有点泄气，将枪放下："你别在旁边说丧气话。有没有更好的方法练习？若是不会射击，我总归不甘心。"

司行霈略有所思。他想起了顾轻舟。

也是在天气晴朗温暖的上午，他从背后搂住了她，握住她嫩白的手，教她如何放枪。他的下巴落在她头顶，她的头发有玫瑰香波的清香。

司行霈恍惚了一下，不知身在何方，直到程艋的声音惊醒了他。

"什么？"司行霈反问。

程艋见他愣神，还以为他想到了什么，问他："你还真有方法？"

"不是，我想到了我的女人。"司行霈淡淡笑道，"我教她射击的时候，她的手比你稳多了。"

程艋懊恼蹙眉："想让你教教我，你反而来打压我！"他又问，"你的女人是谁？你娶姨太太了？"

程家特意打听过，司行霈没有结婚，甚至身边连姨太太都没有。

司行霈却不想回答这个问题。

"我说的是实话。"司行霈道，"术业有专攻。你不信的话就去问问你父亲，他有那么大的飞机场，他会开飞机吗？"

程艋笑笑。他揉了揉发疼的胳膊，隐约是被司行霈说服了。

程艋身体不好，一直在走歧路。他父亲喜欢健壮的儿子，也总是逼迫他练习枪法。可北平曾经有任总统的儿子是残疾，人家照样出谋划策。

每个人都应该发挥自己的长处。

一身腱子肉有什么用？

司行霈倒是武艺超群，枪法精湛，而且生得高大结实，还不是被他父亲给赶了出来？

就在这时候，一个穿着玫红色格子风氅的女孩子，快步跑了过来。

"霈哥哥！"她几乎要扑到司行霈怀里。

司行霈往旁边挪了挪，绕开了她。

这是程督军的爱女程渝，司行霈是她的救命恩人。

程渝看到司行霈，双目就放光。

"霈哥哥，你身体还没有恢复，可不能打枪。"程渝道，"走吧，我陪你回去休息。"

"不用了，我还要晒一会儿日头。"司行霈道。

那边女佣追过来，说夫人找程渝有点事。

程渝是刚刚从外面回来，道："霈哥哥，我先去看我妈，回头再来寻你。"

下午的时候，程渝一直纠缠司行霈，说个不休。

司行霈在钻研一本关于飞机修理的说明书。

这书是程督军特意找人翻译的，原是英文版。

司行霈到现在为止，还没有见过飞机。不是程家捂得紧，而是程家只建好了机场，飞机还在美国没运过来。

程渝告诉司行霈，要等到明年三四月份，飞机才能正式到达。对外是说，飞机早已试用了。

"司少帅，二小姐请您去吃晚饭。"有个副官进来禀告道。

程督军在家的时候，会邀请司行霈与程家众人同桌而坐，共享晚餐。可程督军不在家，司行霈就会避嫌。

今天程督军外出，司行霈早已言明要在自己房间吃。

"不去。"司行霈言简意赅。

副官有点惊讶，还是快步跑了出去，将此事禀告了程渝。

坐在不远处的两名参谋，交换了一个眼神。有位四十来岁的参谋姓罗，是司行霈一手提拔起来的，对司行霈忠心耿耿，随之逃往云南。

罗参谋心中有事，晚膳之后单独和司行霈闲聊："程稚鸿擅长藏拙，他的势力比咱们预想的还要庞大。中原的那些军阀，只怕能与之抗衡的不多。"

"是啊。"司行霈也感叹。

"程二小姐对团座您一腔痴情！"罗参谋又道。

司行霈就明白他想说什么了。

"团座曾经的宏图伟业，不就是需要一个兵力过人的岳丈扶持吗？程稚鸿兵强马壮，长子病弱，次子年幼，若是娶了程二小姐……"罗参谋的声音越来越轻。

罗参谋看程夫人的意思，很默许程二小姐追求司行霈，应该是挺满意这个女婿的。

丈母娘都首肯了，老丈人那里不足为虑。

司行霈寻寻觅觅的，不就是这么一个盟友吗？

他坚持不结婚，就是想用自己的婚姻结盟，来实现他一统南北的大业。

"我不会娶程二小姐！"司行霈言语果决。

罗参谋微愣，还以为有什么深层的考虑，不解看着他。

司行霈却道："之前我受伤，轻舟问我会不会娶程渝，我说过绝不会娶她，我答应了轻舟。"

罗参谋讶然。

因为顾小姐？

罗参谋清了清嗓子，道："团座，顾小姐她已经结婚了，她负约在先。"

"我跟她承诺的时候，她并没有反过来承诺一定会跟我。"司行霈淡淡道，"不存在她负约。"

罗参谋又被堵了回来。

"可……"

"我将来是要娶轻舟的！"司行霈认真看着罗参谋，"若是我现在娶了程渝，轻舟一定会很生气，我不能让她更加生气。"

"团座，顾小姐她……"

"你想说她嫁给了司慕是吗？"司行霈深深叹了口气，"我了解轻舟，她还没有把自己给司慕。她一个女人，想要跟我闹脾气，需要势力，她在借助司慕的势。没有成功之前，她是不会交付自己的，他们是假结婚。只要我不死，司慕就得不到轻舟！"

罗参谋瞠目结舌。

假结婚？

"团座，您也太笃定了吧？"罗参谋道，"您不过是心有不甘！"

"我是了解轻舟！"司行霈反驳道，"她什么性格，我最清楚！轻舟是不见兔子不撒鹰，没有看到胜利，她就看不到和司慕的前途，她不会牺牲自己的身体。我跟她闹了两年，她都没有给我。"

罗参谋更是震惊。

"你没睡过她啊？"罗参谋的话脱口而出。

司行霈爱顾轻舟爱得命都不要了，居然还没有睡过人家，岂不是滑稽？

那他凭什么说顾轻舟是他的女人？

"我像变态吗？"司行霈斜睨他，"我遇到她的时候，她才十六岁。"

罗参谋心灵震荡，半晌理不出思绪。

"……您明知道她是假结婚，又何必急匆匆跑回去挨一枪？"罗参谋问。

"我回去了，她就会知道，我宁愿死也要爱她。轻舟看似精明，实则没有安全感，她总是不确定我能爱她到什么地步，现在她知道了，她更加不会和司慕睡的。给她点时间，她会慢慢放开她乳娘和师父的死，跟我在一起。"司行霈道。

罗参谋看鬼一样看着司行霈。

这番言论，司行霈自己真的相信吗？还是罗参谋太老了，跟不上年轻人的想法？

"团座，您真是痴情。"罗参谋最终道。

这点，罗参谋倒是很欣赏司行霈。

司行霈从前走马章台，罗参谋总是为他担心。如今能定心，罗参谋也踏实。

司行霈静静看着迷离的夜色，想起了和顾轻舟的点滴："轻舟现在只有我了，我绝不背叛她。"

罗参谋不说话了。

顾轻舟已经嫁给了司慕，整个岳城都知道，以后要怎么办？改名换姓？

"顾小姐和司慕哪怕没有夫妻之实，总有夫妻之名，这以后……"罗参谋有点忧心忡忡。

"我不在乎旁人的闲言碎语！"司行霈道。

流言蜚语是不怕的。

司行霈其实也担心，司慕可不是良善之辈，若是司慕发疯了，轻舟未必能拒绝得了他。这点担忧，司行霈没有告诉任何人。

他内心深处，还是希望顾轻舟属于他，打上他的烙印，一辈子只有他一个男人。若真的被司慕……那司行霈会先杀了司慕。

司行霈遥望着北方，静静沉思。

他想起了顾轻舟的点点滴滴。她的音容笑貌，一点点在他眼前回放，枯坐了整夜。

他很想她，想将她抱在怀里，她细腻微凉的肌肤，淡淡的馨香。

这年过年，顾轻舟和司慕是在督军府过的。

饭后，他们正在打牌，却看到用人急匆匆进来，递给司督军一封电报："督军，二小姐回来了。"

在这些孩子中，司督军最爱的儿子是司行霈，最爱的女儿就是二小姐司芳菲。

"芳菲回来了？"司督军立马笑起来，"到哪里了？"

他满面笑容。

司夫人神色微敛。

司督军看了看电文，最后高兴道："这是前天从香港发出来的。"

"那就快要到了。"司夫人笑道。在司督军面前，司夫人也要表现得对司芳菲很疼爱。

司督军忙道："快派人去码头！芳菲快三年没回来了！"

司芳菲一直在英国留学，这封电报确实突然。

当天傍晚时分，司督军的爱女司芳菲就回到了督军府。

最兴奋的不是司督军，而是司琼枝。司琼枝几乎雀跃着，下午就跟着副官去了码头等待，听说脸冻得通红都不肯上车，非要在码头等着她二姐。终于把司芳菲给盼了回来。

顾轻舟到岳城两年整了。这两年里，她鲜少踏入督军府，又跟司夫人和司琼枝交恶，从未看过司家的照片，更不清楚司家其他人的底细。二小姐司芳菲什么模样，顾轻舟没见过。

等她进来，顾轻舟站起身迎接，暗暗打量她。

"阿爸，姆妈！"司芳菲愉快地扑到了司督军怀里，又对旁边的司夫人道。

她是二姨太生的，可惜她母亲难产，从小就将她交给司夫人照顾。

司芳菲今年二十岁，比琼枝大两岁，继承了司家人高挑儿的个子，纤长窈窕。她烫着卷发，一张精致的瓜子脸，露出纤柔下颌；眼睛斜长，目光潋滟；鼻头挺翘，柳眉弯弯。她展颜微笑，颊上就有两个深深的酒窝。

司芳菲的美丽，既清新脱俗，又和蔼可亲。特别是她的酒窝，更衬托着她的俏丽可爱。

"长高了！"司督军看着爱女，眼眸温柔，真正的慈祥从眼神里都能溢出来，"个子是长了，见识长了没有？"

司芳菲笑，酒窝让她的笑容甜得不可思议："阿爸，您这打招呼的方式老皇历了！我知道您想我了，我也想您了！"

司督军就哈哈大笑。

司夫人在旁边看着，笑容有那么几分不自然。

顾轻舟一个外人都看得出，司督军对其他的孩子，包括司行霈，都没这么喜欢。

"姆妈，我给您和琼枝都带了礼物。"司芳菲又对司夫人道，亲切得这就是她亲娘一般。

司夫人那点僵硬，很快也不见了："好孩子，你有心了。"

跟长辈打完了招呼，司芳菲才看到顾轻舟和司慕。

她叫了声二哥，然后就甜甜喊了顾轻舟："二嫂。"

"妹妹，这一路很顺利吧？"顾轻舟也微笑。

她笑容很内敛，情绪似乎全部深藏，有点捉摸不透的模样。

司芳菲却趁机大吐口水："一点也不顺利，你都不知道我吃了多少苦……"

她开始说起在邮轮上的艰辛。说是艰辛，实则是插科打诨的玩笑话，把司督军逗得哈哈大笑。

顾轻舟和司慕回新宅时，路上说起了司芳菲。

"阿爸特别喜欢芳菲。"司慕道，"这有一段往事。"

顾轻舟问："什么往事？"

"那时候我们还小，岳城也是炮火连天，姆妈带着我们跟二叔和老太太逃走了，用人匆忙收拾东西，把一岁半的芳菲不小心丢下了。

"两天以后，阿爸路过老宅有些担心，回去看了一眼，正好见到了孤苦无依在空宅子里挨饿的芳菲。这一来二去，直到两年之后才安定下来。

"芳菲那两年一直跟着阿爸。我们家兄弟姊妹五人，阿爸真正看着长大的，大概就是司行霈和芳菲了。"司慕道。

顾轻舟这时候就明白了。

只怕是故意丢下她的吧。司夫人还是挺狠心的。

司督军对跟在自己身边长大的孩子比较有感情。

司行霈十岁上战场，他跟着督军东奔西走；芳菲小时候被逃难的家人落下，跟着督军混迹军营，一连住了两年。

"阿爸能说很多芳菲小时候的趣事，他提到孩子，不是芳菲，就是……"司慕的声音戛然而止。

不是芳菲，就是司行霈。

　　而司慕和司琼枝，还有夭折的长女，司督军几乎缺席了他们的成长，司慕和司琼枝小时候什么样子，叛逆期什么样子，司督军都不知道。

　　这份感情的亲疏，一下子就分出来了。

　　司督军爱司夫人，却独独没把她的孩子视为挚爱，顾轻舟现在明白了原因。

　　"我记得我刚到岳城，夫人送给我一套很漂亮的礼服，说是给在英国留学的二小姐做的，原来就是芳菲。"顾轻舟道。

　　司慕道："我和琼枝出国，阿爸连电报都不发，却时常派人送礼物给芳菲，他最疼芳菲了。"

　　回到家里时，用人说："少夫人，有人给您送了信。"

　　说罢，将一个很大的牛皮袋子递给顾轻舟。不是一封信，而是很多信。

　　司慕看了眼，他眼神微凛。

　　顾轻舟道："不是司行需送的，别多心，是我叫人去查一些事……"

　　司慕没兴趣，转身回了书房。他心想："趁着督军还在岳城，我不需要去驻地，暂时把家里收拾一番才好。"他和顾轻舟都决定，用人这里要试探一番，将探子全部挖出来送回督军府。

　　顾轻舟则迫不及待抱着牛皮袋子上了楼。袋子里有很多文件。

　　这是顾轻舟托了霍钺身边的锡九，帮她查的一些消息。

　　她在查乳娘李娟、师父慕宗河、齐老四和张楚楚，还有她外公孙端己的往事。

　　翻开信件，对齐老四和张楚楚果然语焉不详，甚至有点对不上号，慕宗河的资料就比较齐全。

　　慕宗河是慕家的长房长子，他继承了家业。

　　慕家是生意人，开了无数的药铺。慕家在医药这一行很显赫，特别出名的很多中成药，都是出自"慕氏百草堂"。慕宗河在清廷衙门里做过太医，后来又做了某位大官僚的私人医生。清廷有证据说，慕宗河涉嫌谋杀太后，导致清廷混乱，皇帝最终放弃了江山等，他成了亡国罪人。

锡九给顾轻舟的这些资料，全是顾轻舟听说过的。

而顾轻舟想知道的内幕，全部没有。

齐老四和张楚楚并非本名，资历也是捏造的。自从师父死后，顾轻舟消沉了那一个月，再派人去找张楚楚和齐老四，他们已经不知去向。

"这背后有一双手，在遮掩什么。"顾轻舟想。

很有可能，就是司行霈做的。

司行霈杀了顾轻舟的乳娘和师父，是在替顾轻舟遮掩秘密。

然而呢？哪怕他再有苦心，他也是凶手。

顾轻舟牢记了这些，抱着枕头坐在床上，久久沉默。

"虽然司行霈离开了岳城，霍钺还是选择站在他那边，要不然查到的消息就不止这些了。"顾轻舟心中澄澈。

再去找青帮帮忙，已经没了必要。

司行霈想要遮掩的事，霍钺也不敢说。

第三十二章

藕断丝连

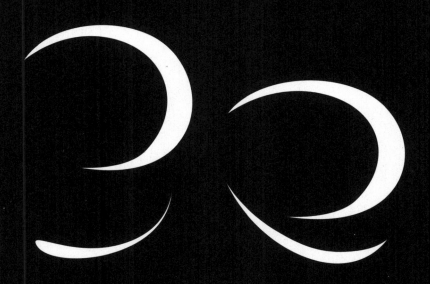

此时的司行需，又在教程督军的长子程艋射击，程家小姐程渝欢欢喜喜跑过来。

看到司行需还穿着一件非常丑的毛衣，毛衣左边的袖子还短了半截，程渝很好奇："需哥哥，你是不是哪里不舒服？这个天气，你怎么还怕冷？"

程艋就觉得他妹妹太蠢。

司行需这件毛衣，从冬天一直穿到春天，上次他自己洗，洗完了一整日坐在树下等毛衣晒干，生怕人偷了去。

这毛衣如此丑！还有一只袖子没有打完！

不用说，肯定是心上人织的。

"你有事？"司行需开口，态度很冷漠。

这天，司行需心情不好。

他轻轻地抚摸着这毛线，一只袖子还没有收针，他用线头穿起来的，看上去不伦不类，却温暖极了。

刚刚到西南的那段日子，司行需几乎每天都能梦到轻舟。

顾轻舟一连几天，也都梦到了司行需。醒来的时候，泪流满面。

她的两只狼还是睡在她自己的卧室，早起还没有洗漱，顾轻舟就用牛肉干喂木兰和暮山。

司慕在家里用了点小计策，抓住两名军政府内应的副官，送回了督军府。

司督军原本正月十六就要到南京上任，担任南京政府海陆军三军总司令，可岳城的军务他还没有交代完毕，特意给总统打了电话，申请二月初一再上任。

因为海陆空三军总司令部是临时设立的，司督军什么时候去，什么时候就正式开始，没有任何事务，拖半个月也无妨。

司督军处理政务之余，也把顾轻舟叫到了督军府。

"南京政府给岳城的海军派了位元帅，他叫董晋轩，曾经在北洋海师任职过。董大帅是全家到任上，你姆妈要随我去南京，以后你就是岳城军政府的女主人，你安排一个宴会，接待董大帅和董夫人。"司督军道。

这是趁着他和司夫人还在岳城的时候，给顾轻舟一个练手的机会，顺便看看她的社交能力。假如顾轻舟不行的话，司督军和司夫人会另做安排；若她能胜任，司督军就可以放心把岳城暂时交给他们两口子了。

"是，阿爸。"顾轻舟答应了，"董大帅哪一天到？"

"他已经到了南京，办一些手续，这几天会电话跟我联系。你先操持起来，我这边有了消息再告诉你。"司督军道。

司督军知道董大帅哪天到，但他不告诉顾轻舟，他还是想考验顾轻舟的应变能力。聪明是一方面，见识是另一方面，督军还是想亲眼瞧瞧她管家的能耐。

顾轻舟在司督军说话的时候，一直和他对视，从他眼底看到了这点情绪。

她笑笑："那我现在就去准备了。"

顾轻舟约了颜洛水和霍拢静，一边安排宴席，一边逛街吃喝。

说到底，顾轻舟只需要拿出方案，说怎么办就行，剩下的全部交给管事，又无须亲自去买办。

顾轻舟先到了一家咖啡馆。她点了咖啡，又要了一块黑森林，正准备吃的时候，顾轻舟瞧见隔壁桌子上，有个人正在看她。

他戴着宽檐帽子，遮住了眼睛，还用报纸挡住面容。

顾轻舟心头一跳：好眼熟。

那人却起身了。他路过顾轻舟时，随手拿走了顾轻舟放在椅子上的手袋，低声快速道："顾小姐，借一步说话。"枪和短刀都在手袋里，不能叫人顺走。

对方叫她顾小姐，而非少夫人……

1048

　　顾轻舟心念一动，抓起桌子上的叉子，藏在袖子里，当即追了出去。

　　那人走得很快，把顾轻舟往胡同里引。顾轻舟亦步亦趋地跟着。

　　直到胡同尽头，他停下来，摘了帽子给顾轻舟敬礼："顾小姐!"

　　顾轻舟一愣，竟然是他。

　　是王宪! 司行霈的亲信副官之一，顾轻舟接回来木兰和暮山之前，它们一直由王宪照顾。

　　正是有了这样的感情，顾轻舟不会拿王宪如何，更不会将他出卖给军政府。

　　司行霈知道这点，才派了王宪来找她，临时回到了岳城办事的。

　　司行霈看到了报纸。顾轻舟和司慕的照片，两个人站在一处，司慕的高大映衬着顾轻舟的纤柔，很是般配。这样的般配，惹恼了司行霈。

　　"是王副官啊。"顾轻舟有点伤感。物是人非，再看到熟悉的副官，顾轻舟心中一阵阵泛出涩意。

　　她努力压抑着，仍是无法排解内心的痛楚，声音也有点走样。

　　王副官看到她这样，就知道她不是没良心的，心中也替司行霈高兴，略感欣慰。

　　"顾小姐，您跟我来。"王副官道。

　　胡同旁边的墙壁上，有一扇极小的门，王宪敲门之后，有人开了门。

　　他请顾轻舟进去。

　　屋子里终年不见阳光，很是阴冷潮湿。一打开门，霉气和寒气就扑面而来，顾轻舟有点不适应。她下意识掩住了口鼻。顾轻舟沉吟了一瞬，手里的叉子不由更攥紧了，又看了眼王宪。

　　现在，王宪跟她是敌对的，她应该提防他。可这位士兵憨厚的笑容，露出几分真诚，再加上之前喂养木兰和暮山的恩情，顾轻舟又沉思一瞬，决定相信他了。

　　她跟着王宪进了屋子。屋子里有几个人，全是司行霈的旧部，纷纷给顾轻舟行礼："顾小姐！"

他们态度极其恭敬。顾轻舟没有为司行需做过什么大事，然而他的下属都非常敬重顾轻舟，只因司行需爱顾轻舟。

顾轻舟的情绪涌动，很辛苦才克制住。

"怎么回事？"顾轻舟转头望王宪。

"团座想跟您通话。"王宪道。

他们通过了无数次的架设，居然把远在昆明的电话，通到了岳城。

顾轻舟微微蹙眉。就在她犹豫的时候，桌子上的电话响了。

那头是不停地转接，终于通了之后，副官焦急道："快快快，一会儿又要断了。"

能从昆明打过来，已经是奇迹了。

坚持一分钟不断，更是难得。

所以电话一通，副官立马递给了顾轻舟。

顾轻舟却没有接。

"顾小姐，拜托您了！"王宪似恳求般，看着顾轻舟道。

顾轻舟这才拿过来话筒。贴着自己的耳朵，她"喂"了一声。

那头，声音很嘈杂，她听到了司行需不太真切的声音："轻舟？"她从头顶到脚趾，每一寸的肌肤都在收紧，神经有点麻木般，让她无法动弹，也无法开口。

"轻舟，你过得好不好？"司行需问。长途电话，中间经过无数次地转接，声音模糊不清。

可顾轻舟知道是他。他声音里的每个细节，顾轻舟都熟悉。

她的手指发僵。

他没等顾轻舟回答，继续道："轻舟，我很想……"

话还没有说完，那头的电话就彻底断了，成了忙音。

副官急了，道："下次再通，需得半个小时之后，顾小姐您别急，再等等。"

顾轻舟慢慢回过神。她的舌尖也能动了，清了清嗓子，她冷漠道："没什么可等的，不要再打了。你们赶紧离开，否则我就告诉督军，将你们全部抓起来。"

众人面面相觑。

有位副官还想劝，已经被王宪阻止了。王宪低声道："我们这就走，多谢顾小姐！团座说，您若是有什么麻烦，可以联系我们，您到时候……"

"不必了，我没什么麻烦。"顾轻舟打断他。

她转身走了出去。

她似逃命般，快速离开了这条胡同。她不知方向往前走，走得越来越快，近乎小跑。半晌，一阵阵冷风吹在面颊，她才有了点清醒。四周的景色，俨然不是方才的模样，她才知道自己跑反了方向。

双颊冻得冰凉，一抹竟是满脸的泪。

"顾轻舟，你真是个怯懦无能的人！"她骂自己，"乳娘给你吃了十几年的饭，还不如喂狗！师父教授你一身的医术，倾心教你做人做事！司行需害死了他们，你为何还放不下？你为了个男人，连报仇的本事都没有！"

她心里发了狠，走得更快，几乎小跑了起来。

她沿着街道跑。既然走反了，她就继续往前走，去哪里都无所谓。

脚崴了一下，疼痛让她回过神来。

她的朋友还在等着她，她不能让别人担心。世道不太平，她走丢了，至少颜洛水、霍拢静，还有义父、义母是真担惊受怕。

顾轻舟慢慢往回走。回来的时候，她的情绪就平复了，脸上的泪也抹去了。幸而天气冷，双颊吹得发红，眼睛有点湿，也看不出异样。

颜洛水和霍拢静果然到了。

"你约了我们，自己反而迟到了！"颜洛水取笑她，"越发有少奶奶的谱儿了啊！"

"迟到了总要请客，给我买一套珠宝吧，我相中了一只红宝石的戒指。"霍拢静起哄道。

顾轻舟笑，笑容里还是有几分生涩："你若是要做我五嫂，我就给你买。"

大家闹腾了起来，顾轻舟的情绪就慢慢隐藏了，再也不让它冒头。

躲在小胡同里的几名副官，收拾东西，开车出城了。

有位副官不理解，问王宪："王副官，团座真是奇怪，千难万险让我们给顾小姐打电话，他怎么不让我们把顾小姐掳走啊？"

"掳走掳走！"王宪使劲打了那副官几下，"就知道掳走，你是干土匪的？"

挨打的副官嘿嘿笑，摸着脑袋。

其他副官也问："掳走倒也不错。"

"一群粗人！"王宪显然是有勇有谋的，他道，"团座是要跟顾小姐长长久久过日子，掳走了顾小姐，顾小姐不得生气？一生气，她又跑出去嫁人怎么办？"

众人被他说得乐了起来。至于顾轻舟嫁给了司慕，团座说要抢回来，那么他们这些当兵的，当然也觉得抢回来理所当然。

顾轻舟没有出卖这群人，他们就很顺利地离开了岳城。

她回到家中，一个人愣神。

女佣却来敲门。

"少夫人，您做的衣裳到了。"

顾轻舟蹙眉。她没有做衣裳。打开了房门，女佣手里拿着一个衣袋给顾轻舟。从衣袋的下端，可以瞧见一件月白色的旗袍。

"这是其中一件，还有十一件在楼下。少夫人，是给您先过目，还是先拿去浆洗？"女佣问。

顾轻舟眉头蹙得更深。

"谁送来的？"顾轻舟问。

"是裁缝铺子的小伙计，他还在楼下呢。"

顾轻舟略微沉吟。

她让用人拿着，和用人一起下了楼。

一个穿着长衫的小伙计，约莫二十岁，恭恭敬敬给顾轻舟行礼："少夫人。"

"这是谁做的旗袍？"顾轻舟指了指随后下楼的女佣。

小伙计道："这是罗师傅亲自做的，有客人给了订金，让我们做好送过来。客人说，快到春宴了，让我们在二月初二前做好。"

"哪位客人？"顾轻舟问。

其实，她心中隐约有了猜测。

这小伙计说的罗师傅，叫罗五娘，是整个岳城最有名气的旗袍师父。当初颜一源说过，罗师傅的旗袍都要提前半年去订。

是谁半年前给顾轻舟订好的，这还用问吗？

小伙计将旗袍，一件件整整齐齐摆放在沙发上，生怕弄皱。

顾轻舟情绪翻腾，她很努力控制住自己，不露异色。

"这些旗袍，是什么时候订的？"顾轻舟还是问了句。

小伙计立马道："是过年的时候订下的，这些日子罗师傅推了所有生意，专门替您赶制出来的。"

顾轻舟的心，又是猛然一缩。

竟然不是半年前订的。

"钱给过了吧？"顾轻舟又问。

小伙计道："给过了，少夫人！"

顾轻舟看了眼女佣："去拿五块钱来。"

女佣快速去了。

顾轻舟把钱给了小伙计："拿去吃茶。"

小伙计欢天喜地地道谢。

顾轻舟又让女佣，把旗袍全部搬到楼上去。

新旗袍没有浆洗，有新丝绸的淡淡异味，并不那么好闻。

顾轻舟满屋子都被这味道充盈着。

慢慢地，她的嗅觉就麻木了。

一共十二件，琳琅满目在衣柜里铺陈开。

顾轻舟认识的朋友里，花得起这个钱的人不少，可知道她的尺寸……

只有司行霈！

这是司行霈送给她的衣裳！

她一件件抚过去。

一件天水碧绣翠竹绲金边的，是顾轻舟最喜欢的玉石花盘扣；

一件月白色绣白牡丹的，牡丹的花蕊用了金线绣成；一件深紫色……

十二件，不同的颜色，不同的绣艺，每件都特别用心。

刺绣是罗五娘的手艺，精致绝伦。

顾轻舟的眼泪涌上来，再也遏制不住，她心中说不清是恨还是难过，死死咬住了牙关。

顾轻舟很讨厌这样。

他不在跟前，她不能杀他，不能打骂他，却还被迫记起他。

想起了他，情绪又很难平静，只感觉想要把他给毁了才甘心。

她一边咬牙切齿一边泪流满面，完全不知道到底是什么情绪在作祟。

她一个人在屋子里坐了很久。

司慕下午五点多就回到了新宅。

副官带了不少的公文回来，需要司慕一一翻阅。

他想早点吃饭，吃完做正经事。

"开饭吧。"他对女佣道。

女佣沉吟了一瞬，问："请少夫人吗？"

司慕蹙眉，往楼上看了看，问："她今天在家？"

顾轻舟在家的日子不多，她时常去颜公馆蹭饭。哪怕是在，她也会在客厅看书看报纸等。

客厅有壁炉，燃起来温暖舒适。

一进门没看到她，司慕还以为她去了颜家。

"是，一整天呢。"女佣志忑道。

司慕没明白这个一整天是什么意思，他也没心情问。

"去请她吧。"司慕淡然。

他去餐桌坐下，厨房端了一碗热腾腾的猪蹄汤上来。

司慕正在喝汤，去请顾轻舟的女佣下楼了。

"少夫人说她不饿。"女佣道。

司慕没在意，心思全在军务上，默默想着几件正事。

女佣却站在旁边欲言又止。

"怎么了？"司慕喝完了一碗汤，抬头看到女佣有话要说的样子，终于问了。

女佣踌躇道："少夫人中午也没吃，真让她饿着？"

司慕蹙眉。

好好的，不吃饭是闹什么脾气？

"她说什么了吗？"司慕问。

女佣摇摇头。

"家里出了什么事？"司慕又问。

女佣想了想："少夫人做了很多旗袍，不知道是不是要故意饿瘦一些……"

司慕几乎要发作。

神经病的女人！

"让她饿，饿死她算了！"司慕愤怒道。

这下子，女佣不敢再多言了。

司慕一肚子气，吃了饭回屋。

公文摊在面前，军需部的事务很紧急，司慕应该今晚处理完毕。

可眼前的字不停打飘，半个字也看不进去，心中总想着那个女人为了瘦一点不吃饭，饿了一整天，真是有病！

越想越气！

走神了半晌，司慕猛然合上了文件，疾步上楼了。

他也不敲门，直接去开房门。

然而，屋子里的情况，和他预想的完全不同。

一屋子很奇怪的味道，没有他从前闻过的玫瑰清香。

顾轻舟斜倚在沙发里，似乎是睡着了，身上盖着一件很薄的毛毯。她似流瀑般的头发，覆盖在她的脸侧，越发映衬得一张脸白皙莹润。

顾轻舟旁边的小几上，倒插着一支雪茄，已经燃尽了，烟灰满桌都是；而在这支雪茄的旁边，又有其他的雪茄蒂。

她就这样，燃尽了一整盒的雪茄。

司慕心中冷漠地想："那是我的雪茄！这败家玩意儿！"

除了雪茄，果然见满柜的旗袍。

旗袍是最上等的绸缎。

司慕曾经陪着魏清嘉去做过旗袍，知道这是罗五娘的手艺。

如此好的旗袍，果然值得她挨饿也要瘦下去。

司慕心中的怒火，隐约去了几分。

"喂！"他推了推她的肩头。

顾轻舟却没有醒。

司慕再推时，她嘟囔道："别闹了，司行霈。"

司慕只感觉一瓢冷水，从头顶浇灌，他全身肌肉不受控制地僵硬，人就无法动弹了。

他的手指也紧紧攥了起来。

顾轻舟嘟囔完毕，想翻身继续睡，却忘记了这是小沙发。

一个翻身，她掉到了地上，闷响让她一下子就惊醒。

抬头间，看到一个高大的男人，穿着铁灰色的军装，挡住了台灯的光线，高高大大站在她面前。

鼻子一酸，她险些落泪，怔怔地仰头看着他："司行霈……"

对方却猛然转身，走了出去。

走的时候，他重重一甩房门。房门发出惊天般的巨响，彰显着他的愤怒，也惊醒了顾轻舟。

顾轻舟回到了现实里。

她坐在地上，久久没有爬起来，心中最后的力量都被人抽去了般。

她去洗了热水澡，又带着木兰和暮山沿着街道散步。

已经是晚上七点了，这条路人迹罕至。

路灯的光，将影子拉得斜长而孤单。

快到正月了，迎春花发出了嫩黄的蕊，空气里的薄寒也慢慢散去，有点微醺的暖意。

散步回家，顾轻舟喊了女佣："帮我准备几个大箱子。"

她把那些旗袍，一件件重新装起来。

顾轻舟想过剪碎，可又觉得暴殄天物。随着时代的发展，刺绣反而成了落后被抛弃的手艺。颜洛水、霍拢静甚至何微，身形都与顾轻舟不同。旗袍不像其他衣裳，需得尺寸合适，否则不好看。

最近，颜洛水忙着恋爱，迫不及待地要嫁为人妇。

对方就是她之前倾慕已久的谢舜民，也是前任市长谢家的三公子。原来他也早就喜欢颜洛水，只是苦于全家要离开岳城，才不得不隐藏心事。不久前机缘巧合两人又在岳城碰面了，明白对方的心意后，两个人就开始形影不离了。于是两家长辈也坐下来，商量两个晚辈的婚事。

顾轻舟也见过这位谢三公子，是个英俊体贴的男子，很适合颜洛水。

这旗袍送人是没人可送了，剪了又浪费，放在衣柜里又碍眼，顾轻舟只得将其收起来。

"放在库房吧，注意防潮。"顾轻舟对用人道。

女佣道是。

另一个女佣上前，道："少夫人，已经煮了消夜，您要吃点吗？"

"怎么煮了消夜？"顾轻舟问。

她和司慕都没有吃消夜的习惯，厨房不吩咐的话，是不会做的。

"是少帅嘱咐的。"用人道。

顾轻舟心中那股子排山倒海的情绪已经过去了，再多的痛苦也忍受了，现在真有点饥肠辘辘。

"好，去端上来吧。"顾轻舟道。

她让用人收拾，又把她的房间打扫一遍，换掉被套，她自己则下楼去吃消夜了。

餐厅的斜对面就是书房。

顾轻舟吃着虾仁米粥和生煎，小声问女佣："少帅吃晚饭了吗？"

"吃过了。"女佣道。

就在这个时候，书房的门突然打开了。

顾轻舟的目光，和司慕撞了个正着。

司慕眼底全是冷漠，以及恨不能射穿顾轻舟的冰凉。

顾轻舟低了头，继续喝粥。

却听到司慕喊了副官："去拿盒雪茄给我！记住，以后我的雪茄再乱给人，我就毙了你!"

顾轻舟的头更低，喝着暖融融的粥，微带狐疑地看了眼旁边瑟瑟发抖的女佣："是他吩咐给我准备消夜的吗?"

女佣这才说了实话："是副官说，少帅吩咐厨房给少夫人准备消夜……"

顾轻舟就明白了。吃完了，她上楼去了。

房间里通风了，换了崭新的丝绸被褥，洒了点香水，有淡淡玫瑰的清甜气息。被子里很松软，又有阳光草木的清香，顾轻舟把自己埋在被褥里。

楼下的司慕，则是彻夜未眠。愤怒之后，就只剩下无尽的无奈感。

顾轻舟是不会忘记司行霈的，她跟过他，哪怕将来她真的和别人做了夫妻，她也会永远记得司行霈。

司慕在乎的，不是一个女人的贞洁，而是顾轻舟曾经属于司行霈。

司行霈就像是司慕心头一根刺，稍微碰到，就钻心地疼。

可偏偏他有些念头就是压抑不住。

司慕像只困兽，他想要逃出这个牢笼，却又无法挣脱，只能拼命挣扎得血肉模糊。

半夜的时候，司慕离开了家，他去了校场，打了一夜的靶子。此事很快就禀告到了督军跟前。

督军后天就要去南京任职了，还不知道归期。

"打电话去新宅，叫少夫人过来。"司督军对副官道，"让她单独来。"

督军把顾轻舟叫到了督军府。

顾轻舟来的路上，揣测司督军的用意。

"……是不是昨晚司慕夜不归宿的事?"顾轻舟想。

司督军向来点到为止。该交代的，司督军全部交代清楚了。他和夫人带着女儿们离开，督军府后院的家务，暂时由督军的三姨太代为管理，顾轻舟无须插手。

他们快要离开了，督军府的前院没什么动静，后院则是鸡飞狗跳的，司夫人收拾箱笼，几乎是要把整个后院搬到南京去。

顾轻舟也就不涉足后院，不给司夫人添堵，径直到了外书房。

"阿爸。"顾轻舟恭敬。

"坐下。"司督军表情严肃，没了往日里的慈祥。

顾轻舟更加肯定，司督军不是要提顾轻舟和司慕的感情私事，而是有更重要的事。

她道是，坐到了旁边的黄杨木太师椅上，身姿端正。

司督军却沉默了片刻。

顾轻舟也安静等他。

没有人进来打扰，副官连一杯茶也没送。

"昨晚阿慕去打了一夜的靶，你知道吧？"司督军开门见山。

顾轻舟微讶。

难道真要说此事？

"阿慕从小性格就温顺，话不多，脾气也挺好的。"司督军继续道，"我对他也是多有溺爱，少了些苛责。"

顾轻舟一头雾水。

到底要说什么？

"……他不及他哥哥行事沉稳练达。"司督军又道。

说到这里，司督军深深叹了一口气。

司行霈的背叛，至今让司督军恼怒。若是司行霈在跟前，司督军打他一顿也许就消气了，偏他人在千里之外。司督军心中的这股子怒气至今还没有发作出来。一提到司行霈，火就噌噌噌往上冒。

顾轻舟则用力攥紧了手指，才没有让自己露出异样。

"我想过离开岳城，把这个东西交给阿慕。现在想想，还不如给你更加稳妥。"司督军最终才说了自己的目的。

他把一个带锁的小箱子，递给了顾轻舟。

箱子有点沉，似装了不少的文件。

顾轻舟不解："阿爸，这是什么？"

司督军轻轻地笑了笑，不等顾轻舟打开箱子，道："你要记住，阿爸很信任你，好好辅助阿慕！"

顾轻舟目光里闪动费解的碎芒。

在一片糊涂中，顾轻舟打开了箱子。

看清楚了里面的东西，顾轻舟翻了翻，露出几分震惊。

"阿爸，我……我怕不能胜任！"顾轻舟忐忑，"我没有涉猎过军事。"

"这是最后的保命符，你知道有这个东西，临危交给颜新侬，他会知道怎么做。"司督军笑笑，"轻舟，阿爸去南京上任，岳城我就等于交到你手里。你懂阿爸的意思？"

顾轻舟以为，最后拿到这些的，不是司慕就是颜新侬。

但司督军给了她。

司督军不止一次跟她承诺，将来她跟司慕过不下去，军政府会有她一份。司督军在用实际行动告诉她，司行需不在的话，她就是接班人。她的能力，远在司慕之上。

"阿爸，我绝不辜负您的信任！"顾轻舟受宠若惊，"您放心去南京吧，岳城一直都是您的后盾！"

司督军点点头。

顾轻舟小心翼翼地拿着这些东西，回到了新宅，当即让副官在她房间的衣柜里装了个保险柜。上了锁，顾轻舟又派人加固了门窗。

敲敲打打弄了一整天，把她的房间收拾成了个严密状态，顾轻舟犹不放心。

她想了想："去把狼窝搬到我房间里来。"

她想把木兰和暮山养在自己房里。

谁敢到她房间里来乱翻东西，会被狼咬死。

司慕当天没回来。

"少帅去了营地。"副官对顾轻舟道。

顾轻舟沉吟："督军和夫人后天就要启程，明天肯定要一起吃个团圆饭，你派人去说一声，让少帅别忘了。"

副官道是。

翌日，天气晴朗。

晴朗的春日，空气里熏甜，有桃蕊迫不及待赶着迎春花，悄然打了花骨朵儿，点缀着深褐色的枝头。

顾轻舟早起到了督军府。

司夫人已经收拾妥当，正院所有家具全部封存，故而空空荡荡的，只剩下一套沙发。司琼枝和司芳菲不在。

"听说你和慕儿又闹脾气了？"司夫人开门见山地问，言语中非常不客气。

"没。"顾轻舟笑盈盈的，笑容温柔又绚丽，对司夫人也颇为恭敬。

伸手不打笑脸人，司夫人满心不悦，也不好伸手去管儿子房中事，忍了又忍。

"别总是和他置气，他够累的，军中事务繁杂。你身为妻子，平素要体恤他，事事以他为先。"司夫人教育顾轻舟。

顾轻舟左耳进右耳出，一副很温顺的样子听着。

司夫人不能肯定她听进去了，却也不能指责她，毕竟她的态度是谦卑的。

晚夕司慕回家，一进门，他就看到顾轻舟坐在沙发里看书。

灯火映照在她的周身，她明媚而温暖，似一段锦裳，能让司慕的整颗心暖和起来。

他静静看着她，半晌没有挪脚。

"轻舟。"司慕喊了她一声。

顾轻舟一头雾水："你回来了。"

司慕回神般，面容恢复了冷漠，直接往里走。

他去了书房，用力地关上了房门。

自从司慕知道顾轻舟和司行需的事，就没有半日的好心情。

他阴晴不定，顾轻舟决定退避三舍。

她喊了女佣："我的晚饭端到我房间里。"

女佣也听到了那关门声巨响，知道他们两个人又吵架了，小心翼翼应了声是。

顾轻舟拿着书上楼。

她裹了毛毯，木兰和暮山依偎在她身边，顾轻舟给它们喂牛肉干。

暮山不喜欢吃牛肉干，唯有木兰乐此不疲地和顾轻舟玩。

片刻之后，顾轻舟听到了上楼的脚步声，还以为是女佣端了饭菜。

顾轻舟开门。

司慕站在门口。

他换了家常的衬衫和马甲，条纹西裤，身材挺拔高大，俊朗的面容中已没了怒意。

"下楼吃饭。"他往屋子里看了眼，发现顾轻舟的房间有点暗。

他一下子就知道原因在哪里，故而往里走，阳台上有个很大的窝棚。

"你把狼窝搬到了你房里？"司慕蹙眉。

这种事，不管谁看到都会惊讶吧？不过，顾轻舟的间是南北通透的，一个阳台被狼窝占了，并不会让她的房间充满异味。

相反，她的房间仍是充满了她独有的清香。

顾轻舟颔首："是啊。"

自从司督军把东西交给顾轻舟，顾轻舟装了保险柜仍觉得不放心，就把木兰和暮山放在阳台上。

她知道司慕肯定以为她是太过于想念司行需才会如此，她也没跟他打招呼。

司慕果然眉头微蹙。

"……你又不在这房间睡，不会碍着你的，对吧？哪怕是别人来做客，也不会跑到我房间，没事的。"顾轻舟解释。

司慕没言语。

片刻之后，他才说："随便你吧。"

走了出去，司慕仍不忘说："下楼吃饭吧。"

餐厅的气氛有点沉闷。

女佣小心翼翼地安置碗箸。

正在尴尬的时候，电话响起，颜新依让顾轻舟过去一趟，她赶紧到了颜家。

"怎么了，义父？"顾轻舟见他欲言又止，问道。

颜新依似乎有些话要说，却又在斟酌。

"您但说无妨。"顾轻舟道，"您是不是想说司行霈？"

颜新侬诧异地看了眼她。

还真被她猜对了。

"司行霈现在如何了？"顾轻舟问。

颜新侬却答非所问："程督军的女儿要结婚了。"

昆明督军程稚鸿的女儿叫程渝，她爱极了司行霈。

顾轻舟端着骨瓷茶杯的手，略微一紧。茶杯上描金的玫瑰，纹路就似印到了顾轻舟的心头。

顾轻舟想不动声色，可情绪一瞬间胀满，藏都藏不住地溢了出来。

"她要嫁给司行霈？"顾轻舟问。

颜新侬看着她道："你以为呢？"

顾轻舟恍惚了一下。

她结婚了，司行霈也要结婚了。

一进侯门深似海，从此萧郎是路人。

"若她要嫁给司行霈，你准备如何？"颜新侬又试探着问她。

还能如何？

师父和乳娘死了，她成了司慕名义上的妻子，他也要结婚了，他们还有什么"如何"？

"我结婚时，司行霈没有祝福我，我自然也不会祝福他。"顾轻舟慢慢道。

她低垂了羽睫。

浓郁似墨色宝石般璀璨的眸子里，起了一层水光。

颜新侬道："不需要你的祝福。"

顾轻舟诧异，不知义父说话怎刻薄了起来。

"……他没有结婚。"颜新侬继续道。

顾轻舟一怔。

颜新侬解释道："程稚鸿要把女儿嫁给香港督察，是个英国人。"

颜新侬目光深邃地看着她："轻舟，你现在知道自己是怎么想的？哪怕你的亲人死了，你仍未放弃过他。你的心还在他那里。"

顾轻舟沉默坐着。

她想起很久很久之前的一件事。

其实也没那么久，却是恍若隔世般。

她问司行霈："想娶程小姐吗？"

他说："不会，我不会娶她。"

程渝爱司行霈，程夫人将他视为女儿的救命恩人，也很满意这个女婿，程督军长子羸弱、次子太年幼，正缺个左膀右臂。

司行霈逃难去昆明，程家人接纳了他，就可以看得出，他们愿意把程渝嫁给他。

娶了程渝，得到了程稚鸿的帮助，司行霈统一大业很快就要实现了。

这是个极好的机会，顾轻舟不相信是什么程渝爱上了英国人，更不相信是程督军和夫人愿意把女儿嫁去香港。

肯定是司行霈使用了什么计谋。

远在天边的他，仍记着对顾轻舟的承诺。

他选择了最不利于自己的局面！

当着颜新侬的面，她痛哭流涕。

"义父，我恨他！"顾轻舟哭道，"他走了，他明知道我一无所有，他把我丢在这里！他知道我不会真的跟别人结婚，他知道我永远无法变心去爱别的人。他笃定了，吃定了我，却把我丢在这里受苦！我可以为了他不忠不孝，只需要他给我一个谎言，让我能明面上安慰自己。偏偏他不肯。他要我原谅他，哪怕是他毁了我的一切，我也要原谅他！他想要我的虔诚，剥开了皮肉，把心给他！他可以娶了程渝，将来统一江南江北，实现他的理想。可他不这么做，他就是要逼死我！"

顾轻舟哭得厉害，言语不清。

她的话，颜新侬只听懂了三成，也明白了顾轻舟的意思。

司行霈杀了顾轻舟的亲人，他没有哄她，求她原谅，而是等待她一步步放弃仇恨，放弃原则。接着他放弃了自己的筹划。他为了顾轻舟，他说不娶程渝，他就绝不会去做。

任何难题在司行霈面前，都能迎刃而解。

他不会娶了程渝，再假惺惺告诉顾轻舟说，他当初有多么"不得已"。他只会告诉顾轻舟，给她的承诺，他再苦再难也能做到。

他用行动告诉顾轻舟，她才是他生命里最重要的人。

"义父，我真的很迷茫。"顾轻舟哭道，"他要是死了，我反而能坚定自己一辈子为他守着，成全了我对他的忠贞，又能报了师父和乳娘的仇，报答他们十几年的养育之情；抑或我死了，就什么都顾不上了。"

顾轻舟觉得，她与司行霈之间，似乎只有死亡这条路可以走。

颜新侬大惊："轻舟，你别太过于悲观！"

良久之后，顾轻舟的情绪才平复。

从颜家离开之后，她专门去了趟百货公司，买了很多雪茄回来，一根根地点燃，屋子里全是雪茄的气息。

她没有再哭，只是沉思着。

她半睡半醒间，似乎陷入了某个梦魇里。

与司行霈的点点滴滴，都浮上了心头。

往事一帧帧在眼前回放，他的无赖与笑容，近在咫尺。

顾轻舟哭着醒了。

远在昆明的司行霈，正在与程稚鸿演练一部新的大炮。

这种大炮，是程稚鸿高价从德国买回来的，可惜他身边的人不会用，而德国跟过来的工程师，心高气傲，似乎想要敲诈。

程稚鸿不缺钱，却独独不喜别人在他面前摆谱。

结果，司行霈道："这种大炮，别说使用了，就是拆了我都能给你重新装起来。"

于是，他让士兵装了炮弹，对程稚鸿说："让对面哨楼的全部出来，我把那哨楼炸了给你看看。"

德国工程师旁边还有翻译，一听司行霈大放厥词，在旁边冷哼道："射程没那么远！"

"要看操作了。"司行霈云淡风轻。

程稚鸿倒是来了兴致。

哨楼的人全部出来。

司行霈瞄准了之后，放出炮弹，顿时就把哨楼给炸飞了。

德国工程师惊愕得嘴巴都合不上，用德语激动地说着什么，翻译都跟不上他。

程稚鸿在旁边得意地哈哈大笑。

督军府的将领们也感觉出了一口气，个个神色得意。

"这洋鬼子吓到了。"司行霈在旁边道。

后来，程稚鸿才知道，司督军早就派了间谍，偷过这种大炮的核心部件，司行霈的军火基地生产了三十门。

他不仅会用，还会造、会修。

"那你帮我演练几天。"程稚鸿道。

程稚鸿是很信任司行霈的。

正如顾轻舟猜测的，程家从接纳了司行霈那天开始，就把他视为女婿。

程夫人有这个意思，程渝更是对司行霈爱慕不已。

熬到了司行霈的伤情复原，程督军也跟司行霈谈了："你怎么看？"

"不错啊！"司行霈当时不冷不淡道，"我这个人有野心，您是知道的。先做了您的女婿，进入您的家庭，获得军中一部分人的支持。

"不用一年，我就能笼络好人心，到时候想个办法让您被刺杀，再扶持您的长子程艋做督军。

"程艋身子骨弱，军中有一半人不信任他。程艋依仗我的扶持，逐渐变成了傀儡，最后病逝，整个程家就都是我的了。

"这么好的事，我如何能不愿意呢？假如您和夫人是真心的话，那就结婚吧，反正程小姐那么漂亮！"

程稚鸿当时大怒。

旋即，程稚鸿也清醒过来。

司行霈假如包藏这样的祸心，他完全可以不动声色取信于程家。

程渝和程夫人已经非常器重他了，程稚鸿也满意，司行霈的狼子野心，明明可以以后再暴露。

他现在说这些，是什么意思？

程稚鸿冷静下来，沉默地看着司行霈，眼底杀意顿现。

"程督军，您一直把我视为晚辈，觉得我是程渝和程艋的朋友。可在我心里，真正有资格与我建立友谊的，只有您而已。

"我在仓促中逃难到昆明，目的很明确，我需要安身立命的地方。作为您的朋友，我可以帮助您，但是我不会娶您的女儿。"司行霈道。

程稚鸿被他吓出了一身冷汗。

他再也坐不住，急匆匆走了。

司行霈的副官和参谋都很着急，担心地看着司行霈："团座，程督军会不会半夜把咱们给抓起来？"

"你们不了解程稚鸿。"司行霈笑道，"你以为我鲁莽，随便说说的？"

参谋们不解。

司行霈研究了程稚鸿很久。

程稚鸿和程家其他人的性格，司行霈已经摸透了。

司行霈道："每个人都有缺点，程稚鸿的缺点就是多疑。我一旦把他的疑虑挑破了，他反而不会再怀疑我想要争夺他的家业。"

也就是说，司行霈把野心直接暴露给程稚鸿，程稚鸿反而会觉得他没野心。

只要程稚鸿放松了警惕，司行霈的计划就能得逞。

几架飞机就想要司行霈娶程家的女儿？想得美！

"他程稚鸿兵强马壮，我难道没有吗？他府库富足，我将来也可以。我眼馋的，只有他的飞机。

"至于他那个闺女，刁蛮任性，天真愚蠢，不及轻舟的万分之一。"司行霈平静道。

程稚鸿想要拿捏他司行霈，真可笑。

只有司行霈算计别人的时候，他什么时候能被人算计了去？

"团座，飞机还没有到，听闻要到三月中旬，还有一个多月，您打算怎么办？"参谋们也着急。

司行霈出来很久了，在程家也磨蹭了很久。同时，司行霈也派人去了美国、德国，想要购买飞机。可惜，对方对飞机技术的保密极其严格，飞机也不对外出售。

程稚鸿是听闻美国人想要从昆明打到越南等地去，所以在这里建了个飞机场。

"程稚鸿迟早要沦为傀儡，我们得赶紧把他的飞机抢走，断了他与国外的关系，兴许还能保住他的民族气节。"司行霈道。

参谋几乎要吐血。

他觉得程稚鸿听到这话，也要吐血了。

"您偷人家的东西，还是为人家好？"参谋道。

司行霈道："可不是嘛！你别目光短浅，再过几年，程稚鸿一定会感激我！"

至于程稚鸿的女儿，始终对司行霈心存幻想。

程稚鸿跟夫人商量："我看司行霈真无心于程渝。"

程夫人很担心："我总觉得，他是条中山狼，咱们庇护他，未必就有好结果。"

"无妨的，司行霈是很有能力，但是他为人坦荡，这点我信任他。"程稚鸿道。

正如司行霈所言，程稚鸿多疑。一旦疑虑被点破，他就不再多心了。

司行霈凭借那席话，反而得到了程稚鸿的信任，认定司行霈到昆明没有坏心，却再也不敢把女儿给他了。

程渝却哭闹不休。

为此，程渝拿了把枪，到了司行霈的房间："我知道，你一直当我是小孩子！那我今天就把话放在这里，你若是不娶我，我就死给你看！"

一下子，惊动了军政府所有的人。

司行霈站在沙发后面没有动。

副官急忙去把程稚鸿夫妻给请了过来。

程家的长子程艋也来了，看着拿枪的程渝，他们都吓到了。

"司少帅，你先答应她！"程夫人最宝贝这个女儿，手足无措，又对程渝道，"你小心点，枪容易走火！"

尊贵高雅的程夫人，此刻面无人色。

程稚鸿又气又怒，此刻看到这情景，竟只剩下担心了："快把枪放下！爸爸什么都答应你，快放下！"

"那你同意我和霈哥哥结婚！"程渝哭道。

"好好好，你放下枪，我现在就去写婚书！"程稚鸿疼女儿疼得没了边。

就在程家手忙脚乱地商议如何让小姐放下枪的时候，司行霈一个箭步到了程渝跟前。

"枪给我！"他冷漠道。

"不！"程渝哭了，"你不娶我，我宁愿死！"

"行，我可以亲手杀了你。"司行霈英俊的眉目，动都没动一下。

他没有生气，也没有厌恶，只静静地看着程渝，眼波深邃。

程渝突然就像个闹脾气的孩子，把手里的枪给了司行霈："来啊，你杀了我啊！"

程稚鸿和程夫人大大松了口气。

终于没事了。

却见司行霈举起了枪。

程渝退了一下，旋即想到司行霈是故意吓退她，当即挺了胸站直："你不杀我，就要娶我！"

声音一落，砰的一声枪响。

屋子里瞬时静得可怕，可怕到那枪声还有回音荡漾。

每个人都震惊，只感觉全身的血脉都停止了。

司行霈身后的副官和参谋们，连气都不敢出：团座杀了程家的小姐，程家要把他们拆骨剥皮！

程渝睁大了眸子，缓缓倒了下去。

程夫人看到浑身是血的女儿，喉咙里哽咽一声，也昏死过去了。

程稚鸿家的副官，立马全部拔出枪，只等程稚鸿一声令下，就把司行霈打成筛子，个个愤怒地看着司行霈。

这人太过分了，当着程督军的面，杀了程小姐！

况且程小姐只是爱慕他，他简直是身在福中不知福！

"慢着！"只有程艋出声了。

他疾步走过去，蹲在程渝身边，查看了伤情："爸爸，妹妹是被吓晕的，她只是被打穿了肩膀。"

程稚鸿慢慢透出一口气。

程渝被送到了医院。

这次之后，程渝大受惊吓，再也不敢动不动就寻死觅活，甚至对程夫人和程督军道："妈妈，爸爸，我真死了就不能孝顺你们！这世上，只有你们对我最好了！"

程渝的伤不重，也不伤及腑脏，静养些日子就无碍。

她好似从鬼门关走了一遭，反而明白了父母养育她不容易。

"哎哟，这孩子终于开窍懂事了！"程夫人欣慰道。

程督军也说："看看，我就说孩子要严厉管教，才能懂事！我得给司行霈送份重礼，谢谢他帮我管教了女儿。"

程夫人还是生气的，程渝到底是受伤了。

不过，这伤受得也值，于是程夫人道："送他一辆汽车吧，我看他从岳城开过来的汽车，不怎么样。"

程督军失笑。

司行霈伤了程渝，反而让程督军花了巨资送了他一辆斯第庞克汽车，让军政府所有人都震惊。

程艋嫉妒死了："这车我要了很久！"

"等我父亲气消了，接我回家的时候，这车就送给你吧。"司行霈很大方。

程艋高兴极了："说话算数啊！"

到这天，司行霈就差不多拿下了程家所有人。

他就等着偷程家的飞机。

用他的话，这飞机放在程稚鸿这里，他迟早要被人利用做汉奸，毕竟这飞机可不是白便宜他的！

洋鬼子比程稚鸿精明多了。

飞机被偷，程稚鸿在洋鬼子眼里，落下个"无能"的印象，他们也许会放过他。虽然要折腾一番，不过程稚鸿还是很有能耐的，司行霈相信他死不了。

程家二小姐程渝伤情康复之后，香港新上任的督察想要与程家结姻亲。

对方是个英国中年人。

说是中年人，其实不过三十五六岁，健硕高大，金发碧眼，英俊不凡。

程夫人不太满意，没想到程渝的心乱跳。

"我要嫁！"程渝道，"就是要让司行霈看看，没有他，我嫁得有多好！"

她这个"好"字，顿时让程稚鸿和程夫人明白过来。

女儿觉得这个英国人好。

甚至觉得他能媲美司行霈。

原本就是政治联姻，程稚鸿很感激英国人成为他的后盾，女儿又乐意，他有什么不同意的？

于是，程渝和香港督察的婚事，就算定了下来，程家安排了订婚宴。

只有程家的大少爷程艋略感遗憾，他对司行霈道："还以为你会做我妹婿呢。"

"我可没这个福气。"司行霈笑道。

程艋打量他，问："你是不是还念着你的女人，就是给你织毛衣的那个？"

"是啊。"司行霈提到她，唇角微动，深邃的眼眸里，立马涌动一泓柔情。

任谁都看得出来，他非常爱那位小姐。

"司行霈，你这个人很磊落！"程艋道，"你没有辜负你的女人，也没有欺骗我妹妹。

"男人都说，感情和婚姻多少不得已而为之，只不过是借口罢了，或者自己无能，或者贪心，但是你没有，你是个顶天立地的男人！"

他的话，司行霈有一搭没一搭听着，思绪早已飘得很远。

他想起了他的轻舟。

不知这个时节，轻舟在做什么。

二月中旬，岳城的天气越发温暖，春光明媚。

庭院的梨树，已经开了满树的花。洁白梨蕊清雅，初绽的花蕊比雪还要晶莹娇嫩。

顾轻舟带着木兰和暮山散步，随手摘了一枝，别在头发里。

司慕正巧要出门，立在门口的丹墀上，瞧见了这一幕。

她察觉到了司慕，抬头微笑："要出门啊？"

她身上有种难以言喻的娇媚，游离于女孩的纯真与女人的妖艳之间，能把男人心中最完美的幻想具体化。

司慕心头乱跳。良久，他才道："嗯。"

"快去吧，开车小心点。"顾轻舟随口叮嘱。

她自己则带着木兰和暮山上楼了。

顾轻舟上午在家里伏案写教案，中午阳光金灿温暖，天空没有半缕浮云，顾轻舟就想着给木兰和暮山洗个澡。

每次她带着它们回房，都要替它们一一擦过爪子，可惜被褥上，还是时不时落下鲜明的痕迹。

让女佣准备好热水，顾轻舟将木兰叫过来，兑了温水，坐在门口的台阶下，把木兰放到小木盆里。

木兰一开始还不适应，摇头摆尾的，弄了顾轻舟满身的水。

"别闹别闹。"顾轻舟笑。

司慕中午回来，就看到走廊上铺满了阳光，顾轻舟套了件用人的围裙，正在给木兰洗澡，水弄到了她脸上，水珠泛出晶莹，她眉目绚丽。

顾轻舟也看到了他，惊讶地问："怎么回来了？"

现在才中午十二点半。若是没有大事，司慕很少这个时间回家。

况且他昨天还说要去驻地，需得一两个小时的车程。

司慕回神。

他走进来，立在她身边，居高临下地望着她："进来说。"

"急吗?"顾轻舟问。

司慕道:"不是很急。"

"你吃饭了吗?"顾轻舟又问。

司慕摇头。

"你先去吃饭,我帮它们洗完,再进去和你说话,免得它们受了风寒。"顾轻舟指了指她的狼。

司慕眯了一下眼睛。

司慕忙收敛了心绪:"也行。"

顾轻舟将木兰洗完,仔细用很大的巾帕给它擦拭,又指了指旁边铺好的被褥:"去站好。"

木兰是通人性的,当即走到了被褥上,任由阳光将它半干的毛发晒干。

顾轻舟又对它说:"不许走下来,知道吗?"

她比画了半晌。

木兰侧卧着没动。

顾轻舟又替暮山洗。

暮山不像木兰那么活泼,随便顾轻舟折腾,它都是酷酷地没动静。

这倒是很方便,顾轻舟不费劲就帮暮山洗完了。

蹲了半晌,顾轻舟只感觉腰酸背疼的,很不舒服。

司慕慢腾腾喝汤,看着门口的光影微动,思绪早已不知飘向了哪里。

顾轻舟进来时,浑身都是湿漉漉的:"你看我这一身水,你若是不急,我先去更衣。"

"快去吧,别冻了。"司慕很礼貌道。

顾轻舟上楼换衣,又拿了条巾帕,把沾了水的头发擦干。

等她忙好了坐下来,司慕一顿饭已经吃完了。

司慕好奇,站在门口打量了片刻:"狼如此听话,倒是头一回见。"

驯养得如此通人性,是花了一番大心血吧?

轻舟笑笑并未回答。

司慕自己又开了口："我们晚饭出去吃，下午你梳洗准备下。"

轻舟道是，简单吃了饭。

两个人各自回房了。

快到四点的时候，司慕去敲门。

"请进。"顾轻舟在房间里说道。房门没有反锁，司慕进来。

"等一会儿，我马上更衣梳妆。"顾轻舟道。

司慕则道："不是的，还不着急走。你在做什么？"

顾轻舟面前，一个偌大的本子，她刚在伏案疾书。

"我在写教案。我最近一直在想，中医要发展，就必须改掉'秘方'的狭隘，需要把自己的知识传承下去，告诉更多的人。"

司慕不懂这个，他静静听着。

他们六点才出门，去了家西式餐厅。没有开大吊灯，只在每桌放了两个烛台，气氛暧昧。

吃饭的时候，顾轻舟正在切牛排，就想起一桩往事。

她微微笑了。

"笑什么？"司慕正要为她倒酒，瞧见了她的神态，好奇地问道。

顾轻舟道："我想起从前，我们一起去参加魏市长的寿宴，你中途就跟魏清嘉走了"

司慕手中的红葡萄酒，泛出激滟的波纹，缓缓注入顾轻舟的高脚杯里。

放下醒酒器，司慕沉默了片刻。

顾轻舟已经切好了牛排吃。

"对不起。"司慕突然道，"那天我是故意气你的。"

顾轻舟笑："我知道的，你故意与魏清嘉恩爱，想要让我知难而退。"

司慕却摇摇头："不是的。"

他缓缓喝了一口酒。葡萄酒有点酸，也有点甜，司慕才道："在那之前，我很想跟你约会，但是你拒绝我了。我没有想过解释清楚，反而一味地故意气你、闹脾气，言语刻薄。现在想来，我真是有点愚蠢。"

顾轻舟微讶。她用力又切了一块牛排，对司慕道："这牛排不错，快尝尝。"

她想要不着痕迹地转移话题。

司慕却很坚持："那次的事，很抱歉，我希望你能原谅我！"

顾轻舟笑笑："我没有生气，只是此情此景，想起来了而已。没事的，吃饭吧，谈不上什么原谅不原谅的。"

司慕坐着没有动。

顾轻舟余光瞥见了他，故意装作看不见。

司慕仍是坐着，静静望着她。

顾轻舟心想自己太嘴贱了，平白无故说什么蠢话！

她抬头，与司慕的目光撞了个正着。

顾轻舟叹了口气："我原谅你了。"

话音一落，顾轻舟的神色突然微敛。

顺着她的目光，司慕转头看到一个异常漂亮的男人，正含笑看着他们。

长亭就走了过来，立在旁边打招呼："少帅，少夫人。"

司慕眼眸冷峻，扫视了他一眼，端起酒杯，毫不理睬他。

顾轻舟则态度和蔼："长亭先生，真是有幸。"

"少夫人和少帅是贵人，今天是我有幸了。"长亭笑道。他一笑，眼角眉梢的神采似叠锦流云。

司慕将酒杯重重地放在桌子上。

顾轻舟站起身，和长亭握手："回头再聊。"

长亭却行了个吻手礼。

他的唇，轻轻地落在顾轻舟的手背："少夫人，告辞。"

放下顾轻舟的手，他又对一脸冷漠的司慕道："少帅，告辞。"

司慕一动不动，就像没听到。

长亭不以为意，笑盈盈地回到了他女伴那边。

他的女伴，也回头看了眼顾轻舟，是一位年纪不过十七八岁的名媛，圆嘟嘟的小脸，可爱中又有几分纯真。

顾轻舟收回了视线。

"你说得对，这个人有鬼！"司慕声音冰冷，"直接剁了他！"

顾轻舟失笑。

司慕又狠狠灌了一杯酒。他觉得自己应该处理得更加得体。若是司行霈在场，他肯定能把长亭气死，司慕却做不到。

"帮我切牛排吧！"顾轻舟突然把碟子递了过来。

司慕一愣。他很绅士，认真替她切好了，又为她倒了酒。

气氛终于缓和下来。

"谢谢。"顾轻舟笑道。

司慕的心情，好转了很多。

上甜点的时候，他拿出了礼物给顾轻舟。

司慕给她买了一条钻石手链。

打开盒子，钻石的璀璨在烛火下格外闪耀。

顾轻舟很吃惊，这卖了能值不少钱，不过这是她应得的，她帮司慕对付司行霈。

"谢谢！"顾轻舟收下了。

她想要关上盒子，司慕却拉过了她的手："试试看。"

他亲自为她戴上了手链。司慕的指端温热，钻石冰凉，一冷一热落在顾轻舟的肌肤上，她倏然有点愣神。

她在这个瞬间，情不自禁想起了另一个人。

司慕低垂的侧颜，真像司行霈！

记忆疯狂冲击着，就像澎湃的海浪，一下下冲击着堤岸，快要把顾轻舟所有的防卫击垮。

幸而灯火浅淡，司慕看顾轻舟时，她眼底的异色被遮掩住了。

顾轻舟垂下纤浓的羽睫，看着这钻石，心思早已不知飘向了哪里。

"……我买了这个给你玩……"

顾轻舟摩挲着钻石，沉默了起来。

"很喜欢！"就在司慕以为她不会说什么的时候，顾轻舟低喃，"我很喜欢钻石，哪怕只是玩的。"

司慕微微笑了一下："喜欢就好。"

顾轻舟有点失态，她不想被司慕看出来，更不想扫兴，就道：

"我去下洗手间。"

她一直低垂着眼帘，不看司慕。

司慕不知她的情绪。

她并非无动于衷。

也许，她想司行霈了……

司慕心中不免充满了苦涩，让他整个人的呼吸都凝重起来。

顾轻舟去了洗手间，沉默了片刻，又略微补了一层薄粉，才将情绪敛去。

出来的时候，顾轻舟听到了后门处有动静。

长亭正在往外走。

顾轻舟顿了一下。

"长亭?"她有点吃惊，不知他这是要去干吗。

紧接着，顾轻舟听到了"啊"的一声，有人呼痛。

顾轻舟的手袋里，随身放着勃朗宁和匕首。

她犹豫了一下，把匕首藏在袖底，悄无声息地往后门口站了站。

不远处，长亭正与一个人打斗。

他擅长的是东洋拳法，速度很快。

对方也不弱。

顾轻舟看到那人抬脚就往长亭的肩头踢去。正是这一脚，露了破绽，他重重地被长亭拽倒在地。

长亭上前，一把脱下了这人的外套，罩住了对手的头。

寒光微闪，一把匕首刺入对方的喉咙里。

血全被西装的外套挡住。

对手使劲挣扎。

长亭却稳稳按住了他，将他抵在墙壁上。

整个过程，不过两分钟。

"少夫人。"长亭没有回头，一动不动地按住他的敌人，却轻轻地喊了声顾轻舟，"帮个忙，关上后门!"

这里连通洗手间，常有人来往。

顾轻舟愣了一下。

四下里无人，长亭与被杀的男人都没有带帮手。

顾轻舟侧身，彻底从门后站了出来，关上了后门。

"过来！"长亭道。

顾轻舟蹙眉。

"过来，帮我一个忙！"长亭又道，声音不高，却不容拒绝。

顾轻舟走上前。

对方已经死透了。

血慢慢渗透了对方的西装，落在地上。

长亭松开了他，缓缓拔出插在对方喉咙里的匕首。

顾轻舟安静地看着他。

长亭微笑，不像是刚刚杀了一个人，而是像走在铺满鲜花的舞台上，他的笑容绚丽。

"你很紧张。"他淡淡道，"怕我杀了你灭口？"

顾轻舟微笑。

笑容很浅。

"别怕！"长亭放轻了声音，哄她般。

顾轻舟的笑意敛去。

"岳城是法制的城市，你这洋杀人是要坐牢的。"顾轻舟表情收敛，几分肃然就透出来。

"无妨，没人会抓我。"长亭笑了笑，"帮帮忙。"

"帮什么？"顾轻舟蹙眉问。

长亭与人打斗，并非顾轻舟看上去那么轻松。

他的右边胳膊脱臼了。

"接骨会不会？"长亭问。

顾轻舟道："会。"

长亭将肩膀往她这边送了一下："帮我接上，我饭还没有吃完。"

"我凭什么帮你？"顾轻舟表情已经放松，带着几分戏谑，望着他。

"你走了进来，说明你对我这个人有兴趣。"长亭道，"那么，你自然愿意帮我。快点儿，一会儿有人来了。"

夜色灰暗，后院暂时无人，四下里寂静得可怕。

顾轻舟和长亭的面容笼罩在夜色里，模模糊糊的，看不清楚表情。

长亭素来温柔的面容上，有了一些严肃。

"刀放下。"顾轻舟沉吟道。

长亭果然将刀小心翼翼地放在对手的尸体上。

"身上还有武器吗？"顾轻舟又问。

长亭摇摇头。

"那好，你跟我去见官。"顾轻舟道。

长亭又摇摇头："没这个必要。"

顾轻舟却冲着后门处高声喊了句："来人！"

两个侍者受惊般，推开门走了出来。

顾轻舟斜睨了一眼长亭。

他难道不知有人偷窥？

是设局，让顾轻舟和他绑在一条贼船上吧？

长亭没有动，顾轻舟亦没动。

两位侍者犹犹豫豫的，司慕就冲了过来。

那声"来人"，声音很大，司慕一直在洗手间门口等顾轻舟，他觉得顾轻舟离开太久了，还以为她在洗手间不舒服。

瞧见这一幕，司慕神色微敛。

"阿慕。"顾轻舟喊他。

司慕就阔步走了进来。

一具尸体，摆在顾轻舟和长亭的面前。凶器在死者身上，是谁所杀？

长亭目光安静，像尊不喜不悲的雕像。

"去，通知警备厅！"司慕指了指那个侍者。

侍者点头应是。

警备厅的人很快就来了。

"长亭，长亭！"跟着长亭的女伴，急得大哭，"这是怎么回事啊？"

长亭道："无妨，一点小事。"

女孩子去拦军警："你们放开他！我阿爸是财政部的贺总长，他是我的朋友，你们不要抓他！"

顾轻舟和司慕站在高高的台阶上，对视了一眼。

原来是贺家的人。

长亭柔声地安慰贺家小姐。

临走的时候，长亭扬脸，就看到顾轻舟站在司慕身边。她轻抬皓腕，撩拨她似青绸般的长发，肌肤胜雪，那钻石手链在灯火下，泛出一圈圈的光。

璀璨的光芒映衬着她的面容，她娇媚的眉眼格外动人。

长亭唇角微动，有个浅浅的笑意。

"你跟着去警备厅，看看那个死者。"顾轻舟道。

司慕道："我先送你回家。"

"不用麻烦，我去打个电话给副官，他们会来接我。"顾轻舟声音更低，几乎凑在司慕耳边，"小心有诈。"

她身上总有玫瑰的清香，说话的时候，气息如兰，又温热撩人。

司慕身子有点酥，半晌才回过神。

"好。"他伸手，轻轻地摸了摸她的脑袋，"你就在这里等吧。"

顾轻舟领首。

她进去给副官打了电话。

很快，就有副官开车过来，将顾轻舟接回了新宅。

司慕差不多晚上九点才回来。

他一回来，脸色不善："你猜死者是谁？"

顾轻舟失笑："你去看了，干吗还要我猜？"

司慕脱了外套，将领带拉松，人彻底放松了之后，他坐下来喝水。

"去年冬月的时候，岳城有一起入室抢劫案。不仅抢劫，凶徒还杀了女主人和三个孩子。此事当时引发了众怒，那时候你可能没关注过。凶徒是住在他们楼下的租客。男主人会憋气，身中数刀，靠在浴缸里憋气装死逃过了一劫。

"后来男主人从凶徒家的地板缝里找到了他的一张照片，登在各个报纸上。

"阿爸当时也很生气，贴了告示，悬赏缉拿凶徒。全城男女，

1080

不管是谁抓到了凶徒，无论是活着还是死了，一律奖赏两根小黄鱼。"

此事，顾轻舟不知道。

发生这件事的时候，顾轻舟的乳娘和师父去世了，她正在经历一段生不如死的日子。

事情过去了几个月，看客的兴趣慢慢减退，热情散去，就连报纸也懒得追踪后续。

"……那个人？"顾轻舟倒没想到，诧异地看了眼司慕。

"是的，长亭杀死的，就是那个凶徒。苦主家的男主人已经来认了。"司慕道。

顾轻舟略微沉吟。

长亭这是故意的。

凶徒怎么会在那里，而长亭为什么在顾轻舟面前杀人？

"这么说，军政府反而要嘉奖长亭？"顾轻舟蹙眉。

司慕亦蹙眉："是的。"

顾轻舟怀疑长亭。她想着将此人投入监牢，试探他背后有什么势力，谁会来救他。军政府的监牢，顾轻舟说了算。

所以她当时就出声喊了。

不承想，最后却给长亭做了嫁衣。

此事一闹，长亭算是个"英雄"，会小有名气。

司慕道："那个凶徒，以前在东洋武馆打杂，有点功夫，后来好像是玷辱了主人家的大小姐，就逃到岳城，要不然也不会那么容易得手。"

顾轻舟沉默。

如此，就是天衣无缝了。

"轻舟，我们是不是被长亭耍了？"司慕问，"怎么如此凑巧？"

是啊，太巧了。

巧到像极了长亭的试探。

顾轻舟略微沉思。

长亭为什么这么做？

若他就是那个主谋，为什么不躲在暗处，非要把自己暴露出来？若他不是，那么今天这事只是巧合？

顾轻舟不说话。

司慕也默默点了一根雪茄。

"轻舟，我有个担忧。"司慕道。

顾轻舟闻言抬头，不解地看着他："怎么了？"

"若长亭不是那个主谋，我们却把注意力放在他身上，会不会被背后的人得逞？"司慕道，"长亭是否就像其他人那样，也只是吸引我们注意力的棋子？"

顾轻舟坐正了身子。

"你担心的，也正是我担心的。"顾轻舟笑道。

这一点，他们两个人不谋而合。

司慕唇角微动，也露出一个淡淡的笑容。

"我觉得，不要试探长亭，将他放在那里。"司慕道。

这点，又跟顾轻舟不谋而合。

"我也同意。一旦试探他，我们就先露底了。"顾轻舟道，"不过，今天的事，我们也没有暴露什么。长亭杀人，我喊了警备厅来抓他，是最自然合理的反应。假如我不喊人，反而有点奇怪了。"

司慕又笑了一下。

顾轻舟没有在长亭的美色前昏头，没有去帮他，而是主动喊了人。

司慕很满意。

夜色渐深，女佣端了消夜来。

"……我让厨房做了海鲜粥，吃点吧，晚饭都没怎么吃。"顾轻舟道。

顾轻舟和司慕的晚饭才吃一半，就发生了长亭那件事。

"嗯。"司慕坐到了餐桌旁。

他盛了一碗粥，先递给了顾轻舟。

顾轻舟喝粥的时候，司慕也慢条斯理地吃起来。

他不经意道："明天让厨房做点鲜虾馄饨吧，我看这虾仁还不错……"

顾轻舟的手，却突然停顿了一下。

她再也不敢吃鲜虾馄饨了。

粥的热气，蒸得顾轻舟眼睛发疼。

"别了，还是吃粥吧，粥更暖胃养胃。"顾轻舟道，"睡前还是别吃馄饨了。"

司慕随口一提，被拒绝了也没放在心上，道："也对。"

回房之后，顾轻舟想起了司行霈。远在云南的他，拒绝了一门最适合他的婚事。

一会儿，顾轻舟又想到了长亭，心想这个人只是过客，还是劲敌，抑或是朋友。

翌日，岳城的报纸，铺天盖地地报道了长亭缉凶的事。长亭被很多人知晓了，毕竟他不仅为民除害，还倾国倾城。

"这是奖金。"司慕亲自给长亭颁发了两根小黄鱼。

长亭与司慕握手，态度恭敬。

这件事落定，岳城的一个大案告破，司慕也打电话给督军，禀告了此事。

接下来几天，岳城又发生了一件大事：

长亭继任洪门新的分舵龙头，不仅得到了上海总舵的支持，还得到了总统的赞赏，甚至有日本军方的支持。传闻，长亭的真名是蔡长亭，而他是蔡龙头的私生子。

一时间，他风光无限，成了整个岳城的焦点。

第三十三章

少帅归来

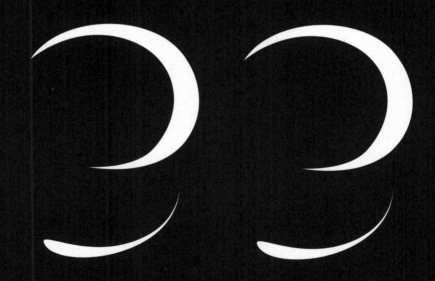

几天后，她和司慕正在议论蔡长亭，副官进来了："少帅……"

看到顾轻舟，副官打住了话头。

顾轻舟起身："我先上楼了。"

司慕却道："没事，你也听听吧。"又问副官，"怎么了？"

"平城和淮阳开战了。"副官道。

司慕震惊，慌忙站起身。

平城在苏州以南，淮阳是李文柱的军政府所在地。

谁在攻打李文柱？

司慕不得不敏感，因为平城正好位于岳城和淮阳中间的位置。

能攻打淮阳，反过身来就能攻打岳城。

顾轻舟则是唇色发白，她急促地问副官："是司行霈？"

"是！"副官道，"前天还听说大少帅在云南，一转眼昨晚他就攻打了淮阳。少帅，还有件事……"

顾轻舟猛然站起来。

副官继续道："有东西在天上，往淮阳投炸弹，炸毁了李文柱的军火库和西北的守军驻地。"

飞机！

司慕和顾轻舟一样，脸上全无血色。

司行霈回来了。

他们到处找司行霈要建军政府的地方，原来是平城。那里离苏州很近，怪不得司行霈的军火基地设在苏州。他的军火基地设了五六年，说明从那时候开始，他就想着自立门户了。

司慕疾步出去了："召集众将领开会！"

司行霈收拾完李文柱，立马就会打到岳城来。

他要抢走司慕的一切：司慕的军队、司慕的家当、司慕的妻子，以及他的尊严，司慕必须要反抗。

顾轻舟浑身冰凉。

午后的阳光，慢慢西移，变成了金红色的夕阳。

就在这个时候，后窗一声轻响。

顾轻舟还以为是窗户被风刮开，下意识扭头去瞧，却看到一个男人，高高大大，站在窗口里面。

他穿着一件铁灰色的军装，衣裳有点脏乱，头发零散着，一缕半垂，给他俊朗至极的面容添了邪魅，他站在夕阳里冲顾轻舟微笑："轻舟，我回来了！"

时隔整整半年，司行需再次见到了他的轻舟。

顾轻舟站在沙发旁边，暖金色的斜照碎芒落在她的周身，她妩媚的眉眼充满了震惊。

司行需心中莫名地满足。

所有的离别，承受那么多的相思之苦，好像都有了意义——当时她在他身边，是钻入了死胡同，一天天消瘦狼狈，司行需才不得不离开，给她时间疗伤。

他知道，只要他离开，她就会慢慢恢复理智，而不是整日想着报仇。

她终于活过来了。

那些痛苦，她也熬过去了，司行需知道她的轻舟，总能浴火重生。

"轻舟……"他疾步上前，将她牢牢搂在怀里。

他身上有的味道并不那么好闻，似乎从泥土里滚过，又有雪茄的清冽。

顾轻舟浑身的血都在凝固，耳边的声音亦逐渐散去，好似恍惚地走在幽深的森林深处，阳光让人晕眩。路上没有尽头，四周的一切迷迷糊糊，没有任何响动，只有那淡淡木香。

是他身上的味道。

她没有动。

回神般，她急忙去推他。

司行霈松开了几分，一条长胳膊依旧将她圈固在怀里，另一只手抬起了她的下巴，深深吻了上来。

温热的气息覆盖，顾轻舟张口就咬，他已然捏住了她的下颌。

"轻舟乖，别闹。"他低喃，手指微微收紧，顾轻舟的牙关就无法动弹，甚至不能说话。

司行霈的吻，缠绵悱恻。

顾轻舟的手，悄无声息往他的脖子上探去。

她手上有一根很细小的金针。

司行霈察觉到了，顺势一压，将她整个人压在地毯上，握住她的手又捏住了她的下颌，吻得激烈。

"轻舟，我很想你!"他从齿缝间呢喃着她的名字。

顾轻舟被他压住的另一只手，倏然朝他的腰侧一刺。

司行霈身子微僵。

顾轻舟腰身灵活，推开他爬了起来，拼命摇铃。

铃声一响，用人会进来，然后副官们也会扛枪进来。

司行霈从背后搂住了她："轻舟，你又顽皮了!"

顾轻舟这时候才发现，没有用人。

没有一个人过来!

司行霈进入这房子前，他的部下早已把用人打晕捆绑。

顾轻舟只顾愣神，根本没听到动静。当然，她哪怕不愣神，乜听不到。

司行霈一双手箍住了她："走了，轻舟!"

说罢，打横将她抱起来。

就在这时，远处响起了急促的脚步声，以及枪声。

有人站在窗口："团座，咱们被包围了。"

司行霈一愣。

他放下了顾轻舟，却见顾轻舟漂亮妩媚的眸子里，全是寒芒与杀意。

"你的铃……"司行霈这时候才知道，顾轻舟摇铃不是叫用人，而是将她自己埋伏着的亲卫全部调动。

更有甚者，一个庞然大物突然从楼梯上跳下来，狠狠将司行霈扑倒。

司行霈微惊，却见木兰张开了血盆大口，对着他的喉咙就咬。司行霈急忙用手去挡，抽身而出的顾轻舟，早已从旁边沙发底下，摸出了手枪。

枪上膛，顾轻舟的神色冷冽，动作迅捷。

司行霈的胳膊被木兰咬住，牙齿几乎要刺破他的军装，陷入肉里。

顾轻舟举枪对着他的头顶，司行霈才知道：原来，她早已提防着他来，她并非单纯以为院墙能阻止他。

司行霈忍不住笑了。

他的女人啊，似乎把他所有的警惕都学会了。

司行霈徒手一劈，劈中了木兰的颈，木兰晕倒在地。

顾轻舟却毫不留情地开枪了，对准了他的脑袋。

"轻舟！"司行霈喊她。

顾轻舟稳稳地扣动了扳机。

千钧一发，司行霈急促避开，那子弹就在地板上打出一个大洞，黑黢黢的。

顾轻舟一枪不中，再次开枪，依旧是不手软。

司行霈心知今天无法掳走她，只得退而求其次，自己先走。

顾轻舟一连数枪，每一颗子弹都瞄准了他，让司行霈根本无法靠近。

司行霈只得很利落地滚到了窗边，然后翻窗而出。

夜幕笼罩下来，顾轻舟不敢去追，上前查看木兰。

院子里起了枪声。

顾轻舟安排在附近的人，与司行霈带过来的人交火。

司慕急匆匆回来时，就看到家里满屋狼藉，到处都是枪眼，顾轻舟坐在地板上，她将木兰抱在怀里。

"……它死了吗？"司慕满腔的话，隐约只剩下苦涩，声音沉重万分，问顾轻舟。

顾轻舟摇摇头："只是昏迷了一会儿，醒过来不太舒服，靠着我睡着了。"

她轻轻地抚摸木兰的毛发，像对待自己的孩子。

她并未抬头。

司慕犹豫了一下，坐到了顾轻舟的旁边。

"……他原本是想要带你走的?"司慕问，"咱们家的防卫如何?"

顾轻舟和司慕结婚以来，这院子做了些布防。

他们说是防止刺杀，毕竟军政府的布防比这个严密多了，实则是防止司行需登门，这点顾轻舟和司慕心知肚明，却没有点破。

"挺好的，至少木兰很听话。"顾轻舟喃喃，声音几不可闻，而且嘶哑。

司慕知道，她的情绪受到了波动。

他很想告诉顾轻舟，司行需杀了她的家人，她应该要理智一点，可他很清楚这话杯水车薪，对顾轻舟来说没什么分量。

"你……现在很难过?"司慕沉吟片刻，问道。

问完了，心口就似被什么堵住，堵得严严实实，让他透不过气来。

"嗯。"顾轻舟承认。

司慕猛然站起身。

他想要发火，想要说你是我的妻子，你不应该为他的到来难过。哪怕难过，你也不要告诉我，别让我知道。

我不想知道，这样我才可以继续自欺欺人。

可转念间，司慕又想起他们两个人的协议——这是白纸黑字的假婚姻!

顾轻舟没有任何义务来照顾他作为假丈夫的尊严，正如司慕生气的时候，也不曾顾虑她。

司慕阔步走了出去。

他吩咐自己的副官："查到了吗?"

全城已经戒严了，司慕想要挖地三尺找到司行需，虽然他觉得司行需早已逃走了。

不甘心，司慕一定要寻到他!

"还没有……"副官小心翼翼地说。

"再去找，找不到你提头来见！"司慕厉喝。

他自己跳上了车，开车出去了。

他也不知道自己要去哪里，只知道想要不停地逃离，逃离这个家，逃离岳城！

顾轻舟派出副官，去打听驻地的军情。

司督军在场，知道少夫人派人来打听，居然将情况透露给了顾轻舟。

正如顾轻舟所料，司行霈没有应战。

司行霈亲自跟司督军议和："苏州还是岳城军政府的辖地，一旦兴了战火，经济就要倒退三年，我们两败俱伤，百姓损失更惨重，这样做没意义。"

说得司督军微愣，正眼看这个儿子。

司行霈从一个孤胆英雄，变成了家国天下的豪杰？

司督军记忆中，他的长子桀骜不驯，而且心狠手辣。等他真的确定这孩子很有大局观念，而且懂得为一方百姓着想，而不是一味张扬武力，他愣了又愣，露出难以置信的神色。

"我想要从平城修一条专门的铁路到岳城，途经苏州。这条铁路，归岳城军政府和我共有，这是我退兵的条件。"司行霈又道。

司督军想了想："修铁路可以。你在平城再怎么胡闹，都是岳城军政府的武装。我擢升你为少将，你手下所有的兵力，汇编入岳城军政府第七师，你任师长，军官全部用你自己的人。"

司行霈沉吟。

最终，他当场答应了："阿爸，咱们父子永远是一家人！"

司行霈已经打下了李文柱的半壁江山，司督军兵不血刃地收编了他，等于将岳城军政府的势力扩大了三分之一。

李文柱一直都是司督军的劲敌。司督军多次派人刺杀他，都无果。

这次司行霈的飞机，直接炸了李文柱的老巢，现在李文柱带着两千人逃跑了。

"……你的飞机，送给阿爸一架。"司督军又提条件。

司行霈则道："您随时都可以来看。但是您那边没有飞行员，也不知道如何维修，送给您那是浪费。"

他是不会送给司督军的。

现在飞机是最宝贝的东西，司行霈也才弄了五架。

这五架飞机，是他从程家偷来的。他为了这些飞机，筹划多时，借着和顾轻舟闹翻，去了程家。他得到了程家众人的信任，最后得手。

就这样，他们父子成功议和了，司行霈依旧是司家的少帅，他手下的权力从以前的一个团，变成了现在的一个师，而且有了正式的军衔。

当然，他手下的第八师，顶得上其他师的三倍。

三月二十一日，司督军带军回到了岳城。

一起回来的，还有要接受嘉奖的司行霈。

司慕跟着回来了，脸色铁青。

"……去叫少夫人，把东西拿过来。"司督军对亲信副官道。

司慕的脸更加阴沉。

顾轻舟打开了保险柜，取出司督军所有的印章，送到了军政府。

整个会议大厅，只有司家父子三人，以及颜新侬、李师长。

司行霈就坐在会议大厅的西侧次座，见顾轻舟进来，他冲她笑，露出一口洁白整齐的牙齿："轻舟！"

大庭广众之下，司行霈的态度热情却无暧昧，任何人都看不出端倪，毕竟他们也见过，只是不太熟罢了。

顾轻舟唇色发白，她不经意地咬了一下唇，轻轻地点头。

司督军对顾轻舟颔首，顾轻舟没有理会司行霈，走到了司督军身边。

司慕则是脸色铁青，额头暴出了青筋。

顾轻舟一直是麻木的一张脸，她似乎想要说点什么，或者有点什么表示，可表情无法牵动。

她冷漠地将东西送到了司督军面前。

司督军也没在意，和司行霈立了文书，以后司督军百年之后分家，平城和苏州都会分给司行霈；其他的产业，以后再说。

"……督军，南京的电话。"就在这个时候，副官进来道。

司督军签完了协议，将印章往盒子里一放，重新推给了顾轻舟："拿好。"

顾轻舟道是。

司行霈又看了眼她。

司慕的拳头，捏得咯咯作响。

顾轻舟坐到了司慕旁边，司慕瞪了她一眼，可惜顾轻舟没有留意到，她的心思早已成了一团糟。

会议大厅五个人，李师长不时跟司行霈交谈。

司行霈的余光，始终落在顾轻舟身上，想要把她看个够。

那天晚上，光线有点暗，而且太过于匆忙，他都不曾仔细看她。

她还是瘦了点。

她眉宇间的稚气，仿佛一夜之间不见了，像只勾人魂魄的妖精。

想着她，就身不由己想起她肌肤的触感——柔润细腻的肌肤，不管春夏秋冬都有点凉滑，似最上等的绸缎。

她的头发还是那么长，那么美丽。

去了趟云南，见识了那么多当地名媛，没一个比他的轻舟更漂亮。

司行霈看着她，不由看痴了。

不知是谁，重重咳嗽了声。

司行霈回神般，就看到对面的顾轻舟和司慕，都是一张愤怒到了极致的神色；而出声咳嗽的，是顾轻舟的义父颜新侬。

"我离开岳城的时候，我的两匹狼被颜总参谋领去了。听说，后来你送给了轻舟，我能否去看看它们？"司行霈笑问。

轻舟，轻舟！

司慕猛然站起身。

"少帅！"颜新侬立马出声。

司慕也回神过来。

司行霈身为兄长，叫弟媳妇的名讳算不上什么暧昧。

可司慕若是打起来，事情就严重了。

"我还有事，先走了！"司慕重重拂袖而去。

顾轻舟却还不能走，她拿着印章，要等司督军说用完了，她才可以离开。

"……我能去看看你的狼吗，轻舟？"司行霈问，声音不自觉有点轻，似有诉不尽的情愫。

顾轻舟的脸色，白中带青。

她看了眼一旁毫不知情的外人李师长，却见他半分诧异也没有。

顾轻舟恍然："这是司行霈的人！"

顾轻舟抬头，冷漠道："这个要问阿慕，他才是家主。"

司行霈的笑容，一瞬间有点裂缝。

他几乎要失控。

正在这时，司督军进来了，司行霈的情绪收敛。

"轻舟，你先回去吧。"司督军脸色不善。

顾轻舟道是。

她拿起盒子要走，到了会议厅门口，就听到司督军骂司行霈："……旁人还以为我跟你合谋，抢了程稚鸿的飞机！"

"我送您一架吧。"司行霈懒懒道。

司督军的声音戛然而止。

顾轻舟离开了军政府，回到了新宅。

司慕没有回来。

顾轻舟询问副官，副官道："少帅从军政府出去，是自己开的车。"

司慕肯定被气死了。

顾轻舟叹了口气，不再说什么。

半个小时之后，副官道："少夫人，大少帅来了。"

顾轻舟差点从沙发上跌坐到地上。她的后背紧绷，紧紧抿唇，才没有让自己露出异样。

"告诉他，少帅不在家，让他改日再来。"顾轻舟道。

然后她又摇铃，把附近的亲侍都调动，防止司行霈硬闯。

结果，副官回来却道："大少帅说，是他失礼了，他晚上会跟少帅打电话预约，明天过来。"

顾轻舟感觉透不过来气。

她迷迷糊糊睡了一夜，几次惊醒，都会下意识以为，阳台上站着一个人。

她总以为有黑影一闪而过。

后来才知道，只是窗帘被夜风掀起。

草木皆兵，顾轻舟睡不着了。

半夜叫了值夜的副官，问他："少帅回来了吗？"

得到的回答是"没有"。

司慕彻夜未归。

翌日清早，家里的电话响起了。

是司行霈。

"轻舟，我下午要回平城了，想跟你见一面，说几句话。"司行霈的声音温醇，又带着几分哄诱，"轻舟！"

顾轻舟也有话要问。

时隔半年，也许他能给她一个答复。

"好，你什么时候来？"顾轻舟问，"我也想跟你谈一谈。"

"十分钟后。"司行霈道。

顾轻舟："……"

当司行霈准时出现时，顾轻舟在新宅外院的会议厅，接待了他。

会议厅的门口，站着两名副官，可以看到顾轻舟和司行霈。

司行霈先坐下，顾轻舟坐到了他的斜对面。

可她刚刚落座，司行霈就起身，坐到了她的正对面。

顾轻舟冷漠道："我带了枪，你的脚若是敢伸过来，我就一枪打穿你！"

司行霈的唇角有笑意。

顾轻舟很清楚他的意向，她知道他想要做什么，她了解他。

在她的威胁之下，司行霈坐正了身姿："好，我不乱来。"

他声音低了几分："督军很器重你。"

顾轻舟沉默。

司行霈继续道："轻舟，别跟我赌气了！"

顾轻舟直视他的眼睛。他眼神深邃，透出来的炙热，让顾轻舟喘不过来气。

她想起义父说他拒绝了程家的婚姻。

她想起曾经他给予她疼爱和教导，辅助她成长。

她也想起自己的师父和乳娘死在他的车上。

顾轻舟的眼泪，一下子就涌了上来。

"轻舟！"司行霈急了，站起身想要抱她。

顾轻舟将手枪，重重搁在桌子上，她带着浓浓的鼻音："坐下，否则我们没得谈。"

司行霈的呼吸屏住。

"轻舟，我不该让你这样难过。"司行霈道，"你以前说，不管发生何事都信任我，如今为何不能了？"

顾轻舟的眼泪，顺着白玉面颊滚落，落在胸前旗袍那朵繁绣牡丹上。眼泪落上去，金线牡丹越发冶艳。

她透过朦胧的视线，看着对面的人。

相信？

养育她的亲人惨死，跟他脱不了干系，却要她相信？

顾轻舟擦了眼泪，也清了清嗓子，开口道："已经过去半年了，能否给我一个答案？你为什么要杀我的师父和乳娘？"

司行霈沉默。

他也知道，顾轻舟不是那种自我麻痹的人。

再推到李文柱的身上去，显得他不诚实，好似在戏弄她。

他看着她："轻舟，我给你一个期限：等我们的孩子到了两岁，我就告诉你实情！"

我们的孩子？

顾轻舟几乎要笑出声，可最后笑意全部在唇角化为苦涩。

她在他面前，失去了所有的伶俐。

"……你还是不肯说？"顾轻舟道，"你杀了他们？"

司行霈这次却没有狡辩。

顾轻舟的手放在枪上。她眼中的泪抹去，只剩下蚀骨的杀意。

她知道，司行霈的反应很敏锐，她根本无法击中他。

手又慢慢松开，顾轻舟有点泄气般，站起身道："我会杀了你报仇的。请你离开，我的家里不欢迎仇人！"

"轻舟，这世上没有绝对，但我是绝对爱你的！"司行霈道，"而且，我没有用错方式，你以后就会知道！"

他站起身，准备往门口走。

他身形颀长，器宇轩昂，阔步走出去的步伐沉稳而缓慢。

多少次，都是顾轻舟逃离他，给他看到自己狼狈逃窜的背影。这还是第一次，顾轻舟站着，看他离开。

她突然出声："你可以解释！"

给我一个解释，什么解释我都需要，我都能接受！

她想着，眼中又浮动了泪光。

"轻舟，我不想骗你。"司行霈转过身，看着她，"我已经在努力，帮你清扫一切障碍。等我能告诉你的时候，我会说的。你需要我的解释，而我需要你的信任。轻舟，我不能解释的难处，比你不能信任的难过百倍。"

顾轻舟咬唇。

她雪白的牙齿，落入嫩红饱满的唇瓣，司行霈就很想吻她。

"轻舟，你在我身边，哭的时候很多，我也反省了半年。"司行霈笑笑，"我保证以后不让你哭了。"

他阔步走了出去。

顾轻舟立在阳台的栏杆上，看着司行霈走出了长长的甬道，走到了大门口。

大门口停靠的汽车上，有副官为他开了车门。

他突然回眸，看到了顾轻舟。

他挥挥手，宛如每次去驻地那样短暂的分别。

他从始至终，没问过顾轻舟的婚姻。

他相信顾轻舟，他知道她的婚姻是什么状况。

而她也知道他，他绝不会伤害她。

然而师父还是死了，乳娘也死了。

顾轻舟回到了后院，躺到了自己的床上。

她的眼泪滚落个不停。

直到司慕回来用力地拍打着她的房门，几乎要把她的房门给踢破："顾轻舟！"

顾轻舟回神。

将眼泪抹去，顾轻舟打开了房门，看到了司慕。

司慕衣衫有点凌乱，人是清醒了，身上却有很重的酒气。

他看到了顾轻舟哭肿的眼睛，冷笑了一下："这么难过？你可以跟他走啊，你从前又不是没跟他睡过！"

顾轻舟的心，似被什么刺中。

她疼得不能言语，甚至无法怒目而视。

她默默听着。

司慕却一把抓住了她的手："他今天来过了？"

他的手很用力，几乎要把顾轻舟的骨头捏碎："他到我家里来了？"

手腕上的剧痛，让顾轻舟回神，人也清醒了很多。

"对。"顾轻舟道，"当时我派了副官在门口，一共两名，其中就有王副官。他来了多久，到了什么地方，家里的人都看到了。你不用担心，我们什么也没做。"

司慕却用力，将她抵在旁边的墙壁上。

他愤怒地看着她。

为什么近在咫尺的人，有种相隔天涯的距离感？

他永远无法走到顾轻舟身边！

顾轻舟让司慕心生崇敬，甚至无限地向往，可他永远碰不到她。

她推开司慕。

司慕却用力压在她身上，将她嵌在他和墙壁中间不能动弹。

他低下了头。

"别这样。"顾轻舟淡淡开口了，"你亲了我，回头会更加空虚，失落和难堪。"

司慕猛然一惊。

果然，他松开了顾轻舟。

"我才不想亲你！"司慕恨恨转身，"你算是什么东西！"

他离开之后，顾轻舟轻抚被他捏得发麻的手腕。手腕上，居然一圈发白，到了晚上，这圈发白就瘀青了。

她的好心都被司慕当成了驴肝肺。

又过了几天，顾轻舟坐车去颜公馆。

顾轻舟当时在合眼养神。半路上，汽车突然停住了，然后拐弯，往旁边一条小路上开。车子停下来时，她以为到了，结果睁开眼，她看到了两排整齐的梧桐树。梧桐树还不算高大，枝干也不粗壮，但四月里的树冠上，叶子繁茂极了。

一个人站在梧桐树排的尽头，穿着一套很干净整洁的西装，头发梳得整齐，鬓角墨青，他的双眸深邃浓郁。

阳光将他高大的影子拉得更长。

顾轻舟的呼吸，一下子就屏住，脑子里"嗡"了一下。

司行霈！

"原来，你是大少帅的眼线！"顾轻舟看了眼开车的副官。

副官低了头，不言语。

司行霈走过来，打开了顾轻舟的车门。

阳光照进来，坐在车厢里的女子眉宇似凝霜，细长柳眉微蹙。

司行霈俯身，轻轻地在她眉心吻了一下："轻舟。"

"下来！"司行霈伸手。

见顾轻舟神色怔怔，司行霈又笑："怎么了，自家门都不认识了？快点下来，时间不多了……"

顾轻舟终于回眸直视他："我不会下来，这不是我的家！"

这不是她的家！

这条路，她和司行霈走过无数次，柏油铺成的小径，有她和他的足迹；两旁整整二十四株梧桐树，是他带着她种下的。

她还记得那天下着薄雨，他和她嬉闹，在坑里吻她。

往事像铺天盖地的大网，将她笼罩在里头，她的挣扎徒劳无功。

她看着司行霈，他的面容逆光，只能看到一个轮廓。

这个轮廓，是她曾深爱过的。

顾轻舟努力将所有的情绪深敛，不让自己露出异样，可声音还是不由自主地变了："请你让开！"

司行霈就弯腰，试图抱起她。

顾轻舟的手指上，戴着一只红宝石的戒指。这戒指经过了改造，可以藏匿一根细如发丝的银针。

司行霈弯腰时，顾轻舟手指微动，一下子就被司行霈攥住。

他依旧警惕。

他的警惕性强到了令人发指的地步，若不是他心甘情愿，根本没人能算计到他。

"轻舟，别闹。"司行霈的声音温柔，在她手背上轻轻地吻了一下，"快下来。轻舟，你若是不下来，回头在宴会上，我会把你拉到帘幕后面去吻你。"

顾轻舟一下子就变了脸。

司行霈的笑容越发绚烂："你下来的话，我保证不胡来。"

顾轻舟的手指攥紧，指关节捏得隐约发白。

她死死咬唇，在饱满的唇瓣上落下明显的痕迹。

司行霈就很想吻她。

"你知道我做得出来。"司行霈依旧笑着，"轻舟……"

他的话，一句句都像催命符。

顾轻舟的情绪早已变了，恨到了极致，可惜手边毫无武器。

"你让开，我自己下来。"她冷漠，定定地看着前方。

司行霈就后退了几步。

顾轻舟缓缓走下车。

她纤细笔挺的小腿，从旗袍底下伸出来，窈窕身影就立在了车外。紫色的旗袍，将她的身段勾勒得曲线优美，给她妩媚的眉眼添了妖娆。

她的面容像最上等的酒，闻一闻都要沉醉。

司行霈屏住了呼吸。

当然只是一瞬的失神。

下一瞬早已将她揽过来，凑上去亲吻她。

却只是吻到了她的手背。

顾轻舟用手遮住了唇，似乎早已料到了他的举动。

"你果然了解我。"司行需失笑，松开了她。

他往前走，让顾轻舟跟着。

顾轻舟就亦步亦趋，随着他到了别馆的门口。

缠枝大铁门上，爬满了翠藤，阳光下摇曳着绿浪，生机勃勃。这翠藤还是她让司行需派人种上的。

"到底有什么事？"顾轻舟冷漠。

司行需只是笑，按了门铃。

扛枪的副官开了门。

"请，司夫人。"司行需一脸的笑，笑得那么真诚、那么英俊，甚至那么干净，不掺杂半分虚情假意。

他叫"司夫人"，说得自然，好像是调侃，却又是浓情蜜意。

他真的不在乎。

她和司慕的婚姻，他一点芥蒂也没有，因为他知道，他们两个人一直分房睡，顾轻舟放了两匹狼在自己卧房，司慕永远无法靠近。

司慕将新宅的人更换了一遍，结果司机居然是司行需的亲信，其他人就不必说了。

顾轻舟迟疑地看着他。

进了院子，一切都是从前的模样，就连花坛里，都种着顾轻舟喜欢的花。

这应该是她的家……

她眼睛涩得厉害。

大门突然被打开了。

顾轻舟看到两个女人，笑盈盈地立在门口，居然是朱嫂和她的女儿阿潇。

顾轻舟先看到了阿潇，露出了惊讶，因为笑容满面的阿潇，挺着个大肚子。

"阿潇，你怀孕了！"顾轻舟忍不住惊喜，终于有了点笑容。

当初阿潇胞宫有寒，多年不得生育，是顾轻舟给她开了药方。

如今，顾轻舟的药起了效果，阿潇身怀六甲。

"顾小姐！"阿潇也高兴，上前拉顾轻舟的手。

顾轻舟却莫名手一缩：她已经不是顾小姐了，她现在是司慕的妻子。

自己出现在这里，有什么意义？

司行霈却在旁边揽住了她的肩膀，将她后退半步的身子搂住："快进来，朱嫂做了你爱吃的下午茶。"

阿潇也握住了顾轻舟的手。

朱嫂在旁边高兴极了，几乎要抹眼泪："顾小姐，看到您真好！少帅要回岳城，阿潇想见见您，我们特意过来的。"

司行霈离开岳城的时候，早已将朱嫂送到了他在平城的军政府。

阿潇和她丈夫也去了平城。

朱嫂天天念叨顾轻舟，说想要亲自感谢她，阿潇也感激顾轻舟挽救了她的人生。专列很稳，阿潇的胎位也稳，就跟着来了。

"你们特意来看我？"顾轻舟再也忍不住，眼泪就落了下来，"为何要来看我？"

不是她害得司行霈背井离乡吗？

不是她背叛了司行霈嫁给司慕吗？

身为司行霈的亲信，他们为什么还要来看她？

朱嫂看到她哭，一时间也慌了，连忙要给她擦泪。

司行霈已经弯腰，掏出帕子细细擦了："怎么哭了？像个孩子似的！"

然后又道："别动别动，小心妆花了。今天谁帮你化的妆？太浓了。"

顾轻舟推他。

他就顺势在顾轻舟的唇上轻啄了下。

朱嫂和阿潇装作看不到。

顾轻舟半推半就地进了屋子。一进来，她就闻到了红豆糕的清香，还有朱嫂拿手的奶茶。

四个人坐下，朱嫂给顾轻舟端了点心。

"……你好不好？"朱嫂问顾轻舟，"少帅说，还要过些日子才能接你回平城。那边的人，有没有欺负你？"

顾轻舟看了眼司行霈。

在司行霈的灌输之下，朱嫂和阿潇都觉得，顾轻舟跟司慕的婚姻，就像从前跟司慕的订婚，都是不算数的。

顾轻舟还是她们这边的人！

司慕则是"那边"的。

"我……"顾轻舟语塞，怎么说都不恰当。

因为，她现在坐在这里，就是不恰当。她还是司慕的妻子，哪怕他们只是协议的婚姻。

结婚是一道分水岭，越过这条线，就是红杏出墙了，就触及道德。

顾轻舟喝了两口茶："我要走了。"

朱嫂流露不舍。

阿潇也道："还有好些话跟你说，我们还给你带了礼物。"

"下次吧。"顾轻舟勉强苦笑。

司行霈同样站起来，拉住了她的手："轻舟，过半个小时再走，我不会再让你难做的。"

顾轻舟却执意要离开。

这么一拉扯，顾轻舟手腕的瘀青就露了出来。

司行霈原本温柔的目光，一瞬间冷冽而狠戾。

半晌，他慢腾腾抬头，齿缝间的字似刀子："他打你了？"

"不是！"顾轻舟立马去遮掩。

"还说不是？"司行霈脸阴沉如水，"他敢打你？好……"

"关你何事？"顾轻舟失控般咆哮，"我跟他之间的事，轮不到你来管！"

说罢，她转身要走。

司行霈一把将她抱在怀里。

朱嫂和阿潇见状，立马站起身走了。

司行霈用力，几乎要把顾轻舟瘦弱的身子嵌入自己怀里。

顾轻舟的心，一会儿像是在滚水里，一会儿像是在冰窖里。

她喘不过来气。

这次，她没有试图去谋杀司行霈，而是任由他抱紧了自己。

"……给我一个解释。"她声音软软的，"我的师父到底是谁，你为什么要杀他？告诉我。"

司行霈微愣。

愣神间，他松开了顾轻舟，恢复了几分神色，轻轻地摸了摸她的脸，又摸了摸她的头发，爱不释手："轻舟，你乖，我会告诉你的。"

看着她的眼睛，似乎要溢出眼泪，司行霈道："你对我如此强悍，为何在司慕跟前吃了亏？答应我，照顾好自己。"

顾轻舟低头看了眼自己的手腕，道："这不是他弄的。"

司行霈不相信。

顾轻舟毛骨悚然："你不许动他！我不想他因为我而死，否则我绝不原谅你！"

司行霈低头，亲吻她的唇。

她没有躲。

如愿以偿，尝到了她的滋味，司行霈冷静下来。

他又忍不住摸摸她的头发，像逗弄一只猫儿："好，我答应你！"

顾轻舟甩袖，转身要走。

司行霈追上来，顾轻舟的神色已经恢复了冷漠："不要再纠缠我，这样我会更容易杀了你！"

说罢，她阔步走了出去。

回到家中，顾轻舟上楼把自己关在房间，独坐阳台，暖暖阳光洒了她满身，她明媚的眸子里，全被阳光铺满。明明应该柔软的她，此刻眼底全是阴郁。

她迫不及待回房找烟。

一根雪茄点上，她犹豫了一下，还是吸了一口。

暖意入腹，情绪方才镇定下来。

司慕过来找顾轻舟拿印章，一推开房门，就看到阳台上的风撩拨着顾轻舟长长的青丝。

青丝萦绕中，顾轻舟饱满嫩红的唇瓣间，轻吐云雾，氤氲着她的眉眼，越发觉得她妩媚，像只勾魂夺魄的妖精！

司慕上前，一把夺了她的烟："不许偷我的雪茄！"

顾轻舟叹了口气。这一声叹气，意味深长。

"……这就是你的房间？"就在顾轻舟和司慕站在阳台上说话，突然身后传来了人声。

司行霈立在门口，不等主人家的邀请，自顾进了顾轻舟寝卧。

他环视了一圈，蹙眉不悦。他的女人，原来这半年都住在这里……

房间不够奢华，没有特色，也不够精致，像个临时的宿舍。

"你怎么进来的？"司慕大怒，"出去！"

司慕回来拿印章，让司行霈在会议厅稍等，司行霈当时没动。不承想，等司慕离开之后，他就从小路过来了。

怒极了的司慕一下子拔出了枪。

司行霈却弯腰，轻轻地抚摸了一下顾轻舟的被褥。

顾轻舟的心一紧，宛如他的手掌拂过她的肌肤一般。

"闹什么！"司行霈眼眸没有暧昧，凛冽地看着拔枪的司慕，"把印章给我！你要是生气，就应该加强院子的防卫让我进不来，而不是乱发脾气！"

司慕紧抿薄唇。

顾轻舟开口了："你们都出去，印章我藏起来了，我拿下去给你们。"

司慕看着司行霈，示意他先走。

司行霈却越过司慕的肩头，看了眼顾轻舟。

顾轻舟挪开了眼睛，司行霈就只能看到她莹白如玉的侧颜。

情绪慢慢在膨胀，司行霈握住了拳头，没有失控说什么，转身走了出去。

他下楼了，司慕却没有走。

顾轻舟道："我要开保险柜，你也下去吧！"

司慕蹙眉。

"怎么，你想看？"顾轻舟诧异地问他。

司慕道："那些东西，应该是我的！"

顾轻舟觉得他想太多了。

不管司行霈有没有背叛督军，督军都没想过把印章和钥匙交给司慕。

司慕今年二十三岁，他哑了五年，在军校那五年里，只学会了军事理论。真正论起狡诈，司慕会因经验不足而没办法应对。

若是没有顾轻舟，司督军大概会把印章给颜新侬的。

"那我现在都给你？"顾轻舟幽幽眉目似笑非笑。

她这模样，添了凌厉。

司慕眼神一黯，没有接话，只得先下楼去了。

一下楼，就看到司行霈坐在他家的沙发上，沾满泥土的军靴搭在茶几上。

毫无仪态！

"把脚放下去，这是我家！"司慕道，眉宇间充满了杀气。

司行霈则无所谓地耸耸肩，依旧放着，不理睬司慕。

司慕气得又想一枪崩了他。

顾轻舟拿着印章下楼。

修建铁路的权力，需要用到督军的手谕和印章。

顾轻舟拿了两个印章下楼，问："文件呢？"

司行霈将脚放下，拿出了文件给顾轻舟。

司慕却接了过去。

看了半晌，没找到什么错处，司慕道："给他盖上吧！"

盖上，让他赶紧滚蛋！

顾轻舟知道这是督军首肯的，哪怕有什么不合理的条款，也是督军和司行霈父子之间的心照不宣，她没必要去纠错。

按了大印，顾轻舟把文件递给了司慕。

司慕就甩给司行霈。

司行霈翻阅，没有遗漏，露出笑容来。他的笑容很好看，有一点坏坏的邪魅。

"我请你们吃个饭！"司行需道，"似乎还没有跟你们吃过饭，我下午要走了。"

司慕道："不用！"

司行需最有办法收拾人了，故而他道："那好，我不走了！不收拾出客房给你哥哥住吗？"

司慕脸色阴沉。言语上，司慕从来都占不了便宜。他这个人很绅士，有些话他不会说，也不知道如何应对。

顾轻舟站起身，看着司慕："我们也要去吃饭，是不是？"

请佛容易送佛难，况且顾轻舟很想多点时间和司行需相处，问问师父和乳娘的事。私下里，司行需总是动手动脚，而顾轻舟只顾反抗，最后什么也说不成，时间全都浪费了。司慕在场，最好不过了，至少司行需不会胡来。

"……铁路的事，你不问问吗？"顾轻舟凑得更近，几乎是和司慕耳语。

司行需回神间，发现自己的手指已经蜷紧。

司行需不在乎流言蜚语，不在乎世俗，可他在乎顾轻舟对司慕的这点亲近。

他斜睨他们两个人。

"也好。"司慕最终道，"去德兴菜社吧。"

德兴菜社的花雕酒在整个江南都闻名。

顾轻舟和司慕坐了一辆汽车。

不知为何，司慕突然生气般握紧了顾轻舟的手。

顾轻舟吃惊，想要抽回手，司慕却不似往常那般顺势松开。他掌心温热，用力攥紧了她，似要把她箍住。

"放开。"顾轻舟眉宇凛冽。

司慕却充耳不闻。

"内忧外患。"她心想。

进门之后，他们直接上了楼上的雅间。

顾轻舟和司慕坐了一方，司行需坐在他们两个人对面。

于是，司行需肆无忌惮地看顾轻舟，看得入了迷。

"这还是我们三个人第一次一起吃饭。"司行霈似有感叹。

顾轻舟和司慕没有回答他，两个人表情各异，沉默坐着。

特别是司慕，他还是无法平静下来。

他不及顾轻舟圆滑，又不及司行霈无耻，生气的时候控制不住。他像只小河豚，总是气鼓鼓的。

想到这里，顾轻舟就忍不住笑了。

司慕愤然盯着她，司行霈也莫名其妙。

顾轻舟忙收敛了笑容，道："是，难得一起吃饭。"

司慕就道："是啊，我们的婚宴，你也没来吃。"

司行霈看着司慕挑衅的样子，扬起筷子就想要打他："你皮痒是吧？你背叛我跟你嫂子结婚，这是不顾人伦你知道吗？"

司慕只差吐血。

为什么司行霈可以这样颠倒黑白？

司慕猛然站起来："她根本不是你的！"

"当然是我的，我都睡了她好几年！"司行霈道。

司慕脸色更加难看，眼底蹿起了一团火。

顾轻舟的心，也缩成了一团。

司行霈总是会让她尴尬，让她难堪，而且受人诟病。

他却把这些不道德说得理所当然。

顾轻舟拍了拍桌子："到底还吃不吃了？"

"不吃！"司慕忍无可忍，上前就想要揍司行霈。

司行霈也没打算挨揍，故而站了起来。

顾轻舟叹了口气。

伙计正好端了冷盘和酒水进来，笑道："几位等急了吧？菜快要上来了。"

说罢，又十分和气地给他们斟酒。

司慕这才坐下来。

司行霈也漫不经心地坐了。

小伙计出去之后，司慕端起酒杯猛灌了一大杯。

黄酒不容易上头，可是后劲很足，司慕又倒了一杯。

司行霈端起酒盏，想要跟顾轻舟碰杯，顾轻舟没有理会。

"……你知道我师父是谁吗？"顾轻舟开口了。

司慕在旁边灌酒，没有再说话，顾轻舟就把自己主要的目的问了出来。

司行霈道："说过了，过些日子告诉你。"

"我想了很多。"顾轻舟羽睫微垂，声音不自觉有点慢。

"怎么想的？"司行霈问。

司慕则听不懂。

他喝酒，没有再闹腾。

"我在想，你曾经跟我说，让我改名换姓，做个谁也不认识的人，让我割断和师父、乳娘的联系。

"后来，你大概是觉得此事很难，师父他们总要找我，你索性把他们全给杀了。说来说去，还是我的身份，让你受惊。"顾轻舟道。

司行霈的唇角，有一抹淡淡的笑容。

这笑容很浅，却爽朗极了，他很快乐。顾轻舟的话，让司行霈明白：她承认司行霈所做的一切都是为了她。

很快，她就能忘记仇恨了。

"我是谁？"顾轻舟问，"我根本不是真的顾轻舟，对吗？"

司慕重重地将酒杯砸了。

他冷笑，指着顾轻舟道："你时刻盼望自己不是真的，这样你跟我就没有婚约，你对我就没有愧疚，你们在一起就不受道德指责？"

果然是很贱的两个人！

他还要说什么，雅间的门再次被推开，两名伙计端了热菜进来。

其中一位，看上去有点紧张。

顾轻舟就一直看着他。

他放下了托盘，手从托盘底下拿出黑黢黢的东西。

顾轻舟大惊，一下子就扑到了对面司行霈的身上："小心！"

枪声响起时，顾轻舟死死护住了司行霈。

司慕看到了这一幕，只感觉喉间有一股子腥甜。

女子柔软温热的身躯，扑在自己怀里，司行霈耳边的枪声再也听不到了。

他牢牢抱紧了她，一个翻身将她护在身下。

枪声停歇时，顾轻舟睁大了眼睛。

司行霈看着她，眼中全是浓情，想要亲吻她的唇。

顾轻舟却回神般，使劲推他。

她站起来，看到倒在血泊里的杀手，被司慕一枪击毙。

顾轻舟看司慕。

司慕的眼神，孤寂而又冷漠，好似心灰意冷。

小伙计抱着脑袋蹲在旁边，吓得面无人色，半晌才敢冒头："我……我不认得他，他是顶班的，胡四今天生病，请他的表弟顶班！"

这边响了枪声，整个菜社都被惊动。

司行霈的副官们，急匆匆进了屋子。

"拖走，查明他的身份！"司行霈眉宇凛冽。

"是！"副官应声，把人带走了。

方才这人靠近司行霈，枪是上了膛的，若不是顾轻舟推了那杀手一下，又拼了命地将司行霈护住，司行霈挨这一枪是必不可少的。

他素来警惕，今天却因为和顾轻舟、司慕吃饭，有点心不在焉。

顾轻舟救了他一命。

这次，顾轻舟却是心甘情愿的，只为救他。

她明知道自己可能会挨一枪！

她明明恨极了他，说他杀了她的亲人！

千钧一发之际，顾轻舟为了司行霈，命都不要了。

别说司行霈明白了，就连司慕也很清楚了。

他不想知道是谁刺杀，也不想知道顾轻舟有没有受伤，他现在只想逃离这里，甚至顾不上带走顾轻舟。

"没事吧？"司行霈也不知司慕走了，他只顾去查看顾轻舟。

顾轻舟却看到了司慕的背影，推开司行霈："我要回去了！"

她急忙去追司慕。

跑得快了，被司行霈一把拽住，整个人就落入了他的怀里。

"轻舟，不要挣扎了！"司行霈轻轻地吻她的耳垂，"你心中很清楚自己想要什么，为何不能给我点信任？"

顾轻舟推他："松开！"

她重重地踩了司行霈一脚。

踩得很用力，她也趁机脱离了司行霈的怀抱，急匆匆下楼去了。

司行霈没有动。

顾轻舟慌乱，在菜社门口东张西望，却见自家的汽车还在。

远处的墙角，有雪茄的清冽。

顾轻舟微愣。

她走过去，看到司慕站在阴影里抽烟。

顾轻舟抿唇，想要开口，却被司慕打断了："什么也不要说。"

司慕轻吐了云雾，道："不管是真话还是假话，我都不想听！你下楼了，没有留下来和他你侬我侬，至少你还有点责任感。"

他们的假婚姻，原本就只有责任和协议，是司慕要求太多了。

既然顾轻舟还有责任感，她就仍然是司慕的妻子——名义上的妻子。

"回家吧！"司慕将雪茄踩灭。

司行霈站在菜社高高的台阶上，望着他们两个人上了汽车。

司行霈极其英俊，面容被阳光镀上了金边，让他煞气邪魅的眉眼，有了几分温柔。

顾轻舟和司慕一路都没有说话。

傍晚的时候，司慕一个人孤零零地坐在书房里，没有开灯。

这时候电话响起了。

是司行霈打过来的。

"……你和轻舟今天救了我。"司行霈道。

司慕想挂电话，到底还是没有挂，他想听听他说什么。

"阿慕，在你们结婚的期间，我不会给你戴绿帽子，这是我对你的承诺。"司行霈认真道。

司慕一下子就把电话给砸了。

他不需要这种承诺！

他需要司行霈不再惦记顾轻舟，他需要顾轻舟忘了司行霈，跟他好好过日子。

可他很明白，这是不可能的。

但是司慕也做不到放手。司慕让他们陷入僵局，他更不需要同情。

他只想要顾轻舟！

随后，楼上的顾轻舟也接到了司行霈的电话。

"轻舟，是李文柱的人想要杀我，我没事的，你放心。"司行霈声音温柔。

顾轻舟却冷漠道："不关我的事！"

那个瞬间，她一定是疯了，被什么蛊惑着扑过去。

司行霈死了不是更好吗？

顾轻舟的心情很灰败。

哪怕司行霈杀了她的全家，她还是爱他。

她不孝且无能！

真正有本事的，应该能做自己的主，至少不会让自己陷入混乱的爱情里。

顾轻舟觉得自己像个废物，她辜负了师父和乳娘的栽培。

司行霈的电话，提醒顾轻舟，她有多么懦弱，这点感情都放不下。

"不要再打过来！"顾轻舟眉宇凛冽，"下次，我还是要杀了你的！"

司行霈低低笑了，笑得很暖。

他的笑声，在告诉顾轻舟，这是不可能的。

顾轻舟仿佛受到了极大的刺激，她也把电话给砸了。

一声巨响，住在她楼下的司慕听得一清二楚。

旋即，司慕听到顾轻舟下楼。

楼下酒柜那边有动静。

顾轻舟拿了两瓶威士忌，一转身就看到司慕站在她身后。

司慕夺过了一瓶。

"你有什么好借酒消愁的？"司慕冷漠问。

顾轻舟语塞。

她始终有点心虚。

不管是不是不得已，她今天都做错了，她不应该当着司慕的面，奋不顾身地想为司行霈去死。

她沉默着。

司慕却道："喝一杯如何？"

顾轻舟抬头看着他。

司慕道："我没吃饭。"

顾轻舟也没吃，她知道这是司慕的示好，可惜她毫无胃口。

"我叫用人准备。"顾轻舟摇铃。

厨房有下酒的小菜，用人们手脚麻利，很快就摆满了一桌。

顾轻舟和司慕各自倒酒。

一口气喝了两杯，酒意就上来了，顾轻舟心中更加空虚。

司慕问出了自己长久以来的疑问："你喜欢他什么？"

司行霈粗鲁野蛮、毫无风度，顾轻舟到底是因为什么而爱慕他？

司慕使劲盯着她，似乎想要她给个答案。

顾轻舟道："我跟我哥哥去跳舞，被他误会了，他骂我哥哥是小白脸，我打了他一巴掌，他没有还手。"

司慕微愣。

他想了想：自己能做到吗？

不知道，至今还没有女孩子敢打他耳光！

说能做到，其实很难的吧？

"……我在乡下生活多年，见惯了汉子打婆娘，有的往死里揍。他没有打我，我觉得他很好。后来，我被汽车甩出去，身上擦伤了，他给我上药，喂我吃饭。

"我的乳娘从来没喂过我，我很小就是自己吃饭。哪怕是眼馋其他人，乳娘也绝不容许。她想要我坚强，而不是骄纵。我第一次被人喂饭，就是司行霈了。"顾轻舟道。

这些往事，很清晰地印在她的心里。

她不承认自己从那时候就爱司行霈，可记忆不会欺骗她。

她记得和司行霈的点点滴滴。

　　她很努力守住自己的心，不让自己沉沦，不让自己沦为他的玩物。

　　顾轻舟在坚持，也在掠夺。

　　司行霈侵占她，她也在侵占司行霈，她把那个花花公子给收服了。

　　她一步步地坚持，最终得到了司行霈。他为了她，不惜杀人，不惜放弃自己的理想。

　　想到这里，顾轻舟的眼泪一下子就涌了出来。

　　爱情重要，还是亲情重要？

　　"我爱他！"顾轻舟哭着道，"我很没用，我就是爱他！他为什么要自己动手，他可以找人……"

　　她已经是醉得不成样子了。

　　司慕看着她，听到她说出这样的话，惊愕到了极致。

　　她甚至能接受司行霈派人去杀了她的亲人？

　　她为了爱情堕落到了如此境地？

　　"你清醒一点！"司慕厉声道。

　　他的声音，让顾轻舟回过神来。

　　她脸色微白，也知道自己陷入了一种梦魇里，完全失去了本心。

　　她变成了一个不知感恩的不孝子。

　　顾轻舟擦了眼泪，不再说什么。

　　司慕也喝了几口。

　　顾轻舟问他："你为什么喜欢我？"

　　司慕沉沉叹了口气。

　　"……你们家接我回城，就是为了退亲。要不是督军喜欢我，让你母亲有所收敛，她早就害死我了。

　　"我一见面就出卖了你，随后的两年里，你一直对我敬而远之，现在又为什么突然喜欢我？"顾轻舟问。

　　司慕说不出话来。他不想承认自己的感情太单薄，可喜欢分很多种情况，有的人是慢慢积累，有的人是一见钟情。

　　而他司慕，似乎都不符合这两点。

　　他是在某个瞬间，心弦被顾轻舟拨动，很简单的心动之后，他发现自己得不到她，她一直拒绝他。

于是，在顾轻舟拒绝之下，这份感情一点点地酝酿发酵，慢慢变成了他的执念。

他爱顾轻舟吗？

司慕第一次正视这个问题。

顾轻舟和司慕各自喝了一瓶威士忌。

两个人醉得东倒西歪。

用人把顾轻舟搀扶到了司慕的房间休息。

顾轻舟醒过来的时候，发现自己睡在司慕房间的地毯上，身上只盖着薄被；而司慕自己，则稳稳占据了他的大床。

顾轻舟坐了起来，发现自己浑身都疼。

宿醉之后头疼，睡地板姿势不对导致脖子也疼。

她手脚都有点发僵。

"司慕！"顾轻舟喊床上的人。

司慕没有理会，而是拉过被子蒙住了脑袋。

顾轻舟就起身，腿脚僵硬，她一拐一拐地上楼去了。

等她离开之后，司慕才慢慢睁开眼。

宿醉很难受，司慕既想吐又头疼。他五点多的时候醒了，发现自己和顾轻舟睡在同一张床上，顾轻舟甚至缩在他的怀里，像只温顺的猫。他身上有雪茄的味道，是和司行需一样的味道，让顾轻舟贪恋。

晨曦熹微，顾轻舟的长发落在司慕的胳膊上，凉软顺滑。

司慕沉吟片刻，做出了决定。他不想弄得自己和顾轻舟都狼狈，于是把顾轻舟抱到了地上，又给她盖了被子。

顾轻舟醒来以后回到了自己的房间，倒了一杯水慢慢喝。

头疼欲裂中，她想起司行需昨天已经回平城了吧？

从平城到岳城，至少有八个多小时的车程，算是很远的。当然，如果铁路通了，交通会方便很多。

"修建铁路不是为了经济，而是为了运兵。"顾轻舟想，"一旦有事，司行需就能通过铁路，很快地把军队运到岳城甚至南京。"

顾轻舟又想："阿爸同意，说明他也想司行需成为他的后盾。"

司行霈和司督军再闹腾，感情都斩不断，因为他们不仅是父子，更是盟友。有了司行霈的扶持，司督军后方会更稳固；有了司督军的支持，司行霈的阻力也会小很多。

顾轻舟心中胡乱想着这些，头疼得更厉害。

过了些时日，她午睡刚醒，楼下就有电话找她。

顾轻舟下楼，接了电话。

电话里是司行霈含笑的声音："轻舟，到圣母路的银行门口来。"

那是顾公馆附近，他们过去时常约会的地方。

顾轻舟沉默很久。

她知道司行霈的，跟他作对实在没有好果子吃。

她让自家司机送她去咖啡店，再从咖啡店的后门出来，乘坐黄包车去圣母路。

一路辗转，顾轻舟的心情糟糕到了极致。

"我行得端正，为什么会走到这一步？"顾轻舟坐在颠簸的黄包车里，反问自己。

他从各个方面碾压顾轻舟，顾轻舟在他手下，只有艰难求生，所有的智慧全部打了水漂。

因为司行霈，也只是因为司行霈！

命运跟顾轻舟开了个极其残酷的玩笑。她微微合眼，心中一片荒凉。

到了圣母路的银行门口，顾轻舟看到远处的小胡同口，站着一个穿咖啡色衬衫的男人，是司行霈的副官邓高。

邓高远远地就看到了顾轻舟，冲她咧嘴笑。

顾轻舟就走了过去。

胡同旁边，停着一辆黑漆奥斯汀汽车。

汽车的副驾驶座椅子向后仰，司行霈把脚搭在汽车的前窗上，正在合眼打盹。他肤色很深，仍是看得出眼底的阴影。

像是好些日子没有睡觉了。

"师座！"邓高低声喊了句。

司行霈这才慢腾腾睁开眼。

瞧见了顾轻舟站在旁边，他微笑起来，人也懒得动，指了指车门："上车。"

顾轻舟既然来了，也就没打算矫情什么，自觉上了汽车的后座。

邓高上了驾驶座。

司行霈利落从前面翻过来，坐到了顾轻舟身边。

车子一路出城。

"又瘦了。"司行霈捏住她的手腕，似白玉般皓腕，纤瘦得一下子就能折断般。

顾轻舟抽回手："没有。"

"多吃点饭。怎么不长肉呢?"司行霈道。

顾轻舟冷漠："你若是不打扰我，也许我能长几斤肉!"

"那也是痴长的肉，不是幸福的肉。"司行霈毫不要脸，"我不找你，你过得行尸走肉一样，有什么意思?"

顾轻舟心中一涩。

她只觉得他可恨，偏偏这些讨厌的话，全中了。

顾轻舟深吸一口气。

"说吧，又要干吗?"顾轻舟转移话题，"你就别绕圈子了，我知道你没安好心。"

前头开车的邓高，嘿嘿笑了。

司行霈蹙眉，踢了椅子一脚："笑什么!"

"不是，师座，我觉得顾小姐最了解您了。"邓高道。

邓高也觉得司行霈不怀好意。

司行霈反而很高兴，再也不顾忌什么，把顾轻舟抱到了怀里。

"能不了解嘛，我养大的女人!"司行霈笑道。

顾轻舟心中一惊。

她遇到他那年，她刚满十六岁，稚气未脱。

她在他身边长大，她崇拜他，下意识模仿他，终于身上打上了他的烙印，所有人都觉得她像他。

车子出了城，到了一处很熟悉的地方。

这是一家跑马场，司行霈的地盘，他曾经带顾轻舟来这里骑马、射击。

车子到了门口，邓高就停下了车，高兴得合不拢嘴："师座，那我也去骑马了啊。"

司行霈道："去吧。"

邓高就高高兴兴地一溜烟跑了。总感觉他也有点孩子气，虽然是傻大个子。

顾轻舟看着邓高跑远，还没有收回视线时，已经被司行霈按在了座椅上。

顾轻舟以为他又要耍流氓，他却只是靠着她。

"轻舟，我好累，三天三夜没合眼了。"司行霈低喃，"我睡一会儿，你别跑了，知道吗？"

顾轻舟微愣。

司行霈的头慢慢下滑，枕到了她的腿上，他的腿蜷起，几乎顶到了奥斯汀汽车的车顶。

这种姿势很不舒服，他却真的进入了梦乡。

顾轻舟听到了他均匀的呼吸，一阵错愕。

顾轻舟没有动。

五月的阳光是温暖的，光束落在他们身上。

司行霈睡得安稳，半个小时后才醒过来。

他坐正了身子，推开车门下车。

顾轻舟也走了下来。

司行霈点燃了雪茄，用力吸了两口，人才彻底清醒。

顾轻舟问："怎么了？"

"剿匪。"司行霈轻吐云雾，"平城的土匪胆子太肥了，只当我是李文柱，派人跟我和谈，说若是我不答应，就破坏我的铁路。

"我带着人，在山里游荡了三天三夜，把他们老巢给端了。若是他不犯我，我倒不想浪费那些子弹和兵力；可他们蹬鼻子上脸，我岂能容下他们？"

他笑了笑，又道："一直都只有我司行霈去威胁别人的，我何曾被别人威胁过？"

笑得一脸狡诈。

顾轻舟心想：恶魔！

不过，匪患是历来军政府头疼的，司行霈这也算为当地百姓做了一件好事。

"你来找我，就是炫耀威风来了？"顾轻舟问。

司行霈笑道："当然不是，我找你还有更重要的事。"

"什么事？"顾轻舟问。

司行霈剿匪之后，土匪的二当家很机灵，溜下了山，抢了司行霈一辆汽车，把副官打得头破血流。结果，那二当家不会开车，车子直接撞到了树上，他自己当场死亡。

司行霈的兵都觉得好笑，只有司行霈陷入了沉默。

他想："轻舟从来不肯服软，若是她下次也撞到树上……"

司行霈一刻也不能耽误了。

把善后的事交给手下的人，司行霈带着几名随从，急匆匆赶到了岳城，还开了一辆新车过来。

他想教顾轻舟开车。

无论如何，一定要教会她。

哪怕是跑，也要让她安全地跑。跑了可以找回来，死了就灰飞烟灭了。

这话，司行霈自然不好告诉顾轻舟的，要不然顾轻舟还以为他盼着她跑。

顾轻舟问他来做什么，他直言不讳道："这辆汽车，我打算送给你。"

"我要汽车干吗？"顾轻舟道，"再说了，军政府多的是。"

司行霈表情肃然："军政府是军政府的，这是我给你的，就是你个人的。顾轻舟，你一定要给我学会开车！"

顾轻舟蹙眉。

她也想起了上次的逃跑。

眯起眼睛，顾轻舟斜睨着他，不知他到底搞什么鬼。

"你怎么了？"顾轻舟问。

司行霈叹了口气。他踩灭了雪茄蒂，一把将顾轻舟抱起来，放到了驾驶座上。

他自己绕到了副驾驶座上。

"学车其实很简单的。"司行霈手把手教她。

一边教，一边把土匪偷车身亡的事，告诉了顾轻舟。

他说："学会了开车，不管什么时候跑起来都多一分活命的机会。"

顾轻舟心中倏然发暖。她紧紧握住了方向盘，手捏得有点紧，才没有失控扑到他怀里。

"轻舟，你们的命太脆弱了，要好好珍惜。"司行霈道。

顾轻舟回神，听着奇怪："你的命不脆弱吗？"

"不，我一般死不了。"司行霈道。

顾轻舟翻了个白眼。

她翻白眼的时候，司行霈就捏她的脸："别不服气，那时候你叫人打了我一枪，就打在胸口，我都没死。要看看伤口吗？"

说着，他就想脱衣。

顾轻舟的呼吸凝住。她知道那是他应得的，可他这样的口吻，愣是让她感觉自己错了一样。

顾轻舟猛然踩住了刹车。

她想要下车："我不学了！"

身子已经被敏捷的司行霈给抱住，留在了驾驶座上。

司行霈笑："好好，我不惹你了，好好学！你不想看，没关系，我知道你忌讳什么。"

顾轻舟被按在驾驶座上，动弹不得。

她沉默着，微微合眼，把所有的情绪都敛去，才睁开了眼睛。

"我不想看，你的生死跟我没关系。"顾轻舟道，"若是我在场，我会亲手打你那一枪！"

她的话音刚落，下颌就被司行霈用力箍住。

他狠狠吻住了她的唇。

良久之后才松开，他的情绪很坏。

"小东西，不许你再发狠！"司行霈言语失去了温柔，"在我

1121

面前发狠，你掂量掂量自己的斤两！再敢故意说话刺我，我现在就剥了你的衣裳！"

他也会难过。他知道实情，却不想听她说。

司行霈可以接受顾轻舟的每件事、每句话，独独不能听她说她不爱他！

况且，她根本下不了手，非要逞强！

"你……"顾轻舟的眉眼也凛冽。

她这般冷冽，更刺激了司行霈，司行霈又按倒了她。

三番四次之后，顾轻舟终于低垂了眼帘，不说话了。

司行霈松了口气，轻轻地摸她的头发："这才乖。"

又是吻，又是哄，一下午就过去了。

黄昏的时候，顾轻舟学会了开车、停车、打弯、上坡下坡、急刹等。有了这些，她就能驾驭汽车了。

司行霈很满意。

"……可别真的开车跑了。"司行霈低声，将她抱在怀里，"轻舟，你什么时候能温顺些？"

"这世上温顺的女人很多。"顾轻舟冷漠。

"可我就想要你。"司行霈道。

"那是你犯贱。"顾轻舟道。

司行霈气得又捏住了她的脸："顾轻舟，我早晚要收拾你的！"

他特意把"收拾"两个字咬得极重。

顾轻舟转过脸，不想说话。

这种气氛，她居然觉得很好，她堕落至斯！

应该说，她也不是今天才这样的。自从被司行霈缠上，她就一直过这样的日子。最可怕的是，她后来接受了。

"我要回去了。"顾轻舟道，"副官还在咖啡店门口等我。"

"放心吧，唐平懂得轻重，他不敢乱说。"司行霈道。

司行霈知道，跟着顾轻舟的是副官唐平。

怕顾轻舟再次换掉唐平，司行霈就没有伸手去拉拢，唐平算是顾轻舟自己的亲信。

"汽车开回去吧。"司行霈道，"敢不敢开？"

顾轻舟颔首："多谢你。"

她果然开了回去。

司行霈坐在副驾驶座位上，任由顾轻舟开着回城。

他送她到城里，才会离开。

千里迢迢八个小时疾奔而来，居然只有四个多小时的相聚。

司行霈安静地站在那里。他站的地方背光，整个人藏在阴影里。

顾轻舟回眸时，感觉司行霈是伤感的，甚至失落的。

司行霈从前飞扬跋扈，随心所欲。他强取豪夺顾轻舟，顾轻舟也在侵占他、收服他，让他一心一意念着她，却又丢开了他。

于是，他很寂寞。他看着顾轻舟回去，做司慕的妻子，做司公馆的少夫人，而他孑然一身。

顾轻舟的眼泪，再也忍不住夺眶而出。

她转身疾步上了车。

第三十四章

互不相欠

回到新宅时，顾轻舟的眼睛还是红的。

情绪作不了假，骗不了人。

她进门之后，却看到司慕立在大门口。

"你去了哪里？"司慕脸色铁青。

顾轻舟收敛了情绪，道："出去了一趟。"

说罢，她绕过他想要上楼，司慕却没有松开手。

他用力："你过来！"

他把顾轻舟拉到了自己的书房里，关上了房门，司慕才道："说啊，你今天去见了谁？"

顾轻舟看着他神色不对。

"……司行需回来了。"顾轻舟决定实话实说。

她话音刚落，左边脸颊就重重挨了一记耳光。顾轻舟被打蒙了，半晌都没有动。

司慕却扑了过来，一把将她推倒在地，顾轻舟只感觉浑身都疼，无法动弹，又听到了衣服被撕裂的声音。

司慕的唇凑上来，吻住了她的唇时，她才清醒了几分，强迫自己从疼痛中回神。

顾轻舟用力，想要击中司慕的脖子，却见司慕快速解下了皮带，将她的双手绑起，捆在头顶。

"司慕，你要这样做？"顾轻舟口齿不清，"你确定吗？"

司慕根本不理会她，他似发疯的兽，眼睛已经是通红。他用皮带绑住顾轻舟的手腕，顾轻舟越挣扎越紧。

顾轻舟咆哮，她心底升起了恐惧："司慕，你瞧得起这样的自己吗？"

司慕坐在她身上，脱了衬衫，露出精壮的胸膛，将衬衫堵住了她的嘴巴。

顾轻舟坐起来，又被司慕推下去。

"你以为你很强吗？"司慕冷眼看着她，"不，只是我让着你而已！你不知道轻重，只因你没经历过。顾轻舟，做了我的妻子，你休想全身而退！"

顾轻舟看着司慕。

司慕在她的注视之下，开始脱裤子。

顾轻舟拼命地挣扎，用被绑起来的手去捶他，却又很轻易地被他按住。

她不停往上拱。

挣扎间，她的手碰到了椅子。

不知哪里来的力气，顾轻舟那么纤弱且被捆绑在一起的双手，居然一下子把椅子给拉了过来。

椅子全砸在她自己的身上、头上，同时也砸到了司慕。

顾轻舟在求生。

她早已疼得头晕眼花，砸中之后，司慕有短暂的松懈，她就从他的身下钻了出来。

她的上衣被撕破，只剩下裙子。

顾轻舟爬起来，司慕也站起来了。

她离门更远，离桌子更近。

桌子上有一把手枪。

顾轻舟当机立断，扑向了桌子。

就在顾轻舟握住手枪的瞬间，司慕从地毯底下也掏出一把。

他的手更快，利落地放了一枪。

顾轻舟身不由己地往后倒。

她很想让自己清醒，很想在这个瞬间告诉司行霈：不管他怎么对她，她还是爱他的。

"我中枪了。"她心中无比地清楚，"中在哪里的？"

她不知道。

她只记得，在她和司慕较量的时候，司慕手更快，枪法更准，击中了她。

"不想死。"她喃喃，睁大了眼睛，却好似什么都看不见。

她想司行霈了。

"你怎么不能温顺些？"司行霈常这样问。

顾轻舟想："也许，是你对我太好了，从来没有真正让我吃过亏。没吃过亏，才会天不怕地不怕，才会那么要强。"

思绪一点点滑过，顾轻舟和司行霈的过往，也全部飘荡在眼前。

她很后悔。

后悔在师父和乳娘去世的时候，没有委曲求全，留在他身边，没有相信他。

可是有什么用，她要死了！

"轻舟，轻舟！"耳边传来凄厉的声音。

是司慕吗？

他在做什么，是在猫哭耗子吗？

"来人！去备车，快去！"顾轻舟还听到了这样的声音。

后来，她彻底陷入黑暗中。

她似乎走在一处高温的沙漠，触目是无边无垠的黄沙。她口干舌燥，脚下虚浮。

她不知道要走多久，也不知道要走向哪里，甚至不知道为什么走。

"……高烧，退不下去。"

"再打退烧针！"

顾轻舟听到了人声。

她回过头时，又什么也看不见。

四周全部寂静下来。

她口干舌燥，感觉又热。头顶的日头一直照着她。

顾轻舟想要喊司行霈。

她很痛苦，只有司行霈能带着她脱离苦海。

她坐下来，再也不想走了，却到处都烫。

后来，她再也没听到谈话。

所有的声音都不见了。

"我是不是死了，下了十八层地狱？"顾轻舟想。

她生前有行善，也有为恶，功过相抵，为什么她要下十八层地狱？

"不，我不会被困在这里的。"顾轻舟想，"我还没有找到司行霈。"

她爬起来继续走。

双足似乎磨破，她仍是在前行。

她的世界里，只有她自己。她在走动，她在求生。

不知过了多久，她终于感受到了一点清凉。

"退烧了。"她又听到了声音，是男人的声音。

"快去告诉少帅。"

这些声音，又渐行渐远。

顾轻舟一直糊里糊涂的，她在走，不知该走到哪里去。

她似乎走到一个雨夜。

她看到了司行霈。

有家铺子帘幕半垂，司行霈坐在屋檐下，神色落寞而凄凉。那是冬天，薄雨似愁丝萦绕。

司行霈还是很年轻的模样，约莫十四五岁。他身后铺子里的红豆糕，散发阵阵热气。

顾轻舟想要走近他，却听到了乳娘的声音。

"轻舟，快过来。"乳娘温柔喊她。

站在乳娘身边，还有几位男女。

顾轻舟扬起脸。

其中有位女士，半蹲下身子，轻轻地抚摸着顾轻舟的脸。

然后，女士问顾轻舟的乳娘："你能带好她吧？"

"主子放心。"

"那我们走了。"女士道，"你们藏好了，我们迟早要回家的，到时候我来接你们。"

乳娘道是。

"轻舟，再见。"女人冲顾轻舟摆摆手。

顾轻舟不懂什么，却想回头去看司行霈。

结果，司行霈不见了，眼前的人也不见了。

她又变成了一个人，孤零零地立在雨夜里，只有身后铺子泛出阵阵白雾，混合着红豆的清香。

军医院里已然一团糟。

少夫人脸上一个大巴掌印子，腹部中枪。

胡院长做的第一件事，就是吩咐军医院最好的外科军医进手术室，同时吩咐所有人："立马封锁消息，谁敢泄露半个字，就地枪毙！"

胡院长很少这样发怒的。

"是！"众人立马道。

司慕呆呆地坐在长椅上。

胡军医喊了他两遍，他都没有听到，他呆若木鸡，只是反问："她会不会有事？"

"我们在尽力，少帅。"胡军医道。

见他这样，胡军医知晓他靠不住，立马给颜新侬打了个电话。

颜新侬正好在军政府。

闻言，颜新侬立马清楚胡军医的意思，于是赶紧带着人去了趟顾轻舟和司慕的新宅，把所有人全部扣住。

处理好了之后，颜新侬这才赶去了军医院。

"真是冤孽。"颜新侬心急如焚。

顾轻舟和司慕的新宅里，那么多副官和用人，肯定有司行霈的眼线。

出事的时候，正院只有几个亲信副官，其他人还不知道是怎么回事。

一旦传开，传到了司行霈耳朵里，依着司行霈的个性，他只怕要把司慕千刀万剐。

司慕自然也不会束手就擒。

两个打起来的话，伤及无辜百姓，岳城要动乱，顾轻舟也要背负骂名。

颜新侬最担心的，是司行需知道了此事闹腾了之后，顾轻舟如何自处。

他只担心顾轻舟和岳城。

当初可是司行需死死纠缠顾轻舟的，这点颜新侬最清楚不过了。

"处理好了，少夫人如何？"颜新侬到了医院，就问胡军医。

胡军医算是司行需的亲信，前年顾轻舟受伤，他还去过司行需的别馆救治。要不然，胡军医也不会打电话给颜新侬了。

"还在手术。"胡军医声音很低，"可能打中了脾。"

颜新侬一瞬间手脚冰凉。

就在这个时候，开车的副官唐平，突然走上前对颜新侬和胡军医道："少夫人认识一位从英国回来的外科医生，也许可以去请了他来。"

胡军医一愣。

颜新侬也看着唐平。

唐平见状，低下了头。

"我去请。"颜新侬道，"唐副官，你可知道地方？"

唐平道："知道，就在平安东街，叫宋氏诊所。"

颜新侬颔首。

他立马去了。

宋一恒今天休息，手术都做完了，没有新的病人住入，他准备进行手术设备的清点。

不承想，颜新侬进来了。

"宋医生，请您跟我走一趟。"颜新侬直接道。

颜新侬上了年纪，看上去颇有威严，而且带着数名副官。

宋医生蒙了，不知什么情况。

颜新侬就上前，小声说了几句话。

宋医生立马变了脸："好好，我这就去。"

他回屋拿起了自己的行医箱，又放了一些他常用的手术器械进去，这才跟着颜新侬走了。

"如何？"他问颜新侬。

1132

"听说很危急。"颜新依道，"子弹有可能伤及了脾。"

宋医生的心，猛然沉了。

他没问顾轻舟是如何受伤的。

宋医生猜测，大概是军政府的少夫人遇到了刺杀吧。

到了医院，胡院长亲自接待了宋医生。

宋医生进了手术室。

他知道军医们处理外伤也很娴熟，就站在旁边。

后来，发现子弹的位置，可能会引发大出血，军医们踌躇了起来。

"我来吧，不能耽误。"宋医生道，"这点枪伤我也处理过好几回。"

众人看着他。

胡院长却道："让宋医生接手吧。"

经过宋一恒六个小时的手术，很顺利地取出了顾轻舟体内的子弹。

万幸的是，没有真正伤及脾脏。

顾轻舟却陷入昏迷。

她手术之后一直高烧不退，情况很危急。

宋一恒和军医们不眠不休。

司慕也坐在旁边。

消息封锁得很牢，除了军医之外，几乎没人知道顾轻舟中枪。

颜新依和司慕两个人蹲在军医院，军中其实也有流言蜚语："是谁受伤了？"

"是不是少夫人？"

"不可能吧，少夫人怎么会受伤？不会是督军吧。"

"督军在南京。"

总之，各有猜测，却没人敢来问。

四十八小时之后，顾轻舟的情况才算稳定。

宋一恒很肯定道："度过了最危险的情况，接下来就靠天意了。"

颜新依要送他回去。

宋一恒摇摇头："少夫人是我的病人，我要等她彻底醒过来，这是医生的职责。"

颜新依看了眼宋一恒。

司慕一直没说话。

颜新侬也没理会他，只顾跟医生们说起顾轻舟的情况。

"看看今晚能否苏醒。"胡军医道。

司慕的脸色苍白，这两天他都没有吃饭，只是喝过两次水。

颜新侬还是没跟他说什么。

实在不知该说什么。顾轻舟没醒，说什么都毫无意义。

顾轻舟是这天黄昏睁开眼睛的。

她看到了床边站着一个人。

其实，她这两天做了很多的梦。

梦里她走过很多的地方，路过很多的崎岖。

可是她没有看到司行霈。

她知道，他一定在找她，于是顾轻舟拖着疲倦的身子，强烈的求生欲让她不停地前行。

她没有停下脚步，她累到了极致，却还是坚持在走。

她从黑暗中走到了阳光下，她看到了他。

他身上有雪茄的清冽。

她猛然伸出手。

对方一愣，紧紧握住了她的手。

顾轻舟终于安心了，她可以睡个踏实觉了。

于是，军医们都看到，少夫人醒过来短暂数秒，拉住了少帅的手，重新陷入昏迷。

"这是很好的情况！"宋一恒道，"她能醒过来一次，体内也没有水肿，再次醒过来是迟早的。"

这话一说，悬在众人头顶的剑落地了，他们全部松了口气。

"颜总参谋，您也去休息休息，吃点东西吧。"胡军医劝颜新侬。

宋一恒才放心地回了自己的诊所。

颜新侬看着紧握住手的顾轻舟和司慕，没有再说什么，转身出去了。

顾轻舟这一睡，直到凌晨才醒了过来。

这次苏醒的顾轻舟，眼前逐渐清晰。

她看到了司慕。

司慕一动不动地坐着，不知想什么。

"司慕……"顾轻舟开口，声音低沉而沙哑。

司慕大惊，回过神来，喊道："快，来人！"

他的声音比顾轻舟的声音还要嘶哑。一开腔，嗓子里火辣辣地疼。

司慕这三天，几乎是不吃不喝不睡，眼睁睁等着。

顾轻舟在鬼门关走了一遭，司慕也似乎在地狱里走了个来回。

军医立马进来了。

司慕却走了出去。

他的脚步有点虚浮，不知是累的还是饿的。

"少夫人，能听到我说话吗？"军医问。

顾轻舟点点头。

她的意识没那么清醒。

"轻舟，能认识我吗？"有人问。

顾轻舟仔细去看，半晌才把眼前的人脸和记忆中的人重叠起来，叫了声："义父。"

颜新依高兴极了："轻舟，是我，你别害怕。"

然后问军医："这种情况，算是怎样的？"

"算是非常好的！"军医也高兴，"少夫人基本上没有大危险了。"

颜新依重重点头："好！好！"

他眼睛有点涩。

顾轻舟却问他："义父，司慕呢？"

她想要问很多，可声音很沉，嗓子里也难受，气息没那么稳。

颜新依道："他在外面。"

说罢，看了眼军医。

军医去把司慕叫进来。

司慕走到了顾轻舟床边。

顾轻舟握住了他的手。她有很多的话想告诉司慕，可她没那么多力气。

她只是拉住他的手。

"别告诉他。"她对司慕和颜新侬道，"别说，别说！"

司慕和颜新侬都明白。

顾轻舟害怕司行需知道。

一旦司行需知道了，他会杀回岳城，必然也要杀死司慕。

顾轻舟不想要这样的结果。

"嗯。"司慕点头。

颜新侬也道："没有人告诉他，轻舟你放心吧。"

顾轻舟又看了眼司慕："我有话说。"

司慕道："慢慢说。"

颜新侬就退了出去。

顾轻舟很疲倦，又合上了眼睛。这次她无梦，睡到了翌日上午。

再次醒过来的时候，顾轻舟的思维就很清晰了，说话也很利索。

司慕趴在她床边睡着了。

颜新侬坐在旁边的椅子上，也是托腮打盹。

所有人都累了。

屋子里还有两名军医，他们发现顾轻舟睁开了眼睛，就上前道："少夫人。"

司慕和颜新侬被惊醒。

"……我没事。"顾轻舟说话流畅了些，可还是没什么力气，"就是很疼。"

军医们做了检查。

检查之后，他们才出去，颜新侬和司慕围在床边。

"义父，您先回去吧，别叫姆妈和洛水知道了，白跟着担心。"顾轻舟道，"反正我已经好了。"

颜新侬点点头。

他忍不住伸手，摸了一下顾轻舟的额头："好孩子，已经没事了。"

顾轻舟的眼眶发热。

颜新侬道："你已经没事了，军医院的确不方便，等你出院之后，我再告诉你姆妈。"

顾轻舟点头："这样最好了。"

说罢，她看了眼司慕，似乎还是有很多话想跟司慕说。

颜新侬会意："我先出去了。"

他走后，病房里就剩下顾轻舟和司慕二人，气氛一下子就凝重了起来。

"你不是有很多话要说吗？"司慕道，"你说吧。"

顾轻舟是有很多话要说的。

"司慕，我终于不再欠你什么了。"顾轻舟道。

司慕身子晃了一下。

"……我们从小由家长订下婚姻，我没有答应你什么，你却始终觉得我应该遵守承诺。"顾轻舟慢慢道。

司慕没有言语。

"你发现我和司行霈在一起，你觉得我背信弃义。我虽然嘴巴上不承认，心中始终有个疙瘩，面对你没有底气。"她又道。

这一点，顾轻舟也说不明白为什么。

她从骨子里受乳娘的影响，有点传统。哪怕不是她亲口承诺的婚姻，她始终也有负罪感。

这种负罪感一直跟着她。

她常跟司行霈说他们是奸夫淫妇，八成是故意刺激司行霈，二成是她真的这样认为。

"我治好了你的病，如今，我挨了你一巴掌和一枪。"顾轻舟说话气力不足。

她说得更加慢了，声音也轻："还我的背信弃义，够吗？"

司慕喉咙嘶哑："你没有背信弃义，我一直明白！我只是用这样的话来约束你，你从未背叛过我。"

他知道的，指腹为婚的婚约，是一场滑稽剧，她没有错。

她并不是亲口答应做司慕的未婚妻后，再去跟司行霈，而是她从未见过司慕，又和司夫人协商一定会退亲后，遇到了司行霈。

司慕心中非常清楚，她没有错。

只是，一旦她没错，司慕就没有把握得到她。

"你救了我，你治好了我的病，对我有恩。我枪击你，对你有愧。"司慕道，"你想要什么，都可以。"

他似乎知道她想要什么。

走到这一步，司慕对前路也看得一清二楚。

他什么都知道了。

"离婚吧。"顾轻舟道，"离婚协议由我来写。"

司慕沉默。

沉默了半晌，他抬头。

"好。"司慕道，声音却哑了。他看着虚弱的她，问："是现在写，还是等你出院了再写？"

"现在。"顾轻舟道。她一刻也等不得了。

经历过生死，顾轻舟似乎看明白了很多。

她再也不想陷入这样的婚姻里。

司慕还是点点头。

他出去要了纸和笔，拿到了顾轻舟床前。

司慕小心翼翼地把她的头部垫高了几分。

这么轻微的挪动，都让顾轻舟一阵阵钻心地疼。

"我说，你写。"顾轻舟道。

司慕颔首。

顾轻舟受了重伤，说话很慢，思路却清晰极了。

这说明，她早已想过要离婚的。

司慕一直安静，只是握笔的手有点发抖，字写得工整，却失去了平日里的美观，笔锋收得不好看。

顾轻舟这一说，就说了将近一个小时。

她很疲倦，还是坚持把自己想要说的，都告诉了司慕。

说完了之后，她让司慕签字："你用左手和右手一起签，签上你的名字。"

司慕点点头。

他重新看了眼条款。

看完了，心中一片冰凉。

"笔给我。"顾轻舟道。

司慕递给了她。

她就在协议书上，写了自己的名字。司慕从护士那边借来红泥，他和顾轻舟都按了手印。

"拿好，安心养病吧。"司慕将协议书叠放起来，然后又把自己的私章送给顾轻舟，这才转身离开。

秋意渐起。

一场薄雨之后，天气就凉了，盛夏的酷热不复存在。早起时，空气里有淡淡木樨清香。

后来，顾轻舟的伤养好了，搬到了外面一个新宅。

后来，司慕经常在驻地或者南京，很少出现在岳城。很久之后，司行需还是知道了。

他看到了她的伤疤，滚下了热泪："傻子！"

顾轻舟伸手，轻轻地摩挲着他的头脸："不要报复司慕。我不想再亏欠他的，我跟他彻底结束了。"

"好，彻底结束了。"司行需哽咽着答应了。

第三十五章

岳城之母

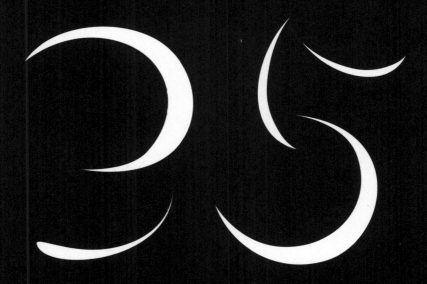

金秋九月，翠叶间逐渐有了金黄的点缀。小径两旁的水稻田，风吹过阵阵稻香，阡陌间触目辉煌。成熟的稻子，是最华贵的金裘，丰收时节的大地格外温柔。

顾轻舟在车上一直看风景。

她想起了从前。每年丰收时节，村子里的人都要给她师父送米送鱼，感谢大夫一年到头为他们治病。

师父也喜欢坐在田埂上，看着农田里劳作的人们。

顾轻舟想下田去玩，被乳娘阻止："到处都是泥，怪脏的，像个野丫头。"

那时候去不了，如今却再也没了那样的心境。

"少夫人，今年风调雨顺，稻子大丰收。"副官对顾轻舟道，"府库充盈，军粮不愁了。"

顾轻舟诧异地看了眼副官："你还关心这个？"

副官有点尴尬："当兵的自然在乎。万一遇到了灾年，我们不事生产，都吃不上饭，更别说军饷了。"

顾轻舟笑了笑。她记得义父说过，军政府的府库，前几年耗费比较大。

今年雨水极好，粮食大丰收，应该能充足府库，支撑个两三年。

"保一方太平，粮食是最重要的。"顾轻舟感叹。

副官接话："少夫人说得是。"

想到这里，顾轻舟倏然想起什么来：粮食……

最近她不断得到情报：岳城有异动，日本人也多了。

她神色变了，对副官道："去驻地。"

开车的副官惊讶地问："现在吗？"

顾轻舟急切道："现在！赶紧的。"

顾轻舟去找了颜新侬。

颜新侬正在布置新的防卫图。

她把自己的担忧，告诉了颜新侬。

"轻舟，你有什么证据吗？"颜新侬深感棘手。

"没有，这是我的预感。"顾轻舟道。

"轻舟，你知道没有服众的证据，我没办法下命令啊。"颜新侬道。

她沉吟再三，道："义父，我来伪造一份证据。"

"不，证据是要入档案的。你这伪造军情的罪过，足以枪毙了。"

颜新侬知晓顾轻舟敏锐，可这次她没有任何证据，颜新侬也很为难。

"我就说，接到了一封密报：城里有人把军政府诬陷成反革命政府，正在暗中组织学生和工人与军政府作对，我要查出主谋。"顾轻舟道，"这个理由，可以调动三百精锐部队吗？"

颜新侬道："维持稳定，一直都是军政府的职责，这个理由的确可以。"

顾轻舟领首，她立马回去准备了。

顾轻舟写好了一份分发给农户的防范火灾通知书，然后她亲自去了颜洛水的家。

谢舜民很有生意头脑，创办了江南最大的印刷厂和书局。

"洛水，这个帮我印三千份。"顾轻舟道。

颜洛水看了眼这份通知书，满腹疑惑："那行，我叫舜民的工厂连夜开工。"

"要保密。"顾轻舟道。

颜洛水领首："你放心。"

谢舜民换了衣裳下楼，把这个通知书接过去看了。

他道："我现在就送去印刷厂。"

等他走后，颜洛水问顾轻舟："这到底是怎么回事？"

颜洛水也察觉到了异样。

顾轻舟笑道："目前最大的事，就是你安心养胎。洛水，你是想生女儿，还是想生儿子？"

"当然是儿子啊！"颜洛水道，"若是儿子，他们父子俩疼我；若是女儿，舜民疼我们两个人，多亏啊……"

居然跟自己的孩子争风吃醋。顾轻舟笑得肚子疼。

两个人说起了孩子，洛水就暂时忘了追问顾轻舟到底怎么了，顾轻舟也松了口气。

颜洛水相信谢舜民，依靠谢舜民。冰雪聪明的颜洛水，收起了她所有的戒心，做个温顺的小绵羊。

顾轻舟看着颜洛水，就觉得她很幸福，自己她始终做不到像她这样，又有点触景伤怀。

看着她有点乏了，一连打了好几个哈欠，顾轻舟起身告辞，回到了府上。

她一回来，副官就告诉她："少夫人，您要的证据，已经搜集完毕了。"

她派副官去搜集学生活动的证据，果然很快就有了成果，包括一封货真价实的举报信。

学生天真，做事留下太多的痕迹，真要抓把柄的时候，一抓一大把。

为了岳城的稳定，这些证据足以放入档案，申请到军队的调令。

同时，谢舜民也把通知单印好了，叫人送给了顾轻舟。

"一切都准备妥当了，就等背后主谋搭台唱戏了。"顾轻舟慢慢地喝了口茶。

岳城市长魏林，最近这些日子寝食难安。

日本人三番四次威逼利诱，要他一同合作。而这些日本人受蔡长亭的指使，绑架魏清寒后将他撕票，并且栽赃到顾轻舟身上。

他有很多的孩子，最寄予厚望的是长子魏清寒。

魏清寒的死，让他特别记恨顾轻舟，以及总是坏他好事的军政府，他必须报仇。

幕僚赵璎就给魏林出了个主意："想要对付顾轻舟，对付军政府，眼下就是个极好的机会啊。"

接着赵璎就把自己的计划，全盘告诉了魏林。

魏林的眼睛骤然发亮，纷乱的心绪也平静了下来。

"这个主意好，可以让顾轻舟死无葬身之地，让军政府元气大伤。"魏林道。

到时候魏林获得了日本人的支持，而军政府自身难保，他将成为岳城真正的主人。

赵璎沉吟了下："只是，市长，这么做万一失败了……"

"我们现在就不痛快了，还管以后？不必多想。"魏林摆摆手。

赵璎点头："天时地利人和，此事必成。"

他深吸了两口气，他不该遭受这般厄运的。老来丧子，这痛苦也该让别人尝尝了。

魏林的计划在暗中实施了大半个月后，对赵璎道："咱们的人，都准备好了吗？今晚就动手。"

"是！"赵璎道。

到了晚上六点半，一共有十辆货车往四个不同的方向出城，车上载满了人和火油。

魏林坐立不安。

这件事的后果，远远比魏林想象中更可怕，他这会儿也生出了几分怯意。

赵璎却安慰他："市长，若不这样做，您永远没机会和军政府抗衡啊。"

魏林的心，一下子就硬了。他知道自己很残忍，也知道自己的行为实在叫人不齿，也许会留下千古骂名，甚至害死成千上万的人。

赵璎接着说："您根本没有罪孽，这是天灾！"

魏林的心彻底黑了。

到了晚上十点，魏林道："这会儿，咱们的人应该就位了。"

"是，就算今晚没有消息，明天一大清早肯定会有。您可要去睡一会儿？"赵璎问。

魏林摇摇头。

一转眼就到了凌晨。

魏公馆早派了人分别去警备厅、军政府等地打探消息。

魏林道："有人回来报信了吗？"

赵璎道："暂时还没有。市长，说明这事成功了，那些人忙着救火呢，哪有空来报信？"

魏林一想，这倒也对。正常情况下，火一起，肯定要先灭火，而不是来军政府报信。乡下连个拍电报的地方都没有，何况是电话？

赵璎道："您放宽心吧，今晚一定能成事。"

"我也觉得能成事。"魏林不知是告诉幕僚，还是告诉自己。

他一直睡不着。夜越来越深，敲钟的声音越来越长。

就在头一天下午，顾轻舟给司督军打了电话。

"阿爸，我这几天借口查学生运动，查到了市长魏林在大量囤积火油，招募人手。"

司督军错愕："他想烧什么？"

"我把此事告诉了义父，义父和诸位将领研究了下，他们一致猜测，魏林可能想烧掉稻田。"

"稻田？"司督军听到这句话，声音都变了。

他又惊又怒。

稻田已经到了收获的时节，若是起了连绵大火，那么今年、明年，整个华东都要面临极大的灾荒。而军政府的府库，这几年并不是那么充足，司督军还等着这一季的粮食。

一旦大火将粮食全部烧了，没了粮食，百姓会暴动，军中会哗变，后果不堪设想。

"我马上回去！"司督军赶到了岳城驻地，跟颜新侬、顾轻舟以及众将领会合。

　　夜已经深了，顾轻舟派人在驻地附近抓到了魏林的探子，她知道了更详细的消息，也切断了魏林的消息渠道。

　　"阿爸，您不要着急。我已经派了三百精锐，到处给农民分发通知书，让他们这几天连夜看守自己的农田。农民一听自家的粮食要遭殃，比我们预想中更加配合。我们现在只需要守株待兔，绝不会酿成灾祸。"顾轻舟道。

　　司督军的气息不稳："他什么时候动手？"

　　"他派出的探子说，就是今晚。"

　　颜新侬和诸位将领，都不说话了。

　　这件事，是顾轻舟主导的，他们没出什么力。

　　司督军脸上有严霜："好，我等着。如果是真的，老子要亲手毙了魏林！"

　　果然，凌晨开始，陆陆续续有士兵回到了驻地，他们抓到了魏林派出去的数十人，还抬回了近百桶火油。

　　"督军，这些人趁天黑往水田里倒火油。这种火油，遇水就四处散开，还能烧起来。"

　　司督军看到了人，又看到了火油，确认顾轻舟的消息属实。

　　司督军脸色铁青："他这是要数十万百姓的命啊！"

　　看到这些，司督军牙齿咬得咯咯作响。

　　军政府的人手本来不够，但是顾轻舟发动了农民自发保护稻田，就能确保万无一失了，毕竟那些农民最在乎自己的庄稼。

　　司督军拍了拍顾轻舟的肩膀，眼泪差点就下来了："轻舟啊，若不是你警惕，现在……"

　　"阿爸，现在不是什么事也没有吗？"顾轻舟笑着道，"这都是因为阿爸管理有方，我只不过是出了点小力气。"

　　众将领对顾轻舟肃然起敬。

　　"阿爸，我派人去抓魏林吧，他一定很想看到我。"顾轻舟对司督军道。

　　司督军点点头："好，你去。"

他的手放在那些油桶上，有种劫后余生之感。

晨曦熹微，魏林府上的用人，急匆匆地跑进来禀事。

终于有消息了。

魏林一夜未睡，有点头晕，步伐也踉跄，而他却顾不得了。

然而，他看到的却不是意料之中的场景。

顾轻舟娉婷而行，走到了魏林面前。

她黑发素衣，面容精致如细瓷娃娃，那么干净漂亮。

魏林的心，咯噔了下。

顾轻舟身后，还有一队士兵。

魏林不由得后退了半步，全身发凉。

"少夫人，一大清早的，这是做什么？"魏林努力让自己平静下来，心存一分侥幸。

顾轻舟却绷着面孔，表情肃杀："魏林，你派人携带火油，预谋烧掉稻田，罪恶昭彰！"

魏林最后一丝残存的侥幸，彻底破灭。

他的双腿开始打战。

明明安排得如此周全，顾轻舟为什么会知道？

"来人，将魏林绑起来，关到军政府的监牢去。"顾轻舟厉喝。

魏林挣扎："你敢，你有什么证据？"

"魏市长，这是逮捕令，证据自然有。"顾轻舟冷笑。

魏林大喊："军政府的印章都在你手里，你自己签个逮捕令还不容易？我不服，我要打电话给南京，我是政治部任命的官员，不是你们军政府任命的！"

说罢，他大叫："来人，来人啊！"

魏公馆的人，却个个躲得老远。

幕僚赵璎，也悄悄躲了起来，他不想被顾轻舟看到。

"带走，把魏公馆给我封起来，任何人不得出入。"顾轻舟道，"结案之前，你们若非要出去，那么就请到警备厅的监牢去。"

魏家所有人，顿时噤若寒蝉。

五步一个哨兵，顾轻舟带的人将魏公馆团团围住，别说人了，就连苍蝇也飞不出去。

赵璎急坏了，赶紧回屋，想给南京政治部打电话，才发现电话线早已被人剪断了。

赵璎错愕，这说明顾轻舟早有安排："难道计划走漏了吗？从一开始，顾轻舟就盯着我们？"

电话线全部被切断，府里出不去，赵璎想要帮魏林都使不上力气。

整件事说起来容易，办起来却很难。

顾轻舟当初看到了水稻，就想到万一发生大火，只怕华东地区都要遭殃。这等当口，不是最怕火灾的吗？

她接到岳城异动的情报后，派人去搜集证据时，也顺带查了近期结仇的人。比较有魄力、有权力、有财力搞大动作的，就是魏林。

顾轻舟调查到，最近魏林从苏州老宅的仓库里，运了一批黄酒到岳城。但是魏林在苏州的仓库里，根本没有黄酒的痕迹，只有一股浓郁的火油味。

顾轻舟更加肯定了自己的猜测："魏林在打秋粮的主意。"

秋粮出了意外，赔上军政府也收拾不了残局。

顾轻舟不知道他哪一天、从哪里下手，于是，她派了士兵去村庄秘密驻守，日夜巡防。同时，她又派人到处散发通知单，上面写着："丰收在即，当心火灾。"这几个字很简单，没读过几天书的人也能认识。

顾轻舟不是天生的敏锐，而是她经历太多了。

抓住魏林之后，顾轻舟将他送到了军政府的驻地。

最近，顾轻舟在军政府的威望水涨船高。

这一次，顾轻舟立了大功。

这个功劳，足以在军政府的史册上添上浓墨重彩的一笔。

不远处的校场上，集合了所有的军队，黑压压的一大片人。

顾轻舟经过的时候，突然传来惊天动地的声音："少夫人！"

顾轻舟被吓了一跳。

司督军和颜新侬等人也闻声而出。

只见数万士兵，一齐叩靴，恭恭敬敬地冲顾轻舟行了军礼。

他们知道，顾轻舟挽救了数十万百姓的粮食，等于救了他们的命。

他们知道，顾轻舟用她的计谋，化解了华东地区一个极大的危机。

顾轻舟看到这场景，莫名其妙地滚下了热泪。

司督军轻轻地拍了拍她的肩膀："我的两个儿子，都没能像你这样得军心！轻舟啊，阿爸也要感谢你。"

说罢，司督军也给顾轻舟敬了礼，颜新侬等人同样敬了礼。

顾轻舟的眼泪夺眶而出："阿爸，我会努力的。"

她的笑容很甜，眼睛弯成了小小的月牙，像个孩子。自从师父和乳娘去世，她很久没有这样笑过了。

晚些时候，司督军正准备开军事会议，突然有将领提议："今天的会议，要请少夫人到场吧？"

"我也认为，少夫人手里还有军政府的印章，她应该参加。"另一位将领道。

于情于理，她都应该出席今天的军事会议。

司督军听了这些话道："诸位无异议，那就请少夫人过来。"

这些当兵的大老粗，没几个愿意使花花肠子，故而格外佩服谋略过人的顾轻舟。

"今天的会议，主要是讨论如何处置魏林。"司督军道。

顾轻舟坐正了身子。

大家一致认同司督军的决定：公开魏林的罪行，押着他游街三天示众，最后处以枪毙。

当天下午，司督军返回南京，他在南京也是公务繁忙。

临走的时候，司督军对顾轻舟道："轻舟，你应该常去市政厅走动走动。军事重要，政治也重要。"

顾轻舟受宠若惊："阿爸，我没这个本事，不敢揽这么大的活儿。在军政府，有义父坐镇，我才敢胡闹。"

"你心里有个准备，等过年的时候，我再来具体安排。你也别怕，到时候我让芳菲辅佐你。"

顾轻舟的心，顿了下：司芳菲……

她没有再说什么。

这天下午，岳城的各大报纸都知道了这个爆炸性的新闻。

魏林的事一曝光，顿时激起千层浪。

粮食，关乎每个人的生计。

当天的报纸都脱销了，每个人都在找报纸，想知道今年冬天能否吃得上粮食，想知道魏林是什么下场！

"粮食乃是民生大计，若是粮食被烧毁，肯定要饿死无数人，粮价也会奇高，从而引发经济动荡。"

"少夫人力挽狂澜，提前揣测到了魏林的阴谋，将其扼杀在摇篮中……"

"缴获火油上百桶，上万名农民连夜伏击歹徒。"

"魏林已经主动交代了罪行，申请到南京公开审判，遭到了岳城军政府的拒绝。"

"司少夫人提前发了通知书，提醒农民提防火灾。"

"今年粮食大丰收，收成比去年提高了二成。"

"少夫人乃女中豪杰。"

魏林是市长，是百姓的父母官。百姓们敬重他，但他置数十万百姓的性命于不顾。

一旦粮食被烧了，岳城的军事和经济都面临崩溃，整个岳城就要完了。十几年的安宁日子，就要过到头了。

每张报纸都在分析此事的严重后果。

每个人都知道顾轻舟拯救了岳城。

岳城的报纸，称呼顾轻舟为"岳城之母"，对她给予了极高的评价。

顾轻舟的名声，传遍了岳城的大街小巷、整个华东地区，甚至消息比较灵通的北方。

　　而村民们，更是感激顾轻舟。很多村都给顾轻舟自发立了生祠，保佑风调雨顺。

　　顾轻舟自己也是感慨万千，她不仅得到了军心，也得到了民心。

第三十六章

心中芒刺

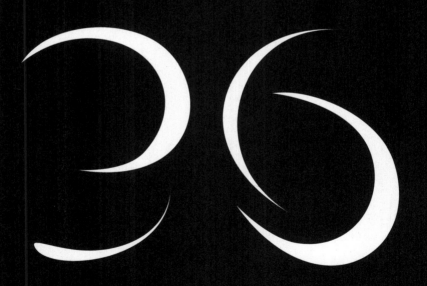

过了一些时日，老太太派人来找顾轻舟："老太太请您去趟司公馆，有很重要的事和您商量。"

顾轻舟不知何事，急匆匆去了。

她担心一波未平一波又起。

结果去了，才知并非祸事。

老太太对顾轻舟道："八月初一，是你二叔五十岁大寿。他素来不肯大办，今年就破个例。"

顾轻舟明白了。

最近出了这些事，老太太怕长房和二房生了嫌隙。

她想要借着这个机会，把众人聚在一起，解释清楚误会，重新联络感情。

"……你也安排安排，把所有人都叫回来。我知你们忙。虽然中秋节是团圆的日子，可你们也有自己的应酬，这次就当贺寿又过节。"老太太又道。

像司行霈和司督军，他们从前中秋节都要去营地过。

司家这等门庭，没办法像小门小户那样中秋团聚。

老太太是在寻个机会。

"这很好啊。"顾轻舟笑道，"祖母，还需要我做什么吗？"

"不必了，你心中有数就行。"老太太笑呵呵地说，"这次呢，大肆操办，你多邀请一些人来。"

用军政府少夫人的名义，更容易邀请到有身份的人。

老太太也是想给二叔添彩，让他有面子。

顾轻舟应下："是。我去和二婶商量，请柬的事都交给我吧。"

老太太很高兴。

顾轻舟去了趟二婶那边。

二婶也在准备。

两人对了口风，二婶说她什么都可以准备，让顾轻舟写请束即可。

"……阿爸那边，我也去打电话。"顾轻舟笑道，"二婶，你就安心准备寿宴，邀请宾客的事都交给我。"

二婶欣慰："麻烦你了轻舟。"

"一家人，不用客气的。"

顾轻舟先给司督军打了电话。

司督军问："怎么回事？"

老二贺寿？

顾轻舟就把实情，一点一滴告诉了他。

司督军沉吟后，这才道："是老太太主张的，别叫她老人家扫兴。你拿出些钱，办得隆重些。"

"这个归二婶管，我就是负责邀请宾客。"顾轻舟笑道，"阿爸，我觉得还是照二叔和二婶自己的心意过，对他们更好。"

司督军深以为然。

挂了电话之后，顾轻舟也给司行霈打了电话。

打通了，副官说："师座不在驻地，有军务，这是机密。"

顾轻舟明白了。

挂了电话，她傍晚再打了一个，还是没打通。

经过上次疑神疑鬼之后，顾轻舟现在的心宽阔了很多。

司行霈是很忙的，没打通就算了。

结果，凌晨三点多，顾轻舟被电话吵醒。

司行霈回来之后，听闻顾轻舟打了两个电话，不知何事，焦虑回电。

顾轻舟睡得迷迷糊糊，问他："你才回驻地？"

"是啊。"司行霈道，"你没事？"

顾轻舟试图让自己清醒些，说话也利索了几分。

她把老太太的意思，告诉了司行霈。

司行霈笑道："正好，我想轻舟了，也想祖母了，回去看你们。"

顾轻舟握紧了电话。

她没有回应什么。

只不过，司行霈的情绪好像好了不少。

后来，他们还说了很多话。

顾轻舟实在太困了，撑不住睡着了。

等她醒过来时，发现自己还握着话筒，肯定是跟司行霈聊天的时候，直接睡着了。

她拿起来听了听，对面有点嘈杂的声音。

司行霈也没挂。

顾轻舟一个激灵，不知是否耽误他休息了，匆匆把电话给挂了。

司行霈在二叔寿宴的前一天，回到了岳城。

他直接去了军政府报备。

铁路修建的进展，他拿给颜新依看，需要拨款。

颜新依给顾轻舟打了电话。

顾轻舟就带着印章，亲自去了趟军政府的会议大厅。

一进门，就看到了司行霈。

阳光很好，从窗口照进来，落在他的身上。他铁灰色的军装干净挺括，勋章在暖阳下泛出淡淡金芒。

他的头发梳得整齐，眉目英俊逼人。

"轻舟。"他略微颔首，笑容沉稳，同时又不动声色地冲顾轻舟眨了眨眼睛。

顾轻舟只是点头，眼帘低垂着，一副公事公办的肃然。

她坐到了颜新依旁边的次座，叫了声"总参谋"。

屋子里除了司行霈和颜新依，还有其他几位高级将领。

众人纷纷给少夫人敬礼。

"诸位请坐。"顾轻舟这才有了淡淡笑容。

"轻舟，这是铁路的近况，你看看。"颜新依把司行霈带过来的文件给顾轻舟。

顾轻舟颔首。

她认真翻阅。

司行霈就坐到了她对面，抬头看着她。

在此情此景下见面，和私下里见面，感觉有点不太一样。

顾轻舟穿着一件绯红色绣月季的旗袍，那旗袍是白玉雕花的纽扣，点缀其中，添了几抹灵动。

她衣着不再那么素净，而是得体又不失端庄华贵。

她长长的头发，绾成了低髻，戴着一把珍珠梳篦。珍珠的光，温润似玉，映衬着她那白玉的纽扣，落在她脸上，给她白净的面容笼罩了层温润。

她的眉眼美艳，身段婀娜，已然是一朵盛绽的繁花。

司行霈真觉得她长大了。

似乎第一次觉得，她再也没了少女的稚气。

然而这种改变，不过短短八九个月。

他离开之后，顾轻舟快速成长了起来。她没了他的依靠，变得坚毅而果断，睿智而精明。

司行霈倏然很心疼。

他曾经说："一颗成熟的心，都是用血和泪打磨出来的。"

他的轻舟，一定流过很多的血泪。

他想着，就脱了军靴，脚沿着她的小腿摩挲着。

大庭广众之下，他迫不及待想要亲近她，只得如此。

他知道，顾轻舟肯定会参毛跳脚的。

那样的她，更像个孩子。

司行霈玩心大起。

可顾轻舟，动也没动一下。她的腿没有动，任由司行霈的脚一层层攀延；她的眉眼也没动，安安静静地翻阅着文件。

等司行霈的脚越发往上时，她终于抬头，粲然一笑。

这一笑，绮丽炫目。

司行霈微愣。

"今天怎么了？"他微微眯了眯眼睛，好奇地看着他的女人。

怎么感觉今天不太对劲？

司行霈的脚，在底下极其不规矩。

顾轻舟恍若不觉。

她脸上的表情，没有隐忍，没有不悦，反而是一派坦然的温柔。

司行霈自觉没趣，也收回了脚，心里则疑惑："这小东西，又想出什么馊主意了吗？"

他想着，又伸脚勾她的膝盖。

顾轻舟依旧没动，只是看了他一眼，略微颔首。

这轻轻的颔首，似对他递交文件的赞许。

司行霈心知反常则妖，还是静观其变吧，于是真的把脚收了回来，放在军靴里。

司行霈的文件，顾轻舟很快就看完了。

颜新侬觉得，可以同意司行霈的申请，再拨下军需。

顾轻舟也同意，故而拿出印章，交给了颜新侬。

颜新侬写了批复和手谕，盖了公章。

"……难得回来，去喝一杯如何？"颜新侬和其他将领邀请司行霈。

司行霈道："还要去见祖母。我这次会多留几天，改日再叙。"

他长腿阔步，走了出去，在督军府的大门口遇到了顾轻舟。

他轻轻咳嗽。

顾轻舟没理会。

"跟我走。"司行霈道。

顾轻舟说："印章还在手里，我要先放回去。"

司行霈没阻拦。

顾轻舟回到了新宅，放下印章后，司行霈的电话又来催了。

"轻舟，到别馆来。"司行霈道。

顾轻舟就去了。

一见面，他就迫不及待地将她推在大门上，用力亲吻了她。

顾轻舟推搡他："你走开……"

他太粗鲁了。

司行霈看到她蹙眉矜持的模样，心口微舒，这才像她。

他的轻舟是很矜贵的，绝不会允许他胡来！

在督军府那一幕，十分反常。

他将顾轻舟抱到了楼上。

房间是副官们打扫的，纤尘不染，被褥上有阳光的清香。

顾轻舟的身子，就落入凉软的枕席间。

司行霈轻覆而上，吻着她的唇。不知为何，这次的吻却是浅浅的，慢慢啄着。

"……在军政府的时候，你为何那般听话？"司行霈轻轻地咬她的耳垂，用唇描绘着她耳朵的轮廓，问道。

顾轻舟就怒了起来，重重捶打他："你还好意思说！真浑蛋，那么多人在场，你还要不要我活了！"

司行霈笑。

一开始是低声笑，后来笑不可抑。

其实没什么可笑的，就是高兴罢了。

"……说说。"司行霈道，"你当时怎么没发火？"

"我能发火吗？"顾轻舟气道，"那么多双眼睛看着呢，露出半分端倪，我都活不成了！你好意思，堂堂师座，就会欺负女人！"

司行霈张口，咬着她的唇。

好个小女子，嘴巴还是这么毒辣！

"哪里欺负你了？"司行霈暧昧道，又追问她，"今天怎么了？"

顾轻舟就是不答。

她三缄其口的样子，反而叫司行霈好奇不已。

他总感觉自己被她算计了，却又不知她到底在算计什么。

他的手，沿着她旗袍的底下滑了进去，触及她凉软细腻的肌肤，他的吻倏然加深了。

手一路上游。

顾轻舟忸怩着想躲，早已被他攀附而上。

他握紧了她的柔软，低声道："轻舟，你长大了！"

顾轻舟的脸，不由自主地发烫。面对尴尬这样的话题，使劲踢他："混账，变态！"

久违的话！

她很久没这样骂他了。

司行需也感觉自己犯贱，他就喜欢她如此，好似一切都回到了从前。

他下手稍微用力。

力度加大，顾轻舟的气就喘不匀了。

她抱紧了他的脖子，几乎把自己贴在他身上，骂道："够了浑蛋，别闹了！"

声音早已失控，慌乱从微颤的尾音里透出来。

司行需岂会放过她？

他将她的旗袍撕开，玉扣在他手下宛如脆壳，应声而裂，落在地板上，发出清脆的声音。

那一声声，几乎预告着什么。

他将她从旗袍里剥出来。

没了衣物的遮蔽，她像个新生的婴儿，干干净净，属于第一个接住她的男人。

司行需的呼吸，粗重而炙热。

他掌心的温度也升高了，触及顾轻舟的肌肤时，几乎能烫伤她。

"不行！"顾轻舟蓦然清醒了一样，"不能是今天！"

司行需哪里肯依？

"我知道，我知道！"他的头，却埋在她的颈项间。

而后，他埋在她的胸前。

顾轻舟无力向后仰头，流瀑一样的黑发，在素白枕席间蜿蜒而动。

她用力抓紧了被单。

后来，司行需越发过分，顾轻舟的手就抓住了他的后背。

他的肌肉结实，顾轻舟的指甲攀附上去，有点吃力。

"不行！"顾轻舟屡次挣扎，屡次被司行需按倒。

他没有进入她的身体，却让她溃不成军。

"轻舟。"他抱起她去浴室洗澡，又低低吻了她的面颊，"轻舟，你今天在军政府，为什么不生气？"

他还是好奇。

顾轻舟太累了。

他帮她洗澡，然后帮她擦头发，仔仔细细照顾地她。

顾轻舟一边尴尬一边想："哪怕是跟这个人隐居到山村里，他也不会让我吃半点苦头。"

他有很多的不好，他又有很多的好，让人无可奈何。

顾轻舟从前很理想化。

她觉得，自己爱上的男人，一定是完美的，没有任何缺陷的。

可她遇到了司行霈。

司行霈的缺点那么多，多得根本遮不住；而他的好处更多，也多得无法忽略抹杀。

他似乎重新定义了顾轻舟心中的幻想。

再后来，司行霈睡着了，顾轻舟却没睡。

他的侧颜线条很坚毅，下颌有青青的胡楂。

他问她为什么在军政府的时候不生气？

若是从前，她会生气的。

可那一刻，顾轻舟第一次觉得司行霈无法无天的样子，才是最好的样子。

故而，他那么嚣张放肆地勾她的时候，她没有生气。但是这点实情，她不打算告诉他。

一来是不好意思，二来是怕助长了他的气焰。

司行霈可是会顺杆爬的！

"轻舟……"睡熟的司行霈，倏然出声。

顾轻舟吓一跳。

他没有睁开眼，唇角却微微翘起，有个淡淡的弧度。

"怎么？"顾轻舟问。

他没答。

顾轻舟摸了一下他的脸，他也没继续说什么，而是睡觉。

只是梦话。

在梦里，偷偷喊一句她的名字，居然能露出笑容来。

顾轻舟沉默良久。

她俯身，亲吻了他的唇。

动作很轻，还是惊醒了警惕性极高的司行霈。

司行霈一下子把她压倒。

"乖，好好睡觉。"司行霈困意很足，"轻舟，让我睡一会儿，你乖。"

顾轻舟没动。

她整个人蜷缩在他怀里。

中秋当天，司公馆宾客如云。

顾轻舟要招待客人，忙了起来。

她遇到了也要出去见司督军的司行霈。

一路上都有宾客来往，顾轻舟微笑与人寒暄，逐渐和司行霈拉开了距离。

司行霈先一步出来，司督军和司夫人先下了汽车。

顾轻舟出来时，正巧司琼枝也下了汽车。

司芳菲最后下汽车，冲司行霈微笑："大哥。"

司行霈也回以微笑。

这一忙，就是一整天。

午饭之后，有的客人离开，有的客人过来，络绎不绝。

直到晚上九点，重要的客人才送走，顾轻舟空闲下来。

"阿爸，您和姆妈今晚住在司公馆，还是住饭店？"顾轻舟问。

她订好了饭店，也吩咐督军府的姨太太们打扫好了房间，二婶这边也安排了客房，一切都随司督军的意愿。

"住在这里吧，很久没回来了。"司督军道。

他要跟老太太聊天。

顾轻舟道是。

二婶就进来，请司夫人去休息。

司夫人喊了顾轻舟："轻舟，你过来。"

顾轻舟起身，陪着司夫人和司琼枝走了。

司芳菲和司行霈兄妹两个人，一见面就很亲热，这会儿已经不见了踪迹。

司夫人也发现了，问："芳菲呢？"

"她跟阿霈有话说，两个人出去了。"老太太开口。

司夫人立马噤声，不再说什么。

顾轻舟心中，有一点细微的涟漪，又很快归于平静。

那是司行霈的妹妹。

顾轻舟觉得，自己一旦确定了心意，占有欲真是太霸道了。

可能是因为她没有亲人，没有兄弟姊妹的缘故吧。

顾轻舟出了客房，深深吸了口气。

这段路没有月色，亦无路灯，黢黑得叫人毛骨悚然。

空气微凉，有淡淡木樨的清香。

风过，树叶簌簌。

而后，她听到了说话的声音。

"……真的？"女子声音俏丽柔婉，"我才不相信呢。"

"当然了。"顾轻舟继而听到了司行霈的笑声，"你当每年是谁给你寄了衣裳的？"

"我以为是阿爸啊！"女子继续道。

是司芳菲。

顾轻舟冷静下来。

她抬头，看到不远处的后花园凉亭，司行霈和司芳菲并排而坐，司芳菲把头歪在司行霈的肩膀上。

"阿哥，我想吃你煮的鲜虾馄饨。"司芳菲道。

司行霈道："好啊。我煮的馄饨，是有秘方的。"

"什么秘方？"司芳菲笑问，"爱吗？"

司行霈大笑，极其爽朗。

顾轻舟愣在那里。

她的脚步倏然发沉。

那是芳菲，是他的同父异母的妹妹，就像顾轻舟和顾绍一样。

顾轻舟若这样都多心，就实在太丧心病狂了。

可她的呼吸，莫名加重了。

她的伤口已经完全好了，这会儿却鬼使神差地疼了起来。

她急匆匆转身离开。

司行霈警觉回头。

"怎么了?"芳菲问。

司行霈笑道:"没事,方才好像有人过来了。"

"不是用人,就是散场的宾客了。"司芳菲笑。

司行霈转回脸。

"阿哥,我要去你的驻地玩。"司芳菲笑道,"你的房间,我要帮你重新布置。你以前房间的家具,都是我摆的。上次去,太匆忙了。"

"行啊。"司行霈道,"这次跟我走?"

司芳菲却沉默了一下。

她还要跟父亲回南京。

"我得跟阿爸请假,司令部很多事呢,我要交代清楚了,再去你那里。"司芳菲笑道。

司行霈哈哈大笑,忍不住捏了一下她的脸:"女孩子家,你哪里来的事业心?"

司芳菲道:"这叫责任心。"

司行霈表情微怔。他一瞬间,想起了另一张俏丽的面孔。

她也是很有责任心的女孩子。

"有责任心好。"司行霈道,"女孩子家也要努力上进,才能被人敬重。"

司芳菲静静地看着他的面容。

她倏然伸手,摸了摸他的面颊。

司行霈笑。

司芳菲道:"阿哥,你最近好像不一样了。"

"什么不一样?"司行霈问。

"你的风流韵事,好像少了。"司芳菲道。

司行霈失笑。

他跟司芳菲关系很好,在司行霈的心中,司芳菲既是他的妹妹,又像是他的女儿。

当初司督军把两岁的司芳菲抱到军营,然后住了两年。

那两年里，司行霈经常要照顾芳菲，就像女儿一样，帮她洗澡、喂她吃饭。

"胡说八道。"司行霈道，"我一直不风流。"

司芳菲抱住他的胳膊，靠得更紧了，几乎要把自己贴到他身上去。

司行霈笑道："你还是这么黏人！"

"我不是黏人，我是黏你。"芳菲道，"阿哥，你把我带走吧！"

"行，跟我走！"司行霈笑道，"正好，可以给你嫂子做伴。"

"我嫂子？"司芳菲的声音，轻了很多，好似用力就会失控一样，"我要有嫂子了吗？"

"是啊。"司行霈道。

"谁家的姑娘？"司芳菲问。

司行霈捏了一下她的脸："这个不能告诉你。等成功了，你就知道了。"

"这么神秘？"司芳菲疑惑，"阿哥，我想知道！"

司行霈却愣是不说。

司芳菲肃然不想说话了，软软地靠着司行霈，沉默了起来。

司行霈的心中，却是另一番光景。

他在想，顾轻舟那边的应酬，结束了没有？

顾轻舟回到新宅时，急匆匆上了楼。

她衣裳也顾不上脱，就把自己埋在被褥里。

单薄的被褥，根本无法抵御寒意。

顾轻舟的伤口，疼得钻心。

她知道，实际上并不疼，这只是她的错觉。哪怕到了这个时候，她也很理性。

她冲木兰吹了个口哨。

木兰兴冲冲地跳到了她床上。

顾轻舟将它搂在怀里。

她依靠着木兰，脑子里稀里糊涂的，那枪声一点点放大，一点点震得她耳膜发疼。

"我好冷。"顾轻舟想。

她重新去拿了厚棉被。

将自己裹进去，她深埋其中，木兰也躺了进来。

片刻之后，木兰挣扎着，跳到了棉絮外面。

它咬顾轻舟的衣襟，发出呜呜声。

"别闹。"顾轻舟声音很轻，浑身的血液都似乎在逆行。

她对自己说："没事的，别矫情，你根本没留下心理创伤，你是想太多了。"

她轻轻地抚摸木兰的脑袋。

木兰这才慢慢躺下了。

顾轻舟又想起司芳菲撒娇的声音："阿哥，我要吃你煮的鲜虾馄饨。"

原来，司行霈一直都会做那道菜，并非特意为顾轻舟做的。

仔细想来，司行霈的世界里，似乎有过很多的人。

他虽然和司督军感情不和，却有司芳菲那个亲人，她会跟他撒娇，会靠在他身上；他曾经有过很多的露水红颜。

不管是爱情还是亲情，司行霈都有其他人在，或者在过。

顾轻舟却没了。

他把她的师父和乳娘给杀了。

假如她不喜欢他的某些亲情，他可以说她小气，而她毫无退路。

她沉思的时候，木兰一直在嗷鸣，不知是哪里不舒服。

它使劲拱顾轻舟。

顾轻舟很想睁开眼，想去看看它到底怎么了，眼皮却很沉重。

后来，木兰在地板上蹦跶。

它跳来跳去地，顾轻舟就拉过了被褥，蒙紧了脑袋。

"少夫人。"顾轻舟听到了用人的声音。

她睁开眼。

已经是半夜了，房间里一片漆黑。

"少夫人，您是不是不舒服？"用人问，然后打开了电灯。

顾轻舟道："我没事。"

她的声音极其嘶哑。

女佣上前，摸了一下她的额头，顿时吓了一大跳。

"少夫人，您这是发烫了。"女佣道。

说罢，女佣转身下楼了。

顾轻舟想要喊住她，却没了半分力气。

她挣扎着坐起来，没坐稳，一头栽到了地板上。

再后来，女佣说什么，她都没听到了。

不知道过了多久，模模糊糊中，顾轻舟慢慢睁开了眼睛，她正在输液。

司行霈打算等顾轻舟应酬结束去找她的，结果等他回到老太太那边时，才知道顾轻舟提前走了。

用人道："少夫人回去了，副官说她明早过来。"

老太太和司督军当时都有点诧异，心想顾轻舟不是这样没礼貌的孩子，今天是怎么了？

他们也没追问。

反而是司行霈，眉头微蹙。

司芳菲一直看着司行霈，观察他的表情。

司行霈给副官使了个眼色。

那厢，司督军和老太太聊起近况，司行霈和司芳菲也插几句。

而老太太，笑着说司芳菲："瞧瞧，还跟小时候一样，都挂在她大哥身上。"

司督军一回头，发现端庄温婉的女儿司芳菲，此刻像个毛孩子，黏着司行霈的胳膊，毫无仪态。

"小孩子脾气！"司督军笑。

司芳菲不以为意。

司行霈也不介意妹妹的亲近。

他们越说话题越深，就到了晚上十一点。

副官站在门口。

司行霈对司芳菲道："芳菲，我出去一趟。"

司芳菲只得松开了他的胳膊。

司行霈走到了屋檐下，副官就把顾轻舟那边请了军医的话，告诉了他。

司行霈的脸色，瞬间铁青。

顾轻舟到底怎么回事？

他也顾不上跟司督军和老太太说什么，匆匆忙忙去找顾轻舟了。

司芳菲追了出来，只看到了他远走的背影。

"我阿哥去哪里了？"司芳菲问另一个副官。

副官摇摇头："不知，二小姐。"

司芳菲心中，有点发紧。这次见到大哥，总感觉有什么不对劲。

司行霈到平城的时候，司芳菲特意请假去看过他的。

离开那天，她哭得伤心，紧紧搂住了他的脖子。

而那天，司行霈却心不在焉，好像着急去打电话。

现在……

"他有了喜欢的人？"司芳菲的心，瞬间沉入谷底。

他不再眠花宿柳，是不是有了个特别珍重的人？

司芳菲的手指，用力蜷缩了起来。

她没有忍住，急匆匆去了大门口。

她问大门口的人："少帅方才往哪里去了？"

门房的人指了个方向。

那个方向，是岳城最繁华的去向，他到底做什么去了？

司行霈一路上，都是沉着脸。

到了新宅附近时，副官欲言又止。

"师座，督军现在就在城里，您这样进门，只怕……"副官忍不住提醒司行霈。

司行霈的脸，似严霜倾覆。

四周的空气，亦被冻得凝固了。

开车的副官说完这句话，再也不敢说什么。

良久，司行霈道："去后门。"

最后他没有从正门，也没有走后门，而是直接翻墙。

他以前就翻过。

那时候刚从云南回来，他直接翻墙而入。如今再次翻，守卫都变成了自己人，司行霈轻车熟路到了主楼。

主楼客房的灯还亮着。

司行霈想了想，就决定从窗口翻进去。

他站在阳台上，就看到顾轻舟半坐着，正望着天花板沉思，手一下又一下抚摸着木兰。

木兰很警惕，立马低哮。

顾轻舟回头，也看到了司行霈。

她目光一瞬间有点凝重，似戒备，亦似反感。

司行霈进了屋子。

"发烧了？"司行霈道，"之前不是还好好的吗？"

说罢，他伸手摸了摸她的额头。

顾轻舟没有动。

她已经退烧了，故而她能感受到，他掌心炙热干燥。

而他伸过来的胳膊上，有淡淡清香。这是司芳菲靠着他时，留下的味道。

"怎么了？"司行霈确定她不发烧了，心情稍微好转，抬起她的下巴问。

顾轻舟道："我哪里知道？就是突然发烧了。"

她说罢，就陷入沉默。

她没有看司行霈，也没有很紧张让他快走。

可她全身上下，有种很严密的戒备，似乎将他拒之千里之外。

司行霈错愕。

他伸手，将她抱起来："跟我走！"

顾轻舟没有动，只是道："我不太舒服，下次吧。"

司行霈则不管不顾，将顾轻舟抱着下楼了。

他这次是光明正大地走了楼梯。

幸而守夜的副官们，早已将用人清走。

顾轻舟就被司行霈抱到了别馆。

她始终不说话。

有种情绪，笼罩着她，让她把自己藏起来，就连司行霈，似

1172

乎也不在她的世界里。

司行霈强硬扳过了她的脸，亲吻她的唇："轻舟！"

他想要打破她此刻的这种情绪。

顾轻舟一直在合眼装睡。

司行霈知她未睡，更知她心情不好。

他吻她。

他试图勾起她的反抗，这样她的情绪就可以发泄出来，告诉他，到底发生了什么事。

可闹了半晌，顾轻舟一动不动。

司行霈有点吓到了，急忙去摇她："轻舟！"

顾轻舟睁开了眼，瞬间寒芒慑人。

司行霈很清晰地感受到，她的不快是来自他。

她看他的时候，用一种冷漠到了极致的目光。

司行霈蹙眉。

之前还好好的。

他又想起他和芳菲聊天时，身后那若有若无的玫瑰清香，心中一片澄澈。

他的心，竟是莫名其妙高兴了起来。

顾轻舟在吃醋！

司行霈笑，勾起她的下巴吻她："傻东西，是不是误会了？你今天晚上，是不是去了后花园？"

顾轻舟望着他。

她眼波滢滢中，倒映出他的影子。他的面容极其英俊，可似乎蒙上了一层薄纱，看得不那么真切。

司行霈心中咯噔了一下。

他再次想到，顾轻舟生病了，她是发烧了的。

气病了？

这也气得太狠了。

他着实心疼。

那点绮丽的心思，再也没有了。

"轻舟，我之前和芳菲在后花园说话呢。"司行霈解释道。

顾轻舟"嗯"了声。

司行霈蹙眉。

这反应，是在吃芳菲的醋吗？

"司行霈，你为何要杀了我的师父和乳娘？"顾轻舟突然发问。

又提起这事儿了？

司行霈满脸担心。

是司夫人挑拨了什么，还是她误会了芳菲是其他女人？

抑或，只是有人说起了她的师父和乳娘，让她突然间又放下了对他的信任？

司行霈不知到底哪个问题才是主导。

抑或，当问题太多了，任何一根稻草都可以压垮他们的关系。

司行霈用力，将顾轻舟抱住："轻舟。"

他轻轻地拍着她的后背。

顾轻舟道："告诉我！"

司行霈轻轻地吻她的耳垂："替我生个儿子！"

顾轻舟倏然发怒，她用力推搡他，道："滚开！"

司行霈被她推得肩头一晃。

他将她压下。

她挣扎得更加厉害，手乱挥，却始终没往他身上打。

司行霈能感受到不同：她不打他，绝不是心疼他，而是将他拒之门外。

当这个男人是她的陌生人时，她才不会做出打或者骂这等看似羞辱、实则亲近的行为来。

她能有多大的力气？

她的打又能有多疼？

她从前动手，无非是知道司行霈疼她，她怎么打，他都不会伤心。

如今……

司行霈心中莫名其妙地慌了。

他吻她，吻得特别用力。

顾轻舟却静下来。

她没动，任由他的手在她凉软的肌肤上游走。

司行霈也停下来。

他轻轻地拂过她的鬓角，只感觉她的眼眸格外妩媚。

他轻轻地吻了吻她的眼睛："轻舟，你今天怎么了？"

顾轻舟合眼，喃喃道："我没事。"

"是蔡氏说会什么，还是误会了芳菲是其他女人？"司行霈又问。

误会了芳菲是其他女人？

假如没有误会，那么她就不应该吃司芳菲的醋吗？

顾轻舟也觉得，这话没毛病。

人家兄妹亲近，是再正常不过的了。若是她介意司行霈的亲情，那么她口口声声要给师父和乳娘报仇，岂不是成了笑话？

不应该吃醋的，这大概是司行霈的意思。

顾轻舟说话有分寸。

若她明知说出来，一定会遭到别人的反驳，那么她宁愿不说。

她现在告诉司行霈，她很不舒服芳菲和他的亲近，司行霈一定会说她傻、想太多、太敏感了等，反驳她。

毕竟，他口口声声说她"误会了芳菲是其他女人"。言下之意，若是芳菲，他们亲近就无碍了。

万言万当，不如一默。

有时候，沉默才有力量。

顾轻舟低垂了羽睫。

她想起自己毫无退路，想起自己连个至亲的血脉也没有。

这个世上，再也没人只疼她了。

顾轻舟也会反思："我是不是要得太多？"

没人会只疼她一个人，除了她的师父和乳娘。

可惜，他们全被司行霈杀了。

司行霈害死了这个世上属于顾轻舟的亲人，而他却不是单纯只属于她的。

他对老太太很好，对二叔一家也很亲近，可顾轻舟为什么不生气？

独独面对司芳菲，生出这一腔情绪来？

她想了很久。

司行霈抱紧了她。

"轻舟，跟我去平城，可好？"司行霈在她耳边低喃。

顾轻舟没言语。

她知道，可以跟他走的，除了自己，还有司芳菲。

他愿意把他的私密空间分享给芳菲。

然而，他们是至亲的血脉，顾轻舟连吃醋的资本也没有。

他们从小一起长大，在司行霈年少的时光里，司芳菲都见证了他的岁月。

顾轻舟觉得，自己这样下去，将来可能会吃儿媳妇的醋，变成一个无理取闹的女人。

可她从不拘束自己的心，委屈自己的感情。

她不高兴了，就是不高兴。

她不表达，因为表达没有力度，会被反击回来；不代表她会压抑住，装作若无其事。

"我是岳城司家的儿媳妇，不会去你的平城。"顾轻舟道。

司行霈捏她的脸："那你现在躺在我床上做什么？"

"你也觉得我很下贱，是不是？"她抬头，安静问他。

司行霈的眼底，终于有了怒焰。

"顾轻舟，你又皮痒了！"司行霈道，"你再这样说话，别怪我不客气！"

"我说的是实话。"顾轻舟道，"我最近想，我刚遇到你的时候，就是司慕的未婚妻。然而，你一直对我强取豪夺。你霸占我、欺负我，到头来你也问我，为什么会躺在你床上！为什么，你不是最清楚的吗？"

司行霈的心，猛然收紧。

他感受到了顾轻舟的心灰意冷。

她好像推翻了一切，回到了最初。

她一直为这份感情感到羞耻。

司行霈强迫她，她躲闪不开，可她不喜欢，她为此而难堪。

"轻舟！"司行霈再次抬起她的下巴，逼迫她和他对视，"轻舟，蔡氏到底说了什么？"

顾轻舟觉得，有些话，不必说出来，就能知道他想说什么。

他知道顾轻舟很不开心。

他之前还问，是误会了其他女人，还是因为司夫人蔡氏。

现在，他已经把司芳菲给择了，只说司夫人。

这是告诉顾轻舟：他觉得司芳菲带来的误会，远远不足以让顾轻舟这样难过。

可顾轻舟伤心的，偏偏就是司行霈误以为的无关紧要的小事。

顾轻舟也想到，他从前对待她的兄长顾绍，可谓冷酷无情。第一次见面，他就一拳把顾绍打伤了。

"不管她说了什么，也是我们婆媳之间的事，不与你相关。"顾轻舟道。

司行霈的呼吸，莫名粗重了起来。

他捏紧了她的下颌，呼吸凝重，声音也变得极其缓慢："顾轻舟，你再说一遍！"

顾轻舟似有淡淡笑意："你不高兴？"

司行霈薄唇紧抿。

他不是不高兴，他是要被气死了。

她今天是针对他的，一句句往他心窝里戳。

根源是什么，司行霈会查到的。

此刻，却是很生气。

"轻舟，你今天很针对我，告诉我！"司行霈道，"说给我听，我想知道原因！"

"我想回家……"顾轻舟的眼神却很放空。

她似个无助的孩子。

"我就是你的家！"他道。

顾轻舟的心，再次被狠狠地刺痛。

她什么也没有了，她只剩下他。

"我想回我师父和乳娘的家。"顾轻舟道。

司行霈的脸色骤变。

顾轻舟没有再说什么。

已经是凌晨三点多，她着实疲倦，就缓缓合眼打盹。

后来，她睡着了。

司行霈却再无睡意。

他起身，走到了阳台上抽烟。

夜风熏甜，碧穹繁星点点。远处的树，沉寂在茫茫夜色里，宛如戍守的将士。

司行霈轻吐云雾。

他坚毅的面容上，闪过几分痛色。

"……还是放不下。"司行霈想。他知道很难，他也一直在努力，可感觉顾轻舟是放不下的。

她一直会惦记着她师父和乳娘的死。

司行霈磨了她这么久，效果甚微。

"要不要告诉她呢？"司行霈也想。一旦告诉了她，她会怎么做？

司行霈不能深想。

沉思良久，司行霈才抱着顾轻舟，沉沉睡着了。

天亮的时候，他起床更衣。

顾轻舟睁开了眼。

看到他，略感疲倦，顾轻舟又合眼。她心中某个地方，并没有因为睡了一觉就变得轻盈，依旧是沉甸甸的，压住她的心。

司行霈更衣完毕，俯身对顾轻舟道："督军要回南京了，我去送送他。"

似乎怕顾轻舟误会，他解释道，"还要送送芳菲。"

好像有了司芳菲，就必须要去送一下，顾轻舟就一定能理解。

顾轻舟转过身。

她也应该去送送督军的，可她实在起不来。

她知道，司行霈会安排她新宅的副官，让顾轻舟那边的人去告诉司督军，她已经生病了。

司督军不会怪她的。

良久之后，顾轻舟道："我要回去了，今天还有事。"

司行霈按住了她的肩头："我回头送你。轻舟，我傍晚的时候要走，等我回来。"

顾轻舟没动。

等他离开之后，顾轻舟还是起身，回到了自己的新宅。

她四肢无力。

静坐之后，顾轻舟去了趟林海公墓，去看望了自己的师父和乳娘的墓地。

胸口似乎透不过气。

司行霈这次回去，忙了将近三个月。他时常给顾轻舟打电话，顾轻舟虽然接了，态度却很一般。

三个月后，她的气消了。

这天，她去颜公馆吃饭，很晚才回来。

她一上楼，就感觉不太对劲，猛然转身，就被人结结实实抱住了。

熟悉的气息，温暖的怀抱，一下子充盈了顾轻舟。

司行霈回来了。

"你……你不能直接到这里来！"顾轻舟想要推开他。

司行霈却箍紧了她，把头埋在她的颈窝："只此一次，下不为例。"

顾轻舟心中柔软了起来。

她环住了他的腰。

顾轻舟抱着司行霈。

他身上的味道，让她温暖而舒适，心仿佛寻到了依靠。

顾轻舟合眼。

他却抬起了她的唇，用力吻着她。

"别闹了。"顾轻舟道。

司行霈哪里肯依？

他顺势把她压在床上。

顾轻舟立马想跳起来："不行，不行！"

司行霈知晓她心中的忌讳。

叹了口气，他道："走，去我那边。"

顾轻舟咬唇沉吟，道："也好。你先走，我随后过来。"

司行霈抬起她的下巴。

在她唇上流连许久，司行霈这才松开了她，起身离开了。

他依旧翻墙。

顾轻舟每次看到他，身手敏捷离开这院子，都无可奈何。

等司行霈走后十分钟，顾轻舟才重新更衣，去了司行霈的别馆。

一进门，他就把她抵在大门上。

"很想你。"他低喃，吻得更加用力，似乎要把自己嵌入她的身子里。

然后，他把顾轻舟抱上了楼。

两个人折腾了一番，顾轻舟略感疲倦，歪在床上。

司行霈轻轻地帮她揉按手指。

顾轻舟低声问："这次回来，住几天？"

"住不了几天，我是借口申请铁路补贴回来的。"司行霈道。

顾轻舟错愕："又要补贴？"

"别心疼，又不是你的钱。"司行霈笑道。

顾轻舟拍了一下他的肩膀："我要仔细审核的，未必会批给你。"

"你敢！"司行霈笑，"你敢不批，我就不走。"

"无赖。"顾轻舟啐他。

他将顾轻舟搂在怀里。

顾轻舟问他，朱嫂好不好，阿潇好不好。

司行霈一一告诉了她。

她把头放在他怀里，心很安稳。

睡了一会儿午觉，司行霈起床给顾轻舟做饭。

饭后，顾轻舟和司行霈坐在客厅里，说着他那边的形势，以及平城的经济。

正在说话，副官进来，对司行霈道："师座，平城来了个重要电话。"

"说。"

"二小姐摔断了腿，住到医院去了。她打电话给您，想请您去南京探病。平城驻地接了电话，知道事情紧急，说您去阅兵了，要过几天才回来，然后打电话到这里了。"副官道。

顾轻舟的脸色没有变，依旧如常，心却猛然掉入了冰窟里。

若是平常，司行霈去了，顾轻舟也不会计较。

可她此刻很需要他的陪伴。

他亲妹妹摔断了腿，假如他不去的话，只怕他自己也过意不去。

顾轻舟却不想他去。

她看着司行霈。

司行霈略微沉吟，对副官道："去给平城打电话，让他们给二小姐回电，我今晚会赶到南京。"

顾轻舟的心，如堕冰窖。

"今晚就走？"她问。

"嗯，要去看看芳菲。"司行霈道。

顾轻舟的手指，微微蜷缩了起来。

她想说：假如你这次去了，以后就不要再来看我了。

话到了嘴边，她没有说出口。

"……你跟芳菲的感情这样好？"顾轻舟道，"从前我倒是不知道。"

司行霈笑问她："你吃醋？"

"没有。"顾轻舟的神态冷淡，有点莫名其妙的心灰。

"我去看看，回头还是要走岳城路过的，到时候我多陪你几天。"司行霈道。

顾轻舟却不想了。

她希望司行霈可以拒绝。

可她又想，司芳菲是司行霈的妹妹，妹妹受伤了，他身为兄长前去探望，又有什么不妥呢？

道理顾轻舟都明白，可她就是不高兴。

不只是不高兴，是难受极了。

"那你去吧，别走夜路，我也要回去了。"顾轻舟道。

说罢，她站起身。

司行霈把她送到了门口，没有再说其他的。

顾轻舟坐上了汽车。

她抱臂独坐，良久之后对副官道："不要回去了，我想去看场电影。"

副官道是。

汽车到了电影院，顾轻舟买了票，略微等了片刻，就进入了。

看电影的，多半是三五成群，独她形单影只。

她看的是滑稽戏。

滑稽戏很好笑的，这部更是闻名已久，满场爆笑，顾轻舟却始终没笑出来。

她麻木地坐在那里，看着银幕，听着耳边时不时爆发的笑声，整个人都无法融入。

笑声是最容易感染人的，而她无法被其感染，说明她出事了。

她不应该这样难过的。

顾轻舟攥紧了拳头。

一场戏散了，顾轻舟却没动。

副官走过来，低声对她道："少夫人，散场了。"

"何时有第二场？"顾轻舟问。

副官道："一个小时之后。"

"去帮我买票。"顾轻舟道。

她一个人坐在这里。

中途，有人进来打扫卫生，整理桌椅，却没有打扰她。

后来，陆陆续续有人进场。

电影再次开幕，顾轻舟很努力去看，去感受电影带给世人的欢愉。

耳边的爆笑，不亚于上一场。同样的戏，不同的人看了，会得到不同的快乐。

顾轻舟却没有。

于是，她站起身。

这场戏尚未结束，顾轻舟就离开了影院。

"少夫人，回家吗？"副官又问。

顾轻舟却道："我想去海边。"

"海边？"

"嗯，海堤那边就可以了。"顾轻舟道。

副官犹豫："少夫人，那边有赌寮，鱼龙混杂，太不方便了。"

"无妨的，我一会儿就回去。"顾轻舟道。

副官道是。

副官唐平把车子开到了海堤，下了车。

不知道到底怎么回事，唐平却知道顾轻舟很伤心。

她很少这样难过。

海边没有半个人影，只有海浪轻啄沙滩，远处的海鸟在盘旋。

已经是半下午了，日影落在远处的海面，波光粼粼。

海水在日光的照耀下，呈现清澈的蔚蓝色。

拂面的海风，在晚秋时节已经有点凉了。

顾轻舟的高跟鞋，不方便踩在沙子上，她索性脱了鞋。

副官远远跟着。既不打扰她，也不让她走丢。

有人过来。

副官唐平猛然回头，看到了一个穿着长衫的人，正往这边走。

唐平想要让他走远点，手就按在配枪上。没等他拔出枪，唐平看出是霍钺。

霍钺是少夫人的朋友。

"唐副官。"霍钺认识唐平，走近和他打招呼。

"霍爷。"唐平恭敬道。

看了眼远处的顾轻舟，霍钺道："我去看看。"

"霍爷，少夫人不希望别人打扰。"唐平忙阻拦。

"无妨，我们是老朋友，我不会打扰她。"霍钺道。

唐平也觉得，顾轻舟需要一个人开解，她非常不开心。

霍钺走近，布鞋踩在湿沙里，很快就千斤重了。

他脱了鞋。

顾轻舟和他一样，鞋子拎在手里，穿着玻璃丝袜的小脚踩在海水中。

"有点凉，你觉得呢？"霍钺笑问她。

顾轻舟回神。

看到了霍钺，她有点吃惊。

霍钺笑道："今天正好到这边的赌寮看看，没想到瞧见了你的汽车。"

顾轻舟"哦"了声。

霍钺看到她妩媚的眉眼上，笼罩了一层阴霾，问："怎么了，有什么为难的事吗？"

顾轻舟笑了笑："没有。"

"你很难过。"霍钺道。

顾轻舟沉默。她轻轻地咬咬下唇，唇瓣上立刻有了个清晰的牙印。

她深深吸了口气。

遇到这样的事，当然会很难过。

"……跟司行霈吵架了？"霍钺问。

顾轻舟道："您这是想开导开导我？"

霍钺道："是啊。"

"您这水平也不怎么样。"顾轻舟道。

霍钺笑了起来。

他们两个人慢慢走着，日光把他们的影子拉得很长。

霍钺望着两个人并肩的影子，想到很多事。

"能让你说不出口的难受，肯定是件大事。"霍钺笃定道，"我请你喝酒，好吗？"

顾轻舟摇摇头："酒在胃里，事在心里，不相干的。"

霍钺沉默。

两个人走了很久。

霍钺转而说起了其他事。

话题转移，顾轻舟有一搭没一搭地和他说着话。

顾轻舟想起了何微。

"我真羡慕何微。"顾轻舟突然道，"她念过书，她是新时代的人。而我，好像一直都是旧时代的人。"

霍钺就沉默了。

他似乎不太想说起何微。

顾轻舟则继续道："时代的桎梏太重了，我们都挣脱不开。我要是学点新时代的思想就好了。"

"什么样子的思想？"霍钺问她。

"民主，自由。"顾轻舟怅然道，"还有爱情……"

"爱情也要学吗？"霍钺失笑，"这不是新时代的观点吧？"

"要学的。"顾轻舟道，"新时代的爱情观，比我们的有活力。我很羡慕留过洋的女孩子，她们特有魅力，总能很轻易地就战胜我们这些老古董。"

霍钺就知道，她和司行需吵架了。

"你还是老古董？"霍钺笑道，"你才几岁？"

"不管几岁，都是旧东西。"顾轻舟道，"我们旧时代的人，不如他们新时代的人洒脱。他们什么也不顾的，什么都想要的。

"他们把道德和伦理视为糟粕，然而偏偏他们能说出新的理论，有趣又有说服力，我们却逃不开。"

霍钺停下了脚步。

"轻舟，我们去喝酒吧！"霍钺道。

他感觉到，顾轻舟在钻一个死胡同，她会越说越伤心。

顾轻舟也停下了脚步。

她看着自己的影子，单薄得可怕，黑黢黢的一团。

她突然很害怕这样的自己，转身道："好，我们去喝酒。"

两辆汽车，从海堤驶出，霍钺的车子在前，顾轻舟的车子在后。

最后，车子停靠在一家很古老的酒肆。

顾轻舟走下车。

夜幕已降，酒肆门口的灯笼幽暗。

淡红色的光线里，似有酒香萦绕。

岳城有上好的黄酒。

"……这么晚了，到底不太方便。"顾轻舟眼帘微扬，始终有些抬不起兴趣，索然无味道。

霍钺笑道："进来吧，阿静在这里等你。"

顾轻舟诧异。

霍钺再次微笑，自己进了酒肆。

他刚进去，霍拢静就走了出来，笑着拉顾轻舟的手："快来，这是我哥哥的铺子，没什么人的。"

顾轻舟深吸一口气，准备不醉不归，踏入了酒肆。

黄酒加了冰糖和姜片热过，再放到温，香醇被放大了数倍。

顾轻舟端起酒盏，大饮一口。

"慢点。"霍拢静笑道。

顾轻舟道："很痛快。"

霍钺道："是应该痛快痛快的！轻舟，我敬你！"

顾轻舟举杯。

盛黄酒的杯子，是汝窑填白瓷的，浅口温润，不似水晶杯那样奢华剔透。

捧在掌心，是踏踏实实的安稳。

顾轻舟道："我们都没有念过新时代的书，都算旧人。"

霍钺道："你们两个人好歹在圣玛利亚念过，应该算新时代的。"

顾轻舟却摇摇头。

她和霍钺碰杯，然后一饮而尽。辛辣温暖的感触，从喉间一直滑到了胃里。火辣的暖意四下里流窜，入侵心脉。

"我错了霍爷，酒在胃里，也能浇上心头。"顾轻舟笑了起来。

霍拢静看着她。

又看着霍钺。

最终，霍拢静叹了口气，轻轻地按住了顾轻舟的手："还没开始呢，你就醉了。"

"是的，醉了。"顾轻舟低喃，"我说话都颠三倒四的。"

霍拢静就拿她没办法。

顾轻舟又倒了一杯。

霍拢静陪她，道："喝完这杯，就倾诉心事，可好？光喝闷酒，越喝越沉，全白费了。"

"好。"顾轻舟乖巧颔首。

霍拢静又把花生米推给她："吃点东西。"

顾轻舟伸手去抓。

丢在口中，慢慢嚼了，然后用酒送下去，像个顽童。

霍拢静看她，只感觉她酒上了脸，酡红双颊给她添了俏丽，越发艳得逼人，像个妖精。

"说说话。"霍拢静道。

顾轻舟坐正了身姿。

她端起酒杯，一双手捧着，贪恋那点温热。

她的语速很慢。

"我和司行霈，"顾轻舟言简意赅，"我只有他，他只有我。现在我却发现，他不只有我。"

霍钺和霍拢静看着她。

顾轻舟无奈地笑了笑："我知道我错了，我知道！将来霍爷娶亲，霍太太非容不下阿静这么个相依为命的妹妹，我都会义愤填膺。

"我不能说，因为这种话不对，说出来徒添笑料。这个时候，芳菲摔断了腿，真是老天爷都看我不顺眼。"

霍钺张口，想要说什么。

顾轻舟忙道："不必说！"

"轻舟……"

"不必说，真的！哪怕你告诉我，我现在发这种无名醋是正确的，我也觉得你在敷衍我。我没有道理，心里难过却不能说，我全知道的。"顾轻舟道。

屋子里安静下来。

霍拢静还想说什么，霍钺暗中踢了她一脚，冲她摇摇头。

顾轻舟知道自己在做什么，她也知道自己要什么。

开导她，还不如顺从她。

霍拢静果然沉默了。

霍钺重新添了酒。

三个人碰杯，顾轻舟一饮而尽，霍钺和霍拢静只是喝了半盏。

"轻舟，你没有和司行需结婚。"霍钺突然道。

顾轻舟微愣。

霍拢静紧张地看着兄长。

霍钺外表儒雅，此刻的他，却露出一点锋芒。这点锋芒，他从未展现给顾轻舟瞧过。

顾轻舟望着他。

霍钺很想说点什么，话到了嘴边却又转了个弯。

"……所以，你还不是司行需的太太，该怎么吃醋，就怎么吃醋！等你真的结婚了，再装贤良淑德。"霍钺道。

霍拢静暗中舒了口气。

顾轻舟就笑了。她可能是喝醉了，笑得很甜，露出细糯的牙齿，娇憨纯真，却又遮掩不住妩媚。

她这副迷离的醉态，有种勾魂的激滟。

霍钺挪开了目光。

"轻舟，你素来敏锐。当你觉得事情不对劲，就是有错的。"霍拢静道，"你不用谴责自己。"

顾轻舟轻叹一声。

司行需让顾轻舟选择过，他甚至要和她的乳娘、师父比较，那么顾轻舟也可以吗？她没那么强势。

"以前是想过谈一谈的。"顾轻舟道，"现在，已经没意义了。"

她跟霍拢静碰杯。

这天晚上，顾轻舟的确是烂醉如泥。她喝了很多的酒，说了很多的话。

她还记得自己遇到了司行需，她抱着他的脖子又啃又咬，还亲吻了他的唇。

顾轻舟再次有意识的时候，她口渴得紧，哼了几声："要喝水。"

有人下床，然后开灯。

顾轻舟用手背遮住眼睛，这光线让她双目发疼。

然后……

她猛然坐了起来。

不对劲！

她睁开眼，就看到了一个高大的背影，正在弯腰给她倒水。

转过身，司行霈的脸映入眼帘。

顾轻舟震惊。

"你……"她嗓子里冒烟，话全部堵塞在嗓子眼里。

司行霈把温热的水递到她的手里，道："喝点水。"

顾轻舟渴极了，端起来一口气喝完。

司行霈接过了杯子，重新给她倒了一杯。

顾轻舟这时候，才有空环顾四周。

她偷偷掐了一下自己，到底哪个才是梦境？

很疼，似乎不是做梦。

这是司行霈的别馆，而顾轻舟的身上，已经换了干净的睡衣。

哪怕是梳洗干净了，她身上仍有酒气。

她拿起床头的手表，看了眼时间，已经是凌晨四点半了。

司行霈折了回来，重新倒了一杯水递给顾轻舟。

顾轻舟端起来喝。

她咬住水杯，看着司行霈。

司行霈也在看她，眉目阴沉，似乎能滴出水来。

顾轻舟装作不知。

她放下水杯，刚想转过脸时，司行霈捏住了她的下巴。

"胆子越来越肥了？"司行霈语气冰凉，手下用力。

顾轻舟吃痛，用力掐他的手背。

司行霈看着她，不肯松开。

顾轻舟就怒了起来。不知是囤积太久的心酸，还是酒精麻醉了理智，她任由他箍住下巴，却伸手使劲打他。

打在他的胸口和肩头，她一下比一下用力，几乎想要把手骨捶断。

"放开！"她从齿缝间骂道，然后使劲挣扎。

司行霈顺势就压住了她。

"轻舟。"他低低喊她。

顾轻舟倏然就安静了下来。

她大颗大颗掉眼泪，抱住司行霈的脖子，哭道："你说过会有良心的，都是放屁，你根本没有良心！"

她哭得呜呜的，说话也口齿不清，像个号啕大哭的幼童。

司行霈没听清她的话，只听到了"放屁"，就知道她在骂他。

他心疼极了，却又想笑。

司行霈搂着她，将她抱在怀里，任由她发泄情绪。

良久之后，顾轻舟才停下来。

司行霈为她擦了眼泪。

"哭好了？"他含笑看着她，又感觉她像初遇的小姑娘，那么娇憨可爱，有点纯真。那时候把她压在床上，她每次都哭。

司行霈身不由己地摸了一下她的头发。

顾轻舟道："嗯。"

司行霈失笑。将她抱在怀里，他修长结实的双臂，环住了她。

"轻舟，我这次去南京，处理好了芳菲的事。我告诉芳菲，我这个人不会玩花哨，我真心实意地对一个人好，只有那么几招。

"从前我没有爱情，我把亲情放在第一位，她和祖母是我最重要的人，我对她们很好，竭尽所能。

"但是，我现在有了心上人。我还是我，没有改变，我满心的感情，也只有那么几种方式表达出来。

"我不会一心二用，故而我以后不会再照顾她。我们就像亲戚一样，遵循基本的礼数往来，不再是亲密无间的兄妹。"司行霈道。

顾轻舟错愕。继而，她明白了过来。

他什么都懂！从她一开始不高兴，司行霈就知道。他也是人，人都会迷茫。

他的亲妹妹让顾轻舟有了危机感，司行霈若说一下子就能斩断，他也做不到，毕竟是从小疼到大的亲妹。

他花时间，不仅仅是处理好亲情的尺度，也是要处理好自己的心情。

司行霈的一番话，让顾轻舟略感羞愧。

她真是个恶毒的嫂子。

这样容不得人，顾轻舟也觉得自己的性格太糟糕了。

她试图压抑，试图不在意，可都失败了。

也许，她从骨子里就太好胜了。后来，司行霈更加刻意栽培她的好胜心。

"我……"顾轻舟低垂了眉眼，想狡辩几句，却没有说出来。

"轻舟，让你受委屈了。"司行霈道，说罢亲吻了她的头发，"我最亲近的人，只有你，此生也唯有你。

"我给你的，不应该分享给任何人，我以后不会了。这次是我的错，我向你赔罪。"

说罢，他又在她额头上亲了几下，算作赔罪。

顾轻舟的脸微热。

"我不是让你不顾亲情。"顾轻舟嘟囔。

司行霈却道："轻舟，我们都要成长。小时候，家人是我们的至亲；长大了，遇到了心爱的人，她就成了唯一。

"你如今是我的挚爱，若是有人超过了你，就意味着我的人生在开倒车。我一直鼓励你，不要逆流而行，怎么轮到我自己了，反而做不到？"

顾轻舟怔怔地看着他。

她以为很难。

她只当自己无理取闹，吃些无名的干醋，哪怕告诉了他，他也会笑着反驳道"那是我妹妹"。

可他没有。

"我派了两个得力的人在南京，时刻注意芳菲的安全，同时又存了些钱；另外，南京门当户对人家的男孩子，我也替她物色了几个，会不着痕迹地介绍给督军。

"这些日子，我一直在安排这些事。芳菲将来的依靠，应该是她的丈夫、她的孩子，而不是我。

"我这次去，也告诉了她，以后她到平城，会是用人煮饭给她吃；她的衣裳首饰，蔡氏会帮她置办，我不会插手。

"我早就应该知道，妹妹长大了，要懂得避嫌，因为她即将是别人的妻子。我把这些事做好了，才跟你说，让你委屈了这么久！"

顾轻舟墨色宝石一样的眸子里，噙满了晶莹的泪珠，吧嗒滚落。

她扑到了司行霈怀里。

司行霈搂住了她，笑道："没想到啊，顾轻舟，你居然会把话憋在心里！"

顾轻舟掐他的腰。

厮闹了一会儿，顾轻舟又渴了。

"别喝水了，下楼去喝点米粥。"司行霈道，"米粥养胃。"

"你做的？"顾轻舟问。

司行霈捏她的鼻子，这么明知故问。

"我非常喜欢吃你做的东西，不管什么！"顾轻舟破涕为笑。

司行霈也朗声笑了，把她抱在怀里。

两个人下楼，顾轻舟坐在桌前喝温热的粥。

稀薄的光从窗棂照进来。

顾轻舟喝着暖融融的粥，有句话在心中藏匿了很久，问他："你从哪一次知道，我是因为芳菲的事不高兴？"

"第一次。"司行霈道，"我和芳菲在后花园说话时，我感觉有人来了又立马离开，我想应该是你。

"我当时也是猜测的，后来我故意试探你，就确定了。"

"什么试探？"顾轻舟错愕。

"那次打电话。"司行霈道。

顾轻舟一下子就想起那次的电话了。

当时司芳菲突然打电话给顾轻舟，正巧司行霈的专线也在。

司行霈当时说"我家芳菲最是懂事"，顾轻舟就恼火了。

她真是傻傻的，被司行霈看了很久的笑话。

"……你不早说！"顾轻舟咬牙。

司行霈道："你也没说。"

顾轻舟："……"

"况且，我那时候还没有安置好，我说了只不过是空话。轻舟，我给过你空话吗？"司行霈问她。

顾轻舟的头更低了。

"说来说去，都是我错了。"她低声道，"对不起，我又耍小孩子脾气了。"

司行霈却笑了。

"我很高兴。"他道。

顾轻舟抬头。

司行霈道："我记恨任何一个人和你亲近，一旦超过了我，或者与我齐平，我就受不了。你有相同的感觉，说明了我在你心中有分量。我早就说过，你必是我的，包括你的人，你的心！"

他得意扬扬。

顾轻舟的唇角，亦有淡淡笑意。

想起三年前，她每每都要告诉他，她绝不会爱他的。一转眼，她早已深陷。

她死心塌地地爱上了这个男人。

顾轻舟吃了一碗粥，宿醉之后有点头疼，她昏昏沉沉的。

"我还想再睡一会儿。"她道。

司行霈就抱她上楼了。

临睡前，顾轻舟似乎想起了什么。她想问司行霈的，然而思路很短，片刻就被涌上来的睡意遮掩了。

她进入了梦乡。

醒来的时候，已经是中午了，暖暖的秋阳明媚。

她站起身。

司行霈不在房间里，顾轻舟下楼，听到了书房里说话的声音。

"……她看到了吗？"司行霈问。

副官摇摇头："进不了，就看不到的。"

司行霈蹙眉："她一时接受不了。"

这是在说司芳菲吧？

顾轻舟就咳了咳。

书房里，副官的声音猛然打住。

顾轻舟走进来，问司行霈："出了什么事吗？"

司行霈道："我昨天离开之后，芳菲不知是怎么想的，居然跟到了岳城。她到了外头，等了两三个小时才走。"

顾轻舟的呼吸一凛。

司芳菲知道了吗？

"你……你都告诉了她什么？"顾轻舟问。

司行霈道："我什么也没告诉她。"

芳菲的确是摔断了腿。

她是在舞会上，为了救一位小姐，被人推倒，从二楼跌到了一楼，把右腿给摔骨折了。

司行霈去看她，她很高兴。

结果，司行霈告诉她："芳菲，以后你如果哪里不舒服，我会派副官或者你嫂子来看你。假如我在南京，我会亲自来看，但我若是远在平城，就不会再千里迢迢赶过来了。"

司芳菲当时发愣。

"我要有嫂子了吗？"她声音颤抖，一瞬间唇色煞白。

司行霈目光一凝：在芳菲看来，司行霈要娶亲，才是芳菲的噩耗，远胜过司行霈不来看她。

"谁啊？"司芳菲的声音柔软，颤意却没办法敛去，"阿哥，你要跟谁结婚？"

司行霈说："我没有要结婚，但我爱上了一个女人，再过些日子，我会娶她的。"

司芳菲的眼泪夺眶而出。

她一边掉眼泪，一边看着司行霈，想要看清楚他的脸。

"阿哥，是谁啊？"司芳菲问。

司行霈则安慰她："别多想了，好好养腿。这摔断了，只怕阴雨天会疼，要照顾好自己。"

司芳菲攥紧了他的手。

她应该说很多话的，却只是默默道："阿哥……"

兄妹两个人独坐，司芳菲的眼泪也慢慢停歇了。

　　她没有再问其他，也没有问司行霈不来看她到底是什么意思，只是道："我累了，要睡一会儿，阿哥你先走吧。"

　　"我要回平城了，芳菲。"司行霈道，"军务繁忙。"

　　司芳菲点点头。

　　司行霈记得很清楚，他告诉了司芳菲，他是要回平城。

　　走的时候，他特意又说了一遍。

　　结果，他刚走，司芳菲就拖着尚未愈合的腿，经过一路颠簸，到了岳城。

　　她根本不相信司行霈回平城。

　　她早已有了怀疑，她知道司行霈在平城的日子很少，假如他有了心爱的女人，一定是在岳城遇到的。

　　她笃定他会来岳城。

　　司芳菲偷偷尾随，两个小时后到岳城，停在别馆的外面。

　　她看到了主卧里的灯火，甚至人影；她看到了厨房的炊烟，甚至餐厅的倩影。

　　离得那么远，她肯定看不清是谁，但是她知道，她哥哥在岳城有了个心爱的女人，这个女人就在这里。

　　"司行霈，她会不会看到了我？"顾轻舟问。

　　司行霈也不能肯定。

　　"如果她离得很近，我的副官肯定会发现她。她在副官们发现不了的距离看着，是看不到屋子里的情况的。"司行霈道。

　　"她会不会带着望远镜？"顾轻舟道，"拖着骨折的腿，千里迢迢赶过来，不可能没有任何准备吧？"

　　司行霈之前就想到了这一点。

　　他怕顾轻舟担心，就没提。

　　然而，顾轻舟这会儿酒早已醒了，她岂能想不到？

　　"带了也没事，窗户两层窗帘呢，若是轻易叫人用望远镜就拍到了我的屋子，那我岂不是早没了秘密？"司行霈道。

　　能不被副官们发现的距离，其实比较远，望远镜也不一定能瞧得真切。

"可是芳菲认识我。"顾轻舟道，"也许，她真的看见了。"

司行霈沉默了一下。

看见就看见吧，又不是不能见人！

"你出去吧。"司行霈对副官道。

等副官走后，他拉着顾轻舟，让顾轻舟坐到了他腿上。

他笑了笑："轻舟，这次逃不掉了，真的要准备结婚了。"

司芳菲知道了的话，司督军很快也会知道。

一旦公开，此事就会引发巨大的震动，司行霈觉得先要做好顾轻舟的工作。

她需得镇定自若。

如何能在众人的议论中保持清醒呢？首先脸皮要厚。

顾轻舟的思路，却跟司行霈不在一条线上，她道："芳菲早已怀疑了，要不然她也不会直接过来。没有任何预兆，她却能怀疑到我头上，你知道这意味着什么吗？"

司行霈笑，扬起脸看着她："意味着什么？"

"意味着，我配得上你。"顾轻舟道。

司行霈微愣。

他回神般，捧住了她的脸，用力亲吻着她的唇。

他明白了顾轻舟的意思。

顾轻舟和司行霈之间，消息密封着，外人看不出端倪，司芳菲却很准确地怀疑到了顾轻舟头上。

她上次打那个电话，就说明了问题。

司行霈爱慕的女人在岳城，而司芳菲怀疑顾轻舟，是因为司芳菲下意识觉得，只有顾轻舟能被司行霈看上。

哪怕她不肯承认，她的第六感都告诉了她这一点。

"轻舟，你和我一样，靠自己就能顶天立地。"司行霈很欣慰。

顾轻舟不再是那个乡下出来的少女，她如今是岳城的第一夫人。

司芳菲将她哥哥视为天人，却下意识觉得她哥哥可能会看上顾轻舟。

这就从侧面认同了顾轻舟的地位。

"高兴吗？"司行霈低喃。

顾轻舟颔首，神色认真道："我很高兴。我一直在你面前很自卑，我没有和你一样强硬的家世，没有和你一样出众的容貌。

"可现在，别人会觉得，你能看上我，我们站在一起时，旁人不会觉得我高攀了你。能和你比肩，是我此生最高的成就。"

司行霈眼眶发热。

这算是最动人的情话了。

他怎么也想不到，有一天顾轻舟会说出这般动情的话来。

"轻舟，你真的越来越乖了。"司行霈感叹，"是个好孩子！"

顾轻舟失笑："什么话啊！"

她的心情，彻底好转了。

她原想司芳菲的事，会让她痛苦很久，不承想司行霈釜底抽薪地解决了。

他自己想通了，这是最好的结果，比顾轻舟强迫他去处理更好。

至少司行霈不会再反复了。

司芳菲有五成的可能看到了顾轻舟，也有五成的可能没看到。

她肯定不会告诉司督军的。

"一旦说了，司行霈就会跟我求婚。"顾轻舟想，"事情闹开，只会让司行霈和我早日定下来，司芳菲绝不会这样便宜我的。"

她猜得不错，司芳菲是不会说的。

司芳菲从岳城离开时，浑身冰凉。

正如顾轻舟猜测的那样，她的确带了望远镜。

可惜太远了，望远镜的距离也有限，房间又拉了窗帘。

司芳菲只能看到一个轮廓。

那头长长的头发，似披了件围巾在头上，必然是顾轻舟了。

她就没见过其他女人有那么长而浓密的黑发。

"果然！"司芳菲无力地靠在椅背上。

这个结果，她猜测的时候深感惊悚，如今更是感觉晴天霹雳。

顾轻舟玷辱了司家，更玷辱了她两名兄长。

第三十七章

病房求婚

过了一个多月，顾轻舟很不舒服，她自己去了军医院。

到了军医院，军医给顾轻舟量了体温，发现她又反复了。

她重新低烧了起来。

"已经打过针了，不能再打针。"军医对顾轻舟道，"少夫人，您拿些酒精回去，擦拭后背，试试物理降温。"

顾轻舟点点头。

顾轻舟回到了新宅，副官吩咐女佣，上楼去给少夫人擦拭后背。

半夜醒过来，屋子里的台灯已经关了。

她开灯看了时间，是凌晨三点半。

顾轻舟嗓子里疼得厉害，脑壳也疼，她爬起来喝水。

楼下有两名副官站岗。

"……夜里不用值守的，怎么还在这里？"顾轻舟问。

副官忙敬礼，然后解释道："少夫人，唐副官怕您夜里不太舒服，要送去医院，所以派属下等人守在这里。"

副官又问她："少夫人，您是要去医院吗？"

"不是，我就是想喝口水，透个气。"顾轻舟道。

副官急忙去给顾轻舟倒了热水。

顾轻舟坐在沙发里，一口一口地慢慢喝着。

两名副官相互使眼色。

顾轻舟看到了，问："有什么话就说，不需要吞吞吐吐的。"

副官迟疑地说："顾小姐……"

他换了称呼，从少夫人变成了顾小姐，这是想说司行霈的事。

顾轻舟脑海中一个激灵。

"……顾小姐，平城那边打了电话过来，师座可能受了点小伤。"副官声音有点低。

顾轻舟手中的水杯抖了一下。

她一双手捧住了杯子，似乎稍微不用力气，它就要掉下去。

"什么样子的小伤？"顾轻舟问。

副官道："师座摔了一下，昏迷不醒。"

顾轻舟脑子里嗡嗡的。

她手中的水杯，滑落到了地毯上，砸到了她的脚趾。

摔得昏迷不醒？

这是摔得多厉害？

顾轻舟眼中起了一层雾色，她眨了眨眼睛，对副官道："备车，去平城！"

她似乎很用力，才能说出来这句话，可副官听在耳朵里，她的声音还是很轻，轻得毫无力气。

前几日，司慕去了平城，司芳菲也去了，顾轻舟能猜到他们会闹点事，却不知道最后受伤的居然是司行霈！

她一瞬间手脚冰凉。

一路往平城去，顾轻舟的心紧紧提起。

唐平没有跟着，副官只是尽可能地简短，说司行霈绝无大碍。

顾轻舟攥紧了手指。

她掌心不知不觉，出了满手的汗。

"……顾小姐，咱们这会儿过去，说不定师座都醒了。"副官安慰顾轻舟。

顾轻舟没有说话。

她静静坐着，眼前似乎有什么光影闪过。

她不由想起了司慕打自己的那一枪。

顾轻舟下意识把手放在了胸口，她无法自控地想要做点什么、说点什么。

但是，她做不出来。

她的血液有种逆行的痛苦。

顾轻舟时常会想起司行霈那没脸没皮的笑容。

他站在阳光下，咧开嘴，露出一口洁白整齐的牙齿，笑得温暖："轻舟。"

顾轻舟深吸几口气。

他们是凌晨三点半出发的，路上耽误了片刻，直到中午十二点才到平城。

司行霈住到了平城军医院。

顾轻舟下车的时候，脚步虚浮。她原本就发烧，一路的颠簸，她早已是口干舌燥，精神倦怠。

她快速下了车。

眼前一阵阵发黑，顾轻舟努力想要抓住了点什么。

副官急忙上前，让顾轻舟扶住了他的胳膊。

"顾小姐……"

"没事。"顾轻舟的声音很轻，她努力闭了闭眼睛，让这一股子晕眩过去。

她进了军医院。

军医们不认识她，而司行霈的近身副官，已经在门口等待了。

看到顾轻舟，副官行礼："顾小姐，师座已经醒了。"

司行霈是早上八点半醒过来的。

他昏迷了将近十五个小时，醒过来不过四五分钟，又重新进入了梦乡。

军医说："既然能醒过来，问题就不大了。"

将领们全松了口气。

司行霈的病房外，围满了人。

顾轻舟一眼就看到了司慕，以及坐在司慕旁边的司芳菲。

司芳菲一脸惨淡，头发散乱，唇色发白。

司慕则低垂着头。

"顾小姐。"有参谋给顾轻舟行礼。

其他人也纷纷道："顾小姐来了。"

司芳菲猛然抬头。

她看了眼顾轻舟，又看了眼这些将领和参谋，眼中的惊愕之色遮掩不住。

司芳菲发现，司行霈的下属们，知道顾轻舟，而且敬重顾轻舟！

他们叫她"顾小姐"，而不是"二少夫人"，他们把顾轻舟视为司行霈的人！

这怎么可能？

司芳菲实在想不通，到底发生了什么事，让他们如此反常！

顾轻舟这样的女人，不是应该被浸猪笼吗？

这些将领，他们为什么要尊重她？

司芳菲一口气没有上来，全部憋在心口。

她望着顾轻舟，神色惊惶。

顾轻舟却没看她，而是对众人略微点头，然后对司慕道："你没事吧？"

司慕摇摇头，眼睛并未落在顾轻舟身上。

他一言不发地站起身，然后越过顾轻舟走了出去，仍是没说半个字。

顾轻舟看着他的背影，慢慢才收回视线，对军医们道："我能探视师座吗？"

"可以，顾小姐请。"军医道。

司芳菲就站了起来。

"我也要去看看阿哥。"她道。

军医立马说："二小姐，师座要静养。"

司芳菲被阻拦在外。

他们说话的时候，顾轻舟已经进去了。

军医就是要拦住司芳菲，不许她进去。司芳菲脸色更加惨白，她没有闹起来，而是默默退到了旁边。

她往外走，有名副官送她。

她拉住副官问："为何她……可以进去？"

副官道："顾小姐是师座的半条命，任何人都不能阻止顾小姐。"

司芳菲闻言，如遭雷击。

他们都知道。

司行霈受伤的消息被封锁，是怕军心不稳，所以在场的不管是副官、军医还是将领，全是司行霈最信任的人。

他们都知道，顾轻舟是司行霈的命，哪怕她和司慕结婚了。

司芳菲的喉间，泛出了腥甜。

她以为，顾轻舟极其不光彩，她以为她大哥和顾轻舟的事发，会让顾轻舟抬不起头。

她甚至以为，她大哥只是享受和顾轻舟的那点神秘，并非真正喜欢她。

现在，她全部知道了。

她错了。

她的哥哥，把这个女人当命！不仅他把顾轻舟当命，他的亲信们也把顾轻舟当女主人。

单单是司行霈的威望，做不到这样的，说明顾轻舟的能耐，也被司行霈的下属们认可。

顾轻舟是岳城之母，她不仅得到了岳城将士们的尊重，她也得到了司行霈这边将士们的敬重。

司芳菲咬住了唇。

"……半条命吗？"司芳菲倏然感觉被什么重击。

她站立不稳，副官扶住了她。

"他的半条命！"司芳菲无意识重复着这句话，"半条命……"

她的唇瓣，露出一个似哭似笑的弧度来。

"二小姐？"副官有点担心，低声喊了句。

司芳菲脸上的笑容几乎抽搐，很怪异。

这一声让司芳菲回神。

她扯了一下嘴角，努力想要挤出一个笑容来，最终徒劳无功。

她快步出去了。

顾轻舟一进门，就看到了病床上的司行霈。

他的脑袋上裹了纱布，纱布上隐约沁出血红来。

他唇色发白，肌肤失去了血色，看上去也格外地白。

白得刺目。

他这样高大的男人，肌肉精壮，可这么软软躺着，好似抽干了力气。

也许是错觉，顾轻舟感觉他像是被抽干了力气，好像瘦了很多。

她坐到了旁边，轻轻地喊了声："司行霈。"

没有回答。

他的眼帘动也没动一下。

顾轻舟再次喊了句："司行霈！"

她盯着他。

他此刻温顺而纯良，真像个大好青年的模样，一点也不是那个兵痞。

顾轻舟抓住了他的手腕，给他把脉。

头颅受伤，经过了西医和军医的手术抢救，他已经脱离了生命危险。

顾轻舟把脉后，没看出什么大问题，知道他现在需要的，是时间。

时间能让他的伤口愈合。

顾轻舟俯身，轻轻地在他唇上吻了一下："快点好起来啊。"

她坐下来，把脸贴在他的手上。

顾轻舟很累，她合眼之后，就慢慢进入了梦乡。

司行霈感受到了一抹绮丽。

那是黄昏，他母亲抱住他，站在门口的大桑树下。

夕阳璀璨，天边的云霞如锦。

淡红色的霞光落在他母亲脸上，那是世上最好看的面容。

而后，他看到了顾轻舟。

温柔又恬静的小丫头，一头青绸般的长发，迎风而动，长发似涟漪。

四周的景致格外绚丽，司行霈唇角，有了个淡淡的笑容。

他的母亲，他的轻舟，真是个好梦。

他慢慢睁开了眼睛。

霞光似乎从梦里，追到了他的眼前。

一个小小的身影，趴在床边。

司行霈一惊。

他动了一下手。

他一动，发现顾轻舟也动了。她没有醒，而是更加用力地抱住了他的手。

司行霈失笑。

一笑，额头就疼，他吸了口气。

顾轻舟睡得很沉，眉头微蹙。

司行霈伸手摸了摸她的脸。

这一摸，司行霈吓了一跳：顾轻舟在发烧，而且是高烧。

司行霈用力拽出了手："轻舟！"

顾轻舟的身子一歪，居然被司行霈推倒了。

"来人！"司行霈大声道。

司行霈的眼睛发红，气得呼吸不畅。

"师座。"门口的副官急忙进来。

司行霈道："叫军医！"

说罢，他就摘了输液管，亲自下床把顾轻舟抱了起来。

副官大惊："师座，您不能动！"

这副官是邓高，十分耿直的小伙子，上前十分利落地把顾轻舟抱了起来，忙对司行霈道："让属下来，让属下来！"

司行霈瞥了他一眼。

眼神里格外不满。

邓高也不管了，反正不能让师座这样下床。

军医说了，师座需得卧床十天以上，现在最好动都别动一下。

"属下这就去叫军医，师座您快躺好了。"邓高道。

司行霈道："在这里加一张床，就把她放在这里。"

邓高道是。

这边惊动了，那边军医很快就过来了。

推了一张病床过来，军医对司行霈道："顾小姐高烧，只怕是风寒感冒。"

顾轻舟的病，不仅仅是风寒。

她这么一路乘车很颠簸，加重了她的病情。

"……要输液。"军医道，"没什么大碍，师座放心。"

司行霈哪里能放心？

他紧紧蹙眉。

顾轻舟的病床，就在司行霈的旁边，她安睡中像个乖巧的细瓷娃娃。

"这叫什么事？"司行霈苦笑。

两个人，都病倒了。

司行霈想起了什么，对邓高道："你回去，把我上次定制的戒指取过来。"

"啊？"

"快去！"司行霈眼眸一沉。

邓高回神般："是，属下这就去。"

他知道那枚戒指放在哪里的，也知道那枚戒指做什么用，更知道那枚戒指的分量。

只是现在要戒指，难道师座打算在病床上求婚吗？

这也是够奇怪的。

算了，师座原本就是个不拘小节的人。

顾轻舟猛然坐起来。

司行霈一直斜倚着枕头半坐，目不转睛地看着另一个病榻上的她，见她倏地坐起，不免微愣。

继而，他们四目相对。

司行霈又想笑又难过：她肯定是在半梦半醒间想起了他，想到还不知他的病情，故而一下子惊醒了。

他莫名心酸。

"……你怎么坐了起来？"顾轻舟看了他半晌，似乎要拣一句最要紧的话先说，然而每一句都那么重要，反而不知该说什么了。

她望着司行霈，情绪波动。

她愣了一下之后，大概是彻底清醒了，下了床。

她要搀扶司行霈躺下："磕破了头，那么要紧的病，得多躺躺。"

"我躺得脑壳更疼。"司行霈顺势搂住了她的腰，稍微一用力，就把顾轻舟抱到了自己的病榻上。

他这张床是定制的，大概是军官们专用病榻，是普通病床的两倍大，而且很结实。

顾轻舟明知他荒唐，却不敢挣扎，生怕他的脑袋再次受伤，只得任由他胡作非为。

她始终要看他的脑袋，他却用额头抵住了她的额头。

一碰，确定不发烧了，司行霈心中安稳了下来。

"军医给你验血了，说你最近太过疲劳，你反复发烧，就是身体在警告你。"司行霈道。

说着，倒也没有责怪，而是伸手轻轻地摸着她的面颊："你又不乖了。"

顾轻舟握住他的手。

她给司行霈把脉。

司行霈和她说话的工夫，她已经确定了司行霈无内伤。

她抬头看着他："你就乖吗？"

司行霈失笑，吻了吻她的唇。

顾轻舟越发有了做太太的威严，说话行事端庄而持重。

"……为什么会这样？"顾轻舟问。

司行霈的情绪倏然一落。

他的眼底闪过几分寒芒。

那寒芒一闪而过，他的笑容到底有些僵硬。

他对顾轻舟道："你搀扶我去院子里走走。"

顾轻舟大惊："你作死了？军医难道没有叮嘱过你，十天不能动吗？"

她没有听军医说过，却也能猜到。

这种厉害的外伤，不可能让他随时下床的，应该要静卧休息。

"我跟其他人不同，我不动才好不了。"司行霈一肚子歪理邪说。

顾轻舟冷哼："你别作死了司行霈，你再这样的话，我也不管你。"

真生气了。

说是生气，还不如说是担忧。她这么担忧，他还吊儿郎当的，她这才气着了。

"好好，听你的。"司行霈见好就收，双臂略微用力，将顾轻舟圈在怀里。

他的唇凑在她耳边，轻轻地道："轻舟，我有句话想告诉你。"

顾轻舟道："正经话？"

"正经话。"

"那好，你说。"顾轻舟有点乏了，她软软依靠着他。

"我想跟你求婚。"司行霈道，"我想娶你做太太。"

顾轻舟浑身似过电般，一阵酥麻从头顶直到脚心，耳边也"嗡"了一下，让她的世界陡然静谧无声。

长久以来的期盼，终于说出来的瞬间，竟是这般地欢喜！

顾轻舟知道司行霈的心意，也知道他想要求婚，甚至好几次打断了他的话。

她以为，等他说出来时，只不过是平常话罢了，毕竟尝试了那么多次。

过往的一切，师父和乳娘的死，在心中浮动。

"我……"

她想要说什么，舌尖始终千斤重。

司行霈就从被子里，掏出一个绒布小匣子。

黑绒布的匣子被他捏得久了，有点温热。

他打开了匣子。

顾轻舟看到了钻石璀璨的光芒，灼目耀眼。

她定了定神。

她抬头，看着司行霈的眼睛："我不是一个孝顺的人。"

她的师父和乳娘死了，而她已经忘记了仇恨。她甚至害怕知道真相，从一定要清楚结果，到现在什么也不敢问。

她害怕自己的身份令她无立足之地。

"我不用你孝顺。"司行霈道。

"我也不是个善良的人。"顾轻舟继续道。

司行霈道："我比你更恶。"

"我对朋友照顾得不多，对同行的恩惠也少得可怜。"顾轻舟还说。

"我的战友会因为我而去世，我们都不算良友。"司行霈说。

她不孝、不善、不良，她并不是个好人。

但是，他愿意娶她。

"我不是好人，你也不是。"司行霈道，"我们就狼狈为奸吧！"

他将戒指，套在她的无名指上。

有点凉，直达心脏。

顾轻舟眼中有泪，她看着这枚戒指，那光能照耀到她心中去，未来的路也被照得清清楚楚。

她要结婚了，余生与另一个人分享，眼泪夺眶而出。

司行霈吻住了她。滚热的眼泪，落在他的面颊上，他心中一阵阵的暖意。

订婚之后，顾轻舟回到了岳城。

司行霈的伤养好了，也跟了过来。

顾轻舟突然接到电话，说老太太晕倒了。

军医过去看了以后表示束手无策。

顾轻舟给老太太把了脉，也发现无力回天。

有天老太太糊涂了，问司行霈："你和轻舟哪一年结婚的？"

司行霈被她吓了一跳。

十天后，老太太寿终正寝。

她临走前，回光返照，能吃能睡，笑声爽朗，让司夫人和二婶陪着打牌，心情很好。

她走了之后，司家的人虽然难过，却也没什么遗憾。

最后的日子，大家都陪着她，而且她也算是开开心心地走了。

顾轻舟很难过。她到岳城后，老太太一直信任她、扶持她。

若无老太太，司督军未必喜欢顾轻舟；若无司督军，顾轻舟不会有今日。

老太太一生光明磊落，走得也洒脱轻松，没有遭受病痛的摧残，这是一大幸事。

司家的丧礼办得很隆重。

司行霈说："祖母临终前，一直把我和你认作一对，真是神奇。这样，就好像她老人家承认了我们，我这一生毫无遗憾了。"

顾轻舟也觉得如此。

老太太临终前的错觉，给了顾轻舟很大的安慰。

将来不管遇到什么困难，她都会记得老太太的那些话。

就当老太太知道了吧，就当老太太是祝福他们的吧。

有了这样的祝福，顾轻舟和司行霈就觉得足够了，其他人的他们不敢强求。

如今世道变化很大，守孝是介于新与旧之间模糊的东西。

司家为老太太守孝已经百日了。

这一天，司行霈和顾轻舟终于要跟司督军坦白：他们准备结婚了。

顾轻舟把军政府的印章全部装起来，她和司慕的离婚书放在最上面，这才拎着小箱子下楼。

她看到司行霈很悠闲地坐在客厅里，那双带着泥巴的军靴，直接搭在茶几上。

"坐没坐相。"顾轻舟低声数落他，"把脚放下来。"

司行霈依言收起了脚，让顾轻舟坐到他身边。

顾轻舟却坐到了对面。

她把小箱子放在茶几上，打开，拿出里面的离婚书，先给司行霈看。

离婚书的下面，就是她和司慕结婚时的协议。

"我觉得，这些东西像火上添油，在提醒阿爸，我们一开始就在戏耍他。还不如说我变心了，中途爱上了你，更加好接受点。"顾轻舟叹气，患得患失。

司行霈哈哈笑起来。

顾轻舟瞪他："有什么可笑的？"

"顾轻舟，我笑你还在天真。"司行霈道，"你还保留着幻想，希望督军可以接纳你，把你当自家人，是不是？"

顾轻舟偶尔会磨磨叽叽的。

下定决心的过程，是很艰难的。

事到临头，顾轻舟苦笑："我在这件事上，的确很天真。"

她深吸了一口气。

司行霈站起身，牵了她的手："走吧。"

又问顾轻舟："东西收拾好了吗？"

顾轻舟的行李不多。

她只有几套衣裳，一个箱子都装不满。其他的，全是司慕这里的，她不会带走。

剩下的，就是木兰、暮山。

"收拾好了。"顾轻舟道，"随时可以走。"

至于司慕承诺给她的东西，她已经从府库里提了出来，交给了她的情报人员。

一切都准备就绪了。

"我换了个别馆，邀请督军去那边，咱们先过去。"司行霈道。

顾轻舟点点头。

这是一处崭新的宅子，位于法租界，红墙墨瓦，三层小楼精致，两旁都是人家，繁华热闹却又不拥挤。

到了门口，副官给他们开了门。

司行霈发现她的手在发抖。

他握紧了她的手，将她揽入自己怀中，低声道："这么害怕？"

顾轻舟道："有点。"

她吸了好几口气，情绪稍定。

晚上十一点，司督军到了。

副官说督军来了时，顾轻舟猛然从沙发上站起来，唇色瞬间苍白。

司督军进来，扫视一圈，没有看到司慕，却看到了顾轻舟和司行霈，眼底露出几分难以置信。

他心中也是一惊。

"阿慕呢?"司督军直接问。

顾轻舟张口结舌,半晌说不出话来。

司行霈道:"督军,是我请您回来的,跟阿慕无关。您看看这个。"

说罢,他将一份文件,递给了司督军。

司督军狐疑,低头看了起来。

顾轻舟一直站着,掌心捏出了汗。司督军的余光瞥见了,道:"轻舟,你怎么了?"

"啊?"

"有事就说,没事就坐下。"司督军道。

顾轻舟手脚极其不协调,慌张无措地坐下了。

司督军知道不对劲,却又不敢相信。

这可是他最器重的两个孩子。

然而,他的心思很快就被文件吸引,脸色慢慢沉了下去,再也没心思管顾轻舟和司行霈了。

看完了文件,司督军脸色铁青,问司行霈:"消息可靠吗?"

"千真万确,他们都建立了盟约。"司行霈道。

司督军将文件重重地拍在茶几上:"混账,南北尚未和谈,他们还要内乱?"

顾轻舟瞥见了文件。

原来,广西和云南的军队,正在与四川、安徽集结,准备成立新的政府,脱离南京政府,自立门户,就像武汉一样。

这件事,目前还在谈判。

安徽是南京的壁垒,驻守寿城的督军尚未答应,暂时还没有定论。

司行霈却知晓了这个秘密。

"督军,我已经弄到了他们的布防图,以及他们和安徽达成盟约的协议书。"司行霈道,"此事想要兵不血刃地解决,倒也容易。"

司督军慢慢松了口气。

他赞许地看了眼司行霈:"你做得很好。要不然,又是一番动荡。"

然后又问："布防图和协议书呢？"

顾轻舟听到此处，豁然明了。

司行霈说，他要给司督军准备一份礼物，让司督军心甘情愿承认他们的关系，原来是指这个。一旦南边哗变，南京政府朝不保夕，司督军这个三军总司令，只怕是要枪毙了。况且，战火一起，生灵涂炭，司督军正在极力推进的南北和谈，也会再次泡汤。

这些秘密，南京都没有听到风声，司行霈就弄到了布防图。

等司督军自己去查的时候，说不定寿城倒戈，南京已经被占领了。

"督军，协议书和布防图我可以给您，只是我有个条件。"司行霈道。

司督军看了眼顾轻舟。

顾轻舟是个聪明内敛的女孩子，如今她这样惊慌失色，司督军比她更慌：一定是有件很大的事发生了。

"什么条件？"司督军问司行霈。

"我想跟轻舟结婚，希望您能给我们写一份婚书。"司行霈道。

他说着，就揽住了顾轻舟的肩头。

司督军只感觉一声闷雷，在他的耳边轰隆隆炸开。

他脑袋里空白。

最大的噩梦，居然成真了。

司家这等丑闻，成了永远的笑话。

司督军终于明白了顾轻舟的紧张。

他脑海中翻江倒海，半晌理不清楚头绪，怒气却似决堤的海潮，使劲往上冲，他的手不由自主地去摸腰间的配枪。

司督军今天没有带枪。

没有摸到枪，司督军就顺势解下了皮带，狠狠抽打过来。

他知道自己骂人了，却听不清楚自己骂了什么，只感觉司行霈将顾轻舟护在怀里，那皮带一下下地抽打在司行霈的身上。

然后，他听到了哭声。

"阿爸，阿爸！"顾轻舟挣脱了司行霈的怀抱，扑通给司督军跪下了。

她大颗大颗地掉眼泪："阿爸，您不要打了，都是我的错……"

司督军打得猛，鞭鞭用力，一皮鞭没有收住，直直打在顾轻舟的脸上。

带出一片血花。

顾轻舟痛苦地伏在地上，身子蜷缩成了一团，无法自控地发出了痛苦的哼声。

司督军想要收住皮带，司行霈上前，他双目赤红，一拳朝司督军打了过来。

从小到大，哪怕挨再多的打、再没有道理的打，司行霈都没有还手。

可司督军失手打了顾轻舟一皮鞭，他就不顾一切冲了上来。

司督军眼冒金星。

他老了，司行霈的拳头又太硬，慢慢地他什么也看不清楚了。

司督军倒了下去。

他昏迷之前，看到了顾轻舟满脸的血，混合着眼泪，嘴里还在喊"阿爸"。

司督军脑袋一沉，彻底陷入了昏迷。他记得顾轻舟那模样，又气愤又心酸。

顾轻舟的整张脸都破了相。

皮带坚硬，顾轻舟左边额头到右边嘴唇，有一条清晰无比的血痕，没有破皮，却泛出了紫红色。

她的鼻梁可能被打断了，鼻血止不住。

她自己捏住了鼻子，让司行霈把她送去何氏百草堂。

"去什么百草堂，去军医院！"司行霈的心疼得揪了起来。

他小心翼翼地抱着她，生怕碰碎了般。

他都拔出枪了，是顾轻舟死死地按住了他的手。

"……姑父擅长摸骨，他知道怎么弄，而且百草堂有我自己配制的外伤药，能及早化瘀消肿。"顾轻舟道。

她疼得厉害，每说一句都艰难万分。

她一只手扶住鼻梁，一只手握紧司行霈的手，生怕他犯浑起来把司督军给毙了。

司行需见血疯狂，他的呼吸那么急促，让顾轻舟特别害怕。

司行需原本是打算好好和司督军谈的。

司督军打他，抽了那么多下，他也没反抗，他是诚心为了顾轻舟，跟司督军和平处理此事。

不承想，最后功亏一篑，他还是动手了。

司行需不怕自己吃亏，只是不能接受顾轻舟挨打。

"司行需，去百草堂。这边叫人给督军请军医。"顾轻舟声音含混不清。

她对司督军的称呼，从阿爸变成了督军。

她渴望亲情，渴望父爱，可她注定是不会再有了。正如司行需所言，梦该醒了，天真也该退场了。

"好。"司行需抱起了她。

他给副官使了个眼色。

副官明了。

他们出门，开车一个多小时，才到了百草堂，这时候已经是凌晨了。

何家众人已经睡了，司行需敲门，小伙计开了门。

看到顾轻舟的样子，小伙计吓坏了，急匆匆地去敲何梦德的门。

何梦德和慕三娘也是急急忙忙起身。

"哎哟！"慕三娘腿软，"轻舟，这是……这是……"

说话有点打哆嗦。

顾轻舟忙道："没事的，姑姑，就是鼻梁可能断了。"

何梦德上前，查看顾轻舟的伤情。

慕三娘连忙去打了热水。

擦拭之后，顾轻舟的鼻梁也没什么大碍，脸上的血迹洗去，四周红肿得更加厉害，左边的眼睛已经睁不开了。

"这是被什么打了？"慕三娘心疼极了。

顾轻舟道："没什么的，是我自己不小心。"

慕三娘和何梦德就没有再追问。

顾轻舟这边收拾了一番，对何梦德和慕三娘道："姑父，姑姑，你们先去睡吧，我和师座有些话要说。"

何梦德就留他们在问诊间。

慕三娘道："要不要收拾客房？"

"不用了，我们要回去的。"顾轻舟道。

何家众人去休息，小伙计还在大堂打地铺。

司行霈轻轻地吻了吻她的面颊："走吧，我们回平城。"

"就这样走了？"顾轻舟问。

她脸上涂抹了药膏，清清凉凉的，人也精神了不少。

"是的，就这样走了，其他的任由他们吧！"司行霈道，"早知道这样，当初就该直接走。"

她沉默了下，才说："司行霈，我其实挺满意这样的，至少我心中的愧疚没那么深了。"

司督军打了她一皮鞭，顾轻舟会明里暗里觉得，自己欠的还了一部分。

她的负罪感，被疼痛感取代了些。该她做的她已经做完了，该她承受的也承受过了。

于是，司行霈开车，将她送到了城外的跑马场，那边有飞机等着。

上了飞机，木兰和暮山的笼子就在顾轻舟的脚边，她的绿色藤皮箱安静地放在座位底下。

她的藤皮箱里，除了财产和衣物，还有她师父和乳娘的骨灰。

"这封信，交给我义母。"顾轻舟对副官道。

这算是她给岳城亲戚朋友的告别信了。

飞机起飞时，顾轻舟依靠着司行霈，慢慢进入了睡眠中。

司行霈握紧了她的手，不时亲吻她的额头。

第三十八章

大婚之喜

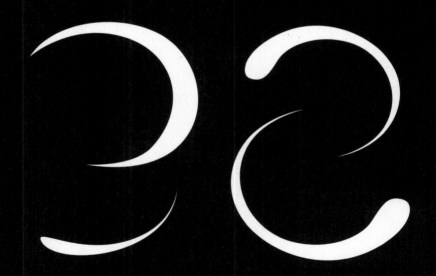

一个多小时后，飞机在平城的机场降落，顾轻舟嗅到了空气里迎春花的气息。

她心情格外地平静。

司行霈却用力搂紧了她。

他低喃："轻舟，你终于属于我了！"

她的一切，终于完全属于他了。

他们相遇的这三年来，他改变了，她成长了，他们一点点把自己嵌入彼此的生命里。

"轻舟！"司行霈重复着她的名字，千言万语说不出口。

感情越是浓烈，言语越是苍白。任何的语言，都无法形容此刻的心情，故而只有"轻舟"二字，从他唇齿间旖旎。

顾轻舟全部都懂。

他们都有相同的感受。

夜风缱绻，风吹在脸上，让顾轻舟的伤口又火烧火燎地疼。

脸是疼的，心是暖的。

"我们到家了。"司行霈道。

"是，我们到家了。"顾轻舟回应。

司督军醒过来时，身在军医院。

他猛然坐起，问："轻舟呢？"

他一说话，整张脸都很疼，这让他稍微清醒了几分。

然而，他还是很迷茫，到底是梦还是真的？

他问身旁的军医："我是怎么受伤的？"

军医摇摇头："是大少帅的副官送您过来的，属下不知您是如何受伤的。"

司督军一下子从迷茫回到了现实。

他不是做梦。

他的双肩有点酸楚，很想无力虚搭着，然后又深感这样狼狈，故而挺直了胸膛。

"让他们进来见我。"司督军道。

愤怒中掺杂无奈和悲凉的情绪，在司督军的胸腔中激撞。

司督军无法平静。

他还是想要打司行霈一顿。

同时，他也非常地清楚，哪怕再多的打骂，也无法扭转此事。

"督军！"进来的，是司行霈的两名副官，他们恭敬行礼。

"少帅呢？"司督军眼底的怒焰越来越浓烈。

两名副官手里拿着文件夹子，恭敬地对司督军道："少帅回了平城，他说等督军消消气，再回来。"

司督军抓起床头柜子上的茶盏，用力砸了出去。

茶汤、茶叶流淌着，碎瓷满地。

两名副官都后退两步，生怕城门失火殃及池鱼。

"去……去打电话给他，让他给老子赶紧滚回来，否则老子的大炮轰了他的平城！"司督军怒喝，声音震如响雷。

副官道是。

等再次进来回禀时，副官浑身紧绷，宛如赴死的壮士："少帅说，让您消消气，他明天回来。"

丝毫不把司督军的话放在眼里。

司督军怒不可遏。

他站了起来，要亲自给司行霈打电话。

军医看到了，没有阻拦。司督军只是脸上中拳，没有伤及腑脏，起身活动不妨碍什么。

电话被接通时，司督军咆哮着："司行霈呢？"

当着下属的面，连名带姓地叫司行霈，这是怒到了极致。

副官忙道："就在旁边。"

于是，电话转移到了司行霈的手里。

司行霈漫不经心道："督军，您真是老了，这一觉睡了八个小时才醒。"

司督军不理会他的挑衅，道："我限你三个小时后到我面前，否则你知晓后果。"

"什么后果，您要攻打平城吗？"司行霈反问。

司督军气急。

这一句反问，就是丝毫不把司督军的进攻放在眼里。

司行霈挂了电话。

司督军胸口一阵阵地发闷，让他差点站立不稳。

扶住桌子，良久才稍微好转。

这时候，司慕进来了。

"阿爸，这件事我知道。"

"什么？"司督军错愕。

他仔细看小儿子的脸。

司慕的眼睛里很平静，脸上略有伤感，却没有半分愤怒，这绝不是刚知道的。

他心中又是一惊。

"你什么时候知道的？"司督军问。

司慕道："前年九月份……"

司督军算了算时间，那时候顾轻舟和司慕还没有结婚。

"混账东西，你们眼里还有司家吗，还有我这个父亲？"司督军怒极，恨不能把司慕也踹上几脚。

那时候就知道，干吗要结婚？

轻舟到岳城，满打满算，有三年多了。

司督军从未想过，也没有怀疑。

说到底，他那时候觉得顾轻舟配不上司行霈。

司行霈性格倨傲，别说顾轻舟那样青涩的女孩儿，就是再练达的名媛，也入不了司行霈的眼。

有了这样先入为主的印象，哪怕有蛛丝马迹，也被司督军忽略了。

现在想想，顾轻舟那两匹狼，不正是司行霈的吗？

当时颜新侬说，那两匹狼是司行霈离开之后，他领回去养，然后被顾轻舟看中了。现在想想，颜新侬也早知道。

司督军差点吐血。

"你说，你给老子说清楚！"司督军怒喝。

"是。"司慕很温顺。

他开始讲述，故事很长。

"……从那之后，我们就离婚了，我有错在先。"司慕最后道。

司督军震惊。

他太过于震惊，反而忘记了生气。

他居然不知道，这三个孩子在他眼皮底下，上演了这么一场浩浩荡荡的爱情戏。

而这一切，司督军都没看出来。

"我跟顾轻舟的婚姻，是旧式的包办婚姻，我们两个人都是受害者，她没有背叛我；我们结婚，是彼此清楚根底的结盟，她更没有背叛我。"司慕最终总结道，"阿爸，如果让您难堪了，我可以负责，请您不要伤害轻舟，她已经为司家做得够多的了。"

司督军沉默听着。

"阿爸，轻舟为我们做了很多。"司慕道，"她救活了祖母，她治好了我的顽疾。为了岳城和军政府，轻舟也出了不少的力气，百姓至今都爱戴她，称呼她为'岳城之母'。"

司督军诧异地看着司慕。

司慕居然帮顾轻舟说情！

"你就一点也不生气？"司督军问。

"我气过了，我打了轻舟一枪。"司慕头微微低垂，"我后悔至今。"

司督军再次沉默。

"报应！"司督军那一直坚挺着的双肩，终于垮了下去。

他无力地坐在沙发上。

司慕在旁边，将一些文件拿给他看。司慕和顾轻舟的协议写得一清二楚，他们没有撒谎。

而且，他们的离婚书日期是去年的。

司督军此刻只感觉，自己身为父亲是极其失败的。

他在寂静中沉思。

一夜未合眼的司督军，打了个电话到平城。

他这次心平气和："让轻舟来接电话。"

司行需犹豫了一下，还是把电话筒递给了顾轻舟。

顾轻舟接到了。

她的声音发紧，闷声喊了句："督军……"

"叫督军了？"司督军反问，"难道我就不是你阿爸了？"

顾轻舟的眼泪，瞬间夺眶而出，她哽咽着改了口："阿爸，对不起……"

司督军叹了口气。

他的叹气深长。

"轻舟，你知错吗？"司督军问她。

顾轻舟点点头："在我最困难的时候，我选择了阿慕作为挡箭牌，这个选择是错误的，全是我的错。"

"你知错就好。"司督军道。

想起顾轻舟的种种好处，想起她对岳城的贡献，司督军的心情，格外酸楚："阿爸打到你了没有？"

"没事，我没事……"她哭出声。

司督军心中更涩，眼中莫名其妙也有些热。

他对顾轻舟道："阿慕已经把你们的事，都告诉了我。"

顾轻舟呜咽了。

司督军道："别哭了。"

顾轻舟就屏住呼吸，不敢让哭声再透过去。

司督军说："轻舟，你和阿慕结婚的时候，阿爸给过你承诺，将来你们离婚了，阿爸一半的家业会给你。"

顾轻舟没有答话。

她没想要，而且她知道司督军也不会给。

司督军道："你既然错了，这个承诺就不算数了。"

"是。"她道。

"阿爸只有一个要求。"司督军的态度，明显和软了很多，似乎也是认同了顾轻舟和司行霈。

这让顾轻舟受宠若惊。

哪怕不是为了她，司督军能做到这样，顾轻舟已经是非常感激了。

司督军道："你改名换姓，以后不要叫顾轻舟，也不算司慕的前妻。只要这样，你仍是司家的儿媳妇。"

顾轻舟看了眼司行霈。

司行霈听不到谈话，只能认真地看着顾轻舟。

顾轻舟泪眼婆娑，望着司行霈，然后迅速做了决定："好，阿爸我答应您。"

司督军怅然有点失落。

他说不出哪里不对劲，偏偏总感觉不太舒服。

后来，司督军知道哪里不对劲了：他不应该松口的，他哪怕心中不介意，仍应该赌气几年不理他们。

他可以透出口风，让其他人去说这个条件，没必要亲自开口。

司督军这样做了，就把这件天大的事，变成了无关紧要的小事。

可顾轻舟的哭泣，让司督军心中发软。在那个瞬间，他不像是公公，更像是一位父亲，受不得心爱的小女儿难过。

"当前这世道，说不定哪天就打仗了，家国都没了，还管什么丑闻不丑闻呢？"司督军自我安慰。

当天，司督军叫了司慕，经过了司慕的同意，正式发出声明：顾轻舟和司慕离婚，司家付五十根大黄鱼的赡养费，以及两套房产。

这就意味着，顾轻舟和司慕是和平离婚，至少她没犯错，不是被司家扫地出门的。

"轻舟已经拿走了一年税收的二成，远胜过五十根大黄鱼和房产，私下就无须再给她东西。"司督军道。

司慕道是。

安顿好了这一切，司督军乘车回了南京。

这个消息，则在岳城爆炸了。

顾轻舟跟司慕的婚姻虽然很低调，却也没什么不和的传闻。

突然离婚了，大家都蒙了。

"为什么离婚？"岳城几乎每个人都在问。

倒是蔡长亭，很佩服顾轻舟。

"全身而退，顾轻舟果然好谋略。"蔡长亭看着报纸上登出来的离婚声明，颇有感叹。

这份声名是司家登报的，字字句句都很维护顾轻舟。

司家有权有势，如果顾轻舟做错了，他们绝不会照顾顾轻舟的体面的，除非司家觉得顾轻舟没错。

"准备汽车。"蔡长亭对用人道。

"少爷，您要去哪里？"用人小心翼翼问。

用人是蔡长亭从外地雇佣的，对他们很严格。只不过佣金很高，这些用人惧怕他，却也舍不得辞工。

"去平城。"蔡长亭道。

用人不敢多问，立马去准备好了汽车。

就在蔡长亭准备离开时，用人拿了新的报纸给他。

这份报纸，报道了司家前少夫人顾轻舟，乘坐邮轮离开了岳城，前往英国。

报纸上还有一张照片，是一个女人拎着行李箱的背影，看上去还真有点像顾轻舟。

但是蔡长亭知道不是。

"顾小姐要去英国念书。"人们不再用司少夫人称呼她，而是改回了顾小姐。

和从前的顾小姐不同，如今的顾小姐，得到了司家的赡养费，她有钱，而且名望没有受损。

她哪怕是离婚，也是位贵妇名流了。

短短一年多的时间，顾轻舟经过这次的婚姻，彻底改头换面。如今提到顾轻舟，谁还有关心她的出身？

"司家对顾轻舟还真不薄。"蔡长亭想。

他看到了这份报纸，更加确定司家在帮顾轻舟遮掩。司家这样维护她，除了给自身遮丑，更多的是尊重顾轻舟。

这份尊重，就连蔡长亭都觉得匪夷所思。

他收起报纸，准备出门的时候，用人进来禀告道："少爷，有客来了。"

蔡长亭略微蹙眉。

他这次回来，一般人不知道的。

"就说我不在家。"蔡长亭道，口吻疏离，"以后不许任何人进门，听到了不曾？"

用人瑟瑟发抖。

就在这时候，一个女声从门口传过来，声音略带几分慵懒："怎么，不欢迎我？"

她穿着一件绯红色风氅，兜帽罩住了半张脸。

说话间，她取下了帽子，露出一张妩媚的面容。

这张脸，熟悉却又陌生。

"你怎么来了？"蔡长亭眼中的疏离再也不见了，他的笑容里全是温柔，"这可有点远。"

女子将风衣解下，随手递给了蔡长亭。

蔡长亭接住，替她挂好。

"想看看我妹妹。"女子道，"怎样，她被人扫地出门了？"

蔡长亭遣了用人，亲自给来客斟茶。

这女子的容貌，和顾轻舟有七八分的相似。只是，她很少微笑，脸上有种高高在上的倨傲和矜贵。

不像顾轻舟，哪怕是做了军政府的少夫人，依旧那么和颜悦色。

她只比顾轻舟大三四岁，气质上却远胜过顾轻舟。

她更像她的母亲。

她们的母亲，已经改嫁给了平野将军。

她接过蔡长亭递过来的茶，问："顾轻舟她为什么会被人扫地出门？"

蔡长亭道："她应该不是被扫地出门，而是离婚。"

"离婚？这跟被赶出去，又有什么不同？"女子问。

蔡长亭道："司家给了她赡养费，这就是不同了。阿蘅，你想何时见到她？"

被称为阿蘅的女子略微沉思："越早越好吧，我还要赶紧回太原去。"

"太原那边如何了？"蔡长亭问。

"缺人手。"阿蘅道。

她眉头微蹙："你也得赶紧跟我走，别磨蹭了。怎么着，这点小事也办不好？"

蔡长亭笑笑，不以为意。

他又问："夫人这些日子还好吗？可还有腰疼？"

"我母亲没事。"阿蘅道。

蔡长亭这才点点头。

他原本打算让司机开车送他去平城的，现在准备亲自开车。

阿蘅平素是不坐副驾驶座的，那是汽车中最低等的位置，可她会为蔡长亭破格。

当蔡长亭拉开后座车门时，阿蘅没有坐，而是面无表情，坐到了副驾驶座上。

车子开出去，他们沉默了片刻，阿蘅再次问起了顾轻舟的事："她对我们知道多少？"

"一无所知。"蔡长亭道，"我那次试探了她一下，她只知道平野夫人，却不知你。我说了你的名字，她就误以为这是夫人的名讳。"

阿蘅略微扬脸，下巴倨傲抬起："蠢货。我看你是太蠢了，才输给她。"

"我是个蠢人。"蔡长亭言语温柔。

阿蘅眼神矜傲，从他身上掠过，道："你也是顾全大局。"

蔡长亭眼底浮动几分暖色。

阿蘅总是关心他的，哪怕是骂过了之后，还会安慰他几句。

一路上，蔡长亭也把顾轻舟目前的境况，说给了阿蘅听。

阿蘅很能理解。

经过了长途跋涉，直到半夜，汽车才到达平城。

蔡长亭订好了饭店的房间，安顿好了阿蘅。

他们休息了一夜，翌日上午十点钟左右，蔡长亭给司行霈的官邸打了电话。

这是私人电话，蔡长亭却弄到了。

"……我是蔡长亭，请顾小姐接听电话。"他道。

副官却说没有顾小姐，然后挂断了。

蔡长亭再次打过来，这次他没有说请顾轻舟，只是报了自己的饭店和房间号，留下了电话号。

他回房，阿蘅问他如何了。

"她会来找我们的。"蔡长亭笃定道。

两个小时之后，饭店的经理打电话上楼，对蔡长亭道："请问是蔡先生吗？有位颜小姐想要见您。"

颜小姐……

顾轻舟的义父义母姓颜，敢情她现在化名为颜小姐了？

"是我的朋友，请稍等，我亲自下来迎接她。"蔡长亭道。

到了楼下，蔡长亭才知道为何经理要打电话确认了。

顾轻舟穿着一件黑色大风氅，头上戴着同色围巾，罩住了半张脸，还戴着墨镜，完全看不清面容。

"蔡先生。"她打招呼。

"颜小姐，多谢您能来。"蔡长亭笑道，"请上楼。"

顾轻舟身后，还跟着两名副官。这两名副官都穿着长衫，戴着帽子，看上去像生意人，气势却不同寻常。

一进客房，便瞧见独坐品茶的阿蘅，她非常地漂亮精致，比顾轻舟有气质多了。

她看到了顾轻舟，也不站起来，只是略微颔首。

"长亭，请她坐下吧。"她对蔡长亭道，并不跟面对面的顾轻舟说话。

"颜小姐，请坐。"蔡长亭依言。

顾轻舟坐到了旁边的沙发上，这才摘了自己脸上的围巾和墨镜。

她挨了一鞭子，脸上很狼狈。用过她自己配制的药膏，如今消肿了，只是留下了紫红色的痕迹，还没有完全褪去。

她用脂粉遮掩了，有点遮不住。

她打量阿蘅，阿蘅也打量她。

顾轻舟一进门的时候，特别惊讶，只是她那时候戴着墨镜，阿蘅他们看不见她的眼神，故而她现在一派淡然。

阿蘅也非常淡然。

她面无表情地打量顾轻舟，然后道："你跟我是有点像……"

顾轻舟这会儿，差不多就弄懂了。

"……我们是同母姊妹，对吗？"顾轻舟问她，"若是我猜得不错，你应该是公主吧？"

阿蘅眼底的倨傲更盛。

"不错。"阿蘅道，"我一出生就封为固伦公主。"

顾轻舟一点也不惊讶。

一般皇帝的嫡女，才封为固伦公主，需得是皇后亲生的；其他后妃生的公主，都封为和硕公主。

公主是要册封的，并非生下来就有，哪怕是皇帝的女儿，也有无封的情况。

"那你是皇帝的女儿？"顾轻舟问她，"可是，史册上并没有你。"

"若是有我，我还能活吗？"阿蘅冷哼道，"你连这点见识也没有？"

顾轻舟想起，倒数第二位皇帝去世的时候，她正好四岁。

她之前的调查和猜测得到了证实。师父慕宗河和乳娘李娟的身份都是假的，他们都是倒数第二位皇帝的皇后叶赫那拉家的家奴。

阿蘅说她们是姊妹，那么，顾轻舟也是皇后所生。

她只是没想到，她还有个姐姐。

"你为何来找我？"顾轻舟问她，"我看你的样子，并不是打算叙旧。”

"我们是亲姊妹，母亲和我们的朝廷都需要你，你要跟我走，这是你的责任，与生俱来的。"阿蘅道。

她随意坐着，顾轻舟却感觉到了她的居高临下。

"我的责任？"顾轻舟反问。

阿蘅点点头："你别忘了，是谁养大了你！可不是顾家，也不是其他人，是我们的钱财和人，养大了你。"

阿蘅看着顾轻舟茫然的模样，就让蔡长亭先出去。

"你看上去什么也不知道。"阿蘅不悦，"那两个老货一点儿用也没有，什么也没教你就死了。"

这是说顾轻舟的乳娘。

顾轻舟道："请你客气点，她是我的乳母。"

"都是奴才，有什么好客气的？"阿蘅反唇相讥，"把奴才当亲人，这是自甘堕落。"

顾轻舟冷笑了一下。她的冷笑，宛如开锋的刀刃，锋利无比。

阿蘅倏然感觉她这样才有点皇家公主的气势。

"我们是在阿玛出事的前一年，逃出了京城，那时候额娘时常生病，没人知晓她逃走了，只当她还在后宫里养病。

"真正在宫里养病的，是咱们的姨母，她跟额娘差不多的身形和容貌，宫人们得力，就瞒天过海了。

"果然，没过多久阿玛就暴毙了。若不是咱们走得早，全都要死在宫里。我们逃走的时候，额娘刚刚怀上你。"阿蘅道，"后来，我们在南边躲藏了好几年，才去了日本。"

顾轻舟沉默地听着。

她有很多的疑问，可她不信任阿蘅。一旦她问了，她就会泄露了自己的老底。

这是大忌。

阿蘅大概是觉得顾轻舟一无所有，很轻视她。

顾轻舟没有打破她的这种轻视，故而她乐得装傻。

顾轻舟有些地方不明白，有些地方却也很清楚。

"我们要借助日本人的势力，以及太原的军力，实现复国大业。"阿蘅道，"你得跟我们走。"

顾轻舟却道："你糊涂了吗，我如今跟司家的大少帅感情很好，假如我嫁给了他，我就有足够的兵力和财力，辅佐你们复国。"

"是我们！"阿蘅纠正她，"你也是我们的一员，你身上流淌着皇家的血脉，革命党能放过你吗？你还以为自己置身事外？"

她在回避问题。

顾轻舟深究不放："司行需可以帮我们复国，我为什么要走？"

"他才多少兵力，多少地盘？这些，都是杯水车薪。"阿蘅道，"你的眼界太低了，司家的势力实在太渺小。"

"不，司督军如今是南京三军总司令。"顾轻舟故意装傻，继续道。

阿蘅冷哼："那有什么用？他根本就没有实权。我们不需要这些细枝末节的东西，我们有自己的安排。"

顾轻舟陷入沉默。

阿蘅再说什么，她都不回答。

问了半天，顾轻舟差不多就明白了一件事。

阿蘅无意中向顾轻舟透露了一个秘密，这也就是为什么蔡长亭作为阿蘅的亲信，却想要破坏顾轻舟的婚姻，毁了军政府。

如今，顾轻舟全懂了。

"我要回去考虑考虑。"顾轻舟道。

阿蘅没有勉强她。

"我一直住在这里，你要考虑清楚了。"阿蘅道，"等你决定了，再告诉我。"

顾轻舟点点头。

回到了司行需的官邸，司行需早已等候多时了。

他问顾轻舟："怎样？"

顾轻舟更衣之后，才仔细和他说起。

"……保皇党跟日本人达成了协议，他们要跟日本人划江而治。他们要把长江以南让给日本人，司家的地盘对他们来说，毫无用处。"顾轻舟道。

这是她通过蔡长亭从前的行为，以及阿蘅今天的话，推断出来的。

日本人不会无缘无故帮他们的，他们肯定是做出了承诺。

当然，日本人的野心到底有多大，阿蘅他们未必就清楚。

目前可以判定的是，保皇党根本不会到江南来，司家的地盘无法为他们提供立足的根本，故而司家的兵力也没什么大用处。

他们真正想要站稳脚跟的，是在北方。

为何不想要南方，就连看都不看一眼？绝对是做出了承诺，一旦复国成功就让给日本人。

"假如乳娘和师父没有死，他们肯定也不会让我嫁给司家。怪不得顾家接我去退亲，他们就让我出来了。"顾轻舟突然想到了这一点。

她终于明白，乳娘和师父天天教导她，什么为孙家和孙绮罗复仇，都是幌子。

复国，才是他们的大任。

他们让顾轻舟出来，根本没指望顾轻舟能为孙家报仇，他们大概只是想让顾轻舟和司家退亲，然后拿顾圭璋练练手。

等顾轻舟成功了，他们就知道这颗棋子成熟了，会把她送去日本或者北方；假如失败，他们会把她接回去重新磨炼。

"阿蘅说我是公主。"顾轻舟道，"我现在还是不能肯定，我到底是谁。你知道吗？"

"我只知道你的师父和乳娘都是保皇党的人。"司行霈道，"我也知道他们想要复国，而你是他们的棋子。

"他们不死，保皇党就会找上你，他们绝不会放过你，你后半辈子都别想安宁了，故而我想替你永绝后患。"

可司行霈还是漏了蔡长亭。

蔡长亭来了，他想要毁了司家，毁了顾轻舟的生活，然后把顾轻舟带走。

可惜他失败了。

同时，顾轻舟的身份就再也藏不住了。

司行霈以为，顾轻舟只是个没有面目的棋子，却不知道，她原来是皇室的公主，那些人早就知道了她的存在，杀了她的师父和乳娘，根本没有封锁住消息。

"杀了他们两个人。"司行霈沉了脸。

"不，不用。"顾轻舟道，"我要留着他们。留着他们，才能将他们身后的人连根拔起。"

司行霈蹙眉。

顾轻舟抱住了他的腰，将脸贴在他的身上："你想想，假如南北统一了，保皇党能死心吗？他们在暗处，会一直搅和，就像粮仓里的老鼠，到时候你的心血全部要白费了。

"司行霈，阿蘅很瞧不起我，她觉得自己比我高贵多了。所以，我现在的处境很占优势。"顾轻舟道。

司行霈轻轻地抚摸着她的脸："什么事都要跟我商量，知道吗？你虽然事事都能做好，可要让我心中有数，这样我才放心。"

顾轻舟点点头。

她一直相信司行霈。

午后的阳光，透过雕花窗棂，将金芒洒在地板上，轻尘在光束里起舞。早春的阳光清淡，叫人心中明媚。

顾轻舟心思转动，有个主意正在慢慢成形。

她想做一件事。

一件为了家国，为了司行霈，也为了她自己的大事。

"只是，司行霈能同意我去做吗？"她心中迟疑。

她觉得不会，司行霈绝不会同意她冒险的。

顾轻舟暂时打消了念头。

将心思搁置下，顾轻舟跟司行霈去餐厅吃了午膳。

他们一直在商量婚礼的细节。

商量到了很晚，司行霈让顾轻舟去洗澡睡觉。

"今天早点睡，明天要出去一趟。"司行霈道。

顾轻舟不解："去做什么？"

"你又忘了吗，颜小姐？"司行霈打趣她。

顾轻舟这时候方才想起。

他们还有一场戏。

这场戏，不仅仅是做给普通百姓瞧，也是做给司督军、司家和岳城人瞧的。

顾轻舟答应了司督军，就不会反悔。

她需要一个全新的身份。

而司行霈只想娶顾轻舟。他要娶的，是这个女人，至于她姓颜还是姓顾，对司行霈是毫无意义的。

"我差点忘记了。"顾轻舟笑了笑，"总是记不住。"

顾轻舟凌晨三点就起床了。

她乘坐汽车，去了外地的一个车站，重新搭上了往平城的火车。

她知道，有个男人会在那里等着她。

这是他们的戏码，也是她正式开始隐姓埋名的开端。顾轻舟一点也不在乎，因为这些都是临时的，她即将是司夫人，那个身份没有什么变故，会一直跟随着她。

早上九点，火车站有一处月台戒严，四周全是荷枪实弹的卫兵，他们守卫着一个穿铁青色大风氅的高大男子。

司行霈双腿修长，因结实有力，故而站姿格外地笔挺，似一株挺拔的树。

隔壁的月台上，旅客们正在打量。

"是谁啊？"

"是司师座吧？"有人猜测，"平城最大的官，不就是司师座吗？"

左边的月台上，有好些记者涌入，镁光灯将月台照得格外明亮。

司行霈一动不动，站立得笔直，好似等待什么大人物的到来。

"是司督军要来视察吗？"记者们猜测。

"不知道，可看司师座的表情，应该是非常重要的。"

众人议论纷纷。

远处，火车的蒸汽袅袅，汽笛声越来越近，一辆从南边开过来的火车，停靠在平城去年才修建好的崭新火车站。

火车有包厢，也有普通座位。

前面五列车厢，全是包厢，平常百姓都订不到。

"来了来了。"记者们看到司行需往前走了几步，就很敏锐地将相机对准了包厢的车门。

他们也在猜测，大人物会从五个包厢的哪一个车门下来，从哪个角度才能拍到最好的。

结果，等了半天，普通座位上的人都下光了，仍不见包厢的门打开。

旅客和送行的人都好奇，纷纷伫立观望，想看看是什么人要来。

记者们越来越多，听到风声的报社，全部赶了过来。

就在他们猜测，到底是谁要来的时候，第三间包厢的门打开了。

一个穿着紫红色大衣的女人，缓步下了火车。

她头上戴着英伦淑女帽，帽子边沿缀了面网，遮住了她大半张脸，只能看到她纤柔的下颌，以及烈焰红唇。

她的唇色深红，气质冷艳倨傲。

风过，她大衣的一角掀起，露出了里面雪白色绣海棠的旗袍。

妖娆的深紫色大衣，衬托着纯净的月白色旗袍，她像一朵月夜下盛绽的罂粟，光靠这身姿就足够勾魂夺魄。

司行需疾步上前。

记者和旅客都看到，大人物司师座，几乎是小跑着上前，态度极其谦卑。走到了女子面前，她孤傲抬手，司行需行了吻手礼。

然后，女子挽住了司师座的手臂。

"她是谁啊?"

"从南边来的，别是某个大人物的女儿吧?"

"会不会是司师座的女朋友?"

"没听说司师座有女朋友啊。"

"她真漂亮，一看就是个倾国倾城的。"

"你都没看到她的脸!"

众人议论纷纷。

记者都拍到了照片。

女子的妩媚柔婉，跟司师座的英武挺拔，竟是那样地般配。

当天晚上，晚报就铺天盖地报道了此事，都在猜测这女人是谁。

"他们居然没人认得出我。"顾轻舟笑道。

她这次化了妆，光涂那个嘴唇就下足了功夫，稍微改变了唇形。

结果，真的没人认出她，她不免欣慰。

司行需笑道："你在岳城很有名气，平城也听说过你，却都没见过你。"

平城离岳城有八个小时的车程，可以说已经是另外一方天地了。岳城的报纸上，登过顾轻舟的照片，可惜那些报纸，只销岳城，不会卖到平城来。

这场戏做足了，也做完了。

接下来，就要等待它的酝酿。

司师座的花边新闻，足以让平城上下都感兴趣。

自从司行需入驻平城，当地乡绅望族，多少都盼着与他结亲。

当前是乱世，北边战火从未停歇过，百姓们战战兢兢过日子。假如能攀上军政府，从此就踏实了。

司行需受欢迎的程度，早已超过了任何权贵。

可惜，传闻中那个来者不拒的司少帅，到了平城却修身养性，从来不沾染花花草草的。

平城人都在想为什么，如今豁然开朗：司少帅有了个国色天香的女朋友，平城的小家碧玉，根本入不了他的眼。

与此同时，阿蔺和蔡长亭再次找了顾轻舟。

"你若是不跟我们走，我就会把你的事公布于众，到时候你受万人唾弃。"阿蔺始终冷漠，神态慵懒。

她的话，却是锋利无比。

她看上去很无脑，而且粗鲁刁蛮。

然而人的秉性，岂是一朝一夕能看透的？

顾轻舟保持她观望的态度，没有及早给阿蔺下判断。

"你若是公布了，那我就更不可能跟你走了。"顾轻舟笑了笑，"也许那时候，你都出不了平城。"

阿蘅眼中凝聚怒焰。

"你要试试吗？"顾轻舟问她。

蔡长亭就站起来，端了杯茶给顾轻舟，他的声音温柔："顾小姐，阿蘅公主是好心好意。"

"公主？"顾轻舟哈哈笑起来，"朝廷都没了，你们的皇帝都跑了——那个皇帝，是她的堂兄吗？"

阿蘅咬了一下唇。

蔡长亭咳了咳，不想谈论皇帝："是我言语不当。"

他改了口，只说阿蘅小姐。

顾轻舟再次挑衅："她连姓也没有，藏头藏尾的，我凭什么要相信她的好心？"

"我藏头藏尾？你自己呢？"阿蘅凝眸，眼底的怒意敛去，只剩下高高在上的倨傲。

顾轻舟如今也是，她也要藏。

她们半斤八两。

"顾小姐，您已经知道了自己的身世，难道不想去看看您的母亲吗？您可以不认她，见见总无妨吧。都说落叶归根，难道您不想看看自己的根？"蔡长亭循循善诱。

他的态度，始终是不急不躁的。

顾轻舟这时候才发现，其实蔡长亭和阿蘅配合得很完美。

他们一个唱红脸，一个唱白脸。

顾轻舟沉思。

她浅眸里，闪过一些情绪，被蔡长亭捕捉到了。

蔡长亭觉得她很想谈，继续道："顾小姐，正如阿蘅所言，您现在可是见不得光的。司师座给您改头换面，可您如何能甘心？

"作为你自己，嫁给自己心爱的男人，才算没有辜负他，也没有辜负您自己。如今这样，只怕您将来意不平。

"顾小姐还不满二十岁，这一生如此长，何必匆忙下决定？

"若能复国成功，顾小姐就是真正的固伦公主。到时候，再嫁给司师座，你们两个人都体面风光，就连司家，也是光耀门楣。"

蔡长亭字字句句，都在勾人，能把顾轻舟心中的顾虑和盼望都点到。

他猜测，司家善待了顾轻舟，顾轻舟嫁给司行霈，却并不恨司督军。

她不只是为了她自己，她为了司行霈和司家，也该离开。

顾轻舟听完了蔡长亭的话，略微愣怔："我还要再考虑考虑。"

她离开了饭店。

她一走，阿蔺就道："她动心了。"

蔡长亭却凝眸，他眼底有几分谨慎，道："不能这样判断，顾轻舟心智坚毅，而且擅长做戏。她若是真的被说动了，也是她别有所图，她不会这么轻易就答应的。"

阿蔺回眸看着蔡长亭："你很欣赏她？"

蔡长亭道："是啊，她是一名值得尊重的对手。"

阿蔺就想起来，当初蔡长亭回来办事，原本是应该毁了顾轻舟的婚姻，带着落魄无助的顾轻舟去日本的。

结果，蔡长亭自己灰溜溜回去了。

若不是日本军方介入，洪门非要杀了他不可。

阿蔺至今都震惊。

"阿蔺，我们先去上海吧。"蔡长亭道，"任何事，都不可能一蹴而就。我们住在这里，实在太危险了，这是司行霈的地盘。"

这里，一旦顾轻舟进攻，他们就无处可退。

哪怕请求日本军方支援，只怕强龙难压地头蛇，司行霈未必就把日本人放在眼里。

"也好。"阿蔺道，"住得这么近，她只当我们很在乎她。我们先走，她才会清醒些。"

蔡长亭颔首。

这天下午，蔡长亭再次给顾轻舟打电话。

他没有邀请顾轻舟见面，而是把电话给了阿蔺。

阿蔺在电话里对顾轻舟道："我们还有事要办，须得先去上海。等你到四月初五。假如你四月初五还没有去找我们，我们就回太原了。

"额娘说过了，你永远都是她的女儿，哪怕你四月初五不能跟我们走，将来也可以去太原看她。"

顾轻舟沉默了一下。

"你们要走了？"她似乎舍不得，好像更加犹豫了。

阿蔺道："是的。"

说罢，她就挂了电话，丝毫没有再过问什么。

她冷漠而疏离。

平城通往岳城的铁路还没有修好，蔡长亭和阿蔺开车回去。

当天傍晚，他们就离开了，宁愿走夜路，也不想留在平城。

顾轻舟略微沉思："他们是不会放过我的。"

司夫人第一次来平城，是为了参加司行霈的婚礼。

她来之前，心中既嫉妒又鄙视：凭什么司行霈可以自立门户，她的儿子却不行？

从飞机场到司行霈的官邸，一路经过繁华热闹的街道时，司夫人突然就平衡了。

"没什么了不起的，这地方又旧又破！"司夫人蹙了蹙眉。

她又想到，既然司行霈占了平城，那么岳城就是司慕的。

岳城可是华东的大城市，仅次于上海，连南京都要输给岳城二成的。

"古朴得很。内地的城市，能这样都算不错的。"司琼枝客观道。

她倒是很喜欢平城那些古朴的街景，尤其是全木搭建的店面，雕花的面料低调而奢华，这是那些洋派建筑比拟不了的。

"不错什么呀。"司夫人拍了拍司琼枝的手，"你读书读糊涂了。"

"我就是看看嘛，假如让我天天住在这里，我也住不惯的。"司琼枝笑道。

司夫人这才高兴。

"慕儿真该来看看。"司夫人又道。

司慕没有坐飞机，他打算自己开车过来。要五六个小时呢，司夫人觉得他是在推辞。

"也不能怪哥哥躲开了。他离婚还没有两个月，这边就结婚了，他只怕面子上过不去。"司琼枝替司慕说情。

和司夫人的想法一致，司琼枝也觉得司慕是不会来的。

他们都没有勉强他。

"这有什么？"司夫人不以为意，"这边是兄长，比他早结婚是应该的。再说了，那个顾轻舟值什么？"

顾轻舟是一文不名的，根本配不上司慕。

若不是那时候需要她来抵挡魏清嘉，司夫人压根儿不会给她机会。

如今，他们离婚了，对司夫人而言真是千好万好。

这次，她一定要替司慕选一个体面的妻子。

"哥哥不如您见识卓越。"司琼枝抱着司夫人的胳膊。

司夫人就拍了拍她的手，对这个贴心的小棉袄很欣慰。

她们的话题，从司行霈、司慕身上，转移到了司行霈的未婚妻子颜小姐身上。

"我都没听到风声，到底是哪里的颜小姐？"司夫人很疑惑。

她一听到司行霈结婚的消息，就派人去打听司行霈未婚妻的身份，得知新加坡颜家的确是派了人来送亲。

如此，这件事就是真的了。

那个颜家跟英国人、日本人、越南、美国，华夏的南京、北平和武汉政府都做生意，听闻富可敌国。

新加坡是英国的殖民地，女皇还封了颜家老爷什么爵位的。

总之，颜家在新加坡的华侨里，是佼佼者。

司行霈常年到处跑，他曾经也去过新加坡的，认识了颜家，也不足为奇。

司夫人很烦恼，只感觉司慕以后的妻子，身价无法超过这位颜小姐，她面上无光。

"听说很漂亮，见过的人都说，颜小姐倾国倾城。"司琼枝道。

司夫人不屑："能有多漂亮啊？"

想到这里，司夫人更加庆幸，顾轻舟已经扫地出门了，要不然跟这位新加坡来的妯娌相比，顾轻舟简直是烂泥了。

司夫人心中有了个主意。

假如这位颜小姐敢不把她这个婆婆放在眼里，她就要拿出司行霈那些破事来刺激刺激她，让她知道自己嫁了个什么烂人！

司行霈可是个混账东西，粗俗又残忍，哪里及司慕的一半？

她们母女二人说着话儿，车子就到了司行霈的官邸。

进了门，车子并没有停下来。

这么大的院子，都快要赶上总统府了，着实浪费。

很快，车子在一处三层楼的小院停下。

小径是鹅卵石铺成的，一直通到了小楼门口。两旁种满了花草，其中就有一株桃树，虬枝舒展，粉蕊晶莹。

司夫人和司琼枝进了门，女佣急忙迎上来，笑容憨厚："夫人，三小姐。"

"你是朱嫂吧？"司夫人一眼就认出了这女佣。

"是，夫人还记得我。"朱嫂笑容更加谦卑，一看就是敦厚纯良之辈。

司夫人略微颔首，对用人没什么兴趣。

她问朱嫂："颜小姐呢？"

"太太已经在楼上了，还在化妆，请夫人和三小姐辛苦，移步楼上吧？"朱嫂轻柔问道。

司夫人点点头。

这次，她没有再找碴儿。

新娘子化妆更衣，此刻走不开也是应该的。

司行霈和颜小姐的吉时在晚上七点半，时间还充足。

故而，司夫人带着司琼枝上了楼。

临窗的梳妆台前，坐着一位佳丽。她鬓发如云，已经被绾起，高高的发髻显得她颈项修长，且莹白如玉。

她还没有更衣，穿着一件月白色的睡袍。

毫无曲线的睡袍，也掩饰不住她身段的玲珑婀娜。

她从镜子里看到了人影，就站了起来。

司夫人和司琼枝都屏住了呼吸，盯着她看，想瞧瞧所谓国色天香的佳丽，到底是何等容颜。

然而，等她真正转过脸时，司琼枝和司夫人全部惊呆了。

司夫人身不由己地往前走了几步，想要把颜小姐看得更清楚些，她还以为自己出现了幻觉。

结果，她视线里的女人越发清晰。

这是一张司夫人做梦也忘不了的脸——丑陋的、卑贱的脸。

"你……你……"司琼枝失语，半晌说不出一句完整的话，她用力地指了顾轻舟，转动略微僵硬的脖子去看司夫人，"姆妈……"

"夫人，琼枝，你们好。"顾轻舟开口了。

司琼枝情绪酝酿到了火候，终于能开口了，指着顾轻舟的面门："你是鬼魂吗，你为什么缠着我们家？"

顾轻舟不说话。

司琼枝越来越激动："阿爸还不知道，他不会同意的，他会打死你！"

"这世上的男人死光了吗，你要我二哥怎么做人？"

顾轻舟始终神态温和。

司夫人一口气缓过来，想到司慕的处境，想到她已经踩在脚底的顾轻舟，竟然飞上了枝头，司夫人拿起手边的茶盏，狠狠地砸向了顾轻舟。

顾轻舟往旁边一躲，茶盏砸在了墙上，瓷声清脆，顿时满地的碎瓷，茶水沿着木地板慢慢地流淌。

"你这个贱人！"司夫人气狠了，反而没什么力气。

"夫人，您是司家的媳妇，过了今晚我也是。既然是一家人，我为何要作践我们自己的家庭？"顾轻舟道。

"可是你之前嫁过慕儿，你让旁人怎么看他，怎么说他？"司夫人厉喝。

"所以，'顾轻舟'去了英国留学，'颜小姐'嫁给了司行霈。我为了司慕，从此变成一个没有名字、没有面目、没有过往的人，难道还不够吗？"顾轻舟认真道。

　　她看着司夫人，黑黢黢的眼珠子里，似有旋涡，能把什么都吸引进去。

　　司夫人心底生怯，一下子哽住。

　　好半晌，司夫人才怒道："我不同意！只要我不死，你就别想再进司家的门！"

　　顾轻舟看着她。

　　她眉梢微挑，似乎在提醒什么。

　　司夫人半晌明白过来，道："你手里根本没有信件！"

　　如果有，顾轻舟早已交给了司行霈。

　　她如今要嫁给司行霈，那么……

　　司夫人不敢想，她甚至都不知道顾轻舟是何时勾搭上司行霈的。

　　她跟司行霈，像两个世界的人，故而所有人都疏忽了。

　　"你可以赌一赌。"顾轻舟道，"我手里到底有没有信件，你赌一把不就知道了吗？"

　　她再次语塞。

　　"您今晚闹起来，所有人都知道我是司慕的前妻，到时候没脸的到底是我，还是司慕？"顾轻舟又道。

　　被兄长抢了妻子，司慕就是那个卑微的失败者。

　　如此一来，司慕在军中的威望，更是跌到了谷底。

　　司夫人不能闹、不能说，要装作什么也不知道。

　　"顾轻舟，你果然好算计！"司夫人咬牙，"我不会答应，你最好立马给我离开！你不离开，我会要了你的命！"

　　司夫人站起来，想要去拉顾轻舟的头发，却被副官挡住了。

　　她越过副官的肩膀，对顾轻舟疾言道："你想想等会儿督军看到了你，会如何生气？到时候，他就会毙了你！"

　　"夫人，这件事阿爸已经知道了，他同意。"顾轻舟道。

　　这次，她是彻彻底底地僵住，半晌无法动弹。

　　司督军知道？

　　果然，那个老头子偏心司行霈，已经偏心到了这等地步！

　　司夫人想哭又想笑。

"顾轻舟，你会不得好死！"司夫人气得浑身发抖，怒指顾轻舟，"你这个蛇蝎妇人，所有人都被你耍得团团转！

"你总有马失前蹄的时候，我到时候就要看看你的下场！老天爷会收你的，你等着报应！"

说罢，她拉起了司琼枝，母女二人疾步下楼。

顾轻舟重新梳妆整理，神采奕奕。

司行霈陪着司督军和司芳菲逛了一圈，他们到饭店的时候，司慕的汽车停稳了，他刚刚从南京赶来。

进了饭店，司督军突然看到司夫人哭着冲向自己。

司督军对孩子们道："下去吧。"

他把司夫人搀扶回了房间。

司夫人转身，拉住了司慕的手。

她痛哭流涕，说起了顾轻舟，又隐晦不愿意提及。

司慕就道："姆妈，这件事我知道。"

司夫人震惊地看着儿子，都忘了哭。

"我跟顾轻舟去年四月就离婚了。她比我有威望，我想借助她的声望在军中站稳脚跟，所以没有公布出来。"司慕道。

原来，只有她蒙在鼓里。

司慕是明知道实情，也要来参加司行霈的婚礼，说明他也想把这件事蒙混过去。

司家死也不肯承认顾轻舟的身份。

的确，以后就让她做个虚假的幽灵，没有面目。

"你要想想后果。"司督军对司夫人道，"想想怎么做，才会对阿慕更有利，对我们更有利。"

司夫人不甘心地看着司督军："总司令，我们不是无名小卒。咱们这样的人家，捏死顾轻舟……"

"顾轻舟已经在去英国的邮轮上，这会儿说不定都到了，哪里来的顾轻舟？"司督军声音猛然拔高。

屋子里沉默了下来。

司夫人再也说不出一句话。

司行霈将司芳菲送回了房间，司芳菲突然拉住了他的手。

她把他的手，贴在自己的面颊上："阿哥……"

司行霈想要抽回，可司芳菲的脸冰凉，让司行霈心中一惊。

"阿哥，祝福你。"司芳菲贴着他的掌心，眼泪夺眶而出。

司行霈觉得她浑身都是凉的，手是凉的，脸也是凉的。

她如果只有十岁，司行霈会抱紧她，可此刻不适合。

"你是不是很冷？"司行霈抽回了手，似乎没有看到她的眼泪，"快到被窝里躺着，离晚宴还有几个小时，别急。"

司芳菲点点头。

司行霈就离开了饭店。

他想要回去看顾轻舟，却记得朱嫂的话，婚礼前不能见她，否则不吉利。

司行霈不相信命运，可他愿意为了顾轻舟，做任何吉利的事。

他去了礼堂。

礼堂已经布置完毕，这是司行霈为了和顾轻舟结婚，专门建造的。

今天，会有上千宾客，包括从新加坡来的颜家人。

当然，没有任何记者，也没有任何岳城的熟人。

顾轻舟的"三哥"和"四姐"，会千里迢迢地来送顾轻舟。

特别是新加坡颜家的三少爷，会带领顾轻舟走过长长的红毯，走到司行霈的面前。

一切准备就绪。

司行霈在小客房里休息了片刻，然后吃了东西。

时间很慢。

他百无聊赖，想起了一件小事，前几天轻舟的头皮突然有中毒的迹象，后来发现是那把珍珠梳篦的问题。这到底是为什么呢？

这些念头，很快就过去了，因为他满心都是和顾轻舟结婚的快乐，其他任何事，都无法挤进来。

转眼，就到了晚上六点。

宾客们逐渐到场了。

司行霈站在铺满鲜花的主席台上，一袭燕尾服将他衬托得高大英俊。

他在等待着。

他看到司督军来了。

司夫人、司琼枝、司芳菲、司慕，陆陆续续跟着司督军进来了。

司行霈的下属、朋友、生意伙伴、平城的军政商三界名流，也悉数到场。

不过片刻的工夫，就把会场填满了。

司行霈掌心竟然微微发汗。

等钟声响起，乐队换上了婚礼的音乐时，司行霈站直了身姿。他看到红毯的入口处，新加坡颜家三少爷，正挽着白纱蒙面的佳人，缓步走了过来。

她的面纱轻薄，可以看到她细瓷般的肌肤。

婚纱是雪白色的，逶迤而行，衬托着顾轻舟婀娜的身段，她就像一朵盛绽的雪莲花，高贵美艳。

司行霈情绪涌动。

直到颜家三少爷将顾轻舟戴着白手套的手交给了司行霈时，司行霈才回神。

他撩起了她的面纱。

司行霈只觉得她美，美得逼退万物。

婚礼的过程很简单，只不过一些套话。

说完了，司行霈就可以当着上千宾客的面，亲吻顾轻舟。

他的唇炙热，凑上了她的，闻到了她唇膏的淡淡芳香，司行霈激动得险些落泪。

"你终于成了我的太太！"司行霈低喃。

顾轻舟的眼泪夺眶而出。

"司行霈。"她叫他的名字。

她也没想到，这场婚礼如此顺利。

他们结婚了，光明正大的，顾轻舟如今完全属于这个男人了，而这个男人也完全属于她了。

"我们，有家了。"司行霈道。

顾轻舟用力点点头。

他们终于有了自己的家。

为了结婚，司行霈叫人给顾轻舟做了几十套礼服。

需要用到的，只不过一两套。

顾轻舟从琳琅满目的衣架里，挑出了一件绯红色软绸无袖的洋装，往身上比画："穿这套如何？"

司行霈道："不穿旗袍了？"

"不了，等会儿还要跳舞。"顾轻舟道。

她的笑靥如花，露出一口整齐细糯的小牙齿，看着司行霈："这套行吗？"

"行，你穿什么都好看。"司行霈道。

顾轻舟的笑容绚烂。

休息室有一扇屏风，可以遮掩视线，顾轻舟喊了女佣进来帮忙，司行霈就坐在沙发上等着。

顾轻舟换好了长裙，从屏风后面出来。

灯光柔和，似一层淡粉在她身上细细铺垫，那绯红色的软绸泛出艳光，给她嫩白的颈项和白玉面容添了华彩，裙摆曳地，行走间步步生花。

他手指略微粗粝的肌肤，滑过她的面颊，低声道："你真好看，司太太！"

顾轻舟笑。

这一笑，露出了洁白的小虎牙，那妖冶的风情不见了，整个人变得娇憨起来，宛如初见。

司行霈刚刚遇到她的时候，她就是个孩子，如今也像个孩子。

他亲吻她的耳垂，低声跟她说："别参加晚宴了，回新房，如何？"

顾轻舟往旁边躲："不吉利的。婚姻很长，婚礼半途而废，难道你也希望咱们以后半途而废？"

司行霈就掐她："你嘴里怎么吐不出象牙？"

"我又不是象。"顾轻舟笑起来。

半个小时后，新人夫妻换了便服，出现在众人面前。

宾客中，全是来自平城当地的权贵和乡绅，以及军中的将领们。

司夫人担心会有议论纷纷，结果大家都不认识顾轻舟。

先入为主，以后在平城和将领们心中，她就是颜小姐，司行霈的太太，跟司慕和岳城顾家完全无关。

"太便宜她了！"司夫人攥紧了手指。

顾轻舟和司行霈坐到了主宾席，向司督军夫妻、颜家三少爷敬酒。

颜家三少爷还发了祝酒词："家父身体虚弱，不堪长途跋涉。新加坡遵从南边更古老的婚姻传统，女儿出嫁，父母不会相送，只有兄长背上花轿。今日我代表家父，祝妹妹和妹婿百年好合，瓜瓞绵长。"

众人纷纷应和。

宴席很热闹。

司督军也说了几句祝酒词，他言简意赅道："得此佳媳，上足以告慰宗堂了。"

顾轻舟情绪控制不住地涌动。

司督军给了她极高的肯定。

在这等情况下，他仍代表司家的祖宗接纳了她，顾轻舟眼眶微湿。

宴席过后，就是舞会。

舞会上有最好的白俄人乐队，舞曲各色齐全。

司行霈怕有人不会跳舞，扫了兴，故而他请了专门教跳舞的舞者，为不会玩乐的人做引导。

他和顾轻舟也滑入舞池。

顾轻舟的柔软娇小，依托着他的高大，格外般配。

"颜小姐真漂亮。"

"听说颜小姐的陪嫁很丰厚。"

"那也是司师座的聘礼丰厚，人家还回来的而已。"

大家议论纷纷。

顾轻舟也跟司督军跳舞。

司督军只是叹了口气，轻声跟她说："以后要好好过日子。"

顾轻舟道是。

司督军又说："早日给阿需添个儿子，这是大事。"

顾轻舟又道是。

司督军的唇角有一抹淡笑，很快却又敛去，不着痕迹地露出他的威严。

一曲结束，顾轻舟看到了司慕。

他没有看顾轻舟，也没有等待着，而是主动邀请一位当地名媛跳舞，把那姑娘喜得手足无措。

顾轻舟转身要走时，身后有人喊她："妹妹。"

她没注意，然后就有人拍了拍她的肩膀，把她吓了一跳。

一回头，她看到了新加坡颜家的三少爷。

颜三少高大威武，性格也粗犷，没什么心机。

"妹妹，我今晚凌晨就要回新加坡了，你有什么要我带回去的？"他故意当着很多人的面问。

顾轻舟笑道；"等会儿再说吧。哥，咱们也跳舞吧。"

她的余光看到，司芳菲坐在椅子上，正在痛哭。

而司行需在安慰她。

四周的人都不敢靠近，却在小心翼翼地打量着什么。

顾轻舟想要走过去，可颜三少不会看眼色，等着和顾轻舟跳舞。

"你有空去新加坡玩。"跳舞的时候，颜三少声音稍微压低了些，"你去过新加坡吗？"

"还没有。"

"你有空去玩，就当回娘家。"颜三少道。他很喜欢顾轻舟，因为他说什么，顾轻舟都能接上。

"新加坡是英国人的，你一定要去看看，比你们这里好玩多了。"颜三少再次道，"你们的房子灰不溜秋的，我们的房子很鲜艳好看。"

新加坡的建筑颜色艳丽，不像江南的黛瓦青砖。

"好，将来有机会，我一定会去的。"顾轻舟见他如此热情，也就应下了。

旁人只当他们兄妹感情深厚。

司行霈则与各位将领和宾客周旋。

到了晚上十二点，舞会终于结束了，顾轻舟和司行霈也乘坐汽车回到了他们的新房。

新房已经布置妥当了。

朱嫂为他们准备了大红色的被褥和帐幔，贴了红红的喜字，梳妆台上放了龙凤蜡烛。

顾轻舟倏然很紧张。

"发什么呆？"司行霈一下子将她抱起来。

顾轻舟凌空惊呼。

"我……我们从哪里开始？"顾轻舟抱紧了他的脖子。

今天是新婚之夜，总不能跟平常一样吧？

"司太太，你享受就行了。"司行霈道。

他把顾轻舟放到了床上。

顾轻舟的身子，落入软软的被褥中，她自己一下子就拔了头发上的簪子，让青丝铺陈在身后。

顾轻舟进了浴室，很快速地把自己全身给洗干净了。

房间里有暖暖的花香。

顾轻舟这时候才注意到，朱嫂和阿潇在房间的角落里，摆满了玫瑰。

司行霈过来抱她。

当真的滚入软软的枕席间时，顾轻舟的紧张感慢慢消失了。

她一直抱着司行霈的脖子。

司行霈一开始很轻柔的，似待至宝般。

后来，他越发急切，顾轻舟的声音更急。

"司行霈……"她的双手，在她被抛上云端的那个瞬间，指甲深深陷入了司行霈的后背里。

她浑身薄汗，双颊酡红，人就彻底酥软了下去。

她缠着司行霈腰的腿，也无力滑落。

"很累，是不是？"司行霈亲吻着她的唇，并未退出她，"感觉如何？"

"混账话!" 顾轻舟想要推开他。

他却贴得更紧。

他始终没有放松过,一直紧紧占有着她。

"轻舟,你累不累?" 司行霈问她。

顾轻舟道:"我……我还好……"

就是这句话犯了错。

司行霈将她翻过来,亲吻着她的耳垂:"既然不累,你也出点力气吧。"

顾轻舟顿时就慌了。

她也不知过了多久,后来双腿和双手实在无力,她的声音几乎嘶哑。

她只感觉自己在惊涛骇浪里走了一遭。

等司行霈结束,已经是一个小时后了。

他把顾轻舟抱到暖暖的浴缸里,仔细为她擦拭身体。

她嫩白的肌肤上,留下来清晰的痕迹,而她手脚都累软了。

"你撒谎。" 顾轻舟有气无力地对司行霈道。

"什么撒谎?" 司行霈不解。

顾轻舟想起从前,他没有进入过她,逼迫她用手和嘴。那时候他说,如果允许他进入,她就会轻松很多。

今天才知道,并没有。

"你骗我……" 顾轻舟无力地指了指他,"我好疼。"

司行霈亲吻着她的面颊:"那我下次再轻点。轻舟,我准备了药膏,涂上就不疼了……"

顾轻舟要自己涂。

这次,司行霈没有和她争。

因骑自行车落红一事,司行霈早已知晓,更无怀疑。

时间不知不觉到了三点多,顾轻舟挨上枕头就睡着了。

等她再次醒过来时,听到了外头的雨声。

春雷滚滚,暴雨洗刷着平城。

她想要下床,结果发现自己枕着司行霈的胳膊,而他环住了她的腰。

她一动，就惊动了他。

他睁开了眼，眼神精锐，毫无懵懂之态。

顾轻舟知道他警惕，就问："吵到你了？"

"无妨，我也要起了。"司行霈道。

他还要安排人送走司督军全家。

他看了眼外头。

风雨大作，雷声阵阵，司行霈蹙眉："这个天气，飞机走不了。"

顾轻舟颔首："稳妥起见，还是别用飞机了。"

司行霈让副官去吩咐。

副官冒雨开车，去了饭店，将此事告诉司督军。

这样的暴雨天气，开车回去都危险，更别说飞机，还不如等雨停了。

顾轻舟也要下楼。

走在楼梯口，正好遇到了司行霈。

司行霈一把将她打横抱起来。

"我能走。"顾轻舟笑道。

很快，她就笑不出来了，因为司行霈并没有下楼，而是将她抱回了自己房间。

顾轻舟努力挣扎了一下："不去吃饭啦？"

"吃呢。"司行霈将她放在床上，唇在她的颈项和锁骨间流连。

顾轻舟深感不妙。

"我饿了……"她委屈道，"我想吃饭。"

"我也是。"司行霈声音更低，暧昧的味道十分浓郁。

顾轻舟还想要说什么时，他早已将她的衣裳解开。

"大清早的……"顾轻舟捏住他的胳膊，"司行霈，你……"

后面的话，彻底被淹没，司行霈用力吻住了她的唇。

顾轻舟听着耳边的雨声，似海浪一层层地拍打船舷。她的身躯随着司行霈而起伏，那种剧烈根本无法停息。

司行霈的动作更加娴熟而激烈。

顾轻舟听到了闷雷滚滚。

她逐渐被抛上了云端，那种极致的晕眩，让她背叛了自己的本意，她的声音情不自禁地急切了起来。

他不知餍足，一遍遍贪婪地汲取。

耳边的雨声也更加急促，风吹得树梢呜呜作响。

和外面的凄风苦雨不同，室内的春景格外旖旎。

餍足之后的司行霈，倒是精神奕奕，丝毫不像刚经历过那场浩战的人。

他想着她的美好，那刚刚停歇的欲念，又猛然蹿头。

他抱着顾轻舟。

等顾轻舟发现有什么炙热抵住她时，她整个人都慌了，挣扎着想要下床："我不能跟你睡一个被窝！"

"司太太，你别嘴硬了。"司行霈稳若泰山地抱紧了她，"你一直想跟我睡一个被窝，是不是？"

顾轻舟倏然哽住。

这还真是！

他们相遇之初，司行霈疼爱她，却担心将她拉入自己的险境里，从未承诺过婚姻。那时候的顾轻舟，最想要的就是做他名正言顺的妻。

如今，她的理想实现了，她果然成了司行霈的妻子。当着所有人的面，她嫁给了他。

"你……"顾轻舟恼羞成怒。

她预备说点什么，却又被司行霈吻住了唇。

松开她时，司行霈动容道："轻舟，我更想和你一起睡！"

顾轻舟就把头埋在软软的枕头里。

她忍不住笑起来。

"你笑什么？"他问。

顾轻舟道："我们两个人好庸俗，成天就是睡觉睡觉的，不够高雅！"

"睡觉是最高雅的。"司行霈道。

两个人依偎着，听外面的风雨大作。

顾轻舟和他说起了规划。

她也提到了生儿育女。

司行霈打断了她的话："我们暂时不要孩子。"

顾轻舟错愕。

司行霈认真道："虽然我很想和你养育下一代，可孩子生在乱世会很苦。我常说让儿子们去打仗，那只不过是浑蛋话。

"我希望我的孩子生在太平盛世。他们会为功课而操心，为交女朋友而焦虑，并非担心哪一天的炮火会落在自己的家园。"

顾轻舟就抱紧了他的腰。

"人不能流离失所，没有归属感。家是最基础的保障，可没有国的宁静，哪有家的安稳？"司行霈道。

顾轻舟为他的信仰而自豪。

"好，我听你的。"顾轻舟道，"司行霈，我坚信会统一的。"

司行霈笑，轻轻地摸了摸她的头发，然后吻了她的青丝。

两个人依偎了很久。

顾轻舟又睡了一觉。

等她再次醒过来时，外头的风雨并未停歇。

顾轻舟趴在窗台前看。

"这场雨是怎么了，下起来没完没了的。"顾轻舟感叹，"今天只怕是走不了了。"

"谁走不了？"司行霈问。

顾轻舟笑笑："督军啊。"

她又问司行霈："等会儿你要去饭店看望他们吗？"

"不用了，副官会去看的，他们也未必愿意看到我们。"司行霈道。

还是不要讨人嫌的好。

大家场面上过得去，就算给了极大的面子和耐力，何必再去招惹他们呢？

"也是呢。"顾轻舟叹了口气。

雨势滂沱，在地上砸起了轻烟，雨幕阻挡了视线。

午膳的时候，副官从外头回来，淋湿了满身。

"师座，督军说一切以安全为主，等雨停了再走。"副官告诉司行霈。

"让饭店安排好晚膳，我们就不过去了。"司行霈道。

副官道是。

顾轻舟看了眼他。

司行霈知道她想说什么，问："你想去看看？"

顾轻舟立马摇头。

她埋头喝汤，嘟囔道："雨那么大呢……"

可能是湿气太重了，司行霈有点头疼。

他不停地揉按太阳穴。

顾轻舟心中微紧，对他道："你过来，我再给你瞧瞧。"

她为司行霈把脉。

没有腑脏问题，也没有颅内问题，顾轻舟的眉头蹙得更紧了，几乎拧成了一团。

她摸了摸他的头骨，短短的头发微凉，浓密而顺滑。

"没事。"司行霈道，"头疼这种毛病，素来是治不好的。我是昨晚和今早太操劳了，没休息好……"

他的声音越发暧昧。

顾轻舟却无法享受这等暧昧。

"我给你针灸，如何？"顾轻舟道，"我知道一套治疗头疼的针灸，只不过耗时比较长，需得半年不间断，每隔三天针灸一次。"

"大喜的日子！"司行霈不同意，"以后再说治病吧。"

说着，他同顾轻舟商量起她三朝回门的事。

女儿三朝回门是旧时风俗，现在也有，只是顾轻舟没有家了。

"……你想好三朝回门去哪里了吗？"司行霈问。

他说着话，头疼的劲儿已经过去了。

顾轻舟就认真想了想。

她没有娘家，可是她有很多想要去的地方。

"其实呢，我想去新加坡看看。将来我们抛下一切，可以去新加坡生活。"顾轻舟道。

司行霈说："太远了，换一个。"

顾轻舟认真沉思，问司行霈："你有没有特别想去的地方？"

司行霈道："有一个。"

"哪里？"

"你愿意去吗？"司行霈卖关子，"若是你愿意去，我就带你去。"

"我愿意去。"

暴雨不知停歇，司行霈却要出门了。

"今天又不用三朝回门。"顾轻舟抱怨，"等雨停了再去不行吗？"

司行霈捏了捏她的脸："傻孩子，你真当我天天有空陪你？告诉你，做了司太太就要习惯一个人独当一面，我要常在军中。"

顾轻舟打开他的手，笑道："我不是孩子，我现在是太太了！"

司行霈大笑："好好，是司太太。太太请。"

他们说着话儿，就到了汽车旁边，司行霈为顾轻舟拉开了车门。

短短几步路，顾轻舟的裙摆和鞋子全都湿透了。

副官放了个行李箱在车后。

行李箱上裹着很厚的雨布，看样子是行李，而顾轻舟还没有整理行囊呢。

"鞋子湿了的话，去后面脱下来。"司行霈道。

顾轻舟看着雨刮一点点搅动雨幕，落下一片清明，她扭头问司行霈："要多久才到？"

"半个小时。不过雨这么大，可能要一个小时了。"司行霈道。

顾轻舟就脱了进水的鞋子，拧干裙摆。

"到底去哪里啊？"顾轻舟问。

"去一处老宅。"司行霈说，"我从云南回来以后，就确定了自己以后要在平城落地生根，我就把我姆妈的骨骸烧了，然后埋在一株梅花树的底下……"

顾轻舟想到，当初司行霈的母亲安静躺在苏州军事基地的山洞里，是顾轻舟的背叛，让她被迫挪了地方。

她缩了缩肩膀，对司行霈道："我怕姆妈不喜欢我。"

"不会。只要是我喜欢，我姆妈就喜欢。"司行霈道，"我在那边盖了个小院子，我们可以把它当成另一个家。既然你回门无家，那边便也是你的家了。"

顾轻舟回神，心情有点复杂。

"谢谢你。"顾轻舟道。

司行霈伸手，摸了摸她的头发："司太太，说谢谢太矫情了。"

顾轻舟打开他的手，着急道："你认真开车，别动手动脚的，这么大的雨，小心车子掉坑里。"

顾轻舟以为，司行霈会带她去农庄，结果他们到了一个小镇。

雨还在下。

顾轻舟没有下车，而是看了眼外头的雨幕，对司行霈道："平城的排水系统会不会出现问题？现在城里肯定一团糟……"

"我们新婚呢，别操心这个。"司行霈牵了她的手，"你当我是草包吗？这点事，自然有人办。"

顾轻舟笑了笑。

果然，这才是新婚第一天呢。

她下了汽车，看到了一座木头雕花的二层临街小楼。

司行霈敲了门。

有老者开了门，恭恭敬敬叫了声"师座"。

司行霈告诉顾轻舟："这是邓伯，邓高的父亲。"

邓高是司行霈身边最器重的副官之一。

"邓伯好。"顾轻舟含笑。

邓伯笑逐颜开："太太请。我们还想着去看太太的，只是这里少不得人看管。"

顾轻舟就进了屋子。

到处都是潮湿的，这木制的楼房却没有半点霉味。

门房一关，旁边是长长的回廊，摆满了各色盆栽，满目葱郁；柱子是朱漆的，雕刻了盘龙飞凤，栩栩如生。

中间是一个偌大的天井。

"司行霈，我老家也有天井。我最喜欢在天井里晒黄豆，然后听着豆子噼里啪啦的。"顾轻舟惊喜不已。

这房子跟她在乡下住的有点相似。

只是，他们乡下的房子，远没有这里奢华。

她同时也看到，天井的西边，种了一株梅花树。

梅花树的四周，围上了篱笆，筑了个小小的花坛，地势稍微高些，这样不容易积水。

这个时节，梅树无花只有叶子，开得繁茂。

"是那棵吗？"顾轻舟问。

司行霈点点头："正是。姆妈的骨灰就放在那里了。"

他从身后副官的手里接过了皮箱，一手拎着皮箱，一手牵着顾轻舟，真像出行度假，把顾轻舟领到了二楼。

顾轻舟看到了窗户和房门上的喜字，惊叹邓伯两口子细心。

她推开了房门，屋子里挂着大红龙凤帐幔，床上铺着金线鸳鸯的大红被褥。

顾轻舟好似到了另一个新房。

她很惊喜。

屋子里还有个暖炉，上面搭了竹条架子，可以烤火、烘衣裳，驱散这屋子里的湿气。

司行霈换了石青色长衫。

顾轻舟感叹："你还留着呢？"

"都没穿过。"司行霈道，"这是依照你的喜好做的，我哪怕把命丢了，也不会丢了它们的。"

顾轻舟立马跳起来，捂住了他的唇。

什么把命丢了，真的很不吉利。

司行霈就顺势吻她的掌心。

"听太太的。"司行霈笑道。

顾轻舟和司行霈换了干净的衣裳，一起下楼。

她穿着月白色的上衣，深蓝色的长裙，头发绾成了低髻，刘海也往后梳起，露出光洁的额头，眼睛就格外地明媚。

司行霈一袭青色长衫，和顾轻舟的衣裳很般配。

外面还在下雨，司行霈就领着顾轻舟，把这房子上上下下都看了一遍。

他说："这是我外祖母的故居，我母亲小时候就在这里长大。"

"你母亲是平城人？"顾轻舟问。

"要不然，我为何会选中平城？"司行霈笑道，"当然，也是因为平城的战略位置不错。"

顾轻舟感叹："我竟然不知道！"

她一直没有仔细关心过司行霈，对他的很多事都是一知半解的。

"以后就知道了。"司行霈搂住了她的肩头。

他还带顾轻舟去看了他母亲的闺房。

"过来。"他很神秘道。

顾轻舟难得见他这副神态，当即凑了过去。

顾轻舟瞧见一个玻璃盒子中，摆放着一张发黄的旧照片。

旧照片上是一位穿着旧式衣裳的女子，她笑靥如花。

顾轻舟光看照片，也觉得她和司行霈很像，而且的确是倾城容貌。

"你姆妈好美。"顾轻舟道。

"将来我们的孩子都像你就好了。"顾轻舟低声道，"这样就很漂亮。"

"像轻舟也会很漂亮！"司行霈道，"顾轻舟是我见过最漂亮的女人了。"

"撒谎。"顾轻舟失笑，明知他是情人眼里出西施，但心中仍是温暖。

"不撒谎。"司行霈道，"你能到我心上，自然是最好的，没人比你更好。"

顾轻舟羞赧而垂眸。

她也想说，她觉得司行霈是世上最好的男人。

司行霈又找来一些新鲜的蚕豆，都是刚刚从地里摘下来的，连壳一起烤了，无比鲜嫩。

他剥开，送到顾轻舟的唇边。

"好吃。"顾轻舟眯起眼睛，任由鲜嫩的、温暖的豆子填补胃。

司行霈自己也剥了一颗，道："的确好吃。"

司行霈跟她说起他小时候到外祖母家玩的趣事。

她伏在他怀里，乐得花枝乱颤。

窗外的雨声逐渐小了，屋子里全是食物的香味，以及温暖的气息。

傍晚时分，小镇的灯火陆陆续续地亮起来。

顾轻舟推开窗户，闻到了一阵阵饭菜的清甜，夹杂在厚厚的雨幕里。

小镇没有路灯，店铺或者住家小小的灯火，昏黄暗淡，夜晚格外地宁静。

晚上吃完司行霈做的大餐，顾轻舟和司行霈闲聊，问他："这里为什么没有姆妈的牌位？"

"姆妈的牌位在司家的宗祠。她嫁到了司家，就是司家的人了。"司行霈道。

"你舅舅他们怎么不回来参加你的婚礼？"顾轻舟小心翼翼地问。

司行霈道："舅舅在新加坡啊，要不然你以为谁帮我打理新加坡的生意？他没有家里人，他双腿残疾，故而不方便。"

顾轻舟了然，没有继续追问。

不知不觉，外面的雨声好像更小了点。

小镇越发静谧。

顾轻舟进入了梦乡。

她梦到田埂上，一个女人正领着孩子散步，她的长发飘逸，似瀑布般。

"轻舟，阿霈就交给你了。"她明明那般年轻，声音非常温柔恬静。

"阿霈，姆妈要走了。"她说着，就冲他们摆摆手。

阳光照下来，有点刺目。

她消失在光芒的尽头。

顾轻舟周身微暖。她转过身子，就看到了司行霈。

司行霈抱住了她，低声道："轻舟，我们也走吧，回家了。"

顾轻舟被他牵着，一步步走过湿滑的田埂。

水稻抽穗，稻香阵阵。

顾轻舟往回走，心中却一直想要扭头去看看，她想要看清楚那边的人影。

她果然转了头。

她看到了自己的乳娘，还有师父。

他们冲她摆摆手："轻舟，快去吧。"

这似乎是她离开家乡时，师父和乳娘站在村口送别的情景。

一帧帧的梦境，有点混乱。

第三十九章

不测风云

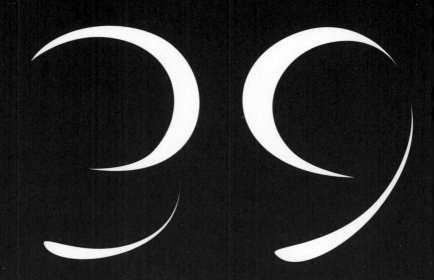

房间里光线暗淡，尚未天亮，雨已经停歇了。

顾轻舟听到了楼下敲门的声音。

"司行霈!"她立马推醒了身边的人，"司行霈，好像有人来了。"

敲门声更大了。

司行霈被吵醒，一阵烦躁。看清是顾轻舟，他没有发火，只是想："若能早点和轻舟退隐山林，才不枉活了一场。"

司行霈捻开了床头的灯光，顾轻舟趁机看了看手表，五点刚过。

"谁啊，这么早?"顾轻舟彻底清醒，她预感不会有好事。

司行霈道："我去看看。"

他下楼，顾轻舟也披衣坐了起来，侧耳倾听楼下的动静。

顾轻舟听到了副官邓高的声音。

然后，她听到司行霈一阵急促的脚步声上楼。

"轻舟，快起来，我们要回去了。"他道。

说罢，他利落地脱了睡衣，换上了军装。

今天是他们新婚的第二天，若不是十万火急，副官绝不敢轻易找过来。

顾轻舟也换衣，问："怎么了?"

"芳菲和阿慕……"司行霈突然头疼得更加厉害，他的声音一顿，"他们死了。"

顾轻舟似被人当头打了一棒。

她只感觉眼前直冒金星，半晌没有动，寒意从四面八方往她肌肤里钻，她耳边倏然静谧，再也听不到声音。

顾轻舟浑身冒寒气，她听到自己的声音已然不成样了，好像格外地尖锐："谁死了？"

司行霈一把握住了她肩头，用力摇了摇她："轻舟，快把衣裳穿好！我在楼下等你！"

说罢，他疾步下楼。

来了两名副官，他们正在跟司行霈讲述事情的经过。

顾轻舟顾不上穿鞋子，只把衣裳穿好就快速下楼。

司行霈已经发动了汽车。

顾轻舟坐上去，汽车的马力摇到了最大，似箭一般蹿了出去。

原本需要四十分钟到一个小时的路程，司行霈只不过二十分钟就开到了平城城里。

军警已经把饭店围了起来。

上了三楼，司督军的亲信副官们，正毕恭毕敬地站着。

司行霈一进门，就被人迎面扇了一个耳光，清脆作响。

顾轻舟猛然回神，她看到了司督军暴怒而扭曲狰狞的面容。

"给我查！"司督军咬字极重，好似每个字都耗尽了他所有的力气，"抓到凶手！"

"是！"司行霈站住了身姿，居然恭敬扣靴行礼。

顾轻舟站在身后，她闻到了血的气息，故而身不由己地开始发抖。她看到了司督军身后的房间，白色床单染透了血迹。

屋子里没有点灯，窗牖半开，风撩拨着窗帘，将晨光透进来。

司芳菲是半坐着的，一把长长的钢刀，穿透了她的喉咙，将她活活钉在床头板上。

司芳菲的瞳仁已经涣散了，眼睛却是睁得大大的，像是震惊万分。

"芳菲……"司行霈的声音发虚，轻轻地唤了她一声，宛如儿时的亲昵。他上前，想要合住她的眼睛，却发现是徒劳无功。

司芳菲死了，死不瞑目！

司行霈的呼吸，压抑而沉重。好似他吸进去的不是空气，而是刀子，每一下都艰难，都让他有种极致的疼痛。

祖母已经过世，对司行霈而言，最重要的亲人除了顾轻舟，就是芳菲了。

他怎么也想不到，有一天他最亲近的妹妹死在他面前，这样惨烈！

司督军一动不动地看着，似乎想把最爱的小女儿的模样牢牢记住。

一夜之间，他痛失一儿一女，全是他心尖的宝贝。

他眼睛里已经布满了血丝，双目通红。

"叫人来入殓，送回岳城办丧礼。"司督军站起身。

他好似很努力想要站直，可他的后背佝偻，让他无法挺直胸膛。

他一下子垮了。

司督军往前走，倏然身子直直栽下去，再也压抑不住，喷出一口鲜血，两眼发昏，彻底昏死了过去。

"来人！"司行需疾呼。

副官们进来，把司督军送到平城的军医院。

东方的骄阳正在升起，而司芳菲和司慕，再也看不见初升的太阳了。

和司芳菲的惨状相比，司慕这边就相对温和多了。

他是自尽的。至少表面上看，他是用自己的手枪，对准了自己的脑袋。

他怕枪声传出去，故而他用枕头隔在手枪和脑袋之间。

子弹穿破了枕头，带出数不尽的羽毛，以及司慕的脑浆。

血和脑浆染透了床单，司慕合上了双目，他保持临死前自尽的姿势。

司行需走上前，仔细查看他。

顾轻舟沿着墙壁跌坐在地上，痴痴地望着床上的人。

顾轻舟想起司慕曾经说过的话。

他说，他也要像司行需一样，完成统一大业。

她紧紧攥住了司行需的手："不，司慕不会自杀的！"

司行需却不回答顾轻舟。

他的情绪已经在崩溃的边缘，他怕自己一开口就会失控。

他终于把情绪稳住，低头对她道："你在这里帮不上忙，先回去吧，我来处理。"

顾轻舟在副官的陪同下，离开了饭店。

路上，副官告诉她："有个副官巡查时发现了芳菲小姐的房间有动静，督军亲自去查看，结果看到了她的惨死。

"司督军急忙叫人查每个房间，发现二少帅也自尽了。

"司夫人和司琼枝已经被送去了医院。

"司督军强撑着维持局面，直到少帅来了。"

"怎么会这样？"顾轻舟亦头疼欲裂。

这件事，顾轻舟和司行霈都没察觉到什么蛛丝马迹。

他们两个人素来谨慎，而结婚那天格外小心。

他们全部的精力和注意力，都在新婚这件事上，确保婚礼万无一失。

"婚礼结束后，算是我和司行霈这辈子最放松的时刻了。一定是很了解我们的人，才会下这样的毒手，才会选定这样的时机。"顾轻舟捂住了脑袋。

她坐在后座，把自己的脸埋在膝盖里。

眼前漆黑，她任由眼泪横流。

"是谁的仇人？"顾轻舟忍着内心的痛楚，想把思路理清楚。

"假如是我的敌人，应该只会杀了司慕，不会带上芳菲的。"

在司督军的副官们巡逻之下，没人会冒大风险去杀无关紧要的人，除非有直接的仇怨。

车子停下来，副官低声道："太太……"

回到了新家，朱嫂看到顾轻舟眼眶是红的，头发也乱糟糟的："这是怎么了？"

顾轻舟看着镜子，声音似幽灵般有气无力："朱嫂，司慕和芳菲死了。"

她把事情简单地告诉了朱嫂。

不是她故意简略，而是她知道的也就这么多了。

朱嫂镇定了半晌，重新给她梳头。她不停地说什么芳菲小姐跟少帅感情那么好，如今这样了，少帅该怎么办等等。

顾轻舟不知不觉已经满脸泪水。

司行霈一直没回来，也没人传递消息给顾轻舟，顾轻舟就上楼。

她心中已然有了个主意。

她一直想帮司行霈做件事，也许现在就是个很好的时机。

"我曾经舍不得离开他，怕他寂寞。如今，也许离开对我们都好些，让他也冷静冷静。"顾轻舟想。

他怀疑她了，她在他身边，他会被这种情绪压得喘不过来气。

当初师父和乳娘死后，顾轻舟有过那样的经历。

她很理解现在的司行霈。

顾轻舟睡熟了。

她做了很多荒诞的梦，梦境是诡异的，光怪陆离的。

醒过来之后，顾轻舟发现自己比睡觉前更加疲倦。

第二天下午一点，司行霈回来了。

他一头栽到了床上。

"轻舟，我没事。"他低喃，"我没事。"

然后，他彻底陷入软软的枕席间，再也不肯起来。

顾轻舟看了眼司行霈。

司行霈却睡着了。

他真的很疲倦，抑或此刻不太想看到顾轻舟。

如果他有怀疑，就会有怨气，甚至需要用力才能克制住内心的愤懑。

生死大事，岂能轻易揭过去？

她站起身，轻轻地为她丈夫盖了被子。

她下楼看到邓高，就问："凶手抓到了吗？"

邓高突然一顿。

这个……

他满心的话却不敢说，因为那些都是秘密，也因为师座当场就杀了那个杀手。明明是很重要的证人，明明审了很久才有了眉目……

这意味着，消息不能走漏。

邓高是司行霈的心腹，他比任何人都能揣测上司的意思。

"倒是抓到了几个人，可惜没什么重要的线索。昨晚师座一生气，还杀了一个人。"邓高道。

他用一种开玩笑的语气。

"杀人灭口吗?"顾轻舟却认真地看着邓高。

邓高笑道:"太太说笑了，师座怎么会要灭口呢?"

"是不是那个人说的消息，跟我有关系?"顾轻舟又问。

她眼睛睁得大大的，双目澄澈地看着邓高。

邓高后背一瞬间沁出了汗，脸上却是不动声色，依旧笑着道:"这个倒没有。"

"那为何要灭口?"顾轻舟声音一提。

邓高道:"真不是灭口的，太太。属下说错了话。"

说罢，他扣靴行礼，急匆匆跑远了。

邓高没有泄露什么，是顾轻舟太过于敏锐，她似乎能猜到。

顾轻舟苦笑:"司行霈啊，假如你相信我的清白，又何必这样着急为我遮掩?"

掩饰，意味着心虚。

顾轻舟知道，司行霈哪怕怀疑她，也会保护她、疼爱她，为她清扫一切障碍。而顾轻舟需要的，却仅仅是虚无的信任而已。

她独坐良久，仍是觉得她无法忍受来自他的猜疑。

司行霈只睡了一个小时，他起床之后，没有看到顾轻舟。

他也没问，直接就出门了。

这天傍晚，司行霈给了司督军交代。

他抓到了一伙人，正好是司督军的仇敌。他们开一家报社，背后却是从事情报活动，兼有刺杀任务。

司督军亲自审讯，这些人坚称他们本来筹划刺杀司督军，可惜没有得手，于是刺杀了司慕和司芳菲。

顾轻舟换了黑色衣裳，戴着白花，跟司行霈上了同一辆汽车。

她也要送司慕和司芳菲回去。

路上，司行霈在合眼打盹。

顾轻舟想，再给他一次机会吧，最后一次了。

于是她主动开口，问司行霈:"你抓到的，根本不是凶手，对吗？你把责任揽在自己和督军身上。"

司行霈摇摇头："是凶手。"

"我不信。"顾轻舟道。

司行霈就握住了她的手。

从始至终，他没有看她的眼睛，只是道："轻舟，一切都过去了。"

"没有过去，你还没有抓到真凶。"顾轻舟道，"阿慕死得那么惨，芳菲更惨，为什么不替他们鸣冤？"

司行霈的呼吸，一瞬间重了起来。

他若是质问顾轻舟，为什么要杀死司芳菲，顾轻舟尚且能接受。

若是他不问，就意味着他心中的怀疑从未消弭。

结果，他真的没有问，他遮掩了过去。

因为他觉得这件事是顾轻舟做的，他也能原谅顾轻舟，甚至为了保护顾轻舟，不惜把责任推到自己身上。

她无力地依靠着他的肩头。

司行霈又道："到了岳城，也许会委屈你。轻舟，我永远疼爱你，你别又忘记了。"

"知道了，我也是。"顾轻舟道，"我可以为你做任何事。"

这话，司行霈也想告诉她，他可以为了她做任何事，他可以为了她放弃一切，哪怕是他的亲情。

司行霈的脸靠过来，贴着顾轻舟凉软的青丝。

他们两个人都深知对方的精明，故而他们不敢乱说话。

"司行霈，我要为你做一件大事。"顾轻舟心中想着，"我要为了你的大业出一份力气，而这个时机来了。"

第四十章

死遁迷局

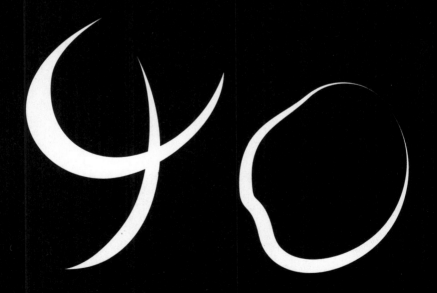

司家的葬礼，在岳城引起了轰动。

流言四起，关于司慕和司芳菲的死因，关于司家大少夫人的真实身份。

司夫人已经在到处攻讦顾轻舟了。顾轻舟和司行需谋杀司慕这种毫无根据的谣言，会被渲染成事实，将顾轻舟钉在耻辱柱上。

顾轻舟将从"岳城之母"，变成"岳城之耻"。

自从离开乡下，她每天都在惊心动魄中度过。

她见过无数的局，但这是一个无解的死局，这个局想让顾轻舟粉身碎骨。

若司慕还执迷不悟，顾轻舟也许不会这样伤心。但是看到一个人幡然醒悟，信心满满想要做出一番事业，老天爷却开了个玩笑，剥夺了他所有的机会。

她回岳城是为了给司慕送行，而不是打扰他的宁静。

所以她没有出现在司家的灵堂，而是去了颜家。

后半夜，司行需终于回来了。

司慕和司芳菲的死，扼杀了顾轻舟的前途。

她再也没机会公开亮相，再也没机会成为平城风华绝代的第一夫人，而只能躲在他的背后。

司行需意识到了这一点，滞留在他胸口的那股子哀伤，变成了醍醐灌顶的清醒。想起之前的误会，司行需突然感觉亏欠了她太多，他要弥补。

顾轻舟握紧了他的手："司行需，等天亮了我就去上海，然后直接回平城。"

"你自己当心些。"司行需摸了摸她的头，不舍地回到司家，他还要守夜。

顾轻舟满腹心事，终于挨到了天亮。

之后跟颜家众人告辞，她不能继续留在岳城了。

颜家上上下下都不放心顾轻舟，颜洛水挺着肚子，哭成了个泪人。

跟顾轻舟正好相反，霍拢静正过着她人生中最幸福的日子。

霍家和颜家已经定了亲。

颜一源处处透着不谙世事的天真，非常单纯，又有点不求上进，似一块透明的水晶，什么都可以被看穿。霍拢静很喜欢这样的他，让她有安全感。

颜一源想了想："阿静，你身手好，要不你跟着轻舟吧，我真担心她。"

"我会跟着轻舟的，将她安全地送回平城。"霍拢静保证。

颜一源道："你果然既是我的未婚妻，也是我最好的朋友。"

最近，霍拢静硬是被塞了一个新随从，那就是曾经的保皇党教头江临，他当年有意放走了霍拢静，如今来投奔她的哥哥霍钺。

霍拢静下定决心，带着江临，天天跟着顾轻舟，要保她平安。

顾轻舟这次要面临的，可能是一场巨大的灾难。

顾轻舟离开颜家，径直去了码头。她摆脱副官，上了一艘货船。

偷偷跟在身后的霍拢静，在岸边定睛看着，那船是旧式的，一共三层，吃水很深。

此刻这船开了。

她突然焦虑起来，预感这条船有问题。

霍拢静对江临道："你跟我来！"说罢，她利落地跳入了海里。

海面上有两个人，疯了一样划破碧波，追随一条大船而去，直至都变成了远处的小黑点。

顾轻舟出来甲板上透口气，看到了他们，大惊失色。

那时候，霍拢静的一只手正好攀上了船舷。

顾轻舟立马将她和江临拉上来，追船这件事，实在太过于冒险，想想都觉得可怕。

霍拢静紧紧握住了顾轻舟的手，累得说不出话来。

"阿静，你得赶紧走。"顾轻舟道，"这条船很危险，我只能保住自己，未必能保住你。"

"你万一出事，难道我下辈子都要活在自责里吗？"顾轻舟急得大喊，"你若是有个三长两短，五哥怎么办？"

"你若是有个三长两短，司行霈怎么办？"霍拢静反问她。

可是这船上，既没有小艇，也没有救生圈。要下船，已经太晚了。

这艘船一直往前开，开往未知。

顾轻舟收起了望远镜，一艘军舰离他们越来越近。

她对阿静和江临说："快跳海！"

过了一刻钟，这艘船爆炸了，漫天的烟花在海面上升起。

司行霈的死对头李文柱，本来想悄无声息地击沉货船，把顾轻舟处理得不留痕迹，怎料闹出了这么大的动静，把整个岳城都惊动了。

其实这是顾轻舟故意安排的：她早就在货船里装满了烟火，故意让李文柱的密探看到自己上错了船，再借对方之手，帮自己完成死遁最关键的一出戏。

只是没想到，霍拢静会被牵连到这个局里。

霍拢静疼痛到快要窒息，仿佛回到了最黑暗的那段日子。

她拼了命地挣扎，慢慢失去了意识。

等她再次醒过来时，她躺在一处破旧的房子里，到处是海水的腥味。

她浑身疼痛无力，茫然地看着四周。

她脑海中有些东西在翻腾，可她不明白那是什么。

破旧的帘布一掀，照进了一缕晚霞。

来者特别高大，额头有一条很长的伤疤，他将一碗中药递给了霍拢静。

霍拢静看着这个男人，他长得凶神恶煞的，可她一点也不害怕他。

她从内心深处，觉得这个人熟悉极了，好似他们很亲近。

"你是谁？"霍拢静问他。

男人一愣。

霍拢静自己也愣住，她好似很努力地想要抓住什么，却什么也抓不住。

她又怔怔地反问自己："我是谁？"

从她眼里，男人看到了依赖和信任，以往掩饰着的恐惧，终于不见了。

男人脸上，有种难以言喻的惊愕，以及莫名其妙的喜悦。

他犹豫了下，道："我是你丈夫，你叫阿静，是我的妻子。"

他轻轻走过去，试探着搂她的肩膀。

霍拢静任由他抱着，似乎恍然大悟："我也觉得你是我最亲的人，我记得你，虽然记得不太清楚……"

男人道："你好的时候，也常记不住我的名字。我叫江临。"

霍拢静点点头。

男人亲自端了药碗，喂她喝下去。

药汁很苦，头疼得厉害，她喘息沉重。

江临抱住了她："别多想了。你要记住，你是江太太就行。其他的，我以后慢慢告诉你。"

霍拢静颔首。

江临告诉她："你娘家姓霍。你母亲曾经是舞女，跟你父亲在欢场结识了，后来生下了你。没过几年，你母亲去世了，所以你被卖到了北方的戏班。后来在你哥哥的帮助之下，我们去了新加坡做生意。"

"我有哥哥？"霍拢静问。

江临点点头。

"我有孩子吗？"

江临摇摇头。他犹豫着，试探着，想要轻轻地吻下她的唇。

　　霍拢静见自己丈夫这般小心翼翼，于心不忍，捧住了他的脸，亲吻了他。

　　她的内心深处，的确有他的痕迹。

　　她知道感情是不会欺骗她的，她的丈夫就是眼前的这个人。

　　他很高大，也不苟言笑，可是对她极其温柔。

　　翌日清晨，霍拢静跟着她丈夫，离开了渔村，一路前往新加坡。

　　"我要回家了。"霍拢静想，"我心里总想着回家，虽然不知道为什么。现在，终于可以回家了。"

　　然而，在岳城，颜一源急疯了。

　　从小就不知愁苦为何物的颜一源，这几天不吃不喝，跟着他父亲颜新侬风里来雨里去地到处寻找霍拢静。

　　霍钺觉得颜一源一夜之间沉默了很多，那单纯的眼睛里满是哀伤和心事。

　　"找到了阿静，我想尽快给他们完婚。"霍钺眉头紧锁，"她早该过上好日子的。"

　　颜新侬深深叹了口气，布满老茧的手不住地颤抖。

　　这世上的人千千万万，最适合霍拢静的，只有不谙世事的颜一源。

　　江边的风浪很大，掀起了司行霈的风氅。

　　他看着浪一下下地拍打海岸。

　　司行霈已经派人击沉了对方军舰，虽然他知道轻舟不会有事，但是此仇非报不可。

　　岸边聚集了很多民众，他们在自发祭拜顾轻舟。

　　一场巨大的风波，随着顾轻舟的死遁，被扼杀在萌芽里。

　　路人不再关心司家命案的真相，不再关心司夫人的哀痛，退一万步说，顾轻舟已经为莫须有的"罪名"偿命了。

　　司行霈要给他的新婚妻子办葬礼。葬礼要隆重些，让大家都知道他太太去世了。

他不顾众人的阻拦，给新婚的司太太立了衣冠冢。

墓碑上写着：司颜氏。

埋在这里的，是顾轻舟曾经的一个假身份。

司行霈一直预感顾轻舟做傻事，他得到的情报也证实了这一点。

顾轻舟说过："保皇党已经跟日本人勾结了，是南北统一的最大阻碍。既然他们邀请我，我可以趁机打入内部，须得早日瓦解他们。"

顾轻舟冒了极大的风险，不知流落何方，只为了换来她想要的和平。

她不想民心动荡，不想司行霈声名受损，不想和司夫人交恶更深，她只能退一步。

这是顾轻舟想要的。司行霈会为她做到。

他的太太，从来不会拘泥于小节，她心中装着天下。

顾轻舟以死的决心，摈弃了自己以前的身份，接住了保皇党递来的橄榄枝。

保皇党故而早早派了一艘小船跟在货船后面，一旦有意外可以迅速救人。

顾轻舟死遁后，被蔡长亭和阿蘅带回了太原，昏迷了三天三夜，她有了一个新的身份：阿蔷。

第四十一章

太原潜伏

　　一转眼，四个月过去了。

　　看惯了江南的婉约与素雅，顾轻舟初到太原府时，为其广袤与开阔、端肃所震撼。一望无垠的田野，蔚蓝高远的天空，已然是另一番气派了。

　　她从未见过这么高的天！

　　只是，她还是很想念江南杏花烟雨的春天。梨花晶莹，柳絮轻扬，流连不歇的彩蝶穿梭花丛，融融春日繁花似锦。

　　太原的春天没这样的好时节，因为有点冷，风很大。

　　等这股子冷意过去，就到了端午节，好似从寒冬一下子跳到了初夏。

　　天气暖和了起来，换上了轻盈的春装，顾轻舟就觉得一年中最苦的日子已经熬过去了。

　　她偶尔会想起司行霈。

　　"……老师，送给你的榴花。"一个穿着天水碧中袖斜襟衫的女孩子推门而入。

　　她手里拎着一个小提篮，放了满篮子的榴花。

　　太原府的端午节有很多习俗，比如帐顶撒满榴花，驱除五毒。

　　"谢谢三小姐。"顾轻舟笑着接过来。

　　"你又叫我三小姐了。"女孩子笑起来，略有腼腆，有一颗小小的虎牙，羞婉娇俏。

　　她叫叶妩，是山西督军的第三个女儿，今年十七岁。

　　叶督军没有妻子，只有七位姨太太。

　　他只有三位女儿，都是正妻留下来的，深受他的偏爱。

　　顾轻舟像平野夫人、阿蘅一样，刻意结交叶家三小姐。

抑或，任何人都可以结交叶家三小姐。

三小姐性格温柔羞赧，看上去毫无主见，对每个人都很好。

顾轻舟却发现，她只是戴上一副应酬的好面具，遮住了她内心的疏离。

她不喜欢世人。

有的人表现得愤世嫉俗，有的人则表现得亲切温和。

内心的不屑一顾，还是可以从蛛丝马迹中窥见。

当顾轻舟知晓她也在念书，而且英文和钢琴很吃力，她主动提出做三小姐的家庭教师，顺便陪她一起练琴、学英文。

对于顾轻舟的善意，三小姐是来者不拒的。

她对顾轻舟，也没有异于常人。

"老师，你今天要跟他们出门吗？"叶三小姐问。

顾轻舟摇摇头："我不去的。"

如今的交际，阿蘅足以应对，顾轻舟无须插手。

对于顾轻舟的内敛，平野夫人很宽容。平野夫人，就是那位叶赫那拉氏，自称是顾轻舟的生母。顾轻舟也全盘接受，而且态度亲昵。

从某种意义上说，顾轻舟懂叶三小姐，叶三小姐也懂顾轻舟，故而她最近跟顾轻舟更加亲近了几分。

"老师，上次那一段曲子，你再教我弹一遍吧。"三小姐又说，"就叫我阿妩吧。"

她既没有拒绝，也没有答应，和叶三小姐的态度如出一辙。

她跟叶妩把榴花撒在帐顶，等着它们驱散毒虫，然后去了练琴的花厅。

刚刚练完琴，叶督军回来了。

叶督军今年四十七岁，有着西北汉子的高大身材。他早年进了山西的武备学堂，因为国文和兵法都名列前茅，就被清廷保送去了日本陆军士军官学校，在步兵科学习。三年学成，他回到了山西，参加清廷举办的回国学生科考，以优异的成绩考取了清廷的武举人，调任回到了山西武备学堂任教员。

后来，爆发了革命。

山西自古都是兵家必争之地。守住山西，就可以阻隔南北交通，为天下格局打定根基。叶督军就是在大革命中立了功，成了革命功臣。

只是成功之后，他并没有加入革命党，而是退守山西，任山西督军。叶督军常年被南北政府双方拉拢，他一概拒绝，称"山西不问外省事""山西经济发展才是当前大局"，从此在北方军阀混战中保持中立，保存了山西的实力，也维持了山西的稳定。

如今，山西的煤和铁冠绝天下，已然是一头猛虎。

叶督军与爱妻感情深厚，两人青梅竹马。五年前叶太太去世，叶督军伤心了半年之后，就不再清心寡欲，一口气纳了七位姨太太进府，全是姹紫嫣红的二八佳人。

抛开私德，单论他的政治和军事才能，以及个人品行，也可以称"雄才伟略"。

叶督军走进门，听到了偏厅的钢琴声，特意过来瞧瞧。

看到了顾轻舟，他没言语。

等一曲结束，顾轻舟和叶三小姐才看到了他。

"父亲，您回来了？"叶妩起身，走到了叶督军身边。

众多孩子里，叶督军最爱的就是叶妩了。

"好好的端午节，怎么闷在家里练琴？"叶督军问。

"没什么好玩的，功课还没有做完。"

叶督军略有所思，对她们道："长庚班今天唱《贵妃醉酒》，可要去看看？"

叶妩看了眼顾轻舟。

顾轻舟眉眼低垂。

她虽然嫁过两次人，可来到了山西之后，她依旧做了少女的装扮——剪了厚厚的刘海，遮住她光洁的额头。在南方，只有未出嫁的姑娘才会剪刘海，出嫁了的多半全部梳起来，没什么讲究，只不过是约定俗成的规矩。

故而，顾轻舟低垂眉眼时，所有的情绪都深敛其中，叫人看不出端倪来。

她有点像叶妩：乖巧，漂亮，不露风头。

"父亲，您带姨太太们去听戏吧，我今天要跟老师把英文预习一遍。"叶妩拒绝了。

叶督军又看了眼顾轻舟。

顾轻舟不看他，漠然又坦然。比起她姐姐阿蘅，顾轻舟更加神秘莫测。虽然柔软，未必就是善茬。

叶督军起身离开。

叶妩在旁边道："我父亲有话想要问你。"

父亲的意思，她一清二楚。

然而，她看得出自己老师并不想多谈，故而她为老师阻拦了。

"多谢你维护我。"顾轻舟道，"没想到第一个信任我的人，居然是你。"

叶妩"啊"了声。

她想要做出茫然的表情，可顾轻舟的目光落在她身上时，她突然感觉自己早已被人看穿了。

叶妩的笑容也变得深邃起来："我只是想把钢琴学好，仅此而已。"

她不是把顾轻舟当朋友。信任她、维护她，只因自己的钢琴实在拙劣，而其他家庭教师的教学总是不对路子，只有顾轻舟的教学让她能最快领悟。

"老师，你觉得我父亲想要问什么？"叶妩有点好奇。

顾轻舟笑道："你若是想要知道，就去问问看……"

"我觉得你有秘密。"叶妩声音软软的，哪怕是这样的猜疑，她也用一种柔软温情的腔调，不引起任何人的不适。

顾轻舟在她身上总能看到自己的影子。

"谁没有呢？"顾轻舟道。

"不，老师，你是有大秘密的人。"

顾轻舟微笑。

晚夕，叶督军请所有人一起吃饭，包括平野四郎全家。

平野四郎是关东军的参将，跟叶督军是同班同学，当初很照顾叶督军。

这次，是叶督军请了他来山西，帮忙训练叶督军新置办的炮兵连，聘请时间是一年整。他的妻子是中国人，故而他就带着妻子和继女们住到了太原府，房子就在军政府隔壁，有一扇小门通往军政府。

顾轻舟是平野四郎的继女之一。来到太原两个月，顾轻舟表现得很平淡，她似乎心情不佳，故而成天教叶三小姐弹琴和英文。

她很少说话，外人当她天性羞赧沉默，阿蘅和蔡长亭当她是伤心欲绝，毕竟最终一无所有。

顾轻舟吃了消夜，由她的学生叶妧陪同，回隔壁平野将军府去。

叶三小姐叶妧陪同她到了小门口。

"老师，我有个同学在学校里跟我关系最好。她的钢琴教师结婚了，需得请假几天，你能带带她吗？"叶妧问。

顾轻舟颔首："可以，你让她过来就是了。"

顾轻舟独自走过黑暗狭窄的甬道，回到了平野将军府的侧门。她闻到了淡淡玫瑰的清香，眉头一蹙。打开了门，门檐上的电灯光线迷离，也能看清楚一张倾国倾城的脸，是蔡长亭。

"回来了？"对顾轻舟，蔡长亭始终是很亲切的。

到了太原府之后，顾轻舟才明白为什么蔡长亭要处心积虑地毁了她的婚姻，将她带到北方来。

"嗯。"顾轻舟道。她的声音是柔婉的，不掺杂感情，因为她并不恨蔡长亭，如今蔡长亭并没有挡顾轻舟的路。

"我送你回房吧。"蔡长亭道。

顾轻舟问："怎么了，今天不用给阿蘅献殷勤？"

来到了太原府之后，顾轻舟对阿蘅和平野夫人都亲近不起来。她承认平野夫人是她的母亲，阿蘅是她的姐姐，可她没有这样称呼过她们。

"你太谨慎了，还是不肯和她们亲近。"蔡长亭道。

顾轻舟笑笑："我从前太失败了，所以现在要吸取教训。"

蔡长亭不愿意谈及她的过去。一旦说到了她的过去，可能会让她后悔，让她想回到司行霈身边去。

于是，他转移了话题，看着漫天的繁星，对顾轻舟道："天气不错，明天又是大晴天了。"

顾轻舟也抬头看了眼，点头道："我真喜欢太原府的五月。我从小在江南长大，每年四五月份的梅雨季节，到处都是潮湿的，衣裳洗了也是霉味，人也要发潮了，一有太阳就高兴得不得了。"

蔡长亭点点头，赞同这话："北边的'春雨贵如油'，春上的确少见雨水。而南方的春上雨水成灾，多而贱，哪里还贵如油？"

说着话，他们就到了顾轻舟的房间门口。她往台阶上站了两步，居高临下地看着蔡长亭。

"谢谢相送。"顾轻舟道。

蔡长亭微笑，对她说："轻舟，你是个很聪明的人。你从什么时候开始知道，叶妩是叶骁元最疼爱的小女儿？"

顾轻舟打了个哈欠："我还以为叶督军对女儿们都是一视同仁的。"

"轻舟，明人不说暗话。"蔡长亭笑了笑，"叶三小姐可不像你想象得那么简单，你别马失前蹄。"

顾轻舟淡淡地笑了，转身回房。

她对叶妩的信任，都比给蔡长亭的信任多。

她躺在被窝里，良久都没有进入梦乡。她今晚特意没有拉窗帘，如钩的新月将淡淡月华洒入，似一层薄薄的寒霜。

迷迷糊糊地睡着了的时候，顾轻舟就感觉有人趴在她身上，闻到了熟悉的气息。司行霈的唇，就落在她的唇上，撬开了她的牙齿，攻城略地毫不客气。

等他的手从她衣衫里钻入时，顾轻舟按住了他。

"司行霈！"她从齿缝间骂道，"你又混账了。"

她也没想到，自己设想过无数次的重逢之后的第一句话，竟没有用上。

司行霈的唇，离开了她的，转而将温热的气息转移到了她的耳郭。

他咬了一下她小巧的耳垂："丢下自己的丈夫，装未婚少女，到底谁比较混账？"

顾轻舟反唇相讥："你太太不是死了吗？"

窗外的晨曦熹微，稀薄的光线投入房间里，顾轻舟屏住了呼吸。

这个人，趁着刚天亮的时候溜进来，故而所有人都放松了警惕。

他轻轻地捏了她的下颌："想我吗？"

顾轻舟在幽暗中笑了一下。

她的笑容，非常地轻快明媚，没有半分杂质。

这四个月来，她头一回如此开心。

"我已经死了，你都给我下葬了。死人是不知道想不想的。"

司行霈的手略微收紧。

顾轻舟吃痛，却伸出了双臂，搂住了他的脖子。

她紧紧抱着他，把自己贴在他身上。

如何能不想？

日日夜夜的煎熬，她的心田都熬得干涸了。

"快走吧，这府里的人鬼精得很。"顾轻舟道。

司行霈依依不舍。毕竟经过了长久的调查，才找到了轻舟的藏身之所。

他搂住了她的腰，低声道："你瘦了，是不是没好好吃饭？"

顾轻舟的眼眶倏然一热。她不想哭出来，让他担心。她更不想放弃一切，和他回去。

"快走吧。"她道。虽然这样说着，她却是没松手。

司行霈心中一软。如今，才知道她承受的相思之苦，一点也不比他少。

他凑在她耳边，低声道："轻舟，我爱你！"

司行霈身形矫健，很快就翻过了墙头，消失在迷离的晨曦里。

顾轻舟也起床，梳洗更衣。她用热毛巾捂住脸时，心念沸腾，又想哭又想笑。顾轻舟把长长的头发梳理整齐，又将厚厚的刘海披覆下来，盖住了额头和一半的眼睛。

清晨有点凉，槐花的醇香远远飘过来，院子都沉浸在温馨的花香里。

平野将军府一共有四个院落：正院、东西跨院和后院。

顾轻舟住在西跨院，与正院之间隔了几处假山和回廊。

她去了餐厅用早膳。

听到了背后有人笑道："阿蔷。"

一回眸，见阿蘅走了过来。阿蘅穿着粉绿色的春装，清纯而美丽。

阿蘅走到她身边，好奇地打量着她。

"你很开心啊，阿蔷，有什么喜事吗？"阿蘅道。

顾轻舟摇摇头："没什么的。"

"是不是司行霈到了太原府，让你高兴？"阿蘅又问。

顾轻舟道："此事，不与你相关吧。"

"当然与我无关了，就是不知道额娘怎么想。"阿蘅道。

两个人说着话到了平野夫人那边。

"阿蔷，金太太邀请我们去赴午宴。"平野夫人对顾轻舟道，"听闻她家里来了不少客人。"

金家是太原府的望族，做军火买卖。

"那应该蛮好玩的。"顾轻舟道。

平野夫人颔首："应该是的。"

顾轻舟慢慢喝了米粥。

平野夫人又说她："既然去做客，头发绾起来吧。现在留长头发的年轻女孩子不多，你得合群，阿蔷。"

顾轻舟顺势放下了碗，道："我知道了。"

她回房重新梳妆。

阿蘅就问平野夫人："额娘，您觉得她和她的前夫联系过吗？"

蔡长亭见平野夫人不开口，就帮衬着："是否见过很难说，但她肯定知道了什么事。"接着又说，"她不信任我们，而且她特别会做戏。她的高兴，说不定是迷惑我们的。"

"她真讨厌。"阿蘅神态冷傲，下巴微扬，就有了高高在上的姿态。

平野夫人微微蹙眉，教训阿蘅道："不许这样说你妹妹！姊妹两个人不亲近，叫人看笑话！"

顾轻舟更换了发型，将长长的头发绾成低髻，戴了一把珍珠梳篦。

她很喜欢珍珠梳篦，这把是在太原府买的，珍珠格外莹白。

车子到了金府，顾轻舟先下了汽车，就看到有一行人立在大门口的台阶上，等待着平野夫人。

金太太穿着一件银红色绣金线牡丹的风氅，里面是全黑色软绸旗袍，绾着低髻，戴了两把金钗，还戴着长长的金叶子耳坠，阳光下熠熠生辉。金太太有点像西域人，眼睛深凹下去，鼻梁格外高，下巴尖尖的，美艳不可方物。若不是眼角的细纹出卖了她，真是个绝艳的佳人。

金太太丝毫没有庸俗之感，反而富贵逼人，有种金碧辉煌的炫丽。

和金太太相比，平野夫人母女三个人就素净了些。

金太太上前几步，拉住了平野夫人的手，彼此很热络。

顾轻舟跟着她们进门，就看到了花厅里坐着的几个人，其中就有司行霈。

他这次到太原府来，是假装到金家做客，他跟金家也有点交情。

司行霈神色冷漠，好似根本没看到顾轻舟。

蔡长亭先去看司行霈，却发现司行霈目光漠然，静静地看着众人。

顾轻舟的脸上，也是带着淡淡的笑容，好似没看到司行霈。

蔡长亭和阿蔺交换了一个神色。

饭后，蔡长亭派人去打听，才知道司行霈失忆了。

回到平野将军府，他们三人密谈。

蔡长亭根据顾轻舟的行为，来判断司行霈的病情："我终于知道顾轻舟在遮掩什么了！"

"失忆了？"平野夫人慢慢转动手里的骨瓷茶盏，声音如皑皑白雪，轻盈却不掩寒意。

平野夫人沉思一瞬，转眸问蔡长亭："像真的吗？"

"她越是装作高兴，司行霈真失忆的可能性就越大。"蔡长亭道，"她很反常，意味着她想要转移我们的注意力。"

"看来我们的情报没有错，司行霈在战场上受了重伤。"蔡长亭道，"有可能他的脑子出了问题。"

蔡长亭发现，从金家回来，平野夫人的情绪紧绷。司行霈的到来，让她担心了。她真不想失去这个女儿吧。

"加强府上的防卫吧。"平野夫人道，"阿蔷居然比我们先知道消息……"

顾轻舟的消息来源在哪里，平野夫人略感好奇，也很惊喜。

她不需要乖巧的女儿，她需要一个聪明、狡诈的女儿。

平野夫人没有儿子，这是她此生的憾事，但是她从小学习帝王之术，她坚信自己可以在女儿们的辅助之下，完成大业。

"夫人，要不要再派个人给她？"蔡长亭道。

派个人，既是照顾顾轻舟，更是监视她。

平野夫人沉默了一下。老实说，她并不想这样对顾轻舟。派人监视，只会更加疏远她们的母女感情。对待她，就应该小心翼翼安抚。

良久之后，平野夫人才道："我亏欠了阿蔷的，她从小不在我身边。再给她一次机会吧，我应该教她，而不是惩罚她。"

蔡长亭道是。

他从平野夫人处出来，瞧见顾轻舟正好出门。

蔡长亭问她："阿蔷，你去哪里？"

"陪叶三小姐和她的同学去趟寺庙。"顾轻舟道，"她们很快就要期末考了，女孩子们担心成绩。"

他又问："要不要我陪你去？"

顾轻舟的笑容就荡漾开来："那些小姑娘期末考更要完蛋了。"

"你又拿我取笑了，并不是每个人都喜欢我。比如你，你就很讨厌我啊。"

说罢，他转身走了。

顾轻舟的确是跟叶三小姐和她的同学去拜佛。但是佛堂后院，有一条小径通往后山，可以私下传递消息。

顾轻舟刚到太原府，司行霈的势力就不动声色地在各个方面暗中埋伏。

顾轻舟借助如厕的工夫，转入密室时，撞入满怀。

他伸手抱紧了她。

暗室幽暗，有浓郁的檀香气息，远远还能听到鼓楼的钟声。

司行霈将顾轻舟按在墙壁上。

顾轻舟忙阻止他："佛门重地，不可胡来，否则要遭报应的。"

司行霈亲吻了她的唇："我不怕……"

顾轻舟的声音猛然一提："司行霈，你我都非良善之辈，原本就比其他人少些阴德，何苦要连最后的虔诚都丢了？"

他不应该信佛或者命运的，此刻他却静了下来。

他的唇，轻轻地碰了一下顾轻舟的唇。

司行霈伸手，又摸了摸她的脸，爱不释手。

"……头还疼吗？"顾轻舟道。

上次见面前后不到三分钟，顾轻舟满心的话，都没有问出口。

她只知道他来了，他还没有忘记她，这些就足够了。

"不疼了。"司行霈道。

"他们怀疑你了吗？"司行霈又问她。

顾轻舟摇摇头："他们不了解我，只知道我狡猾多疑，故而我每次说真话，他们却当是假话。

"这个方法用不了多久。只要他们拆穿我一次，我后面就没办法用这个了。"

司行霈又伸手，轻轻地触摸她的面颊，声音越发低柔："怕不怕？"

顾轻舟已经进了虎穴。那深处的危险，随时可能吞噬她，这点让司行霈不安。

他希望能接她回去。

司行霈此刻深感时间紧迫。

他应该早日完成自己的理想，带着顾轻舟退隐山林。

"我不怕。"顾轻舟笑了笑，对他道，"我从前就跟你说过，我什么也不怕，只怕你。"

司行霈哈哈笑起来。

那段日子，青涩中略带稚嫩，却是最美好的。

"现在还怕我吗？"司行霈问。

顾轻舟道："怕啊。怕你否定了我的规划，怕你没了我过得不好……"

司行霈再也忍不住，半跪起身，捧着她的脸深吻了下去。

她的心乱跳如鼓，已然没了之前的冷静，直到钟声猛然响起。

他们两个人都被惊动，停了下来。

"下次不要约庙里了。"司行霈气息粗重，"约一个安静的地方。顾轻舟，我想你呢，你的每一样我都想！"

顾轻舟双颊生热。

她整了整微乱的心绪，才道："我就当你是说句情话吧……"

司行霈又轻啄了她的唇。

"我得走了。"顾轻舟环住了他的脖子，自己坐到了他腿上。

眼瞧着时间到了，顾轻舟要先离开。

她从密室里走出来，只不过短短几步路，却又生出了相思之感，想要回去再看看他。

司行霈还要在太原府待很久。

第四十二章

阿薅设局

时间一晃又是三个多月。

顾轻舟私会司行霈回府上，突然见到蔡长亭抱着阿薇下了汽车。

顾轻舟问："阿薇这是怎么了？"

蔡长亭道："她遭了暗算，昏迷不醒。"

"谁暗算她？"顾轻舟问。

温柔亲切的蔡长亭，眉宇似笼罩了一层阴霾，他声音亦如寒冰："你心知肚明！"

他们去了阿薇的院子。平野夫人也在。

"……我一出院门，就被人打晕了，然后我就什么也不知道了。"阿薇跟平野夫人描述她被绑架的经过。

平野夫人问："那是什么时间？"

阿薇哽住。凌晨三点，这个时间她不能说。

"六点多吧。"阿薇撒谎道。

平野夫人不再说什么，站起身道："你多休息。"

阿薇心中很紧张，并未松一口气。

平野夫人跟蔡长亭离开了后，顾轻舟也回房了。

平野夫人对蔡长亭道："你的责任是保护她，这次她的过错，算在你头上。"

然后她又问："她到底在做什么？"

蔡长亭道："夫人，阿薇越过您，暗中跟金太太接触已经好几次了。"

平野夫人用力攥紧了手指。

皇家前半辈子的生活，让平野夫人明白了一个道理：亲情是淡薄的，一旦至亲觊觎自己的权力，就要杀无赦。

对阿蘅，平野夫人第一次产生了杀念。这个念头一起，她又惊出了一身冷汗：她和阿蘅的关系，再也回不到从前的亲密了。

"从什么时候开始起，我和阿蘅的关系就变差了？"平野夫人扪心自问。

大概，是从接了阿蔷回来开始的。阿蔷为了离间平野夫人和阿蘅，做了很多的努力，如今，她终于成功了吗？

可是说顾轻舟离间，有点牵强，她可是什么也没做。她什么也没做，就成功离间了平野夫人和阿蘅母女，这更让平野夫人毛骨悚然。

"看住阿蘅，不许她再胡闹，否则别怪我心狠。"平野夫人回神，对蔡长亭道。

"是。"蔡长亭道。

只不过，蔡长亭想要看住阿蘅，那是妄想。阿蘅是不服他的管束的。

过了两天，阿蘅对平野夫人道："我想出资重新翻修城南的教堂。"

平野夫人在找寻一个机会拉拢人心。假如太原府遭受什么大灾难，那么她出资帮助，百姓们自然会感激她。

只可惜，在叶督军的统治之下，太原府目前局势安稳。有几次打砸商店或者袭扰学生的"破坏"行为，都被叶督军的人压制住，平野夫人没有占到半分便宜。

重修教堂，倒也是一件善事，甚至是一件很时髦的事。

"既然你有这份心，那就重修吧。"平野夫人道。

太原府的各大世家，都爱惜自己的名声。

阿蘅是平野府邸的，自觉把她当军政府高官家的女儿。有了这个身份，阿蘅修教堂自然是一呼百应，平野夫人只需要出二成的钱就足够了，剩下的其他世族会给。谁愿意得罪军政府的人呢？

"是。"阿蘅笑起来，像个高兴坏了的孩子。

平野夫人让蔡长亭帮她。

阿蘅很不屑："不要跟着我。"

蔡长亭退到了旁边，望着她远去的背影，久久没有收回视线。

他最终做了决定，故而他朝另一个方向走去。

阿蘅既然要重修教堂，就准备在破旧的教堂里，开一个简单的募捐晚会。

八月初五，阳光明媚，天气却没了那般炎热。

顾轻舟穿了件绯红色净面旗袍，一条雪色长流苏披肩，同色的高跟鞋，跟随着平野夫人下了汽车。

"慢一点，额娘。"阿蘅跟在他们身后，也下了汽车，过来搀扶平野夫人。

城郊的教堂位置偏僻，没有柏油路，全是铺着石子的小径。

左边的胳膊被顾轻舟搀住，右边被阿蘅扶住，平野夫人的心情难得愉悦。

"等款项筹好了，我先把这路给修修，这样我们每周末都过来做礼拜，好不好额娘？"阿蘅柔声问平野夫人。

她的笑容和愉悦只是一瞬间的，心中就生出几分警惕。

今天的阿蘅，格外巴结她！依照阿蘅的性格，不应该如此的，再激动兴奋也不会这样，肯定是平野夫人疏忽了什么。

可到底哪里出了纰漏，她一时也说不上来。

蔡长亭上前，平野夫人递给了他一个眼色。

"夫人，您有什么吩咐吗？"蔡长亭道。

平野夫人见他并无异样，似乎也没什么要禀告的，道："我瞧见外头摆了桌子，等会儿还有人在外面吃饭吗？"

"额娘，这是金太太的意思。"阿蘅插嘴道，"金太太说她家想做点布施，附近的百姓都会过来。"

她颔首，挺满意的，心头警惕之意稍减。

此刻才下午四点半，尚未日落，破旧的教堂沐浴在暖阳里，墙上斑驳的痕迹，以及青苔，都充满了岁月感。

"这里地理位置很好，离城里也近，如果修建妥当，人气肯定不会小。"顾轻舟感叹道。

阿蘅笑道："阿蔷，你很有眼光嘛。"她态度格外亲切。

平野夫人还是头一回见她们姊妹如此和睦，右眼皮跳了一下，这可不是好预兆。

教堂很破旧，但收拾得奢华生动。

"花了不少钱吧？"顾轻舟边走边问。

平野夫人脚步微顿。

阿蘅还没有开始募捐，平野夫人给她的钱财，还不够支撑这些器皿和桌椅。

金家无利不起早，她如此帮阿蘅，肯定另有目的。

平野夫人又看了眼蔡长亭。若是有风吹草动，蔡长亭为何不禀告？

可蔡长亭只是参观整个教堂，赞不绝口。

晚宴定的是晚上七点。陆陆续续来满了人，门口的官道旁，停满了各种豪车。

顾轻舟看到了司行霈："是我邀请他来的，阿蘅你不介意吧？"

阿蘅笑道："不介意，他是你前夫嘛。"

说罢，转身去招待客人。

众人集聚一堂，阿蘅还请来了乐队。

整个教堂都欢声笑语，不亚于城里任何一场豪奢的晚宴。

顾轻舟一直坐在平野夫人身边。

平野夫人犹自感觉不妙。她总感觉哪里不对劲，却又说不上来，心中略感惶惑。

蔡长亭依旧是若无其事。平野夫人是相信蔡长亭的，见蔡长亭没有警示，她又放下心来。

宴席开始了。阿蘅走到了前台，开始说祝酒词。

所有人的注意力都集中在她身上，突然有个女人，跌跌撞撞地跑进了教堂。

看到那女人的面容，顾轻舟就站起身，她的老朋友终于来了。

门口的女人，穿着一身破旧的衣裳，满头大汗，气喘吁吁。

这人就是周烟。当年顾圭璋死了之后，顾轻舟给了周烟一笔钱，让她北上自谋生路。几年不见，周烟改变了很多，似乎苍老了些。

"轻舟小姐！"她踉踉跄跄地奔向了顾轻舟。

顾轻舟似乎很激动，嘴唇微启，眼底就涌上了一层轻雾。她不顾周烟的狼藉，紧紧抱住了她。

金太太没有动，她的儿子媳妇们，纷纷观望，恨不能凑近。

顾轻舟和周烟一番契阔，两个人都泪眼婆娑。

"老师，您要不要先回去？"叶妩道，说罢就挽住了顾轻舟的胳膊，想要给顾轻舟一个借口，先把人弄出去。

阿蔷心中，再也忍不住浮动得意之情，心情愉悦，从主台走了过来，挡在周烟和顾轻舟面前："阿蔷，这是谁啊，我怎么没见过？"

众人小声议论。

阿蔷和阿蔷不是亲姊妹吗？听这话的口吻，倒像是找碴儿的。

"阿蔷小姐，您怎么没见过我呢？您安排我吃喝了好几天，说带我来见轻舟小姐的，您怎么忘了？"周烟疑惑地看着阿蔷。

众人都听到了，全部一愣。

阿蔷心中猛然一跳。

这话不对劲。

怎么听周烟的意思，是想把阿蔷给卖了？

几日前，阿蔷在街上走，遇到一个衣衫褴褛的村妇。她看到了她，激动地拦住了她，叫她轻舟小姐。她俩长得很相像，不是亲近的人很容易第一眼会弄错。当时，阿蔷就知道，这个女人认识顾轻舟。

阿蔷心中就有了个主意。她带着周烟去见了金太太，请金太太严刑逼问周烟。为了少挨打，周烟什么都招了，也什么都答应了。

如今，周烟却说了不该说的话，难道是金太太搞鬼？

平野夫人这个时候站起身，笑容端庄慈祥："好了，今天是阿蔷操持大事的日子，阿蔷你带着你的朋友出去吧。"

说罢，她瞥了眼阿蔷，充满了警告的意味。

然而，开弓没有回头箭，阿蔷哪里肯把平野夫人的警告放在眼里？

她心中只想着，杀了顾轻舟之后，额娘就只有她一个女儿了，到时候再生气也是有限度的。顾轻舟才是横在她们中间的毒瘤，需得及早铲除。

照如今的趋势，蔡长亭是偏向了顾轻舟，额娘迟早也要偏袒她，到时候阿蘅才是真的一无所有。阿蘅心中，全是仇恨。

"娘，既然来了就是客人，阿蔷的客人也就是我的客人。"阿蘅拦住了顾轻舟，又问周烟，"你真的认识阿蔷吗？"

周烟看了眼顾轻舟，道："认识啊，这是轻舟小姐。"

"什么轻舟小姐？"

人群里开始小声议论，他们没听说过这个名字。

八卦让在场的贵妇名媛都兴奋了起来。

"轻舟小姐是谁啊？"阿蘅问出了大家都想要问的问题。

阿蘅知晓周烟会怎么回答。

顾轻舟在江南臭名昭著。

"你知道岳城吗？"周烟问阿蘅。

阿蘅道："我当然知道，江南的大城市，仅次于上海，比南京和苏州都要繁华富饶。"

太原府的人，没有不知道岳城的。

他们甚至还知道，岳城有个"第一神医"的司少夫人。

"轻舟小姐就是岳城顾公馆顾家的原配嫡女。我是顾老爷的姨太太。"周烟如实道。

众人还是不知道，顾轻舟就是司少夫人。这个年头，女人的名字很少直接传扬，多半就是知晓"司少夫人顾氏"。

"胡说，她是我妹妹，是平野四郎的继女，怎么成了顾家的小姐？"阿蘅道。

"真的是，我能认错吗？"周烟急道，"轻舟小姐，您说是不是？"

"当然是了。"顾轻舟笑笑，握住了周烟的手。

众人再次哗然。

既然是顾家的小姐，那么这位平野夫人，也是改嫁的吗？

"不过，我并不是顾家的原配嫡女，我是顾家的养女，直到半年前，我的生母和姐姐才找到我，我才清楚自己的身份。"顾轻舟笑道。

叶妍和叶姗姊妹还不知顾轻舟的底细，也在揣摩这话的意思。

金家的大少奶奶，这时候猛然站起来，道："顾公馆……那你不就是岳城督军府的少夫人吗？"

他们不清楚"顾轻舟"，却对司家的少夫人的名声如雷贯耳。

众人也回过神来，议论纷纷。

不少人去看司行霈，又看顾轻舟。

金家的大少奶奶走过来，问顾轻舟："你是不是司家的少夫人？"

顾轻舟如实道："金少奶奶，你若是了解我，就应该知道我和司家已经离婚了……"

"对，你后来嫁给了你丈夫的兄长——就是司行霈，对吗？为了顺利结婚，你还杀了司家二少帅，是不是？"金大少奶奶声音很高。

所有人都倒吸了一口凉气。

这个谣言，他们也是听说过的，不承想金大奶奶居然当着顾轻舟的面问。

他们再去看司行霈，他脸上有笑容，神态慵懒随意，似乎在看热闹。

顾轻舟则笑了笑："不是。"

态度云淡风轻，丝毫没有惧意或者忐忑，笑容亦轻盈柔婉。

阿蘅就给周烟递了个眼色。依照约定，这个时候周烟就应该发挥她的作用了。等她说完了，阿蘅再代表正义批判顾轻舟，然后一枪结束她的性命。

狙击手已经埋伏在三个不同的地方，不管从哪个方向，都可以打爆顾轻舟的头。杀手会自认是岳城司家的，来取顾轻舟的命。最后神不知鬼不觉地处理了杀手，死无对证。

顾轻舟得到了惩罚，众人伸张了正义，不会再去深究杀手的去向。

一切安排得严丝合缝。

只是，原本此刻应该开口的周烟，却没了动静。

阿蘅再问："周烟，你也是从岳城来的，是不是你家小姐杀了司少帅？"

不承想，周烟却道："众所周知，轻舟小姐是跟二少帅离婚之后，再嫁给大少帅的。

"司家公开了离婚书，还给了轻舟小姐赡养费。后来司督军又亲自带了全家去参加轻舟小姐和大少帅的婚礼，就连二少帅也去了。督军和夫人认可她，二少帅去祝福她。她这个时候杀了二少帅，是糊涂了吗？"

司家的事，众人知之不详。

很多人都以为，顾轻舟是为了嫁给司行霈而杀了司慕。

不承想，竟有这样的内情吗？

"空口无凭，我们怎么相信呢？"有人问。

阿蘅此刻心里全乱了套。

周烟为何会反水？

现在怎么收场？

"这是司家的离婚书，您看看。"周烟从自己的手袋里，拿出一个岳城的旧报纸，递给了众人，顾轻舟的确是正大光明和司家离婚了，而且看得出司家很器重她。

"这是平城的报纸，是司行霈结婚时，司督军和夫人出席的照片。"周烟又拿出一张。这份报纸，是司行霈临时叫人编的，照片也是他提供的。

两份报纸摆在面前，众人纷纷传阅。

叶妩站到了阿蘅面前问她："阿蘅小姐，我的老师正常离婚，再正常改嫁，你是有什么不满吗？我父亲去年下令，鼓励寡妇改嫁。你到底是对我老师不满，还是对我父亲不满？"

北边常年征战，男人战死无数，很多寡妇孤苦无依。政府为了照顾这些寡妇，就出了政策，鼓励她们改嫁，给予田地上的补助。这一政策，的确活跃了山西的人口增长。这是叶督军得意之作。

叶妩这样一问，众人都低下头，怕触了叶督军的霉头。

"不，我不是这个意思！"阿蘅彻底慌了，"只是我这个做姐姐的，也对她充满了好奇。你们听说过顾公馆的事吗？轻舟在娘家，也是一段传奇呢。"

既然周烟不肯编，那么阿蘅就要自己来了。脏水先泼过去，

1306

毁了她的名声，这样她死了，外人也会说她罪有应得。

四周的宾客，却逐渐看出面对再恶劣的指责，顾轻舟都泰然处之。

顾轻舟也拿出一张报纸，递给了阿蘅。

阿蘅看罢，面目微狞。

旁边的叶妩，立马抢了过来。

这张报纸上，写着秦筝筝害死了自己的婆婆，在狱中畏罪自尽。

"来，给您也看看。"叶妩给了旁边金家少奶奶，面色不太好看。

众人传阅了起来。

顾轻舟解释说："顾公馆的悲剧，都是因为我的继母秦筝筝失手将老太太推下了楼梯。从此之后，我父亲怀疑她有意谋杀，而孩子们偏袒母亲，和父亲对着干，故而事情一桩桩一件件，就没办法消停。"

有人就安慰顾轻舟，节哀顺变。

这等惨事，自然不愿意过多提及。

"你为什么要把报纸带到这里来？难道你天天随身带着吗？"阿蘅大声问。

顾轻舟道："我听说有人想要栽赃我，带上是为了防身。"

有宾客出声："平野小姐，你想要募捐教堂是假，想要害顾小姐才是真的。你怕担下杀人的罪名，故而设了圈套，让我们全部做帮凶，颠倒黑白，是不是？"

顾轻舟对那人笑道："多谢您仗义执言。您看那边……"

顾轻舟指了其中一处屋顶。一声轻响，一条胳膊半垂了下来，一杆长枪就从屋顶掉落。

坐在那边的人大叫起来，整个教堂都乱了。

远远地，他们听到了脚步声。

叶督军的一千人马，将教堂团团围住，他们各个带着武器，肯定是早有准备。叶督军的人，已经搭好了梯子。

他们从房梁上抓到了三个人，他们都有枪。其中一个已经死了，另外两个被折断了手脚，又堵住了嘴巴，放在屋檐上。

"说，你们的目标是谁？"叶督军拿着枪，对准了一个杀手。杀手咬牙，不肯说。叶督军顿时一枪打穿了他的头。

另一个活着的杀手，立马吓得裤裆就湿了："是这位小姐！"他指了顾轻舟，不停解释说，"一旦平野小姐下令，就要杀了她妹妹。"

"平野小姐什么时候下令？"叶督军又问。

"大概是等所有人都骂这位小姐恶毒的时候。"杀手战战兢兢道。

众人哗然。

"收买人来诬陷就算了，还安排杀手，这是想要害命啊！"

"督军，这是不是要警备厅立案？"

阿蘅想要跑。

就在这时，突然一声枪响。

几秒钟后，阿蘅扑通倒地。她后背的衣裳破了，一个黑黢黢的枪口，正在汩汩往外淌血。

教堂里的人，全部都往外跑。

"阿蘅！"平野夫人肝胆俱裂，奔过去将阿蘅的头抱了起来。她之前很生气，也知道现在不能对抗民意，所以她没有出声。她想把影响降到最小，然后把阿蘅带回去收拾。不承想，阿蘅竟然在众目睽睽之下中了暗枪。

平野夫人对阿蘅更加偏爱，哪怕阿蘅的能力不及顾轻舟的万一，她也对她委以重任。却没想到，她的偏爱放纵了阿蘅，让她酿成这般大祸。

平野夫人喊声凄厉。

众人都在往外走，顾轻舟也跟着其他人，出了教堂。

顾轻舟拉着周烟的手，立马上了汽车。

开车的人是司行霈："还好，有惊无险。"

"谁放的枪？"顾轻舟问。

"我的副官，他躲在帘幕后面，没人看到他，他已经顺利撤退了。"

顾轻舟松了口气。

周烟则紧紧握住了顾轻舟的手，她吃了很多的苦头。

轻舟把周烟安顿好，交给司行霈的人，要他们保证她的安全。

　　司行霈和轻舟在车里坐了很久，紧紧依靠着彼此。他们都知道，前路漫漫，腥风血雨。

　　顾轻舟即将面对的是平野夫人和蔡长亭的猜疑，以及他们的报复。

　　"假如我真是平野夫人的女儿，那么我就会取代阿薇。假如我不是，也可以借机弄清楚我到底是谁。"顾轻舟想。

　　迎接她的，是她一直都想要打开的局面。

　　将近半夜，她才回到平野四郎的府邸，此刻正寂静无声。

　　阿薇已经换了寿衣，又重新化妆，让她死后更加安详。

　　阿薇的灵堂很简单，设在偏堂，此刻布满了白幡。

　　平野夫人没有半滴眼泪，她只是愣愣地看着阿薇。

　　蔡长亭半跪在灵前烧纸。

　　"夫人。"顾轻舟开口。

　　平野夫人握住了她的手，哽咽道："你姐姐走了，以后只有我们母女相依为命……"

　　说罢，她开始泣不成声。

　　直到这一刻，顾轻舟才确定，自己真是平野夫人的女儿。阿薇一死，她不是报仇，而是迫不及待示弱，拉拢顾轻舟。平野夫人做过皇后，她将皇家的无情表现得淋漓尽致。她不像母亲，更像政客。

　　顾轻舟才是真正的皇家血脉，更有号召力。没有这点血脉，平野夫人如何号召那些保皇党为她做事？

　　"我会找到凶手，给阿薇一个公道。"平野夫人道。

　　顾轻舟点头应和。

　　"阿薇太过于任性，她居然想要杀你……"这是安抚顾轻舟的，"她已经走了，你就不要再怪她……"

　　顾轻舟道："夫人，我从未怪过她。"

　　叶督军的人都进入了教堂，还有刺客潜伏，这就意味着，是叶督军故意放水。平野夫人还不知司行霈和叶督军的计划。

　　平野夫人眼前发黑，有点撑不住，顾轻舟就让蔡长亭送她回房。

　　一进平野夫人的正院，她就狠狠掴了蔡长亭一个耳光："我如此信任你，你竟敢背叛我！"

阿蘅的计划，蔡长亭不可能不知道。平野夫人的消息，都是靠蔡长亭来传递，他是夫人最信任的人。结果，蔡长亭封锁了这道消息。若是平野夫人知晓，绝不会让阿蘅自寻死路。阿蘅的死，蔡长亭要负三成的责任。

"你为何知情不报？"平野夫人脸色铁青，唇微微颤抖。

她一次又一次地怀疑，蔡长亭都没有回应，让她误以为是自己多心。

"夫人，阿蘅求我的，我……"蔡长亭声音低沉而悔恨。

平野夫人将桌子上的茶盏全部砸了，又气又悲，几乎要被击垮了。

她问蔡长亭："她跟你说了什么？"

蔡长亭道："她想要阿蔷离开太原府，她说，您是她一个人的母亲。"

平野夫人心绪似波涛翻滚："她的嫉妒心，到了这样的地步，害死了她！"

她最终道："你去给她守灵吧，不枉你们从小一起长大的情分。"

蔡长亭道是。他半边脸颊已经红肿了。

他进了灵堂，顾轻舟就问他："为何会挨打？"

"知情不报。"蔡长亭道。

顾轻舟道："你没把阿蘅的事告诉夫人？"

蔡长亭点点头。

"为何不说？"

"阿蘅不许我说。"蔡长亭道。

顾轻舟倏然而笑："撒谎。"

蔡长亭烧纸的手略微一顿。

顾轻舟看了眼外面，见有几个用人站着，旁边还有其他用人，就压低了声音："阿蘅根本没有和你商量过她的计划，是不是？"

蔡长亭没有回答。

顾轻舟道："若是跟你商量过，她不会制定那么愚蠢的办法。"

蔡长亭继续沉默。

"你知道阿蘅的计划,她却没有要求你保密,她肯定以为你不知情。既然如此,为何不提早告诉夫人?"顾轻舟又问。

蔡长亭依旧在沉默。

顾轻舟道:"你想她死?"

他们的蒲团很近,蔡长亭的眼睛几乎凑在了顾轻舟的眼前。

他把身子略微后退几分,道:"是阿蘅要求我保密的,你不要乱猜。"

顾轻舟站起身,她猜对了:一旦阿蘅死了,平野夫人最信任的人绝对是蔡长亭,而不是顾轻舟。

阿蘅的棺木只停灵两晚,后天就要送到庙里去。夜里起风了,白幡呼啦啦作响。

今年雨水多,庭院的木樨树枝繁叶茂,盛绽的碎蕊散发出沁人心脾的浓香。

清晨,顾轻舟回到了自己的屋子里,见桌上摆着一只薄翠花瓶里斜插着一枝木樨,花香清新自然。

顾轻舟笑着对用人道:"谢谢你给我摘花。"

"二小姐,这不是您自己摘的吗?"用人诧异问。

顾轻舟愣了一下。用人一走,顾轻舟开了窗户,上面有个脚印,鞋码跟司行霈差不多,不认真辨认也看不见。

第四十三章

火烧平野

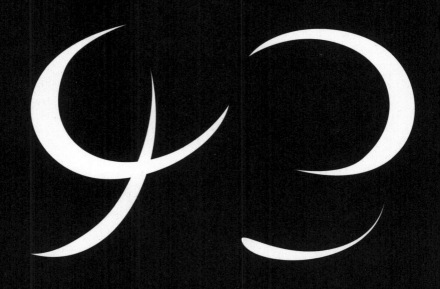

转眼就到了冬日。太原府的冬日很冷。

顾轻舟的日子还算太平，政坛上却是风云骤变。

北平政府提出"武力统一"，要打仗了。

叶督军很慌，立马去活动。顾轻舟给他出了几个好主意。

半个月之后，叶督军成功了。提出"武力统一"的官员，已经被联合挤下了台，带着他的人马回安徽去了。

武力统一成了泡影，内阁从小小动乱到四分五裂，故而整个北平政府再次风雨飘摇，新一轮的总统竞选又开始了。

但是平野四郎气疯了。

"那个女人！"他心中浮动一张人脸。

顾轻舟在他眼里，就是一条蛇。

"她一次又一次搅和我们的事，这次……"平野四郎用力攥紧了手里的军刀手柄。

平野四郎暗中勾结军阀，甚至提出了"武力统一"的想法，得到了日本军部的高度赞扬。日本人天天挑拨，就盼着南北早点开战。不承想，这个主张，又在顾轻舟和司行需的帮衬下，被叶督军摧毁了。

顾轻舟，一次次挑战了他的底线。

"我要杀了她，否则我何以立足！"平野四郎手里的军刀，狠狠劈向了桌子，顿时就把书桌劈下一角。

夫人舍不得她，蔡长亭更是护着她。

"想要杀了她，需得避开夫人和蔡长亭的耳目。"平野四郎的脑子逐渐清晰，他开始分析利弊。

他去了驻地，好几天没有回家。

到了三月底，平野四郎对平野夫人道："今年我多少岁了？"

平野夫人笑道："五十岁整。前几日我就想问你，今年可要过寿，偏你太忙了，总是寻不到空。"

他都问了，平野夫人就道："我们大办一场，借叶督军的飞机用用，把朋友们都请过来，如何？"

平野四郎道："我虽然跟叶骁元有旧情，但他现在发达了，也不感念我，没必要开这个口。"

"那就不请外地的，只请本地的朋友。"平野夫人道。

平野四郎答应了。

对平野夫人而言，这也是个好机会。借助做寿，平野夫人可以对她的跟随者们再次施恩，甚至可以来个人脉整合。

她要认真对待。

平野夫人忙里偷闲，特意见了顾轻舟和司行霈。

平野夫人收回放在司行霈身上的视线，笑道："我是来给你们下请柬的。"

平野四郎要做寿了。

"他都五十岁了吗？"顾轻舟诧异，"真看不出来。"

平野夫人笑道："他看上去的确还年轻。"

过了几天，平野夫人请顾轻舟过去帮忙。

顾轻舟心里很不安，特意去找了两名手下，总感觉有事情要发生。

有手下在，她不怎么担心，反而期待着它早点发生。

就像悬在顾轻舟头顶的剑，顾轻舟时刻提着心，这滋味并不好受。

回家的路上，车开到了一处街道，发现有一群学生正在聚会，把整条街都堵住了，似乎是在抵制什么，还在烧东西。

"小姐，要等他们散了，还是绕路？"副官问。

顾轻舟的掌心，略微有点薄汗，说："等一等吧。"

汽车停下来，她坐在黑暗中抱臂沉思，想了很多。

"平野四郎。"顾轻舟认准了这一点。

半个小时之后，学生们似乎散了，往他们这边过来，顾轻舟就让司机发动汽车，绕到隔壁街上，等学生们先离开之后再开回来，免得挡路。

学生们过去了，街道慢慢平静，顾轻舟的汽车才折回来，沿着原路回家。

已经是晚上十点了，路上很安静，只有路灯点缀着城市的夜。

"这群学生没事。"顾轻舟心想，"陷阱不在这里，如果我们换一条路走，陷阱是不是在那边？"

突然汽车被撞飞了，沿着马路牙子翻了下去。

顾轻舟撞到了玻璃窗上。玻璃窗碎裂，她脑子似被重重敲击，嗡嗡作响。一阵剧烈的摇晃中，她慢慢失去了意识。

顾轻舟的昏迷是短暂的，她很快就清醒过来。

有人将她从车子里拖出来。她感受到了，但是她闭紧了双目，忍着疼痛，没有发出声音。有人拍了拍她的脸，又扒开她的眼皮，低声用日语说了句："昏了。"

因为她昏了，又是弱质女流，对方没把她当回事，直接将她往车厢里一扔。

车子开动了。顾轻舟原本就疼，此刻的颠簸让她的五脏六腑都似挪位了。

顾轻舟等待了这么久的仇人，也该露面了。同时，她心中又有个念头："我的人靠谱吗？"

她一直"昏迷"着，直到被绑在一间破房子的中间柱子上，她开口了："是谁绑架了我？平野，还是蔡长亭？"

她用的是日语。

她的日语不够流畅，发音也不够地道，听起来有点可笑，但意思表达是通顺的。

几个人一愣。

"是平野将军。"有个人回答，直言不讳。

他们都是日本人，是平野四郎手里的密探，负责替平野四郎收拾烂摊子。

平野四郎是抱着杀死顾轻舟的决心，绑架了顾轻舟。所以，他没仔细交代这些人，这些人都不知顾轻舟会说日语。

他甚至不会在顾轻舟面前藏头露尾。

"他会来吗?"顾轻舟又问。

答话的人看了眼自己的同伴,然后使了个眼色。

几个人出去了,砰的一声关上了门,将顾轻舟彻底淹没在黑暗中。

"终于明白,为什么要做寿了。"顾轻舟忍着肋骨处的剧痛,不咸不淡想着。

平野四郎要做寿这件事,她一开始就觉得蹊跷,她还以为是蔡长亭和平野夫人布局的。

不承想,布局的人居然只是平野四郎。

他做寿,平野夫人和蔡长亭就会借机笼络各方势力,再进行一次资源和人脉大整合,这是他们的一个机会。一旦蔡长亭和平野夫人心怀叵测地忙起来了,他们就会忽略平野四郎,也会忽略顾轻舟。

"平野四郎需要我到他能掌控的地盘上来。"这一带没有司行霈的密探,都是叶督军和蔡长亭的人。

她料定今晚会动手,平野四郎果然动手了。

顾轻舟知道,他今晚一定会来,他费尽心思抓她,他不可能不来看看自己的胜利成果。

顾轻舟忍着身体上的剧痛,让自己尽可能保持清醒。

她的双手被捆绑了。她试了试,捆绑用的就是司行霈教过她的打结方法,她可以松开。只是现在还没到时候,故而她不急。

慢慢感受身体的疼痛,顾轻舟发现左边的小腿疼得很厉害,应该是扭到了;而肋骨的疼痛从未消除,没有意外的话,就是断了。除此之外,没有大伤。她心中稍安。

过了不久,果然听到了开锁的声音。平野四郎换了一套平常衣裳,脚上却仍是军靴,走了进来。

他手里拿起了灯,走过来照了照顾轻舟的脸,然后道:"不错,正是她!"

说罢,他就把灯递给了密探,然后抽出了别在腰侧的皮鞭。

"你这个贱女人,坏了我多少好事,你知道吗?"他恶声恶气地用中国话骂顾轻舟,骂完了又夹杂几句日本话。

顾轻舟却用她蹩脚的日语问："你要打死我?"

平野四郎阴冷地道："打死你? 实在太便宜你了。我要放火活活烧死你! 你就慢慢感受皮肉烧焦的滋味吧。若不是时间有限,还有更多的酷刑等着你。"

顾轻舟却笑了笑, 问："你不怕夫人和蔡长亭找你算账?"

"他们都是我的人, 你以为他们是你的靠山?"平野四郎冷冷笑道。

他不再耽误, 转身就出去了。

他对手下的人道："点火, 把她给我烧成灰。"

房子的四周, 早已架上了柴火, 上面浇了火油, 只要一根火柴, 就能扬起大火。

顾轻舟在平野四郎出门的同时, 解开了自己的绳子。

她的眼睛适应了黑暗, 发现没有窗户, 只有门。

而平野四郎的人, 全部守在门口。

只是一霎, 她就瞧见了火光, 门口已经点了火。

顾轻舟大声吼道："动手!"

她重复了三遍。

门外的平野四郎, 却没有听懂这话的含义。他想要听到顾轻舟到底是如何嘶喊挣扎的时候, 突然感觉有什么湿漉漉的东西溅在他脸上。他的密探, 脖子被一把刀刺穿, 血汩汩往外喷。

平野四郎大惊, 想要回头去瞧瞧是怎么回事时, 脖子一凉。他略微低头, 就瞧见了一点血光。在那血光中, 似乎是利刃的锋, 映衬着火光, 泛出诡异的芒。

平野四郎没有喊出声, 他扑通倒地, 不过几秒钟就死了, 临死前连凶手的面目都没有看到。他身边全部都是机敏的密探, 如果有人靠近, 他们会知道的, 为什么他们悄无声息?

平野四郎不能瞑目。

火已经熊熊燃烧了, 他的瞳仁在火光的照耀下, 慢慢涣散。

顾轻舟使劲拉门, 然而火却从缝隙里钻了进来。

她不知外面的情景。

约莫过了两分钟, 整个屋子都烧灼了, 火焰从缝隙里往里灌,顾轻舟也呛得直咳嗽时，门被踹开了，顾轻舟被下属救了出来。

火势很大，整个房子都在熊熊燃烧。

顾轻舟由下属背着，和其他人一起藏到了不远处的树林里。他们放缓了脚步，开始慢慢往深处走，穿过树林时，仍能看到那团熊熊火光，隐约还有屋脊倒塌的噼里啪啦声响。

树林的尽头，有一块空地，他们坐了下来。

"小姐，你哪里受伤了？"下属问顾轻舟。

顾轻舟如实道："我肋骨可能断了。"

下属下手极快，又狠又准，趁着顾轻舟不注意就替她接好了肋骨。

顾轻舟差点昏厥，伴随着阵剧烈的疼痛，她额头冒出汗珠，整个人都在发抖。

"多谢。"她在牙关里挤出几个字。

下属轻轻地"嗯"了声，目光就转过去，看着远处的房舍。

这是一处僻静之地，远在城郊，四周没有房舍，只有一处废弃的火柴厂。这个火柴厂，曾经是日本人经营的，后来因为经营不善而倒闭了。厂子还没有卖掉，偶尔有人出没，鬼鬼祟祟的。四周都有高高的铁网围墙，普通人或者小孩子，甚至于野狗，都不可能进入这里。

"全是日本人，没有活口，任务成功了。"下属告诉顾轻舟。

他们慢慢走到了大路旁边，就停在土坡下面，挨着官道。这么晚了，官道上没有行人，如果有车子经过，多半是出城有急事的，寻找顾轻舟或者查看起火的人诸多。

然后，他们就看到了司行霈的汽车。

下属朝天开了一枪。

三枪过后，顾轻舟听到了刹车声，有副官厉喝："谁？"

"司太太在这里。"下属高声回应。

顾轻舟回到家，已经是凌晨四点了。她肋骨处被固定，小腿处也打了石膏，其他地方是皮外伤，没有伤筋动骨。

司行霈一直默默跟在军医后面，不看她，不跟她说话。

他大概是担心到了极致，满肚子的委屈和气愤。

直到收拾妥当，司行霈才问："做干净了吗?"

"嗯，几乎没有发生打斗。"顾轻舟道。

司行霈没答话，眼神略微动了一下。

顾轻舟似心虚般，继续道："我们将他们扔到了大火里，他们的武器也收回来了，没有留下任何痕迹。"

司行霈突然伸手。

他揽过了她的后颈，将她的脑袋固定住，唇凑过来亲吻了她。

他贴得很紧，亲吻得很用力。这个吻很漫长，从一开始窒息，逐渐轻柔，司行霈的气息萦绕着她，顾轻舟没有推开他。

良久之后，司行霈才松开，轻轻地捏她的脸："你吓死我了!"

顾轻舟道："我也不是有意的，今天事出突然。"

司行霈似逃过了一场大劫，现在有种劫后余生的喜悦。

他并不是真的很生气。

顾轻舟说着话，突然把自己被烧焦的头发撩拨到了胸前。

她的头发原本很长，几乎要到腰下了，如今短了半截，烧得长长短短的，乱七八糟。

她失笑，对司行霈说："原本打算要剪头发的，现在好了，不剪也得剪了。"

司行霈也抓起一把，啼笑皆非。

"剪了吧，剪个披肩的头发，以后再慢慢养。"司行霈道。

顾轻舟果然剪短了头发。

第二天，听说顾轻舟出了车祸，叶督军过来探病。

"没有内伤吧?"叶督军问。

顾轻舟摇摇头。

司行霈问叶督军："平野四郎的事，查得如何了?"

"没有查到凶手，初步估计是他的下属叛变，在冲突中起了大火。"叶督军道。

这就是日本人内部的凶杀，跟叶督军不沾边，叶督军不需要负责。

沉吟了一下，他突然问顾轻舟："这件事，跟你有关系的吧?"

顾轻舟眨了眨眼睛。

叶督军倏然醍醐灌顶。这个瞬间，他心里充满了敬佩，同时又觉得这女人真可怕。

"督军，跟我可没什么关系。"顾轻舟笑道。

平野四郎的死，不管从哪个方面查，都查不到顾轻舟身上。他要杀死顾轻舟，不想将来和平野夫人、蔡长亭对峙，故而他做得很隐秘，没留下什么证据。这也导致了他死无对证。

外人不清楚，平野夫人和蔡长亭却是怀疑了顾轻舟，要不然为何这样凑巧，平野四郎和顾轻舟同一晚上遇到意外？

平野夫人失去了最重要的工具。有了平野四郎，她才是日本人的贵太太；有了跟日本军部有着千丝万缕的联系，他们才愿意辅助她、信任她。

蔡长亭在日本军部也有点关系，因为他的生母是日本人，他外公和舅舅都在军部任职。但是这样的关系，不及与平野四郎的牢靠。

"不会是巧合，就是她动手的。我早就说过了，平野根本没有智慧和她对抗。"平野夫人痛苦道。

"将军他也带着人，怎么会那么轻易地被制服？可恨的是那场大火，什么痕迹都烧没了。"蔡长亭叹了口气。

他和平野夫人的感受，是完全不同的。平野四郎是个庸俗的军人，没什么大建树。他一死，平野夫人就更加依赖蔡长亭，对蔡长亭而言更加有利。

她失去了一个支柱。一行热泪滚下来，落到了唇边时，她想她是爱过平野四郎的。平野四郎是个很好的丈夫，虽然他胸无大志，也无才华。在这个世道里，平野四郎注定不能成为枭雄，平野夫人也时常瞧不起他。如今他死了，想起他的种种，倒也觉得他是个浪漫的男人，过日子足够温馨的。

平野夫人和日本军部驻天津大使馆的参赞商量之后，决定在太原府为平野四郎举行葬礼，然后再将他的遗骨运回日本安葬。

出殡当天，顾轻舟也去了。平野四郎的棺木，出殡到城外的寺庙，然后由他的亲信和平野夫人一起，护送回日本。

"夫人，我陪您回去吧。"蔡长亭道。

平野夫人摇摇头："我们得有个人留在这里，若是你我都不在，我怕轻舟趁机钻空子。你留下来，没了将军，我们怎么留在太原府，你就要多动动脑子了。"

蔡长亭道是。

平野夫人又道："你去看望轻舟吧，她伤得不轻。"

想到这里，平野夫人都有了杀人放火的心思。把顾轻舟找回来，真是她最大的错误。

蔡长亭亲自护送平野夫人和平野四郎的棺椁，去了天津，再从天津登上邮轮去日本，他自己则先回了太原府。

他回来以后第一件事，就是去找顾轻舟。

她已经能自己下地走路了，叶家的军医也建议她适当走动，只是不能过量。

蔡长亭似叹了口气，语气温柔至极，那张漂亮的面容上，全是情愫："轻舟，你和夫人之间没有外人了，你能否放过夫人？"

顾轻舟不解："这话何意？"

"你应该懂得我的意思。"蔡长亭道。

他想说，是顾轻舟杀了平野四郎。平野夫人也知道，但她没有计较，放过了顾轻舟，否则顾轻舟就是日本军部暗杀的对象。

平野夫人对顾轻舟的感情，蔡长亭希望顾轻舟能懂。

蔡长亭希望她能饶平野夫人一命。

"我不懂。"顾轻舟却笑了起来，丝毫不在乎蔡长亭的好意，"我没有想过针对夫人，也没想过针对任何人。"

顾轻舟的意思也很明白：指责我杀了平野四郎，你有证据吗？

蔡长亭收起了一贯的温和。

"轻舟，你若是无信，就别怪我无情。"蔡长亭慢慢道。

顾轻舟忍不住笑了一下。

蔡长亭身为她的手下败将，到底有什么资格威胁她呢？

不过，顾轻舟素来不爱痛打落水狗，她只是咬定自己的话："我的确是清白的，不存在言而无信。"

屋子里的空气，顿时就窒闷，压抑而低沉。

"司行霈的飞机从天津运了些海鲜过来，你可要尝尝？"顾轻舟问。

"飞机运海鲜？"蔡长亭愕然。

"既然有，干吗不用？反正飞机暂时空闲。"顾轻舟道。

目前的华夏，甚至整个世界，飞机都是最奢侈的交通工具，而司行霈和顾轻舟居然用来运送海鲜……

"我还有点事，下次再过来吃饭吧。"蔡长亭站起身道。

他芒刺在背，一刻也坐不住。

顾轻舟忍俊不禁。其实，她是故意气他，飞机运送的是民用物资。

过了几天，顾轻舟和司行霈到了一家西餐厅吃饭，挑选离舞池最远的桌子坐下。

顾轻舟面前是一杯蜂蜜水，司行霈替她切好了牛排之后，就和她碰杯："司太太，早日康复。"

顾轻舟笑起来。她的短头发落下了半缕，挡住了脸侧，司行霈伸手，将她的头发掖到了耳后。

餐厅的对面，是一家珠宝行，这个时间段生意红火，人来人往的，顾轻舟也就没往那边去看。

两家店铺之间，有个狭长的甬道，却被一个路灯挡住。甬道里漆黑，蔡长亭斜倚在墙壁上，静静地看着街对面的餐厅，他看到了顾轻舟。

蔡长亭刚刚参与了一场恶斗，他浑身上下多处受伤，血沿着手往下淌。他丝毫不顾浑身的疼痛，立在黑暗中，看着顾轻舟的笑靥。

她的眉眼妩媚，像一朵妖娆的花，带着剧毒却美艳非常，足以致命。

倏然，他诡异微笑。他想："她是我的，终究会是我的！"

血从伤口溢出，滑过臂弯时，变得微凉，故而指尖亦全是凉意。血腥气在他四周弥散开来。

他的视线里，只有顾轻舟。

司行霈正在说什么，惹得顾轻舟哈哈大笑，疼痛感在他的四肢百骸荡开。

真是很奇怪的感受。

在他完好无损的时候，他可以面对一切。唯独受伤时，他无法承受这些冲击，让他无法喘气。

看了很久，他转身拖着沉重的步子，离开了。

顾轻舟和司行霈都不知道对面的情景，只顾眼前欢乐的时光。

一转眼，时间到了四月下旬。

太原府的天气彻底暖和了起来，终于春暖花开。阳光明媚，哪怕是早晚的风，也是凉而不冷。

后院雪白晶莹的槐花，泛出馥郁浓香，花瓣随风飘扬，像一场晚来的春雪。

顾轻舟正在和司行霈说："让辛嫂派人去摘些槐花，我们炒鸡蛋吃！"

"做春饼吧，我会做，保证好吃。"司行霈道。

说罢，他等不及吩咐用人，自己下楼去了。

顾轻舟没动。她立在栏杆上，瞧见司行霈搬了梯子，手里拿了一个筐箩，架好了梯子就利落地爬上去。

他立在翠绿和雪白相间的槐树枝丫缝隙里，黑发映衬着槐花，将他的五官勾勒得越发英俊。

半个小时后，司行霈回来了，他摘了满筐箩的槐花，让辛嫂去收拾干净。

他还从筐箩里，拿出一个花环，直接往顾轻舟头上戴。雪白幽香的花，丛间翠叶点点，落在她黑发间，映衬得她眉目如画，精致妩媚。

"这次出来有段日子了，你也是忙忙碌碌的，准备什么时候回平城？"吃饭的时候，顾轻舟问。

司行霈原本早该回去一趟的，只因顾轻舟受伤了，他才留下来照顾她。

"等你行动自如了。"司行霈道。

顾轻舟说："平野夫人不在，正是难得安静的一段日子，你先

1325

去忙吧，我一个人无妨的。再说了，我已经能活动了。"

司行霈伸手，摸了摸她的头发。

头发短了，不能像从前那样，一直顺着头发摸到她的腰。

想到她一次次以身涉险，像极了他，司行霈也不知是喜是忧。劝她的话，说了千万遍。也威胁了，也示弱了，她无动于衷。

司行霈能理解她，有时候箭在弦上，不得不发。她和他一样，都是有三分机会就拼命的人，故而他们容易获得成功。

"顾轻舟，你什么时候能消停呢？"司行霈喃喃，似叹息，"我时常为你提心吊胆的。"

"彼此彼此。"顾轻舟道。

司行霈又哈哈笑起来，亲吻了她的唇。

既然她开口了，司行霈考虑到平城的确积累了不少公务，他在太原府得到的东西，也要运回去一批，故而道："我明天下午走吧。"

顾轻舟说好。

翌日下午，司行霈果然回了平城。

他临走前，反复交代顾轻舟："不准涉险。"

"好。"

"不准多管闲事，好好养伤。"司行霈又道。

"好。"

"要记得想我。"司行霈抱住了她的腰。

顾轻舟的声音里带着笑意："好。"

她看着他的汽车离开，发了很久的呆，心情也莫名地起伏，说不出的不舍。因有了飞机，司行霈从太原府到平城，二十四个小时就可以来回，跟他从前去驻地没什么不同。哪怕在平城，司行霈也不可能天天在城里陪同她。

顾轻舟习惯了。只是，每次的分别都难受，心里好像少了一块，一直空着，等他回来才能填满。独坐良久，顾轻舟知晓无论如何也没办法，只得等他下次回来，故而把这份情绪忍了下去。

司行霈不在，顾轻舟也挺忙的。太原府有人家婚宴，也请顾轻舟。

顾轻舟就去了。这天她参加完婚宴，回到家中。

　　等她宽衣解带，躺到了温暖的浴缸里，倏然有双手，轻轻地揉捏她的肩膀，她顿时就吓疯了。尖叫着想要挣扎，一下子就撞到了司行霈怀里。他军装的铜扣，冰凉而坚硬，结结实实磕到了她的额头。她疼得吸了口气。

　　司行霈把她放到了浴缸里。温暖的水，立马包裹住了顾轻舟。

　　他坐在浴缸的边沿，给她洗头发。

　　顾轻舟抚上了他结实精壮的小腹，道："肉像铁疙瘩。"

　　司行霈浑身的炙热，被她柔软微凉的小手一摸，顿时就焚身了。

　　"我哪里都像铁疙瘩！"说罢，他就脱了军裤，长腿深入浴缸里，溅起水花。

　　顾轻舟的后背贴着光滑的浴缸，随着司行霈的动作起起伏伏，水声与动作一样激烈。她心中有种别样的踏实和痛快！

　　司行霈一场鏖战后，发现浴缸里的水已经凉了。

　　他重新放了热水，给顾轻舟洗澡。

　　他搂着她，笑问："听说你衣裳不够穿？"

　　"谁说的？"

　　"从前的好衣裳，都在平城，你在太原府的确没什么好旗袍。我们去做衣裳吧。"司行霈道。

　　顾轻舟笑道："我真没这个闲心。"

　　司行霈却执意亲自开车，带着顾轻舟去了最好的裁缝铺子，准备做十二套旗袍，长袖、中袖、短袖，全部都要。

　　到了铺子里，司行霈先精挑细选，选出面料。

　　"要绣花还是要素面？"司行霈问顾轻舟。

　　铺子里的老板就笑了，说："先生很疼爱太太，连做旗袍都懂。"

　　选好了面料，量了尺寸，司行霈给了双倍的工钱，让他们两天之内完工。

　　到了第三天，一大清早裁缝铺子就把旗袍送过来了。

　　顾轻舟看到一件深绿色的，绣了一些团纹，笑道："这件不错。"

　　深绿色是最衬肌肤的，把顾轻舟原本就如白瓷的肌肤，衬托得更加白皙细腻。软绸的旗袍，大胆勾勒出了顾轻舟的线条。

司行霈上前，手在她腰间摩挲，低声道："真好看，比从前还要苗条。"

"你这是夸我？"顾轻舟问。

司行霈笑起来。

做了新衣裳，司行霈就带顾轻舟去看电影，又去舞厅。晚上九点半，正值舞厅热闹非凡的时刻。

楼下的座位不空，不过多给些小费，可以腾出一两个。司行霈塞了钱给侍者，不过片刻的工夫，侍者就在舞台左下方的第三排，给他们寻到了一个双人座。

顾轻舟像个顽皮的孩子，有点兴奋，主动拉了司行霈的手，往座位上去了。司行霈脚步轻缓，任由顾轻舟拉着他，穿过人群。舞厅五光十色的灯，落在他脸上，他静谧而满足。他想起曾几何时，跟她出去玩都要清场，那时候她脸上总带着几分难堪的神色，令他心疼。

她喜欢人群。她拉着丈夫的手，大摇大摆地穿城过巷，明目张胆，不惧怕任何眼神，她堂堂正正地立在司行霈身边，和他比肩，这就是她的幸福。

司行霈只感觉有一种圣光，照耀在他脸上，他的心和身都洁净了，此刻不染尘埃，只有她躺在他的心田里。

"轻舟。"刚刚落座，司行霈倏然俯身，低声和她耳语。

"怎么？"

"我上辈子是不是做了好事，所以今生得到了你？"司行霈道。

顾轻舟斜睨他，很警惕："突然拍我的马屁，你打什么坏主意？"

司行霈哈哈笑起来。

夫妻之间亲密无间，就连那些脸红心跳的情话，都好像是别有用心。

"就是拍个马屁，等会儿你让我多喝几口酒，多看几眼漂亮的舞女和歌女。"司行霈道。

顾轻舟笑，露出一口细糯的牙齿，眼睛弯弯的，快乐得凡事都不计较了："行，准了。"

"太太真好。"司行霈道。

侍者给他们端了酒。

司行霈和顾轻舟碰杯，正好一曲结束，下一个节目是热闹的歌舞。这是英国人开的舞厅，故而舞娘都是印度美人。她们的五官深邃，肌肤是健康的小麦色，腰肢灵活得像蛇。她们脚上，都戴着脚铃，一动就作响。铃声不大，不刺耳，刚好清脆动听，又富有节奏，似乎能把人内心的火都点燃。

"她们的腰真细。"顾轻舟和司行霈小声讨论。

司行霈看了几眼，感觉腰没顾轻舟的细，腿也没顾轻舟的修长。女人小麦色的肌肤，不是司行霈的偏爱，他就喜欢顾轻舟那白瓷一样的肌肤。

他索然无味地看着。顾轻舟说好，他既没有反驳也没有应和。

舞蹈正好结束，乐声一停，满场都是司行霈肆意的笑声，引来无数目光。

顾轻舟很坦然地接受这些目光，心中别样的痛快。从前种种的负罪感，如今全没了，顾轻舟扬眉吐气。

"别胡闹。"她笑着对司行霈道。

司行霈凑近，在她面颊上亲吻了一下。

顾轻舟推他，同时端正了神色："众目睽睽下，别耍流氓。"

司行霈道："怕什么？让他们羡慕去。"

舞厅的节目，也快到了最精彩的时候，台柱歌女上来，演唱了一首法文歌。

众人听得如痴如醉。顾轻舟和司行霈两个人都听不懂，实在没办法陶醉，就一边喝酒一边点评歌女的身材容貌。

"这件洋装不适合她，她的胸太大了，洋装腰身不够紧，显得她微胖。"顾轻舟道。

司行霈也看了眼，觉得这位小姐的身材，有点臃肿，可能就是洋装的缘故吧。女人的身材，像他的轻舟那样就最好了，超过了顾轻舟的尺寸，司行霈怎么看都感觉丑。

等这首歌结束，舞厅掌声雷动。

歌女走下舞台，往大厅中央来。

走到了顾轻舟和司行霈面前时，她停住了脚步，笑道："先生贵姓？"

她只是问司行霈。司行霈端起酒，淡淡抿了一口，同时冲顾轻舟使了个眼色。

顾轻舟笑道："姓司。"

"这可不常见。"歌女道，"我叫阿肖。"

"阿潇？"司行霈不由自主地反问了声，因为朱嫂的女儿也叫阿潇。

舞厅门口，应该有歌女的名字，当然他和顾轻舟不是捧歌星来的，没有留意。

"是。"歌女微笑，"司先生是头一次来吗，怎么这样面生？"

他们说话的时候，不住有人往这里探头探脑，议论纷纷，全部都是艳羡神色。顾轻舟哪怕不流连欢场，也知道得到台柱歌星的青睐，是多么难得。

顾轻舟与有荣焉，心想在场的男人，都没有她丈夫英俊。

"是头一次。"司行霈神色有点懒，准备撵人。

歌女却坐下了。她瞥见了顾轻舟，问："您一定是司小姐？"

她把顾轻舟当成了司行霈的妹妹。

顾轻舟笑道："不，我是司太太。"

说这句话的时候，她舌尖似挑起了一点蜜，声音是甜的。

司行霈就忍不住荡开一个大大的笑容，笑得心满意足。

歌女却是稍微一愣，随即神色如常，道："司太太，幸会。"

她并没有起身离开的意思。司行霈蹙眉。他和顾轻舟在一起的日子不多，每一分每一秒他都很珍惜。突然坐了这么个东西，司行霈内心烦躁得想要杀人。

"……你是从小就叫阿潇，还是后来改的名字？"顾轻舟和歌女聊了起来。

"一直是叫阿肖。"歌女道。她一边说话，一边偷偷观察司行霈。

顾轻舟问东问西的，让阿肖一句空闲也没有，根本没办法和司行霈说话。

眼珠子微转，阿肖想让顾轻舟离开一会儿。她随意撩拨头发，手肘却往旁边一拐，将顾轻舟的一杯葡萄酒打翻，血色酒污顿时就染透了顾轻舟的旗袍。红葡萄酒很难洗，顾轻舟这件旗袍差不多就毁了。

顾轻舟很喜欢这个颜色。她脸色微微变了。

阿肖准备装腔作势，说句对不起，然后等顾轻舟去洗手间整理衣裳时，单独和司行霈聊几句。她相信，任何男人都会被她吸引的，只是有的胆小，不敢当着妻子的面抛媚眼罢了。

不承想，顾轻舟突然扑过来，似乎是想要推开她。

紧接着，歌女听到了"砰"的一声响，似惊雷在耳边炸开，她那条触碰到酒杯的胳膊肘，血如泉涌。

整个舞厅里都乱了，大家纷纷四下逃窜。

一场开心的约会，最后变成了闹剧。

顾轻舟和司行霈回到家时，已经是凌晨了。

顾轻舟听到子弹上膛的声音后，司行霈利落开了枪。

"一点小事，你为什么要动刀动枪？"顾轻舟阴沉着脸。

她快要被司行霈气死了。

女人之间的小心机，顾轻舟能应对自如，她是不会让那个歌女好过的。

顾轻舟只是想知道，那歌女是色迷心窍，还是受人指使。

不承想，司行霈却激动了。

他开了枪，事情就对他们不利了。

司行霈不顾妻子的盛怒，将她抱起来："她刻意忽略你，想要勾搭我。任何人不把你放在眼里，都该死。"

该死，是个语气词，用来宣泄情绪，并不是真的要杀人。

可这个普通的词，到了司行霈这里，就变成了活生生的、血淋淋的词了。

顾轻舟气得又捶了他一下："你是土匪吗？你这样做，旁人会说三道四的。"

"不会，旁人会羡慕你。"

"羡慕我有个神经病的丈夫吗？"顾轻舟怒极。

司行霈低头，吻住了她的唇，同时也骂她："伶牙俐齿的小东西！"

他把顾轻舟丢到了床上。

顾轻舟落入柔软的枕席间，找不到着力点，很快就丢盔弃甲。

情绪上的愤怒，有很多发泄方式，在床上卖力也是一种，故而顾轻舟用力咬住了他的肩头，恨不能咬下他一块肉。

司行霈则是酣畅淋漓，似乎不在乎她紧咬牙关，反而问她："牙齿不酸吗？"

顾轻舟彻底没脾气了。

她柔婉地和司行霈讲道理："你这样做真的不好。"

"我的世界里，没有对或者错，只有轻舟。"司行霈道。

顾轻舟服软了。她真的变成了一个恶人，完全没有道德和主见的恶人。司行霈这样欺凌歌女，顾轻舟应该是很鄙视的，可她竟生出了几分欣慰，她一定是疯了。自从遇到了司行霈，她就不太正常，他将她培养成了像他一样的变态。

洗了澡躺下，顾轻舟很长时间都不说话。

司行霈也沉默了片刻。

屋子里安静极了。

他突然亲吻了一下顾轻舟的额头，道："我今天不是冲动。"

顾轻舟正在考虑如何善后，含混应了声，没往心里去。

司行霈却继续开口了："从前你遇到了麻烦，都是你自己解决。轻舟，你比我理智，你做事滴水不漏，我偶然想起来就会不甘。

"我是你的丈夫，我应该维护你。从前没有办法，那时候你不容许我大张旗鼓。今天，我就不忍了。"

她听懂了，趴在他身上，轻轻地吻了他的唇。

"司行霈。"她喃喃低语。

"嗯。"

"谢谢你。"顾轻舟道，声音很轻，带着一点邪恶的小满足。

司行霈搂紧了她，小声凑在她耳边问："还生气吗？"

"生气也不耽误我感动。"顾轻舟道。

司行霈哈哈笑起来。

翌日早起，他就去了趟警备厅，处理了这件事。

舞厅的老板是英国人，对此表示很愤怒，要让司行霈坐牢。

司行霈查到，那名歌女名叫阿肖，并不是阿潇。她喜欢招揽贵客，并非清角，很多人做过她的入幕之宾。她有点眼力，见司行霈带了枪，自然也以为可以笼络住他，让他成为自己的裙下之臣。这也是英国老板的阴谋。

司行霈把此事，告诉叶督军。

叶督军派人去查，查到这老板有一架自己的电台，还跟俄国那边的间谍有关系。老板自己不干净，是个英国间谍，见言语恐吓没有吓到叶督军，转身就带着他的机密文件逃了。

舞厅被封了。那个舞女，被北平一位权贵保下，离开了太原府。

叶督军对司行霈道："如果不是上次轻舟才帮过我们，我真要啐你一脸！好好地喝酒，你也能闹出官司？"

他像个老大哥，教训司行霈丝毫不手软。司行霈从小不爱听司督军唠叨，却能听叶督军几句。他对自己真心佩服的人，还是很敬重的。

"就是替轻舟出头，那女的毁了轻舟一身好旗袍。"司行霈道，"我运气不错，替你找出了一个间谍。"

"英国人无心经营中原，那个间谍根本没价值，你若是真有能耐，替我找出几个日本间谍，我才会感谢你。"叶督军道。

司行霈和叶督军一番唇枪舌剑，认错的心思是有的，只是态度不怎样。

叶督军对他，倒也生不出什么气来，只是见他动刀动枪，就为了替顾轻舟出一口气，而且是为了这点小事，让叶督军觉得不可理喻。可能是上了年纪，叶督军总感觉年轻人的爱情，像邪魔一样，无法控制。

这件事，社会影响是有的，不过是几句闲言碎语，跟军政府和市政府的统治扯不上关系，毕竟司行霈不是叶督军的儿子。

第四十四章

重返岳城

　　转眼就到了端午后。这一年北平的春光明艳到了五月，到处都是翠绿的树、红艳的花，是个锦绣世界。她和司行霈去北平玩了一圈，回来时才知道平野夫人也从日本回来了。

　　平野夫人回来后面颊微微红润，倒像是年轻了几岁。

　　"额娘走了这些日子，太原府就辛苦你和长亭了。"平野夫人拉住了顾轻舟的手。

　　然后，她又送了一串风铃给顾轻舟，是她从日本带回来的。

　　顾轻舟道谢："我没出什么力气，还是管那些账目。其他的事，我不知道，都是靠着长亭。"

　　平野夫人微笑。

　　顾轻舟就问她："夫人，我们还要住在太原府吗？"

　　平野夫人不解："不住在这里，我们去哪里？"

　　"这是叶督军聘请将军时给的院子，将军已经去世了，难道我们还要住着？"顾轻舟问。

　　平野夫人笑道："叶督军会给我们的。"

　　顾轻舟抿唇微笑了一下。

　　见完平野夫人，她就去了趟隔壁的叶督军府。叶督军不在家，他的两名参谋正在研制一张新的地形图，顾轻舟进来就被请到了外头的小客厅。

　　参谋知道她和叶督军府的关系，不敢轻待了她，出来和她闲聊。

　　"……平野夫人，她找督军说了什么？"顾轻舟问。

　　顾轻舟没指望参谋知道，不承想此事并非秘密。

　　参谋告诉顾轻舟："司太太，日本军部给我们的军火研究所支援了四名专家，条件是合伙建一处军工厂，钢铁和煤由他们买，地也是他们租。

"督军已经同意了，建工厂的钱由平野夫人出，她如今算是军部的遗孀，日本人愿意支持她。"

顾轻舟微微蹙眉："把军工厂建在山西？这样是不是与虎谋皮？"

"督军已经做了万全准备，这点司太太放心。"参谋笑道。

顾轻舟心想：平野夫人当年从宫里逃走时，肯定是带走了无数的财产。她为了在山西站稳脚跟，肯花大钱。从军事上说，山西的地理位置实在太重要了，而日本人根本无法插足。

军工厂的事，叶督军到底是胜券在握，还是火中取栗？

顾轻舟不能对山西的军事指手画脚，别说她，就是司行霈也没有说话的资格。

她离开时，刚巧碰到了叶督军回来。

见她心事重重的，叶督军问："怎么，有事吗？"

顾轻舟摇摇头，她又想起什么，问叶督军："督军，真的要跟日本军部合伙开军工厂？"

叶督军笑道："工厂开在我的地盘，除了技术人员和专家，其他都是我的人，怕什么？"

地盘是自己的，人也是自己的，对方只有极少数的人，不值一提。

顾轻舟说："你知道平野夫人的意图，她肯定是藏了后招。"

"从来富贵险中求。"叶督军道，"打仗就会有胜败。"

他这一席话，彻底宽慰了顾轻舟。

顾轻舟笑道："督军，我做事总是求胜，您点醒了我。"

她也就放下了心。

叶督军道："你还年轻，如此谨慎和好胜是好事。"

和叶督军聊完了之后，她回家了。

她更衣完毕，又看到了床头上的电文，心想司行霈的政事和军事都不瞒她，没什么秘密的。她把电文拿起来，看了一眼之后，整个人愣住了。

顾轻舟立马下楼，高声喊副官备车。

"太太，您要去哪里？"副官道。

顾轻舟上了汽车，让副官去城郊的跑马场。那里停着司行霈的飞机。

司行霈这次去河北，是开着卡车走的，飞机还在太原府。

顾轻舟对副官道："送我上了飞机后，你立马去河北找师座，告诉他，司夫人去世了，让他回岳城。"

副官吃惊，复述反问："司夫人去世了？"

顾轻舟也不知详情。她接到的电报，还是从南京的总司令部发出来的，估计司督军是接到了消息，一边给他们发报一边赶回去，此事确定无疑了。如何去世的，小小电文里说不清楚。

"太太，您要不要先去河北找师座？"副官提醒顾轻舟，"属下知道师座的位置，临时寻一块空地就能停下飞机。"

顾轻舟是急糊涂了。她之所以如此担忧，因为她还不知此事的性质。

一听到司夫人死了，她首先想到自己的丈夫是否有嫌疑，再次是想到司督军如何是好。两件事在心中激荡，她有点失了分寸。

"那就先去河北。"顾轻舟道。

飞机几个小时后就到了河北的一处重镇，找到了司行霈，他当时就在一处小军头的司令部里。司夫人去世的消息，也令他深感意外。

他先花了半个小时，把公务交给自己信任的属下，这才急匆匆地跟顾轻舟上了飞机。

坐稳之后，顾轻舟道："督军让咱们回去奔丧……"

司行霈道："无妨，哪怕她死得蹊跷，也跟咱们没关系。如今她只有琼枝，琼枝能闹什么大事？"

对于司夫人的死，司行霈无动于衷，更谈不上欣慰。

多年前，司夫人曾经跟司行霈母亲写了很多信，讲述了她和司督军恋爱的过程，请司行霈的母亲退位让贤，成全她和司督军。司行霈的母亲是旧式女子，一生都没想过离婚，如何让贤？

在极度的绝望之下，司行霈的母亲自杀了。为此，司督军自责了很久，而他那时候也只是对司夫人有点爱慕，并不像司夫人信中所描述的那样。原配的去世，让他疏远了司夫人多年。

司夫人事后买通了司行霈母亲的仆人，把这些信偷了出来，又出于炫耀将这些信都亲手交给密友孙绮罗，她绝对想不到这些信日后成了她的把柄。司督军要是知道实情，绝不会原谅司夫人。而司行霈一直疑心他母亲的死跟司夫人有关，他要是拿到了信，也不会放过她。

司夫人对此很害怕，特别怕信流落出去。

不久前，顾轻舟已经把真相告诉了司行霈。

如今司夫人去世了，顾轻舟手里的这些信也可以灰飞烟灭了。

顾轻舟思绪不宁。

司行霈见她缩着脖子，不免道："你担心什么呢？"

顾轻舟道："督军遭受的这些，真像是塌了天。"

司行霈摸了摸她的脑袋："督军是军人，他见惯了生死，早已有了这些生离死别的准备，他能挺过来。"

说罢，用力将她搂在怀里。他这几天很忙，正在联络一些小军头，奔波起来连澡也没洗，军装又脏又乱的，他就放开了顾轻舟。飞机上还有他的军服，他找出一套崭新的，去旁边换上了。

午后，飞机降落岳城。跑马场是司行霈的，专门等待着他。顾轻舟和司行霈下了飞机，司行霈开了汽车，一路回到了督军府。

督军府尚未发丧，因为夫人还在医院没接回来，也没有入殓，督军和司琼枝都在医院。

家里是五姨太主事。五姨太瞧见了司行霈，表情略微变了一下，半晌才言语，眼眶微红道："少帅回来了？"

"怎么回事？"司行霈问她。

五姨太正要解释，司夫人的遗体已经被接了回来。

顾轻舟和司行霈急忙出门，立在台阶上。

副官抬了担架，把司夫人的遗体抬入了大堂里。

之所以等到现在，不是因为旁的，而是琼枝前些日子去了广州的医院实习和考察，为期两个月。

"阿爸。"顾轻舟上前，低声喊了句。

司督军颔首，脚步略微发虚，很是憔悴。

司琼枝哭得眼睛红肿。

顾轻舟亲眼看着她入殓。

放入棺木时，众人瞻仰她，她的面容平静又慈祥。在她活着的时候，顾轻舟从未见过她如此亲切的神态，心中莫名一涩，眼眶发热。

司琼枝哭得特别厉害，五姨太紧紧抱住了她。

棺盖合上，正式发丧，已经是黄昏了。

顾轻舟和司琼枝披麻戴孝，在灵前烧纸，司行需则出去报丧了。

司督军坐在旁边。

司琼枝一直哭。

顾轻舟烧了片刻，就走到了司督军身边："阿爸，您节哀。"

此刻还没有前来吊丧的人，灵堂都是司家的副官、用人和姨太太们。

司督军沉默地坐在那里，背好像挺不直了。

顾轻舟心中酸涩。

听到了顾轻舟的话，他只是再次点点头，一直没开口。

他不敢开口，怕那声哭泣随之倾泻出来，控制不住。

"阿爸，夫人是怎么了？"顾轻舟又问。

司督军摆摆手，他不想回答。

顾轻舟就不好再问了，依旧跪到了灵前。

"生病。"一旁抽噎的司琼枝，却是开口了，回答了顾轻舟的问题。她没有愤怒和怨气，只有无尽的悲伤。

她一边哭，一边道："回到岳城之后，姆妈就天天生病，后吐血不止，就住到了医院。

"她吃不下饭，就靠输液维持，精神一阵好一阵差。让她去南京她死活不肯，说不想见到阿爸了。

"医生很担心她，我也很担心她，可是没想到这么快。"

说到这里，司琼枝泣不成声。

顾轻舟没想到，她愿意和自己说这些话，更没有想到她不把司夫人的死怪到自己头上。虽然上次见面时，司琼枝就改变了很多，但她能如此明事理，顾轻舟仍是很惊讶。

　　一时间，她不知该不该安慰司琼枝。

　　司琼枝哭过之后，抹了眼泪继续烧纸。

　　"琼枝，你也节哀……"顾轻舟安慰她，虽然语气单薄。

　　司琼枝从喉咙里"嗯"了声，继续烧纸。

　　司行霈晚上九点多回来，亲戚朋友已经都知道了司夫人的死讯。

　　外地的亲戚，则是派了副官去通知。

　　司琼枝已经被用人搀扶着出去了。

　　司行霈上了一炷香，就拉顾轻舟道："跪了半天了，去吃点东西。"

　　司督军还坐着，司行霈问他："督军，您可要吃些东西？灵堂暂时交给副官们照看。"

　　司督军道："你们都去吧，今晚我给夫人守灵。"

　　顾轻舟还想要说什么，司行霈已经拉住了她的胳膊，将她拖了出来。她跪久了，膝盖酸痛难当，走路不方便，司行霈就放慢了脚步，道："不用那么孝顺，看得过去就行了。"

　　他的话是不中听的。

　　顾轻舟想了想，他能上一炷香已经是极限了，就不再说什么了。

　　"司行霈，我怎么办？"顾轻舟道。

　　"什么你怎么办？"司行霈没明白这话。

　　顾轻舟此刻有点头疼。司夫人死了，她和司督军、司琼枝也和解了，而且她嫁给了司行霈，她没道理不参加司夫人的葬礼。

　　外人知晓司家这段丑闻，议论了好些时候，也接受了。

　　可顾轻舟明面上的身份，到底算什么？

　　若说是司慕的前妻，那么把司行霈放在什么位置？若说是司行霈的妻子，可平城的墓地还在呢。

　　她如此告诉了司行霈："岳城有头有脸的人，都会参加夫人的葬礼，我到底要怎么办？"

　　司行霈道："很好办，我送你回去。"

顾轻舟蹙眉，打了一下他的手："胡闹。"

司行霈却正色道："我是认真的。"

家里全在忙着丧礼，客房也欠收拾，司行霈和顾轻舟索性暂时离开了督军府，去了他的别馆。

司行霈一边开车，一边道："我都不想参加她的葬礼。"

顾轻舟道："不行。"

"她害死了我姆妈，我不报复已经是对她格外的宽容，如今她死了，我为什么要给她披麻戴孝？"司行霈道。

他语气极其冷漠。

顾轻舟缄默了。

站在他的立场上说，他如此做无可厚非。

"我不会披麻戴孝，我的妻子自然也不会。"司行霈道，"我们已经看过了督军，明天就回去。"

顾轻舟想了想，让司行霈去给司夫人做孝子，的确是难为了他。

杀母之仇，要他怎么忍得过去？

可司行霈这样做，司家会很尴尬，葬礼也会更加难堪。

司督军的面子全完了，就连司行霈自己也落不了什么好名声。

司行霈不管什么时候，都站在顾轻舟这边的，他疼顾轻舟胜过他自己的性命，难道顾轻舟就连这点体谅也不能给他吗？

顾轻舟觉得自己需要拿出点勇气来，就像司行霈那样支持他："那我们先别回别馆了，明天清晨就走吧。"

司行霈有点意外。

他道："你同意？"

"嗯。"

"我还以为要说服你。"司行霈道，声音里有了点笑意。

他回来，就是想看看怎么回事。看到了，也确定了，实在没必要留在此处。

"不管我做什么，你都会支持我。"顾轻舟缓慢道，"我也一样。"

做了决定，顾轻舟内心深处，仍是很沉重。

她想到了司督军。她不着痕迹地叹了口气。

司行霈掉转了车头，去了颜公馆。颜洛水和谢舜民夫妻两个人，不久就有了一对双胞胎儿子。当下他俩带着孩子，正陪着颜太太和颜新侬说话。

顾轻舟和司行霈进来，他们不太惊讶，毕竟能想到的。

"轻舟。"颜洛水上前，拥抱了顾轻舟。一番契阔，她没哭，只是眼睛红了。

他们谈起了司夫人的病。

"她是对生活无望了。她住院之后，我去看过她，她说了很多话。"颜太太道，"说她睡不着，吃不下，闭眼都很痛苦。她总是发烧，低烧、高烧就没断过。"

颜洛水接口道："的确，她想通了之后，活得没了希望，太痛苦了。也好，她算是解脱了。"

顾轻舟沉默地听着。

司行霈道："洛水说得对。"

颜新侬转移了话题，因为司夫人的死有点沉重，他们就说起了其他事。

"今晚住在这里吧？"颜太太对他们两个人道，"我叫人收拾屋子。葬礼好几天呢，督军府怕是没人管事，你们也住不好。"

司行霈说："不用麻烦了，我们不参加葬礼。"

他们心中明白，却没想到司行霈能做得如此决然。

"不参加？"颜新侬反问了句，不看司行霈，却看向了顾轻舟。

顾轻舟回视了他的眼神，道："是，我们不打算参加了。"

颜新侬沉吟了一下，劝道："阿霈，轻舟，督军经不起这样的打击。"

司行霈道："我又不是蔡景纾的儿子，对督军来说不算什么打击。"

屋子里一瞬间很安静。

颜新侬见劝不成，就直接开腔了："你们两个人，都不许胡闹！这件事，我就替你们做主了，谁也不许走！"

司行霈道："义父，我是很尊重您的，也请您体谅我！"

　　他还叫一声义父。这是顾轻舟的义父义母，也就是他的。

　　"你既然叫了义父，我就少不得托大。"颜新依道，"过去的事，我也明白。你参加葬礼，不是为了死者，而是为了安慰活着的人。"

　　颜新依是了解司行需的。自己这般劝解，司行需仍是不松口，什么从前的旧账都是假的，他是为了顾轻舟。

　　如今顾轻舟出现，的确挺尴尬的。司行需为了顾轻舟，可以做个不孝之人。将来岳城的人戳他的脊梁骨，他也不在乎。他的苦心，颜新依心中清楚，只能叹口气。

　　"我今晚想住在这里。"顾轻舟却改变了主意。

　　颜太太大喜："好，客房都是现成的。"

　　大家暂不提葬礼的事，只说了些闲话。

　　到了凌晨，考虑到明天还要忙碌，就各自回房睡觉了，虽然众人都无睡意。

　　一进门，顾轻舟就拥抱了司行需。

　　司行需摸了摸她短短的头发，仍是很柔顺乌黑，似绸缎般。

　　翌日清早，颜太太生怕他们两个人要走，亲自带了用人过来。

　　用人手里，捧了两套孝服。

　　"换上吧。"颜太太道，然后亲自帮顾轻舟穿。

　　顾轻舟看了眼司行需，接过了丧服，似乎是妥协了。司行需叹了口气，没有了昨晚的坚持，终于同意去葬礼。

　　穿好了，颜太太为她整理衣襟，低声道："司家的儿媳妇，堂堂正正的，没什么值得遮掩。"

　　顾轻舟心中一热，叫了声姆妈。她也终于明白，为什么颜新依夫妻两个人一定要他们去参加葬礼——希望其他人能看到顾轻舟，能肯定她是司家的儿媳妇。

　　颜太太又把一朵小白花，别在她的头发上，摸了摸她的脑袋："轻舟，咱们去灵堂吧。"

　　司行需也穿戴整齐了。

　　到了灵堂，司琼枝也换好了孝服，跪着烧纸。

　　顾轻舟先进去，司行需在她身后。

司督军看到了他们。他失去了很多，可他还有儿女。他眼眶微湿，落下两行老泪。

尚未有祭拜的人登门，灵堂冷冷清清的。

"阿爸。"顾轻舟上前，叫了司督军。

司督军只是点点头，别过脸擦泪。

颜家众人上香，然后留下来帮衬五姨太管事。

顾轻舟还跪在灵前，和司琼枝一起烧纸，司行需则始终没有下跪。

陆陆续续有人来，看到顾轻舟，绝大多数是认识的，心中纳罕，不知该如何称呼她。

"真没想到，还能在司家看到她。"众人心想。

"她现在是大少奶奶，还是二少奶奶？"也有人问。

很快，众人就知道了答案，因为每次上香之后，都有用人在旁边，道："大少帅和大少奶奶答谢，三小姐答谢。"

她是大少奶奶。

这是灵堂，他们也不便说什么，客客气气安慰了家属。

人在督军府，大家尽管都憋得要死，却没人多嘴去议论。

三天的葬礼，顾轻舟累得瘦了好几圈。

司夫人出殡之后，督军府一下子就空了。

司督军身体不太舒服。

司琼枝也病倒了。

就连五姨太也感冒了。

司琼枝和五姨太去了医院，司督军非要住在家里。

顾轻舟和司行需来告辞，司督军道："再住两天吧，你们也没必要着急赶回去。"

他说罢，就合眼打盹，几乎是连睁开眼的力气也没有。

同时，他又低声吩咐司行需，让他去处理岳城军中的一些事。这些事堆起来，没个十来天是打理不清楚的，这些都应该是司督军每个月回来做的，却全部积累到了如今。

岳城也是司行需的心血。既然有军务，司督军又实在没办法处理，司行需道："您安心休养吧，都交给我。"

　　司夫人的葬礼，司行霈从头到尾都没有跪下磕头。他能留下来参加，司督军已然很感激了，司琼枝也很感动，更是无人敢挑刺。

　　顾轻舟则是很虔诚，祭拜了死者。至于死者是谁，她刻意不去多想，毕竟她跟司夫人也无仇。

　　"督军，您想吃什么吗？"顾轻舟问，"我给您做点吃的吧。"

　　司督军道："嗯，你随便做点。"

　　顾轻舟只是随口一说的，她根本不会下厨，不承想司督军接话了。他这几天都没胃口。

　　顾轻舟就知道，他不是想吃东西，只是想吃顾轻舟做的。

　　这里头的亲情，才能慰藉他。

　　明白了这个道理，顾轻舟就只得硬着头皮上了。

　　厨子对这位少夫人，有点害怕又有点好奇，她愣愣地站在旁边。

　　她看了眼大灶上的东西，满目琳琅，什么都有，她的头一下子就两个大，只差要发疯。清了清嗓子，顾轻舟问："督军这几天能吃什么？"

　　厨子们小心翼翼道："督军肠胃不好，要清淡一点的，米粥就使得。"

　　顾轻舟松了口气。

　　米粥她还是会的。然而，米在哪里，哪个锅是熬粥的，用哪个炉子熬，放多少水，要熬煮多久？

　　厨子这时候，就看出了这位少夫人不通家务事，急忙上来道："少夫人，我帮您洗米。"

　　米洗好了，厨子又在旁边，委婉地告诉顾轻舟用什么锅来熬煮。顾轻舟慢慢熟悉后，也能应付自如。

　　炉火慢慢熬粥，顾轻舟又问厨子："用什么小菜佐粥？"

　　"鲜菇菜心，这是督军爱吃的。"厨子道。

　　她在忙忙碌碌，有个人悄无声息地站在她身后看着她。

　　厨房的用人看到了他，却没有吱声，因大少素来有恶名，都怕他，而且他做出了噤声的动作。

　　司行霈见顾轻舟烧热了油锅，然后就要下鲜菇。

鲜菇上的水还没有拧干，菜未下锅，水先滴入，溅起一大滴油。顾轻舟尖叫着后退，鲜菇还端在手里，油锅里已经起火了。

见状，顾轻舟蒙了，整个人六神无主。

司行霈立马上前，盖住了锅盖，熄灭了炉火，把顾轻舟拖出厨房。

"烫到哪里了？"司行霈问。

抓起她的手，手背已经烫红了一点，那是油溅出来的，落了小小一滴，其他的都落在她衣裳上。这点小烫伤，就像被蚊子咬了一口。

"没事没事。"顾轻舟拿着鲜菇，仍是一副目瞪口呆的模样，"我的天，吓死我了！"

司行霈大笑起来。

"行了，别装孝顺，你哪里是做菜的料？"司行霈道，"我来吧。"

"厨子说，这个很容易做，炒一炒就熟了。"顾轻舟说，"还是我来。"

"交给厨子，别添乱。督军还在病中，你做的菜能吃？"司行霈道。

顾轻舟汗颜。

的确，折腾生病之人的胃口，实在太造孽了。

司行霈又问她："你怎么想起做菜这出？你一向是不爱露怯的。"

自己不擅长的事，顾轻舟一般都不会强出头，宁愿交给其他人去做。厨房烟熏火燎的，也不适合她这细皮嫩肉的丫头，粗活就应该男人做。

"督军不太舒服，又不想吃饭。我说我来做，他就答应吃一点。"顾轻舟道，"我想哄他吃点东西。"

司行霈道："回头你就说，这都是你做的，态度坚决一点。"

顾轻舟失笑。

司行霈道："既然要吃这份亲情，那就我来吧。我们夫妻一体，我做的就是你做的。"

司行霈做岳城菜的手艺，府上的厨子都不及他。

岳城菜以鲜美著称，重糖轻盐，对脾胃虚弱的人来说是最好不过的。

他很快就拟定了几个菜单，让厨子先预备好食材。

食材备好，厨子们把香料也一并切好装盆，然后就退了出去。

顾轻舟坐在旁边，虽然被油烟呛得直咳嗽，却自得其乐。

一锅米粥，已经汩汩冒泡了，顾轻舟不时搅动它。

"城里的流言蜚语一定很多。"顾轻舟突然道。

司行霈一边炒菜，一边回答："流言蜚语早就满天飞了，不用在乎这个。"

顾轻舟如今想要在乎，也在乎不了了。

这次的葬礼，让所有的流言蜚语都得到了实证。她的确是司慕的前妻，而她也的确是假死，她已经嫁给了司行霈，又回来了。

"一段风流趣事。"司行霈想着就笑起来，对顾轻舟道，"只要我将来功成名就，这段趣事就会更有魅力。"

司家是军阀门第，没人敢当面让顾轻舟难堪。对于顾轻舟而言，这就足够了。至于背后嚼舌根，就无法控制了。自己做了不体面的事，还不许旁人背后说说吗？

等她的米粥熬好了，司行霈的菜也做完了，很简单的四菜一汤，却是色泽鲜嫩，香气扑鼻。

鲜菇菜心撒了芝麻，很是好看，顾轻舟道："我尝尝。"

司行霈夹了一筷子，吹冷了递给她。

顾轻舟吃到了嘴里，道："很鲜美，就像用鱼汤熬煮的青菜。"

司行霈道："哪有这样吃菜的？"

"冬天里，我乳娘有时候会熬煮一大锅鲤鱼汤，汤汁乳白又浓稠，然后就烫些小青菜。鱼汤里烫过的青菜，就是这味。"顾轻舟道。

司行霈笑起来。

两口子准备了一桌饭菜，去见司督军。

司督军一直在打盹，闻到了米粥热腾腾的清香，就睁开了眼睛，勉强装出一点胃口。

尝了一筷子炒三鲜，他道："轻舟，这都是你做的吗？"

顾轻舟汗颜："不，阿爸，是司行霈做的。"

司督军难得一笑："你说这逆子的全名做甚？我难道不认识他？"

顾轻舟一时哑然。她从一开始，就是这样称呼司行霈的，从未改过。

"我们素来如此称呼。"司行霈在旁边道。

司督军没有深究。

他知道司行霈会做菜，在军营的时候他偶尔会下厨。

就算做大锅饭，他做出来的都很好吃，导致不少将领说要把火头军给毙了，和少帅做的相比，火头军简直是拿猪食对付他们。

司督军尝了几口，胃口吃开了。他喝了一碗粥，吃了好些小菜。胃里有了食物，人也稍微有些精神了。看了眼顾轻舟，再看了眼司行霈，道："饭菜都不错。"

顾轻舟道："阿爸，您可要出去散散步？"

司督军摇摇头。

屋子里有点沉默。

司督军似乎想说什么，却又不知如何启齿，故而不言语了。

他不开口，顾轻舟和司行霈也没开口，气氛顿时就有些尴尬。

"……我们明天就要走了。"司行霈打破沉默。

司督军愣了一下。看着他的样子，司行霈和顾轻舟都感觉他老了，老得几乎无力支撑庞大的家业了。司夫人到底是他爱了二十多年的女人，就这样先他而去，叫他如何不难过。况且，他尚未从司慕和芳菲的离去中真正解脱。

"也好，你们都忙，这次也住了好几天。"司督军道。

"阿爸，您如果太累了，就辞去总司令的要职，回岳城安心休养吧。"顾轻舟道。

司督军摇摇头。天下未定，这个时候稍退一步，将来就可能成为砧板上的鱼肉，任人宰割。

"不必操心，我自有计较。"司督军道。

他看了眼司行霈，心知自己能吃一顿他做的饭，就算是老怀宽慰了。想到这里，司督军又陷入深深的绝望。他和司行霈，将来会有父慈子孝的那一天吗？

从岳城回来后，司行霈的飞机先去了河北，顾轻舟自己再回太原。

顾轻舟回到太原后发现，阳光有点烫，蝉声此起彼伏，添了喧嚣。

她和司行霈在岳城相处了几天，可那时候是葬礼，根本没什么旖旎心境，二人心中有事，几乎没说过什么亲昵的话。

顾轻舟半躺在床上，很想念司行霈。

又过了两天，司行霈果然从河北回来了。

他带来了好消息。叶督军特意款待他，请了军中将领作陪，故而司行霈喝得醉醺醺地回来。

然后他抱住了顾轻舟，低声道："今晚要让太太受苦了。我这满身的力气，又有酒气，怕是无处发散。"

顾轻舟一开始还以为，他道辛苦是要她帮他洗澡。

后来才知道，他着实是满身的力气。在浴室里折腾了她一次，回到床上他又立马勇猛起来。两次的鏖战，顾轻舟累得虚脱，还以为能睡个好觉，不承想后半夜又被他弄醒。

他瞥见顾轻舟的锁骨，上面布满了吻痕，有点心疼。掀起她的睡衣，只见她身上到处都是他的痕迹，他便自责了起来。他起身找到了药，趁着她睡熟给她涂抹。这些药膏是顾轻舟自己调治的，效果最好。

顾轻舟第二天一直睡到了中午，她还以为身上会火辣辣地疼，不承想下地之后，并没有太多不适。

司行霈在二楼的书房里，听到她下楼的脚步声，也跟了出来。

用人端了一碗燕窝粥给她。

顾轻舟骂他："以后不准喝这么多酒。"

司行霈道："听太太的，以后不敢了。"

他还想要说什么，顾轻舟急忙打岔。

她不想再谈下去。依照她对司行霈的了解，越是深入谈论此事，越是会勾起他的欲念，对顾轻舟而言又是一场浩劫。

吃了饭，司行霈问顾轻舟："要不要去看电影？"

"不，我不想看电影。"顾轻舟道，"前些日子你不在家，我想了很多事。有个小趣事，是我小时候玩过的，我想再玩一次。"

司行霈很少听顾轻舟提及她的儿时，当即来了精神："什么趣事？"

顾轻舟道："捉鸟。"

"什么叫捉鸟？"司行霈问。

顾轻舟道："就是在一处空地上，支撑起大网，然后等鸟儿来吃食时将它们逮捕住。"

司行霈这时候才明白，所谓的捉鸟，就是字面意思。他勾了勾顾轻舟的下巴，问："你小时候过得这样无聊吗？捉鸟也算趣事？"

顾轻舟翻脸："我很喜欢。"

司行霈道："我没有捉过。不过，用枪打鸟，我倒是可以。"他想到这里，心思就转动了，"我们去打猎？"

"谁要打猎？"顾轻舟把银勺搁在碗里，一脸不悦，"真不去捉鸟？"

"去，怎么不去？"司行霈毫无原则地妥协了。

他喊了副官进来，去准备两杆长枪，以及一张大网。

大渔网放在车子的后备厢，长枪放在后座，顾轻舟和司行霈就出发了。

"带枪做甚？"顾轻舟问。

司行霈是怕捉不到，令顾轻舟伤心，还不如带上长枪，到时候打几只哄她高兴。

这话，他藏着没说，只是道："防身，我们是要去郊外。"

顾轻舟了然。既然是要捉鸟，就要往城郊的树林里走。

车子开出城，官道就由柏油路变成了石子路，颠簸得厉害。

司行霈手握方向盘，一边看路一边问话："捉鸟的乐趣在哪里？"

顾轻舟沉吟："小时候我也去摘过莲蓬，还有其他的，反正挺好玩，不过总惦记捕捉鸟雀。"

"冬天吗？"司行霈问。

"不是，我们那次去，是五六月，就像现在这个时节。在河滩的空地上，撒下谷子，一直等到下午的时候，鸟儿就下来。"顾轻舟道。

她又告诉司行霈："他们总不爱带我玩，那次还是我偷偷跟着去的。"

"怎么会不带你玩？"司行霈问。

提到这个，顾轻舟略微尴尬："我乳娘和师父也管得严。每次男孩子对我示好，我乳娘就要找到人家家里去。

"乡下的人家，都不愿意得罪我们，因为我乳娘有钱，师父又有医术。乡下常会有点灾祸，少不得借点现钱，都要靠我乳娘；一旦不舒服了，又要靠我师父治病。"

司行霈就懂了。人家还是把她看作"城里顾家的大小姐"，一般人家都不敢高攀。谁家都要面子，被她乳娘找上门去很难堪，索性不准自家小子招惹顾轻舟。

"他们抓了好多的鸟，用泥巴裹上烤了吃，吃完了就跳到河里去游泳。"顾轻舟道，"我分到过一只鸟，可鲜嫩了。"

司行霈问："你童年记忆里的玩乐，就这么一件事？"

顾轻舟说："就这件比较清晰，而且好玩。你不在家时，我胡思乱想，就想到了。"

司行霈立马打起了精神，道："那你等着，回头我替你抓上百只，咱们拿回来炖汤红烧，做出十几种的菜来。"

顾轻舟眉开眼笑，不停地点头。

有个男人可以陪着她幼稚，对她而言是弥足珍贵的。

顾轻舟并非顽童，只是念头一起，就无法克制。

她心中一愉快，人的智商就好像喂了狗，故而她问出一些不知所谓的问题，比如："司行霈，你为什么对我这样好？"

这样的问题，司行霈也会认真回答："你是我的，我不得好好养吗？"

顾轻舟就作势要打他。

然后她问："你希望我怎么亲切地称呼你？"

司行霈道："霈哥哥。"

明明是初夏时节，顾轻舟还是起了一身鸡皮疙瘩。

"除了这个呢？"顾轻舟又问。

司行霈道："哈尼。"

她忍了不适，再问："还有没？"

"阿霈哥。"司行霈道。

顾轻舟彻底败下阵来，低声道："算了，并不是每对夫妻都需要昵称，我还是保持原样吧。"

司行霈不解道："你为何想要昵称？你直接叫我的名字，把姓去了不就可以吗？"

顾轻舟试了试，说不出口。最终，她还是保持了原样，叫他"司行霈"。单单这三个字，对她来说是不同寻常的，也有绮丽，只是外人觉得生疏罢了。

到了郊区的河滩，司行霈支撑了大网，然后和顾轻舟坐在树下。

司行霈拿出一块大的毡毯，铺在地上，然后又拿出食盒，将蛋糕、巧克力、饼干和几样干果，一壶凉了的咖啡，整齐摆好。

顾轻舟目瞪口呆："什么时候准备的？"

"我随口让用人准备好吃喝的，他们就做好了。"司行霈道。

顾轻舟坐在地上，阳光从树梢照进来，暖融融的光洒了她满身。

这个时间点，鸟儿尚未饥饿，不会到这里觅食，大网下空空荡荡的。

顾轻舟和司行霈坐着，就像是出来踏青。

昨晚他回来就胡闹，导致顾轻舟都没问他正经事。

"这次去了趟河北，收获如何？"顾轻舟问。

"一旦战事起，河北的小军头们都会站在叶督军这边。我这次去，看似是和他们做交易办工厂，实则是将他们所有的防线全跑了一遍。"司行霈道。

顾轻舟"哦"了声。

司行霈又说："一旦有事，控制河北不难。"

"他们不是常打仗吗？"顾轻舟又问。

司行霈点点头："打呢，我去的时候，就遭遇了两次战火。"

顾轻舟就不想再说什么了。

她又问司行霈："你有没有打算去南京？我看督军是力不从心了。"

司行霈道："政治上的事，督军更加擅长。他需得有点事做，要不然他才是真要垮了。"

顾轻舟不再言语了。

下午四点半左右，有两只鸟儿到了顾轻舟的网下，开始啄食。

有了这只鸟领头，不过二十分钟，就陆陆续续来了上百只鸟。

司行霈立马去拉下大网，鸟儿四散，飞掉了大部分，网住了小部分。

顾轻舟大喜，急匆匆跑上前，和司行霈一起把网收紧。

她看了眼网里的鸟，对司行霈道："约莫有二三十只。"

"全鸟宴是做不成了，回去烤了吃还差不多。"司行霈笑道。

这件事，从头到尾都透着枯燥，司行霈却故意问顾轻舟："好玩吗？"

不承想，顾轻舟眼睛亮晶晶的，一脸喜悦道："可好玩了。"

"真是傻。"司行霈看着她，这个瞬间又感觉她像自己的孩子。

他这一辈子，只要是活着，就得既当丈夫又当爹，照顾她疼爱她，将她视为心尖宝，也要把她看作掌上明珠。丈夫能给她的，他都要给她；父亲能给的，他也要给她。遇到了她，这就成了司行霈的使命。

看着她欢喜雀跃的样子，司行霈顿时就心满意足。

抓回来的鸟，顾轻舟看着都挺小的，还不如市场上养的鸽子肥美。

"都放了吧，野物寄生虫多，不太好吃。"顾轻舟道。

司行霈道："白忙一场？"

"我们享受的是捕鸟的乐趣，况且还踏青了，是不是？"

她今天的心情极好。

司行霈就道："也好，白忙一场也值得。"

第四十五章

身世大白

这几天顾轻舟心情极好，便抽空去看望平野夫人。

一进门，顾轻舟就遇到了蔡长亭。

蔡长亭看了眼她，露出了微笑。

"轻舟，你好些日子没回来了。"蔡长亭道。

顾轻舟也微笑，像极好的朋友，彼此打招呼："你没出去忙?"

"最近不忙。"

"夫人在家?"顾轻舟又问他。

蔡长亭颔首："夫人也不忙，她一直在等你。"

顾轻舟走到了平野夫人身边。

她用疲倦且哀伤的声音，对平野夫人道："我好累。"

平野夫人大为意外，顾轻舟可从未如此情真意切过。

"夫人，为何你这次回来，对我如此冷酷?"顾轻舟开门见山，"是蔡长亭说了什么吗?"

平野夫人眼底一冷，心想顾轻舟愈发难以控制了，时时刻刻挑拨什么。

"轻舟，你多心了。"平野夫人笑道，"长亭是咱们的人，你为何总要和他过不去?"

"我不信任他。"顾轻舟道。

平野夫人微笑："哦，这是为何?"

"他是男人。"顾轻舟道。

平野夫人失笑："你不信任男人?"

顾轻舟点点头。

平野夫人的笑意缓慢收敛，情绪正在发酵。她很明白顾轻舟言语的用意。

这个世界正在变化，可男人是主宰。不管是在日本军部还是华夏百姓的心中，男人的地位都远远胜过她们。

蔡长亭是男人。他只要出两成的力气，就能达到平野夫人和顾轻舟十二成的功效。

这中间的差距，足以叫人绝望。

"我没有挑拨，我在还击。"顾轻舟道，"我根本没有挑拨的立场。我一直就是司太太，您成功与否，对我的影响能有多大？"

顾轻舟只是为了回应蔡长亭的离间，才说了这些话。

平野夫人没说话。顾轻舟用力握住了她的手："夫人，您在日本多年，为何大业至今未成？将军在的时候，日本人对您也不过如此，您如今没了将军，还在指望什么？"

平野夫人用力甩开她的手。

她冷冷道："轻舟，别跟我玩花样。"

"到底是心计，还是忠告，随您怎么想。"顾轻舟道。

说罢，顾轻舟转身就要走。

她知道，与其等待平野夫人和蔡长亭的攻击，还不如主动。

上位者都有个缺点，哪怕再精明的人也如此：他们多疑。至高的位置只有一个，出现潜在的威胁者后，他们会敏感疑心，最后将那个威胁者除掉。蔡长亭的地位，足以威胁到平野夫人，而顾轻舟不会。所以，平野夫人就会把顾轻舟的这根刺埋在心里，时时刻刻提防蔡长亭。

阿蘅死后，他们之间的联盟就出现裂痕；平野四郎死后，他们之间的信任即将瓦解。顾轻舟从来不叫平野夫人为"额娘"，这就等于告诉平野夫人，顾轻舟无意分享她的胜利果实。

顾轻舟是渔翁，她静看鹬蚌相争。

她走出来时，表情恬柔。

"轻舟，你又跟夫人说了什么？"蔡长亭问。

顾轻舟笑道："不管说了什么，你总能让夫人改变主意的，是不是？"

她不等蔡长亭回答，转身离开。

蔡长亭喊住了她："轻舟，我们为什么就不能和平相处，共谋大业？"

"从头到尾，我都不是你们大业的参与者。你让我到太原府来，初衷是让我和叶督军结盟，我早已没了利用价值，你都忘了吗？"顾轻舟笑道。

蔡长亭也笑了："你一直这么觉得？"

顾轻舟看着他不言语。

蔡长亭好似听到了极好的笑话，继续道："难道我会天真地以为，你会顺从我们的安排，嫁给叶督军吗？"他不等顾轻舟回答，继续道，"我让你来太原府，动机从来都不是将你交给另一个男人，而是我想要你。"

说罢，他转身往回走，走得快且狠，好似鼓了满满的一肚子气。

风轻轻地吹过顾轻舟的面颊，撩起青丝。她将短发压在耳后，眼神中有那么一瞬间的震惊。

她竟然相信了蔡长亭的这席话。

夏天到了。

司行需又回平城去了。

顾轻舟换上单薄的夏布衣裳，宽大的斜襟短衫，以及葱绿色长裙，身形轻盈而姣好。

她要去看叶督军给他们准备的房子。房子就在叶督军府的后街，离督军府很近，离平野夫人也近。这是叶督军的好意。

顾轻舟回眸间，就看到有个人立在院门口。他一袭黑衣，身材修长，冲顾轻舟打招呼，是蔡长亭。他就在对面街上住，走过来很方便。

顾轻舟和蔡长亭徒步出了院子。

已经过去了半个月，顾轻舟和平野夫人再也没有见过面。

顾轻舟很清楚，上次自己的挑拨，在平野夫人那里起了作用。

若不是她再三考虑，也不会这么久不联系顾轻舟了。

如今蔡长亭先出现了。

"打算搬到这里来?"蔡长亭看了看这院子,颇为欣赏地点点头。

顾轻舟则问:"你是怎么进来的?"

院子里虽然没有用人,可顾轻舟进门前,是反锁了大门的。

蔡长亭很自然道:"翻墙进来的。"

"这样,不失礼吗?"顾轻舟看着他,表情却很安静。

蔡长亭道:"在你面前,我又不是第一次失礼。上次有些话,没有和你说清楚,心里总是想着。"

"什么话?"顾轻舟反问。

"为何要把你接到太原府来。"蔡长亭道。

顾轻舟"哦"了声,似乎想起来了。她在桐树下停了脚步,借着阴凉和蔡长亭说话,蔡长亭却突然用力拉了她。

顾轻舟吓一跳,几乎跌入他的怀里,脸色微变。

一只颜色鲜艳的虫子,从树上掉了下来。这种虫子通体翠碧,长了满身柔软的毛,南方叫"洋辣子",它的毛有毒,掉在身上会释放毒素,被蜇一下又痛又痒,非常遭罪。

顾轻舟想了想,心底发寒。

"这鬼东西!"她后怕地捂住了胸口。

蔡长亭笑道:"你怕这虫?"

"你不怕?"顾轻舟斜睨他。

蔡长亭很干脆道:"怕。"

他们就离开了桐树,往正院的屋檐下走,两个人走得很快。

顾轻舟心中盘算着,明天叫人来打上药水,先把院子里的虫子杀死,自己再搬进来。

尚未住人,两人也无法进屋喝茶,只得立在屋檐下闲聊。

蔡长亭说起了上次之事。

"……当初请你来太原,并非拿你当棋子。"蔡长亭道。

顾轻舟听闻此言,表情不动,只是略微一笑,浅浅的笑容似蜻蜓点水。死遁来太原之后,平野夫人曾想让轻舟嫁给叶督军,以便拉拢他。

"还是那句话,我从不相信你会嫁给叶督军。"蔡长亭道,

"只要你不想这样做，没有人能逼迫你。轻舟，我了解你。"

"你的确了解我。"

"那么，你就懂了我的心意。"蔡长亭道，"我的心意，不用躲躲藏藏。"

她玩味地斜睨他："你喜欢我？"

"喜欢。"蔡长亭很认真，表情端庄肃穆，像在神圣地祷告，言语也很轻柔。

顾轻舟又笑了："你很有眼光，谢谢你。"

蔡长亭心头一紧。

她没有说"不要喜欢我""为什么喜欢我"。

对她而言，这些都不重要。

她就是那样优秀，你可以喜欢她，就好像天际的云彩。云彩高高在上，飘过你的心房，你心中落下了影子，是你自己的事，跟云彩无关。

顾轻舟没有女孩子应有的羞涩。

她像个心灵空阔的智者，面对众人的质疑或者倾慕，都无喜无悲。

这种感觉，让蔡长亭心中窒闷，这远比讨厌他更叫他沮丧。

蔡长亭望着远处明艳的骄阳，只感觉那阳光炙热刺目，把人的心照得空落落的，四处通风，都寻不到藏匿之处。

"我希望你也可以喜欢我。"蔡长亭道。

顾轻舟道："这也是你的希望，和我无关。"

蔡长亭没有再开口。上次以为，他没有说清楚。今天才知道，他是说多了。多余的话，毫无意义。

顾轻舟靠着栏杆，思考着平野夫人、蔡长亭和自己。三角关系是最稳固的，也是最难撼动的。他们谁也不敢贸然出手。

蔡长亭上次那番话，和今天这番话，到底用意何在？

顾轻舟想了想，为了麻痹我吗？女人对爱慕自己的男人，都会下意识放松警惕，认为他不会害自己，毕竟有爱情在里头。

然而，蔡长亭的这种爱慕太廉价。他曾经也说爱慕阿蘅，还不是看着阿蘅惨死。

"长亭，你有很大的理想，是不是？"顾轻舟突然开口。

蔡长亭道："什么理想？"

顾轻舟笑而不语。

蔡长亭就懂了。

他道："一个人有很大的理想，难道是错误的吗？轻舟，我愿意陪伴你、辅助你。"

顾轻舟就知道，平野夫人和蔡长亭都沉不住气了，他们想要拉拢顾轻舟。

顾轻舟才是名义上的"固伦公主"，她才是拥有清廷血脉的人，她才是复国名正言顺的人。

随着阿蘅和平野四郎的死，顾轻舟的作用变得至关重要。

"然而，我不需要任何人的陪伴，也不需要你的辅佐。"顾轻舟笑道，"你不怕我将这话告诉夫人？"

"夫人会相信吗？"蔡长亭温柔笑道，"你时常挑拨我们的关系，这席话你告诉夫人，无非又是一场挑拨。"

顾轻舟就笑起来。

原来他如此大胆，也是捏住了顾轻舟和平野夫人的软肋。

也好，大家平分秋色，谁也不落后半步。

"我有时候挺恨老天爷的。"蔡长亭道。

"恨什么？"

"恨我们出生的年代。假如我们早出生三十年，也许就不是现在的局面了。"蔡长亭道，"轻舟，你也不是现在的你了。"

"我喜欢现在的我。"顾轻舟笑道，"司行霈也喜欢现在的我，我们很满足。"

蔡长亭微笑了一下。和蔡长亭相处，时时刻刻都要提防他下绊子。

顾轻舟此刻非常想念司行霈。在司行霈身边，她可以完全不动脑子，做个贪吃贪睡的傻瓜。

顾轻舟轻咳，道："长亭，我要去吃饭了，一起吗？"

蔡长亭道："不了，回头见。"

说罢，他小跑几步往前冲，一跃而起，直接翻墙出去了。

他居然不走大门。顾轻舟也很意外。

她翻了翻皇历，发现六月二十九适合乔迁新居。

顾轻舟自己搬了新家。

一转眼，就是十月中旬了。

司行霈这次很忙，三个多月之后才来看顾轻舟。

她推开了窗棂，寒风直直往脖子里灌，顾轻舟缩了缩肩膀，只见青石小径覆盖了皑皑白雪。庭院的翠竹，披上了雪白新妆，浮华被白雪敛去之后，整个世界都纯净了。

"初雪呢。"顾轻舟伸了个腰。

她转身去推司行霈。

司行霈眼睛也不睁，问她："怎么了？"

"下雪了。"

"那你多穿一点。"他道，翻了个身，继续陷在温暖的被窝里不肯起来。

顾轻舟笑笑，打算更衣。

司行霈却突然又从身后搂住了她。

顾轻舟没防备，人已经落入柔软的被褥间，落入他温热的怀抱里。

"真香。"他在她发间轻嗅，"既然下雪了，今天就在床上睡一整天好了，反正无所事事。"

他月初回了趟平城，然后昨晚赶过来。

"院子里的雪要扫一扫的，要不然化了，满院子泥泞。"顾轻舟道，"我得先起来，去欣赏雪景。等会儿用人忙碌开了，就什么也没有了。"

司行霈这才起来了。

顾轻舟立在屋檐下，正在看着庭院的景致。

"家里的雪景有什么可看的？"司行霈从背后拥抱了她，"找个高山寺庙，一览太原全景，岂不是更好？"

顾轻舟任由他抱着，他温热的怀抱在冬天很可贵。

她捂住了耳朵，抵挡寒风对耳朵的肆虐，笑道："冷死了，山上更冷。再说了，看景看的是心情。心情好，哪里都是好景。"

司行霈亲吻了她的手背。

她急忙把手一缩。

小小耳朵露出来，已经被寒风吹出一片绯红。

司行霈又吻了一下她的耳朵，声音低沉且暧昧："此刻心情可好？"

"很好。"顾轻舟喃喃，满目幸福和喜悦。

两人更衣，准备去街上走走，顺便吃些早点。

吃了早点，顾轻舟和司行霈去听了一场说书，说的竟然是顾轻舟。

顾轻舟惊呆了："我这样有名吗？"

司行霈道："当然，早已是名冠天下了。还有关于你的传记，看过没有？"

顾轻舟摇摇头。

司行霈道："不要看了，那些人乱写。等我忙完了，去烧了书局。"

顾轻舟就知道，她的传记是毁誉参半的。

"不准，像什么话？"顾轻舟道，"旁人说我什么，我都不在乎的。"

说书先生口中的顾轻舟，顾轻舟自己都不认识，完全是编造的，从她的童年到如今，十件事只有半件说对了。如此，就像是听了一个与己无关的故事。耗了一上午，听了个陌生顾轻舟的传记，她和司行霈反而兴致勃勃，深以为有趣。

"果然，听旁人的故事都很轻松。"顾轻舟笑道。

她走出来，才发现自己的双足在靴子里冻僵了，故而她跳起来跺跺脚。

司行霈瞧在眼里，忍不住翘了一下唇角。

"去吃个羊肉锅子吧？"司行霈问她，"天寒地冻的，我得补补身体，才能好好照顾太太。"

顾轻舟不给他嘚瑟的机会，装作没理解他言语的暧昧："我也得补补。我自己就能照顾自己，不需要你。"

两人去吃了一顿丰盛午饭。

话题不断，这顿饭吃了将近两个小时才散。

回到家门口时，已经是下午三点了。

门口有两辆脚力车。车里坐了人，车夫们却靠在墙角抽旱烟，像是等了很久，等得百无聊赖。

顾轻舟看了眼。

"是谁？"司行霈略微蹙眉。

副官瞧见他们回来，立马从跑过来，恭敬地拉开了车门。

司行霈指了指前面："怎么回事？"

副官道："说是太太的亲戚，要等太太。只因属下不认识，太太又不在家，不敢放行。不承想，他们竟是不走，给了车夫赏钱，从早上等到现在。"

"我的亲戚？"顾轻舟诧异。

脚力车里的人，也看到了这边的动静，故而起身下车。

顾轻舟先看到一个中年人，穿着蓝灰色的大氅，中等身材，偏消瘦；另一辆脚力车里，下来一位少女。

少女是时髦的打扮，还戴了一顶非常宽大的帽子，几乎遮住了整张脸。

看到顾轻舟时，她摘了帽子。

顾轻舟错愕。

"顾缨？"她下意识喊了对方的名字。

"轻舟姐，我回来了。"顾缨笑道。

这是顾公馆的四小姐，当初她在乡下过不下去了，跑到岳城来求顾轻舟，求顾轻舟送她去法国。她把顾缨托给了顾绍，顾绍安排她补习法语，准备第二年考法国的大学。

时隔多年，顾缨居然回来了。

顾轻舟心中却是咯噔了一下，问："阿哥呢？"

"我就是跟阿哥一块儿回来的。"顾缨甜甜笑道，"阿哥回南京了……"

"回？"

"是啊。轻舟姐，你还不知道吧？阿哥和阮家的兰芷姐姐弄错了，他才是阮家的儿子。"顾缨高兴道，"阮家接他回去了。"

顾轻舟立在寒风里，想起了当年顾绍跟自己说过此事。

"进来说吧。"顾轻舟道。

顾缨和她身后的中年男人，一起往里走。

顾轻舟心中惴惴。顾缨却很是兴奋，不等顾轻舟问什么，她已经一股脑儿地讲述了全部。

"你的人把我安全送到了阿哥身边，不过我后来没有考学。"顾缨笑着解释，"有位上校的女儿，对东方文化很感兴趣。她比我小三岁，于是我们一块儿学习。

"她教我法语和英语，我教她中文，我们两个人成了最要好的朋友。我跟阿哥回国之后，上校还帮我弄到了阿哥学校的文凭，厉害不厉害？"

说到这里，她开心得大笑。

她的性格非常开朗、自信，从她的言行举止里就能看得出来。

上校的女儿，的确是给了她很大的帮助。

"很厉害！"顾轻舟道。

顾缨又说："这些年，阿哥非常想念你。他经常拿着你的照片，一看就看好半天。"

顾轻舟心中发暖。

司行霈沉默到此刻才开口："他还是那黏黏糊糊的性格吗？"

外界的男士对顾轻舟再好，司行霈都不在意，因为顾轻舟不会在乎他们。

可顾轻舟在乎顾绍。这种在乎，是介于亲情和爱慕之间的。

"呃，阿哥是挺想家的。"顾缨不知如何跟司行霈答话。

她离家之前，顾轻舟的丈夫还是司慕。

顾轻舟瞪了他一眼。他一直对顾轻舟宠溺有加，此刻却冷冷地瞪了回来，眼神里充满了阴霾和狠戾。

"阿哥在南京？"顾轻舟问顾缨，不再看司行霈。

顾缨点头。

"你怎么知道我在太原？"顾轻舟又问。

顾缨道："是颜家的太太告诉我的。我说想要来找你，她就说你在太原府，只是不知具体地址。

"我还以为，要找你很久的，不承想下了火车一问，大家都知道你，说你就住在督军府的后街。轻舟姐，你已经是个名人了。"

"那你来找我，是有什么事吗？"顾轻舟又问，"阿哥让你来的吗？"

"没什么事，就是阿哥想知道你的近况。可惜他走不了，阮家那边还有事要处理。"顾缨道。

顾轻舟又问："阿哥是怎么跟阮家联系上的？"

"这个我也不知道。半年前，阮家突然来找阿哥，派了阮家的大少爷，还有大太太。他们问阿哥，如果兰芷还在阮家，阿哥愿不愿意回去。"顾缨道。

哪怕找到了顾绍，哪怕明知是个错误，阮家还是想要阮兰芷。

阮兰芷是阮家唯一的女儿，从上到下都疼她，疼了好些年了。

然而，那等大家族，又不可能真的把至亲骨血流落外头，所以他们也想要顾绍回去认祖归宗。

反正顾家早已家破人亡，两个孩子都归阮家，没什么不妥的。

"……阿哥说，不肯认祖，那是最大的不孝。况且，顾家养育了他十几年，不管从哪一方说，兰芷都是他的亲人。若阮家不要兰芷，他绝不回去。既然阮家还愿意认下兰芷，那么阿哥愿意回家尽孝。"顾缨继续道。

顾轻舟和司行霈也略有所思。

顾绍的身世，随着知情人的去世，几乎是无法对证的，阮家为何要接他回去？顾轻舟的印象中，她哥哥是最单纯的男孩子，他根本没什么人脉和社交。谁从中掺和了此事？

"等阿哥拿到了毕业证之后，我们就动身回来了。"顾缨继续道，"轻舟姐，你能跟我们回南京，去看看阿哥吗？"

司行霈冷淡看了眼顾缨："你阿哥如此大的面子？"

顾缨不太敢说话了。

顾轻舟道："我是要去趟南京的。缨缨，你先休息吧，我们回头再说。"

说罢，她喊了女佣赶紧去准备客房。

顾缨在司行霈面前坐立难安，当即站起身走了。

顾轻舟吩咐女佣，一定要准备好热水，天这样冷；又让女佣去准备膳食，先给顾缨送一些点心。

等他们下去之后，司行霈抽出了雪茄。

他拿在手里转了转，目光生疏且冷静，落在顾轻舟的脸上："你不会真要去南京吧？"

"我是要去的。"顾轻舟道，"我有很多话想要问问阿哥。"

"他不是你阿哥。"司行霈道，"他是阮家的人。哪怕他真是顾家的人，也不是你阿哥，因为你不是顾家的。"

顾轻舟无法反驳。她理亏的时候，就容易恼羞成怒，故而她站起身，想要回房。

司行霈则拉住了她的胳膊。他把她圈在沙发里，俯身压倒了她，仔仔细细端详着她的脸。

"做甚？"顾轻舟柳眉微蹙。

"你在爱上我之前，是不是喜欢过那小白脸？当初我说他半句不好，你就要跳脚。"司行霈神态阴森。

"你真是胡闹。"顾轻舟气结，"咱们这么多年了，你还吃这种陈年醋？"

"当然得吃了。"司行霈道，"不要去见他，那小子喜欢你，你又不是不知道。我敢打赌，他定是第一次见到你，就动了歹念。"

"他是我哥哥。"顾轻舟道，"我娘家几乎没人了……"

"他既不是你哥哥，也不想只是你哥哥。"司行霈道。

顾轻舟失笑："多少年过去了，我都结了两次婚，你想什么呢？"

司行霈的眼神更加紧了。

顾轻舟才惊觉，自己说错了话。

她的婚姻，真没什么值得夸耀的，尤其是在司行霈面前。

"你陪我去吧？"顾轻舟问。

司行霈道："不。"

"你居然无理取闹。"

"嗯。"

顾轻舟揉了揉他短短的头发，心一下子就软了。

"那好，我不去了。"顾轻舟笑道，"等他来看我，我再问他。"

晚夕，顾轻舟招待了顾缨。

然而没有多聊，吃了饭就各自回房，准备明早再说。

梳洗之后，顾轻舟趴在枕上，近看司行霈的侧颜。

司行霈没有转头，甚至没有睁开眼，只是从余光中留意到了她。

"看什么？"他问。

顾轻舟道："没想到，堂堂的司师座，居然也会耍赖。"

司行霈唇角微弯。

"……我还是很想见见我阿哥的。"顾轻舟道。

司行霈一下子就睁开了眼睛。

他翻身，将顾轻舟压倒。

"你要造反？"他恶狠狠问她，"怎么越发不听话了？"

顾轻舟失笑。这些话，到了如今已没什么威慑力。

她顺势搂住了司行霈的脖子："别这样小气。我对顾绍从未动心过。你说得对，我那时候幻想过，假如没有你，我肯定会喜欢他那样的。可没有假如。我从乡下出来，第一个就遇到了你。你对我耍了好几年的流氓，我哪里还有心思去爱旁人？"

司行霈的冷酷绷不住了，露出了笑容。

顾轻舟最会哄他。

他在她额头亲吻了一下："好丫头，我没有白疼你。"

顾轻舟啼笑皆非。

司行霈考虑再三，道："等我心情好了，陪你去南京。"

顾轻舟"嗯"了声。

第二天清早，顾轻舟让人去请顾缨过来吃饭。

司行霈对顾缨不甚礼貌，顾轻舟就避开了他。

倒是顾缨的随从，寸步不离地在她身边，礼貌又周到。这个人其貌不扬，可他的举止总透出几分娴雅，像个绅士，并不像做惯了用人的。

顾轻舟又看了他几眼。他不看顾轻舟。

"缨缨，你有什么话，不妨对我直言。"顾轻舟收起了昨天的情绪，戴上了她疏离冷淡的面具，"咱们两个人，说什么姊妹情深，是个笑话。"

顾缨的母亲和姐姐们，都栽在顾轻舟手里。

虽然她送了顾缨出国，但她和顾缨都清楚，她只是想要摆脱顾缨。

"轻舟姐，你这防备之心太严重了。"顾缨笑笑，"说真的，过去的事我很清楚，黑白是非，我是懂得的。若你觉得我回来找你报仇，那你就想错了。"顿了顿，她继续道，"我也知道，哪怕我如此说，你也不会相信我的。"

顾轻舟颔首："你说得对。既然你脑子如此清楚，你就不会跑这一趟。说吧，你来做什么？"

顾缨看了眼身边的人。那人却只是点点头，并没有离开的意思。

顾缨不是暗示他，而是请示他。

顾轻舟狐疑地看了眼那人。

"轻舟姐，我来找你，当然不是叙旧。我来，是为了一桩旧事。"她道。

顾轻舟坐正了身姿，示意她继续往下说。

顾缨道："跟孙家有关。"

孙家，就是顾轻舟的外祖家。当然，是那个"顾轻舟"，并非她，她是冒名顶替者。

"轻舟姐，你并非顾家的孩子，你自己是清楚的。"顾缨道。

顾轻舟心中闪过几分惊讶："你怎么知道？"

她是平野夫人的女儿，此事只在保皇党内部公开的。关于顾轻舟的传记、说书人口中的故事里，都没有半个字是关于真正的顾轻舟，说明她的身份仍是秘密。

她是顾轻舟，顾公馆的原配嫡女，司行霈的妻子。外界猜测她当初要改名换姓，所以借助了平野夫人。她只能算作平野夫人的"养女"。

"阿哥知道了，他特意告诉我的。"顾缨说。

然后，她指了指身边的男人，道："这位，不是我的随从，他是阿哥的朋友。"

顾轻舟重新审视眼前的男人。

男人也抬头，和顾轻舟对视。他上了年纪的眼睛，有点深沉。

"司太太。"他如此称呼顾轻舟。

顾轻舟眉头蹙得更紧。

"司太太，我姓孙，是孙端己的儿子。"男人道。

顾轻舟猛然站起身。

她的舅舅不是死在烟馆了吗？顾轻舟后来多方调查，结果都是一样的，她舅舅的确是被人捅死了。

"舅舅？"她难以置信。

男人冷静的面容上，突然浮动了情绪，既有激动，也有感激："你叫我一声舅舅，那么我也叫你轻舟。

"当初，我姐姐和孩子都被毒死了，你既然顶替了我的外甥女，那么我也当你是孙家的骨肉。"

顾轻舟就看了眼顾缨。

顾缨表情平淡，说："轻舟姐，我姆妈当年是太过分了，但是她也付出了代价，我们和孙先生之间已经说开了。我们彼此没有仇恨。"

孙先生点头："的确如此，一码归一码。"

她问孙先生叫什么。

"孙合铭。"他道。

顾轻舟说："那你来找我，总有个缘故的。"

孙合铭却道："轻舟，我不是来找你的，我是来找那位……"

他略有所指。

"平野夫人。"顾轻舟道，"我们现在都如此称呼。"

孙合铭道："对，我听说她嫁给了日本人，还守寡了。我是来找她的。"

"我不会替你引荐的。不过，我可以替你传话。"顾轻舟道。

孙合铭道："我还是想见见她。"

谈话就陷入了僵局。

中午司行需回来，顾轻舟把此事告诉了他。

司行霈没什么反应，问顾轻舟："你相信这些话吗？顾缨跟你的仇恨，你也当她能轻易消融？"

"当然不相信。"顾轻舟道，"若是相信，我就带着他去见平野夫人了。只是，他们到底有什么用意？"

顾轻舟继续道："若是我阿哥来，我肯定不会怀疑的，可阿哥为何不来见我？"

司行霈托住了她的下巴。

司行霈微微眯起眼睛打量她："还叫阿哥？"

男人吃起醋来，也是毫不讲道理。

她谈及她的阿哥，语气非常温柔，她自己可能都没有察觉。

女孩子多半都渴望有个阿哥。

司行霈曾也有妹妹的，芳菲对他的感情，甚至超过了亲情。也正是如此，他害怕顾轻舟不知不觉地步了芳菲的后尘。

"我好奇嘛。"顾轻舟笑着，抱住了司行霈的腰，往他怀里钻。

司行霈想了想："这个人是从法国回来的，过去的痕迹要想查，就得派人去法国。"

离开了熟悉的地盘，没有人脉，想要查消息难于登天。

况且法国路途遥远，没有半年是回不来的，消息更是滞后。

"……很难查。"司行霈道，"既然查不到他的过去，你又不了解孙家，不如回趟南京。"

"啊？"

顾轻舟错愕地看着他，感觉他的思路天马行空，不太着调。

他刚刚还不准她回去，这会儿又让她去。

"让我回去？"她反问。

司行霈笑了："这样高兴啊？"

顾轻舟捶了他一下。

司行霈握住了娇妻的手，认真道："你忘了吗，督军跟孙家很熟。那个人真是孙合铭的话，督军是认识的。"

司督军当初跟蔡景纾的婚姻，还是孙端己作媒的。

那时候的蔡景纾，最擅长做戏。她一边暗地里逼死司行霈的母亲，一边嫌弃司督军有个原配生的儿子。

如此一来，因司行霈的存在，司督军总好像是亏欠了她。司督军和原配是属于盲婚哑嫁，他尚未体会到爱情，就掉入了蔡景纾的陷阱里，心甘情愿做了她的信徒。

"你说得对。"顾轻舟道，"该回趟南京了。"

司行霈摸了摸她的头发。

他俯身，在她头顶亲吻了一下，笑道："轻舟，回去别太动感情，想想你已经结婚了。"

顾轻舟失笑："小气鬼。"

"是太爱你了。"他凑在她耳边道，"怕你变心不要我。"

"若我变心了，你会去找旁人吗？"

"不会。"

"真的？"顾轻舟笑，打趣他，"对我这样痴情？"

"嗯，到时候我会枪杀了你，再在你坟旁边修个茅草屋，和你过一辈子。"司行霈道。

顾轻舟打了个寒战："我都快忘了你是个变态！"

司行霈哈哈大笑，他也想到了从前。

司行霈俯耳对她道："我喜欢你骂我变态，就好像回到了过去。那些日子，我很喜欢。"

记忆中的司行霈，经过时光的雕琢，那些变态和强悍似乎都柔化了，只剩下他完美的剪影。

而顾轻舟，是那些剪影里幸福的女主角。

"每次回首，我都胆战心惊。"顾轻舟道，"若哪一步骤错了，我可能就被人害死了，也可能会失去你。"

她抱着司行霈，就像抱紧了救命的浮木，双臂紧紧勒住他，半分也不肯松开。

司行霈一开始笑，而后眼睛发涩。

他道："我陪你回南京。"

顾缨和孙合铭才到太原府两天，几乎没跟顾轻舟说上什么重要的话，就要去南京。

顾缨嘟囔："不多休息几天吗？要坐好久的车。"

从太原府到南京，路途遥远不说，且没有直达的官道。他们需得乘坐几天火车，再雇马车走几天小路，换到另一处的火车。如此周折，对身娇肉贵的年轻女孩子来说，是非常辛苦的。

"回去不用坐车，我们有飞机，一天就能到。"顾轻舟道。

顾缨睁大了眼睛。

她出国前，华夏大陆根本没有飞机这种东西。她感觉自己的祖国是落后贫穷、分离动乱的，不承想顾轻舟随口就说可以坐飞机，让顾缨震惊。

她半晌才问："真……真的吗？我在法国听说过飞机这种东西，你们……你们居然有？"

"对，如今有好几位军阀都有，太原府的叶督军也有。"顾轻舟道。

顾缨更是震惊。

军阀们都如此有钱吗？

"了不起！"顾缨眼底的震惊，逐渐被兴奋取代，"那我算是第一次坐飞机了，安全吗？"

"很安全。"顾轻舟道。

孙合铭的震惊，不比顾缨少。

飞机起飞时，顾缨有点吓坏了，孙合铭看似冷静自持，却也紧紧抿唇，很是害怕。

顾轻舟看着他，心想："若他真是孙合铭，这次回来做什么？孙绮罗和她女儿的死，跟我和乳娘没关系的，我还替孙家报了仇。他的来意，是好还是坏？"

如此，她迫切地想要见到顾绍。顾绍不会害她的。

旅途中，顾轻舟依靠着司行霈的肩膀，合眼打盹。

她没有睡觉，而是在想顾绍。

顾轻舟想起一件趣事，唇角微翘。

司行霈的余光瞥见了，将唇凑在她的耳边，问："想什么呢？"

顾轻舟一下子就惊醒了。

她笑着坐正了身姿。

　　回忆里的趣事，她也告诉了司行霈："我想起我阿哥，他以前很白净文弱。有次我穿了一双很高的高跟鞋，下楼梯时很不方便，他想要抱我下去。"

　　"不承想，他抱不动，于是他就让我挽住了他的胳膊，两个人慢慢往下走。"

　　司行霈听了，阴沉地问："这很有趣？"

　　顾轻舟笑道："算是有趣的。"

　　司行霈冷哼了声。

　　顾轻舟拉住了他的衣袖："别生气嘛，你会把我的重逢给毁了的。"

　　"我度量小。"他哼哼道。

　　顾轻舟笑，把头歪在他的肩膀上："求你了，司行霈。"

　　司行霈想了想，道："那你也叫我一声哥哥。"

　　"肉麻。"

　　"你叫旁人，怎么不肉麻？"

　　"因为他就是我阿哥啊。你又不是我的阿哥，我怎么叫你？"

　　司行霈冷笑："算了，我让飞机回去吧。"

　　顾轻舟笑得乱颤，往司行霈身上扑，可惜自己被安全扣按在座位上了，否则她一定会趴在他怀里。

　　顾缨坐在他们后面不远处。她也听到了顾轻舟的笑声，略感诧异地往这边看了眼。

　　"轻舟姐似乎比从前快乐很多。"她想。

　　孙合铭也望过来。

　　司行霈说话是狠的，可在顾轻舟面前，哪里真狠得起来？

　　在她唇上亲吻了一下，他就算放过了顾轻舟。

　　他们晚上就到了南京。

　　下了飞机，司行霈的人准备好了汽车。

　　"你们是去饭店，还是有其他落脚处？"司行霈问。

　　他不会贸然带人去总司令的府邸。

　　"我们回阿哥那边。"顾缨道。

　　司行霈颔首，问了地址。

车子进城之后，就分开了。

顾轻舟和司行霈去了总司令的官邸。

他们到的时候，已经是晚上八点了，司督军吃了晚饭，正在书房和几位下属商议军务。听闻儿子、儿媳妇到了，他先是一惊，同时又是一喜。脸上的笑被他收起来，他波澜不惊道："请他们过来。"

众位下属纷纷起身告辞。

司督军站起身："怎么过来了？"

听他的口吻，看他的神态，倒好像是不欢迎。

司行霈就开门见山："有点事。"

司督军反而露出了失望。

顾轻舟笑道："阿爸，天气凉了，您最近身体还好吗？"

司督军的表情稍微舒缓，道："没什么大事。人老了，就是这样的。"

"阿爸，我们还没吃晚饭。"顾轻舟又笑道，"家里有什么好吃的没？"

司督军跟其他嘴硬心软的父亲一样，压抑着内心的情绪，道："新来了一位苏菜的厨子，凤尾虾做得好，你们也尝尝。"

说罢，他就让副官下去。

副官去了厨房一通吩咐，俨然是要摆大席，消息不胫而走，家里的司琼枝和五姨太，都知道顾轻舟来了。

司琼枝赶过来时，正好听到了顾轻舟的问话："您见过他吗？"

司琼枝的到来，打断了谈话。

"大嫂，你们什么时候到的？"司琼枝和顾轻舟打招呼。

她不敢叫司行霈大哥，因为司行霈早已明确拒绝了她的类似称呼。

"刚到。"顾轻舟笑道。

司督军就道："你明天还要上课，先去睡觉吧，你大嫂要住两天的。"

司琼枝寒暄了几句就离开了。

她一走，话题继续回到了孙家。

司督军道："几十年前的事了。孙合铭是我见过的，可他那时

1378

候不过十来岁的孩子。"

顾轻舟一想也对。孙家无人了，再也没人能辨认他的身份。

司督军对她道："轻舟，若是你不能确定对方是敌是友，索性全部当成敌人，这样才是最安全的。"

顾轻舟深以为然，点点头。

司督军又道："你们明天把他带到家里来，我会会他，问几句话。"

顾轻舟道是。

他们的饭还没有吃完，副官进来禀告说："少夫人的哥哥来了，说想要见少夫人。"

顾轻舟猛然站起身。

司行霈吃了一路飞醋，真到了他们见面的时候，却他让她别太慌张。

他总是她最安稳的靠山。

"阿爸，您跟司行霈喝杯酒，聊聊闲话，我去看看。"顾轻舟道。

顾轻舟几乎是一路小跑，快要到小客厅时，她才停下脚步。走得太急了，面颊一阵阵地滚烫，慢慢被夜风吹散。

顾轻舟看到了顾绍。

顾绍站在明亮的灯火里，穿着一件天青色的风氅，里面是深灰色的西装。他长高了很多，还是那般地文弱清瘦、白净儒雅。

"阿哥……"顾轻舟先喊了他。

他却是不语，快步走过来，一把搂住了她。他身上清淡的气息，亦如往昔。时光倥偬，却没有带走他的模样，他仍是过去的顾绍。

"舟舟。"他低声喊了她的名字，声音涩涩的，似要下一场暴雨。

良久他都没有松开。直到顾轻舟提醒他，轻轻地拍了拍他的后背："阿哥。"

放开顾轻舟时，他的眼睛已经湿了，又有点红。

"舟舟，你的头发短了很多。"顾绍道，"你比以前瘦了。其他的，倒是都没变。"

顾轻舟也看了眼自己的头发。

她笑道："这还算不错了，之前更短。"

两人坐定，顾绍满腹的话，想要问顾轻舟，却又不知从何说起。

他回来已经三个月了。他想给顾轻舟发电报，却感觉表达不出重逢的情绪；他想去找顾轻舟，又抽不开身。他已经长大了，知道自己需要地位。所以，他最要紧的不是去找她，而是立足。

他想了她很多年，也不缺这几个月。顾缨和孙合铭出发时，他内心深处非常纠结，反而没让他们带只言片语给顾轻舟。他想要见到她，亲口对她说。

"舟舟，我这些年很好。"他道。

千言万语，似乎只有这么一句稍微恰当。

"你好不好？"他也问。

她似乎不知如何启齿。她到底算不算过得好呢？现在来说，是算的。然而顾绍离开之后的那些事，应该怎么表述呢？

她试图总结下自己这几年的经历，想了很久，最终她只想到了一句话。

"我嫁给了司行霈。"她道。

原来，她的所有成就，这句话就全部都能概括了。

顾绍望着她。灯光太过于明亮，她细瓷肌肤白得近乎透明，是精神饱满的模样。

"我听说了。"顾绍道。他的语气尽可能平和，然而还是充满了失落。

这些年，他时常听到她的消息，都是他托了国内的朋友发电报告诉他的。

她和司慕的婚姻，他是知道的。那天，他喝了很多的酒，想起往事一阵阵地酸涩，大哭了一场。而后，就听说她离婚了；再然后，又听说她结婚了。

"你最近两年都没有给我发过电报。"顾绍笑道，"我担心你。我回来之前，也很久没了你的消息，后来听了些乱七八糟的。"

如今的她，在太原府仍是名人，在南边的名声却是毁誉参半。

"我没事，阿哥。"顾轻舟笑容恬柔，亦如在顾公馆的那段岁月，"我会照顾好自己的，从前就是，如今亦是。"

顾绍点点头。

"如此，我就放心了。"他道。

他们坐下，足足聊了快两个钟头，仿佛要一夜之间把顾轻舟在他生命里缺失的那段日子补回来。

顾轻舟又问他："阿哥，你怎么又跟阮家搭上了关系？"

顾绍沉吟良久，才道："轻舟，我交了个女朋友。"

顾轻舟颇为意外，甚至欣慰。

顾轻舟笑道："她叫什么，这次回来了吗？"

顾绍却突兀地打断了顾轻舟的话，继续上一个话题："总之，是她家知道了我的隐情——并非我告诉她的，有一次我喝醉了胡说的。

"她就是南京人，在本地很有势力，而且跟阮家是世交。阮家的太太，一直怀疑阮兰芷不是自己的女儿，差点被婆婆当成神经病。

"得知了我的消息之后，阮太太和大少爷就亲自来了趟法国，我跟阮家的人长得很像。阮太太看到我，就认定我是她的儿子。"

顾轻舟想了想，道："母子连心，这一点也不假！"

顾绍道："我只是个穷学生，顾公馆也早已倒了，阮家不图我什么的。他们肯认我，我也要考虑自己和缨缨的前途，就回来了。"

阮家那等豪门，将来分家是要给每个儿子家产的，断乎不会随便认个儿子回来。这中间到底有什么秘密，顾绍避而不谈。

他不说，顾轻舟也不好深问。

"那你是怎么认识我舅舅的？"顾轻舟又问。

"他来找我的。他在欧洲多年了，听说了我的消息，就特意来找我，毕竟也算是顾家的人。"他道。

顾轻舟沉吟："确定是他吗？"

"他说得出顾公馆的位置，甚至家里地下室的格局，说得出阿爸的模样，以及秦筝筝的样子，应该就是他了。"顾绍道。

"应该？"顾轻舟反问。

顾绍的表情就变了，他极力做出合情合理的口吻："嗯，我确定是他。轻舟，你若是不信，再查一查。"

"他不是在烟馆被人捅死了吗？"顾轻舟又问。

顾绍道："死遁的办法有很多种。其实呢，他是带走了孙家的财产。你外公八成的家财，是被他转移出去了。为了断绝联系，保证他和财产的安全，很多年没有和岳城联系了。他找到我的时候，还以为秦筝筝是阿爸的姨太太，不承想……"

顾轻舟听到这里，心中隐约是明白了一点什么。

顾绍道："我只知道这些。"

这中间的隐情，也许孙合铭会告诉她的。

她和顾绍一直谈到了深夜。

直到司行霈过来。

"过零点了，不睡吗？"司行霈态度不善，冷淡地问顾轻舟。

顾绍一下子就站了起来，他的神色紧绷。

"这是我的阿哥，也就是你的大舅子。"顾轻舟笑道，"叫阿哥。"

司行霈扬起手，一把将她拽过来，恶狠狠地问："你讨打吗？"

顾绍倏然狠戾道："司行霈，你别欺负我的舟舟！"

司行霈见他这样，像只急红了眼睛的小兔子，就微扬下巴，倨傲道："我欺负她怎么了？我自己的老婆，我怎么欺负你管得着吗？"

"我当然管得着，我是她的娘家人！"顾绍道。

顾轻舟立马在中间调停。

她瞪了司行霈一眼，道："你先回去吧，我送送阿哥。"

说罢，她就往外走。顾绍跟上了她。

司行霈看着顾绍的背影，心想这小子长高了好多，居然也长了脾气，敢跟他叫板！

走到了大门口，顾绍突然垂头丧气，对顾轻舟道："舟舟，我太失礼了。"

"没什么的，你一直很维护我。"顾轻舟道，"阿哥，司行霈对我很好，他很疼我的，你别担心他欺负我。"

顾轻舟笑道："阿哥，明天见。"

顾绍欢喜了起来："我明天早上来找你。"

"你跟孙合铭一起来。"顾轻舟道，"总司令想要见见他。"

"好。"顾绍笑了，明媚温柔。

他好像吃了一颗定心丸，所有的阴霾都从心头散开。

十月的南京，天气晴朗。

顾轻舟穿一件长袖旗袍，一条纯白色长流苏的羊绒披肩，就足够温暖了。她把头发绾起，坐在沙发上喝茶，等待顾绍和孙合铭。

司行需早起就出去了。他的事情多，人脉也多，每到一个地方都能忙碌很久。

司督军不理他，也没去司令部。

"轻舟长大了。"司督军瞧着了顾轻舟喝茶的样子，突然感叹。

她完全褪了少女的稚嫩，举手投足都有温婉和雍容，已然是地位尊贵的贵妇。

她到岳城的时候，刚满十六岁。在司督军眼里，就是个孩子。

她那时候头发特别长，又浓密又顺滑，就像披肩般落在肩头，非常好看。如今头发短了一大截，反而成熟了几分。

"……看着你们长大，再看着你们成家立业，生儿育女。"司督军畅想了一下，欣慰地笑了。

司琼枝今天跟学校请假，要在家里陪顾轻舟的。

司督军说完这话，司琼枝就有点紧张，生怕父亲再次想起芳菲，然后又伤感。别说父亲了，就是司琼枝偶然想起她姐姐，也少不得眼睛发涩。芳菲是最好的姐姐，最孝顺的女儿，漂亮又聪明的姑娘。假如她没有去世，她一定会活得非常精彩。当然，二哥也是。

司琼枝深吸一口气。

司督军也深吸一口气。

顾轻舟则沉默笑着，不敢接话。

这些话题，至今仍是司家的禁忌。

正在沉默之间，用人说顾绍来了。

顾绍今天穿了件天青色的长衫，戴了一副眼镜，像个斯文儒雅的教书先生。他长高了，穿长衫更显得气质清俊。

"阿哥，你这身衣裳真好看。"顾轻舟道。

顾绍笑了笑。

他记得很久之前，舟舟特意拉了他去做长衫，结果中途就被司行霈给搅黄了。他和舟舟的回忆里，总有一个恶魔一样的司行霈。

顾轻舟看了眼他身后，问："你的女朋友没有来吗？我还没见过她。"

"下次吧，总能见到的。"顾绍神色平淡，脸上几乎没了喜悦。

孙合铭跟在身后，冲顾轻舟微笑。

他是中等身量，站在顾绍身边时，顾轻舟惊讶，总感觉顾绍顾长清瘦，故而更显高。

他们去了客厅。

司督军瞧见了孙合铭，猛然站了起来，神态惊讶万分。而后，他才慢慢坐下："……乍一见，你真像孙老先生。"

司督军能有今天的地位，固然靠他自己，可最初若没有孙老先生的帮助，他也不可能如此顺利。孙老先生是司督军的恩人。恩人的儿子，和恩人有着八九分像的容貌，让司督军大为震惊。

"你就是合铭？"司督军问。

他这样问，等于是确定了孙合铭的身份。

如此相像，他肯定就是孙端己的儿子了。

"是，总司令。"孙合铭道。

"像，真像。"司督军又端详他，然后感叹道，"你和你父亲，简直一模一样。若是在街上遇到，我还以为你父亲复活了呢。"

孙合铭笑笑："是挺像的，我小时候就像我阿爸，督军还记得吗？"

他说了三件小事，正好司督军、孙合铭和孙端己三个人都在场的。那时候，孙合铭才十三四岁。

司督军想了想，慎重点点头，然后对顾轻舟道："轻舟，这是你亲舅舅，不会错的。"

顾轻舟道："是，我知道了阿爸。"

司督军留了顾绍和孙合铭吃午饭。

饭后，顾轻舟单独和孙合铭去花园散步，顺便聊几句。

"舅舅，你当初为何要死遁离开？"顾轻舟问，"真的是为了转移财产？"

"是。"

"可转移财产不是很正常的事吗?"顾轻舟又问。

孙合铭叹了口气:"一言难尽啊,轻舟。你外公做出那样的安排,都是为了孙家。然而世事难料,他们全部……"孙合铭很伤感。

"那您为何来找我?"顾轻舟又问,"我不是轻舟,你应该很清楚的。"

"我是想请你帮忙去问问平野夫人。轻舟,你去问问她,你到底是谁的孩子。"

顾轻舟心口发紧。

"假如她不肯告诉你,我就来告诉你。"孙合铭道,"等你明白了自己的身世,你就会知道舅舅为何死遁,孙家为什么这么惨,我姐姐和她的孩子是因为什么而去世的。"

顾轻舟眼前发暗。

"不是因为顾圭璋和秦筝筝吗?"顾轻舟问。她的声音,仍是那么平静,可她紧紧握住了拳头,把内心的惊涛骇浪都掩饰住了。

"轻舟,任何事都有一个原罪之人。"孙合铭道,"这就是我为何来找你。"

顾轻舟道:"那好,我们再回太原府,我去问她。"

她叫人去找司行霈。她急匆匆要走,司督军很舍不得,顾绍亦是。

"舟舟,你何时回南京来?"顾绍问。

顾轻舟道:"也许明年,也许后年。"

她无心思再寒暄。

这次,他们没有带顾缨。

上了飞机,顾轻舟不再说话。

他们凌晨四点多到了太原府,顾轻舟直接奔了平野夫人的住处。

平野夫人还在迷糊中,被顾轻舟吵醒了。

"何事?"她问,精神不太好,不停地揉按太阳穴。

"夫人,我是谁的女儿?"顾轻舟的言语似冷箭,直射向了平野夫人。

平野夫人一下子就清醒了。

"你这话何意?"她试探着问。

顾轻舟来势汹汹。她盯着平野夫人的眼睛,似覆盖了严霜:"我问您,我到底是谁的女儿?"

平野夫人的手指,略微蜷曲。

"你是我和皇帝的女儿。"平野夫人道,"你是固伦公主。"

顾轻舟深吸一口气。

"那好,告辞了。"顾轻舟道。

她如此急切地来,又如此利落地走,让平野夫人心中明白,这次不可能再忽悠她,有人知晓了实情。

"站住。"她喊了顾轻舟。

顾轻舟停下脚步。

平野夫人问:"是谁告诉你的?"

顾轻舟问:"夫人,我最后问您一次,我到底是谁的女儿?您若是不说,那么我们今天就正式决裂。从此之后,我不会再见您。"

平野夫人的呼吸不稳。

顾轻舟道:"你以为我讹你?孙合铭回来了,孙家有人没死呢。"

平野夫人气息乱了。她满脸震惊,甚至惶恐。

顾轻舟迟早会知道的。一直以来,她就对此事满心怀疑。她从不叫额娘,因为她猜测自己根本就不是平野夫人的女儿。

平野夫人上前,拉住了她的手:"你跟我来。"

顾轻舟立马掏出了枪:"你以为,我是单独闯进来的吗?司行需的人,已经在外头了。"

平野夫人无视她的威胁:"我们到密室里谈。"

顾轻舟这才知晓,原来她房间的大衣柜后面,是空心的。打开后面的门,有一处往下的台阶。台阶下面,有温热的气流,冬天地下比外面更暖和。

平野夫人走在前面。顾轻舟被她拉住了一条胳膊,只得紧随其后。

密室四周,全是各种箱笼。箱笼里既有金条,也有密件,这些都是平野夫人的资本。

"此处的话，只有你知、我知。"平野夫人道，"你发誓不能泄露半个字。"

顾轻舟点头："我发誓。"

平野夫人就坐了下来。

她看了眼顾轻舟，斟酌再三，才慢慢开口了："你是我的女儿……"

她说到这里，好像又卡住了。

顾轻舟不催促她，静等下文。她冷心冷肺般，等待着平野夫人把往事挖开给她瞧。至于往事是否血肉模糊，她不在乎，她只想要真相。

"我离京的时候，怀了三个月的身孕。国师推演、御医把脉，都说是皇子。"平野夫人道。

"所以，'阿蔷'这个名字，是你杜撰的，并非皇帝取的?"顾轻舟问。

平野夫人点点头。往事的口子撕开了，已经无法再补上，唯有痛痛快快揭开，才能争取到顾轻舟。

平野夫人又开始闪烁其词。没人愿意揭开自己的伤疤，给晚辈看到自己最不光彩的一面。而平野夫人的不光彩，会毁灭她，更加令她无法启齿。

"……我们逃离京师的时候，一路上走得不顺利，那时候阿蔷也才不到四岁。"平野夫人表情哀切，"还没有过江，我的孩子就没了。"

"流产?"

"是。之前我就流过两次的，阿蔷是千辛万苦才保下来的。"平野夫人道。

顾轻舟听到这里，松了口气。她从一开始就疑心她并非什么皇室遗孤，此刻才彻底真相大白。

"……我娘家早年就派人经营江南，孙端己就是家奴之一，在岳城做生意做得很不错。我逃往南边之后，他主动派人去接了我。我住在城里，却没人知晓我的身份，甚至没人见过我，包括孙家其他人。"

顾轻舟颔首，仍是等待下文。

"孩子没了，除了我随行的婢女和大夫，没人知晓。此事关系重大，我需得再要一个孩子。"平野夫人道。

她说到这里，顾轻舟就全懂了。

"……将来复国，没有儿子如何号召天下？首先，得是我自己的骨肉，否则他将来知晓实情，我无法控制他，反而功亏一篑。

"可是陛下已经驾崩了啊。"平野夫人说到这里，红了眼眶，"我的亲信女官，也就是你的乳娘，她给我出了一个主意，可以两全其美解决所有问题。"

顾轻舟的乳娘，是个足智多谋的女人。她小小的脑瓜里，不知为何藏了那么多的主意，而且她的一生都忠心耿耿。如她没死，一定有办法操控顾轻舟。

想到这里，平野夫人流下了热泪。

"谁的骨肉，这个说不明白，可有一件事能证明。"顾轻舟的声音，在温暖干燥又寂静的密室里，徐徐响起，"那就是容貌。"

平野夫人轻拭了眼角。

"找一个容貌似皇帝的男人，再给你一个孩子，就足以完成你的大计。我师父是神医，他知道男人的哪些容貌特征会遗传给孩子：比如下巴、眼睛。所以，你得找一个下巴和眼睛像皇帝的男人，跟你再伪造一个皇子。孩子小时候多躲几年，等他到了六七岁时再领出来。六岁的孩子，可以说成七岁，根本不会有任何人怀疑的。"

顾轻舟娓娓道来，用陌生随意的口吻，好似与己无关。容貌遗传这一点，她师父曾经告诉过她。当时师父还特意看了她两眼，令她记忆深刻。

小时候的记忆很奇怪，任何不明所以的东西，都会深深刻在脑海中，直到长大后幡然醒悟。

"我想，顾圭璋一定是符合这两点，是不是？"顾轻舟问。

若是由平野夫人来说，她会尴尬，所以顾轻舟自己开口说了。

"孙家是做生意的，老爷子那样精明。我从旁处听说，孙绮罗也是个机灵的女子。可孙家选择了顾圭璋那么个女婿，太不合乎常理。"顾轻舟道。

唯一的解释，就是平野夫人逼迫了孙家，她需要顾圭璋成为孙家的女婿。她的理由，也许没有告诉过任何人，包括孙端己和孙绮罗。但是主子发话了，孙家不得不从。这是家奴的命运。

顾轻舟想到这里，心一阵阵抽搐地疼。

她突然发现，一个人的医术再好，比如她的师父，一个人的计谋再高超，比如她的乳娘，只要立场是恶的，做出来的事也会天怒人怨。

当年的孙家，是何等愁云惨淡。孙绮罗十八九岁的年纪，一朵花骨朵刚刚盛绽，却遭遇了一场狂风骤雨，她的人生结束了。也许，她那个时候还有自己喜爱的男孩子呢。

"对，我选择了顾圭璋。"平野夫人坦诚得不太像她，"此事须得隐秘，不能叫任何人知道。那天顾圭璋喝醉了，被我们下了药，他也不知道身边的人不是自己的妻子。"

说完这一段，平野夫人好似受到了凌辱。

"那一次很成功，我怀孕之后就搬离了孙家，打算在岳城安心待产。一个月之后，孙绮罗也怀孕了。"平野夫人继续道，"没人知晓我在岳城，身边除了你的乳娘和师父，还有一位侍卫。我们势单力薄，只得蛰伏，就连善后的能力都没有。"平野夫人道。

假如她能善后，早已杀了孙端己、孙绮罗和顾圭璋。

好在，此事根本没有太多的人知晓。

"我辛苦怀胎九月，生下了你。"平野夫人道，"那时候的局势，已经刻不容缓，我得赶紧逃往广州，所以就把你们留下了，只带了阿蘅。你那时候太小了，经不起车马颠簸。"

顾轻舟道："你不带走我，并不只是因为我年纪小吧？"

平野夫人需要的，是一个儿子。若都是女儿，她有阿蘅就足够了。

当然，她也不会浪费任何血脉，所以她让自己随行的女官和大夫，训练顾轻舟，留作将来备用。任何事都需要做两手准备。

皇子的计划，彻底失败。

她利用顾圭璋时，没想过顾圭璋会对孙家造成什么危害。不承想，她离开没多久，孙家就毁在了顾圭璋手里，就连孙绮罗和她的女儿，也被秦筝筝和顾圭璋联手害死。

于是，顾轻舟的乳娘将计就计，索性让她取代了去世的顾轻舟，去了乡下。

那时候孙绮罗命不久矣，乳娘进了孙家，说要帮助她和她的女儿。所以顾圭璋是见过顾轻舟的乳娘的，也知道她的存在。

这样，顾轻舟就顺理成章地有了崭新的身份。

"当然是因为你年纪小，要不然呢？"平野夫人哀切道，"难道我舍得抛下自己的孩子吗？你设身处地地替一个母亲想想！"

顾轻舟没有做过母亲，她想象了一下：她的出身，给了平野夫人极大的失望；看到她，平野夫人就会想起她那个恶心的父亲。

顾轻舟以前常说，她是个没有面目的棋子。等真相摆在面前时，她宁愿自己没有面目。

"轻舟，你是我的骨肉，如今都说明白了，你愿意叫我一声额娘吗？"平野夫人悲戚地问道。

顾轻舟笑得轻快又明媚："夫人，你想什么呢？我是孙绮罗的女儿。"

顾轻舟离开了密室。

每个人都不能选择自己的出身，可她的出身，平野夫人、乳娘和师父一开始就替她选好了。她是顾轻舟，是孙绮罗的女儿。

这才是她的真面目。她不是棋子，不是孽种，她有名有姓，她替她母亲和外公报仇雪恨了，她还有个死里逃生的舅舅。

来太原府这么久了，直到今天，顾轻舟才重新找到了自己。

太原府的初冬很冷，哪怕阳光下，也是寒意扑面。

顾轻舟远远地看到了司行霈，以及他身边的副官们。这小院被团团围住了。

顾轻舟笑了起来，快走几步，扑到了司行霈怀里。

司行霈诧异，搂住了她，只感觉她很轻盈快乐，好像身上的重担全没有了。

司行需有点担心，问："怎么了？"

"这两年我总在想，我到底是谁，我身上背负了多大的责任。"顾轻舟笑盈盈地扬起脸，看着司行需，"我现在知道了。我是顾轻舟，是司行需的妻子。"

司行需伸手又摸了摸她的头发，道："真乖。"

两人一起回了家。

平野夫人在身后，喊了句："轻舟！"

顾轻舟脚步没停，似乎懒得理她，就跟着司行需走远了。

出了门，绕过后街就是他们的住宅。

孙合铭还在等待着。

顾轻舟看着他，问："舅舅，你知道些什么？"

"我什么都知道。"孙合铭道，"轻舟，你现在也知道了吧？"

顾轻舟点点头，叹了口气。

他们到了客厅坐下，一边喝茶，一边讲述往事。

"孙家虽说是叶赫那拉氏的家奴，却是汉人。你外公早年就被派到了江南经商，除了本钱，所有的都是他自己挣的。

"每年赚的钱财，五成要交给主子，剩下的五成也足够我们积累庞大的家业。朝廷一日日衰败，你外公就担心自己的家财没有着落。况且，那时候就有了新的思潮，你外公也学会了自由和自尊这些思想。

"他年幼被卖为奴，是时代的错、朝廷的错，并非他自甘堕落。如今他有了能力，需得为后代们赚取自由和尊严。只有离开叶赫那拉氏，孙家才有前途。可孙家只有钱财没有权势，如待宰羔羊，根本脱离不了。

"你外公的朋友，也就是我们家的至交，他早年是朝廷派往英国的公费留学生。在他的指引下，你外公想出了让我死遁的办法，让我跟着他去了欧洲。为了防止被叶赫那拉氏找到，我们周转了十几个国家才定居下来。

"这么一周转，就是八年。你外公不准我跟家里联系，他也从不给我半点消息。正是如此，这件事没有任何人知道，我也成功地在欧洲站稳了脚跟。

"等我彻底安定下来，有了一点地位和人脉，为孙家在欧洲找了个立足之地，想要和你外公禀明此事时，才知道……"

说到这里，他声音哽住。那一年，孙家家破人亡。

"孙家耗尽了全部，才守住了这点尊严，这是你外公最渴求的。"

所以直到今天，他无所畏惧时，他才回来。

他之前还以为，顾轻舟是他姐姐的血脉，最后才发现，孙家真的无人了。

而这一切，看似是顾圭璋和秦筝筝的罪过，实则是平野夫人把他们推进了火坑。

他父亲有很多的书信，是给广州的一位挚友的，全是密信。孙合铭有密码本，从信中知道了平野夫人为何逼迫孙绮罗嫁给顾圭璋。

孙合铭就是为了此事而来。

"舅舅，外公是被顾圭璋饿死的，我姆妈和真正的轻舟，是被秦筝筝毒死的，我已经替他们报了仇。"顿了顿，她继续道，"这件事里，既有主谋，也有帮凶。顾圭璋和秦筝筝是帮凶，而平野夫人才是主谋。那么，舅舅你是回来复仇的吗？"

孙合铭看了眼她。

他要做的第一件事，就是挑拨顾轻舟和平野夫人的关系，让她们两个人不再亲密。平野夫人失去了顾轻舟后，她会方寸大乱。

可直到此刻，孙合铭才发现这一步完全没有必要。

顾轻舟和平野夫人，她们从未亲密过。而顾轻舟坚信自己就是孙绮罗的女儿。血脉是什么，她不在乎。她只是顾轻舟，这才是她。

孙合铭是个睿智的人，他很敏锐地发现了这一点，故而道："是，我要她给孙家一个交代。孙家为了叶赫那拉氏，付出了太多。因她的私心，才招惹来了顾圭璋，让我阿爸和阿姐都葬身狼腹。"

"我从前不知这段隐情。如今我知道了，我肯定也要为我姆妈报仇。"顾轻舟道。

"好，好！"孙合铭的眼眶湿了，"轻舟，你是我阿姐的好孩子！"

"舅舅，孙家以后就要靠你了。你安全了，我做这件事才有意义。"

孙合铭曾经隐姓埋名，懂得没有面目和身份的痛苦。相似的经历，让他能够理解顾轻舟，他知道顾轻舟对孙家的情谊，也明白她对"顾轻舟"这个身份的执着。

顾轻舟从一开始，就知道自己是平野夫人的女儿，她只是不确定自己的父亲是谁。现在的她，已经知道了。这个结果是最好的，因为她早已对顾圭璋下手，她所有的怨恨都终结了。

她和平野夫人，永远不可能站在一起。

孙合铭把此事交给她，才是最稳妥的。

"你想要什么，就跟舅舅说。"孙合铭道，"这是孙家的仇，也是你的仇，舅舅会不遗余力地帮你。"

顾轻舟颔首。

孙合铭为了表示他绝对信任顾轻舟，离开了太原府。

这点，顾轻舟很感动。

顾轻舟蛰伏了一段时间，谁也不见。

平野夫人见不到她，就跟司行霈聊了聊。

"我十月怀胎生了她的。她再怎么生气，也不能说那样的话。我才是她的额娘，不是孙绮罗。"

司行霈道："轻舟知道的，她懂得自己的选择。"

平野夫人摇摇头，笃定道："她不懂。她现在是闹小孩子脾气，怪我当年丢下了她。"

司行霈抽出一根雪茄。

平野夫人道："你去叫她出来。"

"她想要安静。"司行霈点燃了雪茄，慢慢深吸一口，再吐出轻雾，"你想要轻舟原谅你，难道就靠说吗？不得给点好处？"

平野夫人一下子就变了脸。她的牙齿似乎在颤抖，压抑内心几乎失控的情绪，然后又慢慢露出笑容："贤婿，你在中间横插一脚，不怕将来里外不是人？"

"轻舟都不认你是娘，我更不会认你是丈母娘了。别叫我女婿，当不起。"司行霈仍是不轻不重的口吻。

她恢复了温婉恬静："你让轻舟来，此事我跟她谈。"

司行霈的目光像一簇诡异的鬼火。

平野夫人最后离开了，司行霈把此事告诉了轻舟。

她盘腿窝在沙发里，把头搁在膝盖上。

她很冷静。孙合铭还在的时候，她表现得神态自如；可孙合铭走了，她的精神逐渐松懈。她浑身的力气像是被人抽去了，能在沙发上坐好几个小时，不言不动。

司行霈心疼极了。

顾轻舟从来都不是个铁石心肠的人。

说她痛苦，其实不恰当的。她早已有了准备，真相对她而言不算什么意外；可说她真的没事，也不恰当。她复杂的情绪，自己也理不出头绪来，司行霈就更加不知如何安慰。

所以他半蹲在沙发旁边，低下头去，从她的膝盖下面仰望着她低垂的面孔："想吃什么呢？"

顾轻舟沉默，然后就笑了："醉虾。"

"那玩意儿怪恶心的，真要吃？"司行霈道。

顾轻舟点头："嗯。"

"想喝黄酒吗？"司行霈又问，"醉虾配黄酒，是美味佳肴。"

顾轻舟却是摇摇头："不想喝酒，只想吃醉虾。"

司行霈直起腰，伸手轻轻地抚摸她的头顶："那你跟我去买鲜虾？"

顾轻舟没什么精神。

司行霈道："去不去？"

平常的小事，他说起来却格外有魅惑力，顾轻舟的心逐渐活泛，被勾得痒痒的，缩在沙发上的双腿落地了。

她站起身："去。"

太原府不临海，没有岳城那么多的海鲜市场，须得去专门的地方买。而且，因运送不便，海鲜市场的鱼虾，全部都不新鲜了。自然醉虾做出来就不好吃，只得做其他的。

顾轻舟有点失望。

司行霈安慰她："别看材料不济，我照样可以做出美味，你信不信？"

"信。"顾轻舟道。

"这不是傻吗，怎么能轻信男人呢？"司行霈教育她，"女人须得有点戒备心，要不然男人把你当傻子。"

"那不信。"顾轻舟改口了。

司行霈不悦道："我的话你不信，岂不是傻子？我何时骗过你？"

顾轻舟被他逗得哈哈大笑。鱼虾贩子们都看着顾轻舟，没想到如此华贵文雅的年轻太太，笑起来这样豪迈。

司行霈则很满意。

挑选好了食材，司行霈回家就开工了。大厨房被他占用，厨子们全部给他打下手，他摆开了架势要做大餐。

顾轻舟道："这凤尾虾是地道岳城菜。好吃！"

司行霈很久没见她这样真心地笑过，心中也是一暖。

美食和欢声笑语，足以敞开一个人的心扉，温暖心田。

第四十六章

一网打尽

这一年过年，司行霈回了平城，顾轻舟只能自己一人在太原府过。

叶妩来给顾轻舟拜年。

蔡长亭也来了，他给顾轻舟送了新年礼物，把旧历年当洋节日来过。寒暄了几句，顾轻舟起身送蔡长亭出门。

庭院处处悬挂着艳红的灯笼，满地红光，越发喜庆红火。

蔡长亭道："今天是除夕，去给夫人辞岁，如何？"

顾轻舟笑了笑："不了，之前的十几年没有我，夫人也过得好好的。"

蔡长亭笑着用日语说："真狠心啊。"

"你错了，我是没有心而已。"顾轻舟道。

蔡长亭又苦笑了一下。

"那你能不能把我送到街尾？那边有一家爆竹店，大除夕还开着门呢，我想去买一些来放。"蔡长亭道。

顾轻舟点头："好。"

果然，街角的爆竹店的确没有关门，经营此店的是一位孤苦无依的老人，除夕万家灯火，不过是让他陷入另一种寂静里。顾轻舟和蔡长亭买了店里最贵的一个大烟花，又买了一大堆小烟花。

"先生，太太，过年好。"老人道。

他把顾轻舟和蔡长亭当成了一对。

顾轻舟正在收拾烟花没听清，蔡长亭却含笑摸出一大把钱，给了老人："过年好。"

说罢，蔡长亭就把大烟花筒子放在了街头的空地上。他抽出烟，自己点燃了一根，然后再去点烟花。在烟火腾起的瞬间，顾轻舟眼前炸开了流光溢彩。

"轻舟，许个愿。"蔡长亭突然往顾轻舟身边一凑，在她耳侧说。

他说话时，带着几分香烟的清冽，像司行霈。他平时不抽烟的。

"……我不是三岁的小丫头。"顾轻舟道。

这个烟花，持续了约莫一分钟。

剩下的小烟花，蔡长亭也全部点了。

结束之后，顾轻舟和他告辞。她的副官不远不近地跟着。

顾轻舟回到了自己的家里，远远听到了院子里的说话声，闻见了爆竹烧完空气里弥漫着硫黄的气息，以及淡淡的酒香。

这个除夕，总算是过去了。

顾轻舟最了解的，不是她的敌人，而是她的丈夫。

司行霈装腔作势说要初五才回来，跟将士们一块儿过年。结果，大年初一一大清早，顾轻舟就被伸入被窝里的一双冰手给惊醒了。

她睁开眼，屋子里的光线不是那么足，司行霈眉目似染了一层霜，外面很冷。他也不管不顾，手伸到了她的被褥里取暖，还凑过来亲吻她。

顾轻舟感觉哪里不对劲，才想起这人身上的气息清冽得过分。

他在军营过除夕，不可能不沾烟酒的。他哪里顾得上洗，肯定是迫不及待结束，就奔向了机场。

"你换衣裳了？"顾轻舟眯起眼睛问。

到家之后先洗漱，一看就不安好心，顾轻舟啼笑皆非。

"嗯。"司行霈笑道，"怕熏了你。"

顾轻舟掀起被子。

司行霈立马钻进来，将柔软的她抱了个满怀。

"冻死我了。"他嘟囔道。

这话的尾音，逐渐淹没，他拉过被子，罩住了他们的头脸，两个人藏在黑暗温暖的被窝里，踏实又隐秘。

大年初一是晴朗的好天气，碧穹万里无云，蔚蓝高远，风吹在脸上，寒冷干燥，却又有几分蜡梅的清香。

顾轻舟和司行霈，起床之后去看电影了。

　　电影院里人很多，他们选了中间的位置，司行霈在幽暗的空间里，握住了顾轻舟的手。他的手上有一层厚茧，是常年握枪造成的。

　　"轻舟。"司行霈突然俯身，凑在顾轻舟耳边道，"我很满足。"

　　现在，他终于能和她光明正大地挤在人群里看电影，求而不得的小愿望实现了，像寒冬里点了一盆火，能驱散寒意。

　　"我也很满足。"顾轻舟道。

　　司行霈握着她的手略微紧了紧。

　　他这次吃完年夜饭就急匆匆地回到太原府，除了想和她度过新年的第一天，也有件事想要告诉她。

　　可话到了嘴边，司行霈又不想说了。

　　说出来，只会让他们两个人平添伤感。关于芳菲的死，司行霈终于查到了一点最重要的线索。顺着这点线索，司行霈已经快要触及真相了。

　　他之所以这么久才查到，是因为他也不敢相信。

　　然而，事实就是如此：排除一切的可能性，剩下最不可能的，是真相。

　　"你们在乡下的时候，大年初一都做什么？"从电影院出来，司行霈和顾轻舟走在街头，司行霈低声问她。

　　顾轻舟戴着一项绒线帽子，披肩的长发盖住了耳朵，她穿着很厚的皮草风氅，手却插在司行霈的衣兜里。

　　此刻的顾轻舟，心情很雀跃。

　　路边小小的路牙子，比地面高几分，她蹦了上去，踩着高跟鞋的她，就几乎和司行霈并肩了。

　　司行霈打量了她一眼，笑道："嫌自己矮，是吗？"

　　顾轻舟啐他："这叫娇小玲珑，不像你痴长个子！"

　　司行霈道："太太教训的是，天仙都玲珑可爱。"

　　顾轻舟这才满意。

　　司行霈也很高兴，因为此刻的顾轻舟，有点孩子气。从前的她，大多在司行霈面前吓得半死，极少数高兴时才会露出几分孩子的模样。

"……我们早起要给长辈拜年，然后去庙里烧香。"顾轻舟道，"要走很长一段路的。但是庙门口有一种油炸的小馃子，每次烧香完毕，乳娘都要给我买一包。那种小馃子炸得精致酥脆，外面还裹一层糖霜，平日里是很难见到的。"

司行霈问："不腻吗？"

"我小时候爱吃糖，白糖糕、红豆糕都喜欢吃，不怕腻，所以换牙之前就把牙齿吃坏了。换牙之后，乳娘就不准我多吃，说再吃坏了牙齿，就换不了，到时候只能给我镶金牙。"顾轻舟眼睛弯了一下。

司行霈想象了一下她那口小糯米牙里镶一颗金牙的样子，哈哈大笑起来，引得路人都转头瞧他。

顾轻舟也笑了："我吓坏了，我见过镶金牙的人。那人其他牙齿都是黑的，就金牙璀璨灼目，你想想我当时的心情。"

司行霈想了一下，笑得前仰后合，状如疯癫。

"后来就少糖了，只有逢年过节才能敞开了吃，可开心了。"顾轻舟抿唇，眼睛里有流光溢彩。

"那给你买一包糖馃子？"司行霈问她。

顾轻舟道："老了，现在吃多了真会腻，算了。"

司行霈伸手，在她额头弹了一下："你才多大！"

顾轻舟也问司行霈，他小时候过年，有什么好玩的。

司行霈想了想："小时候过年，大多在祖母身边；稍微长大了一点，都要在军营。"

"军营是不是没有过年的气氛？"

"除夕和大年初一是有的。"司行霈笑道。

关于过年，愉快的记忆不多。司行霈专门拣一些好玩的，告诉顾轻舟。

"小时候专门和督军作对，长大了专门和军营里的长官较劲。"司行霈笑道，"我十四岁的时候，除夕夜喝醉了，大家要比武。有个三十来岁的团长，总是摆架子教训我。那天比武，我专门挑战他。督军说了点到为止，那人就不肯跟我比。

"于是我说，要比对着自己的腿扎刀，避开大血管，谁先停下来谁就输了，以后见了对方要叫爷爷。划拳来定先后，谁划拳输了，谁就先下手扎。大家只当我年纪小，满堂起哄，就连督军也来了兴致。那人不怕我，当我是个衙内，划拳的时候我输了，于是我拿了匕首就往腿上扎了一刀，眉头都没皱一下，那人却吓住了。督军和其他人吓坏了，纷纷要喊军医。督军大概是生气了，说既然是我要比的，那就看我能熬到什么程度。

"那团长被人围观，见我已经扎了一刀，他若是不敢跟上，以后就要叫我爷爷。军营那等地方，谁厉谁没命，团长的官位也罩不住他。他只能扎了一刀，当时疼得眼泪都下来了，惨不忍睹；我扎了第二刀，他就怎么也扎不下去了。

"四周很静，大家都不说话。我虽然疼得一脸汗，军服都湿了，但是我不皱眉不露怯。半个小时后，他都没敢下第二刀，我就再给了自己一刀；三刀下去，我说我赢了。"

顾轻舟瞠目结舌地看着他。她很想撬开他的脑壳，看看他是不是缺根筋。

"大过年的，闹得那么血腥？"顾轻舟错愕，"你当时处境很危险啊！"

"也没有，就是想显摆一下。"司行霈道，"没过三个月，那人就主动申请退伍了，督军也同意了。那团长已经在我们面前失去了权威，是带不好兵的。

"从那件事之后，军营的人要么服从我、跟随我；要么惧怕我、诋毁我，督军就给我升职做了营长。"司行霈笑道。

他十四岁做了营长，没人不服。后来，他也经常犯浑，拉帮结派，甚至想要挑战督军的权威。几次被打压之后，他开始收敛，学会了隐藏自己的羽翼，在督军的眼皮子底下阳奉阴违。也是从那个时候开始，司行霈发现，亡命之徒能获得更多，勤勤恳恳的只有受气的分儿。故而他越发肆无忌惮。

"真是个疯子。"顾轻舟评价他。

"很疯。我这一辈子，大概都不知道什么叫收敛。之前，苦了你……"

顾轻舟心中发热。她正想要说点什么，身后突然传来了汽车的喇叭声。

顾轻舟和司行霈回头，就瞧见有车子在他们面前停稳，车窗慢慢摇了下来。

车子里的人，是叶督军。

叶督军在街尾就瞧见了这两口子。

他没太敢认，因为活泼得蹦上蹦下的顾轻舟，像只坐不住的猴崽子，实在不像那五步一算的精明鬼。

旁边的司行霈，倒是笑得旁若无人。

叶督军好一会儿才确定是他们，这才让副官按了喇叭。

"这样冷的天，你们两个人真有闲情逸致。"叶督军道。

司行霈道："没事，我们年轻，抗冻。"

叶督军："……"

中老年的叶督军每个月都有那么几天，想要活活掐死这个爱显摆的小王八蛋。

"上车吧，去我那边吃晚饭。"叶督军道，"大年初一，你们也不来给我拜年，简直是没规矩。"

夜幕逐渐拉开，将繁华的太原府笼罩其中，路灯亮起，昏黄的灯火似一层薄薄黄纱，在城市的周身徜徉。

顾轻舟和司行霈乘坐叶督军的汽车。

"你今年来得很早？"叶督军问。

司行霈道："这也许是在太原府的最后一个春节了，自然要早点过来。"

叶督军一愣。没由来地，他心中空了一下，竟生出几分不舍。旋即又想到，这小子是个混账玩意儿，不回来才好，他还能少受点气。

"我看你是贪图温柔乡！"叶督军道。

司行霈点点头："男人在我这个年纪，精力旺盛得过头，没女

1404

人真活不下去。督军，你应该不懂。"

叶督军翻了个白眼。

如果枪在手边就好了。

"司行霈！"前头的顾轻舟，发出了低声的警告。

因为这席话在顾轻舟听来，实在有点像开了荤腔，低俗得可恨。司行霈这没皮没脸的架势，能把话题堵死。

司行霈笑了："太太不让我说，我不说了。我好色，又惧内。"

顾轻舟顿时就起了谋杀亲夫的心思。

叶督军再次翻了个白眼，感叹道："贤倳啊，你是如何能做到这样不要脸的？"

司行霈："熟能生巧吧。"

叶督军："……"

车子在叶督军府停稳，叶督军刚下车，副官就迎了上来。

饭吃完了，司行霈和顾轻舟告辞，夫妻两个人仍是步行回家，别有乐趣。

她突然一侧身，轻轻地抱了一下司行霈，撒娇道："达令，背我回家好不好？"

"舌头捋直了再说话。"司行霈道，"你叫我什么？"

"亲爱的。"

"换一个。"司行霈暗地里心花怒放，面上却要斤斤计较。

顾轻舟道："先生，背你太太回家。"

司行霈就蹲下了身子："来。"

顾轻舟一个跳跃，趴到了他背上，高高兴兴地搂住了他的脖子。

路灯的光，把他们的影子拖得很长，又合二为一。

橘黄色的光芒，照亮了前路。

顾轻舟的脸，凑在司行霈的脸侧，汲取他的温暖。

司行霈笑道："真轻，没三两肉。"

顾轻舟还是很冷，有点打哆嗦，在寒风里声音颤颤巍巍："马儿快跑，驾！"

司行霈突然原地快速打转。顾轻舟吓得赶紧搂住了他的脖子，同时轻声呵斥："混账，你吓死老佛爷了！"

"老佛爷坐稳了，起驾了！"司行霈道。

他奔跑了起来。顾轻舟忍不住大笑。

初一的万家灯火，点缀了城市的温暖，街上没有闲逛吃风的人，只有顾轻舟和司行霈沐浴在寒潮里。

他们像两个孩子，在风里打滚，乐此不疲。

不远处的街尾，有个黑色身影，和夜幕融为一体，只有衣角被风掀起波纹，带着淡淡的玫瑰清香。

他们回家了。

顾轻舟进屋之后，脱了外套，躺在沙发上不肯动弹。

司行霈抱她："去洗澡了。"

顾轻舟讨价还价："今天不洗行吗？"

"我帮你洗。"

"这么好？"

"工钱很高的。"司行霈低声暧昧道。

顾轻舟挣扎着想要跑走，已经晚了，整个人落入了司行霈的臂弯里，把自己当工钱给付了出去。

顾轻舟洗了两次澡。

不过片刻，她的脚又开始凉了，怎么也焐不热。

她打算喊用人，再弄个汤婆子进来，司行霈却道："这么晚了，让用人也歇歇，她们也是劳累了一整天。我给你焐脚。"

对待做事的人，司行霈总有几分怜悯。然而他并非一个善良之人。顾轻舟时常想看看他到底长了一副什么样的心肠。

"好。"她把脚放到了他的胸口。

司行霈在被窝里替她揉按，稍微用力，把她的脚心揉得发红。

气血活泛了起来，顾轻舟整个人都暖和了，就道："睡吧，不冷了。"

司行霈仍是替她揉按了半晌。

"我上次回去，听阿爸的意思，大概是要把琼枝嫁给一个姓裴的孩子。"顾轻舟突然道。

司行霈神色微怔："什么来路？"

顾轻舟也是一怔，继而她笑出声："我不是给你传递情报，而是和你唠家常，说点八卦。"

司行霈一时没回过神。

顾轻舟笑软了："不习惯拉家常吗？等将来统一了，这样的日子天天都有，你怎么办啊老头子？"

司行霈将她扑倒。

狠狠吻了她的唇，司行霈半晌松开她，不悦道："敢消遣我？看来你精神还不错……"

"不要不要。"顾轻舟连忙要躲，"好汉饶命。"

司行霈："……"

司行霈此刻被她撩拨得不行了。

这个晚上，顾轻舟洗了三次澡，简直就要脱层皮。

"第一天就过成这样，我今年怕是不会轻松了。"顾轻舟道。

司行霈亲吻了她的鬓角："别得了便宜还卖乖，你出什么力了？"

顾轻舟："……"

真不想要这种便宜事！

于是，新年的第二天，顾轻舟又起晚了。

等她起床时，已经是早上九点半，梳洗更衣，就快要十一点了。

新年之后，司行霈和顾轻舟都很忙。

忙起来，日子过得极快。从正月到五月，不过是一瞬间的事。五月的端午节，顾轻舟的院子里开了满树的榴花。初夏的夜，风是微凉的，空气里有淡淡槐花的清香。

有个人在月夜抵达了太原府。他一身风尘，手上却没有拎行李，只是带着一个钱包和一本支票簿子。他风风火火地走出了车站，没有打电话叫人来接，而是跳上了一辆黄包车。

"快走，我给你双倍的钱，跑快一点。"他道。

他满腹的心事，额头的青筋一直跳。到了地方，看着高高的院墙，以及安静的大门，写着"平野府"，他突然打了个弯，没有进去，反而是折过两条街，到了叶督军府。

值夜的副官看到了他，略微吃惊："表少爷？您这……"

来人正是石博山，叶家的外甥。

"姨父呢？"他唇色发干，起了一层皮，像是奔波了很久。

副官道："表少爷，现在是十一点，督军如果在城里，也早睡下了。您看……"

"快去请示，我现在就要见到姨父，天大的事！"他急忙道。

"表少爷，您别为难我了。"副官道，"督军明日还有公务，他得早起。现在去吵他，我有几个脑袋？"

石博山急得要跳脚。

他退而求其次："二小姐呢？"

副官见他的确有事，不敢去叫督军，二小姐却是可以的。

于是，石博山被请到了客厅坐下。他端起茶，手不停地发抖。

叶姗急匆匆起来，错愕地看着石博山："表哥。"

"阿姗，我出事了。"石博山不等副官离开，当即对叶姗道，"姨父得救救我，否则我……"

她让副官和用人们全部退出去，问石博山到底怎么回事。

石博山简单地告诉了她。叶姗震惊地看着她这个表哥。此人总是无所事事的，叶姗还以为他是个单纯的纨绔子弟，没想到他还是个惹祸精。

"你稍等，我去告诉父亲。"叶姗感觉此事很重要，她做不了主，自己去了后院。

叶督军已经睡了一觉，此刻被吵醒，到底没太多的恼怒。叶督军淡淡道："这么大的事，我能不知道吗？你姨母全家早就离开了天津。"

叶姗一愣："那表哥他……"

"现在出事了，他知道担心家里。与虎谋皮、异想天开的时候，怎么不知道担心家里？"叶督军冷哼。

叶姗那颗焦灼的心，慢慢冷却了下来。

叶姗道："那父亲，您早点睡吧，我去安顿表哥。"

石博山等得心脏都快要炸了，直到看到叶姗走了出来。

叶姗冷冷对他道："父亲不肯见你。"

石博山的心直直往下沉。

"你现在知道担心啦？"叶姗怒了起来，"你做梦想要复辟、利用叶家外甥身份时，怎么不知道担心？"

石博山一震。

叶姗继续道："日本人和平野夫人看重你，还不是因为我父亲？"

石博山好像被人打了一个耳光。他怔怔地看着从小把他当亲哥哥的表妹，毫不留情地打他的脸。他恨不能找个地洞钻进去，来遮掩自己的狼狈。

"我……"他试图解释，可嘴唇干得厉害，稍微张开就疼得撕心裂肺。

叶姗见状，又于心不忍："你关心姨父姨母，我们不关心吗？父亲说了，早已派人安顿好了他们。"

石博山又是一惊，好像昏昏沉沉时被人泼了一瓢凉水，顿时打着寒噤清醒了几分。

"父亲说，他们他们这会儿早已离开了天津。"叶姗道。

石博山紧绷着的心弦，终于松弛了。他连日奔波的疲倦就遮掩不住，无力地坐在了椅子上。

石博山在平野夫人门口出现过，转而又去了叶督军府，此事被蔡长亭的耳目看到了。他有点吃惊，同时他敏锐地感觉到不对劲，当即派人去查。

第二天的下午，蔡长亭就查到了。他脸色铁青地回到了平野夫人的院子。

平野夫人从未见过他这般脸色，他素来游刃有余，不免诧异："怎么了？"

"夫人，跟咱们结盟的人，全部毁约了。因为他们家里最重要的人，都遭到了绑架。"蔡长亭道。

平野夫人猛然站起身。

她的身子，有点摇晃，巨大的恐惧淹没了她，就好像当初她被迫逃离时那样。

"你……"她的呼吸不畅，"你再说一遍。"

平野夫人远在日本的时候，就派人在华夏活动。

她花了很长的时间，跟那些人建立关系。一旦她起事时，就能一呼百应。她支持小军阀占山为王，她支持大财团吞并其他小财阀。她的关系网，遍布了华夏，一根根、一条条，千丝万缕。

她自己掌控了绝大部分人，而一小部分摇摆不定的，交给了石博山，利用他是叶督军外甥的身份去处理。

不承想，有人顺着石博山这条线，几乎把平野夫人埋伏下的关系网，一把揪了出来。这样庞大的关系网，石博山都未必全知道，日本人也不完全了解，最清楚的人是平野夫人，以及蔡长亭。

平野夫人震怒："是谁？"

"轻舟。"蔡长亭慢慢吐出了这个名字。

平野夫人顿住，她的眼睛里有复杂的光芒："司行需身边人的底细，咱们早就摸透了，他怎么可能做到这样悄无声息？"

她说完眼神微敛，问蔡长亭："如果是你手下的人，能做到吗？"

蔡长亭的后背略微发僵："夫人，您怀疑我？"

平野夫人看着他。她那双妩媚的眸子，难以言喻地落在蔡长亭的脸上："长亭，我能信任你吗？"

蔡长亭的唇色略微发白。

屋子里陡然沉默了下来。

着急没用，需得做两件事。

第一，瞒住日本人，不能叫日本人知道平野夫人被人截和。

"对方要他们缄口不言，否则他们的家人就是死。"蔡长亭道，"所以，咱们至今都不知道消息。"

"那好。日本军部那边，仍封锁消息。"平野夫人道。

蔡长亭道是。

第二点，就是要找到密谋复辟者的家属。

这些人不在蔡长亭手里，就在顾轻舟手里。保皇党还是平野夫人的，假如蔡长亭搞这么大的阵仗，平野夫人不可能不知道。

如此想着，她还是去见了顾轻舟和司行霈。

此刻，他们正在叶督军府。

石博山还不知道保皇党面临的危机，他只知道自己联络的那些人，全部被绑架了至亲的家属。他担心日本人和平野夫人反过来怪他，要害死他的家人。得知叶督军已经送走了他的父母和兄弟姊妹，他松了口气。

"博山，你替保皇党做事，就不担心遗臭万年吗？"司行霈问他。

石博山看了眼司行霈。

他真不知道，司行霈为何能如此轻松地说出这句话。

"司师座，你怎么不担心自己呢？司太太的身份，若是公告天下，你和你父亲的名声更不保吧？"石博山道。

顾轻舟是保皇党的公主，这个身份平野夫人早已传播了出去。

"我就是想要这个天下。"司行霈道，"知道正好！到时候不管是军阀还是复辟者，都要听我的号令，我巴不得你们给我搭台唱戏。名声这种东西我从不稀罕。"

石博山见过无耻的人，却没见过如此无耻的。

叶督军一直不开口。

正在此时，电话响了，是司行霈的副官打过来的。

"师座，平野夫人来了，说要等您和太太。"副官道。

司行霈挂了电话，笑着站起身："我们先回去了。"

他们两口子，散步回到了自己家。

看到平野夫人时，顾轻舟还笑着问："夫人，您的脸色怎么不好？"

平野夫人动了动唇角："轻舟，咱们就别绕圈子了。那些人是不是在你手里？"

顾轻舟茫然："哪些人啊？"

平野夫人咬了咬牙："轻舟，别装了。你想要什么，咱们都可以谈谈。"

顾轻舟道："我见到了石博山，他说他联络的小军阀或者官员的家人都遭到了绑架，你说的是此事？"

平野夫人看向了她，目光微动。

顾轻舟转过脸，问司行霈："是你做的吗？"

"不是。"

顾轻舟就对平野夫人道："我知道，您肯定会怀疑我。不过夫人，您身边的人就不会有问题吗？"

平野夫人沉默了良久。

司行霈打岔："你真相信是轻舟绑架了那些人？想要办成此事，怕是要花费不少功夫吧。"他顿了一下，又对平野夫人道，"你没怀疑过蔡长亭？"

平野夫人的脸色惨白。她从未像此刻狼狈不甘。

顾轻舟的态度，让平野夫人对蔡长亭的怀疑，从五成变成了八成。

平野夫人不寒而栗。

她突然道："你们想知道司芳菲和司慕是怎么死的吗？"

司行霈的眼神，倏然紧缩。

屋子里的气氛，顿时变得诡异起来，所有人都屏住了呼吸。

平野夫人看了眼他们："把那一百人给我，再来谈条件。轻舟，我的耐性有限。"

顾轻舟沉默了。

等平野夫人一走，司行霈那点惊慌已经不见了。

顾轻舟露出一个微笑，不动声色地打了他一下。

两个人的小动作，可惜平野夫人没看到。

"她相信了多少？"司行霈问顾轻舟，"会猜疑蔡长亭吗？"

"应该会。"顾轻舟的眼睛亮了一下，又恶毒又狡猾，唇角甚至有了个弧度。

司行霈拦腰抱住了她。顾轻舟圈住了他的脖子，踮起脚尖凑在他耳边，悄声对他道："如果一切顺利，我今年就可以回家过生日了。"

司行霈笑道："那也太晚了，我觉得你可以回家过中秋。"

顾轻舟笑起来，对此很向往。她露出了一颗小小虎牙，那张精明睿智的脸上，带了点孩子的稚嫩。

司行霈像个迷了魂的人，若能逗她这么一笑，他能把自己的心挖出来，撕烂了给她玩。

"回去过中秋"，原本是随口一提，现在烙在了司行霈的心头，这就成了他的大任。他要带着他的妻子，回家去过中秋节。

平野夫人离开了顾轻舟的院子。

她从最开始的震惊里回神。

蔡长亭背叛她？

她早已预料过这样的结果，然而真正到来时，她又深感棘手。

"顾轻舟和司行霈，他们是不是在诳我？"她也在反思。

她把顾轻舟和司行霈说话时的语气、表情和眼神，全部记在心里，反复推敲钻研。她没有发现异常。饶是如此，平野夫人还是添了一分怀疑。

她对蔡长亭的猜测，从八成变成了七成，对司行霈和顾轻舟的反而增添了。不为别的，那两个人的反应，跟平野夫人预想中的一模一样，简直是按照她的想法来表现的。要不是平野夫人太了解他们，要不是他们早已猜到了平野夫人的心思，依照她的想法进行了表演。

回到家中，平野夫人去找了蔡长亭。

"找到那些人质。"平野夫人冷淡道，"长亭，两天内给我答案。"

蔡长亭猛然激灵了一下。他的眼睛很美，此刻却像是蒙了一层薄雾，情绪都藏在下面，不露痕迹。

他道："是，夫人。"

直到此刻，他和平野夫人的合作，彻底终止了。

蔡长亭不是个天真的人，他知道结果。于是，蔡长亭没有去保皇党杀手基地，因为他一旦去了，就再也出不来了。他果断出城，往天津而去。

日本军部就在天津，他需要找寻另一种庇护。

蔡长亭的车子尚未出城，就有人跟踪了他。他把车子往旁边小胡同里一拐，整个车子挤了进去，然后死死卡住了。后面跟踪他的人追上了，被汽车堵住的胡同无法通过。他们费了很大的力气，把汽车弄出来时，才发现座位下面有个暗格，可以容一个人进出。他们耽误的这几分钟里，蔡长亭消失得无影无踪。

而保皇党杀手基地内部，也出现了极大的混乱，两派人马相互厮杀。

此事，顾轻舟和司行需还不知道。

他们两个人去了王家。

"麻烦您用王家的报纸刊登出去。"顾轻舟道。

"晚报就会刊登。"

顾轻舟点点头："多谢。"

"一点小忙。"

"不，不是单单这次的事，还有上次。"顾轻舟道。

石博山暴露之后，顾轻舟和司行需就在查平野夫人的跟随者，想要把他们全部揪出来。石博山所拥有的资料，只是冰山一角。

平野夫人在太原府活动了几年，她的金钱往来，是有迹可循的。太原府六成的金融业在康家手里，剩下的王家占一部分。王家的生意遍布天下，他们也有很多的朋友和耳目。

康家老太爷和姑奶奶康芝，对顾轻舟任何的要求都支持，王家更是如此。

有了他们的协助，司行需才能在短短四个月里，把那些人全部揪出来。

很快，报纸就刊登了。

这条消息，外人是看不懂的，只有保皇党内部能看明白。

　　一时间，漏网之鱼成了惊弓之鸟，而那些至亲遭绑架的，更是个个不敢开口，只等保皇党把他们的亲人全须全尾地放回去。

　　平野夫人也看到了报纸。她没顾上愤怒，因为日本军部不停地询问她到底是怎么回事，好好地为何突然要变卦，为何突然要放弃。

　　平野夫人收拾好了简单的行李，赶赴天津。

　　她刚把蔡长亭赶到天津去，现在自己也要去了。

　　"轻舟和长亭，他们两个人是不是合谋了？"平野夫人忍不住起了怀疑。

　　"我打草惊蛇了。"平野夫人想，"轻舟不早不晚发这个声明，是因为她知道那些跟随者被绑架了。"

　　这个声明，等于告诉平野夫人的投资人：你们投入的时间、金钱和人脉，我一股脑儿卷走了，你们自认倒霉吧。这样找死的话，会让顾轻舟时时刻刻处在被人暗杀的境地。那些跟随者，岂能善罢甘休？

　　然而，她现在知道了跟随者的至亲都遭到了绑架，她发出如此声明，对方反而小心翼翼地害怕她撕票。那些跟随者不知道是谁绑架了他们的至亲，也不知道顾轻舟是不是虚张声势，反而对她格外忌惮。

　　平野夫人想到这里，又是一个激灵。

　　也许，真的是轻舟呢？

　　"两年了，我都不知道轻舟到底要什么。现在看来，她要的不是复辟，而是想把暗处的保皇党连根拔起。她在太原府到处多管闲事，第一是结交那些大族，让他们成为她的依靠，第二是确认他们的身份。康家和王家不是保皇党，所以平安无事。金家是，小辈们一个个就被轻舟咬死。她的目的，从头到尾都很明确。"平野夫人想。

　　想到这里，她打了个寒战。

　　而她死活也不敢承认，她的第一道保护符是阿蔺。没有她，就没有号召天下的血脉。她被顾轻舟弄死之后，平野夫人就应该有危机意识，杀死顾轻舟的。

但是她没有。她幻想和顾轻舟合作。

她的第二道保护符，是平野四郎。当平野四郎也死了之后，平野夫人如果够敏锐，她就应该明白，自己快要走到穷途末路了。

但是她还没有反省过来。

那段时间，顾轻舟也很消停，让平野夫人放松了警惕。

她做了长长久久的皇帝梦，自以为和轻舟到底母女连心。

事实狠狠扇了她一巴掌。

顾轻舟从踏入太原府的那一刻开始，一步步拿到了平野夫人的底牌。

"停车。"平野夫人突然对司机道，"掉头，去趟金家。"

这场对弈，顾轻舟没有按照下棋的规矩，而是直接掀翻了棋盘，让所有人都玩不成。那些跟随者的至亲，全在她手里。

平野夫人想要去挑拨她和司行霈，结果反被他们两个人的做戏所骗，让他们挑拨了自己和蔡长亭的合作。

她手里有一把钥匙，她要把这些钥匙，交给金家。

剩下的，金太太会替她报仇。

拿到钥匙时，金太太略感吃惊。她震惊之余，还不忘问平野夫人："真没有再起事的可能吗？"

平野夫人的心，像被人狠狠地扎了一刀。她看向了金太太："我们如果继续懦弱下去，连命也保不住了。我要离开太原府，去趟天津，你看着办吧。"

说罢，她起身告辞了。

金太太恨平野夫人，可此刻拿到了钥匙，金太太感觉她是雪中送炭，故而她的恨意减轻了不少，全部转移到了顾轻舟头上。

她想，该结束了。

顾轻舟应该给金家一个交代了。

平野夫人坐在汽车里，心中想了很多，却并没有到最绝望的时候。

"日本人还在，他们会支持我。"这是最后一缕希望。

顾轻舟的"那封信"，等了四天才撤下来。

她派人把这些报纸，寄给该看到的人。

登报的第一天，平野夫人就离开了太原府，带着她的数名亲信，去了天津。

顾轻舟没有理会此事。

到了第五天，傍晚时她和司行霈出去吃饭，叶督军的车子在路上阻拦了他们两个人。

"上车吧，我有几句话对你们说。"叶督军道。

叶督军的神色是紧绷着的，眸中覆盖了寒霜。

司行霈看了眼顾轻舟，收敛了表情，上了叶督军的车。

这天夜里，顾轻舟和司行霈早早关了灯。

等司行霈从后窗离开时，顾轻舟躺在床上，一点睡意也无。

顾轻舟很清醒。她的思路，好像才跑完了半程，就听到了动静。

司行霈回来了。他一身的土，就连头发里也是。

"怎样？"顾轻舟问他。

司行霈点点头："清理干净了。"

顾轻舟看了眼墙上的挂钟，此刻已经凌晨四点，司行霈出去六个小时了。

这六个小时里，她一直在思考的问题，居然还没有结论，而她自己也不疲倦。

"我给你放洗澡水。"顾轻舟道。

司行霈道："你睡吧，我去院子里打一桶井水洗洗。这三更半夜的，烧热水怪麻烦的。"

顾轻舟道："井水不会着凉？"

"不会。"司行霈淡淡道，"寒冬腊月，我都能用河水洗澡。我粗糙得很，只有你才会觉得我金贵。"

顾轻舟笑出声。

司行霈脱了上衣，穿着长裤去了院子里，片刻的工夫，顾轻舟就听到了哗哗的水声。

他把自己洗透了。

等他进来时，顾轻舟还是开灯起床了，给他拿了毛巾和干净的衣裳。

司行霈一边更衣，一边擦头发："我总感觉，过些日子会见到熟人。"

顾轻舟的表情一敛。虽然屋子里的台灯不够明亮，司行霈还是瞧见了她的脸色，笑着将她往怀里一揽："害怕了吗？"

"两年多了。"顾轻舟慢慢透了口气，"我假死以后来山西，她是因为不放心我，追到了船上，才出事的。"

司行霈抱了抱她，避重就轻道："两年不见，也许她的变化会很大。你想起她时，她是什么模样？"

第四十七章

故人重逢

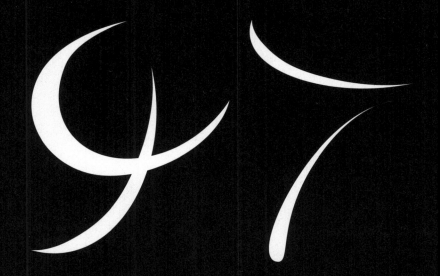

今晚，司行霈和叶督军去办了件大事，顾轻舟看到了保皇党的垂死挣扎，于是她知道最后的时刻要来了。

霍拢静也该出现了。

顾轻舟顿时坐立难安。

这些年来，顾轻舟、司行霈、霍钺等人的情报网，从没停止过追寻霍拢静，却从没得到过可靠的消息。

只剩下一种可能，就是霍拢静不希望自己被找到。她的反侦察能力很强，除非主动现身，任谁也找不到。

她原本就是保皇党培养的优秀杀手，被她哥霍钺救下，在岳城隐姓埋名过了几年太平日子，如今她说不定已经是保皇党的核心成员，也许跟顾轻舟的势力多次暗中交手了。

他们由此推断，霍拢静失忆了。

蔡长亭为什么要把霍拢静死死抓在手里？

因为霍拢静是为了救顾轻舟而落难。如果他派霍拢静来刺杀顾轻舟，顾轻舟一定不会还手。

故人重逢，物是人非。

顾轻舟要怎么跟她说话？开口的第一句，应该问什么？

顾轻舟把脸贴在司行霈的胸口，瓮声瓮气道："我害怕。"

她说害怕的时候，寥寥可数。

司行霈心疼，摸了摸她的头发，道："我陪着你。"

等顾轻舟想要说点什么的时候，发现司行霈靠坐在沙发里，居然睡着了。

她光顾着沉浸在自己的记忆里，忘记了她丈夫忙碌了一整夜。

顾轻舟连忙拿了条薄毯，盖在司行霈身上。

她也一夜未睡。看着司行霈的睡颜，顾轻舟也涌上了无限的困倦，她依靠着司行霈，将头搁在他的肩膀上，也睡着了。

等她醒过来时，发现自己在床上。司行霈不知所终。

已经到了中午十一点，窗外的阳光明媚，有了点初夏的炎热。

顾轻舟起床更衣，让用人准备午膳。

"师座去了督军府，让太太不用等他吃饭。"用人道。

顾轻舟点头。她正在里屋更衣，电话响了。

辛嫂接了，问对方是谁，对方却道："告诉轻舟，燕回楼，晚上十一点。"

辛嫂一头雾水："请问您是哪位？"

那边先挂了电话。

顾轻舟听说之后，愣了很久。

晚夕，司行霈把顾轻舟抱到了床上，自己也躺在她身边。

顾轻舟睡了半个小时。这半个小时里，她的睡眠很好，没有做梦，等她醒过来时，浑身轻松。

"司行霈。"她轻轻地推了一下身边的人。

司行霈含混支吾了一声。

"你还记得，很久之前答应我的事情吗？"顾轻舟问。

司行霈半睡半醒："答应你的，每个字我都记得。"

"真的？"

"嗯。"司行霈道。

顾轻舟俯身，在他面颊上亲吻了一下。

司行霈一贯无耻的，此刻他把头一偏，怪叫道："干吗偷偷亲我？耍流氓。"

顾轻舟："……"

司行霈又一次成功调戏到了顾轻舟，不免嘚瑟，哈哈大笑起来。

顾轻舟的心情，伴随着这样的笑声，也轻盈了几分。

入了夜的燕回楼，贵客如云。

司行霈的人，早已混迹其中，暗中观察着来来往往的面孔，希望一窥端倪。

然而从下午六点到晚上十点，都没什么异常。

十点整，燕回楼打烊了。

霍拢静约好的时间，是晚上十一点。

"全部埋伏好，等我的暗号。"司行需对那些人道。

此刻，他们也出发了。

顾轻舟到了燕回楼门口，特意看了眼手表。

晚上十点五十。他们提前十分钟到了。

等他们到雅间坐下，老板再次战战兢兢地上茶，已经到了五十八分。

她端起茶，视线落在自己手表的表盘上，不停地看着那秒针挪动。

平时走得很快的秒针，此刻慢得像乌龟爬。

十一点整时，顾轻舟抬头。

司行需也四下里看了看。

他们屏住了呼吸，等待了约莫一分钟，没有看到人。

屋里屋外都很安静。

不远处，甚至有夏虫鸣叫的声音，一阵阵地传来，越发彰显出了这屋子里的沉默。

顾轻舟手里的茶，一口没喝。

等了约莫十分钟，司行需浑不在意地拍了拍桌子："不会来了。咱们到了这里，吃点消夜再回去吧。"

他把老板叫来，让老板准备一桌消夜。

老板快要哭了："司师座，咱们燕回楼不做消夜。"

他已经认识了此人。在他心中，能让督军府的人都敬畏的司师座，大概跟土匪、恶魔差不多了。

他生怕说错一句，司行需就要把他当消夜吃了。

"那就把晚饭的东西，煮一点送上来。"司行需道，"你平时做生意也这么二百五吗？"

老板被吓得半死，还得了个二百五的诨号，哆哆嗦嗦下去吩咐了。

消夜上来了，有面汤、各种小点心和三道荤素搭配的小炒。

司行霈先下了筷子。他在面汤里拨了一下，没有舀起汤，找到了一个蜡丸。他"啧"了声，甚是不悦。

传消息就传消息，作践吃食做什么？如此一来，这碗面汤全浪费了。

他拿出蜡丸。顾轻舟的视线集中到了他的手上。

司行霈用巾帕包裹了蜡丸，随手剥开，再次看到了一行字。

他看完，给了顾轻舟。

顾轻舟还以为他要说点什么的时候，就听到他高声喊："老板，结账。"

顾轻舟："……"

"遵纪守法"的司行霈，在十万火急的情况下，慢腾腾地结了账，这才带着众人离开了燕回楼。

上了车，顾轻舟就开始打盹。今晚是别想休息了，估计要跑个精疲力竭。顾轻舟要保证自己的精神充足，睡眠可以缓解脑力的消耗。

顾轻舟他们，半夜赶到了山脚。然后上山，把庙里的和尚全部惊醒了，没有霍拢静的影子，却得知庙里的方丈不见了。

小沙弥道："方丈昨晚还在房间里，现在没人了。"

方丈的房间里没人，却有一碗面汤。

司行霈用勺子搅了两下，又找到了蜡丸。

随手捏开，他这次直接念了出来："凌晨三点半，小盘街第二间的书局。轻舟单独来。"

他把纸条左右看了看，笑起来："又要回城，还真想把咱们给折腾死啊？"

顾轻舟接过纸条。

"这个书局，有什么不同的地方吗？"顾轻舟问，"小盘街在哪里？咱们好像没有去逛过。"

"靠近火车站了，在城南。那边有连片的山，山上有好几个大庙，山脚下有小镇子，那里的街道就叫小盘街。"司行霈道。

顾轻舟不合时宜地打趣了一句："你处处门清，是把整个太原府都估算了一遍吧？叶督军知道你天天流着哈喇子打量他的地盘吗？"

司行霈："……"

这形容，妥妥就是一只望着肉骨头流口水的狗。

五月的夜风，凉丝丝的，山上温度低，把人冻得起了身鸡皮疙瘩。

在灯火暗淡中，司行霈看了眼顾轻舟。

他想到的，顾轻舟也想到了。

"回家吧。今晚挺无趣。若是一味被对方牵着鼻子走，咱们以后会步步维艰。"

"不，我想看看。"司行霈笑道，"这件事有趣得很，我非要看个端倪来。"

司行霈先上了车。到了小盘街附近，司行霈让其他的亲侍全部留在外面，谁也不能进去。他和顾轻舟的汽车，驶入了小盘街。

他又笑了一下。

"怎么，这地方的风水很好吗？"顾轻舟问，"你看着很高兴？"

"不是，就是感觉今晚挺有趣。"司行霈道。

车子进了小盘街，司行霈把车子停在了书局门口。

已经是凌晨三点半，整个小盘街寂静无声，香客们偶尔下山晚了，会在街上寻家客栈。

客栈门口挂着灯笼。橘红色的暗淡灯火，把两旁的树木照得鬼影幢幢。

顾轻舟下了车，看了眼书局。

"我去敲门。"顾轻舟道，"你就在车子里等我吧。"

"你？"司行霈道，"真动起了手来，你一点用也顶不上。"

说罢，他就一脚踹开了书局的门。

猛地一阵巨响，远远近近的狗吠，响成一片，刚刚还有点像鬼镇的寂静街道，立马活泛了起来。

顾轻舟目瞪口呆地看着，司师座此刻嚣张的气焰，已经两丈高了。

"没人啊？"他大大咧咧地进去，又招呼顾轻舟，"跟上。"

就在顾轻舟进门的刹那，黑暗中响起了子弹上膛的声音。

司行霈的身影一晃，避开了什么。他把顾轻舟护在身后。

等屋子里亮了灯时，顾轻舟发现，整个书局里站满了人，全部都扛着枪，枪口八成对准了顾轻舟。

剩下的两成，枪口对准了她丈夫司行霈，以及被司行霈用枪抵住脑袋的金太太。

司行霈对眼前黑洞洞的枪口避而不见："金太太，您身上这味道，是腌入了味吧？我一进来，就闻到了。"

金太太从小锦衣玉食，几十年的讲究，让她身上总有一股子淡淡的清香。每个人都有自己的爱好，金太太对惯用的香不敏感，可肌肤上、衣物上，全部沾染了。司行霈在金家住过些日子，又把金太太视为重要仇敌，对她自然是格外关注。

他一进来，就挟持了亲自坐镇的金太太。

此时，有人影从窗后一闪。她想问，方才跑过去的，是不是阿静。一闪而过的身影，以及动作，真的很熟悉。

顾轻舟急忙想要去追，却有好几杆枪抵住了她，差点戳到了她的眼睛。顾轻舟这一生，从未被这么多枪对准过。

那些黑漆漆的枪口，坚硬冰凉，随时可以把她打成筛子。

顾轻舟看了眼金太太，又看了眼司行霈，眼睛微微一弯。

她笑："我们今天可能全部要死在这里。"

已经是将近四点了，崭新的一天开始了。

她这个新的一天，却要从一堆枪管的缝隙里，窥见尚不可见的天光。

"别悲观啊。"司行霈吊儿郎当地应和自己妻子，"我小时候算过命，算命的说我肯定会马革裹尸，英勇酬国，不会死得这么窝囊。"

金太太却发出了怒喝："你当然得死！"

顾轻舟看着她的眼睛，心平气和地问她："金太太，你这么恨我，是为什么？"

金太太被她这无耻的态度，气得愣住了，厉声呵斥："开枪，开枪！"

此刻，书局的后墙被人挖出一个洞，与此同时，门窗全部被拆掉，无数的枪口从外面对准了屋子里。

金家那些扛枪的人，全部都是护院，他们再怎么训练有素，也比不过司行霈的亲侍。

这些人一出现，金家的护院下意识发怯，拿着枪面面相觑，无人敢对顾轻舟开枪。

"你和夫人关系不错，暗中又跟蔡长亭勾结，让他把人借给你用。"顾轻舟道，"那你替我给蔡长亭传个话，让他好自为之。"

司行霈好像很疲倦，对门口的副官招呼了声："送金太太回家吧，今晚的闹剧到此为止。金太太，这可不是看着你的面子，而是看着蔡长亭。你有办法和他联系，也请告诉他，后会有期。"

说罢，他收回了枪，又快速出手，把金太太打晕了。

副官把金太太送上车。

回去的路上，司行霈又打了两个哈欠，几乎要看不清路了。

顾轻舟道："我来开车吧？"

"好。"司行霈道。

这个晚上，顾轻舟抓紧时间就打盹，如今算是她精力最好了。

金太太半路上就醒了。她没有声张，继续装晕，一直到了家门口才幽幽转醒。她的心情很不错。

看顾轻舟和司行霈那获胜般的扬扬得意，金太太唇角微翘。

她知道，好机会就要来了。从小盘街到金家，开车只需要半个小时，到顾轻舟家却需要一个半小时，几乎横穿整个太原府。

这点时间差距，就是金太太的秘密武器之一。

终于到了南边的偏门。副官把她放下就走了。偏门处，有辆汽车正等着她。

"娘。"她的二儿子替她拉开了车门，请她坐了上去。

"人都走了吗？"昨晚凌晨，金家已经悄无声息地转移了。金家有钱，汽车无数，一夜的工夫就把整个家都搬空了。他们打算去天津，住进日租界，寻找庇护。

自从保皇党元气大伤，太原府已经不适合金家居住了。

金太太早已做好了两手准备，如今操作起来很顺利。

只是，她临走前，准备给他们一份大礼。

"去龙台庙。"金太太对自己仅存的儿子道，"我要看到结果，再离开。从小路上山，别叫人看到。"

龙台庙处于高山，能俯瞰整个太原府，一旦有什么异动，能看得一清二楚。

等他们母子两个人登上龙台庙，站在最高处往下看时，整个太原府一片寂静。

金太太看了眼手表，现在是凌晨五点半，顾轻舟应该到家了。

而这个时候，处在黎明时，是众人最困最安静的时候。哪怕是值夜的侍卫，坚持了一夜，此刻都应该精疲力竭了。

"快要开始了。"金太太的语气里，带着隐约的兴奋。

金二少却很不安。

他低声对金太太道："娘，咱们快点走吧。万一叶督军派人追过来，咱们走不掉，如何是好？"

金太太摇摇头："我要看到结果。没有结果，我如何跟你的哥哥弟弟妹妹们交代。"

金家是保皇党的人，与顾轻舟结下了不少的梁子。金家的少爷和小姐曾经害顾轻舟，最后自食恶果，金太太却把恩怨都算在了顾轻舟头上。

金二少就沉默了。

金太太拿了一只望远镜。这是蔡长亭送给她的，说是军方用物，让金家也制造一批。尚未成形，金家就要举家迁移了。有了此物，远处好像拉近了数里，一下子清清楚楚地全在眼前。

早上五点三十九分，这是他们约定好的时间，太原府的一切都在苏醒。

可对于金太太而言，一切都要结束了。

于是，金太太又拿起了望远镜，一边看着远方，自己口中默默数起了数字。

一、二、三……

五十一、五十二……

这一分钟快要被她数完了，她却突然紧紧闭上了嘴巴，好像在等待着、享受着最后的胜利。

她的心高高悬起，心中默念着五十九、六十。

她的精神一瞬间振奋。

她死死盯住了远处。

然而，她预想中的一切，都没有发生。这一分钟后，整个太原府仍是很安静，倒是不远处的天际，露出了浅淡的朝霞。

太阳快要升起了。

金太太心中的那口气，不上不下吊着，让她无法呼吸。

她一动不动，眼睛都不肯眨一下，在望远镜后面，看着整个太原府。

终于，她低下头，往自己手表上再看了一眼：已经五点五十分了，过去了十分钟。

"怎么回事？"她问站在自己身边的儿子。

金二少和她一样茫然："不知道啊，娘。是不是出了什么差错？"

"不可能，我派了十二个人，怎么可能每个人都出错？"金太太大怒，"怎么回事？"

"娘，我回去看看？"金二少道，"您就在这里等着我。"

"不行！"金太太厉喝，"你回去，万一爆炸了，你也要死在里面吗？你让娘后半辈子指望什么？"

金二少偷偷瞥了眼她母亲。见她又看着前方，金二少不着痕地迹舒了口气。

没有爆炸，真好。

金二少不同情顾轻舟和司行霈，他只是不想伤及无辜。

平野夫人在太原府有点日子了，她的住宅就在叶督军府隔壁。

这女人考虑过将来的结局，于是她像耗子一样，利用三年的时间，悄无声息地在她房子附近挖了无数的地道，其中就有地道通向顾轻舟的院子。

只是，为了不引起叶督军的怀疑，地道都很深。

平野夫人临走时，已经对顾轻舟失去了所有的希望，于是她把地道入口的钥匙，给了金太太。

"你斗不过她的，不过你可以炸死她。"平野夫人如此道。

金太太她紧紧握住了那把钥匙。

金家是做军火生意的，他们有炸药，都是督军府特批的。

他们从平野夫人院子的后门进入，顺着地道，到了顾轻舟家地下，埋下了足够把她房子炸上天的炸药。

当然，爆炸一起，四周数里的人都要陪葬，这就是为何金二少不忍心的原因。

金家从不在乎人命。在金太太看来，普通人活得那么辛苦，为了那点口粮，连金家的狗都不如，死也是解脱。

金二少却做不到如此。他想要顾轻舟死，却又不想牵连其他人。

金太太埋好了炸药，又在附近的客栈里租了院子，再埋下引线，把炸药引线接过来。

到了约定的时间，那些人就会点燃引线，然后快速开车跑开。

金太太想要成功办成此事，她不会天真地相信顾轻舟和司行霈毫无察觉。特别是要埋引线，需要动上层的土，很容易被司行霈和顾轻舟发现蛛丝马迹。

所以她以霍拢静为诱饵，折腾了司行霈和顾轻舟一整个晚上。

他们奔跑了一夜，回到家里时精疲力竭，只怕眼皮都抬不起，也没法察觉什么蛛丝马迹。

况且，金太太故意"失败"了一次给顾轻舟，让她得意扬扬地回家。

计划如此顺利，她和司行霈应该在睡梦中，被炸药送上西天。

可是，为什么炸药没有爆炸？

"娘，咱们走吧?"金二少哀求道，"失败了，肯定是失败了。"

此刻，天已经大亮，朝阳从山谷升起，放出金芒。站在高处，只能瞧见漫山遍野的花，姹紫嫣红。古木葱郁，远处的太原府被这宁静温暖的朝阳沐浴着，正在逐渐苏醒。

已经是六点二十分了。

四十分钟过去了，如果要爆炸，早已炸了。

金二少感觉遗憾，同时也暗暗松了口气。

他一生没有母亲的利落，没有兄弟们的大志和狠辣，长成了金家最普通、最无能的一个人。就连仇恨，他也感觉它时刻折磨自己就足够了，而没必要让它再去祸害无关紧要的人。

"不可能！"金太太再次道，"我要回去看看！"

金二少怯懦了一生，此刻却不知从哪里拼了力气，一下子将自己的母亲击昏了。他惊慌失措，抱着母亲："娘，您别骂我……"

抬头时，想起母亲昏死了过去，骂不动了，当即抱起她下山，开了自己的汽车，踩着油门，往天津去了。

与此同时，顾轻舟睡着了，只留下司行霈对着后院满地道的炸药，出了一身的冷汗。

"叶督军那人吧，精明得可怕，简直像长了一双透视眼。平野夫人在他家附近挖地洞，他早就知道了。

"不过，叶督军也很想看看平野夫人到底做什么，一直没声张。直到今天地洞里有人进出，通入我家地下，放了足够把方圆五里炸飞的炸药。

"叶督军不愿意受罪，懒得钻到地底下，让我昨晚全部搬了出来。我是受够了，你自己看。"

第二天司行霈对顾轻舟解释道。

对方要他们去燕回楼时，司行霈还迷糊，不知要做什么。

等从燕回楼去龙台庙，司行霈就懂了。

让他们乖乖在家里等着被炸死，也是可以的。

只是，金太太对司行霈不放心。除了炸药，他们还需要铺引线，让司行霈留在家里，可能会引起他的怀疑。为了顺利铺好引线，金太太只得借用霍拢静，把顾轻舟和司行霈引开，同时折腾得他们精疲力竭，没空去想。

司行霈补了个觉，翌日下午才起床。

"我上午去了趟金家，金家已经人去楼空，昨晚连夜跑了。"副官禀告道。

"叶督军此人，看似冷酷，实则很讲道义。"司行霈道，"金家虽然时常犯错，但他从金家捞到了不少的好处。哪怕金家这次如此犯浑，因被他提前预知，尚未酿成大错，罪不至死。得知他们连夜离开，没有作妖，叶督军也愿意放他们一条生路。"

顾轻舟点头。

"那些火药给叶督军吧。万一运回去出了事，我一架飞机报废，那就是占小便宜吃大亏了。"司行霈笑道。

司行霈去找了趟叶督军，很晚才回来。

顾轻舟正好在整理首饰盒子。

她对司行霈道："我很喜欢梳篦。看着老式，用起来却方便又好看。过些日子，我也要给自己添置些首饰了。"

她顿了一下，略有所指地对司行霈道："我记得刚结婚那会子，芳菲还送了我一套头面，其中就有一把珍珠梳篦，我非常喜欢。"

顾轻舟拿着梳篦把玩，丝毫没有转移话题的意思，继续道："这会儿，芳菲的尸骨早寒了，我却总记得她的模样。

"这两年，我很清楚，既然是被平野夫人登记在册的'公主'，我就会受到居心叵测想要复辟者的骚扰。我，甚至以后我的孩子，都要时时刻刻提防着他们。我能做的，就是将他们连根拔起。

"说起来简单，做起来却烦琐，须得小心、谨慎，也需要庞大的金钱和人脉。我专心致志，知道自己暂时回不去平城，所以平城发生的一切，我都搁置了。

"你不在家的时候，我也会做梦，梦到司慕和芳菲去世的那天，漫天的瓢泼大雨。春上很少有那么大的暴雨，那日透着诡异。

"如今，这边终于要收尾了。平野夫人和蔡长亭再不甘心，也是秋后的蚂蚱。剩下的人，被绑架、被辜负，再也不敢靠近我这个所谓的'公主'了。

"我想，我应该问一问芳菲的事、司慕的事了。你查到了很多，却从不对我讲，我想知道原因。"

她说了一大通，司行霈没有打断她。

她抬头看着他时，他仍沉默。

在顾轻舟注视的目光下，司行霈慢慢抽出了雪茄，裁开点上。

　　深吸几口，屋子里弥漫着雪茄的清冽，他的眉眼笼罩了一层薄雾，他试图开口，却又归于沉默了。

　　顾轻舟看在眼里，问："一开始，你以为凶手是我。两年的时间，你肯定已经查清楚了，如今欲言又止，是你不相信自己查到的凶徒吗？"

　　司行需看着她。

　　在这个瞬间，他好像很希望顾轻舟别再往下说。

　　顾轻舟却似没看懂，问："你查到的凶手，是芳菲，还是司慕自己？"

　　一向顶天立地的司行需，在这个瞬间，身体略微晃了一下。

　　他又吐出一口烟圈："芳菲。"

　　顾轻舟沉默了。她僵硬了那么几秒钟，然后合上了首饰匣子。

　　怪不得他这些年只字不提。

　　"报仇"这件事，有时候可以成为一种信仰，让活着的人寻到方向，奋力拼搏。于是，凶徒在亲人的心中，有了恶魔一样的幻影。当这个幻影逐渐剥离了纱幔，没有任何阻隔，清清楚楚地出现在眼前，发现这个人却是被害的亲人，能一下子击垮活着的人。

　　司芳菲是司行需的至亲，是除了祖母之外他唯一肯承认的亲眷。他过得粗糙放浪，却独独对小妹心细如发，不像是兄长，更多像是慈祥的父亲。

　　后来，他有了轻舟。

　　等他的爱情出现了，他再回头去看芳菲对他的感情时，看到了与亲情不同的影子。这对他而言，不是什么欣慰，而是有种怪诞的恶心。

　　然而在另一方面，他仍是爱她，仍是觉得她是自己至亲的血脉亲人，是这个世上很重要的人。

　　这种复杂的感情，还没有来得及理顺，还没有解开它的死结，芳菲就去世了。

　　她是惨死的。

　　一开始，所有的证据都指向了他的新婚妻子。

然而他才慢慢发现，此事里处处有芳菲的痕迹。

　　司行霈回想起，婚礼时顾轻舟的头皮发红发肿。而芳菲送顾轻舟礼物珍珠梳篦，司行霈检查了两次，都是无毒。

　　这时候，司行霈就感觉，顾轻舟的东西是被人调包了两次。这么做无非是要挑拨顾轻舟和司行霈翻脸。

　　而司行霈大婚那天，芳菲种种的表现，都像是绝望中的人，对爱人的告别。

　　如果她死了，如果证据都指向顾轻舟，那么依照正常人的想法，司行霈和顾轻舟的感情一定会破裂，婚姻一定会结束。

　　这是一个局。

　　身死为局，要的是司行霈此生绝不敢再次踏入婚姻。

　　得不到他，就宁愿他孤单一个人，也绝不能让其他女人靠近他。

　　可司行霈不是普通人，他是个变态。这变态浑身的血和灵魂都是黑的，只有心尖放着顾轻舟。哪怕违背天下大伦理，他也不会放弃他的妻子。

　　这样的局，对司行霈来说毫无意义。

　　"……我还在查。"司行霈的声音略微暗哑，"如果是真的，那么害死芳菲的，就应该是我自己。我不能接受，我还要再查查。我想要知道，背后到底是谁。"

　　顾轻舟从卧房慢慢走出来："司行霈，除了芳菲，还有另一个人……"

　　顾轻舟走到了司行霈身边，抱紧了他的腰。

　　司行霈摸了摸她的头发。

　　"不管什么时候，都别忘了还有司慕。"顾轻舟道。

　　司行霈"嗯"了声。他抱起她，坐到了沙发上，让她坐在他腿上。

　　顾轻舟就着这个姿势，抱紧了他的头，低声道歉："我不该问的。对不起，司行霈。你对我太好了，在你面前我时常任性，不会替你考虑。"

　　司行霈笑了一下。好像自己养大的白菜，终于能拱了。

"别煽情了，司太太。"他将头埋在她的黑发里，"你一煽情，我就恨不能把命给你。"

此事暂时被他们搁置了。

三日后，霍钺和颜一源，都出现在了顾轻舟和司行霈的院子里。

霍拢静在太原现身的消息，传到了他们的耳朵里。

时隔两年，他们又重聚了，这次是为了同一个目的：找到霍拢静。

霍钺并没有什么变化，还是跟第一次见面那样，像个教书匠。只是司行霈说，霍钺快有了枕边人，而这个人就是顾轻舟在岳城的小姐妹何微。

颜一源却变化很大。他好像高大了些，肤色也变得黝黑，眼睛深邃明亮，更加神似他父亲了。他长大了，不再是那个花天酒地的少爷，而是一个坚毅成熟的男人。

颜一源原本一辈子衣食不愁，不知艰辛是何物。两年多来，他走遍了整个华夏甚至东南亚，从没歇过一天脚，就算是天涯海角也要寻找霍拢静。他的手茧越来越厚，那颗心却越来越薄。他真累了，眉宇间露出淡淡的疲倦。

他难得对一个人如此深情，对一件事如此执着，若是半路被打断，他这辈子就废了。

因此，哪怕颜家再心痛，也没有阻拦过颜一源。

顾轻舟没有说话，只是轻轻地握住了他的手。

"如果这次再也没有她的消息，我就回家了。"颜一源道，"让年迈的父母日日夜夜为我提着心，实在不孝。"

顾轻舟和朋友们曾经一同年少无知，如今也都明白了，人生里的求而不得。

他们彻夜长谈彼此的近况，试图填补这两年的空白。

第二天，司行霈和霍钺集合了两百名精锐，这次他们要主动出击了，找到霍拢静，击败蔡长亭。

司行霈、顾轻舟、霍钺和颜一源从太原出发，开车足足三个半小时后，到了一处小镇。

小镇在山脚下，背后是连绵不绝的大山。未经开垦的山路特别难走，野草足足有半人高，草丛里的蚊子，几乎要把人活活啃了。

司行霈安排大部队在山脚等候信号，以免打草惊蛇。

他们只带了几名心腹，每个人手里都配了一把枪，走了两个多小时后，到了半山腰的平地。

"别出声。"突然，司行霈打了个手势，悄悄对众人道。

不远处有个小树林入口，两个人在不停地巡逻。

司行霈打了打手势，让其他人跟着自己绕路，猫着身子矮身走在草丛里，绕到了后面。

后面是一处大概三米高的陡坡，扔了攀绳就可以爬上去。

司行霈背着顾轻舟，依旧利落矫健。没想到，霍爷已经不动声色地爬到了前面。更没想到，颜一源居然也寸步不让地爬上来了。

"五哥，不错。"顾轻舟对颜一源道。

颜一源苦笑了下。这么久了，他真希望自己不必掌握这些技能。若是他不会，也就意味着阿静没有出事。

又过了两个小时，前面出现直上直下的一个陡坡，几乎没有落脚的地方。

等他们用绳子攀爬到了谷底，天已经黑了，不远处有一个隐蔽在藤蔓后的漆黑山洞。

顾轻舟感觉自己离霍拢静越来越近了。

他们小心翼翼地走了进去，听到了很多脚步声。

突然枪声四起。

"别担心，咱们是带了两百人的，一旦起了枪声，他们很快就到，至少能牵扯住外面的兵力。"司行霈道。

山洞里的人不断在向深处撤退，他们紧紧跟在后面，霍钺、司行霈以及一些精锐，沿路已经射杀了不少对方的人。

顾轻舟一步不落地追着，肺里火烧火燎。

终于追到了山洞的尽头，被一个巨石堵住了出口。

"阿静！"颜一源一声呼喊，凄厉得破了音。

霍钺的唇紧紧抿住，阿静在这里吗？

司行霈接住了随从递来的手电，照亮了对面的人。

有个人看上去很惨白，眼睛被光照得眯了下，旋即露出一点阴森，像极了她刚刚被霍钺救出去的那会儿。

顾轻舟的脑子里嗡了一下。两年多紧绷的那根弦，一下子就断了。她看着被司行霈照亮的霍拢静，屏住了呼吸。

"阿静。"旁边的颜一源开口了，声音那么凄惶。好像这是个美梦，稍微一动就要惊醒。

"阿静，你放下枪，我们不会伤害你的。"霍钺低声劝她，"听话，跟阿哥回家。"

霍拢静的余光，终于瞥向了他。

司行霈把手电照向了山洞顶，让所有人都能看清楚彼此。

霍拢静终于看到了霍钺等人。她的视线一一扫过，没有片刻的停留，落在顾轻舟和颜一源身上的目光是陌生的。

果然如他们所料，她失忆了。

如果她记得，她一定会想方设法地逃出去，而不是音信全无。

霍钺上前半步："阿静，你还记得我吗？我是你的阿哥，我找了你很久……"

霍拢静的表情，有点茫然，略感困惑。

然而，那困惑只是假象，她见众人都放下了警惕之后，把枪口对准了司行霈，有人给她看过这位长官的照片。

司行霈的手电当即一关，整个山洞里陷入黑暗。

突然，山洞里出现了两次枪声。

司行霈再次打开手电，发现他们这边没人受伤。

顾轻舟的手高高举起，稳稳地端着刚开火的枪。

对面，霍拢静被霍钺按在了地上。

她的不远处，有另外一个人躺在地上抽搐，很快就一动不动了。

此人异常地高大结实，黑巾蒙面，他的脖子处鲜血直流。

"江临，江临！"霍拢静似乎蒙了，凄厉大叫，冲击着每个人的耳膜。

霍拢静拼了命地踢打霍钺，不停叫着"江临"，想要过去看看，她突然哭了出来："放开我，你放开我，那是我丈夫！"

霍钺的心，突然发酸。

霍拢静挣开了他，她没有使诈，没有出击，而是奔向了倒地的人。

痛苦席卷了她，她的身子颤抖不停，然后吐出一口鲜血，整个人倒了下去。

霍钺急忙抱住了她，想要给她疗伤。

颜一源转过身，看着顾轻舟："如果没有那个人，你是不是要杀了阿静？"

颜一源的双目赤红，他看着地上死不瞑目的男人，好像看到了阿静的尸体。

他打了个寒战，再次逼问顾轻舟："你是不是想要杀了阿静？"

她的脸色惨白，眼睛也阴森得像个厉鬼。

"是。"她用自己也感觉怪异的声音，回答了颜一源。

她是想杀了霍拢静。

因为在那个瞬间，霍拢静想要杀了她的丈夫。

当她的丈夫受到威胁时，她本能庇护了他，不管对方是谁。

一直以来，保皇党就告诉霍拢静，她的目标是司行霈和顾轻舟。

颜一源奋力抬起了手。

顾轻舟本能地缩了缩肩膀，闭上了眼睛。

耳光没有落在她脸上。

睁开眼，她看到颜一源的手，停在了半空中。

他泪流满面，手却怎么也打不下去。

他双膝一软，跪在了地上，号啕大哭起来。

好像谁也没错，就连他自己，都不知道错在哪里。

他没有去找霍拢静，没有去看那具逐渐冰凉的尸体，没有责怪任何人。

迟到了两年的眼泪，淹没了他。

他跪在地上，放声痛哭，几乎要把肝胆都哭碎了。

顾轻舟的余光，也看到了尸体。

若不是这个人，现在躺在那里的，就是那个为了保护她才出事的阿静。

"我还算个人吗？"她问自己。

她觉得这辈子欠霍拢静的，粉身碎骨也还不清了。

"小心！"司行霈猛然抱住顾轻舟。

有人扔了一颗炸弹，还好威力很小。

司行霈的人立马也朝对方扔了一颗。

新一轮的较量又开始了。

半个小时后，四周的敌人似乎被消灭得差不多了，众人才稍微松了口气。

这时候，司行霈突然喊："轻舟？"

霍钺则喊："阿静？"

霍拢静趁着顾轻舟还没有回过神来，将她绑走了。

蔡长亭一直的目标，就是顾轻舟，他从不本末倒置。他非常清楚，他和顾轻舟之间没有可能了，得不到她的心，那么就要抢走她的人。

"给我追！"司行霈厉喝。

司行霈他们走出山洞时，天已经亮了。

望着远处的崇山峻岭，山涧薄薄晨雾，他心中一片沉寂。

她们已经走远了，不知踪迹。

"回去派飞机过来，就在这一片的山头找。"霍钺道，"你别着急。肯定是蔡长亭掳走了她，不管是出于复辟，还是私情，都不会伤害她。"

司行霈回头时，眼睛赤红，俨然是个嗜血的恶魔了。

顾轻舟的运气一直很好，那这次呢，她的好运会用完吗？

第四十八章

绝处逢生

顾轻舟陷入了深深的黑暗中。等她稍微有点意识时，感觉有什么冰凉的液体，从她的胳膊注射进体内，又立马陷入了昏迷。

她不停地挣扎，不能任由自己的意识沉沦，可身体背叛了她。很快，她连短暂的意识也没有了，彻底陷入了无边的黑暗中。

她的身子没有动，但意念和精神都让她保持警惕。

她时而能听到声音，时而又陷入寂静。

"说真的，如果你害怕被主子责罚，可以划破这女人的脸，就说是出了意外。"男孩子道。这声音的年纪，约莫十五六岁。小孩子恶毒起来，比大人有过之而无不及。

"真的，划破了她的脸，主子就不会喜欢她了。"男孩子又说。

"闭嘴！"顾轻舟听到霍拢静痛苦难耐的声音。

有刀在她的面颊上比画。

"你为什么不杀她？"男孩子似乎用尽了耐心，然而真正的好戏却半途中止了。他遗憾极了。他像个索命的小鬼，不停蛊惑人心。

顾轻舟的意识，更加混乱。黑暗中像是有一把蛛丝，缠上了她，将她死死地往更寂静幽暗的地方拽。

顾轻舟突然听到了清脆的巴掌声，猛然一个激灵，又稍微清醒了两分。然而，还不如不清醒。

她闻到了一股子熟悉的玫瑰香。这味道是她最爱的，却也是她最警惕的，故而她的心又往下沉。

有人轻轻地拂过她的眉头："这样痛苦吗？别皱眉。"

是蔡长亭。熟悉的语调，在她耳边回荡。

顾轻舟一直处于颠三倒四中，以为自己昏迷了很久，直到她睁开眼，瞧见了茂密的树冠，以及刺眼的阳光。

她动了一下，发现自己的双手被绑着，又听到了一阵金属的轻响，她的手腕上不仅有绳子，里面还有一副金属手铐。

"对我……这样防备吗……"她开口了，声音却虚弱得厉害。

她看清楚了自己四周的人，除了蔡长亭和霍拢静，其他人她不认识。有十几个人围绕在她的四周，此刻正在快速移动。

她是被人抱着的，这人正是蔡长亭。顾轻舟时不时闻到淡淡玫瑰清香，是从他领口处散发出来的，萦绕在顾轻舟的噩梦里。

"醒了？"蔡长亭笑了笑。

他好些日子没有剪头发了，额前一缕碎发垂下，几乎遮到了他的唇瓣，他俊美面容藏匿在黑发后，半遮半掩中显得越发美丽。

"嗯。"顾轻舟发现还是不能动，而上半身除了双手，双臂也被绑了。

她脑子好使，身手却不够灵敏。

四周的人，包括蔡长亭，全部都是保皇党的杀手，她在体力上毫无胜算，也就懒得耍花招了。

"给我松一松吧，绑得很紧。"顾轻舟低声道。

蔡长亭微笑："我可不敢冒险。"

顾轻舟微微抿唇。

良久之后，她似笑非笑道："长亭，你这样，已经算是认输了吧？"

保皇党的杀手组织，在顾轻舟成功挑拨平野夫人和蔡长亭之后，就分崩离析。一部分人忠诚于蔡长亭，一部分人则忠诚于平野夫人，相互厮杀导致六成的人丧命。如今剩下这十几人，就是蔡长亭的全部。

他从天津过来绑架顾轻舟，说明日本军部那边，仍是平野夫人占据了上风，他已经输了。

"嗯。"不承想，蔡长亭没有被她的话激怒，反而是淡淡笑了，"我输了，轻舟，复辟那条路，彻底走死了。"

然后，他微笑对顾轻舟道："你蛰伏两年，我和夫人的想法是同化你，让你做起一统天下的美梦。不承想，你心如磐石，一心想要毁了复辟，最后我们被你一网打尽了。"

他们一直在走路，穿过树林和灌木丛，阳光偶尔落在他脸上，他的表情恬静，像午后端起茶读书的学子，静谧得有点安详。

"不恨我吗？"顾轻舟问他。

蔡长亭想了想："复辟原本就是一场豪赌。既然是赌局，就会有输赢。我自愿下场赌，赌输了也不会跳脚的。轻舟，我输得起。"

顾轻舟看了眼他。

"真可惜。"顾轻舟漫不经心道，"男人还是赢的时候比较有魅力。"

蔡长亭不以为意。他们走了很长的一段路，顾轻舟挣脱不开，懒得再开口，索性合眼打盹。刚合上眼，她突然想起了什么，问蔡长亭："我被绑架了几天？"

顾轻舟的话，让蔡长亭的唇线略微紧抿。

他半晌才道："轻舟，你真刻薄，什么叫绑架？我把你接到我身边而已。"

顾轻舟从善如流："那请问我被接过来几天了？"

"你不知道？"

"这次真不知道，做了好多的梦，一直不安稳。"顾轻舟笑道。

蔡长亭表情略微舒缓。

"那……可有梦到我？"他笑问顾轻舟。

顾轻舟哑然失笑："当然，梦到过无数次，你简直是我的梦中情人。"

蔡长亭哪怕感觉再良好，也被她的反话弄得难堪了。

他又抿了唇。

顾轻舟嘲讽他的时候，火力全开，冲他最软弱的方向攻击。

见他简直要被激怒了，顾轻舟就想趁热打铁："长亭，我想问问你，你真喜欢我吗？"

从前的种种言语，多半是烟幕弹，没有任何实质性的意义。

现在，这个问题抛到了蔡长亭面前，他就好像被人戳了短处。戳他短处的人还没完没了，想要把他的狼狈牢牢记住。

他的眼神沉了下去。于是，他放下了顾轻舟，开始牵着她手上的绳子，带着她走。

顾轻舟浑身绵软，被蔡长亭带得一个趔趄："看来有答案了，你不是真喜欢我。唉，骗财我能理解，骗色就有点猥琐了啊长亭先生。"

"住口！"有人厉喝。

顾轻舟回头，看到了一个半大的孩子。

这孩子的个子比顾轻舟稍微高一点，尚未长开，是一副稚气的模样。他是最平常不过的容貌，只是那双眼睛，阴沉沉的，好像历经了沧桑。

"你还要脸吗？"男孩子骂她。

顾轻舟想起来了。在她梦中，就是这个男孩不停挑拨人杀了她。哪怕不能杀死她，也要毁了她的容貌。

"他为何这么恨我？"顾轻舟心中略感疑惑。

她没见过此人。

顾轻舟的目光在这男孩身上扫过，毫无头绪。

然后，她瞥见了霍拢静。

现在，顾轻舟终于看清楚了霍拢静。她梳了高高的马尾，穿着便捷的黑衣，手里拿着一把短刃，腰上别着枪匣子。

霍拢静很安静，眉头紧锁，她感受到了顾轻舟的目光，抬眸看了眼她。

这一眼，本该充满了仇恨，但霍拢静的心中莫名一酸，好像有无数的记忆涌上来，让她百感交集。于是，她自己挪开了目光，不再和顾轻舟眼神接触。

顾轻舟发觉了她眼神中的异常，眼眶突然就红了。

男孩踢了她一脚："好好走路，看什么？"

这一脚毫不留情，几乎要把顾轻舟的小腿踢出一块瘀青。

蔡长亭拉着绳子，回头道："高狄，不许无礼。"

男孩子那阴森的眼神，立马温顺得像只羔羊，走到了蔡长亭身边："主子，咱们干吗不杀了她？"

"别胡闹。"蔡长亭淡淡道。

顾轻舟细细品了品那男孩的眼神，顿时就明白了。原来他对自己那么大的敌意，是因为蔡长亭。

因为蔡长亭喜欢顾轻舟。

她心中明了，就不再开口了。她身上发软，大概是绑架时打入身体的药尚未褪尽。顾轻舟是个大夫，算了算令人昏迷药的时效，于是她想："我遭到绑架，应该还没有超过三十六个小时。"

也就是说，她只是昏睡了一天一夜。

司行需如果要追上她，估计还来得及。他们一直走山路，顾轻舟的双腿有千斤重，蔡长亭拖了她两次，差点把她拖得跌倒，就重新走到了她身边。

他低头看她，表情尽可能柔和："我抱着你走，别再出幺蛾子，行不行？"

顾轻舟也想节省体力。要不然，她身体累到了极致时，脑子跟不上，有机会也不能抓住。

"好，我保证。"顾轻舟温顺道，甚至气若游丝地补充了句，"我走不动了。"

蔡长亭抱起了她。他的呼吸，就在她的头顶，闻到了她头发里的清香。他没有言语，命令众人继续上路。

而顾轻舟，在药效还没有过的情况下，万万跑不掉的。机会只有一次，她须得慢慢找，就暂时决定合眼打盹。她彻底放松了自己，又睡了过去。

等她醒过来时，天已经黑透了。他们可能爬了很高的山，入了夜非常冷。

顾轻舟身上盖着蔡长亭的外套，她发现所有人都原地休息。

"给。"蔡长亭伸手，把一块饼干送到了顾轻舟的唇边。

顾轻舟一口叼了过来，问："怎么不生火，弄点热的东西吃？"

蔡长亭在发呆。顾轻舟衔走饼干时，唇碰到了他的手指。柔软的触感，让他有了异样的波动，并不是那么无动于衷。

他茫然了片刻，这才回神，又把一块巧克力送到了她唇边："何必多此一问？"

"是怕被找到。那就是说，司行需的飞机在半空？"她道。

蔡长亭点点头。

顾轻舟想了又想："你想把我带到哪里去？"

蔡长亭道："很快就到了，别担心。"

等顾轻舟吃了三块饼干和两个巧克力，他拿起一壶水给她。

顾轻舟闻了一下，先闻到了一股药味，她摇摇头。

蔡长亭就固定住了她的脑袋，强行令她喝了下去。

喝完了，顾轻舟的意识逐渐涣散。

"他们应该还有个基地，在深山里。看他们这样谨慎，大概是要把我关起来。"顾轻舟失去意识前想到，"司行需不知急成了什么样子。"

一双干净微凉的手，落在她的脑门上，似乎在安抚她。

她彻底睡着了。等她醒过来时，已经到了室内，屋子里的气温还算温暖，应该是地下的，四周都是水泥浇灌的墙壁，有个通风口，一扇巨大的钢铁门。

"这就是牢笼。"

大铁门上，还有个小门。小门是从外面反锁着的，蔡长亭打开了小门，端了一碗热气腾腾的米粥进来。

"吃一点。"他道，"慢慢吃，别烫着。"

顾轻舟身上的绳子和手铐已经不在了，她能自由活动，只是被绑了两天一夜，双臂酸痛难当，她动了动胳膊。

"谢谢。"她道。

蔡长亭坐到了她身边。顾轻舟的这个牢笼，地上只有两床被褥，没有其他的摆设，蔡长亭毫不见外地席地而坐。

顾轻舟一边喝粥，一边想心事。

蔡长亭见她眼珠子半晌不转，问："想从这里逃出去很难。这是一个刚竣工不久的军用地堡，里面很复杂，哪怕你出了这个门，也找不到大门所在。"

顾轻舟回神，她笑了笑："我没有在思考这个问题。只要我暂时安全，我就不着急，司行需也不会太着急的。"

绑架她，无非是平野夫人公布了她的公主身份。

顾轻舟非要说自己不是，却没有实证，推托不了。

司行霈会着急，却也会知道，她暂时没有性命危险。

"我在想，当初司慕和芳菲遇害时，你和阿蘅就在上海。我始终不相信，此事跟你没关系。"顾轻舟道。

蔡长亭笑了一下。

顾轻舟又问："到底跟你有没有关系?"

蔡长亭点点头："跟我没有，但跟夫人有。"

司芳菲生于军阀门第，她跟普通人家的女孩子不同。物质上的任何东西，她想要就能得到，让她毫无贪念。活着，要见识种种丑恶，让她原本就有点敏感的心更加娇弱。

在她的生命里，唯一有意义的，大概就是她的兄长。司行霈是她生命里的支柱。

哥哥流连欢场，司芳菲嫉妒却不会记恨，她知道他没有上心。她也知道，在他心中，自己永远都是最重要的。

直到顾轻舟的出现。顾轻舟给了司行霈爱情和家庭。在他心里，顾轻舟的吃醋和无理取闹，他都要维护，他甚至主动远离了芳菲。

以后，妻子、孩子会填满他的生命，妹妹只是个亲戚。

司芳菲的信念就倒塌了。

"她应该不是自杀，对吧?"顾轻舟道，"前些日子，司行霈跟我说，他查到的，芳菲可能是杀了司慕之后，再自杀。

"但我想，芳菲想要司行霈的，那么她就还有活着的信念。

"司慕死了，他母亲和妹妹一定会想要我偿命，我和司行霈的婚姻将要受到万人唾弃。这样的婚姻，是不能长久的。哪怕我们熬过了万难，将来看到彼此时，也会想起曾经为了对方吃过的苦头，也要生出不忿来。

"若只是想要破坏我们的婚姻，司慕死了就足够了。而且，司行霈说，司慕和芳菲刚刚去世之初，他查到的凶手都指向我，说明芳菲是做了安排的。

"她做好了嫁祸给我的准备，司慕的死又能达到她的目的，她没必要再自杀吧。所以，我感觉这里面还有其他人的手笔。"

蔡长亭微笑了一下。

顾轻舟又道："芳菲的死，其实在那个局里没什么大作用，唯一的就是让司督军也崩溃，加剧我婚姻的破裂。"

蔡长亭道："不错。不过此事不是我办的，夫人一边让我和阿蘅去找你，一边在破坏你和司家的关系。你猜得不错，局是司芳菲设的，她想要害死司慕来激化你们和司家的矛盾，让司夫人咬死你。但司督军和司行霈仍是会站在你这边的，也许困难会让你们更团结，让你的婚姻更牢固。夫人想要让你走，就来了个黄雀在后。司芳菲找人陷害你时，夫人的人就跟上了她。司行霈可能没有跟你说过，他抓到了自己身边的一个内奸，那人在他审讯之前就自尽了。他就是夫人的奸细，也是他杀了司芳菲，把那个局做圆。往浅处查，就是你害死了司芳菲和司慕，所有的证据指向你；往深处查，就是司芳菲以自杀为饵。夫人干干净净的，查不到她头上。"

顾轻舟听到这里，端着米粥的手略微一顿。

她明白了一件事。司芳菲送给顾轻舟的珍珠梳篦，的确是好的，做手脚的是那个奸细。

他知道司行霈会查，故意把带毒的给了顾轻舟。顾轻舟用完，头皮红肿，可能会导致司行霈误会顾轻舟故意陷害司芳菲。

既然故意陷害，说明顾轻舟对芳菲有了恶意。

等司慕一死，司芳菲可以推说司慕是为了她而死；再查下去，凶手又是顾轻舟……

"……结果，你们都估算错了。哪怕我真杀了司芳菲和司慕，司行霈也要我。你们千算万算，没算到司行霈是个变态吗?"顾轻舟问。

蔡长亭叹了口气。

平野夫人提到此事，也很懊恼。

设计了那么一大圈，把顾轻舟弄到了太原府，效果却是很微弱。

司行霈真是奇葩。当然，顾轻舟更加奇葩。

平野夫人把她的乳娘和师父放在她身边，那两个人等于是牢卒，看守和训练顾轻舟的。可顾轻舟不知道，她对他们有感情。

司行霈杀了他们，顾轻舟居然还愿意和他结婚。

说起来，这两口子真是天生一对，是两个变态。

"如果夫人了解你，她就不应该用这样的计谋。"蔡长亭道，"现在想想，如果让司芳菲活着，或许更能搅和你和司行需了。"

"那司慕呢？"

"司慕是司芳菲杀的，这点怪不到夫人头上。"蔡长亭笑了笑，"轻舟，我知道你不甘心。你的心情我很明白，有时候我们刻骨的仇恨，最后解开真相时，却只是缘于小女孩子的吃醋。司慕死得冤枉，你再不甘心也没办法了。"

顾轻舟手里端了一碗粥，良久未动。

她把往事放在心里，只感觉是冰凉刺骨又沉甸甸的。

司芳菲的死，弄得好像殉情一样死无对证，让顾轻舟的嫌疑更加洗不清，也让她彻底无法在江南立足。

只是，司慕何辜。如果是平野夫人策划了此事，那么顾轻舟可以把这仇恨放在她身上，找她弥补回来。可司慕是芳菲杀死的，芳菲也已经死了，无法替司慕报仇。

一种深深的无能为力，充斥着顾轻舟，让她捧着粥碗无法动弹。

"不是每个委屈，都能有个公道。"蔡长亭还在耳边道。

顾轻舟茫然地点点头。

蔡长亭又问："你还喝粥吗？一会儿凉了。"

顾轻舟将手里的粥一口饮下。粥的确是有点凉了。

山中的气温，跟太原府的完全不同，如果长期生活下去，会没有昼夜，不分四季了。

"很难过，是不是？"蔡长亭问她。

顾轻舟点点头，她甚至能想象，当芳菲要杀司慕的那一刻，他都不知道发生了什么。甚至，司芳菲的枪抵住了他的额头，他也会笑问：你闹什么呢，当心走火。

然后，一枪洞穿了他的脑袋。

也许他估计倒下的一瞬，还在想：怎么真走火了？

他不会相信，自己的妹妹想要杀了他。只为了自己那点畸形的贪恋，就能要了他的命。

顾轻舟一想到这些，心里就血肉模糊。

"命也分贵贱。就像大人物的命，是比较值钱的，咱们小人物的命，都没什么价值。"蔡长亭道。

见顾轻舟吃完了，他站起身："早点休息。"

顾轻舟扬起脸，问他："你还在想走复辟这条路吗？"

蔡长亭没有回答。

顾轻舟又说："长亭，如果你一开始不是走这条路，而是混个军阀当当，也许你现在也拥有一方地盘，一支军队。虽然想要一统天下太难了，但是旁人也不可能一下子就推翻你的所有辛苦。所以，走到现在这一步，你后悔过吗？以你的智慧和才干，如果不梦想做皇帝一步登天，现在的处境会好很多吧？"

蔡长亭的身子略微发僵，他不由自主地捏紧了手指。然后，他快步走了出去。

顾轻舟看着他的背影，唇角略微挑了一下，有了个淡淡弧度。这是她的真心话。

当然，人生是没有后悔药的，也没有再来一次的机会。

蔡长亭把这些话听了进去，他会饱受折磨的吧？

顾轻舟有点累了，就倒在被褥上，合眼打盹。

她一直在调节，让自己尽可能精力充沛。然而，蔡长亭那货实在精明，他连米粥里也不放盐，顾轻舟不至于饿死，却始终处在"没力气"的状态，让她想跑也跑不掉。

就在此时，换风口突然有人说话："喂，主子让我给你送点饼干，你还要不要？"

是那个叫高狄的男孩子。他说话的时候，口齿不清，好像是在吃饼干。蔡长亭让他送，他是不会给顾轻舟的，全部吃掉不算，还要说出来馋顾轻舟。

顾轻舟道："不用，我不饿。"

男孩冷笑："我也觉得你不饿。那好，你继续睡吧，等着我将来把你剥皮抽筋。"

顾轻舟坐了起来。她看不见外头，但那个男孩子能看到她，故而她笑了一下。

"长亭不会杀我的，他喜欢我。"顾轻舟笑道，"你知道为什么吗？因为我是女人。"

外头没了动静。

片刻之后，才有恶狠狠的声音道："女人怎么了？"

"女人不怎么，但长亭只喜欢女人，是不是？"顾轻舟道。

突然，顾轻舟面前的地面上，被枪打了一个窟窿。

一声巨响在她耳边炸开。顾轻舟急忙往后缩。

那个年轻的男孩子，对蔡长亭一番痴情，却遭到了无情的践踏，于是他恨顾轻舟，恨得咬牙切齿。

通道里响起了脚步声，顾轻舟知道这男孩放枪惊动了其他人，他们来查看了。

果然，男孩低声咒骂了句，急忙跑了。

有人再次打开了顾轻舟这间屋子的门，把顾轻舟给拉了起来，彻彻底底检查了一遍。

"我没有枪，方才是高狄放枪的。"顾轻舟道。

那一男一女还是仔细搜查。确定没有，他们这才离开。

离开的时候，他们把灯关了，顾轻舟彻底陷入了黑暗里，仍有思绪将她掩埋。她想了很多事，也想起了平野夫人。

"她会不会卷土重来？如果她一直躲在日本人的租界里，我怎么找到她？"顾轻舟想。

而且，她又该怎么和司行需说起芳菲跟司慕的死因。

她慢慢地入睡了。她也不知是睡了多久，醒过来时四周仍是漆黑。

顾轻舟晨昏不知，精神消耗很大。

霍拢静站在地堡的入口处，今晚是她放哨。

她把自己藏在暗处。

杀死江临的仇人，就被关在这间地堡里。

看到她时，霍拢静的眼睛发涩。她应该恨她的，却莫名心软了。

她想起了为她而死的江临，想起了自称是哥哥的男人，想起了焦虑又亲切的呼唤声。

两年来，她跟着江临东奔西走，居无定所，表面上是做生意，实际上是为保皇党做事。最近，风声突然紧了，他们按要求直接跟着蔡长亭。

她明白，那晚出现在山洞里的几个人，对她而言都很重要。

倏然，满脑子的思绪，似海啸般冲向了霍拢静。

不堪重负中，她昏死了过去。

过了不久，她醒了过来，思路却没有断开。

她泪流满面，不知是为了谁。

"顾轻舟。"她突然站了起来，用力将眼泪擦去。

铁门轻轻打开时，顾轻舟坐了起来。

她的眼睛是适应了黑暗的，故而看到进来的人是霍拢静。

霍拢静走上前，低低叫了声："轻舟。"

顾轻舟没动，浑身发僵。她试探着去握霍拢静的手，似有千言万语："你……你记起我了吗?"

霍拢静的声音是嘶哑的："没时间了，别出声，跟我来。"

霍拢静对路线很熟悉，利落地避开了巡夜的人。

她们两个人跑过了甬道，到了一个洞口。霍拢静上前去推那道沉重的门，顾轻舟赶紧去帮忙，终于将门推开了仅容一人通过的缝隙。

突然，暗处有身影一闪。

高狄似笑非笑地站在了她们身后："好啊，阿静姐，你果然起了异心。"

"滚开。你知道我对手下败将毫不留情。"霍拢静低声道。

"我知道。所以我现在就要去告诉主子。"

霍拢静刚想要去追高狄，顾轻舟急切地对霍拢静道："你赶紧走，让司行霈来救我，不然我们两个都走不了。蔡长亭还需要我，他一定会留下我的性命，对你就不一定了。你先去搬救兵。"

霍拢静咬了咬唇："我还有很多账要和你算，你不能死。"

顾轻舟点点头。

她们从门缝中勉强出来，分头飞快地跑去。

她听到了身后的脚步声，还有蔡长亭的声音："轻舟！"

她被发现了，蔡长亭追了出来。她从东南向，拐向了西边。

耳边的枪声越发密集，有一颗子弹擦着顾轻舟的头皮飞过时，顾轻舟差点被绊倒。她默默计算着时间，然后就拼了命地跑。她好像真的跑出了包围圈，因为身后的脚步声和子弹声都没有了。

天也快要亮了，顾轻舟瞧了眼天空，暂时还没有飞机，故而她打算歇一下。

然后，她就看到了人影。

"停下来，前面是……"蔡长亭似乎在怒喝，疾奔向了顾轻舟。

顾轻舟却不管不顾，只当前头是一丛灌木，一头扎了下去。

蔡长亭这时候扑向了她，牢牢地将她抱住。

然而，眼前并不是什么灌木，而是藤蔓。藤蔓被两个人一扑，直接坠开了网，顾轻舟和蔡长亭一起往下掉。

她耳边是呼呼风声，心脏在这个瞬间，都被吓得要停止了。

他在手忙脚乱中，一手抱紧了顾轻舟，一手抓住了一根藤蔓。

此刻，骄阳缓缓升起了，顾轻舟看清楚了茫茫白雾下面，是不知深浅的峡谷；而上面，是陡峭的崖壁，几乎没有坡道，直上直下。

一丛绿色长在崖壁里，被蔡长亭牢牢地抓住了。

他也在打量，然后对顾轻舟道："搂紧我！"

他借助这根藤蔓，往上爬去，缓慢而艰难。

顾轻舟屏住了呼吸，没有动。

等他们靠近了那丛植物，顾轻舟和蔡长亭才看到，是一根藤蔓围住了一株斜生而出的树。

蔡长亭一点点地爬，终于爬了上去，这才把顾轻舟放下来。

树不粗，看上去也不够牢固，蔡长亭和顾轻舟并排趴着，脚都是悬空的，山谷的风簌簌而过。

"上去很难，要等人来救。"蔡长亭道。

顾轻舟也看到了。

这里离上面足足有好几米，可四周没有任何够得着的植物了，整个壁面是垂直的，没有任何可以借力的地方。

蔡长亭道："我手下的人，很快就会追过来，别担心。"

顾轻舟一直不敢动，也不说话。

蔡长亭这时候才问她："怎么?"

"我……我没什么力气……"顾轻舟艰难道。

她害怕说话就会泄力，然后掉下去。

同时，她也注意到，这棵树的根部，一直在发出断裂的响动，根似乎被他们压得快断了。

顾轻舟大颗大颗地出汗。

也许只是她的幻觉。

然后，她感觉到了蔡长亭在搜她，把她托上了树干，让她能坐到上面去。

树干晃了一下，又往下坠了点。

"在……在断……"顾轻舟道。她说话的时候，就连她自己也听不清了。

"没事。"蔡长亭也看了眼。

他看到了树根有一小部分已经翘了起来。再耽误下去，这树就要被他们压断了。

蔡长亭的人，应该会追过来救他们的吧?他在心里，默默计算着什么，自己也坐到了树干上，甚至抱起了顾轻舟，主动往树根处挪。

他一动，那树根就以肉眼可见的程度，断了更多。

她自嘲一笑，双手死死扣住了树干，任由蔡长亭抱紧她的腰："两个人……怕是撑不住。长亭，你应该先把我扔下去。"

蔡长亭往下看了眼。

晨雾尚未散尽，峡谷有多深、底下是什么，都看不清楚。

"现在有力气了?"他问。他紧抱着她的胳膊，并没有半刻松弛。

顾轻舟见状，心中莫名可怜他："长亭，我真不是你救命的稻草。走到现在这一步……"

"我知道，我已经输了。"蔡长亭续上了她的话。

落下的瞬间，他的心也空白了片刻，盲目中拼了命乱抓，被他抓住了一株藤蔓。如今坐在树杈上，他心中生出了无边的后怕，方才若是什么也没抓到呢？那现在，他是不是要和顾轻舟一起，摔得粉身碎骨？

人真的很脆弱。再强大的思维、身世、体魄，在生死边缘都那么无助。

就像顾轻舟，若不是蔡长亭，她哪怕抓住了藤蔓也无法自救，她的双臂脱力，压根儿就使不上劲。

此刻她那五步一算的精明，能救她吗？

蔡长亭执拗着，不肯认输，以为自己还有从头再来的机会。

此刻，他终于能坦白自己的失败了。

他输了。

从保皇党的跟随者和资助者被顾轻舟一把揪起的瞬间，他们就一败涂地，日本军部也救不了他们。

"你说得对。"蔡长亭慢慢道，"我年少时的野心太大，走错了路。若从一开始就脚踏实地，回国在某个小军阀手下做事，过几年取而代之。

"到了今天，就像你说的，有一方地盘。旁人打过来，自己有还手的余力，不会像现在这样被动。"

顾轻舟笑了一下。

"回头是岸。"顾轻舟道，"好好换个目标生活，会有自己的前途。"

蔡长亭叹了口气。

顾轻舟道："我最想要的生活，就是能和司行霈隐居在某个小地方，平日里做饭、弹琴，打鱼采莲，与世无争。你呢？"

蔡长亭也想了想。

他对权势的欲望，无非是因为他从小受人歧视。

他父亲蔡龙头，早年就有了妻室，去日本不过是避难。他母亲出身于日本名门，不听家庭的安排，执意跟了他的父亲。

蔡龙头回国之后，又不敢离婚娶她，母亲怀了他，被家族不容，于是她生下了蔡长亭不久就郁郁而终。从此，蔡长亭就跟着蔡龙头派过来的一名老用人一起生活。等他长大了些，逐渐有了点能耐，外祖家才肯认他，当然也是一种很轻慢的态度。

他太过于漂亮，不少人打他的主意，这其中受过的委屈，一言难尽。

每个幻想着一步登天的人，都是受过太多的痛苦和委屈。他想要报复，而他的仇敌太多、太强，他想要让他们全部跪倒在自己脚下，但是一步步变强的过程太慢。

他和平野夫人的目标是一致的，他也是从一开始就准备好了黄雀在后。

蔡长亭的人生规划得整整齐齐，却万万想不到，自己命悬一线时，救命的树枝摇摇欲坠时，明明他扔下顾轻舟就能多一分活命的希望时，他依然紧紧抱住了她。他和他的心，拥抱着她，没有哪一处想过丢下她。

若是倒退五年，有人告诉蔡长亭，他的心里会装下另一个人，甚至重过他的生命，他一定会嘲讽对方。

他对人是没有感情的。任何人，都不足以在他心中留下痕迹。他活了这么多年，有足够的才智，于是当他知道自己绝不可能松开顾轻舟时，他认输了。

他认真地想了想。千头万绪，就像山谷的风，从他的四肢百骸穿过，他最想要的，浮动在他的心头。

他说："我最想要你活下去。"

顾轻舟一怔。

这么久了，他的人还没有追过来，他想他们应该是一哄而散了。这些杀手只有冷酷，没有忠诚，他们抛弃了他。

而这棵悬崖上的树，树干已经断了一半，剩下一半艰难支撑着他们两个人。

蔡长亭突然俯身，在顾轻舟的额头亲吻了一下。

顾轻舟本能地想要往后退，残存的理智却又让她保持不动。一旦往后，她就要摔下去。

"军阀混战的年代，差不多就要结束了。"蔡长亭道，"我再也没有占山为王的资格了。伏低做小从头开始，我做不到，谁也没资格使唤我。我一生忍着的那口气，彻底断了。轻舟，我真的输了。"

身后的树根，又断了好些。

上面还没有脚步声。救援的人没有来。

再耽误下去，这棵树就要整个断裂，把他和顾轻舟一起带向深渊。

这女人在他苍白的人生里，点缀了色彩。

他想，他爱她。

爱让他有了点人性，这算是他二十几年生活里唯一的光辉了。

他不能带着她，一起摔下深渊。两个人一起，这棵树只怕坚持不了十分钟。十分钟，司行需的救援到不了。可没了他，这棵树可以坚持三十分钟。那时候，救援可能就到了。

这是渺茫的生机。一个人的生机。

蔡长亭用力把顾轻舟往怀里一揽，又在她额头吻了一下："可别忘了我。"

说罢，他双手一松，整个人往下坠去，毫不迟疑，就像是练习了千万遍那样，带着他人性最后一点的光亮。

顾轻舟差点也要跌下去，她整个人趴在树上，看着蔡长亭的身子快速没入了晨雾里。

慢慢地，她听到了一声回响。

第四十九章

尘埃落定

人的感情，有时候很敏锐，但有时候也会很迟钝。

比如顾轻舟，她就从来没想过，蔡长亭死了之后，她应该是什么样子。她心里没有那根弦。所以，山谷里重重的回响，像是什么东西被摔得稀烂，她半晌很难产生共鸣，只是茫然地想：他掉下去了。

他为什么要掉下去？

赌徒不到最后一刻，绝不会放弃的，幻想着任何翻身的机会。

如果这棵树支撑不了，蔡长亭会做的，不是把她扔下去吗？

顾轻舟用力地睁大了眼睛。她趴着，只能往下看，不能往上看，一动也不敢动。

山谷里的晨雾，被什么惊扰了，动荡了一瞬间，又慢慢归于沉寂。

顾轻舟心中一片空白。她死死地抱紧了树干，双臂酸得要脱臼了，她听到了吱呀一声，树根又断了些，整个树往下一扑。顾轻舟和树干一起，撞到了悬崖的壁上，石头撞到了她的鼻子，顿时鼻血和眼泪齐下。

然而，树干却没有继续断。少了一个人，它还能艰难地维持着，倒挂在悬崖上。

"如果他没有掉下去，现在这棵树就要掉下去了，我也要掉下去了。"这大概是从蔡长亭坠落到现在，顾轻舟最有逻辑的一个想法。

"他……是为了我吗？"她问自己。

这时候，她听到了动静，还有司行霈声嘶力竭的呼喊。

原来霍拢静跑到了山脚，发现司行霈和他的部队已经在此地驻扎多时，她赶紧找到司行霈说明了顾轻舟的危险处境。还好蔡长亭的余党散尽，司行霈才能毫无阻拦地上山，赶在最后一刻找到了顾轻舟。

司行霈也不知自己是如何熬过三天的。

他没有合眼，眼睛里全是血丝。当他腰上挂着绳子下去的时候，顾轻舟只剩下一口气了。

司行霈刚刚抱住顾轻舟，整个树根就断了。

晚一秒，他就要眼睁睁地看着顾轻舟坠入山崖。

他将她抱起来，她满脸的血，狼狈又凄惨，司行霈用力箍紧了她。

"轻舟，轻舟！"他在她的耳边，高声地喊着她。

他自以为声音洪亮，实则早已嘶哑了。

顾轻舟良久，才应了声："司行霈。"

司行霈喜极而泣。

他用力眨了眨眼睛，吻住了她的唇，眼泪落在了她的面颊上。

滚烫的泪，没入顾轻舟冰凉的肌肤，让她回神。

他一定是吓坏了，后怕到了极致，才会当着她的面哭出来。

他是个混账玩意儿，能让他哭泣的，也大概就是顾轻舟了。

顾轻舟的双臂的确是脱力了，故而她拼命地冲他微笑。

可怜她满面青紫，笑起来忒狰狞，司行霈的眼泪更盛，几乎要淹没了他。

"我是不是做梦？"她的声音，轻不可闻。

司行霈吻着她的唇，然后咬了她一下，浓重的鼻音问她："疼吗？"

"嗯。"

"那就不是做梦。"他道。

顾轻舟道："不是做梦，蔡长亭怎么会掉下去？"

司行霈："……"

他们终于到了山顶，军医给她检查，发现她身上没有其他的伤口，血迹全部是鼻子里流出来的。

他们给顾轻舟打了一针。

顾轻舟就陷入了深深的睡眠中。

睡着了，那些光怪陆离才会慢慢远离她。

她再次醒过来时，看到了自己熟悉的房间，窗帘被阳光晒着。

屋子里暖暖的，甚至有点热，盖在她身上的被子也单薄。

如今是盛夏。

深山不知寒暑，顾轻舟一下子就回到了人间。

司行霈就在她身边，他半坐着，手臂环绕着她。

她一动，司行霈就醒了。

"轻舟？"司行霈警惕，低声叫了她。

顾轻舟应了："我在呢。"

她的声音鼻息很重，因为撞断的鼻梁骨被重新接上了，让她只能用嘴巴呼吸，声音跟往日不同。

司行霈微微昂起头，仔仔细细看着她。

她鼻梁摔断之后，整张脸都有点肿，司行霈看在眼里，心中格外踏实：她受了点伤，劫后逢生了。

她的伤，让一切看上去那么真实。

司行霈叹了口气，又在她唇上亲吻了一下，闻到了包扎的药味："再睡一会儿吧，咱们回来才不过一天。"

"回家了，真好。"顾轻舟喃喃道，"在外头不管受了什么委屈，都有家可以回。"

她说罢，抱紧了司行霈。

司行霈轻轻地摩挲着她的头发。

"……蔡长亭手下有个男孩子，叫高狄，看上去挺邪恶的，他人呢？"顾轻舟问。

司行霈道："跑了。"

"他居然没有去救蔡长亭。"顾轻舟道，"我还以为，他真喜欢蔡长亭呢。"

想到这里，她就觉得蔡长亭可怜。

这个世上，谁真心爱过他？

"我逃出来之前，被打了药，又被捆绑，全身无力。后来奔跑，几乎耗尽了我所有的力气。往下掉的时候，我透支了体力，有点耳鸣，又有点幻觉。所以，蔡长亭他是真的自己掉了下去，还是被你打了下去？"顾轻舟问。

人的记忆，有时候会欺骗自己。

顾轻舟现在就感觉自己受到了欺骗。

在她的记忆里，当时蔡长亭告诉她，他真的输了，然后他亲吻了她两次，都是吻在她的额头，没有任何的情欲。

好像是情窦初开的男孩子，小心翼翼地亲吻着自己的心上人。

然后，他自己坠了下去。

顾轻舟认识的蔡长亭，是个心肺都黑透的阴谋家，一个急切想要权势的男人。如果他自己不掉下去，那棵树就要带着他们俩一起往下掉。

"应该是他把我推下去，而不是他自己掉下去。"顾轻舟道，"我这段记忆，为何会如此？"

司行需抱着爱妻。

这是顾轻舟第二次发问。她到现在，都不能相信，蔡长亭把渺茫的生机留给了她。她觉得，一定是某个记忆出现了断层，她才会有这样的错觉。

"轻舟，你知道人的眼睛有多复杂吗？里面能折射亿万种光，层层叠叠的。眼乃心窗，一个人心思的复杂，岂是轻易能猜透的？"司行需轻轻地吻了吻她的头发。

他原本可以把事实扭曲一点，也可以换个说辞。

但是，他没有。

蔡长亭就算再可恨，也在最危急的时候，把生的机会留给了他的妻子。至少在那一刻，他有了点人性的光辉。

"他的确是自己掉了下去的。"司行需道，"你当时精神很差，那棵树眼瞧着就撑不住你们了。他对自己的手下失去了信任，知道他们不会去救你们，也知道我就算以最快的速度赶过去，也来不及救你们。

"一旦耽误下去，你和他都要死。就算他活下来了，我也不会放过他的。所以在那个时刻，他一生的混沌终于明了，看到了自己的灵魂。"

就在司行需以为，她不会说点什么的时候，她开口了："那就是说，他真的是为了我。"她微微蹙眉，"天大的人情，我要怎么还？"

司行霈又吻了一下她的头发："他是成全了自己。"

顾轻舟合眼。她觉得很难过。蔡长亭的去世，她本来并没有什么伤悲，就好像无数的对手倒下那样，她其实很清楚的。但她心里的亏欠，又不能真做到无动于衷。

情绪有点乱，她对司行霈道："那个峡谷有多深？如果你的人下去，能不能找到他的尸骨？

"既然他是为了我，我想把他的尸骨收起来，让他入土为安。请道士给他念四十九天往生咒，让他下辈子能投个好胎。

"逢年过节，我们去给他上炷香，以后也可以告诉我们的孩子，曾经有个人救了他们母亲的性命。

"蔡长亭也曾多次害我们，给他一个入土为安，也算是我们力所能及了。"

司行霈还以为，她的情绪会崩溃。

不承想，她已经恢复了理智。

他笑了笑："那好，就照你说的办。"

顾轻舟点点头。

司行霈很想问，她是不是担心蔡长亭没死。

当时蔡长亭身边有十五个人。他们追随蔡长亭，其实是没名没分的，还不如平野夫人手下那些人。蔡长亭从天津回来，等于也跟日本人断交了。跟着他，到底有什么前途，这些人并不知道。

蔡长亭追着轻舟跑出去后，剩下的人，彼此对视了一眼。其中有个男人，算是他们的教官，他居然转身就跑，剩下的人心里的那扇门好像被推开了。于是他们一哄而散，彻彻底底和蔡长亭断绝了关系。

高狄还想要去找蔡长亭，却看到了蔡长亭掉下悬崖。他不敢往深处看，怕自己也掉下去，故而他也走了。

司行霈上山时，没有遇到余党，所以毫无障碍地找到了顾轻舟。

蔡长亭死了，他的人散了，平野夫人深感痛心。哪怕蔡长亭跟她不同心，却也曾是她的左膀右臂。

现在到了六月底，一年中最热的时候。

顾轻舟和司行霈怕上午太热，故而凌晨四点多起床，出发去了蔡长亭葬身的山头。副官们准备了上百斤的绳子。

"先用三十斤的大石头往下掉，看看到底有多深。"司行霈指挥道。

石头被扔了下去，直直往下坠。

顾轻舟心有余悸。

她恍惚记得，那天蔡长亭落下去时，也是这么哐当一声。

绳子稍微一松之后，又继续往下掉。

有个副官野战经验丰富，对司行霈道："师座，石头是掉到水里了，底下肯定有暗河。而且石头还在下沉，暗河看上去很深。"

司行霈略微迟疑："有暗河的话，下去就很危险了。这样吧，我亲自带着人下去一趟。"

顾轻舟急忙道："不行。"

司行霈道："不妨事，放心。"

"我不可能放心。"顾轻舟道，"若有个闪失，不管你的命还是战士的命，都得不偿失。"

司行霈笑了笑，他伸手摸了摸顾轻舟的头发。

副官也在旁边道："师座，太太言之有理。深山里的暗河都特别危险。我估算了一下距离，山头离水面超过了八十米。只要距离超过了三十米，从高处落入水里和落在地面上是一样的。再说了，这暗河估计很邪门儿，我没有把握下去以后能上来。"

司行霈问顾轻舟："那你会不会昼夜不安？担心他没死，哪天再找上门？"

顾轻舟道："我希望他没死，那我就不用偿还这个人情了。咱们回去，拿些他的衣物，立个衣冠冢就行了。"

司行霈沉吟了一下，终于点点头。

他们回到太原府时，已经是深夜了，顾轻舟连夜去了趟平野夫人那边。平野夫人的院子，她非常熟悉。她以前在这里住过，偶尔会夜里回来，哪条路上有什么，她都清楚。司行霈直接叫人砸开了大门的锁。

顾轻舟往里走，对司行霈道："我刚到这里的时候，每次走在这条回廊上，心里都很郁结。那时候，出了那么多的事，那么大的差错，我对自己都产生了怀疑。"

每次走到这条回廊上，她都会情不自禁地想起那时候。于是，整个宅子对她而言，都是不愉快的回忆。

"不过，我得感谢蔡长亭和平野夫人，他们让我不敢懈怠，不敢肆无忌惮地去伤春悲秋。"顾轻舟笑道。

她还要感谢蔡长亭，他给她留了一条命。

从前的仇怨，都可以一笔勾销了。

顾轻舟要把他当作恩人。

他们去了蔡长亭的院子，拿了他几件衣裳，给他立了衣冠冢。

休整了几日，清醒过来的霍拢静，准备跟着霍钺和颜一源一起回到岳城。

司行霈和顾轻舟前去送行。

千言万语在这一刻，却消解在霍拢静的沉默里。

比找到霍拢静更难的，是让她回到过去。

回到岳城后，这里的旧人旧物，常压得霍拢静喘不过气。

她依然不知应该怎么面对以后的生活，怎么面对颜一源。

她知道江临才是欺骗自己的人，但他们的感情也真实存在过，令她痛苦不堪。

她记得颜一源的爱、他的付出、他的执着，但她原来并非只会爱上他的这个真相，令她内疚万分。

颜一源越是靠近，她心里越是难过。

颜一源慢慢地察觉到了霍拢静破碎的心，这些年来，他明白了他想要的是她能好好地过一生，至于是不是跟他在一起，已经没那么重要了。

在霍钺的建议下，霍拢静去了香港休养。

只有距离和时间，才是她最好的解药。

七月初，顾轻舟和司行霈去了趟天津。

他们只带了二十人，去见了平野夫人。是平野夫人发了电报，让她去的。

"我还以为，她会躲着我，不承想她居然想要见我。"路上，顾轻舟对司行霈道，"她难道还幻想和解吗？"

这些日子，顾轻舟想通了很多事。

她不再记恨平野夫人。毕竟平野夫人怀胎十个月生了她，就算有天大的过错，顾轻舟也决定原谅她。

顾轻舟低头了。她知道平野夫人不成气候了，她想要的是和她断绝来往，而不是要了她的命。她打算放过平野夫人的。

不承想，平野夫人却发电报给她，一口气发了十封。

顾轻舟把这点异常看在眼里，所以她来了。

她依照平野夫人电报上的地址，找到了地方，却意外地发现，这是一家很普通的西医院。医院规模不大，顾轻舟问了值班护士："平野夫人住在哪里？"

护士一愣，而后道："后面那栋楼的一层第三间。"

然后，她摸出几个口罩，对顾轻舟道："一次最多只能四个人探病，你们别一块儿进去。"

她数了一下口罩，递过来四个。

顾轻舟诧异："她是什么传染病？"

护士还以为她知道："是肺痨。"

顾轻舟和司行霈面面相觑。

出了值班室，司行霈拉住了顾轻舟，笑道："看来，那位夫人不太积德，想要把病传给你呢。"

顾轻舟没有笑："她也许是请我看病。"

"你能治好肺痨？"司行霈问。

顾轻舟道："可以尝试下，也许能治好呢。"

司行霈脸色一沉："很危险，容易被传染。你哪怕想去治，我也不同意。轻舟，我可是带了人过来的，你不听话，我就把你绑起来。"

他说罢，紧绷着脸，做好了跟顾轻舟置气的打算。

不承想，顾轻舟这次笑了："我听话。"

司行霈诧异。

他们都没有去后面那栋病房楼，而是坐在医院走道的长椅上。顾轻舟把之前蔡长亭告诉她的话，说给了司行霈听。

平野夫人手上染的，是芳菲的血；而芳菲手上染的，是司慕的血。

"司行霈，我到现在也不能肯定，蔡长亭说的是不是实话。"顾轻舟道，"芳菲当时有帮手，这毋庸置疑。但她是否想要死，却存疑。"

司行霈已经猜到了这些。这两年多，他打听到的消息比顾轻舟多得多，故而心中各种猜测，从未间断。如今，任何一种真相，都是他心中过了千百遍的，一点也不能令他动容。

"杀芳菲的凶手不是平野夫人，就是蔡长亭。"司行霈道。

顾轻舟道："如果她真想死，也有可能就是她自己。"

"杀司慕的凶手，就是芳菲了。"司行霈继续道。

顾轻舟点点头。

"蔡长亭已经死了，芳菲也死了，那么咱们去问问平野夫人，到底是不是她。"司行霈道。

说罢，两个人去了病房。

病房里只有平野夫人，房间干净宽敞，她床头柜子上，还摆放了一束玫瑰。

才短短时日，平野夫人已经憔悴得不成样子。她已经五十多岁了，之前保养良好的皮囊，一下子就垮了似的，露出苍白的老相，那点残存的风韵再也看不见了。

"轻舟，你来了？"瞧见是顾轻舟和司行霈，她眼睛略微亮了一下，"我还在想，你这几天也该到了。"

顾轻舟坐到了她对面。

平野夫人伸出手，想要拉她一下，顾轻舟没有动，道："夫人，您好好休息，我就是来看看，一会儿就走。"

她没有碰她。

平野夫人眼神暗淡，将手收了回来。

"轻舟，我找你来，是想要告诉你两件事。"平野夫人一说话，就伴随着一阵撕心裂肺的咳嗽。

这时候，一个戴着口罩的护士进来，给她顺气，然后给她挂上了点滴，就站在旁边整理医案，不走了。

护士在监视他们。

平野夫人好像瞎了一样，对那护士视若不见，只对顾轻舟道："我是被人害了的。有人在我的衣柜里，放了肺痨病人的秽物，我这才沾染了这病。"

她都这把年纪了，预感性命不久了。平野夫人给顾轻舟发电报，意味着她认命了。她和蔡长亭一样，走在生死边缘时，突然认清楚了。

"第二件事，我想要信仰上帝，死后能到天堂去。那本圣经，你以前在教会学校读过书，能不能念给我听？"她道。

旁边的护士，看了眼她。

日本人没有直接把平野夫人杀死，肯定是有所图谋。

突然提到了圣经，也是别有玄机。

"我都忘记了。"顾轻舟道，"如今也解释不好。既然您突然有了信仰，何不请神父来？"

平野夫人道："我不认识什么神父，你能不能帮帮我？"

顾轻舟道："我可以去帮你找一个。"

护士又看了眼他们。

平野夫人再次剧烈咳嗽。

顾轻舟看着她的消瘦，接触到了她的视线，心中说不出是什么感受。好像此刻，她心中有点尘埃落定的坦然和宽容。

"我明天去帮你找。夫人，你可需要我帮你治疗？"顾轻舟突然问。

平野夫人用力摇摇头："王治的医术我知道，他都治不好，更遑论他的徒弟了。我不需要你，我需要神父，你快走吧。"

顾轻舟一直以为她的师父是慕宗河，其实是皇后的心腹医师王治。

顾轻舟一顿，心里自作多情地想：她是不是怕传染给我？

翌日，顾轻舟和司行霈再来看平野夫人。

这次，司行霈带了两个人，把护士和医生都堵在了门口。

"我核查过了，这家医院是你自己选的，没人限制你的自由。"顾轻舟对她道。

昨天那个护士，是平野夫人授意她，让她站在旁边的，只因平野夫人要顾轻舟牢记她说过的话。

"你想要说什么，可以直接告诉我，别吞吞吐吐。"顾轻舟道。

平野夫人脸色略微一沉。

她淡淡道："我真讨厌你啊。"

她此刻，很想念小时候。那时候，她是家里的嫡女，比皇帝小两岁，其他的姐姐妹妹们，要么是容貌不适合，要么是年龄不匹配。于是，家里人栽培她、教导她，请了先生特意训练她。她总感觉，自己天下无敌了。

直到前些日子，生病住到了医院，她才发现了一个问题：原来真正领悟了那些教导的，是自己的贴身婢女，也就是轻舟的乳娘。

婢女一直在她身边，旁观她接受的训练，靠着天赋成才了。在宫里的时候，那婢女辅佐她，让她无往不胜。后来没了她，平野夫人逃离日本的日子，隐隐约约觉得举步维艰。她从未把自己的婢女当成需要尊重的人，自然也没想到这些。

而那婢女，把顾轻舟给训练了出来，成了平野夫人的克星。而且顾轻舟学会了王治的医术，融会贯通，更上一层楼了。

"我知道，我不是讨你欢心的小猫小狗。"顾轻舟道。

没等平野夫人说什么，她继续道："但有些话，我还是得告诉你，哪怕你觉得我在撒谎，或者别有所图。"

平野夫人咳嗽了几声，她半晌才停下来："我洗耳恭听。"

"我一直和你不对付，那不是针对你，而是你的行为。复辟是在倒车。历史的车轮往前走，这是自然而然的，就像太阳朝升暮落。

"你在违背天道，做不切实际的大梦，最终只会导致生灵涂炭，又是一场浩劫。若你的浩劫只是针对你自己也无妨，可这会牵连上亿人。"

平野夫人不屑一顾，静静地看着她。

"与你的理想背道而驰的，就是在倒车吗？"平野夫人问。

顾轻舟没有回答她这句话，而是继续道："但是你对我，总归是有恩情的。"

平野夫人一愣。她太过于意外。

这世上所有的事，都没有顾轻舟这句话令她吃惊。

"不管你是否自愿，你都生下了我。怀胎十月的辛苦，不是一句话就能报答的；一朝分娩，似千刀万剐，是你把我带到了这个世界上。生的痛，都是你在承受。我这身骨肉，是你用精血养成的，怎么也消磨不掉。"顾轻舟道。

平野夫人的目光开始游移，她露出了无措。当顾轻舟和她明里暗里作对时，她都有办法应对她。可顾轻舟突然的这番肺腑之言，让平野夫人无所适从。

似乎，她生活里的一切善意，都来源于"赏赐"。小时候做得好了，被长辈赏赐；后来温顺柔和，被丈夫或者婆婆赏赐；她的孩子，也会被她赏赐。

离开了种种赏赐，她从来没有享受过发自内心的感激，以及由此而生的"爱"。

"……你这次中招，也看得出来，你的末路就在眼前了。如果你想要离开，想要治好自己的病，我可以帮你。你给我一条命，我也救你一命，从此咱们就互不相欠了。"顾轻舟道。

平野夫人沉默了很久。中途，她又咳嗽了三四次。

顾轻舟慢慢后退，退到了窗台旁边，尽可能离她远一点。

外面是如火的骄阳，顾轻舟的鬓角出了层薄汗，蝉萦绕着大树嘶鸣，好像又添了层热。

平野夫人漫长的考虑，足有三十分钟："何人不惜命？"

这是她开口的第一句话。

顾轻舟的心情一沉，预感到了她后面要说什么。

"可活着，总要有个目的，浑浑噩噩的痛苦，还不如死了。你一直想要处理掉保皇党，就是不想再跟余孽牵扯。若我不死，总会有人上门，不管是出于什么目的。你的下半辈子，再难安宁了。"

顾轻舟说："这个你放心，我自然有办法。"

平野夫人又苦笑了一下。

她似乎回忆起了往事："我生你的时候，身体不太好，痛了整整两天。那时候身边只有你的乳娘和王治。如今想一想，那样拼了命生下你，再毁了你，我自己的痛苦不也变成了笑话吗？"

顾轻舟惊讶地看了眼她。

平野夫人的视线有点模糊。

她的两个孩子一直在身边，但她从不知母亲的滋味。到了临终时，才恍然大悟。

她拿出贴身佩戴的一块玉佩。上好的玉佩，通体碧翠，她用力一扔，直接扔给了顾轻舟。

"拿好了，别再来看我。"平野夫人道。

顾轻舟问："这是什么？"

"这是我额娘的遗物，她留给了我。我将她留给你，你将来可以给自己的女儿。"平野夫人道。

然后，她摇铃。

司行霈在外面阻拦，医生不高兴了，大声嚷嚷："这病人情况危急，她摇铃了，一旦人死了你们负责吗？"

顾轻舟只得走出去，她冲司行霈点点头。

司行霈这才把医生和护士放了进去。

顾轻舟和司行霈一起，再次离开了医院。盛夏烈日炎炎，顾轻舟却执意要晒晒太阳。

"在病房待了那么久，晒晒日光，对身体好。"顾轻舟道。

司行霈道："你可别忘了，这是最后一次。"

司行霈也怕顾轻舟被传染，不许她再来见平野夫人。

他们说好了，这是最后一次。

顾轻舟也答应了他。

"嗯，我知道，不会再来了。"顾轻舟道。

司行霈又问："问到什么了吗？"

顾轻舟沉默。

"怎么了？"

"我不知道。"顾轻舟道,"今晚看看,看看我猜测得对不对。"

司行霈沉了脸:"今晚还要来?"

"今晚不来医院。"顾轻舟笑道。

司行霈没有跟进去,不知道顾轻舟和平野夫人说了些什么,无从推断她这席话的意思。

盛夏时节,哪怕是入了夜,处处都炙热。顾轻舟和司行霈上了汽车。

"还去医院吗?"副官问。

"去码头。"顾轻舟道。

天津的码头不少,不过连夜出海去欧洲的,却只有一处。

顾轻舟没有说话,手里一直摩挲着这块玉佩。

她拿在手里掂量了,发现就分量没什么异常。

"如果她在玉佩里藏了东西,那开关在哪里?如果她没有藏,我直接打破了,是不是就等于把遗物毁了?"顾轻舟拿不定主意。

哪怕是最后一面,她也没看出平野夫人对她是善意还是恶意。

"西药如今还没有能治疗肺痨的。"司行霈对顾轻舟道,"看她的样子,大概是没机会了吧?"

"嗯。"顾轻舟道。

她这话听上去有点冷酷。

不过,事实就是如此,神医又不是神仙。

如果平野夫人配合,顾轻舟可以尽全力救她。

在目前的情况下,她是不愿意的。

车子在海堤停下,顾轻舟和司行霈下了车,两个人沿着海堤,往码头走去。距离码头还有五十米左右,顾轻舟停住了脚步。旁边有个石台子,司行霈随便抹了上面的泥沙,就让顾轻舟坐在上面。他站在旁边,默默抽出一根烟。

黑暗中,烟火明灭间,依稀能看到他的脸。

邮轮停靠在不远处的码头,熙熙攘攘。

四个人走进他们的视线。两个男人,拎着行李。行李沉重、繁多,似乎是搬家;一个年轻的女人戴着口罩,搀扶着另一个戴口罩的女人。

那女人看不清楚面容，但她的腰无法直立，俨然是上了年纪的。

"她病成这样，会传染给整艘船的人。"司行霈突然在黑暗中开了口，"她一直挺缺德的，到死也不改。"

顾轻舟听了平野夫人的那席话，猜测她可能会想要远远地离开。

听她的意思，如果她治好了病，以后她不管走到哪里，仍是避不开保皇党，总会有人不死心。哪怕她想要放弃，其他人也不容许。而且，此事也会牵连顾轻舟，让顾轻舟难以安宁。

顾轻舟原先预想，除掉保皇党，包括杀死平野夫人。然而蔡长亭的死，让顾轻舟对保皇党的恨意消除了。

她想要拯救平野夫人。

而平野夫人，此生如果能留下什么，大概就是顾轻舟这条血脉了。她不想亲手毁了顾轻舟，以及她以后的生活。于是，她有了自己的主见。

司行霈把烟头踩灭了，看着远方的码头："如果她真的乖乖上船，那么芳菲的事，我就不问了。"

芳菲是他杀还是自杀，司行霈也很想确定。可芳菲杀了司慕，这是板上钉钉的。这是芳菲的报应。

顾轻舟告诉司行霈，平野夫人也许想要一个解脱的办法：让保皇党的人以为，她是去了欧洲，而真正的她，是因病去世了。她可以死，但不能被人找到尸体，否则顾轻舟就是她的替代品。她消失得无影无踪了，没人能找到她，她自己也不用东躲西藏，死亡是她的解脱。

葬身大海，尸骨无存。

"我应该去阻拦她吗？"顾轻舟问司行霈。

司行霈道："你能治好她吗？"

"有三成的把握。"

"就算有这三成的把握了，你后半辈子能把她当母亲，孝顺她、赡养她吗？"司行霈又问。

顾轻舟沉默。

治好了，不代表问题解决了。

在顾轻舟和司行需的注视之下，平野夫人上了邮轮。护送她的两个男人很快就下船了，并没有随行。他们下船时，一人手里拎了一个小皮箱，那是平野夫人给他们的遣散费吧。

平野夫人几乎不记得自己的闺名了。她在娘家的时候，父母叫她什么，好像是很久远的记忆，她怎么也想不起了。她十六岁进宫，从此闺名就在她的世界里消失了。

她是叶赫那拉氏，她是皇后。

后来，她丈夫驾崩了，于是她们逃了出来，史书上没有孩子的记载。

再后来，华夏再也没了帝制。

皇后自然也不存在了。

她是史书里的死人，她甚至还有死后的封号。

她隐姓埋名，嫁给了平野。她的一生似白驹过隙，过得那么匆忙，又好似那样艰难。

"如果我晚生三十年，也许我也可以学一肚子自由、民主，念一肚子新学。"她想。

顾轻舟就很幸运。人家提到她，至少会说"司太太顾轻舟，是一位神医"。

她有名有姓，哪怕冠上了夫姓，她的名字也有存在的价值，也有人会具体介绍，而不是用"顾氏"二字简单带过。

如此，才算有了尊严。这点尊严，对新时代的女性而言，实在毫无价值，她们甚至会主动冠上夫姓，为此扬扬得意。

可对平野夫人而言，却是千金难求的。

顾轻舟在她病房的那席话，彻彻底底勾起了二十多年前的回忆。

平野夫人在怀孕的最后半个月，突然发了阑尾炎。阑尾炎的剧痛，是很难承受的。她去了西医院，医生说孩子快要出生了，这个时候做手术太危险。王治说要催生，提前让孩子先出世。平野夫人拒绝了。

"万一催生出来，他身体不好，难以养活怎么办?"她道。

她苦苦忍受了半个月，直到顾轻舟呱呱坠地。

那滋味，简直是炼狱。

生出来是女儿，平野夫人失望透顶，似乎没有多看她几眼，哪怕是到了今天，她也对顾轻舟产生不了亲情。然而血脉连心，顾轻舟的一席话，彻底打动了她。

她那样辛苦，用自己的血一点点把黄豆大小的胚胎，孕育成健全的孩子，为了她忍受那般的折磨，难道就是希望她此生处在保皇党的骚扰里吗？

蔡长亭死了，平野夫人染上了肺痨，这一切都告诉了她，日本人不仅放弃了她，还不想她活着了。

她还要用此生，把自己辛辛苦苦带到人间的孩子也毁了吗？

她自私了一辈子，何时才能真正明白母亲的责任？

她没有哺育过顾轻舟，没有爱过她，甚至不曾多看她一眼，她凭什么还要得到她的宽容和体谅？

顾轻舟那席话，像钉子一样揳进了平野夫人的心上。

等邮轮离开了码头，跟着她的"护士"，换上了她的衣裳，去了餐厅。

那护士故意做出一点老相，戴着口罩。旁人问话，她就做出了痛苦色，嘶哑着声音回答："口腔发炎，不能说话了。"

邮轮约莫开出去三天，平野夫人的肺痨也不断恶化，她知道最后的时刻已经到了。

她熬不过今晚。她在凌晨三点多，当所有人陷入沉睡时，走上了甲板。她艰难地爬过了栏杆，千辛万苦爬了上去。

黑黢黢的海水，翻滚着波浪。她还以为自己会害怕，会胆怯。

可看着那海水，她产生了无限的向往。

结束了。

她这痛苦的一生，终于解脱了。在这个瞬间，她是快乐的，是一生中从未有过的释然。她掉入海里，没人知道。

她的"护士"接替了她，成了平野夫人，只是总戴着口罩。她总是把自己关在房间里，不肯见人。直到邮轮到了大洋彼岸的英国，"平野夫人"这才下了船。她很快就失去了踪迹。

从此，再也没有人见过她，她的行李还在邮轮，邮轮公司准备三天后给她送上门，结果她租赁房子的房东说，租客根本没有来。

她就这样，消失在了茫茫人海。

有人追查她，有千真万确的证据，表明她上了船，也表明她去了英国。她的行李，也在邮轮公司，证明她的确是到达了大洋彼岸。

于是，她成了一个明明存在却毫无踪迹的人。

顾轻舟在码头，目睹了邮轮离开时，就知道了结果。

她很怅然。

平野夫人一染上了肺痨，她这条命就算到头了。

可她真正走向了邮轮时，顾轻舟还是感动了。她知道，平野夫人把所有的祸水都引走了，保皇党的视线肯定一直在她身上，而她也会牢牢锁住那些视线，让顾轻舟彻底自由。

这也许就是她最后的自由。

"司行霈，她和蔡长亭都没了，从此之后，芳菲去世的真相，只能靠猜测，你介意吗？"顾轻舟问。

司行霈搂住了她的肩膀。他不介意。

不是所有的真相都令人愉快。有些真相，还是不要出现为妙。

"我希望，芳菲是杀了司慕之后自尽的，至少当时的她，还有点人性，知道自己给司慕偿命。"司行霈道，"这样就足够了。"

顾轻舟看了他一眼。顾轻舟更相信蔡长亭的话。那个时候的蔡长亭，没必要撒谎。但她也像司行霈一样，更愿意相信芳菲是自杀，好像这样，司慕那毫无意义的死亡，才有了点重量。

从头到尾，最委屈的大概就是司慕了。

顾轻舟和司行霈从码头回来，又在天津住了一天。

司行霈找了几家报纸，登了寻人启事。有心人就会去找平野夫人，平野夫人牺牲自己"祸水西引"的计划，才有价值。

司行霈很坦然地接受了她的好意。

而顾轻舟，还在研究平野夫人临走时留给她的遗物。

她拿给老玉匠看。

平野夫人的东西，大概是很精致的，老玉匠瞧了半晌："不能肯定里面有东西。"然后又问顾轻舟，"里面的东西很重要吗？"

顾轻舟根本不知道是什么。

"别轻易砸开。这玉佩砸碎了，可就还原不了了。"老玉匠道，"况且，谁会在玉佩里面藏东西？如果是藏，也是藏在空心的镯子或者簪子里。"

顾轻舟一愣。平野夫人带着少数的亲信，跑到了天津，她难道不担心自己的东西被人搜走吗？

"所以说，如果真有秘密，不在玉佩里。"顾轻舟把自己的推断，告诉了司行霈。

司行霈接过来："她临走时给你这个，肯定是有意义的。"

顾轻舟点点头。

司行霈冷哼了声。

哪怕平野夫人最后的决定深得司行霈的心，他也没办法原谅她。

虎毒不食子，那女人就连顾轻舟都想要杀，可见她的恶毒。

最后的幡然醒悟，也没办法遮掩她的人性泯灭。

如果她稍微有点人性，依照顾轻舟对亲情的依恋，她们母女根本不可能走到今天的局面。

第三天，报纸上铺天盖地地找寻平野夫人时，日本人才知道，平野夫人不见了，三天前就乘坐夜里的邮轮离开了。

后来，日本人也追到了英国去，可惜跟其他人一样，就算知道平野夫人在英国，千真万确地在，但找不到她。藏得如此深，肯定有什么更大的阴谋，故而大家更加疯狂地想要找到她。

顾轻舟没有接触过保皇党的核心机密，她手里又有人质，从此之后，余党们要么对她敬而远之，要么觉得她毫无价值，再也没有出现在她的生活里了。

回到了太原府，下飞机时扑面的热浪，激出了顾轻舟满身的汗。

司行霈也是汗流浃背，看着外头明晃晃的日头，他戴上了墨镜。

"回家，还是去吃饭？"他问顾轻舟。

顾轻舟道："回家吧，我要洗个澡，实在热得不像话。"

"嗯，是很热。"司行霈道，"我要打赤膊了。"

顾轻舟道："你有点讲究好不好？"

"不好。"司行霈道，"我又不是霍爷，讲究什么？凉快就行了。"

果然，上了汽车之后，他就把上衣脱了，露出他块垒分明的胸膛。

顾轻舟看了眼他。

他余光瞥见了，立马蹬鼻子上脸，笑嘻嘻地问顾轻舟："好看吗？想不想摸一把？"

臭流氓的脸皮没有最厚，只有更厚。

"你一身汗。"顾轻舟嫌弃地往旁边挪了挪。

司行霈不以为意。

他喜欢开车，专心致志把车子开得几乎是贴着地面飘，回到了家里。

一回来，他就拿起凉水往自己身上浇。

"痛快！"司行霈道。

顾轻舟在旁边，笑得一脸甜蜜。

外面再好，都比不了家里好。

但司行霈的家不在太原府，也不在岳城，顾轻舟在哪里，家就在哪里。

他答应过顾轻舟，所有事情结束之后，就带她去一个安静无人打搅的地方。

这在以前，是根本不敢想的。顾轻舟一开始也只当他哄自己开心，然而司行霈做到了。

他带顾轻舟去了新加坡。

很多华人都去了新加坡，那里没有军阀混战，也没有居心叵测的各国间谍。

当然，司行霈没有彻底放下手上的权力，他可以过小日子，他手下的人却要吃饭。

新加坡环境好，距离国内又不远，很适合顾轻舟过小日子，也很适合司行霈继续暗中发展自己的势力，他没有了野心，但他得有足够的实力才能护得住自己的人。

司行霈看着亲自替自己熨衣裳的顾轻舟，笑嘻嘻问道："你还有什么想要的？"

顾轻舟第一次听司行霈问这种酸掉牙的问题，她白了司行霈一眼："我想要你不要流氓！"

"那不行！"司行霈凑近顾轻舟耳边，"你看，你想要的我都给你了，咱们是不是该生几个孩子玩玩了？"

到了新的地方，有了新的生活，司行霈有了新的追求。他觉得，他们司家，该添丁了。

后记

幸福生活

　　太原府的事情一结束，顾轻舟就和司行霈去新加坡定居了，生了三个孩子，一女两男。

　　孩子大一些的时候，学了"故乡"这个词，闹着要回来看看，顾轻舟也想回来，看望一下故人们，司行霈就抽出时间，带她们回了一次岳城。

　　当年的顾公馆依旧在轻舟的名下，派了两名老仆看守，每日打扫通风。

　　待他们回来时，顾公馆灯火通明，照得庭院那株油桃树金翠透亮，树叶在灯火下像翡翠。

　　"……一点也没有变！"顾轻舟站在大门口，感叹说。

　　司行霈就大摇大摆地坐到了顾家的沙发上："我以前常来，不过没怎么走过正门，都是从后窗翻进来。"

　　轻舟嫌弃地看了眼他。

　　当天晚上，顾轻舟和司行霈带着孩子们去了颜家。

　　颜太太喜极而泣，颜新侬也在城里。

　　"师座！"他们正在叙旧，有位年轻军官跑了进来，给司行霈行礼。他冲司行霈和顾轻舟笑，露出一口大白牙。

　　"邓高！"司行霈站起身，和他碰肩拥抱了一下。

　　邓高是他以前的副官，是最重要的亲信。后来司行霈撤了之后，就把他托付给了颜新侬。

　　他的很多下属，都在军中混得不错。

　　他打量着邓高："升官了？"

　　"是，他现在是三旅旅长了。"颜新侬在旁边接口。

　　邓高嘿嘿笑了，有点不太好意思："长官提携我。师座，你这次回来住几天？可要去咱们军中瞧瞧？"

"好，等后天吧。"司行霈道。

邓高兴奋劲儿过去，才想起了顾轻舟，也给顾轻舟敬礼："太太。"

顾轻舟站起身："邓高，恭喜你。"

她没有见外地去叫旅座，因为这些人全部都是她丈夫的亲信，是他们自己人。

"多谢太太。"邓高笑道。

然后，邓高就盯上了顾轻舟的两个双胞胎儿子。如今两周岁了，会跑、会叫、会调皮捣蛋，是精力旺盛的孩子。

邓高把他们两个人都抱了起来："我的天，两个都像师座，小小的师座，哈哈哈……"

他觉得惊奇极了。

顾轻舟无力扶额。

"像什么，我小时候可没那么顽皮。"司行霈蹙眉说。

顾轻舟、颜新侬和颜太太一起扭头看着他。

司行霈难得有点不好意思："我玩得比较有新意，不像这两个小鬼，只知道淘气。"

顾轻舟领头，众人哈哈笑起来。

司师座发现自己的台子搭不起来，因为他是什么德行，这些和他最亲近的人都知道，压根儿没有他自吹自擂的机会。

晚上，顾轻舟的女儿玉藻跟颜太太睡。

司行霈和邓高连夜出去喝酒，好像还叫了他其他的部下，他也问顾轻舟："你去不去？"

顾轻舟道："我得照顾孩子。再说了，你们这些当兵的人，说话荤素不忌，我不想因为我在场你们拘谨。"

司行霈哈哈笑起来。

哄孩子睡下之后，顾轻舟跟颜新侬在客厅聊天，主要是聊新加坡的近况。

"阿霈当年离开岳城的决定很明智。当初的功臣们，两年不到就被借故拿下了四人。一旦交出了军政府，就是任人宰割的鱼肉。"颜新侬苦笑。

顾轻舟心中咯噔了一下："山西那边如何？"

"山西还算稳固，毕竟叶骁元有煤有铁，又不缺钱。"颜新侬道。

顾轻舟缓缓地舒了口气。

她又问了很多国内的局势，得知她的朋友们都挺好，叶家没受什么影响，叶骁元仍是山西的土皇帝。

"……您还好？"顾轻舟也问颜新侬。

颜新侬道："我不是军阀出身，反而受到器重，处处被人拉拢。如今在军部，我算是能说得上话的。"

顾轻舟欣慰地舒了口气。

只要义父地位稳定，司家父子留在国内的党羽就不会被斩断。

颜新侬笑着问道："你们在新加坡是什么局面？怎么听说你们就是普通老百姓，蛰伏得很厉害啊。"

顾轻舟也不知从何说起。

司行霈的战舰是雇佣的，别说新加坡人不知道，就连南京也不太清楚。

司行霈和新加坡政府交往甚密，对时局影响很大。

这些话，是顾轻舟两口子的秘密，她也不会告诉任何人，包括她的义父。有的秘密不适合让南京政府的高官知道，否则就是陷义父于两难的境地。

他们的身份，今日不同往昔了。

"我们只想过一点简单的日子。"顾轻舟笑道，"不受人欺负就足够了，其他的不想要了。如果我阿爸和司行霈还有野心，当初就不会退了。"

顾轻舟和颜新侬聊到了凌晨三点多，两人喝了三壶茶。

终于等到司行霈回来了，居然步履稳健。

"……一群小兔崽子，翅膀硬了居然想灌醉我。我把他们全部撂倒了，只我一个人清醒着回来。"他浑身酒气，言语格外不着调，还是醉了的。

顾轻舟失笑。

颜新侬就站起身："你们也早点休息。"

颜太太已经睡了，颜新侬今晚是注定不能回房的。他外书房有个小梢间，里面有寝卧。有时候开会太晚了，他不好打扰妻子，就在外书房睡一夜。

"义父晚安。"顾轻舟道。

她则和司行霜住在以前洛水的房间，只要她回来，多半都是住在这一间的。

司行霜已经醉了，顾轻舟搀扶他去洗澡。

他很不老实，不停地撩水往顾轻舟身上泼。

顾轻舟道："这可是在颜家，动静太大被人听到了，你还要面子吗？"

司行霜是不要面子的。

最终，顾轻舟也没有拗过他。

第二天，所有人都起晚了，司行霜和顾轻舟更是睡到中午才醒。

她的两个儿子磨了颜太太一早上。

颜太太之前养大颜洛水的两个儿子，也没像现在这么辛苦的。她还在想，到底是轻舟的孩子格外顽皮，还是她真的老了，身体不济？

"你们两个人给我站好了，早上做什么了？"顾轻舟拎着两个儿子的衣领，把他们提到了自己面前。

他们两个人睁大了眼睛看着自己的母亲。

女儿玉藻在旁边帮他们数着："砸坏了外公的瓷瓶。"

"像球。"老大开闾道。

"花花的球。"老二雀舫接话。

颜新侬有个圆肚子的古董瓷瓶，现在成了一堆瓷片，因为顾轻舟的儿子们想试试它能不能弹起来。

"扯坏了外婆的树。"玉藻掰了另一根手指。

"是歪的。"开闾说。

"我要扶正它!"雀舫接口。

颜太太有一株蜡梅盆栽,很巧妙地盘成了一个福字的形状,非常难得。

顾轻舟的儿子们觉得树应该好好长、笔直地长,于是把那盆盆栽捋直,活生生把盆栽给拆了。

"放走了一只雀儿。"玉藻掰了第三根手指。

"它啄我了。拔了它的毛,把它炖了。"这次说话的是雀舫。

在他想把雀儿抓出来扒皮抽筋的时候,雀儿一下子就飞走了。那可是只昂贵的鸟,别人花了大价钱培养的,送给颜太太把玩。

顾轻舟无力地退到了旁边。

司行霈下楼听说了,直截了当地宣布:"面壁思过两小时。玉藻,计时。"

"是,阿爸!"玉藻立马兴致勃勃挽起了袖子,露出她手腕上的小手表。

这种小手表市面上没有的,也是司行霈特意叫人去给她定制的。

只要是玉藻想要的,她阿爸都能给她弄来。

司行霈背着手,对他的两个儿子说:"立正。"

两个像猴儿一样的小鬼,立马手贴裤缝站直了。

"向后转。"司行霈道。

他们两个人就利落地往后转。

"齐步走,一、二、三、四,好了停下来,两个小时不准动。"司行霈道。

颜太太目瞪口呆地看着司家那两个混世魔王,此刻对着墙壁,身姿笔挺。

颜新侬过来吃午饭,瞧着这一幕,乐不可支:"这军姿站得还挺像模像样。"

颜太太则对顾轻舟道:"随便说两句算了,两个小时吃不消的。"

顾轻舟道:"没事,让他们长长记性。"

"到底还是小孩子。"颜太太于心不忍,"会不会太严厉了?快吃午饭了,吃完了再站不迟。"

"这是督军亲自训的军姿。"顾轻舟道,"没事,让他们站一站,能老实一会儿。他们的精力很旺盛,这样可以消耗些。"

颜新侬又忍不住笑了。

"洛水的两个儿子,没这么顽皮的吧?"顾轻舟笑问颜太太。

颜洛水和谢舜民带着孩子们,在二月份去了英国,打算让他们去见见世面。

他们家的厂子里需要一批机器。机器很贵,谢舜民不放心让其他人代买,正好他也想出去走走。

"没这么皮。"颜新侬在旁边哈哈大笑,"谁生的像谁,舜民从小就文静内秀,能跟阿需比吗?"

他又拍了拍司行霈的肩膀:"不养儿不知父母恩。你想想你小时候跟督军作对,做的那些混账事,将来你儿子也少不了。"

站了一个小时,他们就受不了了,不停回头,给坐在旁边的姐姐使眼色。

玉藻不为所动,板起小脸孔说:"没到时间。"

"阿姐……"

"撒娇没用的,这是军规,祖父和阿爸都说了。"玉藻背起小手,很有派头的样子。

颜太太看着他们,眼眶有点热。

顾轻舟也看着孩子们,露出了淡淡笑容。